U0534324

浙江大学中国语言文学研究书系

古典文学的旧学与新知

周明初 ◎ 主编

中国社会科学出版社

图书在版编目（CIP）数据

古典文学的旧学与新知 / 周明初主编. —北京：中国社会科学出版社，2023.4

（浙江大学中国语言文学研究书系）

ISBN 978-7-5227-1645-9

Ⅰ.①古⋯ Ⅱ.①周⋯ Ⅲ.①中国文学—古典文学研究—文集 Ⅳ.①I206.2-53

中国国家版本馆 CIP 数据核字（2023）第 050831 号

出 版 人	赵剑英
责任编辑	郭晓鸿
特约编辑	杜若佳
责任校对	师敏革
责任印制	戴　宽

出　　版	中国社会科学出版社
社　　址	北京鼓楼西大街甲 158 号
邮　　编	100720
网　　址	http://www.csspw.cn
发 行 部	010-84083685
门 市 部	010-84029450
经　　销	新华书店及其他书店

印　　刷	北京明恒达印务有限公司
装　　订	廊坊市广阳区广增装订厂
版　　次	2023 年 4 月第 1 版
印　　次	2023 年 4 月第 1 次印刷

开　　本	710×1000　1/16
印　　张	53.5
插　　页	2
字　　数	966 千字
定　　价	289.00 元

凡购买中国社会科学出版社图书，如有质量问题请与本社营销中心联系调换
电话：010-84083683
版权所有　侵权必究

目　　录

前　言 ……………………………………………………………（1）

《诗·魏风·伐檀》中"鹑"当作"雕"解 ………………… 林家骊（1）
哈佛燕京图书馆所藏马其昶稿本《屈赋皆微》………………… 林家骊（5）
沈约事迹二考 ……………………………………………… 林家骊（22）
日本影弘仁本《文馆词林》与我国先唐遗文 ………………… 林家骊（35）
谢铎与"茶陵诗派" ………………………………………… 林家骊（46）

屈原《远游》的空间书写及精神指向 ………………………… 王德华（53）
东汉前期京都赋创作时间及政治背景考论 …………………… 王德华（74）
左思《三都赋》邺都的选择与描写 …………………………… 王德华（87）
东晋文学的主题变迁与地域分布 ……………………………… 王德华（103）
唐前辞赋类型化特征的文体思考 ……………………………… 王德华（113）

《闲情赋》谱系的文献还原 …………………………………… 林晓光（126）
汉晋骚体赋的文体变异与赋史反思 …………………………… 林晓光（148）
比较视域下日本六朝贵族制研究的回顾与批判 ……………… 林晓光（174）
东亚贵族时代的曲水宴与曲水文学 …………………………… 林晓光（212）
《文镜秘府论》"江宁侯"为江淹考 ………………………… 林晓光（226）

出土文献与中古文学研究 ……………………………………… 胡可先（232）
墓志铭与中国文学的家族传统 ………………………………… 胡可先（253）
新出土"大历十才子"耿湋墓志及其学术价值 ……………… 胡可先（270）
杨氏家族与中晚唐文学生态 …………………………………… 胡可先（287）
汪辟疆手批《苏诗选评笺释》述论 …………………………… 胡可先（311）

柳词双声叠韵考论	陶 然	(334)
柳词考证	陶 然	(347)
李清照南渡后行迹与戚友关系新探	陶 然	(354)
论元词衰落的音乐背景	陶 然	(365)
论宗藩体系下元丽文学交流的新格局	陶 然	(376)
李白赠何昌浩诗系年	咸晓婷	(386)
元稹浙东幕诗酒文会活动考论	咸晓婷	(391)
从正仓院写本看王勃《滕王阁序》	咸晓婷	(401)
论中古写本文献的署名方式	咸晓婷	(411)
从题写到编集：论唐诗题注的形成与特征	咸晓婷	(424)
明代曲作二考	汪超宏	(437)
韩国藏戏曲选本《词林落霞》考略	汪超宏	(446)
其沧《三社记》刊刻时间与本事来源	汪超宏	(455)
研雪子《翻西厢》非沈谦《翻西厢》	汪超宏	(464)
浙图藏稀见清人曲作四种考略	汪超宏	(473)
史学新变和讲史的兴盛	楼含松	(481)
论讲史平话的语言特征	楼含松	(492)
讲史平话的体制与款式	楼含松	(502)
论历史演义的命名及其界定	楼含松	(510)
论《西游记》的深层结构	楼含松	(519)
李云翔生平事迹辑考及《封神演义》诸问题的新认识	周明初	(528)
《还金记》：中国戏曲史上第一部自传体戏曲及其独特价值	周明初	(548)
《汤显祖集全编·诗文续补遗》辨伪	周明初	(567)
明清时期江南地区地域性文学流派综论	周明初	(586)
晚清文学抑或近代文学	周明初	(598)
《全元文》作者地理分布的可视化呈现	徐永明	(610)
中国古典文学研究的几种可视化途径	徐永明	(620)
不同处境下宋濂的活动及创作	徐永明	(637)

女诗人孟蕴和戏曲作家孟称舜 ………………………… 徐永明(652)
汤显祖戏曲在英语世界的译介、演出及其研究 ………… 徐永明(666)

竹枝词的名、实问题与中国风土诗歌演进 ……………… 叶　晔(686)
提学制度与明中叶复古文学的央地互动 ………………… 叶　晔(710)
论官僚体制下生碑记的书写转变 ………………………… 叶　晔(731)
游与居：地理观看与山岳赋书写体制的近世转变 ……… 叶　晔(746)
陈德武《白雪遗音》创作时代考论 ………………………… 叶　晔(765)

文学的自觉与人的自觉 …………………………………… 孙敏强(777)
试论南北融合背景下魏晋南朝文学的发展趋向 ………… 孙敏强(787)
泣血的杜鹃：作为中国诗人心灵史象征的黛玉形象 …… 孙敏强(805)
"蒙清尘"与"罗袜生尘"试析 ……………………………… 孙敏强(824)
《桃花扇》和《红楼梦》的中心意象结构法 ……………… 孙敏强(830)

前　　言

　　中国古代文学学科是浙江大学人文学科领域传统的优势学科，它的历史可以追溯到 20 世纪二三十年代浙江大学和之江大学两校国文系的相关学科。1920 年之江大学设立国文系；1928 年浙江大学设立中国语文学门，次年改称国文系。两校的国文系均以中国古典文学作为教授的重点，一批著名的古典文学研究学者曾经执教于两校的国文系：夏承焘先生于 1930 年至 1941 年执教于之江大学国文系，1942 年受聘于浙江大学龙泉分校国文系，此后一直在浙江大学及院系调整后的浙江师范学院和杭州大学的中文系任教；20 世纪三四十年代，祝文白、王驾吾、缪钺等先生任教于浙江大学文学院国文系，王季思、徐震锷、陆维钊等先生则任教于浙江大学龙泉分校国文系；20 世纪 40 年代后期，胡士莹先生任教于之江大学国文系。1952 年全国高校院系调整后，浙江大学文学院和理学院的一部分与之江大学文理学院组建为浙江师范学院，两校的中文学科合并为浙江师范学院中文系，1958 年发展为杭州大学中文系，1998 年四校合并后，又改称浙江大学中文系。夏承焘、王驾吾、胡士莹等先生一直在该系从事古代文学的教学和研究；姜亮夫先生则于 1953 年进入该校，此后一直在中文系及古籍所从事古典文献、古代文学和古汉语的研究。四位先生在五六十年代招收过几届古代文学专业（包括楚辞学方向）的研究生。20 世纪五六十年代在中文系执教古代文学的还有钱南扬、陆维钊等先生。徐朔方、吴熊和等先生也在 20 世纪 50 年代开始执教于该系的古代文学专业。

　　本学科于 1981 年获批全国第一批硕士学位授予点；1986 年获批第三批博士学位授予点。1984 年始为浙江省重点学科，2007 年与古典文献、汉语史专业联合申报古典文献学国家重点学科获得成功。在长期的发展中，本学科形成了先秦两汉魏晋南北朝文学、唐宋文学、元明清文学和中国文学批评史等四个稳定的研究方向，并且在先秦文学、唐宋文学特别是词学研究、元明清文学特别是小说戏曲研究方面，形成了鲜明的特色和优势，在国内外的中国古代文学研究界具有较大的影响力。

1. 先秦两汉魏晋南北朝文学方向

先秦文学是本学科研究的传统优势所在，前辈著名学者姜亮夫先生以《楚辞通故》《屈原赋校注》《楚辞书目五种》为代表的楚辞研究、王驾吾先生以《先秦寓言研究》《墨子集诂》《墨子校释》为代表的诸子研究特别是墨子研究，在国内外均具有重大影响。《中国大百科全书》第一版"中国文学卷"的先秦文学部分，主编为姜亮夫先生、副主编为王驾吾先生。诸位先生奠定了浙江大学先秦文学研究在学界的重要地位。

本学科该方向的研究人员在继承传统优势的同时，努力拓展新的学术空间。崔富章主编，林家骊、王德华、周明初等教授参加的《楚辞学文库》，被学界誉为楚辞学研究方面带有总结性的成果；王德华教授的《屈骚精神及其文化背景研究》是楚辞学方面富有特色的成果，《唐前辞赋类型化特征与辞赋分体研究》在辞赋学方面作了新的开拓；林家骊教授的《沈约研究》、林晓光副教授的《王融与永明时代》是魏晋南北朝文学研究方面的力作。

2. 唐宋文学和词学方向

唐宋文学研究是本学科的两大支撑性研究方向之一，以唐宋词研究为重点的词学研究建立起系统而科学的中国词学研究的学科体系，是全国词学研究的重镇。被誉为"一代词宗"的夏承焘先生，是现代词学研究的开拓者和奠基人，他的《唐宋词人年谱》《唐宋词论丛》《姜白石词编年笺校》等著作，为现代词学研究建立了科学的研究范式，在国内外学术界享有崇高的地位；吴熊和先生的《唐宋词通论》，推动了当代词学研究的科学化与系统化，是新时期词学研究最具标志性的成果，《吴熊和词学论集》是先生词学研究的阶段性总结，其中关于明清之际词派研究的系列论文和域外词的研究论文，开拓了词学研究的新领域；他带领诸弟子编纂的六大册《唐宋词汇评》是集大成的唐宋词文献研究著作。

在前辈学者的影响和倡导下，近年来，本学科的词学研究除保持原有的以唐宋词研究为重点外，还呈现出新的面貌，将词学研究拓展至金元明词研究以及域外词学领域，陶然教授的《金元词通论》、周明初与叶晔教授的《全明词补编》等，有力地推进了中国词学向纵深方向发展，在国内外该领域的词学研究及文献整理方面，处于领先的地位。

本学科的唐宋诗文研究，21世纪以来也取得了长足的进展。胡可先教授在杜诗学、唐代政治与文学等方面取得了丰硕的成果，出版有《杜甫诗学引论》《中唐政治与文学》《政治兴变与唐诗演化》《唐代重大历史事件与文学研究》等著作。近年来，他将研究目标聚焦在出土文献与唐代文学研究方面，出版了《出土文献与唐代诗学研究》《考古发现与唐代文学研究》《新出石刻与唐代家族文学研究》等著作，在出土文献与唐代诗篇考索、唐诗作者研究、唐代文学家族研究等方面，大多发前人所未发，取得了令人瞩目的成绩。咸晓婷副教授的《中唐儒学变革与古文运动嬗递研究》、陶然教授的《宋金遗民文学研究》等是唐宋诗文研究方面的新成果。

3. 元明清文学方向

元明清文学研究是本学科的另一大支撑性研究方向，是全国明代文学研究的重镇，以戏曲小说的研究最具优势。前辈学者胡士莹先生是20世纪中国古代小说、戏曲和说唱文学研究领域的重要开拓者，尤以话本小说研究享誉于学界，代表作有《话本小说概论》《弹词宝卷书目》等；徐朔方先生是当代古典戏曲小说研究领域的泰斗，他所系统论证的中国古典小说戏曲"同生共长，互相依托"的理论和传世的古代戏曲小说早期作品为"世代累积型集体创作"的理论，受到学界的普遍重视，代表作有《汤显祖集全编》（笺校）、《晚明曲家年谱》、《小说考信编》等，其中《晚明曲家年谱》被誉为古典戏曲研究史上里程碑式的著作。

近年来，该方向的研究人员在戏曲小说研究方面不断涌现出新的成果，继续保持了戏曲小说研究的优势地位。廖可斌教授主编，徐永明、汪超宏、周明初、楼含松教授等为编纂主体的《稀见明代戏曲丛刊》以及汪超宏教授的《明清散曲辑补》，都是扎实而厚重的标志性成果。汪超宏教授的《明清曲家考》《明清浙籍曲家考》及编纂的姚燮、宋琬、吴绮等曲家年谱，楼含松教授的《从"讲史"到"演义"》，徐永明教授的《中国古代戏曲考信与传播研究》，叶晔教授的《晚明曲家及文献辑考》等，也有力地推进了21世纪戏曲小说研究进程。

除了戏曲小说研究，该方向研究人员在元明清诗文词的研究方面也取得了突出的成绩。徐永明教授的《元代至明初婺州作家群研究》、与赵素文合著的《明人别集经眼叙录》及《宋濂传》、《宋濂年谱》，叶晔教授的《明代中央文官制度与文学》，周明初教授的《晚明士人心态及文学个案》《明清文学考论》，周明初和叶晔教授合编的《全明词补编》，林家骊教授的《谢铎及茶陵诗派》，朱则杰教授的《清诗史》《清诗考证》等，从不同角度推动和深化了明清文学研究，使该方向的研究格局趋向多元和全面。

4. 文学批评史方向

文学批评史方向是本学科不可或缺的有机组成部分。该方向的文学批评史研究起步很早，蒋祖怡先生领衔的中国文学批评史专业，在1981年即获得全国第一批硕士学位授予权。蒋祖怡先生长期从事文艺理论及中国文学批评史的研究，从关注整个中国文学批评史的研究到对王充《论衡》、刘勰《文心雕龙》及钟嵘《诗品》的专人专书研究，代表作有《文心雕龙论丛》《钟嵘诗品笺证》《中国古代文论的双璧——〈文心雕龙〉〈诗品〉论文集》等，受到国内外学术界的重视。1998年，因教育部进行学科调整，浙江大学的古代文学批评史专业转入古代文学专业，从事古代文学批评史的教学研究人员也由文艺理论教研室转入古代文学教研室。韩泉欣教授、孙敏强教授的文学批评史研究，将文学思潮与哲学思潮联系起来，形成了自己的特色。韩泉欣教授的《文心雕龙直解》、孙敏强教授的《诗艺与诗心》《律动与辉光》受到学界的好评。

根据中文系的统一布置，每个二级学科编选一部论文精选集，作者对象为中文系目前在职的教师以及近五年内退休的教师，每位教师入选代表作3—5篇。我们正是按照这些原则编集了这部古代文学学科的论文集。收入论文集的作品，绝大多数是进入21世纪以来所发表的论文，而尤以近十年来所发表的论文为最多，基本上反映了本学科同人最新的研究状态以及所达到的水平。今按先秦两汉魏晋南北朝文学、唐宋文学、元明清文学和文学批评史四个研究方向，将论文作者依照其主要的研究方向加以编排，同一作者的论文集中编排在一起，而同一方向的作者，则按年龄序次。

周明初

2019年2月20日

《诗·魏风·伐檀》中"鹑"当作"雕"解

林家骊

《魏风·伐檀》是《诗经》中最为人们熟悉的名篇之一。对于这首诗第三章中之"鹑"字，各本包括一些名家之注本如高亨《诗经今注》、余冠英《诗经选》、程俊英《诗经译注》等均释为"鹌鹑"，然笔者窃以为不妥。

《伐檀》中与"鹑"相对应的，是"貆"，是"特"，诗中三章分别云：

不狩不猎，胡瞻尔庭有县貆兮？（一章）
不狩不猎，胡瞻尔庭有县特兮？（二章）
不狩不猎，胡瞻尔庭有县鹑兮？（三章）

先看"貆"，《毛传》："貆，兽名。"何种兽也？貆一释为貉。《尔雅·释兽》："貈（貉）子貆。"《说文·豸部》："貆，貈（貉）之类。""貉，似狐，善睡兽也。"《广韵·桓韵》："貆，貉属。"又一释为"豪猪"。《山海经·北山经》："谯明之山……有兽焉，其状如貆而赤豪。"郭璞注曰："貆，豪猪也。"又一释为"貛"。《集韵·桓韵》："貛，亦作貆。"《周礼·地官·草人》："渴泽用鹿，咸潟用貆。"明李时珍《本草纲目·兽部二·貛》曰："貛，又作貆。""豬，猪貛也；貛，狗貛也。二种相似而略殊。"再看"特"。《毛传》："兽三岁曰特。"指三岁兽，一说四岁兽。《广雅·释兽》："兽，一岁为豵，二岁为豝，三岁为肩，四岁为特。"无论三岁、四岁，反正是成年之兽吧！那么何种兽呢？一释为公牛、牡牛。《说文·牛部》："特，朴特，牛父也。"《玉篇·牛部》："特，牡牛也。"又可引申为公马。《周礼·夏官·校人》："凡马，特居四之一。"郑玄注引郑司农云："四之一者，三牝一牡。"孙诒让《正义》："特，本为牡牛，引申之，牡马亦得称特也。"又可引申为生一子的猪。

《尔雅·释兽》："豕生三，豵；二，师；一，特。"郭璞注："猪生子常多，故列其可考之名。"综上所述，"貆"有貉、豪猪、貒三解，"特"有公牛、公马、猪等成年兽三解，无论如何，均为大兽，那么与此相对的"鹑"如释为"鹌鹑"小鸟，则明显不类。

那么，"鹑"究为何物？鹑，《说文》作"鷻"。《说文·鸟部》："鷻，雕也。"段玉裁注曰："隹部曰：雕，鷻也。今《小雅·四月》匪鹑，鹑字或作鷻，毛曰：鷻，雕也。隹部隼下曰：一曰鹑字，鹑者，鷻之省。鷻、鹑字与隹部雕字列，《经典》鹑首、鹑火、鹑尾字当作鷻。"又，《广雅》卷十下："鷻、鸭、鷻、鵳，雕也。"王念孙疏证曰："《说文》又云：'鷻，雕也。'引《诗》曰：'匪鷻匪鸢。'《小雅·四月》传云：'鹑，雕也。雕，贪残之鸟也。'《释文》云：'鹑，或作鷻。按，鷻从敦声，敦与雕古声相近，故雕谓之鷻。'《大雅·行苇》篇：'敦弓既坚'，《周颂·有客》篇：'敦琢其旅'，《正义》并云：'敦，雕古今字'，是其例也。"此"鹑"之读音，《集韵》徒官切，平桓定。李时珍《本草纲目·禽部·雕》曰："雕似鹰而大，尾长翅短，土黄色，鸷悍多力，盘旋空中，无细不觏。皂雕，即鹫也，出北地，色皂青。雕出辽东，最俊者谓之海东青。羌鹫出西南夷，黄头赤目，五色皆备。雕类能搏鸿、鹄、獐、鹿、犬、豕。"综上所述，鹑、雕为古今字，鹑亦写作鷻，可作雕解。既然在汉代及先秦时"鹑"写作"鷻"，作"雕"解，那么为什么会误释为"鹌鹑"呢？《毛传》仅曰："鹑，鸟名。"并未指明何鸟。误释为"鹌鹑"者大约是从孔颖达《毛诗正义》始，《正义》曰："《释鸟》云：'鷃，鹑。其雄鶛，牝痺。'李巡曰：'列雄雌异方之言。鹑，一名鷃。'郭璞曰：'鹑，鷃之属也。'"郭璞注《尔雅·释鸟》时没有错，而孔颖达却引错了，张冠李戴，望文生训，未注意"鹑"之本义，释之以鹌鹑了。后代陈陈相因，均以讹传讹，将"鹑"认作鹌鹑了。

当然，最有说服力的还是对于诗之主旨的理解。《伐檀》全诗三章重叠，每章再分三层意思。第一层写伐檀造车的艰苦劳动；第二层从眼下的伐檀造车联想到还要替统治者种庄稼和狩猎，而这些收获物却全被统治者占有，自己一无所有，越想越愤怒，无法压抑之时忍不住提出严厉的责问；第三层进一步揭露统治者不劳而获的寄生本质，巧妙地用反语作结。对于本诗的主旨，鲁、齐、韩、毛四家略有不同。《鲁说》曰："伐檀者，魏国之女所作也。伤贤者隐避，素餐在位，闵伤怨旷，失其嘉会。夫圣王之制，能治人者食于人，治于人者食于田。今贤者隐退伐木，小人在位食禄，悬珍奇，积百谷，并包有土，泽不加百姓，伤痛上之不知，王道之不施，仰天长叹，援琴而鼓之。"又曰："其诗刺贪者不遇明主也。"《齐说》曰："功德不施于天下而勤劳于百姓，百姓贫陋困穷而家私累万金，此君子所耻而《伐檀》所刺也。"《汉书·王吉传》吉疏云："今使俗吏得任子弟，率多骄鹜，不通古今，至于积功治人，亡益于民，此《伐檀》所为作也。"吉习《韩诗》，此乃韩诗之说也。《毛序》曰："伐檀，刺贪也。在位贪鄙，无功而受禄。君子不得进仕尔。"以上诸说中，《鲁说》中之"小人在位食禄，悬珍奇，积百谷"尤可值得我们注意。"积百谷"即诗中所云"不稼不穑，胡取禾三百廛（亿）（囷）兮？"而"悬珍奇"则可解诗中"不狩不猎，胡瞻尔庭有县貆（特）（鹑）兮？"之意，如若是"鹌鹑"，恐怕还说不上是"珍奇"吧！只有大兽与大雕，才可当之无愧。又前曰"狩"、曰"猎"，"狩"意为冬猎，"猎"意为擒捉禽兽，因此所谓"狩""猎"，也只有以大兽、大雕为对象，才讲得通。以上四家诗说《伐檀》之主旨，笔者认为《鲁说》值得注意，《鲁诗》为汉初鲁人申培公所传，文帝时立为博士，在三家诗中，最为先出。申公受诗于浮丘伯，以《诗故训传》授弟子，遇有疑问，即缺而不传。此后，传《鲁诗》的有瑕上江公、刘向等，西汉时传授最广。《汉书·艺文志》谓申公曾为《诗》作传。据此，可探究西汉出现最早的解释《伐檀》的说法。"悬珍奇"中之珍奇当指"雕"，而非鹌鹑也。《鲁说》还有一个问题值得注意，即认为本诗是"魏国之女作也"。在女子心目中，勇武的男子是最为人羡慕的。能捕大兽，摄猛禽，也成了勇武之人的代名词，后代诗文中亦常见此类语言，比如，《史记·李将军列传》中记："匈奴大入上郡，天子使中贵人从广勒习兵击匈奴。中贵人将骑数十纵，见匈奴三人，与战。三人还射，伤中贵人，杀其骑且尽。中贵人走广。广曰：'是必射雕者也。'"因雕是猛禽，非善射者不能得。唐王维《观猎》："回看射雕处，千里暮云平。"明李贽《咏古五首》之二："须知一箭双雕落，始是封侯拜将家。"均是这种思想之延续。

另外，通览《诗经》，"鹑"字凡三见。除《魏风·伐檀》外，另两处为《小雅·四月》和《鄘风·鹑之奔奔》。《小雅·四月》前已提及，其中有关一段曰：

匪鹑匪鸢，翰飞戾天。
匪鳣匪鲔，潜逃于渊。

《毛传》曰："鹑，雕也。雕，鸢，贪残之鸟也。大鱼能逃处渊。"

《郑笺》曰:"翰,高。戾,至。鳣,鲤也。言雕鸢之高飞,鲤鲔之处渊,性自然也。非雕鸢能高飞,非鲤鲔能处渊,皆惊骇辟害尔。喻民性安土重迁,今而逃走,亦畏乱政故。""鹑,徒丸反,字或作鷻。"此"鹑"字,《毛传》《郑笺》已明确作"雕"解。《鄘风·鹑之奔奔》曰:

> 鹑之奔奔,鹊之疆疆。
> 人之无良,我以为兄。
> 鹊之疆疆,鹑之奔奔。
> 人之无良,我以为君。

《鲁诗》《齐诗》"奔奔"作"贲贲","疆疆"作"姜姜",王先谦《诗三家义集疏》按曰:"鹊值他鸟争巢,引队相距,亦善斗之鸟,故郑以'姜姜''贲贲'为争斗貌也。""贲有'愤'义,《礼乐记》注:'贲读为愤。'愤,怒气充实也,重言之曰'贲贲',故训争斗恶貌,此齐说也。"王国维《观堂别集卷二·沈司马石阙朱鸟象跋》曰:"罗参事《跋》以朱鸟为鹑,以鹑为《小雅》'匪鷻匪鸢'之鷻,其说是也。《周礼》'司常'职:'鸟隼为旟。'《考工记》:'鸟旟七旒以象鹑火也。'鸟隼与鹑为一,固自明白。《诗·四月》毛《传》:'鷻,隼也。'即据《周礼》为说。《尔雅·释天》疏引《郑志·答张逸》亦云:'画急疾之鸟隼。'夫急疾之鸟隼,非鷻而何?孙炎注《释天》'错革鸟曰旟'云:'错,置也。革,急也。画急疾之鸟于縿也。'全本毛郑说。《诗·鄘风》与《左僖五年传》'鹑之奔奔',毛郑无说,杜注以为鹑火,而陆元朗于《诗音义》乃以为鹌鹑鸟,沈存中辈遂承其误。今观此画象与汉朱鸟诸瓦,知汉人皆以鹑为鷻,非康成之创说兮。"《鄘风·鹑之奔奔》为《左传·僖公五年》所引,王国维认为《鄘风·鹑之奔奔》中之"鹑"与《小雅·四月》中之"鹑"同义均作"鷻"作"雕"解,其说甚确。以上两例为《诗经》中之内证,很可说明问题。因此,我们认为,《诗经》中三次出现的"鹑",均可作"雕"解,而作"雕"解可使《魏风·伐檀》和《鄘风·鹑之奔奔》的意思得到正确的理解。

(原载《文学遗产》2002年第1期)

哈佛燕京图书馆所藏马其昶稿本《屈赋皙微》

林家骊

哈佛大学哈佛燕京图书馆是欧美国家收藏中国典籍最为丰富的图书馆之一。2005年秋至2006年夏，我在哈佛大学做访问学者期间，阅读其所藏中国典籍甚多，包括阅读了该馆特藏部收藏的多种名人手稿，其中最吸引我注意的是马其昶先生的稿本《屈赋皙微》。马其昶先生是楚辞名家，其治楚辞之专著最后定名为《屈赋微》，在楚辞学界影响甚巨，而此本即是《屈赋微》的手稿本。经过对校，发现两本存在不少差异，这些异文证明，稿本《屈赋皙微》是我们探讨马其昶先生楚辞学研究成就和研究历程的第一手珍贵资料。

关于《屈赋微》，姜亮夫先生的《楚辞书目五种》著录曰："凡古今释屈文之重要可采者，大抵略遍，由博而返之于约，可为清代说屈赋者之殿。"[1] 郭在贻先生的《楚辞要籍述评》予以高度评价："《屈赋微》二卷，近人马其昶撰。……本书体例：每篇首行小题，下有'释题'，次行起每句或数句加注释，引各家之说，皆予标明；自立之说，则加'其昶按'。此书特点，在于广引博采清人注屈专著及文集笔记中语，约略计之，凡得三十六家。尤以引其桐城乡前辈方苞、姚鼐、吴汝纶之说为多，但又能由博返约，无繁碎丛脞之病。凡清人说之精核者，大抵荟萃于此书。至于自立新说，虽为数不多，却有独到之处。如《离骚》'凭不厌乎求索'，旧注训凭为满，马氏则谓：'凭与冯同，《汉书》注："冯，贪也。"言其贪求不知厌足。'又该书卷首自序试图从个人和国家民族的关系方面阐发屈子的思想和精神，认为'宗国者，人之祖气也'，屈原不忍离开楚国，终于一死以明志，乃是'返其气于太虚'；太虚不毁，则浩气长存，因此屈原虽死而精神永存云云。虽语涉玄虚，但较'忠君爱国'

---

① 姜亮夫：《楚辞书目五种》，上海古籍出版社1993年版，第252页。

之类的老调似稍新颖。"① 并将其列为研习楚辞者必读书目之一。马茂元先生主编的《楚辞研究集成》中的《楚辞要籍解题》(分册主编洪湛侯先生) 有专文介绍。② 崔富章先生任总主编的《楚辞学文库》中的《楚辞著作提要》(分册主编潘啸龙、毛庆先生) 分卷中所收毛庆先生的《〈屈赋微〉提要》尤详可参。③

马其昶（1855—1930），字通伯，晚号抱润翁，安徽桐城人。清末民初著名学者，桐城派著名作家，少时从著名学者吴汝纶学习古文，后又从张裕钊游。十五岁为诸生，多次应乡试，均不获举。三十岁后，绝弃功名利禄，专治经学，兼及子史，数十年如一日，成就斐然。先后主教庐江、潜川书院，任教桐城中学、师范学堂，声望日隆，地方官相继荐举，皆不应。至光绪末方应学部聘，任编纂，宣统元年，任学部主事。1916年后，参与纂修《清史稿》，1930年卒于家乡桐城。马氏一生著述颇丰，除该著外，尚有《诗毛氏学》《中庸篇义》《周易费氏学》《三经谊诂》《老子故》《庄子故》《桐城耆旧传》《抱润轩文集》《金刚经次诂》。另有未刊稿《尚书谊诂》《桐城文录》《抱润轩续集》《抱润轩尺牍》《抱润轩选读诗钞》等，约三百卷。

关于稿本《屈赋晢微》，沈津先生所作题解曰："《屈赋晢微》二卷，清马其昶撰。稿本。一册。半叶九行二十一字，无框格。前有光绪三十一年（1905）马其昶序。序云：'屈子书，人之读之者，无不欷歔感泣，然真知其文者盖寡，自王逸已见，谓文义不次。今颇发其旨趣，务使节次了如秩如，分上下卷，名曰《屈赋晢微》，人之读之者，其益可兴起而决然祛其疑惑乎？又非徒区区文字得失间也。'"书中文字改动甚多。此本已印入《马氏家刻集》《集虚草堂丛书甲集》。2005年12月13日。"④

此稿名《屈赋晢微》，比定本书名多一"晢"字，"晢"字何意？《说文》曰："晢，昭晢，明也。"晢亦作晣，光亮、亮光之意。《文选·宋玉·高唐赋》："其少进也，晣兮若姣姬，扬袂鄣日，而望所思。"李善注："晣，昭晣，谓有光明美色。"南朝梁江淹《杂体诗·效谢灵运游山》："桐林带晨霞，石壁映初晣。"引申作明察之意。《书·洪范》："明作晢。"孔颖达疏："视能清审，则照了物情，故视明至照晢也。""晢微"就是"明察幽

---

① 郭在贻：《楚辞要籍述评》，《郭在贻文集》第三卷，中华书局2002年版，第553页。
② 洪湛侯主编：《楚辞要籍解题》，湖北人民出版社1984年版，第253—258页。
③ 潘啸龙、毛庆主编：《楚辞著作提要》，湖北教育出版社2002年版。
④ 沈津先生《屈赋晢微题解》为未刊稿，沈津先生现任哈佛燕京图书馆特藏部主任。

微"之意。

今将稿本《屈赋皆微》（以下简称"稿本"）和集虚草堂本《屈赋微》（以下简称"定本"）相较，发现其异文甚多。有些地方是多次修改，黑笔红笔相间，又贴纸条。从中我们可以窥见马氏研究楚辞，对于书稿精益求精的谨慎态度和艰苦历程。两本不同之处约可分为三种情况：一是稿本、定本相异，即稿本有些内容已被定本取代者；二是有些内容稿本无，定本有，即后来为马氏所加者；三是有些内容稿本中有，定本无，即稿本中内容后来为马氏所删除者。今试述之。

一 稿本、定本两异者

这部分内容甚多，比如"叙"中就有两处有异。其一，定本："九者，数之极也，故凡甚多之数，皆可以九限之，文不限于九也。"稿本有过两次改动，原作："九者，数之极，故以九节歌，文不限于九也。"后改为："九者，数之极，故凡举甚多之数，皆以九约之，文不限于九也。"其二，定本："事不可为，则返其气于太虚，太虚不毁，彼其浩然者，自磅礴而长存，吾又未见屈子之果为死也。"稿本原作："事不可为，则返其气于太虚，吾又未见屈子之果为死也。太虚不毁，彼其浩然者，自与之长存。"正文中之两异者约可分成九类。

（一）稿本只有音注，而定本删音注引前人说来诠释文句者。如：

1. 《离骚》："纷吾既有此内美兮，又重之以修能。扈江离与辟芷兮，纫秋兰以为佩。"

稿本：方绩曰："《广韵》能十九代，佩十八队，古队、代同韵。"

定本：龚景瀚曰："喻博采众善以自约束也。"

2. 《离骚》："朝搴阰之木兰兮，夕揽洲之宿莽。日月忽其不淹兮，春与秋其代序。"

稿本：方绩曰："古语莽、姥同韵，《广韵》莽十姥，序八语。"

定本：李详曰："代序，代谢也，古人读序为谢。"

3. 《离骚》："溘吾游此春宫兮，折琼枝以继佩。及荣华之未落兮，相下女之可诒。"

稿本：羊吏切。方绩曰："佩，《广韵》十八队，诒，《韵补》并入五寘，古寘、队同韵。"

定本：李光地曰："高丘无女，则高位者无人矣。下女可诒，犹望其有处于下位而备进用者，乃求女如宓妃者，而不可得相与骄傲淫游而已。"

（二）稿本引古人说，而定本改用已说诠释文句者。如：

1. 《离骚》："昔三后之纯粹兮。"

稿本：王夫之曰："三后，鬻熊、熊绎、庄王也。"

定本：其昶案："熊绎为楚始封君，若敖、蚡冒为楚人之所常诵，三后当指此。将溯皇舆之启，故述先君以戒后王。栾武子曰：楚自克庸以来，其君无日不讨国人，而训之于民生之不易，祸至之无日，戒惧之不可以怠，训之以若敖、蚡冒，筚路蓝缕以启山林。文十六年，楚灭庸。杜注云：《传》言楚有谋臣所以兴，即此所云'固众芳之所在'也。"

2. 《九歌·湘夫人》："朝驰余马兮江皋，夕济兮西澨。闻佳人兮召予，将腾驾兮偕逝。"

稿本：王夫之曰："此代神言，感其诚而来降也。湘水北流，汉在其西，故曰西澨。逝，行也，夫人与湘君偕行。下言修饰祠宫，极其芳洁以候神。"

定本：五臣曰："冀闻夫人召我，将腾驰车马与使者俱往。"其昶案："此言己之驰马江皋，冀闻夫人之召而不可得。亦犹麋处庭中，蛟居水裔，既失其所，安能有获，故以下复言修饰祠宫以候神。"

3. 《离骚》："心犹豫而狐疑兮，欲自适而不可。凤皇既受诒兮，恐高辛之先我。"

稿本：李光地曰："于是思遗佚之士，乃为媒者。鸩毒鸠巧，隐逸之贤，安能以自通凤皇。既受他人诒而不为吾国媒，则有娀之佚女必为高辛有，非高阳有矣。"

定本：王逸曰："《帝系》云高辛氏为帝喾，帝喾次妃有娀氏女生契。"其昶案："高辛氏有荐贤之人，而高阳之后无有，此伤怀王时之多谗佞也。"

（三）稿本、定本均引前人说，但定本所引前人说与稿本所引前人说不同者。如：

1. 《离骚》："畦留夷与揭车兮，杂杜衡与芳芷。"

稿本：其昶案："王逸称原仕怀王为三闾大夫，三闾之职，掌王族三姓，曰昭屈景。原序其谱属，率其贤良以厉国士，此言'广植众芳'即此也。"

定本：方苞曰："此喻己所培养滋植之众贤也。原序其谱属，率其贤良，以厉国士，则以长育人材为己任可知矣。"

2. 《离骚》："理弱而媒拙兮，恐导言之不固。"

稿本：李光地曰："望犹未绝也，使少康而有贤配，倘所谓祀夏配天不失旧物者乎，奈何媒理之妒蔽，无异于前时，而原之望绝矣。盖怀昏而不悟,襄淫而失道,原固灼见之而惓惓之,诚不能自已。他日《天问》之作,反复于鲧、禹、启、少康之事,亦此志也。"

定本:李光地曰:"浮游观望,欲及少康之未室,为之定有虞之二姚,盖寓意于嗣君,欲为之求贤以辅导。庶几异日如少康之赫然中兴,不失旧物也。理弱媒拙,原自道也,我欲为君求贤而力弱拙,无以取信,其余则嫉贤蔽美之徒而已。"

3. 《九歌·云中君》:"览冀州兮有余。"
稿本:王夫之曰:"冀州见《淮南子》,九州之一,谓中土也。"
定本:洪兴祖曰:"《淮南子·正中》:冀州曰中土。注云:冀,大也,四方之主。"

4. 《九歌·河伯》:"鱼鳞屋兮龙堂,紫贝阙兮朱宫。"
稿本:王夫之曰:"朱与珠通。"
定本:王逸曰:"《文苑》作珠宫。"

5. 《九歌·国殇》:"凌余阵兮躐余行,左骖殪兮右刃伤。"
稿本:王夫之曰:"左右骖。"
定本:王逸曰:"殪,死也。言己所乘左骖马死,右骖马被刃创也。"

6. 《天问》:"永遏在羽山,夫何三年不施?"
稿本:古音式。王逸曰:"施,舍也。"王夫之曰:"施与弛同释也。"
定本:古音挩,李详曰:"施读若《左传》'乃施刑侯'之施,谓行罪也。"

7. 《天问》:"南北顺隳,其衍几何?"
稿本:王夫之曰:"隳作圆椭而长也。"
定本:洪兴祖曰:"隳与椭同。《淮南子》:阖四海之内,东西二万八千里,南北两万六千里。注云:子午为经,卯酉为纬,言经短纬长也。"

8. 《天问》:"延年不死,寿何所止?"
稿本:洪兴祖曰:"《素问》云:真人寿敝天地,至人益其寿命而强者也,亦归于真人;圣人精神不散,亦可以百数。"
定本:蒋骥曰:"《穆天子传》:黑水之阿,爰有木禾,食者得上寿。《淮南》云:三危之国,石城金室,饮气之民,不死之野。"

9. 《天问》:"帝降夷羿,革孽夏民。"
稿本:王夫之曰:"革夏祚,孽夏民。"
定本:姚永朴曰:"《高宗肜日》以民指高宗,《酒诰》以民指纣。'革孽夏民',言夏本宗子,易之使为庶孽。"

10. 《九章·涉江》:"燕雀乌鹊,巢堂坛兮。露申辛夷,死林薄兮。"

稿本：王夫之曰："露申或即申椒，草木丛生曰薄。"

定本：王逸曰："露，暴也。申，重也。言重积辛夷，露而暴之，使死于林薄之中。"

11.《九章·怀沙》："惩违改忿兮。"

稿本：朱子曰："违，过也。"

定本：王念孙曰："违，恨也。"

12.《九章·惜往日》："使谗谀而日得。"

稿本：音戴。朱子曰："得，得志也。"

定本：姚永朴曰："得如《左传》'得太子适郢'之得，言日见亲说于君也。"

13.《九章·橘颂》："廓其无求兮，苏世独立。"

稿本：陈本礼曰："苏与疏同。"

定本：王逸曰："苏，寤也。"洪兴祖曰："《魏都赋》云：'非苏世而居正。'"

14.《招魂》："旋入雷渊。"

稿本：蒋骥曰："雷渊，即西域河源所注之蒲海。"

定本：王逸曰："渊，《文选》作泉。"洪兴祖曰："唐人避讳，以渊为泉。"

15.《招魂》："文异豹饰，侍陂陁些。"

稿本：王夫之曰："水堰侧岸曰陂陁，与池同。"

定本：李详曰："陂陁，侍者邪偎不齐貌。"

16.《招魂》："酎饮尽欢，乐先故些。"

稿本：王夫之曰："先故，故旧也。"

定本：五臣曰："乐君先祖及故旧。"

（四）稿本引前人音注，而定本改为反切者。如：

《天问》："覆舟斟寻，何道取之。"

稿本：邓廷桢曰："取之声，当以为缀掇为正。"

定本：七庾反。

（五）稿本用反切，而定本改为音注者。如：

《天问》："简狄在台誉何宜？"

稿本："古音鱼何反。"

定本：戚学标曰："宜，古音俄，然'俄'音微敛，即同泥。"

（六）稿本引古文献，定本则引更早更可靠的古文献。如：

《天问》："受礼天下，又使至代之？"

稿本：其昶案："《史记》：太甲居桐宫三年，悔过自责反善，伊尹乃迎而授之政，诸侯咸归殷，故曰'受礼天下'。"

定本：其昶案："《书》：伊尹奉嗣王，只见厥祖侯甸，群后咸在，故曰'受礼天下'。《史记》：太甲既立，不遵汤德，伊尹放之于桐宫三年，伊尹摄行政当国，故曰'又使至代之'。承前段。"

（七）稿本、定本均引前人说，但定本所引前人说与稿本所引前人说不同，并加上自己按语的。如：

1. 《九歌·湘夫人》："朝驰余马兮江皋，夕济兮西澨。闻佳人兮召予，将腾驾兮偕逝。"

稿本：王夫之曰："此代神言感其诚而来降也。湘水北流，汉在其西，故曰西澨。逝，行也，夫人与湘君偕行。下言修饰祠宫，极其芳洁以候神。"

定本：五臣曰："冀闻夫人召我，将腾驰车马与使者俱往。"其昶案："此言己之驰马江皋，冀闻夫人之召而不可得。亦犹麋处庭中，蛟居水裔，既失其所，安能有获，故以下复言修饰祠宫以候神。"

2. 《离骚》："心犹豫而狐疑兮，欲自适而不可。凤皇既受诒兮，恐高辛之先我。"

稿本：李光地曰："于是思遗佚之士，乃为媒者。鸩毒鸠巧，隐逸之贤，安能以自通凤皇。既受他人诒而不为吾国媒，则有娀之佚女必为高辛有，非高阳有矣。"

定本：王逸曰："《帝系》云高辛氏为帝喾，帝喾次妃有娀氏女生契。"其昶案："高辛氏有荐贤之人，而高阳之后无有，此伤怀王时之多逸佚也。"

（八）稿本用文字训诂，定本改用注古音的。如：

《九章·抽思》："歷兹情以陈辞兮，荪详聋而不闻。"

稿本：洪兴祖曰："详与佯同。"

定本：古音烟。

（九）稿本作"××反"，现定本已改为"古音×"或"音×"或"同×"。例：

1. 《离骚》

"惟庚寅吾以降"的"降"字，稿本作"户工反"，定本作"古音洪"。

"又重之以修能"的"能"字，稿本作"古音奴代反"，定本作"古音泥"。

"夕揽洲之宿莽"的"莽"字，稿本作"莫补反"，定本作"古音姥"。

"岂维纫夫蕙茝"的"茝"字，稿本作"昌改反"，定本作"同芷"。

"又申之以揽茝"的"茝"字，稿本作"诸市反"，定本作"音止"。

"惟昭质其犹未亏"的"亏"字，稿本作"古音去禾反"，定本作"古音羲"。

"夫何茕独而不予听"的"茕"字，稿本作"渠营反"，定本作"音琼"。

"周论道而莫差"的"差"字，稿本作"初沙反"，定本作"音蹉"。

"求宓妃之所在"的"在"字，稿本作"昨宰反"，定本作"古音止"。

2.《九歌》

《九歌·大司命》："愿若今兮无亏"的"亏"字，稿本作"古音去禾反"，定本作"古音科"。

《九歌·山鬼》："石磊磊兮葛蔓蔓"的"蔓"字，稿本作"母官反"，定本作"莫干反"。

《九歌·国殇》："霾两轮兮絷四马"的"马"字，稿本作"莫补反"，定本作"古音姥"。

3.《天问》

"冯翼惟像"的"冯"字，稿本作"皮冰反"，定本作"同凭"。

"阴阳三合，何本何化"的"化"字，稿本作"毁禾反"，定本作"古音讹"。

"八柱何当，东南何亏"的"亏"字，稿本作"古音去禾反"，定本作"古音羲"。

"伯强何处，惠气安在"的"在"字，稿本作"昨宰反"，定本作"古音止"。

"何阖而晦，何开而明"的"明"字，稿本作"古音弥朗反"，定本作"古音芒"。

"伯禹腹鲧，夫何以变化"的"化"字，稿本作"古音毁禾反"，定本作"古音讹"。

"昆仑县圃，其尻安在"的"在"字，稿本作"昨宰反"，定本作"古音止"。

"雄虺九首，儵忽焉在"的"在"字，稿本作"昨宰反"，定本作"古音止"。

"黑水玄沚，三危安在"的"沚"字，稿本作"昨宰反"，定本作"古音止"。

"汤出重泉，夫何罪尤"的"尤"字，稿本作"古音羽其反"，定本作"古音怡"。

"叔旦不嘉"的"嘉"字，稿本作"古音居沙反"，定本作"古音姬"。

"足周之命以咨嗟"的"嗟"字，稿本作"古音子些反"，定本作"古音咨"。

"授殷天下，其位安施"的"施"字，稿本作"古音式禾反"，定本作"古音佗"。

"师望在肆昌何识"的"识"字，稿本作"职吏反"，定本作"音志"。

4. 《九章·抽思》

"指彭咸以为仪"的"仪"字，稿本作"古音鱼何反"，定本作"古音俄"。

"既茕独而不群兮"的"茕"，稿本作"渠荣反"，定本作"音琼"。

5. 《招魂》

"和酸若苦，陈吴羹些"的"羹"字，稿本作"古郎反"，定本作"古音郎"。

"挫梓瑟些"的"挫"字，稿本作"音甲，舌八反"，定本作"音甲"。

二 稿本无，而定本有者

这部分内容，定本有而稿本无，应该是马其昶先生最后在抄录稿上所加，内容大约又可分为四种情况。

（一）标题下加注释。如：

1. 《离骚》题下

定本：《史记》曰："怀王使屈原造为宪令。屈平属草稿，未定，上官大夫见而欲夺之。屈平不与，因谗之，曰：'王使屈平为令，众莫不知，每一令出，平伐其功，曰以为非我莫能为也。'王怒而疏屈平，屈平疾王听之不聪也，谗谄之蔽明也，邪曲之害公也，方正之不容也，乃忧愁而作《离骚》。离骚者，犹离忧也。"

2. 《九章·怀沙》："右怀沙。"

定本：《史记》曰："上官大夫短屈原于顷襄王，王怒而迁之，乃作《怀沙》之赋。"

（二）引用前人音注。如：

1. 《离骚》："长太息以掩涕兮，哀民生之多艰。"

定本：戚学标曰："艰，籀文作囏。故艰有喜音，与涕、替、茝、悔为韵。"

2. 《离骚》："告余以吉故，曰勉升降以上下兮，求矩矱之所同。汤禹俨而求合兮，挚咎繇而能调。"

定本：戚学标曰："《诗》及《韩非子》调皆叶同，调从周声，或周之本体，从用兼有用音。"

3. 《离骚》："路修远以多艰兮，腾众车使径待。"

定本：戚学标曰："待，从寺声，古读同侍，此与期叶，又为侍轻声。"

4. 《离骚》："乱曰：已矣哉，国无人莫我知兮，又何怀乎故都。"

定本：古音猪。戚学标曰："都，从者声者，古读渚，轻音则同诸。"

5. 《九歌·湘君》："沛吾乘兮桂舟，令沅湘兮无波。"

定本：古音疲。戚学标曰："凡谐皮声者，从阳读婆，从阴读疲，《说文》于皱字下发例。"

6. 《九歌·大司命》："玉佩兮陆离，壹阴兮壹阳，众莫知兮余所为。"

定本：戚学标曰："为古读乎，敛音则如曳。"

7. 《天问》："雷开何顺，而赐封之？"

定本：戚学标曰："封从丰声，移音如汾。"

8. 《九章·惜诵》："兹娟以私处兮，愿曾思而远身。"

定本：方绩曰："身当与上信字韵。"

（三）引前人训诂。如：

1. 《离骚》："指九天以为正兮。"

定本：龚景瀚曰："九天，九重天也，《天问》云'圜则九重'。正，证也。"

2. 《离骚》："夕餐秋菊之落英。"

定本：吴仁杰曰："《尔雅》：落，始也。落英谓始华之时。"

3. 《离骚》："伏清白以死直兮，固前圣之所厚。"

定本：方苞曰："前言九死未悔，问之己心而以为安也。此则质诸前圣而无所疑，其所以处死者，盖审矣。"

4. 《离骚》："女媭之婵媛兮，申申其詈予。"

定本：上声。王逸曰："申申，重也。"

5. 《离骚》："济沅湘以南征兮，就重华而陈词。"

定本：龚景瀚曰："必就重华者，舜崩于苍梧、葬于九疑者，皆楚之边地，亦诗人歌土风之意也。"

6. 《离骚》："夏桀之常违兮，乃遂焉而逢殃。"

定本：龚景瀚曰："遂，《玉篇》安也。"

7. 《离骚》："吾令羲和弭节兮，望崦嵫而勿迫。"

定本：方苞曰："原既疏之后，尚未与君绝，故使齐而反，复谏释张仪。悬圃灵琐，皆喻君所自明。依依于君侧之故，非有他也。念日之将暮，仍冀辅君，及时以图治耳。"

8.《离骚》："世浑浊而不分兮，好蔽美而嫉妒。"

定本：方苞曰："以上云云皆自喻，遭谗见疏，陈志无路。"

9.《离骚》："保厥美以骄傲兮，日康娱以淫游。虽信美而无礼兮，来违弃而改求。"

定本：龚景瀚曰："'保厥美以骄傲兮，日康娱以淫游'，独乐其身而已。'信美无礼'，所谓洁身乱伦也。"其昶案："夕次穷石，朝濯洧盘，所见皆无君国之忧者，此申言相下女而亦无可诒。"

10.《离骚》："及少康之未家兮，留有虞之二姚。"

定本：王逸曰："有虞，国名。姚姓，舜后也。昔寒浞使浇杀夏后相，少康逃奔有虞，虞因妻以二女，而邑于纶。有田一成，有众一旅，能布其德，以收夏众，遂诛灭浇，复禹之旧绩。"

11.《离骚》："两美其必合兮，孰信修而慕之。"

定本：龚景瀚曰："两美必合，则必有信能好修者，而后慕汝之好修，而楚其谁乎？"

12.《离骚》："勉远逝而无狐疑兮，孰求美而释女。何所独无芳草兮，尔何怀乎故宇。"

定本：王逸曰："此皆灵氛之辞。"

13.《离骚》："朝发轫于天津兮，夕余至乎西极。"

定本：李光地曰："是时，山东诸国政之昏乱无异南荆，惟秦强于刑政，收纳列国贤士。士之欲急功名，舍是莫适归者，是以所过山川悉表西路。然父母之邦可去，而仇雠之国不可依，况贵戚之卿，义与国共者哉！卒之死而靡他。《淮南》所谓'日月争光'者，此也。"

14.《离骚》："遵赤水而容与。"

定本："容与，游戏貌。"

15.《离骚》："麾蛟龙使梁津兮。"

定本："以蛟龙为桥，乘之以渡。"

16.《离骚》："既莫足与为美政兮，吾将从彭咸之所居。"

定本：龚景瀚曰："'莫我知'，为一身言之也；'莫足与为美政'，为宗社言之也。世臣与国同休戚，苟己身有万一之望，则爱身正所以爱国，可以不死也。不然，其国有万一之望，国不亡，身亦可以不死也。至'莫足与为美政'，而望始绝矣。既不可去，又不可留，计无复之，而后出于死。一篇大要，乱之数语尽之。太史公于其本传终之曰：'其后，楚日以削。数十年，竟为秦所灭。'言屈子之死得其所。是能知屈子之心者也。"

17.《九歌·湘君》:"驾飞龙兮北征,邅吾道兮洞庭。"

定本:王逸曰:"邅,转也。"

18.《天问》:"曰遂古之初,谁传道之?"

定本:姚永朴曰:"曰,如'曰若稽古'之曰词也。"

19.《九章·惜诵》:"同极而异路兮,又何以为此援。"

定本:姚永朴曰:"《太玄》注:极,出也。"

20.《九章·怀沙》:"伯乐既没,骥焉程兮。"

定本:戚学标曰:"《史记》便程即平秩。"

21.《九章·怀沙》:"余何畏惧兮,曾伤爰哀。"

定本:王念孙曰:"《方言》凡哀泣而不止曰咺曰爰。爰哀与曾伤对文。"

22.《渔父》:"屈原曰:'举世皆浊我独清,众人皆醉我独醒,是以见放。'渔父曰:'圣人不凝滞于物而能与世推移,世人皆浊,何不淈其泥而扬其波。'"

定本:李详曰:"《尔雅》:淈,治也。治有掘、汨两义。"

23.《渔父》:"安能以身之察察,受物之汶汶者乎!"

定本:李详曰:"汶古与昏通。《淮南》注:滑读汶水之汶。《史记索隐》汶汶犹昏暗。"

(四)加上自己按语。如:

1.《离骚》:"惟庚寅吾以降。"

定本:其昶案:"凡古音一本《说文》,谐声依宋吴才老,明陈季立,国朝顾亭林、戚雀泉、姚秋农、安古琴、苗先丽诸家所订。"

2.《离骚》:"惟昭质其犹未亏。"

定本:其昶案:"《汉学谐声》云:亏读科,此从阳声也,从音则读'戏'。《集韵》亏与戏通,虑亏即伏牺。"

3.《离骚》:"吾令帝阍开关兮,倚阊阖而望予。"

定本:其昶案:"……以待己之至。……"

4.《离骚》:"纷总总其离合兮,忽纬繣其难迁。"

定本:其昶案:"乘云以求宓妃,乃乖剌难合,此申言高丘之无女。"

5.《九歌·湘君》:"横流涕兮潺湲,隐思君兮陫侧。"

定本:其昶案:"望神未来,而民情愤怨之端,追欲自陈也。"

6.《九歌·大司命》:"壹阴兮壹阳,众莫知其所为。……固人命兮有当,孰离合兮可为。"

定本：其昶案："一篇之中，两用为字，分阴阳舒敛，以为声韵。……"

7.《天问》："何颠易厥首，而亲以逢殆？"

定本：其昶案："殆从台声，台从以声，以轻读入怡，重读入胎。《诗经》三用殆字，皆叶仕，止韵于此同，自当读如枲音。"

8.《九章·涉江》："接舆髡首兮，桑扈裸行。"

定本：其昶案："首与下以醢韵，行与下殃韵。"

9.《远游》："其小无内兮，其大无垠。"

定本：其昶案：垠从艮声。安古琴说："艮，古音艰。枚乘《七发》以圻谐先门韵，圻、垠同字。"

10.《渔父》题下

定本：其昶案："渔父之言，正叔通所谓知时变者。世俗之见类然，不必果无其人。原感其言，因述己志，而成斯篇。史公以事载之，不为过，若《庄子·渔父》伪篇，殆后人仿此而作，则诚空语无事实矣。"

三　稿本有，定本无者

这部分内容稿本中有而定本已经删除，其内容又可分为三种情况。

（一）原有音注，现已删除的。如：

1.《离骚》："謇朝谇而夕替。"

稿本：方东树曰："《广韵》十二霁并出替、暜，《说文》：讃，忌也。屈子此所用替字，或是譖字之省，音同义近皆可通。"邓廷桢曰："替当与涕韵，《天问》之'雄虺九首'与'长人何守'为韵，中间二句则屈子自有此例。"

2.《离骚》："余不忍为此态也。"

稿本：方绩曰："古四声转用，时，《韵补》收入五置，正与下态字韵。"

3.《招魂》："被文服纤，丽而不奇些。"

稿本：古音渠禾反。戚学标曰："亦可声从可，一变为奇，凡从可从奇之字有此两者。"

（二）原有前人训诂，现已删除的。如：

1.《离骚》："佩缤纷其繁饰兮，芳菲菲其弥章。"

稿本：方苞曰："忽反顾昭质之未亏，而不忍坐视滔滔天下，故往观四荒，或有重我之佩饰，好我之芳菲者乎？"

2.《九歌·湘夫人》："沅有芷兮澧有兰，思公子兮未敢言。"

稿本：朱子曰："韩子以为娥皇正妃故称君，女英自宜降称夫人也。"

3.《九歌·少司命》："秋兰兮麋芜，罗生兮堂下。"

稿本：王夫之曰："此喻人之有佳子孙，晋人言芝兰玉树欲其生于庭砌，语本于此。"

4.《九歌·东君》："夜皎皎兮既明，驾龙辀兮乘雷。"

稿本：洪兴祖曰："震东方为雷，为龙，日出东方，故曰驾龙乘雷。"

5.《天问》："曰遂古之初，谁传道之？"

稿本：王夫之曰："统一篇而系以曰，则原所自撰成章句可知。"

6.《天问》："焉有石林。"

稿本：钱澄之曰："石林疑即珊瑚之类。"

7.《天问》："又何言吴光争国，久余是胜？"

稿本：洪兴祖曰："怀王为秦所败，亡其六郡，入秦不返，故征吴光争国事讽之。"

8.《九章·涉江》："接舆髡首兮，桑扈裸行。"

稿本：姚文田曰："行字从庚转入东韵。"

9.《九章·哀郢》："心婵媛而伤怀兮。"

稿本：王逸曰："婵媛，犹牵引也。"

10.《九章·抽思》："悲秋风之动容兮，何回极之浮浮。"

稿本：钱澄之曰："杜甫诗云'风连西极'，犹此义也。"

11.《九章·怀沙》："伤怀永哀兮，汨徂南土。"

稿本：洪兴祖曰："原以仲春去国，以孟夏适南土。"

12.《九章·怀沙》："眴兮杳杳，孔静幽默。"

稿本：洪兴祖曰："眴同瞬。"

13.《九章·怀沙》："岂知其何故也。"

稿本：洪兴祖曰："言圣贤有不并时而生者。"

14.《九章·惜往日》："辟与此其无异。"

稿本：洪兴祖曰："辟与譬同。"

15.《九章·橘颂》："纷缊宜修，姱而不丑兮。"

稿本：洪兴祖曰："姱，好也。"

16.《九章·橘颂》："闭心自慎，终不失过兮。"

稿本：姚鼐曰："'闭心自慎'之语，义若以辩释上官所云'每一令出，平伐其功'之为诬也。"

17.《九章·悲回风》："上高岩之峭岸兮，处雌蜺之标颠。"

稿本：王夫之曰："此下言沈湘以后，精神不泯，游翱天宇之内，脱浊世之污卑，释离愁之菀结，以一死自靖于先君，逌然自得也。"

18.《九章·悲回风》："求介子之所存兮。"

稿本：王逸曰："介子推也。"

19.《远游》："闻至贵而遂徂兮。"

稿本：洪兴祖曰："《庄子》云：'独有之人，是之谓至贵'。"

20.《远游》："朝濯发于汤谷兮。"

稿本：王逸曰："《淮南》言日出汤谷。"王夫之曰："汤与旸同。"

21.《远游》："意恣睢以担挢。"

稿本：方东树曰："《韵书》蹢字四收，挢亦当有入声。"

22.《招魂》："朕幼清以廉洁兮。"

稿本：吴汝纶曰："朕，怀王也。"

23.《招魂》："上无所考此盛德兮。"

稿本：吴汝纶曰："上，与尚同。考，成也。"

24.《招魂》："长离殃而愁苦。"

稿本：吴汝纶曰："言怀王本有盛德，为俗所牵，曾不能成此盛德而罹祸也。"

25.《招魂》："肴羞未通。"

稿本：洪兴祖曰："肴，骨体，又菹也。致滋味为羞。"

26.《招魂》："铿钟摇簴。"

稿本：五臣曰："簴悬锺格。"

（三）原有马氏按语，现已删除的。如：

1.《九歌·湘君》："扬灵兮未极，女婵媛兮为余太息。"

稿本：其昶案："始欲驾龙北征以迎神，扬灵未届，旁观皆为之太息。以迎神未来，忧思隐约，无可与陈，故下遂极言之，而冀神之一鉴也。"

2.《九歌·少司命》："夕宿兮帝郊，君谁须兮云之际。"

稿本：其昶案："……也即少司命。楚君事神，神亦须君于云中之际。曰女曰美人，皆神目君之辞。"

3.《天问》："何所冬暖？何所夏寒？"

稿本：其昶案："距赤道近则冬暖，距赤道远则夏寒。"

4.《远游》："意荒忽而流荡兮。"

稿本：其昶案："荒忽，犹恍惚。"

（四）稿本的注释比定本的注释有增加，但不知道因何原因定本中却没有的。如：

1.《离骚》："汤禹俨而求合兮，挚咎繇而能调。"

稿本：在"王逸曰：'挚，伊尹名'"的注下，还有"汤臣；咎繇，禹臣"。

2.《九章·惜诵》："同极而异路兮，又何以为此援也。"

稿本：洪兴祖曰："言众人见己所为如此，皆惊骇遑遽，离心而异志也。"

将稿本和定本进行对比研究，笔者注意到以下几点。

1. 此书稿本的天头有许多眉批，有许多补写粘贴的纸条，还有许多增删处，原稿的字迹工整端正，增改的字迹稍显扁平，但字体基本一致，似是同一个人书写。因此，基本上可认定此稿本是马其昶先生本人手迹。

2. 无论是稿本还是定本，该书都分上下两卷。首自序，次上卷，次下卷。上卷篇次为：《离骚》《九歌》《天问》；下卷篇次为：《九章》《远游》《卜居》《渔父》《招魂》。对于屈原赋二十五篇，马氏采取王夫之的说法，定《九歌·礼魂》为前十篇之送神曲，即每篇完后均奏《礼魂》，由此加《招魂》正好二十五篇，不存在有《远游》则多《招魂》，有《招魂》则多《远游》的问题。

3. 此稿本作于何时，定稿于何时？我们应注意到稿本序言中的日期与定本序言中的日期是一致的，都是光绪三十一年（1905）夏五月。另，我们在马氏稿本中发现天头除修改的文字外，还时有提醒抄写者注意的话，如《九歌》《九章》的分篇题目下都有"低一格"字样，又，全稿多处有"洪注移写上句之下""王注移自案前""洪注移王注前""连写后稿""低一格，下同""题目在文后者低一格写，下同""题目低一格""顶""洪注移蒋注前"等，还有《天问》"胡为嗜不同味，而快鼋饱"句有注曰："王夫之注移毛（奇龄）注前"，本句又注明将"马瑞辰曰"改为"家元伯先生谓"。结合此书最后是由李国松收入《集虚草堂丛书》，光绪三十二年（1906）刻版，定本扉页有"屈赋微二卷"，下有"光绪丙午集虚草堂校刊合肥张文运检"字样，我们可以推想出此书的成书经过：马氏《屈赋皙微》基本定稿后，曾由抄写者抄录，抄录稿交李国松刊刻，稿本存马其昶自己处。哈佛燕京图书馆收藏的就是马先生自己保存的手稿。而抄录稿在交李国松以前，马先生再在上面做了若干修改。抄录稿有待发现。

4. 定本一定都优于稿本吗？不一定。在校勘时，笔者发现几例，如《招魂》"和酸若苦，陈吴羹些"的"羹"字，稿本作"古郎反"，定本作"古音郎"。笔者认为，稿本正确而定本误，可能就是抄录者或刊刻的笔误。又如《离骚》"朝发轫于天津兮，夕余至乎西极"句下引李光地、姚永朴注后，原稿上尚有"原求君将远逝于秦，然而临睨旧乡，卒不行。此原之所以为忠也"。而定本删此句，语意显得不完整。不知是漏抄还是有意删去，恐不合马氏原意。

5. 本书的题目原为《屈赋暂微》，后来才改为《屈赋微》的。为什么改为《屈赋微》呢？是否想与马先生的其他两本著作《老子故》《庄子故》保持一致的体例呢？

6. 哈佛燕京图书馆所收藏的马其昶稿本《屈赋暂微》是马其昶先生之手稿本，从稿本上琳琅满目的修改字迹、繁多的纸条粘贴等情况来看，马氏所下功夫甚深，而且态度是十分严谨的，真正是精益求精。

7. 从马氏在稿本《远游》篇"意荒忽而流荡兮"句下本有"其昶案：荒忽，犹恍惚"，然定本已删，可见马其昶删掉了他认为是一般性的注释，而只是留下高难的解释。

8. 马氏稿本上与定本相异的文字，稿本上有而定本无即已删去的文字，有些是很有价值的，仍然值得引起我们注意。

9. 从稿本上马氏之批语看，马氏十分重视楚辞注解者最早的发明权，如有些注释原用王夫之说，后改洪兴祖；原用洪兴祖说，后改王逸；并且马氏十分注意一些当时还不十分出名的人的注解，如戚学标等。

综上所述，马其昶先生的手稿本《屈赋暂微》同样反映了马其昶先生的楚辞学思想，虽然我们已经有了《屈赋微》，但要全面研究马其昶先生的楚辞学思想，还要把《屈赋微》和《屈赋暂微》对照起来勘读，参考《屈赋暂微》中的内容，因为马其昶先生的《屈赋微》并没有否定《屈赋暂微》中的内容，尤其是其删除的部分，仍有它的研究价值。《屈赋暂微》是研究马其昶先生的楚辞学思想形成的一部重要文献，虽然流落异国，但仍应引起我们充分的重视。

（原载《文史》总第 84 辑，2008 年第 3 辑）

沈约事迹二考

林家骊

沈约事迹,《梁书》本传和《南史》本传记载较详,再加上其他文献的印证,还是比较清楚的。但也存在着一些问题,如他究竟于何时起家奉朝请,以及出任东阳太守的时间与任期,众说纷纭,莫衷一是。本文试图对这两个问题作些探索,以求得到比较圆满的解答。

一 "起家奉朝请"的时间

《梁书》本传曰:"起家奉朝请",不书年月,因此关于沈约起家奉朝请的时间,就有了多种说法。

严可均《全梁文》卷二五《沈约叙传》:"孝建中(454—456)为奉朝请。"①

伍俶《沈约年谱》不作系年。②

铃木虎雄《沈约年谱》系于宋孝武帝大明四年(460)二十岁时,且作案语:"未知其事在于何年,以意推之,应在弱冠以后。"③

王达津《沈约评传》:"他本来先打算写《晋书》,宋明帝刘彧泰始元年(465),他二十五岁,尚书右仆射蔡兴宗知道后,便为他启请,宋明帝允许他正式去撰写。他同文士范岫同被蔡兴宗赏识,起家奉朝请。"④

刘静夫《沈约》:"沈约最初是做奉朝请,时间不可确考。……大概是给他个名义,可能也有点俸禄,处境稍有改善。"⑤

---

① 严可均:《全上古三代秦汉三国六朝文》,中华书局1958年影印本。
② 伍俶(伍俶傥):《沈约年谱》,载国立中山大学文史研究所辑刊第一卷第一册,1931年版。
③ [日]铃木虎雄:《沈约年谱》,马导源编译,《中国史学丛书》,商务印书馆1935年版。
④ 王达津:《沈约评传》,《中国历代著名文学家评传》第一卷,山东教育出版社1983年版。
⑤ 刘静夫:《沈约》,《中国史学家评传》上卷,中州古籍出版社1985年版。

那么，沈约究竟是哪一年"起家奉朝请"呢？今试考之。

首先要搞清楚的问题是沈约是以何种资格"起家奉朝请"的。考汉代是国戚与勋门子弟可以为之。《太平御览》卷二四三引《汉官解诂》曰："三辅职如郡守，独奉朝请，成帝丞相张禹逊位，特进奉朝请，又以关内侯萧望之奉朝请。奉朝请之号，则非为官。如淳曰：'诸侯春朝天子曰朝，秋曰请。'虽国戚及勋门子弟为之，但预朝请会而已。"晋宋时当亦因之。所谓"勋门"，就是建立过功勋的家族。沈约祖辈世代为官，事详《宋书·自序》，刘裕建立宋朝以后，沈约祖父沈林子以佐命之功，封汉寿县伯，食邑六百户，拜辅国将军，义熙十一年，武帝赐馆于建康都亭里之运巷，恩宠有加，永初三年薨，又赠征虏将军。父沈璞先后任始兴王刘濬主簿、秣陵令、宣威将军、盱眙太守、淮南太守，然而在元嘉三十年二凶弑逆、孝武起兵时因奉迎之晚被诛。《梁书》本传："父璞，淮南太守。璞元嘉末被诛，约幼潜窜，……"《宋书·自序》："征还，淮南太守，赏赐丰厚，日夕燕见。……三十年，元凶弑立，璞乃号泣曰：'一门蒙殊常之恩，而逢若斯之运，悠悠上天，此何人哉。'日夜忧叹，以至动疾。会二凶逼令送老弱还都，璞性笃孝，寻闻遵老应幽执，辄哽咽不自胜，疾遂增笃，不堪远迎，世祖义军至界首，方得致身。先是，琅邪颜竣欲与璞交，不酬其意，竣以致恨。及世祖将至都，方有谗说以璞奉迎之晚，横罹世难，时年三十八。"

沈约的"潜窜"，直至孝建二年九月宋孝武帝坐稳皇帝宝座后颁布了《宥罪诏》才告停止。《宋书·孝武帝纪》："（孝建二年九月）庚戌，诏曰：'国道再屯，艰虞毕集。朕虽寡德，终膺鸿庆。惟新之祉，实深百王；而惠宥之令，未殊常渥。永言勤虑，寤寐载怀。在朕受命之前，凡以罪徙放，悉听还本。犯衅之门，尚有存者，子弟可随才署吏。'"

虽然结束了"潜窜"，但沈约仍处于流寓孤贫的生活环境当中，《梁书》本传："会赦免。既而流寓孤贫，笃志好学，昼夜不倦。母恐其以劳生疾，常遣减油灭火。而昼之所读，夜辄诵之，遂博通群籍，能属文。"

既然是"流寓孤贫"，可见尽管已有《宥罪诏》，然只是解除了沈约作为一个犯罪官吏的家属的生命威胁，原来祖上父辈的房屋财产并未发还。障碍大概在于置其父沈璞于死地的颜竣。颜竣，字士逊，琅邪临沂人，光禄大夫颜延之之子也，《宋书》有传，载其早在孝武帝未举义时就是"世祖抚军主簿"，甚受重用，孝武帝即帝位后，封侯加官，备受信任。《宋书·颜竣传》："世祖践阼，以为侍中，俄迁左卫将军，加散骑常侍，辞常侍，见许。封建城县侯，食邑二千户。孝建元年，转吏部尚书，领骁骑将军。留心选举,自强不息,任遇既隆,奏无不可。"在颜竣任吏部尚书,掌握选举大权的情况下,沈约要想出仕,几乎是不大可能的。后来情况有了转机,孝武帝对颜竣产生了猜忌,《宋书·孔觊传》:"世祖不欲威权在下,其后分吏部尚书置二人,以轻其任。"后由疏远而至厌恶,最后将其下狱赐死。《宋书·颜竣传》:"竣藉蕃朝之旧,极陈得失。上自即吉之后,多所兴造,竣谏争恳切,无所回避,上意甚不说,多不见从。竣自谓才足干时,恩旧莫比,当赞务居中,永执朝政,而所陈多不被纳,疑上欲疏之,乃求外出,以占时旨。大明元年,以为东扬州刺史,将军如故。所求既许,便忧惧无计。至州,又丁母艰,不许去职,听送丧还都,恩待犹厚,竣弥不自安。每对亲故,颇怀怨愤,又言朝事违谬,人主得失。及王僧达被诛,谓为竣所谗构,临死陈竣前后忿恚,每恨言不见从。僧达所言,颇有相符据。上乃使御史中丞庾徽之奏之曰:(略)上未欲便加大戮,且止免官。竣频启谢罪,并乞性命。上愈怒,诏答曰:(略)及竟陵王诞为逆,因此陷之,召御史中丞庾徽之于前为奏,奏成,诏曰:'竣孤负恩养,乃可至此。于狱赐死,妻息宥之以远。'子辟强徙送交州,又于道杀之。"

考竟陵王刘诞为逆之事在大明三年(459)夏四月,《宋书·孝武帝纪》:"(大明三年夏四月)乙卯,司空、南兖州刺史竟陵王诞有罪,贬爵。诞不受命,据广陵城反,杀兖州刺史垣阆。""秋七月己巳,克广陵城,斩诞。"则颜竣之赐死,亦为大明三年夏秋之事。颜竣死后,孝武帝尚忿忿不平,耿耿于怀。《宋书·沈怀文传》:"怀文与颜竣、周朗素善,竣以失旨见诛,朗亦以忤意得罪,上谓怀文曰:'竣若知我杀之,亦当不敢如此。'""……俄而被召俱入雉场,怀文曰:'风雨如此,非圣躬所宜冒。'景文又曰:'怀文所启宜从。'智渊未及有言,上方注弩,作色曰:'卿欲效颜竣邪?何以恒知人事。'又曰:'颜竣小子,恨不得鞭其面!'"颜竣已死,且孝武帝对颜竣是如此的厌恶与反感,在这种情况下沈约如得人帮助,辩白父死之冤,恢复"勋门子弟"身份,以图仕途进步,是有可能的了。沈约作了这方面的努力。沈约《丽人赋》曰:"有客弱冠未仕,缔交戚里,驰骛王室,遨游许史。"[①] 此"客"盖自方也。"弱冠",指男子二十岁。沈约卒于梁武帝天监十二年(513),年七十三,以此逆推,当生于宋文帝元嘉十八年(441),二十岁时当宋大明四年(460),即颜竣被赐死后的第二年。"缔交戚里",戚里,泛指亲戚邻里,沈约是

---

① 见《艺文类聚》卷一八。

吴兴武康人，吴兴沈氏是世家大族。尽管沈约一门遭到家难，流寓孤贫，然而当时吴兴沈氏在朝为官者仍然不少，比如沈庆之、沈攸之、沈文季、沈怀文等人。尤其是沈庆之，在孝武帝举义之前，已是"世祖抚军中兵参军"，他在元嘉年间就屡立战功，赫赫有名，二凶弑逆，孝武举义，庆之又立下汗马功劳，封官晋爵。《宋书·沈庆之传》："又为世祖抚军中兵参军，世祖以本号为雍州，随府西上。""世祖还至寻阳，庆之及柳元景等并以天下无主，劝世祖即大位。""世祖践阼，以庆之为领军将军，加散骑常侍，寻出为使持节、督南兖豫徐兖四州诸军事、镇军将军、南兖州刺史，常侍如故。"又"进庆之号镇北大将军，进督青、冀、幽三州，给鼓吹一部。……改封始兴郡公"。"庆之以年满七十，固请辞事，上嘉其意，许之。以为侍中、左光禄大夫、开府仪同三司，又固让。""世祖晏驾，庆之与柳元景等并受顾命。""庆之群从姻戚，由之在列位者数十人。"可见终孝武之世，沈庆之始终受到十分的恩宠，并且也乐于提拔群从姻戚。那么，沈约的"起家奉朝请"到底与沈庆之有没有关系呢？史无明文，但如果从以下四个方面来考察，还是可以将它们联系起来考虑，得出一个肯定的结论来的。

首先，《艺文类聚》卷四七收有沈约《为始兴王让仪同表》一篇。考终沈约世，封始兴王者，宋有文帝之子刘濬，齐有高帝之子萧鉴，梁有武帝之弟萧憺，共三人。刘濬为二凶之一，元嘉三十年（453）伏诛，时沈约年仅十三；萧鉴永明九年（491）薨，年二十一，一生无开府之命；萧憺倒曾开府仪同三司，但其时已是天监十八年（519），沈约早已去世六年了。那么沈约此表是为谁所作的呢？笔者疑即为沈庆之所作，沈庆之在孝建元年封始兴郡公，史称始兴公，考《宋书·沈庆之传》，沈庆之因屡建功勋，孝武帝曾先后于孝建元年、孝建二年（庆之年满七十岁时）、大明元年、大明三年下诏命其开府仪同三司，前三次沈庆之都辞让掉了，最后一次才接受。沈庆之一介武夫，作辞让之表总得请人代笔，沈约"能属文"，在吴兴沈氏这样一个以武力著称的强宗中是一位难能可贵的人物，若此时正在庆之门下走动，是完全有可能由他来捉笔代劳的。再看表文内容，表云：

> 徒尘翠渥，方降紫泥。以兹上令，用隔下情。况高拟万石，爱均八命；室等天黄，服加黼黻。出则高陪千乘，入则仰司百揆。陛下道苞九舜，明出十尧。万徽必理，一物兴念。有纡玄镜，暂垂止水。

"万石",汉制,丞相、太尉、御史大夫号称万石,其月俸各三百五十斛谷。"八命",周代官秩自一命至九命凡九等,八命是官爵的第八等,即王之三公及州牧,后泛指朝廷重臣,沈约《奏弹王源》云王源之祖王雅"位登八命"即是一例。"天黄",皇族,帝王后裔。"黼黻",古代礼服上所绣的花纹,黼,黑白相次,黻,黑青相次。很明显,"高拟万石,爰均八命;室等天黄,服加黼黻"并不像是指代皇子、皇弟这样的王公贵族,而是指朝廷重臣,如沈庆之就很符合。"室等天黄"讲得更加清楚,意为"所居室宇,与帝王后裔一样",《宋书·沈庆之传》:"居清明门外,有宅四所,室宇甚丽。"与之互相吻合。因此笔者认为《为始兴王让仪同表》"王"字似是"公"字之误。至于作表的时间,据表中"出则高陪千乘,入则仰司百揆"句,似沈庆之地位已高,当以大明三年为宜。《宋书·沈庆之传》:"(大明)三年,司空竟陵王诞据广陵反,复以庆之为使持节、都督南兖徐兖三州诸军事、车骑大将军、开府仪同三司、南兖州刺史,率众讨之。"时颜竣已完全失势,沈约年十九岁。

其次,从沈约与沈庆之次子沈文季的关系来考察。《南齐书·沈文季传》:"沈文季,字(伯)[仲]达,吴兴武康人。父庆之,宋司空。文季少以宽雅正直见知。孝建二年,起家主簿,征秘书郎。以庆之勋重,大明五年,封文季为山阳县五等伯。转太子舍人,新安王北中郎主簿,西阳王抚军功曹,江夏王太尉东曹掾,迁中书郎。"沈文季于齐东昏侯永元元年(499)被害,年五十八,逆推之,当生于宋元嘉十九年(442),比沈约年少一岁。年龄相当,结交也比较方便。沈文季与沈约之间的文字交往,今已无存。但在齐东昏侯永元元年加沈文季侍中时,沈约替东昏侯作了一道诏书。《文苑英华》卷三八〇沈约《沈文季加侍中诏》:"门下:散骑常侍尚书左仆射西丰县开国侯新除镇军将军沈文季,业字流正,鉴识超凡。秉兹恭恪,诚著匪躬。难起非虑,密迩墉圻。罄力尽勤,万雉增固。宠服攸加,实为朝典。可侍中、仆射,新除侯如故。主者速施行。"诏书虽多套语,但"鉴识超凡"一语颇可玩味,这大概出自沈约内心的感激之情,他感谢沈文季与乃父沈庆之在他最困难的时候帮助过他,使他得以恢复勋门子弟的身份,得以"起家奉朝请"。在上述所引的第一条材料中,我们要注意沈文季在大明五年(461)为"西阳王抚军功曹"这句话,因为亦正是在大明五年,沈约写作了《游钟山诗应西阳王教》五章(详后),这至少证明了沈约在大明五年(或更早一些)已与沈文季相识。

再次,从沈约与蔡兴宗的关系来推测。在沈约的仕途生涯和史学生涯中,蔡兴宗是一位起了很大作用的人物。《梁书》本传:"起家奉朝请。

济阳蔡兴宗闻其才而善之；兴宗为郢州刺史，引为安西外兵参军，兼记室。兴宗尝谓其诸子曰：'沈记室人伦师表，宜善事之。'及为荆州，又为征西记室参军，带厥西令。兴宗卒，始为安西晋安王法曹参军，……"《宋书·自序》："史臣年十三而孤，少颇好学，虽弃日无功，而伏膺不改。常以晋氏一代，竟无全书，年二十许，便有撰述之意。泰始初，征西将军蔡兴宗为启明帝，有敕赐许。"而蔡兴宗最早闻知沈约之才名，鄙意也可断定是在沈庆之的门下。《宋书·蔡兴宗传》："竟陵王诞据广陵城为逆，事平，兴宗奉旨慰劳。州别驾范义与兴宗素善，在城内同诛。兴宗至广陵，躬自收殡，致丧还豫章旧墓。上闻之，甚不悦。庐陵内史周朗以正言得罪，锁付宁州，亲戚故人，无敢瞻送，兴宗在直，请急，诣朗别。上知尤怒。坐属疾多日，白衣领职。寻左迁司空沈庆之长史，行兖州事，还为廷尉卿。"竟陵王刘诞夏四月为逆，秋七月事平，兴宗左迁沈庆之长史之事，当在大明三年秋冬之时，兖州在庆之属下，沈约在此前后"缔交戚里"，奔走在沈庆之门下，若在此时蔡兴宗"闻其才而善之"，在情理上是说得通的。

最后，我们还可以从沈约起家奉朝请后所作的诗篇来进行反证。奉朝请者，奉朝会请召是其基本的权利与职责，《宋书·百官志下》："奉朝请者，奉朝会请召而已。"除此以外，"侍从左右"与陪同"游处"亦是一项该做的工作。《太平御览》卷二四三引《晋起居注》曰："孝武宁康三年，诏陇西王世子越、驸马都尉杨邈并可奉朝请，侍从左右，与太子游处。"沈约起家奉朝请后，曾侍"上甚留心"的皇次子西阳王刘子尚游钟山，《文选》卷二二就收有沈约《游钟山诗应西阳王教》五章，李善注引裴子野《宋略》曰："孝武封皇子子尚为西阳王。"以为即是沈约侍刘子尚游钟山时作，六臣注吕向赞同李善说。《宋书·孝武十四王·豫章王子尚传》："孝建三年，年六岁，封西阳王，食邑二千户。仍都督南徐兖二州诸军事、北中郎将、南兖州刺史。其年，迁扬州刺史。大明二年，加抚军将军。三年，分浙江西立王畿，以浙江东为扬州，命子尚都督扬州江州之鄱阳晋安建安三郡诸军事、扬州刺史，将军如故，给鼓吹一部。五年，改封豫章王，户邑如先，领会稽太守。……初孝建中，世祖以子尚太子母弟，上甚留心。"《宋书·孝武帝纪》："（大明五年）夏四月癸巳，改封西阳王子尚为豫章王。"《游钟山诗应西阳王教》五章，描写了钟山的壮丽景观和西阳王游览钟山时侍从如云、仪仗如林的华贵场面，流露出自己喜悦和羡慕的心情。第五章曰："君王挺逸趣，羽旆临崇基。白云随玉趾，青霞杂桂旗。"其中"君王"即指西阳王，这是当时诸王的尊称，鲍照诗《还都口号》中"君王迟京国,游子思乡邦"的君王即指临川王刘义庆。当然,对沈约此诗的写作时间也有人提出了不同意见,伍俶《沈约年谱》就将此诗改题为《登覆舟山诗》,系于梁天监三年(504)沈约任丹阳尹时。伍先生说:"《御览》六十六引《京都记》云:'从北望钟山,似宫庭湖望庐岳。齐武帝理水军于此,号曰昆明池。故沈约《登覆舟山诗》"南瞻储胥观,北望昆明池。"即此尔。永嘉末,有龙见于湖内,故改为元武湖。'又引徐爰《释问》云:'玄武湖本桑泊,晋武帝创为北湖,宋以隶丹阳。'知此诗君官丹阳时作也。"这里伍先生有三点忽略,一是萧统《文选》成书远早于《太平御览》,且《文选》载有全诗五章,而《太平御览》仅转引二句一韵;二是覆舟山是钟山一支脉,唐李吉甫《元和郡县图志》卷二五《江南道一》云:"覆舟山,在县东北一十里,钟山西足地形如覆舟,故名。"或沈约此诗第三章原名《登覆舟山诗》亦未可知,因为该章是写游覆舟山的,但全诗总名《游钟山诗应西阳王教》当不会错;三是据"丹阳"二字将此诗定为沈约天监三年任丹阳尹时作,今查影宋本《太平御览》卷六六引徐爰《释问》,不作"丹阳"作"舟师",这样将此诗定为沈约任丹阳尹时所作就失去依据了。另外还有一个需要说明的问题是,当沈约世有三位西阳王,除刘子尚外,另二人是齐武帝第十子萧子明、第十七子萧子文。萧子明,永明三年因失国玺改封,六年为南兖州刺史,十年为会稽太守,建武二年被害,年十七;萧子文,建武中改封,永泰元年被害,年十四。经考此二人与沈约无甚特殊关系,沈约亦无由奉教作诗。又,梁天监年间无西阳王之封。故可认为伍先生说不确。而此诗的写作时间,可姑定在大明五年(461),说得更精确些,当在该年四月西阳王改封为豫章王之前。

综上所述,我们可以得出这样一个结论,大明三年下半年颜竣被宋孝武帝赐死以后,沈约依靠族人沈庆之等人的帮助,恢复了勋门子弟的身份,得以"起家奉朝请";而《游钟山诗应西阳王教》就是起家奉朝请后侍皇子游山的应教之作。因此,沈约"起家奉朝请"的时间,定在大明四年或大明五年四月之前,当不会错。

二 出任东阳太守的时间与任期

齐郁林王萧昭业即帝位后,沈约曾出为东阳(今浙江省金华市)太守。这件事,史书中有记载,沈约自己文章中亦曾提及。《梁书》本传曰:"隆昌元年,除吏部郎,出为宁朔将军、东阳太守。明帝即位,进号辅国将军,征为五兵尚书,迁国子祭酒。"《南史》本传省"宁朔将军"

和"进号辅国将军"字样,余悉同《梁书》本传。沈约《与徐勉书》曰:"永明末,出守东阳,意在止足。而建武肇运,人世胶加;一去不反,行之未易。"由于史书记载和沈约本人叙述的差异,因此关于沈约出任东阳太守的时间就有了两种不同的说法:(1)隆昌元年(494)说,持此说者,有伍俶《沈约年谱》、王达津《沈约评传》等;(2)永明十一年(493)说,持此说者,有铃木虎雄《沈约年谱》、刘静夫《沈约》、陈冬辉《沈约·八咏诗·八咏楼》等。① 而关于沈约东阳太守的任职期限,则更由于文献记载的含混不明,产生了三种各以为是的说法:(1)一年说,持此说者,有铃木虎雄、刘静夫等;(2)二年说,持此说者,有王达津、陈冬辉等;(3)三年说,持此说者,有伍俶等。

那么,沈约到底在哪一年出任东阳太守?到底在东阳太守任上有多少时间?今试考之。

(一) 沈约出任东阳太守的时间

考武帝之崩与郁林王即位均是永明十一年秋七月之事。《南齐书·武帝纪》:"(永明十一年)秋七月丁巳,诏曰:(略)。是月,上不豫,徙御延昌殿,……戊寅,大渐,诏曰:(略)。是日上崩,年五十四。"《南齐书·郁林王纪》:"世祖崩,太孙即位。"如果沈约出都时间是在永明十一年,那么该在七月至年底,然而今考得三篇文献,可证永明十一年沈约并未离都。

第一篇是见于《艺文类聚》卷十四的《齐武帝谥议》,署沈约作。武帝崩于七月,"九月丙寅,葬景安陵"(《南齐书·武帝纪》)。谥议当是七、九月间之事。

第二篇是见于《文馆词林》卷六六八的《南齐废帝改元大赦诏》,署"梁沈约"作。《文馆词林》是唐中书令许敬宗等奉高宗旨编纂的一部收集先秦至初唐的诗文总集,共一千卷,其书我国在宋初即已亡佚,然抄本在唐时流传到了日本,有些残卷在日本得以幸存,并陆续传回中国,此诏即是其中的一篇。因张溥《沈隐侯集》和严可均《全梁文》均未收,故全文录之如下:

> 门下:朕以寡薄,凤嗣宝图,哀茕罔识,弗昭政道。先皇至德遐被,幽显宅心。虽宏猷盛化,百代无爽。而圣灵缅邈,气象迁回。璿度奄外,三元肇日。万国齐轸,玉帛在庭,追感永怀,瞻惟罔极。宜

---

① 陈冬辉:《沈约·八咏诗·八咏楼》,《浙江师范学院学报》1982年第1期。

式敷遗泽,播兹亿兆。可大赦天下,改永明十二年为隆昌元年。①

《南齐书·郁林王纪》:"隆昌元年春正月丁未,改元,大赦。"可见此诏作于永明十一年年底,发表于隆昌元年新年伊始。

第三篇是见于《文苑英华》卷四六二的《劝农访民所疾苦诏》,署沈约作。《南齐书·郁林王纪》:"(隆昌元年春正月)辛亥,车驾祠南郊。诏曰:……"那么此诏当作于隆昌元年春正月。

由以上三篇诏书的写作时间,我们可以知道,直到隆昌元年春正月,沈约仍在京都而未赴外任。

现在再来考察一下永明年间至隆昌元年沈约所担任的官职,从这个官职的变动来探究沈约离京的具体时间。《梁书》本传:"齐初为征虏记室,带襄阳令,所奉之王,齐文惠太子也。太子入居东宫,为步兵校尉,管书记,直永寿省,校四部图书。时东宫多士,约特被亲遇,每直入见,影斜方出。……迁太子家令,后以本官兼著作郎,迁中书郎,本邑中正,司徒右长史,黄门侍郎。时竟陵王亦招士,约与兰陵萧琛、琅邪王融、陈郡谢朓、南乡范云、乐安任昉等皆游焉,当世号为得人。俄兼尚书左丞,寻为御史中丞,转车骑长史。隆昌元年,除吏部郎,出为宁朔将军、东阳太守。"上述记载表明,沈约所奉之王是文惠太子萧长懋,还有竟陵王萧子良。《南齐书·武十七王·竟陵文宣王萧子良传》:"明年(永明二年),入为护军将军,兼司徒,领兵置佐,侍中如故。镇西州。三年,给鼓吹一部。四年,进号车骑将军。"因此,沈约所任之司徒右长史、车骑长史,实际上都是竟陵王萧子良官属。

永明十一年春正月,萧长懋薨。《南史·齐武帝诸子·文惠太子长懋传》:"(永明)十一年春正月,太子有疾,上自临视,有忧色。疾笃,上表告辞,薨于东宫崇明殿,时年三十六。"同年七月武帝崩,宫廷内发生了一场帝位之争,次年四月,萧子良薨。《南齐书·武十七王·竟陵文宣王萧子良传》:"世祖不豫,诏子良甲仗入延昌殿侍医药。……日夜在殿内,太孙闲日入参承。世祖暴渐,内外惶惧,百僚皆已变服,物议疑立子良,俄顷而苏,问太孙所在,因召东宫器甲皆入。遗诏使子良辅政,高宗知尚书事。子良素仁厚,不乐世务,乃推高宗。诏云:'事无大小,悉与鸾参怀。'子良所志也。太孙少养于子良妃袁氏,甚着慈爱,既惧前不得

---

① 《文馆词林》有多种辑佚本,日本《影弘仁本〈文馆词林〉》是收遗文最多的一个本子,共三十残卷。日本古典研究会昭和四十四年(1969)出版。此诏即录自该本。

立，因此深忌子良。……进位太傅，增班剑为三十人，本官如故。解侍中。隆昌元年，加殊礼，剑履上殿，入朝不趋，赞拜不名。进督南徐州。其年疾笃，……寻薨，时年三十五。帝常虑子良有异志，及薨，甚悦。"《南齐书·郁林王纪》："（隆昌元年夏四月）戊子，太傅竟陵王子良薨。"郁林王对竟陵王大加猜忌，一上台就杀了"竟陵八友"之一的王融，因为王融在武帝病危时曾想拥立竟陵王萧子良即位；又夺了竟陵王的权，而帮助郁林王夺得帝位，野心勃勃的西昌侯萧鸾为了实现自己篡权的野心，更不会允许竟陵王势力的存在和发展。因此，在这种复杂的权力之争中，作为"竟陵八友"中主要人物，当时又担任吏部郎的沈约出为外任是一种必然的结果；而对沈约来说，外任则未始不是一种较好的选择。

关于沈约的具体赴任时间，伍俶《沈约年谱》认为是在竟陵王萧子良死后，并认为是沈约作的《追崇竟陵王子良诏》，当然伍先生是谨慎的，在没有其他根据的情况下作了一个按语："《文苑英华》以为沈约作。"今案，伍说失考，检《文苑英华》未见此诏，严可均《全齐文》卷五郁林王此诏辑自《南齐书·武十七王·竟陵文宣王萧子良传》，严加一注云"《文苑英华》载有全文以为沈约作"，伍先生即转引此注。又《文选》卷六〇有任昉所作《齐竟陵文宣王行状》，内有一段文字与此诏基本一样，考隆昌、建武年间任未曾离都，且长于制作诏令，当时已有"沈诗任笔"之誉，故可认为此诏是任所作。

笔者认为，沈约出任东阳太守的时间是在隆昌元年春二月底至三月间，在竟陵王萧子良死前。这个时间的确定，可以从沈约自己的诗句得到证实。从建康到东阳，钱塘（今杭州）是必经之地，沈约经钱塘时有《早发定山》一诗，诗云：

> 夙龄爱远壑，晚莅见奇山。标峰彩虹外，置岭白云间。倾壁忽斜竖，绝顶复孤圆。归海流漫漫，出浦水溅溅。野棠开未落，山樱发欲然。忘归属兰杜，怀禄寄芳荃。眷言采三秀，徘徊望九仙。

《文选》卷二七本诗题下李善注曰："定山，东阳道之所经也。"《文选》卷二六谢灵运《富春渚》诗李善注引《四县记》曰："钱唐西南五十里有定山，去富春又七十里，横出江中。"民国《杭州府志》卷二一："定山，西北略起峻峰，正如海外神狮，昂首翘尾，伏地蹲卧之状，故名狮子山。"此山原在江中，元代以后江沙淤积，江岸东移，始为陆地。"野棠"即棠花，二月开花，四、五月间花谢，"开未落"之时，当在二月底至三月间;"山樱"俗名映山红,即杜鹃花,"发欲然"指春二月底至三月清明节前后花开大盛,然,燃也。故可知沈约抵达定山之时为春二月底三月初也。再从诗歌内容看,沈约出都后创作了许多诗歌,现在流传下来的除《早发定山》外,还有《新安江至清浅深见底贻京邑同好》等诗,诗中流露出来的是一种离开了复杂环境后的轻松愉快的心情,而没有那种竟陵王死后被赶出京城的抑郁之感。那种竟陵王死后的抑郁孤独之感在他稍后所作的《八咏诗》中表现得比较充分,我们读这些诗歌时可以得出明显的比较。

既然沈约出守东阳的时间是在隆昌元年春二、三月间,那么沈约自己在《与徐勉书》中又为什么说是"永明末,出守东阳"呢?伍俶《沈约年谱》认为是"此言永明末者,当以郁林昭业,并为废帝,故称永明而不数隆昌欤?"这当然有一定的道理,隆昌元年七月郁林王即被废杀,立其弟海陵王萧昭文,改元延兴,至十月又被废杀,高宗萧鸾自立为帝,改元建武,一年三改元,史书罕见。然而沈约重提"永明"而不提"隆昌"恐怕还有另外一层更重要的用意所在。沈约的《与徐勉书》是在一种特殊的背景写作的。《梁书》本传曰:"初,约久处端揆,有志台司,论者咸谓为宜,而帝终不用,乃求外出,又不见许。与徐勉素善,遂以书陈情于勉。"徐勉时为吏部尚书,掌大选之权。沈约高位,欲进台司,徐勉必当将此达于帝听,以行定夺。约与武帝永明年间同游于西邸,有"八友"之谊,又助武帝成就帝业,实有其劳。而现武帝不用其为台司,沈约《与徐勉书》中重提"永明"字样,恐怕其中含有引起武帝忆旧的意思。果然,"勉为言于高祖,请三司之仪",然而武帝"弗许,但加鼓吹而已","寻加特进,光禄,侍中、少傅如故"(《梁书》本传)。梁武帝为什么"弗许",这要另文专题讨论,并非本文三言两语可以阐述清楚的,但是有一点是可以作结论的,即沈约《与徐勉书》提"永明末"是为了"陈情"的需要,而非实指。

(二) 沈约担任东阳太守的年数

如前所述,沈约任东阳太守的时间有一年、二年、三年三种说法。持一年说者,铃木虎雄《沈约年谱》:"去年春来任后经一年,又当春而还朝。"刘静夫《沈约》:"离京到东阳做太守一年。"持二年说者,王达津《沈约评传》:"隆昌元年,沈约被出为宁朔将军、东阳太守。建武二年沈约五十五岁,征入为五兵尚书。"陈冬辉《沈约·八咏诗·八咏楼》:"沈约任东阳太守,寓居在金华的时间,最长不会超过两整年,即公元493年冬到495年春。"持三年说者,伍俶《沈约年谱》将出京时间系于隆昌元年，还都时间系于建武三年。

那么，究竟哪一种说法正确呢？沈约究竟在东阳太守任上度过了多少时光呢？今试从史书中记载的沈约行踪、齐代地方官任职年限规定、沈约本人诗作、沈约友人诗作四个方面来进行考察。

1. 从史书中记载的沈约的行踪来进行考察。《南齐书·五行志》："（建武）三年，大鸟集东阳郡，太守沈约表云：'鸟身备五采，赤色居多。'案《乐纬叶图征》云：'焦明鸟质赤，至则水之感也。'"焦明，鸟名。《史记·司马相如列传》："捷鸳雏，掩焦明。"裴骃集解："焦明似凤。"张守节正义："长喙，疏翼，员尾，非幽闲不集，非珍物不食。"可知沈约建武三年（496）仍官东阳太守。

2. 从齐代地方官任职年限的规定来进行考察。《南齐书·武帝纪》："（永明元年）三月癸丑，诏曰：'宋德将季，风轨陵迟，列宰庶邦，弥失其序，迁谢遄速，公私凋敝。泰运初基，草昧惟始，思述先范，永隆根治，莅民之职，一以小满为限。其有声绩克举，厚加甄异；理务无庸，随时代黜。'"《资治通鉴·齐武帝永明元年》说得更明白："宋末，以治民之官六年过久，乃以三年为断，谓之小满；而迁换去来，又不能依三年之制。三月癸丑，诏，自今一以小满为限。"看来沈约出任东阳太守的期限，原则上应该遵守这项规定，该是三年。

3. 从沈约在离开东阳时所作的诗歌的内容来进行考察。沈约离任时，有《去东阳与吏民别》诗，诗云：

> 微薄叨今幸，忝荷非昔期。唐风岂异世，钦明重在兹。饰骖去关辅，分竹入河淇。下车如昨日，曳组忽弥期。霜载凋秋草，风三动春旗。无以招卧辙，宁望后相思。

"曳组"，犹佩印，古代佩印用组绶，因以曳组为佩印的代称。"弥期"，满期，到了规定的期限。"载"，通"再"，《吕氏春秋·顺民》："文王载拜稽首而辞。"汉王符《潜夫论·考绩》："其不贡士也，一则黜爵，载则黜地，三黜则爵土俱毕。"此处"载"与"三"相对，"霜载凋秋草，风三动春旗"指过了两个秋季，三个春季，实际上已很形象地指出了作者在东阳任太守之职的期限。

4. 从沈约还都后谢朓所赠的诗歌内容来进行考察。沈约还都后，谢朓曾有诗呈之，沈约亦有诗答之。今《谢宣城集》有《在郡卧病呈沈尚书》诗，时沈约被征为五兵尚书，故人称沈尚书。谢朓诗云：

> 淮扬股肱守，高卧犹在兹。况复南山曲，何异幽栖时？连阴盛农节，苔笠聚东菑。高阁常昼掩，荒阶少诤辞。珍簟清夏室，轻扇动凉飔。嘉鲂聊可荐，绿蚁方独持。夏李沉朱实，秋藕折轻丝。良辰竟何许？凤昔梦佳期。坐啸徒可积，为邦岁已期。弦歌终莫取，抚机令自嗤。

据谢朓《酬德赋》："建武二年，予将南牧。"知谢朓出守宣城是在建武二年；又从谢朓《秋夜讲解》诗"自来乘首夏"句和《京都夜发》等诗，知其离京赴郡是在夏天。现本诗云"为邦岁已期"，当已满一年之期；又从诗中"珍簟清夏室，轻扇动凉飔""夏李沉朱实，秋藕折轻丝"等句来看，诗当作于天气尚热的夏末秋初。此时沈约已经回都担任五兵尚书了。以此推算，那么沈约离开东阳时当更早些，或在春末，或在夏季，总在夏末秋初之前吧！沈约接到谢朓诗后，作了一篇《酬谢宣城朓》诗回赠。

综上所述，我们可以得出这样一个结论：沈约出任东阳太守的时间是在隆昌元年二、三月之间，而任满返都的时间则是在建武三年春末或在夏季；在任时间共为两年多几个月，概而言之，亦可以说是在任三年了。

（原载《文史》第四十一辑，1996 年 4 月）

日本影弘仁本《文馆词林》与我国先唐遗文

林家骊

先唐遗文,严可均氏所编《全上古三代秦汉三国六朝文》(以下简称《全文》)收罗甚富。严氏自云:"广搜三分书,与夫收藏家秘籍,金石文字,远而九译,旁及释道鬼神,起上古迄隋,鸿裁巨制,片语单辞,罔弗综录,省并复叠,联类畸零。作者三千四百九十七人,分代编次为十五集,合七百四十六卷。"严氏以其私家之力,集所见先唐遗文成一书,为后人研究先唐历史和先唐文化提供了极大的方便,厥功甚伟。

然而,严氏之后,地下资料不断出土,各种珍本陆续发现,海外遗书逐渐回流,这些都使得《全文》这部以"全"为最大优点的皇皇大书渐感多有缺漏了,即以昭和四十四年(1969)日本古典研究会印行之《影弘仁本〈文馆词林〉》而言,内中就有颇多文章,或可整篇补入《全文》,或可据以补足《全文》所收残章者,而《全文》已收者,也有异文可供校勘。

《文馆词林》是唐中书令许敬宗等奉高宗旨编集的一部总集,共一千卷,分类纂辑自先秦到唐的各体诗文。其书于宋初即已亡佚,然在唐时流至日本,有些残卷在日本得以幸存,晚清开始陆续传回国内,计有清伍崇曜《粤雅堂丛书》(收日本人林衡《佚存丛书》)本,杨守敬《古逸丛书》本、杨葆初本、董康本、张钧衡《适园丛书》本等刊行,但都收文不多,复多舛误。今日本古典研究会搜集流传在日、中两国的所有《文馆词林》残卷,共得三十卷,依版本优劣,择善影印发行,是到目前为止收文数量最多,且最接近原貌者。严可均氏编《全文》时,仅见过《佚存丛书》本中所收之四卷,余皆未及见。笔者将《影弘仁本〈文馆词林〉》(以下简称《词林》)与《全文》逐一勘对,分上述三个部分略加论述如次,请方家教正。

一　整篇可补入《全文》之文

按文体分，计有颂3、碑8、诏123、敕24、令10、教27、表2，共计197篇。内后汉文3、晋文44、宋文25、齐文10、梁文49、陈文3、后魏文10、北齐文24、后周文5、隋文24。

（一）后汉文3：李固2、刘珍1。

李固，字子坚，曾上疏直陈外戚、宦官专权之弊，名重当时，后终为外戚梁冀所忌而免官，并被诬杀。《词林》存其永和元年（136）任泰山太守时所作《恤奉高令丧事教》和《祀胡母先生教》，前教赞已故奉高县令"修敕闺门，教禁施从。盗贼衰息，狱讼寡少。兴崇经典，威武兼并"的业绩，后教赞胡母子在"宣尼没七十子亡，经义乖散，秦复火之"的情况下，"都禀天淳和，沉沦大道，深演圣人之旨，始为《春秋》制造章句。是故严颜有所祖述征微，后生得以光启"。二教表达了李固尊经崇儒的思想。刘珍，字秋孙，一名宝，东汉著名文学家，《后汉书·文苑列传》有传，"著诔、颂、连珠凡七篇"，又是《东观汉记》的作者，《全后汉文》卷五六收有其遗文，今《词林》存其《东巡颂》，弥足珍贵。

（二）晋文44：武帝8、惠帝1、愍帝1、元帝2、明帝1、成帝4、康帝1、穆帝3、废帝（海西公）1、孝武帝7、安帝6、王洽1、庾亮1、庾翼1、张华2、曹毗1、伏滔1、张望1、刘瑾1。

武帝《答杜预征吴节度诏》作于伐吴之时，《晋书·武帝纪》记咸宁五年十一月，晋大举伐吴，遣司马伷、王浑、王戎、胡奋、杜预、王濬、唐彬各路二十余万军马出征，以贾充、杨济为正副都督。杜预因尚司马懿之女，备受信任和重用，受武帝此诏督诸路军马："今广命众帅，凌江致讨，将以静齐南裔，绥宁四海"，"当令首尾协同"，"凡所督敢拒违节度，便以军令从事"，"军司将军，其各勉之。申勒群帅以下，使知此命"。伐吴功劳最大者是王濬，然平吴后王濬渐被排挤，而杜预"以功进爵当阳县侯，增邑并前九千六百户"，死后"追赠征南大将军、开府仪同三司"。武帝亲亲疏疏，从伐吴伊始之诏即可看出。武帝为开国之君，对下属约束较严，《戒牙门敕》云："无排功害能，无请谒受财，无见利忘义，无勇而为暴。"《戒州牧刺史教》云："刺史衔命方州，兼总戎政。宣风于外，仪表万里。宜直道正身，纠率诸下。彰明礼教，陈之德义。扬攉清浊，弹枉流秽。当令举善而士高其行，去恶而百城震肃。"有晋一代，以孝为本，孝武帝《大赦诏》明确提出："夫百王虽殊，尊本则一。首物开统，贯自孝道。"东晋时偏安江左，备受中原少数民族政权侵扰，然也多次北伐，史载晋义熙十二年（416）十月，晋军北伐攻入洛阳，今《词林》中有安帝《平洛阳大赦诏》："自中原翦覆十纪，迄今旧京为墟，园陵幽辱，二帝梓宫，永沦非所，此祖宗所以顾怀遗恨，前贤所以没齿贻耻"，可谓安帝心情之实录。张华所作诏书二篇，一为《魏高贵乡公大赦诏》，曹髦时，权力集中在司马氏手中，张华是司马氏集团中人，故诏中多颂司马氏之文，如"幸赖先相国晋王匡济之勋"云云，另一篇为《西晋武帝赦诏》，提出"谨以文教惠绥百姓，庶使万邦黎蒸各得其所"，"昔汉相曹参以狱市为寄，欲使奸有所容，彼岂爱奸人乎？盖哀其皆可化之民也"。强调对百姓施以教化，客观上也使文化事业得到了发展。曹毗《伐蜀颂》共十二章，热烈歌颂了司马氏控制下的曹魏政权的伐蜀之举。从史料价值上来看，伏滔《徐州都督王坦之碑铭并序》、张望《江州都督庾翼碑铭并序》比较重要，碑主王坦之、庾翼在《晋书》中有传可寻，但作碑铭者伏滔、张望均为晋人，碑文中所述甚多可补传中不足之处。

（三）宋文25：文帝8、孝武帝11、顺帝2、刘义季1、范泰1、傅亮2。

武帝死后，少帝废杀，文帝继位，在位三十年，今存其《藉田大赦诏》《嘉禾秀京师大赦诏》等，是重农之作，《与彭城王义康敕》是文帝担心其弟义康处事贞意自决、轻信谗谤和生活挥霍无度而对他的告诫："府舍池堂，无求改作。讯狱决当，择善从之，不可贞意自决。凡左右所陈，不可泄漏。或相谗谤，勿轻信受。每有此事，宜善察之。官爵赐与，尤应裁量"，"声乐嬉游，不宜令过。蒲酒渔猎，一切勿为。供奉一身，皆令有度。奇服异器，慎不可兴"，可谓用心良苦。孝武帝之文，大都是春蒐、藉田、躬耕垄亩及巡幸之诏令。顺帝有《西讨诏》，昇明元年（477）十二月，荆州刺史沈攸之反，顺帝令骠骑大将军萧道成讨之，兵分水陆两路而进，《宋书·顺帝纪》记有此事，今存诏书全文；《诛崔慧景大赦诏》，永元二年（500）崔慧景奉命讨寿阳，到广陵而返，还攻建康，围城，旋为豫州刺史萧懿所破，逃之被杀，该诏当作于是年。

（四）齐文10：武帝1、东昏侯1、王俭5、徐孝嗣3。

南朝战乱频繁，人民颠沛流离，生活困苦，今存武帝《原逋负诏》，"凡厥率土自建元以来所欠官府库金谷，悉原不督"，免除了自高帝建国以来百姓所欠的钱谷；无独有偶，徐孝嗣所作《南齐明帝大赦诏》中也有同样内容："逋租宿债，在四年以前悉皆原免。"这些诏与其说是统治者免除人民所欠之租债，还不如说是有力地说明了当时人民生活在水深火热之中，已到了靠借债度日却无力偿还的境地。东昏侯《诛始安王遥光等大赦诏》当作于永元元年（499），史载是年始安王萧遥光谋废帝自立但终于败死。

（五）梁文49：武帝8、简文帝8、孝元帝9、萧子晖1、沈约10、任昉3、徐勉5、王僧孺1、王筠2；后梁萧㧑1、沈君攸1。

武帝在位48年，所存文中有二敕很能说明其一贯作风，《命百官听采敕》告百官："吾未明求衣，夜分不寐。劬劳政道，于斯已极，但九重深隔，四方旷远，人政之蠹，容未悉知。明目达听，属在匡翼。自今若近若远，动静事要，宜闻之朝廷者，可加以采听。有所闻见，随事牒启。若一月之中都无所闻，则每来月之朔，亦启云无事。"以此来保持中央政权耳目的灵通。《与刘孝绰敕》体现了他为政的谨慎作风："今使卿分掌州事如前，庶必业尽心力，忧国而已。凡事萌虽轻，未累恒重，不得谓是小阙，惰而不言，致成后患。"简文帝有三教，《三日赋诗教》表现了他对三月三日曲水边赋诗活动的支持和对文学活动的提倡，《赠赗鹿玄达教》和《监护杜嵩丧教》是他对"摧坚陷敌"战亡的军主鹿玄达和"殒命戎间"的水曹参军杜嵩的优恤。孝元帝有1碑8令，《郢州都督萧子昭碑铭并序》，萧子昭，史书无载，事迹不详，但既是郢州都督，又有功绩，有此碑铭，足可补史书之缺略。《遣上封令》记元帝派六军出兵姑孰之事，各军将领姓名和进军路线记载详细清楚。《责南军令》是元帝与后梁萧詧（萧统后代）战时，"前殄萧詧，后却杨忠"，诸军却不前进，坐失良机，故战后元帝遣舍人王孝祀前去申责诸军将领。《射书雍州令》是元帝为动员雍州军民勤王之作。《议移都令》是元帝承圣元年（552）十一月即帝位于江陵后，曾有迁都回建业之议。梁时重道、佛二教，沈约《赠留真人祖父教》赠道士留真人祖为功曹史、父为孝廉。沈约《梁武帝北伐诏》记北伐军事部署，如元澄戍寿春、王僧炳出横塘、韦叡取下邳、曹景宗攻伊洛、邱黑趣长安，可谓详明，而史书则只略有涉及，不明其详。任昉《设榜达枉令》记载了梁武帝时有"设榜通衢并加启告，其有抱理未畅者，可赉辞指诣公车，言其枉直"的施政措施。王僧孺《在县祭杜西曹教》文学色彩较浓："仿佛丹青，犹怀之于万古；沉吟豪竹，欲光之于千载。况其乡可践，其道不亡。""杜生者，实南国之俊人，东山之异士，造次玄远，被服仁义"云云，是典型的南朝骈文。后梁文章留下较少，存萧㧑《让侍中表》和沈君攸《为王湜让再为侍中表》。

（六）陈文3：武帝1、宣帝1、沈炯1。二诏一教。

（七）后魏文10：孝文帝7、孝静帝1、高允1、温子昇1。

孝文帝是北魏改革者，对各族人民大融合和封建化的进程，曾起过较大作用，他改变鲜卑风俗、服制、语言，奖励鲜卑人和汉人通婚，而这一切措施的落实，是从迁都着手的，后魏本都平城（山西大同），太和十七年（493）迁都洛阳，《魏书·孝文帝纪》记孝文帝在迁都前以伐齐为名视察洛阳，赴太学看《石经》，群臣谏阻南伐，帝乃宣布迁都之计，魏旧人不愿南迁，但因惮于南伐，才不敢反对，《迁都洛阳大赦诏》即是此时颁布的，诏曰："崤函，帝皇之宅；河洛，王者之区"，"唐虞至德，岂离岳内之京；夏殷明茂，宁舍河侧之邑"，再三说明建都洛阳的重要性，然后宣布"已命元弟骠骑大将军咸阳王禧等经构全居，定都洛邑"。又有《与高句丽王云诏》系太和十五年（491）所作，《魏书·高句丽传》载，高句丽王琏死，孝文帝封琏孙云为高句丽王，诏云遣世子入朝，但云上书辞疾，惟遣其从叔升于随使诣阙，孝文帝严责之，诏云："今西南诸国，莫不祗奉大命"，"而卿独乖宿款，用违严敕，前辞身痾，后托子幼，妄遣枝亲，仍留同气，此而可忍，孰不可恕也！"史载高句丽"自此岁常贡献"。高允《南巡颂》可印证文成帝拓跋濬和平二年（461）春南巡中山、邺、信都等地之事，文中提到所巡之地"除不急之务，减田租之半"为史书所未载。

（八）北齐文 24：文宣帝 1、孝昭帝 1、武成帝 7、后主 3、魏收 11、刘逖 1。

《北齐书·武成帝纪》曰："（河清二年）冬十二月癸巳，陈人来聘"，会有武成帝《命韦道逊兼正员迎陈使敕》，可考知迎陈使姓名等情况。后主有《除并州沙门统寺敕》《除僧惠肇冀州沙门都维那敕》，前敕以"律师智审戒行精苦，敕为并州沙门都维那，无上道寺主；法师法矩多解博闻，为并州沙门都维那，无上道副寺主"；后敕以"赵州刘滔寺僧惠肇夙持戒业，弘济为心，为冀州沙门都维那"，皇帝亲自敕封沙门，可见北朝佛教之盛。魏收所作《后魏节闵帝伐尔朱文畅等诏》可证《魏书》《北史》中魏节闵帝杀尔朱文畅之事，尔朱文畅，初封昌乐郡公，后与丞相司马任胄、主簿李世林、都督郑仲礼、房子远等相狎，外示杯酒交，而潜谋害高欢以奉文畅，被人告发伏诛。魏收还有《兖州都督胡延碑铭并序》《征南将军和安碑铭并序》，碑主在史书无传，可引起史学研究者之重视。

（九）后周文 5：武帝 1、明帝 4。均是诏。

（十）隋文 24：文帝 3、炀帝 4、阳休之 1、江总 1、李德林 10、薛道衡 5。

隋文帝结束了南北朝分裂局面，统一了中国，在位 24 年，推行了一系列政策，曾促使我国社会进一步发展。今存《安边诏》和《颁下突厥称臣诏》可供考证他处理与边疆各少数民族政权关系之方法，前诏曰：

"西南夷俗,远僻一隅","宜遣大使,先喻朕怀,仍命诸军,勒兵继进",可见他是以强大军事力量作后盾,但又先礼而后兵,务使边疆安宁,这一政策无疑是正确的。后诏曰:"沙钵略称雄汉北,多历岁年","今通表奏,万里归风。披露肝胆,遣子入侍。馨其区域,相率称藩。往迫和与,犹是二国,今作君臣,便是一体,情深义厚,朕甚嘉之。"考《隋书·高祖纪上》:"(开皇五年秋)七月壬午,突厥沙钵略上表称臣。八月丙戌,沙钵略可汗遣子库合真特勒来朝",诏当作于是时。我国科举取士制度自隋时始,文帝废除为士族垄断的九品中正制,于开皇七年设志行修谨、清平干济二科,炀帝时才置进士科。今《词林》中有文帝《令山东三十四州刺史举人敕》,是人才选拔史上的一种重要文献,全敕甚长,共分五段,首段说明求取人才的重要,继则点明人才并未集中到中央来,再则批评各州官未把人才选举上来,接下去阐明选举对象应是"仕齐七品以上官及州郡乡望县功曹以上,不问在任下代、材干优长、勘时事者","虽乡望不高,人材卓异"者,但规定"旧有声绩,今实老病,或经犯贼货枉法之罪,并不在举例",最后是说明如何分三步进行选举的步骤。此敕是否可看作是九品中正制向科举制度转变的一个过渡措施?炀帝世称荒主,对内大兴土木,对外用兵频繁,搞得民不聊生,故导致隋室灭亡,今存其《营东都成大赦诏》和《平辽东大赦诏》可资说明史实。史载大业元年三月,炀帝命宇文恺营建东都洛阳,每月役丁二百万人,又造显仁宫,发大江以南、五岭以北奇材异石,运抵洛阳,筑西苑,极其华丽。大业二年,东都建成,炀帝从江都北还,备千乘万骑入东京。前诏作于是时。又大业八年正月隋军从涿郡出发征高丽,共二十四军,一百一十三万人,号二百万,三月至辽水,渡河围攻辽东城,后诏当作于是时。炀帝对内对外如此浪费人力财力,怎能不导致国灭身死呢?

以上只是举例说明。这部分文章严氏未见,未能收入《全文》,今可全数补入。

二 可补足《全文》中只有残章断句之文

有些文章,其整篇中土虽佚,但其中有些句子或片段为《北堂书钞》《艺文类聚》《初学记》《太平御览》等类书所引,严氏编《全文》时作了辑佚,收之于原篇名下。今得《词林》,知这些文章仍留存在世。这一部分文章共有19篇。按文体分,计有颂7、七2、碑1、诏5、敕1、教3。按时代分,计有后汉文6、三国文1、晋文4、宋文2、梁文2、后魏文1、后周文2、隋文1。

（一）后汉文6：马融1、崔骃4、王粲1。

马融，字季长，东汉著名经学家、文学家，博学多才，其所作颂文，刘勰《文心雕龙》曾予高度评价，《后汉书》言其因奏《广成颂》以讽，得罪邓太后，遭到禁锢，直至太后死，安帝亲政才复出，"时车驾巡岱宗，融上《东巡颂》，帝奇其文，召拜郎中"。《东巡颂》现全篇存于《词林》中。崔骃，字亭伯，也是东汉著名文学家，少与班固、傅毅齐名，《后汉书》本传言"元和中，肃宗始修古礼，巡狩方岳。骃上《四巡颂》以称汉德，辞甚典美。文多故不载。帝雅好文章，自见骃颂后，常嗟叹之"，"所著诗、赋、铭、颂、书、记、表、《七依》《婚礼结言》《达旨》《酒警》合二十一篇"。李贤注曰："骃集有东、西、南、北四巡颂，流俗本'四'多作'西'者，误"，可见崔骃《四巡颂》在唐时常人已不易见，今《词林》中四颂俱存，实为可贵，值得文学史工作者重视。《七释》是东汉著名文学家王粲晚期重要作品，1980年中华书局出版《王粲集》时，《七释》篇仍本张溥《王侍中集》、严氏《全后汉文》、丁福保《王仲宣集》之旧，1984年中州书画社出版《王粲集注》，注者曰："《七释》似有佚文，'中华新校本'虽广为搜求，多处增补，但仍有多处无法衔接，故不好理解，"今存全文，约2600字，分八段，首段叙潜虚丈人蓄意隐居，文籍大夫劝之出仕，不听。二、三、四、五、六段，大夫列举美味、宫室、音乐、游猎、女色相劝，然丈人不为所动。第七段大夫话锋一转，以"学林""师友"相劝，丈人才变色降容，为之所动。最后，大夫指出，当前是"圣人在位，时迈其德"，士人应该出仕，丈人终于表示"嘉言闻耳，廓若发蒙"，"敬抱衣冠，以及后踪"。一般认为，该文是曹植《七启》命笔之作，旨在说明人生要积极仕进，建功立业。

（二）三国文1：傅巽1。

傅巽《七诲》。全文八段，今存五段，惜乎不得全文。傅巽与王粲同时，本同在刘表手下供职，同因劝刘琮降曹有功受封，同在曹操手下任侍中之职，又同是邺下文人集团成员，与曹丕、曹植交往甚密。《词林》本《七启·序》曰："余有慕焉，遂作《七启》，并命王粲等并作焉"，比现传本《七启·序》多"等并"二字。现传本《七启》据《文选》得存，《文选》屡经翻刻，难免有误，而《词林》抄自唐本，当较为可信，可见当时受命作"七"者不止王粲一人，现《七诲》又与《七释》《七启》收入《词林》同一卷，故初步可以断定，《七诲》与《七释》一样，同为《七启》命笔之作。

（三）晋文4：孝武帝1、张载1、庾翼1、孙绰1。

张载《平吴颂》系首次传回我国，惜后半残缺。孙绰《江州都督庾冰碑铭并序》在《全晋文》中辑得片段，今得全篇，文中颇多材料为史书所未载，有较高的史料价值。

（四）宋文2：孝武帝1、傅亮1。

孝武帝《巡幸旧宫颂》共十二章，《全宋文》只辑得四（半）、六、八章，今可据以补足。

（五）梁文2：简文帝1、徐勉1。

（六）后魏文1：温子昇1。

（七）后周文2：明帝1、武帝1。

明帝《灵乌降大赦诏》当作于明帝"（二年秋七月）丙申，顺阳献三足乌。八月甲子，群臣上表称庆"（《周书·明帝纪》）时。周明帝二年降三足乌事被当成天降灵乌，为吉祥之瑞，直至唐代贞观年间诏书中还多次提及（见《词林》）。

（八）隋文1：文帝《答蜀王敕书》。

此敕《隋书》《全隋文》删节甚多，是文帝废其四子杨秀时所作。秀初封越王，后迁蜀王，有胆气，精武艺。太子杨勇无故被废，广继为太子。秀不平，为广所忌，广恐秀终为变，阴作偶人书文帝及五子汉王谅姓名、缚手钉心，令人埋于阴山下，令杨素发之上报。文帝大怒，废秀为庶人，幽内侍省，秀愤怒不知所以，上表自辩，文帝愈怒，作此敕以答。秀终被禁锢，炀帝死后遇害。此敕语气逼真，反映了封建统治阶级内部为争权夺利而骨肉相残之酷。

至于上述19篇文章中严氏已辑入《全文》之残章断句，与《词林》相较，也有许多出入，为方便起见，纳入第三部分一并论述。

三 可供与《全文》校勘之文

许多文章，包括一些文章的残章断句，《全文》已经收入，而《词林》有异文可供校勘。考之史书或其他文献，多属《词林》为是者。盖因《词林》抄自许敬宗所编之原本，与原作较近，而严氏编《全文》已到了清代，各种本子屡经翻刻，难免讹误。今将《词林》可订正《全文》者摘录分类，举例说明如次。

（一）可订正人名之误

《全三国文》卷二魏武帝《分租与诸将掾属令》："追思窦婴散金之义"，《词林》同篇（题作《分租赐诸将令》）"窦婴"作"赵窦"。

按：作"赵窦"为是。该文开头曰："昔赵奢、窦婴之为将也，受赐千金，一朝散之，故能济成大功，永世流声。吾读其文，未尝不慕其为人也。"故后文也当作"赵窦"。

《全梁文》卷九简文帝《图雍州贤能刺史教》："汉君染画，犹高贾彪"，《词林》同篇"贾彪"作"高彪"。

按：作"高彪"为是。考《后汉书》，贾彪见《党锢列传》，高彪见《文苑列传》。《文苑列传》曰："高彪，……后迁外黄令，帝敕同僚临送，祖于上东门，诏东观画彪像以劝学者。彪到官，有德政。"

（二）可订正时间之误

《全后汉文》卷四四崔骃《西巡颂》："惟永平三年八月己丑，行幸河东"，《词林》同篇"永平三年八月己丑"作"元和三年八月己丑"。

按：当以"元和三年八月己丑"为是。《后汉书》卷三正作"（元和三年）秋八月乙丑，幸安邑，观盐池。九月，至自安邑"。李贤注曰："许慎云：'河东盐池，袤五十一里，广七里，周百一十六里。'今蒲州虞乡县西。"蒲州在洛阳之西。又据陈垣氏《二十史朔闰表》"元和三年八月壬寅朔"，是月无"己丑"日，当以"乙丑"为是，《全文》与《词林》作"己丑"皆误。

《全后汉文》卷四四崔骃《北巡颂》："元和二年正月，上既毕郊祀之事，乃东巡出于河内，……礼北岳。"《词林》"元和二年"作"元和三年"。

按：作"元和三年"为是。《后汉书》卷三正作"（元和三年春正月）丙申，北巡狩"。又，查《全后汉文》此条抄自《御览》卷五三七，《御览》卷五三七也作"元和三年"。

（三）可订正地名之误

《全梁文》卷二武帝《北伐诏》："……步出义阳，横辚熊耳，某等率三州武毅；剑客八万，入自曾阳，传檄崤陕，暨中岳而解鞍，指浮桥而一息。"《词林》"曾阳"作"鲁阳"。

按：当以"鲁阳"为是。"曾阳"为何地名，费解。"鲁阳"即"鲁阳关"，在梁、魏边界，战国时亦叫"鲁关"，在今河南省召县东北、鲁山县西南。郦道元《水经注·淯水》："淯水，……又东，鲁阳关水注之，水出鲁阳县南分水岭，……其水南流，径鲁阳关，左右连山插汉，秀木干云，是以张景阳诗云：朝登鲁阳关，峡路峭且深。"又，"义阳""中岳"皆在河南，也可证。

《全三国文》卷一二魏常道乡公《伐蜀诏》："今使征西将军邓艾督帅诸军趣甘松、沓中，以罗取维；雍州刺史诸葛绪督诸军趣武都高楼，首尾跋讨。"《词林》"武都"作"武街"。

按：疑"武街"为是。后汉时，有武都郡，郡治所在地称"下辨"，也即"武街"。常璩《华阳国志·汉中志》："下辨县，郡治，一曰武街。"《水经注·漾水》："（汉水）南迳武街城西，东南入浊水，浊水又东径武街城南，故下辨县治也。李珨李稚以氐王杨难敌妻死葬阴平，袭武街，为氐所杀于此矣。"《十六国春秋》等书也常提到"阴平""武街"字样，可见武街为军事要地。下又有"高楼"，疑非地名，即郡治之所也。又，上文提及"甘松、沓中"，均为阴平郡城名，故"武街"也该是城名而非郡名了。

（四）可订正文字之误

《全三国文》卷十六曹植《七启》："尔乃御文轩，临洞庭，琴瑟交挥，左篪右笙，钟鼓俱振，箫管齐鸣。"《词林》"挥"作"徽"。按：徽，有弹奏义，《淮南子·主术训》："邹忌一徽，而威王终夕悲感于忧。"此"交徽"犹言"交弹""交奏"，以作"徽"为是。又，《艺文类聚》作"交弹"，《密韵楼丛书·曹子建文集》亦作"交弹"，均可证。徽、挥音近而误。

《全晋文》卷十一孝武帝《地震诏》："庶回大变，与之更始"，《词林》"回大"作"因天"。按：据上下文意思，自以"因天"为是，因天、回大形近而误。

《全晋文》卷十二安帝《征刘毅诏》："缮甲阻兵"，《词林》"阻"作"修"。按：以"修"为是，缮即修也，二字常连用，如《春秋左氏传·襄公三十一年》："库厩缮修"，《汉书·息夫躬传》："缮修干戈"。

《全梁文》卷九简文帝《下僧正教》："羡龙瓶之始晨，追鹤林之余慕"，《词林》"慕"作"暮"。按：以"暮"为是，"暮"与"晨"对应，暮、慕形近而误。

《全北齐文》卷四魏收《为魏孝静帝伐元神和等诏》："了无犬马之职，便有枭獍之心"，《词林》"职"作"识"。按：以"识"为是，心、识相对为文，识、职形近而误。

《全后周文》卷三武帝《除齐苛政诏》："不饮不食，僵仆九逵之门"，《词林》"门"作"间"。按："九逵"指都城大路，作"间"为是。

（五）可订正颠倒之文

《全三国文》卷十六曹植《七启》："绲佩绸缪，或雕或错；熏以幽若，流芳肆布；雍容闲步，周旋驰曜。"《词林》末二句倒作"周旋驰曜，雍容闲步"。按：错属铎韵，布、步同属暮韵，铎、暮古同鱼部，从全篇用韵来看，当以《词林》为是。

《全宋文》卷二文帝《诛徐羡之等诏》："送往无复言之节，事居缺忠贞之效"，《词林》中"节""效"二字互换，按照句义，当以《词林》为是。同篇"造构贝锦，成此无端"，《词林》作"造构无端，成此贝锦"，也当以《词林》为是。贝锦，古喻谗人之谗言，《诗·小雅·苍伯》："萋兮斐兮，成是贝锦。"

（六）可补所阙之字

《全后汉文》卷九一王粲《七释》："于是□□大夫闻而叹曰"，《词林》"□□"作"文籍"；"五黄捣珍，□肠□□"，《词林》作"五黄捣珍，肠腷肺烂"。

《全三国文》五魏文帝《伐吴诏》："潜涉之□顽，"《词林》"□"作"示"。

《全三国文》十四曹植《毁甄城故殿令》："不能□未央"，《词林》"□"作"令"；"必居名邦□土"，《词林》"□"作"敞"。

《全三国文》卷三五傅巽《七诲》："□华□蚁，苞苦含辛"，《词林》作"浮敷竖幾，苞苦含辛"；"乃有河苏仆鲐，龙渊巨鲤，□□□□，分皮截理"，《词林》作"乃有河汉鲜鲂，鸿波（注：当作'龙渊'，此系唐人避讳而改）巨鲤，庖人执俎，吴刀应齿，割切纤丽，分皮截理"。

《全梁文》卷二武帝《北伐诏》："虔刘我□郡，侵扰我徐方"，《词林》"□"作"部"。

《全后周文》卷二武帝《诛晋公护大赦改元诏》（《词林》题作《诛宇文护大赦诏》）："聪明神武，□□藏智"，《词林》"□□"作"惟幾"。

《全后魏文》卷二八高允《北伐颂》："往因时□，逃命北辕"，《词林》作"往因时故，逃命北辕"。

《全隋文》卷十七李德林《文帝安边诏》："即称□□，白于伪台"，《词林》"□□"作"反叛"，"白"作"申"。

此外，据《词林》还可订正《全文》脱文、衍文，知道皇帝诏书原作者等等，为本文篇幅所限，只好暂付阙如了。

总之，对于先唐遗文来说，《影弘仁本〈文馆词林〉》有着重要的文献价值，值得引起古籍整理研究工作者的重视。

（原载《文献》1989年第2期）

谢铎与"茶陵诗派"

林家骊

"茶陵诗派"是明代成化、弘治、正德年间的诗歌流派。自成化以后，社会弊病日见严重，台阁体阿谀粉饰的文风已不容不变。于是以李东阳为首的茶陵诗派起而振兴诗坛，以图洗涤台阁体单缓沉沓的风气。李东阳在朝数十年，官至内阁大学士，喜推举才士，奖掖后进，同年进士和门生满朝，故当时许多著名诗人以他为宗，聚集周围，一时成为诗坛主流。茶陵派中比较著名的成员有谢铎、张泰、陆釴、邵宝、鲁铎、石瑶、何孟春等。"茶陵诗派"上承台阁体，下启前后七子、唐宋派，在明代诗歌演变史乃至整部中国诗歌史上有着一定的地位。历来在谈到"茶陵诗派"，评论该诗派理论及创作主张时，均以李东阳的《怀麓堂全集》[①]为依据，因为李东阳是该诗派的首领。然而，以李东阳一人之文学主张、诗文创作来代替评价"茶陵诗派"，以一概全，却未免有失偏颇。因为"茶陵诗派"是由众多的人员组成的，时间跨度也长，我们应该充分注意到这一点。比如"茶陵诗派"的重要作家谢铎，他的诗歌理论与诗文创作以前就没有引起人们的重视。谢铎与李东阳同是天顺八年进士，同被选作翰林院庶吉士。二人意气相投，终生为友，诗歌唱和，文章应答，从未间断。即使是谢铎三次辞官还乡家居期间，仍是如此。因此，共同推进了诗文创作的繁荣与进步。谢铎曾将自己的著述编为《桃溪杂稿》，请李东阳写序。李东阳在谢铎死后，将其中精华选出，编为《桃溪净稿》，由台州知府顾璘刊刻行世，其中诗集四十五卷、文集三十九卷。我们今天读谢铎的《桃溪净稿》[②]，可以发现，谢铎的文学主张很有特色，其诗歌创作亦呈现

[①] （明）李东阳：《怀麓堂全集》，清嘉庆八年陇上学易堂刻本，浙江大学图书馆藏。

[②] （明）谢铎：《桃溪净稿》，明正德十六年刻本，《四库全书存目丛书·集部》第38册，齐鲁书社1997年版，第154—513页。

出与李东阳不同的风貌，我们可据以重新评价"茶陵诗派"。

关于"茶陵诗派"的文学主张，许多学者进行了总结。王运熙、顾易生先生主编的《中国文学批评史》[①]《中国文学批评通史·明代卷》[②]都认为"茶陵诗派"主张学诗要效法唐诗，并且重点在于音节、格调和用字。廖可斌先生《明代文学复古运动研究》在论到"茶陵诗派"的文学主张时，也以李东阳为例指出其要点：一是诗文有别，也即诗歌要讲究声律节奏；二是批评诗的理化与绮化，也即宗唐而反对宗宋；三是主张复古，举李东阳评论谢铎的话为例。[③] 今天我们看谢铎的《桃溪净稿》，可以知道谢铎的文学主张很有特色。

谢铎在诗文创作方面的观点，要言之，其一是"明道、纪事"。他在《愚得先生文集序》一文中提出："昔人有言，文之用二，明道、纪事而已矣。六经之文，若《易》若《礼》，明道之文也，而未尝不著于事；若《书》若《春秋》，纪事之文也，而未尝不本于道。后世若濂、洛、关、闽，则明道之文，原道复性，盖庶几乎是者也；司马迁、班固，则纪事之文，唐、隋、五代史，盖因袭乎是者也。舍是而之焉，非文之弊，则文之赘也。斯甚矣，乃若虽不主于明道而于道不可离，虽不专于纪事而于事不可缓，是固不得已于言而其用亦不可缺。故上而郊庙朝廷，下而乡党邦国，近之一家，远之天下，皆未有一日舍是而为用者也。特幸而遇焉，则用之为制诰、为典章、为号令征伐，而其文遂以大显于天下；不幸而不遇焉，则用之为家训、为学则、为谕俗之文，则其用有限，而其文不能以大显。然幸而用之郊庙朝廷天下矣，而行愧其言、事戾乎道，兹显也所以为辱也，奚贵哉！君子所贵乎文者，体道不遗、言顾其行，有益于实用，而不可缺焉耳。"（《文集》卷三）其二是文学作品要抒情。他在《感情诗序》中说："于是情之所感，不能自已，而是诗作焉。"（《文集》卷三）其三是提倡复古。谢铎《愚得先生文集序》："铎叔父愚得先生博学好古，盖尝以其所抱蓄者大肆力于文矣。"（《文集》卷三）李东阳《桃溪净稿序》曰："予与方石先生同试礼部，时已闻其有能诗名。及举进士，同为翰林庶吉士，又同舍，见所作《京都十景》律诗，精到有法，为保斋刘公、松岩柯公所甄奖；又见其经史之隙，口未始绝吟，分体刻日，各得其

---

① 王运熙、顾易生主编：《中国文学批评史》中册，上海古籍出版社 1981 年版，第 248—252 页。
② 王运熙、顾易生主编，袁震宇、刘明今著：《中国文学批评通史·明代卷》，上海古籍出版社 1996 年版，第 82—91 页。
③ 廖可斌：《明代文学复古运动研究》，上海古籍出版社 1994 年版，第 36—54 页。

肯綮乃已。予少且劣，心窃愧畏之。同官十有余年，先生学愈高，诗亦益古，日追之而不可及。然先生爱我日至，每所规益，必尽肝腑；见所撰述，亦指摘瑕垢，不少匿。及先生以忧去，谢病几十年，每恨不及亟见。见其所寄古乐府诸篇，奇古深到，不能释手。"其四是不但宗法汉唐，而且也提倡学习宋诗。谢铎《重刊石屏诗集序》曰："若汉之苏李、唐之李杜、宋之苏黄，其于诗也，皆出于颠沛放逐之余，而后得以享大名于后世，夫岂易而予之哉！"（《文集》卷五）《台雁唱酬诗序》曰："盖非独汉唐以下诸诗家之赠处和答然也。然皆以其意而未尝以韵，韵之次，其宋之末造乎？诗之唱酬而至于次韵，一韵之次而至于累数百首诗之变，亦于是乎极矣。噫！诗之变化无穷，而人心之妙用亦相与无穷，况夫义理之在天下者，而可以有穷求之哉！"（《文集》卷六）

现在各本文学史认为"茶陵诗派"诗人诗歌的思想内容是比较贫弱的，他们对社会的关心不够，基本上是把诗歌当成个人怡情娱志之作，然而我们读谢铎诗歌，却发现其风貌与这评价不同。作为"茶陵诗派"的重要作家，谢铎一生创作了大量的诗歌。关心民生疾苦，为百姓的痛苦而呼号，是谢铎诗歌最鲜明的主题。如《田家叹》："叹息复叹息，一口力耕十口食。十口衣食恒有余，一口苦为私情逼。县吏昨日重到门，十年产去租仍存。年年止办一身计，此身卖尽兼卖孙。於乎！吾民之命天所属，阡陌一开不可复，卓锥有地吾亦足。"（《诗集》卷三）《西邻妇》："西邻少妇东邻女，夜夜当窗泣机杼。今年养蚕不作丝，去年桑老无新枝。七十老翁衣悬鹑，皮肉冻死手脚皴。年年唱名给官帛，尺寸从来不上身。於乎！辛苦输官妾之职，墙下有桑妾自植，妾身敢怨当窗织？"（《诗集》卷三）《苦雨叹二首之一》："长安阴雨十日多，倾墙败屋流洪波。男奔女走出无所，道路相看作讹语。东邻西舍烟火空，青蛙满灶生蛇虫。春来五月全不雨，夏麦秋田皆赤土。城中米价十倍高，斗水一钱人惮劳。"（《诗集》卷四）《南沟燐》："南沟燐，夜杀人，冥风晦雨莽苍平。湖滨行人誓天指白日：宁见南山虎，莫见南沟燐。南沟老翁胆通身，拔剑起舞双目瞋。酒酣夜半每独往，扶颠拯踣，赤手竟活南村民。於嗟乎！南沟磷。天地生人有正气。何物鬼物凭其神，我欲执之献上帝。嗟翁不作矣，吾谁与闻于？嗟乎！世间幻妄百千状，杀人岂独南沟燐。"（《诗集》卷十一）《撤屋谣》："长安寸地如寸金，栅水架屋争尺寻。一朝官府浚河水，撤屋追呼势蜂起。君不见去年城中十日雨，边水人家比湖浦。家家缚板作舟航，十日罢爨心皇皇。一家受怨百家喜，知者作之仁者美。人情姑息昧近功，版图习袭相蔽蒙。前街后街咄相语，疮癣不修今毒苦。前年买土筑高地，今年卖屋无人至。"（《诗集》卷七）《吾民》："忽漫吾民到此生，几堪流涕几堪惊。凶年未见能蠲税，清世无端又点兵。"（《诗集》卷三十九）《緫山杂咏·农谈》："我田岁可秋，我病苦莫瘳。未足去年租，强半今年债。"（《诗集》卷二十三）还有一些诗句表现了他对民事的忧虑。如《偶为六绝句》："城中米价贵无比，见说官家一倍轻。几日荒荒卖儿女，绣衣门下未通名。"（《诗集》卷四）《苦雨叹二首之二》："湾头崖岸半冲啮，百万人家委鱼鳖。"（《诗集》卷四）《苦雨》："廊庙敢烦诸老念，村田真切我民心。"（《诗集》卷十六）《次陈敬所再示东小园芍药韵》："见说扬州欢会地，病民还苦榷官茶。"（《诗集》卷二〇）谢铎诗歌的第二个重要的主题是关心国家命运，盼望为国出力。如《上之回》："上之回，出萧关，千骑万骑何日还。雄心荡轶泉涌山，北穷绝漠南荆蛮。岂不闻，穆天子，八骏奔崩日千里。徐方不死祭公死，何必嬴秦疹周祀。"（《诗集》卷一）诗歌借汉武帝、周穆王之事表达了自己对国事的看法。《搏虎行》："南山有猛虎，咆哮踞其巅。北山有猛虎，伏穴声相援。翩翩少年子，环视不敢前。野夫奋特勇，载蹭南山原。矢义故弗惜，而复之北山。众伤互及类，尽力驱且鞭。一射已睥睨，再射犹盘旋。技穷始衔忿，曳尾徐徐还。乃知一心力，可以终胜天。顾缩利与害，欲济良独难。咄哉搏虎者，勿畏冯妇贤。"（《诗集》卷一）希望大家共同办好国家之事，只要齐心协力，连猛虎也可打败。《不寐》："寂寥门外断喧声，坐久空庭转二更。细雨相亲是童仆，抚心欲问非平生。风停漏下听鸡报，云尽天高见月明。莫怪楼头眠未得，荷戈宵汗有西征。"（《诗集》卷六）诗的最后两句写出了自己欲眠不得，担心西部边事的焦虑心情。谢铎诗歌的第三个主题，是面对朝廷中宦官专政、朝政日下的担忧，同时也忧谗畏讥，时有退隐避祸之心。比如《鱼游入渊深》："鱼游入渊深，鸟飞薄天高。安居与暇日，帝力宁秋毫。所以君臣义，俯仰无所逃。咄哉漆室女，倚叹心忉忉。杞人信多事，炼石非虚褒。古来休戚臣，欲济同舟操。戆士昧深浅，力薄志空劳。负蚊幸涉海，往往委波涛。全身岂不爱，众喙苦相遭。马公祚宋语，此事应吾曹。"（《诗集》卷七）《古愤三首》："谗锋日以利，乱本日以成。百方不可避，一死聊自明。""卜居志不售，去国义不禁。惟应汨罗水，照见平生心。""豪杰不惜死，耻与名俱没。安得首阳山，为葬范滂骨。"（《诗集》卷二十一）在复杂的环境中，谢铎想到了退隐。《急流退一首奉答西涯先生》："流正急，风正颠。进亦难，退亦难。失势一落万丈滩，何如稳卧严陵山。长笑一声天地宽，天地宽，云台事业浮云看。"（《诗集》卷四十四）盼望回到农村，过那悠闲的生活。《雨声夜何长》:"忧来不能寐,卧听空阶雨。雨声夜何长,不见鸡鸣已。平生廊庙心,且复念田里。侵晨问我农,禾头半生耳。"(《诗集》卷十六)也是这种思想的体现。还值得我们注意的是谢铎在诗文中多次提及苏轼和黄庭坚等,提倡学习宋人,他自己也善作理诗。比如《偶书二绝》:"未免今世人,欲作古时样。所以终日间,此心恒怅怅。""天上月团圆,只与十五六。如何百年中,人心劳不足。"(《诗集》卷三)《未圆月》:"人爱正圆月,我爱未圆月。未圆明日盈,正圆明日缺。"(《诗集》卷二十一)以诗的形式阐发了谢铎的人生哲理。

谢铎为什么与李东阳等人在文学理论与文学创作方面产生如此大的差异呢?笔者认为,首先是生平经历的不同。李东阳十八岁中进士,历仕翰林院编修、侍讲学士,弘治七年入内阁,官至吏部尚书、华盖殿大学士。他在翰林院任职二十九年,参与内阁机务十八年。历官馆阁,四十多年不出国门,因此尽管他不满台阁体,想改革诗风,却又脱不了台阁体的窠臼。而谢铎则不然,他虽与李东阳在天顺八年同时考中进士,同时进入翰林院,但后来经历却不同,三次在朝为官,三次辞官还乡。第一次是父母双亡,于成化十六年四月丁忧回家,十八年服除谢病家居,时达八年;第二次出仕在弘治元年,但弘治四年因在南京国子监祭酒任上提出了六条改革措施(择师儒、慎科贡、正祀典、广载籍、复会馔、均拨历)得不到落实,尤其是正祀典,谢铎提出进宋儒杨时而黜受宋恩而仕于元的吴澄,与顶头上司傅瀚发生冲突,愤而辞职,致仕回家,又家居近十年;第三次是弘治十三年,谢铎出任礼部右侍郎掌国子监祭酒,又提出四项改革措施(正祀典、重科贡、革冗员、塞捷径),但落实不了,辞职居家养疾,直至正德五年去世。谢铎乡居时间特别长,因此深知国事之弊,了解民间疾苦。其次是地域文化与思想理念的差异。在明前期文坛上先后占主导地位的浙东派和台阁体作家,都带有明显的地域色彩。台阁体作家以江西作家为主体。钱谦益《列朝诗集小传·乙集》"周叙"条载:"国初馆阁,莫盛于江右,故有'翰林多吉水,朝士半江西'之语。"[①] 而浙东派作家是得朱子嫡传的浙东"北山学派"的传人,江西派则多系得朱子嫡传的"江西双峰学派"的余泽。"茶陵诗派"的主要成员有两批:一批是与李东阳同年中进士并同入翰林院的,主要有谢铎(太平人)、张泰(太仓人);另一批是李东阳的门生,即他担任乡试、会试和殿试读卷官时所录取的士子,以及他在翰林院时教过的庶吉士,主要有邵宝(无锡人)、石

---

① (清)钱谦益:《列朝诗集小传》,中华书局1961年版,第172页。

瑶（藁城人）、罗玘（南城人）、顾清（华亭人）、鲁铎（竟陵人）、何孟春（郴州人）、储巏（泰州人）、陆深（上海人）、钱福（华亭人）。由以上所列可以看出，茶陵诗派成员来自全国各地，而以吴中人士居多。除了谢铎是浙东台州太平人，其他人则与浙东学派、江西学派很少瓜葛。谢铎接受了浙东学派的影响。谢铎的启蒙老师是他的族叔谢省，谢省是景泰五年进士，推崇朱子、真德秀。谢铎十四岁从谢省学《毛诗》《四书》，无可置疑，谢铎身上带有浙东学派的印记，这与李东阳及其他"茶陵诗派"成员不同。再次，谢铎本人也是一位理学家，理学思想决定了他人生道路的抉择与诗歌内容的组成。谢铎著述中有《续真西山读书记》《伊洛渊源续录》《伊洛遗言》《四子择言》等。他精通儒家经典，推崇二程朱子之学。程朱理学断言理是离开事物独立存在的客观实体，由理派生和主宰万事万物，为学主"涵养须用敬，进学则在致知"（程）；"穷理以致其知，反躬以践其实"（朱）。谢铎在他的著述中进一步发挥了这种思想，将之贯穿到他的教育活动之中。要言之，可归结为以下几条。一是讲中庸，崇诚信。《中庸》原是《礼记》中的一篇，相传为子思所作，内容肯定"中庸"是道德行为的最高标准，并提出"诚者不勉而中，不思而得，从容中道，圣人也"。把"诚"看成世界的本体，认为"至诚"则达到人生的最高境界，并提出"博学之，审问之，慎思之，明辨之，笃行之"的学习过程和学习方法。宋人从《礼记》中把它抽出，与《大学》《论语》《孟子》合为《四书》。此后，长期成为封建社会科举取士的标准经书，"中庸"亦成为儒学典型的伦理思想。谢铎《桃溪净稿·文集》卷二十三有《讲章五首》，内中有《诚者天之道也》一章，即阐述了他的这种思想。另外，他又在《史论·萧何》中作了具体的发挥，他认为"人臣事君，以诚不以伪，则虽势位之盛，有不难处者矣"（《文集》卷二十一）。又，《存诚堂记》等文则进一步发挥了这种观点。二是尊德性，道问学。谢铎《桃溪净稿·文集》卷二十三《讲章五首》中有《故君子尊德性》一章，认为尊是"恭敬奉持"之意，德性是"吾所受于天的正理"。提出"所以君子常要尊奉那德性，做那存心的工夫，以极乎道体之大；道体入于至小而无间，所以君子常要由于问学，做那致知的工夫，以尽乎道体之细。这二者是修德凝道之大端，所以说君子尊德性而道问学"。又在《月试监生策题》的《问士君子之所以持其身者》中讲到"自辞受以至进退而极于生死之间，皆不可以不慎。自今而观，患其不能辞，不患其不能受；患其不能退，不患其不能进；患其不能死，不患其不能生"（《文集》卷二〇），对士君子的品德标准作了界定。谢铎本人三次辞官还乡，也可以说是这种思想的最好体现吧！又在《问同行异情之说》这一节中说：
"君子小人之情状尽矣，有志于格物穷理之学者，不可以不辨。"（《文集》卷二〇）认为人不能自己欺骗自己。又，谢铎在《月试监生策题》的《问道统之说》中提出了"道统观"，在《问洪范八政》中提出了"大学治道"。这一切，都可窥见他的理学思想。

另外，我们还可以将谢铎与前后七子、唐宋派进行比较。今天各本文学史均说前后七子主张复古，而实际上谢铎早就提出了复古的主张；茶陵派大多数成员是提倡只学唐诗，不学宋诗，至前后七子亦是如此。前七子李梦阳说："宋儒兴而古之文废矣。"（《论学上篇》）[1]"诗至唐，古调亡矣，然自有唐调，可歌咏，高者犹足被管弦。宋人主理不主调，于是唐调亦亡。黄、陈师法杜甫，号大家，今其词艰涩。……人不复知诗矣。"（《缶音序》）[2] 直至唐宋派才提出兼学唐宋，而这个观点谢铎早已提出。前后七子均提出文学应该重视真情表现的主情论调。李梦阳认为，"真者，音之发而情之原也"（《诗集自序》）[3]。后七子王世贞也强调作诗要"根于情实"（《陈子吉诗选序》）[4]，强调作家的思想感情在艺术创作中的主导作用。而谢铎在他们之前，早就提出了作诗要重感情的主张。再看唐宋派，唐宋派注重文以明道的做法，与明初宋濂"以道为文"、谢铎的"明道、纪事"论一脉相承。

综上所述，谢铎作为"茶陵诗派"的重要作家，有理论，有创作，是"茶陵诗派"中一位别具一格，很有特色的作家。谢铎与李东阳二人的文学思想、诗歌创作各有特色，各代表了"茶陵诗派"的一个侧面。只看到李东阳，单以他来评价"茶陵诗派"，这是以偏概全、有失公允的。只有将谢铎也结合起来一同考察，才可看出"茶陵诗派"的全貌。因此我们应该重视谢铎的诗文主张及创作，谢铎的《桃溪净稿》为我们更加客观地评价"茶陵诗派"在文学史上的地位，提供了有力的依据。

（原载《文学评论》2003 年第 5 期）

---

[1]（明）李梦阳：《空同集·外篇》卷六十六，《文渊阁四库全书》本，台北：台湾商务印书馆 1986 年版。

[2]（明）李梦阳：《空同先生集》卷五十一，明嘉靖九年刻本，浙江大学图书馆藏。

[3]（明）李梦阳：《空同先生集》卷五十一，明嘉靖九年刻本，浙江大学图书馆藏。

[4]（明）王世贞：《弇州续稿》卷四十二，《文渊阁四库全书》本，台北：台湾商务印书馆 1986 年版。

屈原《远游》的空间书写及精神指向

王德华

　　天人关系在先秦时代不只是抽象的哲学命题,在具体的天文与人文即天象与人事之间,还构成一系列的对应关联,渗透在政事、农时、战争以及立身处事等方方面面。其中阴阳盈缩运转之道,不仅与天文观象密切相连,反映了人们对天体运行与自然四时变化的认知,而且也广泛地渗透到人文场域,作为天地之大义,成为人们构建人类社会秩序与立身处世的最高原则,并形成中国特有的天人之学。从天空形态上看,人们对以北斗为中心以及二十八宿天象观测所形成的五官星空区划,包含着对天地阴阳运转之道的认知,对人们的时空观念产生深远的影响。以诗人著称的屈原,他的《天问》,以文学的形式表达他对天体的认识、对天人关系的思考;而他的《远游》,以富有情感与想象之笔书写着诗人神游天空的过程、情感与精神追求。《远游》以"重曰"分为前后两个部分,"重曰"以后的部分是《远游》中"远游"的主体部分,游历的空间所呈现的天庭及东西南北的五方格局,正是以五官星空区划作为知识场景的。但是,人们对《远游》的阅读与阐释,大都将这一天文知识场景悬置为一可有可无的背景,而这种悬置与忽视,从某种程度上阻碍了我们对《远游》游旨的深层把握。此外,自清代至今,对"《远游》为屈作"的质疑声不断。随着出土文献的逐渐公布和研究的推进,《楚辞》学界的一些学者利用出土文献,证明了《远游》中涉及的道家思想及神仙家言有着深厚的文化土壤,清除了"《远游》非屈作"所造成的一些认识上的误区[①]。本文拟从《远游》"重曰"以后的空间书写这一视角,结合这一空间形态对应的知识背景、思想世界,探讨屈原创作《远游》的主旨,更深层的是希望通过

---

① 这方面的代表作如汤漳平先生《出土文献释〈远游〉》,见汤漳平等《出土文献与中国文学史研究》一书,河南人民出版社2011年版,第314—324页。

《远游》游旨与精神指向的揭示，为"《远游》为屈作"提供一点来自诗作本身的分析与论证，并希望得到方家的指正。

一　五官星空区划与《远游》的天空游历

本文所说的《远游》[①]空间书写是指《远游》"重曰"以后所呈现的天空神游。游历路线体现出的天庭及东、西、南、北的五方空间格局，是以古人对星空做出的五官区划作为知识场景的。所谓五官星空，是中国古代星空区划的一种方式。《史记·天官书》，是现存最早一篇完整的星空五官区划的文献。《天官书》将星空划为五个部分，即五官——中宫、东宫、西宫、南宫与北宫。《史记·天官书》五官星空区划起源甚早，有着悠久的天文观测的知识背景，这一知识背景就是标志性象征的北斗七星及其附近的北天区，以及位于黄道和赤道附近的二十八宿以平均各七宿形成的四大星空区域，古人以"四象"即东方苍龙、南方朱雀、西方白虎、北方玄武（龟蛇合体）来代指。从出土文献看，河南濮阳西水坡仰韶文化遗址，出土距今六千多年蚌壳摆塑的东方苍龙、西方白虎与北斗的图像；湖北随州发掘的战国初期的曾侯乙墓，墓中一衣箱盖上，中央有一篆体"斗"字，围绕"斗"字分布二十八星宿名，箱盖右侧绘有青龙，左侧绘有白虎图像，都说明了五官星空区划产生甚早。而传世文献《尚书·尧典》中四仲中星的记载，也说明以四象定四时方位，测四时星象的由来是非常悠久的。长沙子弹库出土的战国楚帛书，分甲、乙、丙三篇。饶宗颐先生通过考察楚帛书甲乙两篇的主要框架及叙述内容，认为楚帛书即是楚国的天官书[②]。可以看到，不论是出土文献还是传世文献，都说明屈原《远游》中提到以天庭及东、西、南、北五方的星空游历，有着以北斗为中心以及东、西、南、北四象组成的星空区划的天文学知识背景。

导致后人对《远游》五官星空游历忽视的重要原因之一，就是《远游》中运用了表示四方帝神的称谓，给人以地界之游的判断。《远游》中出现的四方帝与四方神如下：东方太皞与句芒，西方西皇与蓐收，南方炎神与祝融，北方颛顼与玄冥，还出现了四象之一的北宫玄武。很明显，

[①]　本文所引《远游》及王逸注，皆出自洪兴祖《楚辞补注》，中华书局1983年版，下不复出注。

[②]　详参冯时《河南濮阳西水坡45号墓的天文学研究》，载《文物》1990年第3期；谭维四《曾侯乙墓》，文物出版社2001年版；陈遵妫《中国天文学史》，上海人民出版社2006年版；饶宗颐《楚帛书之内涵及性质试说》，载《楚帛书》，中华书局香港分局1985年版；饶宗颐《楚帛书天象再议》，载《中国文化》1990年第3期。

《远游》中四方帝、四方神与《吕氏春秋》十二纪中的五方（中东西南北）中的四方帝、四方神大同小异，而《吕氏春秋》五方帝神为《礼记·月令》所继承。《吕氏春秋》十二纪有五方帝及五方神，但中间黄帝与其神后土，没有相对应的季节，只是附在季夏后。《吕氏春秋》记述的五方帝与神起源甚早。从四方言，不论《尚书·尧典》中四仲中星还是甲骨卜辞的四方风，都与天象有关。而与《吕氏春秋》更切近的五方帝神系统中的四方帝神，也与天文历法有着关联。《左传·昭公十七年》记载郯子所言少皞氏时代的官制，言"我高祖少皞挚之立也，凤鸟适至，故纪于鸟，为鸟师而鸟名。凤鸟氏历正也。玄鸟氏司分者也。伯赵氏司至者也。青鸟氏司启者也。丹鸟氏司闭者也"，孔颖达正义曰："诸书皆言君有圣德，凤皇乃来，是凤皇知天时也。历正，主治历数，正天时之官，故名其官为凤鸟氏也。"① 分、至、启、闭是指春分秋分、冬至夏至、立春立夏、立秋立冬与四季相关的八大节气，而少皞分别以四鸟分掌，以凤鸟统为历法之正。故连劭名先生说"郯子叙述古代少皞氏所立职官，有五鸟、五鸠、五工正等，都与五行的观念有关"②。在《左传·昭公二十九年》中我们看到有与《吕氏春秋》五方神名相同的"五行"之官："故有五行之官，是谓五官。实列受氏姓，封为上公，祀为贵神。社稷五祀，是尊是奉。木正曰句芒，火正曰祝融，金正曰蓐收，水正曰玄冥，土正曰后土。"可以看到，五方神本是来自五行之官的，与天文关联甚密。在周代祭祀系统中，因五方帝在天子迎四时之气祭天地时，以五帝配祭天帝，故五帝之佐五方神降格祭于四方，但从郑玄所说的"'祭四方'，谓祭五官之神于四郊也"③，仍然可以看到"祭四方"与"五官之神"及天文历法之间的关联。这一点，也体现在《吕氏春秋》十二纪的叙述模式中，如《吕氏春秋·孟春纪》："孟春之月，日在营室，昏参中，旦尾中。其日甲乙。其帝太皞，其神句芒。其虫鳞……"④ 从叙述方式上看，是先天象、后人事，位于二者之间的是四方之帝与四方之神，这是以太阳视运行为基准，表现出在观象授时思维模式下的天文与人事配合的月令叙述模

---

① 《春秋左传正义》，《十三经注疏》本，中华书局1980年版，第2083页。下引《左传》，版本同此，不复出注。
② 连劭名：《甲骨刻辞中所见的商代阴阳数术思想》，载《中国古代思维模式与阴阳五行说探源》，江苏古籍出版社1998年版，第234页。
③ 《礼记正义》，《十三经注疏》本，中华书局1980年版，第1268页。
④ 陈奇猷：《吕氏春秋校释》，学林出版社1994年版，第1页。下引《吕氏春秋》，版本同此，不复出注。

式,这种叙事结构反映了四方帝与四方神具有沟通天界与地界的神力。至于星空"四象",从天文角度看,是古人观测天象时对二十八宿以四方各七宿所呈现出的星空形态以四种动物加以形象指称,但之所以选择龙、虎、雀及龟蛇合体而不是其他,也反映了先民对四类动物的崇拜意识,因而,"四象"具有天文神与动物神的双重身份,也具有沟通天界与地界的神力[1]。可以说,四方帝与四方神及星空中的四象,天界与地界身份交织,在表示方位时,天界、地界均可使用。另外,《远游》中一些与天空相连的语词以及天空星辰的天文语词,诸如上征、太微、重阳、帝宫、旬始、清都、天池、彗星、斗柄、玄武、文昌、临睨、间维等,起到了很好的天空游历的标识作用。《远游》游历东西与南北对应的方位表述,与东苍龙与西白虎、前朱雀与后玄武的星空四象两两相对所形成的空间方位表述一致,成为《远游》游历天空空间形态的重要标识。因而,将四方帝与神置入五官星空与东西南北的方位序列中加以整体考察,其方位明显指向天空。

可以说,五官星空区划不仅构成了《远游》空间书写的知识场景,同时也使这一知识场景成为我们探讨《远游》空间书写的思想世界及精神指向的意义空间。

二 南宫：音乐书写与南宫为天乐府的喻指功能

南宫朱雀七宿,即井、鬼、柳、星、张、翼、轸。《开元占经》卷六三《南方七宿占四》载"石氏曰：翼,天乐府也"[2]。《开元占经》中保存的"石氏曰",人们称之为《石氏星经》。因《石氏星经》的恒星观测年代存在争论,故而对《开元占经》中所引"石氏曰"为战国时魏人石申之说产生质疑。钱宝琮先生在其《甘石〈星经〉源流考》一文中云"所遗憾者,甘、石书原本早已失传,难以深考。术数之书,颇多后人附益改窜,东汉人所见之甘、石《星经》已非西汉初之传本,六朝、隋、唐以来传世者,更无论矣。吾人纵从后世典籍中搜集《星经》佚文,决不能得战国时甘、石之原本也"[3]。此文撰于1937年,对后世影响甚大。《开元占经》所引"石氏曰"基本包括两个部分内容,一是"'石氏曰'的

---

[1] 关于四象动物神和天文神的组合及组合过程,详参王小盾《中国早期思想与符号研究——关于四神的起源及其体系的形成》,上海人民出版社2008年版。

[2] 瞿昙悉达：《开元占经》,常秉义点校,中央编译出版社2006年版,第437页。

[3] 文见傅杰主编《二十世纪中国文史考据文录》,云南人民出版社2001年版,第205页。下同,不复出注。

字样后列出了二十八宿的宿度值、距星的去极度及黄道内外度三种数据"①，另一部分则是石氏占辞。笔者认为对《石氏星经》这样的术数文献，我们既应本着科学的态度考证其观测年代，但也应持有文化的视角，认识到其占辞渊源有自。李零先生在论及"数术方技之书的年代"时指出，古代的实用书籍"虽然代有散亡，可是学术传统却未必中断。比如《唐律》固然是成于唐代，但内容不但含有秦律和汉律的成分，也含有李悝《法经》的成分。还有明代的《素女妙论》，从体系到术语，仍与汉晋隋唐的房中书保持一致"。故而李零先生在他的《中国方术正考》中"尽可能将数术方技之书的著录年代或流行年代与其技术传统的年代区分开来，不简单说某书的内容只是属于某一年代的"②。李先生对待数术方技类文献态度还是具有参考意义的。我们应以科学与文化的双重视角辨析《石氏星经》的文献价值，即将《石氏星经》观测年代的科学考证与作为数术实用书籍的文化传承尽量区分开来，也就是说观测年代的考定（且各家考定方法不同，差异极大），并不能据以确定《石氏星经》中占辞的著述年代。《北堂书钞》卷一一二引汉代纬书《春秋说题辞》《太平御览》卷五六九引汉代纬书《春秋元命苞》均有"翼为天倡"之说，因而，除去《开元占经》"石氏曰"不论，就现存文献看，"翼为天乐府"至迟在汉代就已形成。而作为解经的汉代纬书，其知识体系多承先秦；且钱宝琮先生本人也认为"甘、石二家则《史记·天官书》《汉书·天文志》俱有征引，当时必有传本无疑"，因而，笔者认为《开元占经》中所引"翼，天乐府也"的"石氏曰"应是战国时魏石申之旧说。又，黎国韬先生《"翼为天倡"考》一文从翼字的构形、羽舞的流行、翼与翌祭的关系考察了翼为天倡的原因，并认为从时间上考察，翼为天倡的传说至迟在战国时期便已流行，这有传世文献和出土文物上的双重证据③。尚可补充的是，星官往往是人间的映像，而作为星宿，之所以能达成与人事的比附，不外乎天文与人文两个方面的原因。因而，探讨"翼为天乐府"，除了对"翼"字本身考察之外，对南宫朱雀、下界南方与音乐之间的关联探究也十分必要。

从天文看，朱雀，《史记·天官书》中称作朱鸟。沈括在《梦溪笔谈》中言南方五行属火，"鸟谓朱者，羽族赤而翔上，集必附木，此火之

---

① 见郭盛炽《〈石氏星经〉观测年代初探》，载《自然科学史研究》1994年第1期。
② 以上所引见李零《中国方术正考》，中华书局2006年版，第23—24页。
③ 黎国韬：《"翼为天倡"考》，载《星海音乐学院学报》2012年第1期。

象也"。但朱雀取象何鸟,沈括言"或云鸟即凤也,故谓之凤鸟",但他本人并不认可,认为"古人取象,不必大物也",朱雀当取象于短尾的鹑①。其实,从《山海经》看,凤并不"大",其状是"如鸡"的;凤的特征在于"灵",即"见则天下安宁"②。《说文》引黄帝臣天老之言,把凤说成集多种动物特征于一身的"四不像"的动物,但与《山海经》一致的是"见则天下宁",故被称作"神鸟"③。而《山海经》中的鹑鸟,即凤,也称赤凤。再从凤凰与音乐的关系看,凤声往往被看作一种至妙之音。《山海经》中的凤与鸾都有"自歌自舞"的特点。《吕氏春秋·古乐》篇记载黄帝命伶伦作律,伶伦听凤凰之鸣,以别十二律。以雄鸣为六,雌鸣亦六,以比黄钟之宫。而与音乐密切相连的还有风,甲骨卜辞中就有四方风,而风写作"凤"。古人认为,风生于天地阴阳之气,通过四方四时之风能够判定气候的变化,正是在这一点上,《左传·昭公十七年》记载少暤氏时以不同颜色的凤鸟,掌管分至启闭,即阴阳二气与季节的变化。四方风,逐渐衍化为八风、十二风,并配以十二律。《淮南子·天文训》曰:"律之初生,写凤之音",《主术训》又云:"乐生于音,音生于律,律生于风,此声之宗也。"④ 将乐、音、律与风、凤联系起来,这不仅因风、凤在甲骨卜辞中相通,还有风、凤之与音乐都是含有阴阳二气变化之理。《周礼·春官·大司乐》云:"凡六乐者……六变而致象物及天神。"郑玄注:"象物,有象在天,所谓四灵者。天地之神,四灵之知,非德至和则不至。《礼运》曰:'何谓四灵?麟、凤、龟、龙谓之四灵。'"⑤ 虽然《礼运》与《史记·天官书》四灵有别,但皆有凤。《尚书·益稷》也说"《箫韶》九成,凤凰来仪"⑥。可见,朱雀与凤皇、律吕的关联,应是南宫朱雀中翼为天乐府这一天官职能之所以产生的重要的天文与音乐背景。彭浩先生通过出土的西周以来青铜礼器纹饰的考察,指出"西周以来凤鸟纹的数量增多,从地域分布上看,东至吴越,西至周原,北至燕赵,南至湘江的出土铜器上都可以找到这类凤鸟纹饰",并认

---

① 详参胡道静《梦溪笔谈校证》,上海古籍出版社1987年版,第324页。
② 袁珂校注:《山海经校注》,巴蜀书社1992年版,第19页。下引《山海经》,版本皆同此,不复出注。
③ 详见段玉裁《说文解字注》,上海古籍出版社1981年版,第148页。下引《说文解字》版本皆同此,不复出注。
④ 何宁撰:《淮南子集释》,中华书局1998年版,第247、662页。
⑤ 《周礼注疏》,《十三经注疏》本,中华书局1983年版,第789页。
⑥ 《尚书正义》,《十三经注疏》本,中华书局1980年版,第144页。下引《尚书》版本同此,不复出注。

为包括楚人在内的对凤鸟的崇拜,是当时盛行的阴阳之说在青铜礼器纹饰上的一种反映①。可以说,对凤鸟的崇拜,包含对阴阳之道的尊奉,不仅反映在青铜礼器纹饰上,同时也映射到天空四象之一的朱雀,从而产生南宫翼为天乐府这一星官职能。

从人文看,"夏令多言乐"是南宫翼为天乐府的地界映射。《管子·四时》为月令书,其中言四方四季季候特征,王者据此以施政,言:"南方曰日,其时曰夏,其气曰阳,阳生火与气。其德施舍修乐。"② 虽然只是略及"修乐",但这一点却为《吕氏春秋》十二纪所继承。十二纪独于南方相对应的夏令集中论乐,《四库全书总目提要》言《吕氏春秋》"惟夏令多言乐,秋令多言兵,似乎有义,其余绝不可晓,先儒无说,莫之详矣"。余嘉锡先生针对《提要》所说的"其余绝不可晓",分析十二纪内容并引《春秋繁露》为证,认为十二纪的内容表现了"春生夏长秋杀冬藏也,此因四时之序而配以人事,则古者天人之学也"。十二纪表现的"春生夏长秋杀冬藏"之义,早在《管子》中也有表现,如《四时》言"春嬴育,夏养长,秋聚收,冬闭藏"。余先生本诸十二纪"四时之序而配以人事"的思维,又进一步指出,夏令多言乐,并不只说音乐,而是注重音乐所具备的移风易俗的教化功能。如此,音乐就将作为自然的夏之长养之义与人类社会的移风易俗之义联系了起来,此乃"古者天人之学也"③。我们可以沿着余先生的思路,将"夏令多言乐"与南宫翼为天乐府联系起来考察,可以看出,古人不仅通过音乐把自然的夏季与人事比附,同时通过音乐将"夏令多言乐"的季节与人文内涵映射到星空,从而形成了南宫翼为天乐府的观念。这也是《远游》中诗人"将往乎南疑"受到劝阻后,在南宫书写音乐的重要的知识背景。

《远游》中提到的《咸池》、《承云》与《九韶》,后人根据《山海经》《庄子》《乐记》《淮南子》等不同记载,对这些古乐属于哪一位帝王时的音乐颇有争议。其实这些古乐与诸多帝王的异属现象,一方面说明了古乐具有代代相承沿用的可能,另一方面也说明了这些乐舞在相承中的一个共同职能即是用于祭祀天帝,为宗教乐舞。《吕氏春秋·古乐》篇从传说中的朱襄氏写起,共写了十三位帝王时的古乐,其中《咸池》、《承

---

① 彭浩:《楚人织绣纹样的历史考察》,载《文艺研究》1992年第3期。
② 黎翔凤:《管子校注》,中华书局2004年版,第846页。下引《管子》版本同此,不复出注。
③ 余嘉锡:《四库提要辨证》,中华书局1980年版,第818—822页。

云》与《九韶》①分别作于传说中的黄帝、颛顼与帝喾时代。《咸池》乐是黄帝命伶伦制作的,上文业已提及伶伦听凤凰之鸣,以别十二律。所谓雄鸣雌鸣各六,效法雌雄凤凰之鸣,就是效法阴阳之道,故律有阴阳。《庄子·天运》篇记述了黄帝分析北门成听《咸池》乐之所以产生"惧、怠、惑、愚、道"的感受,主要说明《咸池》作为"至乐"感化人心的过程②。黄帝所说的"至乐"有两个方面的特征:一是至乐不离人事,二是以天地阴阳二气运转调和、化生万物是"至乐"所本,故对"至乐"的感受就意味着对道的体会。至于《承云》之乐,《吕氏春秋》认为是颛顼乐。颛顼德合于天,所以八方之风各得其正,颛顼闻正风之音而好之,故令飞龙效其音,命鳝鱼先击鼓以为乐始。风与凤通,八方正音亦与《咸池》乐一样,包含合乎自然的阴阳之道。《九韶》,《古乐》篇记述帝喾命咸黑作《九招》《六列》《六英》,"令人抃或鼓鼙,击钟磬,吹苓展管箎。因令凤鸟、天翟舞之。帝喾大喜,乃以康帝德",《古乐》又记载帝喾后,"帝舜乃令质修《九招》《六列》《六英》,以明帝德",汤又"修《九招》《六列》,以见其善",从中可以看到帝喾命咸黑制作的《九韶》在后世的流传。《九韶》,即《韶》乐,在《离骚》中曾与《九歌》一起出现。《离骚》云:"启《九辩》与《九歌》兮,夏康娱以自纵。"③又云:"奏《九歌》而舞《韶》兮,聊假日以愉乐。"洪兴祖引《山海经》及《天问》记载,认为《九辩》《九歌》皆天乐,启窃而用之,意指启窃天乐以自享自纵,这也有《墨子·非乐》为证。那么,为什么屈原"奏《九歌》而舞《韶》兮,聊假日以愉乐"却不遭后人非议呢?闻一多先生认为《韶》本天乐,又引《史记·赵世家》中记载赵简子梦之帝所,与百神享受钧天之乐,以说明屈原"此奏歌舞韶,实承上'神高驰之邈邈'而言,谓升天而得观此乐也"④,即《九歌》与《韶》乐均是天乐,而诗人是于天空中观奏、听乐,而非诗人自己所奏,这种分析,独具慧眼。黄翔鹏先生提出著名的"九歌"为九声音列之说⑤,王小盾先生

---

① 按,《远游》"九韶",《吕氏春秋》作"九招"。"九招",即"九韶"。见陈奇猷《吕氏春秋校释》,学林出版社1984年版,第300页。

② 本段所引黄帝论乐,见郭庆藩《庄子集释》,中华书局1961年版,第501—510页。下引《庄子》及成玄英疏版本同此,不复出注。

③ 洪兴祖:《楚辞补注》,中华书局1983年版,第21页。下引《离骚》版本同此,不复出注。

④ 详参闻一多《离骚解诂乙》,见《闻一多全集·楚辞编》,湖北人民出版社1994年版,第335页。

⑤ 详参黄翔鹏《"唯九歌、八风、七音、六律,以奉五声"——〈乐问——中国传统音乐百题之八〉》,载《中央音乐学院学报》1992年第2期。

在此基础上，对夏民族的神圣数字"九"进行考察，明确了"九歌"作为神圣音乐的性质①。从《天问》《离骚》可以看出，屈原对夏代《九歌》等神圣性音乐并不陌生，并据此批评启并不能体会《九歌》音乐之道，适以娱乐自纵而已。《吕氏春秋·古乐》并载帝喾之后，历代沿修《九招》。《尚书·益稷》言"箫韶九成，凤凰来仪"，"击石拊石，百兽率舞"，言舜时"备乐九奏而致凤皇，则余鸟兽不待九而率舞"②，可以看到，仍有《吕氏春秋》记载的帝喾令人演奏古乐《九招》时，"因令凤鸟、天翟舞之"的影子。故"凤凰来仪"，包含着《九韶》合乎阴阳之道的隐喻。

由以上的分析，我们可以看到，《远游》中提到的《咸池》等三乐，是合乎阴阳之道的正风与正乐的象征与代表，也构成了诗人南宫音乐书写的知识背景。在五官星空中，诗人于中宫、东宫、西宫，集中笔墨写他的游历之盛，给人以不停游历与飞行之感。中宫、东宫、西宫的不断飞行反衬了南宫游历的停顿，也使南宫的空间书写成为《远游》空间书写中浓墨重彩的一节：

> 指炎神而直驰兮，吾将往乎南疑。览方外之荒忽兮，沛罔象而自浮。祝融戒而还衡兮，腾告鸾鸟迎宓妃。张《咸池》奏《承云》兮，二女御《九韶》歌。使湘灵鼓瑟兮，令海若舞冯夷。玄螭虫象并出进兮，形蟉虬而逶蛇。雌霓便娟以增挠兮，鸾鸟轩翥而翔飞。音乐博衍无终极兮，焉乃逝以徘徊。

首先，对于此段音乐书写，一般认为是在地界南疑，即南方下界九疑。但通观此节描写的前后，诗人只是因思念故国"将往乎南疑"，"览方外之荒忽兮，沛罔象而自浮"是比喻诗人在天空云海中游历的景象。"祝融戒而还衡兮"，王逸注曰："南神止我，令北征也"，"还衡"即回车、回驾。因而，诗人前往南疑的打算因祝融阻止而中断。诗人是在"涉青云以泛滥游兮，忽临睨夫旧乡"情形之下"将往乎南疑"的，被祝融阻止后，诗人依然停留在南宫，即与南方对应的天空上。《庄子·天运》篇言黄帝奏《咸池》于"洞庭之野"，成玄英疏曰："洞庭之野，天地之间，非太湖之洞庭也。"而这种演奏《咸池》相似的空间背景，应不

---

① 详参王小盾《夏代的"九歌"及其同五行说的关联》，载《中国音乐学》2007年第4期。
② 《尚书正义》卷五，《十三经注疏》本，中华书局1980年版，第144页。

是一种巧合。其次，描写的天乐演奏的场面，不仅有与水有关的传说人物，诸如宓妃、二女①、湘灵、海若、冯夷参与奏舞；而且还有水中神怪"玄螭虫象"。"玄螭虫象并出进兮，形蟉虬而逶蛇"，写出水中神怪应乐而起，出没水中而舞，蠕动盘曲，形态可爱的情状。与天乐《咸池》巧合的是，星空中有星象"咸池"。《史记·天官书》言"西宫咸池"，张守节正义曰："咸池三星，在五车中，天潢南，鱼鸟之所讬也。"② 屈原正是利用天乐"咸池"与星象"咸池"的相同名称，借用星空咸池乃"鱼鸟之所托"的特征，并融合传说中古乐制作及演奏时与鸟兽的关联，巧妙书写音乐演奏的场面。而"雌霓便娟以增挠兮，鸾鸟轩翥而翔飞"，写雌霓轻丽重绕、鸾鸟高举翔飞之态，这固然是继续表现音乐演奏的效果，但也别有寓意。上文言及鸾鸟即凤，《说文》云"鸾，赤神灵之精也，赤色五采，鸣中五音，颂声作则至"，段玉裁引崔豹《古今注》"或谓朱鸟者，鸾也"。可见，"鸾鸟轩翥而翔飞"，犹如"凤凰来仪"，并与"玄螭虫象并出进兮，形蟉虬而逶蛇"一起，所表现的就是《尚书·益稷》所说的"箫韶九成，凤凰来仪""击石拊石，百兽率舞"的效果与寓意。另外，这两句也将乐舞描写绾合在天空。最后，南宫音乐书写的结尾两句，表现了诗人听乐的感受："音乐博衍无终极兮，焉乃逝以徘徊。"博，广泛；衍，散开、扩展。博衍，形容音乐充塞天地之间，故又说"无终极兮"。因而，"音乐博衍无终极兮"，与《庄子·天运》篇记载的炎帝称颂《咸池》"听之不闻其声，视之不见其形，充满天地，苞裹六极"的感受相似。炎帝的感受表现了对黄帝阐发的至乐中的阴阳之道的心领神会，这也正是诗人闻乐的感受。这里尤其值得注意的是，黄帝与北门成论乐，无端又扯出炎帝，炎帝为南方之帝，南宫与天乐府之间的关联，又再次勾连在一起。

南宫音乐书写，不仅表现了诗人对合乎阴阳之道的天乐的领会，同时也包含着诗人关注宗国的情怀。音乐与政治的关系，先秦诸子特别关注。上引《庄子》外篇中的《天运》篇反映了庄子后学的观点，庄子后学把音乐与道联系起来，其中含有依天地阴阳之道化育天下的音乐思想，提出了与道相合的至乐的观点。《吕氏春秋》在"仲夏纪"部分集中论乐，也将音乐与道、儒思想糅合起来，建立起源于道又立足于儒的音乐观。如

---

① 《山海经·中山经》："洞庭之山……帝之二女居之。"郭璞注："天帝之二女而处江为神也。"见袁珂《山海经校注》，巴蜀书社1993年版，第216—217页。

② 《史记》卷二七《天官书》，中华书局1959年版，第1304页。本文所引《史记》及三家注，版本同此，不复出注。

《大乐》把音乐提到本于太一即道的高度,因而对"大乐"特别推崇。从天文看,"大乐"乃是合于天地阴阳化转之正气;从人文看,《吕氏春秋》又认为风正乐定,是"大圣至理之世"才会出现的(《音初》)。《吕氏春秋》讲述与"大乐"相对的是"侈乐",即无论在乐器与声音上都强调一种声色之美,其中所举一例即是"楚之衰也,作为巫音"。因而,屈原南宫书写的《咸池》等音乐,作为阴阳调和的正风与正乐的象征,与现实中"楚之衰也,作为巫音"也构成了反比寓意。我们还可以通过王嘉《拾遗记·洞庭山》来看这一层的对应寓指。《洞庭山》描述的是楚怀王"每四仲之节,王常绕山以游宴"的故事。其中有两点值得我们注意:一是言"楚怀王之时,举群才赋诗于水湄,故云潇湘洞庭之乐,听者令人难老,虽《咸池》《九韶》,不得比焉",意味弃天乐而赏新曲,而所弃天乐正是《远游》南宫欣闻的《咸池》、《九韶》与《承云》;二是楚怀王"每四仲之节","常绕山以游宴,各举四仲之气以为乐章。仲春律中夹钟,乃作《轻风》《流水》之诗,宴于山南;律中蕤宾,乃作《皓露》《秋霜》之曲"[①]。"四仲之节"就是古人非常看重的二分二至,"四仲之气"正是上文提及的殷商卜辞中业已出现的四方风,古人据此正风以定律吕。而楚怀王废弃古乐,作新曲以游宴。这些虽出于志怪小说,但联系《吕氏春秋》的批评以及屈原于南宫书写的《咸池》等古乐,更加说明了屈原在南宫的音乐书写,不只是排遣乡愁或聊以娱乐的音乐。这些音乐,上与天地阴阳二气相合、下与人事相连,包含着对楚国国政的讽刺或是寄望。过去对这段音乐书写的理解,因未能置入屈原远游天空以及南宫翼为天乐府这一星空背景下加以审视,因而,未能通过南宫音乐书写,把握屈原对音乐之道的深刻理解与深层寓意。

三 北宫:"从颛顼乎增冰"的天文释义

《远游》北宫书写着墨并不多,但"从颛顼乎增冰"至为关键,对此句的理解不仅关涉诗人游历北宫的意义,而且从游历的历程看,与诗人"与道为邻"的状态相接,可以说也关涉对《远游》游旨的理解。

《远游》中四方帝神在诗人星空游历中起到东、西、南、北方位的指示作用,而北方颛顼帝在《远游》的空间书写中具有重要的多重话语的指涉作用与内涵。高阳,乃颛顼有天下之号,《远游》中以高阳和颛顼的称谓在诗中前后各出现一次,即"重曰"前一部分的结束句:"高阳邈以

---

① 王嘉:《拾遗记》,中华书局1981年版,第235页。

远兮，余将焉所程？"还有一处即是向北宫飞行时所言的"从颛顼乎增冰"。高阳与颛顼的两处异称，其用意究竟何在？前人对"颛顼"的理解大都释为北方帝，"增冰"释为积冰，大都指向"增冰"与北方寒冷的地理之间的关系。姜亮夫先生引《庄子·大宗师》"颛顼得之，以处玄宫"与《墨子》中相关记载，言"增冰"即"玄宫"，即后世所称之广寒宫，并与颛顼建北维之天宫结合起来，认为增冰、玄宫具有天庭与王庭、天文与人事的双重指向[1]，对我们理解《远游》"从颛顼乎增冰"的北宫空间书写的背景甚有启示。

颛顼与天空的联系，除了作为北方帝处于玄宫外，颛顼还因"颛顼之虚"的称呼与北宫七宿中的虚宿发生了关联。北宫玄武七宿，即斗、牛、女、虚、危、室、壁，虚宿居中。《尔雅·释天》："玄枵，虚也。颛顼之虚，虚也。北陆，虚也。"郭璞注曰："虚在正北，北方色黑。枵之言耗，耗亦虚意。颛顼水德，位在北方。虚星之名凡四。"[2] 郭璞所说"虚星之名凡四"，即虚、玄枵、颛顼之虚、北陆，都是指虚宿。从郭璞注看，玄枵称为虚，有两个原因：一是玄枵是十二星次之一，配女、虚、危三宿，虚在正中；二是枵言耗，有虚意，即消耗与减少之意。北陆，从地面上讲，是北方之地，从天空言则是北宫，而之所以称虚，亦应与虚为北宫七宿正中有关。颛顼之虚，郭璞以"颛顼水德，位在北方"释之，从地界言颛顼为北方之帝，五行从水；作为星空指向的"颛顼之虚""颛顼水德"也有着映射。《左传·庄公二十九年》载："凡土工，龙见而毕务，作事也，火见而致用，水昏正而栽，日至而毕。"此言凡兴建土木，要应天象而作，孔颖达正义曰："五行，北方水。故北方之宿为水星。言'水昏正'者，夜之初昏，水星有正中者耳，非北方七宿皆正中也……谓十月定星昏而正中时也。"孔颖达释"水星"有两意：一是就空中方位言，"水星"是指北方七宿；二是就具体星宿言，则指定星，又称营室。既然北方七宿可以泛称"水星"，那么虚宿居北方七宿正中，这应是郭璞以"颛顼水德，位在北方"解释"颛顼之虚，虚也"的要义，即虚宿包含"水德"。郭璞释玄枵又代称虚星时言"枵之言耗，耗亦虚意"；那么，"颛顼之虚"即虚宿与水在含义上的关联为何？

首先，我们从虚宿来看，陈遵妫先生说："《石氏星经》把虚叫做天节，这个节可能指冬节，即以夜半虚居于南中时为交冬至之节。又把虚叫

---

[1] 姜亮夫：《楚辞通故》第一辑，齐鲁书社1985年版，第190—192页。
[2] 《尔雅义疏》卷六，《十三经注疏》本，中华书局1980年版，第2609页。

做北陆，可能虚为北方七宿中央一宿的缘故。"① 冬至在《左传·僖公五年》中又称为"日南至"，所谓日南至，即是太阳的直射点在南回归线上，就是二十四节气的冬至。从气象学上看，冬至并不具备极寒的意思，但作为天文学上的天节，却包含着阴阳化转的至道，故司马迁《史记·律书》中释"虚宿"言："虚者，能实能虚，言阳气冬则宛藏于虚，日冬至则一阴下藏，一阳上舒，故曰虚。"冬至，言阴气达到极点，冬至之后，阳气回升，阴气下降。作为天节的"虚"宿之"虚"代表阴至盛、阳至虚的节点状态，意味着阴阳二气盈缩转化之道。故古人对冬至非常看重，不仅从殷商始历代统治者在冬至要祭天祭祖②，而且在哲学思想上，推衍出阴阳化转之道。《老子》第四十二章云"万物负阴而抱阳"，《周易·系辞上》言"一阴一阳之谓道"，虽然没有和"日至"直接联系起来，但其中的关联是不言而喻的。而《管子》一书与天象的关联甚明，如《管子》就从"日至"推出"虚"与"满"对立统一概念，如《侈靡》云"王者谨于日至，故知虚满之所在"，日至，即冬至与夏至，因而由"日至"推出的"虚满"，与司马迁所说的"能实能虚"之"虚宿"的含义密切相关，故《侈靡》又云"夫阴阳进退，满虚亡时"，并从阴阳二气消长，解释四季的变迁，又云"阴阳者天地之大理也，四时者阴阳之大经也"（《四时》），很明显是受到"日至"天象的启示。作为一种抽象的概念，《管子》将"虚"看作"道"，提出"虚道"的概念，从思想层面上固然是受到《老子》无名无形的道的影响，从知识层面则是受到天象的启示。而反过来，这又应是人们把包含阴阳二气盈缩化转的天节命名为"虚"的重要原因。

其次，无论从传世文献还是出土文献看，水在先秦的思想世界中都占据着重要的地位。如《老子》上善若水说、《尚书·洪范》谈五行以水为首、《管子·水地》篇以及郭店楚简《太一生水》等，都反映了对水的重视。水具有方圆随器、高下相随、强弱相伴等诸多对立统一特性，因而，人们对水的描述虽异，但可以看出对水所包含的阴阳之道的理解有着共通之处，这也反映在人们对水的固态——"冰"的阴阳之道的体会上。《左传·昭公四年》记载了鲁大夫申丰给季武子所说的"藏冰之道"，可为代表。申丰所论"藏冰之道"涉及天文、政事以及天人关系诸多问题。其一，申丰指出"藏冰"乃是古人观象授时的一种政务表现，即"古者，

---

① 陈遵妫：《中国天文学史》，上海人民出版社2006年版，第241页。
② 详参张君《冬至节的文化学解析》，《江汉论坛》1992年第3期。

日在北陆而藏冰"。古人藏冰时间，据《诗·七月》、《周礼·凌人》及《礼记·月令》，指夏历十二月，此时寒极冰厚，故取而藏之。同时举行藏冰仪式，以黑牲、黑黍祭祀司寒神，即玄冥。其二，申丰从"藏冰"与"出冰"两个方面，叙述了"藏"与"出"冰之时祭祀司寒之神的虔诚、藏冰时的艰辛与用冰的广泛，藏冰、出冰、用冰之道包含着遵天时以尽人事的为政原则。其三，遵循藏冰之道，"其藏之也周，其用之也遍，则冬无愆阳，夏无伏阴，春无凄风，秋无苦雨，雷出不震，无灾霜雹"，即能够协理阴阳，减少天灾的影响。最后引经据典，云"《七月》之卒章，藏冰之道也"。上文在述及诗人南宫音乐书写时，引余嘉锡先生就古代天人之学所谈到的春夏秋冬与人事的关联，夏长—夏乐—南宫翼为天乐府的关联已如上述，那么，冬死—冬藏与北陆（北宫）的关联，在"藏冰之道"上又得到明显的印证。

但更为重要的是"日在北陆而藏冰"话语指涉的"藏冰"事务的天文背景。从时间上讲，夏历十二月极寒之时藏冰。但"日在北陆"显然是以天文指涉时令，故从天文学上看，"日在北陆"究竟是指北宫七宿哪颗星宿，是存在争论的。上文言及虚宿有四称，其中一称即北陆，故日在北陆，即日在虚宿，此说出自《尔雅》。杜预未采此说，认为"日在虚、危"，并不单指虚宿。郝懿行《尔雅义疏》认为"《尔雅》不言女、危，以虚在中，举中足以包之也"[1]。以上三解虽异，但都未脱离虚宿，说明了虚宿在北宫的重要地位。而申丰的"藏冰之道"是针对季武子正月"大雨雹"询问而发的。杜预注曰："当雪而雹，故以为灾而书之。"申丰在阐述"藏冰之道"前还言简意赅地表述了他对这种异常天气的看法："圣人在上，无雹，虽有，不为灾。"因而，"日在北陆而藏冰"，一方面这是上应天时、尊奉阴阳之道之举；另一方面，在天象异常之时，也可以从人事的角度化解自然的阴阳不调，从而达到协理阴阳的效果。《管子·侈靡》篇表达的"天之变气，应之以正"，可以看作对这种思想的继承。这应是"日在北陆而藏冰"包含的遵循阴阳之道的另一义。《左传》除此次谈藏冰之道外，于桓公十四年、成公二年、襄公二十八年还记载冬无冰的失气现象，时人以阴不胜阳、阴阳失调解释，也可证从水之固态"冰"中体会到的阴阳之道。

由以上分析，我们可以认为，古人对虚与天节（冬至）、水与冰的观察体现了一种规律性认识，那就是阴阳盈缩化转之道。因而，天文上的

---

[1] 郝懿行：《尔雅义疏》，上海古籍出版社1983年版，第769页。

"颛顼之虚"就包容了具象（水与冰）与抽象（虚与冬至）共通的阴阳转化的至道。那么，申丰所言"日在北陆而藏冰"与《远游》所云"从颛顼乎增冰"，两相对照，"日在北陆"与"颛顼"（颛顼之虚）、"藏冰"与"增冰"之间的关联，就不应是字面上的相似了。"增冰"乃积冰，水至阴而成冰，是至阴的象征。"颛顼之虚"与北宫虚宿的关联以及至阴的"增冰"，分别从天文与地理的角度，强化了阴气至极、阳气始萌之阴阳化转之道。那么，"从颛顼乎增冰"，泛而言之，指游至北宫至阴之处；狭而言之，则是游至代表至阴的"颛顼之虚"即虚宿。两种理解都指向诗人游至北宫体会阴阳盈缩化转之道的用意。

可以说，《远游》"从颛顼乎增冰"包含着诗人游历北宫时的天文、人事、天道等方面联想，众多的意义均指向包含阴阳二气转化之道。《远游》"从颛顼乎增冰"的意义所指，在指向这一"道"的中心时，含义也丰富起来：与《远游》"重曰"前的结束句"高阳邈以远兮"呼应的是对得道帝王也是祖先的追怀；以北宫游历的天文角度看，则是对"颛顼之虚"包含的阴阳转化大道的体认；从现实人事层面上看，则是指向遵从阴阳转化大道、守正以应万变的治国与为人准则。这应是诗人"从颛顼乎增冰"的要义所在。但后世人们在阅读《远游》时，因天文星空的悬置，对"颛顼"更多地关注了历史层面的人物身份，忽视了人物与天文的关联含义，甚至因《远游》一处称"高阳"一处称"颛顼"而导致了二者是一人还是二人之争；又因楚国在南方，而产生对诗人向着北方"从颛顼乎增冰"的不解，这些问题皆与我们对《远游》空间书写的星空区划的知识场景的疏隔、对诗人天空游历的空间书写的双重话语的忽略有关，这也影响到我们对《远游》主旨的深层把握。

四 《远游》游止游旨：虚实相生的空间形态及精神指向

所谓"《远游》游止"，是指屈原远游最终游到了哪里？对这个问题的追问，不仅是探讨《远游》空间书写所必须解答的一个问题，而且关乎《远游》的"游旨"的理解，即屈原营造的"与道为邻"空间的精神指向。

首先，我们来看看《远游》"游止"虚实相生的空间形态。《远游》在星空中的最后游历场所是北宫，之后的描写如下：

> 经营四荒兮，周流六漠。上至列缺兮，降望大壑。下峥嵘而无地兮，上寥廓而无天。视倏忽而无见兮，听惝恍而无闻。超无为以至清兮，与泰初而为邻。

从诗的描写看，诗人停留于天空的高远处，并描绘了下望无地、上望无天，视无所见、听无所闻的感受，这种视听感受，仍然是诗人对天空形态的一种观念性的描绘。这一描绘不仅前接五官星空的天空游历，而且有着时人对天体形态所作的推测性的知识背景，即宣夜说的天体形态观[①]。据《晋书·天文志》，宣夜说对天体的认识不同于盖天说与浑天说，主要表现在两个方面。一是认为天体是无限的，宇宙是无垠的。汉代郗萌记诵其师宣夜说对天体的认识，所描述的"天了无质，仰而瞻之，高远无极""俯察千仞之深谷而窈黑"的天体感受，与屈原处于天空"上至列缺兮，降望大壑。下峥嵘而无地兮，上寥廓而无天。视倏忽而无见兮，听惝恍而无闻"的视听感受十分接近。二是，认为天体虽是无限的，但充满着气，日月众星皆靠气"自然浮生虚空之中，其行其止皆须气焉"。《远游》最后两句"超无为以至清兮，与泰初而为邻"，也有天体为气的意蕴。如"至清"，《列子·天瑞》言"天，积气耳"，所谓"一者，形变之始也，清轻者上为天，浊重者下为地"，所以称为"清"者，是与天地形成之际的预设有关。故至清，意指身心至于气态充盈的天空。"泰初"，《列子·天瑞》曰："太初者，气之始也。"[②]《庄子·天地》言："泰初有无，无有无名。"成玄英疏曰："泰，太；初，始也。元气始萌，谓之太初。"可以说，《远游》最后两句的"至清"与"泰初"，与前面虚空的天空感受相连，皆指向气态充盈的天空。这也是《远游》"游止"的双重空间形态，从实相言，是游止于浩渺的天空；从虚相看，气态虚空的天空正是道的体现。屈原借助这种虚实相生的双重空间，表达了体道得道的境界，也抽象概括了诗人的"游止"与"游旨"。

问题在于，这种虚实相生的空间形态，这种得道状态的抽象性，其精神指向究竟何在？以往注家大都从《远游》中涉及的仙人赤松子、韩众、王子乔及诗中的吸食吐纳等求仙之举，认为此乃得道成仙状态；或以《远游》中多涉及老庄哲学用语，故其最后的"与道"为邻乃是指向等生死、齐万物与道混同的得道状态。笔者认为对《远游》游止的精神指向的深入理解，必须放在《远游》最后营构的虚实相生的空间形态的哲学思想背景下加以考察。人们在阐述宣夜说的源流时，都会追溯至先秦时的道家及黄老思想。郭店楚简《太一生水》、《管子》、《庄子》、《鹖冠子》

[①] 按，古人对天体结构的认知所产生的盖天说、浑天说与宣夜说三种看法，可追溯到先秦。详见《晋书》卷十一《天文志》，中华书局1974年版，第278—279页。

[②] 杨伯峻：《列子集释》，中华书局1979年版，第31、8、6页。本文所引《列子》同此版本，不复出注。

与《列子》等，程度不等地对天空作出了气态虚空的描述，这也正是屈原《远游》所描绘的天空感受的知识与思想背景①。尤其是黄老思想通过气将道与天相连，也通过气将道与人相接，因而，黄老道家气态虚空的天体观往往是虚实相生、道宅其间的精神空间。如黄老思想代表《管子》一书，以气释道，把气或精气提至本体高度，认为"夫道者，所以充形也"，又说"凡物之精，此则为生。下生五谷，上为列星。流于天地之间，谓之鬼神。藏于胸中，谓之圣人。是故民气，杲乎如登于天，杳乎如入于渊，淖乎如在于海，卒乎如在于己"（《内业》）。《管子》一书能够在本体论上将老子先天地生的道转向天、道同体，又将气与道并论，故而能在老子哲学基础上，对天空形态做出类似于老子对道的描绘却又属于天空形态的构想。道作为气，无处不在，作为宇宙万物的生命之源，不仅具有充盈宇宙的客观空间形态，同时还具备生命的精神空间形态。《管子》又把气具体看作阴、阳二气，并由此演绎出一系列的天地自然法则，如《四时》云"阴阳者天地之大理也，四时者阴阳之大经也"。《管子》一书从日至、水、天无私覆、地无私载、日月常行等自然之道，提炼出个体修为与社会运作的准则。《管子》中的与道"并处"的圣人，具有气充形美、得阴阳中正之道、参与天地的人格与精神气象。从上文中我们指出的《远游》"从颛顼乎增冰"所包含的对阴阳二气转化之道的遵从，《管子》一书也充分表现出对阴阳之道的遵循；那么，我们由《管子》的空间形态观引发的与道并处的"圣人"的精神气象，则可作为《远游》"与道为邻"空间形态的精神指向的一个注脚。

其次，《管子》中《内业》《心术上》《心术下》《白心》四篇提供的养气体道的途径，也正是《远游》情感展开的逻辑次序。《管子》认为"夫道者，所以充形也，而人不能固"（《内业》），但是通观《管子》一书，尤其是《管子》四篇，还是较为系统地提供了一个不同于庄子心斋丧我的更切近实际的养气体道的途径。《管子》认为精气不仅是道的体现，同时也是生命之本源。精气因受到个体内心诸如"忧乐喜怒欲利"（《内业》）之情的影响往往不能固存于心，而在《管子》看来，这种"忧乐喜怒欲利"，有来自主观者，也有来自客观者，所谓"人迫于恶，则失其所好；怵于好，则忘其所恶；非道也"（《心术上》），无论是迫于外还是怵于内，都是不符合道的。这也就造成了"邪气袭内，正色乃衰"（《形势》）对身体的伤害。因而，就个体的修为而言，《管子》强调个体

---

① 详参王胜利《〈太一生水〉的宇宙生成论和天空形态观》，《江汉论坛》2004年第6期。

存固精气、回归道元时要虚心、执一，心形双修，指出精气存心，能使人的形与神产生很大的改变。《管子》将精气提到道的高度，因而认为精气的存失，也就是道的存失，所谓"忧悲喜怒，道乃无处"（《内业》），"凡道无所，善心安处。心静气理，道乃可止"（《内业》）。陈鼓应先生曾指出："稷下道家认为心志专一和静定，可以使人得'道'，可以使人复性、定性，还可'照知万物'、'使万物得度'。这些主张又和其所说的养生论紧密地联系在一起。"[1] 故《管子》中养气得道，就个人修为而言，也是养气复性、持护精神的反映。

　　《管子》这一失气离道—存精养气—与道并处的思维路径，也正是《远游》情感的逻辑展开。一是，就《远游》"重曰"前一段来看，我们很明显地感受到屈原式的生命忧虑。诗人开篇即感叹时俗迫厄，遭世混浊，郁结无语，心意恍惚，形神枯槁；与之相伴的是天时代序、耀灵西征、芳草先零、生命骤逝、功业无成的哀叹。而这正是《管子》所说的"人迫于恶，则失其所好"情形之下，失气失道的表现。二是，诗人能够游历星空，经过了三步修炼。第一步表现了诗人餐食天地四方六气，吐故纳新以达至精气内入的修养目的。第二步是诗人来到南巢向王子乔问道，王子乔所言首先阐明了道虽无形却又可感以及道无所不在的特性，接着传授了得道的经验，即守魂专一、壹气虚静、炼气修道方法。第三步是诗人得到王子乔的指引后，来到仙人之乡，通过吸纳服食的进一步修炼，诗人面目光泽，精气醇粹强健；凡质消尽，精神微妙，无所不至，即精气入内给诗人带来的神形两个方面的改观。而我们似乎又看到了《管子》所说的"人能正静，皮肤裕宽，耳目聪明，筋信而骨强"（《内业》），即精气入内带来的神形变化。通过以上三个步骤的修炼，诗人游历五官星空便是《管子》"乃能戴大圜，而履大方，鉴于大清，视于大明，敬慎无忒，日新其德，遍知天下，穷于四极"（《内业》）的文学表现；最终于天空的视听虚无感受及"与道为邻"状态，更是《管子》中圣人能体虚道、法夫天地、与道"并处"的形象表现。

　　可以说，《远游》以"悲时俗之迫厄兮"开头，以"与泰初而为邻"结束，表现了诗人因外在原因而导致身心俱疲情形下失气—养气—存气—最终与道为邻的修为过程。《远游》最后营构的虚实相生的精神空间，正是诗人不断修为的结果。从《远游》的情感线索及最后呈现的精神空间，我们可以看到，诗人在时俗迫厄情形之下，试图以心形双修的方式，去除

---

[1] 陈鼓应：《管子四篇诠释》，商务印书馆 2006 年版，第 51 页。

外在的迫厄，让生命之元——精气重回本心，持一守正，并参天地，达到与道为邻的境界；也是诗人在"悲时俗之迫阨兮"与"心愁悽而增悲"内外交困情形之下，通过心形双修的方式，重塑立于天地之间圣人人格的过程；这也反映了诗人面对迫厄之时俗，对人生理想的持守，对德配天地的人格持护。

最后，我们还可以对《远游》中"超无为"思想与《管子》一书中表现的持守中道的"有为"思想的比较，来看《远游》最终营造的"与道为邻"的精神指向与黄老思想的关联。正如上文所指出的，《管子》总体上将天道向人道拉近，在强调守道中正、注重为与无为之间的辩证关系的前提下，更表现出明显的有为精神。如《君臣》言"威无势也无所立，事无为也无所生"，《侈靡》言"避世之道，不可以进取"。《白心》云："无成有贵其成也，有成贵其无成也。日极则仄，月满则亏。极之徒仄，满之徒亏，巨之徒灭。孰能已无已乎？效夫天地之纪。"对"成"与"无成"之间的辩证看法，意在指出人们既要无弃功名，又不要执着功名，应该持守中道。这就是"日极则仄，月满则亏"的天象启示，而大道正是在极与仄、满与亏之间"已无已"循环运行，故能以无成其有，以有成其无，这就是中道。故《白心》篇又言"若左若右，正中而已矣。县乎日月无已也"，以天道"若左若右，正中而已"的精神，作为人们对待事功的准则，从而与庄子推崇的"至人无己、神人无功、圣人无名"的思想区别开来。

由此，我们再来看看《远游》最后的"超无为以至清兮，与泰初而为邻"的"超无为"的含义。大部分注家均将"无为"与"至清"、"泰初"看作先秦道家的惯用语，而不作深究。王夫之说："无为者，天之所以为天，道之所以为道也。超之者，知其无为，而盗之在己。则凡浊皆清，而形质亦为灵化。此重玄之旨。不执有，不堕无。虚无之所以异于寂灭者也。"[1] 王夫之以"无为"释道，以"知其无为，而盗之在己"释"超无为"，故其又说"不执有，不堕无。虚无之所以异于寂灭者也"。王夫之"盗之在己"之"盗"，此乃"取"之义。《鹖冠子》用"偷"："偷气相时，后功可立。"陆佃注曰："盗阴阳之和以载其形，而还以相时。"[2]《列子·天瑞》篇用"盗"："盗阴阳之和以成若生，载若形。"王夫之以

---

[1] 王夫之：《楚辞通释》，上海人民出版社1975年版，第114页。
[2] 黄怀信：《鹖冠子汇校集注》，中华书局2004年版，第236页。本文所引《鹖冠子》版本皆同此，不复出注。

内丹法释《远游》，他的气论思想显然遥接黄老精气说，故其对"超无为"的解释是切近《远游》之意的。笔者认为此句"超无为"，放在《远游》的前后语境中加以理解，正与《管子》中体现的效法天道极仄满亏的阴阳运转之理、取法中正的进取精神相一致。这也是"与道为邻"的精神指向，同时也与"从颛顼乎增冰"所体现的遵循阴阳转化之道相衔接。

再就《远游》中具体的"有为"层面来看，则表现在诗人于时俗迫厄之际，运用吸食吐纳、存气养精之法，通过修为而达到"与道为邻"的境界。而吸食吐纳、存气养精之法属于方技，战国黄老道家对此类技艺也颇为看重。上文论及《管子》对人失气离道、养生存气之法、固气得道的较为系统的论述，就体现了对方技知识作用的认知。而《鹖冠子》一书对"术数之士"地位提得很高，如《天则》篇将"术数之士"与"君子"相提；将"临利见信、临财见仁、临难见勇、临事见术数之士"四者并论，则见术数之士并非仅指拥有技艺，他们还通晓技艺所包含的天道。可以说，《远游》中的吸食吐纳之举是养气体道的一种方式，也反映了屈原对术数方技知识与道相通的理解，与《管子》及《鹖冠子》对术数方技的看法颇相一致。《庄子·刻意》篇批评了世人诸多不符合天道的行为，其中就有导引吐纳"养形之人"。"无为"作为"道"的代指，指涉人的修养与行事作为时，在老庄的话语体系中更多的是指向顺应天道，反对人的任何主动之为。《庄子》与《远游》对待术数方技的不同态度，从行为上看，可以说是"无为"与"有为"之别；从哲学层面上言，则表现出屈原与《庄子》无为思想不同取向的"超无为"精神，从而也在最终得道的精神指向上分出畛域。

五 结语

通过以上的分析，笔者有以下几点深切感受。

其一，对数术方技文化的深入理解，为我们探讨《远游》空间书写及思想世界与精神指向带来了全新的认知。《远游》中涉及的天文与养生升仙知识，属《汉书·艺文志》"数术略"与"方技略"中的重要内容。李零先生言"古人关心宇宙，乃有'数术'之学；关心生命，乃有'方技'之学"[①]，这是对古代数术方技文化精神的高度概括。《远游》中有着丰富的天文以及吸食吐纳、存精养气的数术方技知识，但无不渗透着诗

---

① 李零：《中国方术续考》，中华书局2006年版，第3页。

人对这些知识背后阴阳理论的通晓，体现诗人超越技艺，追求与道并处、并参天地的精神指向。但是由于我们对《远游》空间书写的五官星空知识场景的疏隔、吸食吐纳之术作为养生求仙的技艺认知，致使我们很难接近屈原《远游》的思想世界，触及诗作最根本的精神指向。

其二，随着出土文献诸如长沙子弹库战国楚帛书、马王堆汉墓帛书、郭店楚墓竹简等研究的深入，推进了人们对传世文献中以《管子》为代表的稷下黄老思想的认识，尤其是阴阳五行思想与天文天象的关联，为我们探讨《远游》的游止与游旨搭建了新的学术思想平台。我们对《远游》南宫音乐书写寓指、"从颛顼乎增冰"的天文释义、气态虚空的天体观、与道为邻的精神指向等深层次的探讨，这一方面有传世文献作为我们的学术与思想资源，另一方面与出土文献给我们带来的对传统学术思想的重新审视与新的认知密切相连。

其三，《远游》的空间书写充满屈原式的生命体验与情感逻辑。就生命主体而言，《远游》主旨表现的既非求仙亦非道我合一式的无为，而是与道为邻状态下的"超无为"，其精神指向是天道蕴含的阴阳运转的中正之道，并以此作为对自我理想与精神的持护。就诗人的宗国情感而言，诗人于南宫的音乐书写，包含的对宗国的深切关注，与《天问》对物质自然之天、人格命运之天的质疑后，最终落在对楚国国运的担忧的宗国情怀一致。《远游》于南宫唱出的"涉青云以泛滥游兮，忽临睨夫旧乡。仆夫怀余心悲兮，边马顾而不行"，在诗句及对宗国的情怀上与《离骚》有着惊人的相似。由此可见，不论是面对宇宙思考天人关系的《天问》式的"问天"还是以去国求合为目的的《离骚》式的飞行，抑或以持护自我理想与精神追求为目的的《远游》式的天空遨游，无不充满诗人与天地相参的人格精神与对宗国的挚爱情怀。在个体与社会之间，《天问》、《离骚》和《远游》，其情感表达或有侧重，但诗人对自我和社会双重固持这一精神始终渗透在诗人用生命谱写的诗篇中。通过《远游》游旨的探讨，不仅可以加深我们对屈原精神的理解，而且在文本与作者精神相通的层面上，可以帮助我们进一步确定自王逸以来认为《远游》为屈原所作这一观点是可信的。

（原载《文学遗产》2014年第4期）

东汉前期京都赋创作时间及政治背景考论*

王德华

一 问题的提出

东汉建都洛阳，东汉前期（光武、明帝、章帝三朝）出现了京都题材的赋体创作，并形成迁都与反迁都观点的对峙。大赋创作领域这一新的现象，历来为人们所重视，尤其是对班固《两都赋》为代表的反迁都赋作的创作时间及政治背景多有关注。《后汉书》卷四〇《班固传》将班固《两都赋》系于汉明帝永平年间，指出《两都赋》创作有着"犹望朝廷西顾"的迁都论与"盛称洛邑之美"①的反迁都论对立的政治背景，其目的是批评"西宾淫侈之论"的，这一观点明显承自班固《两都赋序》。班固《两都赋》，《昭明文选》有录，李善注本身有两种自相矛盾的说法：一认为作于和帝时，为讽谏和帝之作，这与《两都赋》创作主旨明显不符；一是基本采用《后汉书》之说，认为作于明帝时。五臣张铣注曰："明帝修洛阳，西土父老怨帝不都长安，固作《两都赋》以讽。"②近人对《两都赋》作年看法也不尽相同，如陆侃如先生《中古文学系年》系于汉明帝永平九年（66）③，刘跃进先生《秦汉文学编年史》系于永平十二年（69）④，基本上均采《后汉书》"永平"之说而略异。

由于迁都派代表杜笃是马氏集团的重要宾客，而班固、傅毅及崔骃等

---

* 本文为2006年浙江省社科规划重点项目"唐前辞赋分体研究"（06CGWX02Z）成果之一。
① 《后汉书》，中华书局1965年版，第1335页。以下所引《后汉书》版本同。不再注明出处。
② 《六臣注文选》，浙江古籍出版社1999年版，第4页。以下所引《文选》版本同。不再注明出处。
③ 陆侃如：《中古文学系年》，人民文学出版社1985年版，第89页。
④ 刘跃进：《秦汉文学编年史》，商务印书馆2006年版，第399页。

人在马氏败后又都供职窦府,因而,近年来对东汉前期京都赋创作背景的探讨渐与两大外戚马、窦之争的政治背景联系起来,不同程度地将京都赋作看作两大外戚集团权力之争的工具以及文士随风转舵借以表明政治集团归属的风标,如言"从当时的情况看,无论是杜笃的迁都主张,抑或班固等'反迁都'的理论,其出现都并非偶然。杜氏之'论都',代表着当时关中地主集团的利益,这是无可争辩的。而班固等'反迁都'的理论,从表面上看,虽似代表关东地主集团的利益,但其实质,却是为窦氏上台和擅权制造舆论的,不过是贬抑马氏效忠于窦氏的誓词而已"[1]。在这一政治背景观照下,对班固等人京都赋创作时间的探讨也有所不同[2]。两汉大赋具有的政治文化功能,使得大赋创作与当时统治者的政治主张与实践密切关联,这也是两汉大赋虽是鸿篇巨制但多为史书所采的一个重要原因。由于大赋的文学功能,即政治观念的文学性表达这一赋体特征,又使一些赋体创作的政治背景相对淡化,从而为后人阐说大赋的政治背景留存一定的空间。将京都赋作与马、窦之争联系起来,涉及我们对京都题材价值的认识,同时还关涉对创作者人品的评价以及东汉前期政治斗争与文学关联等史实的澄清诸多问题。因而,本文拟就京都赋家的仕历与同题之作创作时间、帝王的政治导向与京都赋题材创作的关联以及研究中存在的扩大马、窦之争的倾向与京都赋作政治背景的遮蔽等几个方面,对东汉前期京都赋创作时间及政治背景作一考论。

二 京都赋作创作时间与帝王的建都导向

东汉前期京都赋代表作品有杜笃《论都赋》、班固《两都赋》、傅毅《洛都赋》以及崔骃《反都赋》等。就现存资料,最早涉及论都题材的赋体创作是杜笃。《后汉书》卷八〇《文苑·杜笃传》载杜笃《论都赋》,言及光武帝刘秀于建武十八年(42)及次年巡幸西都长安之事,此赋应作于建武二十年(44)甚或之后。《杜笃传》并言:"笃以关中表里山河,先帝旧京,不宜改营洛邑,乃上奏《论都赋》。"本传中未言及光武帝对杜笃迁都之论的看法,但是杜笃此论无疑在当时乃至以后都产生了很大影

---

[1] 曹金华:《从马窦之争看班固等"反迁都"论战的实质》,《扬州大学学报》1998年第2期。
[2] 如曹金华《从马窦之争看班固等"反迁都"论战的实质》(《扬州大学学报》1998年第2期);赵逵夫《〈两都赋〉的创作背景、体例及影响》(《文学评论》2003年第1期);曹胜高《论东汉迁都之争与京都赋的创作》(《国学研究》第十五卷,北京大学出版社2005年版),又见其专著《汉赋与汉代制度——以都城、校猎、礼仪为例》一书《京都赋的兴起与东汉迁都之争》一节,北京大学出版社2006年版,第16—40页。

响。《后汉书》卷七六《循吏·王景传》载：

> 建初七年，迁徐州刺史。先是杜陵杜笃奏上《论都赋》，欲令车驾迁还长安。耆老闻者，皆怀动土之心，莫不眷然伫立西望。景以宫庙已立，恐人情疑惑，会时有神雀诸瑞，乃作《金人论》，颂洛邑之美，天人之符，文有可采。明年，迁庐江太守。

《后汉书》将王景《金人论》放在建初七年（82）王景拜为徐州刺史及次年迁庐江太守之间叙述，这就有两点需要辨析。一是王景《金人论》不应系于建初七年，应作于永平十七年（74）。《王景传》李贤注曰："章帝时有神雀、凤皇、白鹿、白乌等瑞也。"也就是将王景因"神雀诸瑞"而作的《金人论》的写作背景定在章帝之时。但是《章帝纪》建初年间并无以上诸瑞出现的记载，倒是《明帝纪》载永平十七年："甘露仍降，树枝内附，芝草生殿前，神雀五色翔集京师。……公卿百官以帝威德怀远，祥物显应，乃并集朝堂，奉觞上寿。"王充《论衡》卷二〇《佚文篇》载："永平中，神雀群集。孝明诏上爵颂。百官颂上，文皆比瓦石，唯班固、贾逵、傅毅、杨终、侯讽五颂金玉，孝明览焉。"① 群臣并奉诏作了"神雀"诸颂。《王景传》载王景曾"辟司空伏恭府"，《后汉书》卷七九下《儒林·伏恭传》载伏恭于明帝永平四年（61）为司空，在位九年。永平十二年（69），王景被明帝征召治水，有政绩，永平十五年（72）随帝巡视，建初七年拜为徐州刺史。从王景的仕历来看，他在永平十七年是有可能在京师目睹诸瑞翔集盛况，并也应在奉诏之列作了《金人论》的。二是，杜笃《论都赋》作于光武帝时，但此则材料说明杜笃迁都论调于明帝永平年间再次兴起。杜笃《论都赋》约作于光武帝建武二十年前后，那么至汉章帝建初七年（82），也已过去了近四十年，就是至永平十七年也已三十余年，王景不可能在时隔三四十年的情况下，又针对杜笃《论都赋》写下《金人论》。曹胜高先生言"从《后汉书》的记载和王景作论的用意来看，永平十七年前后，又有人重提西迁之论"，此人应是杜笃②。《杜笃传》载杜笃上《论都赋》后二十余年不窥京师，陆侃如先生《中古文学系年》将杜笃二十多年后再次来到京师系于汉明帝永平十二年，杜笃卒于汉章帝建初三年（78），也就是说，杜笃很有可能

---

① 黄晖：《论衡校释》，中华书局1990年版，第864页。
② 曹胜高：《汉赋与汉代制度》，北京大学出版社2006年版，第22—24页。

在汉明帝永平十二年至汉章帝建初三年之间再次上奏或重提迁都论调，这样才有可能与王景等人发生碰撞。而杜笃于建初三年随马防抗击西羌，战死射姑山，那么，杜笃的第二次上奏就极有可能在汉明帝之世。因而，《王景传》中此则资料的重要性在于，永平十七年神雀诸瑞背景下写作的《金人论》与杜笃《论都赋》迁都之论再起之间的关联。

　　班固、傅毅与崔骃三人的京都同题之作，虽然没有提及杜笃《论都赋》，但与杜笃《论都赋》也应存在关联，原因有二。一是三人赋作都是反迁都的，且与王景《金人论》"颂洛邑之美"创作目的一致（详后）。二是在永平十二年至建初三年间，班、傅、崔三人均有在朝廷仕宦或游学经历，有同题创作的时间和背景。《后汉书》卷八〇《文苑·傅毅传》载："建初中，肃宗博召文学之士，以毅为兰台令史，拜郎中，与班固、贾逵共典校书。"而傅毅在京城游学或为官，应在永平年间。《后汉书》卷十四《宗室四王三侯列传》："初，临邑侯复好学，能文章。永平中，每有讲学事，辄令复典掌焉。与班固、贾逵共述汉史，傅毅等皆宗事之。"班固《典引序》亦载："永平十七年臣与贾逵、傅毅、杜矩、展郄、郗萌等召诣云龙门。"《傅毅传》又载："车骑将军马防，外戚尊重，请毅为军司马，待以师友之礼。及马氏败，免官归。"马防于建初三年为车骑将军，故傅毅入马防府并被"待以师友之礼"，应在建初三年之后至建初八年之间。据《班固传》，班固自永平五年（62）迁为郎，典校秘书，至章帝建初四年（79）前迁玄武司马，建初四年参与撰述《白虎通》。《后汉书》卷五二《崔骃传》载："（骃）年十三能通《诗》《易》《春秋》，博学有伟才，尽通古今训诂百家之言，善属文。少游太学，与班固、傅毅同时齐名。常以典籍为业，未遑仕进之事。时人或讥其太玄静，将以后名失实。骃拟扬雄《解嘲》，作《达旨》以答焉。"《达旨》中言"于时太上运天德以君世"，李贤注曰："太上，明帝也。"崔骃"少游太学"，至迟应在明帝永平末年。因而，班固、傅毅与崔骃三人在明帝永平十二年至章帝建初三年之间，或游学或仕宦于朝廷，具备针对杜笃迁都论调共同创作京都赋的可能与机会。

　　马积高先生《赋史》中指出："自杜笃作《论都赋》主张迁都长安开始，接着有班固作《两都赋》，崔骃作《反都赋》，傅毅作《洛都赋》《反都赋》，为都洛辩护。这场争论涉及到用什么思想建国的问题，在东汉前期有着头等重大的意义。"[①] 从光武之世开始延续至明帝、章帝之世

---

① 马积高：《赋史》，上海古籍出版社1987年版，第101页。

的迁都与反迁都观点的论争，与东汉前期三朝帝王在建都问题上的态度及政治导向密切相关。

光武帝刘秀建武元年选址定都洛阳，有众多因素。刘秀虽是皇室后裔，但作为南阳蔡阳人，追随他身边征战的武将大都出自这一地域，因而，其选择洛阳定都，有一定的家乡地域意识。但是更为重要的是，王莽之后，各地诸侯竞相争夺政治权力，刘秀利用谶纬迷信，河洛地域以及殷周以来河洛地域的政治文化积淀，自然成为刘秀建都改制的文化资源。这一点，曹胜高先生《汉赋与汉代制度》一书，论之甚详。但是这一政治文化政策的实施，遇到西京耆旧的抵制也是情理中事，西汉建都长安毕竟具有两百余年的历史，这种抵制不仅有地域观点也有政治文化的因素。因而，我们可以看到，光武初定天下，在建都问题上采取一种以洛都为中心同时兼及西京的取平衡的治国方略。作为关东集团的最高代表，光武东都洛阳的同时，仍然西巡并修建西都，表示虽建都洛阳但对西京也不轻忽的态度。但是光武的东西兼顾却同时给关东与关中人士带来思想上的波动与情感上的疑惑，这一点在杜笃的《论都赋序》中有明显的表现。如何解决这一由定都带来的上上下下的思想波动，给出一个合理的解释，光武帝在东汉初建、天下初定之时，还没有时间在这方面作出解答与积极的政治导向。

明帝继位后，同样面临着稳定政权的政治问题，最为棘手的就是平定诸王之乱。永平十六年，接连不断的诸王谋反被一一平定之后，如何在思想上施行一统的文化政策以稳定政治，才成为一个迫待解决的问题。上引王景《金人论》可见，光武时期意识形态领域遗留下来的论都问题仍然存在，表现为西土耆旧仍然以西京为前朝都城秉持迁都论调。《明帝纪》载明帝"遵奉建武制度，无敢违者"，其实明帝在尊奉建武制度的同时，又有更多的建树。在定都问题上，大力营建东都洛阳，并且在意识形态领域进一步确立东汉建都洛阳的政治意义与神学地位。经过汉明帝永平十七年的云龙门对策，"颂述功德"的政治导向得以确立，这就是班固《两都赋》为首的东汉前期京都题材创作的历史与现实背景（详后）。

汉章帝继立，政治上更多地延续明帝晚年的宽缓政策，一方面表现为对皇亲大臣的优待上，另一方面表现为大力提倡儒家文化政策，推行仁政德治。在建都问题上继续推行明帝政策，又有两个方面的体现。一是建初四年（79）召集群儒讨论并让班固撰集具有法典性质的《白虎通》，对"王者京师必择土中何"这样的建都等问题作了很明确的解释，正式确立了东都洛阳政治意义与神学地位。二是继此之后，汉章帝不断地亲身实践，这就是汉章帝之世的具有践履儒学意义的四方巡狩，并同样在《白虎通》中有所反映。有关"巡狩"方面的同题之作，班固作过《东巡颂》《南巡颂》，崔骃作过《东巡颂》《西巡颂》《南巡颂》《北巡颂》四颂（《文馆词林》载有四篇颂的全文），这些同题之作，是对帝王巡狩展义诸侯、体恤百姓的颂美。《崔骃传》载崔骃作四巡颂于汉章帝元和年间（84—87），写出以东都洛阳为中心的天子巡狩四方的含义，反映了汉章帝在巡狩制度上对儒家文化的遵从。从某种意义上来说，也可以看作京都题材由争论到统一的政治背景的变化在创作中的反映，标志着东汉初年光武、明帝二世的关于定都洛阳的争论至章帝元和年间已基本消失。由此可见，东汉前期有关京都题材的同题赋作，主题上的迁都与反迁都的对立，以及至章帝元和年间崔骃《四巡颂》为代表巡狩题材的颂名赋体创作的出现，与东汉前期三朝帝王的治国方略与政治导向密不可分。

三　云龙门对策颂述功德的政治导向与班固等人京都赋作主旨

据班固《典引序》，永平十七年汉明帝诏班固、贾逵、傅毅、杜矩、展隆、郗萌等人至云龙门对策。一般认为《典引》作于汉明帝永平十七年，但是《典引》中云："宣二祖之重光，袭四宗之缉熙"，《文选》引蔡邕注及《后汉书》李贤注均为："高祖、光武为二祖，孝文曰太宗，孝武曰世宗，孝宣曰中宗，孝明曰显宗。"据此，《典引》应作于汉章帝之世，说明作于章帝时的《典引》，与汉明帝永平十七年的云龙门对策有着直接的关联，反映了最高统治者对意识形态与舆论导向的控制，也说明章帝继位之初，明帝的一些政治举措仍然得到强有力的延续。

云龙门对策的政治导向主要表现在两个方面。首先表现在借讨论贾、马《秦始皇本纪》赞语的得失，论证汉代建立的政治意义与神学地位。《史记》卷六《秦始皇本纪》末附有后人所加的班固《秦纪论》，文中言作于"孝明皇帝十七年十月十五日乙丑"。就《典引序》来看，班固《秦纪论》可以说是对汉明帝"太史迁下赞语中宁有非邪"询问的书面回答。《秦纪论》中班固所引贾、马的观点，即"贾谊、司马迁曰：'向使婴有庸主之才，仅得中佐，山东虽乱，秦之地可全而有，宗庙之祀未当绝也'"，出自贾谊《过秦论》下篇。如果单就《过秦论》下篇来看，贾谊确实突出了秦处形胜之地的便利，言子婴甚至不具"庸主"之才。我们若将《过秦论》三篇联系起来考察，贾谊立论始终是将地势之便与秦朝的施政方针联系起来，评判秦之兴衰。司马迁在文末附以贾谊之文，也表示了对这种观点的认同。班固《秦纪论》论秦政与贾谊有两点重要的不同。其一，不是从形便与帝王政治的角度立论，而是将周秦汉三朝联系起来，认为秦朝的建立只是周汉之间的一个过渡，所谓"周历已移，仁不代母。秦直其位，吕政残虐"，司马贞曰："周历已移，周亡也。仁不代母，谓周得木德，木生火，周为汉母也。言历运之道，仁恩之情，子不代母而王，谓火不代木，言汉不合即代周也。秦值其闰位，得在木火之间也。此论者之辞也"。其二，在对子婴的评价上与贾、马不同。班固对"子婴车裂赵高，未尝不健其决，怜其志"，认为子婴并非贾谊所说的"无庸主之才"，并批评贾、马云："秦之积衰，天下土崩瓦解，虽有周旦之材，无所复陈其巧，而以责一日之孤，误哉！"这两点不同很明显地体现出班固对秦代君主的评价，已脱离形便的观照，强调秦之灭亡是"秦之积衰"的必然，地势之险与周旦之材都无法改变这一历史命运。所以在秦朝灭亡之上，班固否定贾、马之说，借此表达周汉天统的历史观与政治观，反映了班固对汉代历史地位的推崇。

其次，云龙门对策还表现了"颂述功德"的政治导向。据《典引序》，汉明帝对司马迁与司马相如作了比较，提倡臣下应该如司马相如"颂述功德，言封禅事"，作一个忠臣，而不应该如司马迁讥贬当世。如果说班固《秦纪论》主要是就史论史，提出自己对秦朝灭亡的看法，其真实的用意在于凸显汉承尧运的历史地位；那么，《典引》则是班固在汉明帝"颂述功德"的导向之下宣扬汉德的产物。就《典引》取名及内容来看，也确实如此。《典引》蔡邕注曰："典者，常也；法也。引者，伸也；长也。《尚书》迹尧之常法谓之《尧典》，汉绍其绪，伸而长之也。"可见，"典引"篇名就体现了班固"汉承尧运"的历史观。就《典引》的正文来看，班固有两个中心：一是将汉代的建立置入唐尧以来正统帝系中加以考察，二是称颂东汉的盛德。《典引序》云"伏惟相如《封禅》靡而不典，扬雄《美新》典而亡实"，《文选》将这三篇归入"符命"类，也可见出三篇在作意上的一致。司马相如的《封禅文》主旨是劝武帝封禅告帝成功；扬雄《剧秦美新》是借秦政之酷称颂新莽之美，班固称颂东汉的盛德也是着重于"封禅"一事，从光武帝建立东汉，"始虔恭劳谦，兢兢业业，贬成抑定，不敢论制作"，后在群臣的力劝下，又应图书之符命，才开始举行封禅大典，所谓"伊考自遂古，乃降戾爱兹，作者七十有四人，有不俾而假素，罔光度而遗章，今其如台而独阙也"，《后汉书》李贤注曰："管仲曰：自古封禅七十二君，并武帝及光武七十四君。"所言正指光武封禅之事。

据班固《两都赋》的主旨，同样可以看出永平十七年云龙门对策以上两个方面的导向也是班固创作《两都赋》的动因。《西都赋》中西都宾之所以希望皇帝能眷顾西土，迁都长安，其理由不外有二：一是长安乃形胜之地，便于防守；二是秦、汉皆都长安，有很长时间的积累，尤其是在宫殿建设等方面。因而东汉再于洛阳营造宫殿，费时费力，实属不必之举。对此，《东都赋》一方面称颂光武帝迁都改邑具有历史的根据，指出西汉初都长安，乃是高祖权宜之计，光武帝迁都洛阳，不是光武帝违背祖制，而是对西汉基业的发扬与光大。所以班固盛赞光武"迁都改邑，有殷宗中兴之则焉；即土之中，有周成隆平之制焉。不阶尺土一人之柄，同符乎高祖。克己复礼，以奉终始，允恭乎孝文。宪章稽古，封岱勒成，仪炳乎世宗。按《六经》而校德，眇古昔而论功，仁圣之事既该，帝王之道备矣"。另一方面称扬明帝营建洛邑皆符合儒家的制度之美，指出明帝继光武初备王道之后，"增周旧，修洛邑，扇巍巍，显翼翼，光汉京于诸夏，总八方而为之极"。且宫廷内外的一切建设，都本着"奢不可逾，俭不能侈"的原则，天子蒐狩、讲武等一切活动均"必临之以《王制》，考之以《风》《雅》"。这样既维护了前汉的皇权威信，又突出了后汉无可替代的历史地位；既强调了明帝营造洛邑的"合礼性"，又强调了这种"合礼性"所达到的"王者无外"的远胜于函谷关的形胜之便。《两都赋》后所系五首诗，也是班固推崇儒家礼制的表现。西都宾在东都主人的一番教导之下，也连称所诵之诗"义正乎扬雄，事实乎相如"。从创作主旨上看，班固《两都赋》与其《秦纪论》《典引》主旨的一致，可以说明《两都赋》创作背景与汉明帝永平十七年云龙门对策密切相关，同样是汉明帝"颂述功德"政治导向下的产物。

汉明帝"颂述功德"政治导向，也非常明显地体现在班固《两都赋序》对赋体创作颂美主题的确立与强调之上。班固从文体的角度，阐明了赋体文学的政治文化功能，并本着这一认识，认为在武、宣对"润色鸿业"的文章之事的积极提倡下，文学侍从的赋体创作，不仅数量多，而且其主旨是"或以抒下情而通讽谕或以宣上德而尽忠孝，雍容揄扬，著于后嗣，抑亦《雅》《颂》之亚也"，以至汉成帝时彬彬蔚盛，"炳焉与三代同风"。班固对赋体讽与颂尤其是颂美政治功能的强调，在赋论上具有重要意义，可以说是大赋创作由讽谏向颂美为主转向的历史性的标志。班固认为赋体创作"斯事虽细，然先臣之旧式，国家之遗美，不可阙也"，将《两都赋》创作与前代比论的用意甚显。可以说，此序反映出班固对《两都赋》创作价值定位与期许之高，其中对赋体颂美政治功能的强调，基本上奠定了此后历代大赋的创作基调。

　　永平十七年，受汉明帝诏诣云龙门的除班固外，还有贾逵、傅毅、杜矩、展郄、郗萌等人。《艺文类聚》卷六一节录崔骃的《反都赋》、傅毅《洛都赋》，二人的创作主旨依然可见。如崔骃的《反都赋》，虽非完篇，但至少有两点与班固《两都赋》一致。一是崔骃创作《反都赋》的触发点，是"汉历中绝，京师为墟。光武受命，始迁洛都。客有陈西土之富，云洛邑褊小，故略陈祸败之机，不在险也"，所论也是针对迁都之说的，崔骃撇开形胜之地与定都的关系，与班固的《秦纪论》《两都赋》是一致的。二是对光武中兴定都洛阳作了历史性的歌颂，强调"光武受命，始迁洛都"的政治意义。傅毅《洛都赋》亦云"惟汉元之运会，世祖受命而弥乱"①，也是对光武中兴、定都洛阳、制定名物制度进行了颂扬。由三人的同题创作来看，汉明帝倡导的"颂述功德"的政治导向还是起到相当大的作用。三人相同的创作题材与相同的创作主旨说明了其创作应有一个共同的背景，这一背景就是班固作《秦纪论》及之后所作的《典引》为我们留下的汉明帝于永平十七年与班固、傅毅等人的云龙门对策时"颂述功德"的政治导向。

四　扩大马窦之争的倾向与京都赋作政治背景的遮蔽

　　东汉前期两大外戚马氏与窦氏，确实存在着权力交替兴衰的现象，但是从马窦之争角度看待京都赋的产生，忽视了东汉前期三代帝王在政治运作中的掌控作用，也忽视了皇权对文士政治导向的积极干预，相应地因不当地强调了马窦之争在京都赋创作中的作用而曲解了京都同题赋作的政治功能的实际意义。

　　首先，外戚骄恣奢侈在东汉前期三朝均有出现，但都遭到帝王的扼制。东汉前期由于帝王对外戚的掌控，尚未形成东汉中后期外戚与宦官擅权的政治局面。东汉立国之初，光武为了集权，严防外戚干政专权。这一制度一直为明帝、章帝遵奉。《明帝纪》言："帝遵奉建武制度，无敢违者。后宫之家，不得封侯与政。"李贤注引《东观记》曰："光武闵伤前代权臣太盛，外戚与政，上浊明主，下危臣子，后族阴、郭之家不过九卿，亲属荣位不能及许、史、王氏之半耳。"所以，明帝时马氏虽有女贵为皇后，但马氏并未贵盛。《后汉书》卷二四《马援传》载："永平初，

---

① 《艺文类聚》，上海古籍出版社1965年版，第1102—1104页。

援女立为皇后，显宗图画建武中名臣、列将于云台，以椒房故，独不及援。东平王苍观图，言于帝曰：'何故不画伏波将军像？'帝笑而不言。至十七年，援夫人卒，乃更修封树，起祠堂。"马援为光武中兴重臣，但因其女为皇后之故竟不列于云台二十八将之中，明帝笑而不答，包含着抑制外戚恃功而自我膨胀的用意。同时，窦氏在明帝朝也并未一蹶不振。窦氏在明帝朝遭受打击与窦融从兄子窦林"谬奏上滇岸以为大豪"（《后汉书》卷八七《西羌传》）有关，明帝"由是数下诏切责融，戒以窦婴、田蚡祸败之事"（《后汉书》卷二三《窦融传》），可见，窦氏之败，实是咎由自取，也是明帝对外戚施行"严猛"之政的表现。章帝继位，对明帝"严猛"之政稍有宽缓，对母党与妻党的态度上也多有优容。《后汉书》卷四一《第五伦传》中言章帝"以明德太后故，尊崇舅氏马廖，兄弟并居职任"，但据《马援传》，马氏的衰败与章帝"数加谴敕"的扼制相连。这种优容与扼制同样也是对待窦氏的办法。建初年间，窦宪也因皇后之故升迁。据《后汉书》卷二三《窦宪传》载窦宪在章帝朝的处境来看，章帝虽然优容外戚，但也不允许外戚逼主犯上，并以永平严政告诫，窦宪因其自身骄纵不法，不被章帝"授以重任"，终章帝之世，窦宪并未操纵政治大权。

由上可见，两大家族兴盛与两大外戚之间的争权有一定的关联，但是两家外戚的衰败主要有两个原因：一是自身的奢侈逾度、交遇宾客，日益坐大，从而威胁中央皇权；二是东汉三朝皇帝对外戚的严格掌控，一旦有罪，决不姑容。因而，我们考察东汉前期马窦之争，如果忽视帝王的掌控作用，可能会简单地将两大外戚的兴衰归于二者之间争权夺利的结果。

其次，考察马窦之争时因过于看重两家冲突而忽视了两大外戚集团因时势迁变而化解积怨的可能，这样又从另外一个方面将马窦之争绝对化与扩大化了。

马氏家族中，与窦氏相抗最盛的是马援兄之子马严。光武时马氏衰败后，马援小女入宫是马严的主张，重振家族的政治目的非常明显（见《后汉书》卷十上《皇后纪》）。马严在章帝即位之初，进言章帝疏远窦氏家族之人，此点使他遭到窦氏嫉恨。我们并不排除马严进言章帝包有私心，也可以说这是光武之世马窦之争的延续。但是建初七年后，马严就退居自守，因其"不复在位"，才能于永元十年以八十二岁高龄卒于家。从马严的身上也可看到，以"性果急，睚眦之怨莫不报复"（《窦宪传》）著称的窦宪，因其有迫于对付的对象（详后），对马严虽有所嫉恨但并未施以报复。

　　马援四子，一子早卒，余三子为廖、防、光。三人性格各异，与窦氏关系也稍有不同。据《马援传》附载，马廖"不爱权势声名"，而"防、光奢侈，好树党羽"。马氏的衰败，一是太后的驾崩，一是防、光的咎由自取，马廖子马豫"投书怨诽"，只是一个导火索。其中尤可注意的是马氏败后，马光与窦宪的关系。窦宪被诛之时，"光坐与厚善，复免就封"，这种"厚善关系"，说明"太后崩后，马氏失势"情形之下，马氏集团的重要人物马光与窦宪关系非同一般，以致后来又被宪奴诬为"与宪逆"而自杀。马防虽未如马光那样与窦宪走得亲近，但在窦宪谋反事中，也未脱离干系，"防及廖子遵皆坐徙封丹阳"。

　　还有马援的族孙马棱。《马援传》附载，马棱一生，讲孝义，有威严。颇多善政，治有声绩，百姓颂之。但"大将军窦宪西屯武威，棱多奉军费，侵赋百姓，宪诛，坐抵罪"，也是因阿附窦宪而获罪。马棱从为政"以利百姓"到"多奉军费，侵赋百姓"的逆转，不论此举是出于自愿还是惮于窦宪出于被迫，"宪诛，坐抵罪"的结局说明马棱与窦宪关系已非同一般。

　　由此，我们不难看出，人们一般所认为的马窦两家水火不容的局面，其实就马氏家族的重要人物马防、马光等与窦宪的关系看，并非如此，却表现出两大家族积怨化解的迹象。

　　再次，将马窦之争扩大化还因忽视了两大外戚共同的一个政治制约势力，即士大夫官僚反对外戚专权的政治群体。马窦两家外戚虽然有权力之争，但是两大集团兴盛时期均奢侈逾制和交结宾客，导致二者共同受到来自士大夫官僚的抵制。司空第五伦于章帝即位之初，就对马氏外戚权力过盛表示担忧，《第五伦传》载其主要引鉴前朝光烈皇后对外戚阴氏的裁抑以及明帝对外戚梁、窦之家的打击，希望章帝对外戚加以控制。本传又载"及诸马得罪归国，而窦氏始贵，伦复上疏"，指斥窦氏依侍"椒房之亲"，结交宾客不当，要求章帝裁抑窦氏权力。

　　窦宪在章帝朝因其自身的劣迹，未得章帝重任，但继立的和帝幼弱，失去皇权控制的窦宪凭借与太后的关系，其骄奢达到极点，政治上精心布置，实现了"内外协附，莫生疑异"（《窦宪传》）的对朝政的掌控。和帝即位后的永元元年至永元四年，是窦宪最为嚣张的时期，主要表现为他担心齐殇王子畅得太后宠而将其杀害，事觉后，宪自求出兵匈奴以赎罪。同时窦氏兄弟大兴土木，骄奢过度，权倾人主。但也正是这四年，士大夫官僚对窦宪的指斥达到高峰。时以司徒袁安、司空任隗为中心，形成一个

强大的士大夫官僚反窦政治群体,继第五伦之后,对窦氏擅权骄纵进行了严正的抵制。《后汉书》卷四三《朱乐何传》论曰:

> 永元之际,天子幼弱,太后临朝,窦氏凭盛戚之权,将有吕、霍之变。幸汉德未衰,大臣方忠,袁、任二公正色立朝,乐、何之徒抗议柱下,故能挟幼主之断,剿奸回之逼。不然,国家危矣。

由此可见,士大夫官僚在和帝继位之初、大权旁落外戚之时对安定国家所起的重要作用。除袁安、任隗、何敞、乐恢四人外,尚有陈宠、鲍德、鲁恭、张酺、韩棱、周荣等。袁安永元四年春去世,继为司徒的丁鸿复以为任,因日食上言此乃"上威损,下权盛"之征,奏劾窦宪"骄溢背君,专功独行","书奏十余日,帝以鸿行太尉兼卫尉,屯南、北宫。于是收窦宪大将军印绶,宪及诸弟皆自杀"(《后汉书》卷三七《桓荣丁鸿传》)。就是为窦府主簿的崔骃,对窦宪"擅权骄恣,骃数谏之,及出击匈奴,道路愈多不法,骃为主簿,前后奏记数十,指切长短",以致"宪不能容,稍疏之,因察骃高第,出为长岑长。骃自以远去,不得意,遂不之官而归。永元四年,卒于家"(《崔骃传》)。这股反窦政治势力,使得窦氏专权期间,颇费心力对付。乐恢数次上书弹劾窦氏,对"诸舅宠盛,权行四方"的现实多加指斥,因"意不得行",仍乞归故里。窦宪并未放过乐恢,"因是风厉州郡迫胁,恢遂饮药死"(《后汉书》卷四三《乐恢传》)。又,《后汉书》卷四五《周荣传》载周荣与窦党徐齮的对话,一方面见出反窦人士的无所畏惧,另一方面也见出窦氏对反窦势力忌恨之深以致"刺客满城"加以威胁对付。所以,窦宪虽然睚眦必报,但处于反窦声浪中的窦氏还是有轻重缓急之别的。

可以说,窦氏在马氏败后,一是在章帝末年,窦宪受到章帝的扼制,还没有足够的能力再起,二是从章帝时开始延续至和帝永元年间的士大夫官僚反窦政治群体,让窦宪疲于应付,再加上马氏集团败后,并不构成对窦宪的威胁,又无反抗窦宪的明显举动,相反倒有积怨化解的倾向,因而,从当时政治情形来看,马氏并未成为窦氏处心积虑加以对付的对象。班固、傅毅、崔骃虽然在马氏败后、和帝继位之初同时供职窦府,也完全没有必要用京都题材的大赋创作划清与马氏集团的界限,并借此作为投靠窦宪的政治转向的风标。

综上所说,东汉前期京都赋创作,与东汉前期三代帝王的政治导向密切相关。尤其是大致作于永平十七年至建初三年之间的班固、傅毅、崔骃等人的反迁都赋作，更是汉明帝永平十七年云龙门对策颂述汉德政治导向下的产物，再次展示了一代文学汉大赋所具备的"润色鸿业"的重要的政治文化功能。虽然京都赋家与马、窦两大外戚有着或多或少的关系，但衡诸史实，将京都赋创作与马、窦之争相牵连，只会遮蔽京都赋作的实际的政治文化意义。

（原载《文学遗产》2008年第2期）

左思《三都赋》邺都的选择与描写

王德华

左思以"尽锐于《三都》,拔萃于《咏史》"的诗赋创作,在西晋文坛上占有极高的地位,他的《三都赋》留下"洛阳纸贵"的佳话。因曹魏、西晋皆建都洛阳,很易造成三都之"魏都"以描写都城"洛阳"为主的误会。但正是这一易于产生误会的问题,促使我们思考,左思《三都赋》为何不以洛阳为主,而选择了作为陪都的邺都?又为何造成写邺都而"洛阳"为之纸贵的轰动效应?皇甫谧《三都赋序》言左思创作《三都赋》的目的是"正之以魏都,折之以王道",由此可见,左思选择与描写的邺都,承载着重要的政治与文化内涵。本文拟从晋承魏统的正统观、文化地理观、征实的创作倾向与邺都的描写以及晋承魏统的历史与政治背景四个方面,对这一问题作一粗浅的探讨,以就正于方家。

一 左思《三都赋》晋承魏统的正统观与邺都的选择

晋承魏统的正统观涉及左思创作《三都赋》主旨及目的。关于这一点,前人已有指出,《文选·三都赋》李善注引臧荣绪《晋书》曰:"思作赋时,吴、蜀已平,见前贤文之是非,故作斯赋,以辨众惑。"[1] 王鸣盛《十七史商榷》中言:"左思于西晋初吴、蜀始平之后,作《三都赋》,抑吴都、蜀都而申魏都,以晋承魏统耳。"[2] "是非"是什么?"众惑"又表现在哪里?臧荣绪及李善均未说明,王鸣盛显受其启发,明言"抑吴都、蜀都而申魏都,以晋承魏统耳",看来在或"抑"或"申"魏、蜀、吴三都问题上是有争论的,而左思作《三都赋》的目的是"申"三国时

---

[1] 《文选》卷四,中华书局1977年版,第74页。按:本文所引左思《三都赋》和《三都赋序》及刘逵、张载、李善注,皆出自《文选》,中华书局1977年版,下文不再注明出处。
[2] 王鸣盛:《十七史商榷》卷五一"三江扬都"条,上海书店出版社2005年版,第378页。

的"魏都"并借此表现"晋承魏统",有着明显的现实用意。

就《三都赋》文本本身来看,王鸣盛的观点是成立的。《蜀都赋》在描写的过程中,有两处笔墨值得注意。一是,开篇在夸耀蜀都之前,西蜀公子言"盖闻天以日月为纲,地以四海为纪。九土星分,万国错跱。崤函有帝皇之宅,河洛为王者之里。吾子岂亦曾闻蜀都之事欤?请为左右扬榷而陈之",言天文地理,九州各有其域,万国杂列其中。曹魏之前,周汉都城皆在河洛,即"崤函有帝皇之宅,河洛为王者之里"。西蜀公子在具体夸耀"蜀都之事"前,言及此事,有着为蜀都争"帝皇之宅"与"王者之里"的用意。二是赋文结尾述及蜀地人杰地灵、公孙述与刘备称帝自王后,言"由此言之,天下孰尚?"最后总括一句:"故虽兼诸夏之富有,犹未若兹都之无量也。"因此赋是西蜀公子与东吴王孙的对话,故而此处的"兼诸夏之富有"系指东吴,东吴既然兼有,暗指西蜀之缺失。那么,东吴所兼指何呢?诸夏指中原,"富有"语出《易·系辞上》:"富有之谓大业,日新之谓盛德。"唐孔颖达曰:"以广大悉备,万事富有,所以谓之大业。"①《文选集注》引《钞》曰:"言虽有中国富多所有,亦不如我蜀之无赀量也。"②把富有理解为物质上的,恐失之于偏。从《吴都赋》来看,吴之于蜀,相对而言,其历史文化悠久,有周太伯、延陵季子之余风。此"富有"更多指向文化传承上的"富有"。但是在西蜀公子看来,在两汉之际与汉末三国时代,蜀地成就了公孙述与刘备的帝王之业,特别是刘备,作为汉室刘氏之后,西蜀公子称其为"刘宗",有延续汉室帝脉的意味,故云吴"虽兼诸夏之富有,犹未若兹都之无量也",即蜀都的地位无可限量。

继《蜀都赋》后的《吴都赋》,东吴王孙批驳西蜀公子之言,一方面追溯历史,以吴为舜及秦皇汉武游历之地,而蜀没有王者遗迹可观;另一方面,蜀地虽有山川之阻,但从"公孙国之而破,诸葛家之而灭"来看,蜀地实乃"丧乱之丘墟,颠覆之轨辙"。这为东吴王孙的夸吴提供了前提。与西蜀公子一样,东吴王孙也落入夸耀东吴"巨丽"的套路,只不过在此之前,东吴王孙首先祭起了周太伯与延陵季子的高节克让的大旗,这是蜀地所不具备的文化遗产。而周太伯与延陵季子的谦让之风以及吴王阖闾与吴王夫差的霸业,更足以说明东吴悠久的文化历史与王者风范。这样的条件,即使与中原相比,物质上也令中原贵其宝丽;人文与文化上,

---

① 《周易正义》,《十三经注疏》本,中华书局1980年版,第78页。
② 《唐钞文选集注汇存·一》,上海古籍出版社2000年版,第79页。

舜禹南巡没齿忘归，说明东吴奇丽的山川对舜禹这样的圣人的吸引力。由此亦可见西蜀与东吴的巨大差异，正如萤火之光与太阳是无法相提并论的。

上文言及，西蜀公子曾说蜀地山川险阻，"公孙跃马而称帝，刘宗下辇而自王"，称刘备为"刘宗"，显然有视西蜀为汉室血脉的用意，而东吴王孙虽未明显作出批驳，但从他言"公孙国之而破，诸葛家之而灭"来看，将"刘宗"改为"诸葛"，很显然并不承认西蜀公子"血脉"正统的观点。《魏都赋》中也出现"刘宗"一词，即魏国先生所说的"刘宗委驭，巽其神器"，而此"刘宗"是指汉献帝而非刘备，因而，魏国先生也不把刘备当作汉室的正统血脉。如果我们将西蜀公子的观点概括为"汉蜀血脉正统论"的话，那么，对东吴王孙的言论我们可以用"周吴文化正统论"代之。而"周吴文化正统论"，不仅仅是一种遥远的文化传承，而且从东吴王孙强调的周太伯与延陵季子之谦让之风来看，对曹魏假禅让之名行篡夺的做法无疑也是一种嘲讽。

不论是西蜀的血脉正统观还是东吴的文化正统观，二者都与周汉政治与文化相连。曹魏在这两方面不能求得理论支持，唯有以禅让即天命的方式，突出曹魏政权的合法性与正统性。因而，从禅让的角度看曹魏的正统，就必须突出曹魏应天承命所具有的政治实绩，就不得不从曹魏立国写起，具体到都城，邺都无疑比洛阳承载着更多的政治业绩与文化内涵。而从《魏都赋》来看，贯穿整篇赋作的一个核心就是突出曹操在汉末动乱中的武功与文治，突出他重整天下的功业。《魏都赋》中魏国先生面对西蜀公子与东吴王孙的言论，在"将语子以神州之略，赤县之畿。魏都之卓荦，六合之枢机"时，首先总论魏武帝曹操开国之初所面临的汉纲绝维、天下动乱的现实，洛阳惨遭兵燹，天下化为战场，名城尽为丘墟。魏武帝曹操建国魏地，在邺城建都，是受自天命。在对邺都进行铺陈描绘之后，又着重歌颂了曹操的武功与文治、四夷归顺的王者气象以及嘉祥纷至、曹丕应天禅汉的革命。但也写到了魏帝曹奂禅让司马氏的魏晋禅让，并颂扬了曹魏的禅让美德。曹氏禅汉是天命所致，曹氏禅位于晋，也是"天禄有终"使然。故曹氏禅汉称王与让位称臣，深得天人之道，品德冲深。舜受让于尧，又禅让禹，曹魏至公的品德，可与虞舜相比美。可以看出，左思写了曹氏的禅汉与禅让，兼负着禅代与禅让双重命运的曹氏，左思都以赞美之笔表述之，突破了朝代兴衰存亡的道德评判，其用意一方面是在三国鼎立中突出曹魏的正统地位，更深层次的是为晋承魏统的说法寻找理论依据。故而赋的最后言："亮曰：日不双丽，世不两帝。天经地纬，理有大归。安得齐给守其小辩也哉！"所谓"日不双丽，世不两帝"，即是强调一统乃天下之至道，而"世不两帝"，一方面是对西蜀公子与东吴王孙争正统的批评，另一方面也是对西晋禅代曹魏后一统天下的歌颂，所谓"天经地纬，理有大归"，明显指向西晋的一统。

可以说，《三都赋》反映了三国鼎立、南北对峙情形下的正统之争，魏、蜀、吴三国所争并非建都问题而是正统问题，深层指向则是晋承魏统的西晋王朝的统绪与政权合法性问题。而从都城的角度说明曹魏禅汉的正当性与合天命，唯有邺都能担当起如此重任。

二 《三都赋》的文化地理观与邺都的选择

"日不双丽，世不两帝"的天下一统的正统观，看似是政治与意识形态领域中的问题，但与文化地理观有着莫大的关联。《三都赋》在表述正统观时，始终体现出文化地理观的观照，这也是《三都赋》选择邺都进行描写的原因之一。

不可否认的是，《三都赋》中西蜀公子与东吴王孙对西蜀与东吴的山川地势、地方物产、风土人情等方面都作了不同程度的夸耀。《蜀都赋》中西蜀公子夸耀"蜀都之事"，先写蜀地东南西北的山川形势，各方物产。接着重点写成都的地势、物产、富庶与繁华，最后称扬蜀都的人杰地灵，远则有传说中的化碧苌弘、望帝杜宇，"近则江汉炳灵，世载其英"，如司马相如、严君平、王褒与扬雄，以及于蜀地称帝自王的公孙述与刘备。其中有一点值得注意，那就是西蜀公子在称述蜀地山川形势、成都富庶繁华之后，言"焉独三川，为世朝市？"刘逵注："张仪曰：争名者于朝，争利者于市。今三川周室，天下之朝市也。"言下之意谓蜀都亦自可与三川周室之地相比美。黄侃《文选平点》更言："此言正统不必在中原，自金行南宅，盖信此言为非缪。"① 西蜀公子所言"蜀都之事"并非一般的地理与物产的夸耀，而是通过此种夸耀表示蜀汉立国的自然、物质与人文条件。与吴、魏相较，西蜀开发相对较迟，故而对西蜀的历史只用"夫蜀都者，盖兆基于上世，开国于中古"一句带过。很显然，西蜀公子的夸述是为了说明蜀地具备"帝王之宅""王者之里"的条件，《蜀都赋》在"繁类以成艳"（《文心雕龙·诠赋》）的夸述中，为蜀都在三都中争地位的用意甚显。

在东吴王孙看来，东吴不仅在文化上胜出西蜀，即使就地理论都而

---

① 黄侃：《文选平点》卷四，中华书局2006年版，第54页。

言，蜀国也是无法与东吴相比的。东吴王孙夸述了东吴的建都历史，赋从"徒观其郊隧之内奥，都邑之纲纪。霸王之所根柢，开国之所基趾"讲起，其用意在于突出自周泰伯至吴王夫差，吴在周代，世世称王的历史。"所以经始，用累千祀"，即经营都邑之初，就有累代相传的用意，所谓"宪紫宫以营室，廓广庭之漫漫"。降至孙权，"起寝庙于武昌，作离宫于建业"，他效法吴王阖闾与夫差的做法，建起了著名的神龙、临海、赤乌等著名宫殿，雕栏画栋，富丽堂皇。孙权于公元229年四月于武昌称帝，九月迁都建业。故赋中云"虽兹宅之夸丽，曾未足以少宁。思比屋于倾宫，毕结瑶而构琼"，应是指孙权迁都建业后对都城的更进一步的"夸丽"建设而言。赋的主体部分虽然是重在表现东吴的"巨丽"，但是"巨丽"的背后有着东吴王孙夸耀的理念，即地势的屏障、物产的丰富、繁华的都市及悍勇的将士与尚武的民风，这一切都是东吴称王的条件，也显示了东吴具有的王者气象。

我们不难看到，西蜀公子与东吴王孙在所持正统论上虽有驳难，但对都城的建设都趋于夸耀，在地域的态度上均是倾向山川形胜、物产丰饶与都市繁华方面的夸恃。

《魏都赋》是魏国先生对西蜀公子与东吴王孙二位的批评。魏国先生的批评有个总纲，即"正位居体者，以中夏为喉，不以边陲为襟也。长世字甿者，以道德为藩，不以袭险为屏也"。这一总纲，一是从地理位置上讲，天子所居之地与都城所在的位置，都以中原地区为喉舌，而不是边远地区为襟要的；二是从治国的理念上看，能够长治久安与造福百姓的，是以道德作为治国的屏障，而不是依靠险要的地理作为保护。而这二者又是相互依存的，即中原地区比西蜀与东吴具有文化地理上的优越性。因而，魏国先生无论是对二者的批评还是对魏国的褒扬，也都是从这两个方面展开的。对吴蜀二人的言论，魏国先生就是将地处僻远与文明缺乏联系起来进行批评的。《魏都赋》的开头，魏国先生明确指出西蜀公子与东吴王孙竟不能明晓曹魏禅汉作为天下正统的意义，不能称臣朝觐于曹魏，却与蛮夷相随，安于绝域，荣其文身，恃山川之险，吐夸饰之辞，言行与王者之义相背。之所以如此，主要是因他们没有意识到北方中原地区的文化优越及以德治国的政治理念，所谓"剑阁虽嶚，凭之者蹶，非所以深根固蒂也。洞庭虽濬，负之者北，非所以爱人治国也"。恃险与失王者之义是一个问题的两个方面。在赋的结尾，魏国先生更是对二国的地理与风俗进行了贬抑，如对西蜀公子与东吴王孙夸耀的山川之胜，魏国先生则认为吴蜀二国实乃山阻水险、日月亏蔽、潮湿秽浊、暑气瘴疠、毒虫猛兽出没之地，秦汉时乃罪人流放之处，人的相貌丑陋，虚弱寿短，民风俗陋，不讲威仪，缺少法度。而更可怕的是"庸蜀与鸲鹊同窠，句吴与蛙黾同穴。一自以为禽鸟，一自以为鱼鳖"，西蜀多山，蜀人多与禽鸟为伍；东吴多水，吴人多与鱼鳖为伴，而两个"自以为"意在嘲讽蜀吴民风俗陋而不自知。吴蜀二国"虽信险而剿绝。揆既往之前迹，即将来之后辙。成都迄已倾覆，建业则亦颠沛"，明确指出僻处边夷与文化缺失是导致蜀吴灭亡的根本性因素。

魏国先生将地域与文化二者结合起来，这既是批评蜀吴的文化地理观，也是赞扬曹魏的文化地理观。魏武帝曹操在汉末动荡、洛阳残破的情形之下，于魏地开国，在邺城建都，一是因魏在冀州分野之内，有着悠久的历史，舜、禹曾在冀州平阳（今山西临汾）和安邑（今山西夏县）建都，故魏地是先王的故土，有列圣的遗迹。二是魏地"考之四隈，则八埏之中；测之寒暑，则霜露所均"，即魏地处天地之中，霜露所均，天地所赐易生之地，完全不像僻处边远的西蜀与东吴，燋暑瘴疠。且魏地疆域"旁极齐秦，结凑冀道，开胸殷卫，跨蹑燕赵"，地处关东平原，四通八达，交通便利，物产丰富。三是风俗淳厚，即使衰世，盛德仍然被之管弦。正是在这样一个具有天时地利与人文积淀的魏地，曹操应天之命，建立了魏国。

可以看出，从魏国先生对西蜀与东吴恃险夸述的批评以及对曹魏地域的界定，左思的文化地理观深深植根于传统文化，他继承了北方地域文化中心论。从现存文献看，"中国"一词，于省吾先生《释中国》，根据1963年陕西宝鸡出土的何尊铭文中"宅兹中国"一词及《尚书·梓材》，指出"中国这一名称起源于（周）武王时期"，并认为"甲骨文之言四土和四方，均以大邑商为中心言之，西周时代才进一步以中土与四外方国对称"[①]。而"溥天之下，莫非王土；率土之滨，莫非王臣"（《诗经·小雅·北山》）极度膨胀化的国家政权意识，形成大一统时代对边远四方的地理控制方式，要么采用德柔的方式即以德徕远，要么以北方中原文化为中心的优越感排斥边远四夷，乃至放弃对边远之地的控制。西周穆王将伐犬戎，祭仲就劝谏穆王应以德徕远，而不是师出无名，无端征伐。西汉时汉武帝开发四边，当时大臣如公孙弘、田蚡、淮南王刘安等就以西蜀、闽越等乃边远无用之地，劝谏汉武帝放弃。汉元帝初元元年（公元前48

[①] 于省吾：《释中国》，见胡晓明、傅杰主编《释中国》，上海文艺出版社1998年版，第1516—1517页。

年），珠厓（在今海南省琼山县东南）又反，贾谊曾孙贾捐之建议放弃珠厓。其所作的《弃珠厓议》①一文，首先否定了以实际疆域大小作为判断国家强盛的依据，提出仁者无疆的文化地理观。左思《魏都赋》中对西蜀与东吴之地山川民俗的贬抑，不仅思想上直承前代，就是在赋的遣词与表述用语上也多有沿袭刘安与贾捐之之处。周汉一统时代形成的强大的北方中心的文化地理思维，在魏蜀吴三国建都与正统的争论与陈述上，很显然成为魏国先生重要的理论依据而在赋中得到集中阐述。

曹丕于公元220年十月禅汉，于次年迁都洛阳，至公元265年魏帝曹奂禅位司马氏，洛阳为曹魏都城长达45年。而从洛阳的文化地理意蕴而言，洛阳在西周就已确立了北方文化中心的地理与政治地位，从这一角度而言，左思选择洛阳作为魏都的代表，似比选择邺都更为合理。如果我们将邺都的选择放在《三都赋》的整体中加以考察，我们就不难看出，《三都赋》所要表达的主旨不在于建都的优劣而是在于正统问题的争论，对魏国而言，以禅让确定其正统地位是其焦点之一，而正如上文业已指出的，邺都承载着魏武帝曹操奉天创魏的历史业绩，这是左思在继承北方地域中心文化地理观的同时，又选择邺都加以描写的重要原因之一。

另外，从西周开始，洛阳不仅仅是地理意义上的中国四方的中心，更重要的是它具有的一统时代政治中心的地位。西周虽然建都镐京，但从周武王开始就营建洛阳，说明洛阳在政治与地理上的重要意义。东汉定都洛阳，东汉前期光武帝、明帝及章帝三朝存在着定都洛阳与长安的争论，东汉前期出现的京都题材的赋作就是在这一政治背景下产生的。在汉明帝"述颂汉德"的政治导向下，班固《东都赋》将长安与洛阳进行对比，言："且夫僻界西戎，险阻四塞，修其防御，孰与处乎土中，平夷洞达，万方辐凑？秦岭九嵕，泾渭之川，曷若四渎五岳，带河溯洛，图书之渊？建章甘泉，馆御列仙，孰与灵台明堂，统和天人？太液昆明，鸟兽之囿，曷若辟雍海流，道德之富？游侠逾侈，犯义侵礼，孰与同履法度，翼翼济济也？子徒习秦阿房之造天，而不知京洛之有制也；识函谷之可关，而不知王者之无外也。"②五个对比句式连贯而下，就是为了突出洛阳在一统时代居天下之中的地理与政治上的意义。左思的文化地理观，从赋体创作角度来看，很明显受到班固观点的影响。但是与班固《两都赋》不同的是，左思《三都赋》描写的是三国鼎立、南北对峙情形下的正统问题。

---

① 具体参见《汉书》卷六四下《贾捐之传》，中华书局1962年版，第2830—2835页。
② 《文选》卷一，中华书局1977年版，第34—35页。

隋炀帝继位伊始，准备迁都洛阳，发诏天下时说："然洛邑自古之都，王畿之内，天地之所合，阴阳之所和。控以三河，固以四塞，水陆通，贡赋等。故汉祖曰：'吾行天下多矣，唯见洛阳。'自古皇王，何尝不留意，所不都者盖有由焉。或以九州未一，或以困其府库，作洛之制所以未暇。"① 仍以洛阳居天下之中的地域与政治地位作为迁都洛阳的理由，并说明自古帝王皆留意洛阳，或因九州未一，或因财政问题，未遑顾及"作洛之制"即迁都或修缮洛阳。洛阳在汉末动乱尤其是董卓之乱中遭受兵燹，残破不堪，虽经魏文帝与魏明帝等多次修缮，然无法恢复昔日的繁华。曹魏立国之后，大臣谏阻帝王的两大事情，一是对外要谨慎兴兵讨伐吴蜀，二是对内谏阻劳民伤财大兴土木。二帝在修缮洛阳的过程中，遭到曹魏大臣多次谏阻。陈寿《三国志·明帝纪》评曰："于时百姓雕弊，四海分崩，不先聿修显祖，阐拓洪基，而遽追秦皇、汉武，宫馆是营，格之远猷，其殆疾乎！"② 对其大修宫馆也认为是四海分崩、百姓凋敝之时的不当之举。且曹丕虽禅汉称帝，但尚未统一天下；虽迁都洛阳，但不具备一统天下的资质。洛阳作为一统天下的中心地位的意义与价值，在三国时的曹魏并未完全具备，既都洛阳而又一统天下的历史任务是由西晋禅魏来完成的，这既是左思《魏都赋》虽未以洛阳为主，但在赋的结尾强调"日不双丽，世不两帝"的重要原因所在，也是《魏都赋》选择邺都进行描写的又一重要的文化地理因素。

三　左思征实创作观念与邺都的描写

刘勰《文心雕龙·诠赋》言："赋者，铺也。铺采摛文，体物写志也。""体物写志"是赋体的特征，就"体物"与"写志"的关系而言，从宋玉到左思，赋体创作与批评大致经历了三次大的改变。一是从宋玉至西汉末期扬雄，赋体的"体物"主要表现为"铺采摛文"，即运用华丽的语词对所刻画的对象进行铺陈描写，其目的是通过这种方法进行讽谏，即"写志"。但是赋体创作往往产生如扬雄所说的"劝百讽一"的效果。第二次主要改变是在东汉前期，以班固《两都赋》及《两都赋序》为代表。班固的《两都赋序》提出了赋体创作应以颂美为主，从而使赋体创作走出了前此"劝百讽一"的"体物"与"写志"之间的矛盾与困境，但如何处理好"体物"与"写志"之间的关系，班固并未作进一步思考。左

---

① 《隋书》卷三《炀帝纪上》，中华书局1973年版，第61页。
② 《三国志》卷三《魏书·明帝纪》，中华书局1959年版，第115页。

思的《三都赋》及序以及皇甫谧《三都赋序》，在前人赋体理论与实践基础上，进一步在理论上对赋体"体物"与"写志"如何完美结合进行了阐述，并在创作中加以实践，这是第三次大的改变。就左思而言，他的核心贡献就是赋体"征实"创作观念的提出与实践。

左思在他的《三都赋序》中首先表达了他对赋体"体物写志"功能的看法。很明显，左思对赋体"体物"与"写志"二者关系的看法，受到扬雄"诗人之赋丽以则，辞人之赋丽以淫"观点的影响，即赋体"体物"描写要"丽"，但要以"则"为旨归，即"体物"要为"写志"服务。他认为，如果"考之果木，则生非其壤；校之神物，则出非其所"，辞则"丽"矣，与"义"则有害，所谓"侈言无验，虽丽非经"。在此基础上，左思提出了征实的创作理念，即对赋中所描写到的山川城邑、鸟兽草木、风谣歌舞、所写人物，要稽之地图、验之方志、各附其俗、莫非其旧。人们往往只注意到了左思征实观念描写层面的所指，而忽视了他对征实表现手法的深层所指，即左思自己在序中的进一步阐述："发言为诗者，咏其所志也；升高能赋者、颂其所见也。美物者贵依其本，赞事者宜本其实。匪本匪实，览者奚信？"如果描写有悖于事实，则不会取信于人，更深层的是影响到人们对其所美之物、所赞之事的怀疑。左思引用《虞书》《周易》之言，也有这两层含义：其一，禹作九州，从地理角度言强调诸侯所居方位所处位置的重要性；其二，深层是指"任土作贡"，是让各地以道里均等担负起诸侯国的赋税与责任，从政治角度言则是明君臣之义。左思最后引经据典，也是将地理方位与政治伦理联系起来考虑的。

左思以上两个方面的"征实"含义，在皇甫谧的《三都赋序》[①] 也有明确的表达。皇甫谧之序有三点值得注意。首先他肯定赋为"美丽之文"，不过皇甫谧又认为"昔之为文者，非苟尚辞而已，将以纽之王教，本乎劝戒也"，这与扬雄强调并为左思所接受的"诗人之赋丽以则"是一致的。其次，因是给左思《三都赋》作序，他在叙述了赋体发展历史后，特别指出"若夫土有常产，俗有旧风，方以类聚，物以群分；而长卿之俦，过以非方之物，寄以中域，虚张异类，托有于无"，并认为"祖构之士，雷同影附，流宕忘反，非一时也"，指出司马相如等人赋作地方物产、风俗人情描写的失实，以及这种"虚张"之风甚嚣尘上，这与左思

---

① 按：本文所引皇甫谧《三都赋序》，见《文选》卷四五，中华书局1977年版，第641—642页。

所看到的问题是一致的。再次，评述了左思《三都赋》的创作主旨及其价值。他认为，三国鼎立不仅仅是地域上的分割而王，同时还包含着三国各争正统的政治上的交锋。皇甫谧以他对赋体特征的认识，认为魏蜀吴三国从疆域分野、物产众寡、风俗清浊、士人优劣等方面比较，吴蜀与魏不可同日而语。而吴蜀二国之士各以其所闻为是，各以其土为乐，各以其民为良，皆是曲士之说，非方家之论。而魏国先生所说的"物土所出，可得披图而校。体国经制，可得按记而验"，其目的就是以这种征实不诬的描述，"正之以魏都，折之以王道"。可见，皇甫谧对《三都赋》征实描写的评价也没有局限在"披图而校"与"按记而验"的描写上，而是提高到以魏都为正、合于王道的高度加以看待与评价的。

  左思的征实观，在《三都赋》中都有体现。《蜀都赋》与《吴都赋》中，西蜀公子与东吴王孙的各自夸述，都是为了说明西蜀与东吴各自具备的称王条件，从而为争正统寻找理由。而在魏国先生看来，二人的偏执与出言驳于王者之义，正在于他们对西蜀与东吴所处的地理环境的夸述及认识的荒谬。故《魏都赋》中魏国先生对邺都建置、风土人情、魏王狩猎等方面的描写，其特征不仅在于描写的"征实"，而且还表现在具体的描写过程中，始终围绕着合乎王者之义的观点。首先，赋交代了建设邺都的理念，即"兼圣哲之轨，并文质之状。商丰约而折中，准当年而为量"。邺都的建设，参考了前代都城建设的一些做法，如模仿参照的长安、洛阳及天下都邑的建置，继承借鉴了唐尧、夏禹、古公亶父、周宣王节俭修缮宫室的精神，在国力的范围内，文质并重，丰约折中。其次，赋以规整的笔墨铺陈了邺都的建置、主要建筑以及高台苑囿、市集商贸等情况。赋首先对魏都的正殿文昌殿进行了描绘，接着描写了位于文昌殿东面的听政殿及位于听政殿前的宣明、显阳、顺德、崇礼四门，以及尚书台、御史台、符节台、谒者台、内医署等各类官署。听政殿后，是后宫所居之地，写到了鸣鹤堂、楸梓坊、木兰坊及温室等。文昌殿的西面，是林圃池苑，即铜爵园（刘逵注曰："文昌殿西铜爵园。"）园中兰渚莓莓，石濑汤汤，弱枝系实，轻叶振芳，奔龟跃鱼，驰道栋宇，连接相引。再往西，就是著名的三台（刘逵注："铜爵园西有三台，中央有铜爵台，南则金虎台，北则冰井台。"）三台拔地耸立，长廊圆环，丹墀层构。屋脊上雕刻的云雀，矫首独立，雷雨未半，曒日复照。春服登台，目览八极，于焉逍遥。三台不仅是登高览胜之处，同时还兼有军事堡垒的作用，邹逸麟先生云："邺城西北三台建筑则是在特殊的社会和地理条件下出现的。邺城处平原地带，无险可守，因筑三台'巍然崇举，其高若山'，具有象征政治权势和军事堡垒的双重作用,其渊源无疑是来自东汉末年中原地区普遍出现的坞壁庄园。因而此后都邺的后赵、前燕、东魏、北齐无不对三台进行加固和修缮。"[1] 我们从赋中对三台牟首、阁道、晷漏的配置以及兵器、禁兵的保卫安排,以及高城深洫、高楼大门的建设,都可以看出城西三台重要的防御作用。此外,邺城之西还有著名的玄武苑,其中硕果灌木,大树幽林,竹林葡萄,回渊积水,蒹葭香蒲,丹藕绿菱,鸟飞鱼游,各有栖所,百姓可以自由出入,樵苏渔猎,玄武苑成了魏王与民同乐之地,这无疑是孟子思想的体现。赋进而写到了邺都郊野的利于民生的水利,富有生机的原野,甘食美服的百姓。而都城内部,街道四通八达,漳水流经其间,中有石桥沟通南北,水道两旁青槐荫涂,车马行人,熙熙攘攘。其间官署与闾里相间错置,如官署有奉常侍、大理寺,闾里则有长寿里、吉阳里、永平里、思忠里以及位于后宫东面外戚居住的戚里等。对邺都内的集市,赋不仅描绘了商贸的繁荣,更为重要的是凸显了市贸不居奇、崇实用的精神,即赋中所言"难得之货,此则弗容。器周用而长务,物背窳而就攻。不鬻邪而豫贾,著驯风之醇浓"。《礼记·王制》曰:"有圭璧金璋,不鬻于市……用器不中度,不鬻于市。兵车不中度,不鬻于市。布帛精粗不中数,幅广狭不中量,不鬻于市。奸色乱正色,不鬻于市……禽兽鱼鳖不中杀,不鬻于市。"[2] 赋中所言"不鬻邪"很显然也本于儒家经义。

即使赋在对邺都的描写之后对曹操武功、文治及藉田讲武活动,也无不本着王义的原则加以描写与评价。如写曹操武功突出其在汉末动乱之际的"克翦方命"即讨伐不廷的道义;武功告成之后,魏武帝"斟《洪范》,酌典宪,观所恒,通其变";而天下归顺、置酒文昌殿,也是"延广乐,奏九成,冠韶夏,冒六茎";其"藉田以礼动,大阅以义举",藉田以礼,讲武以义,一切活动皆本诸王义。

正是以上一切合乎王义的表现,使得魏国山图其石,川形其宝,祥瑞毕现,大魏应天之命,禅汉称帝。可以说,《魏都赋》对邺都以上两个层面的征实描写与阐述,使"正之以魏都,折之以王道"的《三都赋》宗旨得到更有力的说明。

左思《魏都赋》对魏地尤其是邺都等方面的描写与合乎王制的观点,显然受到班固《两都赋》的影响。但两相比较,《魏都赋》对邺都

---

[1] 邹逸麟:《战国时代邺都的兴起》,见陈桥驿主编《中国七大古都》,中国青年出版社 1991 年版,第 141 页。
[2] 《礼记正义》卷一三,《十三经注疏》本,中华书局 1980 年版,第 1344 页。

的描写呈现出的描摹化特征，犹如摄像师进行空间组合的摄制，我们可以根据《魏都赋》的描写对邺都及其周围情况做出想象与大致的复原，而班固尚未做到将"王者之义"很好地落实到征实的描写之上，故《东都赋》并没有给我们提供对洛阳如邺都那样的征实与据此产生的复原效果。

四 "洛阳纸贵"与晋承魏统的政治伦理观

左思《三都赋》留下洛阳纸贵的佳话。为什么成为"畅销书"，学界主要有两种看法。一是由于左思请名人作序，产生伯乐相马的名人效应，见于《世说新语·文学》篇及《晋书·左思传》中的记载。还有一种说法是将洛阳纸贵与《三都赋》兼具类书字典的性质，故尔人人传抄。如袁枚、章学诚、章炳麟、钱锺书等人有类似的看法，这也是目前解释洛阳纸贵的主要原因。但是洛阳纸贵除了伯乐相马的名人效应及兼具类书的功用之外，是否还有其他原因呢？我们从张华的赞美及张华对《三都赋》产生"使读之者尽而有余，久而更新"[①]的阅读效果，以及才子陆机欲赋三都却辍笔的改变，可以这么认为，《三都赋》产生的洛阳纸贵的轰动效应，除了名人延誉或兼具类书的性质这些原因之外，与《三都赋》契入当时文人士大夫对三国迄于西晋魏晋正统这样重大的建国与政治问题的思考有着密切的关联。

《三都赋》表达的魏为正统、晋承魏统的正统观，有着三国争统的历史背景与晋朝确立正统的政治需求。随着曹丕、刘备、孙权先后称帝，三国鼎立局面的正式形成，三国之间或盟或战，时有变化，但三国各自以天命自居正统，始终贯穿着整个三国的历史。曹魏自以禅让之名自居正统。《三国志·文帝纪》裴松之注详细援引了当时主要王公大臣诸如李伏、刘廙、辛毗、刘晔、桓阶、陈矫、陈群、王毖、董遇、许芝、司马懿、郑浑、羊祕、鲍勋、武周、刘若、华歆、贾诩、王朗等先后三番五次上书奏请曹丕应天承命，禅汉称帝的奏书。可以看出，曹魏以禅让之名自居正统，也是当时曹魏主要王公大臣普遍认可的。

当然，曹丕禅汉称帝，不可能得到蜀吴的认同。曹丕称帝后的第二年，蜀汉王公大臣许靖、麋竺、诸葛亮、赖恭、黄柱、王谋等奏请刘备称帝时言："曹丕篡弑，湮灭汉室，窃据神器，劫迫忠良，酷烈无道。人鬼忿毒，咸思刘氏。……伏惟大王出自孝景皇帝中山靖王之胄，本支百世，

[①] 《晋书》卷九二《文苑传·左思传》，中华书局1974年版，第2377页。

乾祇降祚，圣姿硕茂，神武在躬，仁覆积德，爱人好士，是以四方归心焉。考省《灵图》，启发谶、纬，神明之表，名讳昭著。宜即帝位，以篡二祖，绍嗣昭穆，天下幸甚……"①视曹丕禅汉为篡弑，视刘备为汉室之后。刘备在群臣的拥戴下，以汉室刘宗之后的名义，在成都即皇帝位。曹魏不仅以禅让之名自居正统地位，同时对吴蜀还有处于华夏地域的正统优越感。如魏文帝黄初四年（223），魏大臣司徒华歆、司空王朗、尚书令陈群、太史令许芝、谒者仆射诸葛璋各有书与诸葛亮，陈天命人事，欲使蜀汉举国称藩。诸葛亮在这种情况下，作了一篇《正议》，表达了他的观点：正统地位并不在于是否"处华夏"，而在"据正道"，即诸葛亮所谓"正议"之正也，同时文中指斥了曹魏禅让的虚伪矫饰②。作于魏明帝太和元年（227）的《出师表》中，诸葛亮言"今南方已定，兵甲已足，当奖率三军，北定中原，庶竭驽钝，攘除奸凶，兴复汉室，还于旧都"③，他屡次北伐，也都是"据道讨淫"、兴复汉室信念的表现。

　　东吴与蜀时战时盟，与魏时臣时否，也是审时度势的外交策略，骨子里却也是以天命自居正统。魏明帝太和三年（229）孙权称帝，其《告天文》云"汉享国二十有四世，历年四百三十有四，行气数终，禄祚运尽，普天弛绝，率土分崩"，显然是对蜀汉自称汉室命脉延续的否定。又言"孽臣曹丕遂夺神器，丕子叡继世作慝，淫名乱制"，对曹魏禅让政权也加以指斥。又曰"权生于东南，遭值期运，承乾秉戎，志在平世，奉辞行罚，举足为民。群臣将相，州郡百城，执事之人，咸以为天意已去于汉，汉氏已绝祀于天，皇帝位虚，郊祀无主。休征嘉瑞，前后杂沓，历数在躬，不得不受。权畏天命，不敢不从，谨择元日，登坛燎祭，即皇帝位"④，则完全把自己当作奉天承运的天子。他未把蜀汉看作正统，但为了争取与蜀汉联盟，孙权派人使蜀，"以并尊二帝来告。议者咸以为交之无益，而名体弗顺，宜显明正义，绝其盟好"，可见，蜀汉议者既不以曹魏为帝，同时也认为世不二帝，不承认孙吴称帝。诸葛亮为解除北伐中原的东顾之忧，"乃遣卫尉陈震庆权正号"，也是权宜之计，诸葛亮始终没

---

① 《三国志》卷三二《蜀书·先主传》，中华书局1959年版，第888—889页。
② 《三国志》卷三五《蜀书·诸葛亮传》裴注引《诸葛亮集》，中华书局1959年版，第918—919页。
③ 《三国志》卷三五《蜀书·诸葛亮传》裴注引《诸葛亮集》，中华书局1959年版，第920页。
④ 《三国志》卷四七《吴书·吴主传》裴注引《吴录》，中华书局1959年版，第1135—1136页。

有放弃蜀汉为正统的观点①。

　　西晋立国后十五年，才灭吴，天下一统。从一些史料看，吴灭前后仍存在着政权合理性即正统的争论。西晋前期著名的学者与文学家傅玄（217—278），卒于晋武帝咸宁四年，即灭吴前二年。他写过一篇《正都赋》，此赋虽已残，但肯定写于吴亡前。从其篇名来看，应是三国鼎立正统之争的余绪。如果说前引诸葛亮《正议》之"正"强调的是"据道之正"与蜀汉正统，那么，我们可以推测傅玄之《正都》之"正"，应是从都城的角度强调的是居天下之正，即"处华夏"之正，所包含的内容应与皇甫谧《三都赋序》言左思创作《三都赋》"正之以魏都，折之以王道"义同。身为东吴名将之后的陆机，在吴亡后写下著名的《辨亡论》，虽然是重点探讨吴亡的原因在于统治者的用人不当，但文中提到如果吴主能够从善如流，励精图治，吴不至于灭亡，或许能统一天下。他与弟陆云于吴亡后十年入洛，虽有"志匡世难"的抱负，但遭北人轻视。陆机在洛阳为著作郎时，曾上表推荐贺循与郭纳，二位均是江南贤俊。陆机将二人多年不得晋升的情况，扩展到政治与地域的关系加以阐述，尤其突出江南人士如扬州、荆州等地朝中无一郎官，而这二地均属吴旧地，很明显包含对朝廷对"新邦"旧国不公的不平。可以说，虽然西晋一统，但三国鼎立各以正统的影响并未随着蜀吴二国的灭亡而消失，对南北士人的心理影响仍然存在。左思《三都赋》中魏国先生对西蜀公子与东吴王孙居高临下的教育态度、赋中对偏于南方的西蜀与东吴的地域歧视，也都有现实的影子。所以，《文选》李善注云"思作赋时，吴、蜀已平，见前贤之是非，故作斯赋，以辨众惑"，应是有着三国争统及其余绪存在的历史与现实背景的一种解释。

　　虽然从三国至西晋一直存在着三国争统的争论，其余绪波及社会的方方面面，但由于西晋建立，同样是以禅让之名行篡夺之实，故在意识形态领域，继续利用禅让确立其政权的正统与合法地位，这是西晋统治者积极提倡的。

　　正始十年（249），司马懿发动高平陵政变，从曹爽手中夺回大权，此后其二子司马师废魏王曹芳、司马昭弑高贵乡公曹髦，文人士大夫嵇康与阮籍等人或显或隐的不合作态度，还有王凌、李丰、夏侯玄、毌丘俭、文钦、诸葛诞、钟会等人的相继谋反，都说明魏晋易代之际政治残酷虚

---

① 《三国志》卷三五《蜀书·诸葛亮传》裴注引《汉晋春秋》，中华书局1959年版，第923—924页。

伪，政权动荡不安。在"司马昭之心路人皆知"的情形之下，禅让之名无疑成了篡夺政权的遮羞布，承认曹魏正统、晋承魏统无疑成为确定西晋政权合法地位的有利的政权更替理论，这不仅是统治者提倡与宣传的观点，同时也成为由魏到晋的文人士大夫所认可的政治伦理。统治阶层，不遗余力加以引导、宣扬，魏帝的禅让文中明言"肆予一人，祗承天序，以敬授尔位，历数实在尔躬"，希望晋王司马炎"钦顺天命"，继承大统。司马炎也以晋承魏统以示天下，继位后的第二年，有司奏："大晋继三皇之踪，蹈舜禹之迹，应天顺时，受禅有魏，宜一用前代正朔服色，皆如虞遵唐故事。"这一奏议得到了晋武帝的批准①。同年傅玄受命作郊祀歌，其中有云："天祚有晋，其命维新。受终于魏，奄有黎民。"② 这种正统观也逐渐成为当时主流意识形态所认同的政治伦理，如陈寿蜀亡入晋，私撰《三国志》，虽然学界对陈寿的正统观有所争论，但不难看出，晋承魏统的政治伦理观在《三国志》中无疑是明显处于主流的。《三国志》中对高平陵事变始末、曹芳被废的经过以及曹髦被弑的记述，与裴松之注引的其他一些史料及《晋书》的记载相较，陈寿都采用了一种有利于司马氏的叙述方式，表现出晋禅曹魏的合理性。他给齐王曹芳、高贵乡公曹髦、陈留王曹奂合写的《三少帝纪》的评论言："古者以天下为公，唯贤是与。后代世位，立子以适；若适嗣不继，则宜取旁亲明德，若汉之文、宣者，斯不易之常准也。明帝既不能然，情系私爱，抚养婴孩，传以大器，托付不专，必参枝族，终于曹爽诛夷，齐王替位。高贵公才慧夙成，好问尚辞，盖亦文帝之风流也；然轻躁忿肆，自蹈大祸。陈留王恭己南面，宰辅统政，仰遵前式，揖让而禅，遂飨封大国，作宾于晋，比之山阳，班宠有加焉。"③ 他对曹芳被废、曹髦被弑，均认为是自蹈大祸，对曹奂的禅让，则褒赞有加。不管是陈寿刻意回避也好还是其真实想法也罢，但至少以他史家的身份，反映了当时主流意识形态领域对晋禅曹魏合理性的认同。

到了东晋，对曹魏正统及晋承魏统的正统观发生了改变，习凿齿是代表。习氏著《汉晋春秋》，就直接以晋承汉，否定晋承魏统。《晋书·习凿齿传》载："或问：'魏武帝功盖中夏，文帝受禅于汉，而吾子谓汉终有晋，岂实理乎？且魏之见废，晋道亦病，晋之臣子宁可以同此言哉！'"

---

① 以上所引见《晋书》卷三《武帝纪》，中华书局1974年版，第50、54页。
② 《晋书》卷二二《乐志上》，中华书局1974年版，第680页。
③ 《三国志》卷四《魏书·三少帝纪》，中华书局1959年版，第154页。

这里的"或问"对"晋承汉统"论提出两个疑问：一是魏武帝曹操功盖中夏，魏文帝曹丕禅汉建魏，以晋承汉是不符合实际的，抹杀了曹魏在历史上的功劳；二是长期以来，晋臣皆认同晋承魏统，那么否认曹魏的正统，也就等于否定了晋的正统，晋臣不会认同这一观点。这个"或问"非常具有代表性地说明了从魏迄于习凿齿时代曹魏正统、晋承魏统观点的普遍性。习凿齿的回答也主要是从以上两个方面展开的，首先他认为曹魏并没有结束三国鼎立局面，而"除三国之大害，静汉末之交争，开九域之蒙晦，定千载之盛功者，皆司马氏也"。其次，他认为"魏之见废，晋道亦病"的晋承魏统的观点是建立在"晋尝事魏，惧伤皇德，拘惜禅名，谓不可割"的认识之上的，司马懿仕魏是"逼于性命，举非择木"，晋禅曹魏也不同于尧舜禅让。所以，习氏认为"定空虚之魏以屈于己，孰若杖义而以贬魏哉"，因而，"以晋承汉，功实显然，正名当事，情体亦厌"，晋承汉统"此乃实尊我晋也"。习氏的"以晋承汉"开后世"帝蜀寇曹"之先河。据《晋书》本传载："是时（桓）温觊觎非望，凿齿在郡，著《汉晋春秋》以裁正之。起汉光武，终于晋愍帝。于三国之时，蜀以宗室为正，魏武虽受汉禅晋，尚为篡逆，至文帝平蜀，乃为汉亡而晋始兴焉。引世祖讳炎兴而为禅受，明天心不可以势力强也。"[①] 可见，习氏之所以著《汉晋春秋》，与当时权臣桓温欲篡晋有关，以此裁抑桓温野心；此外，与东晋政治中心南迁也不无关联。也可看出，对三国曹魏的态度，决不仅是对三国分出孰高孰下的一个历史评价问题，同时关涉西晋与东晋对自身政权定位的重大政治问题。

我们可以这么认为，《三都赋》中左思以曹魏为正统的观点以及晋承魏统的看法，反映了曹魏以迄西晋意识形态领域内的主流思想。左思成功地运用了大赋的政治文化功能，巧设三人递转诘难，用文学的形式表达了这一时期魏蜀吴三国正统问题以及西晋统绪问题的争论与思考，其产生的洛阳纸贵的轰动效应，是西晋文人士大夫对这一问题产生共鸣的一种反映，有着深远的历史与政治背景。

（原载《浙江大学学报》2013年第4期，题为《左思〈三都赋〉邺都的选择与描写——兼论"洛阳纸贵"的历史与政治背景》）

[①] 以上所引见《晋书》卷八二《习凿齿传》，中华书局1974年版，第2154—2158页。

东晋文学的主题变迁与地域分布

王德华

文学与地域的关系是近年来研究热点之一。就南北朝文学而言,对南北文学的不同风格与地域的关系多有重视,而对南北文学的不同地域的不同特征则缺少更细的划分与研究。就东晋文学而言,东晋百余年的历史,大概只以玄言诗与田园诗论之。张可礼先生《东晋文艺综合研究》,将百余年东晋文学的发展分为三个阶段。这种划分在对东晋文学的发展历史作出较为明晰的勾勒的同时,也给我们一种启发,即东晋百余年文学发展,明显地透露出文学的发展与地域的密切关系,即在三阶段的文学发展中,都有着以一个地域为文学中心的特点。这种时空交叉的叠合显示的东晋文学发展的地域分布及特征,与东晋百余年的门阀政治、动荡的政局、社会思潮的嬗变密切相关,折射出文学主题的变迁与地域分布的外在的文化、政治因素。

一

本文所指的东晋初期是指晋元帝建武元年(317)至晋成帝咸康五年(339),以王导去世、庾冰辅政为界,约二十三年,经元帝、明帝、成帝三朝。这一时期,东晋文学的发展主要经历了一个由"中兴"主题的兴盛到衰落的过程,而这一文学特征的形成与东晋初期复杂的政治变化密切相关。

东晋王朝虽建于317年,但是以司马睿为首的政治集团在江南的活动,实始于永嘉元年(307)司马睿镇守建邺。初至江东到建康即位,司马睿在王导协助下,积极争取南北士族的支持。东晋建立之初,尤其是元帝、明帝两朝,帝王将相、名士时贤共抱中兴期望,出现一种"东朝济济,远近属心"[①] 的局面,反映在文学上便是"中兴"题材作品的出现。

---

① 房玄龄等:《晋书》,中华书局1974年版,第159页。

刘勰《文心雕龙·时序》言："元皇中兴，披文建学，刘、刁礼吏而宠荣，景纯文敏而优擢。逮明帝秉哲，雅好文会，升储御极，孳孳讲艺，练情于诰策，振采于辞赋，庾以笔才逾亲，温以文思益厚，揄扬风流，亦彼时之汉武也。"①从现存作品看，东晋初期较为兴盛的文学文体是辞赋，代表作家是郭璞、王廙和庾阐等，郭璞有《江赋》《南郊赋》；王廙有《中兴赋》《白兔赋》；庾阐有《扬都赋》。郭璞等人运用了散体大赋这一文体的文学与政治文化功能表现对有晋中兴的期望与歌颂。

"中兴"文学主题首先表现为颂扬建康，为东晋王朝建都建康寻求一种地缘的政治因素，这方面以郭璞和庾阐为代表。《文选·江赋》李善注引《晋中兴书》曰："璞以中兴，王宅江外，乃著《江赋》，述川渎之美。"②此赋开篇从长江发源至奔腾入海的气势写起，突出长江"所以作限于华裔，壮天地之险介"的天然屏障作用，见出长江在南方地域的重要作用，此赋借川渎之美来颂扬东晋王朝建立的用意甚显。庾阐所作《扬都赋》也是对当时京都建康的颂美。从《艺文类聚》节选部分来看，主要是对扬都物产的交代与描写，主要突出扬都的"巨伟"。而赋中言"我皇晋之中兴，而骏命是廓。灵运启于中宗，天纲振其绝络"③，使此赋对扬都物产的描绘具有一种政治的意味。《世说新语·文学》载此赋经庾亮"可三《二京》，四《三都》"的延誉，"人人竞写，都下纸为之贵"④，也见出此赋是两汉以来京都题材赋作的延续。与庾阐的《扬都赋》的同题之作还有曹毗的《扬都赋》，曹毗生平不详，《晋书·曹毗传》云其"少好文籍，善属词赋"，"著《扬都赋》，亚于庾阐"⑤，那么，曹毗此赋应和庾作写于同一时期。

其次，从中兴符瑞角度，表达对有晋中兴的期盼。王廙《中兴赋》《白兔赋》等是这一政治期望在文学创作上的反映。司马睿为晋王时，"四方竞上符瑞"⑥，以符瑞呈祥劝司马睿及早登基。王廙《奏中兴赋上疏》历数与司马睿有关的祥瑞之说，云"及臣后还京都，陛下见臣白兔，命臣作赋。时琅邪郡又献甘露，陛下命臣尝之。又骠骑将军导向臣说晋陵有金铎之瑞，郭璞云必致中兴。璞之爻筮，虽京房、管辂不过也。明天之

---

① 范文澜：《文心雕龙注》卷九，人民文学出版社1958年版，第674页。
② 李善等注：《六臣注文选》卷十二，浙江古籍出版社1999年版，第218—219页。
③ 欧阳询：《艺文类聚》，上海古籍出版社1965年版，第1108—1109页。
④ 余嘉锡：《世说新语笺疏》，上海古籍出版社1993年版，第258页。
⑤ 房玄龄等：《晋书》，中华书局1974年版，第2386页。
⑥ 房玄龄等：《晋书》，中华书局1974年版，第145页。

历数在陛下也"。①《白兔赋序》云："今在我王，匡济皇维，而有白兔之应。"② 可见，王廙《白兔赋》是借祥瑞之说表达对司马睿政权的支持。而《中兴赋》直接以"中兴"名篇，就是对符瑞呈祥的中兴期待与颂扬。《中兴赋》已佚，《奏中兴赋上疏》中云："天诱其愿，遇陛下中兴。当大明之盛，而守局遐外，不得奉瞻大礼，闻问之日，悲喜交集。昔司马相如不得睹封禅之事，慷慨发愤，况臣情则骨肉，服膺圣化哉！""献《中兴赋》一篇。虽未足以宣扬盛美，亦是诗人嗟叹咏歌之义也。"③ 虽然王廙作此赋时不在京都，但因元帝在建康建立东晋，也见出"中兴"主题对四方的影响。

再次，用辞赋的形式对当时司马睿即位南郊的盛典进行描写，从而表现出对东晋王朝建立的歌颂。这以郭璞的《南郊赋》为代表。《晋书·元帝纪》载：大兴元年（318）"三月癸丑，愍帝崩问至"，"丙辰，百僚上尊号"。是日，司马睿即皇帝位。并诏曰："予一人畏天之威，用弗敢违。遂登坛南岳，受终文祖，焚柴颁瑞，告类上帝。"④ 郭璞《南郊赋》中云"于是时惟青阳，日在方旭。我后将受命灵坛，乃改步而鸣玉"⑤，显然是对司马睿即位南郊场面的描写，歌颂了东晋政权的建立。《御览》卷二三四引《晋中兴书》："郭璞奏《南郊赋》，中宗见赋嘉其才，以为著作佐郎。"⑥《晋书》本传称郭璞"袭文雅于西朝，振辞锋于南夏，为中兴才学之宗"⑦，从文学创作角度而言，主要是指其与东晋初期中兴题材相关的辞赋创作。

以上三个方面说明，东晋初期的散体大赋很明显地继承了汉大赋的政治功能，很好地表现了东晋初建时避难江左的人们对有晋中兴的期望与歌颂。但是在有晋中兴的表象下却隐伏着种种的政治危机。东晋初期的二十三年，统治阶级内部实际上经由了一个"王与马"相共、相分到王、庾等士家大族相互掣肘也就是皇权衰落的过程。东晋政权始建，内外交困。就内部而言，首先是司马氏皇权与门阀士族之间的权力争夺。司马睿一面倚仗王导建立王朝，一面又苦心经营自己的皇权势力，最为明显的就是任

---

① 房玄龄等：《晋书》，中华书局1974年版，第2003页。
② 欧阳询：《艺文类聚》，上海古籍出版社1965年版，第1650页。
③ 房玄龄等：《晋书》，中华书局1974年版，第2003—2004页。
④ 房玄龄等：《晋书》，中华书局1974年版，第149页。
⑤ 欧阳询：《艺文类聚》，上海古籍出版社1965年版，第682页。
⑥ 李昉等：《太平御览》，中华书局1960年影印本，第211页。
⑦ 房玄龄等：《晋书》，中华书局1974年版，第1943页。

用刁协、刘隗、戴渊诸人，制衡王氏家族，从而导致王氏家族的忌恨。王敦早有不臣之心，却是借着清君侧之名，逼近京城。王敦之乱使刚刚趋于稳定的东晋王朝陷于动乱。其次是王敦乱后，庾亮专权，导致苏峻之乱。苏峻乱平之后，又形成王导、庾亮、郗鉴、陶侃、温峤互相牵制政权的局面。温峤卒于329年，陶侃卒于334年，郗鉴、王导都卒于339年，庾亮卒于340年。因此，东晋建立的前二十三年，既是皇室与士家大族初至南土团结合作致力中兴的二十三年，也是皇权与士族之间矛盾激化以及世家大族擅权、互相牵制的二十三年。二十三年中，东晋政权的初建，既给文坛带来中兴题材兴盛的契机，但是统治集团内部政权的纷争及家族利益的牵制，又使"中兴"题材很快衰落。郭璞的《游仙诗》从某种角度而言，应是这种衰落的折射①，说明东晋初建给士人带来的希望与希望的迅速幻灭。这二十三年的政局变化也直接影响到东晋中期文学发展的方向与文学中心的迁移。

二

本文所指东晋文学发展的第二阶段即东晋中期，是指晋成帝咸康五年（339）庾冰辅政始至晋孝武帝太元十年（385）谢安去世，约四十六年。这一时期文学主要表现为会稽地域以兰亭诗会为代表的"玄言"文学的兴盛。

会稽地域成为东晋中期名士名僧居处谈玄及文学发展的中心，优美的自然环境、富庶的经济条件以及作为三吴腹地的政治地位固然是非常重要的因素，但对居处谈玄的名士名僧来说，更为重要的是会稽地域相对于长江下游的建康与长江中上游的江州、荆州等地所具有的较为安全的地理位置。此外，还与庾冰执政后所采取的抑玄排佛的文化政策有关。东晋初期，元、明二帝及王、庾二公游心虚玄及敬礼名士，使东晋初期建康清谈兴盛，但在文学创作上尚未取代文坛中兴主题的创作趋向。《晋书·庾冰传》载庾冰在王导去世后，其辅政与王导颇异，"导辅政，每从宽惠，冰颇任威刑"，"勤尽人事"②，表现在思想文化政策上，即是抑玄排佛。所采取的一项政策即是于咸康六年（340）代成帝作诏书令沙门致敬王者。虽然这一提议遭到何充等人的反对而未能实施，但是建康前期清谈局面遭

---

① 郭璞《游仙诗》作时有争论，有认为作于西晋，有认为作于东晋。从郭璞的人生经历与《游仙诗》的主要内容来看，笔者认为作于东晋较为恰切。
② 房玄龄等：《晋书》，中华书局1974年版，第1928页。

到扼制，致使玄谈中心由东晋初期的建康转至东晋中期的会稽。支遁在康、穆二代（343—361），"先在吴而后在剡，先是竺法深已在崳山。同居之名僧不少（如于法开、于道邃、竺法崇、竺法虔等）。其时名僧名士，群集于东土，实极盛一时也"①。《世说新语·排调》"谢公在东山，朝命屡降而不动"条下刘孝标注引《妇人集》载"太傅东山二十余年"②，谢安四十余岁出山，若在东山二十余年，则谢安二十不到业已至东山。如此，他比王羲之早到会稽约十年，即公元340年前后。与谢安、支遁一起游处的尚有孙绰、许询等人。可见，在王羲之任会稽内史前的十余年即公元340年至351年之间，名士共集会稽并形成谈玄论辩之风，与京都建康的强调事功、抑玄排佛的文化政策甚有关联。王羲之永和七年（351）任会稽内史后③，更使会稽地域名士游赏山水、谈玄论辩的风气达到鼎盛，并带动东晋中期玄言文学主题兴盛局面的形成，从而使会稽地域成为东晋中期玄言文学创作的中心。就现存文献来看，会稽地域文学的突出代表是永和九年王羲之召集的兰亭聚会，其文学形式便是兰亭诸诗三十七首及王羲之与孙绰的前后两篇兰亭序，成为东晋中期会稽地域玄言诗文创作的代表。从宋施宿《会稽志》所载参加兰亭集会的主要成员来看，兰亭集会是以王羲之为首、以世家大族与名士为主要参与对象的游宴娱乐活动。

兰亭诗文的一个重要特征是自然山水与玄学的结合，表现出玄对山水时的当下的玄言体悟与审美感受。其当下性表现在兰亭诗人们面对山水时对山水独立的审美价值的看重。王羲之的《兰亭集序》应是兰亭诸诗创作的很好说明与总结。生命迁逝与人生短暂的悲情是汉魏六朝诗歌普遍存在的一种生命体验，王羲之的序同样流露出时代的悲苦之音，所谓"死生亦大矣，岂不痛哉"！而老庄"一死生"与"齐彭殇"并不能解脱这种生命短暂之悲，所谓"一死生为虚诞，齐彭殇为妄作"。但是王序在渲染这种生命悲情的同时，对生命的感受却不走向彻底悲观，而是转向对生命的当下的审美享受，即当下玄对山水时的人生愉悦，即王序中所说的人们"虽趋舍万殊，静躁不同，当其欣于所遇，暂得于己，快然自足"。虽然他们也清醒地意识到这种感受也会"情随事迁"，人的生命毕竟"终期于尽"，但是这种当下的审美享受具有永恒之乐，使人感到"不知老之将

---

① 汤用彤：《汉魏两晋南北朝佛教史》，北京大学出版社1998年版，第126—130页。
② 余嘉锡：《世说新语笺疏》，上海古籍出版社1993年版，第801页。
③ 张可礼：《东晋文艺系年》，山东教育出版社1992年版，第310页。

至"①。这种喜悦则体现了诗人与自然相得相感的玄学思考。这一点孙绰《三月三日兰亭诗序》同样有所表现，孙序首先以水喻性，认为人的性情因外在物象感发而各有不同，如仕宦为官与闲步山林，因外在客观环境的不同而产生的不同的性情，这一区分使闲步山林之趣明显具有一种非功利的审美特征，人们之所以能"屡借山水，以化其郁结"，就是因山水所具有的这种审美特性。故孙序对自然山水投注极大的热情，并在自然中体悟到"具物同荣，资生咸畅"的生命意识以及物我化一的哲理感悟。与王序相同的是，在感到心与物会的同时，也感受到不仅生命而且自然也是"往复推移，新故相换。今日之迹，明复陈矣"②，即闲步山林之趣的短暂性，但正是在这短暂的衬托下，才使向时的审美更加显出它当下的审美特性。再从三十七首兰亭诗来看，外在形式上的一个鲜明特征，即是以五言八句和四句、四言八句和四句为主，诗体明显变短。兰亭诗体这一特征，一直未引起人们足够的关注。形成这种短篇诗体的原因可能有很多，但在笔者看来，兰亭诗人们的当下的审美体验与观照，使他们在赋诗时采取心与物会的思维模式，对山水自然不作过多的刻画与描摹，对玄理的感悟也是点到为止，不作过多的阐发，反映了玄对山水时的刹那感悟，诗体也就相应变短。可见，兰亭诗文的玄学思考不是抽象的齐万物、一生死的玄理解脱，而是基于一种物我合一的当下的生命之乐的体验，尽管短暂，但它是具有散怀、畅心、体验永恒之乐的一种审美体验。

　　兰亭名士们玄对山水时当下审美性心理机制产生的原因在于，名僧名士们退守或游处会稽，既有一定的经济基础如王羲之，家族的政治利益也并未受到损失如谢安。他们的随时出处的人生哲学，使其玄对山水时已失去了与官场对立与抗争下的愤激心态。这既是形成兰亭诗文当下审美性的一个重要原因，也是形成东晋中期以后"玄言"文学主题衰歇的一个重要因素。谢安于360年出山，王羲之于361年去世。361年司马丕即位，支遁被召至建康，三年后即364年重返东山，366年去世。孙绰于兰亭会后不久也应桓温辟出山。只有戴逵晚年尚厉志东山，但戴逵卒于395年。王羲之的去世，谢安等人的出山，汲汲于事功，会稽地域的玄风与玄言文学创作已经开始衰落。即当政局再次变换动荡，世家大族为了家族计，或名士为了仕途虑，或名僧们迫于政治原因，而不得不出山，这是会稽地域在王羲之去世后、谢安出山从政之后逐渐衰歇的一个重要原因，也是会稽

---

① 严可均：《全上古三代秦汉六朝文》，中华书局1958年版，第1609页。
② 严可均：《全上古三代秦汉六朝文》，中华书局1958年版，第1860页。

地域玄风与玄言文学从兴盛走向衰落的必然结果。而公元399年开始的孙恩、卢循之乱，给会稽带来了巨大破坏，使会稽地域在东晋后期失去了此前相对安全的地理环境。政治与环境的变化，使会稽地域的玄谈与玄言文学创作在东晋后期衰落，结束了其作为东晋中期文学中心的地位。

三

　　东晋文学发展的第三个阶段是从晋孝武帝太元十年（385）至晋恭帝元熙二年（420）刘裕代晋，约三十五年。这一时期东晋王朝最为动荡，而正是在这一时期，江州的寻阳地域出现了以慧远为首的庐山僧人的佛理文学以及湛方生、陶渊明等人的田园诗歌，共同表现出寻阳地域的"遁世"文学的主题。

　　以庐山为中心的寻阳地域文学的兴起，更多的是由于自然地缘的关系。《高僧传》卷六载，道安在北方因为朱序所拘，"乃分张徒众，各随所之"，慧远"于是与弟子数十人，南适荆州，住上明寺。后欲往罗浮山，及届寻阳，见庐峰清静，足以息心，始往龙泉精舍"。① 据陈舜俞《庐山记》引《十八高贤传》，慧远于太元六年（381）至寻阳。江州刺史桓伊于为慧远建东林寺，寺成于太元十一年（386），慧远移居庐山东林当于此年，即谢安去世之次年。慧远自至庐山一直到去世，皆未出庐山，送客仅至虎溪而还。其在庐山的三十余年，基本上与东晋王朝的衰亡相终始。

　　虽然说庐山的清静与灵秀给慧远息止庐山提供了自然地域机缘，但是其师道安曾言"今遭凶年，不依国主，则法事难立"②，慧远息止庐山，迹不入俗的行为似乎有悖道安的告诫，但这也与东晋后期执政者佞佛与抑佛有关。孝武帝与司马道子崇佛佞佛，导致佛教本身的俗化与佛教精神的丧失，僧尼干政致使东晋后期政治进一步混乱与衰落。继司马道子之后掌权的桓玄则对沙门排抑。不论是佞佛还是抑佛，对以宣扬佛教教义为主的佛教本身都是不利的。慧远"卜居庐阜三十余年，影不出山，迹不入俗"③ 的方外姿态，在"不依国主，则法事难立"的背景下，见出慧远为佛教组织的相对独立与佛教教义的流布所作的努力。更为重要的是慧远面对桓玄的威逼所进行的坚定不移的护法运动，巩固了沙门不敬王者的方外

---

① 释慧皎著，汤用彤校注：《高僧传》，中华书局1992年版，第212页。
② 释慧皎著，汤用彤校注：《高僧传》，中华书局1992年版，第178页。
③ 释慧皎著，汤用彤校注：《高僧传》，中华书局1992年版，第221页。

地位。同时，慧远积极行道宣佛，并于402年与刘遗民等"百有二十三人"在庐山结净社，徒众甚多。慧远庐山的护法宣佛活动，其意义在于使庐山形成了一种"弃世遗荣"① 的风尚，为东晋后期"遁世"文学主题的形成营造了一种地域氛围。

　　慧远周围聚集了一批僧俗徒众，他们是庐山佛理文学创作的主体。慧远在庐山除了从事宣佛活动外，他与众徒进行的另外大型活动就是游赏庐山山水。自己写下诗作的同时，还经常和众徒以诗唱和。从现存庐山道人的诗文来看，有两个特点：一是对自然山水的情发于中的感性愉悦，表现在诗文中即是对自然山水的刻画；二是对自然山水感性愉悦的超越而达成对佛理的体悟。这两个方面的结合使得庐山僧人游赏山水诗体现出"情发于中"的情感体悟与"应深悟远"自得的特征。如庐山诸道人《游石门诗序》就记载了隆安四年（400），慧远及弟子游赏石门山的经过，文中对石门附近山水"神丽"的描写，完全可以看作一篇美妙的山水游记，序还表现出众人于山水中所达到的"神以之畅"的"冲豫自得"之态。慧远与其他僧俗徒众的庐山唱和之作，虽也都是以说理为主，但诗中对山水的感受与刻画，如慧远诗云"崇岩吐清气，幽岫栖神迹。希声奏群籁，响出山溜滴"②，写出了庐山的清净与灵秀，体现了对自然山水的"情发于中"的热爱，并在山水中贯穿着对玄思与佛理的体悟，这是庐山诸道人游赏山水诗文的共同特征。

　　此时还有两位诗人的诗歌创作与寻阳地域具有不解之缘，一是湛方生，一是陶渊明。关于湛方生的生平我们可知甚少，但是逯钦立《秦汉魏晋南北朝诗歌》录有他《庐山神仙诗》并序，从其序可知此诗作于太元十一年（386），慧远已移居庐山东林寺。此诗完全以凡俗之语写出了庐山之美及对庐山神仙的崇仰。湛方生《后斋诗》与《怀归谣》等均表现出辞官归隐的心态，故张可礼先生认为："湛方生这一类作品虽然不多，但已经蕴涵着陶渊明田园诗的某些意味。湛方生田园诗的出现，说明陶渊明田园诗的写作，并不是一个十分孤立的现象。"③ 其诗歌对庐山及其附近山水的描绘与赞美，表现了诗人"解缨复褐，辞朝归薮"后，面对自然山水所获得的闲适自由的心境。虽然有的诗中不免有"拂尘衿于玄风，散近滞于老庄"④ 的玄言，但总体看来，诗中始终流荡着诗人面对

---

① 释慧皎著，汤用彤校注：《高僧传》，中华书局1992年版，第214页。
② 逯钦立：《先秦汉魏晋南北朝诗》，中华书局1983年版，第1085—1086页。
③ 张可礼：《东晋文艺综合研究》，山东大学出版社2001年版，第130页。
④ 逯钦立：《先秦汉魏晋南北朝诗》，中华书局1983年版，第945—946页。

自然感受生命的自得与喜悦,诗风与陶渊明接近。

尽管陶渊明与慧远的交往及陶渊明对佛教的态度,目前学术界尚存歧义,但是陶渊明隐居确与慧远相对独立的僧佛集团有着共同之处,即相同的地域背景以及遗世弃荣的人生态度,虽然一是皈依佛门,一是出于对自然与自由的坚守。李剑锋先生认为"陶渊明诗文的产生不是一个孤立的现象,它与江州隐逸文学、庶族文学、庐山僧人的密切相关"[1],指出了庐山周围隐逸之风、僧人活动对陶渊明诗文创作的浸润。陶渊明虽未参加佛教组织,但与刘遗民、周续之并称"寻阳三隐",这种并称正是着眼于他们共同的遗世弃荣的背景。表现在诗文创作上,陶渊明与庐山诸道人也有着相同之处:其一表现为对自然山水与田园的热爱,二者在远离世俗与官场上是一致的;其二都表现出身处山水与田园中的身心的审美愉悦。

由上可见,东晋后期以庐山为中心的寻阳地域文学的创作主体主要是"遗世弃荣"者,文学主题主要是借山水宣扬玄学佛理以及借田园表现自由自得人生乐趣的"遁世文学"。慧远卒于公元416年,三年之后,刘裕代晋建宋。宋武帝与宋文帝两代皇帝,于宋国初建之日,广辟高士,佛教中心渐由庐山向建康转移。寻阳三隐之一的周续之,在慧远卒后两年内应江州刺史檀韶之请出州,与学士祖企、谢景夷三人一起同在城北讲礼校书[2]。刘裕建宋后,更为周续之"开馆东郭外,招集生徒,乘舆降幸"[3]。宋文帝在政局稍定之后,以神道助教的态度对待佛教。当时文士如谢灵运、颜延之等并倾心佛教,元嘉年间都城建康文士名僧共辩名理风气甚盛,从而促使佛教中心的迁移,东晋后期以庐山为中心的寻阳地域的"遁世"文学主题也随着新王朝的建立渐渐淡出了文坛。

四

通过以上对东晋文学主题的变迁与地域分布的梳理,至少有以下三点值得我们注意。

其一,东晋文学主题的变迁与地域分布特征相当明显,主题变迁的三个阶段明显地以建康、会稽及寻阳三大地域为主。三个地域不同时期都有文学创作的连续,但是就某个时期而言,一个地域的文学却达到了相对兴盛的地步。以上我们所勾勒的东晋文学主题的变迁与地域分布,只是一个

---

[1] 李剑锋:《论江州文学氛围对陶渊明创作的影响》,《文学遗产》2004年第6期。
[2] 袁行霈:《陶渊明集笺注》,中华书局2003年版,第99—100页。
[3] 李延寿:《南史》,中华书局1975年版,第1865页。

大概情况，而且主要是就每个时期及每个地域文学主流而言。也就是说，在一个地域文学兴盛之时，其他地域文学并非处于完全沉寂的状态，只是未占主流而已。

其二，一个地域的文学主流之外，也还有其他一些文学现象，如中期除会稽地域文学之外，研究者也注意到桓温府下的文学集团，但一是由于存留作品不多，且桓温一生不断征战，未能在一固定地域形成一特定文学现象，所以东晋中期形成有地域色彩与突出文学现象的应属会稽地域，虽然桓温手下的文学创作也不应忽视。东晋后期文学创作虽然集中在寻阳地域，但是谢混、殷仲文等人的诗歌创作也开始改变了东晋中期"淡乎寡味"的玄言诗风。但殷仲文于义熙三年（407）、谢混于义熙八年（412）被刘裕杀害，且从现存的资料来看，殷、谢等人的创作，不论从作家人数还是从作品数量上，都难以和寻阳地域比肩。

其三，东晋是门阀士族社会，社会意识形态的发展与门阀政治的变化及各大士族盛衰替代互相关联，文学自不例外。田余庆先生的《东晋门阀政治》一书，从门阀政治的角度对影响东晋政治的五大士家大族的兴衰替代作了详细的分析，从中我们可以看到东晋百年的政治正是士家大族政治命运变迁的历史。在这样的一种背景之下，东晋百年文学主题的变迁以及表现出的地域分布也与之密切相连。这固然与一个地域的文化地理环境有关，但在东晋，文学的地域分布与东晋门阀士族权力更替更为密切，也反映着文学集团中心逐渐与政治中心的分离。东晋三大地域文学的主题，由"中兴"到"玄言"到"遁世"，地域的中心由建康而会稽而寻阳，东晋百年也由初期而中期而后期，这些变化反映出东晋门阀政治渐趋黑暗、社会渐趋动乱的现实，折射出文学创作主体、文学主题的变迁以及地域分布等方面与现实、政权的逐渐疏离。

（原载《浙江大学学报》2007年第1期）

唐前辞赋类型化特征的文体思考

王德华

在《诗经》与唐诗两个诗歌高峰之间,"辞赋"是先秦两汉魏晋南北朝(唐前)这一历史阶段重要的文学文体。辞赋诗文两栖及赋兼众体的特点,使辞赋呈现出众多的面相,因而,历代辞赋研究者对辞赋都作过各种不同的分体归类研究。本文梳理前人分体研究理论与操作层面矛盾的同时,从唐前辞赋作品实际出发,探讨唐前辞赋类型化的历时呈现这一文学与文化现象在唐前辞赋分体研究中的重要意义。

一 唐前辞赋分体研究的理论与操作层面的矛盾

从汉至今,对辞赋的分体主要有按功能及体式进行分类两大趋势。

元代以前有关辞赋的一些论述,主要从情感功用角度涉及辞赋分体分类的,并成为后世辞赋分体研究的一种重要方式与路径。两汉"辞赋"或"赋"的概念,包含屈原骚体、拟骚作品以及以赋名篇的作品。两汉对以屈原为代表的骚体和司马相如为代表的赋体的不同认知,主要体现在具体作品的评价上。如司马迁认为"屈平之作《离骚》,盖自怨生也"(《史记·屈原贾生列传》),称司马相如的赋作"虽多虚辞滥说,然其要归引之节俭,此与诗之风谏何异"(《史记·司马相如传》),更加侧重相如赋讽谏的政教功能。扬雄以儒家的诗学观区分了"丽则"与"丽淫",从政治功用角度看到了诗人丽则之赋与辞人丽淫之赋的不同。从选文结集的角度看,刘向编定《楚辞》,是对屈原作品及后人拟骚作品的结集,虽然屈原作品体式不一,但收集的宋玉及汉人拟骚作品,则体现了刘向侧重骚体情感上的认同这一重要选文标准。《楚辞》成为后世选录骚体的重要范本,东汉王逸为其章句,更提高了屈原骚体的地位。

南朝刘勰《文心雕龙》有《辨骚》《诠赋》两篇,刘勰将《辨骚》看作"文之枢纽",还不是严格意义上的文体论。但从《辨骚》看,刘勰其实将骚体界定为屈原骚体及追拟者,而荀卿、宋玉之后以赋名篇的作品统统归入赋体范围。刘勰对赋体"赋者,铺也,铺采摛文,体物写志也"(《诠赋》)的界定,成为与骚体区别的一个重要特征。萧统《文选》分立骚、赋,骚类完全依汉代《楚辞》辑录作品,收入《卜居》《渔父》文赋,显然尚未真正思考"骚"作为文体的外在体式特征的统一。其赋类下"纪行""志""哀伤"等类一些作品,体式上又完全等同于骚体。因而,刘、萧二人骚、赋分类对后世的影响是双向的:一方面确立了骚、赋二体的名目;但另一方面,以篇名定体以及对骚体情感定位的狭隘,却切断了对后世骚体之流的考察,同时又在"赋"名下合论骚、赋,给骚、赋分体带来新的混乱。宋代晁补之的《续楚辞》与《变离骚》以及朱熹《楚辞后语》等,所收篇目均以情感而不以体式为准。但正是这一传统却极易孕育出从情感功能上集中区分骚、赋的观点,清代程廷祚的《骚赋论》上中下三篇就是代表,程氏认为"骚则长于言幽怨之情","赋能体万物之情状",骚体主于抒情,赋体重于体物。

但是,从情感功能角度区分骚体与赋体至少有两个方面的局限。一是从骚体主情与赋体体物的角度区分了骚赋二体,但因受到儒家讽谏诗学的影响,对骚体"情"的概念区分过于狭隘,从而不能看到后世骚体情感的扩大与新变而均统一于"情"之上的骚体特征,从而使这一区分,大都局限在两汉骚体与赋体范围,未能延及魏晋南北朝,也可见对骚体情感界定过严,影响到骚体源流研究的深入。二是情感功能论的最大缺陷面临着具体实践上的操作尴尬,如《卜居》《渔父》是散体赋,与屈原骚体相较,情感同而体式异,从功能的角度很难归类。这一尴尬同样表现在赋体特殊体类如《解嘲》《答客难》这样对问体赋的归类上。

外在体式上的辞赋分体研究,首先是从辞赋句式的骈散角度进行的。元代祝尧《古赋辨体》萌生此说,祝氏将元代以前辞赋按时段分作"楚辞体、两汉体、三国六朝体、唐体、宋体"五体。祝氏在朝代名目下使用古赋、俳赋、律赋与文赋,但是这些概念,一方面不能揭示一个时代辞赋的总体状况;另一方面将屈原骚体与两汉骚体及赋体并称"古赋",从而遮蔽了骚体与赋体的本质区别,这是复古意识与宗经意识下"尊体"所导致的必然结果。但祝氏尊"古体"之下的"俳赋""律赋""文赋"的辨体,开启后世的以骈散划分体式的途径。清代在祝氏及明代徐师曾《文体明辨序》基础之上,对辞赋更重体式划分,并逐渐恢复了骚体在辞赋分类中的独立地位。清陆葇《历朝赋格》、林联桂《见星庐赋话》等对文赋、骚赋与骈赋归属虽各有不同,日本铃木虎雄《赋史大要》又加上

"八股文赋"之说，均避免了以时代或情感功用定体的局限，并能见出各体的源流嬗变。但是从实际操作的层面上看，以句式骈散作为划分辞赋的理念，显然不能像诗歌区分古体与近体来得乐观。这一方面因古赋到骈赋的发展有一个渐变的过程，另一方面是因骈赋与律赋，整体上仍是散体的框架，具有散体的性质。马积高先生有鉴于此，本着辞赋不同渊源，主要从句式上将辞赋分为三体，即诗体赋、骚体赋和文赋三大类，而文赋中又分逞辞大赋、俳赋、律赋和新文赋四类①。马先生三类划分不同于前人处有二：一是依体式来源不同，分为三类；二是将骈赋、律赋划分为"文赋"类。这主要是受到陆葇、林联桂"赋之近文者"的影响，而马先生又认为俳赋、律赋为"赋之近文者"，故归于"文赋"类。万光治先生《汉赋通论》将汉赋分为四言体、骚体与散体三大类，也类此。

正如辞赋一体状态下极易孕育从情感功能对骚、赋进行分体研究一样，从祝尧最初提出古赋、俳赋、律赋、文赋的概念发展到马积高先生的三分法，这种外在体式的划分演变，也极易从内部滋生出将骚体与赋体作为两种独立的文体进行研究的思路。郭建勋先生《汉魏六朝骚体文学研究》可以说是这方面的突出代表。郭先生在骚、赋二体的理念之下，坚持以体式分体，认为："形式是判断文学体类归属的主要依据，而屈宋辞作则是衡量骚体作品的范式与标本，这一范式的本质特征表现为带有'兮'字或'些'字等虚词的独特句式。"② 以此为标准，郭先生将屈宋之作看作骚体之"源"，屈宋之后的骚体作品看作"流"，探源寻流，是在体式上从骈散走向句式划分后对唐前骚体文学进行独立研究的一次尝试，也是自祝尧萌生的体式分体研究思路可以预见的一个方法与结果。

但是以句式作为分体的标准，就区分骚、赋二体而言，遭到两个方面的质疑：一是文献记载缺省"兮"字的现象。一些史书如《汉书》及类书如《艺文类聚》记载作品时，并不严格著录"兮"字；二是辞赋诗文两栖特性使得骚赋二体的语言句式，随着两汉魏晋南北朝语言骈偶化进程日益加剧而表现出多变兼融的特征。如骚体六字句"兮"字的渐失，散体承转词的运用，四言、五言、七言诗体句式的运用等等，都在冲击与改变着唐前骚赋二体的句式特征，使得句式的划分也面临着实际操作的尴尬。

综上，对唐前辞赋分体研究，无论侧重于情感功能还是外在体式，二

---

① 具体参见马积高《赋史》，上海古籍出版社1987年版。
② 郭建勋：《汉魏六朝骚体文学研究》，湖南教育出版社1996年版，第5页。

者遭遇的理论与文献及操作层面上的矛盾,揭示了辞赋这种诗文两栖的文学文体的特殊性。因而,突破功能与体式分体的各自局限,从唐前辞赋作品本身出发,探讨一个切实有效的分体途径,成为目前唐前辞赋分体研究有待深入的课题。

二 唐前辞赋类型化的历时呈现与骚赋二体支配性文体特征

"类型化"概念,因使用场合不同,所指有别。本文所言唐前辞赋类型化,是指唐前辞赋同类题材代有继作,一方面表现为主题或曰题材的一致,另一方面也具有大致相同的外在体式,在内容与形式两个方面历时地呈现出类型化的特征。

唐前辞赋二体创作的类型化特征,有着现存的文本依据。虽然不可能每一篇作品都有一个类别的归属,但是大部分作品表现出类型化的归属特征。如唐前骚体,屈原骚体创作之后,又有拟骚、纪游、显志类骚体流变以及缘情感物、神女题材、悼亡自悼、生离与死别情感主题的骚体新变创作。唐前赋体有小赋、大赋、对问、七体和连珠创作。尤其是骚体中拟骚、纪游、显志以及赋体中大赋、对问、七体和连珠,其类型化特征既是创作中的体现,同时从一些创作的序言中,也可以看出是作家的自觉认同。如陆云《九愍序》、陆机《遂志赋序》、谢灵运《归途赋序》、傅玄《七谟序》等,都可见出唐前辞赋类型化特征与创作主体对前代同类题材认同与追拟之间的关联。这些序言,是唐前辞赋批评的重要资源,并反映在文体批评当中。如刘勰《文心雕龙》、《辨骚》、《诠赋》与《杂文》,就涉及对拟骚、小赋、大赋、七体、对问、连珠的类型化特征的说明。刘勰本着"原始以表末,释名以章义,选文以定篇,敷理以举统"(《序志》)的精神,从作品中提炼出同一文体的源始流变,并进而概括其相应的文体特征。其《序志》并云"及其品列成文,有同乎旧谈者,非雷同也,势自不可异也;有异乎前论者,非苟异也,理自不可同也",刘勰所云与前人观点的异同,同样表现在文体论上。就文体的类型化特征而言,刘勰的"原始以表末"的批评理念,也是在前人基础上的进一步提升。由此可见,唐前赋体创作的类型化特征不仅充分表现在作品创作中,同时已为当时的文学批评所论及,在创作与批评上都是一个十分引人注目的现象。

唐前辞赋类型化特征首先体现在题材与主题的相似之上。如唐前骚体的拟骚创作,以屈原为代表的骚体作品作为追拟对象。"纪游",取其纪行游览之义。唐前文人多创作纪游类骚体,这与文人士大夫自身的政治命运、社会的动荡密切相关。唐前骚体"显志"系列的创作,直接抒发了创作主体的自我情志，主要体现了怀才不遇的情感，与赋体的"体物写志"之"志"作为道德与政教的目的创作不同。魏晋南北朝骚体创作在题材与情感主题上多有拓展，如缘情感物、神女美女、悼亡自悼以及生离死别等都有同类创作。再如赋体中小赋以咏物为主的题材，主要表现了观物赋德或娱乐的主题；大赋创作则以讽谏或颂德为旨归；七体所表现的创作主体的讽世主题，对问体表现创作主体政治边缘化之后的精神自守或自嘲；连珠体则展现了创作主体理想的君臣关系以及政治理念等，都从不同角度呈现出传统士大夫文人处于政治中心或边缘化之后，创作主体对政治的希冀与感受。无论是骚体还是赋体，其中类型化创作表现出来的情感虽不是千篇一律，但主题相对集中而鲜明，从而构成唐前辞赋类型化一个突出的特征。

其次，唐前辞赋类型化还表现在同一题材与主题的创作有着大致相似的结构与句式，表现出相似的结构体式特征。这里我们首先需要说明的是，由于骚、赋二体句式兼融多变以及韵散结合的诗文两栖特征，虽然骚体表现出以兮字句、无兮字的句腰虚字句为主的句式特征，赋体以四字、句腰虚字的六字句居多，但是二者在句式上渗透与融合的现象较为突出，使得句式并不像诗歌一样可以作为判断骚赋二体的主要依据，这一点在魏晋南北朝语言骈偶化背景下尤其明显。笔者认为，骚体以抒情主体的情感作为表现对象并形成以抒情主体带动全篇进展的叙事结构，这不仅是屈原骚体的重要特征，同时还历时地呈现在以后的骚体创作之中，使得这一体式结构凌驾于主题与句式之上，成为唐前各类骚体创作的共同特征。而赋体，无论是小赋、大赋还是七体、对问与连珠，则共同呈现出"体物写志"的赋体特征，无论是表现政教伦理抑或是抒发一己之政治自嘲与政治理念，都是以"托物"的方式言志。所托之物或为物，或为事，或借言，或代言，方式各异，但都表现出托物言事或铺陈言事的外在体式特征，从而使"托物言志"成为唐前赋体的共同的体式特征。

再次，唐前骚赋二体及各类创作还呈现出各自不同的语体风格。文本的语体，就是文本的语言体式，不同的文体有着不同的语言体式。童庆炳先生就诗歌、小说、戏剧三大文体，指出"诗歌一般是对情感的体验，小说一般是对事件的体验，戏剧文学一般是对行动的体验，传达的体验不同，所采用的语体也就有所不同。诗歌采用有节奏和韵律的抒情语体，小说采用叙述语体，戏剧文学采用对话语体"。[①] 但同是诗歌，其抒情语体

---

① 童庆炳：《文体与文体的创造》，云南人民出版社1994年版，第119页。

体现出的语体风格却因诗歌本身抒发的情感、表达方式、语言运用等方面的不同而有异，或偏含蓄蕴藉，或显豪放悲壮。司空图的《诗品》将诗歌分为"雄浑""冲淡""纤秾""沉著"等二十四种风格，也包含着诗歌语体的不同。就骚赋二体而言，骚赋二体的独特性在于二体的诗文两栖特征而各有所偏重，大致说来，骚体更接近于诗体而具有抒情兼叙事的语体特征，赋体更接近于散体而具有描写与议论的语体特征。这种概括主要是按骚赋二体语言运用情况而论，但骚赋二体的语体风格还包含二体语言体式所呈现出的审美风格。就骚体来看，屈原骚体"发愤抒情"的特征所呈现的悲怨风格，为后世骚体所继承并强化。拟骚作品、纪行、显志类骚体创作，因表现的情感与屈原多有类同之处，其悲怨之风，自不必说；就是脱离政治不遇主题而延伸至人的生命体验的诸如亲情友情、生离死别等，也大都拘囿于伤感的情感范围之内，扩充与延展了屈原骚体的悲怨格调。赋体虽然多有变化，但其总体的语体风格却呈现出讽颂警醒的特征。如小赋创作或咏物颂德或咏物娱乐而曲终奏雅，总是体现以颂为主兼及讽谏的风格。大赋其铺张扬厉的表现手法，与创作主体所要表达的颂讽主旨总是形成一种张力，也呈现出一种讽颂的语体特征。对问、七体的创作主体也都是以自嘲自抑的方式，使作品呈现出一种反讽的语体效果。相较而言，连珠篇短而简约，但其托喻达意的方式，显示出的语体风格简约而警醒。要之，骚体总体上具有抒情化的悲怨的语体风格，而赋体则具备议论化的诙谐讽颂的语体风格。

韦勒克认为："文学理论是关于秩序的原理，它把文学和文学史加以分类时，不是以时间或地域（如时代或民族语言等）为标准，而是以特殊的文学上的组织或结构类型为标准。"在韦氏看来，这种特殊的"组织或结构"包含外在形式与内在形式的有机统一："文学类型应该视为一种对文学作品的分类编组，在理论上，这种编组是建立在两个根据之上的：一个是外在形式（如特殊的格律或结构），一个是内在形式（如题材和态度、情调、目的等以及较为粗糙的题材和读者范围等）。外表上的根据可以是这一个也可以是另外一个（比如内在形式是'田园诗的'和'讽刺的'，外在形式是二音步的和平达体颂歌式的）；但关键性的问题是接着去找'另一个根据'，以便从外在与内在两个方面确定文学类型。"① 唐前骚赋二体类型化特征的呈现，在笔者看来，正从内外两个方面揭示了韦氏

---

① ［美］韦勒克·沃伦：《文学理论》，刘象愚等译，生活·读书·新知三联书店 1984 年版，第 257、259—260 页。

所说的"结构类型的标准"。骚体以抒情主体带动全篇进展的叙事结构,赋体以假象尽辞、托物言志的主体隐匿的对话与叙述模式,成为唐前骚赋二体的支配性文体特征。这也是我们结合唐前骚赋二体类型化现象,对前人以抒情与体物规定骚、赋文体功能的继承与改造。传统意义上的"抒情",只是揭示了骚体的内容或功能特色,未能揭示骚体抒情的表现方式及由此凝定的结构特征;而"体物"则更多地局限于表现手法层面,没有涉及赋体由"体物"而来的"言志"的结构特征,即创作主体不是内心独白式的"言志",而是借助对话或者是外物的描写,从而形成一种非直接的托物言志的结构模式。

三 唐前辞赋类型化与骚赋二体文学和文化功能

不管现代文体学如何强调文体的外在体式特征,但是作为一种文体,其外在体式特征总是和潜在的文学与文化功能相伴而行,文体这种显在与潜在的纠合,在中国古代的文学文体尤其是骚赋二体中尤为显见。唐前骚赋二体各类创作在题材主题、结构句式及语体风格方面呈现出的类型化特征,折射出唐前骚、赋创作主体有着大致相同的感知世界与认知自我的思维方式以及相似的生存状态与文化心理结构;从文学创作的层面上看,则反映出创作主体对相同文类的文学与文化功能的认可与实践。

首先,唐前辞赋类型化反映了创作主体感知世界与认知自我的思维方式与表达方式的趋同。"诗言志"与"诗缘情"是唐前诗学领域两大纲领,但是就唐前文人创作的实际状况来看,这两大诗学纲领的最初实践却是在骚、赋领域。尽管"言志"与"缘情"不可能截然分开,广义地说,"志"也应属于"情"的一部分,但是将"言志"与"缘情"置入两汉魏晋南北朝特定的文化与文学批评语境中,"言志"则侧重于政教伦理的观点表达,而"缘情"侧重于一己情感的发抒。如果说"志"与"情"都可以用诗体进行表达与发抒的话,那么,二者在唐前骚赋领域中则有明显的区分,骚体侧重于"缘情",而赋体更重于"言志"。

唐前骚赋二体就表现的情志来看,骚体的发愤抒情更多的是"贤人失志"状态之下,创作主体对现实政治的感受与对自我生命价值的精神拷问,在主体与客体对峙中展现了生命个体对现实政治的批判、抗争与对自我精神持守的价值取向。如果说屈原的骚体创作第一次以自铸伟辞的方式,展现了对自我与社会双重固持的精神基点,直至以生命的代价践履与张扬了个体生命对自我精神的不屈持守,其崇高的精神垂范后世的同时,也给处于同样境遇中的后代文士留下认知现实与表达自我情感的一种文学表现范式。如两汉的拟骚、显志、纪游类骚体创作，其对屈原骚体的追拟虽然程度不同，但共同表现了追拟者也是创作者"贤人失志"的现实处境或者是生命感受的共鸣。这类作品，往往是创作主体怀才不遇情境下的产物，极大地表现了创作主体对现实政治的不满、抗争与批判，虽然这类作品表现的精神取向因来自儒道两家文化对屈原的精神基点不同程度的解构，而呈现出退守的倾向，但是与屈原一样，方式虽不同，绝不同流合污的精神则是一致的。

与骚体相对的赋体，其"体物写志"的特征，"写志"更明显地表现为创作主体对当下政教伦理的关注，其所表达的更多的是一种政治理念。如赋体中的大赋、小赋、连珠，多是创作主体在与政治中心联系较为密切的情境下的创作，大赋对现实政治以颂为讽的表达方式，透露出创作主体为帝王师的时代已成为历史，以颂为讽的表达模式体现了创作主体既想参与现实又不得不温柔敦厚、主文谲谏的现实处境。东汉后期之后一些赋作由讽转颂，则是这种柔顺心态的自觉实践的一种反映。小赋中的观物赋德固然具有垂教作用，一些游宴背景下的娱乐之作，也时常带有曲终奏雅的尾巴；创自汉代的连珠，其"臣闻"体式等等，在"托物"借喻描写的过程中，政教道德的观照是这些体类创作的标的。皇权政治下的"臣妾"心态，使得此类赋作的创作主体表达政治理念与思想的方式方法极其含蓄，这既是一种文学的表现方法，同时也是创作主体认知世界与表达理念的一种方式。

值得注意的是，赋体中的对问与七体创作，是唐前赋体创作中模式化最为明显的两类。我们将这两类并提，旨在指出这两类创作与赋体其他类型创作不同，主要是创作主体也是处于怀才不遇的情境之下，表达对现实以及对自我人生理念的看法。如果说对问体展现的是创作主体对自我精神价值的持守，那么，七体继枚乘之后，则是采用以颂为讽的方式表现了对现实政治的不满与批评。与骚体相较，这两类创作"言志"的内容，也是骚体创作的重要方面，但是骚体主要采用发愤抒情的方式，其创作主体的批判意识与主体意识在全篇中都居于重要位置，骚体的主要任务是将内心的不平与感受倾泻而出，而对问与七体，则不是情感独抒，而主要是与世人尤其是代表当权者或者世俗观点的人的对话中展现创作主体对政治与人生的看法，因而，其话语方式的不同，表达的方式有别，一是发愤抒情，一是托物写志。以自嘲嘲世的口吻委婉讽世，其话语方式与思维方式决定了对问、七体与骚体创作体类的差异。

应该说，"志"与"情"都关涉创作主体的内心思想与情感，人的社会属性尤其是古代文人士大夫的生存境遇，决定了士大夫与现实政治有着千丝万缕的联系，骚体的发愤抒情多集中于政治不遇的一面，但是作为评判诗歌的"言志"与"缘情"之分，在骚赋二体的创作上却明显地表现出创作思维与话语方式的差异，从文学的表现形态来看，则体现了骚体以抒情主体带动全篇进展的主体凸显的特征以及赋体托物言志的主体内敛特征的区别。

其次，唐前辞赋类型化特征与创作主体思维的凝定，认知方式的相同，更深层地反映出创作主体大致相同的政治经历与政治命运，反映了创作主体面对政治时较为恒定的文化心理结构。唐前骚赋创作时间跨度漫长，经历了七国纷争的战国时代，也经过了相对稳定的大一统两汉以及朝代更迭的魏晋南北朝时期。时代的动荡或趋稳，并没有改变士大夫文人政治上的两大情结，一是功名意识，二是与之相应的怀才不遇情结。屈原的独特，在于他用文学创作的形式"取融经旨"与"自铸伟辞"，在文本形式散文化为主流的时代，在引诗用诗功用化的时代，独创骚体，发愤抒情，真实而撼人心魄地再现了个体与现实政治对峙情形之下个体的情感状态，又因其生命的践履而显得格外崇高。唐前骚体创作大都反映了创作主体较为普遍的政治不遇悲怨情怀与对自我精神的持守，虽然后世骚体以儒道两家作为思想武器不同程度地消解了屈原对自我与社会双重固持的精神基点，反映了较为普遍的儒道互补的人生态度。赋体创作虽然源于荀、宋，但各体创作成熟、定型于两汉，并成为后世追拟的范本。创作主体与政治的关合与疏离中的情感状态在赋体各类创作中均有反映。在与政治关合时，创作主体创作的大赋、小赋及连珠，大都表现出积极的政治理念，同时也反映出君为臣纲的臣妾心态，尤其是两汉的大赋中以颂为讽模式的表达则是对儒家主文谲谏诗教的积极实践，此种文化心态的极致，便是导致赋体颂意的增强。因而，大赋颂讽主题及嬗变都是儒家诗教理论在赋体创作中的深刻反映。这样一种文化现象也渗透到七体与对问体的创作之中，以自嘲的口吻表达对当下政治的不满以及以颂为讽对当下政治的批判，都是柔顺的为臣心态表达政治不遇时的一种反映，体现了儒道两家文化对士大夫的共同改塑。

再次，唐前骚赋创作类型化反映了创作主体对骚赋二体文学与文化功能的认可与实践。大体而言，唐前骚赋二体的创作主体或处于政治中心或处于政治边缘，创作主体与现实政治的关系决定了骚赋二体的表现领域，文人的仕历决定了他们大致相同的人生经历与经验感受，共同的文化心理背景又将此类经验与感受强化。因而，从创作者角度来看，骚赋二体创作的类型化特征,更多地反映了后世追拟者对追拟文体所承载的文学与文化功能的认可与积极实践,在相同的文体创作中,在感受前人经历的同时,也表达了与古人相通的情感体验,并成为同类中的这一个。所以,我们发现一个现象,就是一些同类创作,如对问体,尽管表达模式大体相同,但是史书多有采录,其主要原因就是这类创作较为真实地记载了创作主体的现实境遇及当下情感状态。刘向将汉人拟骚作品编定《楚辞》,王逸为之章句,处处皆以悯屈伤屈解之,这也是对骚体文学与文化功能认可与阐释的一种反映。

以上表明,唐前辞赋类型化的特征,已不单单是文学创作中的简单模拟行为,其中蕴含着创作主体的心灵体验与创作感受,从文学的角度而言,其类型化正体现出唐前辞赋所承载的重要的文学与文化功能,它起到了发抒情怀、言志载道的重要作用。

四 唐前辞赋类型化与文体演变

唐前辞赋类型化创作,因其极大的相似性而使同类题材呈现出因袭模拟的特征,但是当创作主体的精神结构、所处时代的文学思潮、书面语言由散趋骈发生变化时,辞赋类型化创作也会呈现出新变的特征,同时诗体创作的渐趋成熟以及骚、赋二体与诗歌等其他文体互渗的深入,更加剧了唐前辞赋类型化创作的新变。

首先,唐前辞赋各类创作的新变,表现在语言句式上由散趋骈。上文言及的从骈散角度对辞赋进行分体的,如明徐师曾在祝尧基础之上,将唐前辞赋分为古赋与骈赋,就指出了唐前辞赋创作在语言形式上的变化。但是辞赋诗文两栖的特性,语言上的由散趋骈并未改变唐前骚、赋二体的支配性文体特征,所以,此种以诗歌体式来作为辞赋分体的依据,其实兼及了语言体式与时代划分两个因素,并不能客观地展示唐前骚赋的体式特征,同时遮蔽了唐前骚赋类型化的文学与文化功能。且"骈赋"之"骈",只是相较而言,与"骈文"相对,其骈化程度并不深,所以程章灿先生在指出南朝赋作骈偶化特征之后,云"南朝赋虽然日益骈化,但终究没有形成严格意义上的、完整的四六之体,与律赋也尚有一定距离。因此,南朝赋的语言形式虽日趋工整,仍然有所变化,并没有拘泥于划一的四六对偶句式而显得板滞"[1],其实就指出了所谓"骈赋"与"骈文"之"骈"还有很大的区别,这种骈化是受整个时代语言骈偶化习惯表达

---

[1] 程章灿:《魏晋南北朝赋史》,江苏古籍出版社2001年版,第221页。

的影响，本质上并没有改变骚赋二体的整个句式结构。但是古赋与骈赋或者说骈散之别，如果历时地加以观照，还是能见出唐前辞赋各类创作在句式上新变的特征，即总体上由散趋骈。骚体中更明显地表现出骚体句式以"兮"字句为主向无"兮"字的句腰虚字的六字句为主的演变轨迹。同时由于骚、赋二体在句式上的含融与吸纳的特性，随着诗歌创作的兴盛，骚赋各类创作也较多吸纳了诗体语言与句式。

其次，唐前骚赋二体类型化的新变还表现在题材与情感的拓展之上以及一些体类创作出现衰落的现象。先秦两汉骚赋创作多局限于创作主体的政治生活层面感受，其话语体系受到儒家诗教观念的影响较重。魏晋南北朝随着儒学独尊地位的解除，玄释思想对文人的影响超越政治的层面进入日常生活领域，六朝民歌的兴盛及对文人创作的影响等，使得文人士大夫的创作逐渐走出政治层面而向个体生命与普遍人情迈进，诸如生命易逝之悲、悼亡自悼之情、怀乡思亲之意等，这些在先秦两汉较少涉及的情感主题，从汉末始逐渐成为骚体领域中表现的主流[①]。这种情感与主题上的拓展，给骚体注入了新鲜血液，也给骚体怀才不遇的类型化情感主题以强烈的冲击，但同时也形成新的类型化。但是这些拓展的情感与主题同时也是诗歌表现的对象，从而出现魏晋南朝诗骚同题创作现象，对骚体创作的类型化也是一种分流。随着南朝"吟咏性情"文学创作观念的深入、"立身且须谨重，文章且须放荡"对儒家诗教观的反动，更使得南朝骚体的创作主体的自我情感衰弱，以娱乐与赏玩为主的小赋创作逐渐成为主流。

小赋创作与骚体在先秦两汉魏晋有着较为明显的体式区分，二者的不同主要是创作主体在篇中的地位有别。虽是同为咏物，如屈原《橘颂》，创作主体的突现与屈原其他骚体创作则是一致的，与《荀子·赋》五篇观物赋德的模式明显不同。南朝的小赋创作沿袭唐前小赋的创作体式，又更多地沿袭枚皋、王褒游宴应制下观物赏玩与娱情的创作取向，去除曲终奏雅的尾巴，使得南朝小赋的"抒情化"特色明显，因此，也一向被称为"抒情小赋"。但是南朝一些小赋的抒情与骚体的抒情模式不同，明显地表现在创作主体在篇中所处地位的区别之上。骚体的创作主体在篇中居于首要地位，而小赋的创作主体往往只是一个赏玩者的角色，对描写对象只作客观的描写，并且创作主体赏玩态度也只是在描写中有所透露。因而，南朝小赋的这种"抒情化"特征，一方面是小赋游宴娱情在南朝衍

[①] 按，这里所说的也就是一般所言的抒情小赋，因本文不赞成骚、赋一体的观念，而将其视作骚体情感与主题拓展的一种表现。

化的必然，同时这种"娱情"成分的加重，因改变了赋体"体物写志"的特征，而与诗歌的表现合流，这既是小赋表现的一个新变，同时也预示着小赋创作在新变中因其主要功能的丧失而未能与诗体抗衡。虽然南朝对辞赋仍然重视，但是从现存作品看，辞赋创作远没有诗歌兴盛。历时地看，唐前辞赋创作，先秦两汉占据绝对主导地位，魏晋时与诗歌平分秋色，而至南朝则大赋、对问等类创作明显呈现出衰退之势，骚体、小赋、连珠等仍有承继，新变却明显。但不论是衰落还是新变，都显示了骚赋各体创作的过于定型化，至推重"若无新变，不能代雄"的南朝，其类型化必然受到冲击而产生演变。

再次，如果说"一代有一代之文学"的文体嬗变观有其片面的深刻，那就在于王国维等人从凝定的文学样态中，抽绎出一种文体在特定时代所沉淀的独特的文学价值。虽然楚骚汉赋与六朝骈文在楚汉六朝之后，仍有继作，从某种角度来说，有时无论从数量还是质量都超过了楚汉六朝，如唐代的骚、赋创作，是有目共睹的事实，但其创作模式仍没有超轶楚汉，也就是说，一代有一代之胜说强调了一种文体的原创价值，并且这种价值已具备了相对稳定的形态，后世的继作，或是补益或是完备，或是体式上的新变如唐代律赋，皆未能替代其原有的地位，因而，一代有一代之胜的文体嬗变观，揭示了"若无新变，不能代雄"的文体代兴规律。骚、赋在楚、汉奠定了一代之雄的地位，不是因其创作数量，主要是因其创作思维模式与特有句式特征。从唐前骚赋类型化创作积累的文学创作经验来看，屈原骚体以抒情主体带动全篇进展的结构特征，经屈原之后骚体创作的强化形成一种重要的创作思维模式，对古代诗歌的创作思维产生重要影响。建安时文人诗歌虽然受到汉乐府的影响，但是他们的主要抒情模式的形成却得自于骚体，可以说，将骚体的创作模式与乐府诗歌结合，是建安时代作家群体的突出贡献，并成为后世诗歌创作遵循的一种主要范式。而赋体"体物写志"，虽然有着政教功利目的，但是客观上对物体的观察与描摹，尤其是游宴应制下的小赋创作，对物的刻画描摹形成的作品物境特征，在南朝唯美文学思潮氛围下，对诗歌创作影响深刻，并成为南朝诗歌创作的主流。骚、赋二体创作经由类型化的模习而积淀成的创作思维模式，不仅在唐代以后的骚、赋创作中仍有体现，更为重要的是对诗歌的创作思维模式具有潜移默化的影响。

从某种意义上说，唐前骚、赋二体经由类型化创作所积累的文学创作经验对诗歌创作的影响，在促进文人诗、骚创作思维成熟的同时，也消解了骚、赋二体独占文坛的地位。骚赋四六的基本句式以及句式的对仗骈偶都为骈文的成熟奠定了基础。因而，唐前骚赋类型化创作不单单是一种文类的创作模拟，它犹如双刃剑，一方面使唐前骚赋创作因类型化而缺少活力，另一方面其创作思维在类型化创作中趋于凝定以及辞赋基本句式的娴熟运用，对当时诗体的成熟与骈文的兴盛又起到一种推动作用。骈文成为六朝之胜，而诗体尤其是近体诗的成熟有待于唐诗的出现，这些文学现象与骚赋的类型化创作思维所积累的文学创作经验不无关联。

（原载《文艺理论研究》2008年第4期）

《闲情赋》谱系的文献还原

林晓光

陶渊明《闲情赋》向来被认为是中世文学史上的重要篇章,也是陶渊明作品中具有特殊性的一篇,先因萧统的评议而引起文论史上的屡次论争,又因鲁迅的揄扬而成为陶渊明形象的重要注脚。其中著名的"十愿"也因其手法别致、叙情委曲而深受赞赏。钱锺书先生已指出这一手法是袭自张衡《定情赋》,蔡邕《静情赋》,王粲《闲邪赋》,陈琳、阮瑀《止欲赋》,应场《正情赋》,曹植《静思赋》等汉魏篇章,袁行霈、范子烨等学者又从而引申论述之[①]。关于这一作品本身,讨论已经不少,而本文希望以此为基点予以探讨的,则是另一问题,即汉魏六朝文献的复原,以及其与中世文体性之间如何互相支持而展开综合研究的问题。

除《闲情赋》存录于陶潜本集以外,上述诸赋的主要文本均赖《艺文类聚》卷十八"美妇人"门得以保存。这就向我们提出了一个现存文本可靠度的问题。笔者曾撰文指出,唐宋类书对六朝文献的载录,并非全文照录,甚至也不是局部节录,而是进行剪切删削,再将零碎片段予以拼接,其形态更应称为截取缩写。这一操作方式导致类书中所保存的六朝文献出现大量裂缝空隙,文脉构造被扭曲淆乱[②]。据此可知,上述作品的现存文本必非完整的段落,而是文句碎片的集合拼贴。这提示我们三点。其

---

① 参见钱锺书《管锥编》(四)《全上古三代秦汉三国六朝文》第一四五则(生活·读书·新知三联书店2001年版,第1922—1928页)、袁行霈《陶渊明的〈闲情赋〉与辞赋中的爱情闲情主题》(《北京大学学报》1992年第5期,下引袁氏观点皆出此文)、范子烨《陶渊明〈闲情赋〉"十愿"的源流》(《文学遗产》2009年第1期)。不过最早提出这一点的,当属杨慎《丹铅余录》卷二:"张衡《定情赋》曰:'思在面而为铅华兮,恨离尘而无光。'陶渊明《闲情赋》祖之。"

② 参见林晓光《论〈艺文类聚〉存录方式造成的六朝文学变貌》,《文学遗产》2014年第3期。

一，对这一系列赋作，不能相信现存文本形态就是其原貌，更不能据此进行论述。其二，由于《闲情赋》完整保存，而其与系列作品之间又存在着明确的渊源关系，那么是否可能通过文体对勘来复原这些文本，最大限度地将其被类书造成的"粘合拼接"形态分判开来，使每一句子在原文中所处的位置及含义获得明确①？其三，如果这一文献复原工作成立的话，那么我们对《闲情赋》，乃至对汉魏六朝文学整体面貌的理解与研究范式，又会因此而发生怎样的变化？以上三点，就是本文希望通过考析《闲情赋》及其谱系来予以阐明的主题。

一 《闲邪赋》文献还原示例

《闲情赋》序云：

> 初张衡作《定情赋》，蔡邕作《静情赋》。检逸辞而宗澹泊，始则荡以思虑，而终归闲正。将以抑流宕之邪心，谅有助于讽谏。缀文之士，奕代继作。并固触类，广其辞义。余园闾多暇，复染翰为之。虽文妙不足，庶不谬作者之意乎？②

这很明白地告诉我们，《闲情赋》是一篇模仿前代之作，而非纯粹出于个人的独创。从现存的文本也可看出，从《定情赋》至《闲情赋》的谱系，显然存在着稳定的文体特征。这首先体现在"十愿"环节。《文选》卷十九《洛神赋》李善注引张平子《定情赋》："思在面为铅华兮，患离尘而无光。"③《北堂书钞》卷一一〇引蔡邕《静情赋》："思在口而为簧，鸣哀声独而不敢聆。"④卷一三六引王粲《闲邪赋》："愿为环以

---

① 从方法论上来说，这实际上要求文学研究采取一种像简帛学或书画修复学那样的处理方式。那些经过传抄摘编而变形的六朝文学文本，就像出土简帛一样零散残断，像残损的古书画一样漫漶不全。对其加以研究的必要前提，便是像整理简帛、修复书画一样，最大限度地复原、确认六朝文学文本的原初形态。而为了达成这一目标，又需要通过试验建立起一套行之有效的处理手法与判断标准。
② 袁行霈：《陶渊明集笺注》，中华书局2003年版，第448页。下引此篇若同页，不另出注。各篇同此。
③ 萧统：《日本足利学校藏宋刊明州本六臣注文选》，人民文学出版社2008年版，第290页。
④ 虞世南：《北堂书钞》，学苑出版社1998年版，第198页。按《类聚》卷十八与《书钞》卷一一〇并引蔡邕《检逸赋》，严可均已指出："按陶潜《闲情赋序》云：'蔡邕作《静情赋》，检逸辞而宗瞻泊。'则其旧题作《静情赋》。"（《全后汉文》卷六九，中华书局影印本《全上古三代秦汉三国六朝文》，第853页）今本作《检逸赋》者，殆因陶序而误。

约腕。"① 又同卷引应玚《正情赋》："思在前为明镜，哀既饰于替囗。"②《文镜秘府论》西卷《文二十八种病》引阮瑀《止欲赋》："思在体为素粉，悲随衣以消除。"③ 前引诸家已指出《闲情赋》"愿在衣而为领"等十组句式即承此而来。此外，各赋开端的体式亦为明证：

> 夫何妖女之淑丽，光华艳而秀容。断当时而呈美，冠朋匹而无双。④（张）
>
> 夫何姝妖之媛女，颜炜烨而含荣。普天壤其无俪，旷千载而特生。⑤（蔡）
>
> 夫何英媛之丽女，貌洵美而艳逸。横四海而无仇，超遐世而秀出。⑥（王）
>
> 媛哉逸女，在余东滨。色曜春华，艳过硕人。乃遂古其寡俦，固当世之无邻。⑦（陈）
>
> 夫何淑女之佳丽，颜焰焰以流光。历千代其无匹，超古今而特章。⑧（阮）
>
> 夫何媛女之殊丽兮，姿温惠而明哲。应灵和以挺质，体兰茂而琼洁。方往载其鲜双，曜来今而无列。⑨（应）
>
> 夫何美女之娴妖，红颜晔而流光。卓特出而无匹，呈才好其莫当。⑩（曹）
>
> 夫何瑰逸之令姿，独旷世以秀群。表倾城之艳色，期有德于传闻。（陶）

---

① 《北堂书钞》，第398页。按《闲邪赋》，《书钞》原引作《闲居赋》，严可均亦指出"当是闲邪之误"（《全后汉文》卷九〇，《全上古三代秦汉三国六朝文》，第958页）。为免行文混乱，本文并从严校径改原题。
② 《北堂书钞》，第395页。
③ 遍照金刚撰，卢盛江校考：《文镜秘府论汇校汇考》（修订本），中华书局2015年版，第908页。
④ 欧阳询撰，汪绍楹校：《艺文类聚》，第331页。
⑤ 《艺文类聚》，第331页，题作《检逸赋》。
⑥ 《艺文类聚》，第332页。
⑦ 《艺文类聚》，第332页。
⑧ 《艺文类聚》，第332页。
⑨ 《艺文类聚》，第332页。
⑩ 《艺文类聚》，第333页。

可以看到严格的规律：1. 以"夫何××之××兮"发句①，总起美人之丽色。只有陈琳一赋稍微例外；2. 其次二句，以时空夸张的手法强调其魅力无双。也仅有应场一赋位置略有变化。

再如以下两组相同句式：

  （1）余心悦于淑丽，爱独结而未并。②（蔡）
  予情悦其美丽，无须臾而有忘。（阮）
  余心嘉夫淑美，愿结欢而靡因。（应）
  （2）昼骋情以舒爱，夜托梦以交灵。③（蔡）
  排空房而就衽，将取梦以通灵。（王）
  魂翩翩而夕游，甘同梦而交神。（应）
  还伏枕以求寐，庶通梦而交神。（阮）
  魂翩翩以遥怀，若交好而通灵。（陈）

也是高度一致的手法。如此之多的吻合，足以断定从属于《闲情赋》谱系的这八种作品，相互之间并不仅仅是题材、旨趣上的继承，而是在形式上具有强烈的模仿承袭性。然则以《闲情赋》为基准，对以上七种作品进行拆分还原，至少在方法论上是具有合理性与可操作性的。

不妨先试取较为典型的《闲邪赋》为分析对象，观察中世文献的记录保存机制是如何切割一个完整文本，使得其叙事构造与意义发生严重错乱的。其现存文字如下：

  夫何英媛之丽女，貌洵美而艳逸。横四海而无俦，超遐世而秀出。发唐棣之春华，当盛年而处室。恨年岁之方暮，哀独立而无依。情纷挐以交横，意惨凄而增悲。何性命之奇薄，爱两绝而俱违。排空房而就衽，将取梦以通灵。目炯炯而不寐，心忉怛而惕惊。④（《艺文类聚》卷十八）
  愿为环以约腕。（《北堂书钞》卷一三六）
  关山介而阻险。⑤（《文选》卷二六谢朓《暂使下都夜发新林赠

---

① 逯钦立已经指出此点，见氏校注《陶渊明集》，中华书局1979年版，第156页。
② 《艺文类聚》，第331—332页。
③ 《艺文类聚》，第332页。
④ 《艺文类聚》，第332页。
⑤ 《日本足利学校藏宋刊明州本六臣注文选》，第399页。

西府同僚诗》李善注）

作为主体部分的《类聚》引文，读下来是一篇描写"丽女"悲哀命运的文字：这位美人虽然有着绝世的容颜，却只能盛年处室（不得佳偶？），终于年岁迟暮，唯有哀叹自己的红颜薄命，夜不能寐，凄怆以终。这看起来似乎没有什么问题，过去学者通常就是按照这种思路进行解读的[①]——然而这却与我们熟知的《闲情赋》旨趣南辕北辙。如果据此理解，则《闲邪赋》与《闲情赋》也就不足以称为同一谱系了。不过如果我们从形式上对《闲情赋》与《闲邪赋》进行分析对比，便会得到全然意想之外的结论。下面将《闲情赋》按构造文脉分为若干层次，以大小写英文序号标示，并归纳各层次的含义转进，以括号注出关键的手法、意象（因篇幅所限，原文兹从省略）：

A. 1—26 句。"闲情"对象之魅力。其中又包含三个亚层次：

a. 1—8 句：女子之惊人美丽。（"夫何"句式 + 时空夸张）

b. 9—18 句：女子感叹人生欢乐少而忧愁多，以音乐寄情，及其调瑟之风致。

c. 19—26 句：女子与自然间的融会互动。

B. 27—74 句。"余"感女子之美，思欲与之交言结好。包含两个亚层次：

a. 27—34 句：余思欲托媒结好，而心怀彷徨。

b. 35—74 句：余忧惧感情不得善终之狂想。（"十愿"）

C. 75—122 句。余求之不得，欲托梦魂交，而终归于闲情。包含四个亚层次：

a. 75—94 句：余求之不得，独行林间，触景生情。（失偶的鸟兽及星宿）

b. 95—104 句：思欲托梦魂交，然而终夜不能入寐。（交梦、神灵、不寐）

c. 105—114 句：清晨独处，思念远隔而无可为托音信者。（欲托云、鸟寄言而不得）

[①] 吴云主编：《建安七子集校注》即作此理解，于"性命之奇薄"下注曰："即赋中所记述的为一薄命女子。"（天津古籍出版社 2005 年版，第 300 页）袁行霈则认为"《闲邪赋》的佚文倒不仅是男子对美女的爱慕，也写到美女本人对爱的渴望"。

d. 115—122 句：收心息情，卒章见志。（山川险阻）

当然，不能过于拘泥地理解这一构造。例如 Ab、Ac 重点在于音乐表现；但如果某赋所描写的女子并不弹奏乐器，这两部分就会发生变异。然而这并不妨碍总体构造的展开，因为女子即使不调瑟，也可以有相应的其他技艺或情景来补完这一部分的内容——一个明确的证据就是，《文选》卷十六江淹《别赋》注引袁淑《正情赋》："解蕴麝之芳衾，陈玉柱之鸣筝。"这一残句显然与《闲情赋》Ab 环节"褰朱帏而正坐，泛清瑟以自欣"两句相应，而所弄的乐器则从瑟变成了筝。袁淑此赋既然题为《正情赋》，可知其学习的范本是应玚而非陶潜，然而其中却同样出现了 Ab 调弄音乐的环节，可见应玚《正情赋》也包含这一情节无疑。这也有力地证明《闲情赋》谱系诸作中存在的共通基本构造。

从这一基本构造出发，我们再将《闲邪赋》现存文字与《闲情赋》的对应部分进行参照解析：

Aa
《闲邪赋》：夫何英媛之丽女，貌洵美而艳逸。横四海而无仇，超遐世而秀出。发唐棣之春华，当盛年而处室。（出《类聚》）
《闲情赋》：夫何瑰逸之令姿，独旷世以秀群。表倾城之艳色，期有德于传闻。佩鸣玉以比洁，齐幽兰以争芬。

Bb
《闲邪赋》：愿为环以约腕。（出《书钞》）
《闲情赋》：愿在衣而为领。

Cb
《闲邪赋》：①恨年岁之方暮，哀独立而无依。情纷挐以交横，意惨凄而增悲。何性命之奇薄，爱两绝而俱违。②排空房而就衽，将取梦以通灵。③目炯炯而不寐，心忉怛而惕惊。（出《类聚》）
《闲情赋》：①悼当年之晚暮，恨兹岁之欲殚。②思宵梦以从之，神飘飘而不安。若凭舟之失棹，譬缘崖而无攀。于时毕昴盈轩，北风凄凄。③炯炯不寐，众念徘徊。

Cd
《闲邪赋》：关山介而阻险。（出《文选》注）
《闲情赋》：终阻山而滞河。

— 131 —

如上对比之后，两者的相同构造便变得非常清楚。Aa、Bb 两处已见前述，Cd"关山介而阻险"与"终阻山而滞河"，均为感叹山川远隔，无法相见之辞。稍微需要解释一下的是 Cb 环节，我们以序号标示出各句相同点：①无论句式还是意象都若合符契；②句式虽然不同，却都是表述现实追求失败之后，希望通过梦境追随所爱的心愿，"梦"和"神/灵"是两个关键的共同元素；③则连"炯炯不寐"的措辞都无二致。这种对应意象及句式的密集出现，足以证明这两部分文本乃是互相对应的，处于谱系构造的相同位置。

据此可知，现存《闲邪赋》文本实际上是原文四处局部的残存，然而原本应当相隔甚远的 Aa、Cb 两部分，在《类聚》中却被连成了一体，换言之，在"当盛年而处室。恨年岁之方暮"这两句之间，其实已经跳过了大段情节。此前的部分，是对美人的描写。而此后的部分，却是美人追求者的内心独白。因此"薄命"的并非美人，而是思慕美人之"余"。在这中间，失落了"余"慕其美好，思欲共处交欢的一大段。《类聚》将前后两段拼接起来，完全是乔太守乱点鸳鸯谱。后人据此探求原文旨趣，自然也就难免缘木求鱼了。

现在我们可以对《闲邪赋》作一个简明的定位复原：

  Aa 夫何英媛之丽女，貌洵美而艳逸。横四海而无仇，超遐世而秀出。发唐棣之春华，当盛年而处室。……（Ab、Ac、Ba）……Bb 愿为环以约腕。……（Ca）……Cb 恨年岁之方暮，哀独立而无依。情纷拏以交横，意惨凄而增悲。何性命之奇薄，爱两绝而俱违。排空房而就衽，将取梦以通灵。目炯炯而不寐，心忉怛而惕惊。……（Cc）……Cd 关山介而阻险。

对于括号中的阙略环节，都应当想象补上《闲情赋》中的对应内容，才是《闲邪赋》应有的形态。而现存各个环节的文字内部，也必定多有删略，不过那已存在于无法追踪的时空，我们也只能"竟寂寞而无见，独悁想以空寻"了。

二 共同谱系下的展开：蔡、阮、曹、张四赋的文献还原

类似地，我们可以处理谱系中的另外四种文本。

（1）蔡邕《静情赋》：

夫何姝妖之媛女，颜炜烨而含荣。普天壤其无俪，旷千载而特生。余心悦于淑丽，爱独结而未并。情罔象而无主，意徙倚而左倾。昼骋情以舒爱，夜托梦以交灵。①（《类聚》卷十八）

思在口而为簧，鸣哀声独而不敢聆。（《书钞》卷一一〇）

前四句与末二句已见前论。"余心悦于淑丽，爱独结而未并。"在《闲情赋》中没有直接对应的句式，但其含义显然与《闲情赋》Ba"激清音以感余，愿接膝以交言"相应，都是从描写美人转入抒发爱意的过渡句。"情罔象而无主，意徙倚而左倾"两句则与《闲情赋》Ca"步徙倚以忘趣，色惨凄而矜颜"相应，均表现求之不得后的失魂落魄。因此残文可以整理如下：

Aa 夫何姝妖之媛女，颜炜烨而含荣。普天壤其无俪，旷千载而特生。……（Ab、Ac）……Ba 余心悦于淑丽，爱独结而未并。……Bb 思在口而为簧，鸣哀声独而不敢聆。……Ca 情罔象而无主，意徙倚而左倾。……Cb 昼骋情以舒爱，夜托梦以交灵。……（Cc、Cd）

（2）阮瑀《止欲赋》。较之王、蔡二赋，《类聚》所录阮赋文字显然整体结构保留得比较完整，各环节大抵均有摘录文句。除前文已列举句例外，其与《闲情赋》相应，可作为判断依据的部分如下：

Ba
《闲情赋》：意惶惑而靡宁，魂须臾而九还。
《止欲赋》：怀纡结而不畅兮，魂一夕而九翔。
Ca
《闲情赋》：拥劳情而罔诉，步容与于南林。……敛轻裾以复路，瞻夕阳而流叹。……鸟凄声以孤归，兽索偶而不还。
《止欲赋》：出房户以踟躅，睹天汉之无津。伤匏瓜之无偶，悲织女之独勤。

---

① 《艺文类聚》，第331—332页。

Cc
《闲情赋》：起摄带以伺晨，繁霜粲于素阶。
《止欲赋》：遂终夜而靡见，东方旭以既晨。
Cd
《闲情赋》：坦万虑以存诚，憩遥情于八遐。
《止欲赋》：知所思之不得，乃抑情以自信。

通过这些对应句的定位，可以分判出《类聚》录文所处的环节，最后整理为：

Aa 夫何淑女之佳丽，颜炯炯以流光。历千代其无匹，超古今而特章。执妙年之方盛，性聪惠以和良。禀纯洁之明节，复申礼以自防。重行义以轻身，志高尚乎贞姜。……（Ab、Ac）……Ba 予情悦其美丽，无须臾而有忘。思桃夭之所宜，愿无衣之同裳。怀纡结而不畅兮，魂一夕而九翔。……Bb 思在体为素粉，悲随衣以消除。……Ca 出房户以踯躅，睹天汉之无津。伤匏瓜之无偶，悲织女之独勤。……Cb 还伏枕以求寐，庶通梦而交神。神惚恍而难遇，思交错以缤纷。……Cc 遂终夜而靡见，东方旭以既晨。……Cd 知所思之不得，乃抑情以自信。

除此之外，尚有《文选》卷二九曹颜远《思友人诗》李善注引此赋残文："伫延首以极视兮，意谓是而复非。"由于 Ca、Cc 二处皆有可能出现类似的句子，只能姑从阙疑。

（3）曹植《静思赋》还原如下：

Aa 夫何美女之娴妖，红颜晔而流光。卓特出而无匹，呈才好其莫当。性通畅以聪惠，行嬿密而妍详。……（Ab、Ac、Ba、Bb）……Ca 荫高岑以翳日，临渌水之清流。秋风起于中林，离鸟鸣而相求。愁惨惨以增伤悲，予安能乎淹流。……（Cb、Cc、Cd）

还原依据在于：根据"离鸟相求"意象，可知"秋风"二句必定属于 Ca 环节。而"荫高岑以翳日，临渌水之清流"二句，不但与《闲情赋》Ca"栖木兰之遗露，翳青松之余阴"意象相应，并且"光、当、详"；"流、求、流"，两组分别押韵，故可知此二句亦属 Ca 环节。

（4）张衡《定情赋》，《类聚》所引前四句及《文选》注引二句已见前论，而较为特殊的"叹曰"以下四句则必定是处于赋末的"乱辞"（标示为D），可以简明复原如下：

  Aa 夫何妖女之淑丽，光华艳而秀容。断当时而呈美，冠朋匹而无双。……（Ab、Ac、Ba）……Bb 思在面为铅华兮，患离尘而无光。……（Ca、Cb、Cc、Cd）……D 叹曰：大火流兮草虫鸣，繁霜降兮草木零。秋为期兮时已征，思美人兮愁屏营。

三 作为子系统的变体：陈、应二赋的文体变异及文献还原

  以上四赋基本上可以无碍还原，而陈琳、应玚二赋的情况则颇为复杂，表现为在同一系统中不同的子系统。这两赋的共同点在于：前半部分都遵循着"见美人—思慕美人—求之不得"的基本程序展开，脉络清晰可辨；然而到了后半，却出现了与《闲情赋》不完全吻合的变化。前面我们通过分析《闲情赋》程序，已经知道"余"是在傍晚遇见美人，求之不得，徘徊思念；夜晚回房就寝；然而失眠至晨，遂复起身闻笛观云，终于息心闲情。其叙事是按照"傍晚—夜晚—次日清晨"的自然时间次序展开的。然而陈、应二赋现存后半部分，"余"就寝的时间却从晚上转移到了清晨。不是哀叹徘徊以后就寝，失眠至天明；而是哀叹徘徊至天明，方才就寝。由于时间发生了位移，故原本描写失眠晨起后所见景象的Cc、Cd环节部分句子，也被转移到了就寝之前。用序号来表示的话，就是Ca—Cb—Cc次序变成了（Ca＋Cc＋部分Cd）—Cb。

  像这样的变化为何产生？我们很容易猜想这是陈、应二人的个人艺术创造。但是这却无法解释为何同为建安七子，应当也是同一时期创作的两赋，却会出现如此不约而同的变异形态？因此更合理的推想是：陈、应别有不同于《闲情赋》的程序来源，即其所参照模仿的主要范本与其余诸人不同。鉴于最早的张衡、蔡邕二赋这一部分均已不存，我们可以提出一种设想，那就是在谱系产生的最初，张、蔡二赋中就存在着大同小异的两种体式，分别为后世诸赋所继承。对这一假设，我们还能提供其他的证据。仍以开头四句为观察对象重新分组：

  （1）夫何妖女之淑丽，光华艳而秀容。断当时而呈美，冠朋匹而无双。（张）

媛哉逸女，在余东滨。色曜春华，艳过硕人。乃遂古其寡俦，固当世之无邻。（陈）

夫何媛女之殊丽兮，姿温惠而明哲。……方往载其鲜双，曜来今而无列。（应）

（2）夫何姝妖之媛女，颜炜烨而含荣。普天壤其无俪，旷千载而特生。（蔡）

夫何英媛之丽女，貌洵美而艳逸。横四海而无仇，超遐世而秀出。（王）

夫何淑女之佳丽，颜炯炯以流光。历千代其无匹，超古今而特章。（阮）

夫何美女之娴妖，红颜晔而流光。卓特出而无匹，呈才好其莫当。（曹）

（3）夫何瑰逸之令姿，独旷世以秀群。表倾城之艳色，期有德于传闻。（陶）

显而易见，前两组分别有着内部类同点。组（1）第四句都以"无×"结尾；这一组的滥觞无疑来自张衡。组（2）的"无×"则在第三句末；第四句"特生""秀出""特章"，结构也完全相同。其先声则显然是蔡邕。至于组（3）则不具备上述任何特征，别为一种（这有可能是文句的倒错造成）。从这里我们同样看到了陈、应二赋与王、阮、曹三赋的分流。这是否仅仅是巧合？不妨再以"交灵"句式为观察材料：

（1）昼骋情以舒爱，夜托梦以交灵。（蔡）
排空房而就衽，将取梦以通灵。（王）
还伏枕以求寐，庶通梦而交神。（阮）
（2）魂翩翩以遥怀，若交好而通灵。（陈）
魂翩翩而夕游，甘同梦而交神。（应）
（3）思宵梦以从之，神飘飘而不安。（陶）

除了同型的次句之外，王、阮二赋首句表现"回房/伏枕就寝"情节，而陈、应二赋则以"魂翩翩"为言，也呈现出系统性的差异。蔡邕赋与两者皆不完全相同，但总体来说显然更接近于前者，这也与前例一致。

通过以上分析可以推断，建安文学中的《闲情赋》谱系作品，有两个不同的源头。很有可能，陈、应所模仿的对象更偏向于张衡，而王、阮、曹所模仿的对象更偏向于蔡邕。换言之，尽管根系统为同一个，其中却区分为两个不同的子系统，各自衍生出大同中有小异的歧变面貌。作为同一根系统，其运用的元素依然丝丝入扣，互相照应；但子系统间叙事次序的错位却使得这些元素出现新的排列组合，在不同的位置上衍生出新的含义。

在这样的基础上，我们可以尝试来复原陈、应二赋。

陈琳《止欲赋》，除《类聚》录文外，还有其他残句：

> 欲语言于玄鸟，玄鸟逝以差池。① （《文选》卷三一江淹《李都尉从军》李善注）
>
> 惟今夕之何夕兮，我独无此良媒。云汉倬以昭回兮，天水混而光流。②
>
> 拂穹岫之萧渤兮，飞沙砾之蒙蒙。玄龙战于幽野兮，昆虫蛰而不藏。③（二条并见宋吴棫《韵补》卷二）

"惟今夕之何夕兮，我独无此良媒"对应的是《闲情赋》Ba "欲自往以结誓，惧冒礼之为謷。待凤鸟以致辞，恐他人之我先"。《韵补》作为韵书，其收录文例应是前后相连的，不会像类书那样切割拼凑，因此"云汉"二句也只能属于同一环节。"拂穹岫之萧渤兮"四句则源于张衡《思玄赋》："寒风凄其永至兮，拂穹岫之骚骚。玄武缩于壳中兮，腾蛇冤而自纠。"④ 描写天寒地冻，万物缩藏而失去生命力的悲凉景象，这样的句子只能属于 Ca 环节。因此该赋可以综合复原如下：

（1）Aa 媛哉逸女，在余东滨。色曜春华，艳过硕人。乃遂古其寡俦，固当世之无邻。允宜国而宁家，实君子之攸嫔。……（Ab、Ac）……Ba 伊余情之是悦，志荒溢而倾移。……惟今夕之何夕兮，我独无此良媒。云汉倬以昭回兮，天水混而光流。……（Bb）……Ca + Cc + Cd1 拂穹岫之萧渤兮，飞沙砾之蒙蒙。玄龙战于幽野兮，昆虫蛰而不藏。……宵炯炯以不寐，昼舍食而忘饥。叹《北风》之好

---

① 《日本足利学校藏宋刊明州本六臣注文选》，第485页。
② 吴棫：《韵补》，丛书集成初编本，中华书局1985年版，第92页。
③ 《韵补》，第81页。
④ 《日本足利学校藏宋刊明州本六臣注文选》，第231页。

我，美携手之同归。忽日月之徐迈，庶枯杨之生稊。……欲语言于玄鸟，玄鸟逝以差池。……道攸长而路阻，河广瀁而无梁。虽企予而欲往，非一苇之可航。……**Cb** 展余辔以言归，含憯瘁而就床。忽假瞑其若寐，梦所欢之来征。魂翩翩以遥怀，若交好而通灵。……（Cd2）

（2）应场《正情赋》则可还原如下：

Aa 夫何媛女之殊丽兮，姿温惠而明哲。应灵和以挺质，体兰茂而琼洁。方往载其鲜双，曜来今而无列。发朝阳之鸿晖，流精睇而倾泄。既荣丽而冠时，援申女而比节。……（Ab、Ac）……**Ba** 余心嘉夫淑美，愿结欢而靡因。承窈窕之芳美，情踊跃乎若人。……**Bb** 思在前为明镜，哀既饰于替□。……（Ca）……Ca + Cb1 + Cc 魂翩翩而夕游，甘同梦而交神。昼彷徨于路侧，宵耿耿而达晨。清风厉于玄序，凉飙逝于中唐。听云雁之翰鸣，察列宿之华辉。南星晃而电陨，偏雄肃而特飞。冀腾言以俯音，嗟激迅而难追。伤住禽之无隅，悼流光之不归。愍伏辰之方逝，哀吾愿之多违。步便旋以永思，情懆栗而伤悲。……**Cb** 还幽室以假寐，固展转而不安。神眇眇以潜翔，恒存游乎所观。仰崇夏而长息，动哀响而余叹。气浮踊而云馆，肠一夕而九烦。……（Cd）

综上，我们已经对《闲情赋》谱系的七种作品均尝试进行了文献复原。以上的工作是否已经完善？还有待于今后研究的检验。但至少已经可以断言，包括《闲情赋》的这八种作品，是从属于同一根系统，在形式、构造、意象、旨趣上相互支撑交织而成立的。它们所从属的同一体系是文体成立的先决平台，而基于不同子系统或个人创作能力而形成的面貌差异，则是"大同"中的"小异"。尽管最终《闲情赋》获得了历史的青睐而成为经典，但在其诞生的中世文学生态中，却远非今日所见的那么卓尔不群[1]。

当我们最初观察这八个不同作品的残存文本时，只能从中辨认出若干相似的局部痕迹——如同从年久剥落的壁画上看到残余的斑驳色彩，但

---

[1] 关于中世文学中"拟代""仿作"等现象及价值，王瑶、胡小石、周勋初等学界前贤已经有所发明论说（参见王瑶《拟古与作伪》；周勋初《魏晋南北朝文坛上的模拟之风》，收入《文史知新》，《周勋初文集》卷三，江苏古籍出版社 2000 年版），但大体上是依据较明显可见的史料记载，进行综合论述。本文对具体作品谱系的研究复原，或可补前辈所未及焉耳。

对于其整体构造却并无了解（或自以为了解）。然而当文献复原完成以后，我们便恍然发现，这看似了不相干的各幅画作，其实只是因为残损过甚，以及后人的错误处理，使得画面移位错乱，才让我们产生了种种错觉。一旦将其还原复位，便可以看到它们自成严整的系列，独立于中世文学全景之中。而六朝文学中还存在着多少这样的类似谱系呢？则尚待进一步的发现和清理。而这正是对六朝文学文献进行复原工作的意义所在。

四　谱系外作品的排除

关于《闲情赋》的谱系，自宋人以来已经有所议论。宋王楙《野客丛书》卷十六"相如大人赋"条：

> 自宋玉《好色赋》，相如傀之为《美人赋》，蔡邕又傀之为《协和赋》①，曹植为《静思赋》，陈琳为《止欲赋》，王粲为《闲邪赋》，应玚为《正情赋》，张华为《永怀赋》，江淹为《丽色赋》，沈约为《丽人赋》，转转规仿，以至于今。②

此外，《闲情赋》明何孟春注：

> 赋情始楚宋玉、汉司马相如，平子、伯喈继之为《定》《静》之辞。而魏则陈琳、阮瑀作《止欲赋》、王粲作《闲邪赋》、应玚作《正情赋》、曹植作《静思赋》、晋张华作《永怀赋》。此靖节所谓奕世继作，广其辞义者也。③

说法也相似，但只采取张华《永怀赋》而将江淹、沈约等作排除。王、何二人虽然所列略有不同，要之都给出了《闲情赋》的文学谱系。在以上诸名目外，袁行霈更举出阮籍《清思赋》、傅玄《矫情赋》，认为都是属于《定情赋》系列的闲情之作。综上所述，这一谱系中又增加了以下八种作品：宋玉《登徒子好色赋》、司马相如《美人赋》、蔡邕《协初赋》、阮籍《清思赋》、傅玄《矫情赋》、张华《永怀赋》、江淹《丽色

---

① 当为《协初赋》。蔡邕另有《协和婚赋》，写二族婚姻之礼，与情赋完全无涉。
② 王楙撰，郑明、王义耀校点：《野客丛书》，上海古籍出版社1991年版，第235页。
③ 转引自龚斌《陶渊明集校笺》，上海古籍出版社1996年版，第383页。

赋》、沈约《丽人赋》。问题是，这八种作品真的与《闲情赋》属于同一谱系吗？

《矫情赋》仅残存部分序文，已无可追究。其余七种作品存世文本大多残缺，其叙事次序则可概括如下。

宋玉《登徒子好色赋》：宋玉被登徒子谗为好色→宋玉开始自辩→东家之子之美丽→东家之子窥宋玉三年→宋玉不许→登徒子与其丑妻生子→结论：登徒子好色而宋玉不好色→秦章华大夫佐证宋玉所言；

司马相如《美人赋》：司马相如被邹阳谮为妖丽不忠→相如开始自辩→东邻之子望相如三年→相如不许→相如旅途中有美人自荐枕席→相如定心辞去；

蔡邕《协初赋》：美人之姿态照人；

阮籍《清思赋》："形之可见，非色之美"的玄理→清虚恍惚之境能感激达神→清夜不寐之见闻玄悟→游仙之狂想→追寻神女以求好→神女离去→以玄理自解；

张华《永怀赋》：美人之妖艳→与我同心誓盟→不幸离绝→我坚贞不渝；

江淹《丽色赋》：东邻佳人之绝美；

沈约《丽人赋》：少年客子游归，称颂狭斜才女之美。

可以看到，以上七种作品的叙事程序大抵与《闲情赋》无任何共同之处。唯一略有相似的是张华《永怀赋》，但赋中的美人与自己业已爱结同心，其后才因某种不可抗力而离去，所谓"永怀"即永远思念之意，与《闲情赋》的止欲闲情也恰好相反。并且这七种作品中也看不到任何如前文所分析的那些程序句的痕迹。因此可以断言，它们绝非《闲情赋》同一谱系。更值得指出的是，其中《好色赋》《美人赋》《丽色赋》三赋别成一谱系，这从"东家之子""东邻之子"符号的继承便可清楚看出。而《协初赋》中则有与宋玉《神女赋》完全相同的程序句式，可证这又是另一种谱系。

以上的探讨，意义并不仅仅限于《闲情赋》。可以看到，王、何、袁的分类法代表着宋代以后一种普遍的近世文学思维，即以一种较为模糊宽泛的"对象"论或"主旨"论为出发点，如果若干作品所描写的对象（如"赋情"）或表达的主旨（如"闲情主题"）一致，便可视为同类。确实，如果单纯从"美妇人"或者"赋情"的角度泛泛而言，我们不必否认以上各种作品大抵可归入同一方向。然而这却不能说是吻合六朝文学深层机制的判断。如上文所证，中世文学的创作实践实有着种种严格的系统限定与形式构成，绝非一个简单主题便可囊括的。这种思维只是后世文体观念、实践严重弱化以后的结果。如果从严密的文体形式、叙事次序及程序语句的角度出发，我们对六朝文学便会获得与以往完全不同的类型归纳。原本被归为一类的作品会被拆分开来，而乍看起来不同标题的作品却可能实际上有继承关系。六朝文学谱系的真实图景，还有待于我们的重新勾勒。

五　《闲情赋》谱系旨趣探微

关于《闲情赋》的主旨，历来学者已经多有探究，主要集中在两个重点。其一，是该作是否符合辞赋美学上的讽喻要求。这是自萧统、苏轼以来争论不休的话题，但今天再纠缠这一问题，对于《闲情赋》自身而言显然已经意义不大（当然我们可以借此探讨古代文学批评史、思想文化史）。其二，则是该作如何表现了陶渊明自身的人格与感情。这方面的论述，以袁行霈等为代表，学界基本立场是在承认《闲情赋》为模仿之作的前提下，认为此赋表达了陶渊明本人的感情经验。我们固然不必完全推翻这一判断，但是通过以上对《闲情赋》谱系文体的解析已经可以看到，其中的感情表达总体上是受到形式系统的制约的。这种形式制约的力量之大，远远超越过去学者所认识到的"主题"层次。换言之，陶渊明从张衡、蔡邕那里接受的，不只是"追求爱情"和"克制欲望"的主题，更是一整套从头到尾的书写程序。"应当写什么"和"应当如何写"的比重，大大超过"我想写什么"和"我想如何写"。即如"十愿"环节，显然并不是陶渊明心中自然涌出的情绪，而是在前人之作的牵引下展开的文学巧思。获得发展丰富的只是同一形式下的不同构想，而并非所表达的感情本身甚至形式。这一点，在陶渊明一开始决定在《闲情赋》这一题目下写作时就已经确定了，否则他大可以自由地选择一个新题目来自抒己意，而不必将自己锁在前人的樊篱之中。在这种情形下，我们究竟能在多大程度上确认，哪些感情成分是属于陶渊明自己的，而不是属于《闲情赋》谱系的呢？

鲁迅一开始以《闲情赋》来作为陶潜本人人格的证据时，是希望反驳朱光潜的"陶潜浑身是静穆"论，这在当时对于反驳一般观念中圣徒化陶潜的倾向，自然有着很大的现实意义。然而当这一反驳完成以后，我们便会看到，沿着这一思路往下继续展开的论证实际上是言之无物的，因为这一论证最终指向的结论是：陶潜是一个具有爱情欲望的人。——只要从关于人的常识出发，我们又有谁会否认，任何人都是有着爱情欲望的呢？所以这样的结论虽有时代意义，却并无学理价值。我们对于《闲情赋》的旨趣，是否还有从新的层面予以探究的可能？本节即希望在系统复原的基础上，对此作一尝试。

如袁行霈已经指出的，这一类作品与宋玉《登徒子好色赋》、司马相如《美人赋》一系有着相近的主题，即对于爱欲的自我克制。不过，如果我们细致分析，却不难发现在主题的表面相似下，还存在颇为明显的差异。《好色赋》系列的主旨在于夸耀自己严正守礼的道德人格，因此其中所描写的美人乃是一种自荐枕席、百般挑逗的形象，在构思上毋宁接近于佛教中天魔女诱惑佛陀的故事。在这样充满道德感的主旨下，对方越是百般动人，自己越是道貌岸然，便越能充分表达主题。因此其文本内部的逻辑必然导向对爱欲的克制，这是完全自洽的。与这种"妖女"（神女）形象相反，《闲情赋》系列中的美人却毋宁接近于"圣女"的形象，孤高纯洁，以音乐自娱，并无任何挑逗轻亵的表现；反倒是叙事者见其美貌而颠倒狂想不已。就此点而言，已经与《好色赋》中的道德叙事背道而驰。最终求之不得，也不过是因为山川远隔而已。然而这实际上无法成为自我克制爱情的充分理由，因为这种叙事逻辑的结果，应当是导向爱情对现实的抗争——汉魏文学中也早有符合逻辑的展开形态，那就是《上邪》《饮马长城窟行》等乐府中所表达的，海枯石烂天长道远而爱情不移的主题。然而何以《闲情赋》却没有遵循这一主题往下发展，仅仅因为现实的阻碍就来了个急刹车，自动放弃了对爱情的追求？

对于这一问题，如果仅仅阅读《闲情赋》，是无法获得答案的，也就不得不以"封建礼教"之类的话头作为终结。然而现在既然已经复原了这八种作品所从属的同一系统，确认其书写程序的高度一致，我们便有可能从新的层面思考：通过这种形式而表达出来的主题，是否也是互相支撑而成立的？在一种作品中隐晦或佚失的意指，是否可以通过另一种作品的表现来得到证明？

陈琳《止欲赋》中留下了颇耐人咀嚼的两句话：

> 忽日月之徐迈，庶枯杨之生稊。

"枯杨生稊"出于《易》大过卦："九二，枯杨生稊，老夫得其女妻，无不利。"郭象注："稊者，杨之秀也。以阳处阴，能过其本，而救其弱者也。上无其应，心无特吝，处过以此，无衰不济也。故能令枯杨更生稊，老夫更得少妻。"所以这明明就是一个老人在爱慕追求美貌的少女。

《止欲赋》既如此，然则《闲情赋》中有没有类似的表达呢？我们回头再看，便会迥然发现这样的句子：

> 《闲情赋》：悼当年之晚暮，恨兹岁之欲殚。
> 《闲邪赋》：恨年岁之方暮，哀独立而无依。

如果仅就此二句观之，其含义是含糊多歧的。既可以理解为写实，也可能是虚拟寄托一种惆怅的心情。甚至从写实角度也有不同的理解可能："年岁方暮"或"当年晚暮"既可以理解为年纪迟暮，也可能指一年之岁暮。我们不能贸然断取任何一种解释。然而在得到《止欲赋》的上述旁证后，这些句子在一个完整书写系统中的意义便变得十分明了。《闲邪赋》两句显而易见是在哀叹年纪衰暮却还孤独无偶，很难再理解为一年的岁暮。而《闲情赋》两句本身虽然有些隐晦，但其与《闲邪赋》既然有着毋庸置疑的句式对应关系，其意义的指向也就可以完全确定了。

行文至此，须得宕开一笔，梳理一下"闲情"谱系的章法渊源所自。事实上整个"闲情"叙事谱系，都可以清晰地从《楚辞》中看到渊源所自。《九章·悲回风》：

> 惟佳人之独怀兮，折若椒以自处。曾歔欷之嗟嗟兮，独隐伏而思虑。涕泣交而凄凄兮，思不眠以至曙。终长夜之曼曼兮，掩此哀而不去。寤从容以周流兮，聊逍遥以自恃。伤太息之愍怜兮，气于邑而不可止。纠思心以为纕兮，编愁苦以为膺。①

思人/悲泣/不寐，这一连串的主题乃至表述，都与"闲情"谱系符合若契；尤其末两句虽然与"十愿"句式不同，但化虚为实的构思却无疑就是"十愿"的蓝本。此外又《九章·思美人》：

> 思美人兮，揽涕而伫眙。媒绝而路阻兮，言不可结而诒。蹇蹇之烦冤兮，陷滞而不发。申旦以舒中情兮，志沈菀而莫达。愿寄言于浮云兮，遇丰隆而不将。因归鸟而致辞兮，羌宿高而难当。②

---

① 洪兴祖撰，白化文等点校：《楚辞补注》，中华书局1983年版，第157页。
② 《楚辞补注》，第146—147页。

则又出现了路绝无媒,愿托浮云、飞鸟以寄情的主题。两段文本交会组合出了完整的"闲情"构造(所以只有末尾的"息心闲情"思想是张衡创造的)。因此从张衡出发的这一"闲情"谱系,实际上是对《楚辞》中相关段落主题的一次重新分割捏合,从而组织出新的题目。——在单纯阅读《闲情赋》时,我们并不那么容易感受到其与《楚辞》之间如此密切的衍生关系。这是由于《楚辞》中的"香草美人",向来被理解为(男性)君主的政治道德隐喻,我们并不认为屈原的"求美"就真的是在追求年轻美貌的女子。但"闲情"谱系中却将这位"佳人"或"美人"的性别明确化了,"美女""媛女"等表述使我们无法再以道德隐喻的视角来解读这些作品,而只能从现实的爱情追求角度去理解。换言之,虽然这一系列汉魏赋完全是从《楚辞》中窃取构想与辞藻,但通过一些微小的改造,却使读者的阅读场发生了变化,政治隐喻与人神合欢的缥缈意境消退,取而代之的是富于现实色彩的恋情描写。

　　无论如何,我们已经确认了这一谱系的渊源来自《楚辞》,然则"余"之追求美女,当然就对应于屈原之思美人。而《楚辞》中反复出现的屈原自我勾勒,恰恰正是一副"老夫"的形象。《离骚》"老冉冉其将至兮,恐年岁之不吾与";《涉江》"年既老而不衰";《大司命》"老冉冉兮既极",无不传达出这一鲜明的信号。并且我们看到,屈原正是在"年纪衰迈"意义上使用"年岁"一词的。因此这一系统乃至词语运用上的匹配,更足以证成我们上文的推断。

　　据此我们可以对《闲情赋》及其谱系给出一种新的主旨解读:这些作品并不是在泛泛表达追求异性以及求之不得的哀愁,而是在描写老年男子对少女的爱慕。这种追求显然在一定程度上是有违常情与伦理的,因此男子心中总有着两方面的天人交战,一方面为热情而狂想颠倒不已,另一方面却又含有自伤老少不偶的悲观情绪,一旦遭到现实的阻碍便放弃实际行动,转入梦魂萦绕,不得不以理性自持的态度熄灭自己的情欲之火。

　　在这一理解的基础上,有两点相关问题也就得到澄清。其一,何以系谱中会出现"闲邪""止欲"这样的题名?"情"不妨是中性甚至美好的词语,"邪""欲"却很难说是对正常男女爱情的形容。如果了解到这种感情中包含了不甚为世所容的成分,那么这种"邪欲"之所以要被抑制正是理所当然的。其二,"十愿"部分流露出强烈的"弃妇情结"——与之对应也许可以称之为"弃夫"。每一愿的基本程序,都是首先希望作为随身之物陪伴,而后担忧因为时移节易,遭到对方弃旧换新。这无疑让我们想起传为班婕妤作的《团扇诗》。事实上这种情绪在女子担心失宠的叙事中是非常典型的，然而却绝少见用于男子身上①。这也是很不自然的。而一旦了解到叙事者乃是一位老夫，这种忧惧自己会被"脱故而服新"的心情也就毫不足奇了。

在这一意义上，《定情赋》以下的这一谱系实在具备着非常特殊的光色。一方面其叙事是完全符合逻辑的，不复存在文学上的缺陷；另一方面，"老者爱慕少女"这种主题在中国文学中可以说是极其大胆而独树一帜的，不必否认这一主题可能有其现实的针对性，尤其在男权社会下，类似的事情是很多的②。在这样的设想下，文学与道德两方面的主题得到了完美的并存：从抒情的角度，可以大胆热烈地倾诉自己的爱情狂想；就道德的角度，则又表达了克己复礼，禁止情欲流宕的主题。这两者由于一个特殊的构想而被巧妙融合在了一起。

行文至此，我们自然更不必硬要将这种情节置于陶潜本人头上，认为在他的生命中也发生过同样的经验。事实上他只需要从前人那里接下这套主题与叙事形态，在文艺的触觉上体会这种感情，并且在理性上认同这种感情是应当克制的，就足以敷衍出一篇新的命题之作来了。不必否认这样的作品中依然存现着作者的个人表达，但这种"个人性"是如何透过外在的系统制约才获得表达的，毋宁是更值得我们关注的地方。

结语　中世文学文献与文体综合研究的可能性

上面我们通过对特定谱系的文献复原，提出了对六朝文学机制及《闲情赋》的若干新视角。这让我们看到，简单依据现存的，已经遭到历史过滤与人为删削，被改造后又重新拼合的汉魏六朝文本进行文学解读，是多么容易导致南辕北辙的误解。面对六朝文学战场上错乱堆积的这些文字残骸，是否依然存在着某些尚未被发现的研究方法，让我们可以将这些残骸予以复位，从而重建起这片壮阔战场的真貌？如果存在的话，究竟有多少种可能的方法，以及我们应当如何发现、利用这些方法？

《闲情赋》谱系的文献还原，无疑在方法论上为我们打开了一个视角。通过以上的分析，可以看到中世文学的产生发展，特殊强烈地遵循着

---

① 当然，拟于夫妇的君臣关系中会对臣子使用，像龙阳君那样的男宠也会使用，但在这样的场合下男性身份都是女性化的。

② 蔡邕《青衣赋》中正是以男主人的身份，表达对一名女奴的爱慕，他因此被张超《诮青衣赋》批判为"欲作奴父"。这种不为一般伦理所容的感情正与《闲情赋》谱系有相通之处。此条承王德华教授提示，谨致谢意。

一种生成机制：

　　某一主题的确立→同主题形式的学习模仿→相同整体构造中的局部变异→局部变异的独立进化发展→典范之作乃至新主题的成立。

　　这就如同生物树的进化一般，从一个基本原点演化出无数的物种。在这样的机制当中，每一件作品的意义都不仅仅从属于其自身，而是与一系列的同谱系作品紧密关联在一起，互相映照而呈现的。只要进行审慎的构造分析，我们完全可能通过谱系中得到确认的部分，来推演已经缺失的部分。就好比通过对生物骨骼构造的研究，考古学家可以将某件化石的残存骨片还原到正确位置一样。这就是通过中世文学的文体性，对中世文献构造予以解明乃至复原的一面。

　　反过来，我们又可以看到依据文献还原来展开文学研究的另一面。这些文本在复原之前，其面貌是含糊暧昧的，尽管我们可以从中窥见若干表层元素，但却无法据此作出更多的分析。然而一旦文献得到还原以后，我们便获得了中世文学中一个相当完整的谱系，足以成为展开文学分析的基础性案例。即如《闲情赋》谱系，我们现在能够清楚地看到这一链条的起点是张衡，而最终被文学史认可而成为经典的却是陶潜。在这条文学生产线当中，张衡无疑是最富于创造力的专利发明权所有者，然而陶潜又是在何种意义上超越了张衡，并获得了历史的青眼相加？这一谱系与其他谱系，究竟有何分合关系？我们能够调查到多少类似的谱系，确定其起点至终端的演进过程？种种相关的问题随之而生。如果像这样的文学谱系能够大范围地通过类似工作获得还原展示，我们便有望获得一个与过去所见殊异的中世文学场景，更新我们对其生产方式、传承机制乃至美学倾向的认知。而这一切问题的解答，都有待于我们对于中世文学文献的复原工作。

　　当然同时必须注意的是，文体的演变，也正如同生物的演进；文体一旦变异，原有的构造就会发生变异，于是必须对这种新构造加以新的研究。而正是在构造与构造的异同之间，表现出了中世文学脱落旧体、呈露新颜的历史过程。如果不先检验、重构出这些形形色色的构造，我们也就无从窥见构造之间的差异，无法从深层次阐明历史的变迁了。面对这样的研究需求，仅仅基于大致印象的叙述归纳是不够的，我们必须要建立起一整套生物科学般的精密知识体系以及检验标准，才可能将中世文学的理解推向深入。

　　综上所述，中世文学文献的构造性生成，与中世文学文体相关研究的展开，实际上是一体中的两面。停留在模糊扭曲的文献层面，我们便无法直探时代文学的真相。而缺乏对于文学本相的深刻认知,也就无法得到更多的有力工具以重构文献。这就是本文最终所希望探索的,中世文献构造与文体性相互支撑而展开的综合研究范式。对于《闲情赋》谱系的复原探究,仅是这一研究范式的一个浅近入口而已。

(原载《文学评论》2014年第3期,题为《〈闲情赋〉谱系的文献还原——基于中世文献构造与文体性的综合研究》)

汉晋骚体赋的文体变异与赋史反思

林晓光

学术界近年来对早期文学中的文本生成问题多有关注，发现、提出了不少过去未充分注意的问题，早期文学经由后世"文本中介"影响后所发生的形态变异值得我们加以更多的观察。即就汉魏六朝赋而言，便可看到像现存曹丕《柳赋》那样的一篇之内句子的句式相同，但却时而带有"兮"字结尾，时而又不带"兮"字的文本现象，而这其实是先由于唐宋类书存录文段时对"兮"字的保留情况有所差异，其后明清以来学者在对这些文本进行辑佚拼合时又发生有"兮"字句对无"兮"字句的遮盖，从而导致的面貌。笔者曾在过去的论文中提出这一观察，并从而反推，认为《柳赋》这样的篇章原初应当是全部此类句式都带有"兮"字的；而现存的文本形态，"生活在两千年前的曹丕，也许根本就未梦想过会有一种这样的写法"[1]。

如果更深入地思考，不难意识到这一判断并不仅仅适用于曹丕此作乃至建安赋。假如这一观点成立的话，我们至今为止对早期赋史的印象便产生了一定的修正必要。因为赋有不同的体式，也有不同的句式。而汉晋赋中极为常见的一种句子形态，便是在一对六言句中，上句之末带有"兮"字的句子。这显然是继承了《楚辞》尤其是《离骚》余绪的句式。由这种句子组成的骚体赋，[2] 在中古文学中数量极大，传承不绝，自来也是早期赋史研究中的重要讨论对象。但是，就自汉至晋时期的赋作而言，正如《柳

---

[1] 林晓光：《明清所编总集造成的汉魏六朝文本变异——拼接插入的处理手法及其方法论反省》，《汉学研究》2016年第36卷第1期。但该文中尚未进行大范围的实证考察，也未涉及本文所讨论的一些赋史基础性问题。

[2] 学界对于如何界定"骚赋"，提出过许多不同的观点，此非本文主题，拟另文检讨，此不赘论。本文基本认同叶幼明、郭建勋等学者的意见，尤其郭建勋在《辞赋文体研究》中所归纳的骚赋标准：1. 由"兮"字句，尤其是《离骚》型的六言句式组成；2. 以"赋"为题（中华书局2007年版，第6—14页）。马积高《赋史》《历代辞赋研究史料概述》虽未如此明确提出标准，实质上也以"兮"字为骚体赋基本特征，只是认为后世偶有变化出无兮字的情况（转下页）

赋》所见，不少作品并非通篇都如此统一，而是往往有"兮"无"兮"的六言句相互穿插间杂（本文称为半骚体）。中古赋体研究者的思路，往往是根据作品中这两类句式的出现频率及位置来讨论赋体演进，将这种杂糅形态理解为赋作者改造骚体而新生的变体。而同时，这一时期又留下来大批纯以不带"兮"字的六言句组成的赋作（本文称为非骚体①），这类作品通常就被归入其他类型，②而不认为与骚体有关了。

但是，如果现存汉晋赋中的这些无"兮"字句其实乃是存录删落的结果，换言之，不是"创作"层面而是"流传接受"层面的问题的话，那么不言而喻，一些半骚体固然原本可能是骚体，甚至部分非骚体也可能只是这一文本流动方向的结果而已了。倘若如此，"骚体"在早期赋史中的比重便有必要重新检讨，甚至有可能由此影响到早期赋史的分期分类。

基于以上考虑，汉晋赋中此类句式究竟有"兮"无"兮"？实在是一个有必要彻底追问，验证确认的问题。③本文即拟就此加以探讨，并在文本检验的基础上对中古赋史的若干问题进行再检讨。

一 "兮"字脱落与半骚体、非骚体的文本形成

1. 六言句的"兮"字脱落情形

首先应当进行的工作是，针对汉晋赋的此类文本，在仍可进行文献追溯的范围内，检验其是否能从这一生成机制出发进行解释？大范围对勘的结果证明，这一解释角度大体上是成立的，可验证的例子包括蔡邕《伤

（接上页）而已。曹明纲《赋学概论》也强调骚赋主体继承的是《楚辞》三种基本句型中的"兮"字六言句，应该说，从先秦历汉魏以来，赋的体式源流，纷总离合，极为复杂。而后世的追认，在立足点上或以《楚辞》为焦点，或以汉赋为中心，或通览历代而言；在观察角度上，则或以抒情咏物为区分标准，或以题材篇幅大小为着目，或以文体句式为论说准绳。所以学者诸家所论不一。但站在中古文学研究的立场来说，对于文体逐步定型的六朝阶段，以《离骚》式的"兮"字句界定骚赋应该说是比较符合当时创作实情，可以从大量实例中得到验证的。至于本文所提出的"半骚体"，过去学者或归入骚体，或归入非骚体（依不同学说体系而归属不一，或入文赋体，或入散体，或入骈体），而本文由于主题正聚焦于讨论这种体式的文本变异情况，故暂名之以便论述而已。

① 应当首先说明，这里所说的非骚体，只是针对这一时期以整齐的六言对句为主体构成的作品而言，汉大赋、唐律赋等都不在本文讨论的范围之内。

② 所归入的类型，也依学者认知而有所变化，或与骚体相对而称为"文（体）赋"，或因这类作品大多同时"篇幅短小"而视为"抒情小赋"，或因其句式整齐相对而归入"骈赋"。

③ 对于骚体与七言句式的问题，过去学者已意识到应从文献存录删略"兮"字的角度理解，但却没有将这一理解视角推广到汉魏六朝赋的各种相关问题上去（郭建勋：《楚辞与中国古代韵文》，湖南师范大学出版社2001年版，第151—153页；《先唐辞赋研究》，中华书局2007年版，第150—151页）。

故栗赋》、① 曹植《东征赋》《白鹤赋》《离缴雁赋》《蝉赋》、王粲《玛瑙勒赋》、庾儵《冰井赋》、成公绥《大河赋》《鸿雁赋》、枣据《船赋》、孙楚《井赋》、夏侯湛《石榴赋》、陆机《感丘赋》、傅玄《阳春赋》《笔赋》《紫华赋》《瓜赋》、傅咸《患雨赋》《萤火赋》、郭璞《南郊赋》《虸蜉赋》等，不胜枚举。② 这里仅以应场《灵河赋》为证，该文今录于《全后汉文》卷四二（也是学者常常利用的文本），其文本如下：

咨灵川之遐原兮，于昆仑之神丘。凌增城之阴隅兮，赖后土之潜流。衔积石之重险兮，披山麓而溢浮。蹶龙黄而南迈兮，纡鸿体而因流。涉津洛之阪泉兮，播九道乎中州。汾颒涌而腾骛兮，恒亹亹而徂征。肇乘高而迅逝兮，阳侯怖而振惊。有汉中叶，金堤隤而瓠子倾。兴万乘而亲务，董群后而来营。下淇园之丰筱，投玉璧而沉星。若夫长杉峻槚，茂栝芬檀。扶流灌列，映水荫防。隆条动而畅清风，白日显而曜殊光。③

前半段的六言句都带"兮"字，是整齐的骚体；而从"有汉中叶"一句以下，后半段都不带"兮"字，"整篇作品"便成为半骚体了。然而事实上其文献来源如下表所示：④

《艺文类聚》卷八	《初学记》卷六
咨灵川之遐原，于昆仑之神丘。冲积石之重险，披山麓而溢浮。涉津路之峻泉，播九道乎中州。汾鸿踊而腾骛，恒亹亹而徂征。肇乘高而迅逝，阳侯沛而振惊。有汉中叶，金堤隤而瓠子倾。兴万乘而亲务，董群后而来营。下淇园之丰筱，投玉璧而沉星。若夫长杉峻槚，茂栝芬檀。扶流灌列，映水荫防。隆条动而畅清风，白日显而曜殊光。	咨灵川之遐源兮，于昆仑之神邱。凌增城之阴隅兮，赖后土之潜流。行积石之重险兮，披山麓之溢浮。蹶龙黄而南迈兮，纡鸿体而四流。涉津洛之阪泉兮，播九道乎中州。汾倾涌而腾骛兮，恒亹亹而徂征。肇乘高而迅逝兮，阳侯怖而振惊。

（下划线文字为"兮"字校勘异文，下同）

---

① 值得注意的是汉赋中之所以较少这类案例，是由于其收录来源为《史记》《汉书》《后汉书》《文选》的比例很高，而正史、总集的收录文本是相对完整的，所以不会像类书文本一样呈现出交叠形态。

② 这种现象，在南朝时期完全消失，与两汉魏晋时期的文献构成形态呈现出鲜明的对比形态。在很大程度上显示出，南朝可能才是一个骚体发生重大变化的时期。当然这一判断仍然有待于将来的深入研究，有必要考虑到，南朝时期那些只有《艺文类聚》单一来源，而句式与上举诸例完全相同的例子仍不少见，如张率《绣赋》、陆倕《感知己赋》《思田赋》、徐勉《萱草花赋》《鹊赋》、王筠《蜀葵花赋》、萧统《铜博山香炉赋》《鹦鹉赋》等等。这些例子至少有相当大的可能也是删落了"兮"字的结果。

③ 严可均：《全上古三代秦汉三国六朝文》，中华书局1958年版，第699页。

④ 欧阳询撰，汪绍楹校：《艺文类聚》，上海古籍出版社1999年版，第156页；徐坚等：《初学记》，中华书局2004年版，第122页。

一对比就知道，其生成原理与《柳赋》是相同的：《艺文类聚》录文完全删去"兮"字，而《初学记》录文则都保留了下来。两者重合的前半部分，《初学记》文本掩盖了《艺文类聚》文本；后半不重合的部分，《艺文类聚》形态才显露出来。这种嫁接形态是严可均《全上古三代秦汉三国六朝文》对两者拼接的结果。事实上哪怕是取《艺文类聚》或《初学记》的任一种文本，这种赋都不会被看成半骚体——如果此赋仅存《初学记》所录，那么会被认为是纯粹的骚体；而如果仅存《艺文类聚》所录，看起来却和骚体毫无关系了。

那么，究竟哪一种形态，才是这一"作品"的本来面貌，或者至少，是我们根据现有文本能够推断还原出来的，最可能接近原貌的形态呢？很显然，如果《初学记》把不重合于《艺文类聚》的那些句子都抄录下来，应当也是都会带有"兮"字的。而类书的摘抄是带有很大随机性的，我们不能认为它们恰好只是选择了那些带"兮"字的句子来抄录。那么自然而然的结论只能是：这原本就是一篇骚体赋，其中的六言句应该都是带有"兮"字的。

从原理及形成过程上说，这种文本变异是由两个历史阶段造成的。(1) 创作于汉晋时代的赋，经由唐宋类书的编纂，遭到删削拼凑以后，而呈现出新的面貌。从实例来看，这一过程会造成三种文本类型：a. 维持原有的骚体形态；b. 完全删去"兮"字成为非骚体；c. 部分删落（删削不净）而造成半骚体。(2) 在此基础上，再经过明清以来学者的辑佚整理，将不同来源的文本拼接处理以后，又出现三种情况：a. 不同来源均为骚体者，拼接后仍是骚体；b. 不同来源均为非骚体者，拼接后仍是非骚体；c.《柳赋》《灵河赋》之类，不同来源部分重合覆盖，而进一步造成了新的半骚体。就具体对勘结果来看，最后一种情形是大量存在的，许多在早期文献中为骚体、非骚体的文本都因此变成了半骚体。而这正是现存汉晋赋中会出现那么多半骚体的最主要原因所在。我们可以用简单的图式表示如下：

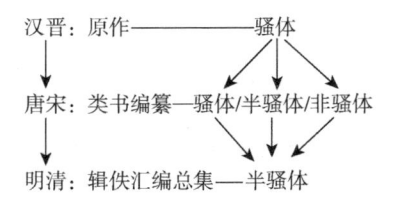

```
汉晋：原作————骚体
 ↓           ↓ ↓ ↓
唐宋：类书编纂—骚体/半骚体/非骚体
 ↓           ↓ ↓ ↓
明清：辑佚汇编总集—半骚体
```

半骚体的形成机制已如上所证。而与此同时我们还看到，在这种情况下，面貌呈现为无"兮"字六言句的非骚文本，其实也是在同一改造过程中的产物。这类例子还可举出刘歆《遂初赋》（《古文苑》卷二/《艺文类聚》卷二七①），王褒《洞箫赋》（《文选》卷十七/《艺文类聚》卷四四），蔡邕《汉津赋》（《初学记》卷七/《艺文类聚》卷八）、《述行赋》（《蔡中郎集》/《艺文类聚》卷二七），王粲《登楼赋》（《文选》卷十一/《艺文类聚》卷六三）等。此外，有些例子的文本对照形态虽然不那么完善，但也可以窥见一定的消息。如班彪《冀州赋》，《艺文类聚》所录两处段落都是整齐的六言，但《文选》李善注所引"感鳬藻以进乐兮"一句仍透露出李善所见的此赋乃是骚体。

除类书之间的文本片段可以通过对比来展示问题外，还有一些隐蔽性较高的早期例子，由于收入《史记》《汉书》这种可靠性很高的早期文献，而保留了相当完整的面貌。当这些较完整文本和类书中的片段放在一起时，便将类书文本完全覆盖，而不会呈现出上述混杂形态，学界过去因此也不会去注意已被覆盖的变异片段；但就类书制造非骚体赋的机理来说，这些案例却有着相同甚至更强的证据力。如《史记》卷八四《屈原贾生列传》载贾谊《吊屈原赋》、卷一一七《司马相如列传》载司马相如《哀二世赋》，《汉书》卷九七下《外戚传下》载班婕妤《自悼赋》、卷五七下《司马相如传下》载司马相如《大人赋》，②都是通篇"兮"字句的骚体，而《艺文类聚》卷四〇录《吊屈原文》为半骚体，同卷录《吊秦二世赋》、卷三〇录《自伤赋》③、卷七八录《大人赋》则完全是非骚体了。《史记》《汉书》（尤其《史记》）作为史源最早、文献年代与作品年代最为接近的文本源头，为我们观察早期赋史留下了宝贵的标准件；④通过与标准件的对比，以上这些例子堪称骚体赋在汉唐间被改造为非骚体赋的例证。

值得注意的是，除了在唐宋类书（尤其《艺文类聚》）、总集中大量存在之外，汉唐史书也是这类文本的一个制造来源。如西晋张华的名作《鹪鹩赋》，在《文选》卷十三的录文中，此赋前半部分为骚体；而《晋

---

① 斜杠前为较完整保留"兮"字文本的著录文献，斜杠后为六言形态的著录文献。又，本文引《古文苑》如无特别说明，皆据韩元吉本，下同。

② 《自悼赋》赋末的"重"为"3+兮+2"句式，《艺文类聚》录文则全部保留"兮"，这与下文所论《九愍》情形是相同的。

③ 分别即《吊屈原赋》《哀二世赋》《自悼赋》。

④ 在《史记》《汉书》所收录的骚体赋中，仅有扬雄《反离骚》中出现了一句非骚体，王叔岷《刘子集证》引此句已经很正确地指出这是文本的脱漏。

书》卷三六《张华传》引录全文却无一句带"兮"字，已完全失去骚赋痕迹了。

综上所述，在完全的骚体、半骚体和非骚体六言赋这三者之间，是完全可能而且很容易由于存录而发生渐变的。在这种文本生产机制中，一个典型的例子就是汉武帝《李夫人赋》：《汉书·外戚传》所录全为骚体，《艺文类聚》卷三四录文全为六言，而《宋书》卷八〇《孝武十四王传》录宋孝武帝《拟李夫人赋》又是句式杂糅的——然而其作为拟作，显然应与《汉书》文本同为骚体。因此现存这三种文本虽然分别居于三种不同体制，但实际上后两者不过是文本变形造成的假象而已。基于以上的观察，对于从类书中辑出的六言赋句，我们至少应当考虑其原本为骚体的可能性。

当然，现存数量众多的汉晋非骚体赋，是否全都是这一文本存录改造机制的产物？还不能遽下断言。因为毕竟有许多赋作文本已经仅存单一来源，失去了像《灵河赋》的《初学记》录文那样的参照对象，已无法对勘实证了。同时，也存在着如上（2）b所言，不同来源的非骚文本拼合后仍为非骚的情况。但是，和具体的结论相比，对于文本流传保存过程的这种观察，毋宁说更重要的价值在于唤起我们对静态结果背后的动态过程的重视。换言之，现存文本无论呈现出哪种形态，在其背后发生作用的仍是共通的发生机制；现存结果只是这一机制作用的不同程度表现而已。对于这些非骚文本，至少从方法论上，我们仍应考虑到，那些单一来源的文本，很可能只是由于失去了参照系，而无法对勘确认；而即使含有一种以上来源文本的情况，也仍然有必要考虑这些来源文本可能都已属于删削后的产物。在这种情形下，唐宋类书中大量存在的非骚体赋，在产生原理上和那些可以恢复为半骚体甚至骚体的文本并没有什么不同。我们同样无法断言它们在创作之初就必定是以非骚形态而被构思撰写的。

以上所论证的"兮"字存没现象，是基于文献编录、抄撰过程中的文字脱落角度。但应当说明的是，"兮"字的脱落并非仅此一种原因。正如前人已经意识到的，在早期创作中，"兮"字与"之""而"等助词具有一定的相通性，在《诗经》《楚辞》仍然作为一种活的文学，在现场被歌咏诵读的早期场合，这种语气助词不但可能基于表演需要而相当自由地被删减省去，甚至还有可能基于同样的理由而添加进来。① 不过，尽管我

---

① 2017年燕然山铭刻石的重新发现成为考古、文史学界的一件大事。辛德勇对勘发现，刻石篇末的铭文为三言句，而《后汉书》《文选》所载《燕然山铭》的这一部分，却在（转下页）

们能够对这一机制加以合理的悬想，但却已很难从文献实证上得到大面积的证明。对于今天的我们来说，汉魏六朝诗赋早已凝固为纸上的文字，无论在其背后有过多么复杂曲折的过程，学术讨论上真正能做的，就是从存世文本的对勘中去说明问题。而文献中最主要地呈现出来的，影响到我们现代学者观察解读的变化痕迹，在笔者看来正是上述的这一存录脱落演变过程。

2. 附论四言赋的"兮"字脱落情形

非骚的六言句既然很可能是从骚体中制造出来的，四言的情形又是如何呢？铺排整齐的四言体在上古、中古文学中已有许多成例，包括颂、箴、铭等不少文体以这种四言句式为典型，因此这些四言体的作品不易引起我们的疑惑。但就赋的表现而言，有些看似很正常的四言体其实仍可推证是"兮"字脱落的结果。这里也不妨作一附论。

一个典型的例子是，《孔丛子》卷七《连丛》录有《杨柳赋》《鸮赋》《蓼虫赋》三赋，除《杨柳赋》为六言赋外，后二赋皆为规整的四言体。然而《艺文类聚》卷九二鸟部下鹏鸟条录赋二首，即贾谊《鹏鸟赋》和孔臧《鸮赋》。《鹏鸟赋》见录于《史记·屈原贾生列传》，正文主体由"兮"字句组成，而贾谊本人对屈骚的继承也是众所周知的；但《艺文类聚》的录文却完全删去"兮"字而成为四言赋。①至于《鸮赋》，《艺文类聚》对其的归类已表明其与《鹏鸟赋》的同题性，而孔臧确实无论在选题还是在文辞上都对《鹏鸟赋》亦步亦趋。我们只要对比开头几句便可

（接上页）两个三言句之间插入"兮"字，而形成了"□□□兮□□□"的骚体句，并推断这"应当是在世间流传的过程中，因倚声唱诵而衍增，或是钞录者受到《孔耽碑》《张表碑》式'铭'辞的影响而妄自添加"（《〈燕然山铭〉的真面目》，澎湃新闻，2017 年 9 月 10 日）。这揭示出一个重大的命题，即作品中的"兮"字之有无不仅有可能是原作脱落的结果，也有可能是对原作进行增入的结果（此点承匿名审稿专家提示，深致谢意）。不过，铭文的正格本就是三言或四言，无论一般的铭文还是大量存在的汉魏六朝碑铭都是例证；骚体只能说是非常例外的变则。就这点而言，毋宁说燕然山铭刻石的发现是提供了一个回归文体正格的典型例子。这与原本就以"兮"字句为普遍文体特色的骚体赋情形仍有不同。赋中骚体句从有"兮"到无"兮"的变化，学界一贯无异辞（无论是过去学者所认为的创作演变还是本文所论证的存录脱落），应该说是显著的主要演变方向。在今后的研究中应当做的，是在这一主流现象的基础上，加入逆反性的"兮字增入"现象进行综合考察。

① 如下文所引，《汉书》所录《鹏鸟赋》就是四言的，但除失去"兮"字之外，与《史记》录文基本相同。而《艺文类聚》文词与其有显著出入，如《汉书》开头六句："单阏之岁，四月孟夏。庚子日斜，服集余舍，止于坐隅，貌甚闲暇。"《艺文类聚》作："单阏之岁，孟夏庚子。鹏集于舍，止于坐隅。"这表明《艺文类聚》依据的很可能是与《史》《汉》不同的其他文本来源。

明了，具体如下表所示：①

贾谊《鵩鸟赋》 （《史记》文本）	贾谊《鵩鸟赋》 （《艺文类聚》文本）	孔臧《鸮赋》 （《孔丛子》文本）
单阏之岁兮，四月孟夏。庚子日施兮，鵩集予舍。止于坐隅，貌甚闲暇。异物来集兮，私怪其故。发书占之兮，策言其度。	单阏之岁，孟夏庚子，鵩集于舍。止于坐隅，貌甚闲暇。异物来萃，私怪其故。发书占之，谶言其度。	季夏庚子，思道静居。爰有飞鸮，集我屋隅。异物之来，吉凶之符。观之欢然，览考经书。

不但如此，孔赋中还点明"昔在贾生，有识之士。忌兹服鸟，卒用丧已"，是一篇有意识地对《鵩鸟赋》反弹琵琶之作。据此不难判断，《鸮赋》的体式大概率应与《鵩鸟赋》是一致的骚体，其四言形态是由于《艺文类聚》（或《艺文类聚》所依据的传抄文本）删削造成。而《孔丛子》录文的形态与《艺文类聚》完全一致，则又可知其很可能就是从《艺文类聚》之类的文献中抄入的。《蓼虫赋》乃至《杨柳赋》自然也大可据同理推断其文本形态生成过程。

同类的例子还有马融《围棋赋》，《古文苑》卷二录文全骚体，《艺文类聚》卷七四录文全四言。妙的是《文选·博弈论》所引刘向《围棋赋》四句，虽为四言，但其实均见于马融此赋（严可均已指出此点）。无论是《文选》注误引此赋，抑或刘向、马融的同题赋作前后相承，这四句四言显然是骚体删略"兮"字变来的。此外，收录于唐宋类书的刘安《屏风赋》，全为四言，但基于以上讨论，再考虑到刘安本人的时代之早及其作为楚辞名家的身份，这篇赋有相当可能原本也是《鵩鸟赋》体式的骚赋。就此言之，我们对汉晋赋中的四言形态，同样应将这种脱落机制视为其文本生成的一种重要原因。

学者曾基于这类全四言的赋体，区划出一特殊的体类，甚至特别命名为"诗体赋"，认为其渊源来自《诗经》。②但如上所见，前人在提出这一观点时所举出的四言赋例子，其实有些是可确证为骚体的。不仅如此，贾谊《鵩鸟赋》录于《汉书》卷四八《贾谊传》的文本与《史记》大异，是完全不含"兮"字的四言形态。这一例子本身已经引起前人的迷

---

① 《史记》，中华书局2013年版，第3011页；欧阳询：《艺文类聚》，第1609页；傅亚庶：《孔丛子校释》，《新编诸子集成续编》本，中华书局2011年版，第450页。

② 曲德来将汉赋分为散体、骚体、四言三类（《汉赋综论》，辽宁人民出版社1993年版，第62、63页），马积高《赋史》提出"诗体赋"概念，并认为此体由《诗经》演变而来（上海古籍出版社1987年版，第6页），郭建勋《辞赋文体研究》在此基础上更加申论（第21页以下）。

惑，甚至引起学者辨析认为《汉书》所载四言句才是正确的，将其认定为是对"荀子《赋篇》的继承与发展"。①但如果置于整个先唐赋史的生成视域下来看，《汉书》正提供了一个极好的难得证据，让我们看到早在东汉便已存在对汉初赋"兮"字的删落。

不但如此，从《鹏鸟赋》和《鹗赋》这样的案例，倒是提醒我们重新思考一个学术史上的传统命题。《汉书·艺文志》将早期赋分为四类，其分类归属看起来相当混杂，向来为学者所不满；而其中大多数的赋又已佚失，无从对证。故学者或对其置之不理（如铃木虎雄），或选择从较为宽泛的风格题旨取向上理解（如章学诚、刘师培）。但如上所论，孔臧赋经过我们的梳理复原后，可以确认在文体上应与屈原—贾谊属于同一源流的赋家，而《汉书·艺文志》正是将孔臧赋二十篇与贾谊赋一同归属于第一类的"屈原赋"，而非第三类的"孙卿赋"，这与我们的研究结论是相符的。这提醒我们，班固分类时所见到的篇章及文本形态，可能本身就与今天习见的大异，因而我们对其分类的理解也未必就是吻合其本意的。从这个意义上说，对文本生成的实证和对《汉书·艺文志》分类的结合互证仍是非常值得注意的推进方向。

当然，应当补充说明的是，指出四言赋（"诗体赋"）所依据的文本中同样含有不可靠的成分，并不是要完全否认这种体式的存在，也不是说汉晋赋中的四言都是兮字删落的结果。散体大赋和骚体赋中的四言句，显然就是都不带兮字的；而尹湾汉简所出《神乌赋》也是典型的四言赋。在文献严重残缺的情况下，我们所做的，只是更小心地验证所用于论证观点的那些例子，从细节个案开始一步一步地重新敲实知识的生成过程而已。

综上所论，我们首先应可同意，从文本传抄、编撰、辑佚处理导致"兮"字失落的角度来理解现存汉晋赋中这种混杂形态，是有其合理性的，在研究早期赋体时，有必要综合考虑这一因素的影响。如上所讨论的这些非骚、半骚形态之赋作，实际上仍应当视作以"兮"字句为标志的骚体赋，置于《楚辞》以下的文学脉络中予以理解。而现存汉晋赋文本中如果较大面积地补入"兮"字以后，我们面前展开的早期赋史将会发生怎样的面貌变化？答案已经是不言而喻的了。

不过，问题也并非就此了结。事实上还有些更复杂的疑点，有待进一步的澄清——而在澄清疑点的同时也就带出了更深层次的机理观察。这个

---

① 曲德来：《汉赋综论》，第 170 页。按从朱熹《楚辞后语》到郭建勋《辞赋文体研究》等均将此赋归入骚体，认为是楚辞（尤其《怀沙》《橘颂》）一脉中的产物。

疑难点就在于《文选》。对于这部中古文学的渊薮，学者一向信用为研究的基础，尤其在类书文本已被证实为非全貌后，《文选》作为总集，收录完整篇章的长处更为凸显。整部《文选》可谓给汉晋文学的生命世界提供了一部相当完善的标本目录。然而就在《文选》所录赋中，有若干种正呈现出这种半骚、非骚形态。最典型也最容易想到的一个例子，便是收入《文选》卷十九的曹植名作《洛神赋》。这篇脍炙人口的名作，在梁代便已定型。其中含有的不少四言句，自可相信原本就非骚体；但作为主体的六言句部分，却也是时而有"兮"，时而无"兮"的半骚体。例如下面这一段：

披罗衣之璀璨兮，珥瑶碧之华琚。戴金翠之首饰，缀明珠以耀躯。践远游之文履，曳雾绡之轻裾。微幽兰之芳蔼兮，步踟蹰于山隅。①

就在"兮"字句中插入无"兮"字的两句，形成一种交杂面貌。和《洛神赋》情形相同的还有卷九录班彪《北征赋》。此外，卷十三祢衡《鹦鹉赋》仅开头若干句为骚体，卷十五录张衡《归田赋》则完全是由六、四言句组成的非骚体。但是这些作品是否真的就是如《文选》文本所呈现的非骚、半骚形态的赋作呢？我们有必要仔细来看一看。

二 《文选》文本的骚体变形

如果仅从理论上回答这一问题，并不困难。前辈学者针对早期文本的异文早已做过大量精深考证，宇文所安更从学理上系统指出过中古写本时代文本变异的普遍存在。② 甚至在汉代便已经发生过由于《楚辞》脱落"兮"字而变形为三言、七言乐府的实例。③ 因此面对《文选》中的这些案例，我们只要回答"都是汉晋时期传抄本中'兮'字脱落的结果"似乎也就结束了。不过，理论终究是一种思考层面的应然，基于《文选》的基础性权威地位，如果找不到实际例证，这样的解释终究是空口无凭。幸运的是，关于《洛神赋》有一个宝贵的线索留了下来，成为我们实证性解决这一问题的重要入口。

和其他绝大多数汉晋文集相似，《曹植集》经千余年的流离变迁，初

---

① 《日本足利学校藏宋刊明州本六臣注文选》，人民文学出版社2008年版，第290页。
② 参见宇文所安《中国早期古典诗歌的生成》，胡秋蕾、王宇根、田晓菲校，生活·读书·新知三联书店2012年版。
③ 《乐府诗集》卷二八录《楚辞钞》。不过这样的例子中有必要考虑跨文体及音乐表演性的因素，与单纯赋体内部发生的文本编撰传抄情形还是有所区别的。

期面貌早已不可得见。不过较之其他多数六朝文学作品，《洛神赋》还现存着一个可以用于对勘的早期文本，那就是东晋王献之所书《洛神赋十三行》（后文简称《十三行》）。此书真迹虽亦不存，然有明万历年间于杭州葛岭半闲堂旧址斫地获宋宣和、绍兴间刻石一件，即所谓"玉版十三行"，石为水苍色，故世传以为和阗碧玉，又称"碧玉十三行"。共250字，从"以遨以嬉"之"嬉"字至"体迅飞凫"之"飞"字。① 这在文献学上实有着稀世的价值，因为现存六朝诗赋的直接文本可以上溯到东晋的，仅此一件，比之南朝编定且文本只能确定到唐抄宋刻的《文选》要早得多。② 曹植集现通行赵幼文《曹植集校注》，以丁晏《曹集铨评》为底本。而《曹集铨评》是对校过各种文献的，文字与《文选》已略有出入。但从丁、赵二氏的录文及校语来看，亦未校过"玉版十三行"。下面将此石刻与明州本《六臣注文选》及赵本文字对列为表，即可朗然。③

明州本《六臣注文选》	《曹植集校注》（《曹集铨评》）	"玉版十三行"
嬉。左倚采旄，右荫桂旗。攘皓腕于神浒兮，采湍濑之玄芝。余情悦其淑美兮，心振荡而不怡。无良媒以接欢兮，托微波而通辞。愿诚素之先达，解玉佩而要之。嗟佳人之信修，羌习礼而明诗。抗琼珶以和予兮，指潜川而为期。执眷眷之款实兮，惧斯灵之我欺。感交甫之弃言兮，怅犹豫而狐疑。收和颜而静志兮，申礼防以自持。于是洛灵感焉，徙倚彷徨。神光离合，乍阴乍阳。竦轻躯以鹤立，若将飞而未翔。践椒涂之郁烈，步蘅薄而流芳。超长吟以永慕兮，声哀厉而弥长。尔乃众灵杂沓，命俦啸侣。或戏清流，或翔神渚。	嬉。左倚采旄，右荫桂旗。攘皓腕于神浒兮，采湍濑之玄芝。余情悦其淑美兮，心振荡而不怡。无良媒以接欢兮，托微波而通辞。愿诚素之先达兮，解玉佩以要之。嗟佳人之信修兮，羌习礼而明诗。抗琼珶以和予兮，指潜渊而为期。执眷眷之款实兮，惧斯灵之我欺！感交甫之弃言兮，怅犹豫而狐疑。收和颜而静志兮，申礼防以自持。于是洛灵感焉，徙倚彷徨。神光离合，乍阴乍阳。竦轻躯以鹤立，若将飞而未翔。践椒涂之郁烈，步蘅薄而流芳。超长吟以永慕兮，声哀厉而弥长。尔乃众灵杂沓，命俦啸侣，或戏清流，或翔神	嬉。左倚采旄，右荫桂旗。攘皓捥于神浒兮，采湍濑之玄芝。余□悦其淑美兮，心振荡而不怡。无良媒以接欢兮，托微波以通辞。愿诚素之先达兮，解玉珮以要之。嗟佳人之信修兮，羌习礼而明诗。抗琼珶以和予兮，指潜渊而为期。执拳拳之款实兮，惧斯灵之我欺。收和颜以静志兮，申礼方以自持。于是洛灵感焉，徙倚彷徨。神光离合，乍阴乍阳。擢轻躯以鹤立，若将飞而未翔。践椒涂之郁烈兮，步衡薄而流芳。超长吟以慕远兮，声哀厉而弥长。尔乃众灵杂逯，命俦啸侣。□戏清流，或

---

① 参据王壮弘《帖学举要》"晋王献之书洛神赋十三行"节，上海书店出版社2008年版，第210—219页。

② 当然，此作是否真为王献之书？不妨讨论。但书法史上对此从无二说，行笔结体上也无不合之处。退一步说，即使非王书，至少北宋已入内府收藏，其史源等级仍然很高。

③ 《日本足利学校藏宋刊明州本六臣注文选》，第290—291页；赵幼文：《曹植集校注》，人民文学出版社1984年版，第283—284页；《晋王献之洛神赋十三行》，文物出版社1981年版，第1—5页。

续表

明州本《六臣注文选》	《曹植集校注》（《曹集铨评》）	"玉版十三行"
或采明珠，或拾翠羽。从南湘之二妃，携汉滨之游女。叹匏瓜之无匹①，咏牵牛之独处。扬轻桂之猗靡，翳修袖以延伫。体迅飞	渚，或采明珠，或拾翠羽。从南湘之二妃，携汉滨之游女。叹瓠瓜之无匹兮，咏牵牛之独处。扬轻桂之猗靡兮，翳修袖以延伫。体迅飞	翔神渚。或采明珠，或拾翠羽。从南湘之□姚②兮，携汉滨之游女。叹匏娲之□匹兮，咏牵牛之独处。扬轻桂之□靡兮，翳修袖以延伫。□迅飞

可以看到，在《十三行》中，骚体形态的分布与《文选》不同，当然也不同于丁本系统。《十三行》只有"感交甫之弃言""擢轻躯以鹤立"两句无"兮"字，其他句子都很齐整。《文选》中不带"兮"字的"愿诚素之先达""嗟佳人之信修""践椒涂之郁烈""从南湘之二妃"等句，在《十三行》中都是骚体。而《十三行》中非骚的"感交甫"一句，在《文选》中却恰恰是骚体。这种交错情形证明《十三行》也不完全是原貌，而是与《文选》一样互有脱落的文本。如果将两种来源的文本拼合起来，则我们便得到一种整齐度相当高的《洛神赋》片段：在十六对句子中，仅仅只有一处非骚体了。这种情况显然已很难用作家的主观创作意图去解释。《十三行》虽然仅存片段，但这等于随机取样，我们不难逆料王献之书的其他部分必定与这段情形相类，从而也就可以判断，《文选》所录的《洛神赋》的半骚形态并不能作为理解曹植原作的依据。

再看其他早期文献来源，在《艺文类聚》卷八的摘录中，相应的一段则是这样的：

> 于是忽焉纵体，以游以嬉。左倚采旄，右荫桂旗。攘皓腕于神浒，采湍濑之玄芝。收和颜而静志兮，申礼防以自持。尔乃众灵杂沓，命俦啸侣。或戏清流，或翔神渚。或采明珠，或拾翠羽。从南湘之二妃，携汉滨之游女。体迅飞凫，飘忽若神。③

可以看到，《艺文类聚》"浒""妃"字下皆无"兮"字，"志"字下却有"兮"字，也与《文选》互有同异。虽然还难以遽断这里的形态是《艺文

---

① 原注："善本有兮字。"
② 按"姚"字前缺字显然还是"二"字，"二姚"是用《离骚》中"留有虞之二姚"，这与《文选》系统的"二妃"（舜之二妃）是一个显著不同。
③ 欧阳询：《艺文类聚》，第162页。

类聚》所依据原本就是如此，抑或只是处理时删削未净而留下了一句马脚？但《艺文类聚》录文时的一般原则是倾向于删去"兮"字，因此后一种可能性是比较大的。无论如何，《艺文类聚》的录文形态让我们看到了又一种不同的文本面貌。①

令人感兴趣的是，《曹集铨评》作为一种清代才出现的本子，又是何以形成这种差异面貌的呢？丁晏是下过功夫校对唐宋类书及张溥《百三家集》本和休阳程氏本曹集的，但正如学者已指出的，这种传统校勘法习惯性地以"优质"的异文掩盖了"劣质"的异文，并且由于校者工作的疏失而产生纰漏。②"嗟佳人之信修"一句，《文选》无"兮"，丁本却有，并于句下出校曰："张本。程脱。"但前一句"愿诚素之先达"一句，同样是《文选》无"兮"而张本有，丁本同张本，却不出校。至于《文选》有"兮"而其他文献无的，如"攘皓腕于神浒"一句，《艺文类聚》无"兮"；"叹匏瓜之无匹"一句，张本无"兮"，丁晏更也全都不出校。这应是因为《艺文类聚》《百三家集》不是丁晏的底本而是对校本，从传统校勘学的原则来说，对校本明显劣于底本之处是不需说明的，因此《艺文类聚》文本缺少的字便在校勘中被隐没了。然而，对于来源、处理方式都不一致的这些中世文献，实际上是无法依据本来适用于刻本系统的底本法进行校勘的，无论丁晏选择哪一种来源作为工作底本，都没有理由认为这就优先于其他的早期文献所录文本。③ 总之，因为《铨评》经过校勘而使用此本作为底本，从方便角度说是不错的，从严格科学的文献整理来说却不能说是合理可从，因为这只是一个经过"窜改"以后又产生了新异文的次生本子。经过辨析后便知道，我们讨论问题时是可以排除此本的。

剩下的一个问题是，很可能是《铨评》补字来源的张溥本，其多于《文选》的"兮"字又是哪里来的呢？从"践椒涂""从南湘"几句的异文看，张溥本——实际上是张燮《七十二家集》的复制——的依据似乎不是《十三行》。这个问题暂时还未能解决，只能推断应是张燮当时所用于辑佚或对校的某种明代曹植集本子形态如此。而当时的那个本子是否也

---

① 《太平御览》卷九八一引"践椒涂"一句，亦无"兮"字，则与《文选》同而异于《十三行》。

② 林晓光：《明清所编总集造成的汉魏六朝文本变异——拼接插入的处理手法及其方法论反省》，台湾《汉学研究》2016年第34卷第1期。

③ 西方古典校勘学对于这种问题，要求使用所谓的谱系法，先审慎衡量所用各抄本印本是否出于同源，各种写抄本的变异发生在何环节，如果来源不同，是不可轻易抹杀其差异的。参见[德]保罗·马斯《校勘学》，收入《西方校勘学论著选》，苏杰编译，上海人民出版社2009年版，第41—103页。

曾对勘过《十三行》（未必是原帖，也可能根据书画目录中的释文）而增入了几处"兮"字，还是别有来源？则暂时还难以追究。

回到对《十三行》的观察，其何以会形成这种异于《文选》的形态呢？可以想见两种可能。一是王献之所阅读、记忆的《洛神赋》就是这样的，这表示早在东晋之前，便至少存在着一种与今本《文选》不同，但也已是半骚体的《洛神赋》文本；二是王献之所知所书的《洛神赋》，六言句的部分原本就都是骚体，只是他在书写时漏掉了两句的"兮"字。从复原拼合后16:1的比例来说，后一种可能性显然更大。

事实上，在如上观察的基础上，我们还面临着一个更深层的问题。那就是我们所依据《文选》版本本身是否可靠？如果今天一般所见的《文选》本身就已经不是萧统等所编选时的原貌呢？关于这个问题，《文选》写本学者已经进行了很好的研究。秦丙坤通过逐字校对德藏唐代吐鲁番写本《文选》残卷指出：

> 关于"兮"字，写本中的《北征赋》《东征赋》《西征赋》三篇赋，大部分篇幅是整齐的六言句，又往往是两句相对的，李善本、五臣本、六臣本中，上句句末时有"兮"时无"兮"，而有"兮"无"兮"又没有一定的规律，写本则凡所存之句，除去"乱曰"之辞，凡六字句，往往都在上句句末有"兮"字。此三篇赋为比较典型的骚体句式，其体式是与屈原的《离骚》相同的，其规则也应该是前句末节有"兮"字，所以写本为胜。[①]

这一结论与本文通过传世文献对勘所得到的判断正相吻合。下面仅以《北征赋》写本残卷开头一段为例，展示这一问题的复杂性。[②]

吐鲁番本《文选》写本	明州本《六臣注文选》卷九
……曾不得乎少留。遂奋袂以北征兮……历云门而反顾兮，望通天之崇崇。乘陵……不伤。彼何生之优渥兮，我独离此……入义渠之旧城。忿戎王之淫狡兮，秽宣后……	曾不得乎少留。遂奋袂以北征兮，超绝迹而远游。……历云门而反顾，望通天之崇崇。……彼何生之优渥，我独罹此百殃……登赤须之长坂，入义渠之旧城。忿戎主之淫狡，秽宣后之失贞。

[①] 秦丙坤：《〈德藏吐鲁番本《文选》校议〉摭遗校补》，《敦煌研究》2010年第3期。此点承裘石君提示，深致谢意。

[②] 饶宗颐编：《敦煌吐鲁番本文选》，中华书局2000年版，第24页；《日本足利学校藏宋刊明州本六臣注文选》，第150—151页。

可以看到"兮"字的有无形成了鲜明对照。当然,唐写本已在《文选》编成之后。如果说晋人写本《十三行》反映的是《文选》以前文本与《文选》的差异,那么唐写本反映的就是《文选》从编成到被刊刻阶段发生的变异。

更进一步,《文选》现存各刻本系统之间也存在着不少文字差异,具体到"兮"字的脱落问题,《北征赋》同样提供了有价值的一句[1]:

明州本《六臣注文选》卷九	胡刻李善本《文选》卷九	《艺文类聚》卷二七
游子悲其故乡兮,心怆恨以伤怀。	游子悲其故乡,心怆恨以伤怀。	游子悲其故乡兮,心怆恨以伤怀。

现存刻本系统中最早的明州本与《艺文类聚》相同,都有"兮"字,表明这很可能是更早期的面貌,而李善注本却已经失落了。

《文选》卷十三录祢衡《鹦鹉赋》也是一个典型的案例,六臣注本系统与李善注本系统差异明显。尽管可以看出其为"兮"字脱落后的文本,但李善注本前三句都还保留了骚体,六臣注本却只有第三句有"兮"字了[2]:

明州本《六臣注文选》卷十三	胡刻李善本《文选》卷十三
惟西域之灵鸟兮,挺自然之奇姿。体金精之妙质,合火德之明晖。性辩慧而能言兮,才聪明以识机。	惟西域之灵鸟兮,挺自然之奇姿。体金精之妙质兮,合火德之明辉。性辩慧而能言兮,才聪明以识机。

正如前文所证,六臣注本这种仅存一个"兮"字的形态,几乎可以立刻断定其为存录失落的结果。《鹦鹉赋》正给我们提供了一个有力的佐证。同卷张华《鹪鹩赋》则反过来,六臣注本系统比李善注本保存了更多的"兮"字,其前半篇分别如下表所示[3]:

明州本《六臣注文选》卷十三	胡刻李善本《文选》卷十三
何造化之多端兮,播群形于万类。惟鹪鹩之微禽兮,亦摄生而受气。育翩翾之陋体兮,无玄黄以自贵。毛弗施于器用兮,肉不登乎	何造化之多端兮,播群形于万类。惟鹪鹩之微禽兮,亦摄生而受气。育翩翾之陋体,无玄黄以自贵。毛弗施于器用,肉弗登于俎味。鹰鹯过犹俄

---

[1] 《日本足利学校藏宋刊明州本六臣注文选》,第151—152页;李善注:《文选》,上海古籍出版社1986年版,第427—430页;欧阳询:《艺文类聚》,第490页。
[2] 《日本足利学校藏宋刊明州本六臣注文选》,第151—152页;《文选》,第427—430页。
[3] 《日本足利学校藏宋刊明州本六臣注文选》,第213页;《文选》,第617—618页。

续表

明州本《六臣注文选》卷十三	胡刻李善本《文选》卷十三
俎味。鹰鹯过犹俄翼兮，尚何惧于罿罻。翳荟蒙笼，是焉游集。飞不飘飏，翔不翕习。其居易容，其求易给。巢林不过一枝，每食不过数粒。栖无所滞，游无所盘。匪陋荆棘，匪荣苴兰。动翼而逸，投足而安。委命顺理，与物无患。伊兹禽之无知兮，而处身之以智。不怀宝以贾害兮，不饰求以招累。	翼，尚何惧于罿罻。翳荟蒙笼，是焉游集。飞不飘飏，翔不翕习。其居易容，其求易给。巢林不过一枝，每食不过数粒。栖无所滞，游无所盘。匪陋荆棘，匪荣苴兰。动翼而逸，投足而安。委命顺理，与物无患。伊兹禽之无知，何处身之似智。不怀宝以贾害，不饰表以招累。

可以看到六臣注本前半篇都是骚体，而李善注本却仅剩下前两句了。当然，在这种相互歧异的情况下，即使保存较多的一种文本，也绝难相信就是原样，而只不过都呈现出这一系列脱落过程中的某种中间面貌而已。

以上种种例证都在提醒我们，不仅汉晋骚体赋作被录入《文选》时已未必是体式原貌；而且《文选》自身所经历的时代变迁，从写本到刻本，从较早期的刻本到较晚的刻本，也同样在影响着"兮"字的存现，换言之，影响着我们对其中所收录的骚体赋面貌的理解。而我们过去立足于今本《文选》面貌所进行的观察及提出的观点，却已经在很大程度上渗透到了我们理解早期赋史的基本框架当中。在这个意义上，《文选》中那些早期赋作文本实在很值得我们梳理重审，追问其中可能隐含着的误读问题。在骚体赋的"兮"字问题上，《文选》的存录面貌并不足以据论其所录作品的原初形态。而《文选》所走过的道路并不仅仅代表其自身，制约着《文选》面貌变迁的原理同样制约着那个时代的其他文献，这也是不言自明的了。

三　汉晋赋体式研究反省

上文我们已经论证了好几个层次的文献都可能导致早期骚体赋的文体发生变异：（1）唐宋类书；（2）汉唐史书；（3）《文选》写刻本。这几乎已囊括了汉晋赋文本的所有来源类型。在这个基础上，我们可以进一步尝试重新反省、检讨前人与此相关的学术观点。先唐赋学经过历代学者的辛勤工作，已经相当深入，收获了大量可贵成果，对赋的文体、句式研究也有许多创获，这些都是值得继承借鉴的；但如前文所论，在复核前人论述中引为论据的那些文本时，往往会发现其中包含着文本变形，而过去的不少观点正是以这些问题材料为依据的，因而也就有待于重新检讨，以期在前人探索的基础上进一步修正完善。而在通过对现存文本变异机理的测量后，我们已重新获得了类型学上的一批"标准件"，据此便可能对现存赋体的形态进行一些能力范围内的修复尝试，尤其是一些看起来怪异不可理解的形态加以安置——就好比博物馆员对残损的器物进行修复一样。当然，这种修复是基于构造性的模型解读作出的，其本身已经没有充分的文字线索作为指示，因此不能说是百分之百确凿的。不过，也正如器物、书画的修复者有信心对残损器物作品进行修复一样，文体和文献的大量例证也足以提供给我们进行这一工作的信心①。而在这些尝试的基础上，由于文本的基本面貌获得修正，固有认识获得纠偏，我们自然也就有可能对汉晋赋史乃至文学史作出新的思考探索。

首先应考虑的是，像对勘后的《洛神赋》文本所见那样，整体在绝大多数情况下句式一致，仅有一句例外的文体，这在创作上是否可说是自然的呢？在没有其他证据之前，我们当然只能相信这就是"作品"。但经过对勘论证后，再回过头去思考，便会意识到这其实是非常不正常的，很难说符合创作的一般规律——那就好比重新拼合的出土器物上出现了一个不规则窟窿般的碍眼，我们恐怕只能将此理解为还有残片未被发现。

这一原则可以应用于一些案例中。《文选》卷九班昭《东征赋》共三十三组对句，其中仅有三句无"兮"字；而且其中"知性命之在天，由力行而近仁"一句，六臣本注曰："五臣有兮。"可知这正与前节所论一样，包含了《文选》版本自身的变异。由此也就更可以明白此赋中的"窟窿"并非自然存在的了。同例如《文选》卷十三潘岳《秋兴赋》，六言对句中的非骚体句比例为2/31。《陆云集》载云《愁霖赋》，1/31；《登台赋》，3/36；《逸民赋》，3/35。类书中的例子，则曹魏缪袭《喜霁赋》（《初学记》卷二），1/19；西晋夏侯湛《浮萍赋》（《初学记》卷二七），1/12。这些赋无疑可以适用于这一法则。此外，学者曾举傅玄《大寒赋》为例，论证其是一篇小赋，骚体句与四、六言的散体句相杂成文，彼此融合自然，是一种在形式上兼综楚骚与文体赋，而又不同于楚骚与赋的新体式。但首先，傅玄此赋今天只见于类书的收录，所以当然不可据仅存的一段视为小赋。其次，录于《初学记》卷三的文本，最为完整，除一二异文外，包含了其他来源的所有文句：

五行倏而惊骛兮，四节终而电逝。谅暑往而寒来，十二月而成

---

① 在进行这种含有危险性的复原时，发生任何错误都是可能的，本文的工作当然也只能说是初步的尝试。但这种不确定性正有待于学者持续的检验修正，将复原结果推向完善；而不是由于个别具体判断的可能失误，便就此否定努力前进的方向。

岁。日月会于析木兮,重阴凄而增肃。在中冬之大寒兮,迅季旬而逾慧。彩虹藏于虚廊兮,鳞介潜而长伏。若乃天地凛冽,庶极气否。严霜夜结,悲风昼起。飞雪山积,萧条万里。百川咽而不流兮,冰冻合于四海。扶木憔悴于旸谷,若华零落于濛汜。①

与《艺文类聚》相反,《初学记》的体例往往保留"兮"字。最后两句是较为特殊的句式,还难以遽断原本是否应无"兮"字,除此以外,前面的句子其实相当清楚,仍然不过就是四言句和六言骚体这两种典型句式。只有"谅暑往而寒来"一句无"兮",是孤零零插在众多兮字句中的特例。因此所谓"建安魏晋时期这种骚、散结合"的"新形制",实际上是无法凭此赋得到论证的。

而反过来,现存文本中也往往可见除一、二骚体句外,全篇都是非骚体的例子,这些作品又是如何呢?在传抄过程中人为地添上一两处"兮"字,是更不合理的事情,所以这仍应是存录脱落(删除不净)的结果,只是和前一种情况居于两个极端而已。典型的例子如陆云《九愍》。学者指出这组仿骚体的作品九篇正文只有一句有"兮"字,其他皆为无"兮"字的句腰虚字的六言句式,并认为这是在辞赋走向骈偶化创作的历史过程中逐渐脱落"兮"字所致。在过去我们未对这一问题进行清查之前,只能以既存文本为依据,发生误判是很正常的;而现在则获得了重新审视的可能——《九愍》作为证据的有力之处,正在于这是一组篇幅相当大的长篇之作,在长达数百句的作品中,竟然只有一句被作者认为应当写成骚体,这简直是匪夷所思的事情。《陆云集》虽然是罕有几种有宋本传世的六朝别集之一,但无论相对于六朝抄本还是隋唐编撰文献,宋本都已遥乎其后,收录在集中的文本遭遇过类似的删削处理,实在是毫不奇怪的。虽然已无实物文本可供对勘,但合乎情理的判断是:《九愍》作为一组从题目便可知是模拟《楚辞》的作品,在其写作之初自应是每一句都含有"兮"字的。而孤零零的那一句例外,最大的可能当然就是和《艺文类聚》中常见的例子一样,是抄手或编撰者删削未尽而留下来的马脚②。而在理解这一点后,我们也就可以推想得到,《后汉书》中所录东汉赵壹《刺世疾邪赋》为什么会全篇仅有两处句子带有"兮"字了。虽然名义上是东汉作品,但其作为刘宋时的存录文本,其"兮"字已在流传过程中

---

① 《初学记》,第60—61页。
② 类似的例子包括孙楚《莲华赋》、张载《叙行赋》等。

遭到删削，是完全可能的事情。而且这还提醒我们一点：现存两汉赋作虽然常常被放在一起研究，但其文本状态其实有着相当深刻的区别。由于《史记》《汉书》的存在，我们对于西汉赋有着一批可信的，足以作为标准件，成为文本分析基础的作品，但却没有任何一篇东汉赋具有这样的史料可靠性。

　　一个需要追问的根本的问题是："兮"字为什么那么容易遭到删削？一方面当然是因为"兮"字作为虚字，在赋已经转化为书写文本后，有无此字都不影响语意表达；另一方面恐怕是因为其极高的重复率，这一点从《九愍》这样大篇幅的文辞我们也可以得到更充分的理解。对一个抄写者而言，每隔若干字就要抄写一个相同的字，无疑是十分厌烦的工作。既然六言句有"兮"无"兮"并不影响文意的表达，在不要求或未意识到须精确复制的情况下，这个字自然是最容易被跳过的了。

　　与此机制相关，一个特殊的现象是，不少半骚体赋的"兮"字常常出现在开头部分。郭建勋已经指出过这种现象："我们注意到，'兮'字经常被用在文体赋的开头和结尾。例如祢衡《鹦鹉赋》、王粲《游海赋》《浮淮赋》《初征赋》《马勒脑赋》[①]、徐幹《序征赋》、应玚《愁霖赋》《正情赋》等许多赋作，都是用骚体句开头的，这种情况到两晋南北朝时更加普遍，并一直延续到唐宋的律赋。"[②] 唐宋律赋是别一问题，此姑不论，就汉末建安赋来说，这却是个很有价值的观察。所举诸例中如《游海赋》《马脑勒赋》，实际上只要对勘文献来源便知道，都属于前文已指出的，由于不同类书文本被拼接而出现的半骚体，这种误解可以不论。但其他如《初征赋》《序征赋》（并见《艺文类聚》卷五九）、《愁霖赋》（《艺文类聚》卷二）、《正情赋》（《艺文类聚》卷十八）等或只见于一种文献来源，或虽有不同文献来源但不影响观察的例子，则这一观察还是成立的。类似的例子还可以举出朱穆《郁金赋》（《艺文类聚》卷八一）、侯瑾《筝赋》（《艺文类聚》卷四四）、阮瑀《纪征赋》（《艺文类聚》卷五九）、钟会《蒲萄赋》（《艺文类聚》卷八七）、潘尼《苦雨赋》（《艺文类聚》卷二），以及前文已经提及的张华《鹪鹩赋》（《文选》卷十三）等。此外，还有些文本由于出于不同的文献来源，在后世的整理工作中被遮蔽，导致我们不易注意到的某种文本形态，其实也属此类，如董仲舒《士不遇赋》，《古文苑》卷一录文全为骚体，《艺文类聚》卷三〇所录却

---

① 按：当作《马脑勒赋》。
② 郭建勋：《楚辞与中国古代韵文》，第109页。

只有开头一句有"兮"。扬雄《甘泉赋》,和《汉书》本传所录全文相比,《艺文类聚》卷三九也只剩下开头几句有兮字(末尾的兮字为另一句式,不在此例)。如果失去其他来源而只剩下《艺文类聚》录文,这些作品看起来就和前边提到的那些没有什么不同了。

不过,这一现象实际上却并不能从文体运用的角度进行解释,而依然只是文本的存录变形问题。我们仔细观察剩下的这些"作品",便会发现绝大多数只是开头若干句用骚体,而并非首尾都有或开头无而结尾有(结尾也有兮字的例子是上面被排除掉的那些①);更有意思的是,除《鹦鹉赋》《鸧鹒赋》(这两件作品的文本变异已见前文讨论)外,这些作品的单一来源都是《艺文类聚》,这足以证明这些"作品"其实只是摘抄拼凑后的"文本片断",这些片段的开头并不是完整"作品"的开头,而是相当随机地从文中选抄出来的,当然也就与创作体式无关了。我们这样复核归类过以后,便知道这种形态并非作者造成,而是《艺文类聚》编者或抄录者的处理所致。至于为什么只抄录开头一句或数句的"兮"字,而将其后的悉数省去呢?则已无可考证。推测其理由,也许是包含有示例的意图,即认为开头既已抄了几句,后边皆可类推;也许根本只不过是抄了几句以后,便懒得再抄下去了而已。当然,只要我们意识到类书中所表现出来的这一手法,自然也就明白这决不会是仅限于类书,而是抄本时代具有共通性的现象。即如《文选》,前举《鹦鹉赋》《鸧鹒赋》都属于此类;而卷九潘岳《射雉赋》,也仅有前四组对句为骚体,这与《类聚》这方面的表现是毫无二致的。

另一种情形,是编纂抄录者对于赋的正文与赋末作为尾声的"乱""系"等部分,会由于文体上有所差异,而分别选择删去或保留"兮"字。王德华指出,上举陆云《九愍》虽然正文近于全篇无兮字,但其三篇"乱辞"②却都是完美的骚体。③ 如《涉江》篇之"乱":

> 乱曰:有鸟翻飞,集江湘兮。彼美一人,莫予将兮。念兹涉江,怀故乡兮。生日何短,戚日长兮。顾我愁景,惟永伤兮。④

---

① 郭氏又提到另一批"文体赋以骚体收尾的作品",包括鲍照《芜城赋》、谢庄《月赋》、江淹《恨赋》、萧绎《荡妇秋思赋》等。但实际上这些赋末尾的骚体句并非与赋的正文为一体,而是以具有独立性的一首楚歌来收尾,与前文所论不是一回事。
② 至于为什么只有三篇有乱辞?很有可能,也是由于其他六篇已丢失了。
③ 王德华:《唐前辞赋类型化特征与辞赋分体研究》,浙江大学出版社2011年版,第44页。
④ 张溥:《汉魏六朝百三名家集》,广陵书社2015年版,第747—748页。

从抄本的角度，原因也很好解释：因为乱辞中的"兮"字如被删去，读下去便变成了七言句，改动的幅度已超过"抄录"所愿意承担的限度了，所以幸运地得到了保留。但是，这种"愿意承担的限度"显然并不是买保险，而是视乎抄录者的态度和水平而变化的，只是在《九愍》这一个案中走向了保留"兮"字的方向而已。反过来我们也可以想象，如果这乱辞的兮字完全被删去，就会成为一首五句的七言诗，我们恐怕也会将其作为一首西晋七言诗的例证来看待了。这甚至已不是赋体的内部问题，而且牵涉赋体与诗体的文本干扰问题了。这种情况，也有实例可证。《文选》卷十七王褒《洞箫赋》：

> 翔风萧萧而径其末兮，回江流川而溉其山。扬素波而挥连珠兮，声磕磕而注渊。朝露清泠而陨其侧兮，玉液浸潭而承其根。[1]

这几句《艺文类聚》卷四四引作：

> 翔风萧萧经其末，回江流水溉其山。朝露清泠而陨其侧，玉液浸润而承其根。[2]

第一句的"而""兮"都删落后，便被加工改造成了七言句[3]。又，《艺文类聚》卷三五曹植《秋思赋》：

> 四节更王兮秋气悲。遥思悄恍兮若有遗。原野萧条兮烟无依。云高气静兮露凝衣。野草变色兮茎叶希。鸣蜩抱木兮雁南飞。归室解裳兮步庭前。月光照怀兮星依天。居一世兮芳景迁。松乔难慕兮谁能仙。长短命也兮独何怨。[4]

而《太平御览》卷二五引曹植《秋思赋》：

---

[1] 《日本足利学校藏宋刊明州本六臣注文选》，第259页。
[2] 欧阳询：《艺文类聚》，第791页。
[3] 顺便一提，孙楚《相风赋》的现存文本中同样有一组七言句："羽族翩飘罗其侧，翔风萧聊出其间。"（《类聚》卷八一）其与王褒此句的互文性之强可谓一目了然，我们完全有理由据此推断其原貌很可能是"羽族翩飘而罗其侧兮，翔风萧聊而出其间"。
[4] 欧阳询：《艺文类聚》，第620页。

汉晋骚体赋的文体变异与赋史反思

> 四节更王兮秋气悲。遥思惝恍兮若有遗。云高气静露凝衣。野草变色茎叶稀。鸣蜩抱木雁南飞。西风凄悷朝夕臻。扇篚屏弃绨纷捐。①

题目虽有"愁""秋"之别，很显然是讹误，从文意看应以"秋"为是。一贯对"兮"字大刀阔斧删却的《艺文类聚》，这回却完整保留了下来，应是基于一句中前四字与后三字间当有"兮"以全文气的考虑。这正与《九愍》之"乱"属于同质文本。而《太平御览》除前两句外，后四句全部删去，便成为一种骚体与七言相混的体式了。如果只看最后五句，完全可能将其理解成一首早至曹魏时期的七言诗。——附带一提，严可均《全上古三代秦汉三国六朝文》录此赋拼合二书文本，且都添上"兮"字使之成为齐整的骚体。张本、丁本句数原本与《艺文类聚》同，赵幼文《曹植集校注》却又从严可均《全上古三代秦汉三国六朝文》增入《太平御览》多出来的"西风"二句，再脱去"鸣蜩"句的"兮"字，变成了与《艺文类聚》同为半骚体，但文句却已有异的形态。如是每一次的整理都制造出新的文本，这种层层添加真令后人有无从措手之感。

这样的七言句例，又见于章樵本《古文苑》卷五所录班固《竹扇赋》：

> 青青之竹形兆直。妙华长竿纷实翼。杳箷丛生于水泽。疾风时纷纷萧飒。削为扇翣成器美。托御君王供时有。度量异好有圆方。来风辟暑致清凉。安体定神达消息。百王传之赖功力。寿考康宁累万亿。②

如果不认为这种文辞是丢失了"兮"字的结果，我们就必须承认东汉时期已经有这么一种类七言诗体的赋作存在，而这是难以合理安放到汉赋长廊中去的。③ 而以上探讨正为我们提供了一种理解这一文本的新可能——不妨同时对看班固及其父班彪的其他赋作。班固《幽通赋》和班彪《北征赋》的"乱曰"部分，都是这样的句式：

> 天造草昧，立性命兮。复心弘道，惟贤圣兮。（《幽通赋》）④

---

① 《太平御览》，中华书局1960年版，第118页。
② 章樵注：《古文苑》，丛书集成初编本，中华书局1985年版，第127页。
③ 从文学等级来说，汉代文学以赋的等级为最高，五言诗刚刚进入文人的眼中笔下，七言不过能作为镜铭歌谣之类存在而已，理论上也不可能一举跃入赋的殿堂中去。
④ 《日本足利学校藏宋刊明州本六臣注文选》，第225页。

> 夫子固穷，游艺文兮。乐以忘忧，惟圣贤兮。(《北征赋》)①

班氏父子可谓箕裘不替，这正是从《楚辞·涉江》传下来的"乱"句式，前引陆云《九愍·涉江》也忠实地保留了这种句式。很显然，如果将"兮"删去，这些句子立刻就会变成与《竹扇赋》完全一致的七言。就此我们不难将《竹扇赋》还原成同样的形态：

> 青青之竹，形兆直兮。妙华长竿，纷实翼兮。……

并且知道这一段应当是《竹扇赋》中"乱"部分的文字。妙的是，按照这种复原方法，唯一略有疑问的是"疾风时纷纷萧飒"一句，会将"纷纷"二字隔断。但实际上更早的韩元吉本《古文苑》卷二录此句原作"疾风时纷纷飒"，夹注曰："下纷字一作萧"②，因此这句的另一文本原是"疾风时纷萧飒"——无论哪种，都是已脱去一字的面貌。是章樵改编、注释《古文苑》时将这两种文本糅合为一，才变成了如此怪异的七言句。而我们也不难推测，将韩本所脱的一字位置补足的话，这句的原貌很可能是"疾风时□，③ 纷萧飒兮"，而这样的句子就与其他各句无异，是典型的汉人手笔了。对这一细节的清理，反过来恰恰增强了这一复原的可靠性。④

有些例子，虽然不容易断言，但也可以根据同样的原理作出合理推测。我们知道"辞赋"是一种结构宏大复杂的文体，在其中会包含有"系""乱""重"之类系于正文末端的尾声（这常常也被视为骚体的一个基本特征），也会有位于正文内部或末尾的"歌"。如前文已经涉及的，在文本的对勘中，可以看到"兮"字删落的情况更多地发生在正文部分，而尾声及"歌"的"兮"字常常是不脱落而保留了一种楚歌式的韵律⑤。

---

① 《日本足利学校藏宋刊明州本六臣注文选》，第152页。
② 《古文苑》，中华再造善本影宋刻本，北京图书馆出版社2006年版，第二册。
③ 按：此脱文最有可能是"作"或"起"。
④ 从这个案例，我们实在非常深刻地感受到早期文学研究的无奈。如果不是恰好留下了韩元吉本的这条注语，我便无法通贯解释这一文本缺陷，甚至可能被迫放弃这一复原思路了。我们能够进行的工作，实在太多不得不依赖于史料保存的偶然性。也正因为这个根本性的制约，我们应该对早期文本研究中推测、尝试性的工作抱持更宽容更开放的态度。即使某一工作在实证链条上存在着缺陷，但如果能通过其他同类案例得到补充佐证，承认这当中有其合理性也未尝不可。
⑤ 正文的"兮"完全被删去而乱辞部分的兮被保留的例子，还可以举出《类聚》卷三四潘岳《寡妇赋》、陆云《大暮赋》等。

这大约是因为从抄录的工作量来说，正文篇幅更大，抄录"兮"字时的重复劳动更辛苦；从文体上说，则这些部分与正文有明显的区隔，也容易引起编者、抄手的差异意识而予以保留。总之，汉晋赋的这些尾声和"歌"，一般规律下都是骚体。但反过来，也有个别例子是恰好相反的，例如同时收录于《后汉书·张衡传》和《文选》卷十五张衡的《思玄赋》，通篇都是非常典型的骚体，其构思、叙事、文辞也宛然从《离骚》脱胎而来，是一个有着强烈《楚辞》意识的衍生作品。然而其中有玉女、宓妃的"歌"一段：

> 天地烟煴，百卉含葩。鸣鹤交颈，雎鸠相和。处子怀春，精魂回移。如何淑明，忘我实多。①

以及最后的"系曰"（共十二句，文长仅录前四句）：

> 天长地远岁不留，俟河之清祇怀忧。愿得远度以自娱，上下无常穷六区。②

却反而毫无楚歌的痕迹，这种现象是非常突兀而不可解的。而现在我们参照以上案例，便也可以基于文本脱落原理作出一种猜测：很有可能，其原始形态分别是"天地烟兮，百卉含葩"和"天长地远，岁不留兮"③这样的体式，只是范晔和萧统得到的流传文本恰恰一反常态，保留了正文中的"兮"而将这些部分的"兮"删去了。虽然与常见情形刚好相反（理由不得而知），但他们得到的这一文本显然也同样体现出对于赋的正文和这些部分的文体区隔意识。

最后，对于同一个作家乃至同一时期的作家群体创作中体式纷乱的现象，我们也能得到更妥善的解释，并进而梳理由此产生的赋史误读。如《古文苑》卷二录班婕妤《捣素赋》，几乎通篇对偶，毫无骚体的痕迹。

---

① 《后汉书》，中华书局1965年版，第1930页；《日本足利学校藏宋刊明州本六臣注文选》，第232页。
② 《后汉书》，第1938页；《日本足利学校藏宋刊明州本六臣注文选》，第235页。
③ 从《涉江》开始，前举《北征》《幽通》和张衡的《温泉》诸赋"乱"都是这一体式，而且全都是两句一转韵，《思玄赋》的"系"如果补上兮字，也完美地符合这一法则。反过来，张衡本人留下来的文本恰有与此相反相成的例子，《艺文类聚》卷十八所录《定情赋》残文，正文部分是无"兮"字的，但其"叹曰"部分却是"大火流兮草虫鸣"这样典型的楚歌。

前文已经举证《艺文类聚》卷三〇所录她的《自悼赋》也是同样的体式。班婕妤现存赋作仅此两篇，如果只看《艺文类聚》和《古文苑》中的这位赋家，我们很难不认为她已经是一位很成熟的骈赋作家；然而无论从其时代还是从《汉书》的载录看，她都显然应该处身于楚骚传统当中。我们今天之所以了解这一点，是因为有《汉书》所录《自悼赋》为对勘，然而却并不是每一位赋家都有这种幸运的。

建安作家可能是这方面受影响最集中最显著的案例。以应场为例，如果看《全后汉文》卷四二所录其赋，便会发现其中体式非常不统一，《愁霖赋》《灵河赋》《正情赋》呈现出骚体、非骚混杂的形态，《西狩赋》《驰射赋》《校猎赋》似乎是大赋（从其题材也可推断），接下来《撰征赋》《神女赋》《车渠碗赋》《迷迭赋》《杨柳赋》《鹦鹉赋》一连串全是整齐的六言骈赋，而最后一篇《悯骥赋》却又是典型的骚赋。当然，不是说这种体式多变的现象不可能在同一个作家身上存在，事实上这样的观察正易引导学者从探索文体多样性的角度分析应场这个作家。但我们一旦注意观察其文献来源，便会发现这些混杂的或完全是非骚形态的作品，无一例外是从唐宋类书中辑出来的，属于"兮"字脱落型文本。换言之，只有最后一篇《悯骥赋》，才反而是在这个意义上保留了原貌的作品，应当视为应场创作的一种标本形态。① 而一旦将这些作品补上"兮"字后，应场的赋体创作渊源就变得非常明快：其实就是汉代散体大赋和《楚辞》传统的骚赋两种路数而已。

应场是很典型的个案。实际上从整个汉晋赋的现存文献看，两汉时代作者多半只较为零星地留下一两篇赋（而且往往是短小的残文），只有若干位大赋家有数量较多的赋作流传，但也通常不过数篇，且其文本的存录来源多元，不少来自《史记》《汉书》等早期文献，故其体式也呈现出大赋、骚赋、半骚赋、骈赋等多种面貌。而只有到了汉末建安时期，曹氏兄弟、建安七子和杨修等人才忽然爆炸性地留下了大批的赋作，而且几乎全是通过唐宋类书保存下来的，因此他们的赋中集中地出现了许多全无"兮"字的"作品"，与前代形成鲜明反差。学者往往将魏晋之际定为骈

---

① 至于为何只有《悯骥赋》一篇保留了骚体？一个有趣的观察是，此赋录于《类聚》卷九三《兽部·马门》"赋"之首篇，而其后所录诸家赋则完全无"兮"字。类似的例子还有《类聚》卷四四《乐部·筝门》所录诸赋，仅首篇首个六言句有"兮"字；卷八一《草部·迷迭门》则前三篇（曹丕、曹植、王粲）皆为骚体而后两篇（应场、陈琳）为非骚体。这恐怕也与前文所论一篇作品中只有开头抄"兮"字的现象，是同一种动因下的产物。而这些赋被从原始环境中抽离辑出以后，便被置入陌生的文本群体当中，完全失去了固有的形态联系。

赋开始盛行的时代，恐或也与这种同质文本爆炸现象不无关系。而这些文本的"兮"字脱落机制既如本文所论，则建安作家在赋作体式上也仍是屈原之流裔，魏晋赋体相较于汉代骚赋乃至《楚辞》并没有太显著的变化。①

四 结语：展望汉晋赋史的新课题

从上面的论证已可看出，从六朝时期开始的这种抄录变异，经历唐宋明清的编纂，更在现代学术系统中获得了历史性的阐述与确认。有兮无兮，是骚非骚？汉晋赋的这一体式变迁史，不折不扣是一个层层变异、层层建构的结果。面对汉晋的这些文本，我们需要分析的与其说是"作者"的想法与行动，与其说是以作家为主体的"文学史"本身的流变，莫若说更应当探究文本镜像是怎样半遮半掩地修饰覆盖了其当初的本体，通过这种假象来改造（当时以及后世的）文本阅读接受者的认知，使赋史在一种反复联动的过程中获得演进。即以《文选》收录《洛神赋》的案例来说，在大多数情况下文本很完整的《文选》，我们可以相信其体例不是摘录而是收录全文。然则萧统们何以会将这种面貌的文本收录进来？不难理解这就是他们所得到的《洛神赋》文本。如果梁代人已经开始接受赋的这种文本形态，那么他们在学习、创作赋的时候，是否就会将这种形态作为模板来进行模仿呢？如果是的话，这一机制是在某一时期得到集中强化的，还是逐步在"前代文本存录—成为学习模板—进行新创作"的互动链条中发展起来的呢？如果是前者，那么发生在何时？我们通过寻找什么证据可以判断？如果是后者，则又有哪些因素是过去传统研究范式中未能注意，而今后需要从头建立起一套分析方法与准则的？作为这个时代的最终结局，完全非骚体的赋是从何时、如何得到承认，从而进入新的历史时期的？种种问题，都已因入口的打开而等待着我们的探索前行。

（原载《中国社会科学》2018 年第 8 期，题为《汉晋骚体赋的文体变异与赋史反思——以"兮"字的文本脱落为中心》，收入本论文集时有增订）

---

① 另一可能考虑的因素是"小赋"，不过我们已经知道这同样是由于唐宋类书删节摘录片段造成的假象。参见林晓光《论〈艺文类聚〉存录方式造成的六朝文学变貌》，《文学遗产》2014 年第 3 期。

比较视域下日本六朝贵族制研究的回顾与批判

林晓光

为日本六朝贵族制研究作批判性的回顾,不是一个容易的任务。一方面,在毗邻东瀛有过长达近一个世纪的发展论争,热热闹闹你方唱罢我登台,如今却已面临着喧嚣之后的沉寂;另一方面,大陆学界对这个话题则是处在遥远的、半冷不热的兴趣中——兴许都带着些好奇,却也免不了隔岸观火。到如今旧话重提,只怕观众更是兴味阑珊,不知那些台上的老演员何以热衷至此了。因此除了话题本身的复杂缠绕之外,更令人担心的是意义的失落能否被重新拾回。故本文努力的方向,不在于细说具体论题,而在于把握每一学说提出的时代氛围及相互动因,评说立论攻战的要害之处,希望能以微薄之力,唤起对当日史影的了解之同情,在批判中瞻望前进的方向。

关于六朝贵族制论这一在日本东洋史学界影响重大的课题,无论日文中文学界,都已有过不少综述回顾文字。在京都学派立场上,包括谷川道雄、川胜义雄、砺波护、川合安等均有专文阐述。而中文学界较易见到的,也可举出《魏晋南北朝隋唐史学的基本问题》中谷川道雄"总论"及中村圭尔"六朝贵族制及官僚制"一节(李凭等译,中华书局 2010 年版),川合安《日本的六朝贵族制研究》(杨洪俊译,《南京晓庄学院学报》2009 年第 1 期),徐冲《川胜义雄〈六朝贵族制社会研究〉评价》(《中华文史论丛》2009 年第 1 期)等。至于论说日本汉学、唐宋变革论而涉及贵族制论的更是不胜凡举。本文理应综合以上论说为一完整总结,但贵族制论本身头绪繁多,以上诸文相互间亦颇有侧重点的异同,才力所限,不能不遗憾地放弃这一目标,而仍以个人对贵族制论的认知为线索,尽量将诸家高见组织入行文中,作有重点的追问和讨论。此外,由于译介进展不均衡,相关论著有些已脍炙人口,有些国内却还不易见到,因此对于已有中译本的学者与论著，本文就默认已为学界所知，尽量采取简明的评述方式，而将重点更多地放在也许能够提供新知的方面。

一　从内藤湖南到宫崎市定：贵族制学说的创立与完成

（一）鸟瞰：六朝贵族制研究的谱系

日本现代学术之路，普遍以二战为界分为战前与战后。战前学者所伴随的时代氛围是奠基勃兴的明治、大正时代，以及在昭和前期与东亚乃至世界的紧张关系中密切互动，甚至随着战争而波动扭曲。战后至苏联解体为止，学者所处的氛围则是马克思主义成为人文社会学科的基本底色，在战后复兴中往往发生马克思主义与非马克思主义立场的激烈论战。

以京都大学东洋史学科为主要阵地的中世贵族论者，则大致经历了三代的学者谱系。相关人物、论著，中国学界认知即使还不算系统全面，至少也已多所译介，我们不难得到点状的分散知识，这里就不再一一列述基本信息。如果作最扼要的鸟瞰，则这三代态势基本上是：一代属于战前学术，二代跨战前战后，三代为战后。随着第三代的逝去，又遭遇了冷战时代结束，马克思主义退潮，日本的六朝贵族论者也就只剩下星星之火，不复燎原之势了。

这三代学者，第一代代表人物为内藤湖南。第二代代表人物包括冈崎文夫、宫崎市定和宇都宫清吉。第三代则有宫川尚志、川胜义雄、谷川道雄、吉川忠夫等。这是按照师承的划分，但实际学术发生影响时期则如下文所叙，并不与年辈完全同步，而每代之间年岁也并无一定的差距，代际的划分只能说是个大致概念。如果按照学术潮流的起伏来划分，则内藤、冈崎当属第一波浪潮，20世纪10—30年代开始发生影响；宫崎、宫川、宇都宫属第二波，40、50年代为相关论著的高产期；谷川、川胜、吉川为第三波，主要活跃于60—80年代。在主阵地之外或三代之后参与到此论题中的，又有森三树三郎、中村圭尔、安田二郎、川合安、渡边义浩等，篇幅所限，本文就不一一缕述了。

（二）从内藤到冈崎：单声部的草创期

这一学派的开山之祖内藤湖南（1866—1934），前半生作为著名的时评记者、政论家，后半生（1907—1926）作为京都大学教官度过[①]。在

[①] 详尽的叙述已见傅佛果《内藤湖南：政治与汉学（1866—1934）》，陶德民、何英莺译，江苏人民出版社2016年版。内藤的一生都密切关注现实，作为当时的"意见领袖"发表了大量言论，而其学说也是有所为而发，并非书斋中的纯粹学者，这一点我们在回顾贵族制论的出发点时，应首先加以特别的注意。

1914年出版的《支那论》中，内藤首次提出了自己的中国史分期法，并论述了中国中世为贵族政治的时代。其后最著名的表述，是1922年发表的《概括性的唐宋时代观》。大陆学界开始广泛关注内藤学说，应该说也是以此文收入《日本学者中国史研究论著选译·通论卷》为发端的[①]。更细致的论说，则见于讲义《中国中古的文化》，以及《中国近世史》的前半部分[②]。

内藤的历史分期法及唐宋变革论已为学界熟知，而六朝贵族论正是这一宏大学说中的重要环节。《概括性的唐宋时代观》中对中世贵族的论述基本点包括以六朝至唐代中叶为中世，特征是贵族政治繁盛的时代，当时地方上世代延续的名门望族成为贵族，同等级门第间相互通婚，独占政治权力，天子只是贵族阶级中的一个单元及代表，无法掌握绝对权力等。与之相对立的是进入五代宋以后，基于贵族阶层的消亡，君主权力与庶民文化同时抬头，中国进入君主独裁时代。

这篇基础性论文成为后来几乎所有相关研究进行学术回顾时的起点。不过其本身并非针对中世贵族时代的专论。与之相较，《中国中古的文化》主要讨论的是东汉至魏晋期间的世风、学术、政治变迁，论题更集中，内容也更为丰富芜杂，实际上处理的是他所谓"中世"的前半段或曰形成期的历史。其中已触及若干后来成为讨论焦点的问题[③]。

1. 东汉豪族是魏晋南北朝贵族社会形成的母胎。在宫崎市定、宇都宫清吉、川胜义雄等后续研究谱系中，虽然各有发展，但这一基本视角均得到了继承。中国学界如杨联陞1936年的名文《东汉的豪族》，虽未揭举"贵族"的提法，但其理路无疑与内藤此说也是相互呼应的。

2. 以九品中正法选官是产生门阀社会的关键。这一视点由于宫崎市定在战后出版了《九品官人法研究》而获得强大的推进，成为贵族制研究具体展开的实证基础。

3. 贵族阶层的决定标准在于自身，而不取决于皇权或国家体制。贵族制论第三代所强调的"豪族共同体自律性"，很显然应溯源至此。战后

[①] 当时译名为《概括的唐宋时代观》，此据林晓光所译《东洋文化史研究》，复旦大学出版社2016年版。

[②] 中译本一并收入《中国史通论——内藤湖南博士中国史学著作选译》，夏应元选编监译，社会科学文献出版社2004年版。

[③] 除中译本外，详尽的复述，可参见福原启郎《内藤湖南关于中世贵族形成的思考方式——通过〈支那中古的文化〉的分析》，胡宝华译，收入日本内藤湖南研究会编著《内藤湖南的世界》，三秦出版社2005年版。

对"贵族"与"官僚"身份问题的纠缠论争也由此展开,实际上成了这一论域中火力最集中的主战场。但值得注意的是内藤所论,实际上是以南朝寒门不见纳于高门的若干典型事例为推论依据,这与后来第三代所强调的整个豪族阶层的自律性,在理路上并非完全一致。

4. 中世贵族重视礼仪、门第、谱籍。这三点应该说在中国及欧美学界都有令人瞩目的展开,但未必如内藤那样,意识到应将其作为贵族社会的有机表现来予以理解。

5. 贵族门阀作为社会核心,使这一时期各种文化现象都呈现出贵族性特征。其后思想史、文化史领域的论著多着重于对此进行阐发,但就学界总体走向而言,这一点在后来似有失焦的危险,详见本文第五、六节的探讨。

就以上诸点,已可见出这份讲义的导源性意义。不过,其虽然题为"中古的文化",实际上却并未对六朝作正面详论。因此内藤虽然提出了这些重要命题,但真正的研究还有待后续展开。他从学问、伦理、礼仪的角度寻求门阀贵族出现的原因,确实是一种"文化史观",与后来政治史、官制史转向后的论证方式显然异趣,不少论题后来其实并未得到充分继承[①],如两汉皇帝学问水平与皇后出身差异、东汉"学问的中毒"、门阀士族的气节等。因此贵族制的发展之路,实际上也是对内藤学说有选择的扬弃过程。这一扬弃究竟是理所必然,还是后来者基于时代变迁而远离了那个时代的思维方式和知识结构?还是一个值得思考的问题。

应该说,这套史学体系自内藤湖南提出以来,便成了日本战前东洋史学界最有力的学说[②]。直到二战结束为止,将内藤学说稳定地向前推进

[①] 但正如福原启郎已经指出的,内藤学说重要的资源正是中国古代尤其清代学者的论说,包括顾炎武《日知录》、王夫之《读通鉴论》、赵翼《廿二史札记》等,常常成为他理论的直接依据。(《内藤湖南的世界》,第279页)而我们今天的论说范式毋宁说反而是远离这些资源的,这一点值得反思。

[②] 关于这一点,学界有不同认知。如张广达先生即认为内藤提出学说时,"人们既没有措意于他的创建,也没有理会他的历史论域中哪些地方有欠周密",战前日本学界普遍遵循的是加藤繁的学说,直到战后内藤学说才受到重视(《内藤湖南的唐宋变革论及其影响》,收入《史家、史学与现代学术》,广西师范大学出版社2008年版,第99页)。国内学者多信从此说。但日本学者自身的看法却大相径庭,谷川道雄就说:"战前六朝史的研究主流是内藤湖南及其学派(即所谓的京都学派),这样说是不过分的。"(《内藤湖南的六朝论及其对日本学术界的影响》,胡宝华译,收入《门阀、庄园与政治:中古社会变迁研究》,商务印书馆2011年版,第73页)张说恐怕只是基于资料排比作出的推想。事实上即使就情理而言,假如战前主流就是加藤学说,前田直典何必特地向内藤后学发难,京都学派又有何力量与之对抗?加藤繁关于唐代以前主要劳动者为奴隶的学说,提出于三四十年代,与内藤学说始创有二三十年的差距。即使不算内藤后来局限在大学讲堂上的那些讲义,其学说最早发表于《支那论》,这却是当时在一般人中影响巨大的一部名作,要说作为战前"意见领袖"之一的内藤的意见在当时竟会无甚影响,似未免有远离时代氛围之嫌。

的，是冈崎文夫、宫川尚志和宫崎市定。

冈崎文夫（1888—1950）是内藤的早期弟子。他在1932、1935年连续出版了《魏晋南北朝通史》和《南北朝的社会经济制度》两部专著。《通史》是长达七百多页的大书，从后来学者的引述情况看，很可能是日本学界战前唯一出版的六朝专史，其影响力可以想见。后来者包括宇都宫清吉、宫川尚志等都曾回忆读到此著时的强烈触动。该书分内外两编，内编为对六朝政治史的概说，在当时获得了《绝非烂俗的抄译〈通鉴辑览〉之流》，而是"将胸中积蓄知识一气呵成"的赞誉[1]，但就今天的观感而言，这种冲击力已觉薄弱；外编则分为"魏晋文明""南朝文明""北朝文明"三章，其文明史的姿态与内藤正是一脉相承。宇都宫清吉评论为"以风化之迁移为视点""独到的政治史式的文化史"[2]。其中多方面的内容是对内藤学说的忠实继承及补强。如后汉为"经术主义"的时代，当时人以产业、家庭、道德三者合一为人生幸福理想，豪族在道德上的堕落导致此理想社会崩溃，曹操复以法术主义进行纠正等，从个别论题到论说的前后逻辑关联，《通史》都与《中国中古的文化》如出一辙。在这个意义上，冈崎正可以视为内藤在战前的一个扩音筒。

《南北朝的社会经济制度》一书则为论文集。上编为地理、经济问题的考论，下编收入多篇贵族制研究论文，论及中正制度、士庶区别、门阀等级等问题，称得上是这一领域进行专题论述的开山之作。不过，正如川合安已经指出的，他将贵族制认定为仅限于南朝时期，与内藤所界定的六朝隋唐不同，也基本不被后来的史家接受；此外，其"学说的根本"是将黄白籍理解为士族、庶民之户籍的区别，但这一解释很快就被增村宏证否[3]。因而冈崎学说在后世并未得到长远的继承。

总体看内藤、冈崎的论说，属于观其大略的宏观归纳，往往是将散点状事象捕捉连成整体，而鲜见深细的逻辑推演及全面搜罗史料的实证。内藤通过其对史事的敏感把握住了本质，其视野已涵盖后来许多论题的萌芽，但作为课堂讲义，还未能避免论述分散的问题。冈崎虽已将内藤的讲义扩充成长篇巨著，但读来这种感觉仍然相当明显。这两人可以说同属于这一学说的草创奠基者。

---

[1] 宫崎市定的书评，《宫崎市定全集》卷24，日本岩波书店1993年版，第385页。
[2] ［日］宇都宫清吉：《中国古代中世史研究》，创文社1977年版，第351页。
[3] 参见［日］川合安《日本的六朝贵族制研究》，《南朝贵族制研究》第二章，汲古书院2015年版。

（三）宫川尚志：实证研究突破的天才

接下来跳过第二代，先来谈一谈宫川尚志（1913—2006）。宫川师从羽田亨，不妨算是内藤的再传弟子，比宫崎市定等第二代学者小十多岁，发表六朝研究成果却与之同步甚至更早。其研究后来结集为1956年出版的《六朝史研究·政治社会篇》，但着手开展则在1943—1950年间。从时间节点上说，他堪称战前—战后阶段铺开六朝史实证研究最突出的学者。1943年，年方三十的宫川已发表了自己第一篇重要的论文《魏晋南北朝的寒门与寒人》，此后从六朝思想、宗教、文化史的视角出发，引申至北朝贵族制的研究；复转入制度史层面，研究作为文官选拔机制的六朝中正制度和作为武官系统的南北朝军主、队主、戍主。其研究中正制的题旨在于"从文官制度上来证明，赋予六朝时代以特性的一个理念，就在于'私'的一面覆压在'公'的一面之上，与'公'的一面并存的倾向"①。对军主等的研究虽然看似只是军事史的单篇论文，但同样是从探讨"武官制度中半公半私的人际关系"视角出发理解六朝募兵制中首领与其部曲私兵的关系。换言之，他是从内藤所论贵族相对于君主的独立性中拈出一"私"字，并将视野扩展到了六朝的各种面向。这种对六朝"私"性的重视，在后来未被普遍继承，但今天回看，无疑独具思考的价值。

应该说，宫川尚志是非常具有内在系统性和理论、自觉地研究六朝贵族制时代的一位天才型早期学者（以上成果均在其三十余岁时完成）。其论文中有从内藤、冈崎继承而来的论题，如《六朝贵族社会的生成》探讨贵族社会形成史，与《中国中古的文化》显然一脉相承；《中正制度研究》亦是内藤、冈崎已论及的题目。但更多是开创性的探讨，包括对六朝时期的禅让、寒门寒人、都市和村、军制等题目，在今天仍有很高的参考价值。他的这一系列基础研究，对战后六朝研究有重要的先导意义。但其研究分散为单篇论文，未能像宫崎市定那样发为体系宏大精密的专著；同时或许也由于其长期任职于东海大学，位置较为边缘，似未得到与其成就相应的重视。虽然凡言及者都对其水准评价很高，但在学术脉络的回顾中却往往无从定位而一笔带过，这是相当可惜的。

（四）宫崎市定：贵族制研究的成熟形态

宫崎市定（1901—1995）作为京都学派战后的主将，最深地卷入了与历研派的论战中。其对六朝隋唐中世说最大的贡献，被认为是回应历研

---

① ［日］宫川尚志：《六朝史研究·政治社会篇》，日本学术振兴会1956年版，第586页。

派的攻击，从土地形态、生产关系、经济发展等分野补强了过于偏重文化史的内藤学说，从而使得内藤历史分期法真正成为一种周密全面的整体观照。这方面的成果集中见于1950年出版的《东洋的近世》，及其后与历研派论争的诸多论文。《近世》中作为与宋以后情形的对比，已有不少对六朝的论说，但就集中论述六朝贵族制的，则要等到1956年出版的《九品官人法研究》。此书一出，犹如对战后复兴中的中世史研究投下了一枚重磅炸弹，研究由此全面改观。可以说，在1956年以后出现的日本任何一种六朝研究著作，都已不可能不受到《九品官人法研究》的影响。

宫崎市定关于六朝的研究，有一个有趣的时间现象。他早在1935年便发表了著名的《关于晋武帝户调式》一文，接下来1942年、1946年分别撰写了《汉末风俗》和《清谈》，但后两篇基本上是祖述内藤学说，未见太大新意。除这三篇文章之外，其他多种论文全是写在60年代，仅有一篇《中国官吏登用法》发表于1955年。很显然，这些全是他写完（或接近完成）《九品官人法研究》，对六朝已了然于胸之后的副产品。在这个意义上说，宫崎作为六朝史家，基本上是一位战后学者。同时也可见出《九品官人法研究》的影响力之巨大，不仅是学界的分水岭，也是他本人认知的分水岭。在那以后，他虽然在时代分期及贵族制学说的框架上继承师说，但具体讨论的理路已开拓出自己的一片新天地。

上述二书都已有中译本，为学界所熟知，这里就不赘言，只提出一点略作追论：《九品官人法研究》的核心，按宫崎本人的说法，就在于解明此法中的所谓品，实有官品与乡品二种，而两者间存在等级性的对应关系，他甚至将此点称为"研究的全部"①。官品为曹魏以后历代政府遵行的官僚等级制，而乡品则是中世对人物品级的衡定。选官时，根据乡品给予低四级的官品（例如二品人就给六品官），预期其逐步进升后可达致与乡品一致的等级。

然而这一宣称今天看来却有些吊诡——所谓乡品与官品相差四级的观点，已屡屡为后来学者所批驳否定，证明两者间并无如此稳定的对应关系。照此来看，宫崎在这方面的研究岂不是全盘作废，毫无意义了吗？对这个问题，我的看法是：宫崎所认定的四级差别确实是无法精确成立的，但这其实根本无关紧要（包括他大受学界非议的对九品官人法起源的论述也一样）。要害处在于他首次指出了六朝时期为"人"定品是任官的前

---

① 《宫崎市定全集》6《九品官人法研究》，自跋，第479页。

提，其"人品"①与所出任的官位官职之间是有等级对应关系的。无论细节如何在后续研究中被调整修正，只要认可这一点，我们对六朝官僚体系的认知就必然滑向贵族制的方向，而不可能维持在单纯的国家行政机构层面。因此他才会如此重视这一原点，将其视为研究的全部价值所寄。而这也是这部巨著虽然主体内容研究的全是六朝官制的具体设置，却依然成为贵族制论的支柱性成果，并且作者还要专设长篇的"绪论""余论"来探讨贵族制的原因所在。

二 历研派论战：马克思主义 vs. 文化史观

然而这时已面临着时代巨浪的涌起。二战一结束，便发生了潮流的大逆转，二战中被军国主义拖入深渊的日本知识界全面进入反思期，此前已有群众基础的马克思主义蔚然勃兴，学界广泛接受了马克思主义经济史观和无产阶级斗争史观，依据奴隶社会—封建社会等社会形态模式，从生产力生产关系出发理解历史的方式成为主流。历史学研究会（东京"历研派"）中国史方面的干将前田直典，于1948年对宫崎市定及另一位京都学派代表者宇都宫清吉发起攻击，从此掀开了京都学派对阵东京学派②的一场大论战。

就京都学派东洋史学第二、三代的学脉来看，宇都宫清吉（1905—1998）要算是一位相当关键的人物。他一方面成了论战的直接导火索，另一方面又作为前辈深入参与了第三代学者"豪族共同体论"的创立。宇都宫清吉最著名的论文，当数1947年《东光》第二号上发表的《东洋中世史的领域》。在文中，他锐气勃发，向内藤理论发起攻击，几乎颠覆了内藤的时代分期理论，而另行提出一套"时代格"理论。在他看来，内藤分期法中所设定的"过渡期"是暧昧无意义的，将时代从一朝代中间切断更是割裂了朝代自身固有的性格。秦汉、六朝和隋唐三大时段分别拥有其自身鲜明的时代格，秦汉是政治性的，六朝是自律性的，而隋唐则兼有政治性与自律性。值得注意的是，他对秦汉时代格的认定，仍然继承了内藤、冈崎所强调的儒教思想与法术主义因素；但对六朝，

---

① 学界对这一"品"到底应如何称呼争论不休，或曰乡品，或曰资品，或曰中正品，其实大可不必如此纠缠于细枝末节。无论如何称呼，这一"品"是系于个人（背后的根源是家族），而非像官品那样系于制度，这个本质是很清楚的。

② "历研派"或"东京学派"是学界的惯称，但正如甘文杰所指出的，战前以东京大学为中心的东洋史学者，实际上更应称为"东京文献学派"，前后虽有渊源而不可等量齐观。为免混淆，本文尽量使用"历研派"来表述。

则是大量使用了"豪族"而非"贵族"来表述这一时期的核心集团①，他所谓的自律性，也是指豪族的自律性，亦即豪族相对于国家来说是自主存在的，好比"以庄园作为领土的小国家"；国家反而可视为一种大豪族的形态，而庶民也是被组织在自律的豪族社会中②。这一表述很显然来自内藤对贵族自我认同的理解，而又是后来谷川道雄等提出豪族共同体论的先声。

宇都宫这篇名文中提出的"时代格"概念影响广泛，冲击力巨大。但就反响来说却并不很妙，可以说内外不讨好。砺波护给中公文库版《东洋的近世》写的一段解说词，真切地反映出了当时的时代氛围：

> 在《东光》的编辑后记中，竹庵即森鹿三对宇都宫的论文不无危惧地评论道："在文中，一度被内藤史学否定的王朝亡灵又抬头了。虽然这位新感觉派的学徒应不至于倒退到王朝史的地步，但当他引入拟人的'时代格'概念时，王朝（至少汉、唐二朝）是作为不可分割的个体来看待的。"而这一评论已有了触发驳论的苗头。

果不其然，积极参与到以马克思主义方法为根基的历史学研究会的重建中、出身于东京大学的前田直典（1915—1949），在《历史》一卷四号（1948.4）上发表了《东洋古代的终末》一文，批判宇都宫说"有使内藤博士的卓越史观变得暧昧不清之虞"。他将时代区分的标准完全置于直接生产者的性质上，批判"京都学派的所谓中世与古代几乎难以区别"，从而结论曰："在东亚，中国的古代终结于九世纪前后，朝鲜、日本则在十二、三世纪到达了同样的阶段。"提出了新的学说：中国的古代到唐代为止，宋代以后则为中世封建社会之始。

前田于次年病逝，但"中国中世始于宋代"的时代区分论，在1950年的历史学研究会大会上，经由西岛定生和堀敏一的报告及答疑而确定为体系。当时正值新制高等学校在社会科教育中开始讲授"世界史"，编写教科书的时期，因此大部分的教科书都采用了宋代中世说。宫崎市定的《东洋的近世》正是在1950年，祖述文

---

① 将"豪族"这一术语引入魏晋南北朝研究中，并不始于宇都宫，在内藤、冈崎论著中已见端绪。不过从宇都宫开始至第三代，豪族一语便越来越成为学说的核心范畴，从这里可以看到重心转移的脉络。

② ［日］宇都宫清吉：《东洋中世史的领域》，收入《日本学者研究中国史论著选译·通论卷》，黄约瑟译，中华书局1992年版。

化史立场的内藤学说，融入自身新创获的社会经济史成果而写下的著作。……《东洋的近世》在发表之初往往是被作为辩难对象来阅读的，然而在马克思主义史观业已退潮的今日，立场却完全逆转，毋宁说是成了可以信据的通说，从肯定的态度来引用的了。①

从上面的叙述中不难见到京都学派贵族制论的曲折处境。从战前六朝学的主体，到 50 年代一转而变成落后甚至反动学说。历研派的观点，通过东京召开的历史学研究会大会归纳总结，进入高等学校教科书而占领了知识传播的主流；京都一方持贵族制立场的论著，则落入下风，"被作为辩难对象来阅读"。而经过大论战以后，随着马克思主义的退潮，到该解说词撰写的 20 世纪晚期，京都学派逆袭成功，上升为"可以信据的通说"了。我们有必要把握住那个时代的这一基本流向，才能对这场战后大论战的双方处境得到了解之同情。

关于这场唐宋变革论论战，亦即唐宋之间究竟是中世与近世的分界，还是上古与中世的分界？学界已有非常多的讨论，这里对始末详情一概从略②。最概括性地来讲，历研派的学说，经历过前后两期的变化。前期以加藤繁的经济史考证为前提，以前田直典发难为契机，由西岛和堀总结定型。这一时期的要点在于：根据马克思主义"世界史的基本法则"，从土地所有形态和生产关系的标准出发，认定唐代之前为主要以奴隶进行生产的时代，从而推导出汉唐间仍属于家父长制的专制"古代"，而非内藤所划分的中世。从而又推得秦汉大帝国与唐宋大帝国并非异质的时代。但是，这一历史图式中的"奴隶生产形态"忽视了当时数量众多的一般民众，后来被众多学者证明为不符合中国汉唐社会实情；将"欧洲史法则"套用于中国史，在历研派内部也遭到批判，于是西岛定生撤回此说，接受滨口重国的提示，从"皇帝个别人身支配"的角度把握隋唐以前的"古代"，并写出了其代表性的名著《中国古代帝国的形成与结构：二十等爵制研究》。

如果从六朝贵族制论的视点出发检讨这场论战，应该说六朝并非主战场，而是夹在前后三大战区（汉、唐、宋）之间的被动环节。历研派几

---

① 《东洋的近世》，中公文库 1999 年版，第 255—257 页。
② 中文世界的介绍，参见张广达《内藤湖南的唐宋变革论及其影响》、刘俊文《中国史研究的学派与论证（下）》（《文史知识》1992 年第 7 期）、谷川道雄《战后日本中国史研究的动态与特点》（《江汉论坛》2009 年第 4 期）及谷川道雄《魏晋南北朝隋唐史学的基本问题·总论》等。

位主将，西岛、堀和滨口都着力于秦汉、隋唐史①，而周藤吉之则是专长宋史。六朝几乎总是被作为秦汉的下延、隋唐的上溯、秦汉隋唐之间的逻辑接续关节而被提起。历研派的逻辑几乎是：只要证明了秦汉隋唐是同一历史阶段，夹在中间的六朝自不例外。而宫崎市定与之的争论也更多地以宋代近世说为中心，而不是以六朝为主轴。从内容上说，历研派一开始采取的"奴隶制生产方式"论，实际上和贵族制论也未必没有调和的余地。但修正以后的"皇帝个别人身支配"论倒真的在理论上与贵族制论形成了对冲，其背后的分歧，即在于是承认贵族作为六朝社会的一个核心阶层，介于皇帝所代表的国家意志和被统治的庶民之间，有实质性的统合功能；抑或认为贵族只是皇帝统治体制下的官僚，皇帝对所有个人的人身支配才是六朝社会乃至整个中国前近代社会的本质。从后者的立场出发，就无所谓贵族或所谓中世性，而只有皇权下的官僚制，其时代差异是程度上的变化，而非性质上的不同。应该说，后一种态度是较为接近中国学界主流的。

当然，在今天回看，何谓时代本质也许只是观念上的差异，更重要的毋宁说在于从不同的观念出发，眼中所见的整体像有异，需要探讨的具体问题乃至方向也就殊途。从贵族制论出发，"贵族"阶层的兴起（名士、清流、乡论）、基于贵族门第高低形成的社会等级（"门地二品"与次门、寒门问题）、六朝大庄园制的形态、乡村社会、社会集团间"私"的结合（"门生故吏"、部曲私兵、豪族与自耕农）等问题成为必须解明的对象；而从"国家个别人身支配"论出发，则自然关注皇帝统治方式、法律条文、良贱身份、赋税徭役、工商业发展及农业土地形态等问题。在马克思主义处境已非同昔日的今天，恐怕没有多少学者还会对当年的论战核心提得起兴趣，毋宁说，基于不同立场而带来的具体论题展开，才在今天留下了长久的价值。但这些具体论题，在其创生之初是包含在统一的整体脉络中，各自为了更深远的历史本质问题服务，这一历史语境却是不应被忘记的。

三 第三代：豪族共同体论 vs. 寄生官僚论

（一）宇都宫清吉：承先启后的"自律性"与"共同体"视角

如前引文所见，宇都宫《领域》一文不但遭到历研派的进攻，连京

---

① 包括这一时期密切参与到论战中的其他重要学者如增渊龙夫、五井直弘、木村正雄，也都是以秦汉乃至秦汉以前的所谓"古代"中国为其学说的支点而辐射至六朝的。

都学派内部同人也对其时代格理论不无嘲谑警惕。而他本人在日后也加以反省，自感当年的立论"毋宁说使得内藤湖南博士之卓然高见反而后退了"，为了"反省自己狭隘的界定，尽可能复归先生的高见"，他于1969年退官前夕又写作了《把握中国古代中世史的一个视角》一文①。因此要理解宇都宫本人的中世贵族论，还是要以《视角》为归结，而不能以《领域》为据，尽管后者在历史上的影响更大。这篇论文更可视为理解第三代贵族论者取向的纲要，值得予以详细评述。

在这篇论文中，宇都宫首先承认了历研派在过去二十年间以"皇帝个别人身支配"来理解秦汉"古代帝国"的正当性（而这也正与他早年论文中所谓的秦汉时代格相应），而后笔锋一转，指出所谓皇帝统治、"一君万民"的视角，实际上是只注意到世界的一极，亦即将皇帝之下的民众都简化为一个个抽象的被统治对象，而无视其固有的生活状态。汉代民众的生活形态，是以"三族制家庭"为基本单元②，在此基础上形成宗族乡党，构成乡村。"三老"一类的乡官虽然是皇帝统治下的职衔，但却是基于乡民中"长老"对于"子弟"的自律性道德才能成立。作为其根基的"孝"并非法律强制的结果，而是自律自存的，规制着农业社会人与人关系的准则。在宇都宫看来，孔子所谓"父为子隐，子为父隐，直在其中"，正表现出乡村共同社会③是自律性的世界，本质上是与律法强权相对立的。——这种看法，显然已经放弃了早年的"时代格"观念，而将自律性视为乡村共同体不分时代，相对于国家权力固有的性质。相对于孔子，墨子则提倡从个人出发，层叠结合上至天子，家族只是若干人结合在一起的"利益社会"集团，而不具备不可分割的有机联系。法家亦将家庭仅视为国家政治机器的最末端。而汉帝国就是这两种"人之关系"的并存。然而，随着武帝独尊儒术，法家式的国家理念又再度被儒家礼教取代。而在乡村当中，优先发展起来的豪族对一般农民占据了优势，于是在与皇帝相对的这一极内部，自行产生了新的关系。乡村的豪族化使汉帝国无法继续贯彻个别人身支配，统治基础崩溃。上古帝国结束，进入门阀贵族时代。

---

① ［日］宇都宫清吉：《中国古代中世史研究》，后记，第673页。
② 所谓"三族"，包括父母、妻子、兄弟三要素，亦即当时文献常见的"五口之家"。这一学说来自守屋美都雄，不过守屋后来自己撤回了这一见解，见守屋美都雄《关于汉代家族形态的考察》，收入氏著《中国古代的家族与国家》，钱杭、杨晓芬译，上海古籍出版社2010年版。
③ 共同社会，以及下文的利益社会，是德国社会学家滕尼斯（1855—1936）提出的概念，前者指有机地结合为统一体的社会，后者指为达到某种目的而造成的社会。

宇都宫将贵族定义为"豪族中历世担任高官显职的特定家门",其基础仍是广大的乡村豪族,从而将所谓中世的社会构造划分为门阀贵族—豪族—农民三层。换言之,社会中最高级最中心的金字塔尖是贵族,而在其之下更宽厚的社会基础是"称不上门阀的广阔的豪族世界","豪族并不仅仅具有经济上社会上的优势,而且是伦理、艺术、学问性的知识及其实践的核心性的垄断者,在其周边广泛地存在着文化性的外延。他们作为整体,事实上是时代的主角"。从而,他主张也可将这一时代称为"门阀豪族体制"。豪族阶层的雅称——包括自称和他称——就是"士大夫",与之相对的阶层则蔑称为"庶人"。"这种身份差别,一方面在法律上得到明确区分,同时也逐步被强烈地意识到,最终甚至被断言为'先天'即存在的。"在这里,可以看到他思考的标准包含了国家统制与社会观念两方面的因素。在官僚问题上,士大夫就拥有这种"先天的"既有权利,其联合体实质上具有官僚的任命权。皇帝的地位是得到一定数量门阀豪族集团的支持,乃至在"天下士大夫"的共同承认基础上才能确立的。极端地说,"对皇帝负责"的官僚制,已经"形存实亡"了。

宇都宫的这篇论文,应该说非常富于抽象理论建构的魅力——当然也有过度抽象化的危险,尤其抽象思辨的问题常常是往一个方向推向极致;此外,豪族是否能简单等同于士大夫也值得商榷。但更重要的是,这篇文章从理论上提供了一个关键的节点,帮助我们看到战后学术一转再转的契机:历研派因不满贵族论将重心置于贵族,而强调皇帝统治的一贯性。宇都宫因不满这种偏于国家顶层的单极视角,而要求从民众共同体的视角出发。固有的"贵族""豪族"观与这种民众共同体认知结合起来,便自然导向"豪族共同体"构想。这正是一种反动之反动,基于视角上下移动而带来不同的历史形象。

《视角》一文,是为中世史研究会的论文集《中国中世史研究》而写的,而中世史研究会正是以他为旗手,以川胜义雄、谷川道雄为中坚,集合了京都大学、名古屋大学的新锐学者,引领了六十年代中世史研究的潮流。1948年名古屋大学开设东洋史讲座,宇都宫从京都大学转任名古屋大学教授,1952年谷川赴名古屋大学任其助手,其思想与宇都宫互相影响是很自然的事情。在六十年代谷川、川胜提出"豪族共同体论"后,六朝贵族制研究进入了新的时代。

(二) 作为贵族制论变体的豪族共同体论

谷川道雄(1925—2013)和川胜义雄(1922—1984)同为京都学派东洋史学战后的一代中坚,同时也是亲密合作的挚友,其学说是在两人长期讨论中形成的，基本可视为一个整体①。如刘俊文先生所言："一批名古屋大学出身和京都大学出身的中青年学者，在谷川道雄博士的倡导下，集合而成被人称为'观念派'的'中国中世史研究会'。他们以'精神史观'为指针，力图通过探讨六朝隋唐社会的支配者阶层——豪族名望家的文化教养和伦理道德，阐明六朝隋唐贵族制的社会基础，并进而说明中国社会构造的特质……他们的研究立场和结论与宫崎市定等代表的正统京都学派已有明显的差异。"② 谷川、川胜共同研究提出的"豪族共同体论"，作为第三代的特色学说，一直到今天还是各种论说的对话基础。下面综合二人的阐述作一概括。

汉帝国的长期稳定促进社会经济生产，各地出现了富裕豪族和贫农之间的阶级分化。如果从抽象的社会学概念出发，豪族本质上是有向封建制发展的倾向的，但中国中世的豪族却并未发展到这种封建割据的状态。这在生态环境上，是由于中国华北地区为森林稀少的开放性地域，干燥平坦，适宜交通，同时又属于"小型灌溉自然降水农耕地带"，主要依靠小规模灌溉和自然降水进行旱地农业，这种生态利于大帝国的建设，而不利于封建国家的发展。而社会阶级上的原因则在于存在强势的自耕农阶层（"乡论"是其力量的反映）。豪族无法迫使自耕农完全成为隶属性的农奴，其自身也就无法成为封建领主，而只能和自耕农一同处在既有阶级差异又互相依存的紧张关系中。而这种农业构造导致的强力规制，就使得豪族无法往武人封建领主的方向发展，而是吸收了文学学问，往文人贵族性的方向发展。其与自耕农之间也就形成"指导与信从的精神性伦理性关系"，或曰保护与被保护的关系。这种关系的结合，称为"豪族共同体"。贵族是豪族中最有力的部分，他们进入中央，占据高位，但基础仍然在于广大的豪族共同体中。贵族本质上说是依据乡品（亦即共同体舆论）而得以成立的，王朝不过是对其加以承认的机关而已。

关于这一理论，我们可以从以下几方面来加以观察探讨。

1. 这一理论产生的时代背景。张广达先生指出"共同体"是来自德国社会学的概念，"用来表示中国农村社会的不变性质"③。这一来源探索是正确的，但基于本义的理解却可能会引起误解，以为豪族共同体理论是在用凝固不变的眼光来看待中国社会。实际上恰好相反。两位当事人都曾

---

① 谷川道雄的《中国中世共同体的形成》和川胜义雄的《六朝贵族制社会研究》已分别有侯旭东、徐冲精辟的书评，此不赘述，读者可参看。
② 刘俊文：《中国史研究的学派与论证（续）》，《文史知识》1992年第8期。
③ 张广达：《史家、史学与现代学术》，广西师范大学出版社2008年版，第98页。

在论文中夫子自道当时的处境：在日本学界最初接受马克思主义时，盛行的观念是所谓"亚细亚生产方式"，即相对于欧洲的五阶段演进模式，亚洲别有一种千年不变的社会形态。名噪一时的魏特夫《东方专制主义》就是在此基础上的发挥，在战后日本也有相当影响。在这种观念下进行的研究，是将中国视为凝固不变的对象。而从战后至 20 世纪 50 年代，以历史学研究会为代表的一派，则是"将欧洲史上的上古、中世纪、近代的递进发展，看作在中国也同样并行的形态，在此前提下，将其标志性的奴隶制、农奴制、资本制生产等普遍范畴应用于中国，也就是引用所谓欧洲式世界史的基本法则来理解中国史发展"。无论是"亚细亚停滞论"还是"五阶段发展史观"，虽然互相抵触，却都是在马克思主义旗帜下的口号，在川胜等看来，这些基本法则归根到底还是在欧洲式世界史观中抽取出来的，在应用到中国史自身发展上时无法避免削足适履之弊，今后的研究必须"从中国的社会发展中追求其特殊的、具体的固有理论"①。因此，共同体理论实际上是当时日本学界对中国史认识过程中艰辛搏斗，一转再转的思维成果。

2. 这一思路是以"贵族—豪族—庶民（农民）"层级构造为支架，吸收了社会学理论、经济史观和生态史观而展开的，其背后的语境仍是当时无远弗届的马克思主义史观。欧洲古代为使用奴隶进行生产的奴隶制社会，到了中古实行的封建农奴制——恰恰日本的前现代社会与欧洲封建社会具有极大的相似性，也是一种封建农奴式的社会——则是以封建领主对农奴的武力统治为特色的。而当时的"人民史家"都力图将中国汉唐时代也按照这样的图式去理解。"豪族共同论"的意义正在于指出，在中国中古的世界里，既非奴隶亦非农奴的自耕农才是社会构造中不可忽视的基础性力量②。这一点也许在今天看来理所当然不值一提，但我们却不能无视川胜、谷川在那个时代氛围下挣扎突围的努力，正如侯旭东所言："在 40 年前追求搬用欧洲的历史模式来解释中国历史的学术大环境下，这种呼吁与努力具有扭转乾坤的意义。"③

---

① ［日］川胜义雄：《中国中世史における立场と方法》，收入《中国人の歴史意識》，平凡社 1986 年版，第 255—256 页。

② 刘俊文指出，滨口重国在 1953 年已指出春秋战国至清代中国农村生产力的主体都是一般农民，并且西岛定生的"个别人身支配论"也是在此基础上形成的（《中国史研究的学派与论争（续）》）。然则重视自耕农并非谷川等的新见。但谷川等在回顾学术史时却未见提及此点，他们在多大程度上受到滨口学说的影响，有待考察。

③ 侯旭东：《评谷川道雄〈中国中世社会与共同体〉》，收入《北朝村民的生活世界》附录二，商务印书馆 2005 年版，第 401 页。

3. 豪族共同体论重要的一点特色在于，重视农村共同体中温情的一面，强调统治阶级与被统治阶级间的相互依存关系。而当时一般观念是从阶级史观出发看待地方上有权有势的豪族，将其视为农奴（奴隶/佃农）的统治者、压迫者（这也正是中国学者备感亲切的看法）。这并不是凭空而来的，当时风行的马克思主义、韦伯社会学，还有大冢久雄在经济史学上力倡的共同体理论，以及石母田正等日本史家的论说都是其思想资源，只是谷川、川胜将其凝练为一套上通下达的学说而已。但是，如果跳出具体论题，不难发现这样的对立思维本身注定是片面的——好比教师与学生间的关系，究竟是压迫管理，还是指导关爱？无论哪一种都不难举出许多例子来加以证明。因此，与其说哪一方的观点是正确的，不如说，谷川、川胜提出豪族共同体论的历史意义，是揭示了阶级史观掩盖下的历史另一面，亦即豪族或贵族不仅仅在政治、经济上居于统治性的优位，在现实的共同体社会中他们也必须成为结构中发挥正面作用的一分子，才能维持此结构的稳定延续，从而保证自身的延续。而这一观念的萌芽，在贵族制论前辈及日本史研究者的论说中亦早已可见。如下引家永三郎对日本贵族的研究中，很重视的一点就是，贵族不仅仅是统治阶级，而且是指导阶级，因为他们手握更先进的文化，更充分的资源，比后进阶级发达得更早更丰富，因此自然居于文化上的优势地位。与贵族同时的平民也好，或者继贵族文化之后兴起的武家文化也罢，都是在贵族文化的护佑滋养下成长的。而宫崎市定也早就断言："中世的贵族是政府官员的母胎、文化的中坚，同时也是社会的安定势力。"①

　　4. 共同体理论将贵族制、君主官僚制和封建领主制结合起来，将贵族制（或豪族共同体）视为君主专制与封建领主制的中间产物。这一思路，如谷川所自言，也是从宫崎市定那里继承来的。宫崎在《九品官人法研究》中指出，三国至唐代间虽然大致可称为贵族制时代：

> 　　但也决不能一言以概之，以为凡事都只用贵族制度就能解释透彻。在另一方面，是与之对立的君主权巍然存在，不断地努力摧毁贵族制，要使其变形为纯粹的官僚制。事实上正是这一君主权的存在，使贵族制不得不止于贵族制。如果君主权更微弱一些的话，这个贵族制说不定会成长为更具割据性的封建制度。在当时的社会中确有着看似向封建制推移的倾向。从三国至唐，封建食邑制之不绝

---

① 《东洋的近世》，中公文库1999年版，第64页。

如缕，就正透露出这一消息。毋宁说这在本质上是应会出现封建制的社会，却由于君主权的巍然存在，而只能采取了贵族制这一特殊形态。①

但实际上如果细究其理路，两代学者对"封建制未完成形态"的形成动因寻求解释的方向却恰好相反。宫崎认为是君主制阻碍了豪族成为真正割据性的封建领主；"豪族共同体论"则认为是小农阶层力量的强大使豪族无法像欧洲领主那样完全支配他们。这种变化最关键的一点，就在于观察重心的下移，理论核心从"朝廷—豪族"转移到了"豪族—自耕农"。宫崎等早期贵族论者的视域可以说是"皇帝—贵族—豪族"，豪族只是被视为地方上的势力主体、孕育贵族的基础，居于视野的最下层，却并非探究的主要对象；而到第三代的豪族共同体论，豪族则占据了视野的中心，成为理论成立的支点，其视域转为"小农—豪族—贵族"，其解释方向自然也就难免南辕北辙。——相对而言，历研派的视域是"皇帝〔官僚〕—农民/奴隶"，中国马克思主义史家的视域则是"人民群众—地主〔皇帝、官僚〕"。关于这些视域差异导致的学派对立，我们通过下面的模型可以看得更清楚：

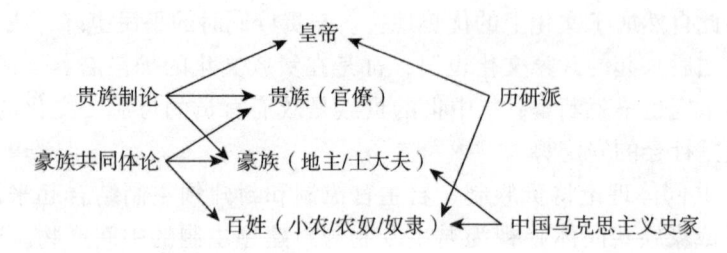

```
                    皇帝
                   ↗
         ┌──→ 贵族（官僚）       历研派
贵族制论 ─┤            ↖
         │   ↗
豪族共同体论 ┼──→ 豪族（地主/士大夫）
             ↘                ↖
              → 百姓（小农/农奴/奴隶）←— 中国马克思主义史家
```

（三）"豪族共同体论" vs. "寄生官僚论"

贵族制论第二代的论战对象是以东京为主阵地的历研派，到第三代时，对阵的锋芒则180度转向了西南方。作为历研派成员与其争论历史分期和封建制的重田德，是大阪市立大学的教授；从"门阀寄生官僚论"角度与之对立的，是长崎大学的矢野主税②，以及立场较为折中的九州大学教授越智重明。这一地理上的转变，饶有趣味。其中尤其具有范式对立

---

① 《九品官人法の研究》第三编余论之一，东洋史研究会1956年版，第528页。
② 矢野主税有时也被理解为从属于东京学派，但就笔者掌握的资料看，无论出身、任职抑或学说脉络，都与东大及历研派看不出有何关系。望了解情况的先达有以教我。

意味的，是矢野主税独特的"门阀寄生官僚论"①。

如前所述，"豪族共同体论"是谷川、川胜共同研究的成果，但两人的研究课题有着明确的分工，川胜以魏晋南朝为主轴，上溯东汉亦即贵族制社会的母胎时期；谷川则主攻北朝史，以探究隋唐帝国的形成机制。因此学说的提出者虽然是谷川，但就传统意义上的六朝史研究而言，继承了以往论说主脉的却是川胜，他们与"寄生官僚论"间的论战也主要表现为川胜与矢野的炮火互轰。川胜于 1950 年发表《シナ中世贵族政治の成立について》一文，在宇都宫清吉和杨联陞的东汉豪族研究基础上，将魏晋贵族的谱系上溯到汉末清流党人，尤其是颍川、北海两个士大夫集团。矢野则于 1958 年发表《門閥貴族の系譜試論》，通过统计东汉官僚的贫困生活状况驳斥东汉官僚豪族说，统计后汉至魏晋官僚家族的传承情况驳斥川胜说，指出西晋官僚谱系无法上溯到汉末，从而提出在每一时代担任高官的家族乃是由于其与政权紧密合作，从而获取了政治资源，亦即门阀的本质是寄生于王朝官僚体系上的学说。其后，川胜于 1970 年撰写的长文《貴族社会の成立》中对矢野学说有所回应批判，指出这只是历史过程还原到抽象的一般原则，无法回答六朝时期国家权力和皇帝权威时常处在风雨飘摇中，如何能给贵族门第提供寄生能量的问题。矢野遂又于 1972 年发表《門閥貴族の系譜試論再説》一文，继续驳斥川胜的贵族制成立史研究②，并于 1976 年出版了"寄生官僚论"的集成之作《门阀社会成立史》。

相对于豪族共同体论的气魄宏大、思辨色彩浓厚（尤以谷川为甚），矢野的学风更为实证绵密，针对各种具体论证环节及侧面提出驳论。例如，对于"贵族植根于豪族共同体"观点，他指出："我认为门阀贵族的本质说到底是官僚，因此，就算贵族是从豪族社会中成长起来的，也只有在寄生到了国家权力中以后，其地位才得以长久延续。归根到底，我无法同意他们之处在于，那种把门阀与豪族看作相同性质的东西，认为门阀永远都是得到地方乡党的支持，两者间紧密相连的想法。"③ 可知他并不反对地方上有所谓豪族社会，但在中央朝廷任官的门阀家族与豪族之间能否如此简单地画上等号？确实是谷川等学说的薄弱环节。又如对于豪族共同

---

① 不过矢野主税本人居于长崎一隅，在学术话语及资源上远不能与京大相抗，因此这一论战远不如历研派论战那样铢两悉称、影响深远。矢野更多地表现出孤军奋战的独狼形象。

② 川胜二文，后收入《六朝贵族制社会研究》第一、第四章。矢野二文则收入《门阀社会成立史》序章及第一章。

③ [日] 矢野主税：《门阀社会成立史》，国书刊行会 1976 年版，第 375 页。

体内部，谷川等虽然已将视点下移，但对"小农"及"豪族"的理解仍然有抽象的倾向，尤其偏重于"指导、爱护与服从、景仰"这样田园式的美好画面。而矢野则结合宫川尚志及五井直弘的研究指出，东汉魏晋时期的乡里，既有平和共处的一面，也有豪族控制小农，垄断舆论的一面，并且，这种和平实际上本身是阶级的体现：豪族与豪族婚姻交往，排斥劣弱宗族，在对立的豪族和小农内部才分别是和平的①。这实际上也就动摇了豪族共同体的"共同"性。矢野的研究实际上包含内容相当丰富，对豪族共同体论各个环节的具体击破，在笔者看来相当程度上确实具有消解其有效性的功力。

然而，正是由于这些研究多是实证性地针对具体表述进行的，因此仍有必要注意：哪怕通过这种途径攻破了豪族共同体论的具体论证，也只是局限于这一理论，无法对贵族制论本体造成动摇。而正如以往学界对其介绍中所侧重的，其学说中最根本，也最与贵族制论相冲突的一点，就是他坚持认为进入中央官界、把持政治权力的六朝门阀本质上是寄生于皇权的官僚，而不是具有自律性的贵族。而偏偏是这一点，却走向了观念上的对冲，因而也遭到更多的反击。

在将六朝豪族（门阀）视为国家寄生官僚这一点上，矢野与历研派大将堀敏一的立说是很相似的，这或许也会令人产生他们是一派的印象，然而其观点背后的理路却完全不同。堀是站在从奴隶制向封建制转化这一思想模式中，将唐代视为上古秦汉帝国的调整再造（也就是奴隶制的尾声），而秦汉帝国时期，皇帝与大臣间具有类似于豪族与家内奴隶那样的附属关系，那么官僚当然只能是皇权的附属品了。这是典型的历研派思路。相对而言，矢野所论却并无如此宏大的理论色彩，而是植根于非常微观却在中世史中确实存在的现象。如矢野自言，其基本的理由在于认识到"累世官僚之家多贫困"，以及《南齐书·明帝纪》中"百官年登七十，皆令致仕，并穷困私门"一语②。换言之，失去官职及俸禄后的门阀士族无其他经济来源，乃是他这一理论的核心支点所在。

这一观察本身无疑是很有价值的。事实上中国学者如唐长孺、胡宝国等也注意到六朝贵族多穷困的现象。意识到这一点，对"六朝士族都是大庄园主"或"奢侈腐化的剥削者"等既定印象，有很好的纠偏意义。但理论上的一个问题是：贵族是否必定等同于大庄园主、大富豪？失去薪

---

① ［日］矢野主税：《门阀社会成立史》，国书刊行会1976年版，第二章。
② ［日］矢野主税：《门阀社会成立史》，绪言，第1页。

水便陷于贫困的，是否就必定不能是贵族？部分个体在经济上依靠薪水维持，是否就意味着整个集团依附寄生于政府？这在各种贵族社会的通例而言，恐怕是难以成立的。盖欧洲一贯以来即有贫穷贵族，如德瓦尔德所言："穷贵族一直都有，至少从12世纪以来就存在"，"无论贵族拥有什么社会优越的权利，他们都不一定是其所在社会中最富有的人"，"穷贵族为数众多，构成了贵族阶层成员的绝大多数"[1]；而日本公卿在中世以后更是陷入朝不保夕的悲惨处境，《源氏物语》中也屡屡写到失去朝中有力支持者后陷入生活困境的古代贵族。身份、血缘上的高贵性与获取特权的合法性，与现实中的个人生存能力原本就不是等价的。不仅集团、阶层全体不宜从个体境遇来判断其性质，对阶层的判断是否应从这样的标准来考虑，本身也是值得商榷的。关于这一点，越智重明有过很好的表述——在各种关于贵族制的回顾中，越智往往与矢野一同被提出来作为寄生官僚论的代表者[2]；然而事实上，越智重明不仅在各种著作、论文中都自题以"贵族制"，声称自己的研究是在宫川、宫崎的基础上发展的，并且对矢野的寄生官僚论有过鲜明的批判：

> 汉代的天子与官人间的关系，即便说存在着官人层（官僚层），天子须待其支持方能进行统治；又即便说现实中已经出现了世袭性的高官家族，然而重点在于，官人大体上还是各自有其个人的出身。此外，所谓乡举里选虽然是儒教在选举方面的一种理想形态，在汉代却并未得到实行。反过来，在魏晋南朝（尤其魏中期以降），天子却采取了根据乡村社会舆论（乡论）来确定官人资格的形式。如果在贵族的政治属性上有这些表现的话，那么就算贵族当中有贫困者，有依靠俸禄来生活者，在本质上也不能说贵族就是寄生官僚吧。更何况，就算是南方的北人贵族，也有许多是利用其政治权力（换言之，利用其作为官人的特权）成为了大土地所有者的呢。[3]

就此而言，越智决不能说是矢野的同道，而毋宁说只是贵族制论者中较为强调君主权力的特例。并且他还表示自己对魏晋南朝贵族制的理

---

① 参见〔美〕乔纳森·德瓦尔德《欧洲贵族：1400—1800》第一章中"富贵族与穷贵族"一节，姜德福译，商务印书馆2008年版，第46—55页。
② 这种印象的形成大约和他早年的论说有关，如谷川道雄、川胜义雄都引用他1962年的论文《魏西晋贵族制论》的表述，将其和矢野主税相提并论作为贵族制论的对立面。
③ 〔日〕越智重明：《魏晋南朝の贵族制》，研文出版1982年版，第7页。

解,"一方面与宫崎的理解相通,另一方面与谷川的理解相通"①。越智所提出的"族门制"学说,将六朝门户分为甲族、次门、后门、三五门等若干等级进行理解,本质上正是宫崎"金字塔式重层社会"观的强化。

和大陆学界一般印象不同的是,这一时期的论战事实上并未针对六朝贵族制形成真正全面的对冲。矢野对川胜等的驳论主要集中在东汉三国时期,也就是所谓贵族制社会或门阀社会的成立渊源问题。并且,矢野、越智的学说都不像历研派那样,从中国史整体脉络上与内藤分期法相对立,而毋宁说是作为六朝史学者,与京都学派第三代之间的支流性分歧。这一回的论战双方都认可这一时期是门阀社会,名门大族是超越个别王朝的社会力量主体,甚至不排斥使用"贵族"这一基本术语进行讨论(矢野一般使用"门阀")。争论的核心其实只在于一点:门阀得以成立的根本力量,究竟是其自身抑或皇权。事实上川胜对其的反驳,也主要是从这一基本点对其"思考方式"的抗议②,而非具体考证的对抗。就此点来看,双方的争论其实并不像一般所理解的那么巨大,甚至可以说只是执着于同中之异。互相的差异对其本人的学说来说可能很重要,也深刻地影响了此后日本中世史学界的基本姿态;但从更宽泛的贵族制研究而言,却完全不妨将其都包容进自身领域当中。而从逻辑上讲,当时双方都未能避免非此即彼的二元性思维方式,这也许是在时代论战旋涡中难以挣脱的困境吧。

(四) 贵族制?还是官僚制?

时至今日回顾,当时两次大论战其实有一个共同的焦点,那就是如何看待皇帝统治及官僚制的问题。对于皇权,六朝贵族论的一大视点,就是将皇帝视为贵族制下的一环,强调其在贵族阶级中受到限制的相对无力,弱化其作为国家统治者的方面。而对于官僚,源于内藤而由第三代显著强化的一个基本观点,就是贵族虽然表现为官僚的形式,但却是"自律"的,不由皇权决定。面对反方的质疑,川胜义雄的一段话代表了豪族共同体论典型的思维方式:

在重视中国专制主义国家权力的视角中,隐藏着向所谓"亚细亚停滞论"回归的理论陷阱。我们不应把国家权力或皇帝支配作为

---

① [日] 越智重明:《魏晋南朝の貴族制》,第11页。
② 参见 [日] 川胜义雄《六朝贵族制社会的成立》,收入刘俊文主编《日本学者研究中国史论著选译·六朝隋唐卷》,夏日新、韩昇等译,中华书局1992年版。

一个固定不变的东西去把握，而有必要注意从内部支撑及随着时代的发展使其变化甚至超越的因素。……自然，靠拢某一个政权或与其密切地合作，便能成为高官，反之，疏远或不合作就不能成为高官。这种解释，只不过是提出了一个在人类社会中，不分东西南北，也不论什么时代都适用的普遍而又稳妥的原则。它不是阐明一定时代特殊状况的历史性理解，而只是单纯地向一般原则还原，确实只能算是"抽象的形式的"理解。这种抽象的理解以及满足于这种理解的思维方式，与那个称作"皇帝单方面的统治体制"这种"抽象的形式的概念"的构想，在本质上是共通的。[1]

六朝贵族制论是努力在历经两千年不变的皇帝统治的形式下，寻求时代变迁的轴心。这一点，笔者认为无论如何是值得肯定的努力方向。当然，这一问题如果表述为"贵族（豪族）是否具有自律性"，仍很难避免进入到纠缠不休的旋涡中。因为这一集团的根源到底来自皇权还是来自更底层的农业共同体；是作为国家公职的身份更强还是自足独立的色彩更强；皇权对其究竟是决定性的，抑或仅仅是一种"承认机构"，很大程度上仍是一种视角的转换，是基于学者个人学说体系的差异，很容易变成"公说公有理，婆说婆有理"。如何判定一种存在形态及其属性究竟是"贵族"的，还是"官僚"的？也许应该寻求更具有形态上可观察测量的标准。例如宫崎市定在论述北齐北周之别时，就在不经意间有过很好的概括，他指出，北齐延续北魏孝文帝改革以后的体制，是接受了魏晋南朝的贵族官制，而北周却有意识地反对贵族制。其区别在于：

> 北周的官制，将过去的九品改为九命……在九命以下有流外的九秩……但是，北周这个制度的特长在于，虽然称为流外，但并非贵族式的流外。也就是说，九命与九秩之间，并没有门阀的、贵族的流品之贵贱清浊的意味，而只不过是地位的高下，一命以上为士位，九秩为庶人的身份，但其间并无大的隔断。不以门阀取人而以才能任用官吏，这是北周新制的宗旨。[2]

---

[1] ［日］川胜义雄：《六朝贵族制社会的成立》，刘俊文主编：《日本学者研究中国史论著选译·六朝隋唐卷》，第5页。
[2] 《九品官人法研究》绪论第十八节，《宫崎市定论文选集》上卷，第92页。

有流品，有贵贱清浊，在背后支撑着这种独特的官僚制现象的，仍然是人的贵贱清浊，这就将制度性的官职和作为贵族的人有机联系在了一起。又如下面还要详细谈到的，家永三郎对日本王朝贵族特征的概括：

> 这一时代的贵族，从其渊源上来说，不过就是律令时代高级官僚的后身。然而在律令时代的后期，其官僚性已经逐渐稀薄，到了这个时期，则进一步强化了这种倾向。他们以其尊贵的家系与作为大庄园领主的经济基础为支撑，转化成了居于私性的支配势力之上的存在。当然，为了使其地位公权力化，带有律令制官职仍是有必要的，因此在形式上依然延续了律令机构，但实质上却已经发生了巨大的性质变化。律令时代的贵族在一定程度上仍保持了公性的官僚意识，与此相比，藤原时代的贵族则完全专注于一家一族之事，几乎完全失去了作为国家官僚的自觉。这不能不看作这一转变的结果。①

这与前述宫川尚志所指出的，六朝时代"私"的一面覆压在"公"的一面之上，可以说是异曲同工。讨论至此，我们更不由得想起陈亮的名句："六朝何事？都成门户私计！"从这个角度进行观察，正可以涵盖而不囿于"自律性"之类的提法。与"先天下之忧而忧，后天下之乐而乐"的宋代士大夫理想，以及"天下兴亡，匹夫有责"的明清思想家口号相比，六朝官僚身上"为门户计""不顾君父"的色彩之强恐怕是无法否认的。在笔者个人看来，与"自律性"这一概括力强大却不免空泛、难以捉到实处也易受攻击的范畴相比，从这些方面（当然还可以探索其他侧面）来优先把握"贵族官僚"这一范畴，或许是更为有效的。

四 跨文明的底色：从比较角度出发的日本古代贵族制观察

以上费了颇为冗长的篇幅，概观了日本六朝贵族制研究的谱系及历次论战的情形。以下将转入一些对我们而言也许是更根本性、更关心的命题。

站在中国学者的立场，对内藤湖南的这一学说，可能从朴素的观念上就难以理解：明明六朝也有一个（或几个）皇帝，有一个（或几个）政权在，下边那些人在身份上也都是朝廷的臣民——这样的政治结构不也是

---

① ［日］家永三郎：《古代贵族的精神》，《岩波讲座　日本文学史》第二卷，岩波书店1958年版。

君主专制吗？和秦汉唐宋元明清有多大的区别？其他朝代也都有达官贵人，有"统治阶级"，为什么其他时代不叫贵族制社会，而偏偏要给六朝这么一个特别的待遇①？田余庆先生可能是这一立场有代表性的人物，他在专著和访谈中都曾明确表示不能赞同这一学说，东晋门阀政治只是漫长中国帝制的一次变态而已，在东晋以后，变态就已逐步回归常态。笔者在这里无意也不能批评双方得失，只是希望对下面的主题作一思考及提示：内藤湖南何以会对六朝隋唐的这一方面给予如此高度的重视，用作给时代定性的基本因素？对中国人而言如此"莫名其妙"的一个命题，又何以会由日本学者提出，并获得了如此巨大的影响②？

川合安曾指出："在我国学界，使用'贵族'、'家格'时，虽可能未必有意，但不可否认其中会有日本史中贵族意象的投影。"③ 笔者对此深有同感。而且对学说的创始人内藤湖南而言，这种投影其实并非"未必有意"，而是可以确认的。论者过去甚少提到的是，内藤在论述中，有很多处就引用了日本古代史上的情形来作为对比，他在《中国中古的文化》中谈到贵族政治的弊端之一是"高官是根据门第理所当然地得到的，因而不必对天子充满感激之情"，谈到当时财婚问题时指出"当时养育女儿的家训是嫉妒，其目的就是要妻子控制丈夫"，在《中国近世史》中谈到"君主如果不听从谏诤，可以撤换之"时，都指出其"与日本的藤原时代也有相同之处"，"在平安时代的贵族中也存在"④。这足以证明他在讨论相关问题时心中确实有日本古代史的参照坐标在。

追本溯源，"贵族"当然是中国文献中的一个固有词语，不过似未形成制度化的术语。就六朝文献来说，大抵指的是高贵的家族，如《魏

---

① 据葭森健介的介绍，"在日中两国的魏晋南北朝史学者第一次会聚一堂的1992年中国魏晋南北朝史学会上，日本的中国史研究者将'贵族'一词作为关键词来展开自己的研究，这是为什么？这个尖锐的问题被摆到了桌面上，成为中国学者质问日本学者的一个关键问题"（《内藤湖南与京都文化史学》，张学锋译，收入内藤湖南研究会编著《内藤湖南的世界》，三秦出版社2005年版，第219页）。葭森氏论述过内藤在日本史研究上同样秉持着"历史从以贵族为中心的时代向以民众为中心的时代发展变化"的观点（《内藤湖南的世界》，第225页），并推论其学问的拓展步调可能是"给平安时期的'贵族'文化带来深刻影响的隋唐文化，也就应该带有'贵族性'的要素"，亦即其认识为"他对日本史的理解在中国史上的投影"（《内藤湖南的世界》，第251页）。

② 如学者已意识到的，所谓"唐宋变革"的类似说法并非内藤最早提出，也不专属于日本学界（参见李庆《关于内藤湖南的"唐宋变革论"》，《学术月刊》2006年第10期）。我们对内藤这一学说的重视，毋宁说应当着眼于其论说体系的依据及视角，而非某个泛泛提法的发明权。

③ 川合安：《日本的六朝贵族制研究》，《南朝贵族制研究》第二章，汲古书院2015年版。

④ 内藤湖南：《中国史通论》，第308、310、325页。

书·世宗纪》"贵族豪门"、《南史·谢方明传》"贵族豪士"等。大约只有《魏书·高宗纪》录和平四年诏书"然中代以来，贵族之门多不率法……今制皇族、师傅、王公侯伯及士民之家，不得与百工、伎巧、卑姓为婚，犯者加罪"，及《晋书·列女传》"若连姻贵族，将来庶有大益矣"（具体语境中是指汝南周氏）两条，为较有社会史意义上的阶级规定含义，但也难以确认这里所说的"贵族"究竟管到哪一级别。并且，"贵族"一语的出现频率应该说相当低，检点中古史传，除去重复，不过寥寥数条[1]。总体来说，今天所谓六朝贵族制论的核心范畴，很难说是从中古表述中自然提取出来的。

但在日本史上，"贵族"却是一个常见的基本范畴，从上古一直用到了明治时代。尤其在讨论日本统一国家形成初期的奈良、平安朝时，"平安贵族"或"藤原贵族"等范畴可以说是理解这个时代的关键术语。"贵"和"贵族"并不是后代史家赋予那个时代的概括，就是古代日本固有的用语。"8世纪初确立的日本律令制的位阶制度，从正一位至少初位下，共有30阶，其中三位以上者称为'贵'，四、五位者称为'通贵'，也就是说，五位以上皆被视为贵族。这些五位以上的贵族不仅在经济上、刑法上享有特权，而且依据他们各自的位阶，其子孙只要满21岁，就可以自动获得一定的位阶（即所谓的荫位制），由此确保贵族的子孙能够比较快地升至与父辈同等的地位，以便于贵族阶层的延续。此外，律令制下的位阶与官职之间基本遵循官位相当制，即官与位之间相对应的关系……五位以上的贵族占据了律令制国家机构的中枢要职。"[2]——从这些基本的概述中，我们已不难看到中日贵族制之间颇多共通之处。这种共通是偶然的、零散的吗？抑或是具有社会构造、时代阶段意义的整体像？

中国学界熟悉的日本著名史家家永三郎，在这方面留下了两种探骊得珠、富于理论概括力的专著：《贵族论》和《古代貴族の精神》[3]，提供给我们比较观察中日古代贵族制的宝贵资源。通过观察日本古代贵族制的

---

[1] 我们习用的"士族""世族""门阀""阀阅"等术语，在六朝文献中同样相当罕见（仇鹿鸣已统计指出士族一语不仅少见而且晚起，见仇鹿鸣《魏晋之际的政治权力与家族网络》，上海古籍出版社2012年版，第34页）。我们今天对六朝史应用的这些基本范畴体系，可以说都不是"原生态"的。

[2] 王海燕：《日本平安时代的社会与信仰》第一章第一节"平安时代'贵族'的范畴"，浙江大学出版社2012年版，第3页。

[3] 《贵族论》为《新日本史讲座·古代后期》的一种，中央公论社1959年版；《古代貴族の精神》则为《岩波讲座日本文学史·2：古代》的一种，岩波书店1958年版。

形态，或许会有助于我们理解为什么日本学者会从贵族制的角度去把握六朝，也有助于我们在更普适性的原理层面理解六朝社会（仿宋体为家永氏原文中译）。

1. 家永氏指出，日本贵族"无一不须标榜自己为氏姓社会贵族的后裔"，"所谓贵族，并不仅仅是在现实中拥有尊贵的地位，其要素在于保持尊贵的出身与血统"。亦即与个人的位高权重相比，家族血缘的尊贵才是贵族地位与自我意识的根源。这与六朝贵族依仗"冢中枯骨"余荫、夸耀家门久远的表现显然相通，事实上也是人类历史上各种贵族社会所共有的性质。

2. 朝廷官职为贵族所独占，日本贵族子弟不须考试或积累功绩，凭借家门便可于二十岁出头直接获得相应等级的任官权："官人的任用升进通常也须考虑氏姓的大小尊卑，因此氏姓阶级的身份特权也都在律令制度内得到了留存。像这样，前代的贵族都尾大不掉地保留下来，成为律令国家的上级官僚。依据选叙令，三位以上者的子孙，以及五位以上者的子孙，在二十一岁后便有以父祖恩荫而得以无条件叙位的荫位特权；而依据学令，得以进入作为官吏培养机构的大学就学的，除了东西史部之子外，原则上也是仅限于五位以上者的子孙的。总之在一切的方面，官职都只能为贵族所独占，被封闭在世袭范围之内。"日本贵族官制有三方面的特征：贵族垄断、自动授官、官品对应家门等级。这在六朝门阀社会都有很鲜明的表现（连高门子弟二十左右入仕的情形都与日本如出一辙），也正是宫崎市定《九品官人法研究》所着重研究的方面。

3. 日本贵族同时也是在中央朝廷中身居高位的官僚，这与六朝贵族也完全相同。而家永氏针对这种身份上的兼容性作出了独特的阐释。首先是其特权性："大化二年发布了改新之诏，在废除氏姓阶级的土地人民私有权的同时，规定'以食封赐大夫以上'。……从中可以确认律令制官僚将享受特权视为理所当然的露骨意识。只要存在这一意识，律令国家的官僚便无法只是官僚，而必定会形成贵族阶级。""一旦获得了上级官僚的地位，其身份在制度上就可能是世袭的，因而他们也就凭借着世袭的高级官位和经济特权，得以永久保有了贵族身份。"这一界说综合考虑了政治身份、经济资源和社会意识等因素：政治经济特权确认了其"贵"；世袭性身份则保证了其为贵"族"而非个人性的利益。更重要的是，从国家到个人，都意识到这种世袭特权，并对这种意识予以承认，而不是加以批判否定，这与南朝士大夫所谓"士庶之际，实自天隔"正表现出同性质的自我认知。

4. 贵族之为贵族而非仅仅是朝廷官僚的第二层理由，在于其身份与理想的自我认同："律令制度一方面提供给他们贵族特权，另一方面又要求他们承担作为国家官僚、君主臣子的义务。在这一点上，律令时代（按：7—10世纪）的贵族必然在身为贵族的同时，又不能不保持着作为国家官僚的侧面。""律令时代的贵族在一定程度上仍保持了公性的官僚意识，与此相比，藤原时代（按：10—12世纪）的贵族则完全专注于一家一族之事，几乎完全失去了作为国家官僚的自觉。"亦即在日本古代史上，贵族的发展呈现出一条从"半公半私"发展到完全"私"性的轨迹，亦即作为国家公务员的机能逐步形骸化，公职只作为其谋求家族及本人利益的工具，而非为之贡献自身的目标。执此反观六朝，可以说整体上并未发展到最后的阶段，中国士大夫始终未曾全体褪去作为基本教养的儒家底色；但在六朝尤其江左五朝，王谢高门子弟的许多事例中仍可见到这种极端表现，如史书中对"公子简贵，素不交游"、"遗物事外"、在职不理政务的贵公子形象的书写，乃至所谓清谈误国等表现，如果理解为贵族性具有必然性的发展方向，未尝不能帮助我们更合乎逻辑地理解这些历史人物及其表现。

5. 贵族处于高低等差社会中，故贵族俯视平民、高等贵族俯视低等贵族："他们占据着外观上的高贵地位和狭隘的世界内部，微妙地怀抱着高度发达的文化，安坐于社会的最上层，以轻蔑的眼光俯视其他阶级的人们。地方上的粗俗平民被视为异类生物，这是不待言的，在最高贵族眼里，就连下级贵族也不过就是另一世界的存在。"这与裴子野所指摘的六朝"三公之子，傲九棘之家；黄散之孙，蔑令长之室"[①] 情形若合符契。

6. 对礼仪、"故事"的高度重视："他们居于最高身份，恣享荣华……只要维持现状就已经足够。他们不但没有树立新仪、进行革新的心思，毋宁对此是避之则吉的。在公事上确立先例故实哪怕一举手一投足的违误都被指责为'有大失'。这无非就是因为，墨守先例故实，乃是基于惰性而得以维持的统治地位的象征的缘故。"最后两点作为文化上的表现，也正常见于六朝人物，稍读史书即知，毋庸烦举事例为证。

以上种种方面，都可看到日本古代王朝贵族与中国中世"贵族"之间的契合身影。两者之间究竟是否原理性的同质？还可继续讨论。但日本学界何以会选择这样的术语和理论来解读中国史上的六朝士大夫，也许通过这一观察我们已可多少获得理解。正是日本史上固有的这种认知，使得

[①]《资治通鉴》卷一二八引裴子野《宋略》，中华书局1956年版，第4039页。

日本学者在观察中国文明时得以敏锐地捕捉到这一阶段的特性。当然，跨文明、跨国度的比较常不免含有"格义"过度、削足适履的危险，但比较性立场却也让我们获得了超越具体个别人事，进行原理性探测的依据。

五 纠缠于政治史？贵族制的两种理解模式

无论是面对唐宋变革论还是作为其重要一环的六朝贵族制论，中国学界似乎都天然地倾向于从政治史（包括制度史与事件史）的角度去理解这一学说。然而，如果从内藤本人的学说出发重新考虑，将贵族制的意义或适用领域等同于"贵族政治"，则这一解读方向或许从一开始就与学说本旨有着微妙的异同。福原启郎已注意到，《中国中古的文化》"叙述限于'文化'这个特定的范畴，它与侧重政治、社会、经济史等方面的第二次世界大战后贵族制研究趋势不一致"[①]。事实上，内藤相关论说的篇题都是标举文化史、时代史为目，"贵族政治"只是其在具体论述中的一个次级范畴。我们有必要注意到内藤自身所抱有的鲜明文化史观。他并不把政治视为人类历史与社会的核心，而是强调唯有文化才是人之异于动物之处。在这一观念下，政治非但是无关紧要的，而且只不过是应被否定的，争权夺利的动物性残留而已。他曾说：

> 世人扰扰，到今天也还热衷于政治，什么事情都可以不管不顾，唯独对政治喧嚣不已。然而在我看来，政治这种东西，乃是人类生活中原始低等的存在。所谓政治，并不仅仅是人类才有的东西。政治的核心在于统治，而对"统治"有所理解的决不仅仅是人类。诸如蜂蚁之微，都无不充分拥有统治权，牛犬之流，也都有高度的统治权。所谓统治，说到底不过也就是动物生活——用现在的话说——的延长而已。因此在我看来，政治这种东西，不但未见得是人类生活中最重要的，而且作为动物时代的延续，其实也就不过好比是人类的尾椎骨一样的东西罢了。当初的贵族，在政治之外还有着多姿多彩的高尚生活。贵族有学问，有艺术，有工艺，有多姿多彩的生活要素。平民是被统治的一方，君主则是所谓统治的一方，然而却都不得不营最简单的生活。这既是平民的可悲之处，同时也是君主的极其可悲之处。[②]

---

① 内藤湖南研究会编著：《内藤湖南的世界》，马彪、胡宝华等译，三秦出版社2005年版，第258—259页。

② 内藤湖南：《近代中国的文化生活》，《东洋文化史研究》，林晓光译，复旦大学出版社2016年版，第120页。

这种观念本身就与一般人，尤其中国固有的史学方向大异其趣。我们也许很难否认，直到今天政治仍然是最集中地牵动着所有人生活的有力杠杆和核心力量——而且越是政治高度集权的时代，其作为时代核心的重要性就越难否认。内藤对政治的这种蔑视，与其说是一种历史界说，莫若说是一种精神取向，期盼历史能从这种政治集权的状况中解放出来，达成人类在文化上的"醇化""精粹"生活。而在这一期待达成之前，他自己也不得不承认"世人扰扰"，除了他以外的一般人是醉心于政治的。但我们有必要认识到，在内藤的心中，实际上是非常抗拒从正面意义去理解政治的（他所理解的"文化"，也是排除政治的）。他明确指出，"贵族"对六朝时代而言具有全方位的核心价值，而不仅限于政治上的观察。如《中国中古的文化》的篇末结语所言："在六朝时期贵族成为中心……在这一贵族时代发生的各种文化现象，如经学、文学、艺术等等，都具备了这一时代的特征。"①

当然，在具体的研究中内藤仍然将政治作为一个重要的历史领域来探讨，并使用了"贵族政治的时代"这种表述。这可以说是此后研究往政治史方向偏移的肇端。而自宫崎市定《九品官人法研究》问世以来，政治制度史更是压倒性地成了讨论最集中的分野。宫崎将九品中正之法从讨论"中正"这一具体职衔的设置与机能中解放出来，在贵族制视野下全面铺开了对这一时代官僚体系的探讨，这一雄厚的基础无疑激发和便利了其后的研究往政治史、官制史方向集中。包括越智重明《魏晋南朝的贵族制》、中村圭也《六朝贵族制研究》等贵族制论著，其论题大都以官制为主，围绕着官僚体系为焦点展开。具体的政治史方面，冈崎《通史》基本是继承了老师的文明史观，但作为通史，已经不得不以一半的篇幅叙述政治上的史事。其后不但相关学者研究都或多或少涉及于此，更出现了川胜义雄《六朝贵族制社会研究》、安田二郎《六朝政治史研究》、川合安《南朝贵族制研究》②等专著。川胜所著虽以"社会"研究为题，如前所论他也确实具有从整体社会构造理解六朝时代的理论思考，但就具体篇章而言，包括曹操军团的构成、东晋贵族制的军事基础、刘宋政权的成立与寒门武人等，都不折不扣是政治史的课题。事实上，他对豪族和贵族的区分，本身就会自然地导向政治史研究：

---

① 中译收入《中国史通论——内藤湖南博士中国史学著作选译（上）》，第311页。
② 如川合安自言，他就是在自觉意识到"贵族制"这一课题包含了"贵族政治"与"贵族制社会"这两大侧面的前提下选择了"贵族政治"作为研究对象的，（《南朝贵族制研究》序论）。

豪族未必就是贵族。要成为地方上的名门望族，更进而成为贵族，非得添加上某种能授予他们高贵性的东西不可。这种东西就是官位，是由政治权力保证的身份上的高贵性。"豪族"可以单纯作为社会性的概念来把握。然而"贵族"这一概念中，却加入了浓厚的政治色彩。极端来说，"贵族"原本就是政治性的概念。①

可以看到川胜意中的"贵族"，与前期学者的使用已有了相当明显的分歧，其与豪族相区分，而被限定在与中央政治紧密互动的少数门阀中。要探讨这样的贵族，自然不可能再与政治史分离。这恐怕代表了战后贵族制论相当典型的一种理解方向。

从政治史的角度去理解贵族论，很显著的一个自然倾向就是将焦点集中在中央王朝的高等官僚身份上，从而将贵族定义为具有中央政治影响力的家族。而这也正是欧美世界士族研究者的主流立场。从而更出现了一个显著的问题，就是很容易以特定门阀家族作为代表者，着眼于这些家族的兴衰来论证时代属性。例如南朝后期至唐初，王谢家族显然在大多数时候已经不能占有政治上的实权，尤其侯景之乱后，旧贵族层已在大乱中分崩离析，这一点即使贵族制论者自身也是认同的，如冈崎、川胜等都认为贵族制在梁陈之际就告结束。

如果从这个角度出发理解，就会引发一些具有必然性的质问：例如，如果掌权家族不够稳定、掌权时间不如预想之长久、或权力没有强大到期待值（例如和君主并驾齐驱或凌驾其上），则"贵族制"是否还成立？是否应换为其他表述（门阀政治/精英家族/寡头政治等）更为合适？又例如，掌权的少数家族衰落后，贵族制是否就告结束？亦即所谓贵族制时代究竟延续到何时？宫崎市定对这一问题，其实早已预言般地做过答复。他指出：

君主的政治权力，时而足以压制贵族，尤其当王朝革命之际，纵使大贵族也会成为政治斗争的牺牲品而遭灭顶之灾。然而，君主权力尽管能够排除特定的贵族，却无法消灭金字塔形的贵族群本身。在二三大贵族灭亡之处，随即便会有其他贵族代入补缺，金字塔之为金字塔，依然是一直屹立不倒的。

就个别的贵族来说，经历南朝灭亡、隋末大乱之际的冲击，走马

---

① ［日］川胜义雄：《六朝贵族制社会研究》，岩波书店1982年版，第4页。

灯似的变换，部分地新陈代谢，然而一旦天下安定，和平继续，新的唐朝式贵族的金字塔形便又成立。①

很显然，宫崎市定的解释对象虽然是政治史的，但其解释立场却是社会史的。个别事件、个别人物乃至家族的兴衰存亡并不是决定性的，在其背后的社会构造是否延续维持、稳定地发挥作用，才是判断一个时代性质的关键所在。如果认同宫崎市定的这一立场，则仅仅作为这一社会结构在特定时期的符号的王谢门第是否衰落，王谢子弟是否还能在新朝担任高官（更不必说是否具有实权），实际上都已是与贵族制理论不相冲突了。

归根到底，宫崎与川胜对"贵族"的理解，实际上代表了两种基本的范式：一是血缘等级制社会中的上层阶级；二是掌控中央政治的特权家族。这两者在对象上有重合之处，但理解重点及推演方向却完全不同。宫崎观念中的"贵族"，是一个比少数中央寡头家族庞大得多的社会阶层，从适用人群来说其实更接近于川胜观念中的"豪族"，而重点则在于强调门阀间高低格差的等级性。

从这一问题回过头去追本溯源，便会发现内藤湖南从一开始就不是从"若干固定的大贵族或大家族把持中央权力"的角度，而是从等级制的角度来理解贵族制度的。他引用《孟子·万章下》所谓"天子一位，公一位，侯一位，伯一位，子男同一位，凡五等也。君一位，卿一位，大夫一位，上士一位，中士一位，下士一位，凡六等"，指出在贵族体制下，君主虽然居于最高一级，但却"既非在此等诸侯之上鹤立鸡群拥有极大权力与地位者"，"也并非是拥有超越百官之上的大势力及优越地位者"②。并且当时的名门望族"几乎都是超然于他们在当时的政治地位的。虽然当时的政治堪称为贵族全体独占之物，如果不是贵族就不能当官，然而第一流的贵族却未必就会成为天子宰相"③，换言之，最高的政治权力和最高的贵族个体之间并不是画等号的，"贵族"对"政治"的垄断，是一种对社会集团的宏观理解，只要这一阶层依然存在，权力依然垄断在这一阶层手中，那么到底是谁，是哪一家族获得了权力，其实都不影响时代性质。就此而言，宫崎市定确实是内藤湖南的真正继承者。如果一定要强调

---

① ［日］宫崎市定：《东洋的近世》三"中国近世の政治"，中公文库本，第63页。
② ［日］宫崎市定：《支那论》，转引自傅佛果《内藤湖南：政治与汉学》，陶德民、何英莺译，江苏人民出版社2016年版，第199页。
③ ［日］内藤湖南：《概括性的唐宋时代观》，《东洋文化史研究》，林晓光译，复旦大学出版社2010年版，第104页。

掌控了中央政治权力的才是贵族，那么政治权力的失落与否就成为判别贵族乃至贵族制社会的重要标准，而这显然是有悖于内藤学说本意的。

从这个意义上说，自守屋美都雄以来日、美、中学界针对个别中古家族的实证研究，虽然无疑具有高度的价值，也更有可能提出别具意义的解读思路。但就讨论"中国中世是贵族制时代"这一命题而言，其有效性却值得商榷。无论有多少大族被论证为在某时期兴起或衰落了，都无法或证否（或证明）贵族论者的这一命题。这两种思路毋宁说是平行不悖的。如果以此命题为中心，也许我们更应当讨论的是：中古时代是否确实存在过这种血缘性的身份等级制度并在社会中发挥了中坚作用？如果是，则其与其他时代是否有本质的不同？窃以为这才是判定所谓六朝贵族制论是否成立的要害所在。

不能说走向政治史、制度史和经济社会史研究的贵族制论是有问题的，恰恰相反，那开拓了恐怕内藤自身都未能清晰探究的新天地，应当视为贵族制研究的充实发展。但反过来，如果执着于政治史的视域，用于评价六朝贵族制论，则未免有过于狭隘的嫌疑，而这种立场更不能用于评价内藤最初倡导这一学说的本旨。就笔者个人的观感而言，如果执着于政治史的视角，一定要为中世各种事件和个别职名找出"贵族"影子，加上"贵族"帽子，实际上是六朝贵族制论的最弱一环。因为政治尤其中央政治的相关行动者，总是以官僚身份出现的。无论怎样透视其背后的贵族属性，强调其自律性之类的"本质"，也无法抹杀皇权下的官僚体制在其间的显著作用。自贵族论者第二、三代以后，对这一方向的执着努力，往往不免令人惜其用力多而成功少。如川合安所指出的，像唐代门下省的封驳权是否代表贵族意志之类提法，就连贵族论者内部也是众说纷纭，甚至有些与内藤湖南已是貌合神离[①]。归根到底，六朝贵族制论在狭义政治史上的论述，往往无法成为排他性的史实解释，而只是对皇帝官僚制立场的一种视角转换与互补。六朝时期的皇帝只是贵族阶层中的一个机关，抑或贵族仍是皇帝属下的臣子？不过是事情的一体两面。如果回到内藤提出六朝贵族论的原意，也不过就是基于对贵族阶层这一居于皇帝与庶民间的庞大力量的意识，对比宋代以后贵族消亡、皇帝与平民间彻底悬隔的状态，将皇帝视为最高位置的贵族而已。他并未否认皇帝的存在，也未否认皇权仍是贵族社会中地位最高的一个单元。因此归根到底，贵族制论在政治史中当然可以、也发挥了很重要的作用，但其意义毋宁说更在于提醒史家注意

---

① 川合安：《南朝貴族制の研究》第二章，汲古书院2015年版。

到这一时期"官僚"所具有作为"贵族"乃至"豪族"的"自律性",以及其介于皇权与庶民之间承担的枢纽作用和力学功能,而不在于,也无法否定皇帝统治的一贯存在。这两种视角应该完全可以融合齐观,在观察动态的具体人物、史事时合宜运用。

六 贵族制论的舞台:政治史?文化史?时代史?

在政治史之外,从社会文化史,尤其思想史、文艺史的角度,六朝贵族论却有着皇帝官僚制视角所无法提供的重大长处,也就是对整体时代史性质的把握力。日本后来的贵族制论史家往往迷于此点,未免予人多歧亡羊之感。当然,在其中也有若干游离或超越于政治史思路的论著,虽然远未能像《九品官人法》那样提供完美的范式,但作为具有潜力的学术方向而言,则值得专门作一评述。

事实上,在《概括性的唐宋时代观》中早就论及,但在史学界或许只是作为贵族政治及经济史的一点尾巴来附带阅读的,就是内藤湖南在该篇后半所论述的学术、文学、音乐、美术各方面的唐宋变革。他指出,学问上汉魏六朝是重家法、师法的注疏之学,唐中期后开始自出新解;文学上流行骈体文、五言诗,唐宋开始则变为形式自由的诗词散文、形式复杂的戏剧、自由表现的俗语,"贵族性文学就骤然一变,朝往庶民性文学的方向发展了";绘画上盛行壁画,以彩色为主流,是用于装饰宏伟建筑物的"贵族的道具","画的意义不过在于说明事件而已",五代以后则水墨画、卷轴装兴起,平民之流亦可随身携带欣赏;音乐上以舞乐为主,"尤其与贵族性的仪式相适应",宋以后则模拟物象,迎合底层平民的趣味。以上变迁大势的勾勒虽然主旨在于阐述唐宋变革,但其主线仍然紧扣"贵族文化"向"平民文化"的转变,虽然语焉不详,但每一点都带出来那个时代一个完整侧面的速写。

内藤以后,由于前述理由,这一方向的发展显著弱于政治社会史的讨论。最有代表性的论著,当数森三树三郎(1909—1986)《六朝士大夫的精神》和吉川忠夫(1937—)《六朝精神史研究》。与前述出身于东洋史学科的学者谱系不同,森毕业于京都大学支那哲学科,是思想史的路数。如前所言,内藤、冈崎对东汉魏晋社会的理解,都有浓厚的文化史观或曰文明史的色彩,但这与从思想内部去理解所谓贵族的世界,仍然不是一回事。森此书开宗明义认同六朝士大夫的贵族性、豪族性,但与当时从土地贵族、财产贵族角度的一般理解相比,他强调六朝士大夫乃是官职贵族和教养贵族。换言之,所谓大土地所有往往是其获得官职以后的结果。

又因为贵族任官多半是由其家门先决的，故士大夫社会具有"私"的秩序，他们虽然热衷于官位，却对政治漠不关心（这与前述宫川、家永所论显然相通），而是全身心投入到学问世界中去求取人生意义。这种身居高位而对政治关心衰退、明哲保身的特性，导致其清高而失去行动力。在吉川著序章《六朝士大夫的精神生活》中，作者指出，"在宋代以后，士大夫和庶民之间的关系是流动性极大的；与之相较，以出身门第为存在原理的六朝士大夫自然而然地就倾向于形成排他性、封锁性的社会。之所以文学的创作，哲学的谈论，都往往以在宫廷、贵族的沙龙乃至于特殊限定的狭小圈子为中心，其原因正当亦在于此"[1]。这里所谓排他性、封锁性的社会构造，显然源自其师宫崎市定所阐发的金字塔式等级社会，而吉川敏锐地将其扩展用于解释文学、哲学等方面的表现。六朝大兴的骈文也是与贵族精英的知识自矜相适应而产生——这又是继承了内藤之说的发挥。值得指出的是，中村圭尔已试图借助这两部著作中对中世贵族心态、精神的讨论来观察当时人的任官逻辑[2]，这指示出政治史、官制史并非与文化史心态史截然分途，而是具有内在关联，完全可能构成整体时代理解的。

  文学方面，作为贵族制论的大本营，京都大学中国文学研究反而几乎未出现相关的回应之作。吉川幸次郎虽然赞同贵族论，但其学说路数却完全上接乃师狩野直喜，走的是经典注疏和文艺分析的路子，而非对文学史作结合外部环境的框架构建。京都学派的中国古典文学研究与中国本土学界交往甚密，受影响甚深，这可能也减弱了他们从身边的史学领域汲取营养的动力。相较而言，反而是非京都学人更有从事于此的热情，九州大学冈村繁撰有《六朝贵族文人的怯懦和虚荣——关于"清谈"》一文，试图从九品官人法造就门第社会的角度阐述魏晋文人的软弱与虚荣气质，进而探讨东晋文学走向玄理化的原因。东京方面石川忠久及其弟子佐藤正光、矢岛美都子等则受到《九品官人法研究》的深刻影响，试图将贵族社会论应用于陶渊明、谢朓、庾信等六朝文人研究中。但总体来说，这些尝试多半有些生硬，往往是在对人物的研究或原理分析上较为得心应手，一旦落实到文学表现上便又回到分析鉴赏作品的老路上去了。"贵族论"只成了套在文学研究身上的一件外衣。

---

 [1] 参见森三树三郎《六朝精神史研究》，同朋社1984年版，第6页。
 [2] 参见谷川道雄主编《魏晋南北朝隋唐史学的基本问题》中中村圭尔所撰"六朝贵族制及官僚制"一节，李凭等译，中华书局2010年版。

综合以上论著，可以看到其成绩，但更多的是不足，显得零碎甚至牵强。虽然也各具风采，但整体而言，无论广度深度都竟未能超出内藤当年所论，不能不令人遗憾。一个很重要的原因，恐怕在于这个方向与战后史学主流大异其趣。对马克思主义史家而言，哪怕是用"贵族"这样非经济基础、土地所有形态的范畴来讨论政治史社会史，都已不足以论把握历史本质了，更遑言心态、精神云云。可以想见，在那样的氛围中，思想史文化史实在没有发展起来的土壤。其成果的丰厚深入无法与政治史官制史相比，是理所当然的事情。

但是，这并不表示贵族制论在文化史艺术史领域就是无用武之地的。事实恐怕恰恰相反，以往研究的贫弱留下了更富于挑战的课题。和受限于权力和制度的官僚制、政治史研究相比，"文化"是由个体的人来承担，来创造的。而如前所述，贵族论最初从内藤起步时，正是从"中世人丰富多彩的生活"这一原点出发来思考问题的。人被既定的社会构造约束，又在社会中努力发展、改造社会。"贵族"与"贵族制"的互动是超越了上层权力世界而辐射至全时代的。如果跳出六朝，打开视野，从中日乃至世界共通的视角予以比较观察，则前揭论著仍然给我们提供了具有指引性的思考方向。家永三郎曾引清少纳言《枕草子》中的名句"不相称之事：小人之家降雪，或月光洒入，为可惜也"，指出极其重要的一点：

> 与民众显著隔离的这一时代的贵族，醉心于夸耀自己的高贵地位，不必说对一般人民的特权意识，就是贵族内部，阶层的上下之分也极其敏感。
>
> 不论是风花雪月的审美情趣，还是这种情趣中所产生的艺术之美，在她看来都不应与"小人"有关，而是仅限于贵族的特权世界内部的。

在身处森严等级的贵族眼中，宇宙万物的秩序都以等级为依归，他们所见的美与自然亦不外如是。由具有这种世界理解模式的人来推动的历史，和今天的差异应是一目了然的吧。而在贵族视寒门若草芥的同时，低等的武士对贵族文化亦怀抱着"憧憬与警戒并存"的心理，"贵贱""清浊"成为人与人、群体与群体之间关系亲疏好恶的基准："源赖朝责备筑后权守俊兼重迭十余领小袖便服使之重色的行为，训诫其应切去小袖下裾，'若常胤实平者，清浊不分之武士耳……各衣服以下，当用粗品，不好美丽……'这意味着赖朝认识到贵族性的文化价值与武士性的文化价值在原理上有所不同，主张作为武士，理应舍弃前者而追随后者。然而即使是面对着贵族文化的浸染，拥护武士文化的赖朝其人，也屡屡将京都的文化人士招揽到镰仓，丰厚接待。"——与之相较，南朝亦有著名的轶事：陈显达烧其子麈尾，称"麈尾蝇拂是王、谢家物"。其背后正有共同的心态。以21世纪人的思维方式，是无法对此做出圆满解读的。这样的互观让我们看到，贵族制对合乎逻辑地理解那个独特时代的人物心态及行动，确实具有重要的作用。

家永三郎进而提炼出贵族文化的四项重要特色。

第一，特权性（非民众性）。如上举《枕草子》之例。"这种阶级上的封闭性，同时是与中央都市相对于地方农村的封闭性联结在一起的。"故家永又进而提出与特权性相关联的都市性，也就是非农村性。

第二，消费性（非生产性）。这表现在：（1）与生计艰苦及劳动者的心情脱离；（2）大量采用消费性生活的题材。即使与生产相关者也只是从"田间看樱花"式的游民视角来描写。

第三，自给自足性（非商品性）。"贵族文化的相关文化能力，被要求作为贵族的教养，而在现实中，这种文化上有才能的人才确实在贵族内部如云辈出。至少在和歌、物语、书道等领域，应当称为'职业作家'的人物是不存在的。"家永进一步指出，贵族虽非职业的匠人，但却具备指导职业专家的高度能力，"绘画也好汉学也好宗教也好，不少贵族男女是有着不输于专门画师、博士和僧侣的专门教养的"。这一点，与颜之推感叹王褒入北为人书碑之事时完全相通，也是目前文学界观察中古文学文人最关心的前沿视点之一，即从现代色彩浓厚的"作家"论转入完整的古代士大夫知识构造、所处环境及其书写产品的解读。

与此相比，庶民文化在职业化、商业化上的发展是显著的。因此家永又由此得出一个重要的论断："町人文化和现代文化基于其商品性，必然不得不迎合消费者、需求者，并且需求者的文化能力通常比生产者要来得低劣，因此文化也就自然不免于低俗化的倾向。而与之相反，对自给自足的贵族文化来说，贵族自身的文化能力的最高水准，同时也就是文化的一般水准，其间并不存在差距。不管是町人文化还是市民文化，都往往可见低俗化的倾向，而贵族文化却能免于此弊，其理由正在于此。"

结合第一和第三两点，家永进而提出"私性，也就是非公共性"。即贵族文化是基于封闭性的特权阶级，为了该阶级自身（而不是外在于创造者的消费群）而创造的，故其一切都是为了自身的享受悦乐，故能精益求精，超越现实的功利目的。

第四，高度（性）。即贵族由于吸收了大陆外来的先进文明而获得的文化先天高度。这一点与中国则显著不同。家永进而提出精炼性，也就是非粗野性。

显然，从日本贵族文化提炼出来的这几种特色，有其自身历史环境中的特性，但更引人注目的是其与六朝文化的共通之处。此外，战后史学巨匠津田左右吉的名著《文学に現れたわが国民思想の研究》，第一册就是《貴族文学の時代》，其中也早已指出以下与"贵族制""贵族性"密切关涉的文化事象。

第一，（贵族文学）处在非以语言诉于公众之耳，而是以文字传写的条件中，而印刷术又尚未开创，就连文字也限于受过特殊教育者之间，则文学与一般民众遥远绝缘也就是理所当然的了。而在这个财富与权力集中于中央的时代，贵族性文化的舞台就是都府，因此当时的文化又是都会性的。——宇文所安《初唐诗》指出，直到唐代前期，文学仍然是"都城性"的，与此恰相呼应。当然，也有差异，日本古代都城与地方之间的发展差距绝大（略似法国之巴黎与外省），一旦被放出都即等同于排出贵族圈外；而中国早经东周秦汉各代都邑的大发展，故国都之外仍有若干大都市可供文化活动之需。但这只是程度上的差异，六朝隋唐文化之辐辏于京城，是显然的事实。

第二，贵族性、都会性文化，又自然使得贵族都城人士的生活成为私人性、室内性的……无论是事业上还是娱乐上，野外性、公共性的方面都发展不起来……即便将吉野的山水看作桃源、视若天台，游宴度日，驱驰于诗酒间，也不过是将宫廷生活转移于山美水清之处而已。

第三，在当时的政府中，比起实务处理的能力来，能为仪式增华的美好仪容，以及优雅的言行举止才是必要的，而这正是贵族与生俱来的特长。——关于这一点，尤其值得指出的是，贵族与庶民之间的仪态举止是有截然区分的，中国东晋南北朝所在事例多有，而日本古代也同样如此。

像上举这些事象，在平民时代的今日看来有许多是不可思议的。如果我们只是将其作为历史上过去的一种影像来接受，那当然无须追问其何以如此；但作为同一地域乃至同一文明的先后延续，何以从那个时代到今天呈现出如此不同的样相？人们何以会在如此陌生的逻辑驱动下言行，制造出符合他们生活理性的历史结果？如果要对此获得整体性、原理性的解答，则在笔者看来，贵族制论仍是至今最有效的一种解释思路。在贯通性地观照整个中世时代的意义上,这一思路仍有广阔的空间有待开展。而这种思路,一开始就是在跨国度的比较史视野下展开的,在将来也将具有跨越不同文明和历史时期的普遍适用价值。它所能够,所应当活跃的舞台,应当远远超越狭义的政治史领域,而是具备着作为一种基本原理而构筑、塑造了那个时代与非贵族制时代在种种方面不同风貌的,整体的时代史的意义。

(原载《文史哲》2017 年第 5 期,题为《比较视域下的回顾与批判——日本六朝贵族制研究之我见》)

东亚贵族时代的曲水宴与曲水文学

林晓光

《兰亭序》是很多中国人都知道的书法千古名迹,"雛祭り"是属于全体日本少女的女儿节,这看似不相干的二者,却源于千余年前的同一个节俗:三月三日曲水祓禊。"曲水"对于今天的人们而言或许已经显得陌生,然而它却是东亚古典贵族时代画卷中别具光彩的一笔。中国的曲水,与日本的曲水,初次交会于公元5世纪末,那是中国贵族制时代的盛期,也是日本王朝时代的开端。中国大陆从民间风俗中结晶出的贵族文学盛宴,引导了东瀛海岛宫廷文化的开花,从而又在异国塑造出影响久远的民俗节日。这正是在贵族社会视角下观察中日曲水文化史时最有兴味之处。而在这一历史过程中,分别适应着具体文化环境而呈现出不同姿彩的中日曲水文学,更是东亚文学史上富于映照性的话题。

一 作为宫廷文化盛宴的六朝曲水

关于中国三月上巳曲水祓禊的起源及其在汉魏六朝时代的核心文献梳理,学界已有大量成果,这里不烦一一赘引复述[1]。我们大致上可以归纳出若干要点。(1)自古以来,有在水边清洁污秽,以"祓除不祥"的祭祀活动,称之为"禊"。文献上的记载,见于《论语》《韩诗章句》《风俗通》等,其活动最早可以上溯至春秋时代。(2)其中代表性的,是于

---

[1] 参见尚秉和《历代社会风俗事物考》卷三十九"岁时伏腊",中国书店2001年版;劳幹《上巳考》,《中研院民族学研究所集刊》1970年第29期;郑毓瑜《由修禊事论兰亭诗、兰亭序"达"与"未达"的意义》,《汉学研究》1994年第1期;孙思旺《上巳节渊源名实述略》,《湖南大学学报》2006年第2期;陈颖、陈其兵《中国古典园林的精华——"曲水流觞"》,《中华文化论坛》2007年第2期;仓林正次《禊祭考——上巳宴とその周辺》,《国学院大学日本文化研究所纪要》第19卷,1966年版;中村乔《三月上巳の風習と行事——中国の年中行事に関する覚書》,《立命馆文学》第384、385号,1978年版;吉川美春《三月上巳の祓について》,《神道史研究》第51卷,2003年版。

三月上旬的巳日（上巳）临水祓禊，这在汉代确立为节日；曹魏以后，则固定为三月三日，不复用上巳。（3）上巳修禊的基本行事，包括清洗污垢，祈祷吉祥，以及被认为是起源于生育崇拜的浮卵、浮枣等，其后则演进为曲水流觞，将酒杯置于水面流下取饮，并产生了相应的文学活动。

但是，以上研究大体上是将上巳曲水视为一种民俗文化，针对其本体的各种相关文献记载进行考索分析，对于中古时期曲水之会实际情态的观察反而较为缺乏。有必要指出的是，六朝时代的曲水，实际上包含着三个不同的层面：庶民节俗、士人雅集和宫廷盛宴。这三个层面互有涉射，但参与主体、活动形态及主题指向均不相同。其中，尤其宫廷盛宴在曲水文学以及中日曲水文化传递中具有特殊的意义，然而在过去的研究中却往往遭到忽视，更有细致解析的必要。

其一，作为六朝曲水基本底色的，是作为传统民俗活动的全民性聚会郊游。梁宗懔《荆楚岁时记》："三月三日，四民并出江渚池沼间，临清流为流杯曲水之饮。"可以见到六朝士庶在这一天欢度节日的盛况。而贵族社会上层更由于得以骋其富贵财力而使得活动豪奢化。晋陆翙《邺中记》："石虎三月三日临水会，公主妃嫔，名家妇女，无不毕出。临水施帐幔，车服灿烂，走马步射，饮宴终日。"《艺文类聚》卷四引《夏仲御别传》："仲御诣洛，到三月三日，洛中公王以下，莫不方轨连轸，并至南浮桥边禊。男则朱服耀路，女则锦绮粲烂。"在这一层面上，曲水表现为以临水清洁污秽为核心要素组织起来的民众嘉年华，其场所位于就近的江湖池沼水边，主题则在于欢乐热闹的宴游，以及对华美车马服饰的夸耀攀比。其中并不包含特定的礼仪形态，活动中也还没有与文学发生什么干涉。

其二，则是贵族士大夫的水边雅集。这一方面以王羲之兰亭之会为代表，是一种具有浓厚哲学、文学意味的私人游宴，其活动范围较之第一层面既大为缩小，风貌也从繁盛多彩转向清高闲静。其典型的活动是耽赏自然风光，曲水流觞赋诗，不成者罚饮。处身于崇山峻岭、茂林修竹之间，与清流激湍环坐相亲的天人合一氛围，与哲学性的生死玄思可谓相得益彰，《兰亭诗序》及组诗正是这一活动场景的绝佳反映。除此之外，刘宋袁淑《游新亭曲水诗序》："离榭修幕，陵隧坡阜，镰容旆彩，裛野丽云。"谢惠连《三月三日曲水集诗》："携朋斯郊野，昧旦辞廛郭。"这些作品中所反映的，都是兰亭以降，延续着东晋风流的一种士人自发性郊游雅集。这方面的情形文献中所见并不普遍，但可以推想实际社会中应当也在持续地发生着。

其三，则是今天文献中还可以最鲜明地看到，也是六朝曲水文学表现最突出的一面，那就是作为宫廷文化盛会的曲水之宴。这一方面的活动始于曹魏，而盛于南朝。六朝贵族们作为王朝官僚体系的一员，同时也是负誉文坛的作者，在这一天齐聚于乐游苑或芳林苑等皇家园林中，人数往往多达数十。天子预先命当时的文学领袖撰写诗序，到了宴会当天，便大张筵席，百戏并呈，引流曲水，群臣纷纷临席赋诗（尽管很可能也是事先准备好的），歌颂王朝盛明，君臣尽欢。这已经完全超脱了起源于污秽禁忌的民俗活动，原本的民俗色彩极度淡化，而转化为具有展示性、仪式性的王朝盛典。今存曲水诗、序，大量都是在这一场合下创作，适合于王朝宫廷文化主题的贵族文学。《文选》"序"类中选入的两种曲水诗序（分别为颜延之作于刘宋元嘉十一年，以及王融作于萧齐永明九年），都属于此类。

与此相应，作为宫廷文化盛宴的曲水，与前两种情形也有着相当明显的性质及形态差异。主要表现在从自然河道演变为人工园林中的引水；而其核心元素"曲"也从江河之弯曲，变为环绕着园林建筑的旋曲。所谓"曲水"，推溯其源，最初只是在江河岸边清洗污秽，并不要求为特定的何水，对于水本身也无加以人工化的"曲"的迹象。如《南齐书·礼志上》所载：

> 三月三日曲水会，古禊祭也。汉《礼仪志》云"季春月上巳，官民皆絜濯于东流水上，自洗濯祓除去宿疾为大絜"。不见东流为何水也。晋中朝云，卿已下至于庶民，皆禊洛水之侧……陆机云"天渊池南石沟，引御沟水，池西积石为禊堂。跨水，流杯饮酒"。亦不言曲水。①

在早期文献中，《韩诗章句》云郑国之俗，上巳于溱、洧二水之上秉兰祓除，《史记·外戚世家》载武帝"禊于霸上"，其水均不相同。东汉以至西晋，则通常禊于洛水之侧，也是由于定都洛阳，取其就近，形成特定的洛水被禊文化，现存汉晋人的多种"禊赋"，于此均有类同的描述②。其后东晋南渡，王羲之等于会稽兰亭修禊，所谓"此地有崇山峻岭，茂

---

① 萧子显：《南齐书》，中华书局1972年版，第149页。
② 如汉杜笃《祓禊赋》："王侯公主，暨乎富商，用事伊雒，帷幔玄黄。"魏成公绥《洛禊赋》："祓除解禊，同会洛滨。"晋张协亦有《洛禊赋》。

林修竹,又有清流激湍,映带左右,引以为流觞曲水",很显然也是因应江南自然山水,略加引导而已。这些活动种种不同,但都属于亲近自然的开放性郊游。

而另一方面,从曹魏开始,在宫廷宴会中,"曲水"则变为人工营造的庭园组成部分,进行凿池引流。《宋书·礼志二》载:"魏明帝天渊池南,设流杯石沟,燕群臣。"① 上揭《南齐书·礼志上》所引陆机语中亦提到西晋宫廷中引天渊池水,积石为沟②。到了南朝,"曲水"便宛然成为与楼台建筑相配置的园林景物之一端。人工水道环绕着楼台阶陛而回旋,宴席座次则沿着曲水陈列。颜延之《三月三日曲水诗序》:"阅水环阶,引池分席。"③《文选集注》引《文选钞》曰:"阅,流过也。言流过之水环绕于阶,又引其流分于席间。"④ 曲水当然不会到了开宴的时候才来引流,所以其实是将宴席分布于流水之间。又,王融《三月三日曲水诗序》:"授几肆筵,因流波而成次。蕙肴芳醴,任激水而推移。"⑤ 沈约《三日侍凤光殿曲水宴诗》:"清洛渐筵,长伊流陛。回荡嘉羞,摇漾芳醴。"⑥ 谢朓《三日侍华光殿曲水宴代人应诏》:"长筵列陛,激水旋墀。"⑦ 都可见当时的情景。

值得注意的是,这一层面虽然在六朝文献中占据着大面积的视野,但学者对六朝曲水的印象却反而往往停留在文献呈现较少的第二层面上,如俞显鸿即认为六朝曲水"追求在自然山水环境中,坐石临流的风雅韵味。故而,曲水之上一般没有人工建筑覆盖";并且"关注于诗酒相答的风雅气质,而鼓瑟、笙歌,豪门宴饮的成分不多"。从而认为人工化的宫廷豪门宴饮是起自隋唐⑧。然而从上面的分析却可以看到这显然是错觉,造成这种错觉的原因,恐怕不能不说是由于《兰亭序》的存在感过于强大,而使得第二层面的印象覆盖了其他两个层面,这是我们在观察六朝隋唐曲

---

① 沈约:《宋书》,中华书局1974年版,第386页。
② 但如《南齐书·礼志上》所言,"亦不言曲水",这一时期的文献中只称为"流杯渠(池)",当尚未有曲水之名,在东晋以前的诗赋中,都只称为"禊"或"祓禊",或者以"上巳"为名,绝无题为"曲水"者。曲水之名,恐怕正是从《兰亭序》"引以为流觞曲水"一语以后才标志性地固定下来的。吴均《续齐谐记》中虽然记载了挚虞、束晳对晋武帝曲水问的著名故事,但从这一点来看,其作为南朝人所记的小说逸事,其细节实不足以据信。
③ 《日本足利学校藏宋刊明州本六臣注文选》,第709页。
④ 《唐钞文选集注汇存(二)》,上海古籍出版社2000年版,第760页。
⑤ 《日本足利学校藏宋刊明州本六臣注文选》,第715页。
⑥ 欧阳询撰,汪绍楹校:《艺文类聚》,上海古籍出版社1999年版,第67页。
⑦ 谢朓著,曹融南校注集说:《谢宣城集校注》,上海古籍出版社1991年版,第131页。
⑧ 俞显鸿:《"曲水流觞"景观演化研究》,《中国园林》2008年第11期。

水时必须要留心的地方，如果对此有所误解，我们也就难以理解中日曲水文化接触中的传递形态了。

二 日本古代宫廷中的曲水之宴

南齐永明年间的文学领袖王融，在永明九年写下了他的名篇《曲水诗序》；而几乎与此同时，在遥远的东海彼岸，日本宫廷也开始了曲水之宴。《日本书纪》显宗天皇元年至三年条分别有如下记载：

（元年）三月上巳，幸后苑曲水宴。
二年春三月上巳，幸后苑曲水宴。是时，喜集公卿大夫、臣、连、国造、伴造为宴，群臣频称万岁。
（三年）三月上巳，幸后苑曲水宴。[1]

这是日本曲水活动的最初记录。显宗元年即公元485年，正当南齐永明三年，这实在是一种兴味深长的契合。就在南朝宫廷文化盛行之际，在整个东亚文明史意义上，曲水之宴也同时作为一种标志性的现象而扩展开来了。高桥静豪和荒木伸介[2]均指出，日本的曲水之宴最初是由天皇主持的宫廷行事，其举办仅限于宫廷内部，后来才逐渐扩展到贵族公卿的邸宅治所。因此从中国曲水到日本曲水，其最初的传播途径显然只可能是宫廷文化的复制传递，而与曲水文化的其他两个层面无涉[3]。

然则这一宫廷文化交流得以实现的中介是什么呢？不难推想就是来到南朝朝贡的日本使节。从汉代开始，日本与大陆政权之间的直接交流就见于文献记载和实物证据，但其航路一直是从九州出发，经过对马海峡至朝鲜半岛，再从山东半岛登陆到达中原政权。自西晋泰始二年（266）"倭人来献方物"（《晋书·武帝纪》）之后，中日之间的使节外交便告断绝，直到一百余年后的东晋末，日本才恢复了对中国的朝贡——而这时已经转

---

[1]《日本书纪》卷十五，《日本古典文学大系》本，坂本太郎等校注，岩波书店1967年版，第521、523、525页。

[2] 高桥静豪：《有关兰亭"曲水"之宴在日本的概况》，王君德译，《绍兴文理学院学报》2009年第1期；荒木伸介：《史跡の整備と活用——毛越寺庭園遣水と曲水宴——》，《日本历史》1988年第2号。

[3] 陈福康先生以为日本这一时期的曲水之宴"是模仿中国东晋时兰亭故事"（《日本汉文学史》，上海外语教育出版社2011年版，第97页），这显然如上所述，是受到《兰亭序》影响的错觉。

变为对南方政权的直接外交①。宫崎市定已经指出，这一时期的日本开始独立探索对大陆的新航道，横渡东海，从长江下游上岸，直接来到南朝政权朝贡②。自刘宋初至萧齐初，著名的所谓倭五王（赞、珍、济、兴、武）接连遣使来贡，接受册封，形成日本古代中央政权形成之初，对大陆官方交流的第一波高潮。日本使臣应当就是在南朝宫廷观礼学习了曲水之宴之后，将其盛况传回日本的。当时的日本皇室从部落联盟首领转变为统一政权君主不久，而大陆宫廷的贵族文化却早已烂熟；像曲水之宴这样的活动，在华丽热烈的氛围中兼具展示王朝威仪的功能③，对当时的日本皇室而言，不难想见这是多么令人向往艳羡的文明象征；而他们会在自己的宫廷中亦步亦趋地进行模仿，也就是很自然的事情了。

不过，这几条记载甚为简略，只提到"群臣频称万岁"而没有提及赋诗，可知日本的宫廷曲水之宴并不是一开始就伴随着文学性的活动的④。而其中的理由也不难推想。五世纪孤舟渡海前来朝贡的日本使臣，即使懂得汉语，也必定还处在十分粗浅的阶段。他们虽然可以身临现场观摩曲水欢宴的场景，但却还无法理解当时已经高度典雅化、华美化的南朝贵族文学，因而也就不可能承担起文学交流的任务⑤。而到了两个世纪以后的飞鸟、奈良时代，随着汉籍的大量传入，以及遣隋、遣唐使集团中的留学生、学问僧对中国文化进行了较为长期和深入的学习，文化层次较高的文学传递才有可能实现。在这一时期的日本文献中，作为文学性盛会的曲水宴登场了：

> 神龟五年（728）三月己亥，天皇御鸟池塘，宴五位以上，赐禄有差。又召文人令赋曲水之诗，各赏绢十匹，布十端。

---

① 参见熊谷公男《大王から天皇へ》第一章"列島と半島と大陸——東アジア世界の中の倭国"，讲谈社2008年版。

② 宫崎市定：《謎の七支刀》第五章"五世紀東亜の形勢"，中央公论社1983年版。

③ 显宗二年曲水宴中"群臣频称万岁"，正可见这种功能的实现。

④ 日本学者对这一点大抵意见一致，但也有不同说法，如猪口笃志即认为既然显宗朝已有曲水之宴，而中国的曲水之宴是伴随着文学创作的，可见当时的日本曲水之宴也已经有了汉诗创作。但这只是一种并不严密的简单推论，陈福康先生已指出以当时日本人的汉文程度，是否可能在宴会上作诗是很成疑问的（参见陈福康《日本汉文学史》，第60页）。同时，《日本书纪》这一时期的记事中已经有大量天皇、歌人在宫廷宴饮中作歌的记载，如果曲水宴中也有文学作品产生，不应反而略而不记。

⑤ 《宋书·蛮夷传》中记载了倭王武向刘宋政权的上书，有日本学者将其认定为日本汉文学作品，然而其文字颇称佳胜，六朝风气宛然，毫无"和臭"，且其中颇有引用先秦汉魏古典成语之处，断为南朝人润饰之作，实不可作为日本使节汉文水平的证据。

— 217 —

古典文学的旧学与新知

  天平二年（730）三月丁亥，天皇御松林宫，宴五位以上。引文章生等令赋曲水，赐绝布有差。①

  这时正是圣武天皇在位期间。就在此前不久，代表着日本继承大陆政治文化最大成果的大宝律令颁布（701），日本从此进入了所谓律令制国家的时代。在此之后数十年间，宫廷曲水宴中赋诗的记载不绝于书②。尤有趣味的是，在对八世纪平城京的考古发掘中也发现了被推定为曲水的遗迹。日本庭园史的权威学者森蕴对此有过如下描述：

  这是利用原本蜿蜒蛇行的河床地形，应用于曲水流觞，而形成的迂曲水路，不妨就称之为曲池。取水口当然是位于北方，从以数块二云母片麻岩围成的水口，通过径13厘米、长5米的木筒导水入内。池宽最大处为5米，最窄处为1.5米，平均约为3米；池深约20—35厘米。两侧下接池底之处，垂直排列着20厘米左右的石块，池底亦铺以同样大小的石块。池长约55米，两岸散布玉石，又布置有造景山石。曲池中类似于坞港之处，还覆有木箱，似是种植当季水草，以供赏花之用。诚可谓极视听之娱的曲水宴会场庭园迹了。③

  日本奈良时代的曲水当然不见得与六朝的曲水完全一致，但我们仍可借此想见其约略。中国贵族时代的曲水流觞胜迹早已无从寻觅，今天可见最早的相关遗迹只是宋汴京崇福宫遗址中发现的泛觞亭、流杯渠，以及黄庭坚在四川宜宾所开凿的流杯渠④。宋代曲水已经成为完全人工化的凿石

---

① 《续日本纪》卷十，《国史大系》本，吉川弘文馆1962年版，第112、121页。又，据传为平安时藤原兼辅所著的《圣德太子传历》载，推古天皇二十八年（620），"三月上巳，太子奏曰：'今日汉家天子赐饮之日也，即召大臣以下，赐曲水之宴。请诸蕃大德，并汉、百济好文士，令裁诗，奏赐禄有差。'"其时代早于《续日本纪》所载二条。然《圣德太子传历》其书多荒诞神异之辞，其模仿佛传进行创作，神化圣德太子的色彩十分明显，未可遽信为实，暂不据从。唯其中提及作诗者为僧侣及"汉、百济"等大陆渡来人，则透露出当时的一般风气，值得注意。
② 参见丁武军《从"曲水流觞"到"曲水之宴"——中日上巳节文化源流》，《日本研究》2005年第4期。
③ 森蕴：《日本庭园史话》，日本放送出版协会1981年版，第35页。
④ 1997年广州南越国宫考古发掘中发现有长约150米的弯曲水渠，有报道称之为曲水。但如上所述，汉代关于曲水的文献记载都表明当时是前往天然河道（如洛水、潵水）侧近举行，并无任何迹象表明当时已发展到人工营造曲水修禊的阶段。至曹魏时期方有"设流杯石沟"的记载。南越僻处南疆，很难想象在这方面反而比中原发达更早。究竟这段水渠是用于上巳曲水流觞，抑或只是一般宫廷苑囿中用于观赏饮用的引水道？是很成疑问的，本文暂不据用。

— 218 —

开沟，形成了规整的"国字""风字"形流杯渠样式，完全失去了早期的自然风貌①。与之相较，日本飞鸟、奈良时期的曲水更能让我们有身临其境之感。同时值得注意的是，在曲水遗迹中还发现了"长56厘米，宽11厘米的木制小舟"②。而这正让我们想起《南齐书》卷二十五《张敬儿传》所载：

> 上与豫章王嶷三日曲水内宴，舴艋船流至御坐前覆没，上由是言及敬儿，悔杀之。③

轻易覆没的所谓舴艋船必非大船（宫廷饮宴中也不可能出现可以颠覆舟船的风浪），这种半米左右的模型小舟正吻合我们对之的想象。这也从侧面反映出日本曲水宴与南朝曲水宴之间的关系密切程度。

三 从中国六朝到日本平安：曲水文学语境和主题的转移

正如六朝曲水行事随着时代和环境而有所变化一样，曲水文学也表现出相应的文体和主题转移。自汉代至南朝，是贵族社会逐步繁盛的时期，而文学的主要体类则经历着从赋向诗的演进。在多方面因素的综合影响下，曲水文学呈现出三种鲜明的发展面相：以表现民间节俗为焦点的汉代禊赋；寄托贵族士人玄思的两晋曲水诗；以及实现宫廷礼仪应酬功能的晋至南朝曲水诗、序。这三种面相随着时代进展、社会文化变迁而逐步递嬗，各呈异彩。而在从中国转生到日本的过程中，新的文化移植又使得曲水文学固有的谱系断裂，而在异乡再一次萌生出新芽④。

作为中国曲水文学的早期代表，汉魏西晋时期留下了数种"禊赋"⑤。这些作品都将镜头聚焦到洛水之滨的盛大嘉年华上。在杜笃的笔下，"上

---

① 参见俞显鸿《"曲水流觞"景观演化研究》，《中国园林》2008年第11期。
② 森蕴：《日本庭园史话》，第34页。
③ 《南齐书》，第475页。
④ 郑毓瑜《由修禊事论兰亭诗、兰亭序"达"与"未达"的意义》一文已将上巳文学归为三类：（一）春游燕集，悦目娱情；（二）贵游公宴，作乐崇德；（三）寄畅林丘，悟理感怀。且指出："以游娱嘉宴为重心的创作既不仅在修禊文学中为数最多、历时最久——由汉末至南朝共得七十八篇（首）——同时也与自汉末历魏晋入宋齐愈渐勃兴的贵游巧似之文风相交融。"其说与本文颇有相通之处，唯差异则在于郑氏将春游与贵宴合一为汉魏六朝上巳文学主流，用以与《兰亭序》一支相对应，则与本文之重视历史变迁不同。惜撰文时未及见该文，谨补注于此。
⑤ 包括杜笃《祓禊赋》、成公绥《洛禊赋》、张协《洛禊赋》、夏侯湛《禊赋》、阮瞻《上巳会赋》，皆录于《艺文类聚》卷四。

巳祓禊"成为各色人等登上同一舞台，纷纷展现自身魅力的契机：王公富商夸示他们的财富，在岸边铺张帷幔，陈设旨酒嘉肴；窈窕美艳的女子穿戴起光彩耀目的衣饰，在微风吹拂中俏立水滨；而博学多才的文人儒生则在沙渚上高冠危坐，辩论滔滔。成公绥和阮瞻展现出更吻合"祓禊"之义的场景：俊美的少男少女在河曲间欢乐嬉游，洗濯手足；人们以羽觞酌酒，祈祷吉祥。张协和夏侯湛则勾画出晋都洛阳在这一天里士女并出、车马喧阗的繁盛景象。仅从这些作品的现存文本来看，虽然其抒写重点各有不同，但无一例外是对曲水文化第一层次的记录，显示出贵族文化未发达之前的，较为贴近上巳原初意义的面貌。而更重要的是，这一时期的禊赋还没有进入到曲水活动内部。如果说后世的曲水文学是"在曲水活动中创作诗文"，文学本身成为活动的一部分，那么这些禊赋只是在"以上巳祓禊为题材进行创作"而已，无论其创作过程还是视角，都与曲水祓禊本身保持着距离。

　　进入晋代以后，曲水文学发生了视角与体类的双重转变。一方面从旁观者的外部摄影，内化为参与者自身活动的一环；而另一方面，在"现场创作"的场合中，诗无疑是比赋更合适的体裁。两晋时期的曲水诗，范围从一开始似乎就在曲水文化的各种层次中广泛存在，既有王济《平吴后三月三日华林园诗》、张华《三月三日后园会诗》这样的宫廷颂德之作，也有侧重个人性的写景说理之作如阮修《上巳会诗》，以及潘尼《三日洛水作诗》这种在内容上与汉魏禊赋一脉相承的作品。但就现有文本来看，宫廷诗、哲理诗占据了压倒性的多数，描写民众祓禊盛况的诗作只是偶然一见，这与汉魏赋恰成鲜明对照，显示出时代的变迁——但是如前所述，民众性的祓禊在南朝依然存在，因此这与其说是社会文化发生了变化，莫如说是文学的视角与承载内容随着贵族社会的发展而内化上升，而使得民众性的曲水在文学中遭到了遮蔽。

　　因此从晋代开始，曲水文学便基本上与一般民众脱离了关系，而专成为上层贵族的精神悦乐。哲理诗与宫廷诗从一开始就分途异辙：前者转向个人心灵的沉思，而后者则走向模式化、交际化的华美典雅风格；前者表达出贵族个体的私人愉悦，而后者则是贵族群体的社交需求。

　　曲水哲理诗中最著名的当然是东晋时代留下的三十余篇兰亭诗，其源头则可以上溯到西晋阮修的《上巳会诗》：作者在春水绿波之旁参与节日欢宴，目睹群鸟嬉戏的美景，耳闻琴筝新声，饮食嘉肴美酒，他由此联想到老子所谓"水之七德"，提醒自己不要像贪好饵食的鱼儿一样被世俗享乐引诱上钩。这已经预示了兰亭诗人将要走上的方向：从群体性的盛大嘉年华中脱离出来,回归到自我内心的平静,省思个人与世界的关系。这一类作品的基本特征,在于从眼前所见的景象,转入对某种道理思索或人生感悟;由于"曲水"这一基本前提的限制,它们终不会完全成为所谓"平典似《道德论》"的玄言诗,对景物的描写占据着相当重要的位置。作者虽然最终希望抒发内心的感受,但他必须要从眼中身前的自然景象出发——这也提示我们看到抽象的文学观念(谈玄)与外部场合规定(曲水)之间的张力。

由于会稽兰亭雅集留下的组诗,使得哲理诗在曲水诗中的比例大增,不过这种偶然个案导致的数量变化当然不足以论文学的整体趋势。事实上除兰亭诗外,六朝曲水文献中的哲理诗并不太多。而进入南朝以后,宫廷侍宴诗更是占据了垄断性的地位,曲水文学也随之而成了纯粹的贵族宫廷文学。从这一视角观察六朝曲水文学,除了大量诗作之外,最显赫的存在无疑就是选入《文选》的颜延之、王融两种曲水诗序①。关于王融之作,笔者已经撰文讨论过其金缕玉衣式的用典,达到了规则性、复合性用典方向的巅峰;孙明君先生则进一步指出颜延之序正是这一文学方向的滥觞②。而如果借用宇文所安教授曾经用以分析汉魏文学的"话题"(topic)和模式(pattern)理论③,我们更可以发现,这些宫廷曲水文学中已经形成了相当凝固的话题与模式。颜、王二作的结构有相当多的重合部分:首先对王朝、天子(以及太子亲王)、宰辅的顺次赞美,对朝臣忠干、四夷来朝、政治清明的歌咏,占据了序文的主体;其次则开始夸示盛大的仪仗、富丽的园林;最后回到歌舞欢宴的场景结束。发展到这一阶段的曲水诗序,实际上已经具备了结构宏大周密、辞藻铺张繁富的赋的特征,全方位地笼罩了王朝宴会文学中需要歌赞的各种方面(如果换一个题目,就不妨称之为《三月三日曲水宴赋》)。而宫廷曲水诗往往就是对序的构造、

---

① 《文选》"序"类中一共只收入九种作品,其中就有两种是为曲水之宴而作,其比重可以说很高。然而即使这样,属于同一谱系的《兰亭诗序》却依然未获收录,这种与后世印象之间的反差,本身就是一个耐人寻味的话题。何以在后世艺术史、文学史上都占据了显赫地位的《兰亭序》,在南朝人心目中却连同类作品中的代表都不算?这里不能多所讨论;不过仅就所选入的两种都是宫廷曲水宴的诗序这一点而言,则不妨说这一方面表现出曲水之宴在南朝贵族(《文选》编选者本身就是有资格与宴的人物)文化生活中的位置非比寻常,另一方面也从侧面证出宫廷曲水之宴在南朝曲水文化中的核心位置。

② 林晓光、陈引驰:《金缕玉衣式的文学——王融〈三月三日曲水诗序〉》,《华东师范大学学报》2011年第2期;孙明君:《颜延之与刘宋宫廷文学》,《文学遗产》2012年第2期。

③ 参见宇文所安《中国早期古典诗歌的生成》,尤其序言部分,胡秋蕾、王宇根、田晓菲译,生活·读书·新知三联书店2012年版。

文辞的片段节取或变形而已，其中如谢朓《三日侍华光殿曲水宴代人应诏》这样的例子，几乎就是把序用诗的形式重写了一遍。这样的文学，已经与"曲水"本身脱离了关系（只残留下"水边活动"这一基本的视觉印象），而完全着眼于作为王朝仪典的一种盛会，着力渲染其展现天子威仪、国家富强的功能。

如上所见，从汉代以至南朝，曲水文学因应着时代、地域和活动形态的变化，展现出种种不同的风貌。尤其随着东晋南朝贵族文化的盛行，六朝曲水文学不断脱离"曲水"本义，承载起更多的内涵和功能。而当曲水进入另一个异文化时，情形又是如何呢？

日本的曲水文学，一开始便出现了与中国迥然不同的形态：八世纪上半叶，在日本向大陆学习的汉诗中，以及纯日本风的和歌中，几乎同时出现了曲水之宴的吟咏之作。最早的汉诗集《怀风藻》（751年撰成）中收录了三首作品。调忌寸老人《三月三日应诏》：

> 玄览动春节，宸驾出离宫。
> 胜境既寂绝，雅趣亦无穷。
> 折花梅苑侧，酌醴碧澜中。
> 神仙非存意，广济是攸同。
> 鼓腹太平日，共咏太平风。

山田史三方《三月三日曲水宴》：

> 锦岩飞瀑激，春岫晔桃开。
> 不惮流水急，但恨盏迟来。

背奈王行文《上巳禊饮》：

> 皇慈被万国，帝道沾群生。
> 竹叶禊庭满，桃花曲浦轻。
> 云浮天里丽，树茂苑中荣。
> 自顾试庸短，何能继睿情。[1]

---

[1] 泽田总清：《怀风藻注释》，大冈山书店1933年版，第112、168、179页。

而就在《怀风藻》编成前一年，著名的歌人大伴家持，于天平胜宝二年（750）任越中守时在官邸中举行曲水之宴，留下了三首和歌，收录在《万叶集》卷十九中：

今日之为等 思而标之足引乃 峰上之樱 如此开尔家里
（直译：为了今日而插上标志的，迢迢远峰上的樱花，是这样地盛放呵！）
奥山之 八峰之海石榴 都婆良可尔 今日者久良佐祢
（直译：重山叠嶂中的山茶绚烂开放，大好男儿岂可虚度今日？）
汉人毛 筏浮而游云 今日曾和我势故 花缦世奈
（直译：据说今天是汉人也会浮舟游玩的日子，郎君何不头插花鬘？）①

对于日本的曲水汉诗，中国唐宋时人似乎已经有所了解，北宋陈旸《乐书》卷一五八"四夷歌·日本"条：

日本国，本倭奴国也，自唐以来，屡遣贡使。三月三日有桃花曲水宴，八月十五日放生会呈百戏。其乐有中国、高丽二部。然夷人歌词，虽甚雕刻，肤浅无足取焉。

对比《怀风藻》等文献中收录的作品，这个评价应当说还是恰当的。一方面指出其"雕刻"，即已经具备相当程度的文学审美追求。日本当时是以《文选》为文人教育及官吏铨选的经典，因此曲水之宴中的汉诗大体上也都呈现出六朝后期至初唐的风貌，这一点已为学者所详论。从宋人眼中所见的"雕刻"，毋宁正是指向南朝初唐诗风的同一表现。而另一方面，出于对中国诗歌的亦步亦趋，奈良汉文学还只能停留在形式模拟的阶段，而未能在意趣上别出机杼，"肤浅"也就是难免的了。

值得注意的是，虽然在整体文学手法、风格上，日本早期曲水汉诗确实接近南朝初唐风貌，但具体到曲水文学这一范畴中，则日本的曲水汉诗对六朝曲水文学的继承却并不明显——无论是对祓禊盛会的描绘、对天人合一的深沉哲思，还是歌颂王朝的宏大模式，在日本奈良、平安时代的曲

---

① 《万叶集》卷十九，《日本古典文学大系》本，高木市之助等校注，岩波书店1962年版，第322页。

水文学中都难以见到。众所周知,《万叶集》之于日本文学,有似于《诗经》之于中国文学;《怀风藻》亦为日本汉文学的发端之集。因此作为中国中世贵族文学范畴之一的曲水文学,在进入日本文化语境中时,其坐标却落在了上代文学的起点。这种文化发展阶段的错位必然带来性质和面貌的歧异。

差异首先表现在文学规模的窄小化。日本的曲水文学,虽然在文献记载中提到令僧侣文人赋诗,但却未能留下系列性的作品存录。而更重要的是,作为南朝曲水文学活动突出标志的"曲水诗序",在日本曲水文学中完全不见踪影——"诗序"的存在,意味着群体性"诗集"的编集,在背后支持着这一形态的,是将曲水宴与文学作为一种独立范畴而予以规模化、谱系化的意识和行动。日本曲水文学在这方面的缺失,显示出其在规模和成熟度上都无法与中国相提并论。

其次,作为日本固有文学样式的和歌,在进入曲水文学中时带来了异样的气息。从上引汉诗与和歌的对比可以清楚看到,汉诗表现出较为模式化的复杂内容:对游宴的欣悦、赏花之乐、流觞饮酒之趣、对天皇的赞颂及祝愿太平等。这种种元素的表现可能性,是由中国诗歌的多句体式及贵族文学传统提供的。而大伴家持所作三首均为和歌中的短歌,限于其固有的"五七五七七"节奏,无法容纳太丰富的内涵与层次转折,而是以单纯的感受性,即情即景作歌。大伴本人虽然是具有深厚文化修养的高等贵族,但就文学形态而论,这种和歌中呈现的风貌与汉诗相比毋宁是更为稚拙,近于庶民性的。

再次,与此相关,还可以看到构成元素的变化。在日本的曲水宴中,出现了一个与六朝曲水文学显著不同的因素,那就是花草植物成为宴会的夺目风景,而对此的赏玩歌咏则成为平安曲水文学中的一个焦点。其中标志性的植物是桃花,上引山田、背奈二首都以桃花为言。在中世(室町时代)以后,桃花更与人偶结合起来,凝固为女儿节的核心要素①。除此之外,如《万叶集》所见,樱花、山茶(椿)等在平安曲水文学中都成为吟咏对象。在本应以"曲水"为核心的宴会中,感动了诗人的却是春花烂漫。这些花草为何会与三月三日曲水之宴相连接起来?现有文献毫无可征之处,我们只能推想:在文明繁荣程度还远不如中国,刚刚处在开化期的五世纪日本宫廷,还不具备像中国六朝那样的盛大仪仗、富丽亭台以

---

① 参见丁武军《从"曲水流觞"到"曲水之宴"——中日上巳节文化源流》,《日本研究》2005年第4期。

及文人词章，相对而言依然较为亲近自然——如唐木顺三所指出，初期、中期的万叶歌人都还没有将花草移植于庭中，而是自己出到山野之中观花赏叶的①。在这种情形下，当时令而开放的花卉便成为活动当下最值得观赏歌咏的对象，自然而然地与活动本身联结起来了。

结　语

　　从上面的观察中，我们已经清晰看到了曲水是如何从大陆发源，随后流向东方岛国的异乡。在起源性的中国，曲水修禊最早是作为一种污秽禁忌的民俗而发生，其后逐步精炼化，而在贵族宫廷中升华为高度文雅的文化盛会。而与之相比，通过贵族文化纽带而接受了曲水之宴的日本，其演进形态恰恰相反，是自上而下地扩展，从一种纯贵族性的风流会饮扩散为全民性的节俗②。贵族性的行事与文学形态，本身强烈地受到贵族社会的制约和形塑，一旦社会转型，庶民文化兴起，这些被贵族文化包束的事象也就难以避免随风消逝。用今天的眼光来看，六朝时代的大量同类事象都已变得难以理解，只能停留在学者的案头研究之中了，曲水不过是其中之一而已。这或许就是三月三日曲水之会在中国逐步衰微，随着贵族时代的逝去而失去生命力；而在日本反而积细流而成大，最终在庶民社会中获得了永久持续的原因所在吧。而在文学方面，曲水文学随着时代环境的演进而发生变异的过程，却正映现出南朝贵族文学的一个生成侧面。六朝贵族社会虽然已经消逝不再，然而在披玩咀嚼这些凝固在纸上的文本时，千载以前的贵族风流也就重现于我们眼前了。

（原载《学术月刊》2013 年第 5 期）

---

① 唐木顺三：《季節のよびよせ》（《日本人の心の歴史》上），转引自上田设夫《万葉集の曲水宴歌について》，东京大学国语国文学会编《国語と国文学》，昭和五十八年七月号。

② 这一节俗在日本发展过程中，还加入了饮桃花酒、陈设人偶、斗鸡等环节，这已经是后世的话题，本文不复赘述。可参见李心纯《从中国古代的上巳节到日本的雏祭》，《日本学刊》1996 年第 2 期；王秀文《中日三月三节俗比较分析》，《日本研究》1999 年第 3 期。

《文镜秘府论》"江宁侯"为江淹考

林晓光

遍照金刚《文镜秘府论》南卷《文意论》：

> 论人，则康乐公秉独善之资，振颓靡之俗。沈建昌评："自灵均以来，一人而已。"此后，江宁侯温而朗；鲍参军丽而气多，杂体《从军》，殆凌前古，恨其纵舍盘薄，体貌犹少；宣城公情致萧散，词泽义精，至于雅句殊章，往往惊绝；何水部虽谓格柔，而多清劲，或常态未剪，有逸对可嘉，风范波澜，去谢远矣。柳恽、王融、江总三子，江则理而清，王则情而丽，柳则雅而高。予知柳吴兴名屈于何，格居何上。中间诸子，时有片言只句，纵敌于古人，而体不足齿。①

学界一般认为，《文意论》系归纳王昌龄《诗格》与皎然《诗议》而成，而这一段文字应出于皎然之手。文中论及从谢灵运到江总的诸多南朝作者，堪称这位唐代著名诗论家对南朝文学的一次总评，令人瞩目。然而所论唯有"江宁侯"一人，历来学者却均不知其为谁，由此引发了一系列的猜测分歧。王利器《文镜秘府论校注》注曰：

> 江宁侯，未详，或以为"王宁朔"之误。王融曾官宁朔将军，而下文又出王融，并云"王则情而丽"，有以知其误诬。②

卢盛江《文镜秘府论汇校汇考》允为此书文献整理的集成之作，于

---

① 王利器：《文镜秘府论校注》，中国社会科学出版社1983年版，第314页。
② 《文镜秘府论校注》，第315页。

此亦云"未详"。卢氏引诸家注解曰：

> 维宝笺："江宁侯，未详，江宁，处名，昌龄封江宁，故云王江宁，而时代非指昌龄也。"《校勘记》："江宁侯指颜延之。"……《译注》："相当于'江宁侯'的人物未详，从前后文脉来看，可能指颜延之，但史书未载他被封江宁侯。"①

"江宁侯"究竟为何人？诸家何以如此聚讼纷纷而终不得其解？其中不仅牵涉南朝文学史上的人物评断，就此一题亦可窥见考证之学中的一些思维逻辑性问题，颇有值得深究的意味。本文即就此试作抉发，以就正于方家。

一 "江宁侯"为江淹考

前揭卢氏引日僧维宝《文镜秘府论笺》与兴膳宏《文镜秘府论译注》均以江宁为地名，"江宁侯"即封于江宁之侯。维宝为十六世纪人，兴膳宏的思路显然受其影响。而如《笺》中自言，维宝之所以从这一角度着想，则是由于受到王昌龄封于江宁的启发。然而这种思路，不能不说存在着严重的思维盲区。从皎然这一段话的体例来看，其中提到人物名号十种，可分为四个类型：

1. 称"某某公"者，有"康乐公"（谢灵运）、"宣城公"（谢朓）；
2. 称姓名者，有柳恽、王融、江总；
3. 称"姓+官职"者，有鲍参军（照）、何水部（逊）、柳吴兴（恽）；
4. 称"姓+爵位"者，有沈建昌（约）。

类型1于谢灵运、谢朓均不称姓而称公，"江宁侯"似乎也可归入此类。然而这实际上是很特殊的称法，并不具有普遍性。关于谢灵运之称"公"，卢盛江注曰："谢灵运十八岁袭封康乐公。"②似乎"公"乃指公爵言。然而谢灵运固然爵封康乐公，谢朓却未曾封公，其下狱而死，亦无追封谥号③，又安能称为"宣城公"？因此对二谢的这一称呼，显然不是从爵位角度出发的。顾炎武早已指出，直到唐代之前，在一般性的称谓中

---

① 卢盛江：《文镜秘府论汇校汇考》，中华书局2006年版，第1407—1408页。
② 《文镜秘府论汇校汇考》，第1406页。
③ 见《南齐书》卷四七《谢朓传》。

都是"非三公不得称公"①，因而此处称二人为公也不会是出于一般性的尊称。关于这一点，王利器早已指出其原因：

  皎然为谢灵运远裔，故称之为康乐公，其称谢朓为宣城公，义亦犹此。②

  可知这仅是作者对家族先祖的尊称，不可视为常规。除此以外，2.3.4.三种类型实际上都属于同一大类，即"姓+某"，而这正是古人称谓的通例。就此观之，如果将"江宁侯"理解为爵位，就成为一个很特殊的例外了，这显然是有违常理的。

  如果跳出这一惯性思维，则不难发现，"江宁侯"在构词上既可以理解为"江宁"之侯，也可以理解为姓"江"之"宁侯"。之所以诸家不假思索地取前一种理解，无非是由于中国历史上确有江宁一地；同时王昌龄又曾任江宁丞，世称王江宁，故更增强了文学史与"江宁"之间沾亲带故的思维联系而已。然而如上所证，这完全是不符合皎然著作体例的（除非这位江宁侯也出身谢氏）。江宁侯正应理解为姓"江"之"宁侯"，其称谓属于上举第四种"姓+爵位"类型，殆无可疑。

  明乎此，我们再回过头去观察这一史料，有一点吊诡之处便呈现出来——文中所举共九人，其中八人是南朝鼎鼎有名的大家，完全吻合我们对六朝文学史的常识，并无任何突兀陌生之处，然则何以其中独独出现"江宁侯"这么一个名不见经传、遍考不得的神秘人物？这显然也有违常理。因此从方法论上说，我们不应囿于此称谓的陌生无考，便认为这是我们所不了解的某一人物，失去搜寻目标；而不妨先推定这应为我们所熟悉的南朝文学家中的一人，从中寻找答案。换言之，在这一连串的谱系中，"江宁侯"理应是一个能够与谢灵运、鲍照、谢朓并驾齐驱的人物。此外，"此后"一语则表明其人的年代位于谢灵运和谢朓之间。宋齐时代能够达此等级的江姓诗家，舍江淹其谁？《梁书》卷十四《江淹传》：

  以疾迁金紫光禄大夫，改封醴陵侯。四年卒，时年六十二。高祖

---

① 《日知录》卷二〇"非三公不得称公"条，《日知录集释》，上海古籍出版社2006年版，第1116—1117页。
② 《文镜秘府论校注》，第315页。

为素服举哀。赙钱三万，布五十四。谥曰宪伯。①

是江淹正可称为"江宪伯"（亦如沈约之称"沈隐侯"）。而"宁""宪"二字繁体作"寧""憲"，字形极相似，差别不过在于下半部分结构上下颠倒而已。"江宪伯"误作"江宁伯"，是完全可能的事情。至于"伯""侯"之同为高等爵位，易于混淆（且江淹确曾封侯），自不待言而可知②。

二 "杂体《从军》"为江淹拟古

如果仅从情理推测及字形相近便断言江宁侯为江淹，似仍难免轻率薄弱。不过当我们抓住这一联系以后，另一个有力的证据便进入了视野。我们回头再看史料中的这几句：

> 江宁侯温而朗；鲍参军丽而气多，杂体《从军》，殆凌前古，恨其纵舍盘薄，体貌犹少。

"杂体《从军》"究竟是指哪篇作品？也是令前人费煞思量的一个问题。因为《鲍参军集》中并无题为《从军》的作品，于是学者不得不强为之解。王利器将此处标点为"杂体《从军》"，注中则仅言"今《鲍集》无此题"③，采取阙疑的态度。而日本学界则将《杂体》《从军》分解为两种不同的作品加以揣测。维宝《笺》以《拟行路难十八首》对应前者，认为其体属于杂体；而后者别无可解，只好取《发后渚诗》凑数，理由只在于该诗中出现了"从军"二字，其牵强一目了然。兴膳宏译注似乎觉得维宝所言不妥，但又别无所解，只得从旨趣上举出《数诗》《出自蓟北门行》等作，更为迂远，连文句上的关联都失去了。卢盛江标点

---

① 姚思廉：《梁书》，中华书局1973年版，第251页。
② 江淹之谥为"宪伯"，按，史例以"谥曰某"的书法为常见，将爵位一并写出的比较少见，但《梁书》中也不乏其例，如沈旋"谥曰恭侯"（卷十三《沈约传》），任昉"谥曰敬子"（卷十四《任昉传》）等皆是。但江淹本已封侯，何故死后谥号反而降等？似难索解，中华书局点校本《梁书》校勘记即据此疑"醴陵侯"之"侯"当作"伯"，丁福林《江淹年谱》亦从之。然而书局本别无版本、史料为证，仅就事理立论而已；若据"宪伯"可疑"醴陵侯"有误，则据"醴陵侯"疑"宪伯"当为"宪侯"又何尝不可？而本文所考若不误，则皎然称淹为"宪侯"，亦可旁证淹当曾封侯。是"伯""侯"二者，未可遽断，姑存疑。
③ 《文镜秘府论校注》，第315页。

依从此说，又进而举出《拟行路难》中亦出现过"从军"一词为之弥缝①。以上诸家为了解决难题，可谓煞费苦心，不过当艰深的考证处处碰壁时，"常识"依然可以成为我们思维方向是否正确的试金石——如果答案真的是以上诸诗中的任何一首，皎然有何理由不举诗题，却偏要如此大绕圈子，标举诗中并不显眼的"从军"二字以为言？

　　在意识到江宁侯乃是江淹之后，这种种扑朔迷离的打哑谜也就毫无必要了。——《文选》卷三一所录江淹代表性的名作《杂体》三十首中，正有《李都尉从军》一首。答案可谓呼之欲出。而一旦得此，原文中的"殆凌前古"，也随之有了着落。因为这里的《从军》并非个人性的独创，而是对汉代李陵《赠苏武诗》的模拟之作。这样的作品，会被放置在与古人相较高低的语境下解读评判，将超越古人作为其成就的标志，毋宁说是顺理成章的事情。是知《从军》并非鲍照之作，却是承前作为江淹诗风的例证②。之所以先将江、鲍连言，再举例证，大约不过因为唐人已经形成了"江鲍"连称并举的习惯，而骈偶文风余绪又牵引着皎然将形容两人的辞句对置在一起而已。

余　论

　　在考证出"江宁侯"其人及"杂体《从军》"其诗之后，我们便获得了关于江淹诗风的一种新材料，即皎然所言："江宁侯温而朗，鲍参军丽而气多。"过去学界对江淹文学风格的主流印象，源自隋王通《中说·事君篇》："鲍照、江淹，古之狷者也，其文急以怨。"曹道衡、俞绍初、张亚新等学者皆据此认为江淹诗有古奥奇崛之风，受到鲍照影响③。而这显然与皎然说相互凿枘。皎然、王通二说对读，可以看到江淹文学风格的理解早在其身后不久便已无法达成一致。此外值得注意的是，皎然的论断显然是着重于诗歌方面；而王通所说的却是"文"，这一含糊的措辞本身就既可能指广义的诗文，亦可能仅指文章。这也提示我们古人文学风格在不同体裁中的差异性，论者完全可能只是取其一端

----

　　① 并见《文镜秘府论汇校汇考》引述，第1408页。
　　② 须略加辨析以释疑的是"纵舍盘薄，体貌犹少"一句。"纵舍"一语初见于《庄子·胠箧》"纵舍盗贼"，中世文献中亦屡见，往往用于官府断案或行军战阵记事，表示"宽大解免""放弃目标"之意；"盘薄"亦出《庄子·田子方》，表示无所忌惮的自由创作状态。此正谓江淹拟作虽佳，却舍弃了盘薄之气，不免稚嫩（正与"温而朗"相应）。
　　③ 曹道衡：《鲍照和江淹》，《齐鲁学刊》1991年第6期；俞绍初、张亚新：《江淹集校注》，中州古籍出版社1994年版，前言，第5页。

立论，其评价本身就是侧重于不同方面的，未必可笼统据以判断其整体文学取向①。因此仅据史料分析恐有治丝愈棼之虞，我们对江淹的文学风格究竟应如何看待，或仍有进一步细致解读作品文本，还原历史语境以求确解的必要。

（原载《文学遗产》2016年第1期）

---

① 例如江淹著名的《恨赋》《别赋》，作为"急以怨"的范本，大约就不会有什么人提出异议。但皎然所举的例子却是他的拟古诗。

出土文献与中古文学研究

胡可先

对于中国文学史的研究，时代划分是一个复杂的问题，文学史的中古时期，或指汉魏晋南北朝时期，或指魏晋南北朝隋唐时期，本文以后者为界定的时段。就中国书写文献的发展来说，汉代是纸简替代的时代，宋代是印刷繁盛的时代。在汉代以前，因为时代久远和书写方式艰难，给文学的独立发展带来极大的不利，尽管20世纪出土的简帛文书颇为丰富，但其重点是落在学术史而不是文学史研究方面；宋代以后因为书刊印刷的盛兴，大量的文献得以广泛流传，因而出土文献对于文学史研究的利用价值相对而言就大为减损。魏晋南北朝至隋唐时代，是抄本文献占主流地位的时代，尤其是唐代，是纸抄文献流传最多的时代，由于抄本文献辗转易误，以及流传中容易散佚的特点，利用新出土文献以进行中古文学史的研究，对于探索文学史的原生状态，挖掘被历史掩埋的文学史现象，纠正长期以来文学史研究偏重线性梳理的缺失，都具有一定的意义。

中古时期的出土文献，20世纪以来，呈现出极为繁盛的局面。其种类也较为繁多，有碑刻，有墓志，也有各类造像的题字，还有一些遗址如长沙窑出土的唐诗等[①]。这些出土文献，以墓志最为大宗，且很大一部分得到了整理，整理的类型主要有四种。一是单纯的拓片影印。其代表著作是文物出版社出版的《千唐志斋藏志》、天津古籍出版社出版的《隋唐五代墓志汇编》、中州古籍出版社出版的《北京图书馆藏中国历代石刻拓本汇编》等。二是录文的汇编。其代表著作是赵超所编由天津古籍出版社出版的《汉魏南北朝墓志汇编》，周绍良主编由上海古籍出版社出版的

[①] 20世纪以来，敦煌吐鲁番出土了大量的写本文献，其中很多是文学价值很高的各类写本，因为敦煌吐鲁番研究已成为专门的学问，加以本文为论题集中起见，一般不涉及新出土写本文献的内容。

《唐代墓志汇编》和《唐代墓志汇编续集》等。三是拓片影印与录文汇编融为一体。其代表著作是文物出版社出版的《新中国出土墓志》系列，以及文物出版社出版的《洛阳新获墓志》和科学出版社出版的《洛阳新获墓志续编》等。四是拓片影印、录文汇编和考证诠释结合刊印。其代表著作是赵万里编撰由科学出版社出版的《汉魏南北朝墓志集释》，王其祎、周晓薇编著由线装书局出版的《隋代墓志铭汇考》，台湾毛汉光主编由中研院史语言所出版的《唐代墓志铭汇编附考》等。这样较大规模的整理，为中国古代的学术研究提供了极其珍贵的第一手文本材料。而较中古时期的出土文献整理而言，宋代以后则显得非常薄弱。因而利用这些已具整理规模的出土文献，进而追踪未经整理的出土文献，以研究中古时期的文学，既是重要的契机，也是得天独厚的条件。但相较中古出土文献的整理而言，无论是综合研究还是专题研究都是远远不够的。

一

在中国文学史研究领域，南朝文学与北朝文学一直呈现着不平衡的局面，长期以来，重视南朝而忽略北朝，谈到北朝文学，也仅仅注意南朝归北的庾信、王褒等人的诗赋和《水经注》《洛阳伽蓝记》《颜氏家训》等为数不多的散文。即使是目前广为全国高校使用的袁行霈先生主编的《中国文学史》，也将北朝文学置于隶属地位而非主流文学，有关章节是这样处理的：第七章，庾信与南朝文风的北渐：第一节，北朝文化与文学；第二节，南北文风的交融；第三节，庾信文章老更成。这样整个一部中国文学史，就没有严格意义上的北朝文学。

随着出土文献的大量公布，出现了与中国文学史研究的常规反差较大的现象，这就是新出土的墓志当中，虽南朝和北朝都有，而北朝墓志的数量远远超过南朝。有关魏晋南北朝墓志的著录和释文汇编著作，目前已有多部出版问世，如赵万里所编的《汉魏南北朝墓志集释》，王壮弘、马成名所编的《六朝墓志检要》，赵超所编的《汉魏南北朝墓志汇编》，罗新、叶炜所编的《新出魏晋南北朝墓志疏证》等。[①] 从这些著录和释文汇编之

[①] 赵万里：《汉魏南北朝墓志集释》，科学出版社 1956 年版；《石刻史料新编》第三辑第三、四册影印，台湾新文丰出版公司 1986 年版；王壮弘、马成名：《六朝墓志检要》，上海书画社 1985 年版；罗新、叶炜：《新出魏晋南北朝墓志疏证》，中华书局 2005 年版；赵超：《汉魏南北朝墓志汇编》，天津古籍出版社 2008 年版。其中除赵万里《汉魏南北朝墓志集释》收有拓本图版外，赵超《汉魏南北朝墓志汇编》，罗新、叶炜《新出魏晋南北朝墓志疏证》皆有录文而无原石或拓片图版。

作的数量统计，就可以看出出土文献中南北朝墓志的悬殊（见下表）。韩理洲先生近年汇辑的《全北齐北周文补遗》，又收录文章939篇，几近清代著名学者严可均所收文章的两倍，其中多数亦来源于出土文献。这样就为我们进一步研究北朝文学的发展提供了可资依据的第一手文本。

新出土魏晋南北朝墓志数量对照

朝代 书名	魏	西晋	东晋	宋	齐	梁	陈	后燕	北魏	东魏	北齐	西魏	北周	高昌	隋
《汉魏南北朝墓志集释》	2	14	1	1	1				314	44			12		221[①]
《六朝墓志检要》	11	53	6	3	10	3			382	54	65	3	21		302
《汉魏南北朝墓志汇编》	2	21	14	3	1	6	1	1	293	58	82	3	18	34	
《新出魏晋南北朝墓志疏证》	魏晋十六国南朝 21								43	23			28		116

因为长久以来研究的惯性，除了极少数碑铭如韩愈所撰的《柳子厚墓志铭》以外，大多数墓志是被置于文学史研究的视野之外的，故而北朝出现那么多的墓志碑铭却一直没有引起研究者的足够重视。其实墓志碑铭是很重要的文学体裁，尤其是北朝墓志，对于研究北朝的文学生态与演变，是很有作用的，这一方面，陆扬先生的一段论述给我们很大的启发：

> 墓志的写作是一种社会性的文学活动，所以对了解文学与社会的关系有特别的帮助。虽然这一时期的墓志，绝大多数都没有留下作者的姓名，但我们却依然可以从墓志的写作中观察出一般文学的质量和南北方文学的交互影响，这一点对于北朝文学尤其重要。当代对南北朝文学的研究重点几乎都在南朝，虽然有些像曹道衡这样的优秀学者也将研究的目光转向北朝文学，但迄今为止我还没有看见有哪一种讨论北朝文学的著作将北朝墓志作为其考察的对象，这是非常可惜的，因为这无形之中将大批能代表社会精英阶层文学趣味的作品样本弃之不顾。这或许与中国文学史的研究取向和文学观有关。这种研究仍然过多着眼于所谓的经典性名家名作，而且对于何谓文学采取一种以能

[①] 《汉魏南北朝墓志集释》共11卷，前10卷为正编，第11卷为补遗。本表是根据该书正编和补遗所收全部墓志统计。

否抒发个人情感为标志的现代观念。①

由以上的考察和引证,对于北朝文学史的研究,要改变目前薄弱的局面,应该在以下几个方面下功夫。

第一,对于出土文献中的文学文本加以清理。北朝出土文献中的文学文本大致有两种情况:一是未经面世的文学作品。如1987年出土的《北魏席盛墓志》就是一篇颇具文学色彩的作品:

> 君讳盛,字石德,安定临泾人也。水帝开其远源,稷君重以大业,迳百世而必祀,历千载而承流。监公遥集文雅,腾华秘阁;天水剖符共治,政成大邦。自时厥后,慕戎无旷。君禀灵秀出,与善俱生,乘道德以立身,体仁义而成性,怀清明之质,抱柔惠之心,行不失准绳,动不逾规矩。是故朝廷谓之俊士,乡里称为善人。学成名立,脱巾应务,释褐殿中将军。高祖兴阪泉之俊,誓丹水之师,方欲清尘东国,澄氛南海,君应机效用,执弥戎行。②

这里叙述席盛的家世与生平,以骈文出之,文字上通体属对,叙事颇加藻饰,文气舒缓而不平滞,辞义通畅而不艰涩。再如《北魏高猛妻元瑛墓志》:

> 主讳瑛,高祖孝文皇帝之季女,世宗宣武皇帝之母妹。神情恬畅,志识高远,六行允备,四德无违。孝友出于自然,柔恭表于天性。虽伣为天妹,生自深宫,至于箕箒制用,醴酏程品,非唯酌言往载,而率用过人。加以披图问史,好学罔倦,该柱下之妙说,核七篇之幽旨,驰法轮于金陌,开灵光于宝树。缃縠风靡,斧藻川流,所著辞诔,有闻于世。兰芝之雕篆富丽,远未相拟;曹家之謦悦淹通,将保以匹?③

这篇墓志,仍以骈体为主,但较《北魏席盛墓志》,则文气承转又有所不同,盖叙事时偶用连词,杂以散句,又间以典实,故华美而不失庄

---

① 陆扬:《从墓志的史料分析走向墓志的史学分析:以〈新出魏晋南北朝墓志疏证〉为中心》,《中华文史论丛》2006年第4期。
② 罗新、叶炜:《新出魏晋南北朝墓志疏证》,中华书局2005年版,第97页。
③ 罗新、叶炜:《新出魏晋南北朝墓志疏证》,中华书局2005年版,第118页。

重,整饬而又富变化。以上两篇墓志,虽没有标明作者,但从墓主高贵的身份推测,这样的墓志,一定是当时著名的文人撰写的。因而这样的墓志,无论从文体意义还是文本意义上说,都具有很高的文学价值,对这样的文本加以清理,则可以梳理出很多珍贵的文学史料。

二是传世千年的文章又得到珍贵的石本加以印证。即以庾信而言,1953年在咸阳张湾出土了《北周步六孤须蜜多墓志铭》,是庾信六十岁北周的作品,2005年又在咸阳北面的古洪渎源上出土了《北周宇文显墓志铭》,是庾信六十一岁的作品。前者拓片藏于北京图书馆,《汉魏南北朝墓志汇编》有录文[1];后者为新近出土,西安碑林博物馆王其祎、李举纲有专文勘证[2]。《北周宇文显墓志铭》题款有"开府新野庾信字子山撰",这在南北朝墓志中是极为少见的,标志着墓志这种文体,到了庾信的晚年产生了较大的变化。因为早于此一年的《北周步六孤须蜜多墓志铭》尚没有作者的题款,如果不是将新出土文献与集本对照的话,尚难以确定墓志的作者。到了唐代,墓志石本的题款署名署衔呈现出越来越复杂的情况,很可能是庾信首开其端的。另外一篇则是1996年宁夏固原县田弘墓发掘时出土的《北周田弘墓志》,这篇墓志虽未署作者,但据罗丰先生考证,确为庾信的作品。[3] 这三篇墓志的行文,都是非常典雅的骈体,《北周步六孤须蜜多墓志铭》有云:

夫人七德含章,四星连曜。敬爱天情,言容礼则。九日登高,乍铭秋菊;三元告始,或颂春书。年十有四,聘于谯国。友其琴瑟,逾恭节义之心;伐其条牧,实秉忧勤之德。邺地登高之锦,自濯江波;平阳采桑之津,躬劳蚕月。天和元年拜谯国夫人。东武亭之妻,既称有秩;南城侯之妇,还闻受封。[4]

---

[1] 赵超:《汉魏南北朝墓志汇编》,天津古籍出版社2008年版,第484—485页。

[2] 王其祎、李举纲:《新出土北周建德二年庾信撰〈宇文显墓志铭〉勘证》,《出土文献研究》第八辑,上海古籍出版社2007年版,第250—259页。

[3] 罗丰《胡汉之间——"丝绸之路"与西北历史考古》云:"《田弘墓志》亦属没有题名撰者之例,虽然我们已经知道《神道碑》为庾信所撰。其后人墓志为我们提供了这方面的确切资料。唐咸通十二年《唐纥干夫人墓志》载:'夫人其先本姓田氏。''十二代祖讳弘,事周有勋。''义城公庾开府撰墓志及神道碑,具述锡姓之由。《北史》、《周书》备叙勋烈。'这样亦可肯定《墓志》与《神道碑》同为庾信撰写。"(文物出版社2004年版,第395页)而陆扬《从墓志的史料分析走向墓志的史学分析——以〈新出魏晋南北朝墓志疏证〉为中心》认为:"庾信既已撰田弘的神道碑,那么田的墓志铭应该是另一位作者所写"(《中华文史论丛》2006年第4期)

[4] 赵超:《汉魏南北朝墓志汇编》,天津古籍出版社2008年版,第484页。

《北周宇文显墓志铭》有云：

> 即用为帐内大都督、都督沧州诸军事、沧州刺史，增邑并前二千五百户。黄公衡之快士，魏后是以推心；潘承明之忠壮，吴王为之降礼。异代同荣，见之今日。东夏边隅，地连荒服，井陉塞道，飞狐路断，乃以公为持节、卫将军、都督工夏州扩军、东夏州刺史。白波、青犊之兵，铜马、金绳之乱，莫不交臂屈膝，牵羊抱马。在州遘疾，解任还朝。小马留厩，余床挂柱；吏民扳恋，刊石陉山。虽非汉阳之城，还似扶风之路。①

与集本比较，《北周步六孤须蜜多墓志铭》有37处异文，这些异文大都以石本为优，尤其是两处增字颇多的地方很值得重视。一是"礼也"下石本多出"夫人奉上敬老，事亲竭孝，进贤有序，逮下有恩。及乎将掩玄泉，言从深夜，内外姻族，俱深节女之悲；三五小星，实有中闱之恋"48字。二是"金阙"下石本多出"太夫人早亡，夫人咸盥之礼，不及如事。至于追葬之日，步从辀途，泥行卅余里，哭泣哀毁，感动亲宾。桂阳之贤妻，空惊里火；成都之孝妇，犹掩江泉。呜呼哀哉"60字。这两处增加的文字，前者以骈为主，后者骈散结合。《北周宇文显墓志铭》的正文，石本就多出122字，而这122字，多是散体的叙述，很少骈体的描写。如"魏武皇帝龙潜蕃邸，躬劳三顾，爰始诏谋，公乃陈当世之事，运将来之策，帝由是感激，遂委心焉。武帝即位，除冠军将军、直阁将军、阁内都督，别封城阳县开国侯"。将石本和集本对比，石本的文字基本是骈散参半的，这也表现了同样一篇文章，当其刻石和收入文集时，因功用差异，而详略有别。刻于石者要遵从墓主家人的意愿，尽量多地叙述墓主的生平经历，而收于集者则更体现当时重骈轻散的潮流，而删去原文中较多的散句。

新发现的《北周田弘墓志》虽然没有集本传世，但墓志和《神道碑》为庾信一人所撰，也可以用墓志石本以印证《神道碑》集本的特点。这两篇文字都使用了庾信特有的四六隔句对仗的写法，且弘正典雅，读来颇觉辞情赡丽。如墓志中的一段：

---

① 王其祎、李举纲：《新出土北周建德二年庾信撰〈宇文显墓志铭〉勘证》，《出土文献研究》第八辑，上海古籍出版社2007年版，第250—259页。

本姓田氏，七族之贵，起于沙麓之昴；五世其昌，基于凤皇之聚。千秋陈父子之道，人主革心；延年议社稷之计，忠臣定策。公以星辰下降，更禀精灵。山岳上升，偏承灵气。淮阴少年，既知习勇；颍川月旦，即许成名。①

《神道碑》则言：

本姓田氏，虞宾在位，基于揖让之风；凤凰于飞，绍于亲贤之国。论其继世之功，则狄城有庙；序其移家之始，则长陵有碑。况复高庙上书，小车而对汉主；聊城祭鸟，长岳而驱燕将。公以胎教之月，岁德在定；载诞之辰，星精出昴。是以月中生树，童子知言；水上浮瓜，青衿不戏。而受书黄石，意在王者之图；挥剑白猿，心存霸国之用。②

但相较而言，收于集本的《神道碑》较之新出土的墓志，不仅同一段运用骈体的文字更多，风格更为典雅，而墓志在叙述墓主官历和立身行事时，还是用了更多的散句。而这种用散句叙述行迹、用骈句评定品行的写法，成为后来隋唐五代墓志的一种常见方式。

第二，从文体特征和文体渗透的层面，对于一些应用文体重新定位。以前的文学史研究，重经典性名家名作，轻应用性文字篇章，这在北朝文学史的研究中更为突出。因为北朝的文学作品，无论传留于今还是新近出土者，都以应用性文字居多，既以韩理洲所编的《全北齐北周文补遗》而言，其中收录的檄、书、诏、敕、记，以及大量的碑志，绝大多数是当时的应用文体。而目前的文学史著作，所重视者无非是庾信、王褒等人的诗文，以及颜之推的《颜氏家训》、郦道元的《水经注》等，其实这些名家名作并不能代表北朝文学的全貌，况且他们都是由南入北之人，其作品更不能替代北朝文学的独有特点。故而以新出土文献为基础，就文体特征和文体渗透两个基本层面来考察北朝文学，有助于北朝文学原生状态的展示。

仍就墓志而言，北朝墓志的文体特征，除了志序与铭辞配合这些碑志所共有的特征之外，就是北朝墓志的文风受南朝文风的影响，逐渐趋于骈

---

① 罗丰：《胡汉之间："丝绸之路"与西北历史考古》，文物出版社2004年版，第373页。
② 庾信：《庾子山集》，中华书局1980年版，第834—835页。

骈化倾向，这在由南入北的庾信等人身上表现得更为突出。① 实则，就北朝墓志文的演进过程来看，是以史传为主的写实文学与以铭辞为主的典雅文学结合的结果。史传文学自先秦到南北朝已经得到了长足的发展，出现了《史记》《汉书》《后汉书》《三国志》等重要著作，这对于传记文学的影响和渗透至关重要，魏晋南北朝的逸事小说《世说新语》自不必说，各种碑铭也是在史传影响下勃兴的。铭辞这种文学体裁也产生很早，它的产生与古代祭祀相关，春秋战国时期的很多青铜器就有铭辞，并已形成一定的格式，② 形式以四句为多，风格典雅古朴，有些还符合音韵节律。春秋战国时期，铭文经历了由金刻到石刻的演变过程，到了秦代颂功刻石作为文学的重要体裁表现了尚质和实用的特点，③ 这是墓志铭文的重要渊源。因为墓志文是一种特殊的文体，要对墓主一生的行迹加以记述，就必须吸取史传文体之优长，又要对其一生功绩加以评价，这就综合了铭辞既铭功颂德又古朴典雅的特点。因而在新出土魏晋南北朝墓志特别是北朝墓志中，经常发现志序和铭辞在字数上是平分秋色的，甚至有些墓志铭辞重于志序的现象，这与后来的墓志文以序文为主以铭辞为点缀的情况有所不同。因而史传文体与铭辞文体的相互渗透，在北朝墓志中体现得最为充分。自司马迁以后，史传文也有赞语，但这种赞语与传文相比篇幅是极少的，与墓志的序文、铭文的关系差异很大，但史传的这种形式，应该在墓志文体的形成过程中起了一定作用的。

　　第三，由重视经典化名家的研究转向文学的经典化与社会化研究并重的研究方向。文学史研究的经典化，在北朝文学研究中最为突出，其要在于魏晋南北朝处于文学自觉的时代，而南朝文学在这方面得到了长足的发展，故研究北朝文学的学者不得不受南朝文学的影响。其结果就是研究北朝文学也要注意南人入北的几位重要文学家，以及几部对于后世影响巨大的著作。而像北朝的本土作家魏收、邢劭、温子升等，仅仅作为配角在文学史上有所述及。这种研究倾向给人们造成了北朝文学荒漠化的印象。其

---

① 有关北朝墓志文的研究，近年也出现了一些学位论文，如魏宏利《北朝碑志文研究》，博士学位论文，西北大学，2008 年；赵海利《北朝墓志文献研究》，博士学位论文，山东大学，2007 年；宋冰《北朝散文研究》，博士学位论文，苏州大学，2006 年。其中魏宏利之文对于碑志文的总体特征涉及较多，可以参考。

② 《礼记·祭统》："夫鼎有铭，铭者，自名也。自名以称扬其先祖之美，而明著之后世者也。……铭者，论撰其先祖之有德善、功烈、勋劳、庆赏、声名，列于天下，而酌之祭器，自成其名焉，以祀其先祖者也。"（《十三经注疏》，中华书局 1980 年版，第 1606 页）

③ 参见饶宗颐《论战国文学》五《金石刻辞二者的消长》，载《文辙　文学史论集》（上），台湾学生书局 1991 年版，第 215—219 页。

实，我们放开眼界，视野由经典名家名作，扩展到日常生活，而进行多元化的思考，北朝文学研究尚具有较大的社会空间。这一方面，出土文献提供了北朝文学研究社会化的大量的文本载体。尤其是新出土碑志，无论是达官贵人的碑版还是平民百姓的墓志，根据当时的惯例，绝大多数不书作者，尽管其中也偶有著名文人所作，但因著作权的不确定，我们也不得不归于社会化的文学文本之列。这些文学作品又属于史传文学的一部分，参以北朝史学较为发达，产生了诸如魏收等著名的史学家，体现了务实的文学风气。这样社会化的文学作品，既有异于南朝的绮靡情调，也与由南入北作家的创作有所区别。

二

　　文学主体主要包括文学家和文学创作两个方面。文学主体的研究要取得重要进展，有赖于新材料的发现和新问题的探索。魏晋南北朝隋唐这一特定的中古时期，新材料的特点是石刻文献和写本文献极为丰富，石刻中尤其是墓志成为是时新文献的一大宗。这些新的材料，会在不同程度上带来新的问题。而相较于本文前一部分论述的出土文献对于南北朝文学的影响而言，新出土文献对于文学主体的影响在唐代更为显著。我们知道，唐代是中国文学发展最为繁荣的时期，相关的研究古往今来也取得了长足的进展，有些领域甚至被耕耘过千百度，但随着近年来大量出土文献的问世，以前不被注意的文学现象也被不断地挖掘出来，一些诗人也将重新定位，从而补充已有研究成果的不足，并推进整个唐代文学研究的进一步发展。

　　就诗人地位来说，有些诗人在当时具有领袖群伦的地位，但因为其作品的散佚，其声名随着时代的推移而逐渐埋没，新出土文献则为其地位的重新确定提供了切实的原典材料。如初唐诗人薛元超就是如此，崔融所撰《唐薛元超墓志》的出土，为我们了解他对初唐文学的影响提供了新的视角。通过该墓志的记述，我们知道薛元超和上官仪都是引领诗坛潮流的领袖人物。他们都是集政治家与文学家于一身的。他们的文学创作尽管是政治活动下的余事，但仍以其特殊的地位引领了文坛的走向。然而，薛元超是不幸的，但也是幸运的。就其不幸来说，他在初唐曾是一位引领文学发展的盟主，创作了很多优秀的作品，且编辑成集，并传到了邻邦日本，可是留于今天的作品却寥寥可数，以至于我们无法知道其作品的个性特征与风格趋向。就其幸运来说，20世纪末期《唐薛元超墓志》的出土，为我们进一步了解薛元超其人，尤其是他的文学成就找到了另一个视角。由墓志材料的发掘与存世史料的参证，使我们可以从特定的视角探测薛元超本人的创作经历，以及他与文学世家的关系，并可进一步放开眼界，以探讨初唐文学发展的具体环境及文坛领袖人物的情况。由《唐薛元超墓志》的研究，也为我们通过出土文献以发掘被埋没的重要文学人物与文学现象打开了一扇窗，提供了有益的启示。

就诗人经历来说，新出土文献的重要价值就是能够补充传世文献所缺载的事迹，而有些事迹的补充，对于考察当时的文学现象具有重要作用。新出土马克麐所撰的《唐王洛客墓志》云："时有同郡王子安者，文场之宗匠也。力拔今古，气罩诗学，吮其润者，浮天而涸流；闻其风者，抟扶而飙起。君常与其朋游焉。不应州郡宾命，乃同隐于黄颊山谷。后又游白鹿山。每以松壑遁云，樵歌扪月，□行山溜乳精，苏门长啸，有松石意，无宦游情。"① 王子安就是初唐四杰之一的王勃，这一隐居的经历却不为人知。我们以前考察唐代诗人隐居的现象，往往重视盛唐以后的风气，当时有不少人由隐居再走入官场，称为"终南捷径"。《唐王洛客墓志》则说明初唐时期，诗人隐居已经是较为普遍的现象。再由王勃的家族来考察，王勃的祖父是隋末大儒文中子王通，隋炀帝征召而称疾不至，退居于龙门（属唐绛州龙门县），专以著书讲学为业。王勃的叔祖王绩是著名的隐逸诗人，贞观中归隐东皋，自号"东皋子"。王勃又有与本家兄弟王洛客同隐黄颊山谷的经历。因而《唐王洛客墓志》对于研究王氏一族自初唐以后的文学家族传承以及形成的家族共有的风气，都有重要的认识意义。

就思想背景来说，新出土高锴所撰的《唐郑居中墓志》则记述了诗人郑居中由儒入道的传奇过程："始为儒家子，耽阅坟史，深奥自得。及长，举进士。与余交最深，每良时静夜，话及所蓄，则曰：'某年五十，即闲居不仕矣！'言之不已。予堂诘之，以为大夫七十而致仕，古有明义。又子路无宿诺，今去五十尚远数十岁，岂可前定耶？洎知杂之岁，将造予庐，中路而右足指痛，顷刻不可安。翌日，予省之，遂不能履地。乃曰：'某今正五十矣，斯痛也，匪偶然欤！岂不尝志某之言？'犹以亚相方委台事，尚欲牵率公家是从，痛终不瘳，以至长告。及赴里襄岘，将与余诀。又曰：'某若至五十五六，即却从宦。'今五十四而殁，异哉！公

---

① 拓片图版载《书法丛刊》2002年第3期。最近，黄清发撰有《王洛客墓志考》一文，载于《纪念西安碑林九百二十周年华诞国际学术研讨会论文集》（文物出版社2008年版，第375—386页），对王洛客事迹考证甚详，亦关涉其与王勃的交游，可以参看。

虽反儒服而慕道斯甚，身佩上清箓。自仙冠之徒，以至于岩栖谷隐，炼丹养气者，朝夕游处，无不宗礼。及止足之限，不知为灵仙异人告之耶？为精爽感通自知耶？遍游洞府，欻然而逝。为数极时尽自终耶？为浮丘令威相携耶？瑾襄葬事，请予志墓，谓备知始终，是以铭云。"① 中唐诗人白居易在《开成二年三月三日祓禊洛滨序》中说："开成二年三月三日，河南尹李待价以人和岁稔，将禊于洛滨，前一日，启留守裴令公。令公明日召太子少傅白居易……前中书舍人郑居中……等一十五人，合宴于舟中。由斗亭，历魏堤，抵津桥，登临溯沿，自晨及暮，簪组交映，歌笑间发，前水嬉而后妓乐，左笔砚而右壶觞，望之若仙，观者如堵，尽风光之赏，极游泛之娱，美景良辰，赏心乐事，尽得于今日矣。"② 白居易闲居洛阳时，与郑居中也有所往还。白居易早年志在兼济的儒家思想，到此时已逐渐让位于崇尚逍遥的道家哲学，故而由新出土的《唐郑居中墓志》，结合对白居易诗中有关郑居中交往的考察，为我们研究中唐时期诗人的思想演变背景提供了更多思考的空间。

　　就新出作品来说，可以扭转传世文献所展现的文学分布不平衡的格局。这里列举长沙窑新出土唐诗为例加以说明。长沙窑出土瓷器所题唐诗，是继敦煌文献之后发现的唐人题刻唐诗的重要文献，具有极高的文化价值与文学价值。③ 这些诗歌主要题刻在瓷壶的流部之下，也有少部分写在双耳罐腹部、碟心或枕面之上。总共有100余首唐诗，都没有诗题，不著作者，体裁有五言诗、六言诗、七言诗，其中五言诗占绝大多数，大概是诗句简短，便于镌刻之故。诗歌通俗浅显，明白流畅，带有民间文学的特点。我们将这些诗与《全唐诗》中文人作品对照，就会发现，这些民间诗歌与文人作品还是有紧密联系的。长沙窑瓷器大量唐代题诗的发现，足证当时的长沙，诗歌创作也是空前繁荣的。但从传世的文献如《全唐

---

① 吴钢：《全唐文补遗》第八辑，三秦出版社2005年版，第156页。
② 朱金城：《白居易集笺校》，上海古籍出版社1988年版，第2298页。
③ 有关长沙窑瓷器题诗的相关研究有两个方面。一是诗歌校录：傅举有《长沙窑新发现的唐诗》，香港《大公报》1985年10月26日；周世荣有《长沙窑唐诗录存》，《中国诗学》第五辑，南京大学出版社1997年版，第67—71页；徐俊有《唐五代长沙窑瓷器题诗校证》，《唐研究》第四卷，北京大学出版社1998年版，第67—97页。二是诗歌研究：肖湘有《唐代长沙窑铜官窑瓷诗内容初探》，《湖南考古辑刊》第一辑，岳麓书社1982年版，第121—126页；周世荣有《唐五代长沙窑瓷器题诗概说》，《中国诗学》第五辑，第72—74页；陈尚君有《长沙窑唐诗书后》，《中国诗学》第五辑，第75—77页；李建毛有《长沙窑题诗意蕴索史札记》，《南方文物》1998年第3期；蒋寅有《读长沙窑瓷器所题唐俗语诗札记》，《中国诗学》第五辑，第75—77页；吴顺东有《关于长沙窑诗文瓷的几点认识》，《南方文物》1998年第3期；贺晏然有《唐长沙窑诗文初探》，《南方文物》2005年第2期。

诗》收录的唐诗来看，湖南一带的诗人与诗作是非常少的，除了北方南贬的诗人之外，堪称杰出者唯李群玉一人。这种状况，不仅与长安、洛阳的都城诗坛无法比拟，即使与江淮这样地域的诗歌创作也不能相提并论，个中原因很值得探讨。但无论如何，长沙窑瓷器题诗的发现，为唐代湖南的地域文学研究提供了不可多得的第一手资料，也为我们研究唐诗的地域分布提供了更多的对比空间。我们以前的文学史研究，往往重视线性的时间发展，而对于断面的空间发展研讨不足，而这样规模较大的发现，无疑对于扭转唐诗研究的区域不平衡局面具有一定的作用。

三

吴承学先生曾说："本世纪以来，我们的文学研究主要是受到西方学术的影响，而在古代文学形态的研究对象和范围往往未能从实际出发，对中国古代原来非常重要的一些文体形态相当忽视。因为从现在的眼光看，古代许多重要的文体形态是'非文学'的文体形态，但是在中国古代实用文体形态与文学文体是浑成一体的。因此，我们的古代文学史研究，一定要从中国古代文体形态的实际情况出发。"① 重视出土文献中文体形态的研究，是研究中国文学史从实际出发的一个重要方面。我们从新出土文献中，可以总结出一直被忽视的中古文体形态及其演化的特点。

从南北朝到唐代，文体在沿袭过程当中也不断发生变化，这不仅是某一种文体自身发展的需要，也是多种文体相互渗透的结果。下面以新出土墓志为例，阐述中古时期诗与志、诗与序、序与铭的融合与分离情况，以及墓志的文体沿革特点。

（一）铭与诗的结合

曹丕《典论·论文》曰："夫文本同而末异，盖奏议谊雅，书论宜理，铭诔尚实，诗赋欲丽。此四科不同，故之者偏也。"② 中国古代重文体之辨，而在创作过程中也出现了部分文体融合渗透的情况，墓志尚实之铭和欲丽之诗融合就是典型的现象。但这种现象我们还没有在魏晋南北朝墓志铭中发现实例，而在唐代墓志中出现者却不止一例。《河洛墓刻拾零》四五二《唐乐映室石诗》："《唐乐知君自靖人君室石诗并序，自撰》，乐知，自谥也。自靖人，自予也。名映，字韬之。玄晏十七代孙。祖父兄皆二千石。贞元癸酉秋生于蜀。映年七十二，太岁甲申终于洛。十

---

① 吴承学：《中国古代文体形态研究》，中山大学出版社2000年版，第2页。
② 萧统：《文选》，中华书局1977年版，第127页。

岁而孤，母兄育训；长为儒业，无所成名；壮而纳室，竟无嗣续。因缘从事，仅十五载。邴曼容之贤，禄不过六百石，吾已及之；邓伯道之哲，皇天尚使无儿，何足叹也。依释不佞，奉道不谄，与朋以澹，事长以恭，如斯而已矣。今日幸免毁伤，归全泉下，预于先大夫北廿步，先妣东十三步，兄西十五步，凿深九尺，筑高一寻，旁荫故柏，上植三株，衬茔不敢具三代官讳。诗曰：三乐道常，九思不惑。六极幸免，百行惭德。四大无有大患息，一丘乐化永无极。"① 这是一篇自撰墓志铭，与普通的墓志铭相比，古朴的成分减少，文学的色彩增多。就形式上看，前面是散文叙述，后面是韵文概括，虽与普通墓志铭无异，但一般的墓志铭风格古朴，行文规整，写作态度严肃，而这篇墓志铭则幽默诙谐，前面的叙述部分虽用骈文，但行文活跃，颇近于诗序，而后面的铭文也富于变化，近于杂言诗。最后的诗作，实际上就是一篇自挽诗，这是挽诗的一种特殊类型，也是晚唐时期诗与志融合的产物。

铭是韵文，诗也是韵文，本身有着一定的联系，在唐代诗歌繁盛的时代，其体更易渗透。故韩愈作《楚国夫人墓志铭》："用昭厥裔，篆此铭诗。"② 则径称铭文为"铭诗"。白居易更是将自己所作之诗，用为墓志铭文的一部分。其《江州兴果寺佛大德凑公塔碣铭》云："及迁化时，予又题一四句诗为别，盖欲会前心，集后缘也，不能改作，因取为铭曰：本结菩提香火社，共嫌烦恼电泡身。不须恋恋从师去，先请西方作主人。"③ 而这首诗又见《白居易诗集》，题为《兴果上人殁时题此决别兼简二林僧社》④。有时墓志后的铭文既不称"铭"也不称"诗"，而是称"歌"。如新出土崔朏撰《刘元贞墓志铭》："歌曰：面松岳兮小有阳，东望溟兮饮太行。夹河洛兮地一藏，奉天劳兮憩北邙。窀穸奄兮不重光，大贤邮兮物感伤。甫奇谷兮三畛强，永为古兮从此张。"⑤ 这篇铭文是由一首骚体诗构成，故其称"歌"。故而就铭文发展而言，到了唐代，无论从文体、格式还是韵律上，都受到诗体的影响，以至于有些铭文直接称"铭诗""诗"或"歌"。

（二）序与诗的结合

唐代是诗的时代，因而诗歌是无处不在的，诗人撰写墓志铭时，也会

---

① 赵君平、赵文成：《河洛墓刻拾零》，北京图书馆出版社2007年版，第611页。
② 马其昶：《韩昌黎文集校注》卷七，上海古籍出版社1986年版，第350页。
③ 朱金城：《白居易集笺校》卷四一，第2701页。
④ 朱金城：《白居易集笺校》卷七，第1084页。
⑤ 吴钢：《全唐文补遗·千唐志斋新藏专辑》，三秦出版社2006年版，第196页。

对墓主的诗歌成就加以称道，并且甄录一些诗篇。如新出土的《张晔墓志》就是如此：

> 公讳晔，字日章，其先南阳人也。……公应进士举，天下知名。若古律诗千余篇，风雅其来，莫之能上，览者靡不师服。于是乎今鄂州观察判官卢端公库，顷为河南府掾充考试官，公因就试，遂投一轴。卢公谓诸僚友曰："张子之文，自梁宋已来，未之有也。"复课一诗送公赴举云："一直照千曲，一雅肃群俗。如君一轴诗，把出奸妖服。"又云："乃知诗日月，瞳瞳照平地。"又今尚书右司郎中杨戴为淮安太守时，制一叙奖公之文曰：张氏子用古调诗应进士举，大中十三年余为监察御史，自台暮归，门者执一轴，曰：张某文也。阅于灯下，第二篇云《寄征衣》："开箱整霞绮，欲制万里衣。愁剪鸳鸯破，恐为相背飞。"余遂瞿然掩卷，不知所以，为激叹之词。乃自疚曰："余为诗未尝有此一句，中第二纪，为明时御史，张子尚困于尘坌，犹是相校，得无愧于心乎。"①

再如新出土崔翘所撰的《唐故陈王府长史崔君志文》："俄迁右补阙。会驾幸温泉宫，猎骑张皇，杂以尘雾，君上疏直谏，诏赐帛及彩九十匹。献《温泉诗》，其略曰：'形胜乾坤造，光辉日月临。愿将涓滴助，长此沃尧心。'帝嘉其旨意，赉杂彩三十匹。时录诗者多，咸称纸贵。补衮之职，非君而谁？"② 这也是近年发现的新出土墓志中所载唐诗的全篇之一。

唐代文学是在多种文体不断融合与渗透的基础上发展演变的，尤其在传记与叙事文学当中更是如此，诗与传奇的结合，变文中散文与韵文的结合，都已经引起学者们的注意，墓志中诗与序的结合，虽然没有前面的文体那样普遍，但也看出唐人在文体渗透方面的努力。不仅如此，墓志之序在叙述事实时，还经常与其他文体如诏诰、制敕等结合。

（三）序与铭的分离

墓志铭是刻之于石埋于墓道的实物载体，前半部分为序，后半部分为铭，这两部分通常情况下是由一位文人撰写的，故而文体风格保持一致。但自南北朝开始，已经出现两个作者合撰墓志铭的情况。如《北齐封子绘墓志》称："从弟孝琰以为陆机之诔士平，情则兄弟；潘岳之哀茂春，

---

① 河南省文物研究所：《千唐志斋藏志》，文物出版社1989年版，第1179页。
② 杨作龙、赵水森：《洛阳新出土墓志释录》，北京图书馆出版社2004年版，第1114页。

事实昆季。是以谨撰遗行,用裁志序。所恨少长悬隔,聚散间之,素业贞猷,百不举一。吏部郎中清河崔赡与公礼闱申好,州里通家,摛缀之美,籍甚河朔。敬托为铭,式昭不朽。"① 知序文为封孝琰作,铭文为崔赡作。到了唐代以后,两个作者合作墓志铭的情况更多。如新出土《大唐故黄门侍郎兼修国史赠礼部尚书上柱国扶阳县开国子韦府君(承庆)墓志铭并序》,题署:"秘书少监兼修国史兼判刑部侍郎上柱国朝阳县开国子岑羲撰,中书舍人郑愔制铭。"②《唐故纳言上轻车都尉博昌县开国男韦府君墓志铭》,题署:"孤子前朝议大夫行春官员外郎承庆撰序,春官尚书弘文馆学士兼修国史南阳县开国子范履冰制铭。"③《唐故尚书左仆射太子少傅赠司空荆州大都督苏文贞公神道碑》:"范阳张说撰铭。卢藏用撰序并书。"④《唐故居士钱府君夫人舒氏墓志铭并序》,题署:"左威卫胄曹参军广平程休撰序,许州扶沟县尉博陵崔颢撰铭。"⑤ 因而这样的墓志铭,无论是从体裁还是就作者而言,都是相对独立的。

　　序与铭关系最为特殊者是2002年出土的《唐曹仁墓志》,该志有一序两铭,题署:"河南府进士李渐撰,又铭河南府进士张倪,安定胡需然书。"李渐铭曰:"将军高台兮今已倾,万安之下卜异茔。寒烟漠漠兮晦佳城,日夕悲风兮松柏声。天既长地复久,泉高不闭兮知何有,终古令名兮传不朽。"张倪又铭曰:"哲人其萎兮逝不还,泉门杳杳兮闭重关。润水潺潺兮夜声切,丘垅峨峨兮悲转咽。黄壤幽邃兮夜何长,松槚森森兮明月光。委骨埋魂兮万安阳,保君千载兮德逾芳。"⑥ 双铭由两位撰者,是相互独立的,但同一篇墓志的双铭,显然又从文体风格的一致上考虑,故虽为二人所撰,其表现形式和蕴含情感,也都是一致的。唯这种形式,撰文奇特,构思新颖,在出土墓志与传世文献中都极为罕见。在新出土墓志中,题下未署双铭,而实际为双铭者则时有所见,周绍良《唐代墓志汇编》还收录了《唐元振墓志》,虽然题下未署双铭,但实际上是双铭,因为在撰者杨光煦的序和铭后,又有"侄寂重铭曰"一段,重铭者亦是该

---

① 墓志拓片图版及录文载于陈忠凯《唐韦承庆及继母王婉两方墓志铭文释读》,《出土文献研究》第七辑,上海古籍出版社2005年版,第424—425页。
② 墓志拓片图版及录文载于陈忠凯《唐韦承庆及继母王婉两方墓志铭文释读》,《出土文献研究》第七辑,上海古籍出版社2005年版,第344页。
③ 陕西省社会科学院、陕西省文物局:《陕西碑石精华》,三秦出版社2006年版,第76页。
④ 王昶:《金石萃编》卷六九,中国书店1985年版,第1页。
⑤ 洛阳历史文物考古研究所:《河洛文化论丛》第三辑,中州古籍出版社2006年版,第312页。
⑥ 赵文成编:《唐曹仁墓志》,河南美术出版社2011年版。

志的书者①。同书收录《唐辅得一墓志》在王顼所撰序和铭之后，又有"河东子泣而铭曰"一段②。这些重铭可能是镌刻墓志加入的，故而独立性较前者强一些，更切合重铭者的身份，如《唐元振墓志》的重铭："呜呼季父，直哉惟清。陈力就列，俗政人宁。冀霜台之一迹，何逝川之不停。志诚无应，雷同有声。追慕感切，知犹子情。"③

（四）墓志文体的风格变化

墓志文体风格的动态变化也是墓志文学研究的重要方面。诸如从北朝到唐代，墓志在沿革中风格产生了不少变化，这样就使得墓志的发展，随着时间的推移，内涵渐趋丰富。陆扬先生说："其实北朝到隋代的墓志的写作风格变化，对于唐代带有公众性意义的文字诸如碑铭之类是有关键影响的，所以，要知道崔融、张说一类唐代的名写手的风格是如何产生的，北朝墓志的文学分析应该可以带来诸多启发。"④ 再如，吴少微、富嘉谟合撰的《有唐故朝散大夫守汝州长史上柱国安平县开国男赠卫尉少卿崔公（噽）墓志》，为我们研究唐代墓志文体的形态和风格提供了珍贵的个案例证：

> 初，公皇考洛县府君俨在蜀之岁，公年始登十，而黄门郎齐璇长己倍之，与公同受《春秋》三传于成都讲肆，公日诵数千言，有疑问异旨不能断者，公辄为之辩精，齐氏之子未尝不北面焉。由是博考《五经》，纂乃祖德，则我烈曾凉州刺史大将军就、烈祖银青光禄大夫弘峻之世业也，累学重光，于赫万祚。公尤好老氏《道德》《金刚》《般若》，尝诫子监察御史浑、陆浑主簿洄曰："吾之《诗》《书》《礼》《易》，皆吾先人于吴郡陆德明、鲁国孔颖达，重申讨核，以传于吾，吾亦以授汝，汝能勤而行之，则不坠先训矣。"因修《家记》，著《六官适时论》。……公博施周睦，仁被众艰，是以有文昌之拜；大惠不泯，是以有宜阳之歌；守正不回，是以有三途之归，海浙之远。昔十岁执先夫人之丧，十五执先府君之丧。《礼》："童子不杖。"而公柴病，孝也。尝与博士李玄植善，植无所居，公亦寠陋，办宅与之，义也。性命之辨，人莫之测，而公先之知，命也。⑤

---

① 周绍良：《唐代墓志汇编》，上海古籍出版社1992年版，第1570页。
② 周绍良：《唐代墓志汇编》，第2190页。
③ 周绍良：《唐代墓志汇编》，第1570页。
④ 陆扬：《从墓志的史料分析走向墓志的史学分析：以〈新出魏晋南北朝墓志疏证〉为中心》，《中华文史论丛》2006年第4期。
⑤ 周绍良：《唐代墓志汇编》，第1082页。

此文乃吴、富二人合作，在唐文中属于特例，从合作情况可以看出吴、富二人密切的关系。上面的引文，虽还有一些骈文的句子，而总体上已经散化，可见吴、富二人在文体上的变革，魄力是相当大的。更为重要的是，文中对于儒家经典的提倡，开了中唐韩愈文以载道的先声。他赞扬崔氏"博考《五经》，纂乃祖德"，以陆德明、孔颖达为宗，并著《六官适时论》。这与《旧唐书》称"嘉谟与少微属词，皆以经典为本"，适相一致。这也可见，墓志文体的变化，不仅是文体本身发展的结果，也与政治背景、文化思潮、思想渊源的相互作用密切相关。

四

文学研究的一个重要方面是背景的研究，只有切实把握文学的背景，才能进一步准确地研究文学现象和文学史发展进程。文学背景包括政治、社会、文化、民俗等各个方面。笔者曾在《出土文献与唐代文学史新视野》中说："要深入研究唐代文学，弄清文学进程及演变的背景极为重要。而对于背景的理解，仅靠传世文献是不全面的，因为传世文献有不少是经过当事人的篡改，也有在后世流传当中失实的。这就需要通过新出土文献来参证与补充。"① 这一基本判断，现在看来仍然是正确的，只是近年来的研究在这一判断的基础上，有了更进一步的认识。这里我们以玄宗天宝前后为时间断限，以李林甫为关联人物，以出土文献结合传世文献，对盛唐文学的政治背景加以分析。

人们对于唐玄宗朝的历史，往往有一种固定的认识：就时间上说，以开元二十四年张九龄罢相，李林甫代替张九龄为相为标志作为唐代由盛转衰的分界线；就人物来说，则常以开元中的宰相作为坐标系，以确定研究对象的是非，大多以接近姚崇、宋璟、张说、张九龄者为是，以接近李林甫、杨国忠者为非。② 而这种研究方式与思维模式，最易于将错综复杂的历史现象简单化，不利于恢复历史的真实面貌。《唐苑咸墓志》的出土，使我们得以进一步了解这位盛唐时期复杂的政治人物与文学人物的真实面

---

① 胡可先：《出土文献与唐代文学史新视野》，《文学遗产》2005 年第 1 期。

② 崔群《论开元天宝讽止皇甫镈疏》云："人皆以天宝十四年安禄山反为乱之始，臣独以为开元二十四年罢九龄相，专用李林甫，此理乱之所分也。"（《全唐文》卷六一二，上海古籍出版社 1990 年版，第 3739 页）这段文字是后人对唐代盛衰认识的始作俑者。中华人民共和国成立以后这种观点也是学术界的主流趋势："以开元二十四年末张九龄因李林甫进谗言而罢相为分界线，盛唐可以分为前后两期。盛唐前期，政治开明、经济繁荣，诗人们有较多的机会进入仕途施展才能。盛唐后期，社会危机日甚一日，诗人们仕途坎坷，而诗歌创作却获得丰收。"（丁放、袁行霈《李林甫与盛唐诗坛》，《文学遗产》2004 年第 5 期）

貌。以苑咸为中心，从其与当时的人物、事件的关联中看待唐代的一些政治问题，以观照唐玄宗天宝前后的政治格局，也会对这一时期的文学背景产生新的认识。就传世文献记载，苑咸一直是受到李林甫器重的人物，故人们以为"苑咸是一个卖身投靠李林甫的文人"①。而新出土的《唐苑咸墓志》有这样一段话："公以盛德盛才，加之以政事，论琐劣不逮，郯子之言，敢以颡举。天宝中，有若韦临汝斌、齐太常浣、杨司空绾，数公颇为之名矣，公之与之游，有忘形之深，则德行可知也。每接曲江，论文章体要，亦尝代为之文。洎王维、卢象、崔国辅、郑审，偏相属和，当时文士，望风不暇，则文学可知也。右相李林甫在台座廿余年，百工称职，四海合同。公尝左右，实有补焉，则政事可知也。"② 苑咸是先得到张九龄引荐和任用，后来才受到李林甫器重，而且和当时著名政治家韦斌、齐浣、杨绾，文学家王维、卢象、崔国辅、郑审关系密切，因而就决不能简单地否定他的人格和才能。由《唐苑咸墓志》，我们对于盛唐时期的政治背景、唐代转型的复杂情况，及其与文学的关系，都会产生新的认识。这方面更详细的论述可参见笔者的《新出土〈苑咸墓志〉及相关问题研究》③。

再如陈希烈早年得到唐玄宗的恩宠，天宝时期又受到李林甫的眷顾，而安史之乱起，则又投降了安禄山，并被任命为宰相。因而陈希烈是安史之乱前后重要的政治人物与文学人物。近年来，有关陈希烈墓志的出土，为我们进一步研究其安史之乱前后的事迹与思想，提供了新的材料。以《唐陈希烈墓志》为考察对象，并进一步探讨唐代士大夫在安史之乱前后的立身行事，对研究唐代转折时期的政治与文学，乃至文化背景，具有重要的意义。

陈希烈作为唐代左相兼兵部尚书，历官二十余任，从仕五十年，可载之事迹甚多，而其墓志却十分简略，这涉及唐代重大的政治问题，故有待发之覆。新出土《唐陈希烈墓志》言："太师属元凶放命，大□滔天，剥丧鸿猷，栋折榱坏。不然者，我太师侍讲紫极，清论皇风，则张禹、胡广之俦，曷足为盛！呜呼！使八十之年，遭遇否理，为述何伊，且封且树，略志伊何，或当永固。"④ 所言之事极为隐晦，盖与重要的历史人物李林甫相关。陈希烈与李林甫关系密切。《旧唐书·陈希烈传》："玄宗凡有撰述，必经希烈之手。李林甫知上眷待深异，又以和裕易制，乃引为宰相，

---

① 张福庆：《关于王维"趋附"李林甫一说的考辨》，《华东师范大学学报》1999 年第 4 期。
② 杨作龙、赵水森：《洛阳新出土墓志释录》，第 158 页。
③ 胡可先：《新出土〈苑咸墓志〉及相关问题研究》，《清华大学学报》2009 年第 4 期。
④ 周绍良、赵超：《唐代墓志汇编续集》，上海古籍出版社 2001 年版，第 690、57—67 页。

同知政事，相得甚欢。而林甫居位日久，虽阴谋奸画足以自固，亦希烈佐佑唱和之力也。累迁兼兵部尚书、左相，封颍川郡开国公，宠遇侔于林甫。及林甫死，杨国忠用事，素忌嫉之，乃引韦见素同列，罢希烈知政事，守太子太师。希烈失恩，心颇怏怏。"①《新唐书》将希烈置于《奸臣传》，并云："林甫颛朝，苟用可专制者，引与共政。以希烈柔易，且帝眷之厚，乃荐之。五载，进同中书门下平章事，迁左丞相兼兵部尚书，许国公，又兼秘书省图书使，宠与林甫侔。林甫居相位久，其阴诡虽足自固，亦希烈左右焉。杨国忠执政，素忌之，希烈引避，国忠即荐韦见素代相，罢为太子太师。希烈失职，内忽忽无所赖。"② 又，《资治通鉴》卷二一六《唐纪》天宝十一载："初，李林甫以陈希烈易制，引为相，政事常随林甫左右，晚节遂与林甫为敌，林甫惧。会李献忠叛，林甫乃请解朔方节制，且荐河西节度使安思顺自代；庚子，以思顺为朔方节度使。"③ 知陈希烈初依李林甫，后发展到自己专权的地步。高适有《古乐府飞龙曲留上陈左相》诗，称赞陈希烈颇有大德，是天子梦寐以求的贤才。其出为左相，是为苍生而谋。古人只有尹吉甫与张子房能与其比拟，而自己即使想高攀也不知路径。自己尚在风尘，而陈希烈已在霄汉，因而只有投诗瞻望，悠悠思念而已。高适又有《上李右相》诗，大致内容与《古乐府飞龙曲留上陈左相》诗相似，前半为颂李之作，后半为自述身世之词。这两首诗都作于天宝八载（749）高适在封丘尉任上。高适此诗投于陈希烈与李林甫，当然会有歌功颂德之意，从这里也可以看出李林甫、陈希烈等人，在玄宗天宝时期，并不是无善可陈的。这样我们以新出土墓志对其事迹的记载与功过的评价，与史籍记载以及当时人的评述参证，就有助于了解陈希烈的政治进退及与李林甫关系的具体情况，并为唐玄宗天宝时期的文学背景提供另一种思考的空间。

五

出土文献最大的价值在于为我们提供了最接近历史原生状态的文本，是文史研究切实可信的实物载体。出土文献中大量的文学史资料与传世文献有着极大的差异，即没有被筛选、诠释，甚至注上加注，层层叠叠地发生变化过，而是保存了千百年以前初始形成的面目。因而这些文献对于中

---

① 刘昫：《旧唐书》卷九七，中华书局1975年版，第3069页。
② 欧阳修、宋祁：《新唐书》卷二二三上，中华书局1975年版，第6350页。
③ 司马光：《资治通鉴》卷二一六，中华书局1956年版，第6912页。

古文学史研究,无疑开拓了新的视野。

首先,这些新文献对扭转区域文学史研究的某些薄弱局面起到了很大的作用,甚或在一定程度上填补了区域文学的空白。这以新出土的北朝墓志与长沙窑瓷器题诗最有代表性:北朝墓志不仅提供了新的文学文本,也为改变南北朝文学研究长期以来不平衡的局面提供了新的思考空间。我们的视野可以由经典名家名作,扩展到日常生活。我们也注意到,传统的金石碑志研究,虽然具有很长的历史,但一直是以史学为中心,其次涉及书学和小学,相关的文学研究极为薄弱,甚至留下了很多空白。而将新出土的墓志作为一种独立性文体进行研究,并以此为中心展开文学史现象和文学史演变的研究,具有广阔的前景。长沙窑瓷器题诗对于唐代文学研究的意义更不容低估,不仅为唐代湖南地域文学的研究提供了不可多得的第一手资料,而且为我们研究唐诗的地域分布提供了更多的对比空间。我们以前的文学史研究,往往重视线性的时间梳理,而对于断面的空间发展研讨不足,而这样规模较大的发现,无疑对于扭转唐诗研究的区域不平衡局面具有一定的作用。

其次,通过出土文献发掘以前较少注意到的文学史现象。如《唐薛元超墓志》的发现,使我们进一步了解这位初唐诗坛的领袖人物,从而对初唐文学的发展演变也有了新的思考。薛元超是一个被埋没的文坛领袖人物,从墓志中可以看出初唐诗歌的发展与唐代文馆的变迁有着密切的关系,也与家族的渊源具有一定的联系。而薛元超与上官仪在当时地位的平分秋色,对比后世的极大反差,为我们研究纸抄时代的文学传播与接受提供了对比的实例。新的文学史料的发掘和新的文学现象的发现,也会加深我们对文学背景的进一步理解。如唐玄宗后期文学发展的政治背景,人们往往把目光聚焦在李林甫身上,以为诸多著名文学家的坎坷命运,都与李林甫执政时的腐败政局相关。但我们对新出土的《唐苑咸墓志》和《唐陈希烈墓志》加以考察,就会对盛唐时期的政治背景,转型时期的复杂情况及其与文学的关系,甚至对于影响唐代历史进程的安史之乱,具有新的认识。

再次,新出土文献有助于促进文体研究的深入。文学史研究的核心是文体研究,而在中古文学史研究领域,长期以来是重视诗而忽视文,重视经典文学而忽视应用文学,南北朝时期重视南方文学而忽视北方文学。故而出土文献对于文章学研究的价值不容低估,尤其体现在文体渊源、文体演化和文体渗透等方面。如唐代墓志中诗与序的结合,可以看出唐人在文体渗透方面的努力,墓志之序在叙述事实时,还经常与其他文体如诏诰、制敕等结合。

毋庸讳言,新出土文献也有很大的局限性。一是出土地点的限制,使得这些文献表现为零星与散乱的状态。二是这些文献的出土因受到各种条件限制,具有很大的偶然性。出土文献也存在着精华与糟粕混杂的情况,有些还需要时间进行筛选,才能体现其价值。因此,我们利用出土文献来从事文学史研究,就不能局限于出土文献一隅,而应该尽可能广泛地搜集与整理出土文献材料,并与传世文献进行比照参证,在对出土文献文本复原的基础上,进行综合的社会文化学观照,从而提炼出具有真正文学价值的材料进行整合研究,以逐步探讨与揭示文学生成与发展的原生状态,从而逐渐开拓中古文学史研究的新局面。

(原载《浙江大学学报》2012 年第 4 期)

墓志铭与中国文学的家族传统

胡可先

导 言

我们现在一般认为，墓志铭是放在墓里刻有死者生平事迹的石刻；也指墓志上的文字。墓志铭最核心的部分是志文和铭文，并合在一起刻于石上，这是一种较为特殊的文体。传世典籍中收录的墓志铭，大多是纯粹的文学文本；而新出土的墓志铭，则保存其石本和实物形态。墓志铭具有多重属性，首先是"文学属性"，因为它刻有记载墓主生平的志文和褒扬墓主功德的铭文，文体属于传记；其次是"文物属性"，因为墓志铭是埋入墓中的石刻，我们现在看到的墓志铭原石，都属于新出土文物；再次是"书法属性"，因为墓志铭大多是将已经撰好的文本，书写在纸上，再拓印上石并刻成文字，书写者很多由著名书家担当，志盖更由书家用篆书写成；复次是"艺术属性"，因为墓志铭除了有文字的区域外，其他地方还刻有各种花纹图案，这些图案不仅具有装饰作用，甚或蕴含着深刻寓意；最后是"家族属性"，因为每方墓志铭一般要追溯墓主的家世渊源，加以唐代名门望族都有集中的茔地，家族墓志铭也会集中出土。研究墓志铭的家族传统，我们最关注的就是其中的文学属性和家族属性。并以此为基础，重点考察墓志铭的文体渊源、文体归趋的家族因素，以及墓志文学与中国文学的家族传统诸问题。

一 墓志铭文体渊源的家族因素

一般而言，墓志铭起源于东汉中后期，到了魏晋正式成立，体制趋于完整。南北朝时期，墓志铭作为一种文体得到了长足的发展，特别是北朝墓志，已经达到繁盛的程度。① 这一过程，是与东汉以后进一步发展的世家大族势力到了魏晋南北朝时期逐渐形成重要的家族集团相一致的。这些家族集团以关中士族和山东士族为主，同时还有南方的侨姓士族和北方的虏姓士族。《新唐书·柳冲传》载柳芳论氏族曰："过江则为'侨姓'，王、谢、袁、萧为大；东南则为'吴姓'，朱、张、顾、陆为大；山东则为'郡姓'，王、崔、卢、李、郑为大；关中亦号'郡姓'，韦、裴、柳、薛、杨、杜首之；代北则为'虏姓'，元、长孙、宇文、于、陆、源、窦首之。……山东之人质，故尚婚娅，其信可与也。江左之人文，故尚人物，其智可与也。关中之人雄，故尚冠冕，其达可与也。代北之人武，故尚贵戚，其泰可与也。及其弊则尚婚娅者先外族后本宗，尚人物者进庶孽退嫡长，尚冠冕者略伉俪慕荣华，尚贵戚者徇势利亡礼教。"② 这些传承数百年的士族，又分为不同的支系，彼此消长，并在墓志铭中具有较为全面的表现，而很多墓志铭的来源与当时家族的谱牒和家人提供的行状密切相关。

(一) 墓志铭与谱牒

魏晋南北朝时期，因为门阀士族占据社会和政治的特殊地位，在其影响下，世代为官的望族都非常重视谱牒的编撰，官府也注重簿状的修纂，因而形成特定的谱学。《通志》卷二五《氏族略》云：

> 隋唐而上，官有簿状，家有谱系。官之选举，必由簿状；家之婚姻，必有谱系。历代并有图谱局，置郎中吏掌之，乃用博古通今之儒，知撰谱事，凡百官族姓之有家状者，则上之官，为考定详实，藏于秘阁，副在左户。若私有滥，则纠之以官籍；官籍不及，则稽之以私书。此近古之制，以绳天下，使贵有常尊，贱有等威者也。所以人尚谱系之学，家藏谱系之书。③

谱牒是对于家族世系的记录，而东汉以后兴起的墓志铭，一项最重要的内容就是墓主世系的叙述，因而这种谱牒之书，成为墓志铭撰写时叙述世系的重要来源。有关中古墓志与谱牒的关系，陈爽先生做过较为系统的

---

① 参见孟国栋《墓志的起源与墓志文体的成立》，《浙江大学学报》（人文社会科学版）2013年第5期。
② 《新唐书》卷一九九，中华书局1975年版，第5677—5678页。
③ 郑樵：《通志》卷二五，中华书局1995年版，第439页。

研究，著有《出土墓志所见中古谱牒研究》①，不仅开拓了中古谱牒研究的空间，而且提供了墓志研究的新视角。尤其是其"史料篇"第二章辑录了魏晋南北朝和隋代墓志中所见的中古谱牒232例，为谱牒与墓志关系的研究提供了可贵的实证材料。陈爽先生还论述说："西晋至隋代的墓志中，存在大量以抄录、节录或改写的方式入家族谱牒的志例，但是，进入唐代以后，这种墓志的撰写方式却骤然消失，墓志书写形式转变的背后有着深刻的社会历史背景。"② 这种消失的社会历史背景，无疑也体现了家族关系的转型和变化。但我们还是可以看到谱牒在唐代墓志中的余绪。下面略举两例以示魏晋到唐代谱牒入志的案例以见一斑。先看西魏《赵超宗妻王氏墓志》书写世系的文字：

志首部分：
祖修之宋青州刺史　　夫人同郡韦氏父华后秦尚书左仆射兖州刺史
父僧珍宋正员郎南城怀安二郡太守　　夫人南安庞氏父虎宋梁秦徐三州刺史

志末部分：
长子元练早亡
次子仲懿尚书郎中行南秦州事抚军将军岐州刺史寻阳伯娶河东柳氏（父僧习侍中平东将军银青光禄大夫缉宋骧将军义阳内史）
少子季弼平东将军太中大夫　　娶河南元氏（父显和散骑常侍肆州刺史祖丽侍中尚书左仆射仪同三司雍冀二州刺史淮阴县开国侯）
长女适抚军将军司空谘议参军濮阳太守河东柳师义（父缉宋龙骧将军义阳内史祖绍宋员外散骑常侍后将军钟离太守随郡内史益州刺史）
次适平东将军秘书丞领中书舍人陇西李奘（父思穆营华二州刺史左光禄大夫秘书监祖衍和宋建威将军东莱晋寿安陆三郡太守）
次适散骑常侍镇东将军金紫光禄大夫雍丘子河东裴英起（父约丹阳平原二郡太守祖彦光赵郡勃海二君太守青州刺史雍丘县开国子）
次适仪同开府参军事河东柳远（父玄远彭城王谘议参军光州刺史夏阳县开国子祖邕明宋通直散骑常侍南阳太守）
次适员外散骑常侍太子洗马本州中正安国县开国侯谯国夏侯胐（父旭长广定阳二郡太守镇南将军金紫光禄大夫定阳男祖祖真冠军将军中散大夫）③

---

① 陈爽：《出土墓志所见中古谱牒研究》，学林出版社2015年版。
② 陈爽：《出土墓志所见中古谱牒研究》，第206页。
③ 赵力光主编：《西安碑林博物馆新藏墓志汇编》，线装书局2007年版，第24页。

再看唐代姚勖《自撰墓志铭》中专门设"叙宗族""叙婚娶""纪子孙""叙入仕"几个方面，其中前三个方面应该与谱牒有关：

> 叙宗族　勖本吴兴人，始虞帝生姚墟得姓。后裔遏父封陈为氏，至厉公之子完仕齐为田，后有其地。齐太和十四代，至西汉执金吾代睦侯讳丰，生东汉散骑常侍讳邕，避新室乱，遂家吴兴武康成山，五代至吴郎中讳敷，举家复姚氏。又五代至晋渤海太守五城侯，讳礼之，侯孙讳仲和，入后魏为步兵校尉秘书监，封吴兴公，遂居陕之硖石。由秘书五代至隋函谷关校尉讳祥，生唐幽、巂都督，赠吏部尚书府君讳善懿，谥文献，实勖五代祖也。高王父府君，皇中书令、梁国公，谥文贞（茔居寂居东南六百廿一步）。曾王父府君，皇邓、海二州刺史、光禄少卿（茔居寂居南八十二）。王父府君，皇河南府河南县丞、赠太常少卿（茔居寂居东北三百一十五步）。烈考府君，皇宣州泾县主簿、赠刑部员外郎（茔居寂居南地相接）。由梁公至元府君，讳字具在《烈考玄堂记》，平梁、颍川二君之词。皇妣祁县梁夫人，封晋阳县太君。
>
> 外族祁县王氏，外王父府君讳腾，皇右金吾卫仓曹参军事。外曾祖府君讳琪，皇尚书水部员外沔州刺史。外曾叔祖讳琚，皇户部尚书、封赵国公。外高祖府君讳仲友，皇楚州刺史。内大外祖，颍州下蔡县令荥阳郑府君讳其荣。外大外祖，河南府河阴县主簿河东薛府君讳回。
>
> 叙婚娶　勖娶堂舅婺州金华县尉讳公幹女。金华公先考金州录事参军府君讳胜，即勖亲外叔祖。
>
> 纪子孙　生男子三人：曰环，小字都官；曰瓒，小字丹霞；曰琢，小字初阳。生女子三人：长女实王氏出，适虢州弘农县令陇西李察，外孙男二人，外孙女三人；次女二人并婴稚。①

这篇墓志总共 846 字，而叙述与本家外家相关的世系文字就达 533 字，说明对于家世的重视。因为是自撰，故而对于前辈的名讳都没有写明，只是说"讳字具在《烈考玄堂记》，平梁、颍川二君之词"，实际上是点明了这篇墓志铭的来源在"烈考玄堂记"这些材料，而这些材料对于世系的记载如此详尽，其本源应该是与其家族的谱牒有关的。

---

① 墓志拓片及录文载张应桥《唐名相姚崇五世孙姚勖自撰墓志简释》，《河南科技大学学报》2010 年第 5 期。

（二）墓志铭与行状

墓志铭与行状的关系，明人徐师曾《文体明辩序说》云："盖具死者世系、名字、爵里、行治、寿年之详，或牒考功太常使议谥，或牒史馆请编录，或上作者乞墓志碑表之类皆用之。而其文多出于门生故吏亲旧之手，以谓非此辈不能知也。"① 是说行状的用途颇为广泛，其作用之一就是作为墓志撰写的材料。

到了唐代，因为谱牒入志的情况突然减少，行状就成为墓志材料的主要来源。韩愈撰写的墓志就是显著的例证。如《河南少尹李公墓志铭》："元和七年二月一日，河南少尹李公卒……敛之三月某甲子，葬河南伊阙鸣皋山下。前事之月，其子道敏哭再拜授使者公行状，以币走京师，乞铭于博士韩愈。"②《唐朝散大夫赠司勋员外郎孔君墓志铭》："君始娶弘农杨氏女，卒；又娶其舅宋州刺史京兆韦纪女……君母兄戣，尚书兵部员外郎；母弟戡，殿中侍御史，以文行称于朝廷。将葬，以韦夫人之弟前进士楚材之状授愈曰：'请为铭。'"③ 也就是说，墓志铭撰者在志文和铭文方面倾注的精力是不同的：志文主要依据墓主家人提供的行状，铭文才真正是撰者创作。更为突出者是韩愈受李翱之请为其祖父撰写墓志铭，其过程是李翱先撰写了《皇祖实录》："盖闻先有祖善而不知，不明也；知而不传，不仁也；翱欲传，惧文章不足以称颂道德，光耀来世，是以顿首欲假辞于执事者，亦惟不斥其愚而为之传焉。"④ 并将实录呈上韩愈请为其祖撰写墓志铭。韩愈作《故贝州司法参军李君墓志铭》也交代了这一情况："习之尝自为其皇祖《实录》，其行治皆如《志》所书。"⑤ 知韩愈撰此志，其事实都来自李翱撰写的行状。

不仅如此，依据行状撰写墓志者在新出土墓志中颇为常见。如崔郾撰《崔元略墓志》云："爱弟金部郎元式纂录行实，俾予铭墓。知公者也，其敢辞乎？写悲抒诚，亦在于此。"⑥ 则是元略之弟元式先纂录行状，以请崔郾撰志。李黄撰《唐故朝请郎行门下录事上骑都尉张公（卓）墓志铭并序》云："其葬既得日，质等状公之事迹请铭，黄作铭曰。"⑦ 则张卓

---

① 徐师曾：《文体明辩序说》，人民文学出版社1962年版，第148页。
② 韩愈：《唐朝散大夫赠司勋员外郎孔君墓志铭》，马其昶校注：《韩昌黎文集校注》卷六，上海古籍出版社1986年版，第368页。
③ 马其昶校注：《韩昌黎文集校注》卷六，第389页。
④ 李翱：《李文公集》卷十一，《四部丛刊》本，第53页。
⑤ 马其昶校注：《韩昌黎文集校注》卷七，第550页。
⑥ 洛阳市第二文物工作队：《唐崔元略夫妇合葬墓》，《文物》2005年第2期。
⑦ 胡戟、荣新江主编：《大唐西市博物馆新藏墓志》，北京大学出版社2012年版，第798页。

之子先有其父行状，再请李黄作铭。杨之敏撰《唐故弘农杨处士（公辅）墓志铭并序》云："孝嗣师睦，忧虑年代超忽，陵谷变移，将从前行状，泣血披诚，来请叙述。是以不愧寡词，辄刻丰石，以俟将来。"① 说明墓主嗣子杨师睦拿着其父杨公辅的行状来请求杨之敏撰写墓志，而杨之敏又多加润色，使得内容丰富完满。

还有个别特殊的墓志，撰者仅在志题下署了姓名和职衔，而对于墓主子嗣提供的行状只字未动。如新出土《大唐故朝议郎试和州司马飞骑尉崔府君（迢）墓志铭并序》，题署："前乡贡进士楚州刺史郭行馀撰，和州刺史刘禹锡书。"而志文则云："呜呼！小子不孝，安祷无感，天降殃祸，不自灭身，孤心失怙，哀号罔极。小子先妣陇西李夫人，朗陵郡王玮之曾孙，杭州临安县令荣宗之季女。……长男恭伯，言诚行修，信近于义，宰邑畿甸，表正家风。季曰正伯，孑然孤立，居惕俟命。有女一人，早适河间刑楚。次曰小子，尫痤残形，人理顿尽，尽王未泯，岂保余生。是以泣血推心，叙述先志。"② 其叙事明显是墓主次子的口吻而决非撰者郭行馀。

甚至唐代宦官的墓志也有依据行状的实例，如杨希俭撰《唐故内枢密使推诚保军致理功臣骠骑大将军守右骁卫上将军知内侍省事上柱国清河县开国伯食邑七百户张公（居翰）墓志铭并序》云："夫佐明君，平大难，树大动，生有令名，殁流懿范。阅行状之殊迹，访众多之美谈，畴庸既叙于旗常，盛德合镌于贞志，则张公其人也。"③ 表明这篇墓志是"阅行状之殊迹，访众多之美谈"后撰写而成的。

尽管我们能够通过上述事例以窥见唐代墓志来源于行状，但唐代墓志与行状都能传于今者非常罕见，而著名文人士大夫薛元超的行状和墓志就是极为难得的典型例证。薛元超行状为杨炯撰，题为《中书令汾阴公薛振行状》④。薛元超墓志铭为崔融撰，题为《大唐故中书令兼检校太子左庶子户部尚书汾阴男赠光禄大夫使持节都督秦成武渭四州诸军事秦州刺史薛公墓志铭并序》⑤。行状作于垂拱元年四月四日，同年四月二十二日诏薛元超陪葬昭陵，而其葬日更在其后，知墓志依据行状而作是毋庸置疑

---

① 胡戟、荣新江主编：《大唐西市博物馆新藏墓志》，第916页。
② 张乃翥编：《龙门区系石刻文萃》，国家图书馆出版社2011年版，第320页。
③ 赵力光主编：《西安碑林博物馆新藏墓志汇编》，线装书局2007年版，第944页。
④ 《薛元超行状》载于《杨炯集》卷十，中华书局1980年版，第158—163页。
⑤ 《薛元超墓志铭》为新出土文献，拓片载于《新中国出土墓志》陕西一，文物出版社2000年版，第83页；录文刊于《全唐文补遗》第一册，第69—72页。

的。崔融是当时著名的文章大手笔,这篇墓志在行状的基础上又多加润色,成为初唐时期墓志铭的鸿篇巨制。

但行状会有虚美的成分,这在唐代已经出现批判的声音。大古文家李翱在《百官行状奏》中说:"凡人之事迹,非大善大恶则众人无由知之,故旧例皆访问于人,又取行状、谥议以为一据。今之作行状者,非其门生,即其故吏,莫不虚加仁义礼智,妄言忠肃惠和。或言盛德大业,远而愈光;或云直道正言,殁而不朽。曾不直叙其事,故善恶混然不可明。……由是事失其本,文害于理,而行状不足以取信。"① 尽管如此,行状毕竟是由当时当事人撰写的文字,唐代墓志繁盛,也从另一个层面说明行状的繁盛。行状是后世的文学研究者值得利用的重要原始材料。

以行状为基础撰写墓志铭,也成了后代墓志铭撰写的惯例,有些墓志铭直接言明墓主亲属提供行状。即如宋代大文学家司马光为苏轼之母程氏撰写墓志铭,其中有一段与苏轼兄弟的对话:"治平三年夏,苏府君终于京师,光往吊焉。二孤轼、辙哭且言曰:'某将奉先君之柩归葬于蜀。蜀人之祔也,同垄而异圹。日者吾母夫人之葬也,未之铭,子为我铭其圹。'光固辞,不获命,因曰:'夫人之德,非异人所能知也,愿闻其略。'二孤奉其事状拜以授光。光拜受,退而次之曰。"② 元代的实例如新出土赵璅撰《大元师君(弼)墓志》云:"安西府学正成公君玉持行状命仆而言曰:无咎葬有日矣,请为之志。仆与君玉世契,义不敢辞。谨摭其实而铭曰。"③ 这是在行状的基础上摭实整理而成的墓志铭。明代的实例如新出土屈拱北撰《□明诏进中宪大夫云南寻甸府知府鸣冈张公(凤翼)配宜人雷氏孙氏合葬墓志铭》:"郡伯张公既捐馆舍,余随省绅吊而奠之,又为诗以哭焉,盖伤老成沦谢而知己之寥寥也。越岁,公冢子国贤等将有事于封树,持自为状,涕泣征铭。余固公同年友也,习公最深,即祗承斯役,庶几为实录云。按状……"④ 说明这篇墓志的序文基本上是按照行状叙述的,撰者的贡献主要在铭文上。

清人秦瀛《论行述体例》云:"名公卿大夫之殁,作行状以述生平事迹,上之史馆,谓之公状。类由他人所撰。状首先列所状者之曾祖、祖、考名讳,其例已古。今人于父母之殁,人不论显晦,位不论高卑,其子孙率自具其先人行事,以乞铭于人。又以子孙不得自称祖父名讳于文后,托

---

① 李翱:《李文公集》卷十,《四部丛刊》本,第43页。
② 司马光:《程夫人墓志铭》,《司马文正公传家集》卷七八,《万有文库》本,第967页。
③ 赵力光主编:《西安碑林博物馆新藏墓志汇编》,第1001页。
④ 胡戟、荣新江主编:《大唐西市博物馆新藏墓志》,第1077页。

他人之名系之，曰某人填讳。此例不知始自何人，而今文章家明于义法者，亦用之。"① 这也说明直至清代，依据行状撰写墓志仍然是很常见的现象。秦瀛由此作为文章义法进行论述，更体现了他对于这种文体认识的卓见。

一般的学术研究，将墓志铭的世系归入历史研究当中，而我们通过墓志与谱牒、行状关系的梳理，则可以拓展一步认为，墓志铭的世系叙述是墓志文体的特定叙述形式，它将谱牒、行状的一些真实而重要的材料融入世系叙述当中，成为家族文学的一部分。

二　墓志铭文体归趋的家族因素

聚族而居是中国古代社会的主要特点，尤其到了东汉以后，随着家族集团的不断强大以至形成门阀士族，聚族而葬更是中古时期家族社会的一个普遍现象，这在唐代发展到了顶峰，并且一直到清末民国时期，绵延不绝。陈尚君认为："六朝以来形成的世家大族仍保持着强大的社会优势，形成以家族为单元的文化群体。聚族而葬正是这一文化现象的集中体现，也是世族增强族群凝聚力的重要途径。许多世族人物客死异乡，其家人或后人即使经历再多的艰难困厄，也要让先人遗骸归葬故里。洛阳北邙山一带的大批家族墓群，就是这样形成起来的。清以前石刻大多出于偶然发现，近代以来则因大规模基本建设的展开和科学考古的实施，形成有规模有计划的墓群发掘，得以有机会成批出土同属一家族的墓志石刻。"② 对于新出土的家族墓志进行集中探讨，有助于研究中古时期以至整个古代的家族文学。

（一）聚族而葬与家族墓志的汇聚

因为聚族而葬的特点，魏晋以来，一些世家大族都有自己的茔地。但在魏晋南北朝时期，墓志出现的多寡，南北呈现出不平衡的局面，这主要受到曹操"禁碑令"的影响，故而南朝墓志较为少见，北朝墓志非常繁盛。隋唐时期，社会安定，恢复汉代的厚葬之风，聚族而葬的风气加剧，家族墓志就非常集中。从20世纪以来层出不穷的墓志情况，可以清楚地看出这一特点。

诸如山东士族的卢氏家族，诗人卢士玫一系，笔者就收集到墓志90

---

① 秦瀛：《论行述体例》，《清文海》第五二册，国家图书馆出版社2010年版，第663页。
② 陈尚君：《新出石刻与唐代文学研究》，《六朝隋唐学术研讨会论文集》，台北：文史哲出版社2004年版，第716页。

余方;诗人卢纶一系,搜集到墓志7方;诗人卢思道、卢藏用一系,搜集到墓志34方。卢氏诗人族系的墓志多达130余方,可谓洋洋大观。而每一族系的墓志基本上是从一个茔地出土的。

我们注意到新出土卢士玫家族一方特殊的墓志是卢绘自撰墓志。这方墓志的四边写明了墓葬的位置,下边文字:"五代祖万年县丞府君、四代祖监门将军茔并在正北,堂叔瀛莫节度使赠工部尚书茔在诸茔西北。"上边文字:"曾祖深州司马府君、祖妣崔夫人茔在此西南,诸伯祖墓皆在次北,诸院堂叔伯墓多在大茔东北。"左边文字:"祖考莘县主簿赠赞善大夫、祖妣荥阳县太君茔在此正西,先考均王府谘议府君、先妣太原王夫人茔在大茔次西。"右边文字:"堂伯彭州刺史茔在此次西南,男校理世兄茔在次北,亲伯和州刺史廿房茔在先考茔次北,亲叔余杭十七房茔在次□。"①这里的"堂叔瀛莫节度使赠工部尚书"就是卢士玫。可见卢士玫在卢氏家族中也是一位标志性人物,成为族人墓葬定位的标的。这方墓志的出土,是唐代聚族而葬的最好说明。

笔者曾经选取九个著名的文学家族进行集中的探讨,著成《新出石刻与唐代文学家族研究》②,集中探讨了京兆韦氏、京兆杜氏、太原王氏、范阳卢氏、陕郡姚氏、江夏李氏、弘农杨氏、河东薛氏、清河博陵崔氏等九个文学家族的情况。从新出土墓志中可看出,墓志的家族性是唐代墓志的一个重要特点。除了上述卢氏家族外,杨氏家族迄今出土墓志已经超过百方。笔者在2016年8月4日到洛阳千唐志斋博物馆考察,还看到了该馆专门开辟了中古杨氏墓志展室,使得新出墓志的家族性一目了然。就王氏家族而言,诗人王之涣家族新出墓志有9方;就韦氏家族则言,新出墓志远超百方,仅韦应物家族新出墓志就有6方,出土后引起学术界的极大关注;就李邕家族而言,新出墓志多达22方(包括李邕族侄李昂一系);就杜氏家族而言,杜甫一系新出土墓志也超过10方,包括杜甫叔父杜并墓志,杜牧一系新出墓志11方;就薛氏而言,其重要文学人物薛元超墓志、薛儆墓志、薛贻矩墓志都已出土;就崔氏而言,新出土的诗人墓志就多达7方;就姚氏而言,姚崇、姚合一系墓志多达29方。梳理这些家族墓志,可以了解到这些家族的文化传承和文学情况,唐代文学的家族因素也就不同程度地展现出来。

---

① 吴钢主编:《全唐文补遗·千唐志斋新藏专辑》,第373页。
② 胡可先:《新出石刻与唐代文学家族研究》,北京大学出版社2017年版。

（二）墓志铭撰者的家族特点

中古时期的墓志铭，就其撰者而言，也呈现出明显的家族特点。与墓志的时代相关，南北朝墓志铭一般不署撰书者姓名，故而这一特点更表现在唐代墓志当中。即以卢氏家族而言，新出土墓志当中，族人之间撰写墓志铭是很突出的现象，诸如同代之间的兄弟撰志和异代之间的下代为上代撰志。第一，亲兄弟之间撰志。如卢俦撰《唐故朝议郎行宣州当涂县令上柱国范阳卢府君（季方）墓志铭》，题署："亲弟盐铁巡官文林郎监察御史里行俦撰。"[1] 卢震撰《唐故朝议郎使持节均州诸军事守均州刺史范阳卢府君（韬）墓志铭》："公于余为仲兄，幼而歧嶷，季父故集贤校理公亮尝赠诗以嘉之。"[2]《唐故进士卢府君（衢）墓志铭》，题署："仲兄朝议郎行国子监主簿柱国韬纂。"[3] 第二，堂兄弟之间撰志。如《唐故朝散大夫守郑州长史范阳卢府君（士玒）夫人荥阳郑氏合祔墓志铭并叙》，题署："堂弟朝散大夫守均王府咨议参军上柱国仲权撰。"[4]《唐故登仕郎蔡州司士参军上骑都尉范阳卢府君（溥）墓志铭并序》，题署："堂弟陕虢都防御判官、文林郎、殿中侍御史内供奉卢俦撰。"[5] 卢士俦撰《唐故遂州刺史韦公（行立）故夫人范阳县君卢氏（公寀）合祔墓志并序》，题署："堂弟乡贡进士俦撰。"[6] 第三，上下代之间撰写的墓志。如《唐故楚州营田巡官庐州舒城县丞卢府君（处约）夫人李氏墓志铭》，题署："第二子韬纂并书。"[7] 是子女为母亲撰写的墓志。《大唐故朝议郎行润州司户参军事范阳卢府君（正容）墓志铭并序》，题署："犹子朝议大夫行中书舍人约撰。"[8] 是侄儿为叔父撰写的墓志。《卢侍御（占）夫人郑荥阳郑氏（群）玄堂志》，题署："侄乡贡进士朋龟撰。"是侄儿为叔母撰写的墓志。最为值得注意者是吕温为其父吕渭撰写的墓志，其中有这样一段话："公先茔碑志，皆自撰述，常戒后代，必无假人，欲以传庆善于信词，儆文学之荒芜。孤子温适奉前训，泣为铭曰。"[9] 强调族人撰写墓志的重要

---

[1] 吴钢主编：《全唐文补遗》第 8 辑，第 176 页。
[2] 吴钢主编：《全唐文补遗》第 6 辑，第 189 页。
[3] 赵跟喜、张建华主编：《新中国出土墓志》河南叁《千唐志斋壹》，文物出版社 2008 年版，第 325 页。
[4] 乔栋、李献奇、史家珍编著：《洛阳新获墓志续编》，科学出版社 2008 年版，第 218 页。
[5] 吴钢主编：《全唐文补遗·千唐志斋新藏专辑》，第 383 页。
[6] 西安市长安博物馆编：《长安新出墓志》，第 272 页。
[7] 洛阳市文物局编：《耕耘论丛（一）》，科学出版社 1999 年版，第 152 页。
[8] 吴钢主编：《全唐文补遗》第 8 辑，第 25 页。
[9] 吴钢主编：《全唐文补遗》第 4 辑，第 81 页。

意义在于"传庆善于信词"。而新出土李鄂为其兄李郃撰写的墓志云："扬吾兄之道,冀传于世,传于家,宜吻其毒而文于铭也。吾名不高,道不光,文不售于时,宜有文乎?苟为之,则虉吾兄之德,且卑吾兄之道。是吾之文冀传于世不可也。然吾之文,信于吾兄,著于吾家。吾冀吾兄之道,不朽于吾家而传于吾子孙。则又宜文于铭也。"① 则撰写墓志的目的在于墓主声名在家族之传承。

三 墓志文学与中国文学的家族传统

(一) 中国文学的家族性

中国是以家庭为本位的社会,众多家庭又因为血缘和婚姻纽带形成家族,在特定的历史时期还出现众多的世家大族,甚至达到与皇权抗衡的程度,因此家庭、家族与国家也紧密相连。《礼记·大学》云:"古之欲明明德于天下者,先治其国;欲治其国者,先齐其家;欲齐其家者,先修其身;欲修其身者,先正其心;欲正其心者,先诚其意;欲诚其意者,先致其知,致知在格物。物格而后知至,知至而后意诚,意诚而后心正,心正而后身修,身修而后家齐,家齐而后国治,国治而后天下平。"② 中国古代个人、家庭、家族与国家的关系在这里有了集中的表现。钱穆先生也说:"家族是中国文化一个最主要的柱石,我们几乎可以说,中国文化,全部都从家族观念上筑起,先有家族观念乃有人道观念,先有人道观念乃有其他一切。"③ 我们现在还常说的"修身、持家、治国、平天下",实际上也是在继承中国古代文化的优良传统。

中国社会历史具有家庭本位和家族中心的特点,这就成为中国文学发生的母题和永恒的表现对象。作为中国文学光辉起点的《诗经》就奠定了文学家族性的基础,尤其是其中的三颂,充分体现了古代的宗族观念。如《周颂》的《天作》:"天作高山,大王荒之。彼作矣,文王康之。彼徂矣,岐有夷之行。子孙保之。"④ 是周人歌颂祖先的诗,实际上是通过祭礼将家族和天下合而为一。《诗经》中三颂主要是祭祀之诗,其主旨多是对于祖先的崇拜,而这种崇拜是以家族血缘为基础的。与《诗经》相媲美,南方的《楚辞》也体现出强烈的家族意识。《离骚》的开头几句

---

① 中国社会科学院考古研究所编:《偃师杏园唐墓》,科学出版社2001年版,第334页。
② 朱彬:《礼记训纂》卷四二,中华书局1996年版,第866页。
③ 钱穆:《中国文化史导论》,商务印书馆2007年版,第51页。
④ 程俊英:《诗经注析》,中华书局1991年版,第940页。

"帝高阳之苗裔兮，朕皇考曰伯庸。摄提贞于孟陬兮，惟庚寅吾以降"①，就是对于家族的追溯和叙说。

到了两汉时期，文学家的家族传承现象更为显著。枚乘、枚皋父子都是著名的辞赋家，史学家司马谈、司马迁父子都有文学作品传世。东汉以后更出现了众多的文学家族，其中班氏家族最具代表性。班彪、班固、班昭、班婕妤是著名的文学家，而且他们的文学传承是与其思想和学术传承紧密联系的。此外，汝南袁氏、扶风窦氏、博陵崔氏、弘农杨氏、颍川荀氏，又往往以其文学和经学传家。范晔评崔氏云："崔氏时有美才，兼以沉沦典籍，遂为儒家文林。"②两汉文学家族的深厚积淀为魏晋南北朝至隋唐中古家族文学的辉煌提供了准备。

进入魏晋南北朝时期，因为门阀士族的不断壮大，文学发展也与之产生紧密联系。陈寅恪先生在《隋唐制度渊源略论稿》中说："盖自汉代学校制度废弛，博士传授之风气止息以后，学术中心移于家族，而家族复限于地域，故魏、晋、南北朝之学术、宗教皆与家族、地域两点不可分离。"③学术如此，文学也是如此，而且与学术紧密相连。一些高门士族，不仅掌握着政治资源，也做出了文学贡献。南朝产生作家最多的四大家族是琅琊王氏、陈郡谢氏、兰陵萧氏、彭城刘氏。即如显赫一时的琅琊王氏家族，产生了王羲之、王献之、王戎、王导、王敦、王廙、王彪之、王筠、王弘、王融、王僧达，以及由南入北的王肃、王诵、王衍、王褒等文学家。王筠《与诸儿书论家世集》云："史传称安平崔氏及汝南应氏，并累世有文才，所以范蔚宗云崔氏'世擅雕龙'，然不过父子两三世耳，非有七叶之中，名德崇光，爵位相继，人人有集，如吾门世者也。沈少傅约语人云：'吾少好百家之言，身为四代之史，自开辟以来，未有爵位蝉联，文才相继，如王氏之盛者也。'汝等仰观堂构，思各努力。"④这里说明王氏数代文学传家，且每代之中，人人有集。在对于子孙的教育当中，还要求子孙继承和发扬文学传统。这是魏晋南朝家族文学传承的典型案例。

隋唐以后，科举制度代替了门阀制度，但士族势力仍在社会上具有重大影响，一些世代文化传承的士家大族也与时俱进，在科场上大显身手，成为重要的科举家族，完成了从门阀士族到科举家族的转变。又因为进士

---

① 洪兴祖：《楚辞补注》卷一，中华书局1983年版，第3页。
② 范晔：《后汉书》卷五二《崔骃传论》，中华书局1965年版，第1732页。
③ 陈寅恪：《隋唐制度渊源略论稿》，生活·读书·新知三联书店2001年版，第20页。
④ 严可均编：《全上古三代秦汉六朝文》，中华书局1958年版，第3336页。

考试以诗赋为主，因而这样的家族在科举传承的基础上又加上了文学传承的特点。这在唐代，无论是关中士族还是山东士族表现得都较为突出。即如著名望族京兆韦氏家族、京兆杜氏家族、弘农杨氏家族、清河崔氏家族、博陵崔氏家族、太原王氏家族、琅琊王氏家族、陇西李氏家族、赵郡李氏家族、范阳卢氏家族，都是传承数代的文学家族，产生了一流文学大家和重要文学作品。即使是次等望族如陕郡姚氏家族、东海徐氏家族等，也产生过姚崇、姚合、徐坚、徐浩等文学名家。特殊家族如上官仪家族，从其祖上官弘开始，到其孙女上官婉儿，文学创作数代相承，上官仪和上官婉儿还成为初唐文学的宗主。因而唐代文学的家族性也就非常值得我们重视。

更值得重视的是，魏晋南北朝以后的中古时期，随着墓志铭发展与兴盛，家族文学与传记文学、丧挽文学的结合更加紧密，文学史演变呈现出多元化发展的新脉络，这是我们更应该致力研究的方面。

（二）墓志文学的家族脉络

墓志铭作为个人的传记，既是个人生平的记述，更与家族具有千丝万缕的联系，成为家族文学研究的重要载体。

首先，墓志铭撰者除了特殊的墓志之外[①]，一般与家族有关。即使墓志的撰者不是墓主的亲戚，而是通过请托撰写者，也需要依据家族的谱牒或者墓主家人提供的行状等材料。因此，墓志撰者在叙述志主家世生平之时，非常注重保持家族层面的真实性，作为传记文学，墓志比其他的一些传记文学更真实更可靠。比如著名诗人王之涣墓志，是由王之涣之弟王之咸请其同僚靳能撰写的，因而王之涣的事迹就由王之咸提供；韦应物墓志是由其子韦庆复请求应物诗友丘丹所撰："庆复克荷遗训，词赋已工，乡举秀才，荣居甲乙，泣血请铭，式昭幽壤。"[②] 再如张道符为晚唐诗人李潜撰写墓志，叙述受墓主族兄李穜请托过程甚详："君之族兄吏部郎中穜，以是期君，必永且显。一旦相失，号悲语曰：'而今吾知福善无取证矣。'他日条白君平昔之实，以墓石见托，顾道符与君策名同籍，澹然情契，日以深澈，且尽得其行事，宜何辞焉。会晨昏不宁，近虽已闲，尚不得诣公室与吊庆之事。岂暇成文，称扬休美。退而翰墨私恳，往复三让。

[①] 有些特殊的人物，比如李氏宗室封王或者是公主墓志，通常由朝廷指令翰林学士撰文，翰林待诏书丹，白居易为翰林学士时为会王李勋撰志即是如此。

[②] 西安碑林博物馆编：《纪念西安碑林九百二十周年华诞国际学术研讨会论文集》，文物出版社2008年版，第299页。

吏部即日又请曰：'其如理命在！'顾无以应，乃衔辛提笔，志而铭之。"①

其次，不少墓志铭有助于文学家世系的梳理。比如江夏李氏一族，出现了李善、李邕、李潜等著名的文学和学术人物，而《新唐书·宰相世系表》江夏李氏一族的世系则错乱不堪。李邕一族墓志，近年出土很多，陈尚君曾利用该家族新出土的六方墓志，对《新唐书·宰相世系表》江夏李氏世系进行较为全面的修订，笔者根据近年新出土的《李潜墓志》《李保真墓志》等进行了补充，这样，这一文学家族的世系表就切实清晰地呈现出来。②

再次，有些墓志记载了墓主家族的文学传承。墓志的家族文学研究价值还表现在世系的叙述之中，透露出文学传承的信息。第一，有关文学创作的记述。如新出土《崔尚墓志》："曾王父君实，随射策甲科，唐朝请大夫、许州司马，文集十卷，藏于秘府。王父悬解，进士高第，坊州宜君县丞，文集五卷，行于世。考谷神，制举高第，陕州河北县尉，文集三卷。中书舍人、修国史、太常少卿兼知制诰、国子司业、上柱国、清河子，赠卫州刺史文公融，君之叔父也。公子中书舍人、知制诰、赠定州刺史贞公禹锡，君之从父兄也。英贤间出，卿长相惭，清风激于百代，盛德流于四海，志有之。崔为文宗，世擅雕龙，此也。"③ 墓志记载了崔尚自曾祖到其父数代都有文集，其叔父崔融则是当代文宗，加以墓志中记载其《初入著作局十韵》诗受到崔融、杜审言、刘宪、沈佺期的赞美，一个数代相承的文学世家就表现出来。第二，有关家集的记述。近年来笔者披览出土文献，见到墓志当中涉及家集的记载，这是中古时期重视文学家族传承的实例。如《沈氏家集》，沈中黄撰《唐故监察御史河南府登封县令吴兴沈公（师黄）墓志》："公年十六，悽感不食，旌别条章，如珠排贯，作《家集》二十卷。"④《杨氏家集》，杨坦撰《唐故丹州刺史兼防御史杨府君张掖郡乌氏夫人封张掖县君墓志》："且京洛桂玉一也，所有弓裘、家集、僮竖，悉被他人以金讨尽。"⑤《陈氏家集》，胡兆祉撰《唐故福建观察使检校司徒兼御史大夫颍川郡陈府君（岩）墓志铭并序》："王父讳好古，字慕□，溺□林泉，不干利禄，搜抉胜异，蔚成篇章。有

---

① 毛阳光、余扶危编：《洛阳流散唐代墓志汇编》，国家图书馆出版社 2013 年版，第 612 页。
② 参见陈尚君《〈新唐书·宰相世系表〉订补二则》，《中华文史论丛》1986 年第 4 期；胡可先《新出石刻与唐代文学家族研究》，北京大学出版社 2017 年版，第 630 页。
③ 杨作龙、赵水森编：《洛阳新出土墓志释录》，北京图书馆出版社 2004 年版，第 344 页。
④ 周绍良主编：《唐代墓志汇编》，上海古籍出版社 1992 年版，第 2313 页。
⑤ 周绍良主编：《唐代墓志汇编》，第 2448 页。

家集二十卷。"①

(三) 墓志文学与家族文学史的构建

中国文学的发展具有鲜明的家族倾向，家族文学体现中国文学的本土化特点，也具有悠久的文学传统，但有关家族文学史的建构并没有得到学术界应有的关注②，较历史学家对于家族史和家庭社会史的研究相距较远。墓志铭无论从文化还是文体方面，都是家族文学的凝聚，而家族文学史的研究至目前仍是学术研究非常薄弱的环节，因此，我们以墓志铭为切入的视角，对书写和构建家族文学史进行初步的思考。

1. 墓志铭承袭了祖先崇拜的宗旨而融进传记文学的内容

家族文学的起源与祭祀及祖先崇拜相关，墓志铭对于墓主的评价主要在铭，而铭的早期渊源应该是钟鼎铭文。《礼记·祭统》云："夫鼎有铭，铭者自名也，自名以称扬其先祖之美，而明著之后世者也。为先祖者，莫不有美焉，莫不有恶焉。铭之义，称美而不称恶，此孝子孝孙之心也，唯贤者能之。铭者，论撰其先祖之有德善，功烈、勋劳、庆赏、声名，列于天下，而酌之祭器，自成其名焉，以祀其先祖者也。显扬先祖，所以崇孝也，身比焉，顺也。"③ 墓志铭为孝子孝孙为称美祖先而作。早期文学之中，《诗经》祭颂先祖的诗歌是"颂"以及《大雅·生民》等篇，这也是家族文学的源头。《楚辞》中《离骚》一开头也呈现出祖先崇拜的内容。到了《史记》以后，成熟的传记文学产生，对于后世影响极大。墓志铭则沿袭钟鼎铭文和《诗经》《楚辞》等早期著作中祖先崇拜的宗旨，吸取史传文学的形式特点而成为一种新的文体形式。

2. 墓志铭与文学家族谱系的建立

通过墓志铭以建立文学家族谱系，可以通过三个层面来设置。第一个层面，是通过个人墓志以追溯墓主的直系祖先。我们研究一位文学人物，会考察其家风的影响，因而了解其祖先就非常重要。比如新出土《姚合墓志铭》记载其世系云："惟姚氏由吴郎中讳敷，始渡江居吴兴，五世至宋渤海大守五城侯讳裎之，生后魏祠部郎中讳滂，七世至我唐初隽州都督赠吏部尚书、长沙文献公讳善意，文献公生宗正少卿赠博州刺史讳元景，即开元初中书令梁国文贞公之母弟，而公之曾王父也。汝州别驾讳算，公之王父也。相州临河令赠右庶子讳闻，公之烈考也。起居舍人太原郭公讳

---

① 周绍良主编：《唐代墓志汇编》，第2528页。
② 有关家族文学史构建的思考，李朝军先生的《家族文学史建构与文学世家研究》（载《学术研究》2008年第10期），是这一研究领域较为罕见的成果。
③ 朱彬：《礼记训纂》卷二五，第732页。

润，公之外王父也。中外显德萃庆于公。"① 因为墓志的出土，姚合的直系世系就一目了然。第二个层面，是通过其家族传世墓志和新出文献的考察，以构建其家族世系。比如姚合一族，新出土墓志多达二十八方，加上《全唐文》所载的《姚崇墓志》，就有二十九方。这二十九方墓志，每一方都有墓志世系的追溯，通过这些墓志相互间的联系，唐代陕郡姚氏家族的世系网络就被清楚地梳理出来。第三个层面，是在其家族网络的基础上，考察该族文学人物的传世篇章，钩稽他们的散佚作品，就能够了解到这一家族在唐代文学发展中的地位。

3. 墓志文学的文体渊源

笔者曾在以前的论文中论述北朝墓志产生的渊源和演进过程，认为北朝墓志是以史传为主的写实文学与以铭辞为主的典雅文学结合的结果。史传文学自先秦到南北朝已经得到了长足的发展，出现了《史记》《汉书》《后汉书》《三国志》等重要著作，这对于传记文学的影响和渗透至关重要，各种碑铭也是在史传影响下勃兴的。铭辞这种文学体裁也产生很早，它的产生与古代祭祀相关，春秋战国时期的很多青铜器就有铭辞，并已形成一定的格式，形式以四句为多，风格典雅古朴，有些还符合音韵节律。春秋战国时期，铭文经历了由金刻到石刻的演变过程，到了秦代颂功刻石作为文学的重要体裁表现了尚质和实用的特点，这是墓志铭文的重要渊源。因为墓志文是一种特殊的文体，要对墓主一生的行迹加以记述，就必须吸取史传文体之优长，又要对其一生功绩加以评价，这就综合了铭辞既铭功颂德又古朴典雅的特点。因而在新出土魏晋南北朝墓志特别是北朝墓志中，经常发现志序和铭辞在字数上是平分秋色的，甚至有些墓志铭辞重于志序的现象。因而史传文体与铭辞文体的相互渗透，在北朝墓志中体现得最为充分。② 我们再进一步看，铭辞文学和史传文学都与文学家族具有重要关联。铭辞的祭祀功能和歌颂祖先内容蕴含在古朴的文字当中，对于后代墓志铭中颂扬墓主的铭文无论在宗旨还是形式方面都一脉相承。史传在个人的传记当中有族望的来源和家世的追溯，诸如《史记》更在其总体格局上单列"世家"一类，遂成为史传的一般体例，因而家族文学史的建构，可以在史传"世家"的结构中得到启迪尝试以文学世家为纽带的叙写模式。

---

① 《唐姚合墓志》，《书法丛刊》2009 年第 1 期。
② 胡可先：《出土文献与中古文学研究》，《浙江大学学报》（人文社会科学版）2012 年第 4 期。

4. 新出土墓志的意义和作用

二十世纪初期以来，新出土墓志日渐繁盛；进入二十一世纪，更是呈现出井喷式的局面。家族性和地域性是新出土墓志的突出特点，上文谈到的范阳卢氏家族、弘农杨氏家族、京兆韦氏家族这些高门士族自不待言，即使具体到诗人族系，我们注意到韦应物家族、王之涣家族、姚合家族、卢士玫家族、杨汉公家族、郑虔家族、李邕家族都出土了大量的墓志。陈尚君先生曾作《新出石刻与唐代文学研究》一文，举乐安孙氏家族为例，以为孙氏为北魏儒臣孙惠蔚的后人，唐初没有显宦，但以文学儒业传家。武后时孙嘉之登进士第，官至宋州司马，渐为知名。其子孙逖开元初先后应哲人奇士举和文藻宏丽科登第，开元二十二、二十三年以考功员郎知贡举，拔杜鸿渐、颜真卿、李华、萧颖士登第，后任中书舍人掌纶多年，史家许其"自开元以来""为王言之最"。近代以来，孙氏后人墓志出土超过三十方。[①] 墓志对于家族文学研究，作用至大。

近代以来的金石学研究者，大多重视中古尤其是唐代墓志，对于宋代以后墓志着力不多，故以上所举实例也侧重于唐代。实际上，新出土宋代以后的墓志，仍然体现出鲜明的家族性特点。这些家族虽然不似唐五代以前家族具有百年甚至数百年传承的文化传统，但以数代为中心的家族文化依然体现出自己的特色。如安阳韩琦家族就是如此，据《安阳韩琦家族墓地》一书所载，韩琦及其家族墓地位于今安阳市殷都区皇甫屯村西地，2009—2010年安阳市文物考古研究所配合南水北调工程建设对该墓地进行了考古发掘，共发掘韩琦及其子韩忠彦、韩纯彦、韩粹彦，孙韩治，夫人普安郡太君崔氏等大型宋代砖、石室墓葬9座，出土了韩琦及其子、孙、夫人墓志计8方。像这样的家族墓志集中出土，还有洛阳富弼家族的八座墓葬出土了14合墓志，仅志文就超过2万字；临城王氏家族出土墓志7方。而集中一代的《宋代墓志辑释》，也集中收录了一些重要文学家族和文化家族的墓志，如范仲淹家族、石熙载家族、冯拯家族、王拱辰家族，成为家族文学研究得以凭借的第一手文本材料。我们根据出土文献，参照传世文献，再结合家族墓葬文化进行综合考察，可以开辟与传统文学史依靠传世名篇以时间推移为线索进行纵向思维模式不同的家族文学史研究新路径。

（原载《江海学刊》2017年第4期）

[①] 陈尚君：《新出石刻与唐代文学研究》，《六朝隋唐学术研讨会论文集》，文史哲出版社2004年版，第716—717页。

新出土"大历十才子"耿湋墓志及其学术价值

胡可先

最近,浙江大学图书馆古籍碑帖研究与保护中心从西安壹正艺术品有限公司购买了一批碑志拓片,其中有唐代"大历十才子"之一耿湋墓志的志盖和志文拓片。拓片长、宽均39厘米,志文楷书,共20行,满行22字,全篇386字。志盖篆书"大唐故耿府君墓志铭"9字。这篇墓志文字虽然简略,但透露出来的文学信息却非常丰富,是我们研究以"大历十才子"为中心的中唐前期文学的重要文献。耿湋墓志的出土,也引起我们通过出土文献对于"大历十才子"研究的思考。

现据拓片将《耿湋墓志》整理标点如下,拓片亦附于文后。

唐故京兆府功曹参军耿君墓志铭并序
前国子监主簿侯钊撰

禾之与与合其颖者,人则灵焉;木之森森连其理者,人[则]瑞焉。钜鹿耿君拔乎其萃者也。君讳湋,字公利。进士擢第,奏左卫率府仓曹。改鳌屋尉,则相国第五公琦百行而荐之;迁左拾遗,则相国王公喜五言而达之。於戏!黄金见铄,百辞谁辩?贬许州司仓,量移郑州司仓、河中府兵曹,转京兆府功曹。时方用武,徒闻怀玉;岁如转轴,坐看去位。祭酒包公佶、兵部李公纾、吏部裴公谞、礼部刘公太真,状献君于元辅,诺以尚书郎。顷急戎略,未施朝命。以贞元三年[十]一月廿六日,暴殁于常乐里私第,享年五十有二。启手足暇,交臂相失。爱子搥心,莫展孝于尝药;哲妻泣血,俄缠毒于哈饭。曾祖暹,皇朝散大夫、彭州司马;祖钦,皇商州上洛县令;父琇,皇永王主簿。重芳迭业,特生才子;抱明禀秀,卓膺诗人。姿杂鸾凤,性鲜霜雪。其年十二月卅日葬于京兆府万年县义善乡清明里凤栖原，礼也。去华屋兮即荒野，哭青山兮嘶白马。坟寂寂兮万鬼邻，灯沉沉兮九泉下。铭曰：

彭殇共尽，今古皆空。高名早振，下［泉］俄终。石火瞥灭，泉灯冥蒙。奇篇邃学，千载清风。

（根据浙江大学图书馆古籍碑帖研究与保护中心所藏拓片录文）

一　名字与生卒年

耿㵿的生年，史籍没有确切记载，学者们做出了各种推测。闻一多《唐诗大系》定为公元七三四年，即唐玄宗开元二十二年，但没有提供证据。较早考证耿㵿生平事迹者是傅璇琮的《耿㵿考》，载于1980年出版的《唐代诗人丛考》中。该文对于耿㵿的生年没有置词。但傅先生主编的《唐五代文学编年史》中唐卷则将耿㵿生年定为开元二十一年（733）。依据耿㵿《联句多暇赠陆三山人》诗"语默取同年"以证其与陆羽同年，而陆羽生于开元二十一年。李岚《耿㵿诗歌研究》① 赞同《唐五代文学编年史》之说，万紫燕《耿㵿生平事迹考》② 赞同《唐诗大系》之说。根据新出《耿㵿墓志》："以贞元三年［十］一月廿六日，暴殁于常乐里私第，享年五十有二。"逆推其生年应为开元二十四年（736），确凿无疑。

耿㵿的卒年，傅璇琮根据卢纶与耿㵿的交往推定说："从卢纶的诗中，可知耿㵿在贞元三年以前尚在长安，为大理司法，大约贞元三年以后的数年间去世，确切的卒年无考。"③ 万紫燕认为："耿㵿卒于贞元三年（787）前后。"④ 李岚认为："耿㵿卒年当在贞元三年（787）至四年（788）之间，由此可知耿㵿年约55或56岁逝世。"⑤ 今《耿㵿墓志》出土，可以确证耿㵿卒于贞元三年十一月廿六日，享年五十二岁。

耿㵿的名字，历来也有争议。姚合《极玄集》卷上云："耿㵿，或作'纬'。"⑥《直斋书录解题》卷一九："《耿㵿集》二卷。唐右拾遗河东耿

---

① 李岚：《耿㵿诗歌研究》，硕士学位论文，广西师范学院，2012年。
② 万紫燕：《耿㵿生平事迹考》，硕士学位论文，湘潭大学，2016年。
③ 傅璇琮：《唐代诗人丛考》，中华书局1980年版，第524页。
④ 万紫燕：《耿㵿生平事迹考》，第11页。
⑤ 李岚：《耿㵿诗歌研究》，第7页。
⑥ 傅璇琮、陈尚君、徐俊：《唐人选唐诗新编》增订本，中华书局2014年版，第681页。

漳撰，宝应二年进士。《登科记》一作'纬'。"① 《全唐诗》卷二六八"耿湋小传"云："耿湋，字洪源，河东人。"② 按，《唐才子传》卷四《耿湋传》："宝应二年洪源榜进士。"③ 是《全唐诗》小传将与耿湋同科的状元名误为耿湋之字，实则大误。其他史籍记载未见耿湋之字，新出《耿湋墓志》言其"字公利"，可补史籍之阙载。

二 家世与历官

耿湋家世，历来无考。新出《耿湋墓志》云："曾祖暹，皇朝散大夫、彭州司马；祖钦，皇商州上洛县令；父琇，皇永王主簿。"这是研究耿湋最重要也是最原始的资料。从墓志的这一叙述，我们可以看到耿湋自曾祖以后，世代为官，其父还在朝廷王府任职，虽数代官位不高，而对耿湋的出身入仕也应该是颇有影响的。

据《耿湋墓志》记载，其一生官历七任：左卫率府仓曹、盩厔尉、左拾遗、许州司仓、郑州司仓、河中府兵曹、京兆府功曹。对于这样的七次官历，学术界的研究大多较为缺乏。傅璇琮《耿湋考》着重考其为盩厔尉和左拾遗。万紫燕《耿湋生平事迹考》除盩厔尉、左拾遗外，还考证其为许州司法参军。而墓志并没有叙述其为司法事，仅言许州司仓。因为《耿湋墓志》的出土，既可以补充耿湋的仕历，又可以厘清耿湋研究的诸多阙误，大要有以下四个方面。

1. 耿湋向第五琦行卷问题。宋人计有功《唐诗纪事》卷五六"雍陶"条云："唐诗人最重行卷，陶首篇上裴度，或云耿湋行卷首篇上第五琦，遂指为二子邪正。虽然，方琦未有衅时，上诗亦何足多怪。"④ 按，耿湋有《得替后书怀上第五相公》《奉和第五相公登鄱阳城西楼》二诗，计有功所谓耿湋行卷者指此。然傅璇琮《耿湋考》对此已产生怀疑，并且推测诗中"得替"为罢盩厔尉后上呈第五琦之作。傅先生的考订是可信的。新出《耿湋墓志》称："改盩厔尉，则相国第五公钦百行而荐之。"也就是说耿湋由左卫率府仓曹改盩厔尉是由第五琦推荐的，而其罢盩厔尉升任左拾遗当然也要向第五琦说明致谢，因而作了这首诗。

2. 耿湋为"左拾遗"还是"右拾遗"问题。传统史籍记载耿湋历官

---

① 陈振孙：《直斋书录解题》卷一九，上海古籍出版社1987年版，第563页。
② 《全唐诗》卷二六八，中华书局1960年版，第2973页。
③ 傅璇琮：《唐才子传校笺》第二册，中华书局1989年版，第30页。
④ 计有功：《唐诗纪事》卷五六，上海古籍出版社1987年版，第856页。

"拾遗",有"左"与"右"的不同,姚合《极玄集》卷上称"官至左拾遗",晁公武《郡斋读书志》卷四上称"为左拾遗",《唐才子传》卷四称"仕终左拾遗"①,而《新唐书·艺文志》称"湋,右拾遗",《直斋书录解题》卷一九称"《耿湋集》二卷,唐右拾遗河东耿湋撰",《全唐诗·耿湋小传》称"官右拾遗"。今据新出《耿湋墓志》,可以确证"左拾遗"为是。

3. 耿湋为大理司法问题。元人辛文房《唐才子传》卷四《耿湋传》:"初为大理司法,充括图书使来江淮,穷山水之胜。仕终左拾遗。"② 按,新出《耿湋墓志》并没有记载担任大理司法之职。追溯其源,盖因卢纶有《得耿湋司法书,因叙长安故友零落,兵部苗员外发、秘省李校书端相次倾逝,潞府崔功曹峒、长林司空丞曙俱谪远方,余以摇落之时,对书增叹,因呈河中郑仓曹、畅参军昆季》诗,卢纶诗中有"故友九泉留语别,逐臣千里寄书来"之句,知此时耿湋仍在贬谪之中。而据新出墓志,耿湋在任拾遗之前并无贬谪之事,由拾遗被贬谪后亦无大理司法之仕历。细绎卢纶诗,当是得到耿湋书后而作诗酬答。诗题有"兼呈河中郑仓曹、畅参军昆季",可知卢纶在河中府任职,才能将诗兼呈河中郑仓曹、畅参军昆季。傅璇琮《卢纶考》考证这首诗作于"兴元元年(784)至贞元二年(786)秋之间",时"耿湋则在长安为大理司法"③。又在《耿湋考》中认为"耿湋在贞元三年以前尚在长安,为大理司法"④。而又认为唐代中央各部及卿监,并无"司法"一职,就推测"大理寺所属有司直,官阶为从六品上。司直当即为司法"⑤。对于这一结论,陶敏作《耿湋未官大理司法》进行质疑,认为"耿湋晚年曾自左拾遗贬许州司法参军,而未曾在长安为大理司法"⑥。根据墓志,耿湋一生不可能达到大理司直或司法的官职,故陶敏考证耿湋未官大理司法是可信的。但陶氏结论为耿湋担任"许州司法参军",则并不正确。因为根据墓志,耿湋被贬许州,官职是"司仓"而不是"司法"。又据卢纶在河中府作诗称"逐臣千里寄书来",所谓"逐臣"是指被贬官而离开京城的人。耿湋自大历十二年以后被贬,一直到贞元三年卒于京兆府功曹(参见下文考

---

① 傅璇琮:《唐才子传校笺》第二册,第33页。
② 傅璇琮:《唐才子传校笺》第二册,第33页。
③ 傅璇琮:《唐才子传校笺》第二册,第508页。
④ 傅璇琮:《唐才子传校笺》第二册,第524页。
⑤ 傅璇琮:《唐才子传校笺》第二册,第523页。
⑥ 陶敏:《唐代文学与文献论集》,上海古籍出版社2010年版,第141页。

证），墓志记载仕历清楚，则卢纶作诗时，耿湋如果不是在"许州司仓"之任，就是在"郑州司仓"之任。由此我们可以做这样的推测：卢纶诗题中的"司法"应该是"司仓"之误。而辛文房作《唐才子传》时误读卢纶诗，将"司法"直接改为"大理司法"，故而失之毫厘，谬以千里了。

4. 耿湋为河中府兵曹的时间。《耿湋墓志》记载耿湋的官职，许州司仓、郑州司仓、河中府兵曹、京兆府功曹都为史籍记载所阙，而墓志又没有标明诸官的迁转时间。墓志记载耿湋贞元三年卒于京兆功曹任上，下文我们还可以考得耿湋因王缙事被贬为许州司仓在大历十二年，则这里我们能够大致确定耿湋担任河中府兵曹的时间，他的仕历线索也就基本清楚了。按，耿湋有《奉和李观察登河中白楼》《贺李观察祷河神降雨》二诗，据吴廷燮《唐方镇年表》及郁贤皓《唐刺史考全编》，河中镇帅自大历末至贞元初有李怀光、李承、李齐运、李晟四人，其中李怀光担任两次。分别是大历十四年闰五月，李怀光；建中二年七月至九月，李承；建中二年十一月至四年十二月，李齐运；兴元元年三月，李怀光；兴元元年，李晟。但李怀光兴元元年为"太子太保"，李晟加官为"检校右仆射"，都不应称"观察"。又据《奉和李观察登河中白楼》诗有"况复秋风闻战鼙"语，时令在秋天，则以建中二年至四年李齐运可能最大。耿湋这两首诗应作于建中三年或四年的秋天。

根据墓志以及上面的考证，我们可以排列出耿湋历官的时间节点：宝应二年（763）登进士第后，任左卫率府仓曹参军；约广德二年（764）因第五琦推荐为盩厔尉；约于大历初年得替（据傅璇琮《耿湋考》），经王缙推荐擢左拾遗；大历十二年（777）后坐元载、王缙事贬为许州司仓参军；量移郑州司仓参军；约建中三年（782）又在河中府兵曹参军任；后又转京兆府功曹参军，贞元三年（787）十一月卒于任。

三 升迁与贬谪

从新出《耿湋墓志》看，耿湋在登进士第之后，有升迁和贬谪截然不同的经历。这又以左拾遗作为前后的界标。考察耿湋遭贬的原因，对于理解他的仕途沉沦和文学创作都具有重要意义。

《耿湋墓志》云："改盩厔尉，则相国第五公钦百行而荐之；迁左拾遗，则相国王公喜五言而达之。"这里的"第五公"是第五琦，上文已有考证。但第五琦为相时耿湋还没有及第，故而其推荐耿湋应该是他担任京兆尹时（除此，第五琦都在外任，应无推荐之可能）。第五琦为京兆尹共有二次：一次是广德元年十月壬辰，"朗州刺史第五琦为京兆尹"①；一次是广德二年七月，"判度支第五琦兼京兆尹、御史大夫"②。据墓志，耿湋宝应二年及第后有左卫率府仓曹的经历，然后才为盩厔尉，故由第五琦推荐应在广德二年。"王公"是王缙，据《旧唐书·王缙传》，王缙大历三年为幽州卢龙节度使兼太原节度使，五年归朝为门下侍郎同中书门下平章事。时元载用事，缙附之不敢忤。元载得罪，缙连坐贬括州刺史。③ 同书《代宗纪》：大历十二年三月，"庚辰，宰相元载、王缙得罪下狱，命吏部尚书刘晏讯鞫之。辛巳，制中书侍郎平章事元载赐自尽"④。则耿湋实际上应是卷入了当时政治斗争之中，因其担任左拾遗是王缙推荐，而随着王缙的贬官，耿湋也就由左拾遗被贬谪到许州司仓之任，其时间也应该在大历十二年三月之后。此后虽量移数任却一直在贬谪之中。直至贞元三年之卒，长达十年。同时，他也与元载有一定关系，其诗有《春日书情寄元校书伯和相国元子》，"相国"就是元载，"元子"是元载的儿子元伯和。

可以补充说明的是，耿湋在左拾遗任上，曾有往江淮充括图书使的经历。卢纶有《送耿拾遗湋充括图书使往江淮》诗可证。梁肃有《送耿拾遗归朝廷序》，则是耿湋完成充括图书使命而将归朝廷，梁肃送别之作。这一段经历，傅璇琮《耿湋考》已做了切实的考证，时间在大历八年至十一年。大概也就是十一年由江淮充括图书使回长安的第二年就遇到了元载、王缙的政治风波，而被贬谪为许州司仓了。

值得注意的是，与耿湋的情况类似，"大历十才子"中的卢纶也是由王缙推荐而后又随王缙被贬者。《旧唐书·卢纶传》："大历初，还京师。宰相王缙奏为集贤学士、秘书省校书郎。王缙兄弟有诗名于世，缙既官重，凡所延辟，皆辞人名士，以纶能诗，礼待逾厚。会缙得罪，坐累。久之，调陕府户曹。"⑤ 还有一些文人也与王缙、元载关系密切，或许也会或深或浅地卷入元载之案当中。如崔峒有《咏门下画小松上元王杜三相公》，元即元载，王即王缙，杜即杜鸿渐；李端有《奉和王元二相公于中书东厅避暑凄然怀杜太尉》；韩翃有《奉和元相公家园即事寄王相公》《奉送王相公缙赴幽州巡边》；皇甫冉有《奉和王相公彭祖井》《奉和王相

---

① 《旧唐书》卷一一，中华书局 1975 年版，第 273 页。
② 《旧唐书》卷一一，第 275 页。
③ 《旧唐书》卷一一八，第 3416—3418 页。
④ 《旧唐书》卷一一，第 311 页。
⑤ 《旧唐书》卷一六三，第 4286 页。

公早春登徐州城》《送王相公之幽州》；皇甫曾亦有《送王相公之幽州》；郎士元有《和王相公题中书丛竹寄上元相公》，王相公即王缙，元相公即元载；钱起有《送王相公赴范阳》等。从文学与政治的关系看，"大历十才子"这一文学群体是受中唐时期的元载、王缙政治集团制约的，这一方面，查屏球教授已有专文进行论述，可以参考。① 因此，从总体上看，"大历十才子"虽然大多沉沦下僚，但也多数与上层的政治人物有着密切的关系，他们升沉不定的政治命运，实际上是与当时复杂的政治斗争密切相关的。

当然，以"大历十才子"为代表的一批文人，在代宗朝以至于德宗初年不被重用，甚至遭受贬谪而沉沦下僚，也与当时兴兵用武的政治形势密切关联。即《耿湋墓志》所言："时方用武，徒闻怀玉；岁如转轴，坐看去位。"因为此时经过安史之乱，又值建中之乱。唐德宗被围困在奉天达一个月，文人在这样的环境之下，当然也就不能施展自己才华了，不被重用也就成为普遍的现象。

四　文学交游

《耿湋墓志》云："祭酒包公佶、兵部李公纾、吏部裴公谞、礼部刘公太真，状献君于元辅，诸以尚书郎。"② 这里虽然说的是包佶等人推荐耿湋为尚书郎，但更值得关注的是耿湋的文学交游，因为包佶等人都是当时的著名文学家，甚至是文坛的领袖人物。《旧唐书·路恕传》记载："自贞元初李纾、包佶辈迄于元和末，仅四十年，朝之名卿，咸从之游，高歌纵酒，不屑外虑，未尝问家事，人亦以和易称之。"③ 这四位文人都是我们以前研究"大历十才子"时较少关注的人物。

包佶，字幼正，润州延陵人。天宝六载登进士第，累官谏议大夫，也因与元载友善而被贬岭南。刘晏奏起为汴东两税使，又充诸道盐铁轻货钱物使，迁刑部侍郎，改秘书监，封丹阳郡公。新、旧《唐书》有传。据张贾《国子祭酒致仕包府君（陈）墓志铭并序》："考讳佶，天宝中，以

---

① 查屏球：《元王集团与大历京城诗风》，《文学遗产》1998 年第 3 期。
② 《耿湋墓志》所言四人推荐耿湋，考之《唐仆尚丞郎表》，包佶贞元二年正月十六丁未，以国子祭酒继（鲍）防知贡举；裴谞贞元初由千牛上将军迁吏部侍郎，徙太子宾客；刘太真贞元三年冬由秘书监迁礼部侍郎，知四年、五年两春贡举；李纾兴元元年冬，以兵部侍郎兼知吏部选事，贞元四年冬，由兵部侍郎迁吏部侍郎（《新唐书·李纾传》）。参之《耿湋墓志》所载，诸人推荐耿湋的时间即是在贞元三年耿湋之卒的当年。
③ 《旧唐书》卷一二二，第 3501 页。

弱冠之年，升进士甲科。文章之奥府，人物之高选，当时俊贤，咸所景附。洎登朝右，蔚为名臣，历银青光禄大夫、尚书刑部侍郎、国子祭酒掌礼部□举、秘书监、丹阳郡开国公、太子少保。"[1] 可知包佶既是一位政治人物，也是一位文学人物，他当年选拔的进士，据清徐松《登科记考》总共有二十七人，有姓名可考者则有张正甫、窦牟、窦易直、李夷简、李俊、李稜、张贾、张署、齐据、刘阐、皇甫镛等十一人。其中大多数是有诗文传世的文士，他们不仅擅长诗文，而且与贞元以后的文学取向相一致。可见，包佶是由大历到贞元时期诗风转变的重要人物，他贞元三年推荐耿湋，可能既有政治上的考量，也有文学上的影响。

李纾，字仲舒，赵郡人。大历初任左补阙，累迁司封员外郎、知制诰，改中书舍人。寻自虢州刺史征拜礼部侍郎。德宗幸奉天时择为同州刺史，拜兵部侍郎。卒于礼部侍郎任（《旧唐书》本传）。新、旧《唐书》有传。与李纾交往且有诗传世者有司空曙、皎然、卢纶、包佶、郎士元、李嘉祐、戴叔伦、独孤及、刘长卿等人。包佶《酬兵部李侍郎晚过东厅之作》诗有"身在绛纱安""生徒跪席寒"[2] 之句，是其门徒甚众，在大历、贞元初期诗坛上名望甚隆。他能够推荐耿湋是因为耿湋的文才和德宗贞元初期重文的环境。

裴谞，字士明，河东闻喜人。明经及第，安史之乱前为京兆府仓曹参军，襄邓营田判官。他很有经济才能，但与元载不协，因为元载的阻挠，他在肃宗、代宗时，只在地方担任过饶、亳、庐三州刺史。德宗时拜右庶子，改千牛上将军。会吐蕃入寇，拜吏部侍郎兼御史大夫，为吐蕃使，但未成行。转太子宾客、兵部侍郎、河南尹、东都副留守。新、旧《唐书》有传。裴谞存留下来的诗文不多，《全唐文》卷三七一收其文一篇。《耿湋墓志》称"吏部裴谞"，是裴谞贞元三年为吏部侍郎时推荐耿湋为郎官。

刘太真，字仲适，宣州人。少师兰陵萧颖士。举进士高第。兴元初，累迁刑部侍郎。贞元初，迁礼部侍郎。刘太真是德宗时与包佶、李纾地位相侔的著名文人。《旧唐书·刘太真传》记载："太真尤长于诗句，每出一篇，人皆讽诵。德宗文思俊拔，每有御制，即命朝臣毕和。贞元四年九月，赐宴曲江亭，帝为诗……由是百僚皆和。上自考其诗，以刘太真及李纾等四人为上等，鲍防、于邵等四人为次等，张濛、殷亮等二十三人为下

---

[1] 《千唐志斋藏志》，文物出版社1984年版，第1033页。
[2] 《全唐诗》卷二〇五，第2139页。

等，而李晟、马燧、李泌三宰相之诗，不加考第。"① 因为刘太真在礼部侍郎任，故能够推荐耿㵑为"尚书郎"。

由上面的考述可知，德宗贞元初年，文学环境发生了变化，大历时期受元载、王缙影响的政治氛围逐渐褪去，代之而来的是德宗开启重文的局面。因而以包佶、李纾、裴谞、刘太真为代表的官僚文人也得到了德宗的青睐，他们就有机会荐举像耿㵑这样因王缙、元载案而被贬谪遭逐的文人。但很可惜的是，由于诸人的荐举，当时元辅宰相允诺给予耿㵑以尚书郎的朝廷显职②，但因"顷急戎略，未施朝命"，加以耿㵑命运不济，于贞元三年十一月暴卒于长安。

五 文学定位

《耿㵑墓志》涉及耿㵑文学的叙述主要有两个方面：一是"迁左拾遗，则相国王公喜五言而达之"，说明他是擅长五言诗而受王缙器重并推荐为左拾遗的；二是"重芳叠业，特生才子；抱明禀秀，卓膺诗人"，这是墓志末尾对于耿㵑的评价。可见墓志对于耿㵑的文学定位是"才子"和"诗人"，并且特别擅长五言诗。

墓志的定位与耿㵑的实际创作情况是非常吻合的。

首先，就"才子"而言，《新唐书·卢纶传》云："纶与吉中孚、韩翃、钱起、司空曙、苗发、崔峒、耿㵑、夏侯审、李端皆能诗齐名，号'大历十才子'。"③ 宋计有功《唐诗纪事》卷三〇"李益"条："大历十才子，《唐书》不见人数。卢纶、钱起、郎士元、司空曙、李端、李益、苗发、皇甫曾、耿㵑、李嘉祐。又云：吉顼、夏侯审亦是。或云：钱起、卢纶、司空曙、皇甫曾、李嘉祐、吉中孚、苗发、郎士元、李益、耿㵑、李端。"④ 宋江休复《江邻几杂志》："大历十才子：卢纶、钱起、郎士元、司空曙、李端、李益、李嘉祐、耿㵑、苗发、皇甫曾、吉中孚，共十

---

① 《旧唐书》卷一三七，第 3762—3763 页。
② 《新唐书》卷六二《宰相表》：贞元三年"六月丙戌，陕虢观察使李泌为中书侍郎、同中书门下平章事"（第 1704 页）。当时元辅宰相应为李泌。
③ 《新唐书》卷二〇三，第 5785 页。又，姚合《极玄集》卷上"李端"条："与卢纶、吉中孚、韩翃、钱起、司空曙、苗发、崔洞（峒）、耿㵑、夏侯审唱和，号'十才子'。"（《唐人选唐诗新编》增订本，第 680 页）亦将"耿㵑"列入"十才子"。然陈尚君考订《极玄集》诗人小传乃南宋以后人采撷当时各家传记资料剪辑而成（见《唐才子传校笺》第五册，第 528—529 页）。因为该书提到"十才子"之名，故录之存参。
④ 计有功：《唐诗纪事》卷三〇，第 463 页。

一人。或无吉中孚,有夏侯审。"① 虽然诸书记载"大历十才子"的名称与人数有所差异,但耿湋列于"才子"之中,则是毫无疑义的。

其次,就"诗人"而言,耿湋以五言诗著称,大要有四个方面。一是数量多。现存耿湋172首诗中,有五言诗150首,七言诗20首,杂言诗2首,五言诗占据绝对多数。二是佳句多。刘克庄《后村诗话后集》卷二云:"耿湋多佳句,《山行》云:'花落寻无径,鸡鸣觉有村。'《赠僧》云:'月上安禅久,苔生出院稀。'如'强饮沽来酒,羞看读了书',如'艰难为客惯,贫贱受恩多',皆可录。"② 三是名篇多。即如《中兴间气集》所选《赠严维》《赠朗公》《早朝》《秋日》《书情逢故人》《沙上雁》《赠张将军》《酬畅当》八首都是五言诗。又如《唐诗别裁集》所选的《春日即事》:"数亩东皋宅,青春独屏居。家贫僮仆慢,官罢友朋疏。强饮沽来酒,羞看读破书。闲花开满地,惆怅复何如。"③ 不仅全篇感慨深沉,尤其是"羞看读破书"用杜甫"读书破万卷"事,更深一层。三四句表现当时人情,也能够入木三分,以至于《唐诗纪事》称"世多传之"④。四是影响大。他的五言诗不断受到后世诗家的模仿,陆游《老学庵笔记》卷四云:"唐拾遗耿纬(湋)《下邽喜叔孙主簿郑少府见过》诗云:'不是仇梅至,何人问百忧。'苏子由作绩溪令时,有《赠同官》诗云:'归报仇梅省文字,麦苗含穟欲蚕眠。'盖用纬(湋)语也。"⑤

六 墓志撰者

《耿湋墓志》题署:"前国子监主簿侯钊撰。"侯钊是大历时期的重要文学家,也是耿湋平生交友的知己之一,因此考察侯钊的生平交游和文学情况,对于研究耿湋的立身行事和平生交游都有重要作用。

耿湋有《喜侯十七校书见访》诗,据岑仲勉《唐人行第录》:"侯十七钊。……盖侯释褐后初为校书,以后则迁侍御及仓曹,侯十七为钊无疑。"⑥ 这是现存耿湋与侯钊交往的唯一诗作。诗云:"东城独屏居,有客到吾庐。发廪因春黍,开畦复剪蔬。许酬令乞酒,辞窭任无鱼。遍出新成句,更通未悟书。藤丝秋不长,竹粉雨仍余。谁为须张烛,凉空有

---

① 江休复:《江邻几杂志》,《丛书集成初编》本,第1页。
② 刘克庄:《后村诗话后集》卷二,中华书局1983年版,第66页。
③ 沈德潜:《唐诗别裁集》卷一一,上海古籍出版社1979年版,第380页。
④ 计有功:《唐诗纪事》卷三〇,第465页。
⑤ 陆游:《老学庵笔记》卷四,中华书局1979年版,第48页。
⑥ 岑仲勉:《唐人行第录》,中华书局2004年版,第73—74页。

望舒。"① 诗写自己屏居东城时受到侯钊访问的情景。通过质朴的语言，写出了郊园闲居招待老友的景象：自己春的黍米，自己种的园蔬，有酒而无鱼，饭菜虽很简单，但充满友情的喜悦。文人相聚，学问的切磋是必不可少的，故而二人遍出新成的诗句，把悟未通的书籍，在藤丝竹粉、秋深雨余的环境之中隐然忘机，直至月上凉空，掌烛晤谈。我们再关联到耿湋卒后，侯钊为其撰写墓志，其毕生交契，无以为加。

在大历诗人群体当中，侯钊也是其他诗人经常提及的人物。卢纶有《留别耿湋侯钊冯著》《虢州逢侯钊同寻南观因赠别》《同柳侍郎题侯钊侍郎（御）新昌里》《陈翃郎中北亭送侯钊侍御赋得带冰流歌》，杨巨源有《赠侯侍御》诗。

尤其值得注意的是，卢纶有一首题目很长的诗《纶与吉侍郎中孚、司空郎中曙、苗员外发、崔补阙峒、耿拾遗湋、李校书端风尘追游向三十载，数公皆负当时盛称，荣耀未几，俱沈下泉，畅博士当感怀前踪，有五十韵见寄，辄有所酬，以申悲旧，兼寄夏侯侍御审、侯仓曹钊》②，诗题述及的诗人共有十位：卢纶、吉中孚、司空曙、苗发、崔峒、耿湋、李端、畅当、夏侯审、侯钊。诗中对于诸人的吟咏也体现他们在诗歌方面的相契。对于"大历十才子"，储仲君论述说："'十才子'并不是一个'游从习熟，唱和频仍'的诗人集团，他们一定是因为某种偶然的机缘走到一起，才被冠以'十才子'的佳名的。与卢纶等人过从甚密的畅当、侯钊，则因为没有遇到这种机缘，反而被排斥在才子之外了。但这并不是说'唱和'说不能成立；相反，它提示我们，《极玄集》所说的'唱和'，显然不是指一般的酬赠，而是指在某一特定场合的唱和活动。卢纶诗中所说的'共赋瑶台雪，同观金谷筝'云云，又提示我们这应该是发生在某一个豪华富贵人家的事。正因为如此，这些唱和才为世人所瞩目，才会流传四方。"③ 因此，我们放开一步看，侯钊也是"大历十才子"这一诗歌群体的核心成员之一，可惜的是"大历十才子"这一称号没有落到侯钊的头上。

有关侯钊，需要追溯者还有他的家世问题。唐林宝《元和姓纂》卷五侯氏："绛郡，状云：本上谷人。唐户部郎中侯师，夏官郎中侯昧处，或云安都后。国子祭酒侯峤，著作郎侯璥节，并河东人。节生刘，监察御

---

① 《全唐诗》卷二六九，第 2996 页。
② 《全唐诗》卷二七七，第 3145 页。
③ 储仲君：《大历十才子的创作活动探索》，《文学遗产》1983 年第 4 期。

史。刘生云长、云章。金部员外郎侯峤，京兆人。"① 岑仲勉《元和姓纂四校记》："节生刘，监察御史。《全诗》五函二册卢纶有《留别侯钊》诗，《虢州逢侯钊》诗，《题侯钊侍郎（御？）新昌里》诗，《兼寄侯仓曹钊》诗，《送侯钊侍御歌》，时代相合，唐人写'刘'字与'钊'相近，惟未知孰是耳。"② 由此我们知道侯钊是国子祭酒侯峤、著作郎侯璥的后代，这样的门第对于侯钊的文学创作也是会有很好影响的。

由上面的考证，我们可以给侯钊作一个简略的传记：侯钊，京兆人。其祖父和父亲担任过国子祭酒、著作郎。侯钊排行十七，历官校书郎、监察御史、仓曹参军、国子监主簿。侯钊是大历诗人群体的重要成员之一，与耿湋、卢纶等交契深厚，从他们的交往诗当中，可以看出侯钊在当时文坛上也具有一定的影响，但侯钊的诗文在传世文献中却不存只字。新出土的《耿湋墓志》使得侯钊这一诗人兼文章家的面貌得到一定程度的呈现。

七　新出墓志与"大历十才子"研究

耿湋是"大历十才子"之一，也是中唐时期的重要诗人。其墓志的出土不仅解决了其家世生平问题，而且对他的文学成就有了更加全面的认识。从新出墓志入手研究耿湋，进而研究"大历十才子"乃至中唐文学问题，是我们可以进一步拓展的学术路径。就"大历十才子"而言，除了耿湋之外，新出墓志至少还涉及钱起、卢纶、李端、苗发、韩翃、夏侯审诸人，因而运用新出墓志以研究"大历十才子"，也是学术研究的重要课题。本文因为篇幅关系，只将与"大历十才子"相关的新出文献做一下简略的提示，这样既与耿湋墓志相互印证，又可给学术界提供一系列引发思考的材料。

钱　起　新出土《唐故汴宋观察支使朝请郎殿中侍御史内供奉赐绯鱼袋崔府君（俌）墓志铭并序》："始年六七岁，善属五字篇，时为文者大异之。年十四五，闻江淮间善诗者钱起、韩翃之伦，□服其奇，与之属和。"③ 出土文献中所见钱起资料不多，这条资料说明钱起在当时诗坛的影响，弥足珍贵。崔俌是早慧的诗人，六七岁即能作五言诗，十四五岁就与钱起唱和。据墓志，崔俌永贞元年正月卒，年五十二。逆推其十四五岁

---

① 林宝：《元和姓纂》卷五，中华书局1994年版，第724页。
② 林宝撰，岑仲勉校记：《元和姓纂》（附四校记）卷五，中华书局1994年版，第725页。
③ 杨作龙、赵水森：《洛阳新出土墓志释录》，国家图书馆出版社2004年版，第293页。

即在大历三四年。其时钱起以善诗闻名于江淮间,盖其有江淮之行迹。然而傅璇琮《钱起考》、蒋寅《大历诗人研究》有关钱起的考证,都没有涉及钱起与江淮的关系,故这篇墓志就提供了探讨钱起行踪的有益线索。我们从卢纶《送耿拾遗湋充括图书往江淮》诗、李端《送耿拾遗湋使江南括图书》诗,知耿湋曾充括图书使来江淮的经历。加以司空曙《送李嘉祐正字括图书兼往扬州觐省》诗,戴叔伦《送崔拾遗峒江淮访图书》诗,钱起《送集贤崔八叔承恩括图书》诗,"崔八叔"即为崔峒。又,马端临《文献通考》称:"元载当国,亦命拾遗苗发为江淮括图书使,每以千钱易书一卷。"① 以此证之,"大历十才子"中至少有耿湋、李嘉祐、崔峒、苗发充括图书使至江淮,他们应该都是受到当时权相元载的派遣而赴江淮充括图书使。疑钱起、韩翃也有这样的经历,故而在江淮间诗名传播,但目前还缺乏可靠材料加以证明。

韩翃 前引新出土《唐故汴宋观察支使朝请郎殿中侍御史内供奉赐绯鱼袋崔府君(俌)墓志铭并序》:"年十四五,闻江淮间善诗者钱起、韩翃之伦,□服其奇,与之属和。"② 与钱起类似,这里称韩翃亦为"江淮间善诗者",则韩翃与钱起一样,在大历三四年间当有江淮的行迹。但这一经历一直没有引起研究者的注意。

卢纶 有关卢纶的新出文献,在"大历十才子"中最为丰富。卢纶家族迄今一共出土了七方墓志,即卢纶撰《唐故魏州临黄县尉范阳卢府君(之翰)玄堂记》③、卢之翰撰《唐魏郡临黄县尉卢之翰妻京兆韦氏墓志铭并序》④,卢简辞撰《大唐故卢府君(绶)墓志铭》⑤,卢简求撰《唐故河中府宝鼎县尉卢府君(绶)张夫人墓志铭并序》⑥,卢简求撰《卢弘本墓志》⑦,以及杨紫□撰的《唐故罗林军□银青光禄大夫行尚书兵部侍郎知制诰上柱国范阳县开国□食邑三百户卢公(文度)权厝记并序》⑧,薛昭纬撰《唐故范阳卢夫人(虔懿)墓志铭并序》⑨。以新出土墓

---

① 马端临:《文献通考》卷一七四,中华书局1986年版,第1510页。
② 杨作龙、赵水森:《洛阳新出土墓志释录》,第293页。
③ 吴钢主编:《全唐文补遗》第7辑,三秦出版社2000年版,第69页。
④ 吴钢主编:《全唐文补遗》第7辑,第51—52页。
⑤ 吴钢主编:《全唐文补遗》第3辑,三秦出版社1996年版,第155—156页。
⑥ 吴钢主编:《全唐文补遗》第3辑,第209—210页。
⑦ 《卢弘本墓志》拓片见《西部考古》第1辑,三秦出版社2004年版,第485页。
⑧ 吴钢主编:《全唐文补遗》第7辑,第169页。录为"卢文亮",陈尚君《旧五代史新辑会证》卷一二七以为墓主即卢文度,诸书"皆误录作'文亮'"(第3882页)。
⑨ 胡戟、荣新江主编:《大唐西市博物馆藏墓志》,北京大学出版社2012年版,第1002页。

志为线索,链接卢氏各代的繁衍传承以及该族系人物的文学创作,我们可以考察卢纶一族绵延唐代三百年在文学方面所取得的突出成就,同时能够彰显与家世婚姻相关的家族文学特点。这七方墓志已经引起学术界的高度重视,傅璇琮《卢纶家世石刻新证》[1]、戴应新《唐卢绶夫妇墓志铭考》[2]、《唐卢之翰墓志铭考》[3]、李举纲、穆晓军《唐大历诗人卢纶家族三方墓志及相关问题丛考》[4]、胡可先《卢纶家族新出墓志考论》[5]、黄清发《新出石刻与卢纶研究》[6],对于卢纶研究具有持续推进的作用。

李 端 《旧唐书·李虞仲传》:"李虞仲,赵郡人。祖震,大理丞。父端,登进士第,工诗。大历中,与韩翃、钱起、卢纶等文咏唱和,驰名都下,号'大历十才子'。"[7] 新出土《李虞仲墓志》详细记载了李端的家世信息:"公讳虞仲,字见之,姓李氏,赵郡人,族望山东,世济仁义。曾祖暕,同州司马。祖震,大理丞,赠礼部郎中。父端,杭州司兵,累赠兵部侍郎。"[8] 新出土《李震墓志》和《李震夫人王氏墓志》是李端父母的墓志,其家世方面可以与李虞仲墓志相印证,而王氏墓志记载李端兄弟安史之乱后南迁的情况,可以补充李端生平的重要经历:"及中原盗贼,士多以江海为安,而夫人第二息珉求禄乌程,东征之故,自此始也。后长息端吏弋阳,次息韶吏扬子,珉又淮阴长。南浮北流,滞淹星岁。"[9] 新出土《郑枢妻李氏墓志铭》,是李端孙女的墓志,也记载了家世情况:"夫人曾祖讳震,皇大理寺丞,累赠尚书礼部郎中。祖妣太原王氏,赠太原县太君。祖讳端,皇杭州司兵参军,累赠尚书兵部侍郎。祖妣太原王氏,赠太原县太君。父讳虞仲,皇尚书吏部侍郎,赠吏部尚书。先妣太原郭氏,封渤海郡君。"[10]

---

[1] 傅璇琮:《卢纶家世石刻新证》,《文学研究》第1辑,南京大学出版社1992年版,第129—134页。

[2] 戴应新:《唐卢绶夫妇墓志铭考》,《故宫学术季刊》1992年第3期。

[3] 戴应新:《唐卢之翰墓志铭考》,《远望集:陕西省考古研究所华诞40周年纪念文集》,陕西人民美术出版社1998年版,第730—735页。

[4] 李举纲、穆晓军:《唐大历诗人卢纶家族三方墓志及相关问题丛考》,《西部考古》第1辑,三秦出版社2006年版,第481—488页。

[5] 胡可先:《考古发现与唐代文学研究》,浙江大学出版社2014年版,第178—203页。

[6] 黄清发:《新出石刻与卢纶研究》,《文学遗产》2016年第1期。

[7] 《旧唐书》卷一六三,第4266页。

[8] 赵文成、赵君平编:《秦晋豫新出墓志蒐佚续编》,国家图书馆出版社2015年版,第1159页。

[9] 吴钢主编:《全唐文补遗》第八辑,三秦出版社2005年版,第77页。

[10] 吴钢主编:《全唐文补遗·千唐志斋新藏专辑》,三秦出版社2006年版,第407页。

苗　发　新出土《唐故银青光禄大夫行大理少卿冯翊县开国男韦府君墓志铭并序》，题撰人为："朝散大夫行尚书都官员外郎上柱国袭韩国公苗发撰。"① 按，苗发任职都官员外郎，傅璇琮《唐代诗人丛考》在《卢纶考》中附考了苗发的事迹，以为其任都官员外郎在大历前期②；蒋寅《苗发历官及兄弟行序考》认为苗发为都官员外郎在大历二年后不久③；储仲君撰《苗发传笺证》推测苗发为都官员外郎"当在大历五年前"④。根据新出土《韦府君（损）墓志铭》，墓主葬于大历六年八月壬申日，志即撰于是时，是苗发大历六年在都官员外郎任上的确证，诸位学者的推测不仅可以坐实，更可以确定苗发任都官员外郎的具体年月。

夏侯审　新出土《唐故汾州灵石县主簿博陵崔君（贞道）墓志铭并序》："夫人谯郡夏侯氏，库部郎中审之女。"⑤《唐故赠秘书郎崔公（贞道）夏侯夫人真源县太君墓志铭并序》："夫人讳玫，谯郡人也。曾祖逸，沁州司马，赠给事中。祖封，相州临河县主簿，赠吏部尚书。考审，尚书库部郎中，赠司空。夫人乃长女也。相国赵郡李公绛之甥，今河中节度相国司空公孜之姊。"⑥ 这两篇墓志，黄清发博士已经关注，作有《夏侯审、夏侯孜家世事迹新考》⑦，可以参考。又，新出土《唐故尚书库部郎中赠工部尚书谯郡夏侯府君夫人赵郡太夫人李氏归祔志》，题署："男前陕虢等州都防御观察置等使朝请大夫检校右散骑常侍兼陕州都督府长史御史中丞上柱国赐紫金鱼袋孤子孜谨撰。"⑧ 志题中"尚书库部郎中"即夏侯审。墓主为夏侯审之妻赵郡李氏，撰者为夏侯审之子夏侯孜。墓主与中唐宰相李绛是姊弟关系，因墓志云："烈考讳元善，皇任襄州录事参军。"而《新唐书·李绛传》云："父元善。襄州录事参军。"⑨ 因为这三方墓志的出土，夏侯审的贯望与家世就非常清楚了：夏侯审为谯郡人，曾祖逸，沁州司马；祖封，相州临河县主簿。夏侯审长子汶，早夭；次子敏，同州白水令；次子敬，登进士第；季子敦，浙东观察判官、检校著作郎。其子中

---

① 李举纲：《唐大历才子苗发撰〈韦损墓志〉考释》，《碑林集刊》第 13 辑，陕西人民美术出版社 2008 年版，第 105—108 页。
② 傅璇琮：《唐代诗人丛考》，第 482 页。
③ 蒋寅：《大历诗人研究》，中华书局 1995 年版，第 758—759 页。
④ 傅璇琮主编：《唐才子传校笺》第 2 册，中华书局 1989 年版，第 58 页。
⑤ 赵文成、赵君平编：《秦晋豫新出墓志蒐佚续编》，第 1076 页。
⑥ 赵文成、赵君平编：《秦晋豫新出墓志蒐佚续编》，第 1258 页。
⑦ 黄清发：《夏侯审、夏侯孜家世事迹新考》，《文学遗产》2018 年第 3 期。
⑧ 赵君平、赵文成编：《河洛墓刻拾零》，北京图书馆出版社 2007 年版，第 584 页。
⑨《旧唐书》卷一六四，第 4285 页。

夏侯孜最著，唐宣宗时为相，懿宗时进位司空。墓志中更值得注意者是夏侯审的卒年和赠官。《李氏归祔志》云："贞元十六年，尚书府君即世。"可以确证夏侯审卒于贞元十六年。该志作于大中七年十月，是时夏侯孜为陕虢观察使，夏侯审赠官为"工部尚书"。而《崔贞道夫人夏侯氏墓志铭》则称夏侯审"赠司空"，该志撰于咸通六年，是时夏侯孜已进位司空。从这里看，夏侯审的赠官，随着夏侯孜的官职晋升越来越高，直至"赠司空"。

（原载《文学遗产》2018年第6期）

古典文学的旧学与新知

杨氏家族与中晚唐文学生态

胡可先

　　唐代自安史之乱以后，进入中期，习惯上称为中唐。在政治、社会、经济与文化等方面，都呈现出许多新的变化。中国历史在唐宋之际发生了重大变革，这种变革的很多方面也都发轫于中唐。对于文学发展来说，这些新的变化，包括复杂的政治背景、社会因缘、地域环境，及与文化发展密切相关的望族兴衰、党派之争、宦官专权以及各种文人群体的形成，构成了中晚唐文学发展的复杂生态环境，进而促进了文学本身的演进变化。对于中唐以后文学生长的生态环境进行微观的论析与宏观的考察，就成为文学史研究的重要课题。在具体的考察中，选择一个恰当的切入点，往往能够把影响文学发展的诸种因素集中地呈现出来。这时，我们想到了当时颇盛的杨氏家族集团[1]，因为这一家族集中体现了中晚唐，尤其是元和以后影响文学演变的多个环节。这一家族的诸多名人，不仅传世文献已有记载，近年的出土文献又相继公布了靖恭杨氏家族中的杨虞卿之父杨宁、杨虞卿之子杨知退、杨知退之妻卢氏、杨虞卿之孙杨皓、杨虞卿之弟杨汉公、杨汉公之妻郑本柔及继室韦媛，修行杨氏家族中的杨收墓志、杨收妻韦氏墓志等九方墓志，加以与杨氏家族有姻缘关系的韦应物家族四方墓志的最新出土，为研究杨氏家族以及与之相关的文学生态提供了第一手资料。

一

　　杨氏家族之盛者，主要是居住在长安的靖恭坊与新昌坊、修行坊、永

---

[1] 参见毛汉光《中国中古社会史论》："自魏晋以迄唐末，延绵不绝一直维持强盛的士族，有十姓十三家，即：京兆杜陵韦氏、河南开封郑氏、弘农华阴杨氏、博陵安平崔氏、赵郡武城崔氏、赵郡平棘李氏、陇西狄道李氏、太原晋阳王氏、琅玡临沂王氏、范阳汲县卢氏、渤海蓨县高氏、河东闻喜裴氏、彭城刘氏等。"（上海书店出版社2002年版，第59页）

宁坊四房。《南部新书》卷乙于杨氏靖恭、新昌、履道、修行四房自唐至宋的世家传承作了大略的记述：

> 杨氏于静［靖］恭一房犹盛，汝士、虞卿、汉公、鲁士是也。虞卿生知退，知退生堪，堪生承休，承休生岩，岩生郁，郁生覃。覃，太平兴国八年成名，近为谏议大夫，知广州，卒。堪为翰林承旨学士，随僖皇幸蜀，真在中和院。承休自刑部员外郎使浙右，值多难，水陆相阻，遂不归。岩侍行，十六矣，我曾门武肃辟之幕下。先人承袭，岩已为丞相。及叔父西上，岩以图籍入觐，卒于秀州，年八十余。今刑部郎中直集贤院侃，亦岩之第三子郾孙也，螾之子。司封员外郎蜕，即岩第三子郾之子。郾入京为员外郎分司，判西台，卒。侃，端拱二年成名。蜕，淳化三年登科。修行即四季也，发、假、收、岩。履道即凭、凌、凝也。新昌即於陵也。后涉入相，即修行房也。制下之日，母氏垂泣不悦，以收故也。①

靖恭坊在中唐以后，成为达官贵人的居住之地，也是长安城中风景特别优美的地方。"近俗以权臣所居坊呼之，安邑，李吉甫也；靖安，李宗闵也；驿坊，韦澳也；乐和，李景让也；靖恭、修行，二杨也；皆放此。"② 杨汝士兄弟居住在靖恭坊，杨於陵先居住于新昌坊，后来移居于修行，故称"靖恭、修行，二杨也"。据《长安志》及《唐两京城坊考》所载，靖恭坊位于长安朱雀门街东第五街，曾居于此坊者，有驸马都尉杨慎交、辅国大将军符璘、太常卿韦渠牟、太子太保崔彦昭、宰相宋申锡等达官贵人。杨氏汝士一族在长安靖恭坊有如此宅第，加以在朝廷占据显要位置，故而也就不乐外任，似乎外任以后，对于名族的声望有所减损。《南部新书》卷乙记载了这样一件事："诸名族重京官而轻外任，故杨汝士建节后诗云：'抛却弓刀上砌台，上方楼殿窄云开。山僧见我衣裳窄，知道新从战地来。'又云：'如今老大骑官马，羞向关西道姓杨。'"③ 对于靖恭坊杨氏的声望，欧阳修《杨侃墓志铭》云："杨氏尝以族显于汉，为三公者四世。汉之乱，更魏涉晋，戎贼于夷胡，而汉之大人苗裔尽矣。比数百岁，下而及唐，然杨氏之后独在。大和、开成之间，曰汝士者与虞

---

① 钱易：《南部新书》卷乙，中华书局2002年版，第16页。
② 钱易：《南部新书》卷己，第80页。
③ 钱易：《南部新书》卷乙，第18页。

卿、鲁士、汉公，又以名显于唐，居靖恭坊杨氏者，大以其族著。"① 宋敏求《长安志》卷九《靖恭坊》云："工部尚书杨汝士宅。与其弟虞卿、汉公、鲁士同居，号靖恭杨家，为冠盖盛游。"② 靖恭杨氏，洵称中唐以后极为繁盛的家族之一。

新昌坊在靖恭坊之南，且与之比邻。这里有着美好的自然风光与人文景观，是一个淡雅超逸的园林境界，不同于官场的喧嚣与闹市的繁华。"这一泉声树影之地，无疑是一些文人官员心目中的桃花源。无论是青龙寺还是私人住宅里，大都绿柳、修竹成荫，青山、绿水掩映，清泉奇松，这样幽雅清丽的环境，定会吸引一部分文人到此居住或经常来此吟诗作文。"③ 坐落于此坊的青龙寺，林木深邃静谧，四季风景各异，是著名的佛教胜地。唐代文人、官员以及科举考生都会到新昌坊青龙寺俯瞰长安城的风景，并留下感怀抒情的诗文。盛唐时期，王维就有《春日与裴迪过新昌里访吕逸人不遇》诗描述新昌坊的环境："桃源一向绝风尘，柳市南头访隐伦。到门不敢题凡鸟，看竹何须问主人。城外青山如屋里，东家流水入西邻。闭户著书多岁月，种松皆老作龙鳞。"④ 中唐时期，仍然是非常优美的宜居环境。白居易有《新昌新居四十韵因寄元郎中张博士》诗，韩愈有《早春与张十八博士籍游杨尚书林亭寄第三阁老兼呈白冯二阁老》诗，都作了详细的描述。韩诗中"杨尚书"即杨嗣复，杨嗣复在新昌坊内的居所是当时文人游览集会之地。一直到唐末，此坊居所，仍为杨嗣复的子孙承袭。《旧唐书·杨嗣复传》载子损"家在新昌里，与宰相路岩第相接。岩以地狭，欲易损马厩广之，遣人致意。时损伯叔昆仲在朝者十余人，相与议曰：'家门损益恃时相，何可拒之？'损曰：'非也。凡尺寸地，非吾等所有。先人旧业，安可以奉权臣？穷达命也。'"⑤

修行坊本名移华坊，武则天时因讳改为修行坊。此坊在长安朱雀门街东第四街。这里居住的达官贵人也很多，有赠太子少保郑宜、工部尚书李建、赠凉州都督右威卫大将军睦王傅尉迟胜、宰相刘晏等。⑥ 其时官僚显贵常于修行坊建造林亭，以供游览，并待宾客。《旧唐书·尉迟胜传》

---

① 欧阳修：《谏议大夫杨公墓志铭》，《欧阳修全集》卷六二，中华书局2001年版，第911页。
② 宋敏求：《长安志》卷九，《宋元方志丛刊》本，中华书局1990年版，第121页。
③ 王静：《唐代长安新昌坊的变迁》，《唐研究》第7卷，北京大学出版社2001年版，第240页。
④ 陈铁民：《王维集校注》卷四，中华书局1994年版，第356页。
⑤ 《旧唐书》卷一七六，中华书局1975年版，第4560—4561页。
⑥ 参见李健超《增订唐两京城坊考》卷三，三秦出版社2006年版，第140—141页。

云:"胜乃于京师修行里盛饰林亭,以待宾客,好事者多访之。"① 中晚唐也有不少诗人描述了此坊的大体环境,如顾非熊《夏日会修行段将军宅》、姚合《题刑部马员外修行里南街新居》、刘得仁《初夏题段郎中修行里南园》等。杨收一系的宅第就坐落在此坊,《长安志》卷八《修行坊》载:"崔(端)州司马杨收宅。收兄发、假,弟严皆显贵,号修行杨家,与靖恭诸杨相比。"②《北梦琐言》卷一二《杨收不学仙》条:"唐相国杨收,江州人。祖为本州都押衙,父(遗)直,为兰溪县主簿。生四子:发、嘏[假]、收、严,皆登进士第。收即大拜,发以下皆至丞郎。发以春为义,其房子以枳为乘名;嘏以夏为义,其房子以燠为名;收以秋为义,其房子以钜、鏻、镰、鑑为名;严以冬为义,其房子以注、涉、洞为名,尽有文学,登高第,号曰修行杨家,与静[靖]恭诸杨,比于华盛。"③

杨氏一族居于永宁坊者也颇为显赫,这就是杨凭、杨凝、杨凌兄弟。后来该族迁于洛阳履道坊,故《南部新书》称"履道即凭、凌、凝也"④。永宁坊为朱雀门街之东第二街街自北向南之第八坊,在新昌坊之西,仅隔宣平坊。坊内有明觉寺、京兆府籍坊、永宁园等名胜。这里所居的达官贵人颇多,有礼部尚书裴行俭、赠太尉祁国公王仁皎、中书令裴炎、开府仪同三司博陵郡王李辅国、赠太子少师徐浩、宰相王涯、太傅致仕白敏中、太子太保凉国公李听等。永宁坊的环境,中唐诗人羊士谔有《永宁小园即事》《永宁里园亭休沐怅然成咏》诗多首加以描述。杨凭的宅第就坐落在永宁里,《长安志》卷八《永宁坊》记载:"前京兆尹杨凭宅。凭治第功役丛兴,又幽妙妾于永乐别舍,訾议颇欢,坐是贬临贺尉。沉按,《穷愁记》:'白乐天得杨凭宅,竹木池馆,有林泉之致,因为《池上篇》。'"⑤《新唐书·王涯传》亦云:"涯居永宁里,乃杨凭故第,财贮钜万,取之弥日不尽。""别墅有佳木流泉,居常书史自怡,使客贺若夷鼓琴娱宾。文宗恶俗侈靡,诏涯惩革。涯条上其制,凡衣服室宇,使略如古,贵戚皆不便,谤讪嚣然,议遂格。"⑥

---

① 《旧唐书》卷一四四,第 3925 页。
② 宋敏求:《长安志》卷八,《宋元方志丛刊》本,第 119 页。
③ 孙光宪:《北梦琐言》卷一二,中华书局 2002 年版,第 248 页。
④ 钱易:《南部新书》卷乙,第 16 页。
⑤ 宋敏求:《长安志》卷八,《宋元方志丛刊》本,第 116 页。又,《唐两京城坊考》卷三云:"按柳宗元《亡妻弘农杨氏志》:'以谒医救药之便,来归女氏永宁里之私第。'盖杨氏即礼部郎中杨凝之女,凝即凭之弟。"(中华书局 1985 年版,第 63 页)
⑥ 《新唐书》卷一七九,第 5319 页。

靖恭、新昌、修行、永宁四族杨氏作为唐代望族，都出于越公房，其势力盛于中晚唐，其中杨嗣复、杨收、杨涉等都位至宰相。他们不仅在唐代政治舞台上有着重要的地位，在文化舞台上也占有一席之地，一个重要标志就是杨氏一族出现了不少文学家，也留下了数量可观的文学作品。现根据杨氏各系成员的诗文存留情况，列表如下[①]：

族系	姓名	字号	现存诗文	出处	传记情况	备注
靖恭族系	杨汝士	字慕巢	诗7首、文2篇	全诗484、全文723	新旧书有传	
	杨虞卿	字师皋	诗2首、文1篇	全诗484、全文717	新旧书有传	
	杨汉公	字用乂	诗2首、文2篇	全诗516、全文760、出土文献	新旧书有传 杨汉公墓志	
	杨鲁士	字宗尹	文1篇	出土文献	新旧书有传	本名殷士
	杨知至	字几之	诗2首	全诗563	新旧书有传	汝士子
	杨玢	字靖夫	诗3首、文1篇	全诗760	十国春秋有传	虞卿曾孙
新昌族系	杨於陵	字达夫	诗3首、文14篇	全诗330、全文523	新旧书有传	
	杨嗣复	字继之	诗5首、文7篇	全诗464、全文611、拾遗25	新旧书有传	於陵子
	杨损	字子默	诗1首	全诗863	新旧书有传	嗣复子
修行族系	杨收	字藏之	诗4首、文3篇	全诗517、全文765、诗逸上、出土文献	新旧书有传 杨收墓志	
	杨发	字至之	诗14首、文1篇	全诗517、续补遗6、出土文献	新旧书有传	
	杨乘		诗5首、文1篇	全诗517、出土文献	新旧书有传	杨发子
	杨凝式		诗6首	全诗715、886、续补遗10	新旧五代史有传	收弟严孙
永宁族系	杨凭	字虚受	诗19首、文2篇	全诗289、全文478	新旧书有传	
	杨凝	字懋功	诗39首	全诗290	新旧书有传	
	杨凌	字恭履	诗2首	全诗291、全文730	新旧书有传	
	杨敬之	字茂孝	诗2首、文4篇	全诗479、全文721、出土文献	新旧书有传	杨凌子

---

① 表中文献简称，"全诗"指《全唐诗》，"诗逸"指《全唐诗逸》，"全文"指《全唐文》，"拾遗"指《唐文拾遗》，"新旧书"指《新唐书》与《旧唐书》。数字为相关文献的卷数。出土文献包括：《唐代墓志汇编》，上海古籍出版社1992年版；《唐代墓志汇编续集》，上海古籍出版社2001年版；《全唐文补遗》第四辑，三秦出版社1997年版；《全唐文补遗》第八辑，三秦出版社2005年版；《全唐文补遗·千唐志斋新藏专辑》，三秦出版社2006年版；《洛阳新获墓志续编》，科学出版社2008年版等典籍；以及新出土墓志拓片等。

以上的考察表明，中晚唐时期的杨氏家族，既是繁荣鼎盛的政治家族，也是颇富声望的文学家族。从政治上看，杨氏家族的重要成员，出入于朝行方镇，以致内为宰辅，外历藩帅，"杨氏自汝士后，贵赫为冠族。所居静〔靖〕恭里，兄弟并列门戟"①。从文学上看，杨氏家族，代有名人。如杨汝士，颇著诗坛声名，甚或压倒元、白。②汝士为东川节度使，与同时为西川节度使的宗人杨嗣复遥相唱和，引领一批文人酬和往还，以为"蜀中唱和诗"③，在地方上形成了文学群体，开拓了诗坛唱和风气。

杨氏家族能融政治与文学于一体，以达到显赫的地位，与其所处的地缘优势也密切相关。他们居住的靖恭、新昌、修行、永宁等坊里，都处在长安城东。就长安城的格局而言，一直存在着东尊西卑的局面，街东为高级官僚的居住地，街西是低级官僚与平民的居住地，这已成为史学界的共识。而杨氏居住的坊里，不仅风景优美，更是官僚贵族与著名诗人的集聚之地，这也是他们能够融合族人以使得政治、文化与文学优势世代相传的重要地缘因素。因此，维系一个家族的声名，除了持久显要的政治地位以外，往往还有重要的地缘因素，与世代不绝的文学创作。至于杨氏家族在中晚唐党争与科举集结的政治环境及社会条件下从事的政治活动，或者说在动态发展的社会中，主动服从于社会，又反过来通过家族本身的发展影响社会的互动情况，以及通过婚姻、党援等各方面的关系对文学发展成长的生态环境产生影响，我们将在下文中展开论述。

二

杨氏家族集团在中晚唐的政治斗争中，具有举足轻重的地位。中晚唐时期，牛李党争延续了四十年，是唐代政治史上的一个重大事件，杨氏家族成员杨嗣复、杨虞卿、杨汝士等，大多偏向牛党，甚至有的成为牛党的骨干或魁首。党争又与科举联系紧密，中晚唐之际以党争与科举集结的政治特征，成为影响文学发展的重要背景。

杨氏靖恭一系与牛党的关系最为密切，表现之一是他们在私人的居住空间里来往频繁。唐刘轲《牛羊日历》载："僧孺新昌里第与虞卿夹街对

---

① 《新唐书》卷一七五，第5250页。
② 王定保：《唐摭言》卷三，古典文学出版社1957年版，第32页。
③ 姚合《和郑相演杨尚书蜀中唱和诗》，所谓"蜀中唱和"即指杨嗣复《丁巳岁八月祭武侯祠堂因题临淮公旧碑》诗，及杨汝士《和宗人尚书嗣复祭武侯毕题临淮公旧碑》，杨汉公《登郡中销暑楼寄东川汝士》，刘禹锡《寄和东川杨尚书慕巢兼寄西川继之二公近从弟兄情分偏睦早悉游旧因成是诗》，贾岛《观冬设上东川杨尚书》等诗。

门，虞卿别起高榭于僧孺之墙东，谓之'南亭'，列烛往来，里人谓之'夜半客'，亦号此亭为'行中书'。"① 宋钱易《南部新书》卷己："大和中，人指杨虞卿宅南亭子为行中书，盖朋党聚议于此尔。"② 表现之二是杨氏家族出现了几位牛党的骨干与魁首。《南部新书》云："大和中，朋党之首杨虞卿、张元夫、萧瀚［澣］，后杨除常州、张汝州、萧郑州。"③ 刘轲更称："僧孺乃与虞卿兄弟驱驾轻薄，毁短逢吉。又恶裴度之功，曾进曹马传以谋陷害。虞卿又结李宗闵，宗闵之门人尽驱之牛门，此外有不依附者，皆潜被疮痛，遭之者谓之阴毒伤寒，故京师语曰：'太牢笔，少牢口，南北东西何处走。'（太牢僧孺，少牢虞卿）。"④ 杨虞卿也是牛党魁首之一，与牛僧孺、李宗闵的官场升沉颇相一致。史载大和中，李宗闵、牛僧孺辅政，起虞卿为左司郎中。五年六月，拜常州刺史。"李宗闵待之如骨肉，以能朋比唱和，故时号党魁。"⑤ 虞卿自大和四年以后，直到九年贬死虔州，这六年之中，凡牛李党争中有关牛党之计谋、策划，虞卿均参与其事，所以虞卿贬死虔州，是牛党痛失魁首的一件大事。⑥ 杨汝士与李宗闵、牛僧孺关系亦至为密切。汝士为职方郎中知制诰时，"时李宗闵、牛僧孺辅政，待汝士厚。寻正拜中书舍人，改工部侍郎。……开成元年七月。转兵部侍郎。其年十二月，检校礼部尚书、梓州刺史、剑南东川节度使。时宗人嗣复镇西川，兄弟对居节制，时人荣之"。⑦ 杨汉公不仅站在牛党的政治立场上，而且是牛党"党魁"之一。《新唐书·杨虞卿传》称，苏景胤、张元夫、杨虞卿兄弟汝士及汉公为人所奔向，而李宗闵待之尤厚，"就党中为最能唱和者，以口事轩轾事机，故时号'党魁'"⑧。表现之三是党争习性世代相传。靖恭杨氏朋党之间的关系，一直影响到他们的后代，故无名氏《玉泉子》云："杨希古，靖恭诸杨也。朋党连结，率相期以死，权势熏灼，力不可拔。"⑨

杨氏新昌一系与牛党的关系也很密切，其主要人物杨嗣复是牛党名副其实的魁首之一。杨嗣复之父杨於陵也因元和初"以考策升直言极谏牛

---

① 刘轲：《牛羊日历》，《藕香零拾》本，中华书局1999年版，第104页。
② 钱易：《南部新书》卷己，第82页。
③ 钱易：《南部新书》卷戊，第67页。
④ 刘轲：《牛羊日历》，《藕香零拾》本，第104页。
⑤ 《旧唐书》卷一七六，第4563页。
⑥ 傅锡壬：《牛李党争与唐代文学》，台北：东大图书有限公司1984年版，第180页。
⑦ 《旧唐书》卷一七六，第4564页。
⑧ 《新唐书》卷一七五，第5249页。
⑨ 《玉泉子》，中华书局上海编辑所1958年版，第9页。

僧孺等,为执政所怒,出为岭南节度使"①,与牛党很早就有关联。但他"器度弘雅,进止有常。居朝三十余年,践更中外,始终不失其正。居官奉职,亦善操守,时人皆仰其风德"②,故而总体上还是比较正直的,不像后期朋党那样肆无忌惮。《旧唐书·杨嗣复传》云:"嗣复与牛僧孺、李宗闵皆权德舆贡举门生,情义相得,进退取舍,多与之同。(长庆)四年,僧孺作相,欲荐拔大用,又以於陵为东都留守,未历相位,乃令嗣复权知礼部侍郎。宝历元年二月,选贡士六十八人,后多至达官。"③《新唐书·杨嗣复传》亦云:"嗣复与牛僧孺、李宗闵雅相善,二人辅政,引之,然不欲越父当国,故权知礼部侍郎。凡二期,得士六十八人,多显宦。……大和中,宗闵罢,嗣复出为剑南东川节度使。宗闵复相,徙西川。开成初,以户部侍郎召,领诸道盐铁转运使。俄与李珏并拜同中书门下平章事。"④杨嗣复居于新昌里,与牛僧孺同里,相互来往亦当较为繁密,其出处进退,也与牛僧孺的升沉相关。杨嗣复为宰相时,更集结牛党群体,与李党针锋相对:"(开成)三年,杨嗣复辅政,荐珏以本官同平章事。珏与固言、嗣复相善,自固言得位,相继援引,居大政,以倾郑覃、陈夷行、李德裕三人。凡有奏议,必以朋党为谋,屡为覃所廷折之。"⑤

杨氏永宁一系杨凭、杨凝、杨凌兄弟三人时代较早,其仕历主要在大历、贞元间,其时牛李党争尚未兴起,而杨凌子敬之则处于党争激烈的时期,故卷入牛党之中。他元和初擢第之后,累迁至屯田、户部二郎中,"坐李宗闵党,贬连州刺史"⑥。据《旧唐书·文宗纪》:大和九年七月戊午,贬"户部郎中杨敬之连州刺史"⑦。在杨敬之贬官之前,牛党之要员已遭贬谪。六月,京兆尹杨虞卿家人出妖言,下御史台,虞卿弟汉公并男知进等八人挝登闻鼓称冤。其时人皆以为冤,李宗闵于文宗前极言论列,触怒文宗,贬为明州刺史。七月甲辰朔,贬杨虞卿虔州司马同正。壬子,再贬宗闵为处州长史。宗闵之党吏部侍郎李汉贬汾州刺史,刑部侍郎萧澣贬遂州刺史。丙子,又贬宗闵为潮州司户。丙申,杨虞卿、李汉、萧澣为

---

① 《旧唐书》卷一六四,第4293页。
② 《旧唐书》卷一六四,第4294页。
③ 《旧唐书》卷一七六,第4556页。
④ 《新唐书》卷一七四,第5238页。
⑤ 《旧唐书》卷一七三《李珏传》,第4504页。
⑥ 《新唐书》卷一六〇,第4972页。
⑦ 《旧唐书》卷一七下,第559页。

朋党之首，贬虞卿虔州司户，汉汾州司马，瀚遂州司马。① 杨敬之就是在这一年的杨虞卿党狱中被贬官的。从这里也可以看出，杨敬之一系，大和以后在党争的过程中已经与杨氏靖恭、新昌系融为一体了。

清人沈曾植说："唐时牛李两党以科第而分，牛党重科举，李党重门第。"② 著名史学家陈寅恪对此作了进一步发展，认为牛党重进士科，代表"寒门"，李党重门第，代表两晋、南北朝以来的山东士族；前者代表唐高宗、武则天之后由进士科进用的新兴阶级，后者代表上层贵族。③ 牛党重科举的这一论断，在杨氏家族中可以得到明显的印证。

我们现根据徐松的《登科记考》与孟二冬的《登科记考补正》所提供的线索，参证相关的史籍与文献，对诸系杨氏进士科第有年月可考的情况列表于下。

年号	公元	姓名	科第	资料来源	备注
大历九年	774	杨凭	状元	《广卓异记》引《登科记》	
大历十二年	777	杨凝	进士	《柳宗元集》注	
大历十三年	778	杨凌	状元	《永乐大典》《登科记考》	
贞元十八年	802	杨嗣复	进士	陈尚君《登科记考补》	
贞元二十一年	805	杨嗣复	博学宏词	孟二冬《登科记考补正》	
元和二年	807	杨敬之	进士	《柳宗元集》注	
元和四年	809	杨汝士	进士	《旧唐书》本传	
元和五年	810	杨虞卿	进士	《旧唐书》本传	
元和八年	813	杨汉公	进士	朱玉麒《杨汉公进士及第年考辨》	
元和十五年	820	杨思立	明经	新出土《杨思立墓志》	虞卿子
长庆元年	821	杨殷士	进士覆落	《旧唐书·杨虞卿传》	
宝历元年	825	杨鲁士	贤良方正	《登科记考》：鲁士本名殷士，以进士黜落，改名登制科	
宝历元年	825	杨嗣复	知贡举	《旧唐书》本传	
宝历二年	826	杨嗣复	知贡举	《旧唐书》本传	

---

① 据《旧唐书》卷一七下，第558—559页；《资治通鉴》卷二四五，第7904—7905页。
② 张采田：《玉谿生年谱会笺》卷三，上海古籍出版社1983年版，第144页引。
③ 陈寅恪：《唐代政治史述论稿》，上海古籍出版社1998年版，第84—85页。当然牛李两党亦有相互影响的情况，故陈寅恪说："牛李两党既产生于同一时间，而地域又相错杂，则其互受影响，自不能免，但此为少数之特例，非原则之大概也。故互受影响一事可以不论。"

续表

年号	公元	姓名	科第	资料来源	备注
大和四年	830	杨 发	进士	《唐才子传》	
开成二年	837	杨 戴	进士	《登科记考》	
开成四年	839	杨知温	进士	岑仲勉《登科记考订补》	
开成五年	840	杨知退	进士	《旧唐书·李景让传》	
开成五年	840	杨 假	进士	《旧唐书·杨收传》	
会昌元年	841	杨 收	进士	《旧唐书·杨收传》	
会昌四年	844	杨 严	进士	《旧唐书·杨收传》	
会昌四年	844	杨知至	覆落进士	《登科记考》，按知至后复登科	
大中元年	847	杨 乘	进士	《永乐大典》引《苏州府志》	杨收子
大中九年	855	杨 授	进士	《旧唐书·杨嗣复传》	嗣复子
乾符二年	875	杨 涉	进士	《旧唐书·杨收传》	杨严子
广明元年	880	杨 钜	进士	《永乐大典》引《苏州府志》	杨收子
中和二年	882	杨 注	进士	《旧唐书·杨收传》	杨严子
大顺元年	890	杨赞禹	状元	《广卓异记》引《登科记》	知退子
乾宁元年	894	杨 涉	知贡举	《登科记考》	
乾宁三年	896	杨 鏻	进士	《旧唐书·杨收传》	杨收子
乾宁四年	897	杨赞图	状元	《广卓异记》引《登科记》	知退子
天祐元年	904	杨 涉	知贡举	《唐摭言》	
天祐二年	905	杨凝式	进士	《永乐大典》引《苏州府志》	
乾化二年	912	杨 涉	知贡举	《册府元龟》	

  根据上表所列杨氏家族有年份可考的得第成员与典籍记载年份待考的进士①，参证相关文献，就可以考察杨氏在中晚唐科场中与政治舞台上非常活跃的情形，以见其对唐王朝的政局产生一定的影响。

  第一，杨氏家族颇重进士科，中晚唐时期有数十人进士及第，杨嗣复、杨涉等还多次知贡举。杨汝士与其弟杨虞卿、杨汉公在举场影响甚大，《唐摭言》卷七《升沉后进》云："太和中，苏景胤、张元夫为翰林主人，杨汝士与弟虞卿及汉公，尤为文林表式。故后进相谓曰：'欲入举

---

① 表中所列者是登科年代可考的杨氏家族成员，至于新、旧《唐书》与《杨汉公墓志》记载登进士第而年月无考的杨氏家族进士尚有十九人：杨虞卿子杨知进、杨坛、杨堪；杨汉公子杨范、杨筹、杨篆、杨筠；杨汝士子杨知远、杨知权；杨嗣复子杨技、杨拭、杨揭；杨绍复子杨擢、杨拯、杨据、杨搽；杨师复子杨拙、杨振；杨授子杨煛。

场，先问苏张；苏张犹可，三杨杀我。'"① 刘禹锡《早秋送台院杨侍御归朝》诗自注云："兄弟四人遍历诸科，二人同在省。"② 家族中有进士及第者，都要开宴相贺，而杨汝士之子杨知温及第，汝士时历方镇，又在方镇中庆贺。《唐摭言》卷三《慈恩寺题名游赏赋咏杂记》云："杨汝士尚书镇东川，其子如［知］温及第，汝士开家宴相贺，营妓咸集。汝士命人与红绫一匹，诗曰：'郎君得意及青春，蜀国将军又不贫。一曲高歌绫一匹，两头娘子谢夫人。'"③ 杨嗣复知贡举时，门生颇盛，他在新昌里居所大宴门生，成为当时文坛的盛事。《唐摭言》卷三《慈恩寺题名赋咏游赏杂记》云："宝历年中，杨嗣复相公具庆下继放两榜。时先仆射自东洛入觐，嗣复率生徒迎于潼关。既而大宴于新昌里第，仆射与所执坐于正寝，公领诸生翼坐于两序。时元、白俱在，皆赋诗于席上。唯刑部杨汝士侍郎诗后成。元、白览之失色。诗曰：'隔坐应须赐御屏，尽将仙翰入高冥。文章旧价留鸾掖，桃李新阴在鲤庭。再岁生徒陈贺宴，一时良史尽传馨。当年疏傅虽云盛，讵有兹筵醉醆醄。'汝士其日大醉，归谓子弟曰：'我今日压倒元、白。'"④《旧唐书·杨於陵传》："大中后，杨氏诸子登进士第者十人：嗣复子授、技、拭，搞，绍复子擢、拯、据、揆，师复子拙、振等。"⑤

第二，杨氏家族科第进士出身者，因其才华杰出，大多受到主司与社会的重视。新出土《杨汉公墓志》云："廿九，登进士第，时故相国韦公贯之主贡士，以鲠直公称。谓人曰：杨生之清规懿行，又有梦鲁赋瑰丽，宜其首选，屈居三人之下，非至公也。其秋辟鄜坊裴大夫武府，试秘书省校书郎。"⑥ 柳宗元《与杨京兆凭书》云："丈人以文律通流当世，叔仲鼎列，天下号为文章家。今又生敬之。敬之，希屈、马者之一也。"⑦ 所谓"叔仲鼎列，天下号为文章家"，即指杨凭大历九年中进士，杨凌大历十二年中进士，杨凝大历十三年中进士事，其中杨凭与杨凝又是状元，当时三人都极有名，"时号三杨"，而杨敬之又于元和二年中了进士。柳宗

---

① 王定保：《唐摭言》卷七，第75页。
② 刘禹锡：《刘禹锡集》卷二八，第365页。
③ 王定保：《唐摭言》卷三，第37页。
④ 王定保：《唐摭言》卷三，第32页。甚至其门生的仕途及婚姻也与嗣复相关，如新出土《唐故朝请大夫使持节金州诸军事守金州刺史上柱国张府君墓志铭并序》，墓主张知实宝历二年登进士第，其后的仕历一直与杨嗣复的升沉相关。其子"保承，娶汾州刺史杨倞女"（墓志录文《碑林集刊》第11辑，陕西人民美术出版社2005年版，第124页）。杨倞即杨汝士之子。
⑤ 《旧唐书》卷一六四，第4294页。
⑥ 周绍良、赵超：《唐代墓志汇编续集》，上海古籍出版社2001年版，第1037页。
⑦ 柳宗元：《柳宗元集》卷三〇，第789页。

元《祭杨凭詹事文》又云："孝友忠信，闻于九垓。摛华发藻，其动如雷。世荣甲科，亦务显处。公之俊德，有而不顾。"① 又，《为李京兆祭杨凝郎中文》云："唯是伯仲，并为士则。连擢首科，迭居显职。"注引孙曰："凝兄凭、弟凌，皆有名于时。""大历九年，凭中进士第一，十三年，凝中第一。"② 权德舆《唐故尚书兵部郎中杨君文集序》云："君讳凝，字懋功，孝弟纯懿，中和特立，蚤岁违难于江湖间，与伯氏嗣仁、叔氏恭履修天爵，振儒行，东吴贤士大夫号为'三杨'。《易》象之懿文，孔门之言《诗》，皆生知之。举进士甲科，贤公交辟。"③

第三，杨氏家族进士出身者，在晚唐政治舞台上具有举足轻重的作用。就重要人物的仕历而言。杨嗣复、杨收、杨涉等位至宰相。杨凭、杨虞卿官至京兆尹，杨於陵官至左仆射，杨汝士、杨敬之等，又官至九寺长官与六部尚书，这些都是唐朝中央的高级官僚。杨发、杨损等官至藩镇统帅，亦能雄镇一方。尤其是杨嗣复，不仅自己是进士出身，还在宝历元年与二年知贡举，"选贡士六十八人，后多至达官"④。宝历二年进士夏侯孜，唐懿宗时官至宰相。宝历元年状元柳璟，不仅官至礼部侍郎，而且"会昌二年，再主贡部"⑤，"再司贡籍，时号得人"⑥。"《广卓异记》载座主见门生知举，有杨嗣复、柳璟。又云：'嗣复与璟，又是礼部侍郎璟首及第。'"⑦ 中晚唐士人最注重科举中座主与门生的关系，故党派与群体的一些政治势力往往在座主门生中形成。杨嗣复及其门生对于晚唐礼部科举的连环控制，很大程度上影响了晚唐的政治格局。

第四，杨氏家族权要众多，在科场重官员子弟的背景下谋求增大家族势力。《唐摭言》卷八《别头及第》云："会昌四年，王起奏五人：杨知至、源重、郑朴、杨严、窦缄，恩旨令送所试杂文，付翰林重考覆。续奉进止，杨严一人，宜与及第，源重等人落下。时杨知至因以长句呈同年。"⑧ 融科举与党争为一体的长庆元年的科举大案，也与杨氏家族有着密切的关系。

---

① 柳宗元：《柳宗元集》卷四〇，第1047页。
② 柳宗元：《柳宗元集》卷四〇，第1063—1064页。
③ 权德舆：《权德舆诗文集》卷三三，上海古籍出版社2008年版，第510页。
④ 《旧唐书》卷一七六，第4556页。
⑤ 《新唐书》卷一三二，第4537页。
⑥ 《旧唐书》卷一四九《柳登传》，第4033页。
⑦ 徐松：《登科记考》卷二〇，中华书局1984年版，第722页。
⑧ 王定保：《唐摭言》卷八，第91—92页。据《唐摭言》原注，杨知至为刑部尚书杨汝士之子，源重为故相牛僧孺之甥，郑朴为河东节度使崔元式女婿，杨严为监察御史发之弟，窦缄为故相易直之子。

长庆元年钱徽知贡举,所放进士中有杨殷士,以其兄汝士与钱徽故旧。又有苏巢,为中书舍人李宗闵女婿。而段文昌推荐的杨浑之与李绅推荐的周汉宾则未第。文昌上奏于穆宗,以诉其不公。穆宗诏令覆试,至使杨殷士等十人覆落。① 结果,"贬礼部侍郎钱徽为江州刺史,中书舍人李宗闵为剑州刺史,右补阙杨汝士为开州开江令"②。故清人王夫之评论说:"贡举者,议论之丛也,小人欲排异己,求可攻之瑕而不得,则必于此焉摘之,以激天下之公怒,而胁人主以必不能容。李德裕修其父之夙怨,元稹佐之,以击李宗闵、杨汝士,长庆元年进士榜发,而攻讦以逞,于是朋党争衡,国是大乱,迄于唐亡而后已。"③ 在党争连绵、科举渐趋没落的过程中,杨氏家族以其权要染指于此,对腐败的科场更是雪上加霜。

三

杨氏家族在中晚唐社会中具有广泛而深刻的影响,当时的文学家也与之发生了千丝万缕的联系,这些联系往往集党援、婚姻、师友、交游为一体。本节从婚姻切入进行探讨。

中晚唐时期的文学家,与杨氏具有婚姻关系者,以白居易最有影响,也最有代表性。白居易娶杨氏为妻,无论在政治上还是文学上都与杨氏家族具有重要的联系。白居易《与杨虞卿书》云:

> 又仆之妻即足下从父妹,可谓亲矣。亲如是,故如是,人之情又何加焉?④

《旧唐书·白居易传》云:

> 大和已后,李宗闵、李德裕朋党事起,是非排陷,朝升暮黜,天子亦无如之何。杨颖士、杨虞卿与宗闵善,居易妻,颖士从父妹也。居易愈不自安,惧以党人见斥,乃求致身散地,冀于远害。凡所居官,未尝终秩,率以病免,固求分务,识者多之。⑤

---

① 《资治通鉴》卷二四一,第7790—7791页。
② 《旧唐书》卷一六,第488—489页。
③ 王夫之:《读通鉴论》卷二六,中华书局1975年版,第778页。
④ 朱金城:《白居易集笺校》卷四四,上海古籍出版社1988年版,第2769页。
⑤ 《旧唐书》卷一六六,第4354页。按,岑仲勉《唐史余渖》卷三《杨颖士》条对于白居易与杨氏的姻亲关系又作了较详的考证,又以为"颖士之颖,似当从水"(上海古籍出版社1979年版,第178页),存参。

《新唐书·白居易传》云：

> 大和初，二李党事兴，险利乘之，更相夺移，进退毁誉，若旦暮然。杨虞卿与居易姻家，而善李宗闵，居易恶缘党人斥，乃移病还东都。①

唐王定保《唐摭言》卷一五云：

> 开成中，户部杨侍郎（汝士）检校尚书镇东川，白乐天即尚书妹婿。时乐天以太子少傅分洛，戏代内子贺兄嫂曰："刘纲与妇共升仙，弄玉随夫亦上天。何似沙歌（沙哥，汝士小字）领崔嫂，碧油幢引向东川。"又曰："金花银椀饶兄用，罨画罗裙尽嫂裁。觅得黔娄为妹婿，可能空寄蜀茶来！"②

无名氏《排韵增广事类氏族大全》卷八《夫妇履任》条：

> 杨汝士小字沙哥，白居易妻兄也。汝士领东川节度，与妻崔氏同履任，乐天代妻作诗贺之。③

白居易元和三年与杨氏联姻，是时已三十七岁。其《祭杨夫人文》云："居易早聆懿范，近接嘉姻。维私之眷每深，有恸之情何已。"④ 所谓"近接嘉姻"应该指元和三年居易与杨氏结婚之事。白居易有《赠内》《寄内》《舟夜赠内》《赠内子》《二年三月五日斋毕开素当食偶吟赠妻弘农郡君》等诗，表现了对妻子杨氏笃厚的感情。

因为婚姻关系，白居易与杨氏家族就有很深的政治与文学因缘。从政治上说，白居易与杨氏结婚是在元和三年，这一年也是牛李党争起始的一年。同年四月，唐宪宗策试贤良方正直言极谏举人，伊阙尉牛僧孺、陆浑尉皇甫湜、前进士李宗闵指陈时政之失，无所避，当时吏部侍郎杨於陵、吏部员外郎韦贯之为考策官，署为上第，亦得到宪宗的嘉许。但李吉甫恶

---

① 《新唐书》卷一一九，第4303—4304页。
② 王定保：《唐摭言》卷一五，第162页。
③ 无名氏：《排韵增广事类氏族大全》卷八，《景印文渊阁四库全书》本，第952册，第250页。
④ 朱金城：《白居易集笺校》卷四〇，第2654页。

其直言，泣诉于宪宗，宪宗不得已，出杨於陵为岭南节度使，贬韦贯之为果州刺史，再贬巴州刺史。①白居易当时虽官职甚微，还是站在了杨於陵一边，作了《论制科举人状》予以伸援，对于杨於陵、韦贯之等人的被贬持有不同的意见："则数人者自陛下嗣位已来，并蒙奖用，或任之耳目，或委以腹心。天下人情，日望致理。今忽一旦悉疏弃之，或降于散班，或斥于远郡，设令有过，犹可优容，况且无瑕，岂宜黜退？所以前月已来，上自朝廷，下至衢路，众心汹汹，惊惧不安。直道者疚心，直言者杜口。"②白居易在元和时期命运不好，仅在朝廷任京兆府户曹参军、太子左赞善大夫等职，且于元和十年被诬而贬江州司马。直至元和末年，官位才逐渐升迁，在唐文宗一朝仕途颇顺。这和他的姻亲杨氏在大和中逐渐占据高位与牛党执政很有关系。白居易官位升迁的关键时刻，往往也是杨氏得势与牛党执政的时期。

　　从文学上看，白居易与杨氏的重要人物也交往频繁。白居易在长安，曾两度居于新昌坊，与杨嗣复同一坊里，与杨汝士所居之靖恭坊亦相比邻。诗中有《新昌闲居招杨郎中兄弟》《自题新昌居止因招杨郎中小饮》。杨嗣复于宝历年中知贡举时，于新昌里大宴门生，元稹、白居易同作诗，而杨汝士诗后成而压倒元、白，一时成为文坛佳话。杨汝士作《宴杨仆射新昌里第》诗，白居易作《和杨郎中贺杨仆射致仕后杨侍郎门生合宴席上作》以相酬和，诗中"杨郎中"即杨汝士，"杨仆射"即杨於陵，"杨侍郎"即杨嗣复。杨氏诸人中，与白居易关系最密切的是杨汝士，诗歌往还最多的也是杨汝士，现存白诗中涉及杨汝士的诗多达31首。其次与杨嗣复往还诗11首，与杨虞卿往还诗6首，与杨汉公往还诗3首，与杨鲁士往还诗2首。白诗有《同梦得寄贺东西川二杨尚书》，第六句下自注："予与二公皆忝姻戚。"③据《新唐书·杨汝士传》："开成初，繇兵部侍郎为东川节度使。时嗣复镇西川，乃族昆弟，对拥旄节，世荣其门。"④两位杨尚书同时镇东西川，洵为一时盛事，更是杨门之庆，故刘禹锡咏叹之，白居易继和。由白诗"潘杨亦觉有光华"及自注"予与二公皆忝姻眷"，知居易对于与杨氏姻亲颇觉自豪，尤其对汝士与嗣复之同历方镇也是非常羡慕的。与杨颖士交往的诗，《白居易集》卷五有《题杨颖士西亭》，卷九有《别杨颖士卢克柔殷尧藩》。

---

① 参见《资治通鉴》卷二三七，第7649页。
② 朱金城：《白居易集笺校》卷五八，第3326—3327页。
③ 朱金城：《白居易集笺校》卷三三，第2304页。
④ 《新唐书》卷一七五，第5250页。

柳宗元也是中唐时期与杨氏具有姻亲关系的著名文学家，他的妻子是杨凭之女。柳宗元《祭杨凭詹事文》云："子婿谨以清酌庶羞之奠，昭祭于丈人之灵。"注引韩曰："公即凭婿也。"① 柳宗元酬献杨凭之诗共有四首，都写得很好，表现了亲缘之间血浓于水的关系。尤其是《弘农公以硕德伟材，屈于诬枉，左官三岁，复为大僚，天监昭明，人心感悦，宗元窜伏湘浦，拜贺未由，谨献诗五十韵，以毕微志》诗，对杨凭之贬深表同情，是柳诗中难得的佳制。诗中所述之事，《旧唐书·杨凭传》有记载："元和四年，拜京兆尹，为御史中丞李夷简劾奏凭前为江西观察使脏罪及他不法事。……先是，凭在江西，夷简自御史出，官在巡属，凭颇疏纵，不顾接之，夷简常切齿。及凭归朝，修第于永宁里，功作并兴，又广蓄妓妾于永乐里之别宅，时人大以为言。夷简乘众议，举劾前事，且言修营之僭，将欲杀之。及下狱，置对数日，未得其事，夷简持之益急，上闻，且贬焉。"② 实则杨凭贬官，缘于李夷简公报私仇，吕温《代李侍郎贺德音表》云："江南西道观察使杨凭奏以支郡旱歉，经赋不充，请征居地之羡，且修税茶之法，陛下以为天灾流行，有时而息，人怨滞结，贻患则深，纵无日瓣之美，忍复已除之弊，特令寝奏，姑务流通，有司知画一之方，贩负有昭苏之望，此又群臣不可望清光者二也。"③ 知杨凭之贬，颇为诬枉。宗元此诗，起首四句总括之后，就转入门第与人品的描述，进而详叙其所历之官，而推出贬官的缘由。最后自叙远窜南荒之悲，也点出柳杨通家之好以及自己与杨氏姻亲的情况。柳宗元还有《奉酬杨侍郎丈因送八叔拾遗戏赠诏追南来诸宾二首》《闻彻上人亡寄侍郎丈》诗，诗中的"杨侍郎丈"也是杨凭。④

上面的两个实例是中唐的著名文学家娶杨氏之女而结为婚姻的情况，杨氏的文学家中娶著名诗人之女而后文学传家者，则以杨凌娶韦应物之女最为典型。新出土丘丹撰《唐故尚书左司郎中苏州刺史京兆韦君（应物）

---

① 柳宗元：《柳宗元集》卷四〇，第1047页。按注引孙曰："凭字虚受，一字嗣仁，弘农人。公娶杨凝女，为凭子婿。"误，应从韩注。宗元又有《亡妻弘农杨氏志》，称杨氏为"礼部郎中凝"女，"凝"亦为"凭"之误。

② 《旧唐书》卷一四六，第3967—3968页。

③ 吕温：《吕衡州集》卷四，上海古籍出版社1993年版，第30—31页。

④ 按后人注释或以"杨侍郎"为杨於陵，非是。柳宗元与杨於陵虽有交往，但并不称"丈"。《柳宗元集》卷四二有《奉和杨尚书郴州追和故李中书夏日登北楼十韵之作依本诗韵次用》及《杨尚书寄郴笔知是小生本样今更商榷使尽其功辄献长句》《奉和周二十二丈酬郴州侍郎衡江夜泊得韶州书并附当州生黄茶一封率然成篇代意之作》诗，诸诗中的"杨尚书""郴侍郎"都是杨於陵，於陵曾于元和十一年贬郴州刺史。事见新、旧《唐书》本传。宗元之诗即述於陵贬谪郴州后事。

墓志铭并序》："长女适大理评事杨凌。"① 又新出土《唐故监察御史里行河东节度判官赐绯鱼袋韦府君（庆复）墓志》，题撰人为："外生前乡贡进士杨敬之撰。"志云："杨氏甥小子敬之实闻太夫人及公夫人之词，遂刻于石。"② 按，韦庆复为韦应物之子，则杨敬之是韦应物外甥。韦应物有《送杨氏女》诗："永日方戚戚，出门复悠悠。女子今有行，大江泝轻舟。尔辈况无恃，抚念益慈柔。幼为长所育，两别泣不休。对此结中肠，义往难复留。自小阙内训，事姑贻我忧。赖兹托令门，仁恤庶无尤。贫俭诚所尚，资从岂待周。孝恭遵妇道，容止顺其猷。别离在今晨，见尔当何秋。居闲始自遣，临感忽难收。归来视幼女，零泪缘缨流。"③ 可谓慈爱满眼，至情感人，以至于清人蘅塘退士《唐诗三百首》选入，章燮评其末四句云："言未送女之始，闲居在家，无所感触，聊可自遣。忽逢送别，临岐伤感，潸潸掉泪，殊觉难收，直待归来，凄恻之情，或可缓矣。乃独相遇膝下幼女，迎笑于前，触动离情，不禁两泪更绕缨流矣。以为他日长成，亦如杨氏女也，不且为之伤极乎？"④ 正因如此，韦应物与杨凌往还之诗就颇多，如《郡中对雨赠元锡兼简杨凌》《送元锡杨凌》《寄杨协律》等。杨凌有《奉酬韦滁州见示》诗，即酬答韦应物《郡中对雨赠元锡兼简杨凌》之作。

四

婚姻关系以外，因为党援而牵涉杨氏家族的文学家，中晚唐也颇有其人，刘禹锡、姚合、李商隐、许浑都是显例，其中李商隐是具有代表性的诗人。

李商隐是生存在牛李党争夹缝中的人物，他与令狐楚、令狐绹父子，以及与王茂元的关系，一直受到古今学者们的重视。但李商隐的党援情况，尤其是他与作为牛党重要组成的杨氏家族集团的关系，尚待进一步挖掘。⑤

李商隐作品中，直接表现其与杨氏家族关系者有以下几首：《哭虔州

---

① 马骥：《新发现的唐韦应物夫妇及子韦庆复夫妇墓志简考》，《文汇报》2007 年 11 月 4 日第 8 版。
② 马骥：《新发现的唐韦应物夫妇及子韦庆复夫妇墓志简考》，《文汇报》2007 年 11 月 4 日第 8 版。
③ 陶敏、李德辉：《韦应物集校注》卷四，上海古籍出版社 1998 年版，第 265 页。
④ 章燮：《唐诗三百首注疏》卷一，上海扫叶山房 1930 年版，第 33 页。
⑤ 有关这方面的研究，宋宁娜教授有《李商隐与弘农杨氏家族的渊源关系》一文（《南通大学学报》2008 年第 4 期），对其大致情况作了描述，这对于笔者思考晚唐文学生态环境的演变颇有启发，但尚有新的空间有待于进一步开拓。

杨侍郎虞卿》《送从翁从东川弘农尚书幕》《为弘农公上虢州后上中书状》《为弘农公虢州上后上三相公状》。四篇作品涉及杨虞卿与杨汝士二人，他们都是靖恭杨氏的关键人物。

据新、旧《唐书·杨虞卿传》，虞卿于李宗闵、牛僧孺辅政时，被引为右司郎中、弘文馆学士。再迁给事中。他是牛党之重要骨干，加以苏景胤、张元夫，以用虞卿兄弟汝士、汉公为人所奔向，故当时有"欲趋举场问苏张，苏张犹可，三杨杀我"之谚语。而"宗闵待之尤厚，就党中为最能唱和者，以口语轩轾事机，故时号党魁"①，于大和九年因为党争而被贬死于虔州司户参军任。商隐《哭虔州杨侍郎虞卿》诗云：

> 汉网疏仍漏，齐民困未苏。如何大丞相，翻作弛刑徒。
> 中宪方外易，尹京终就拘。本矜能弥谤，先议取非辜。
> 巧有凝脂密，功无一柱扶。深知狱吏贵，几迫季冬诛。
> 叫帝青天阔，辞家白日晡。流亡诚不吊，神理若为诬。
> 在昔恩知忝，诸生礼秩殊。入韩非剑客，过赵受钳奴。
> 楚水招魂远，邙山卜宅孤。甘心亲垤蚁，旋踵戮城狐。
> 阴鸷今如此，天灾未可无。莫凭牲玉请，便望救焦枯。②

这首诗的作年，说法有所不同，以张采田《玉溪生年谱会笺》系于开成二年说最有说服力。诗对杨虞卿贬死虔州，深表同情。而杨氏被贬是由郑注、李训的诬陷造成的，是李郑二人为了专权，对于当时朝廷的牛李党人一概排斥的结果，也与唐文宗猜忌大臣有关，故杨氏实含冤而死。"大和九年，京师讹言郑注为帝治丹，剔小儿肝心用之。民相惊，扃护儿曹。帝不悦，注亦内不安，而雅与虞卿有怨，即约李训奏言：'语出虞卿家，因京兆骑伍布都下。'御史大夫李固言素嫉虞卿周比，因傅左端倪。帝大怒，下虞卿诏狱。于是诸子弟自囚阙下称冤，虞卿得释，贬虔州司户参军，死。"③我们知道，李商隐在唐文宗的大和与开成中，主要是依靠令狐楚，与牛党人物关系较近，他对杨虞卿的同情，也与此相关。诗中"如何大丞相"二句，指李宗闵；"中宪方外易"句，指李固言；"本矜能弥谤"二句，指郑注与李训；"尹京终就拘"，指杨虞卿为京兆尹事。清

---

① 《新唐书》卷一七五，第 5249 页。
② 刘学锴、余恕诚：《李商隐诗歌集解》，中华书局 2004 年版，第 241—242 页。
③ 《新唐书》卷一七五，第 5249 页。

人钱龙惕评论说："观义山此诗，其与虞卿情好笃厚，则亦宗闵之党也。他日哭萧澣、哭令狐楚，皆有百身之感，二人亦宗闵之党也。乃自开成登第后，连应王茂元、郑亚、卢弘正之辟，皆李太尉引用之人，岂嫉杨、李朋比之私，而迁于乔木耶？卒为令狐绹所排摈，坎壈以终。当时钩党之祸，根株牵连。呼，可畏矣。"①则把李商隐开成前后与党争的关系，通过这首诗的阐释而表现出来。

李商隐《送从翁从东川弘农尚书幕》中的"东川弘农尚书"是杨汝士。据《旧唐书·文宗纪》所载，开成元年十二月癸丑，以兵部侍郎杨汝士检校礼部尚书，充剑南东川节度使，四年九月辛卯，汝士为吏部侍郎。这首诗就是李商隐开成元年岁末在长安，准备应来年春进士试时所作。诗的开头称"大镇初更帅，嘉宾素见邀"，即指汝士初镇东川不久，而辟商隐从翁之事。中间的大部分内容是回忆诗人与从翁偕隐山林，求仙学道之事，继而辞别故里，干谒求仕。这些都紧扣"送从翁"的题面。末尾"南诏知非敌，西山亦屡娇。勿贪佳丽地，不为圣明朝。少减东城饮，时看北斗杓。莫因乖别久，遂逐岁寒凋。盛幕开高宴，将军问故寮。为言公玉季，早日弃渔樵"，以勉励从翁从杨汝士幕府而忧念国事，并心存旧谊。最后四句则望从翁以达杨汝士而援引自己②，表明诗人对于杨氏有意亲近的态度。李商隐的《为弘农公上虢州后上中书状》《为弘农公虢州上后上三相公状》亦作于开成中。这里的"弘农公"是谁，说法不一致，实则是杨汝士之子杨倞。根据岑仲勉先生的考订，杨倞为汝士族子，曾官主客郎中。倞于元和末注《荀子》，则与因缘儒术合。③ 刘学锴、余恕诚更加以阐发，以确定李商隐之文作于开成五年。④ 按由以上几篇文章，说明李商隐此时与牛党之因缘关系仍很密切。因其《为弘农公虢州上后上三相公状》之三相公为杨嗣复、李珏与崔郸，因为这三个人在开成四年七月至开成五年五月之间同时在宰相之任。杨倞为杨汝士之子，当然也是杨嗣复族人，不仅党援关系一致，而且家族关系也一致。李珏与崔郸也是牛党中骨干。故这些文章也是解读李商隐在晚唐时期政治升沉过

---

① 刘学锴、余恕诚：《李商隐诗歌集解》，第247页引。
② 用刘学锴、余恕诚说，见《李商隐诗歌集解》，第184页。
③ 岑仲勉：《玉溪生年谱会笺平质》，载《岑仲勉史学论文集》，中华书局1990年版，第515—516页。按，岑仲勉的说法大致可信，唯称杨倞为汝士族子，尚需再考。《新唐书》卷五九《艺文志》："杨倞注《荀子》二十卷。"注："汝士子，大理评事。"（中华书局1975年版，第1512页）然《新表》未载杨倞，盖漏略。今从《新志》以杨倞为汝士子。
④ 刘学锴、余恕诚：《李商隐文编年校注》，中华书局2002年版，第405页。

程，特别是他与牛李党争关系的重要文献。

　　刘禹锡是与杨氏家族诸多人物有所往还的诗人，他虽也与党援相关，但更主要的是呈现出牛李党争激烈时期，文人立身行事较为审慎的一面，这些与李商隐是有所不同的。而刘禹锡贬谪时期与杨氏的诗歌唱酬，也显示了他经历了仕途浮沉之后对政治的敏感性。

　　刘禹锡贬谪时期与杨氏成员交往的主要人物是杨敬之和杨於陵，因诸人都被贬谪，相同的遭遇便引发了同病相怜之感。刘禹锡《答杨八敬之绝句》自注："杨生时亦谪居。"诗云："饱霜孤竹声偏切，带火焦桐韵本悲。今日知音一留听，是君心事不平时。"① 考《册府元龟》卷九二五："苏表元和中以讨淮西策干宰相武元衡，元衡不见，以监察御史宇文籍旧从事，使召表而讯之。因与表狎。后捕驸马王承系，并穷按其门客，而表在焉。表被鞫，因言籍与往来，故籍坐贬江陵府士曹参军，又被（贬）左卫骑曹参军杨敬之为吉州司户参军，右神武仓曹韦衍为温州司仓参军，秘书省正字薛庶回为柳州司兵参军，太子正字王参元为遂州司仓参军，乡贡进士杨处厚为邛州太邑尉，并坐与表交游故也。"② 又，考《旧唐书·宪宗纪》：元和十年七月甲戌，"诏：'成德军节度使王承宗，……驸马都尉王承系、太子赞善王承迪、丹王府司马王承荣等，并宜远郡安置。'先是，承宗上表怨咎武元衡，留中不报。又肆指斥，上使持其表以示百官，群臣皆请问罪"。③ 是刘诗作于元和七年，是时杨贬吉州，刘贬连州，与"杨生时亦谪居"合。杨敬之因武元衡被贬，武元衡也是刘禹锡的政敌，杨刘二人政治遭遇一致，故称"知音"。"饱霜孤竹声偏切，带火焦桐韵本悲"，参以《彭阳唱和集引》云："中途见险，流落不试。而胸中之气伊郁蜿蜒，泄为章句，以遣愁沮，凄然如焦桐孤竹，亦名闻于世间。"④则其诗更是抑郁之怀与不平之气的抒发。"是君心事不平时"，表现了刘禹锡对杨敬之受政治事件牵连而贬的不平，也是对杨敬之的最大安慰。

　　至于杨於陵，刘禹锡有《和郴州杨侍郎玩郡斋紫薇花十四韵》《和南海马大夫闻杨侍郎出守郴州因有寄上之作》《和杨侍郎初至郴州纪事书情题郡斋八韵》诗三首。杨於陵于元和间淮西用兵时为户部侍郎判度支，用所亲为供军使，淮西节度使高霞寓以供军有阙，移牒度支，於陵不为之易。宪宗怒之，于元和十一年贬於陵为郴州刺史。李翱《杨於陵墓志》

---

① 刘禹锡：《刘禹锡集》卷三五，第 522 页。
② 王钦若：《册府元龟》卷九二五，第 10927 页。
③ 《旧唐书》卷一五，第 453—454 页。
④ 刘禹锡：《刘禹锡集》卷三九，第 587—588 页。

云："高霞寓以唐邓之师攻蔡州怯懦不敢直进，欲南抵申州，出于空虚不守之地，其路险狭，粮运难继，公面于上前，累言利害，并以疏陈霞寓逗留之状，请于北道直进，足以援许汝之师，贼势自蹙。上许之。霞寓深怨之，遂内外结构，出为郴州刺史。霞寓果败，由是谈者知公之冤。"① 杨於陵曾作《郡斋有紫薇花双本，自朱明接于徂暑，其花芳馥，数旬犹茂，庭宇之内，回无其伦，予嘉其美而能久，因诗纪述》②，禹锡见到此诗而和作之。其时刘禹锡在连州贬所，贬谪时的相互寄诗唱和酬答，无疑有助于排遣政治失意的苦闷心绪。

大和以后牛李党争处于激烈的时期，刘禹锡这时已历经宦海浮沉，加以年华老大，虽与作为牛党骨干的杨氏成员交往，但是较为审慎。大和中刘禹锡结交的杨氏家族成员，都是牛党骨干。其一是杨虞卿。大和二年，王播为尚书左丞，刘禹锡与杨虞卿都在其部下任郎官，禹锡《和浙西王尚书闻常州杨给事制新楼因寄之作》诗末自注："尚书在南宫为左丞，给事与禹锡皆是郎吏。"③ 禹锡又有《和杨师皋给事伤小妓英英》诗，"杨给事"即杨虞卿。杨虞卿《过小妓英英墓》诗，白居易也有《和杨师皋伤小姬英英》、姚合也有《杨给事师皋哭亡爱姬英英窃闻诗人多赋因而继和》等唱和之作，这都是诗人之间伤亡悼旧的应酬之诗。又有《寄毗陵杨给事三首》，瞿蜕园云："虞卿为李宗闵之党，杨嗣复之宗人，而德裕之所恶也。诸杨分布仕途，禹锡不得不与之作缘，又以白居易妻族之故，尤不得不勉维友谊，若因此诗而谓禹锡与有深交，则未必然。"④ 其二是杨汝士。刘禹锡有《寄贺东川杨尚书慕巢兼寄西川继之二公近从弟兄情分偏睦早忝游旧因成是诗》，"杨尚书慕巢"即杨汝士，诗作于开成二年春。白居易亦有《同梦得寄和东西川二杨尚书》，汝士、居易与禹锡都有同州之缘，汝士先为同州刺史，罢后居易代之，居易不之任而朝廷又授予禹锡。禹锡诗云："政同兄弟人人乐，曲奏埙篪处处听。杨叶百穿荣会府，芝泥五色耀天庭。"⑤ 亦为唱酬应奉之语。其三是杨嗣复。刘禹锡有《奉和吏部杨尚书太常李卿二相公策免后即事述怀赠答十韵》，"吏部杨尚书"为杨嗣复，"太常李卿"为李珏。诗作于开成五年，其时文宗已卒，武宗即位，政治局势发生了巨大变化。"禹锡以开成元年自同州授宾客分

---

① 《全唐文》卷六三九，第2857页。
② 《全唐诗》卷三三〇，第3687页。
③ 刘禹锡：《刘禹锡集》卷三六，第534页。
④ 瞿蜕园：《刘禹锡集笺证》附录二，上海古籍出版社1989年版，第1438页。
⑤ 刘禹锡：《刘禹锡集》卷三四，第487页。

司,其时在相位者为郑覃、李石,以气类而论,似即出覃之力。五年为秘书监分司,则或由嗣复。要之,禹锡此时年老,怵于朝端南北司及党祸之烈,必亦无意于进取,故于覃、夷行及嗣复、珏之间亦无不虚与委蛇耳。"①

五

上文对中晚唐杨氏家族的总体情况,以及该家族成员在文学上的成就进行分析,并以杨氏家族为切入点,对与中晚唐文学相关的党派之争、科场状况、地域环境、婚姻情况进行考察,以展示中晚唐文学生态环境的某些侧面,至此我们再加以概括梳理,并作申述。

弘农杨氏是在汉代曾显赫一时的大家族,出现过杨恽、杨喜、杨震这样影响当时及后世的重要人物。即如陈寅恪所言:"夫士族之特点既在其门风之优美,不同于凡庶,而优美之门风实基于学业之因袭。故士族家世相传之学业乃与当时之政治社会有极重要之影响。"② 适应汉代经学的发展,杨恽精研儒学,为其家族奠定了甚为稳定的家学传统,因而在东汉时以杨震为代表的杨氏的声望达到鼎盛的峰巅。但到了魏晋南北朝时期,随着与政治的疏离以及儒学衰微的社会政治环境,杨氏一族则走上了衰落的道路。到了初唐以后,李武韦杨虽形成了婚姻集团,对于唐代政治的发展具有重大的影响,但到盛唐时的杨国忠而终结。而这一集团中杨氏与中晚唐时期通过科举等途径进入政治舞台的杨氏颇不相同。本文所论及的杨氏,其世系,在新出土的《杨宁墓志》中有所记述:

> 本盖姬姓,周宣王之子曰尚父,邑诸杨,得氏于后。至汉赤泉侯喜、安平侯敞,征君宝继家华,下为关西令族焉。公而上六代隋内史令曰文异,五代皇朝银青光禄大夫瀛州刺史曰峻,高祖贺州临贺令讳德立,大王父檀州长史讳徐庆,大父同州郃阳令隐朝,王考汝令赠华州刺史讳燕客。③

而在新出土的《杨汉公墓志铭》中记述得更为清楚:

---

① 瞿蜕园:《刘禹锡集笺证》附录二,上海古籍出版社1989年版,第1668页。
② 陈寅恪:《唐代政治史述论稿》,上海古籍出版社1997年版,第71页。
③ 周绍良:《唐代墓志汇编》,上海古籍出版社1992年版,第2023页。

公讳汉公，字用乂，弘农华阴人也。杨氏之先，与周同姓，自文王昌之子唐叔虞，虞生燮父，燮父生六。当昭王时，以六月六日生，故以六名之。生而有文在其手，左曰杨，右曰侯。昭王曰：其祖有之，天所命也。遂封六为杨侯，国于河洛之间，字之曰君牙，为穆王司徒。书曰：穆王命君牙为周大司徒，此得姓之源也。君牙十六世孙伯乔，就封于杨，杨氏始大。自伯乔四十一世而震生焉，为汉太尉，所谓四代五公者。震十三世生钧，后魏司空、临贞郡公。生俭，后魏黄门侍郎、夏阳公。俭侄孙素，隋室之元勋，封越国公。故临贞之子孙，皆以越公为房号。夏阳次子曰文异，即公之七代祖也。派蔓千祀，招贤相望，宜乎光耀于当时矣。曾祖隐朝，皇同州郃阳县令，夫人京兆杜氏。祖燕客，皇汝州临汝县令，赠工部尚书。皆以贞适养志，自肥其家，故位不称德。夫人南阳张氏，即大儒硕德司业张公参之妹也。烈考讳宁，皇国子祭酒，赠太尉，始用经学入仕，尝游阳谏议城之门，执弟子礼，洁白端介，为诸儒所称。其舅司业公尤所嗟赏。①

就这两篇墓志而言，这一支杨氏，在隋朝越国公之前尚较显耀，然进入唐朝，就甚少闻人，直到杨宁一代始又发迹，至汉公一世，更为强盛。邓名世《古今姓氏书辩证》卷一三："汝士兄弟四人，共有二十七子、三十六孙，其间多知名者。"② 杨氏兴盛之后，居于长安的靖恭、新昌、修行、永宁等坊，并相传数世，以至于时人以坊里代称家族。其宗族家风，颇能恢复汉代以后的声望，追溯其始，亦源远而流长。

由于杨氏家族在当时政治舞台上具有重要的地位，且文化底蕴与政治地位又相适应，故而杨氏家族也就出现了很多著名的文学家，诸如靖恭一系自杨宁以后数代，每代都有文学名人出现，杨汝士兄弟四人，都以文学著名，并有作品流传于后世。

唐代社会特别重视婚姻观念，与杨氏家族结为婚姻的著名文人不少，具有代表性的人物至少有三人。一是白居易，其妻是杨汝士从父妹。白居易的一生，不仅在政治仕途方面与杨氏家族有着千缕万缕的关系，文学创作上也与杨氏家族往还甚多，在白氏诗文中占有相当的比例。二是柳宗元，其妻是杨凭之女。杨氏本与柳氏有通家之好，柳宗元又娶杨氏为妻，

---

① 洛阳市文物工作队：《洛阳新出土墓志辑绳》，中国社会科学出版社1991年版，第699页。
② 邓名世：《古今姓氏书辩证》卷一三，江西人民出版社2006年版，第187页。

故而文中对杨凭曾经贬谪的遭遇深表同情与不平，并对自己的贬谪南荒而生发感慨，表现同病相怜之感。三是杨凌，娶中唐著名诗人韦应物之女。这对提升杨氏家族的文学地位也具有重要意义。

杨氏家族，尤其是靖恭、新昌族系在中晚唐时又卷入了历时甚久的牛李党争，杨汝士、杨虞卿、杨嗣复等更是牛党的骨干人物，故而他们的政治进退与牛李党争的波澜起伏密切相关。"牛党重科举，李党重门第"，是历时已久的重要学术命题，但孰是孰非，长期以来也争论不休。由杨氏家族的科举构成及在党争中的地位考察，"牛党重科举"这一学术命题具有一定的生命力，不容轻易否定。牛李党争不仅是中晚唐文学得以发展演变的重要背景，而且对于文人的命运也造成了很大的影响。与杨氏家族相关又卷入党争的著名诗人主要有白居易与李商隐，白居易与杨氏家族更有婚姻关系等。李商隐与杨氏家族中的重要人物杨汝士、杨於卿、杨嗣复的关系，对其一生的坎坷命运产生了重要的影响。而李商隐与杨倞的关系，除了政治、文学之外，又增添了一定的文化与学术内涵。

我们如果拓展一下学术视野，就可以看出目前对于唐代家族文学传承及影响的发掘仍存在着明显的不足，这一方面因为这一家族存留于今的诗文与其本身文学成就远不相称，另一方面在于我们的文学研究者，往往主要精力着重于文学史上具有明显地位的作家，而对于需要通过文献的发覆与整合才能凸显的文学现象用力不够。故而通过现有材料与新出文献，以发掘被忽视的文学现象与被埋没的文学家，无疑是今后学术研究的一个良好途径。通过对杨氏家族文学情况的整合与家族影响下文学生态环境的探讨，无疑会对唐代文学的整体研究有所启迪。

（原载《北京大学学报》2010年第5期）

汪辟疆手批《苏诗选评笺释》述论

胡可先

苏轼研究，清代极为繁荣，成果颇多。其中汪师韩的《苏诗选评笺释》，别具特色，具有很高的学术价值，故其评语几乎全被《唐宋诗醇》采用。然汪氏此书，成书虽早，而直到清末光绪十二年（1886）才刊行面世，故研究者甚少，直到近年，才有专门论著问世。如曾枣庄先生有《汪师韩的〈苏诗选评笺释〉》，刊于《文学遗产》2000 年第 3 期；王友胜先生有《论汪师韩的苏诗选评》，刊于《船山学刊》2002 年第 4 期。然而，自 20 世纪初期开始，国学大师汪辟疆即评点苏诗，其底本就是《苏诗选评笺释》。可是，这一情况一直不为学界所知，故而研究苏轼及汪师韩者，未曾涉及汪辟疆；研究汪辟疆者，对其以苏轼为主的宋诗研究，亦并未措意，即使是程千帆先生所编的《汪辟疆文集》，也很少收入汪氏有关苏诗的评语。

浙江大学中文系所藏光绪十二年刻印《丛睦汪氏遗书》本《苏诗选评笺释》，乃汪辟疆手批本。这个本子，倾注了汪氏多年校勘、考证与评点的心血，其批评见解独到，学术价值极高。将其手批情况揭出，对于苏诗研究，具有一定的推动作用。本文主要探讨以下内容：一，汪师韩《苏诗选评笺释》的编纂刊刻情况及其价值；二，汪辟疆苏诗研究及手批苏诗探源；三，汪辟疆手批苏诗义例；四，汪辟疆手批苏诗对清代苏诗评点的选择与裁定；五，汪辟疆手批苏诗的主要创获。

一

汪师韩（1707—?），字抒怀，号韩门，又号上湖，浙江钱塘（今浙江杭州）人。雍正十一年（1733）进士，改翰林院庶吉士。散馆授翰林院编修，奏直起居注。乾隆元年（1736），师韩方以才名经掌院。尚书强照为武英殿总裁，荐校勘经史。八年，充湖南学政，坐事降调。后为大学士傅恒荐，入直上书房，复授编修。未几落职。后客游畿辅，直隶总督方观承延主讲莲花池书院讲席。会奉旨核天下书院院长，观承因以入奏，乾隆皇帝以"好学问"称之。师韩闻而感涕，作诗四章以纪其事。"师韩少以文名于四方，时称为近代之刘贡父、王厚斋。兼工诗，通籍后，习国书，赋《龙书五十韵》，临川李绂见之叹异，携入《八旗志书》馆。"①阮元《两浙輶轩录》引杭世骏语云："诗之道，熟易而涩难。韩门诗有涩味，所以可传。"② 中年以后，一意穷经，诸经皆有著述，于易尤邃。著有《观象居易传笺》十二卷，《孝经约义》一卷，《韩门缀学》五卷、续编一卷，《谈书录》一卷，《诗学纂闻》一卷，《上湖纪岁诗编》五卷，《上湖分类文编》十卷，又有《诗四家故训》《春秋三传注解补正》《文选理学权舆》《春星堂诗集》《苏诗选评笺释》《孙文缀学》《叶戏源记》等。事迹见《清史列传》卷七一、《碑传集补》卷八、《民国杭州府志》卷一四五。

《苏诗选评笺释》是汪师韩多种诗学著述中极为重要的一种，该书将选、评与笺合为一体，其首《苏诗选评原叙》阐明了编撰大旨：

> 是编所录，挹菁拔萃，审择再三，殆无遗憾。其生平丰功亮节，与夫兄弟朋友过从离合之迹，及一时新法之废兴，时事之迁变，靡不因之以见。诗凡五百余首，古体则五言稍多于七言，近体则七言数倍于五言，要归本于六义之旨，亦非有成见也。若其集中诗有用葱为薤，用校尉为中郎，用扁鹊为仓公，用郑徐庆为卢怀慎之类，均为严有翼所指摘。以轼读书万卷，集所援用常有不审所出者，安见其非别有根据？且即有笔误，亦似李杜集中"黄庭换白鹅"，"垂杨生左肘"等句，虽疵颣，不失为名章也。句字之有讹，曾何遽为轼诗病也哉！此数诗亦不尽入选，特因论定之次，附及之。钱塘汪师韩叙。

从中看出，汪师韩选择苏诗，态度极为审慎，"挹菁拔萃，审择再三"，臻于"殆无遗憾"的境地。其选诗标准"要归本于六义之旨"，而不参以个人成见，故而是清代苏诗评论著作中别具特色的一种。该书的旨要与价值，前引曾枣庄与王友胜之文已作论断，故不再重复。

该书前虽有叙，但题款未言时间，加以刊刻较晚，故难以断定成书年

---

① 《清史列传》卷七一，中华书局1987年版，第5852页。
② 阮元：《两浙輶轩录》卷一八，《续修四库全书》第1683册，第584页。

代。直至光绪十二年，才刻入《丛睦汪氏遗书》。对于该书的刊刻过程，汪辟疆《方湖日记幸存稿》曾有论述云：

> 韩门所著书，尝于乾隆中自为刊行于世，曰《春星草堂诗集》《上湖纪岁诗编》《上湖分类文编》《观象居易传笺》《孝经约义》《韩门缀学》《谈书录》《诗学纂闻》八种。道光初年，裔孙贤衢（字水亭）又续刊十四种于珠江。彼时蒐罗颇富，而《苏诗选评》不与焉。迨清末裔孙铁珊太守（名箎）以经乱零落，旧椠残篇屡濒于险，乃为收拾丛残，益以未刊稿本，而《苏诗选评》与《金丝录》《叶戏原起》《磵村集》乃得汇集重镌于长沙。是苏诗选本闷诸汪氏箧笥几二百年矣！
>
> 又闻钱唐人言，光绪丙戌汪铁珊太守所重刊之《丛睦汪氏遗书》，印书极少，且板片亦残毁，坊间至不易购，故此选亦不甚通行也。①

二

汪辟疆（1887—1966），名国垣，字辟疆，或作辟彊，又字笠云，号方湖，又号展庵，晚年以字行，江西彭泽人。1909年入京师大学堂（北京大学前身），1912年毕业。1922年任江西心远大学教授，1928年改就第四中山大学教授。后来第四中山大学几经易名为中央大学，中华人民共和国成立后又改名南京大学，任教授及中文系主任，前后达38年。已刊著述有《光宣诗坛点将录》《目录学研究》《唐人小说》，以及程千帆先生所编的《汪辟疆文集》等多种。事迹见马骕程《汪辟疆先生传略》②。汪氏一生，勤于读书，手不释卷，自称："喜籀坟籍，往往午夜篝灯，屡忘就枕；又苦善忘，久而茫昧。爰置一册座隅，偶有会心，辄命笔札。"③其手批苏诗就是涵咏咀华所得的重要成果。

汪辟疆批点的《苏诗选评笺释》，底本是《丛睦汪氏遗书》本。其书卷一首页有"彭泽汪辟疆藏书印""汪氏随身书印"，另有一方"三思而行"的闲章。第二册首页则有"三思而行"及"汪氏随身书印"二方。

---

① 《汪辟疆文集》，上海古籍出版社1988年版，第844—845页。
② 南京大学古典文献研究所：《古典文献研究》，南京大学出版社1992年版，第116—120页。
③ 汪辟疆：《方湖读书钞》，《汪辟疆文集》，第1066页。

可见该书是汪氏随身阅读和评点，苏诗研究是其致力研究的方向。惜其成果学界知之尚少，只能从其幸存的日记窥见一斑。《方湖日记幸存稿》有《查初白〈东坡编年诗补注〉》《苏诗得失》《苏诗选本》三条。其《苏诗得失》云：

> 阅苏诗一卷。坡公诗句法能新能巧，惟太过则味薄。又世多以超脱推之，不知超则可也，脱则不可。舞剑在空，超也，非脱也；弹丸脱手，超也，非脱也。苏诗如"青山偃蹇如高人"，此超也；下接"常时不肯入官府"，则无中生有，脱而非超也。至"高人自与山有素，不待招邀满庭户"，虽极力弥缝其脱，骤读即讶其新巧而味薄矣。故读坡诗知其胜亦当知其失也。①

这是民国十七年九月二十六日日记中语，也是其读东坡诗的切身体会，评东坡诗的见道之言。也正因为汪辟疆对苏诗非常重视，且苏诗在中国诗史上具有重要的地位，故其在《读书举要》中，将《苏东坡诗注》作为大学中文系学生必读的重要文学书籍，并言：

> 苏东坡诗，源出于刘禹锡，而出入李、杜之间，无体不工，无境不备；虽利钝互陈，雄迈独绝，王伯厚所谓"屈注天潢，倒连沧海，变眩百怪，终归雄浑"者也。此集注本有宋施元之，清王文诰、冯应榴诸家，皆通行本。施注在宋时最有名，以宋人注宋人诗，引证时事，尤为明确。王兼论诗，冯详事实，皆各有独到。②

《读书举要》的《文学部》共列书目28种，其中宋代仅有4种，即《苏东坡诗注》，梅尧臣《宛陵集》，宋任渊、史容注《黄山谷全集》，宋李壁《王荆文公诗注》。其评黄庭坚云："山谷天资之高，笔力之雄，东坡外无与抗手。"③可见对于宋代诗人，汪辟疆是将苏轼置于首位的。这则文字探讨东坡诗的渊源，评论宋至清代苏诗注释各本的优长，皆切中肯綮。

苏轼的诗文集以及后人的注评本，是汪辟疆购藏阅读的重点书籍，且不惜重金。其民国十七年十二月三日的日记中写道："夜检书室新购各

---

① 《汪辟疆文集》，第842—843页。
② 《汪辟疆文集》，第28—29页。
③ 《汪辟疆文集》，第29页。

书，计广州刻《太平御览》一百二十册……《冯注苏文忠公诗合注》《施注苏诗》《查注苏诗补注》《历代诗话》《丛睦汪氏遗书》（湘重刻本，极足），……《苏诗择粹》，……皆留京。其在宁所购已带回者，计有……王文诰《苏文忠公诗编注集成》。""比年旧籍益稀，售直遂钜。……湘刻《丛睦汪氏遗书》直二十八金，广州重刻鲍本《御览》直六十金，王文诰《苏诗编注》直十四金。此皆新刻之本而售直之昂若此，得书真不易也。"①

《丛睦汪氏遗书》中的《苏诗选评笺释》即是汪辟疆以重金购得的新刻旧籍之一。无怪乎其珍视之，作为随身所携的藏书之一，并留下他大量的批点文字，弥足珍贵。

汪辟疆手批此书的一大贡献在于揭示出乾隆御选的《唐宋诗醇》的品评源于《苏诗选评笺释》，他在《苏诗选评笺释原叙》后的半叶空白上题写：

> 《苏诗选平笺释》六卷，韩门先生所纂。按乾隆九年甲子，诏选《唐宋诗醇》，梁文庄实董其事，御制序所谓主取平品，皆出自梁诗正等数儒臣之手者也。韩门为文庄乡人，《诗醇》苏轼十卷，文庄即以相属。此书即其原稿也。惟汪氏庋藏甚久，晚乃付杀青，故其中不无脱漏。如卷二缺去熙宁六年以后四年之诗约四十余首，后人校刻亦未据《诗醇》本补入，其他亦与《诗醇》累有出入，或为文庄删定，或为韩门晚岁自行增损，世远无从考定矣。壬子辟疆记。

又在《原叙》"要归本于六义之旨，亦非有成见也"上眉批："《诗醇》总序止此。"这段文字的题款是"壬子辟疆记"，壬子即民国元年，公元1912年，距光绪十二年（1886）此书始刊刻仅二十七年。又该书卷二《韩干马十四匹》诗眉批："据《唐宋诗醇》苏轼，'一马'，此诗以下有残阙，当据《诗醇》补录。辟校。"

前引曾枣庄先生的《汪师韩的〈苏诗选评笺释〉》说："《苏诗选评笺释》在大量评论苏诗的著作中具有较为重要的地位，这从乾隆《御选唐宋诗醇》几乎尽采其评即可看出。十七年前我参与编纂《苏轼研究资料汇编》，辑录《御选唐宋诗醇》的资料，觉得评语相当精彩。但越录越觉得似曾相识，后经核对，才知道是汪师韩《苏诗选评笺释》中的评

---

① 《汪辟疆文集》，第864—865页。

语。"故该文提要说:"本文首次考证出乾隆《御选唐宋诗醇》中的苏轼总评就是汪师韩的《苏诗选评笺释叙》,苏诗篇评也几乎都是汪评苏诗。"① 实则首次揭示《诗醇》这一内幕的是汪辟疆先生,要比曾先生早近一个世纪。将汪氏这一结论公之于世的,是程千帆先生于1988年编纂的《汪辟疆文集》,其中《苏诗选本》条云:

> 授苏诗、诗歌史各一小时。苏诗卷帙颇多,其中可诵者至少有五百余首。向来选本以意去取,多强古人以就我,而苏诗面目不可识矣。钱塘汪韩门尝选有《苏诗选评笺释》六卷,即世所传《唐宋诗醇》底本。乾隆九年甲子诏选《诗醇》,梁文庄实董其事,御制序所谓"去取乎品,皆出梁诗正等数儒臣之手"者也。韩门未与修纂之役,而与文庄为乡人,且同居京师。文庄即以苏诗一卷相属,此书即其原稿也。平品去取尚无偏蔽,拟稍为删削补苴,益以评论,当可为一定本矣。
>
> 汪氏此书在乾嘉间未便单行,故藏庋箧笥,即有残缺。按《上湖纪岁诗编》卷四,壬午(时韩门五十六岁)有《旧书簏中检得辑评苏诗残稿诗》云:"百种书钞散碎存,十年梦断往来论。涂鸦稿脱成猜忌,故纸重翻滴泪痕。"细味猜忌之句,似尚有一段故实在也,他日当再考之。
>
> 《诗醇》既为御定,词臣草创底本多不敢出,或即焚弃以灭迹。此稿竟未毁弃,而汪氏子孙乃出之于季世文网渐弛之后,可谓不幸之幸者也。惟原本藏弆既久,其中不无残缺,如卷二缺去熙宁六年以后四年之诗约四十余首,刻时亦未据《诗醇》补入。其他与《诗醇》亦互有出入,如原稿本用查初白《东坡编年诗》先后选辑,故以《南行集》之《过宜宾见夷牢乱山》冠首。《诗醇》乃移《辛丑郑州别子由》于前。年代颠倒,不知何所取义。此外《诗醇》所录之诗,诗后无评语者皆为韩门原选所无,其为临时以爱憎加入无疑。即原稿评语亦与《诗醇》本互异,则此稿进呈后之窜改可知矣。②

这段日记是民国十七年九月二十九日写的,所得出的结论,比前引批点更为详尽,说明是经过汪氏后来补充的。可惜这段文字,曾枣庄先生没有看

---

① 曾枣庄:《汪师韩的〈苏诗选评笺释〉》,《文学遗产》2000年第3期。
② 《汪辟疆文集》,第843—845页。

到。本条中有"其他与《诗醇》亦互有出入，如原稿本用查初白《东坡编年诗》先后选辑，故以《南行集》之《过宜宾见夷牢乱山》冠首"语，探明《苏诗选评笺释》的底本来源是查慎行的《东坡编年诗》，更是一个重要发现，对于研究清代苏诗评选、注释、笺评各本的源流，有着重要价值。此外，汪师韩《苏诗选评原叙》没有题写成书时间，书中其他地方也没有直接说明或以供考证的线索，而由其底本选用查本，则可推测清代初中期苏诗注释各本的源流关系。

三

光绪十二年（1886），《苏诗选评笺释》刻于长沙，其书封面为"丛睦汪氏遗书，左斗才题签"，内扉页为"苏诗选评笺释六卷"，扉页背题"光绪丙戌秋钱唐汪氏重刻于长沙"。其后即载《苏诗选评原叙》，接以正文，无目录。半叶十二行，行二十四字。白口，书口上部标明"苏诗选评笺释"及卷数，下部标明"丛睦汪氏遗书"。所录每首诗，诗题低两格，诗文顶格，评语低三格。此书除上节所言汪氏的三方藏书印章外，封面还有"杭州大学图书资料室语言文学研究室"印，原叙页有"杭州大学语言文学研究室藏"印，第一册封三有图书入库记录："册数3，售价6，有批校。"

据程千帆先生《汪辟疆文集后记》："汪先生……每日小字正楷记录当天所治之事以及读书所得，从来没有间断过，原稿当在百册以上。'文化大革命'中被掠，不知下落，想已被毁。"[①] 由此推测，该书亦当是"文革"中被掠者之一。杭州大学语言文学研究室成立于1961年6月，1983年在此基础上创建古籍研究所。则该书当是"文革"后辗转至杭州大学语言文学研究室的。

此书六卷，汪辟疆批评仅有前三卷，后三卷虽无批语，而有圈点，直至第六卷还有手写目录。就批点形式而言，有以下几种类型。

（一）眉批

汪氏批语，眉批最多，如卷二《芙蓉城》诗就有一大段眉批：

> 宋时赋此事者尚有王荆公，荆公见坡诗和之，首云："神仙出没藏杳冥，帝遣万鬼驱六丁。"荆公以其不可为训，故不传。又清江孔毅夫集有《呈王子高殿丞绝句》云："天上人间事不同，相思何日却

---

① 《汪辟疆文集》，第1067页。

相逢。芙蓉城在蓬莱外,海阔波深千万重。"即指此事也。
　　此种诗,最易流为小说传奇体,所幸结语以开拓之笔作收,庄而不腐,正而不佻,自序所谓"极其情而归之正"者也。
　　通体用胡微之《芙蓉城传》,略分隶诗内。其中段落分明,起四句题清主脑,引入周事。"中有一人"句以下十四句叙周与王冥契事。"仙宫洞房"句以下十一句,叙入梦、梦醒与周永别诸事。"春风"句以下四句,为子高作追忆之词。"愿君"四句,则以开笔故作庄语,收束全篇。而"从渠念"二句,庄而近婉,意更无穷。设无此二语,则意味索然,此所以为诗人之笔也。

　　眉批范围极广,有对东坡诗系年的考证,有关于诗中字句的校异,有对诗中本事的探源,有对诗中典故的追溯,而更多的是关于苏诗的评论。
　　(二) 题下批
　　比起眉批,题下批则要少得多,一般仅有数字,也有稍长者,如卷一第一首《过宜宾见夷牢乱山》诗题下批云:

　　　　嘉祐四年十月,公还朝时途中所作,时年二十四,是时与子由侍官师行。

　　题下批以诗歌编年为主,兼及诗题中人名、地名与本事的介绍与考订,以及与诗题相关情况的一些说明。如《荆州十首》题下批:

　　　　正月,坡公与子由侍官师,自荆州游大梁。翁方纲曰:第七首有"残腊多风雪"句,盖十首非一时所作也。鄙意此为追述荆州风物,不必泥看。

　　(三) 诗旁批
　　因该书是刻本,每半叶十二行,行与行之间空隙较小,容纳不了很多文字,故汪辟疆的诗旁批极少,即使偶有所批,亦甚为简练。如卷一《过宜宾见夷牢乱山》"秩秀安可适"右批:"不妥。"仅有二字。卷一《神女庙》诗"古妆具法服"句左批:"二句入庙所瞻。"
　　(四) 诗末批
　　诗末批主要是对诗歌主旨的阐发与说明,往往点到为止,言简意赅,一语中的。如卷一《荆州十首》的每一首诗末都有批语。

第一首末批："总挈。"
第二首末批："望古。"
第三首末批："悯农。"
第四首末批："感五季。"
第五首末批："风土。"
第六首末批："时相得人，则太守不必效屈原赋《离骚》也。"
第七首末批："追述荆州残腊风土，归到作客。"
第八首末批："多材为累之意。"
第九首末批："假雁发咏，意格俱高。"
第十首末批："总结。"

（五）笺评后批

对于汪师韩的评语，汪辟疆有时也偶作批评，以表明自己的看法。如卷一《过宜宾见夷牢乱山》诗，汪师韩原评："孤冷戍削，具缒幽凿险之能。"汪辟疆批云："批语过当。"同卷《夜泊牛口》诗，汪师韩原评："不见可欲，使心不乱，于此悟出艰难中骨力，孰谓陋室荒村，不可以学道。"汪辟疆批云："批语近腐。"

（六）圈点

汪氏批点此书，盖采用传统的方法，凡重要的文字，都以圈点标示。这也是老一辈学者所独擅的读书方法。该书的每一卷都有圈点，而仅前三卷有批语，且前三卷圈点较后三卷多。由此可以推知，汪氏已通读此书数遍，盖先通读全书加以圈点，后再三阅读，有所心得，有所创获，则写上批评文字。

就批点的内容方面，手批的文字涉及面很广，大要包括以下几个方面。

壹、编年

汪氏品评苏诗，首重知人论世，诗歌的作年对于了解作诗的背景与苏轼立身行事尤为重要，故汪氏所批，在编年方面用力至深。如卷一《守岁》眉批：

> 嘉祐七年壬寅。此与《馈岁》《别岁》共三首。据《栾城集》，《守岁》诗有"於兔绝绳去"句，自注："是岁壬寅。"是坡公此诗，当为嘉祐七年壬寅十二月作矣。

又，卷三《梅花二首》题下批：

庚申二月，坡以正月廿日过关山。冯注引《一统志》：麻城县有虎头、黄土、木陵、白沙、大城、五关，当即诗中关山也。

贰、校勘
卷一《过宜宾见夷牢乱山》眉批：

王、施皆题作"夷中乱山"，查初白据《方舆揽胜》，改作"夷牢"，非是。《栾城集·夷中乱山》诗云："江流日益深，民语渐已变。岸阔山尽平，连峰远非汉。"正咏夷中乱山也。今改从王本。

这是一段极好的校勘文字，在辨析前人注释的基础上，引证苏轼之弟苏辙的诗作以进一步断定是非。又，卷二《自普照游二庵》眉批：

"幽独"，王本作"独往"，查本据《咸淳临安志》作"幽独"，且引杜子美"晚来幽独恐神伤"。纪昀本从查注。王文诰曰：当从王本作"独往"。必如此，始与下句紧接，若用"幽独"，为前后脱节矣。周益公尝言：凡墨迹与石刻与集本互异，恐集本乃后改定，不可轻动，其说最当。

这一段较长的校勘文字，将版本校、他校与理校融合在一起，并生发出校勘的通例，于诗文校勘及苏诗阅读，颇有启迪意义。

叁、考订
卷二《朱寿昌郎中少不知母所在刺血写经求之五十年去岁得之蜀中以诗贺之》眉批：

按朱寿昌弃官寻母，得之同州，《宋史》列入《孝义传》，《东都事略》列入《独行传》，他如《温公目录》《东轩笔录》《续通鉴长编》皆载其事。其见于诗文者，东坡此诗外，如文与可《丹渊集》有《送朱郎中诗序》《送朱康叔求母金州》诗，王介甫有《送河中通判朱郎中迎母东归》诗，苏颂《魏公集》有《送朱郎中寿昌通判河中》诗，皆为此事作也。又《宋中兴艺文志》有送朱寿昌诗三卷，可见宋世播为美谈。见之吟咏若此之富，乃邵青门为宋牧仲补注、施注苏诗绝不征引，何耶？辟记。

对于朱寿昌弃官寻母事,根据多种文献,详细考订,将来龙去脉梳理得一清二楚,以补充前人注评本的不足,不能不说是汪辟疆对苏诗研究的一大贡献。

肆、品评

汪氏品评,大多数是对苏诗的褒奖。如卷一《神女庙》诗眉批:

> 入题警清,语庄而谐。《神女庙》诗,不易著笔,辞艳则佻,辞庄则死,一落此病,诗则乏味也。坡公从治水著眼,庄而实谐,正而近诡,通体用治水故事,而不露一"水"字,至末句乃随手映带而出,恍惚杳冥,神韵独绝矣。

有时也对苏诗的缺失偶作批评,对于汪师韩选诗的不当之处加以说明。如卷一《夜泊牛口》诗眉批:

> 前半写景真实苍秀,后半虽能开拓,实落窠臼,人人意中所有,人人握笔即来,则俗调也,此昌黎所以有"陈言务去"之论也。

指出苏轼此诗,后半乃陈言俗调。又,卷一《催试官考较戏作》眉批:

> 本篇在坡集并非上乘,不知韩门何以入选,平语亦敷衍。

伍、补录

汪氏此本,补录主要有两个方面,一是补全目录。师韩之书有原叙,有正文,有评语,但没有目录,读之颇为不便,汪氏于该书每册后的空白封面上补上该卷的目录,使得阅读该书,有纲举目张之效。

二是对一些重要的资料,或与苏轼相关的诗文作品,补录以资参证。如卷二《朱寿昌郎中少不知母所在刺血写经求之五十年去岁得之蜀中以诗贺之》,眉批中即补录了苏轼的两首诗:

> 《六和寺闸山溪为水轩》,壬子十月。
> 欲教清溪自在流,忍教大雪落沙洲。出山定被江湖浼,能为山僧更少留。
> 《冬至日独游吉祥寺》,壬子十一月。
> 井底微阳回未回,萧萧寒雨湿枯荄。何人更似苏夫子,不是花时

肯独来!

同卷《赠孙莘老七绝》中补录了苏轼的一首诗:

《秀州报本禅院乡僧文长老方丈》
　　万里家山一梦中,吴音渐已变儿童。每逢蜀叟谈终日,便觉峨嵋翠扫空。师已忘言真有道,我除搜句百无功。明年采药天台去,更欲题诗满浙东。

四

汪辟疆批点苏诗,以汪师韩《苏诗选评笺释》为底本,涉猎古籍甚多,于苏诗版本注本亦搜罗殆尽,其引用与辨析最多者为宋施元之《注东坡先生诗》、王文诰《苏文忠公诗编注集成》、查慎行《初白庵诗评》、纪昀《评苏文忠公诗集》四种。汪氏对施注一向重视,他曾论注古人诗文得失云:"注古人诗文,征事第一,数典第二,摘句第三,评文第四。……宋人如施元之注苏,任渊注黄、陈,李璧注荆公,胡穉注简斋,以宋人而注宋人诗,故注中于数典外皆能广征当时故事,俾后人读之,益见其用事之严,此其所以可贵也。"[①] 而对清代其他三种注释评点本,汪氏的取舍是各有轩轾的,故本文就清代的三种苏诗注评本以阐述汪辟疆的主张。

(一) 查注

在清代苏诗的评注中,汪辟疆最推重查慎行的注本。《方湖日记幸存稿》载有《查初白〈东坡编年诗补注〉》条记民国十七年戊辰九月十七日日记云:

　　同季刚雇车至状元境萃文书局。季刚购《藕香零拾》《尔雅》等数种,余购查初白《东坡编年诗补注》。初白因不慊邵子湘订补施注苏诗,乃勘验原书,厘正其窜乱。施注所未及,又蒐采诸书补订其缺漏,而于编年错乱之处考订尤勤,虽偶有乖误,要非邵注可能望项。冯应榴订正其讹漏,王文诰讥弹其编年务胜前人,终嫌枝节,于查书固无损也。此本为乾隆辛巳其侄查开香雨斋原刻,虽非初印,尚未至

---

① 《汪辟疆文集》,第869页。

漫漶。①

其《注古人诗文》亦称："查初白之注苏，明于地理，兼订编年。"② 诸种注本比较，以查注为优，即以其偶有缺憾，也看成是枝节问题。其《苏诗选评笺释》的批语中，更清楚地体现了对于查注的肯定。如卷一《次韵孔文仲推官见赠》眉批：

> 《宋史》：孔文仲字经父，新喻人。举进士，南省榷第一，历台州推官。熙宁初，范镇荐制举，对策万言，力论王安石用人理财之法为非是。安石启神宗御批，罢归故官。查注谓其过杭唱和，正文仲罢举复还台州推官时也。王文诰则谓诗中有"弭节江湄"之语，当是由台州再罢至杭，非罢还台州过杭时之作。按"弭节江湄"语甚通套，不足为由台再罢至杭之证。仍从查说为是，辟记。

这是一段既严谨又精彩的考订文字，先将题中本事拈出，正面考订，又引出旧说，加以辨析，最后经过比较，以证定是非，而其结论则信从查说。

汪师韩所选苏诗，以查注为底本，是经过一番审慎鉴裁的，汪辟疆称赞查注，也是对汪师韩选评本的肯定。查注的学术价值确实很高，这在清代就已得到名家的认可。该书成于康熙四十一年（1702），清陈敬璋《查慎行年谱》称："先生好苏诗，素不满王氏注，谓其疏漏固多，繁芜复不少，有改窜经史、妄托志传以傅会诗词者，有与他集互见、反割他集半首误为全篇者，其且唐人诗亦有阑入者，为之驳正瑕纇，零丁件系，积久成卷。复购得施氏元注，与吴中新刻多所异同，遂审定年表，搜辑逸诗，自癸丑迄壬午，历三十年始成是书。"③ 即使是苏诗评点大家纪昀，也对查氏此书推崇备至："现行苏诗之注，以此本居最。"④

然而，汪辟疆对于查注中不切合苏诗的评语，也会直接点破，如卷一《巫山》眉批：

> "忽闻"八句，趁势以野老作结局势一展，而神仙之说若可信，

---

① 《汪辟疆文集》，第 841 页。
② 《汪辟疆文集》，第 870 页。
③ 陈敬璋：《查慎行年谱》，中华书局 1992 年版，第 24 页。
④ 纪昀：《四库全书总目》卷一五四，中华书局 1965 年版，第 1327 页。

若不可信，语语超妙。查初白以为数语为野老进一辞之说，犹泥于迹象之论也。

对于查注有意立异倾向，汪氏也作了批评，如卷二《新城道中二首》眉批：

至查注据方回《律髓》，改此诗为晁君成和作，非不知其误，乃有意立异耳。

（二）纪评

纪昀评本《苏文忠公集》，汪师韩此书未见征引，王友胜先生推测为"汪评与纪评成书时间前后出入或不会太大"[①]，颇为合理。纪评此书对后世影响很大，以至于当今学者作了这样的衡定："纪昀对苏诗的评点确是具有极高学术水准和诗学价值的一种苏诗研究著作。纪昀以卓尔不群的见识和直言不讳的态度对苏诗进行评点，常常能做到探骊得珠，画龙点睛。纪批不但对苏诗的阐释和研究具有很高的学术价值，而且具备独立的诗学理论价值，值得学界深入研究。"[②]

汪辟疆对纪批则颇多非议之处，在清代诸种苏诗评论的著作中，评价最低。兹略举数例以见之。卷一《送刘道源归觐南康》眉批：

坡公平生嫉恶如仇，故于道源诗不禁痛切言之，以诋时相，其一生大节在此。河间纪氏谓激讦处太多，恐非诗品。然则"相鼠""正月"之诗，纪氏亦将谓其有乖诗品，亦将屏之《三百篇》以外耶？

又，同卷《次韵孔文仲推官见赠》眉批：

孔经父与坡公同为范景仁所荐，后皆与安石议论不合，同斥于外，此诗二人相提并论，慷爽中时有愤慨语，如"君看立仗马，胡不学长卿"诸句，郁勃见于言外。纪氏乃以"今朝枉诗句"以下夹杂无绪讥之，皆未及细究诗旨也。

[①] 王友胜：《论汪师韩的苏诗选评》，《船山学刊》2002 年第 4 期。
[②] 莫砺锋：《论纪批苏诗的特点与得失》，《中国韵文学刊》2006 年第 4 期。

又，卷二《赠孙莘老七绝》眉批：

> 坡公、山谷皆喜用成语，熔化无迹，少陵已开其先，纪昀乃不喜之，以为落江西派任意勒帛。此论诗所以先贵去成见也。诸诗清俊自喜，虽非经意之作，其胸次之高远，措语之俊逸，自非寻常人所能望项也。

同卷《送李公恕赴阙》眉批：

> 骨老气苍，仍是从杜出，纪昀乃谓"世上小儿"句轻薄，不知少陵"世上儿子徒纷纷"已开其先，何足为病，安见其便非诗品耶？

又，卷三《次韵李公择梅花》眉批：

> 题为《和李公择梅花》，而实写梅花处极少，有之亦仅供点缀而已，如此方是和人诗，不是自咏梅花也。然此亦视所和之人关系若何。李公择为坡公挚友，故此诗能从题外说出许多饥贫羁旅之感，仍不害为佳构。若寻常酬应，毫无关系之人，从本题上敷衍，却从何处着笔。纪河间但知坡公借题抒意之妙，必以此为和人诗正格，则失之也。

平心而论，纪昀评点苏诗，用力甚深，至于对苏轼的全部诗歌都品评了一遍。因其贪多务得，故虽精义纷呈，亦瑕疵常显。前引汪氏所指责的纪氏评诗的缺失大都为切中要害之言，很值得我们在研究纪批苏诗时参考。

（三）王注

王文诰《苏文忠公诗编注集成》，有编年，有注释，有评点。其书问世以后，曾受到很高的评价。但当今学者则以为该书得失参半。王友胜先生云："该书在编年上有许多新发明，对苏诗的评点亦间有可取之处，然注释绝少贡献，大多由冯应榴《苏文忠诗合注》删削剪裁而成，又不标示出处，其尤不当者，还好就自己的些小发现而自我欣赏，甚至借掊击前人而抬高自己。"[①]

[①] 王友胜：《王文诰〈苏诗编注集成〉得失论》，《湘潭师范学院学报》2002年第6期。

汪辟疆对王注的态度，不同于纪注。汪氏引用王注较多的，是其编年部分。在其手批甚多的前二卷苏诗中，大多数诗题下都注明撰写年月，有些诗作还在眉批与诗末批中加以考证，并以信从王氏的结论居多。对于王氏的注释与评点，也偶加引用。如卷一《太白山下早行至横渠镇书崇寿院壁》眉批：

> 王文诰《编注集成》，以下三诗，编入嘉祐七年三月在凤翔祷雨时作，李雁湖《王荆文公诗注》引此诗，作"马上兀残梦"，与此异。

此为引用王氏编年的文字。又，同卷《宿临安净土寺》眉批：

> 王注：僧善权曰：《临安县图经》：真寂院在县南二里，天成元年吴越王钱氏建。旧号山房院。
> 《唐地理志》：临安有石镜山，高二十六丈。《太平寰宇记》云：镜径二尺七寸，其光如镜。王注：缜曰：吴越王钱镠布衣时曾照石镜，镜起而耸战。

此为引用王氏注释的文字。又，卷二《新城道中二首》眉批：

> 王文诰曰：此二诗，首则富阳早发，次则行至新城，以题属道中，故就道中收煞耳。次序井然，人所共晓。次首"细雨"一联，明以美晁，中用"官清民乐"作骨，本属常语，忽将"户喜"脱胎，随地点染，人遂不觉，此则鲁直所谓自具华严手段而终身心折者也。至查注据方回《律髓》，改此诗为晁君成和作，非不知其误，乃有意立异耳。

此为引用王氏评论的文字。汪氏对于王注的看法，下语较为和缓，既不像对于纪氏评论的指责态度，也不像对查氏评论的偏爱推重，盖能取其所长，去其所短。

值得注意的是，汪辟疆对于清代诸人评论苏诗的一般失误，也常常明确地指出来，并在此基础上，阐述自己的见解。如《东湖》诗眉批：

> 何焯、纪昀皆以函韵为与陈公弼不合，反说以泄牢骚。惟坡与太

守宋选颇善，所谓官长者似指宋子才之厚遇，不必宋为讥陈公弼也。此亦寻常游览之诗，查慎行、何焯、纪昀及韩门皆求之过深，并以为坡公讥刺陈公弼之作，其实此诗并无不平之心，读之者心自不平耳。起句至"琐细安足戢"一段，皆杂叙东湖景物，凤翔通流，汧水甚浊，此湖则清，故起句借蜀江以形汧浊，而又以清奥推湖入题，乃为得势，余皆湖中所见景物也。"昔闻"以下八句，叙东湖为古饮凤池，完题正面。"嗟予"以下一大段，乃言己之偷闲游览。全篇结构谨严，苍秀深稳。余幼时最爱颂之，而又以查、何诸人说诗之缭绕回复，著其说如此云。

五

汪辟疆对《苏诗选评笺释》，有批有校有注，涉及面颇广，而以批为主，其批又以论苏诗为主。仅以眉批统计，就涉及苏诗113首，且每首眉批往往不止一条。虽以汪师韩《苏诗选评笺释》为底本，对每一首诗加以品评，却不受师韩所囿，往往精义纷呈，时见卓识，是作者多年涵咏，深切体会所得。评语简洁精练，一语中的，令人叹为观止。对于这些批语，笔者已全部辑录出来，厘为一卷，拟另行刊布。兹仅将汪氏批点苏诗的主要创获，分探源、征事、释典、明理、辨体五个部分加以叙述。

（一）探源

汪氏论诗，颇重渊源，前引其《读书举要》称"苏东坡诗，源出于刘禹锡，而出入李杜之间，无体不工，无境不备"。是就苏诗的总体渊源而言。其手批苏诗所重视之源，则多为各体诗或每首诗之渊源。兹略举数例，卷一《石鼓歌》眉批：

> 此题作者，在唐有韦苏州、韩昌黎，宋则坡公，韦歌局促，韩作排纍，坡公此诗，密栗精炼，于韦韩二公，别辟蹊径，真所谓才力雄富，士马精妍者也。

又，《和子由记园中草木十一首》眉批：

> 咏草木诗，杜公《病柏》《病橘》《枯棕》《枯楠》四诗，所感较大，嗣响无人。李卫公《忆平泉草木》诸篇，亦复镵镵能新，耐人寻味。此外则二苏记园中草木，说理而不落理障，咏物而不觉刻

划，词句苍秀，意境绵远，真一时钜手也。若洪丞相盘洲《草木杂咏》，以视苏公，瞠乎其后。颂草木者，江文通有《闽中草木颂》十五首，宋子京有《草木花卉赞》四十二首，体皆四言，语多体物，坡公以五言体行之，不专咏物，顿觉耳目一新。

又，《司竹监烧苇园因如都巡检柴贻勖左藏以其徒会猎园下》眉批：

  《容斋三笔》谓昌黎《雉带箭》诗，东坡尝大字书之，以为妙绝，其实韩公此诗，本于陈思王《七启》论羽猎之"美比人稠网，密地逼势胁"二语，隐括其意，遂成名作。坡公之篇，亦颇有抚韩之意，但韩诗盘屈，故调促而味长，苏诗委曲，故累折而气舒。面目究竟不同，所谓善学古人者也。

又，《欧阳少师令赋所蓄石屏》眉批：

  飘逸骏快，似太白；硬语盘空，似昌黎。三句点出石屏中之孤松，下面乃无中生有，实以毕宏、韦偃，想力所通，奇横无匹，此等处，非有真实笔力，未易学步。

又，卷二《画鱼歌》眉批：

  《三百篇》以比兴为多，唐宋以后此义较少。坡公此诗，颇得风人之遗，白香山所谓"兴发于此而义归于彼"者也。但古人寄兴，语深而婉，此诗一望而知，终嫌直露。查初白则推为波阔苍茫，无自穷其畔岸，誉过其实矣。

又，《柏堂》眉批：

  就本题叙去，骨老气苍，三四一联，唐人自杜公外无此，大胆写去，然非真力弥满而又有眼前事实者，万勿学步，必强为之，则觉其直率耳。

又，《韩干马十四匹》眉批：

于短幅中叙述不同样之马十六匹，精采焕发，韩记杜诗之外，别开一境。收题四句，措语健而隽，所谓神来之笔，他人不能有，即东坡亦不常有也。

又，《张寺丞益斋》眉批：

班固《咏史》，始兆论宗；方朔《诫子》，始涉理路；寒山衍为佛语，《击壤》流为语录；诗道又一变矣。此诗通体说理，语直而尽，盖有韵之文耳。白傅亦喜用此体，坡公似有意放之，尚未全流滑易，故不觉耳。

又，《闻辨才法师复归上竺以诗戏问》眉批：

此诗说法，唐寒山、拾得已开其先，荆公曾拟之，亦多名理。此诗前五联记辨才去来天竺之实，后四联借禅为诙，直同偈语耳。以题为戏问，自与寒山说法不同。纪晓岚诋之以为非诗，王见大推之，以为住得更妙，皆胶柱之见也。

东坡诗，博收约取，从《诗三百》，到汉魏六朝，延及当代，诗家所长，都能吸取而融化之。汪氏诸批，探讨苏轼每首诗的渊源，切中肯綮。探源之后，再论苏诗开拓之功，以明其另辟蹊径，则更见洞识。若《石鼓歌》，既受韦应物、韩愈的影响，又较二人。而《和子由记园中草木》一诗，历数江淹《闽中草木颂》、杜甫咏草木诗、李德裕《忆平泉草木》、宋祁《草木花卉赞》，比较论析，并突出杜诗于苏诗的影响，再拈出苏轼此诗"不专咏物"的独到之处，已将苏诗个性特征凸显出来，再以苏轼之后的洪迈比较，以见其影响，完全臻于"考镜源流，辨章学术"的境地。

学古而面目与古不同，足见苏诗笔力之雄，境界之高。学韩之结果"韩诗盘屈，故调促而味长；苏诗委曲，故奡折而气舒"，学李白"飘逸骏快"，学杜甫"骨老气苍"，而最终显出自己的真实笔力，奇横无比。读汪氏所批，苏诗的特色一目了然。

（二）征事

征事是苏诗的一大特点，即汪氏称"坡公诗以征事富丽见长"（《送安惇秀才失解西归》眉批）。东坡一生，历经数代，仕途坎坷，且交游遍天下，表现于诗中，则用事纷繁而复杂。这一方面，自宋以来的注本多加以考订与探索，对研究苏诗，极为有助。汪氏所批，极重征事，在取资前人成果的基础上，再深入挖掘，亦时有创获。如《次僧潜见赠》眉批：

> 道潜，於潜人。坡守杭，卜智果精舍居之。《墨庄漫录》载其本名昙潜，轼改曰道潜，轼南迁得罪，返初服。建中靖国初，诏复祝发，崇宁末归老江湖。尝赐号妙总大师。工诗，为坡公、荆公、淮海、俞清老所称。韩子苍云：若看参寥诗，则惠洪诗不堪看也。《四库提要》有《参寥子集》十二卷。朱弁《风月堂诗话》云：参寥自杭谒坡于彭城，一日宴郡僚，谓客曰：参寥虽不与此集，然不可不恼之也。遣伎马盼盼持纸笔就求诗，参寥援笔立见，有"禅心已作泥沾絮，不逐春风上下狂"之句，坡喜曰："吾尝见柳絮落泥中，谓可入诗，偶未收入，遂为此人所先。"

又，《闻辨才法师复归上竺以诗戏问》眉批：

> 元净初住上天竺，越人争以檀施归之，重樱杰关，冠于浙西。后为文捷所夺，施古不至，岩石草木为之索然。赵清献见而赞之曰：师去天竺，山空鬼哭。天竺师归，道场光辉。坡诗前五联皆记其初来之实也。

（三）释典

前引汪氏论注古诗文语，以征事第一，数典第二，故其批点，或自己注明典故，或引用前人注释以弄清典故。如卷一《送安惇秀才失解西归》诗云："旧书不厌百回读，熟读深思子自知。"汪氏批云：

> 裴松之《三国志注》引《魏略》曰："董遇字季直，性质讷，好学，善治《老子》，为作训注，人有从学者，遇不肯教，而云：必当先读百遍。言读书百遍而义自见。《魏志》卷十三《王朗传》注。"

又，卷二《赠写御容妙善师》"都人踏破铁门槛，黄金白璧空堆床"眉批：

> 王注：唐智永禅师住吴兴永福寺，人来觅书，并请题头者如市，户限为之穿穴，乃用铁叶裹之，人谓铁门限。出《尚书故实》。

(四) 明理

所谓明理，指通过个别篇章的批评，以明作诗与读诗之通理，不仅对于苏诗研究，即对整个中国诗歌史研究都有启发意义。如卷一《自金山放船至焦山》眉批：

> 信手写来，语语正锋，亦沉郁，亦顿挫，学诗从此等处入手，庶无流弊。

强调学诗入门须正，方能运用自如。同卷《越州张中舍寿乐堂》眉批：

> 诗厌陈熟，尤忌奇辟而乏理意。坡公此诗，能生能新，通体无一直笔，无一熟语，而句句精彩，盖出奇而恰如分际者也。或有以了无深义少之者，真瞽说也。

亦论作诗以走正道为要，强调贵新厌熟，贵曲忌直，而"忌奇辟而乏理意"。又，卷二《续丽人行》眉批：

> 论诗最忌成见，所谓庄谐，所谓陈熟，要当视（在）题情反正上去看。如此诗题曰《丽人行》，是为背面欠伸之丽人，凡手为之，不患无绮语，而所谓庄语者，固用不上也。纪氏评此诗结语，斥为庄论而腐，任意勒帛，可谓全不知诗。不知此诗通体极力形容其丽，而画工又著眼于东风破睡之背面，则伤春洗面，皆题中应有之义，使再以侧笔巧笔、绮词艳词写之，有何意味！坡公忽无端举一举案齐眉、相敬如宾之孟光，逼出一背面伤春之粲者，奇师突起，出人意外。"何谓之庄，何谓之腐"，假庄论为谐语，化腐朽为神奇，有此一反结，而通体精彩焕发，意味深长，何致于纪氏所云云哉！

这段批语，不仅语言精彩，更重要的是论述到诗学观念上的雅俗关系，与论诗者主观意识的联系。论诗要先立足于诗，不能先有成见，才能真正咀诗之英华，加上对传统观念灵活运用，才能得诗之精髓。汪氏以为东坡《续丽人行》诗"奇师突起，出人意外"，"假庄论为谐语，化腐朽为神奇"，真使读者拍案叫绝，而较纪昀所评，不得不瞠乎其后矣。又，《送李公恕赴阙》眉批：

> 方植之曰：道转奇纵，熟此可得下笔之法。又曰："奇快用违"句倒入，"忽然"句奇，"君为"句倒入，"独能"句倒入，通身用逆。又曰：赠人寄人之诗，如此首及送孔郎中与梁左藏、戏子由、送刘道原、寄刘孝达、送沈达、寄吴德人、次韵王定国南迁回见寄，皆妙。

此从诗歌作法的分析着笔，以概括出送人诗下笔以用逆倒入为妙。又《仆囊于长安陈汉卿家见吴道子画佛碎烂可惜其后十余年复见之于鲜于子骏家则以装背完好子骏以见遗作诗谢之》眉批：

> 古人往往于小题自发大议论，亦由其胸中有此一段境界，随地涌现，故能妙绝千古。如此诗之"觉来落笔不经意，神妙欲到秋毫巅"，虽论道元画，即坡公一生诗文自得之处，亦即其自信之处。后人即勉强为一二自负语，所谓学古人说话，故难于动人。此修词立诚之说，所以千古不竭也。坡公因然，即渊明、少陵、昌黎、山谷、遗山、伯生，亦是如此。

又，《次韵答舒教授观余所藏墨》眉批：

> 坡公往往以小物发为吟咏，皆以精理灏气贯之，独绝千古。集中如咏画、咏书、咏茶、咏墨、咏草木，名篇叠出，前人推陶、杜、昌黎集中为多，他人即偶有之，亦无此等煌煌巨篇也，大抵文章激乎胸次，其襟怀高旷者，皆能于小处见大，脱然町畦，有迈往不屑之韵，无几微难显之情。否则专求迹象，极意雕镂，纵极其工巧，而诗与人了不相涉，安能令读者兴起邪！如此诗与吴道子画佛，孙莘老求墨妙亭诗，虽所论只在书画藏墨之微，而语语皆有人在，此其所以可贵也。

以上两段批语论述诗学小与大的关系，以为作诗时从小题旨中发大议论既非常重要，又并非易事。而境界高远与修辞立诚是必备的条件，这就引发出古今诗学中至关重要的两大命题。

（五）辨体

汪氏评诗，涉及诗体者不少，而所言之体，不是诗之体裁，多为作诗之体，侧重于诗之作法。他既重视章法，又强调变化。卷一《李氏园》

眉批：

> 此诗以叙次体行之，层次井然，波澜壮阔，读之可悟诗文之法初无二致。

又，《二十七日自阳平至斜谷宿于南山中蟠龙寺》眉批：

> 以叙传体为诗，奥折深秀，至可玩味，自首句至绿韵，皆叙晚渡与投寺，至晓起经过景物分言之，则"谷中"以下六句，途中晚景也。"入门"二句，到寺所见也。"愧无"二句，一述寺僧所致词，一述寺僧供客也。"板阁"二句，寺中眠起也。"起观"二句，则因深夜到寺，都无所见，至此早起，始为目乱也。其叙次层次，最为明了简括。王文诰曰："门前"四句作结，是论断体。章法井然，不得与上段牵混矣。

又，《梵天寺见僧守诠小诗清婉可爱次韵》眉批：

> 清婉可感，正可移平此诗。诗家取境，本不尽同，即在专家，亦多变体。故以穿花点水之细腻，无害于钜刃磨天；以金钗银镯之艳辞，何伤乎盘空硬语。坡公此诗，亦一时兴到之作，尊之者则尚标此种，截断众流；毁之者，则又诋为貌为澹远，实落空调。岂所谓通方广恕，好远兼爱者哉！

又，《宿临安净土寺》眉批：

> 此诗在坡集中亦平平，但自晨至夜，一路铺叙过去，一日所经，无一罣漏，简而有法，可为叙事诗程式。然照此直叙，诗复何味？妙在"明朝"句作一悬想波折，前实而后虚，前板滞而后空灵，遂究非凡响。

就辨体立论，拈出苏诗中平常之作，从叙事诗体式程序方面品评，注意到整饬中有变化，可谓独具慧眼。

（原载《文学遗产》2008 年第 1 期）

柳词双声叠韵考论

陶 然

唐宋词是随着燕乐的成熟与繁衍而发展起来的，词的字声亦由乐曲曲律而决定，不仅需分平仄，更需辨阴阳四声、清浊轻重等。字声是联系乐曲与歌词的重要环节，它既是文字所固有的语言属性，又可以反映乐曲的音乐美。词乐失坠之后，词的音乐美往往只能通过字声组合的流利调谐来体悟。双声叠韵是唐宋词字声运用的手段之一，亦颇为学者所留意。如王国维《人间词话》谓："双声叠韵之论，盛于六朝，唐人犹多用之。至宋以后，则渐不讲，并不知二者为何物。……苟于词之荡漾处多用叠韵，促节处多用双声，则其铿锵可诵，必有过于前人者。"[1] 夏承焘先生曾指出李清照词的特点之一在于多用双声叠韵字，并逐字举出其《声声慢》词中所用的舌声与齿声[2]。吴熊和先生《柳词三题——〈双声子〉与双声叠韵》一文，亦对柳永《双声子》（晚天萧索）词中的双声叠韵字作了分析[3]。本文拟就柳永《乐章集》中双声叠韵的运用进行具体归纳与总结，这对于讲论唐宋词字声之演变，或不无裨益。

一

两字同纽或同母谓之双声，两字同韵谓之叠韵。双声叠韵本是语言运用的自然现象，也是音近义通的组词方式，许多联绵词就由双声或叠韵构成。《诗经》《楚辞》中其例甚多。六朝时期，声律渐为人所重。《文赋》以五色相宣喻音声迭代，沈约谓妙达此旨始可言文；《文心雕龙》专列"声律"，四声八病，皆属字声。唐代近体诗成型后，在诗中大量而自觉

---

[1] 王国维：《人间词话·删稿》，《词话丛编》本，中华书局1986年版，第4255页。
[2] 夏承焘：《李清照词的艺术特色》，《月轮山词论集》，《夏承焘集》第2册，浙江古籍出版社、浙江教育出版社1998年版，第251页。
[3] 吴熊和：《吴熊和词学论集》，浙江大学出版社1999年版，第218—220页。

地运用双声叠韵的首推杜甫。洪亮吉谓："唐诗人以杜子美为宗,其五、七言近体,无一非双声叠韵也。"① 清人周春《杜诗双声叠韵谱括略》指出："少陵尤熟于此,神明变化,遂为双声叠韵之极则。"② 老杜自谓"晚节渐于诗律细",其诗中双声叠韵的运用已极为老练成熟。而词中首先广泛运用双声叠韵的则是柳永。柳永之前的温庭筠、冯延巳,以及同时的晏殊、张先等词人,运用双声叠韵填词,或偶一为之,或无意暗合,无明显的规律。柳词中的双声叠韵则不仅数量众多,而且方式复杂多变,从中可以反映出柳永对发展词乐和推进词律的贡献。

通过以中古语音比对《乐章集》中的字声,可以大略将其分为严格的双声叠韵及准双声叠韵两大类。严格的双声叠韵,声母或韵部完全相同。如:

"晓来枝上绵蛮"(《黄莺儿》。绵蛮,均属《广韵》中明母,为双声)。
"凤额绣帘高卷"(《西江月》。高卷,见母,双声)。
"绸缪凤枕鸳被"(《尉迟杯》。绸缪,均属尤韵,为叠韵)。
"有个人人真攀羡"(《木兰花令》。人真,真韵,叠韵)。

以《彊村丛书》本《乐章集》统计之,除去辑佚词10首及后来《全宋词》本中的存目词与互见词等,在206首词作中,运用了此种严格的双声或叠韵的,达186首。而所谓准双声叠韵,是指声母或韵部十分接近的字声。"凡十分接近的声母(如心母和山母)和十分接近的韵母(如上古的脂部和微部),都可以认为双声叠韵。"③ 以此衡量柳词,则双声叠韵的运用更是几乎逐篇有之,如:

"愁泪难收,又是黄昏"(《诉衷情》。黄,匣母,昏,晓母。匣晓为喉音旁纽,属准双声)。
"愿巍巍、宝历鸿基,齐天地遥长"(《送征衣》。天,透母,地,定母。透定为舌头音旁纽,属准双声)。
"寒蝉凄切,对长亭晚"(《雨霖铃》。寒,寒韵,蝉,仙韵,均

---

① 洪亮吉:《北江诗话》卷1,人民文学出版社1983年版,第2页。
② 周春:《杜诗双声叠韵谱括略》卷1,丛书集成初编本,商务印书馆1935年版,第5页。
③ 王力:《汉语史稿》上册,中华书局1980年版,第46页。

属等韵中的山摄，韵相近，属准叠韵）。

"蜡炬兰灯烧晓色"（《玉楼春》。烧，宵韵，晓，筱韵，均属效摄，为准叠韵）。

事实上，柳词中的准双声叠韵远多于严格的双声叠韵。诗人作诗，本就不完全受韵书限制。周春总结杜诗之双声叠韵，也持较宽泛标准，他认为："疑娘、澄床、知照、彻穿、禅日之类，虽属各母，而音实逼近，亦可通用。"① 而词人填词，一方面于诗韵本有分合，上去作平、阳上作去、三声通叶，均不乏其例；另一方面，作者与歌者更为重视的是字声如何配合乐曲曲律，在实际演唱过程中，准双声叠韵与严格的双声叠韵在音乐效果上应当是一致的，故本文通其两者而论之。另外，叠字相当于既双声且叠韵，其音乐效果亦相同，如果从最广泛的意义上，亦应归并考察。只是出于习惯，本文未将其与双声叠韵相混。

二

柳词组织双声叠韵的模式，从字法上可以分为联绵词例、常用词例、临时词例、非词例、句间例、片间例、隔字例七类。以下分别举例说明。

1. 联绵词例。汉语词的构词方式决定了大量联绵词多为双声叠韵。《乐章集》中这类联绵词颇为常见。如：

"算孟光、争得知我，继日添憔悴"（《定风波》。憔悴，从母双声）。

"赢得无言悄悄，凭阑尽日踟蹰"（《木兰花慢》。踟蹰，澄母双声）。

"从卧来、展转千余遍"（《安公子》。展转，知母双声兼狝韵叠韵）。

"拆桐花烂漫"（《木兰花慢》。烂漫，分属翰韵与换韵，均山摄，叠韵）。

2. 常用词例。许多常用而且相对固定的词组，亦往往有双声叠韵者。如：

---

① 周春：《杜诗双声叠韵谱括略》卷2，《丛书集成初编》本，商务印书馆1935年版，第45页。

"唱新词，改难令，总知颠倒"（《传花枝》。颠倒，端母双声）。

"遣行客、当此念回程，伤漂泊"（《满江红》。漂，滂母；泊，并母，均为重唇音，双声）。

"对好景良辰，皱著眉儿，成甚滋味"（《慢卷䌷》。滋，之韵；味，未韵，均止摄，叠韵）。

"涨海千里，潮平波浩渺"（《留客住》。浩，皓韵；渺，小韵，均效摄，叠韵）。

3. 临时词例。是指临时组合的不固定词语构成的双声叠韵关系。如：

"巷陌乍晴，香尘染惹，垂杨芳草"（《满朝欢》。染惹，日母双声）。

"今后敢更无端"（《锦堂春》。敢更，见母双声）。

"便苦恁难开解"（《迎春乐》。开，咍韵；解，蟹韵，均蟹摄，叠韵）。

"淮楚。旷望极"（《过涧歇近》。旷，宕韵；望，漾韵，均宕摄，叠韵）。

4. 非词例。是指词中的两字或多字，在意义上无法组成词语，但在字声上却构成双声叠韵关系。这种模式在《乐章集》中甚为常见。如：

"令赍瑶检降彤霞"（《巫山一段云》。检降，见母双声）。

"玉砌雕阑新月上。朱扉半掩人相望"（《凤栖梧》。扉半，帮母双声）。

"避行客、含羞笑相语"（《夜半乐》。羞笑相，三字均为心母双声）。

"章街隋岸欢游地"（《木兰花》。岸，翰韵；欢，桓韵，均山摄，叠韵）。

"黄金榜上。偶失龙头望"（《鹤冲天》。榜，荡韵；上，漾韵，均宕摄，叠韵）。

5. 句间例。是指上句尾字与下句首字构成双声或叠韵，体现了两句在音律上的前后相承、谐美贯穿。如：

— 337 —

"露花倒影，烟芜蘸碧"（《破阵乐》。影烟，影母双声）。

"珠履三千鹓鹭客。金吾不禁六街游"（《玉楼春》。客，溪母；金，见母，牙音旁纽双声）。

"细香明艳尽天与。助秀色堪餐"（《受恩深》。与助，御韵叠韵）。

"满庭秋色将晚。眼看菊蕊"（《斗百花》。晚，阮韵；眼，产韵；看，翰韵。均山摄。三字均为叠韵）。

6. 片间例。是指上片尾字与下片首字构成双声或叠韵。如：

"只恁孤眠却。　佳人应怪我"（《尾犯》。却、佳，见母双声）。

"阆苑神仙。　昔观光得意"（《透碧宵》。仙、昔，心母双声）。

"春睡厌厌难觉。　好梦狂随飞絮"（《西江月》。觉，效韵；好，皓韵。均效摄，叠韵）。

"似把芳心、深意低诉。　无据"（《黄莺儿》。诉，暮韵；无，虞韵；据，御韵。均遇摄，三字均为叠韵）。

7. 隔字例。以上6类中，双声叠韵之字皆前后连缀，而《乐章集》中还有一种情况很是多见，即相隔一字或数字的两字之间，构成双声或叠韵。从语言学的角度来看，这些当然不属于双声叠韵。而且如以诗律衡之，还属于沈约八病之说中的傍纽、正纽、大韵、小韵诸病[1]。但词律本合曲律，与诗律有完全不同的音韵要求，这些隔字的双声叠韵，对于歌辞中字声的抗坠以及乐曲的音乐表现仍起到重要作用。如：

"忆绣衾相向轻轻语"（《祭天神》。绣、相，心母双声；衾、轻，溪母双声）。

"卖花巷陌，放灯台榭"（《甘州令》。卖、陌，明母双声；花、巷，晓母与匣母邻纽双声）。

"几回饮散，灯残香暖"（《少年游》。散、翰韵；残、寒韵；暖、缓韵。均山摄，叠韵）。

"画鼓喧街，兰灯满市"（《归朝欢》。画、喧，匣母与晓母邻纽双声；鼓、街，见母双声；兰、满，寒韵与缓韵，均山摄，叠韵）。

---

[1] 参见王力《略论语言形式美》，《龙虫并雕斋文集》第1册，中华书局1980年版，第476—477页。

联绵词与常用词构成的双声叠韵，较为现成而固定，前人诗中运用甚多。而临时组词、非词以及句间、片间、隔字的双声叠韵，则显现了柳永对乐曲音律和字声的极端敏感，以及高超的语言驾驭能力。

另外，宋代福建词人因受闽音影响，多有歌豪同韵的现象，尤侯部与萧豪部也时常通叶，如柳永《红窗迥》词即以"了"叶"柳""走""有"等①。如考虑到方言的因素，则《乐章集》中双声叠韵之例应当更多。如《斗百花》"宫中第一妖娆"句，宋代闽音"中"读"当"②，则"中第"为邻纽双声。又如《定风波》"镇相随，莫抛躲"、《西江月》"又是韶光过了"、《满朝欢》"往昔曾迷歌笑"，如按歌豪同韵，则"抛躲""过了""歌笑"均为叠韵。不过，柳永长期生活于汴京，"如果用福建音押韵，岂能受到歌妓与乐工的欢迎？又岂能传播四方？"③ 因此以方音构成的双声叠韵恐怕不能视为通例。

三

杜诗的双声叠韵多用于律诗中的对句，而柳词双声叠韵的一个明显规律是，多用于每片的起结处，即主要见于双调词的起句、上片歇拍、过遍和结句，单调、三叠亦如之。

起句为一篇之首、发唱之端。其音律的谐和决定着全词的主基调，词家历来重视。《乐章集》中起句即运用双声叠韵者，共有 71 例。如：

> "景萧索"（《雪梅香》。萧索，心母双声）。
> "英英妙舞腰肢软"（《柳腰轻》。妙舞，明母双声）。
> "离宴殷勤"（《倾杯》。殷勤，欣韵叠韵）。
> "虫娘举措皆温润"（《木兰花》。温，魂韵；润，稕韵。均臻摄，叠韵）。

上片歇拍是一片的终了，在结构上起着总结上片、引起下片的作用。《乐章集》在此处运用双声叠韵者，共有 73 例。如：

---

① 参见鲁国尧《论宋词韵及其与金元词韵的比较》，《鲁国尧自选集》，河南教育出版社 1994 年版，第 144 页。
② 刘晓南：《从历史文献的记述看早期闽语》，《语言研究》2003 年第 1 期。
③ 鲁国尧：《宋代福建词人用韵考》，《语言文字学术论文集》，知识出版社 1989 年版，第 383 页。

"莺铐音尘远"(《斗百花》。莺铐，来母双声)。
"鹤背觉孤危"(《巫山一段云》。孤危，见母双声)。
"妆光生粉面"(《河传》。妆，阳韵；光，唐韵。均宕摄，叠韵)。
"又岂知、前欢云雨分散"(《阳台路》。岂，尾韵；知，知韵。均止摄，叠韵)。

过遍为后段首句，有承前启后之效，亦是词家极为重视之处。柳词中此处用双声叠韵者共57例。如：

"龙凤烛、交光星汉"(《倾杯乐》。交光，见母双声)。
"多情自古伤离别"(《雨霖铃》。情自，从母双声)。
"朦胧暗想如花面"(《御街行》。朦胧，东韵叠韵)。
"无据。乍出暖烟来，又趁游蜂去"(《黄莺儿》。无，虞韵；据，御韵。均遇摄，叠韵)。

结句为全篇收尾，总束全词，亦为一调中音节吃紧处。柳词中结句用双声叠韵者共75例。如：

"尽分付征鸿"(《雪梅香》。分付，帮母双声)。
"从此乾坤齐历数"(《玉楼春》。乾，群母；坤，溪母。牙音旁纽，双声)。
"爱把鸳鸯两处笼"(《鹧鸪天》。鸯，阳韵；两，养韵。均宕摄，叠韵)。
"怎得依前灯下，恣意怜娇态"(《迎春乐》。恣，至韵；意，志韵。均止摄，叠韵)。

以上四处共276例，去其一词中多处重见者，则《乐章集》中凡于上四处之一有双声或叠韵者共182首，占总数206首之88%以上，远多于词中其他位置。

四

《乐章集》中运用双声叠韵的句法，除仅单用一处双声或叠韵者，层见叠出，相对集中地连续使用，似更为常见。细析之，则可区分为连用、对用两类。

1. 连用例。《文心雕龙·声律》篇谓："辞转于吻，玲玲如振玉；辞靡于耳，累累如贯珠。"① 词中一句之内、数句之间甚至上下片之间，连续使用双声或叠韵，或许就是为了达到这种如金声振玉、贯珠累累的效果。如：

"又是韶光过了"（《西江月》。是韶，常母双声；光过，见母双声。一句之中两双声连用）。

"遍九阳、相将游冶"（《柳初新》。阳相将，阳韵叠韵；游冶，以母双声。一句之中双声与叠韵连用）。

"冻云黯淡天气"（《夜半乐》）。黯，豏韵；淡，敢韵。均为咸摄，叠韵。淡，定母；天，透母。舌音双声。一句之中叠韵与双声共字连用）。

"渐妆点亭台，参差佳树"（《夜半乐》。亭台，定母双声；参差，初母双声。两句之间两双声连用）。

"算何止、倾国倾城，暂回眸、万人肠断"（《柳腰轻》。倾城，清韵叠韵；眸万，明母双声。两句之中双声与叠韵连用）。

"夜雨滴空阶，孤馆梦回，情绪萧索"（《尾犯》。夜雨，以母与云母，喉音双声；阶孤馆，三字见母双声；萧索，心母双声。三句之中三双声连用）。

"争奈不是鸳鸯伴。　朦胧暗想如花面"（《御街行》。鸳鸯，影母双声；朦胧，东韵叠韵。上下片之间，双声与叠韵连用）。

2. 对用例。杜诗律句中常见双声叠韵对用，如《江畔独步寻花七绝句》："繁枝容易纷纷落，嫩蕊商量细细开。""容易"为以母双声，"商量"为阳韵叠韵，从而形成严谨工整的对仗。柳词中类似用法甚多，如：

"立望关河萧索，千里清秋"（《曲玉管》。萧索，心母双声；清秋，清母双声）。

"登孤垒荒凉，危亭旷望"（《竹马子》。荒，唐韵；凉，阳韵。均宕摄，叠韵。旷，宕韵；望，漾韵。均宕摄，叠韵。荒凉与旷望，亦属叠韵）。

---

① 刘勰著，詹锳义证：《文心雕龙义证》，上海古籍出版社1989年版，第1224页。

— 341 —

以上两例中,"立望"与"登"均为领字,领起以下两个四字句,此为对句中的双声对用。又如:

"芳草连空阔,残照满。佳人无消息,断云远"(《迷神引》)。空阔,溪母双声;消息,心母双声。残,寒韵;满,缓韵。均为山摄,隔字叠韵。断,换韵;远,阮韵。均为山摄,亦为隔字叠韵)。

此例类似诗家所谓扇面对。其中不仅词意相对,而且字声上双声对双声、叠韵对叠韵,一字不苟。另外,"残"为从母,"照"为章母,属邻纽双声;"云远",属云母双声。两韵四句之间,共用两对双声、一对叠韵,若合符契,足见柳词音律的精审。又如:

"渐霜风凄惨,关河冷落,残照当楼"(《八声甘州》)。凄惨,清母双声;关河,见母与匣母邻纽双声;冷落,来母双声;残照,从母与章母邻纽双声;当楼,端母与来母邻纽双声)。

此例类似后世元曲中常见的鼎足对,亦全以双声相对。

除了上举这类比较严整的对句外,由于词的句法复杂多变,不似律诗那么整齐,双声叠韵对用的位置有的也较为灵活而不拘泥。有一韵中首尾相对用者,如:

"须信画堂绣阁,皓月清风,忍把光阴轻弃"(《玉女摇仙佩》)。须信,心母双声;轻弃,溪母双声)。

有上片歇拍与下片过遍处对用者,如:

"成甚滋味。　红茵翠被"(《慢卷绸》)。成甚,常母双声;滋味,之韵与未韵止摄叠韵;红茵,匣母与影母邻纽双声;翠被,至韵与纸韵止摄叠韵。两句均由双声与叠韵构成)。

有上下片对用者,如:

《木兰花》上片首句"东风催露千娇面",下片首句"霏微雨罢残阳院"。东风,东韵叠韵;霏微,微韵叠韵。催千,清母双声;雨阳院，云母、以母、云母邻纽双声。

《归去来》上片末句"尽春残、萦不住"，下片末句"休惆怅、好归去"。尽春残，从母、昌母、从母邻纽双声；休惆，尤韵叠韵；惆怅，彻母双声。

有隔句对用者，如《临江仙引》下片：

"醉拥征骖犹伫立，盈盈泪眼相看。况绣帏人静，更山馆春寒。今宵怎向漏永，顿成两处孤眠"（眼看，产韵与翰韵山摄叠韵；馆寒，换韵寒韵山摄叠韵；处孤，语韵模韵遇摄叠韵）。

五

以上从字法、位置和句法三方面，对柳永《乐章集》中双声叠韵的运用方式进行了列举和说明。不可否认，这些字声合于双声叠韵，必然有出于无心的或本为语词的自然组合，未必每一例均是有意运用双声或叠韵来结撰成词。但柳词如此大量频繁地使用双声叠韵，而且在字法组织、句法运用和所处位置方面，又都有规律可循，因此从总体上来看就肯定不只是偶然暗合的结果。通过具体词例的考察，本文认为柳词运用双声叠韵的目的与效果主要反映在以下三个方面。

1. 配合乐曲旋律的复杂性，更完美地表现词调声情。词调本是曲调，词律全依曲律，这是唐宋词与近体诗的明显不同。之所以词要讲究审音用字，就是"为了创造一种合之管弦、付之歌喉的歌调，这种歌调将直接用于合乐歌唱"[①]。而唐宋燕乐乐曲高下跌宕、抑扬回环的旋律变化，远比字声复杂，这就要求词在字声选择上进一步细密化。故李清照《词论》谓："盖诗文分平侧，而歌词分五音，又分五声，又分六律，又分清浊轻重。"[②] 运用双声叠韵，和区分五音六律等一样，都是为了完美地谐调乐曲与字声之间的矛盾，使乐妓在演唱时，声辞和乐曲相得益彰。虽然由于燕乐失传，今人无法完整地体会柳词中声辞与乐曲是如何谐调的，但仍可推测其仿佛。如吴熊和先生指出柳永有《双声子》词，张先有《双韵子》词，《双声子》即双声曲，《双韵子》即双韵曲。然张词中，"叠韵仅一

---

① 吴熊和：《唐宋词通论》，浙江古籍出版社1989年版，第66页。
② 王仲闻：《李清照集校注》卷3，人民文学出版社1997年版，第195页。

见，并非按调名本意填作，全词实与调名无涉。柳永这首词则不然。词中双声叠韵，层见间出，反复运用，贯彻始终，可以说是一首名副其实的双声叠韵之曲"①。又如柳永的名作《雨霖铃》，据《碧鸡漫志》载："双调《雨霖铃慢》，颇极哀怨，真本曲遗声。"② 可知该曲是一首哀怨之调，声调凄婉缠绵。而柳永此作不仅词意哀怨，其中双声叠韵亦大量出现，如"凄切""留恋""语凝""情自""更堪""冷落""清秋""好虚"，均为双声；"寒蝉""看眼""岸残""种风"，均为叠韵。这对于表现离别哀情，无疑应有助益。又如《甘州》一调，毛文锡《甘州遍》谓："美人唱，揭调是甘州。"揭调就是高调。柳永《甘州令》（冻云深）词中，大量运用双声，如"深淑""艳阳""明媚""高价""卖陌""花巷""灯台""游冶"等。双声连缀，其音高亮促迫，与此词意境色泽的明亮雅致亦适成对应。可见柳永精通音律、善于创制与改制新调的特色，在双声叠韵的运用上也明显地体现出来。柳词天下传唱，与其词中字声、词意与乐调的完美结合，是大有关系的。

2. 加强乐曲每遍之间的衔接与过渡。张炎《词源》谓："最是过片不要断了曲意，须要承上接下。"③ 这不仅是指词意的"承上接下"，还应包括字声的"承上接下"。借助双声叠韵和谐悦耳的声音效果，就可以使上片与下片之间衔接得更为紧密、过渡得更为妥帖。这是柳词在上片结句和下片首句大量运用双声叠韵的主要目的。如前举《御街行》词，上片结句"争奈不是鸳鸯伴"，承以下片首句"朦胧暗想如花面"。"鸳鸯""朦胧"两个联绵词连用，将前句的无奈之情与下句的相思之意连缀贯穿，前者流转直白，后者深沉凝重，自然传达出为情所苦的思绪。

而前文总结的"片间例"，即上片尾字与下片首字之间构成双声叠韵关系，则是更为直接地将上片与下片连缀一气。这种现象在《乐章集》中共有25例。值得注意的是，其中仅8例为双声，叠韵则多达17例。这可能是因为上下片之间叠韵的音乐效果好于双声。上片尾字是用韵之处，又是一段乐曲的终了，往往其音缭绕，袅袅不绝于听众之耳。此时承以叠韵之字，以作过片起声，能够前后贯穿，悦耳稳帖，产生强烈的音乐效果。如《合欢带》上片歌拍"飞燕声悄"，"悄"字声音低沉悠长，方当渐行渐远、余音绕梁之际，过片唱声又起，"桃花零落"，"悄""桃"叠

---

① 吴熊和：《吴熊和词学论集》，浙江大学出版社1999年版，第218—219页。
② 王灼：《碧鸡漫志》卷5，上海古籍出版社1983年版，第89页。
③ 张炎著，夏承焘校注：《词源》，人民文学出版社1963年版，第13页。

韵,"零落"双声。其声律之精美、韵度之和谐,今人虽不能亲耳听闻,然时一诵之,舌齿之间,流利婉转,犹可想见当时演唱的情状。又如《梦还京》上片歇拍作"悄无寐",下片承以"追悔当初","无寐"双声,"寐""追"叠韵。"寐"为去声,去声劲纵激越,用作结句是为了配合乐曲音调的转高转急。而下片"追"转平声,既前后承接,又在声情上由抑转扬,舒缓了上片结束时的急迫感。从词意上来看,前句写此刻暗夜无眠的痛苦,下句转入对过去的回忆与悔意。字声运用与音乐、词旨的需要,均配合得非常完美。

3. 突出乐声的紧要处与节奏变化。一曲音乐的紧要处,用字择声务必精审。在这种地方使用双声叠韵,就可以造成强烈的韵律美感。前举柳词过片、歇拍处大量使用双声叠韵,就是因为这些位置均为乐曲紧要处,其旋律与节奏决定着整首乐曲的基调与走向,故须着意强调字声。而一曲音乐的精彩处,用字亦务严,柳词中许多名句都运用了双声叠韵,与此当亦有关系。

清人李重华《贞一斋诗说》谓:"叠韵如两玉相扣,取其铿锵。双声如贯珠相联,取其婉转。"① 此所谓"婉转",应指声母相同之字并用而产生的贯穿连缀的美感,这和王国维所说的"促节处多用双声"是一致的。在乐曲的繁声促节处多用双声字,一般来说,显得急促逼仄,适合表现压抑、凄清或激愤的情感。而所谓"铿锵",亦非铿锵有力之意,而是指如"两玉相扣"时发出的悠长余韵,这和王国维所说的"荡漾处多用叠韵"亦相通。在乐曲的舒缓处用叠韵字,一般而言显得余音悠然、声情回环荡漾,适合表现细腻缠绵或开阔悠远之情。如《雨霖铃》中名句:"多情自古伤离别。更哪堪、冷落清秋节。""情自""更堪""冷落""清秋",连用四双声。尤其是"冷落清秋",两舌音、两齿音连缀,似有无限的寒凉意绪,为下文残月寒柳的画面作了声情上的铺垫。又如《竹马子》词开篇"登孤垒荒凉,危亭旷望"两句,"荒凉""旷望"均为叠韵。声韵上的悠扬感加强了词意所描绘的阔远苍凉的境界。

双声与叠韵的音韵效果既有不同,则双声与叠韵的交错使用,就可以与乐曲的抑扬抗坠、韵律的高下变化相配合,可以更好地以声写情。如前引《迷神引》词末四句:"芳草连空阔,残照满。佳人无消息,断云远。""空阔""消息",均为双声,此二句今日读来仍觉节奏促迫;而"残满""断远"均为叠韵,字数虽少,节奏却趋缓。尽管"残照""云远"亦属

---

① 李重华:《贞一斋诗说》,《清诗话》本,上海古籍出版社1978年版,第935页。

双声，但"满""远"两结字的叠韵效果明显更为强烈。这四句急缓交替，节奏井然有序。又如柳永著名的《八声甘州》词，整个上片均以双声叠韵交错运用，造成节奏变化："对潇潇暮雨洒江天，一番洗清秋。渐霜风凄惨，关河冷落，残照当楼。是处红衰翠减，苒苒物华休。惟有长江水，无语东流。"首句中"潇潇"叠字、"暮雨"叠韵，叠字与叠韵的音律效果相似，均造成此句节奏的舒缓。而从次句开始，"清秋""凄惨""关河""冷落""残照""当楼""是处"，连缀七个双声，节奏明显加快，用以表现登高悲秋之慨，情绪激促。随后数句中，"衰翠"叠韵、"苒苒"叠字，节奏逐渐放缓。"惟有"双声振起，"无语"叠韵收束。全片字声抑扬跌宕，其起伏回环之美、精巧勾连之思，实是具见匠心、经意结撰之作。

　　双声叠韵既是语言现象，又是音乐曲律的要求，同时还是一种艺术手段。柳词中首先出现的大量运用双声叠韵之现象，对词律的发展有其影响，同时也为千载之后的人们，在词乐失传的情况下，约略感知唐宋词的音乐美，提供了一个可能的视角。宋人项安世谓："学诗当学杜诗，学词当学柳词。"虽然项氏的着眼点在于杜诗柳词皆是"直说"[①]，但若论柳永对推进词律的贡献，或许未必在杜甫研精诗律的贡献之下。

（原载《浙江大学学报》2008年第5期）

---

① 张端义：《贵耳集》卷上引项安世语，谓"杜诗柳词，皆无表德，只是直说"。丛书集成初编本，中华书局1985年版，第16页。

柳词考证

陶 然

本文针对柳永涉及丁谓、柳植、蒋堂、范仲淹诸词,于前贤成论之侧,略有献疑别解。

一 《玉楼春》与丁谓

词云:

> 星闱上笏金章贵。重委外台疏近侍。百常天阁旧通班,九岁国储新上计。 太仓日富中邦最。宣室夜思前席对。归心怡悦酒肠宽,不泛千钟应不醉。

吴熊和先生《柳永与宋真宗"天书"事件》谓为真宗颂圣词[1]。今疑为大中祥符五年(1012)投献丁谓而作。

其一,词中所涉职官多与丁谓仕履吻合。

1. 金章。据《宋史·舆服志》,三品以上服紫佩金鱼袋,谓之章服[2]。金章即谓此,非指官印。《宋史·丁谓传》:"迁给事中,真拜三司使。……建会灵观,谓复总领之。迁尚书礼部侍郎,进户部,参知政事。"[3] 据李濂《汴京遗迹志》卷10,建会灵观在大中祥符五年八月[4],丁迁礼部侍郎在其后。又据《宋史·真宗纪三》及《续资治通鉴长编》卷78,九月丁谓进户部侍郎、参知政事。按北宋文官寄禄官阶序列,给事中正四品,礼、户部侍郎皆从三品。词指丁由给事中迁礼部侍郎。

---

[1] 吴熊和:《吴熊和词学论集》,杭州大学出版社1999年版,第180页。
[2] 脱脱等:《宋史》卷153,第11册,中华书局1977年版,第3568页。
[3] 脱脱等:《宋史》卷283,第27册,中华书局1977年版,第9567页。
[4] 李濂:《汴京遗迹志》卷10,中华书局1999年版,第165页。

2. 外台。此与"近侍"对举，亦非泛指安抚、转运等而特指三司。如《宋史·李参传》："召为三司使。参知政事孙抃曰：'参为主计，外台将承风刻剥天下。'"① 丁谓仕履与三司密切相关，先后任三司户部判官、权三司盐铁副使、权三司使、三司使、行在三司使等，逢迎"天书"屡降及东封西祀诸事，供亿无缺。"重委外台"者即指其以计臣而得进用。

3. 天阁、旧通班。天阁指尚书台，如《宋元嘉起居注》："领曹郎中荀万秋……岂可复参列士林，编名天阁。"② 此指丁谓高迁尚书礼部侍郎。按丁谓于淳化三年（992）释褐即授京朝官序列之大理评事，故谓"通班"。自其登第至大中祥符五年（1012）已21年，故谓"旧"。

其二，词中所颂时裕民康均与丁谓所掌相关。

1. 上计。《淮南子·人间训》："解扁为东封，上计而入三倍。"③ 本指地方官年终奏呈朝廷之计簿，此借指丁谓景德四年所上《会计录》。《丁谓传》："上《会计录》，以景德四年民赋户口之籍，较咸平六年之数，具上史馆。……诏奖之。"④

2. 九岁国储。《礼记·王制》："国无九年之畜曰不足。"⑤《淮南子·主术训》："夫天地之大计，三年耕而余一年之食，率九年而有三年之畜……二十七年而有九年之储。"⑥ 李商隐《为汝南公以妖星见贺德音表》："劝课耕耔，复周邦九岁之储。"⑦ 杨侃《皇畿赋》："备九年之储，充六军之给。"⑧ 可证"九岁国储"指国家粮食储备富足。真宗咸平元年（998）即位，至景德四年（1007）丁谓上《会计录》时正为九年。薛瑞生先生《乐章集校注》认为指"九岁时即被立为太子的仁宗"⑨，并由此断词为投赠李迪，似不确。立储国之大事，以柳永的身份在歌词中轻议之，不甚合理，且如指仁宗，语气亦轻佻。

3. 太仓日富。《长编》卷74："（大中祥符三年）上阅《元和国计

---

① 脱脱等：《宋史》卷330，第30册，中华书局1977年版，第10619页。
② 徐坚：《初学记》第2册，中华书局1962年版，第259页。
③ 何宁：《淮南子集释》卷18，中册，中华书局1998年版，第1270页。
④ 脱脱等：《宋史》卷283，第27册，中华书局1977年版，第9567页。其详可参见李焘《续资治通鉴长编》卷66。
⑤ 孙希旦：《礼记集解》卷13，上册，中华书局1989年版，第340页。
⑥ 何宁：《淮南子集释》卷9，中册，中华书局1998年版，第684—685页。
⑦ 刘学锴、余恕诚：《李商隐文编年校注》第2册，中华书局2002年版，第603页。
⑧ 吕祖谦：《宋文鉴》卷2，吉林人民出版社1998年版，第12页。
⑨ 薛瑞生：《乐章集校注》，中华书局2012年版，第163页。

簿》。三司使丁谓进曰：'唐朝江淮岁运米四十万至长安，今乃五百余万，府库充牣，仓库盈衍。'上曰：'民俗康阜，诚赖天地宗庙降祥，而国储有备，亦自计臣宣力也。'"①

4. 疏近侍。《长编》卷71："初议作宫，命谓经度。谓欲殚国财用，规模宏大，近臣多言其不可，殿前都虞候张旻亦言土木之侈，不足以承天意。上召问谓，谓曰：'陛下富有天下，建一宫崇奉上帝，何所不可。且今未有皇嗣，建宫于宫城之乾地，正可以祈福。群臣不知陛下此意，或妄有沮止，愿以谕之。'既而王旦又密疏谏上，上谕之如谓所对，旦遂不敢复言。"② 所谓"近臣"或即词中"近侍"所指。

其三，柳有赠丁谓之渠道。刘邠《中山诗话》载柳三复善蹴鞠，"柳欲见晋公无由，会公蹴球后园，偶迸出，柳挟取之，因怀所业，戴球以见公。出书再拜者三，每拜，球起复于背膂幞头间，公乃笑而奇之，遂延于门下。"③ 可知柳永长兄柳三复乃丁谓门下。

词中所述多为丁谓任三司使时事，如作于大中祥符五年九月丁谓参政之后，不应无一语涉及，疑即作于八月丁进礼部侍郎之后、九月参政之前。

二　《木兰花慢》（古繁华茂苑）与柳植

词云：

> 古繁华茂苑，是当日、帝王州。咏人物鲜明，土风细腻，曾美诗流。寻幽。近香径处，聚莲娃钓叟簇汀洲。晴景吴波练静，万家绿水朱楼。　　凝旒。乃眷东南，思共理、命贤侯。继梦得文章，乐天惠爱，布政优优。鳌头。况虚位久，遇名都胜景阻淹留。赢得兰堂酝酒，画船携妓欢游。

词有"香径""吴波"诸语，又提及曾刺苏之"梦得""乐天"，断为赠知苏州者，盖无疑义。罗忼烈先生《柳永六题》据下片"鳌头。况虚位久，遇名都胜景阻淹留"等句，谓自大中祥符至嘉祐年间状元出身而知苏州者，惟有吕溱，遂定为赠吕之作④。但北宋诗文中似未见以"鳌头"称榜首者，且词中"鳌头"如指状元，则"况虚位久"句无着落。柳永

---

① 李焘：《续资治通鉴长编》第6册，中华书局1980年版，第1683页。
② 李焘：《续资治通鉴长编》第6册，中华书局1980年版，第1602页。
③ 何文焕：《历代诗话》上册，中华书局1981年版，第290页。
④ 罗忼烈：《词学杂俎》，巴蜀社1990年版，第214—216页。

投赠词惯于结拍善颂善祷，如《望海潮》："异日图将好景，归去凤池夸。"《早梅芳》："便恐皇家，图任勋贤，又作登庸计。"《一寸金》："台鼎须贤久，方镇静、又思命驾。"均落实至"凤池""登庸""台鼎"，只说"虚位"未免含糊，不合柳词用语习惯。今按唐宋翰林学士承旨朝见时立于镌有巨鳌的殿陛石正中，因俗称入学士院为上鳌头，又称承旨为鳌头。姚合《和卢给事酬裴员外》："鸳鹭簪裾上龙尾，蓬莱宫殿压鳌头。"① 王禹偁《送江州孙膳部归阙兼寄承旨侍郎》："归见鳌头如借问，为言枨也减刚肠。"② 江休复《江邻几杂志》："刘子仪侍郎三入翰林，意望入两府，颇不怿。诗云：'蟠桃三窃成何事，上尽鳌头迹转孤。'"③ 均可证。此句实即"况鳌头虚位久"之倒装句，如此，意既通顺，"虚位"亦得落实，且能与"阻淹留"语相贯。

今疑此词为景祐五年（1038）赠知苏州柳植。自大中祥符初至嘉祐末由知制诰出知苏州者有柳植、赵概、唐询三人，且其在任时间与柳词中春景相合。据《宋史》三人本传，（柳植）"擢修起居注、知制诰。求知苏州，徙杭州，累迁尚书工部员外、郎中，召还，为翰林学士"④；（赵概）"召修起居注。欧阳修后至，朝廷欲骤用之，难于越次。概闻，请郡，除天章阁待制、纠察在京刑狱。修遂知制诰。逾岁，概始代之。……入为翰林学士"⑤；（唐询）"起居注阙人，帝特用询，遂知制诰。……出知苏州，徙杭、青二州。进翰林侍读学士"⑥。又据明王鏊《姑苏志》卷3，柳植"景祐四年九月丙午以尚书刑部员外郎、知制诰迁知苏州，宝元元年六月癸未移杭州"；赵概"庆历五年戊辰，以尚书兵部员外郎、知制诰出知苏州"；唐询"嘉祐二年二月戊申以知制诰出知苏州。三年六月丙辰徙杭州"⑦。三人均有文名，且归朝后皆任翰林学士或翰林侍读学士。柳词所赠对象或即不出此三人。而赵概曾有为欧阳修之擢升辞让知制诰之事，词中提及"鳌头""虚位"，如赠赵概显不合理。而唐询知苏州之嘉祐二年时，柳当已74岁，似亦稍迟。故景祐五年春投献柳植的可能性最大。

---

① 《全唐诗》卷501，第15册，中华书局1960年版，第5692页。
② 《全宋诗》卷67，第2册，北京大学出版社1991年版，第761页。
③ 《宋元笔记小说大观》，第1册，上海古籍出版社2001年版，第573页。
④ 脱脱等：《宋史》卷294，第28册，中华书局1977年版，第9819页。
⑤ 脱脱等：《宋史》卷318，第30册，中华书局1977年版，第10364页。
⑥ 脱脱等：《宋史》卷303，第29册，中华书局1977年版，第10043页。
⑦ 王鏊：《姑苏志》卷3，台湾学术书局1986年版，第32—33页。

三 《永遇乐》（天阁英游）、《一寸金》（井络天开）与蒋堂

词云：

> 天阁英游，内朝密侍，当世荣遇。汉守分麾，尧庭请瑞，方面凭心膂。风驰千骑，云拥双旌，向晓洞开严署。拥朱幡、喜色欢声，处处竞歌来暮。　　吴王旧国，今古江山秀异，人烟繁富。甘雨车行，仁风扇动，雅称安黎庶。棠郊成政，槐府登贤，非久定须归去。且乘闲、孙阁长开，融尊盛举。（《永遇乐》）

> 井络天开，剑岭云横控西夏。地胜异、锦里风流，蚕市繁华，簇簇歌台舞榭。雅俗多游赏，轻裘俊、靓妆艳冶。当春昼，摸石江边，浣花溪畔景如画。　　梦应三刀，桥名万里，中和政多暇。仗汉节、揽辔澄清，高掩武侯勋业，文翁风化。台鼎须贤久，方镇静、又思命驾。空遗爱，两蜀三川，异日成嘉话。（《一寸金》）

罗忼烈先生推测《永遇乐》为上苏守滕宗谅之作。按《姑苏志》卷3，滕于庆历六年（1046）八月自知岳州徙苏，七年正月到任，未逾月卒。其莅苏未满一月，若定为上滕宗谅作，似过于匆促。今疑为景祐四年（1037）投赠蒋堂之作。据范成大《吴郡志》卷11，蒋两知苏州，一为景祐四年六月（《姑苏志》谓五月）以朝散郎、尚书吏部员外郎知苏州；一为皇祐元年（1049）正月以枢密直学士、左谏议大夫知苏州①。词开篇"天阁英游，内朝密侍"二句，前已考天阁谓尚书台，而"密侍"盖谓蒋曾任侍御史事。下片"仁风扇动"句用《晋书·袁宏传》："宏自吏部郎出为东阳郡，乃祖道于冶亭。时贤皆集，（谢）安欲以卒迫试之，临别执其手，顾就左右取一扇而授之曰：'聊以赠行。'宏应声答曰：'辄当奉扬仁风，慰彼黎庶。'"②景祐元年蒋堂以尚书吏部员外郎出知苏州，正与袁宏相类，可见柳词用事之精切。若词为皇祐元年作，于蒋堂前后两知苏州之盛事不应无一语誉及。又结句"孙阁长开，融尊盛举"用公孙弘、孔融好士延贤之典，与景祐四年柳永正求取举状以谋改官的状况亦相吻合。

薛瑞生先生《乐章集校注》订《一寸金》为庆历三年（1043）六月

---

① 范成大：《吴郡志》卷11，江苏古籍出版社1999年版，第142—143页。
② 房玄龄等：《晋书》卷92，第8册，中华书局1974年版，第2398页。

古典文学的旧学与新知

至四年十一月蒋堂知益州期间,作于成都①。但据《北宋经抚年表》,蒋于庆历二年知杭州,三年六月知益州②。蒋堂前任为杨日严,《成都文类》卷22《张俞送杨府公归朝序》载:"杨公治益州,政成有庸,四年春,公遂朝京师。"③可知蒋到任为四年春前后,但十二月即为文彦博所代,在任仅半年。词中虽涉及益州风物及民俗,然多用旧典,目前尚无证据可确定柳永曾至成都。今按柳永于庆历三年改官后或即为余杭令,时蒋堂知杭州,六月改知益州,继任者杨偕九月到任④,则蒋离杭应在十月前后。词盖柳任余杭令时为蒋赠行之作,词中春景为预估蒋堂到任益州时间而言。

四 《满江红》(暮雨初收)与范仲淹

词云:

> 暮雨初收,长川静、征帆夜落。临岛屿、蓼烟疏淡,苇风萧索。几许渔人飞短艇,尽载灯火归村落。遣行客、当此念回程,伤漂泊。
> 桐江好,烟漠漠。波似染,山如削。绕严陵滩畔,鹭飞鱼跃。游宦区区成底事,平生况有云泉约。归去来、一曲仲宣吟,从军乐。

词有"桐江""严陵滩""游宦"诸语,知作于柳永任睦州团练推官期间,即景祐元年(1034)秋至景祐二年前后。宋释文莹《湘山野录》卷中:"范文正公谪睦州,过严陵祠下,会吴俗岁祀,里巫迎神,但歌《满江红》,有'桐江好,烟漠漠,波似染,山如削。绕严陵滩畔,鹭飞鱼跃'之句。公曰:吾不善音律,撰一绝送神,曰:'汉包六合网英豪,一个冥鸿惜羽毛。世祖功臣三十六,云台争似钓台高。'吴俗至今歌之。"⑤但据《长编》卷113及范仲淹《与晏尚书书》中"四月几望,至于桐庐"⑥语,可知范知睦州为明道二年(1033)十一月,到任在次年即景祐元年四月。范过严陵祠时,柳词尚未问世,则柳词作年与《湘山野录》所载似必有一误。故罗忼烈谓:"按照《湘山野录》的讲法,范仲淹

---

① 薛瑞生:《乐章集校注》,中华书局2012年版,第257页。
② 吴廷燮:《北宋经抚年表》卷4,中华书局1984年版,第259页。
③ 袁说友等:《成都文类》下册,中华书局2011年版,第456页。
④ 周淙:《乾道临安志》卷3,《宋元方志丛刊》本,第4册,中华书局1990年版,第3243页。
⑤ 释文莹:《湘山野录》卷中,中华书局1984年版,第35页。
⑥ 范仲淹:《范仲淹全集》中册,四川大学出版社2007年版,第682页。

贬睦州前已经有了严陵祠和柳永的《满江红》词,岂不荒谬?"①

《湘山野录》所载固恐有误,然细绎其文并未确指范过严陵祠即其赴任睦州之初,如理解为谪睦州期间似亦可通,则柳词系年与文莹所载遂不冲突。据《姑苏志》卷3,景祐元年六月范仲淹"自知睦州徙乡郡(苏州),八月徙明州,九月诏复改苏"②。吴俗岁祀本在秋冬,范四月赴任睦州途中当然不可能见岁祀歌柳词事,但离任前后亦未必不能再经祠下。范《留题方干处士旧居》诗序:"某景祐初典桐庐,郡有七里濑,子陵之钓台在,而乃以从事章岷往构堂而祠之,……洎移守姑苏,道出其下,登临徘徊。"③又范《依韵酬章推官见赠》诗题:"仲淹自桐庐移守姑苏,由江而上,登严陵钓台"④,皆可证范在景祐元年秋冬移知苏州途中曾过钓台。而此时柳已任睦州团练推官,范闻歌柳词并非没有可能。

严陵祠实并不始于宋。初唐洪子舆有《严陵祠》诗,晚唐方干有《题严子陵祠》二首。盖范所谓"构堂而祠之"实为重建新修。

(原载《文学遗产》2017年第4期,题为《柳词四考》,收入本论文集时有增补)

---

① 罗忼烈:《词学杂俎》,巴蜀书社1990年版,第206页。
② 王鏊:《姑苏志》卷3,台湾学生书局1986年版,第32页。
③ 范仲淹:《范仲淹全集》上册,四川大学出版社2007年版,第102页。
④ 董棻:《严陵集》卷4引,《丛书集成初编》本,商务印书馆1935年版,第38页。

李清照南渡后行迹与戚友关系新探

陶 然

李清照南渡后流寓两浙近三十年,其间行迹遍及杭州、越州、台州、温州、明州、婺州、衢州诸地。对此,前贤时彦多有考述,亦颇有异同[①]。但易安南来行止与播迁路线依何而定,自来却无人提及。以常理度之,李清照以孤嫠之身,悽惶流离,必有亲友为之接应安置,决非任意望门投止、无所依托者。其《金石录后序》中虽自谓"赵李族寒",但南渡时期赵李二族亲友,居于朝野者,颇不乏人。依此考察易安之行迹和心理,是一个全新的认识角度,对于理解其南渡后诗词文创作,亦可提供重要思路。

一

建炎三年(1129)八月,金军大举南侵之际,赵明诚卒于建康。此时宋高宗已准备退往浙东,同时以隆祐太后率六宫赴江西洪州避难。正是在这种危殆的局势下,李清照开始了她的流寓生涯。《金石录后序》中对此时的状况有真切的描述:

> 葬毕,余无所之。朝廷已分遣六宫,又传江当禁渡。时犹有书二万卷,金石刻二千卷,器皿茵褥,可待百客,他长物称是。余又大病,仅存喘息,事势日迫。念侯有妹婿任兵部侍郎,从卫在洪州,遂遣二故吏,先部送行李往投之。冬十二月,金人陷洪州,遂尽委弃。

[①] 参见王仲闻《李清照集校注》所附《李清照事迹编年》,人民文学出版社1979年版;黄墨谷《重辑李清照集》附《宋李清照易安居士年谱》,齐鲁书社1981年版;徐培均《李清照集笺注》附《李清照年谱》,上海古籍出版社2002年版。又王昊《李清照建炎间避兵心态行迹探赜》一文对李清照南渡初年心迹作了详细讨论,见《词学》第17辑,华东师范大学出版社2006年版。

关于赵明诚的这位"妹婿",经过诸多学者的考证,现已可确认指的是李擢,其妻为赵明诚之妹。赵明诚、李清照居山东期间,与李擢往来频繁,赵明诚曾与李擢、傅察(明诚的另一位妹婿)等同游仰天山、灵岩洞诸名胜①。据李心传《建炎以来系年要录》卷29记载,建炎三年十一月金兵侵入江西,隆祐太后退保虔州,"江西安抚制置使知洪州王子献弃城遁走抚州……于是中书舍人李公彦、徽猷阁待制权兵部侍郎李擢皆遁"②。可知李清照遣"故吏"护送行李及书籍金石碑刻等先往洪州,其目的就是打算投奔李擢。只是随着"金人陷洪州",不仅这批物品"遂尽委弃",李清照势亦不能赴江西矣。

然而,李清照拟赴江西的动机是否仅仅是投奔李擢呢?《金石录后序》中有一段话似不甚为学者所留意:"建炎戊申秋九月,侯起复知建康府。己酉春三月罢,具舟上芜湖,入姑孰,将卜居赣水上。"这说明建炎三年三月赵明诚罢知建康府之后,赵、李夫妇就已打算赴江西"卜居赣水上"了,因此他们溯江西上经安徽芜湖、姑孰(今当涂)抵达池阳(今贵池),五月赵明诚"被旨知湖州……独赴召",李清照"遂驻家池阳"。其后清照得知明诚患病,急赴建康。明诚卒后,清照方决定投奔李擢。而且李擢以兵部侍郎护卫隆祐太后赴洪州也是本年八月之事,此前的三月间,赵、李二人应当不可能预知李擢在江西,故其欲"卜居赣水上"必有其他缘由。本文认为这一方面固然是因为江西地区水陆交通便利,赵、李自山东携来的大批书籍金石碑刻可自长江、赣水顺利运达,一旦有警亦可退入赣南山区甚至岭南闽广地区。事实上隆祐太后率六宫赴洪州避兵,这也是重要因素,其后退保虔州的结果,亦为明证。而另一方面,更为直接的缘由则是,江西一地应当有可供赵、李托身寄居之亲友,否则家累既重,贸然南行,似不合常理,而这一点往往为人所忽略。据此,考索建炎三年的江西官守,果然有李清照的两位亲戚,他们就是李清照生母的亲兄弟王仲嶷与王仲山。清照生母为元丰中宰相王珪之女,仲嶷(一作仲蘷)、仲山(一作仲端)均为王珪之子③。据《建炎以来系年要录》卷

---

① 参见于中航《李清照生平杂考三题》,《李清照研究论文选》,上海古籍出版社1986年版,第384页。

② 李心传:《建炎以来系年要录》卷29,中华书局1988年版,第572页。

③ 庄绰:《鸡肋编》卷中,中华书局1983年版,第76—77页;杜大珪:《名臣碑传琬琰集》卷8;李清臣:《王文恭公珪神道碑》,《影印文渊阁四库全书》本。参见徐培均《李清照集笺注》,第398—399、475页;沈彩英、顾吉辰《李清照近亲考》,《文史》第37辑,中华书局1993年版;邓新跃《李清照与秦桧亲戚关系考》,《中国典籍与文化》2005年第3期。

29载，建炎三年十一月，"金分兵侵抚州，守臣王仲山以城降拜。金以其子权知州事，令括管内金银赴洪州送纳。又侵袁州，守臣显谟阁待制王仲嶷亦降。仲山，珪子。仲嶷，仲山兄也"。① 可证建炎三年金兵来侵之前，王仲嶷在知袁州（今江西宜春）任，王仲山在知抚州（今江西临川）任。自安徽沿江西上，至鄱阳湖，可经洪州由赣水上溯转入袁江抵袁州，亦可由抚河抵抚州，水路极为畅达。

由此可以得出结论：赵明诚、李清照夫妇在建炎三年三月即拟赴江西卜居，其主要动机应是投奔李清照的二位嫡亲舅父。但五月间赵明诚因改知湖州而赴建康，八月卒。李清照此时得知李擢从卫隆祐太后赴洪州的消息，洪州、抚州、袁州，三地本就密迩相邻，交通便利。而李擢与明诚、清照过从甚密，其妻亦清照旧馆姊妹，颇可依托，李擢兵部侍郎的身份或也可为清照"卜居赣水上"提供更为安定的条件，故李清照决定往投李擢。概言之，建炎三年八月，李清照自觉"无所之"之时，江西有其三位关系较密切的亲族，不但足可托身，而且在她看来，足可以保护存留她和赵明诚从北方携来的大批文物。这是她拟赴江西的完整心迹。

《金石录后序》中只字不提往投二位舅父事，是因为王仲嶷、王仲山因屈膝降金而声名狼藉。当时朝廷降责辞谓："临川先降，宜春继屈，鲁卫之政，若循一途。虽尔无耻不愧当时之公议，顾亦何施面目见尔先人于地下哉！"② 这篇责辞正是赵明诚的另一位亲戚中书舍人綦崇礼所撰。又，《建炎以来系年要录》卷88载绍兴五年四月，"责授沂州团练副使王仲嶷复中大夫，与宫观。言者论其不廉不忠。乃诏更俟一赦取旨"③。可见直到绍兴五年王氏兄弟尚以"不廉不忠"而不齿于士大夫。李清照作《金石录后序》在绍兴四年八月④，在文中不愿提及欲投二位舅父事，是可以理解的。同样，当年李擢遁逃，也不是什么光彩的举动，故《金石录后序》中只以"妹婿"称之而不名，正是有意为亲者讳的表现。

二

金兵侵入江西，李擢遁走，二位舅父迎降，先期运去的书籍文物全部

---

① 李心传：《建炎以来系年要录》卷29，中华书局1988年版，第577页。此谓仲嶷为仲山之兄，王明清：《挥麈馀话》卷三则谓王仲嶷为王珪孽子。
② 王应麟：《困学纪闻》卷15，四部丛刊三编本，商务印书馆1935年版。
③ 李心传：《建炎以来系年要录》卷29，中华书局1988年版，第1469页。
④ 此依王仲闻说，见其《李清照集校注》，第256—257页。

散亡，彻底打破了李清照"卜居赣水上"的梦想。而且金兵南下势急，溯江西上亦已不安全，这些因素均使其深感"上江既不可往"，只能转而就近赴浙东避难。从建炎三年末至四年四月，李清照一直奔走于浙东诸地。关于这段经历，清照在《金石录后序》中云："上江既不可往，又虏势叵测，有弟迒任敕局删定官，遂往依之。到台，台守已遁。之剡，出陆①，又弃衣被，走黄岩，雇舟入海，奔行朝，时驻跸章安。从御舟海道之温，又之越。"这段文字是考察李清照建炎年间经历的重要原始材料，但其中所叙路线，衡之地理与时势，略有不合处，因此不少学者怀疑其可能有脱文或错简，对这段文字的解释也互有异同②。但大体而言，李清照播迁的路线尚属清晰：自越之剡，又自台州、黄岩奔行朝，再从御舟海道往温州，经明州返越州。而李清照这数月间所经之事及奔波的心迹与缘由，与李清照的几位戚友均甚有关联。

1. "市古器"事，赖谢克家而解。

据《建炎以来系年要录》卷27载，建炎三年闰八月壬辰，"和安大夫开州团练使致仕王继先尝以黄金三百两，从故秘阁修撰赵明诚家市古器。兵部尚书谢克家言：'恐疏远闻之，有累盛德，欲望寝罢。'上批令三省取问继先因依。继先，开封人，时年三十余。为人奸黠，喜谄佞，善亵狎。建炎初，以医得幸。其后浸贵宠，世号'王医师'。"③在赵明诚卒后不到一月的时间里，高宗幸臣王继先即欲购其所藏"古器"。从谢克家谏言的语气来看，此事极可能是在高宗授意下的举动，否则王继先收购"古器"，如何会"有累盛德"？按谢克家，字任伯，为南宋名臣，其父谢良弼与赵挺之、陈师道等同为东平郭概之婿。王明清《挥麈后录》卷7载："元祐中，有郭概者，东平人，法家者流，遍历诸路提点刑狱，善于择婿。赵清宪、陈无己、高昌庸、谢良弼，名位皆优，而谢独不甚显。其子乃任伯，后为参知政事。"④故谢克家与赵明诚为姨表兄弟。可见李清

---

① "出陆"二字，别本作"出睦"。此从王仲闻校注本及徐培均笺注本作"出陆"。但也有学者认为出睦（今浙江建德）是由安徽池阳赴浙路途所经。但李清照赴浙是否必定由池阳出发，尚不能确定。盖其既能托故吏将大批书籍文物运往江西，未必就不能托人将其运往浙东越州与己会合。

② 如浦江清认为应改为"出睦之剡，到台，台守已遁"。见《浦江清文史杂文集》，清华大学出版社1993年版，第152页。不过，如改为"之剡，出陆，到台，台守已遁"，于地理似亦同样吻合。总之，正如王仲闻等所认为的那样，原文所谓先"到台"，再"之剡"，再"走黄岩"，揆之地理，是不可能的。

③ 李心传：《建炎以来系年要录》卷27，中华书局1988年版，第549—550页。

④ 见王明清《挥麈后录》卷7，上海书店出版社2001年版，第134页。

照在面临王继先欲"市古器"的为难处境时,向时任兵部尚书的谢克家求援,由于谢的干预,李清照才得以保存她和赵明诚花费毕生心血所收集的金石古器。

2. "寄剡""到台",欲将文物暂托于晁公为。

《金石录后序》载:"先侯疾亟时,有张飞卿学士,携玉壶过视侯,便携去,其实珉也。不知何人传道,遂妄言有'颁金'之语。或传亦有密论列者。余大惶怖,不敢言,亦不敢遂已,尽将家中所有铜器等物,欲赴外廷投进。到越,已移幸四明,不敢留家中,并写本书寄剡。"所谓"颁金"之意,或谓通敌,或谓赐金,众说纷纭。其中赐金说隐指高宗求购文物,与王继先求购事可相参证,似较可从①。这一系列事件让李清照认识到其所收藏的大批古董,极有可能成为身家之累,再加上"颁金"流言,故此决定"赴外廷投进"。但当她抵达越州后,得知高宗已"移幸四明"。据《后序》,清照将这批文物及珍贵的写本书籍都一并"寄剡"。剡即嵊县,李清照为何选择"寄剡"?到剡之后,为何又赶赴台州呢?

越州周围水路有东西南三条:向东经余姚江往明州,向西南往诸暨等地,向南经曹娥江往嵊县。此时高宗已逃往明州,金兵即将尾追而来,李清照如欲继续携带大批笨重古董追往明州,明显不够安全,同时高宗在流离逃难途中,亦未必以此为急务。而向西也不是理想的选择,盖江西已有金兵,如其东入浙境,此路亦颇不安稳。故唯有向南往嵊县,嵊县居于剡溪、东溪、曹娥江三水交汇处,交通便利,东可避入四明,南可避入天台,是相对最为安全的。

李清照既决定将书籍文物"寄剡",则当地应有可供接应之亲友,否则倩谁照管?兵荒马乱之际,清照绝不可能任意将如此贵重的物品付托于陌路。遍考清照亲友,此时似无在嵊县者。但清照抵剡后即赶赴台州之行踪,则提供了重要线索。因为当时知台州的是晁补之之子晁公为②。晁补之与清照父李格非关系密切,既是乡试同年,毕仲游《西台集》卷六《策问·文体》题下小注载:"熙宁中,兖州类试,中选者解头晁补之、

---

① 按祖无择《龙学文集》卷14载:"执金曹翰自方镇黜居环列,尝为言怀诗,有'曾因国难颁金甲,耻为家贫卖宝刀'之句,颇为时人所许。"如"颁金"是用此本朝之典,则所谓流言或是指在张飞卿暗示高宗有求购文物之意时,明诚引曹翰此诗以拒。诗中的怨望之意,自易令清照"大惶怖"的。不过此种推测,殊未敢必,尚俟续考。

② 李心传《建炎以来系年要录》卷31"建炎四年正月丙午":"御舟次章安镇,朝请郎知台州晁公为与权户部员外郎李承造皆来朝……公为,补之子也。"中华书局1988年版,第597页。

晁端礼、晁端智、晁损之、李昭玘、李罕。"① 而且晁、李均出东坡门下。据朱弁《风月堂诗话》卷上载，晁补之对李清照的诗才颇为赞赏，"多对士大夫称之"②。而晁公为与李清照同为元祐党人之后，父辈交好，晁氏又为中原文献世家，书籍文物暂托晁处，应当是非常可靠的。李清照"寄剡"和"到台"的目的也便因此可以得到合理解释。即她将文物"寄剡"，只是暂寄，最终的目的地是台州。由嵊县往台州，中隔山区，不能由水路直达，沿东溪上溯过新昌后，即必须舍舟陆行一段，再从青溪舟行经天台抵台州。因此李清照先期赶赴台州的目的就是与晁公为取得联系，然后再准备将书籍古董由嵊县运来台州安置，或暂托晁公为处。另外，谢克家于建炎二、三年间知台州，其后家于台州。《嘉定赤城志》载李擢"绍兴初，寓临海"。则当时谢、李两家的家人寓于台州的可能性也甚大，这也未必不是清照赴台州的动机之一。

但清照抵达台州后方知金兵或从海道逼近，"台守已遁"③，晁公为弃城而逃，自顾不暇，根本无法为李清照及其"寄剡"的书籍文物作任何安排了。清照是否与晁或谢、李家人取得联系，亦不可知。"寄剡"文物的命运则如《后序》所云："官军收叛卒，取去，闻尽入故李将军家。"终是散失无存了。

3. "寓居奉化"，依于史氏。

李清照从台州"走黄岩，雇舟入海，奔行朝"，其后又循高宗御舟所行海道自温州返回越州。其时在建炎四年正月至四月间。关于李清照流寓明州的问题，看法亦颇纷纭。王仲闻认为由越赴台，中途若寓居明州，"似中途无多余时日"。徐培均认为"清照避居明州，当在本年正月中"。王昊则认为"不但《后序》中没有提及到过明州而且也确实未到明州"④。按关于李清照赴明州，其记载出于袁桷《清容居士集》卷46《跋定武禊帖·不损本》：

赵明诚本。前有李龙眠蜀纸画右军象，后明诚亲跋。明诚之妻李

---

① 毕仲游：《西台集》卷六，影印文渊阁四库全书本。按徐培均《李清照集笺注》第397页引此条，"李罕"，误作李军。
② 朱弁：《风月堂诗话》卷上，中华书局1988年版，第106页。
③ 《宋史》卷26《高宗纪》载，建炎四年春正月，"丁卯，台州守臣晁公为弃城遁"。不过王仲闻怀疑是因晁公为往章安镇见赵构，故城中讹传其逃遁。见其《李清照集校注》，第246页。但清照作《后序》已在数年之后，文中仍谓"台守已遁"，恐非讹传。
④ 分见王仲闻《李清照集校注》，第246页；徐培均《李清照集笺注》，第479页；王昊《李清照建炎间避兵心态行迹探赜》，《词学》第17辑，第79页。

> 易安夫人避难，寓吾里之奉化。其书画散落，往往故家多得之。后有"绍勋"小印，盖史中令所用印图画者。今在燕山张氏家。①

而全祖望《鲒埼亭集外编》卷22《宋绍兴学宫禊帖旧本记》亦载：

> 赵侍郎明诚本。前有龙眠蜀纸画右军像，后有明诚跋。明诚夫人李易安寓吾乡之奉化，故归于史氏。有"绍勋"小印，是第三掌故也。②

袁桷、全祖望，均为一代史学名家，其所记载，应非无据。今综核诸说，李清照寓明州奉化的时间，应在从温州归越州途中，即建炎四年三、四月间。盖本年正月，明州受金兵侵扰，非清照所得安然寓居之地。《建炎以来系年要录》卷31载正月金兵破明州后，"遍州之境，深山穷谷，平时人迹不到处，皆为金人搜剔杀掠，不可胜数"③。而数月后清照循海道归越，明州为必经之地，其间有在奉化寓居的时间。但清照为何寓居奉化？诸家所引袁、全所记二材料，多漏略最后数句，实则这几句对解释清照寓居奉化的原因是有重要帮助的。"绍勋"，是一枚葫芦印，在历代流传的名画中多有钤印，著名的《韩熙载夜宴图》上即钤有此印。如袁桷所云，它是南宋权相史弥远用以"印图画"之章。史氏为明州鄞县大族，史浩、史弥远诸人均出此族，号称"一门三宰相，四世两封王"，可谓盛极一时。清照与史氏有何关系？今按南宋洪迈《夷坚志》甲集卷19《晦日月光》条谓："赵清宪赐第在京师府司巷，长女适史氏。"④可知赵明诚姊嫁史氏。此史氏，或谓指史徽，字洵美，盐官人，崇宁五年进士⑤。固无实据。而从李清照寓居奉化之行迹来看，更有可能是明州史氏家族中人，只是其名姓尚不能详考。史氏居鄞县东钱湖，与奉化相邻。李清照路经明州，依于史氏，是完全可能的，故史家后来有赵、李所藏兰亭禊帖遗物，亦顺理成章。如这一推测成立，则易安在建炎三、四年间的行迹，就可用

---

① 袁桷：《清容居士集》卷46，四部丛刊初编缩本，第3册，第652页。按徐培均《李清照集笺注》第479页引此文略误。
② 全祖望：《鲒埼亭集外编》卷22，上海古籍出版社2000年版，第1155页。按徐培均《李清照集笺注》第479页引此文脱"画"字，且误作卷23。
③ 李心传：《建炎以来系年要录》卷31，中华书局1988年版，第609页。
④ 洪迈：《夷坚志》甲集卷19，中华书局1981年版，第172页。按此条亦见陶宗仪《说郛》卷118引刘质《近异录》。
⑤ 参见徐培均《李清照集笺注》，第427页。

依托戚友这一线索完全贯穿了。

三

建炎四年四月，高宗驻越州。其后不久，李清照也应从奉化回到越州。据《金石录后序》，清照去年赴浙，是欲依其弟李迒。而此前数月清照流离于剡、台、温、明诸州时，李迒是否与清照会合，殊不可知。若谓共同流寓，《后序》中不当无一言提及；若谓李迒随高宗行朝，则敕局删定官，官小职微，未必有此资格。不过可以确认的是建炎四年六月始，李迒已在越州高宗行朝参与重修敕令，据《建炎以来系年要录》卷34，建炎四年六月"庚辰，命宰臣范宗尹提举详定重修敕令，参知政事张守同提举。先是，有诏以嘉祐、政和敕令格式，对修成书。至是始设官置局，命大理寺及见在敕局官就兼详定、删定等官。仍召人言编敕利害，逾年乃成"。又，《宋会要辑稿》载绍兴元年"八月四日，参知政事同提举重修敕令张守等上绍兴新敕一十二卷令五十卷格三十卷式三十卷……见在所并已离所删定官：宣教郎鲍延祖、刘一止、曾恬、宣义郎李迒……各转一官"[①]。这和李心传所谓"逾年乃成"是一致的。可知从建炎四年六月至绍兴元年八月，李迒均随高宗在越州。这段时间，李清照当亦在越州依弟李迒。同时，本年李清照亲友多在朝任职。《建炎以来系年要录》卷33载四年五月，"徽猷阁学士知泉州谢克家试工部尚书……中书舍人綦崇礼试尚书吏部侍郎……寻又诏崇礼兼直学士院……徽猷阁待制李擢并试给事中"[②]。谢克家为赵明诚姨表兄弟，李擢为赵明诚妹婿，綦崇礼为赵明诚表兄。又本年十月，秦桧与妻王氏自金逃归，次月秦桧为礼部尚书，绍兴元年二月拜参知政事。而秦桧妻王氏为李清照舅父王仲山之女，与清照为中表姊妹。按秦桧政和五年登第，补诸城教授。诸城乃明诚乡里，两家或为旧识。时秦桧26岁，清照33岁，清照当长于王氏10岁左右。在这一年多时间中，李、赵二族亲眷多在朝任显宦，清照留居越州，与此是有密切关系的。

据《建炎以来系年要录》卷39，绍兴元年十一月，由于金兵破楚州，游骑至江上，朝廷震恐，遂放散百司，从便寄居，候春暖赴行在。十二月李清照"遂之衢"。此次往衢州避难，亦当与弟李迒同行。《金石录后序》谓"绍兴辛亥春三月，复赴越"，此时归越州，就是因为李迒须"春暖赴

[①] 徐松：《宋会要辑稿·刑法一》之35，中华书局1957年版，第6479页。
[②] 李心传：《建炎以来系年要录》卷33，中华书局1988年版，第643页。

行在"。另外当时新任衢守为刘宁止,《建炎以来系年要录》卷40载,建炎四年十二月,"承奉郎新知常州刘宁止改知衢州"①。按刘宁止,字无虞,湖州归安人,宣和进士甲科。宁止为刘一止从弟。而据前引《宋会要辑稿》,刘一止与李远在敕局同任删定官。或许正是因为这层关系,李远选择携姊赴衢州避难。

绍兴二年正月,高宗移跸临安。《金石录后序》所谓"壬子,又赴杭",当即是随高宗行朝返杭州。清照这年改嫁张汝舟,旋又离异。从其《投翰林学士綦崇礼启》一文中所谓"尝药虽存弱弟"及"弟既可欺"诸语来看,清照改嫁或亦与李远之不可恃有关。盖以孀居寡姊的身份依于"弱弟",终非久长之计。其改适张汝舟,除为其"如簧之舌""似锦之言"所惑之外,恐怕亦有难言之隐吧。又诸家均认为正因綦崇礼的援手,李清照得免徒二年之刑,仅系九日而释。但细味该启,似尚有疑点数处。文中云:"哀怜无告,虽未解骖;感恩戴德,如真出己。"按解骖,出《史记·管晏列传》:"越石父贤,在缧绁中。晏子出,遭之涂,解左骖赎之,载归。"而如真出己,用《左传·成公三年》之典:"荀罃之在楚也,郑贾人有将置诸褚中以出。既谋之,未行,而楚人归之。贾人如晋,荀罃善视之,如实出己。"王仲闻谓"清照讼事上闻,綦崇礼必从中援手,故清照以启谢之",又谓綦"未直接干预其事"②,二说显然不够圆融。而从文中这两处用典来看,若綦崇礼从中援手,则清照必不应用这种语气和典故以表谢忱。当时援助李清照脱困的或另有其人。启中又云:"虽南山之竹,岂能穷多口之谈;惟智者之言,可以止无根之谤。"又云:"愿赐品题,与加湔洗。"从这数句来看,此事对李清照必有名誉上的影响。但所谓"多口之谈""无根之谤"究出自何处?如果是一般士人之口,则綦崇礼之"品题"是否能起到"湔洗"之功?考虑到本年八月,李清照尚未举发张汝舟时,赵明诚之兄思诚守起居郎,正在临安(《系年要录》卷57),颇疑清照所谓谤言,是赵氏族人的非议,而这种非议通过同为赵族亲友的綦崇礼去加以解释说明,方有可能加以平息或缓和。而启中大量的自悔自责、自明心迹之辞,不仅仅是说给綦崇礼听的,而是通过綦说给赵氏族人听的。这才是李清照作启与綦崇礼的真正动机和目的,并非仅仅是表达感激之意。

---

① 李心传:《建炎以来系年要录》卷40,中华书局1988年版,第746页。
② 分见王仲闻《李清照集校注》,第251、174页。

四

自绍兴二年始，李清照寓居临安。四年九月，金人与伪齐合兵自淮阳分道南侵，十月高宗赴建康御驾亲征。清照则往婺州避兵。其《打马图序》云："今年十月朔，闻淮上警报，江浙之人，自东走西，自南走北，居山林者谋入城市，居城市者谋入山林，旁午络绎，莫不失所。易安居士自临安溯流，涉严滩之险，抵金华，卜居陈氏第。"清照避往金华的最主要因素，同样是投靠亲友，因为这时知婺州的正是李擢。《建炎以来系年要录》卷69载，绍兴三年十月壬寅，李擢以徽猷阁直学士知婺州，其除知婺州制见《张华阳集》卷3。清照在婺州寓居时间并不长。王仲闻引《宋会要辑稿·崇儒四》"（绍兴）五年五月三日，诏令婺州取索故直龙图阁赵明诚藏《哲宗皇帝实录》缴进"语，证李清照于五年五月尚在婺州，其还归临安，当因刘豫入寇之兵已退①。其实清照去婺的另一因素也是李擢离任。据《浙江通志》，李擢前任为扬州王居正，后任为吴兴周纲②。又据《建炎以来系年要录》卷89，绍兴五年五月"丁亥，尚书右司员外郎周纲，直宝文阁知婺州，从所请也。"可知李擢于绍兴五年五月任满离婺州。其后李擢无任职记载，应是就此奉祠归寓台州。据綦崇礼《祭知台州胡端明文》，李擢绍兴十二年与綦同奉祠居台州，结衔为"徽猷阁直学士左朝请大夫提举江州太平观李擢"③。绍兴二十三年李擢卒于台州（《系年要录》卷165）。李擢既已去任，金华无可依之人，且寇兵又退，清照自然不久即归临安。

从绍兴五年至二十六年，李清照在临安度过了她的晚年。这段时间前后，与其来往较密切的亲友如谢克家、李擢、綦崇礼等，或已卒，或退居，均不在临安。其弟李远，此后亦绝无记载。然则清照以一寡居孀妇，以何维持生计？据岳珂《宝真斋法书赞》卷19，绍兴二十年李清照访米友仁，为米芾二帖求跋。这条记载从侧面证明，清照晚年生计并不窘迫。可以推断，这二十年间清照在临安当有提供依托或生活接济的亲友，而其表妹秦桧妻王氏的可能性是最大的。按绍兴六年末秦桧召赴讲筵，七年正月为枢密使，八年三月拜相，九年宋金和议成，其后秦桧独相十余年，权势熏天。而秦桧重入中枢并进而把持朝政的这二十年，正是李清照居于临

---

① 王仲闻：《李清照集校注》，第258—259页。
② 《浙江通志》卷115《职官·知婺州军》，《影印文渊阁四库全书》本。
③ 綦崇礼：《北海集》卷36，《影印文渊阁四库全书》本。

安的二十年，绍兴二十五年秦桧死，其后亦绝无李清照事迹。这些似不应全属巧合。秦桧固是奸相，但其妻王氏照应接济寡姊，于情理并无不妥。而且现存李清照所撰数篇帖子词，即可证其与秦家往来之迹。周密《浩然斋雅谈》卷上谓："李易安，绍兴癸亥在行都，有亲联为内命妇者，因端午进帖子。"此所谓"内命妇"，"盖指秦桧妻王氏"[①]。又，李清照于绍兴中表上《金石录》，诸家年谱或系于绍兴十三年，或系于绍兴二十一年后、二十五年前，均为秦桧当国之时。《金石录》的迅速刊行、受人推重，与李清照"表上之"之举当亦有关。

综而言之，李清照南渡后行迹，无论是频繁避兵的建炎年间还是相对安定的绍兴年间，其流寓居止，均与亲眷戚友密切相关：初欲投江西王氏二舅及李擢；继因谢克家援手而免"市古器"之困；赴台州欲托书籍文物于晁公为；经明州而寓史氏；继至会稽，依弟李迒；后至金华，依婺守李擢；终居临安，多与包括秦桧妻王氏在内的旧馆姊妹相往来。由此观之，李清照南渡后的行止路线，其动机与心迹就可以得到比较合乎逻辑的解释了。

（原载《文学遗产》2009 年第 3 期，收入本论文集时有增补）

[①] 徐培均：《李清照集笺注》，第 506 页。

论元词衰落的音乐背景

陶 然

词至有元，与赵宋一朝相比，已不复能同日而语。如谓两宋是词的鼎盛期，则无疑元明两代是词的渐趋衰落期。但词由盛转衰的原因，似尚未有圆融之说。而在词史上，这又是一个无法回避的问题。近二十年来，词学界已形成一致的看法，即词不仅仅是一种文学体裁和文学现象，更是一种文化现象，词的产生和传播都是在特定的文化环境中完成的。对词的研究也就应当置其于特定的文化环境中加以衡量和观照，而不能就词论词。本文即拟从元词的音乐文化背景之角度对此略加探讨。

一

就词的起源来说，它是随着隋唐燕乐的发展和流布而兴盛的，词在本质上即是一种音乐文艺。因此，探讨词所依托的音乐环境，对于认清词的特质有着极其重要的意义。唐宋词的音乐环境以燕乐为主流而展开，而元代词的音乐环境又有其独具的特色。具体而言，即词所依托的燕乐已不可避免地处于一种非主流直至消亡的地位了。

本文所谓主流音乐并非指以朝廷教坊为中心的上层雅乐，而主要是指流布于市民阶层、具有最广泛的接受面和影响力的中下层音乐。毫无疑问，在这种意义上，元代音乐的主流应是元曲。自王国维倡"一代有一代之文学"[1]，元曲在人们的观念中便成为元代文学和文化最重要的代表之一。从音乐性特征的角度而言，本文特指南、北曲乐。

唐宋两代的主流音乐就音乐体系而言是燕乐，上自宫廷教坊，下至市井民间，无不竞唱燕乐新声。然传唱既久，新遂为旧，盛极而衰，自南宋始，随着燕乐的雅化、唱法的变化，燕乐已趋于僵化和衰落，缺乏进一步

---

[1] 王国维：《宋元戏曲史》序，华东师范大学出版社1995年版，第1页。

发展的动力。而南宋民间流行的各种新兴小调和新的唱法如嘌唱、小唱、唱赚等则为后来南曲的兴起提供了新的养料。

南曲之名，虽始见于元钟嗣成《录鬼簿》卷下萧德祥条："凡古文俱概括为南曲，街市盛行，又有南曲戏文等。"① 然而南曲之"渊源于宋，殆无可疑"②。明祝允明《猥谈》云："南戏出于宣和之后，南渡之际，谓之温州杂剧。"③ 明叶子奇《草木子》云："俳优戏文，始于王魁，永嘉人作之。……其后元朝南戏盛行，及当乱，北院本特盛，南戏遂绝。"④ 可见自南宋至元末，南曲戏文在民间有着广泛的影响。而北曲在音乐体系上是以辽金时期北方流行的音乐为基础的。明徐渭《南词叙录》云："今之北曲，盖辽金北鄙杀伐之音，壮伟狠戾，武夫马上之歌，流入中原，遂为民间日用。"⑤ 王骥德《曲律·曲源》亦谓："入元而益漫衍其制，栉调比声，北曲遂擅盛一代。"⑥ 所谓"民间日用""擅盛一代"之语，皆说明了北曲的繁盛及其主流地位。

南北曲虽都以新兴的民间音乐为基础，但也吸收了传统燕乐的某些成分，不少曲调即直接从唐宋燕乐中沿用或演化而来。王国维据元周德清《中原音韵》所载三百三十五章元杂剧所用之曲调统计，出于大曲者十一章；出于唐宋词者七十五章；出于诸宫调者二十八章。又据明沈璟《南九宫谱》所载五百四十三章南戏曲调统计，出于大曲者二十四章；出于唐宋词者一百九十章；出于诸宫调者十三章；出于南宋唱赚者十章；同于元杂剧曲名者十三章（《宋元戏曲史》八、十四）。这对曲乐而言，固可谓转益多方，而对唐宋词乐而言，则不啻釜底抽薪。

因此，元代之市井民间传唱最广的已不再是传统的燕乐了，而是更为通俗、更新鲜活泼、吸收了词乐的某些长处因而更适合市民阶层欣赏趣味的南北曲乐。元无名氏［般涉调·耍孩儿］《拘刷行院》云："［青哥儿］怎地弹，［白鹤子］怎地讴。"又："［江儿里水］唱得生，［小姑儿］听记得熟。……道有教坊散乐，拘刷烟月班头。"可见教坊行院中曲乐的盛行。又，元夏庭芝《青楼集》所记皆当时名伎，试列举数则如下：

---

① 钟嗣成：《录鬼簿》卷下，巴蜀书社1996年新校本，第150页。
② 王国维：《宋元戏曲史》十四，华东师范大学出版社1995年版，第134页。
③ 祝允明：《猥谈》，见梁章巨《浪迹续谈》卷二，清刻本。
④ 叶子奇：《草木子》卷4下《杂俎篇》，中华书局1959年版，第83页。
⑤ 徐渭著，李复波、熊澄宇注释：《南词叙录注释》，中国戏剧出版社1989年版，第24页。
⑥ 王骥德著，陈多、叶长海注释：《曲律注释》，上海古籍出版社2012年版，第20—21页。

梁园秀"歌舞谈谑,为当代称首。……所制乐府,如[小梁州]、[青歌儿]、[红衫儿]、[挞搏儿]、[寨儿令]等,世所共唱之"。

珠帘秀"杂剧为当今独步"。

赵真真、杨玉娥"善唱诸宫调"。

小娥秀"善小唱"。

南春宴"长于驾头杂剧,亦京师之表表者"。

李心心、杨奈儿等"此数人者皆国初京师之小唱也"。

秦玉莲、秦小莲"善唱诸宫调,艺绝一时"。

司燕奴"精杂剧"。

天然秀"闺怨杂剧为当时第一手,花旦驾头亦臻其妙"。

国玉第"长于绿林杂剧"。

王玉梅"善唱慢调杂剧"。

李芝秀"记杂剧三百余段,当时旦色号为广记者,皆不及也"。

龙楼景、丹墀秀"皆金门高之女也,俱有姿色,专工南戏"。①

可见元代不论是教坊行院还是秦楼楚馆,最为流行的皆是曲乐而不是词乐。不仅如此,这种对曲乐的爱好已进一步影响到了文人,文人与歌妓的交往活动中,曲亦占据了重要的位置,如名伎张怡云之于姚牧庵、曹娥秀之于鲜于枢、珠帘秀之于胡祗遹、赵真真杨玉娥之于杨立斋等(并载于《青楼集》),其所作所唱的都是曲而不是词。这和宋代以词作为文人歌妓交往的重要内容的特征便有了显著的区别。

因此,元代燕乐的进一步衰亡决定了元词的音乐环境处于一种非主流的地位。主流音乐是民间音乐性质的南北曲,而本是依托于燕乐基础之上的词遂逐渐萎缩至狭窄的文人圈中去了。这应该说是元词衰落的主要原因之一。

二

就元词衰落的音乐背景而言,另一主要原因即是词、乐疏离的趋势。词本是合乐可歌的乐曲歌辞,经过"选词以配乐"和"由乐以定词"的不同发展阶段,至晚唐五代,词与音乐便紧密地结合为一体了。这体现在如下三个方面。首先,从词的体制来看,词的体制由乐曲的体制所决定即所谓"依曲以定体",乐曲的旋律、节奏、段式对词的体制有着决定性的

---

① 并见元夏庭芝撰,孙崇涛、徐宏图笺注《青楼集笺注》,中国戏剧出版社1990年版。

作用。调名、分片、韵位、长短句、讲求四声阴阳等构成词体的诸多关键因素，无一不是由乐曲所决定的。民间流行乐曲向词调的转化以及文人的自度新腔，共同构成了唐宋时代新声竞繁的局面。其次，从词的创作环境来看，是所谓"绮筵公子，绣幌佳人，递叶叶之花笺，文抽丽锦；举纤纤之玉指，拍按香檀"①的环境，词本即产生于这种"酒筵歌席莫辞频"（晏殊《浣溪沙》）的特定音乐环境之中。这种创作环境又往往决定了词的基本内涵及风格取向。再次，从词的传播过程来看，其最主要的传播方式是歌伎们的传唱。对词这种特殊的艺术形式而言，在共时性的横向角度上的传播，不是像诗、文那样以书面的形式展开的，而是通过歌伎们新鲜动人的歌喉和优美的音乐而流传的。这又常常决定了词的审美特征和多样化的社会功能。因此，"词以协音为先"②，词与音乐两者可谓密不可分。然而在元代，促成词与音乐紧密结合的上述基础已逐渐消失，词与音乐不可逆转地疏离了。

实际上，自南、北宋之交时开始，词与乐便出现了逐步分离的倾向。词、乐二者本都是在相对活跃的动态过程中发展的，随着乐曲的变动，词也随之不断变动。如敦煌词中的衬字、叶韵不定、平仄不拘等特征都体现了词乐和词体的运动状态。但自北宋后期始，一方面民间已逐渐流行更为市民化的新的乐种、唱法和新的曲种，如唱赚、缠令、"嘌唱、耍令、番曲、叫声诸家腔"③等新乐种和唱法；鼓子词、诸宫调等新曲种。这些新兴的俗曲和杂曲使传统的燕乐受到极大的冲击。另一方面，词乐本身也愈益雅化，严雅俗之辨，守四声阴阳，脱离了民间新声更富于自由变化的趋势。由此，词与音乐便向两个不同方向展开并表现出静滞的趋势，燕乐逐步衰微，传唱者日稀；词体由于失去了音乐基础，只能走向成熟和定型，逐渐成为纯粹的抒情诗体。

宋元之际，蒙元铁骑以不可阻挡之势南下牧马，随之而来的"渔阳鼙鼓"也传入南方，在外有北曲、内有南曲的双重夹击下，过于高雅的、代表传统文人生活情趣的燕乐也如同南宋士大夫的命运一样，被摧陷殆尽，除了少数遗民还在发着凄厉的哀鸣之音，从而保留了一脉"词源"之外，传统的燕乐可谓已基本上由衰微而近于消亡了。因此元代的词仿佛是一个失去了音乐基础和依托的孤魂野鬼，于暗夜中茕茕独行。而其最直

---

① 欧阳炯：《花间集序》，李冰若：《花间集评注》，人民文学出版社1993年版。
② 张炎：《词源》，《词话丛编》本，中华书局1986年版，第255页。
③ 灌园耐得翁：《都城纪胜》"瓦舍众伎"条，《东京梦华录》（外四种），文化艺术出版社1998年版，第86页。

接和主要的表现便是词调的贫乏和歌法的失传两个方面。

燕乐的衰微本已使词调失去了创新的动力，而燕乐的消亡更使词调失去了创新的可能。元代文人所用词调绝大部分是唐宋词中最常见的词调。下表列出了元人词中使用频率最高的三十种词调[①]。

频率序次	词调名	数量（首）
1	木兰花慢	172
2	水龙吟	118
3	水调歌头	113
4	沁园春	108
5	清平乐	107
6	满江红	94
7	浣溪沙	91
8	念奴娇	90
9	太常引	90
10	摸鱼儿	86
11	鹧鸪天	85
12	点绛唇	74
13	南乡子	70
14	蝶恋花	64
15	临江仙	59
16	鹊桥仙	51
17	黑漆弩	51
18	菩萨蛮	47
19	风入松	44
20	巫山一段云	43
21	踏莎行	42
22	江城子	40
23	贺新郎	40
24	渔父词	38
25	满庭芳	37

---

① 资料来源：唐圭璋《全金元词》，中华书局1979年版。统计范围：文人词（释道方外暂不计）。

续表

频率序次	词调名	数量（首）
26	西江月	36
27	如梦令	35
28	渔家傲	35
29	感皇恩	34
30	秦楼月	31

由上表可见，除《黑漆弩》一调外，另二十九调皆为唐宋词中习见之调。而现存唐宋词中虽无《黑漆弩》一调，但据元卢挚《黑漆弩》词序云："晚泊采石，醉歌田不伐黑漆弩，因次其韵寄蒋长卿签司、刘芜湖巨川。"田不伐即北宋大晟词人田为。故田为原词虽已失传，但此调本属宋代词调则无疑矣。

三

元人词调这种对唐宋旧调的大量沿用，说明元代词调缺乏创新的源泉。其根本原因已如上述是由于燕乐的衰微与消亡。具体来说又包含两个层面。

首先是缺乏民间音乐的养料和基础。唐宋时代词调之所以能新声竞繁，众体兼备，最重要的原因之一即是以民间市井乐曲入词。柳永《乐章集》共用二百余调，其中一半以上即是这种"万家竞奏"的"新声"。而南宋时，词人们便很少能将流行的民间乐曲取之入词了。元人词集中不少与曲调名相同的词调，并非以南北曲乐入词，而往往是因散曲与词在形式上的类似以致羼入其词集中的。相反，金元时期的南北曲曲调却在迅速发展，如董解元《西厢记诸宫调》所用曲调数量远远超过当时词人所用之词调数。又如《朝野新声太平乐府》首列《黑漆弩》，这也并非曲调入词，而正说明了词调被曲调沿用的情况。可见民间新兴俗乐更多的是进入了南北曲的领域而非词的领域。元代词调不能从新兴音乐中吸取新鲜活泼的成分，于是只能呈现出日益贫乏的趋势。

其次，唐宋时代词人知音识曲者极多，大都既能"变旧声作新声"（李清照《词论》评柳永语），又能自度曲。南宋时，词调虽也已很少能从新兴音乐中变出新声，但词人的自度曲却在一定程度上补偿了词调的停滞状态。姜夔、史达祖、吴文英诸人皆以精通音律能自度曲著称于时。而元代词人中在词乐方面能审音度曲者几无一人，略通音律如白朴者已是寥若晨星，又主要集中于元初，不过聊缵宋金遗民之绪余而已。且其词集中也几乎找不出一首自度词调。虞集《烛影摇红》（云映虚檐）词序云："淮南故将军家有歌妓，才容自许，善自度曲。欧阳守淮南，妓为将军愿一见公，竟不及见而卒。客有为公赋此曲者。"可见当时能自度曲的歌妓已是人中翘楚，声价甚高，这正说明文人自度曲能力的缺乏。又虞集《道园学古录》卷三十二《叶宋英自度曲谱序》载叶氏能自度曲，然其词虽"有周邦彦、姜夔之流风余韵"，却绝无流传。可见即使有个别词人能通音律，亦无影响。① 这种状况意味着文人与词乐的疏离，因而也最终导致了词与音乐的疏离，造成词调的贫乏和没落。这和南北曲乐的兴盛正形成鲜明的对照。

歌词之法的逐渐失传是元代词与音乐分离的又一重要体现。正因为词调本身处于不断变化之中，词的歌法也在随之演变。有的词调遗音沦落，直至终不可歌，如吴文英《惜黄花慢》词序云：

> 次吴江小泊，夜饮僧窗惜别，邦人赵簿携小妓侑尊，连歌数阕，皆清真词。酒尽，已四鼓，赋此词饯尹梅津。

又，张炎《国香》及《意难忘》二词序分别云：

> 沈梅娇，杭妓也。忽于京都见之，把酒相劳苦，犹能歌周清真《意难忘》《台城路》二曲，因嘱余记其事。
>
> 中吴车氏，号秀卿，乐部中之翘楚者，歌美成曲得其音旨。余每听，辄爱叹不能已。因赋此以赠。

可见周词至南宋中后期，已罕有传唱。而南宋词人的自度曲，或因曲高而和寡，如姜夔之《琵琶仙》《鬲溪梅令》等，绝无继作，无人能歌。或因"旧谱零乱，不能倚声而歌"（张炎《西子妆慢》词序）。张炎《词源》卷上《讴曲旨要》、陈元靓《群书类要事林广记》后集卷十二音谱类《乐音图谱》后之《总叙诀》与《寄煞诀》、同书戊集文艺类《遏云要诀》、庚集上卷《正字清浊》等，皆是与词之歌法有关的歌诀或纲要。但这正好从反面说明了词之歌法在当时已不被一般人了解和精通，故而才需

---

① 张翥《虞美人》（千林白雪花间谱）词序云："题临川叶宋英千林白雪，多自度腔。宋英自号峰居。"可参证。

要特别予以记载下来。反之则无此必要了。可见自南宋后期始,词的歌唱便不再有往日的普及和繁盛了。入元以后,这种趋势得到进一步加强。吴梅《词学通论》谓:"元人以北词登场,而歌词之法遂废。"① 元代的词大部分是不可和乐歌唱的,当然这也是一个历史的发展进程,元代在整体上是曲的时代,不过在词的时代与曲的时代之间并没有一条十分清晰的界线,音乐形式主流的变化总有着一个新旧交替的过渡时期。故元词本非不能唱,亦非全不可歌,但因其非时新曲调,唱者日稀,以至终不可歌了。

元代有不少词皆可歌,如《阳春白雪》中首录十首称为"大乐"的宋词,便是元代仍可歌的词。夏庭芳《青楼集》亦载解语花刘氏"尤长于慢词";小时秀"善小唱,能慢词"。又元人词序中也有不少皆涉及词的歌唱。如白朴《垂杨》词序云:"撰词一咏梅,以《玉耳坠金环》歌之。一送春,以《垂杨》歌之。"王恽《感皇恩》词序云:"癸未重午日,冶头回望,得《感皇恩》一阕,他时倚声歌之,不能无相忆之情也。"又刘敏中《沁园春》词序云:"俾奉觞者歌以侑欢云。"《全金元词》所收录之二千八百余首文人词内,词序中有此类记载的在二百首左右,占千分之七。这说明元词中至少有一部分是可歌的②。但也应注意到,一方面,这些记载在总体上主要集中于元初词人的词集中。元代中期之后,这类记载便大为减少。若以元世祖至元三十一年(1294)为限,主要活动于此前的词人作品中,这类记载有一百三十条左右,占绝大多数。如王恽词共二百四十四首,其中与唱词相关的即有三十余首。反之,至元以后,词人作品中这类记载便仅是偶一见之了。另一方面,词的音节、歌法也在不断地失传。如白朴《夺锦标》词序云:"予每浩歌,寻绎音节,因欲效颦。"又,《青楼集》载张玉莲"旧曲其音不传者,皆能寻腔依韵唱之"。既须"寻绎音节""寻腔依韵",可见其所歌已非宋人之旧法。又,仇远《山中白云词序》云:

陋邦腐儒,穷乡村叟,每以词为易事,酒边兴豪,即引纸挥笔,动以东坡、稼轩、龙洲自况。及其至四字《沁园春》、五字《水调》、七字《鹧鸪天》《步蟾宫》,拊几击缶,同声附和,如梵

---

① 吴梅:《词学通论》第8章,华东师范大学出版社1996年版,第124页。
② 不过有的记载或亦是沿用旧称,泛泛而谈。如刘敏中《水龙吟》词序云:"且以为老子醉后浩歌之资云。"等等。便很难确定其是否真的可以歌唱。

呗、如步虚，不知宫调为何物，令老伶俊唱面称好而背窃笑，是岂足与言词哉？①

正由于词之歌法日益不普及，一般人只能以意为之，不顾宫调地乱唱了。同时元代可歌之词的词调相对集中。特别集中于《木兰花慢》《水龙吟》《沁园春》《西江月》《感皇恩》《蝶恋花》等有数的几个词调中，而这些都是宋词中最为常见之调，这从另一个角度说明了元代可歌或歌唱较频繁的词极其有限，宋词中大量词调皆被元人视为"古曲""旧曲"，其歌法无人承传以至最终消亡。因此，歌词之法在趋势上是处于逐渐消亡之中的。这种现象说明元代初期歌词之风虽尚未完全失坠，在文人圈中还有一定的影响；而到元代中后期则词终渐至不可歌矣。如虞集《苏武慢》词总序云：

> 全真冯尊师，本燕赵书生，游汴，遇异人，得仙学。所赋歌曲，高洁雄畅，最传者《苏武慢》廿篇。前十篇道遗世之乐，后十篇论修仙之事。会稽费无隐独善歌之。闻者有凌云之思，无复流连光景者矣。

这说明到元代中期，有些词还是可歌的，但既然说"独善歌之"，也可见能歌者必不多了。其中原因除了前述燕乐之衰落与新兴曲乐之冲击外，如下几方面颇值得关注。

第一，元代初年，大批宋金遗老尚存，典型具在，足资效法。王沂孙、周密、仇远、张炎诸人皆精通音律、词法，入元之后又都生活了较长一段时间，这批遗民如同追忆覆亡的南宋一样，坚持着他们的创作理念与具体方法。有的还设帐授徒，如号称"元代词宗"的张翥便曾向仇远学词，传其法脉。金词虽受诸宫调北曲的冲击甚大，然金代词尚可歌，否则全真教道士们也不会花大气力去作词以阐扬全真教义了，其着眼点本便在于词的通俗性及可通过歌唱而广泛流传的特性上。因此宋金遗民的影响是元初词仍可歌的主要原因。

第二，元代中期以后，活跃于词坛的作家大多出生于金末元初之际，如张养浩生于至元七年（1270）；杨载生于至元八年；虞集生于至元九年；张雨、欧阳玄、许有壬、萨都剌等皆生于其后，步入词坛则更晚。他

---

① 见吴则虞校辑本《山中白云词》附录参考资料，中华书局 1983 年版，第 164 页。

们本已很少接触到词乐，而更多地接触到曲乐，因此其中不乏精通曲乐、斐然成章者，然粗知词乐者已不可得。故其词终只纯粹是个人抒情遣兴的一种工具，无法再传唱了。

第三，词曲歌谱的逐渐消亡。唐宋时代的词曲歌谱有朝廷官修的教坊谱、梨园谱、《乐府混成集》等以及民间流行的各种坊本乐谱，这些词曲谱实为词的演奏与歌唱方法的具体体现。南宋时词乐虽已渐趋衰落，然词人按曲谱填词，尚可大致无失。但至元代，随着燕乐的消亡，这些无人学习、无人传唱的歌谱也就逐渐消亡了，而词人作词也无法依谱填词，只能按古人词作之平仄，仿效为之，依律填词矣。沈义父《乐府指迷》云："古曲谱多有异同，至一腔有两三字多少者，或句法长短不等者。"可见宋末元初尚能得见这种本为唱词而编写，故体式上常有增减变动的曲谱。而至元代中期，据虞集《叶宋英自度曲谱序》云："近世士夫号称能乐府者，皆依约旧谱，仿其平仄，缀辑成章，徒谐俚耳则可。乃若文章之高者，又皆率意为之，不可叶诸律，不顾也。"可见对于"旧谱"中歌法元人已不甚了然，作词多以字声平仄为则，至于协律与否，已不复究诘。词曲谱既无效用，自便逐渐散亡，词人之作自不可亦不必歌矣。正如吴梅《词学通论》中所云："词之谱法，存者无多，且有词名仍旧，而歌法全非者，是以作家不多。即作亦如长短句之诗，未必如两宋之可按管弦矣。"[①]

第四，声韵的变化。词的歌唱所依托的音韵系统本源出于诗韵，虽有数部通叶或间协方音之例，但总体上仍是以传统诗韵为主。但蒙元统一之后，中国之音韵体系发生了较大的变化，以北方音为主的中原音成为主导性的音韵体系。北曲便采用了这种音韵系统，平仄通押、入派三声等现象皆由此发生。这从金代开始便已可见其端倪，金王寂《醉落魄》（百年旋磨）等词中即有平仄通叶的现象，金元道教词中这种例子更多。陈元靓《群书类要事林广记》庚集上卷《正字清浊》载："昔之京语，今之浙音。"南宋已有此分别。至元代，词韵遂转成方音，故歌唱之范围必窄，流传必不能广且久，也便在情理之中了。

上述四个方面的原因使得元代歌词之法逐渐失坠，并进而导致了词与音乐的进一步疏离。这对于元词的表现形态及元词之衰皆有甚为重要的关系。

元代词趋于衰微的原因无疑是多方面的，除了文学自身的发展规律制

[①] 吴梅：《词学通论》第 8 章，华东师范大学出版社 1996 年版，第 124 页。

约外，社会文化环境、文人心理环境等构成的合力也同样是重要的因素。本文的目的在于希望能从音乐文化的角度提供一个新的视点和切入的手段，或许对于认识元词的特征有所裨益。

（原载《文学遗产》2001 年第 1 期）

论宗藩体系下元丽文学交流的新格局

陶 然

朝鲜半岛作为东亚大陆的延伸，其地方政权与中原王朝一直保持着极为密切的联系。高丽自10世纪建国后，历五代、两宋、辽、金，至13世纪终于面对了最为强势的、横跨欧亚的大元帝国。经过军事对抗和政治磨合，两国建立了较为稳定的宗藩关系。作为两国文化交流的重要层面，元丽文学交流在这种新的政治关系下趋于密切，从而建构了有别于唐宋时代的文学交流新格局，并促成了高丽文学风气的转型。

一

后梁末帝贞明四年（918），朝鲜半岛后高句丽大将王建由部下拥戴，建立了高丽王朝，其后南北征战，以近20年的时间完成了统一半岛的大业，开创了历34朝、4个多世纪的稳定局面，直至明代初年为朝鲜王朝所取代。在元帝国统一中原之前，高丽国历经五代、宋及辽、金诸朝，与中国的关系基本保持着奉使称臣而自王其国的状态。即一方面承认中国的宗主地位，接受中原王朝在政治上的羁縻，但在其国内部，始终保持着高度的自治性和相对中原王朝的对抗性。这种状态实际上可以追溯到朝鲜半岛的三国时代至新罗时期隋炀帝、唐太宗和高宗的征讨高丽的战争，隋、唐大军屡次攻入半岛，但始终无力将其郡县化和完全内属化，双方保持着对抗与归属的政治平衡。高丽建国后，正值中原板荡分裂的时代，辽、宋、金三朝相互征战，无暇顾及偏远的朝鲜半岛。因此高丽国尽管在文化上素慕华风，但在政治上只能选择同时向辽、宋、金称臣且大体保持相等距离的策略，小心翼翼地在中原王朝诸国之间维持着微妙的平衡。

然而当蒙元铁骑席卷欧亚大陆，建立起空前强大的统一帝国之时，高丽与中原王朝的关系也发生转变。蒙元与高丽的关系，基本上可以元世祖忽必烈即位为界，分为前后两个阶段。忽必烈于中统元年（1260）即大汗位之前，蒙古与高丽既有合兵攻讨半岛北部的契丹残余势力之举，又自太宗窝阔台汗三年（1231，高丽高宗18年）时起，先后7次征讨高丽，时战时和。其间两国曾达成协议，高丽承认蒙古的宗主国地位，蒙古在高丽置京、府、县达鲁花赤72人，监视高丽内政。但旋即高丽又无法忍受蒙古的政治干涉，处死了蒙古所派达鲁花赤，重新开始抗蒙战争。以至蒙元统治者最后不得不承认："高丽虽小国，依阻山海，国家用兵二十余年，尚未臣附。"[1] 然而高丽也因此疲惫不堪，无力继续支持长期战争。高丽高宗四十五年（1258），金仁俊等官员发动政变，推翻权臣崔竩的四代专政，遣高宗世子王倎赴蒙奉表朝献，开始对蒙议和。同时忽必烈即位后，也调整了对高丽的政策，退兵并撤回派驻高丽各地的达鲁花赤，允许高丽保留本国衣冠风俗，放还被掠高丽人。忽必烈还决定将其女儿齐国大长公主嫁与高丽世子王谌（即后来的忠烈王），其后两国通婚不绝。这样，高丽通过入质、通婚和朝贡，逐渐形成与元朝较为稳定的藩属关系，借此勉强维持了相对的独立性。后来元朝征讨日本时，也是以高丽为基地，由高丽王兼任征东行省长官。"这种'和亲'安抚的亲密关系，从元世祖忽必烈开始，到元朝灭亡为止，维持了一百零八年（1260—1368），成为蒙古与高丽关系的主流。"[2] 可以说，在当时蒙元大军东征西讨，灭国无数的局势下，唯有高丽国是一个例外，既能以降宗为王的方式保存其宗社血食，又成为与元朝关系最为密切的藩属国。这恰好印证了朱熹所谓高丽"多是有术以制之"[3] 的论断。这种关系事实上成为后来高丽和朝鲜国与明、清两朝密切往来的历史基础。当然，这种密切关系的代价是元朝对高丽国的控制与干涉。从总体上来看，高丽国与辽、宋、金诸朝之间的政治格局是传统的朝贡关系，其特点是"从属国向宗主国称臣，而且交纳贡物，宗主国对此也给予相应的报答，但不干涉附属国的内政，也没有直接支配的欲望，因此从某种程度来讲是互相务实的"，但是到元代，高丽实际上成为元朝的驸马国，"元朝不但对附属国恣意干涉内政，并且有时企图直接支配附属国，因此元朝和高丽的朝贡关系中片面性较强"[4]。在两国关系中，元朝是占据着主动与支配地位的。因此，形式上的朝贡体系与实质上的宗藩关系的结合，构成了元丽政治关系的主要特征。

---

[1] 金宗瑞：《高丽史节要》卷18引忽必烈语，韩国亚细亚文化社1973年版，第463页。
[2] 杨渭生：《宋丽关系史研究》，杭州大学出版社1997年版，第184页。
[3] 黎靖德编：《朱子语类》卷113，中华书局1986年版，第3192页。
[4] 全海宗：《中国与韩国》，全善姬译，《韩国研究》第2辑，杭州大学出版社1995年版，第341—342页。

二

　　元丽宗藩体系的稳定，使得两国文学交流的模式呈现出若干新的特征。从交流的方式与途径来看，元代之前，高丽与中原王朝文学的交流基本上是借助使臣和行商往来所购置的诗文书籍，渠道较为单一，规模也不甚大，还常常受到阻碍。入元后，文学交流的途径大为拓宽，两国文人和文学的交流更为频繁，也更为直接。这些途径大略而言可分为五类。

　　1. 使臣交聘。早在宋、金时期，高丽与中原王朝互聘的外交使节就不绝于道。不少中原文人有出使高丽的经历。据杨渭生《宋丽使节表》，两宋遣往高丽的使节至今有名姓可考者达到72人，其中不乏如张洎、王著、吕端、安焘、徐兢、路允迪等名臣，就连苏轼也有过被派往高丽的动议，只是因事未能成行。而高丽派来宋朝的使节名姓可考者有111人，其中如金富轼、金富辙等亦为高丽史上的名士[①]。金朝初期最著名的文人如吴激、蔡松年等均曾衔命出使高丽，他们的一些优秀作品就作于出使高丽期间。而元丽宗藩体系的形成，将原有的两国外交关系在一定程度上转化成为近似于内政的关系。元朝廷对于高丽国的内政有重要的影响力和干涉作用，高丽国之大事，往往须得到元朝中央朝廷的授权与允许。因此不仅元丽使臣往来交聘的密度和常规性远远超过前代，而且外交礼仪色彩逐渐让位于实际的政治控制能力，使臣的政治地位和社会名望一般也都较高。这就以比较直接的方式让两国的第一流文人容易产生频繁接触，促使丽元文学交流的实时性得到了提高。元朝文人的诗文作品甚至戏剧散曲，往往在问世之后不久即流传进入高丽，为高丽文人所熟知。同时，这些使臣们有机会深入对方领土，了解其文化传统和风俗习惯，他们用充满好奇的眼光打量着所看到的一切，用诗文记录下自己的感受，这突出反映在高丽使臣们所作的《燕行录》之中。当时元朝的国都大都位于燕地，本名燕京府，故高丽使臣出使期间所作的诗文日记，都统名为《燕行录》或《朝天录》[②]，这批诗文日记超越了记录的本来意义，而具有了文学交流样本的价值。

　　2. 王室交流。元朝与高丽王室长期通婚的关系是元丽宗藩体系中的重要新内容。自元世祖忽必烈之女齐国大长公主忽都揭里迷失下嫁高丽

[①] 杨渭生：《宋丽关系史》，杭州大学出版社1997年版，第190—218页。
[②] 韩国东国大学林基中教授编有《燕行录全集》100册，收录了由元至清的大量《燕行录》，东国大学校出版部2001年出版。其后复有《燕行录全集续集》《燕行录全集日本所藏编》陆续出版。

忠烈王諶开始，先后有9位蒙古公主成为高丽后妃，其所生王子优先立为世子，她们甚至有参与高丽政事和监督高丽国王的特权。而高丽王室的世子也往往入质元廷，长期居于中国，有的世子后来在元朝的支持下返国即位，成为高丽国的统治者，从而进一步加强了两国的密切关系，元朝廷也通过这种方式保持对高丽国政的间接控制。高丽王室成员居于元朝时，与中原著名文人往来的机会甚多，深受汉文化影响。例如高丽忠宣王王璋自元成宗大德二年（1298）来大都，一住十年。后短期归高丽，复返大都，以沈王的名义长期居于中国，"构万卷堂于燕邸，招致大儒阎复、姚燧、赵孟頫、虞集等，与之从游，以考究自娱"，"每引儒士，商榷前古兴亡、君臣得失，亹亹不倦。尤喜大宋故事，尝使僚佐读《东都事略》，至王旦、李沆、富、韩、范、欧阳、司马诸名臣传，必举手加额，以致景慕。至于丁谓、蔡京、章惇等奸臣传，未尝不切齿愤惋"[1]。而阎、姚、赵、虞诸人作为元代第一流的文士，通过与忠宣王的交往，不仅在元丽文学传播关系中起到了重要作用，直接影响到了高丽文学由唐风向宋韵的过渡，同时对于高丽程朱理学的开始流行、赵孟頫书法在高丽的传播也均产生了强烈的推动力。

3. 赴元应举。朝鲜半岛文人赴中原王朝应举为宦，有悠久的传统。自晚唐懿宗咸通十五年（874）新罗人崔致远在唐朝进士及第后，北宋所取高丽籍的进士亦屡见载籍，有的还被赐予中国国籍，以示恩宠[2]。而随着元丽政治关系的密切，高丽士人来到元朝，应元朝科举而登第的人数超过了以往的唐宋时代。据《高丽史》记载，元朝时高丽国曾先后10批选送19人次参加元廷的科举考试，被选送者全为高丽人[3]。事实上，元朝开科举甚晚，元仁宗时才决定恢复科举取士制度，下诏开科，自延祐二年（1315）首科至元末，仅开9科，总计取士1200余人。从相对数量来说，高丽士子赴元登科的比例更是远远超过了唐宋时期。这些高丽士子们登第后，得到极高的荣耀，其中如崔瀣、安轴、安辅兄弟、李榖、李穑父子等，或长期仕于元廷，或返国居于重位，成为享誉海东的名臣或名士。这也是唐宋时所取高丽进士所不具备的新特征。他们与元朝士大夫的广泛联系，通过诗文唱酬、学术切磋，进一步加深了元丽文学交流，甚至令中朝

---

[1] 郑麟趾：《高丽史》卷34，上册，韩国亚细亚文化社1972年版，第692、693页。
[2] 参见杨渭生《宋丽关系史》，杭州大学出版社1997年版，第300—301页。
[3] 参见桂栖鹏《元代科举中的高丽进士》，见沈善洪主编《韩国研究》第2辑，杭州大学出版社1995年版，第108—116页。

文人发出衣钵东传之叹①。

4. 文人游历。除正式使臣、高层的王室交往和赴元应举之外，高丽文人在中原内地的游历，更显现出文学交流的活跃性与内涵的深度。如代表两国文学交流最高成效的高丽文人李齐贤，就既不是外交使节，也非赴元应举的士子或王室成员。高丽忠宣王王璋留居大都期间，召李齐贤入元随侍，李齐贤遂得与赵孟𫖯、虞集、张养浩等中国第一流文人往来，学问益进。后来他还曾奉使西蜀，又陪同忠宣王降香江南。此后屡往来于高丽及大都。历仕七朝，三度主政，两封府君，是高丽政坛上的元老重臣。作为高丽时期最负盛名的文人，其道德文章，为世所重。他曾长期生活于中国，南北游历，东归后主盟一代，于高丽后期文学有重要影响。其诗与李奎报合称高丽双璧，其词更有"吾东方一人"②之誉。李齐贤以其高丽重臣的身份、高丽儒学的早期代表人物的地位，以及深厚的汉语文学成就，印证了元丽文学交流的深广程度。

5. 典籍传播。北宋以来，高丽屡遣使节来中原收购或求取典籍，但高丽的独立性及其在辽宋金之间寻求政治平衡的做法，也往往让中原王朝对此保持警惕，常有阻挠高丽购置书籍的意见。如宋哲宗元祐四年（1089）苏轼上《论高丽进奉状》，指责高丽"使者所至，图画山川，购买书籍"③，元祐八年苏轼又上《论高丽买书利害劄子三首》，希望朝廷对"高丽人使所欲买历代史、《册府元龟》及《敕式》，乞并不许收买"，高丽使臣欲"抄写曲谱"，亦因"郑卫之声，流行海外，非所以观德"，故"收住不行"④。而元丽宗藩关系的确立，彻底消除了这种担忧，因此元丽典籍传播的规模更为庞大。由于高丽科举模仿中原制度，也是以诗赋为主要考试内容，因此中国文人的诗文作品遂大规模传入高丽，如李白、杜甫、白居易等人的诗歌，苏轼、韩愈、柳宗元等人的文集，都成为高丽人熟读成诵的典籍，他们对于中原地区的文学传统和文学风气也有了直接的了解，对于中原著名文人也产生强烈的仰慕之情。如同金富轼、金富辙兄弟的名字来源于苏轼、苏辙兄弟一样，李齐贤也曾将其父辈兄弟三人比拟为三苏。

---

① 如李穑登第后，其座师元朝文坛盟主欧阳玄即感叹说："吾衣钵当从海外传之于君也。"见任廉编《旸葩谈苑》引许筠《惺叟诗话》。

② 高丽刊本《遗山乐府》李宗准识语，见《武进陶氏涉园续刊景宋金元明本词》本《遗山乐府》附，上海古籍出版社1989年版，第907页。

③ 苏轼：《论高丽进奉状》，《苏轼文集》卷30，中华书局1986年版，第847页。

④ 苏轼：《论高丽买书利害劄子三首》，《苏轼文集》卷35，中华书局1986年版，第996—997页。

另如安珦正是到元朝见到朱熹的著作后,将其全部抄录回高丽传播,才成为朱子之学传入高丽的开始。这说明了典籍交流在文学传播和文化往来中起到的重要作用。甚至有些诗词文集在中原早已无存,却在高丽得以保存,如金朝文人元好问的词集,存世的版本中即以高丽庆州刊本为最善。除诗文外,中国儒家的经典,尤其是佛教典籍,也大量传入高丽。高丽本就佞佛,元朝亦重佛教,两国僧人的来往促进了佛教典籍的传播,高丽国历时16年雕造完成的《高丽大藏经》,就是这一文化传播活动的明证,它迅速地推动了高丽活字印刷术和造纸业的发展,其八万片木版至今保存于庆尚北道海印寺,号为国宝。

上述五种文学交流渠道的通畅,是元丽政治宗藩体系的结果,反过来,两国之间频繁的文化往来与文学交流,在一定程度上也促进了这种宗藩体系的稳固。

三

元丽宗藩关系的稳定,促使元丽文学交流的密切程度超越了之前的唐宋时期。宗藩体系的确立,意味着相对于中原王朝而言,高丽不再是番邦异域,而是关系更为密切的驸马之国,以往中原文人针对两国文化与文学交流的一些限制与争论自然消弭。其实从观念上来说,前引苏轼反对高丽使臣购买书籍的意见,其源头在于仍视高丽为"海外之裔夷"[①]。而随着元丽关系的稳定,这种观念自不复存在。不仅元朝文人视高丽为关系密切的宗藩国、视高丽文人为陪臣,就连高丽文人也自居"藩薤""藩宣"[②],而发出"元有天下,四海既一。三光五岳之气,浑沦磅礴,动荡发越,无中华边远之异"[③]的慨叹。在这种心态影响下,两国的文学交流就极为顺畅地展开了。这种促进作用直接体现为高丽文人文学创作的水准得到迅速提高,文人群体的规模也迅速扩大。据韩国所刊《韩国文集丛刊》、《高丽名贤集》及《罗丽文籍志》中所收高丽文人别集统计,相当于中国唐宋时期的文人诗文别集仅有崔致远《桂苑笔耕集》《孤云集》、李奎报《东国李相国集》、白贲华《南阳诗集》、金坵《止浦集》等。可见,唐

---

① 苏轼:《论高丽买书利害劄子三首》,《苏轼文集》卷35,中华书局1986年版,第995页。
② 李齐贤《益斋乱稿》卷6《在大都上中书都堂书》谓:"修其政赋而为之藩薤,以奉我无疆之休。"又,《益斋乱稿》卷4《朝那》诗云:"圣元德宇同乾坤,外薄四海皆藩宣。"参见陶然《论高丽文人的本位意识——以李齐贤为例》,《浙江社会科学》2010年第6期。
③ 李穑:《益斋先生乱稿序》,《韩国文集丛刊》本《益斋乱稿》卷首,韩国景仁文化社1990年版。

宋时期虽是中国文学名家辈出的鼎盛阶段，但在"海外之裔夷"观念的影响下，朝鲜半岛文人受中原文学影响的规模还不是很大，其中如新罗人崔致远还是仕于内地的，是个例外，真正属于高丽时期的文人仅李奎报声誉最高，其他有名望者亦不过寥寥数人而已。而对应于元代的高丽文人专集则有李承休《动安居士集》、洪侃《洪崖遗稿》、安轴《谨斋集》、李齐贤《益斋乱稿》、崔瀣《拙稿千百》、闵思平《及庵诗集》、李穀《稼亭集》、郑誧《雪谷集》、李达衷《霁亭集》、白文宝《淡庵逸集》、李集《遁村杂咏》、田禄生《壄隐逸稿》、李穑《牧隐稿》、郑枢《圆斋集》、朴翊《松隐集》、韩修《柳巷诗集》、郑道传《三峰集》、郑梦周《圃隐集》、金九容《惕若斋学隐集》、成石璘《独谷集》、元天锡《耘谷行录》、卓光茂《景濂亭集》、李存吾《石滩集》、李詹《双梅堂箧藏集》、郑浚《松堂集》、河仑《浩亭集》、李崇仁《陶隐集》、罗继从《竹轩遗集》等数十家。其中如李齐贤等更是整个朝鲜半岛历史上的最优秀作家之一。作品数量的增多、文人专集的爆发性涌现、优秀作家的产生，这些无疑都印证了两国之间政治新格局对于文学交流的驱动力。

政治新格局也影响了高丽文学在接受中原文学时的倾向性及其文学走向。自新罗至高丽初期，诗文浮靡，崇尚雕琢之风，更多受到晚唐诗文风气的影响，如徐居正《东人诗话》所云："高丽光、显以后，文士辈出，词赋四六，秾纤富丽。"[①] 又如高丽文人郑知常之诗被誉为"得晚唐体，尤工绝句，词语清华"[②]。曾出使高丽的宋人徐兢亦谓高丽之文"大抵以声律为尚，而于经学未工，视其文章，仿佛唐之余弊云"[③] 但是高丽中期之后，白居易的闲适之作对高丽文学的影响明显增强。白居易的诗文很早就传入高丽，元稹《白氏长庆集》载："鸡林贾人，求市颇切，自云本国宰相每以百金换一篇。"[④]《高丽史》记载高丽重臣崔说"上章乞退，遂致仕闲居，扁其斋曰双明，与弟守太傅致仕诜及太仆卿致仕张自牧、东宫侍读学士高莹中、判秘书省致仕白光臣、守司空致仕李俊昌、户部尚书致仕玄德秀、守司空致仕李世长、国子监大司成致仕赵通等为耆老会，逍

---

① 徐居正：《东人诗话》卷下，《高丽时代汉诗文学集成》，民昌文化社 1994 年版，第 493 页。
② 郑麟趾：《高丽史》卷 127《妙清传》下册，韩国亚细亚文化社 1972 年版，第 773 页。
③ 徐兢：《宣和奉使高丽图经》卷 40，《丛书集成初编》本，商务印书馆 1935 年版，第 139 页。
④ 见顾学颉校点《白居易集》卷首，中华书局 1979 年版。

遥自适。时人谓之地上仙,图形刻石传于世"①。又,蔡洪哲"于第南作堂,号中和,时邀永嘉君权溥以下国老八人,为耆英会"②。这些都明显是仰慕于白居易香山九老会之风流雅韵而组织的文人诗酒聚会。白居易和元稹诗集中首次出现的"宝塔诗体"也在高丽中后期十分流行。而入元之后的高丽后期,苏轼成为对高丽文人影响最大的中国文士。苏轼的诗文集在北宋时即传入高丽,孙觉有"文章异域有知音"之慨,秦观有"学士风流异域传"之句③,作品在高丽风靡一代。林椿《与眉叟论东坡文书》中所谓"仆观近世,东坡之文大行于时,学者谁不服膺呻吟"④,即为明证。高丽后期崇尚宋诗的趋向遂由此开启,以文为诗的风气盛行一时。故论者谓:"宋诗诸大家,如苏东坡、黄山谷、欧阳永叔、梅圣俞等,皆传布甚广,尤以东坡,影响最深,势逼杜陵,犹胜太白,直至朝鲜,其风不绝,此异乎中国者也。"⑤

乐天、东坡的诗文在高丽中后期之盛行及其递嬗,不是偶然的,这既与高丽内部的政治局势有关,也与元丽宗藩体系的形成及稳定有密切联系。高丽中期以后,权臣武人专政、政治混乱,先后经历了外戚李资义、李资谦之乱以及僧妙清之乱。高丽毅宗二十四年(1170)的郑仲夫之乱,对文官阶层更是一个重大打击。高丽长期重文轻武的政策,成为这次内乱的借口:"文臣得意醉饱,武臣皆饥困,是可忍乎?"⑥叛军遂大杀文臣,"凡扈从文官及大小臣僚宦侍皆遇害,又杀在京文臣五十余人"⑦,"一切诛戮,或投江水,旬日间文士戮且尽,中外汹汹,莫保朝夕"⑧。其后更是由武人出身的权臣崔忠献四世主政,独掌废立之权,"生杀废置,皆出其手",高丽王"徒拥虚器于臣民之上,如木偶人耳"⑨。在武人专权的政治背景下,文人往往选择退仕隐遁、寄情诗酒,远离政治斗争的旋涡,这种状态下,白居易晚年以太子少傅的身份分司东都时那种悠闲适意的诗境,就引发了高丽文人的强烈共鸣。这当然主要是对白居易等人晚年生活

---

① 郑麟趾:《高丽史》卷99,《崔诜传》下册,韩国亚细亚文化社1972年版,第194页。
② 郑麟趾:《高丽史》卷108,《蔡洪哲传》下册,韩国亚细亚文化社1972年版,第376页。
③ 参见吴熊和《苏轼奉使高丽一事考略》,《吴熊和词学论集》,杭州大学出版社1999年版,第221—222页。
④ 林椿:《西河集》卷4,《韩国文集丛刊》第1辑,韩国景仁文化社1990年版,第242页。
⑤ 许世旭:《韩中诗话渊源考》,黎明文化事业公司1979年版,第9页。
⑥ 郑麟趾:《高丽史》卷128,《郑仲夫传》下册,韩国亚细亚文化社1972年版,第774页。
⑦ 郑麟趾:《高丽史》卷128,《毅宗三》上册,韩国亚细亚文化社1972年版,第387页。
⑧ 郑麟趾:《高丽史》卷128,《郑仲夫传》下册,韩国亚细亚文化社1972年版,第777页。
⑨ 郑麟趾:《高丽史》卷21,《神宗赞》上册,韩国亚细亚文化社1972年版,第430页。

的模仿和向慕。其实，从全身远祸、明哲保身的心理来看，也与白居易晚年的心态类似。

高丽元宗依靠元朝的力量最终铲除了专权百余年的武臣势力，使得文臣的地位大为提升，但另一后果就是高丽国的内部政治斗争，往往必须通过元朝廷进行裁决，"讼于天子之朝"[1]。而元丽宗藩体系就为这一类政治干预提供了合理性，事实上元朝对于高丽也始终采取分化的策略，在以通婚方式控制高丽政局的同时，另封一高丽王室成员为沈王，以达到牵制的作用，如忠烈王、忠宣王即均曾先后被封为沈王，因此，"可以说高丽王朝后期的政治局势是与元朝政局的演变密切联系在一起的"[2]。政治地位的提升，使得高丽文人重新燃起了对政治的热情，宋人那种以天下为己任的强烈的政治参与意识逐渐对高丽文人产生影响，这是宋代文学风气主导高丽后期文学的重要因素。但元丽宗藩体系的限制也使他们清醒地意识到，高丽的政治问题在本质上是与元朝的关系问题，是缺少独立性的。这一现实促使高丽文人陷入略显矛盾的境地。一方面，他们必须积极参与高丽与元朝的周旋，以事大的姿态为高丽国争取尽量多的政治利益，如李榖因元朝"屡求童女于本国"，遂上疏极论其弊，请求取消这一定例，"帝纳之"[3]，成为一时美谈。这正是高丽文人政治责任感的体现。但是另一方面，他们对高丽政局的无力感也非常明显。如李齐贤因忠肃王十年（至治三年，1323），"柳清臣、吴潜上书都省，请立省本国，比内地"[4]，欲将高丽彻底并入元朝版图之事，上书中书都堂，力陈当年高丽助元讨金山王子之功，历叙元世祖、成宗、仁宗允许高丽"不更旧俗，以保其宗社"的"存恤之深意"，尤其强调高丽"地远民愚，言语与上国不同，趋舍与中华绝异"，希望元廷能"国其国，人其人，使修其政赋而为之藩蓠，以奉我无疆之休。岂唯三韩之民，室家相庆，歌咏盛德而已。其宗社之灵，皆将感泣于冥冥间矣"[5]。其欲存高丽血食庙社的苦心孤诣，流露出的正是一种无奈的感觉。在这一心态的影响下，高丽后期文人的姿态更趋于向内心收缩。于是苏轼那种政治失意后，虽身在红尘却能超脱人

---

[1] 郑麟趾：《高丽史》卷21，《忠肃王赞》上册，韩国亚细亚文化社1972年版，第722页。
[2] 杨渭生：《宋丽关系史》，杭州大学出版社1997年版，第187页。
[3] 郑麟趾：《高丽史》卷109，《李榖传》下册，韩国亚细亚文化社1972年版，第388、390页。
[4] 郑麟趾：《高丽史》卷110，《李齐贤传》下册，韩国亚细亚文化社1972年版，第410页。
[5] 李齐贤：《益斋乱稿》卷6，《在大都上中书都堂书》，《韩国文集丛刊》本，韩国景仁文化社1990年版，第544—545页。

生悲喜、圆融达观的人生态度，恰好引发了他们远离政治斗争旋涡的心灵共鸣，成为高丽文人向往的典范。在元丽宗藩体系的阴影下，他们选择性地接受了中国文学传统中可以成为自我肯定的心理基础和文化避难所的内容。

相对于文学自身的发展规律而言，政治因素只是一种外部因素。但是对于不同国家和地域之间的文学传播与交流而言，政治因素却凸显成为一种重要的驱动力或干涉力。元朝与高丽的文学交流是有深刻政治烙印的，它实际上是当时东亚地区的政治版图在文学和文化版图上的折射。以往的研究成果多从文学内部角度展开，本文侧重从宗藩体系这种特殊政治关系的角度来剖析其文学交流的新格局，或许可能提供一些新的视角。

（原载《浙江大学学报》2011 年第 5 期）

李白赠何昌浩诗系年

咸晓婷

李白生平事迹与诗歌系年研究向来是学界的一大难题，诸多学者在这方面付出了艰辛的努力并取得了卓著的成果，如詹锳、郁贤皓、安旗等，但是到现在为止，相互分歧乃至错讹之处仍在所难免，这一方面固然是由于李白诗歌本身长于抒情而少于纪实的特点，而另一方面，文献资料的不足也是使得这一问题变得扑朔迷离的重要原因。

李白集中有两首赠何昌浩诗：

赠何七判官昌浩

有时忽惆怅，匡坐至夜分。平明空啸咤，思欲解世纷。心随长风去，吹散万里云。羞作济南生，九十诵古文。不然拂剑起，沙漠收奇勋。老死阡陌间，何因扬清芬。夫子今管、乐，英才冠三军。终与同出处，岂将沮、溺群。①

泾溪南蓝山下有落星潭，可以卜筑，余泊舟石上，寄何判官昌浩

蓝岭耸天壁，突兀如鲸额。奔蹙横澄潭，势吞落星石。沙带秋月明，水摇寒山碧。佳境宜缓棹，清辉能留客。怅君阻欢游，使我自惊惕。所期俱卜筑，结茅炼金液。②

关于这两首诗，诸家年谱与全集注释大都不编年，唯詹锳的《李白

---

① 王琦：《李太白全集》卷九，中华书局1977年版，第482页。
② 王琦：《李太白全集》卷一四，第695—696页。

诗文系年》将两诗同系于上元二年（761），而安旗等的《李白全集编年注释》编前诗于天宝十载（751），编后诗于天宝十三载（754）。这两种系年均是错误的，而安旗考订何昌浩为安禄山范阳节度使判官，奉安禄山之使劝说李白入幽州幕①，更是大误。2005年5月，河南首阳山镇南蔡庄出土了《唐故邓州司户参军何府君墓志铭并序》，墓主何府君即何昌浩，也即是李白诗赠寄的对象。墓志记载何昌浩家世、生平及仕宦经历甚详，这为我们重新考订李白这两首诗的作年提供了珍贵的资料。为读者方便起见，兹将墓志内容抄录如下：

府君讳昌浩，字□□，庐州潜人也。曾王父武，婺州永康县令，赠岱州都督。王父彦先，天官、地官侍郎。父凤，越府都督。代袭文德，郁为儒族，蝉冕缨蕤，辉焕史谍，鼎门余庆，生我府君。府君即都督第二子也，气迈神朗，操履特达，早尚属文，兼志博览。著《九流指要》十卷，事穷造化，义尽幽微。解褐泽州参军，辞满调授本州录事参军，督辖群曹，郡无留事，抵法犯禁者，滕劾不回，代不容直，且无知人。左迁光州定城县丞，俄沾沛泽，移邓州司户参军。无何，二京覆没，遂潜迹江表，为宣歙采访使宋若思辟署支使。天不慭遗，罔佑其善，官舍遇疾。以永泰二年薨，春秋五十二。夫人博陵崔氏，光禄卿通理之孙，随州枣阳令珣之女，源流派深，柔德婉茂，享年六十六。嗣子士用，前试左卫率府兵曹参军，旅寓江汉，不遑底宁，实遵独家之仪，将展充穷之思。以贞元癸酉岁十月日合葬于河南府偃师县首阳之源，礼也。述累世之徽猷，揣繁祉之茂绪，恭承懿范，备阐前闻。铭曰：庆集德门，季父温温；文学政事，景命不伸。博陵茂族，早结嘉姻；日落同归，万古不春。首阳新茔，偃师故里；树列松槚，兹明终始。②

对照李白赠何昌浩诗与《何昌浩墓志》，有两点需要辨明一下。第一，李白在诗题中称何昌浩为"何七"，这似乎与墓志所云"府君即都督第二子也"抵牾不合。但是我们知道，唐人习惯按曾祖所出而定排行，而不是按一父所生的兄弟长幼次序计算，如称白居易为"白二十二"，称

---

① 安旗：《李白全集编年注释》（新版），巴蜀书社2000年版，第870页。
② 载于周剑曙、赵振华、王竹林《偃师新出土唐代墓志跋五题》，《河洛文化论丛》第三辑，中州古籍出版社2006年版，第312—334页。墓志拓片载于该书第323页。

李绅为"李二十",所以李白称何昌浩为"何七"与墓志所云"府君即都督第二子也"并不矛盾。第二,根据墓志,何昌浩一生仅一入幕府,即为宣歙采访使宋若思辟为支使,而李白在诗题中称何昌浩为判官,这似乎又是互相矛盾的。事实上,唐人有以判官泛指幕僚的习惯,如岑参有《凉州馆中与诸判官夜集》,李商隐《为安平公兖州奏杜胜等四人充判官状·李藩》云:"伏请赐守本官,充臣观察支使"①,都是以判官泛指幕僚,其中包括支使。盖判官在使府中的职责为分判诸曹事,地位甚高,仅次于副使,唐人以之泛称幕僚有尊崇之意。如此,则李白称何昌浩为判官与何昌浩在使府中的实际职务为支使亦不矛盾。

再就地点而言,何昌浩所在宣歙采访使的治所为宣州,而李白第二首诗所云"泾溪"恰恰在宣州境内,这一点墓志与白诗正好吻合。因此我们可以断定,此碑志的墓主何昌浩即是李白诗题中所云何昌浩,李白的这两首诗应作于何昌浩任宣歙采访使支使期间,而何昌浩一生根本没有任职安禄山范阳节度使幕府的经历。安旗先生根据李白曾北上幽州的经历,推定何昌浩是幽州范阳节度使幕府判官,并奉安禄山之命邀请李白入幕显然是错误的。李白在天宝十载至十二载之间确曾北上幽州,但是并没有受到安禄山的邀请,而是自行北上。至于李白北上幽州的动机,安旗沿袭前人的观点认为是他为了探察安禄山叛乱的虚实,而查屏球的《李白北上幽州考》则指出李白此行的真正目的是寻求政治上的出路,只是无功而返②,文章论析甚详,读者可自参看,兹不赘。

现在我们可以根据何昌浩任宋若思宣歙采访使支使的时间来重新考定李白上述两首诗的写作时间。根据墓志,何昌浩"二京覆没,遂潜迹江表,为宣歙采访使宋若斯(当作'思')辟署支使",安史之乱爆发于天宝十四载(755)十一月,不久洛阳陷落,天宝十五载(即至德元年)(756)六月,潼关失守,长安陷落,那么何昌浩入宋若思宣歙幕至少要在天宝十五载六月之后。关于宋若思任宣歙采访使的时间,据《旧唐书·玄宗纪下》:天宝十五载六月庚子,"以监察御史宋若思为御史中丞充置顿使"。《旧唐书·房琯传》载:天宝十五载十月,"琯请自选参佐,乃以御史中丞邓景山为副,户部侍郎李揖为行军司马,中丞宋若思、起居郎知制诰贾至、右司郎中魏少游为判官,给事中刘秩为参谋"。《旧唐书·

---

① 李商隐:《樊南文集》卷二。
② 查屏球:《从游士到儒士——汉唐士风与文风论稿》,复旦大学出版社2005年版,第317—333页。

地理志三》江州至德县："至德二年九月，中丞宋若思奏置。"又，《太平寰宇记》卷一〇五建德县："唐至德二年，采访使、宣城郡太守宋若思奏以此地山水遥远，因置县邑，以遏寇攘仍以年号为名，属寻阳郡。"① 由此可见，宋若思天宝十五载六月为御史中丞，是年十月参与策划了房琯收复两京的战役，他以御史中丞的身份出任宣歙采访使兼宣城郡太守应该在至德二年（757）。据《旧唐书·肃宗纪》，乾元元年（758）五月，肃宗罢各地采访使，又，吴廷燮《唐方镇年表》，乾元元年，郑炅之任宣歙节度使，可见到乾元元年，宋若思已离宣歙采访使任，而这一年，李白也已经踏上了流放夜郎之路。因此，李白赠何昌浩的这两首诗只能作于至德二年秋天。白诗云："沙带秋月明，水摇寒山碧"，知时令在秋。

　　宋若思是李白故人宋之悌之子，二人私交甚深。至德二年，李白因永王璘事而身陷囹圄，幸先后经崔涣及宋若思出力解救，方得脱狱。宋若思至德二年以御史中丞出任宣歙采访使，李白陷狱寻阳时，恰逢宋若思"专征出海隅"，"以吴兵三千赴河南，军次寻阳"②，于是设法营救。李白《为宋中丞自荐表》云："前后经宣慰大使崔涣及臣推覆清雪，寻经奏闻"③，终于"脱余之囚"，将李白释放出来。宋若思是解救李白寻阳之狱的重要人物。宋若思不仅将李白解救出狱，而且将其收归幕下，让李白参谋幕府。李白与何昌浩应该就是在这期间认识的，他的《赠何七判官昌浩》诗应作于与何昌浩初识不久，诗云："终与同出处，岂将沮溺群"，即指李白参谋幕府，而何昌浩任支使事。

　　应该说，李白在宋若思幕府度过了一段相对愉快的日子，他为宋若思掌管文书事务，作有《为宋中丞请都金陵表》《为宋中丞祭九江文》，并随宋若思往武昌一行，有《陪宋中丞武昌夜饮怀古》诗。不仅如此，宋若思还专门具表向朝廷推荐李白，李白亲撰此文，即《为宋中丞自荐表》。按，《为宋中丞自荐表》是李白生平研究至为重要的资料，因为李白在表中自叙年龄云："臣伏见前翰林供奉李白，年五十有七"，清人王琦定此表作于至德二年，并以此核定李白生年，对于此一说法，近当代学术界基本无异议。然《中国李白研究》2000 年发表了吕华明《李白〈为宋中丞自荐表〉写作时间考辨》一文，吕文提出了李白该表应作于乾元三年（760）的新说法。对于该说，2003 年杨栩生发表了《对〈李白

---

① 乐史：《太平寰宇记》卷一〇五，中华书局 2007 年版，第 2088 页。
② 王琦：《李太白全集》卷一一，第 561 页。
③ 王琦：《李太白全集》卷二六，第 1218 页。

《为宋中丞自荐表》写作时间考辨〉的几点质疑》①，反对吕说，坚持王说。笔者认为，吕华明一文的考证过程有遗漏重要环节之嫌，譬如他论证李白《为宋中丞自荐表》的写作时间，自始至终都没有提到李白约略作于同时的另外两篇文章《为宋中丞祭九江文》与《为宋中丞请都金陵表》，而这两篇文章显然都作于至德二年九月长安收复之前，因此，说李白的《为宋中丞自荐表》作于乾元三年是站不住脚的。李白此表仍以系于至德二年为宜，这与本文考定李白赠何昌浩诗作于至德二年是一致的。

从李白后来所作诗歌来看，他在宋若思幕府的时间并不长。李白至德二年这一年命运起伏极大，先是于春间因永王璘事陷狱寻阳，初秋获释后入宋若思幕并随其武昌一行，但不久即离开。学者们已指出，李白在离开宋若思幕府之后，"逃难"卧病宿松，并向张镐赠诗求援，有《赠张相镐二首》，到年底，终被判长流夜郎。不过现在看来，李白在卧病宿松之前尚有泾溪之行，《泾溪南蓝山下有落星潭，可以卜筑，余泊舟石上，寄何判官昌浩》即作于此时，尔后才从泾溪前往宿松避难，到宿松时已是深秋或以后，且已卧病。将李白这一时期的诗歌贯穿起来，可以看出，随着时间的推移，李白的惧祸心理越来越强烈，当初在宋若思幕府时，尚是神采飞扬的，初返泾溪，心情还是轻松的，有"卜筑""炼金液"之雅兴，到卧病宿松时，则转而为意气消沉，"卧病宿松山，苍茫空四邻。风云激壮志，枯槁惊常伦"②，到年底，心境已是苍凉无助了。

至于李白离开宋若思幕返回泾溪逃难宿松的原因，现在没有直接的材料可以说明。郁贤皓先生在《李白晚年行踪及思想考论》一文中曾推测道："按理，永王被杀，其部下主要将领季广琛等早已投靠肃宗，只有李白被投入狱中，经过宋若思和崔涣推覆清雪，事情也已了结，没有必要在事过半年多后再来追究永王的事。也许正是这个李白的《自荐表》，才使朝廷又重新处理永王事件。宋若思也可能听到朝廷的议论，才让李白离开幕府，到宿松'逃难'。"③也许正如郁先生所说，正是李白的不合时宜的奏表，重新引起了肃宗集团的注意，并最终再引祸端，长流夜郎。

（原载《文学遗产》2010年第2期）

---

① 杨栩生：《对〈李白《为宋中丞自荐表》写作时间考辨〉的几点质疑》，载于《绵阳师范学院学报》2003年第1期。
② 王琦：《李太白全集》卷一一，第598页。
③ 郁贤皓：《李白与唐代文史考论》第一卷《李白丛考》，南京师范大学出版社2008年版，第129页。

元稹浙东幕诗酒文会活动考论

咸晓婷

中唐著名诗人元稹于长庆三年（823）至大和二年（828）任浙东观察使兼越州刺史，在此期间他广辟文士幕僚，山水游赏，诗酒文会，《旧唐书·元稹传》载："会稽山水奇秀，稹所辟幕职，皆当时文士，而镜湖、秦望之游，月三四焉。而讽咏诗什，动盈卷帙。"[1] 文人入幕及幕府文学创作是中晚唐文学的一大特色，它改变了盛唐到中唐的文坛格局，呈现出新的特点和风貌。但就地域而言，各地幕府文学创作的活跃程度并不平衡，元稹所镇的越州，有着深远的诗酒宴集传统，洵为唐代诗酒文会活跃频繁之地。元稹以著名诗人和地方长官的双重身份组织诗酒文会，其规模之大、影响之广堪称一时之盛，在中晚唐幕府文学中极具典型性和代表性。但迄今为止，这一问题的内涵和意义尚未得到充分挖掘。本文试从各种文献资料中钩稽出元稹浙东幕诗酒文会活动的盛况，分析其独有的时代特色与文化内蕴，并进一步探讨其所反映的社会风尚和文人心态。

一 元稹浙东诗会钩稽

唐代越州地区，经济繁荣，山水奇秀，又有着深厚的文化传统，大量的文人墨客或仕宦或漫游于此，在明山丽水之间，追踪东晋王羲之兰亭宴集的风流雅韵，频繁而广泛地开展诗酒文会活动，形成了一个个诗会联句唱和的高潮，如大历年间鲍防主持的联唱、元和年间薛苹主持的唱和等，而这其中又以元稹长庆至大和年间的诗酒文会活动最有代表性。元稹观察浙东七年，在唐代后期的浙东观察使中任职时间最长，地方首脑与诗人的双重身份，使他在诗酒文会活动中居于领袖地位。唐张固《幽闲鼓吹》有这样一则记载：

---

[1] 刘昫：《旧唐书》卷一六六，中华书局1975年版，第4336页。

元稹在鄂州，周复为从事。稹尝赋诗，命院中属和，复乃簪笏见稹曰："某偶以大人往还，谬获一第，其实诗赋皆不能。"稹嘉之曰："质实如是，贤于能诗者矣。"①

这件事虽然并不是发生在元稹观察浙东时并且周复最终也没有唱和，但是从另一个角度看，这恰恰反映出元稹对诗酒文会的热衷程度：唱和几乎成了僚佐们的任务。浙东诗酒文会活动的兴盛，与元稹的努力和倡导是分不开的。

在州府内部，元稹广辟文士为幕僚，这些文士或诗文兼擅，如卢简求、郑鲂、周元范，或能文工书，如韩杼材、陆洿、刘蔚、王璹等。掌书记卢简求，《旧唐书》载其致仕后在东都"有园林别墅，岁时行乐，子弟侍侧，公卿在席，诗酒赏咏，竟日忘归"。② 观察判官郑鲂，新出土《郑鲂墓志》云其"为诗七百篇，及陈许行营功状，思理宏博，识者见其焉"。③ 观察判官周元范，张为《诗人主客图》置其于白派"及门"人中，现在可以看到的周元范诗尚有七绝一首、七律一首、断句四联。观察推官韩杼材，《墨池编·能品》云："元稹观察浙东，幕府皆知名士，梓（当作'杼'）材其一也。笔迹晞颜鲁公、沈传师而加遒丽，披沙见金，时有可宝。"④ 从事陆洿，《嘉泰会稽志》载："禹穴碑，郑昉（鲂）撰，元稹铭，韩杼材行书，陆洿篆额。"⑤ 从事刘蔚，《书史会要》（补遗）载："唐，刘蔚，……善篆书。"⑥ 从事王璹，据《宝刻丛编》："《唐春分投简阳明洞天并继作》，唐元咸明、白居易撰，王璹分书，刘蔚篆额。"⑦ 元稹喜爱文士，与这些僚佐诗人们相处甚洽，如郑鲂，字嘉鱼，白居易酬元稹诗《和酬郑侍御东阳春闷放怀追越游见寄》谓"君得嘉鱼置宾席，乐如南有嘉鱼时。劲气森爽竹竿竦，妍文焕烂芙蓉披"⑧；周元范，张籍

---

① 参见李昉《太平广记》卷四九八，中华书局1961年版，第4085页。
② 刘昫：《旧唐书》卷一六三，第4272页。
③ 赵君平、赵文成：《河洛墓刻拾零》，北京图书馆出版社2007年版，第557页。
④ 朱长文：《墨池编》卷三，纪昀等编纂：《影印文渊阁四库全书》本，第812册，台湾商务印书馆1983年版，第748页。
⑤ 施宿：《嘉泰会稽志》卷一六，中华书局编辑部编《宋元方志丛刊》本，第七册，中华书局1990年版，第7021页。
⑥ 陶宗仪：《书史会要》（补遗），上海书店出版社1984年版，第449页。
⑦ 陈思：《宝刻丛编》卷一三，王云五主编：《丛书集成初编》本，上海商务印书馆1937年版，第335页。
⑧ 谢思炜：《白居易诗集校注》卷二二，中华书局2006年版，第1752页。

《送浙东周元范判官》诗云"吴越主人偏爱重,多应不肯放君闲"[①]。僚佐诗人们围绕在元稹周围,成为浙东诗酒文会活动的主体。

元稹在广辟幕僚的同时还广泛结交当地的文士和佛道人物,以其地位和影响吸引了诸多名士参与其使府的唱和,这些本土文士和佛道人物成为浙东唱和活动的另一生力军。当时与元稹交往的浙东文士有:徐凝,睦州人,有《奉酬元相公上元》《酬相公再游云门寺》《春陪相公看花宴会》等,曾自谓"一生所遇唯元白"[②]。章孝标,睦州人,有《上浙东元相》。赵嘏,字承祐,楚州山阳人,游历浙东时犹未进士及第,有《九日陪越州元相燕龟山寺》《陪元相公游云门》等。另外有韩秀才、卢秀才等,名字待考。与元稹交往的佛道人物有:冯惟良,《嘉定赤城志》载:"冯惟良,相人,字云冀,修道衡岳。元(大)和中,入天台,廉使元稹闻其风,常造请方外事。"[③] 徐灵府,据元稹《重修桐百观记》:"岁大和己酉,修桐柏观讫事,道士徐灵府以其状乞文于余。"[④] 僧直言(一作直玄或亘玄、真元),有《观元相公花饮》。另外还有范处士、郭虚州、刘道士、王炼师等。这些人或应元稹所邀,参与唱和,或者慕名而来,投诗献赠,其中多能诗善文者,为元稹所器重。他们与元稹及其幕僚往来唱和,谈禅论道,在生活态度和创作风格上相互影响,相互渗透。

尤其值得称道的是,长庆四年(824)春,时任杭州刺史的白居易与任湖州刺史的崔玄亮曾共赴越州,与元稹一起游赏赋诗。白居易《会二同年》诗云"照湖澄碧四明寒"[⑤],"照湖"即"镜湖",在越州。"二同年"指的是元稹和崔玄亮,白居易《得湖州崔十八使君书喜得杭越临郡因成长句代贺兼寄微之》自注云:"贞元初同登科,崔君名最在后。"[⑥] 崔、白二人的到来为越州诗会增添了一番热闹,他们与元稹共同游览了镜湖、法华山、云门山等地,留下了不少诗篇,如元稹《春分日投简阳明洞天作》《题法华山天衣寺》《游云门》,白居易《和春分日投简阳明洞天作》《题法华山天衣寺》《宿云门寺》等,浙东诗酒文会活动因而增色不少。

[①] 徐礼节、余恕诚:《张籍集系年校注》卷四,中华书局 2011 年版,第 570 页。
[②] 《全唐诗》卷四七四,中华书局 1979 年版,第 5384 页。
[③] 陈耆卿:《嘉定赤城志》卷三五,《宋元方志丛刊》本,第七册,中华书局 1990 年版,第 7556 页。
[④] 元稹:《元稹集》(外集卷八),中华书局 1982 年版,第 712 页。
[⑤] 谢思炜:《白居易诗集校注》(外集卷上),中华书局 2006 年版,第 2913 页。
[⑥] 谢思炜:《白居易诗集校注》卷二三,第 1814 页。

以元稹及其幕僚为主体，以浙东本土文士和佛道人物为生力军，并有邻郡府主诗友的参与，在元稹的努力和倡导下，浙东诗酒文会活动达到了相当的规模，前后参与者仅现在可考就有三十余人，而实际人数当不止此。

元稹浙东诗会作品可考者有：元稹《酬郑从事四年九月宴望海亭次用旧韵》，郑从事即郑鲂，郑鲂原作佚。元稹《春分日投简阳明洞天作》，白居易《和春分日投简阳明洞天作》。元稹《题法华山天衣寺》七绝一首，白居易《题法华山天衣寺》七律一首。元稹《游云门》七绝一首，白居易《宿云门寺》五古一首。白居易《会二同年》。元稹《正月十五夜呈幕中诸公》，徐凝和《奉酬元相公上元》。徐凝《春陪相公看花宴会二首》。徐凝《酬相公再游云门寺》，元稹原唱佚。元稹《醉题东武亭》。元稹《拜禹庙》。元稹《酬周从事望海亭见寄》，周从事即周元范，周元范原唱佚。元稹《赠刘采春》。元稹《修龟山鱼池示众僧》。赵嘏《浙东陪元相公游云门寺》。赵嘏《九日陪越州元相燕龟山寺》。章孝标《上浙东元相》。僧直言《观元相公花饮》。计二十一首。另有元稹佚诗两首：《新楼北园偶集从孙公度周巡官韩秀才卢秀才范处士小饮郑侍御判官周刘二从事皆先归》《朝回与王炼师游南山下》，二诗皆据白居易《和微之诗二十三首》。

应该说，元稹浙东诗会留存下来的诗作是极少的，如果说唐诗所存十不一二，那么浙东诗会所留存的恐怕远远低于这个比例。我们只能从目前可考知的有限材料里略窥浙东诗会当年的规模及盛况。从内容看，浙东诗会所表现的主题范围是相当广泛的，有宴集、登游、访道、送别、禅悟、隐逸等。其中游赏宴集诗所占的比重较大。元日观灯，春日赏花，端午竞渡，重九登高，春秋佳日无不大摆酒宴，歌舞音乐，献酬唱和。或几位好友相聚小饮，如《新楼北园偶集从孙公度周巡官韩秀才卢秀才范处士小饮郑侍御判官周刘二从事皆先归》；有时场面宏大，如赵嘏《浙东陪元相公游云门寺》"松下山前一径通，烛迎千骑满山红"[1]，徐凝《酬相公再游云门寺》"远羡五云路，逶迤千骑回"[2]，二人皆云"千骑"，未免有些夸张，但其场面之宏大却可以想见。就体裁而言，元稹浙东幕府中的文学创作，以诗歌酬唱居多，这与大历年间鲍防集团偏重联句有所不同。"大约是联句之诗，需众人合作，既可逞才使气，亦需雕章琢句，故拘束与限制颇多。而唱和之诗，既能表现群体的氛围，又能发挥自己的个性，因而

---

[1] 《全唐诗》卷五四九，第6353页。
[2] 《全唐诗》卷四七四，第5376页。

颇受元稹等人的喜爱。"①

二 浙东诗会特征之一：世俗性

由于社会政治背景的变化与时代风尚的影响，元稹浙东诗酒文会活动表现出与前此浙东、浙西联唱不同的特色。首先，元稹幕诗酒文会活动文人雅趣的淡逸色彩消减了，而以歌舞侑酒、放逸娱游的世俗性特征增强了。

出于娱乐和政治的需要，唐代幕府大多置有大量的饮妓、歌妓。《唐会要》卷三四载，宝历二年京兆府奏："伏见诸道方镇，下至州县军镇，皆置音乐以为欢娱，岂惟夸盛军戎，实因接待宾旅。"② 幕府举凡活动皆有乐，大到庆典，小到私宴。到中晚唐，官伎制度进一步普及，好声妓、频宴饮是当时方镇幕府的普遍风气，听歌看舞成为诗人日常生活的一部分。元稹浙东幕当然也不例外，更何况浙东地区是风景优美、物产丰富的大邦盛府，有更多的物质基础蓄置歌妓，举办各种大型的游赏宴会。白居易《霓裳羽衣歌》云："今年五月至苏州……不听笙歌直到秋。秋来无事多闲闷，忽忆霓裳无处问。闻君部内多乐徒，问有霓裳舞者无？"③ 可见元稹幕内确是有许多歌妓，以至白居易都要向元稹讨要霓裳舞者。

元稹幕府中的歌妓不仅能歌善舞，有的还能诗善词，可考者如刘采春。《云溪友议》卷下《艳阳词》载："乃廉问浙东，别涛已逾十载。方拟驰使往蜀取涛，乃有俳优周季南、季崇及妻刘采春，自淮甸而来。善弄陆参军，歌声彻云，篇韵虽不及涛，容华莫之比也。元公似忘薛涛，而赠采春诗曰：'新妆巧样画双蛾，谩裹常州透额罗。正面偷匀光滑笏，缓行轻踏破纹波。言辞雅措风流足，举止低回秀眉多。更有恼人肠断处，选词能唱《望夫歌》。'……采春所唱一百二十首，皆当代才子所作。其词五、六、七言，皆可和矣。……采春一唱是曲，闺妇行人莫不涟泣。"④ 可见刘采春是著名的歌者，所唱之曲皆为当代文人才子所制，且甚为元稹所重。《全唐诗》卷八〇二录《啰唝曲》六首，即"望夫歌"，以刘采春为作者，虽尚有疑窦，但这六首诗是刘采春所唱，则无可疑。无论如何，刘采春其人才貌兼擅是可以肯定的。

---

① 胡可先：《唐代越州文学试论》，中国陆游研究会编：《陆游与越中山水》，人民出版社2006年版，第554页。
② 王溥：《唐会要》卷三四，中华书局1957年版，第736页。
③ 谢思炜：《白居易诗集校注》卷二一，第1669页。
④ 范摅：《云溪友议》卷下，古典文学出版社1957年版，第63—64页。

幕府文人与歌妓交往密切，可以说举凡接待宾旅，迎来送往，宾主欢聚，游赏宴饮，无不活跃着歌妓们的舞姿歌态："雁思欲回宾，风声乍变新。各携红粉妓，俱伴紫垣人。"①　"妆梳妓女上楼榭，止欲欢乐微茫躬。"② 元稹及其幕僚们就这样在歌舞酒色之中诗酒狂放、纵情欢乐。元稹《酬郑从事四年九月宴望海亭次用旧韵》："兴余望剧酒四坐，歌声舞艳烟霞中。酒酣从事歌送我，歌云此乐难再逢。"③《酬白乐天杏花园》："刘郎不用闲惆怅，且作花间共醉人。"④ 赵嘏《浙东陪元相公游云门寺》："小槛宴花容客醉，上方看竹与僧同。"⑤《九日陪越州元相燕龟山寺》："佳晨何处泛花游，丞相筵开水上头。"⑥ 徐凝《春陪相公看花宴会》："丞相邀欢事事同，玉箫金管咽东风。百分春酒莫辞醉，明日的无今日红。"⑦

歌舞酒宴之间，幕府文人与歌妓一方面是欣赏者与表演者之间的关系，听歌看舞是文人的娱乐方式，但是另一方面，随着日日听歌看舞，朝夕相处，文人与歌妓的关系往往变得丰富而复杂起来。这首先是由于"才色兼擅"的歌妓与"才情并茂"的文人较之其他人群更容易相互沟通而产生内心情感上的共鸣。且不说白居易与琵琶女"同是天涯沦落人，相逢何必曾相识"式的同病相怜，单就元稹与刘采春而言，也已经超越了一般的欣赏者与表演者之间的关系，而更进一步，心灵相通，臻于"才才相惜"之境。元稹对刘采春的赏识不仅在于她的容貌，更在于她的才情，"更有恼人肠断处，选词能唱《望夫歌》"⑧，才情过人才是刘采春深深打动元稹的原因。关于元稹与刘采春另有一段有趣的故事："元稹相廉问东浙七年，因题东武亭曰：'役役闲人事，纷纷碎薄书。功夫两衙尽，留滞七年余。病痛梅天发，亲情海岸疏。因循归未得，不是恋鲈鱼。'卢简夫（求）侍御曰：'丞相不恋鲈鱼，为好鉴湖春色。'春色谓刘采春。"⑨ 可以看得出，刘采春是深受元稹青睐的。

幕府文人与歌妓关系密切的另一个重要原因是歌妓们把文人创作的诗

---

① 杨军：《元稹集编年笺注》，三秦出版社2002年版，第902页。
② 杨军：《元稹集编年笺注》，第910页。
③ 杨军：《元稹集编年笺注》，第910页。
④ 杨军：《元稹集编年笺注》，第924页。
⑤ 《全唐诗》卷五四九，第6353页。
⑥ 《全唐诗》卷五四九，第6348页。
⑦ 《全唐诗》卷四七四，第5382页。
⑧ 杨军：《元稹集编年笺注》，第935页。
⑨ 阮阅：《诗话总龟》卷一六，人民文学出版社1987年版，第185页。

歌拿来演唱，他们之间同时也是创作者与歌唱者的关系，歌妓成为文人诗歌传播的重要途径。如上述刘采春，《云溪友议》云其"所唱一百二十首，皆当代才子所作"①，这其中定有不少"元才子"元稹的诗作。《诗话总龟》前集卷四二"乐府门"云："商玲珑，余杭之歌者。……元微之在越州闻之，厚币来邀，乐天即时遣去，到越州住月余，使尽歌所唱之曲，即赏之。后遣之归，作诗送行兼寄乐天曰：'休遣玲珑唱我词，我词都是寄君诗。却向江边整回棹，月落潮平是去时。'"② 商玲珑是杭州歌妓，从这段记载来看，她非常熟悉元稹的诗歌，所唱之曲多有元稹的作品，至于元稹幕下的歌妓演唱元稹等人的诗作也就可想而知了。

以诗入乐，供歌妓演唱，文人们的诗歌借歌者得到广泛传播，这一方面扩大了诗人的知名度，激发了诗人们的创作热情，而另一方面，诗人诗歌创作的内容、风格也必然随之发生变化。筵席之间写给妓人演唱的诗不同于一般的言志抒情诗，因为要入乐，这类诗就特别注重诗体的协律可歌性，而内容往往以风情为主，风格清怨婉媚。元稹深谙歌法，擅长风致宕逸的艳丽小诗，作诗有意追求"韵律调新，属对无差，而风情宛然"③。元稹浙东时期留下来的艳丽小诗很少，可见者仅《赠采春》一首："新妆巧样画双蛾，漫裹常州透额罗。正面偷匀光滑笏，缓行轻踏破纹波。言辞雅措风流足，举止低回秀眉多。更有恼人肠断处，选词能唱《望夫歌》。"④ 对妇女容貌、服饰的描写极为细致，含情婉转，风格柔媚清怨。

三 浙东诗会特征之二：佛教文化色彩

元稹浙东诗酒文会活动的另一个显著特征是浓郁的佛教文化色彩。

浙东是一个有着浓厚佛教文化底蕴的地区，自东晋南渡以来，佛教发展迅速，寺院林立，名僧辈出。隋唐时期，中国佛教走向了它的繁荣期，而浙东地区佛教尤为繁盛，中国佛教的两大重要宗派华严宗及天台宗即发源于此。元稹本身有着很深的佛学造诣，一生喜游佛寺，结交僧禅人物。在任浙东观察使的七年间，屡经宦海沉浮的元稹利用职权之便更加频繁地与幕僚们游历佛寺，结交僧禅人物，并兴修佛寺，经营佛藏，促进了浙东佛教文化的发展。

浙东幕重要的佛教活动可考者有如下几次。（一）长庆四年，元稹与

---

① 范摅：《云溪友议》卷下，古典文学出版社1957年版，第64页。
② 阮阅：《诗话总龟》卷四二，第408页。
③ 刘昫：《旧唐书》卷一六六，第4332页。
④ 杨军：《元稹集编年笺注》，第935页。

白居易、崔玄亮等九刺史资助杭州永福寺石壁刻经，元稹为该寺作《永福寺石壁法华经记》。（二）大和二年春，为白寂然卜筑沃洲山禅院。白居易《沃洲山禅院记》载："大和二年春，有头陀僧白寂然来游兹山，见道猷、支、竺遗迹，泉石尽在，依依然如归故乡，恋不能去。时浙东廉使元相国闻之，始为卜筑；次廉使陆中丞知之，助其缮完。三年而禅院成，五年而佛事立。"[1]（三）大和二年九月，元稹僚佐韩杼材为慈溪清泉寺撰《清泉寺大藏经记》，刘蔚篆。《金石录》卷九载："第一千七百八十五，唐清泉寺大藏经记，韩杼（杼）材撰并行书，刘蔚篆，太和二年九月。"[2]（四）修筑龟山寺鱼池。《会稽掇英总集》卷九（龟山寺鱼池）："此池微之所修，戒其僧以护生之意。"[3] 元稹有诗《修筑龟山寺鱼池》："劝尔诸僧好护持，不须垂钓引青丝。云山莫厌看经坐，便是浮生得道时。"[4]

佛寺更是元稹及其僚佐们游赏唱和的重要场所。唐代寺院在某种程度上具有公共游赏场所的性质，会稽地区佛寺众多，元稹浙东幕的诗酒文会活动大多是在寺院中举行的，如云门寺、法华山天衣寺、龟山寺等。我们现在所能见到的浙东诗会作品，有接近半数是关于佛寺游赏或佛寺宴饮的。这一方面是由于佛寺大多依山傍水，环境清幽，为游赏佳境。另一方面，又可与高僧大德谈禅论道，修身养性。

寺院题材诗歌内容一般以描绘寺院风光或者阐发佛理为主，而艺术风格则主要表现为清幽静谧。浙东诗会佛寺题材的诗歌也离不开山寺幽静风光的描写和诗人方外之思的抒发，并且不乏这方面的佳作。如元稹的《游云门》："遥泉滴滴度更迟，秋夜霜天入竹扉。明月自随山影去，清风长送白云归。"[5] 这首七绝情景兼备、意境浑融，明月青山、清风白云，动中见静，忙中有闲，自然而流畅，淡泊而爽丽，表现出诗人从容不迫豁达闲适的超然心境。但是浙东诗会寺院唱和之作与一般的寺院游赏诗歌又有一个很大的不同，那就是热闹与清幽并存。之所以热闹，是因为诗会唱和属群体活动而且又多以歌舞侑酒；之所以清幽，是由于佛寺本是参禅论道的寂静之所。浙东诗会的许多诗作都集中表现了这一特点，如《九日陪越州元相燕龟山寺》："双影旆摇山雨霁，一声歌动寺云秋。林光

---

[1] 朱金城：《白居易集笺校》卷六八，上海古籍出版社 1988 年版，第 3685 页。
[2] 赵明诚：《金石录》卷九，《影印文渊阁四库全书》本，第 681 册，第 226 页。
[3] 孔延之：《会稽掇英总集》，人民出版社 2006 年版，第 126 页。
[4] 杨军：《元稹集编年笺注》，第 934 页。
[5] 杨军：《元稹集编年笺注》，第 937 页。

静带高城晚,湖色寒分半槛流。"① 一面是歌舞侑酒的欢娱,一面是参禅悟道的清寂,而这两点正是当时知识分子普遍的生活情趣。因此,可以说浙东诗会所表现出来的歌舞佐欢和参禅悟道的文人风尚是带有时代普遍性的。

四 结语

歌舞侑酒和参禅悟道,看似矛盾,实际上都是中晚唐之际时代风尚及士人心态变化的反映。安史之乱给李唐王朝带来了巨大的破坏,整个帝国由盛转衰,一蹶不振。尽管代宗、德宗、顺宗等人即位之初,也有过重振朝纲、中兴王室的抱负和一些相应的措施,如削藩、平边、抑制宦官等,一些进步的改革家也曾试图励精图治,拯民于水火,但这些都不过是昙花一现。随着宦官专权、藩镇跋扈、朋党倾轧愈演愈烈,到穆宗时,唐王朝的政治统治日趋黑暗腐败。在这种政治背景下,士人们对前途、理想丧失了信心,心态渐趋内敛、消极。几经宦海沉浮的元稹哀叹着"莫学州前罗刹石,一生身敌海波澜"②,镇守浙东七年,几乎不再参与朝政,白居易走上了"吏隐"的道路,就连中兴名臣裴度晚年也为自安之计,沉浮以避祸。中晚唐之际的士人们对现实感到失望,对理想感到幻灭,从政热情和谋求功名事业的进取心大大衰退,他们已经无复致君尧舜的进取豪情,而是在另一个天地里寻求心灵的安慰和精神的寄托。元稹浙东幕的诗酒文会活动,正是这种时代心理的反映。他们或者沉醉在歌舞酒色之中,逃避现实政治的迫害,尽欢纵情,狂放不羁;或者参禅悟道,逃避现实,以忘怀得失,获得暂时的苟安与满足。

总而言之,元稹浙东幕诗酒文会活动,既是东晋兰亭宴集传统的延续,也是中晚唐之际时代政治的折射,更是东南地域文化精神的表现,它的意义,已经超越了集会本身而具有更为广远的价值。以越州为中心的诗酒文会活动,不仅集结了当地著名的诗人文士,而且扩展到杭州白居易、湖州崔玄亮等文士群体。诗酒文会活动的领袖人物元稹,在长庆中曾入朝为相,但不久即遭排挤被外放为地方官,他在镇守越州期间纵情山水,饮宴赋诗,未始不是政治失意的表现。诗会活动所呈现出的处于精英阶层的文人士大夫的特殊心态,与穆宗以后日趋衰微的政治局势密切相关,而这种心态又惟妙惟肖地映射于存留至今的集会诗文当中。这些珍贵的诗文作

---

① 《全唐诗》卷五四九,第6348页。
② 杨军:《元稹集编年笺注》,第862页。

品，是我们了解中晚唐之交文学多元发展演变的重要线索。通过元稹浙东幕诗酒文会活动的考索，尽可能地还原集会的原生状态，我们或许能够找到进一步解读中晚唐之际政治、文化与文学既互相影响又各显个性的发展规律的独特视角。

（原载《阅江学刊》2012年第6期，中国人民大学报刊复印资料全文转载）

从正仓院写本看王勃《滕王阁序》

咸晓婷

日本正仓院藏《王勃诗序》写本一卷，载录王勃诗序四十一篇，其中二十篇佚文，为王勃集其他刊本所无。该写本抄于日本庆云四年，相当于唐中宗景龙元年（707），是目前已知王勃著作的最早写本。早年罗振玉以之辑为《王子安集佚文》，八十年代何林天作《重订新校王子安集》，主要参考了这一写本。九十年代日本长田夏树、藏中进、原田松三郎等人合著出版了《正仓院王勃诗序研究》，为其中的八篇序文做了详尽的注释。近日日本道坂昭广出版了《正仓院藏〈王勃诗序〉校勘》，专门校勘了《王勃诗序》中中国犹存的二十一篇，以之与王勃集《文苑英华》等刊本进行了比较。道坂昭广指出："中国犹存的王勃文集皆将隆庆刊本《文苑英华》为底本。……使用景宋抄本等校勘的傅增湘博士的《文苑英华校记》与正仓院本之间，文字相同之处甚多。由此可见，正仓院本极有可能保存着王勃文集的最初形态。"[①]

不过，到现在为止，正仓院本《王勃诗序》的文献价值仍未得到充分利用，其中所留存的重要信息仍有待王勃研究者们继续挖掘。对于《滕王阁序》长期以来众说纷纭的问题，如题目问题、异文问题、训释问题、诗序关系问题等，[②] 正仓院写本大都能够提供进一步判断的原始证

[①] 见道坂昭广《正仓院藏〈王勃诗序〉校勘》内容提要，香港大学饶宗颐学术馆2011年版。

[②] 《滕王阁序》的序题亦是《滕王阁序》的一个重要问题。正仓院本及《文苑英华》本皆题作《秋日登洪府滕王阁饯别序》，此应为《滕王阁序》的原题。但自五代王定保《唐摭言》称之为《滕王阁序》以来，这一简称已成为一个约定俗成的常用题名，至今沿用不衰，尽管诸多学者已指出这一题名的不合理之处，如俞平伯先生曾说："坊本今题《滕王阁序》，众口同传，实系错误……滕王阁乃楼观之称，何缘有序？"[见俞平伯《王勃〈滕王阁序〉〈古文观止〉本纠误》，《俞平伯全集》（第三卷），花山文艺出版社1997年版，第422页] 此外，尚有称之为《宴滕王阁序》《滕王阁诗序》者，等等。李宗鲁等曾作《〈滕王阁序〉同文异名考述》（载于《枣庄学院学报》2010年第6期），搜集《滕王阁序》各种题名甚多，可参看，兹不赘。

据。同时，正仓院写本还透露出此前一直不为世人所知的信息，如"落霞与孤雾齐飞"，与传世各本都不相同，这为我们的研究提供了更多的思考余地。笔者不揣浅陋，兹以正仓院写本为据，辨析关于王勃《滕王阁序》一文至今仍众说纷纭的几个重要问题。

一 "一言均赋"释义

王勃《滕王阁序》文末有"一言均赋，四韵俱成"八字，历来关于"一言均赋"的解释多有分歧。王力的《古代汉语》、朱东润《中国历代文学作品选》及郭锡良的《古代汉语》皆释"一言"为"一字"。① 1988年，杜青山发表《从唐代赋韵诗看〈滕王阁序〉"一言均赋"的解释》一文质疑这一解释，他认为王勃的《滕王阁诗》中间换了韵，而唐代的赋韵诗不换韵，所以"一言"并非指所分得的韵字，他将一言解释为"一句话"："'一言均赋，四韵俱成'合在一起应当这样解释：（有人——可能是阎都督）吩咐了一句话：大家都作诗吧！我的一首四韵诗已经写成了。"② 这之后，学者们或释"一言"为"一字"，或释为"一句话"，或释为"一首诗"，不一而足。

关于"赋"字的解释也同样存在着多种说法。王力《古代汉语》、朱东润《中国历代文学作品选》释赋为"分"，郭锡良《古代汉语》释为"赋诗"，即作诗，还有人认为这是比、兴、赋三体中的赋体，如胡士明、徐树仪的《唐五代散文》："这两句冒起下文这首诗，意思是，下面的这八句诗也连序同时写成，用的是比、兴、赋三体中的赋体。"③

"一言均赋，四韵俱成"在序末主要起提起赋诗的作用，在正仓院本王勃四十一篇诗序中，提起赋诗的说法尚有多种，其中颇有与"一言均赋"相类者。笔者认为，要正确阐释"一言均赋"的含义，首先需要将

---

① 王力《古代汉语》1962 年初版时释"一言"为"一首诗"："一言，指诗一首。均赋，指每人都赋一首。四韵，诗一般是两句为一韵，四韵共八句。"（王力：《古代汉语》，中华书局 1962 年版，第 1122 页）1981 年修订时改释"一字"："每人都按自己分得的韵字赋诗，完成一首四韵八句的诗。一言，即一字，指分韵所得的字。"（王力：《古代汉语》修订本，中华书局 1981 年版，第 1179 页）朱东润《中国历代文学作品选》中编（第一册）："意谓与会的人，各分一言（字）为韵，以四韵（八句）成篇。赋，分。"（朱东润：《中国历代文学作品选》，上海古籍出版社 1980 年版，第 265 页）郭锡良《古代汉语》："古人集会赋诗，往往规定一个统一的韵，或者规定一些字分配给各人做韵脚。一言可能指规定的韵字。均赋，指每人都赋诗一首。"（郭锡良：《古代汉语》，北京出版社 1981 年版，第 763 页）

② 杜青山：《从唐代赋韵诗看〈滕王阁序〉"一言均赋"的解释》，《南都学坛》1988 年第 2 期。

③ 胡士明、徐树仪：《唐五代散文》，上海书店出版社 2000 年版，第 294 页。

王勃诗序中其他与之相类的提起赋诗的语句联系起来进行考察。如：

《夏日登韩城门楼寓望序》："人赋一言，庶旌六韵。"
《秋日送王赞府兄弟赴任别序》："各赠一言，俱裁四韵。"
《九月九日采石馆宴序》："一言同赋，四韵俱成。"
《乐五席宴群公序》："既开作者之筵，请袭诗人之轨。各题四韵，共用一言。"

由上可见，除"一言均赋"外，尚有"人赋一言""各赠一言""一言同赋""共用一言"四种用法。若释"一言"为"一句话"，则"人赋一言"不通；若释"一言"为"一首诗"，则"共用一言"不通。"一言"应释为"一字"，而"赋"即"分"。以上诸诗皆为分韵赋诗。所谓"一言均赋""人赋一言""各赠一言"，意为每人各分一字为韵，而"一言同赋""共用一言"意为众人同以一字为韵。

其次，确定"一言均赋"的含义，最为有效的方法，是以诗与序结合起来进行考察。王勃以上诸序中存诗者唯有《上巳浮江宴序》，有两首，分别题作《上巳浮江宴韵得阯字》《上巳浮江宴韵得遥字》，令人费解的是这两首诗只有四韵，而《上巳浮江宴序》云："一言均赋，六韵齐疏"，但无论如何，其为赋韵诗则无疑。

唐人诗序中含有"一言均赋""同用一言"的字句而诗与序俱存者极少，我们有幸找到了两首来佐证我们的结论：

骆宾王《秋日饯陆道士陈文林得风字（并序）》：

陆道士将游西辅，通庄指浮气之关，陈文林言返东吴，修途走落星之浦……陟阳风雨，贵抒情于咏歌。各赋一言，同为四韵，庶几别后，用畅离忧云尔：

青牛游华岳，赤乌走吴宫。玉桂离鸿怨，金罍浮蚁空。日霁崤陵雨，尘起陟阳风。唯当玄度月，千里与君同。①

陈子昂《春晦饯陶七于江南同用风字（并序）》：

蜀江分袂，巴山望别。南津坐恨，叹仙帆之方遥。北渚长怀，见

---

① 《骆宾王文集》卷八，《四部丛刊》本。

离亭之欲晚。白云去矣,□□□□□□,黄鹤何之。杨柳青而三春暮,我之怀矣,能无赠乎。同赋一言,俱题四韵:

> 黄鹤烟云去,青江琴酒同。离帆方楚越,沟水复西东。芙蓉生夏浦,杨柳送春风。明日相思处,应对菊花丛。①

骆宾王序云"各赋一言"而诗题曰"得风字",显然为分韵赋诗;陈子昂序曰"同赋一言"而诗题曰"同用风字",更为有力地证明"一言"即"一字"。

此外,在《全唐诗》中,大量分韵赋诗的诗题有"赋得某字"或"赋韵得某字"的字样,聊举数例:于志宁《冬日宴群公于宅各赋一字得杯》、岑文本《冬日宴于庶子宅各赋一字得平》、虞世南《侍宴应诏赋韵得前字》、卢照邻《绵州官池赠别同赋湾字》、宗楚客《正月晦日侍宴浐水应制赋得长字》、王勃《春日宴乐游园赋韵得接字》。此"赋"字即"一言均赋""人赋一言"之"赋",为"分韵"之"分"。②

分韵赋诗始于南朝,宋代洪迈《容斋续笔》卷五"作诗先赋韵"条云:"南朝人作诗多先赋韵,如梁武帝华光殿宴饮连句,沈约赋韵,曹景宗不得韵,启求之,乃得竞病两字之类是也。"③曹景宗诗云:"去时儿女悲,归来笳鼓竞。借问行路人,何如霍去病?"④这实际上是次韵,与王勃等人每人分得一字为韵之法仍不相同。俞樾《茶香室四钞》曾总结古人分韵法云:"即陈后主集考之,颇得古人分韵之法,如《立春日泛舟元圃各赋一字六韵成篇》,则所赋之韵止一字外,五韵任其自用者也。如云《献岁立春泛舟元圃各赋六韵》,则所赋者有六字,各人以所赋韵作六韵诗一首。如云《上巳元圃宣猷堂禊饮同共八韵》,则所赋八字在坐同之,人人以此八字作八韵诗一首。……同共八韵,则人人用此八字,竟如今之次韵诗矣。"⑤王勃等人的"一言均赋",实同俞樾所言第一类,赋一字为韵,除此字之外,其余韵字在韵部内或可同用的韵部内任其自用。

---

① 《陈子昂集》,中华书局1960年版,第36页。
② 关于"赋"字的含义,清俞樾《茶香室四钞》卷一三"古人分韵法"条云:"所谓赋韵者,非诗赋之赋,乃赋予之赋。《汉书元帝纪》'赋贷种食',注'给与也'。《翼奉传》'赋医药',注'分给之'。赋韵者,谓以韵字分给众人也。"(俞樾:《茶香室四钞》,中华书局1995年版,第1679页)与本文结论正同。
③ 洪迈:《容斋续笔》卷五,中华书局2005年版,第280页。
④ 《南史·曹景宗传》,中华书局1975年版,第1356页。
⑤ 俞樾:《茶香室四钞》卷一三,第1680页。

二 《滕王阁序》与《滕王阁诗》的关系

王勃集中《滕王阁诗》同为脍炙人口的名篇：

> 滕王高阁临江渚，佩玉鸣鸾罢歌舞。画栋朝飞南浦云，朱帘暮卷西山雨。闲云潭影日悠悠，物换星移度几秋。阁中帝子今何在，槛外长江空自流。①

这首诗一直以来被视为与《滕王阁序》是一体的。但是，据上文所论，《滕王阁序》末尾"一言均赋，四韵俱成"，意为与会之人每人分得一字为韵，写成一首四韵八句的诗，那么《滕王阁序》的序后诗应为赋韵诗。

分韵赋诗有其严格的创作规则，不可出韵或换韵。《颜氏家训》有这样一则记载："有一士族，读书不过二三百卷，天才钝拙，而家世殷厚，雅自矜持，多以酒犊珍玩，交诸名士，甘其饵者，递共吹嘘。朝廷以为文华，亦尝出境聘。东莱王韩晋明笃好文学，疑彼制作，多非机杼，遂设宴言，面相讨试。竟日欢谐，辞人满席，属音赋韵，命笔为诗，彼造次即成，了非向韵。众客各自沉吟，遂无觉者。韩退叹曰：'果如所量！'……韩既有学，忍笑为吾说之。"②众人分韵作诗，这位有名无实的士族却不懂依韵，终为有识者所笑。

王勃集中现存四首赋韵诗，用韵情况如下。

《上巳浮江宴韵得阯字》：阯（之）、美（脂）、里（之）、已（之）。脂之同用。

《春日宴乐游园赋韵得接字》：浃（添）、叶（盐）、牒（添）、接（盐）。盐添同用。

《上巳浮江宴韵得遥字》：遥（宵）、销（宵）、桥（宵）、潮（宵）。

《三日曲水宴得烟字》：传（仙）、筵（仙）、烟（先）、鄽（仙）、仙（仙）、年（仙）、泉（仙）、川（仙）、前（先）、蝉（仙）。先仙同用。

这四首赋韵诗完全符合唐韵独用、同用的用韵规则。但《滕王阁诗》却并非如此。《滕王阁诗》上半首"渚"为鱼韵，"舞""雨"为虞韵，

---

① 王勃著，蒋清翊注：《王子安集注》，上海古籍出版社1995年版，第76—77页。
② 颜之推撰，王利器集解：《颜氏家训集解》（增补本）卷四，中华书局1993年版，第308—309页。

为仄声韵；下半首"悠""秋""流"为尤韵，为平声韵，很明显中间已换韵。可见，《滕王阁诗》只是一首普通的七言古诗，并非赋韵诗，也就不是《滕王阁序》的序后诗。

分韵赋诗始于六朝，至唐而大盛，在《全唐诗》中，明标分韵者三百余首，而初唐四杰尤其热衷于分韵作诗。在正仓院本四十一篇《王勃诗序》中，序末说明分韵赋诗者就有二十四篇，也就是说王勃至少参加过二十四次分韵赋诗的文人集会。唐代是诗律大备的时代，文人们熟谙诗律，在宴饮集会上分韵赋诗，考校才艺，而热衷于此道的王勃，又怎可能在争奇斗艳的滕王阁宴上写出一首出韵又换韵的诗，以贻人笑柄呢？

原序后诗今已不可考。

《文苑英华》《全唐诗》及目前所见几种王勃集，如明张燮所辑十六卷《王子安集》、明张逊业所刊两卷本《王子安诗集》、清代项家达刊《王子安集》及同、光年间蒋清翊注《王子安集注》，均未将《滕王阁诗》与《滕王阁序》放在一起。正仓院本《王勃诗序》亦仅有序而没有诗。不过将《滕王阁诗》与《滕王阁序》连缀为一体由来已久。早在宋代，陈元靓在编集《岁时杂咏》时就认为：

> （勃）抵南昌，会府帅阎公宴僚属于滕王阁。时公有婿吴子章，喜为文词，公欲夸之宾友，乃宿构《滕王阁序》，俟宾合而出为之，若即席而就者。既会，公果授笺诸客，诸客辞，次至勃，勃辄受……文成，公大悦……俄子章卒然叱勃曰："三尺小儿童，敢将陈文以诳主公。"因对公覆诵，了无遗忘，坐客惊骇，公亦疑之。王勃湛然徐语曰："陈文有诗乎？"子章曰："无诗。"勃亦了不缔思，挥毫落纸，作诗曰："滕王高阁临江渚……"①

《滕王阁诗》与《秋日登洪府滕王阁饯别序》连缀在一起，或许与该序被简称为《滕王阁序》有关。毕竟，同题相称，读者很容易将两者联系起来。而另一方面，如果不深查《滕王阁诗》的内涵，也很容易将二者视为一个艺术整体。《滕王阁序》作于作者擅杀官奴被免官之后，抒发了作者怀才不遇又不坠心志的人生感慨，而《滕王阁诗》从表面看，则抒发了人生盛衰无常而宇宙永恒的感慨，这两者看似浑然一体。但实际上，王勃《滕王阁诗》并非泛论人生无常。《滕王阁诗》的创作年代迄无

---

① 陈元靓：《岁时广记》卷三五，《丛书集成初编》本，第388页。

定论，王勃的卒年，学界渐认定为上元三年（676）①，而滕王李元婴的卒年却史有明文，《旧唐书·李元婴传》载："弘道元年，加开府仪同三司，兼梁州都督。文明元年薨。"② 又《资治通鉴·唐纪》："（文明元年）夏，四月，开府仪同三司、梁州都督滕王元婴薨。"③ 文明元年为公元684年，也就是说王勃早于滕王七、八年去世。无论如何，滕王李元婴在王勃创作《滕王阁诗》时尚未去世。在滕王尚活在人世时以滕王为例发人世盛衰无常之感是不合常理的。王勃的《滕王阁诗》其实另有所指。史载李元婴"为金州刺史，骄纵失度。在太宗丧，集官属燕饮歌舞，狎昵厮养……迁洪州都督。官属妻美者，给为妃召，逼私之……后坐法削户及亲事帐内之半，谪置滁州。起授寿州刺史，徙隆州，复不循法"。④ 这位滕王原是一位无恶不作、劣迹昭彰之徒。王勃《滕王阁诗》当作于滕王谪置滁州起授寿州刺史之前⑤，他的一句"阁中帝子今何在"，是明知故问，是对骄纵不法之徒的委婉讽刺。清人朱栾《江城旧事》在考述了以上史实之后，解析《滕王阁诗》曰："诗首句、次句，言王建阁壮丽，坐法削户而歌舞歇也；三、四句，言阁中帘栋依然而雨云有今昔之感也；五、六句，言王去洪都数年，民境臻宁谧也；七、八句，言王谪置滁州，当时豪华付流水也。……讽刺之义显然。"⑥ 句解不免有些拘泥，但却明确地指出《滕王阁诗》讽刺之义。由此可见，《滕王阁诗》实际上是一首有针对性的政治讽刺诗，在艺术内容上与《滕王阁序》并非一贯。⑦

此外，值得注意的是，正仓院本《王勃诗序》文末作"一言均赋，八韵俱成"，而非通常所作"一言均赋，四韵俱成"。根据正仓院本序文，与会之人每人分得一字为韵，以八韵十六句成篇，而《滕王阁诗》仅有四韵八句，显然与序文不合。正仓院本《王勃诗序》抄于中宗景龙元年，约王勃死后二三十年，其文献可信度极高。惜除此本之外，笔者未再见作"八韵俱成"者，究竟是讹四为八，还是讹八为四，有待新材料的发现。但是作为一首换韵诗，《滕王阁诗》非《滕王阁序》之诗可为定论。

---

① 参见傅璇琮主编《唐才子传校笺》第一册，中华书局1987年版，第31页。
② 刘昫：《旧唐书》卷六四，中华书局1975年版，第2437页。
③ 司马光：《资治通鉴》卷二〇三，中华书局1956年版，第6420页。
④ 欧阳修、宋祁：《新唐书》卷七九，中华书局1975年版，第3560页。
⑤ 据郁贤皓《唐刺史考全编》，李元婴任寿州刺史约在上元年间，安徽大学出版社2000年版。
⑥ 朱栾：《江城旧事》卷四，道光二十五年乙巳刊本。
⑦ 关于《滕王阁诗》与《滕王阁序》各自的创作时间俟考。

三　重要异文辨正

正仓院写本《滕王阁序》的重要价值还表现在文字上与今传各本俱有很大的不同。如今传各本的"落霞与孤鹜齐飞，秋水共长天一色"的"孤鹜"，正仓院本却写作"孤雾"，这不得不引起我们的重视。因为这两句中"落霞"、"秋水"和"长天"都是自然的风景，突然插进了"孤鹜"这一动物形象，颇为不类，而作"孤雾"，无论从意象还是对偶，都显得更加顺畅和自然。古代诗文中也有"孤雾"的用法，如宋陈起《江湖后集》卷六载郑清之《祈晴行西湖上呈馆中一二同官》诗有"山横孤雾残霞外，秋在微云疏雨中"之句。尽管目前还难以最终确定"孤雾"与"孤鹜"孰是孰非，但这无疑给我们进一步研究提供了极其重要的信息。

王勃集目前重要的版本有：正仓院本《王勃诗序》（简称院本）、《文苑英华》本（隆庆刊本，简称英本）、明张燮辑十六卷《王子安集》（简称张本）、清代星渚项家达刊《王子安集》（简称项本）及同、光年间吴县蒋清翊注《王子安集注》（简称蒋本）。这些版本之间的文字差异甚夥，就《滕王阁序》而言，据统计，异文多达三十余处。今结合以上版本，对《滕王阁序》的七处重要异文进行考辨，并由此确定正仓院本的重要文献价值。

（一）"豫章（一作南昌）故郡，洪都新府"

院本、英本及蒋本作"豫章"，英本下注一作"南昌"，张本与项本作"南昌"。按："豫章"为是，"南昌"非。豫章郡，汉高帝置，郡治南昌，《汉书·地理志》载："豫章郡，高帝置，县南昌。"[①] 隋开皇九年（589）罢豫章郡置洪州，唐后期洪州属江南西道，仍治南昌，《元和郡县图志》卷二八《江南道》："洪州……管县七：南昌……汉高六年置。"[②] 五代南唐中主交泰二年（959），升洪州为南昌府，《南唐书·本纪》："（后周显德六年）冬十一月建洪州为南都南昌府。"[③] 可见，在五代之前，南昌是县而非郡，本句当作"豫章故郡"而非"南昌故郡"。该句讹称"南昌故郡"或始于五代时，五代王定保在编撰《唐摭言》时即作"南昌故郡，洪都新府"。

（二）"雄州雾列，俊寀（一作采、彩）星驰"

院本作"寀"，英本、蒋本作"采"，英本注一作"彩"，张本、项

---

① 班固：《汉书》卷二八上，中华书局1962年版，第1593页。
② 李吉甫：《元和郡县图志》卷二八，中华书局1983年版，第670页。
③ 陆游：《南唐书》卷二，《丛书集成初编》本，第52页。

本作彩。按：应作"寀"或"采"，"彩"误。采，古代卿大夫的封地，《礼记·礼运》："大夫有采，以处其子孙。"① 此义后作"寀"或"埰"。引申为官员、同僚，《尔雅·释诂》："寀、寮，官也"，《晋书·王戎传》："寻拜司徒，虽位总鼎司，而委事僚寀。"② "俊采"即风流的官员。彩，从彡，"彡"为"三"的变形，意为"多"。《说文》："彩，文章也。"可引申为色彩丰富，花样繁多，无官僚之意。

（三）"腾蛟起凤，孟学士之词府（一作宗）；紫电青霜，王将军之武库"

院本作"词府"，英本、张本、项本、蒋本作"词宗"。按：当从院本作"词府"。词宗，意为辞赋宗主，班固《离骚序》："其文弘博丽雅，为辞赋宗。"③"孟学士之词宗"不通。词府，意为诗词文章的总汇，南朝梁王僧孺《从子永宁令谦诔》："容与学丘，徘徊词府，青紫已拾，大夫斯取。"④"词府"正与下句"武库"相对。

（四）"舸舰弥津，青雀黄龙之舳（一作轴）"

院本作"舳"，英本、张本、项本及蒋本作"轴"。按：当从院本作"舳"。轴，车轴，引申为中心、枢纽。《说文》："轴，持轮也。"舳，原意为船尾，《说文》："舳，舟尾。"青雀黄龙之舳，指雕刻了青雀黄龙花纹的船，此处舳泛指船只。"轴"显然与文意不合。"舳""轴"音近形似相讹。

（五）"遥襟甫（一作俯）畅，逸兴遄飞"

院本、英本、蒋本作"甫"，张本、项本作"俯"。按：当作"甫"。甫，副词，刚刚。《汉书·孝昭皇后传》："遂立为皇后，年甫六岁。"⑤ 颜师古注："甫，始也。"俯，本义低头。东晋王羲之《兰亭集序》："仰观宇宙之大，俯察品类之盛。"⑥ "遥襟甫畅，逸兴遄飞"，意为登高望远，胸怀才始舒畅，逸兴迅即飞扬。"俯"与文意不合。"甫""俯"同音相讹。

（六）"望长安于日下，指（一作目）吴会于云间"

院本、张本、项本作"指"，英本、蒋本作"目"，英本下注"一作

---

① 孔颖达：《礼记正义》卷二一，中华书局1980年影印清阮元校刻《十三经注疏》本，第1418页。
② 房玄龄：《晋书》卷四三，中华书局1974年版，第1234页。
③ 见洪兴祖《楚辞补注》，中华书局1983年版，第50页。
④ 《文苑英华》卷八四二，中华书局1966年版，第4454页。
⑤ 《汉书》卷九七上，第3958页。
⑥ 《晋书》卷八〇，第2099页。

指"。按："指"是而"目"非。"指"与上句"望"字相对，一目视，一手指。"望"与"目"词义重复。

（七）"关山难越，谁非（一作悲）失路之人；沟水相逢，尽是他乡之客"

英本、张本、项本、蒋本作"悲"，院本作"非"。按：当从院本作"非"。"谁非"与"尽是"相对，互文见义，强调在座者均失路之人、他乡之客。"非""悲"音近形似相讹。

（原载《文学遗产》2012 年第 6 期）

论中古写本文献的署名方式

咸晓婷

作品署名在现代社会是司空见惯毋庸置疑的合理之事，署名意味着作者对作品的权利和责任，也意味着公众对作者作品著作权的承认与尊重。然而，在我国古代典籍的发展史上，文献署名却并非从典籍出现之始就存在，而是经历了一个漫长的从无到有、从简单到复杂的发展过程。宋代以后，印刷繁兴，书籍大盛，文献署名成为书籍编撰的常式，众多的文献整理者们在整理、编辑、印刷古代典籍时，往往为古时典籍添加署名，遂使我国古代典籍早期无署名的事实湮没不彰，而古代典籍署名的源起、体式、特征等也就更加鲜为人知。文献署名始于哪一时期？它是在怎样的历史条件、学术背景之下出现的？它的体式渊源何自？其早期的书写形态又是怎样的？探讨这些问题，非有原始文献为基础是不可能展开的。新时期以来，简牍帛书的大量出土、敦煌吐鲁番文书的发现以及大量域外文献的可资利用为我们考察这些问题提供了材料基础，本文即利用魏晋南北朝隋唐中古时期写本文献探讨我国古代文献署名的源起、体式及书写形态等问题。

一 中古文献典籍署名与学术发展的关联

我国古代典籍，东汉以前无署，这一事实，余嘉锡先生在20世纪30年代首次揭橥："欲读古书，当考作者之姓名，因以推知其身世，乃能通其指意……然古书多不题撰人。"[①] 余先生读书广博，发凡起例，直指事实真源，其论古书署名，极为精当。而其所涉猎文献多集中于传世经典。新时期以来，简帛文献出土日多，内容兼有《汉书·艺文志》的各个种类，如六艺之书、诸子之书、诗赋之书、数术之书以及各种算术书、历

---

① 余嘉锡：《古书通例》，上海古籍出版社1985年版，第15页。

书、占书、相书等。验之以出土简帛，与余先生的论断亦若合符契。但这种情况，在纸张发明之后逐渐产生变化，这就是古典文献由不题撰人向独立署名转化。这也与汉代以后经学的发展演化具有紧密的联系。

古时六艺之书，《书》《礼》《乐》《易》《春秋》，本就出自历代累积之官书旧籍，并非一时成书，更非出自一人之手，自然不会题写撰人，而《诗》三百篇，作者可考者有之，但是其时情动于衷而形于言，流播人口而为官府所采，取其意而已，不问何人所作，也不会标明作者。汉儒传经，诗分为四：齐、鲁、韩、毛；春秋分为五：左、公、穀、邹、夹，师师相传，著之竹帛，唯题姓氏于传之上，亦不别题撰人。如《公羊传》、《穀梁传》、《毛诗》等皆是如此，而齐诗、鲁诗更以地名相别。之所以言氏而不言名，仅为与别家相别，其学本为师师相传并非一人所独有，当然不应当题写姓名。譬如《公羊传》，本为子夏授公羊高，公羊高五世相授至汉景帝时公羊寿，公羊寿传弟子胡毋生，胡毋生著之竹帛，题亲师，故云"公羊"，不说子夏。

汉代经学传注称氏，而先秦以来的诸子之书同样言子不称名，如《管子》《晏子》《孙卿子》等，诸子之书多为门弟子、后学收集编成，其书亦非一人所自撰，因此言子以表明该学渊源所自，为一家之学。但是直到汉末，无论是经学传注、诸子之书，还是诗赋之书、其他自撰之书，都没有在篇题之下独立署名。当然，这并不意味着古人没有署名以表明著作权和让自己的名字随著作流传后世的意识，他们以各种方式在著作中留下自己的名字，表达自己著书立说的志意。譬如有些书在篇末作序，以自显其姓名，如司马迁《史记·太史公自序》、班固《汉书·叙论》、扬雄自序等，将家世、姓名均一一列出，详细交代。还有同时之人为之作序者，如汉末无名氏作《中论序》，文云："战国之世，乐贤者寡，同时之人，不早记录，岂况徐子《中论》之书，不以姓名为目乎？恐历久远，名或不传，故不量其才，喟然感叹，先目其德以发其姓名，述其雅好不刊之行，属之篇首，以为之序。"① 有意思的是，这位作序的人亦未在文中留下自己的姓名。

古代经部典籍的独立署名，始于东汉以后章句注疏之学的发展。因一传之中，又别分数家，各为章句训注，于是开始题写姓氏于题名之下，以作标识区分。而且西汉时期，儒学家们的解经之作，大都独立行世，经与传别行，传文不与经文相附。比如《汉书·艺文志》所录六艺之书，都

---

① 严可均辑：《全上古三代秦汉三国六朝文》，中华书局 1958 年版，第 1360 页。

是先列某书经若干篇，再分列诸家传训及篇数。如《易》类的传《周氏》《服氏》《杨氏》等，《书》类的《欧阳章句》《大、小夏侯章句》等，《诗》类的《鲁故》《齐后氏故》《齐孙氏故》《韩故》《毛诗故训传》等，《春秋类》的《左氏传》《公羊传》《穀梁传》等，都是与经分立别行。而东汉以后，尤其是马融、郑玄以后，开始以注附经，经注合写，注文以双行小字的形式附于经传字句之下，在这种情况下，不适宜继续以经师之姓氏为经注合写之书名，于是经师的姓氏开始独立出来，标写于经书书名或者篇题之下。

  汉魏时期的原始文献阙如，现存敦煌经部文献写本多为唐代写本，其中有少量的六朝写本，虽然与汉魏时期时间差距较大，但是考虑到文本抄写的传承性，我们仍可以根据敦煌写本之管窥推测汉魏时期经部典籍的署名情况。譬如，敦煌《毛诗》写本斯789、斯3330、斯6346、伯3737等署"郑氏笺"（以上写本实为《毛诗》白文本，有传无笺，所据以抄写的原本为郑玄《毛诗传笺》而已）。敦煌郑玄《毛诗传笺》写本伯2529、伯2538、斯134、北敦14636（北新836）等署"郑氏笺"。敦煌郑玄《礼记注》写本斯575署"郑氏注"、伯3380署"郑玄注"。敦煌郑玄《论语注》写本伯2510署"郑氏注"。敦煌伪孔安国《古文尚书传》写本伯3015、伯2643、伯2516、伯2748、伯2549等署"孔氏传"。敦煌范宁《春秋穀梁传集解》写本伯2590署"范宁集解"。敦煌《论语》写本伯2548署"何晏集解"（该写本为《论语》白文本，无集解，所据以抄写的原本为何晏《论语集解》而已）。敦煌何晏《论语集解》写本伯2496、伯2601、伯2681、伯2766等署"何晏集解"。

  从敦煌经部文献写本来看，东汉以后经部文献的独立署名，一开始仅称"氏"，如较早时期的郑玄注经和伪孔安国注，很明显这是承袭西汉传经称氏而来，久而久之才兼称姓名，如范宁、何晏等。就书写体例而言，敦煌经部文献写本的署名都题写在卷中篇题之下，而非卷首首题和卷尾尾题之下。通观敦煌写卷，其书写体例一般包括首题、正文、尾题、题记，佛经如此，经部典籍也是如此，如果卷中分篇，则署名题写在篇题之下，如果卷中未分篇，仅有卷题者，则署名题写在卷题也即首题之下。经部典籍大多分篇，因此其署名据笔者搜集所及无一例外在篇题之下，其一般的格式是"篇题，空数格卷题，空数格署名"，譬如伯2529《毛诗传笺》写本"陈风"篇署："陈菀丘诂训传第十二　毛诗国风　郑氏笺"，再如伯2643《古文尚书传》写本"盘庚"篇署："尚书盘庚中第十　商书　孔氏传"，而首题和尾题"古文尚书第五"下无署。当然，并非每一部敦煌经部写卷都标写了署名，仅有卷题、篇题没有题写署名的写卷大量存在。总而言之，经部典籍的独立署名是章句注疏之学发展到一定阶段的产物，一开始为后人所加，为他署，有明显的标注色彩，久而久之，由著者自署。就其方式而言，仅称"某注""某笺""某集解"等，非常简单，与印刷时代"某官某"的一般署名方式也有着明显的区别。

中国古代典籍的独立署名诚然如余嘉锡先生所言，是东汉及魏晋以后之事，但是从另一个方面来说，又不尽然。西汉时期，传文离经别行，著之竹帛之际题写经师姓氏于传之上以代书名，这并非严格意义上的无署，而是以题代署，题名本身具有双重功能，既是题名，同时表明传著者。子部典籍和集部典籍与此相类。先秦以来的诸子、诗赋之书多为门弟子、后学、好事之人收集编成，编成之际多以姓氏命之，一般而言，出于门弟子所编者，题曰某子，出于后人所编，非其门弟子者，则书其姓名。《汉书·艺文志》中的诸子诗赋之书十之八九是以姓氏或姓名命书名，如"诸子类"的《晏子》《子思》《曾子》《漆雕子》《宓子》《景子》《世子》《魏文侯》《李克》《公孙尼子》《孟子》《孙卿子》等，"诗赋类"的《屈原赋》《唐勒赋》《宋玉赋》《赵幽王赋》《庄夫子赋》《贾谊赋》《枚乘赋》《司马相如赋》等。

这种以题代署在魏晋以后仍然是子部典籍和集部典籍题署的主要方式。譬如《隋书·经籍志》所载子部《徐氏中论》《王子正论》《杜氏体论》《顾子新语》《谯子法训》《袁子正论》等。现存唐诗别集写本，敦煌斯778、斯5441、伯4094等《王梵志诗集》，伯3590《故陈子昂集》等，都是以人名命书名，无独立署名。魏晋以后，与经部典籍相同，史部、子部及集部典籍也开始出现独立署名。譬如敦煌子部书蒙书伯2573《兔园策府》署"杜嗣先奉教撰"，斯1920《百行章》署"杜正伦"，医书伯2115、斯5614《五脏论》署"张仲景"，诗集伯3866《涉道诗》署"李翔"。就形式而言，与经部典籍无二致，同样非常简单，以姓名标写在题名下面，没有"某官"等表达身份的信息，日本金泽文库本《白氏文集》署"太原白居易"，以籍贯兼名署，而《白氏文集》已经是较晚时期的别集了。《隋书·经籍志》"集部"书籍，其基本的著录方式是"某代某官某集"，如"魏太子文学徐幹集""魏太子文学刘桢集""晋司隶校尉傅玄集""晋司空张华集"等。从形式上看，似乎魏晋以来集部书籍已经以"某官某"方式开始署名，其实不然，这仅仅是《隋书·经籍志》的作者为著录方便统一采取的方式，并非是当时别集写本的署名方式。魏晋以后，史、子、集部独立署名的出现一方面可能受经部典籍署名独立的影响，另一方面与这一时期史学、文学的发展密不可分。魏晋南北朝时期，相比于两汉时期，除官修史书外，私人著史之风大盛，史学呈多途发展的趋势，正史、杂史、旧事、职官、杂传、簿录等，史学种类繁多，史书数量剧增，在这一背景之下，著史署名也就成为必然之势。魏晋时期同样是文学史上发生巨大变动的时期，文学走向自觉和诗人创作个性高扬，作家辈出，"人人自谓握灵蛇之珠，家家自谓抱荆山之玉"，文学家们借文章留名后世的意识也较前代自觉而强烈，正如曹丕《典论·论文》所云"文章，经国之大业，不朽之盛事"。可以说，我国经、史、子、集四部典籍的署名滥觞于东汉末年，至魏晋时期成为常例。

二 唐诗的自署、他署以及其他文体的署名

（一）中古写本文献的实际形态

中古写本时代的文献除佛经道藏等宗教典籍和寺院文书、社邑文书等公私社会文书之外，大体可分为两类，一类是已经编辑成书的著作典籍，如经、史、子、集四部，一类是单篇别行的诗文，如诗、赋、论、碑、铭、赞等。古人的著作典籍在编辑成书之前，多以单篇别行的方式流传于世，尤其是子、集两部。譬如敦煌文献中的唐诗钞本，其文献形态不同于我们后世常见的经过编辑整理的别集、总集等，徐俊先生在《敦煌诗集残卷辑考》前言中说：

> 从敦煌诗歌写本的实际形态着眼，我们可以将它们粗略地分为两类：一是诗集诗钞写本，一是零散诗篇。……按照传统的集部分类方法，诗集可以分为总集（包括专集、选集）和别集两类。如果将敦煌诗集写本与之相对照，不难发现，除了极少数符合上述两类条件的诗集外，更多的则是具有诗歌总集、别集特征的诗歌丛钞。……就收载诗歌的数量而言，除了上列两个选本在百首以上外，更多的则是规模相对短小的诗歌丛钞、诗文丛钞和诗词丛钞。[①]

可见在唐代，流传最广的唐诗并不是完整的诗歌总集和别集，而是规模大小不等的诗歌丛钞、诗文丛钞、诗词丛钞以及各种抄写于经头卷尾的零散诗篇。

著作典籍的署名已如上述，而单篇别行的诗文诗钞与著作典籍有着不

---

① 徐俊：《敦煌诗集残卷辑考》，中华书局2000年版，第9页。

同的署名方式和类型。先秦西汉时期，单篇文章亦不署名。《史记·司马相如传》载："蜀人杨得意为狗监，侍上。上读《子虚赋》而善之，曰：'朕独不得与此人同时哉！'得意曰：'臣邑人司马相如自言为此赋。'上惊，乃召问相如，相如曰：'有是。'"[①] 汉武帝见《子虚赋》不知为何人所作，杨得意与司马相如为同邑人，熟知其事方才知其作者，古人作赋是不自署姓名的。

单篇别行的诗文独立署名同样始于东汉魏晋以后。在古代的各类文体之中，诗、赋、颂、赞、铭、箴、诔、碑、哀、论、说等，其中以诗歌的署名最为复杂，变化最多，也最具典型性和代表性。现存的诗歌写本多为唐代的诗歌，魏晋南北朝时期诗歌写本文献留存下来的极少，这一方面是由于梁元帝江陵焚书、安史之乱等历次灾难，另一方面是由于唐人对魏晋南北朝文学整体评价不高导致其文集在唐代流传不广，因此现以唐诗为核心，考察写本时期诗歌署名的情况。

（二）唐诗的自署

唐人诗歌的署名，总体而言，可以分为自署与他署。自署为作者自己所作的署名，诗人创作诗歌的最初手稿今已难觅，但是作为一种社交工具，唐诗自署的原始面貌仍部分地存在于石刻、写本、文集等的应制、唱和、赠答、呈递、题壁等诗歌中。

应制诗 如王昶《金石萃编》卷六四载《夏日游石淙诗碑》，为武则天与其群臣的唱和诗，第一首为武则天所作，题《七言》，署"御制"，其后十六首皆题《七言侍游应制》，先后署"皇太子臣显上""太子左奉裕率兼检校大都护相王臣旦上""太子宾客上柱国梁王臣三思上""内史臣狄仁杰上""奉宸令臣张□□上""麟台监中山县开国男臣张宗昌上""鸾台侍郎臣李峤上""凤阁侍郎臣苏味道上""夏官侍郎臣姚元崇上""给事中臣阎朝隐上""凤阁舍人臣崔融上""奉宸大夫汾阴县开国男臣薛曜上""给事中臣徐彦伯上""玉钤卫郎将左奉宸内供奉臣杨敬述上""司封员外臣于季子上""通事舍人臣沈佺期上"。应制诗场合庄重，题署也严格，无一例外均以官衔署，对皇上称"官某臣某上"。

唱和诗 一般文人学士之间的唱和诗同样以官衔署。譬如《北京图书馆藏中国历代石刻拓本汇编》第十七册载现存西安碑林刻于唐垂拱四年（688）的《美原神泉诗碑》，为唐代诗人韦元旦等人同游美原县神泉所作序及诗，碑阳刻《五言夏日游神泉序》署"美原县尉韦元旦字烜"，

---

① 司马迁：《史记》，中华书局1959年版，第3002页。

序后诗一首署"主簿贾言淑";碑阴刻《五言同韦子游神泉诗并序》署"云阳主簿明台子徐彦伯字光",序后诗三首,分别署"裕明子河间尹元凯字𬘧""左司郎中温翁念字敬祖""天官员外郎李鹏字至远"。胡聘之《山右石刻丛编》卷五《栖岩寺诗碣并记》载姚元崇与韦元旦的唱和诗,姚诗题《五言过栖岩寺》,署"凤阁侍郎同凤阁鸾台平章事姚元崇",韦诗题《五言奉和》,署"前朝议郎行左台监察御史摄官尹司直韦元旦"。

敦煌伯 3720、伯 3886、斯 4654 拼合写卷"悟真受牒及两街大德赠答诗合钞"为沙州名僧悟真奉使朝京,受诏巡礼左右街诸寺,与两街大德及诸朝官的赠答诗,共十七首(其中宗苾诗两首)题署完具,依次如下。

1. 《右街千福寺三教首座入内讲论赐紫大德辩章赞奖词》,署名不独立,与诗题联署,为辩章赞奖悟真之词。

2. 《悟真未敢酬答和尚故有辞谢》,署名与诗题联署,为悟真酬答辩章之诗。

3. 《依韵奉酬》,下署"辩章大德",独立署名。

4. 《七言美瓜沙僧献款诗二首》,下署"右街千福寺内道场表白兼应制赐紫大德宗苾"。

5. 《五言美瓜沙僧献款诗一首》,下署"右街千福寺内道场应制大德圆鉴"。

6. 《五言述瓜沙洲僧献款诗一首》,下署"右街崇先寺内讲论兼应制大德彦楚"。

7. 《五言美瓜沙僧献款诗一首》,下署"右街千福寺沙门子言"。

8. 《感圣皇之化有敦煌都法师悟真上人持疏来朝因成四韵》,下署"报圣寺赐紫僧建初"。

9. 《五言四韵奉赠河西大德》,下署"报圣寺内供奉沙门太岑"。

10. 《奉赠河西真法师》,下署"京荐福寺内供奉大德栖白上"。

11. 《立赠河西悟真法师》,下署"内供奉文章应制大德有孚"。

12. 《又同赠真法师》,下署"内供奉可道上"。

13. 《又赠沙洲僧悟真上人兼送归》,下署"左街保寿寺内供奉讲论大德景导"。

14. 《又同赠沙州都法师悟真上人》,下署"京城临坛大德报圣寺道钧"。

15. 《悟真辄成韵句》,为悟真答诗。

16. 《谨上沙州专使持表从化诗一首》,下署"杨庭贯"。

这组唱和赠答诗题目和体例各不相同,就署名而言,同样严格,大多以官衔署。

另，唱和诗的署名也会因唱和者之间身份和关系的变化而有所变化，譬如王昶《金石萃编》卷一〇五《云居上寺诗刻》，载吉逾与王潜、轩辕伟、吉驹骎、吉播（以上二人为吉逾侄）、王益（王潜之子）的唱和诗六首，吉逾诗题《题云居上寺》，序云："辛酉岁秋八月，仆与节都督巡使王潜、□□轩辕伟、□□犹子驹骎、潜息益同跻攀于此，勒四韵于后。"吉逾自署"范阳县丞吉逾"，其后五人诗题、署名先后为：《同作》，署"轩辕伟"；《同前》署"驹骎上"；《同前》，署"□上"（此处应为"播"）；《同前》，署"节度都巡使太常卿上柱国王潜"；《同前》，署"男益上"。吉逾侄、王潜子此时想必未得官号，仅称"某上"或者"男某上"。

呈递诗的署名与唱和诗相类，大多以官衔署，呈递给长者一般称"某官某上"，譬如斯555"唐诗丛钞"（写卷名称依据徐俊先生《敦煌诗集残卷辑考》所定，下同），《及第后读书院咏物十首上礼部李侍郎》，题下空一字署"前乡贡进士樊铸上"，为樊铸呈递给李侍郎的诗。

题壁诗 作为唐代诗歌传播的一种重要方式，唐人热衷于题诗于壁，举凡私宅、公廨、寺观、驿亭、村舍、厅馆墙壁，文人墨客所到之处，莫不有题诗。题壁诗一般会自署姓名，诗人们也竞以留名相尚，可惜题壁诗并不利于长久保存，除非被刻于碑石，而收入于文人别集中的题壁诗多已删去署名，保留在敦煌遗书中的斯76《观岳寿寺松因课留题》为一首题壁诗，为刘廷坚题赠岳寿寺远公之作，署"前吉州馆驿巡官将仕郎前守常州晋陵县尉刘廷坚上"。题壁诗的署名由此可略窥一斑，仍是以官衔署。

以上应制诗、唱和诗、赠答诗、呈递诗、题壁诗，唐诗的自署大体可归结为以官衔署，区别在于有繁有简，简者仅署一般官衔，繁者将使官、赠官等并署。除以上诗歌之外，唐人一般诗歌的自署，我们仍然需要借助于诗歌石刻来考察。譬如王昶《金石萃编》卷一〇七《皇甫湜浯溪诗刻》，署"侍御史内供奉皇甫湜书"。同书卷一〇八《湘中纪行诗刻》，题《湘中纪行》，署"大和四年十月廿五日，官都防御观察处置等史、桂州刺史、兼御史大夫李谅过此偶题，并领男颖同登览"。同样以官衔署，而且年月日完备。当然，应制诗、唱和诗场合庄重，将诗歌刻于碑石，态度郑重，有流名后世之愿，这几类诗署名严格，本在情理之中。虽然说这些诗歌的署名不能代表唐人诗歌自署的全部，但却毫无疑问地代表了唐人诗歌自署的最为规范、严谨的方式。

（三）唐诗的他署

所谓唐诗的他署，指唐诗产生之后，在传写、流播的过程中他人所作的署名。现存敦煌写本诗歌，大多为他署，我们可以据此考察唐诗他署的方式，以及他署与自署的关系。从敦煌诗歌写本来看，唐诗他署的方式主要有以下几种：以名署、以字署、以官衔兼名署。

以名署 以名署是唐诗抄本中最常见的一种署名方式。规模较小的诗歌抄本如伯3195"唐诗丛钞"（诗七首）、伯3480"诗文丛钞"（诗六首）、伯3885"唐诗文丛钞"（诗一六首）、伯5037"诗文丛钞"（诗六首）等，规模较大的诗歌写卷如伯2567"唐诗丛钞"（诗一一九首）、伯3619"唐诗丛钞"（诗四八首）、伯3812"唐诗丛钞"（诗六二首）等，均以名署。以斯555卷为例，该诗歌抄本存诗三十七首，诗题和作者姓名的著录极为严格，无有脱漏，第一首《侍宴咏乌》，题下空数字署"李义府"；次《幽居》，题下空一字署"王勃"；次《［昭君］怨四首》，题下空一字署"东方乱（虬）"；次《南中望归雁》，下署"韦承庆"；次《咏道边死人》，下署"刘允济"；次《□镜》，下署"侯休祥"；次《塞外》，下署"梁去惑"；次《守岁》，下署"李福业"，等等。

以名署的方式还应包括僧人、道士、女性诗人等身份较为特殊的诗人。僧人如伯3052"敦煌僧同题诗钞"，第一首题《同前》，署"僧金髻"，第二首《同前》，署"僧利济"；伯3619"唐诗丛钞"，《登灵岩寺》，题下空一字署"沙门日进"；伯3967"周卿泰法师诗钞"，《题金光寺钟楼》，题下空两字署"泰法师作"。女道士诗如伯3216"唐女冠诗丛钞"，先署后题，存"女道士元淳"诗三首，《秦中看望》、《奇（寄）洛阳姊妹》与《感怀》。另外一位女诗人如伯3885"唐诗文丛钞"，《秦筝怨》署"宋家娘子"。

以字署 较之以名署的情况，以字署则较为少见，但尽管如此，其类别意义是不容忽视的。譬如：伯2492"唐诗文丛钞"，第一首《寄元九微之》，下署"白乐天"，白居易之字，第二首《和乐天韵同前》，下署"微之"，元稹之字。以字署的方式在诗歌写卷中并不多见，仅一二处。

以官衔兼名署 在诗歌写卷里出现以官衔兼名署者如下。

伯2567"唐诗丛钞"，《邯郸少年行》，题下空两字署"王昌龄　校书郎"；《古意》，署"陶翰　礼部员外郎"；《宫中三章》，署"皇帝侍文李白"。

伯3480"诗文丛钞"，《虞美人怨》，署"蒲州进士冯待征"。

伯2700、3910，《秦妇吟》写卷，署"右补阙韦庄撰"。

斯2717崔融编《珠英集》写卷，该诗歌选集以官班为次编集，先署后题，先后存"通事舍人吴兴沈佺期十首""前通事舍［人］李适三首""左补阙清河崔湜九首""右补阙彭城刘知几三首""右台殿中侍御史内供奉琅琊王无竞八首""太子文学扶风马吉甫三首"等。

相比于唐诗的自署，唐诗他署的方式要随意多样得多。其中最常用的方式是以名署，而不是以官衔署，也就是唐诗在传播、抄写的过程中，其署名被作了大量的删削。当然有些诗钞仍完整地保留了作者自署的方式，比如上述"悟真受牒及两街大德赠答诗合钞"、崔融《珠英集》写卷。而有些诗抄则大致保留了最初的署名。

（四）其他文体的署名

中古时期的写本文献，诗歌署名最具代表性，但署名方式也不是诗歌所独有的，因而考察其他文体的署名，也有助于深化唐代诗歌写本署名方式的探讨。其他文体的署名，大体可分两类。

第一类赋、论、说等，署名方式与诗歌他署的方式相类，兼有以名署和以官衔署。譬如敦煌伯2539《天地阴阳交欢大乐赋》署"白行简撰"，伯3619《死马赋》署"刘希夷（夷）"，伯3716《丑妇赋一首》，署"赵洽"，以名署。伯2488《贰师泉赋》署"乡贡进士张侠撰"，《渔父歌沧浪赋》署"前进士何蠲撰"，《酒赋一本》署"江州刺史刘长卿撰"，伯2673《龙门赋》，署"河南县尉卢竫撰"，以官衔兼名署。

第二类碑、铭、赞、墓志、行状的署名，这类文体的署名大都保留了作者最初署名的形态，与以上各体以官衔署时只列担任实职的一般官名不同，而是与诏、诰、奏、疏等官文书相同，因场合庄重，往往将全部职衔包括功臣号、本官、差遣、勋、赠、爵、食邑等一一列出。譬如伯2640《常何墓碑》署"中大夫守中书侍郎兼修国史弘文馆学士广平县开国男李义府撰"，伯3390《张安信邈真赞并序》署"上司内外都孔目官检校左散骑常侍上骑都尉孔明亮撰"，伯4660《都僧政曹僧政邈真赞》署"河西都僧统京城内外临坛供奉大德兼阐扬三教大法师赐紫沙门悟真撰"。

总而言之，在魏晋南北朝隋唐写本时代，著作典籍与一般诗文的几种署名方式中，以官衔"某官某"的署名方式相比于单纯的以姓名署能够更有效地标明著者的身份信息，而相比于碑铭赞等将全部官衔一一列出的署名方式则有效地避免了烦琐冗长之弊病，这种署名方式也逐渐成为后世文献署名的一般体式。宋代以后，随着雕版印刷术的普及，图书的出版传播更为便捷，文献的署名方式更加繁杂多样，著作典籍、诗文之间署名方式的边界渐趋模糊,多交叉使用,但它的基本方式不脱姓名、官衔、籍贯等。

三　唐诗写本署名的书写方式

在印刷时代,文本的编排格式规范、统一、固定,而在写本时代,文本的书写方式则较为复杂、随意、多样,署名的书写方式亦复如是。而这一特征以诗歌最复杂也最具典型性和代表性,研究唐代诗歌写本署名的书写方式可以让我们更清晰地认识写本时代文献署名的特征。概括言之,唐代诗歌写本署名复杂情况主要表现在以下六个方面。

上题下署　写本诗歌署名最常见的格式是"上题下署",即诗题之下空一字或空数字署名。而且在诗歌抄写的过程中,如果同一诗人的诗歌抄写在一起,为省便起见,往往第一首署名,其后各首略署,或者称之为"署名互著"。譬如伯2567"唐诗文丛钞",《宫中三章》题下空数字署"皇帝侍文李白",其后《山中答俗人问》《阴盘驿送贺监归越》《黄鹤楼送孟浩然下惟(维)扬》等二十七首不署,经考均为李白诗,见宋蜀刻本《李太白文集》;《信安王出塞》题下空数字署"高适",其后《上陈左相》《上李右相》《奉酬李太守丈夏日平阴亭见赠》等四十二首不署,经考皆为高适诗,见《高常侍集》《全唐诗》等。

诗题联署　署名不独立,而是与诗题联署,是诗歌写本中一种常见的特殊方式。譬如,伯2624,署《卢相公咏廿四气诗》;伯2748,署《国师唐和尚百岁书(诗)》;伯3591,抄释氏歌偈四首,第一首署《洞山和尚神剑歌》,第三首署《青剉和尚诫后学铭》,第四首署《丹遐(霞)和尚玩珠吟》;伯4985,"好诗勾引未能休"诗,署《三明大师赠徹大德》等。这种"作者与诗题联署"的方式可以说是早期以署代题与成熟后署名独立之间的一种过渡形态。

有署无题　在诗歌写本中也有一些仅有署名而未抄诗题的诗歌,"有署无题"。譬如伯3480,"铸剑本来仇隟人"诗,无题,仅署"樊铸",接书于前诗《落花篇》末行。伯3619,"北阙休上书"诗,无题,仅署"孟颢然",为"孟浩然"之讹;"江上越王台"诗,无题,仅署"宋之问";"铁骑横行铁岭头"诗,无题,仅署"高适";"生年一半在燕支"诗,无题,仅署"箫(萧)沼"。这些有署无题的诗歌同样与诗歌在传播和抄写者在抄写时的状态有关,许是诗歌在流传的过程中仅被世人记住这是某某人的诗而失其诗题,许是抄写者知而未题。

有题无署　在唐代诗歌写本中,有许多诗歌"有题无署"。譬如伯

2976"唐诗文丛钞",诗《五更转》《自蓟北归》《宴别郭校书》《奉赠贺郎诗一首》,有题无署。斯373"诸山圣迹题咏诗钞",诗《题北京西山童子寺七言》《题南岳山七言》《题幽州盘山七言》《题幽州石经山》等,有题无署。这种仅有诗题而无署名的现象在中古诗歌写本中是普遍存在的,有些我们可根据传世文献考知其作者,而更多的已无法得知其作者。有题无署,也许是抄写者在抄写时知其作者而觉得没有必要题写,也许是抄写者在抄写时已不知其作者是谁。当然,唐代诗歌写本是有题无署还是题署完具与抄写者在抄写、编辑抄本时的目的、态度等有着重要关系,那些态度严肃的别集整理本、为表达一定诗学理念的诗歌选本等往往题署完具规范,而那些抄写态度随意仅为自己一时欣赏学习之用的大大小小的诗歌抄本则往往题署随意,有些有署,有些无署。

作者误署 由于诗歌在传抄过程中的种种不确定因素,手抄本时代,"作者误署"就成为一个常见的现象。譬如伯2552高适《塞上听吹笛》,《才调集》卷一作宋济《塞上闻笛》;王琦注《李太白文集》卷三〇诗文拾遗《寒女吟》,伯3812作《高适在哥舒大夫幕下请辞退托兴奉诗》;张商英在《续清凉传》中"又述清凉山赋并诗附之卷末"的赞诗,伯4617作"《五台山圣境赞》金台释子玄本述";王勃《九日诗》,斯555作蔡孚《九日至江州问王使君》;施肩吾《乞巧词》,在斯2104卷成为一位游历敦煌的中原人士呈献给敦煌金光明寺道清法师的诗作;《鉴诫录》卷一〇释自在《三伤颂》,斯5558作《香严和尚嗟世三伤吟》。

托名伪署 写本时代诗歌靠抄写传播,信息流通缓滞,也为诗歌托名提供了土壤。譬如伯2624,首尾完整,题《卢相公咏廿四气诗》,又见斯3880,卷首残,存诗二十首,卷末题:"甲辰年夏月上旬写记,元相公撰,李庆君书。"陈尚君先生《全唐诗续拾》卷二五附收于元稹诗末,加按语云:"至其作者,二书有异。元相公可确定为元稹,卢相公不详为谁。究为谁作,今已难甄辨。亦有可能元、卢二人皆为依托之名。"[1] 又伯3821,《白侍郎作十二时行孝文》,王重民先生《说〈十二时〉》一文云:"因为《景德传灯录》里的志公《十二时》,我们已经辨明出于伪托,敦煌出来的白侍郎《十二时行孝文》,白侍郎是指的白居易,不待辨就知道是伪托。那两篇都是出于无名作家之手,经过了长期的传诵,才归在志公和白居易的名下的。"[2] 白居易在唐代以通俗诗人名世,家喻户晓,不

---

[1] 陈尚君:《全唐诗补编》,中华书局1992年版,第1043页。
[2] 王重民:《敦煌遗书论文集》,中华书局1984年版,第162页。

少无名氏作者、俗儒、书商借重白氏之名，托名附益，以广流通，除《十二时行孝文》之外，敦煌遗书中托名于白居易的还有伯2633《崔氏夫人训女文一本》末附《白侍郎赞》及诗二首，斯6204、伯3906附于《字宝》（又称《碎金》）写卷的诗《赞碎金》《寄卢协律》等。

四　余论

我国古典文献的署名经历了一个从无到有，从简单到复杂的发展过程。唐五代时期，四部典籍和诗文、各类文体署名的方式基本确立，但又各有分野。四部典籍的署名，战国及两汉时期多以姓氏命书名，以题代署，汉魏之际在经学、文学、史学发展的基础上独立署名出现，以姓氏或姓名署，最初由他署，后来渐渐由著者自署，就其方式而言，直至唐五代时期，仍以姓名署，方式简单，无官衔等其他表明著者身份的信息，奏进之书除外。就各类文体的署名而言，以诗歌的署名最为复杂多样，有自署，有他署，有以姓名署、以字署、以官衔署，以官衔署又有繁简之别。赋、论、说的署名，由于现存敦煌写本多为传抄本，以他署为主，方式与诗歌他署的方式相类，相对简单，以名署或以官衔署。碑、铭、赞、墓志、行状的署名，现存唐代墓志碑刻写本等大多保留了这类文体署名的原始形态，其署名方式与诏、诰、奏、疏等官文书相类，最为烦冗，将全部官衔一一列出。宋代印刷术繁兴以后，四部典籍与诗文署名方式的分野渐趋模糊，文献署名的方式更加复杂多样，但其基本方式无疑是承继隋唐而来。另一方面，较之印刷文献，写本文献署名的书写方式复杂、随意、多样，表现出种种不确定流动性特征。总而言之，我国古典文献署名的出现和体式的确立是与我国学术发展和文体发展密不可分的，每一种署名方式的出现和广泛应用都经历了漫长的历史过程，都不是一蹴而就的，在每一种署名方式背后都是一部学术史和文化史。

（原载《浙江大学学报》2015年第9期，题为《论中古写本文献的署名方式——以唐诗写本为核心的考察》）

从题写到编集:论唐诗题注的形成与特征

咸晓婷

唐代是纸抄文献占主流地位的时代,唐诗流传至今经历了从题写到传抄,再到编集,以及后代刻印等复杂过程。在这一过程中,作为唐诗重要组成部分的题注是如何产生和形成的尚未引起学界注意。在现存的唐诗原始文献包括唐诗写本与唐诗刻石中,所呈现出来的唐诗书写原貌,相比于后世经过整理的唐诗别集,要远远复杂得多,其中题记、署名等就是唐诗别集编纂时题注的主要来源。而唐代别集经过后代的辗转刻印及校勘笺注,逐渐流传到现在,其题注常与后人的注释混杂在一起,与纸抄为主的唐代诗歌书写原貌渐行渐远。因此,利用写本与石刻所保存的部分唐诗书写原貌,以探讨唐诗题注的形成与特征,厘清题注与自注的关系,以及在唐代别集形成过程中的意义,就成为唐诗研究的重要课题。

唐诗题注不是解题,也不是对诗歌本身词义、句义、诗义的阐释,而是具有不同于一般典籍注释的类别与特征,蕴含着丰富的时空要素。题注在唐诗流传过程中具有重要地位,又是唐诗别集形成过程的重要环节,因而在唐代别集的原始文献罕见传世的情况下,选取早期的别集版本作为比照印证的对象,就是目前研究所能采取的最适合的方法。诸如白居易诗,我们采用了日本金泽文库本《白氏文集》;杜甫诗,采用了《续古逸丛书》影宋本《杜工部诗集》;李白诗,采用了南宋蜀刻本《李太白文集》;高适诗,采用了毛氏影宋抄本《高常侍集》;王维诗,采用了宋蜀刻本《王摩诘文集》;韦应物诗,采用了宋乾道七年平江府学刻递修本《韦苏州集》;刘禹锡诗,采用了《四部丛刊》影宋本《刘梦得文集》;权德舆诗,采用了宋蜀刻本《权载之文集》。考察写本与石刻所保存的唐诗书写原貌,对比唐诗别集,尽可能探索唐诗题注的形成过程,揭示唐诗题注独特特征背后的原因。

一 唐诗自注的主体：题注

我国典籍注释由来已久，以经注开端，逐渐扩展到史部、子部和集部，其中史部自《史记》《汉书》始即有自注，到魏晋南北朝隋唐时期，其注释书写的方式，均以双行小字附于行文之中。而以内容而言，无论是一般的注释，还是史部的自注，都不外乎释音，释义，揭示义理，揭示主题，为对正文内容的补充和说明。但是唐诗自注中的题注与一般的典籍注释明显不同，与史部自注也颇有差异。

唐诗别集中，存在着数量可观的自注。以白居易集为例。日本金泽文库所藏《白氏文集》为日僧惠萼于会昌四年在苏州南禅院据白居易藏于该寺的六十七卷本白集抄写，是现存最早的白集写本，其时白居易尚在人世，较为完整地保存了白居易所编《白氏文集》原貌。现存该写本每卷均有不少题注和诗中夹注，属于白居易自注。这些自注也在宋刻本如宋绍兴刻本《白氏文集》中得到了完整的保存。

杜甫诗自注也是显例。杜诗唐时原集今天虽已不存，但从宋人的记载来看，杜甫集中多有自注。吴曾《能改斋漫录》卷七载："杜子美《戏题画山水图歌》，自注云：'王宰画丹青绝伦。'"[①] 胡仔《苕溪渔隐丛话》前集卷十四："《解闷》云：'孟子论文更不疑，李陵、苏武是吾师'……兼子美自注云：'校书郎孟云卿，则所谓孟子也。'"[②] 只是后代在《杜甫诗集》当中，没有将杜甫自注与他注区分开来，辨识时就有一定的难度。清代以后，杜集注释之作如《钱注杜诗》《杜诗详注》《读杜心解》等，多以"原注""公自注"等标识杜甫自注。

李白诗集中，也有一些自注，如宋蜀刻本《李太白集》中《怨歌行》题注："长安见内人出嫁，令予代为怨歌行。"既云"予"，则为李白自注无疑。李白诗题下注中也掺有少量宋人注释，须谨慎辨别，这些他注不属于李白自注，不在本文研究范围之内。清人王琦在注《李太白全集》时对集中的自注和他注作了区分，以"原注"标识李白自注。

唐诗别集中自注的书写方式是以双行小字附于诗题之下或者夹于诗句之中，与正文大字区分开来。

唐诗自注分三种，题注和诗中注、诗末注，题注附于诗题之下，诗中注夹于行文之中，诗末注附于诗歌之后。目前研究唐诗自注的成果，或论

---

① 吴曾：《能改斋漫录》，上海古籍出版社1979年版，第202页。
② 胡仔：《苕溪渔隐丛话》，人民文学出版社1962年版，第95页。

自注的文献价值，或论自注与诗歌的关系，均未将唐诗自注中的题注和诗中注、诗末注区分开来。事实上，唐诗自注中的题注和诗中夹注、诗末尾注，虽然同为诗人自注，但其性质却并不相同。诗中注注诗中音韵、字词、人物、地点、时事、史事、典故等，与一般的典籍注释性质相类，为针对正文内容的补充和说明。诗末注数量非常少，暂且不论。而唐诗题注从书写方式而言，附于诗题之下，这在其他类型的自注如史部自注是绝无之事；就注释内容而言，唐诗题注并非针对诗题中某个或某些字词的阐释，而是诗歌创作背景信息的说明和提示，如创作时间、创作地点、创作缘起等。换而言之，唐诗题注虽然附于诗题之下，却并非针对诗题的注释，不是解题，其内涵是指向整篇诗歌的。

因此，同样是自注，题注在诗中的地位与其他自注是不同的。题注是唐诗自注的主体，唐诗自注的主要方式不是诗中注、诗末注，而是题注。唐诗诗中注出现的时间要远远晚于题注。初盛唐时期诗人的自注几乎全部为题注：如《文苑英华》及汲古阁毛氏影宋抄本《高常侍集》自注四处，全部为题注；四部丛刊景明正德本《岑嘉州诗》（据边贡家藏宋元遗本刊刻），自注诗二十六首，题注二十五处，诗中注仅一处；宋蜀刻本《王摩诘文集》，自注三十五处，全部为题注；景宋咸淳本《李翰林集》，自注三十五处，全部为题注；宋乾道七年平江府学刻递修本《韦苏州集》，自注三十四处，题注三十二处，诗中注仅两处；明弘治翻雕南宋书棚本《刘随州文集》，自注三十处，全部为题注。

自杜甫开始至中晚唐时期，诗中注逐渐增多，一首诗中注释少者一二处，多者达十余处，但题注仍然是中晚唐诗歌自注的主体：《续古逸丛书》影宋本配毛氏汲古阁本《杜工部集》，自注诗一百一十五首，题注七十六处；宋绍兴刻本《白氏文集》，自注诗四百八十三首，题注三百零六处；明杨循吉影宋抄本《元氏长庆集》，自注诗一百四十八首，题注一百一十八处；《四部丛刊》影宋本《刘梦得文集》，自注诗八十四首，题注五十五处；宋蜀刻本《新刊权载之文集》，自注诗五十二首，题注四十一处。

唐诗题注的内容之所以呈现出与诗中注不同的特征，也与一般的典籍注释区别开来，其根本原因在于唐诗题注的文本来源和形成过程与诗中注不同。诗中注为诗人在创作时或此后为诗歌内容所作注释，在这过程中虽或偶有文字的变动、内容的加工等，但其性质是从注释到注释，双行小字的书写方式也未发生过变化。而唐诗题注是经由诗人在最初创作时所书写的题记、署名、诗记等内容编入别集时改写而来，其性质是从题记或诗记到注释,在此过程中书写方式和书写位置也发生了相应的变化。厘清唐诗题注和诗中注两者的区别和特征,是认识和研究唐诗自注的基础。本文主要利用唐诗原始文献探索唐诗题注的形成与特征。

二 唐诗题注的类别与特征

诗歌自注虽然在南北朝时期就已经出现,但保存下来的数量非常少。较为典型者如谢灵运集中自注[1],现存八处,其中五处为注创作缘起,如《七夕赋》题注"奉护军王命作",《高松赋》题注"奉司徒竟陵王教作";两处注作者官职,即《临高台》题注"时为随王文学",《秋竹曲》题注"时为宣城守";一处注题中人物,《郡内高斋闲望答吕法曹》题注"吕僧珍为齐王法曹"。这八处自注都属于题注,因此,南北朝时期的诗歌自注是唐诗题注的重要渊源。

唐诗题注的主要类别有注创作体式,注作者官职,注创作时间,注创作地点,注创作缘起和注创作背景,此就大体情况而言。而一处题注同时包含上述两项内容者不在少数,譬如同时注创作时间和创作地点,或者同时注作者官职和创作地点,或者在注创作缘起的同时包含创作时间等。

注创作体式 是对诗歌用韵、字数、诗体等方面的说明。譬如杜甫《白水明府舅宅喜雨》题注"得过字",表明此诗韵脚为"过"字;元稹《和乐天送客游岭南二十韵》题注"次用本韵",说明此首和诗次用白居易诗本韵;王维《白鼋涡》题注"杂言走笔",表明此诗采用杂言体而成;杜甫《愁》题注"强戏为吴体",说明此诗以吴体写成。王维集中注创作体式者三处,李白集中注创作体式者五处,元稹集中注创作体式者十六处,权德舆集中注创作体式者十七处。

注作者官职 是对作者作诗时担任官职的记录。其自注方式或云"时任某某官",如岑参《虢州郡斋南池幽兴因与阎二侍御道别》题注"时任虢州长史",韦应物《答贡士黎逢》题注"时任京兆功曹";或云"某某官时作",如元稹《病减逢春期白二十二辛大不至十韵》题注"校书郎时作";或官职与创作地点并注,如王维《双黄鹄歌送别》题注"时为节度判官,在凉州作";或同一任官内数首诗并注,如白居易《题浔阳楼》题注"自此后诗江州司马时作",《西掖早秋直夜书意》题注"自此后中书舍人时作"。王维集中注作者官职者九处,白居易集中注作者官职者二十七处,元稹集中注作者官职者二十处,权德舆集中注作者官职者三

---

[1] 曹融南:《谢宣城集校注》,上海古籍出版社1991年版。

处。这种注释方式在唐诗中非常普遍，是后世诗歌研究者依据诗人的仕宦履历为诗歌编年的重要依据。

注创作时间 是作者对作诗年月的真实记载。其书写方式有两种：一是直书"某年某月某日作"，或者"某年作""某月某日作"，如白居易《送春归》题注"元和十一年三月三十日作"，元稹《赋得数蓂》题注"元和年作"；二是书写"时年某某（岁）"或者"年某某时作"，如王维《题友人云母障子》题注"时年十五"，《桃源行》题注"时年十九"，白居易《寄山僧》题注"时年五十"，元稹《代曲江老人百韵》题注"年十六时作"。较为特殊的情况是有些题注将创作背景、创作缘起和创作时间融合在一起，譬如杜甫《发同谷县》题注"乾元二年十二月一日，自陇右赴成都纪行"，元稹《华岳寺》题注"贞元二十年正月二十五日，自洛之京。二月三日春社，至华岳寺，憩窦师院。曾未逾月，又复徂东，再谒窦师，因题四韵而已"。王维集中注创作时间者十一处，白居易集中注创作时间者二十五处，元稹集中注创作时间者十一处。

注创作地点 是作者对诗歌创作时地理位置的记载。这样的题注有三种书写方式：第一种是直书"在某地作"，或者"某地作"，如李白《寄东鲁二稚子》题注"在金陵作"，白居易《舟行》题注"江州路上作"；第二种是书写"时在某地"，如高适《送蔡十二至海上》题注"时在卫中"，岑参《行军二首》题注"时扈从在凤翔"，王维《戏赠张五弟諲三首》题注"时在常乐东园走笔成"；第三种是同时标明创作时间和创作地点，如韦应物《沣上西斋寄诸友》题注"七月中善福之西斋作"，李白《赠张相镐二首》题注"时逃难病在宿松山作"。王维集中注创作地点者六处，李白集中注创作地点者三处，杜甫集中注创作地点者七处，白居易集中注创作地点者三十四处，元稹集中注创作地点者八处。

注创作缘起 是对作诗因缘的相关说明。或为应邀而作，如李白《怨歌行》题注"长安见内人出嫁，友人令予代为怨歌行"；或为奉酬而作，如元稹《天坛上境》题注"贞元二十年五月十四日，夜宿天坛石幢侧。十五日得螯屋马逢少府书，知予远上天坛，因以长句见赠，篇末仍云'灵溪试为访金丹'，因于坛上还赠"；或怀思旧友，譬如李白《禅房怀友人岑伦》题注云"时南游罗浮，兼泛桂海，自春徂秋不返，仆旅江外，书情寄之"；或忆念同游，如元稹《清明日》题注"行至汉上，忆与乐天、知退、杓直、拒非、顺之辈同游"。这是唐诗自注中常见的类型。李白集中注创作缘起者四处，杜甫集中注创作缘起者四处，韦应物集中注创作缘起者五处，白居易集中注创作缘起者三十六处，元稹集中注创作缘起者八处。

注创作背景 创作背景与创作缘起有时不易作严格区分，譬如上述元稹《天坛上境》题下注可看作创作缘起，亦不妨看作创作背景，但相比而言，创作背景内容更为广泛，可以是作者本身的遭遇、行迹、交游，也可以是诗中所涉及人物的命运、遭际，还可以是家国时事等时代背景。譬如李白《赠临洺县令皓弟》题注"时被讼停官"，为李白自身之遭际；刘长卿《哭魏兼遂》题注"公及孀妻幼子，与僮数人，相次亡殁，葬于丹阳"，述友人魏兼遂的悲惨命运；杜甫《戏作寄上汉中王二首》题注"王新诞明珠"，叙说汉中王新得女儿之事；岑参《行军九日思长安故园》题注"时未收长安"，则点明创作的时代背景。李白集中注创作背景者十二处，杜甫集中注创作背景者四十三处，韦应物集中注创作背景者十一处，刘长卿集中注创作背景者十三处，元稹集中注创作背景者三十四处，权德舆集中注创作背景者十二处。

三 唐诗题注蕴含的时空要素

唐诗题注一个非常值得注意的现象，是许多题注并非诗人创作时所注，而明显带有事后编辑的痕迹。题注中的创作体式、用韵、诗体等方面，一般为创作时所注，如游宴集会时分韵赋诗，参与赋诗的每一位诗人分得一韵后在诗题下注明"得某字"，这无疑是作诗时所注；但在唐诗题注中还有一种常见的表达方式如"时某某"，广泛地运用于注作者官职、创作时间、创作地点、创作缘起和创作背景等各种类型的题注中，这种题注大多并非作者创作时所注。事后编辑时的题注，无论在题注内容还是注释方式上，都更能凸显时空特征。

就时间而言，通常有三种情况。一是注明担任官职的时间。即书写方式"时任某某（官）"或"某某官时作"，这是一种过去时态的表达方式，为事后编写，不是作者创作时所注。实例如白居易《松斋自题》题注"时为翰林学士"，如果是作者创作时所注，应书写为"翰林学士白居易作"；王维《献始兴公》题注"时拜右拾遗"，此诗为王维献张九龄诗，王维在献诗时的书写方式应该是"右拾遗王维上"。同类的事例有白居易《酬张十八访宿见赠》题注"自此后诗为赞善大夫时所作"，元稹《牡丹二首》题注"此后并是校书郎以前作"等，可以肯定这些题注为作者整理诗集时所加。二是注明创作时的年岁，其书写方式是"时年某某（岁）"，或者"年某某时作"。以常理推测，作者在创作的当下不当用"时年十八""时年五十"诸如此类的书写方式，而是"某年作"或者

"某年某月某日作"等。即便诗人在创作时有意表明自己的年龄，也只当用"年某某"，而不是"时年某某"。"时某某"是一种过去时态的表达方式，表示在回忆某个时刻，而不是当下时态。显然，这种注创作时间的方式是作者事后根据诗歌当初的创作时间改写而成的。一个非常突出的例子，就是元稹《清都夜境》题注云"自此至秋夕七首，并年十六至十八时诗"。这一题注属于数首并注型，可以肯定的是，无论元稹《清都夜境》至《秋夕》这七首诗最初是如何标明创作时间的，这条注释都不是创作时所注，而是元稹在整理诗集时将创作时间相近的几首诗编辑在一起时所加。三是题注点明创作缘起和创作背景以体现时间常见"时某某"的书写方式。譬如李白《春陪商州裴使君游石娥溪》题注创作缘起"时欲东游，遂有此赠"，其含义为"当时欲往东游，因而作此以赠"，非作诗时语气；题注注创作背景，注一己之遭遇者，如杜甫《寄彭州高三十五使君适虢州岑二十七长史参三十韵》题注"时患疟病"；注他人之行迹者，如岑参《冀州客舍酒酣贻王绮寄题南楼》题注"时王子应制举欲西上"；注时代背景者，如杜牧《感怀诗一首》题注"时沧州用兵"，等等。这些以"时某某"为表达方式的缘起注、背景注同样不是作者作诗时当下书写的原貌。

就空间而言，题注注创作地点"时在某地"的表达方式，亦为编集时所加之注。譬如刘禹锡《砥石赋》题注"时在朗州"，诗人当下创作时的表达方式应该为某年月日"作于朗州"，或者"郎州作"。元稹和白居易集中亦有数处并注创作地点者都是这种类型，如白居易《放鱼》题注"自此后诗到江州作"，元稹《酬翰林白学士代书一百韵》题注"此后江陵时作"，元稹《嘉陵水》题注"此后并通州诗"，应该是作者整理诗集时所加。

在唐诗题注中，并非所有的注释其书写时间都与诗歌的创作不同步。除创作体式注之外，题注中注创作时间的第一种书写方式，注创作地点的第一种书写方式，以及部分缘起注和背景注，其文本书写的时间与诗歌的创作也具有同步性。试举一例，元稹《汉江上笛》题注创作背景："二月十五日夜，于西县白马驿南楼闻笛，怅然忆得小年曾与从兄长楚写汉江闻笛赋，因而有怆耳"，很明显这一段文字为创作诗歌的当下所作，具有即时性。但需要注意的是，文本书写时间的同步性，不等同于注释时间的同步性，下文将详论之。问题是，唐诗题注为何会出现或与诗歌写作时间同步或与诗歌写作时间不同步的情形？数量如此庞大的与诗歌创作时间并不同步的题注是如何加注的？是诗人根据回忆补写的吗？当然，我们并不排除有些诗注为诗人后来补写的可能,但是对于大多数唐诗题注来说,却自有其文本来源,并非补写,而是根据原有的信息改写。

四 从唐诗题记看唐诗题注的形成

后世所见唐诗,大多是经过整理的诗人别集,一首诗在别集中的基本结构包括诗题、诗文、诗序和诗注。诗序有时称记,有时称引,一般题写在诗题和诗文之间,并在诗题最后二字标明"并序"或者"并引"。然而在唐代,诗歌书写的原貌复杂多样,异彩纷呈。当然,所谓原貌也是相对意义上的原貌,毕竟诗人诗歌原稿已非常罕见,而且写本时代文献传抄,文本具有不确定性。但是相对于书写方式较为整齐和稳定的别集而言,唐诗在最初题写、寄赠和传播过程中,由于书写体例和社交礼仪的需要,除诗题、诗文、诗序之外,往往还包括署名、题记以及诗记。这些署名、题记、诗记内容丰富复杂,涉及创作时间、创作地点、创作缘起、创作背景等各方面的信息,分类方法也多种多样,广义的题记包括署名和诗记,本文为论述方便且与上文所述诗歌题注的类别相对应,仅将与创作时间、创作地点有关的题记称为题记,与创作缘起、创作背景有关的题记称为诗记。在诗人的实际创作中,诗记也可能包括题记如创作时间、创作地点等内容。同样,将仅有署名者归为署名,既有署名又有创作时间者归为题记。这些署名、题记以及诗记部分地保存在唐诗写本和唐诗刻石中,而这些署名、题记以及诗记恰恰是唐诗题注的文本来源。

(一) 署名与注作者官职

在诗人别集中,除卷首之外,每一首单独的诗歌都没有署名,亦不需要署名。但是在诗歌被编入别集之前,有相当一部分在创作的当下有其自身独立的署名。

唐代交往诗如应制诗、赠答诗、唱和诗,由于社交礼仪的需要,一般必须署名,而且还要连带署以官职。譬如《权载之文集》卷八权德舆《离合诗赠张监阁老》诗后附张荐等人的酬答诗七首,每首署名完整,分别为:秘书监张荐、中书舍人崔汾、中书舍人杨於陵、给事中许孟容、给事中冯伉、户部侍郎潘孟阳、国子司业武少仪。[①] 再如《李文饶别集》卷第三载张弘靖《山亭书怀》及李德裕等人的酬和诗八首,各诗同样均以官职署:太原节度使检校吏部尚书平章事张弘靖、节度掌书记监察御史李德裕、节度副使检校右散骑侍崔恭、节度判官侍御史韩察、节度推官监察

---

① 权德舆:《权载之文集》卷八,四部丛刊本,第6页。

御史高铢、给事中陆缠、右金吾卫大将军胡证、从侄尚书右丞贾"。①

在唐诗刻石中，由于诗歌刻之于石态度郑重，往往也在诗题之下或者诗后署名并加以官职署。如王昶《金石萃编》卷一〇七《皇甫湜浯溪诗刻》诗末署"侍御史内供奉皇甫湜书"②。陆继辉《八琼室金石补正续编》卷三一载《五言暮春题龙日寺西龛石壁一首》题下署"巴州刺史严武"③。《北京图书馆藏中国历代石刻拓本汇编》第十九册载《五言岁隙登栖岩诗》题下署"敕河东道括户兼采访使右台监察御史摄殿中侍御史张循宪"④。

现存唐诗写本大多为时人诗抄，已非作者署名原貌，不过仍然有相当数量的诗歌保存着以官职署的特征，譬如伯2555《高兴歌》题下署"江州刺史刘长卿"，伯2567、伯2552拼合卷《宫中三章》题下署"皇帝侍文李白"，伯2673《龙门赋》题下署"河南县尉卢竧撰"。

由此可见，以官职署是唐代诗歌自署的常用方式，毕竟，官僚士大夫是古代诗人的最大群体。这些诗歌在编入别集时，根据别集编撰体例，原有的署名都要删掉，于是编撰者将诗人姓名删掉，将官职改写成"时任某某官"，以小字题写在诗题之下，成为题注。这就是唐诗题注有相当数量注作者官职的原因和来源。

（二）题记与注创作时间和创作地点

题记是中古写本文献的重要组成部分。敦煌写本文献，无论是佛经道书还是经、史、子、集四部典籍，多在卷末附有题记。题记的内容，记载了写本抄写的时间、地点、目的、抄写人等。唐代诗文别集抄本同样如此。譬如日本金泽文库藏《白氏文集》卷十二末题记"会昌四年十月日，惠白等写"。又如敦煌伯4094《王梵志诗集》一卷卷末题记"维大汉乾祐二年（九四九）岁当己酉白藏南（下缺）叶，节度押衙梵文昇奉命遣写诸（下缺）册，谨录献上，伏乞容纳，请赐（下缺）"。再如斯692韦庄《秦妇吟》抄卷卷末题记"贞明伍年己卯岁四月十一日，敦煌郡金光明寺学仕郎安友盛写记"。

抄书有题记，实际上，诗人在作诗时也有题记。我们今天当然已经无法获睹《全唐诗》中诗人诗稿原件，但是在敦煌遗书中，有些抄书人在

---

① 李德裕：《李文饶别集》卷三，四部丛刊本，第2页。
② 王昶：《金石萃编》卷一〇七，中国书店1985年版，第6页。
③ 陆继辉：《八琼室金石补正续编》，《续修四库全书》第900册，第128页。
④ 北京图书馆金石组：《北京图书馆藏中国历代石刻拓本汇编》第19册，中州古籍出版社1989年版，第140页。

抄书之末，偶尔写下一两首诗，并附有作诗题记。现举两例以见一斑：其一，伯2503写于《周易王弼注》卷第三末，诗无题："无（吴）山下泪洽，秦地断长川。语似青江上，分首共妻（悽）然。相冯（逢）尽今日，后语不知年。愿君寮（聊）住马，□谕欲动［□］。"诗后题记："五年六月十一日造此□□一首。"题记云"造此□□一首"，显然为抄书人所作，并且在诗后写下题记。其二，《敦煌莫高窟供养人题记》载敦煌莫高窟第一〇八窟窟檐南壁外侧题壁诗一首，无题，前序，后诗，诗与序略，诗末题记："乾祐二年（九四九）六月廿三日节度押衙张盈润题。"这两则题记，均为作诗题记，不是抄书题记。

在唐诗刻石中，也会在诗后刻有题记，记载诗歌刻石的时间、撰者和书者情况。譬如胡聘之《山右石刻丛编》卷五载武则天《五言过栖岩寺》，诗末题记："咸亨三年十一月八日。"① 又如陶宗仪《古刻丛钞》载："峰头不住起孤烟，池上相留有白莲。尘网分明知束缚，要须骑马别云泉。"诗末题记："会昌三年七月十三日，秘书省正字曹汾题。"② 再如叶奕苞《金石录补》卷二四载后唐宋齐邱《题凤台亭子陈献司空》诗，题署："乡贡进士宋齐邱上。"诗末题记："前朝天祐八年二月二十一日题，后唐昇元三年二月八日奉敕勒石，崇英殿副使知院事、检校工部尚书兼御史大夫、上柱国王绍颜奉敕书。银青光禄大夫兼监察御史王仁寿镌。"③ 将作诗时间、刻石时间、书写人、镌刻人等内容一应题写完备。

尽管我们现在已经无法获睹诗人诗作的原稿，但由以上材料仍可以想见，唐代诗人们在创作诗歌时，是会在诗末写下某年某月某日作于某地的题记的。这些题记正是唐诗题注注创作时间和创作地点的来源，到作者编纂诗集时，这些题记既可以不作改动直接成为题注，也可以稍作改动而成为题注。正因如此，唐诗题注注创作时间和创作地点才会呈现出两种书写方式：一种与诗歌创作时间同步，一种与诗歌创作时间不同步。这样的题注与署名不同，因为在编集时，署名是必须改动的，往往是删掉其中的作者姓名部分，而留下其中的官职部分，其书写方式只有一种。

（三）诗记与注创作缘起、创作背景

唐代诗人在创作诗歌时，除了一般性的题记记下创作时间、创作地点之外，还会在诗前或诗后以或长或短的文字记下创作缘起和创作背景。诗

---

① 胡聘之：《山右石刻丛编》卷五，清光绪刻本，第16页。
② 陶宗仪：《古刻丛钞》，上海古籍出版社1995年版，第19页。
③ 叶奕苞：《金石录补》，《续修四库全书》第901册，第245页。

记不同于诗序，诗序一般在诗题最后明确标明"并序"二字，其内容也是独立而完整的。相较而言，诗记在诗题之中并没有标示，内容长短也较为自由随意，位置也不像诗序那样固定。诗序一般在诗题之后，诗文之前，而诗记则有时在诗前，有时在诗后，有时甚至置于诗题之前。试举四例言之。其一，《北京图书馆藏中国历代石刻拓本汇编》第十六册载武则天御制诗一首《驾幸少林寺》，在诗题之后有一段诗记："睹先妃营建之所，倍切荣衿，逾凄远慕，聊题即事，用述悲怀。"① 其二，王昶《金石萃编》卷一〇八载李谅《湘中纪行》，诗末刻记："大和四年十月廿五日，□管都防御使观察处置等使、桂州刺史、兼御史大夫李谅过此偶题，并领男颖同登览。"② 其三，《山右金石记》卷九载《硖石山杨夫人摩崖诗刻》，诗末刻记："唐天祐丙子岁六月十四日离府，至中旬巡祀到此，登陟峡石山，偶上先师掷笔台，眺观景象，为诗上碣。弘农郡夫人述。"③ 其四，王昶《金石萃编》卷五三载任要等人祭岳诗作，在第一首诗诗题之前有一段长长的诗记："检校尚书驾部郎中、使持节都督兖州诸军事、兼兖州刺史、侍御史、充太州团练使任要，贞元十四年正月十一日立春祭岳，遂登太平顶宿，其年十二月廿二日立春，再来致祭，茶宴于兹。同游诗客京兆韦淇、押衙王迁运、乾封县令王怦、尉邵程、岳令元寔、造车十将程日昇后到续题。"④

这些诗记就是唐诗题注注创作缘起、创作背景的文本来源。如前所言，诗人在创作时，诗记有时题写在诗前，有时题写在诗后，事实上，在唐诗自注中，也确有少量的诗末注具有与题注同样的性质和功能，即如刘禹锡《奉和淮南李相公早秋即事寄成都武相公》诗末注创作缘起："李中书自扬州见示诗本，因命仰和。"但总体而言，诗末注的数量远远少于题注，这些少量的诗末注应当是编撰人在编辑别集时将原题写于诗末的诗记直接以小字附于诗末而来。当然，我们不能排除诗人在创作时将创作时间、创作背景等内容直接以小字附于诗题之下的可能，但是就题记、诗记与创作时间、创作地点、创作缘起、创作背景内容的吻合度来说，仍然可以断定，相当数量的题注源自这些题记、诗记，更何况，许多题注的注释时间与诗歌创作时间并不同步，因为这些题注是由题记、诗记改

---

① 北京图书馆金石组：《北京图书馆藏中国历代石刻拓本汇编》第16册，中州古籍出版社1989年版，第193页。
② 王昶：《金石萃编》卷一〇八，中国书店1985年版，第7—8页。
③ 杨笃：《山右金石记》卷九，《山西通志》单行本，第10页。
④ 王昶：《金石萃编》卷五三，中国书店1985年版，第7页。

写而成的。

(四) 题注流传过程中产生的错讹

因为从唐诗题注有从题写到编集的过程，在此流传变化过程中，也会产生错讹，其情况较为复杂，而大要有如下三种。

一是题注误连为诗题。如杜牧《樊川文集》卷三有《宣州开元寺水阁阁下宛溪夹溪居人》诗，据前蜀韦縠所编《才调集》卷四载此诗，题为《宣州开元寺水阁》，而将"阁下宛溪夹溪居人"作为题注。读《才调集》可知，题注是对诗题的补充说明，而《樊川文集》则是将诗题和题注误混为一。同样是《樊川文集》卷四有《赠李秀才是上公孙子》诗，此诗题目，《全唐诗》卷五二二作《赠李秀才》，题注："是上公孙子。"很显然，题注是对题目中"李秀才"的解释，补充说明李秀才是李上公的孙子。集本将题目和题注误连在一起。

二是题署误连为诗题从而影响诗作归属的判定。如清代赵殿成《王右丞集笺注》卷三收录王维《留别丘为》诗，而此诗又载于《全唐诗》丘为诗卷，题作《留别王维》。检讨宋蜀刻本《王摩诘文集》，本诗次于《送丘为往唐州》诗后，而述古堂影钞宋本《王右丞文集》则以"留别"为诗题，而以"丘为"为题署作者姓名。"寻绎诗意，《送丘为往唐州》无疑是王维的赠诗，而此首则是丘为的答诗。此乃本人集中附载他人的同咏之作因而致误的一个明显例子。"① 唐人编纂别集，往往附载友人唱和酬答诗，这首诗即是王维集中附载丘为《留别》诗，本来有题署"丘为"二字，在别集编纂及流传过程中，将作者误连诗题，从而造成诗歌真伪辨别方面的纠纷。此外，《王右丞集笺注》卷八《留别钱起》，同书卷十三《留别崔兴宗》诗，是与《留别丘为》诗同样致误的例子。

三是并非作者自注的题注在编集时也会形成错乱。比如李白《宣州谢朓楼饯别校书叔云》就是如此。《文苑英华》卷三四三载录此诗，题作《陪侍御叔华登楼歌》，题注标明："集作《宣州谢朓楼饯别校书叔云》。"《全唐诗》卷一七七收此诗，题作《宣州谢朓楼饯别校书叔云》，题注则言："一作《陪侍御叔华登楼歌》。"实际上，因李白另有《饯校书叔云》诗，此诗内容又没有登楼之语，故此诗题目应以《陪侍御叔华登楼歌》为是。《宣州谢朓楼饯别校书叔云》则是在流传过程中将诗题和诗注杂糅而致误的。

---

① 陈铁民：《王维集校注》，中华书局1997年版，第1212页。

五　结语

　　唐诗从诗人最初题写在纸卷上，到寄送他人，到被传抄，被刻石，被编入别集，以至到宋代被印刷出版，其书写体式先后经历了一系列的变化。以唐诗题注为切入点，对唐诗书写体式的探索不仅关系到对唐诗书写原貌的认识，而且涉及唐诗在唐代是如何被阅读、被传抄以及唐人如何编辑别集等一系列流传问题。其中尤有意义者莫过于从题写到别集编撰的过程。唐诗别集是后世认识和研究唐诗的基础，但是我们对于唐人是如何编撰别集的，在编辑过程中是如何添加、删减、修改的，一向知之甚少，毕竟编撰者未作说明而诗人原稿也大多荡然无存。利用唐诗写本和石刻两类最重要的原始文献，对照传世文献，不再局限于从一首诗到另一首诗的文字校勘，而是从书写体式入手，进行整体的观照，或许可以开辟一条发现和归纳唐诗别集若干编撰方法和编撰原则的新的道路。

　　题注是唐诗书写结构中的一个重要组成部分，在唐诗流传的漫长过程中，唐诗题注的本来面目早已被历史湮没，不为世人所识知，仅将其视为一般的诗歌注释并作为能够提供诗歌创作信息的文本来利用。实际上，我国古典诗歌的题注在诗人最初创作之时并非题注，而是将诗人创作时题写于诗题之前、诗题之后或者诗后的署名、题记、诗记等信息在别集编辑时以双行小字形式改写于诗题之下而来。因此，唐诗题注虽然其形式类似于注释而其本质不同于一般的诗歌注释，甚至不同于同为自注的诗中注。揭示唐诗题注的特征和形成过程，是我们重新认识和研究唐诗自注的起点和基础，同时这一观察也为探索唐诗别集的编辑过程提供了一个新的视角。

（原载《浙江大学学报》2016 年第 9 期）

明代曲作二考

汪超宏

一 《昙花记》《彩毫记》的作年

屠隆两部传奇《昙花记》《彩毫记》的创作时间，至今迄无定论。徐朔方先生《屠隆年谱》根据武林天绘楼刊本《昙花记》屠隆自序末署"万历二十六年九月"，云"记或今年作"。① 郭英德先生《明清传奇综录》亦据此推测："剧或亦成于是年。"② 徐先生又据《昙花记》第四十二出《团圆受诏》［尾声］"《昙花》三宝诠真谛，又拈出《彩毫》玄秘。豪客烧笔砚时"，云《彩毫记》作于《昙花记》之后，但没说出具体时间③。郭英德先生则云："《彩毫》之作，当在万历二十六年至二十八年（1598—1600）之间。"④ 李修生先生主编的《古本戏曲剧目提要》则认为《昙花记》"约作于万历二十六年（1598）前"，《彩毫记》"约作于万历二十六年（1598）后"。⑤ 而齐森华等先生主编的《中国曲学大辞典》则干脆未提二剧的创作时间⑥。其实，二剧创作的确切时间可以考知。此一问题的解决，对了解屠隆创作二剧时的心态及主题，是很有帮助的。

屠隆友人管志道的《续问辨牍》卷二《答屠仪部赤水丈书》前附录了屠隆来书一通。屠隆《由拳集》《白榆集》《栖真馆集》均未收入。书

---

① 徐朔方：《晚明曲家年谱》第二卷，浙江古籍出版社1993年版，第378页。
② 郭英德：《明清传奇综录》，河北教育出版社1997年版，第152页。
③ 徐朔方：《晚明曲家年谱》第二卷，第379—380页。
④ 郭英德：《明清传奇综录》，第157页。
⑤ 李修生主编：《古本戏曲剧目提要》，文化艺术出版社1997年版，第269、270页。
⑥ 齐森华等主编：《中国曲学大辞典》，浙江教育出版社1997年版，第342—343页。

很长，七千余字。其中涉及《昙花记》《彩毫记》的创作情况：

> 隆去岁又不胜其技痒，撰传奇二部，一名《昙花》，广陈善恶因果，以明佛理。一名《彩毫》，假唐青莲居士，以明仙宗。成而卜之天神，天神不许也，竟不能抑止，冒而行之，罪将安逃？□□□□□传奇，事止游戏，于劝惩或有小补，于述作未为僭逾耳。①

管志道（1536—1608），字登之，号东溟，娄江（今属江苏）人。隆庆五年（1571）进士，官南京刑部主事，疏陈利弊九事，忤张居正，出为分巡岭东道，以察典罢官。有《孟义订测》《问辨牍》《续问辨牍》《从先维俗议》《觉迷蠡测》等。传详钱谦益《牧斋初学集》卷四十九《管公行状》、《国朝献征录》卷九十九焦竑《管公墓志铭》。屠隆《白榆集》文卷七，《栖真馆集》卷十五、卷十七各有《与管登之》书一通，与此书内容完全不同。

屠隆书中的"去岁"是指哪一年呢？管志道《问辨牍》四卷编成于万历二十六年，收入的均是此年前的"论学"之书。其中的"元集"亦附录了屠隆来书一通，因与本题无关，不讨论其内容。《问辨牍》万历二十七年己亥（1599）刻成流通后，四方学者来书讨论，或赞成，或反对，管志道将回书编成《续问辨牍》。其《〈续问辨牍〉自叙》云："岁戊戌，届余七九之期，与四方君子有所酬往，积成《问辨牍》四卷。越己亥，门人请梓之。流通先后达间，奖荐与驳问交至。奖荐可含，而驳问不可以无答。自春徂夏，复积副墨二十余通。门人许椿龄、徐汝良、年家子曹仲礼等复议梓之，咨诸学博王道宇先生，曰：'可。'遂索以付剞劂氏。仍分四卷，命曰《续问辨牍》。……万历己亥腊月丁丑，管志道书于惕若斋中。"② 很明显，收入《续问辨牍》的二十余通书是管志道万历二十七年己亥"自春徂夏"所写，屠隆来书附录其中，当然也是本年所写。因此，书中所说的"去岁"是万历二十六年。《昙花记》《彩毫记》均作于此年。

管志道回书三千余字。针对屠隆来书中所述观点，管志道答云：

---

① 管志道：《续问辨牍》卷二，《四库存目丛书·子部》第88册，齐鲁书社1997年版，第66页。

② 管志道：《续问辨牍》卷首，《四库存目丛书·子部》第88册，第1页。

劄谕以传奇二部卜之天神,天神不许,意者天神先得此同然耶?《昙花记》广陈善恶因果,而究竟于佛之最上一乘文字中游戏三昧也。近来淫曲滥觞,此作真是绝唱。足下自信于劝惩或有小补,于述作未为僭逾,诚然,诚然。予以佛学勘之,则犹未跳出绮语之关也。……而《昙花》之绮,终在声色。之于以化民,末也。声色而入剧戏,所化几何?亦犹或纱紗其兄之臂,而谓之姑,徐徐云尔。乃尊序自谶必有大乘之器,不离场而跏趺脱化者,六梦居士之作,又等之尧蜡周傩。妓乐供佛,极口张扬,以为天壤间别出一种大雅目连记。意极精,辞极巧。吾以为俱未离绮语障也。世固有摩诃菩萨,以游戏三昧作佛事者,然须自知因地则可,不然,则魔道也。纵以因果罪福,发人菩提之因,而浮伪二根之人,反借此以侮弄佛法。倘记中援引有失实处,抑扬有过当处,将使孤陋寡闻之夫,或认妄以为真,或迷真以为妄,又为天下种大妄语之因也。①

从回书中可知,管志道是读过屠隆《昙花记自序》的。他对屠隆通过戏曲来宣传佛理的想法与做法,持否定态度。这是目前能见到的最早对《昙花记》进行评价的文字(参见徐先生《屠隆年谱》),对了解《昙花记》在当时的影响与传播,很有价值。因此,一并摘引于此。

关于《彩毫记》的写成时间,还有一种说法。郑闰先生《〈金瓶梅〉和屠隆》认为:"初稿写成于青浦任上,万历十二年(1584)已有演出记载,万历二十六年(1598)后,屠隆又作了进一步的修改。"② 他的根据是钱谦益《列朝诗集小传》丁集上的记载:"长卿令青浦,迎接吴越间名士沈嘉则、冯开之之流,泛舟置酒青帘白舫,纵横茆浦间,以仙令自许。"③ 屠隆任青浦(今属上海)知县是在万历七年至十年(1579—1582)。郑著在引录钱谦益的记载后,推断"正因为自许仙令,屠隆才谱写《彩毫记》"。④ 屠隆"以仙令自许"和其作《彩毫记》,没有必然的关联。如此推断,实属牵强。郑著还说《彩毫记》"一出现即轰动京城"。⑤ 根据

---

① 管志道:《答屠仪部赤水丈书》,《续问辨牍》卷二,《四库存目丛书·子部》第88册,第73页。
② 郑闰:《〈金瓶梅〉和屠隆》,学林出版社1994年版,第50页。
③ 钱谦益:《列朝诗集小传》,上海古籍出版社1983年版,第445页。
④ 郑闰:《〈金瓶梅〉和屠隆》,第44页。
⑤ 郑闰:《〈金瓶梅〉和屠隆》,第52页。

是屠隆《青溪道士吟留别京邑诸游好》中的两句"争设琼宴借彩毫,朝入西园暮东邸"。郑著认为诗中的"彩毫"即传奇《彩毫记》,这是误解。《青溪道士吟留别京邑诸游好》在《白榆集》诗卷三(郑著引自清人胡文学编《甬上耆旧诗》)。这是屠隆万历十二年(1584)被诬"淫纵"罢官、出京时写给好友的,主要是回忆万历十一、十二年任礼部主事时与友人诗酒唱和的情景:"可惜一朝不自坚,来作清朝兰省客。……长安大道连平沙,王侯戚里纷豪华。银台画阁三千尺,绣箔珠楼十万家。省郎卜居穷巷里,车马趋之若流水。争设琼宴借彩毫,朝入西园暮东邸。"① 因此,诗中的"彩毫"指笔,非指传奇《彩毫记》,更不是指《彩毫记》的演出。屠隆诗中以"彩毫"代指笔的诗句很多,如《白榆集》诗卷一《游仙诗》"复有文章伯,彩毫一何绮"、诗卷二《寄瞿生甲》"眼看瞿生落彩毫,一一尽作青霞色"、诗卷六《怀陈伯符》"彩毫五色春裁赋,弦管诸生暮散衙"、《淮南道中怀瞿孟坚》"宝剑西风生飒爽,彩毫南国借娉婷"、《赠陈广野给谏二首》"天子宵衣百辟临,彩毫应得傍华簪"、诗卷七《赠陆无从》"石坛松桂邀棋局,水殿芙蓉借彩毫"等均是指笔,不能望文生义,想当然地把它理解成《彩毫记》。因此,《彩毫记》与《昙花记》的作年一样,同是在万历二十六年完成。不存在在青浦任上写成初稿,万历二十六年后再修改的情况。

二 浙图藏曲选《歌林拾翠》考述

以《歌林拾翠》为简名的戏曲选本有二。一为奎璧斋、宝圣楼、郑元美等书林覆刻本,书名全题为《新镌乐府清音歌林拾翠》,凡二集,不分卷,四册。选录元明传奇散出,计初集十六种,二集十四种。台湾学生书局《善本戏曲丛刊》二集影印了此书,研究者很容易见到。

第二种《歌林拾翠》不太为研究者所知。现今几种主要戏曲工具书如《中国大百科全书·戏曲曲艺卷》《中国曲学大辞典》等未提及,也未见戏曲研究著作和论文介绍。唯《中国古籍善本书目·集部卷》著录其藏馆,全国只有国家图书馆和浙江图书馆藏有此书。

浙江图书馆藏《歌林拾翠》全题为《精绘出像点评新镌汇选昆调歌林拾翠》,又题为《新镌歌林拾翠》,六卷,十二册。它选录了三十多位曲家(包括无名氏)的四十七种传奇中的九十多出戏。选编者在每部剧

---

① 屠隆:《青溪道士吟留别京邑诸游好》,《白榆集》诗卷三,《续修四库全书·集部》第1359册,上海古籍出版社2002年版,第458页。

前未标作者姓名，笔者根据祁彪佳《远山堂曲品》、姚燮《今乐考证》、庄一拂《古典戏曲存目汇考》、郭英德《明清传奇综录》、李修生主编《古本戏曲剧目提要》、齐森华等主编《中国曲学大辞典》的著录和现存剧本，在每部剧前标上作者。按时代大致先后，列表如下：

作者	剧名	出名	在《歌林拾翠》中的卷数
施惠	幽闺	野逢、拜月	卷六
高明	琵琶	糟糠、描容、扫松	卷六
徐霖	绣襦	剔目	卷六
沈采	千金	点将	卷六
陆采	明珠	窥窗、煎茶	卷六
张凤翼	红拂	私奔、重符、奇逢、听琴	卷六
张凤翼	灌园	私会	卷六
无名氏	三国	单刀	卷六
史槃	双缘舫	投纱、惊噩、争婚	卷四
梅鼎祚	长命缕	证缕	卷五
梅鼎祚	玉合	邂逅、义妒	卷六
汤显祖	还魂	惊梦、寻梦、幽媾	卷一
汤显祖	南柯	禊诱	卷二
汤显祖	紫钗	遗钗	卷四
徐复祚	红梨花	密诱	卷五
许自昌	水浒	野合、捉张	卷五
许自昌	灵犀佩	情钟	卷五
孙仁孺	东郭	出哇、乞墦	卷五
范文若	梦花酣	扰卧、宵道	卷三
范文若	鸳鸯棒	堕（坠）莲	卷二
范文若	花筵赚	狂约、乞花、闺绽	卷三
沈自晋	望湖亭	拒色、不乱	卷三
沈嵊	绾春园	贻诗、再贻诗、疑配	卷二
王异	弄珠楼	露盟、受绐	卷五
王光鲁	想当然	假试、后梅遇	卷四
陈玉蟾	凤求凰	琴挑、传幽、当垆	卷五
张琦	金钿盒	觅媒、诡遇	卷三

续表

作者	剧名	出名	在《歌林拾翠》中的卷数
吴炳	西园	双遘、呼魂	卷一
	疗妒羹	题曲、假醋、弥庆	卷一
	绿牡丹	私评、帘试	卷三
	画中人	离魂、再画	卷四
	情邮	半和、补和、追车、惊遘	卷二
孟称舜	鸳鸯冢	断袖、絮鞋	卷一
冯延年	南楼梦	春郊、订盟	卷二
仲仁	绿华轩	默契、砥节、情感	卷二
徐元晖	青雀舫	酿酒、巧遇	卷四
袁于令	西楼	误缄、错梦	卷五
	珍珠衫	哭花、歆动	卷四
马佶人	荷花荡	重盟	卷五
	梅花楼	露意、慰琬	卷三
王翃	词苑春秋	红雨（语）、晤别、悲喜	卷一
	红情言	舟匿、秋吟、院遘、荐玉	卷三
郭潜	百宝箱	寄箱、沉箱	卷四
紫虹道人	百花舫	窥宴、花遘、云浓、欢疑	卷四
无名氏	桐叶	咏心	卷一
无名氏	幽梦园	惭嗟、讹赚	卷二
无名氏	名山志	湖宴、诉衷	卷二

　　该书无刊刻时间和书坊标识。扉页有竹轩主人题识，正文前有总目、友鸟主人何约的序，每卷有分目。每卷首页题：粲花主人选辑，西湖漫史点评。查杨廷福、杨同甫《明人室名别称字号索引》《清人室名别称字号索引》[1]，明清两代，把"粲花主人"作为别号的只有吴炳。吴炳（1595—1648），原名寿元，字可先，号石渠，别署粲花主人、粲花楼主人，江苏宜兴人。万历四十七年（1619）进士，授蒲圻（今属湖北）知县，历官刑部、工部主事、员外郎、郎中、福州知府、两浙盐运司运判、吉安知府、江西提学副使、礼部右侍郎兼东阁大学士等。有传奇五种，合称

---

[1] 杨廷福、杨同甫：《明人室名别称字号索引》，上海古籍出版社2002年版；杨廷福、杨同甫：《清人室名别称字号索引》，上海古籍出版社1988年版。

《粲花别墅五种》，又名《石渠五种曲》。《明史》卷二百七十九有传。罗斯宁先生《吴炳和他的剧作》一文对其生平与剧作的考证及评价颇详①。洪业等《八十九种明代传记综合引得》，陈乃乾《室名别号索引》《古今人物别名索引》，台湾"中央"图书馆《明人传记资料索引》，杨廷福、杨同甫《明人室名别称字号索引》《清人室名别称字号索引》等书中没有"竹轩主人""友鸟主人何约""西湖漫史"的记载②，他们的生平事迹难以考出。

　　浙江图书馆索书号直接标明选辑者是吴炳。吴炳真是《歌林拾翠》的选辑者吗？《嘉庆增修宜兴县旧志》卷八说吴炳"著有《说易》一卷、乐府五种及《绝命诗》一百首"。③《光绪宜荆县志》卷九记载吴炳有"《说易》一卷、《绝命诗》一卷、《雅俗稽言》、《督学吴公祀名宦录》、乐府五种"。④ 均没有《歌林拾翠》。崇祯元年（1628），吴炳任福州知府时，因得罪权臣熊文灿，被迫以病辞归。崇祯九年（1636），吴炳四十二岁，被重新起用，任两浙盐运司运判、吉安知府。崇祯十四年（1641），任江西提学副使。鼎革后，流寓广东。南明永历时，任吏部、礼部尚书等职。顺治四年（1647）十二月，为清兵所俘。次年一月，绝食而死⑤。《歌林拾翠》中所选剧作，年代最晚、可考者，是孟称舜的《鸳鸯冢》。《鸳鸯冢》，即《娇红记》，一名《节义鸳鸯冢》。有崇祯间陈洪绶评点本《节义鸳鸯冢娇红记》，《古本戏曲丛刊》二集据以影印。作者友人马权奇《鸳鸯冢题词》云："今春里居，子塞以《鸳鸯冢》词掷余，曰：'子不解填词，姑以文字观之可也。'余曰：'唯唯，否否。'……崇祯戊寅五月雨中，友弟马权奇题于读To台。"⑥ "崇祯戊寅"是崇祯十一年（1638）。其次是王㦃（1603—1653）的《红情言》。《红情言》是王㦃据史槃《唾红记》改编而成，有《古本戏曲丛刊》三集影印清初刻本。其《自叙》

---

① 罗斯宁：《吴炳和他的剧作》，《论古代戏曲诗歌小说》，中山大学出版社1985年版，第99—134页。
② 洪业：《八十九种明代传记综合引得》，中华书局1987年版；陈乃乾：《室名别号索引》，中华书局1982年版；陈乃乾：《古今人物别名索引》，上海书店出版社1982年版；台湾"中央"图书馆：《明人传记资料索引》，台湾文史哲出版社1978年版。
③ 《嘉庆增修宜兴县旧志》卷八，《中国地方志集成·江苏府县志辑》第39册，江苏古籍出版社1996年版，第268页。
④ 《光绪宜荆县志》卷九，转引自赵景深、张增元《方志著录元明清曲家传略》，中华书局1987年版，第164页。
⑤ 《嘉庆增修宜兴县旧志》卷八，《中国地方志集成·江苏府县志辑》第39册，第268页。
⑥ 马权奇：《鸳鸯冢题词》，《节义鸳鸯冢娇红记》卷首，《古本戏曲丛刊》二集，商务印书馆1955年版。

云："会稽史氏作《唾红》传奇，情事兼美，盛为演者传习。甲戌春日，偶得之于友人斋头，然词甚潦草，不堪寓目，余窃叹其不工。……抽思三月而始告成，余不忍去其原传，因题之曰《红情言》云。"①"甲戌"是崇祯七年（1634）。因此，此书的选编应在崇祯十一年（1638）后。从吴炳晚年经历来看，不太可能有时间和心情来做这一选歌度曲的工作。竹轩主人题识云："杂曲选本，流传甚繁，本坊博蒐古今名剧，细加评选，腔介从新。较之坊行旧本，按拍争奇，赏音者鉴之。竹轩主人谨识。"友鸟主人何约的序有缺页，其存在的部分云："……明唱选自大陵，清歌征乎宋膡。霓裳羽衣，徽留唐室；风么绿水，韵寄魏廷。不独让古人放怀娱目也。余雅爱辞咏，艳牍腴篇，未尝去侧间。或浮觞对月为一阕歌，夜雨寒灯为一阕歌，愁懑愤兴（为）一阕歌，娱怀赏情为一阕歌，良朋在前、相逢不再为一阕歌。寻律被盲，征歌无倦，月要日会，积而成帙。采元和之近体，追柏梁之雅什，发钧天之遗韵，奏宫悬之丽曲，自谓绝节高唱，有异乎庸听老（者）矣。世有同志，推作者之至隐，寄胜情于耳目，则《拾翠》一编，即谓希踪三百，岂有憾哉？友鸟主人何约书并撰。"从竹轩主人题识、友鸟主人何约序的文意和语气来看，竹轩主人当为书坊主，友鸟主人何约当为选辑者。题"粲花主人选辑"，应为书贾伪托。

《歌林拾翠》所选剧作，除施惠《幽闺记》、高明《琵琶记》、徐霖《绣襦记》、沈采《千金记》、陆采《明珠记》等为元末明初至嘉靖年间的作品外，大部分是晚明曲家之作，有少量曲家如孟称舜、徐元晖、袁于令、马佶人、王翃、紫虹道人等清初还在世。因此，姚燮《今乐考证》将徐元晖《青雀舫》、袁于令《西楼记》《珍珠衫》、马佶人《荷花荡》《梅花楼》、王翃《词苑春秋》《红情言》、紫虹道人《百花舫》著录为"国朝院本"。《歌林拾翠》所选，反映了这些剧作在当时剧场的演出情况。所选剧作大部分有全本流传，没有全本流传而有赖此本所选而传的有：史槃《双缘舫》三出、冯延年《南楼梦》二出、仲仁《绿华轩》三出、徐元晖《青雀舫》二出、袁于令《珍珠衫》二出、马佶人《梅花楼》二出、王翃《词苑春秋》三出、郭潛《百宝箱》二出、紫虹道人《百花舫》四出、无名氏《桐叶》一出、《幽梦园》二出、《名山志》二出。除郭潛《百宝箱》二出、无名氏《幽梦园》二出在姚燮的《复庄今乐府选》没有外，其他各出在《今乐府选》中均有收录。长期以来，研究者一直以为《今乐府选》中的这些剧目是明清孤本，如周妙中先生

---

① 王翃：《红情言自叙》，《红情言》卷首，《古本戏曲丛刊》三集，商务印书馆1957年版。

《江南访曲录要》《江南访曲录要（二）》、徐永明博士《姚燮与〈复庄今乐府选〉》均持此观点①。现在，随着《歌林拾翠》的发现，这一观点要加以改变是必然的。事实上，《歌林拾翠》中的这些剧作散出，正是姚燮《今乐府选》同名剧作散出的来源之一。《歌林拾翠》是姚燮故物。在《歌林拾翠》总目后第一页插图右下角有"复庄"印钤一方。"复庄"是姚燮（1805—1864）的号。姚燮去世后，其著述和藏书散落四方。其中，浙江图书馆收藏其曲本最多。详情参见周妙中先生《江南访曲录要》《江南访曲录要（二）》、洪克夷先生《姚燮评传》、徐永明博士《姚燮与〈复庄今乐府选〉》②，兹不赘述。《歌林拾翠》当是和姚燮所藏的一些全本剧作、《今乐府选》等一起，被收藏到浙江图书馆的。它"沉睡"了这么多年后，终于被笔者"发现"，真曲学界一大幸事也。

必须说明的是，《歌林拾翠》有而《今乐府选》没有的郭濬《百宝箱》二出、无名氏《幽梦园》二出，有两种可能。一是《今乐府选》本来就没有选录这两种剧作的散出，二是选了，却散佚了。因为《今乐府选》共一百九十二册，浙江图书馆藏一百一十册，宁波天一阁藏五十六册，国家图书馆藏二册，还有二十四册下落不明③。究竟如何，难以确考。

（原载《文学遗产》2007 年第 4 期）

---

① 周妙中：《江南访曲录要》，《文史》第 2 辑，中华书局 1963 年版；周妙中：《江南访曲录要（二）》，《文史》第 12 辑，中华书局 1981 年版；徐永明：《姚燮与〈复庄今乐府选〉》，《文学遗产》2001 年第 6 期。

② 洪克夷：《姚燮评传》，浙江古籍出版社 1987 年版。

③ 周妙中：《江南访曲录要（二）》，《文史》第 12 辑，中华书局 1981 年版。

韩国藏戏曲选本《词林落霞》考略

汪超宏

韩国檀国大学栗谷纪念图书馆藏有明代曲选《词林落霞》。这是一部在中土失传的古代戏曲选本。台湾王秋桂教授主编《善本戏曲丛刊》（全六辑）未收入此书①，国内有影响的古籍书目《北京图书馆古籍善本书目》《中国古籍善本书目·集部》未著录②，有关戏曲书目《中国戏曲曲艺词典》《中国大百科全书·戏曲曲艺卷》《中国曲学大辞典》未提及③，查中国国家图书馆《中国古籍善本书目》联合导航系统，也无该书踪影，只有韩国全寅初教授主编《韩国所藏中国汉籍总目》有记载④。《韩国所藏中国汉籍总目》的记载来自檀国大学栗谷纪念图书馆汉籍目录。《词林落霞》是该馆《罗孙文库》之一种。《罗孙文库》是该校金东旭教授（字罗孙，1922—1989）故物。金东旭教授生前曾任檀国大学东洋学研究所所长、韩国国语国文学会研究理事、比较文学会创设、震檀学会监事、民俗学会理事、韩国服饰学会副会长、文化公报部文化财委员、民族文化推进会会长等。在韩国古典文学、服饰、陶瓷器釉药的研究造诣颇深。金东旭教授去世后，其家人将所藏书捐赠给刚开馆的栗谷纪念图书馆。《词林落霞》的发现，对研究中韩文化交流、中国古代戏曲的演出与流传等，其价值是不言而喻的。

全寅初教授主编《韩国所藏中国汉籍总目》说此书四卷，实际上只有三卷。该书卷三首作"新刻汤海若先生汇编词林时尚新声落霞编卷

---

① 王秋桂主编：《善本戏曲丛刊》（全六辑），台湾学生书局1984—1987年版。
② 《北京图书馆古籍善本书目》，书目文献出版社1986年版；《中国古籍善本书目·集部》，上海古籍出版社1998年版。
③ 《中国戏曲曲艺词典》，上海辞书出版社1981年版；《中国大百科全书·戏曲曲艺卷》，中国大百科全书出版社1983年版；《中国曲学大辞典》，浙江教育出版社1997年版。
④ 全寅初主编：《韩国所藏中国汉籍总目》，韩国学古房刊2005年版。

四"，卷末作"四卷终"，而该卷每页中缝均作卷三。每卷版式为上、中、下三栏，上、下栏选录剧作单出（一首套曲例外），卷一中栏选录《吴歌挂枝儿》二十五首、卷二中栏选录《挂枝儿歌》二十七首，卷三中栏选录《时尚酒筵新令》五十七首。卷一、卷二末各有插图一幅。该书无序跋，无总目，各卷亦无分目。为使研究者窥其全貌，兹将每卷选录剧作单出按序逐录如下：

卷一上栏：梁灏荣归、御沟流叶、雪拥蓝关、咎喜嫖落、兄弟联芳、加官进禄（萃盘记）。下栏：金谷春游、楚营夜宴（千金记）、曲江春游、东山携妓（四节记）、焦媳见母、乐毅夫妻分别、崔莺莺玉台窥柬、张君瑞月下跳墙。

卷二上栏：云游遇师、观音扫殿、磨房重会、元和卖仆、幽闺春思、雪梅闻报、割破花容、北番西厢。下栏：牛氏规奴、临妆感叹、中秋赏月、从游魏邦、雪梅观画、白玉娘分别、冷宫诓太子、仗策渡江、执诗求和。

卷三上栏：咏赏百花、王祥求鲤、韩妃过宫、齐人仲子、奋志投笔、东阁邀宾、周氏拜月。下栏：寿旦思妻、姑娘绣房议亲、焚香媾偶、私别诉衷、翁婿逃难、惧内点灯、雪梅自叹、苏秦衣锦还乡。

所选出目除卷一《萃盘记》《千金记》《四节记》三种外，其余均未标明出自何剧。笔者将上述出目内容与曲词，与现存全本或选本逐一比勘，略作说明。

梁灏荣归：与《古本戏曲丛刊》二集影印《青袍记》第三十一出《荣耀》、《尧天乐》卷二下栏《梁太素衣锦还乡》同。

御沟流叶：与《尧天乐》卷一下栏《于佑拾叶题诗》（目录作《御沟拾叶红叶》）同。

雪拥蓝关：情节相当于《古本戏曲丛刊》初集影印《升仙记》第三十、三十一折（无折名），曲词不同。与《徽池雅调》卷二上栏《雪拥蓝关》同。

咎喜嫖落：与《徽池雅调》卷二上栏《咎喜嫖落》（目录作《咎喜嫖落炼丹》）、《摘锦奇音》卷五下栏《咎喜嫖李娟奴》同。

兄弟联芳：与《尧天乐》卷一上栏《双璧记·兄弟联芳》、《时调青昆》卷二下栏《琴线记·兄弟联芳》同。

加官进禄（萃盘记）：与《词林一枝》卷二上栏、《尧天乐》卷二上栏《加官进禄》同。

金谷春游：写石崇与绿珠春游金谷园事。钟嗣成《录鬼簿》载关汉

— 447 —

卿有《金谷园绿珠坠楼》杂剧，佚。吕天成《曲品》、祁彪佳《远山堂曲品》《远山堂剧品》、姚燮《今乐考证》、庄一拂《古典戏曲存目汇考》等未见有以此为题材的剧作。此出有［混江龙］、［油葫芦］、［天下乐］、［那吒令］、［鹊踏枝］、［寄生草］、［么篇］、［后庭花］、［青歌儿］、［煞尾］诸曲，不详出自何剧。

楚营夜宴（千金记）：与《古本戏曲丛刊》初集影印《韩信千金记》第十四折（无折名）同，与《尧天乐》卷二上栏《咸阳夜宴》、《大明天下春》卷五下栏《楚王夜宴》曲牌与曲词略有不同。

曲江春游：有［满庭芳］、［醉春风］、［菊花新］、［前腔］、［宜春令］、［前腔］、［前腔］、［前腔］八曲。《乐府红珊》卷十《杜甫游春》（目录作《四节记·杜工部游曲江》）八曲后接［一剪梅］、［一江风］、［生查子］、［惜奴娇］、［斗黑麻］、［锦衣香］、［浆水令］、［余文］八曲，《赛征歌集》卷四《诗伴游春四节记》除无［满庭芳］、［醉春风］二曲，［余文］为［尾声］外，其余与《乐府红珊》卷十《杜甫游春》同。

东山携妓（四节记）：与《赛征歌集》卷四《东山携妓四节记》同。

焦媳见母：有［一江风］、［前腔］二曲，后缺。存者与《尧天乐》卷一上栏《双璧记·荣归见母》同。

乐毅夫妻分别：与《尧天乐》卷一上栏《金台记·乐毅分别》同。

崔莺莺玉台窥柬：有［粉蝶儿］、［醉春风］、［普天乐］、［快活三］、［朝天子］、［四边静］、［脱布衫］、［小梁州］、［么］九曲，与《六十种曲》本《西厢记》第二十一出《玉台窥柬》、陆采《西厢记》第二十出《省柬》不同。《歌林拾翠》二集《妆台窥柬》至［么］同，后还有［石榴花］、［斗鹌鹑］、［上小楼］、［么］、［满庭芳］、［耍孩儿］、［四煞］、［三煞］、［二煞］、［尾声］十曲。

张君瑞月下跳墙：有［新水令］、［驻马听］、［乔牌儿］、［搅琵琶］、［沉醉东风］、［甜水令］、［折桂令］、［锦上花］、［清江令］、［雁儿落］、［得胜令］、［离廷宴带歇拍煞］十二曲，与《六十种曲》本《西厢记》第二十三出《乘夜逾墙》、陆采《西厢记》第二十二出《逾垣》不同。《时调青昆》卷三下栏《西厢·乘夜逾墙》至［清江令］止，《赛征歌集》卷二《乘夜逾墙》在［沉醉东风］与［甜水令］之间有［乔牌儿］曲、《歌林拾翠》二集，《乘夜逾墙》在［锦上花］后有［么］，其余同。

云游遇师：与《六十种曲》本、《古本戏曲丛刊》初集影印屠隆《昙花记》第八出《云游遇师》同。

观音扫殿：与《尧天乐》卷一上栏《香山记·观音扫殿》同。情节相当于《古本戏曲丛刊》二集影印《香山记》第七出《鬼判助力》、第十一出《佛殿拂尘》，曲词不同。

磨房重会：有［陶金令］、［宜春令］、［江头金桂］三曲，与《六十种曲》本《白兔记》第三十二出《私会》不同，与《徽池雅调》卷一《夫妻磨房重会》（目录作《磨房相会白兔》）五曲、《大明天下春》卷七下栏《磨房重逢》、《乐府万象新》前集卷四《夫妻磨房重会》（目录作《夫妇磨房重会》）也不同。

元和卖仆：与《六十种曲》本《绣襦记》第十六出《鬻卖来兴》同。

幽闺春思：与汤显祖《紫箫记》第二十七出《幽思》同。

雪梅闻报：与《古本戏曲丛刊》初集影印《商辂三元记》第十五折（无折名）情节同，曲词不同。

割破花容：与《古本戏曲丛刊》初集影印王錂《周羽教子寻亲记》第二十一出（无出名）情节同，曲词不同。与《大明天下春》卷八上栏《郭氏守节毁容》曲牌、曲词不尽相同。

北番西厢：红娘唱［山坡羊］、［尾声］二曲，向莺莺转述张生的爱慕之情，情节相当于王实甫《西厢记》第一本第三折中开始一段。王实甫《西厢记》为宾白，无此二曲。

牛氏规奴：无《六十种曲》本高明《琵琶记》第三出《牛氏规奴》开头的［雁儿落］、［窣地锦裆］、［前腔］、［前腔］四曲，选同出紧接其后的［祝英台近］、［祝英台序］、［前腔］、［前腔］、［前腔］五曲。

临妆感叹：与《六十种曲》本高明《琵琶记》第九出《临妆感叹》同。

中秋赏月：除无［余文］曲外，与《六十种曲》本高明《琵琶记》第二十八出《中秋望月》同。

从游魏邦：与《古本戏曲丛刊》初集影印《金印记》第二十四出《长途叹息》、哈佛燕京图书馆藏《怡云阁金印记》第二十出《苏张往魏》基本相同[①]。

雪梅观画：除第一支曲牌［普天乐］与《古本戏曲丛刊》初集影印《商辂三元记》第九折（无折名）［一剪梅］不同外，其余曲词同。《大明天下春》卷七上栏《雪梅观画》、《乐府菁华》卷五下栏《秦雪梅观画》、《玉谷新簧》卷二下栏《雪梅观画有感》、《时调青昆》卷二下栏

---

① 《怡云阁金印记》，《哈佛燕京图书馆藏中文善本汇刊》第36册，商务印书馆、广西师大出版社2003年版。

《书馆观画》与全本同。

白玉娘分别：除第一支［本序］、末支［尾声］与《古本戏曲丛刊》初集影印《易鞋记》第十九出《送别》［尾犯序］、［鹤冲天］曲牌不同外，其余曲词同。《尧天乐》卷一下栏《易鞋记·白玉娘明珠送别》（目录作《明珠送别》）与全本同。

冷宫诳太子：有［一江风］、［前腔］、［入赚］三曲。与《徽池雅调》卷一上栏《妆盒记·诳出太子》同。《词林一枝》卷四下栏《妆盒记·寇承玉计诳太子》多［挂真儿］、二［一江风］、［五更转］、［三段子］、［尾声］六曲。三者与《古本戏曲丛刊》初集影印康熙抄本《金丸记》第二十出（无出名）情节相同，曲词不同。

仗策渡江：与《六十种曲》本张凤翼《红拂记》第二出《仗策渡江》同。

执诗求和：有［降黄龙］、［醉太平］、［浣溪沙］、［滴溜子］、［鲍老催］、［猫儿坠］、［尾声］、［清江引］、［皂角儿］、［前腔］、［余文］十一曲。《六十种曲》本高濂《玉簪记》第十九出《词媾》［降黄龙］之前有［清平乐］、［绣带儿］、［宜春令］三曲，［余文］为［尾］。曲牌相同者，曲词有不同。

咏赏百花：有［泣颜回］、［前腔］、［前腔］、［不是路］、［解三醒］、［前腔］、［尾声］七曲，《徽池雅调》卷一上栏、《乐府菁华》卷六上栏、《大明天下春》卷七下栏选录。《乐府菁华》卷六［尾声］作［余文］，《大明天下春》卷七题作《百花评品》，《徽池雅调》目录注明作者为祝枝山，谢伯阳先生编《全明散曲》据许宇《词林逸响》、吴长公《古今奏雅》题名，将此套曲归于陈铎（大声）名下[①]。

王祥求鲤：只有［一江风］一曲。《尧天乐》卷一上栏《卧冰记·卧冰求鲤》除［一江风］外，还有［急拍］、［尾声］。二者［一江风］曲词同。

韩妃过宫：与《尧天乐》卷一上栏《红叶记·韩许自叹》同。

齐人仲子：有［生查子］五曲，《徽池雅调》卷二下栏《公孙丑判断是非》（版心题《墦间记》，目录作《判断是非·墦间》）曲牌作［驻马听］，曲词同。多［驻马听］一曲。

奋志投笔：三曲［八声甘州］加一［余文］，与《尧天乐》卷二下栏《班仲升奋志投笔》（目录作《奋志投笔·投笔》）同。《古本戏曲丛

[①] 谢伯阳编：《全明散曲》，齐鲁书社1994年版，第676、719页。

刊》初集影印《投笔记》第五出《投笔空回》多［霜天晓角］、［解三醒］、［太师引］、［八声甘州］四曲。

东阁邀宾：有［粉蝶儿］、［醉春风］、［脱布衫］、［小梁州］、［么］、［上小楼］、［么］、［满庭芳］、［快活三］、［朝天子］、［四边静］、［耍孩儿］、［四煞］、［三煞］、［二煞］、［煞尾］十六曲，与《六十种曲》本《南西厢》第十七出《东阁邀宾》、陆采《西厢记》第十五出《邀谢》不同，与《歌林拾翠》二集所收《西厢·红娘请宴》一出同。

周氏拜月：有［二犯朝天子］、［前腔］、［前腔］、［余文］四曲。《古本戏曲丛刊》初集影印《金印记》第二十九出《焚香保夫》十曲、哈佛燕京图书馆藏《怡云阁金印记》第三十一出《周氏烧香》二曲、《玉谷新簧》卷一下栏《周氏对月思夫》六曲、《摘锦奇音》卷六下栏《周氏对月忆夫》七曲、《大明天下春》卷八下栏《周氏对月思夫》十曲，同一曲牌曲词不尽相同。

寿旦思妻：有［叠字锦］、［点绛唇］、［四朝元］、［前腔］、［前腔］、［前腔］、［一封书］、［混江龙］、［尾声］九曲。《古本戏曲丛刊》初集影印《新刻出像音注苏英皇后鹦鹉记》三十二折（无折名），没有《寿旦思妻》相应的情节与曲词。《乐府菁华》卷一上栏《潘葛思妻》（目录作《潘葛思妻鹦歌记》）、卷六下栏《潘葛筵中思妻》、《尧天乐》卷二下栏《潘丞相寿旦思妻》（目录作《寿日思妻鹦哥》）、《乐府万象新》前集卷二上栏《有为庆寿》（目录作《潘葛寿日思妻》）曲牌有异，多寡不一，曲词也不尽相同。

姑娘绣房议亲：有［一江风］、［前腔］、［前腔］、［前腔］、［梁州序］、［余文］六曲。《六十种曲》本《荆钗记》第九出《绣房》多［恋芳春］、［青歌儿］、三［梁州序］诸曲，［余文］作［尾］。《乐府万象新》前集卷四下栏《姑娘绣房议婚》（目录作《姑娘绣房议亲》）多一曲［驻云飞］和下场诗。

焚香媾偶：与《古本戏曲丛刊》二集影印纪振伦（秦淮墨客）《三桂联芳记》第三出《焚香》、《尧天乐》卷一下栏《小桃姐焚香偕偶》（目录作《焚香偕偶·三桂》）同。

私别诉衷：有［引］、［引］、［下山虎］、［前腔］、［掉角儿］、［尾声］六曲。《古本戏曲丛刊》二集影印纪振伦（秦淮墨客）《三桂联芳记》第九出《诉衷》多一曲［掉角儿］，《尧天乐》卷一下栏《小桃姐私诉衷情》（目录作《小桃诉衷·三桂》）多一曲［掉角儿］，无二引。

翁婿逃难：有［引］、［下山虎］、［前腔］、［前腔］、［水底鱼］五曲。《尧天乐》卷二上栏《罗帕记·翁婿逃难》多［下山虎］一曲，《词林一枝》卷一下栏《罗帕记·王可居翁婿逃难》多［水底鱼］、［急三枪］二曲。

惧内点灯：与《六十种曲》本汪廷讷《狮吼记》第十出《顶灯》同。

雪梅自叹：有［引］、［下山虎］、［西地锦］、［蛮牌令］、［余文］五曲。《古本戏曲丛刊》初集影印《商辂三元记》第三十六折（无折名）无［西地锦］曲，［余文］作［尾声］。

苏秦衣锦还乡：与《古本戏曲丛刊》初集影印《金印记》第四十二出《封赠团圆》、哈佛燕京图书馆藏《怡云阁金印记》第三十八出《合家团圆》情节相同。此选本十六曲，《古本戏曲丛刊》本十四曲，《怡云阁金印记》二十二曲。《摘锦奇音》卷六下栏《苏秦荣归团圆》、《大明天下春》卷八下栏《苏秦为相团圆》、《时调青昆》卷三下栏《苏秦团圆》（《衣锦荣归》）等曲牌、曲词不尽相同。

通过比勘，可以确定，《词林落霞》选录了元明时期三十三种杂剧、戏文、传奇的四十五出和一套散曲。其中《琵琶记》三出、《青袍记》一出、《千金记》一出、《绣襦记》一出、《投笔记》一出、汤显祖《紫箫记》一出、屠隆《昙花记》一出、张凤翼《红拂记》一出、纪振伦《三桂联芳记》二出、汪廷讷《狮吼记》一出等与现存全本文词相同，《南西厢》三出、《荆钗记》一出、《白兔记》一出、《金印记》三出、《商辂三元记》三出、《升仙记》一出、《寻亲记》一出、《易鞋记》一出、《金丸记》一出、《香山记》一出、《鹦鹉记》一出、高濂《玉簪记》一出等与现存全本情节相同、文词不同，《红叶记》二出、《炼丹记》一出、《卧冰记》一出、《萃盘记》一出、《双璧记》二出、《四节记》二出、《金台记》一出、《墦间记》一出、《罗帕记》一出等又见于明清时期其他戏曲选本，所选同出有的曲词相同，有的不完全一样。曲词的不同，反映了当时表演者对曲词的不同处理。《北西厢》一出所选三曲，仅见于此，且以"北番"标明，说明它是以北曲演唱。此例证明，当时《北西厢》还在舞台上演出，不过并没按照王实甫原词演唱，而是经过改造。《金谷春游》的选录，为明代剧作又增加了一曲目。可以说，《词林落霞》所选应是当时歌场流行的曲目，它的发现，不仅再一次丰富了古代戏曲遗产，能使我们明了哪些剧作的哪些出在当时颇受欢迎，也有助于研究者通过比较全本与选本的异同，准确把握彼时文人趣味与民间喜好的差异。对深入研究明代戏曲，乃至整个中国古代戏曲的发展轨迹，有很大的帮助作用。

《词林落霞》何人所选，成于何时？该书封面题"《词林落霞》，全。著雍敦牂腊月上澣装衣"。其中"全"涂以墨点。封面反面题"□□篇篇发好句，一篇章章皆古风。《词林落霞》，全。《词林落霞》"。二者笔迹不一。以目前所见材料，无法确定题词者，也无法确定"著雍敦牂"究竟是哪一年。

《词林落霞》每卷首分别题"新刻汤海若先生汇选词林落霞编卷之一，豫章汤显祖编、书林余楚珩梓""新刻汤海若先生编词林落霞编卷之二，豫章汤海若编、书林余楚珩梓""新刻汤海若先生汇编词林时尚新声落霞编卷四"，似乎此书的编选与汤显祖有关。其实不然。邹迪光、过庭训、钱谦益、查继佐、万斯同、蒋士铨及《明史》等有关汤显祖的传记、《汤显祖全集》及同时人诗文集中[1]，没有提到汤显祖选编过此书。现存以汤显祖或玉茗堂命名的戏曲评点本，如国家图书馆藏《玉茗堂批评种玉记》《新刻玉茗堂批评焚香记》《玉茗堂批评异梦记》《玉茗堂批评节侠记》《临川玉茗堂批评西楼记》《玉茗堂批评红梅记》，上海图书馆藏《汤海若批评西厢记》《汤海若批评红拂记》等十四种，除《异梦记》《西楼记》《红梅记》外，其余均为假托[2]。《善本戏曲丛刊》第二辑所收曲选《万锦娇丽》，卷首上栏《精选劝世传奇目录》署"白云居士选"，下栏《听秋轩精选乐府万锦娇丽传奇》署"玉茗堂主人点辑"，卷首有"玉茗堂主人题"之序（不全），《善本戏曲丛刊》出版说明云"疑系伪托"[3]，良是。如果是汤显祖选编《词林落霞》，为什么不选自己的"得意"之作《牡丹亭》，而选未完之稿《紫箫记》呢？因此，说汤显祖编《词林落霞》，应是伪托。伪托者是"书林余楚珩"，还是另有其人，不得而知。"书林余楚珩"的情况，目前没有发现他的任何资料。

从版式上看，《词林落霞》无疑是万历刻本。李平先生《流落欧洲的三种晚明戏剧散出选集的发现》云："分列三栏的选集，几乎没有例外的多是万历刊本。我们所能看到的《词林一枝》《八能奏锦》《玉谷新簧》《万曲长春》《尧天乐》《徽池雅调》，都是这段时期梓行的。"[4] 如上所述，《云游遇师》出自屠隆《昙花记》第八出，《惧内点灯》出自汪廷讷

---

[1] 毛效同编：《汤显祖研究资料汇编》，上海古籍出版社1986年版，第80—94页；徐朔方笺校：《汤显祖全集》，北京古籍出版社1999年版。
[2] 参见朱万曙《"汤海若批评"曲本考》，《戏曲研究》2003年第1期。
[3] 《万锦娇丽》，《善本戏曲丛刊》第二辑，台湾学生书局1984年版，第8页。
[4] 李平：《流落欧洲的三种晚明戏剧散出选集的发现》，李福清、李平编：《海外孤本晚明戏剧选集三种》，上海古籍出版社1993年版，第13页。

《狮吼记》第十出。屠隆《昙花记》作于万历二十六年（1598）①，徐朔方先生根据《坐隐先生精订梨云寄傲》卷首汪廷讷《刻陈大声全集自序》末署"时万历辛亥仲春月上浣"和曹学佺《汪昌朝精订陈大声全集序》所云"昌朝触事即景，辄度新声，才四易寒暑，已成乐府数十种"，考证汪廷讷十五种传奇"皆作于万历三十三年至三十六年间"②，可从。据此，《词林落霞》选编与刻成应在万历三十三年（1605）至三十六年（1608）之间或其后。

（原载《中山大学学报》2013 年第 4 期）

---

① 参见汪超宏《〈昙花记〉、〈彩毫记〉的作年》，《明清浙籍曲家考》，浙江大学出版社 2009 年版。
② 徐朔方：《汪廷讷行实系年》，《晚明曲家年谱》第三卷，浙江古籍出版社 1993 年版，第 529 页。

其沧《三社记》刊刻时间与本事来源

汪超宏

一

其沧《三社记》，二卷，三十三出。有《古本戏曲丛刊》三集影印上海图书馆藏本。卷首有"醒柂洪九畴"《三社记题辞》，末署"阏逢阉茂辜月，醒柂洪九畴题于竹浪亭"。"阏逢阉茂辜月"是甲戌十一月，有研究者认为，此甲戌十一月是崇祯七年（1634）[①]。因此，此版本是明刻本。《古本戏曲丛刊》三集编辑委员会亦云《三社记》影印自上海图书馆藏"明末刊本"。庄一拂《古典戏曲存目汇考》、李修生《古本戏曲剧目提要》、齐森华等主编《中国曲学大辞典》等也众口一词[②]，皆谓其为明崇祯间必自堂刻本。果真如此吗？

《三社记》未署作者，明清曲目如王骥德《曲律》、吕天成《曲品》、祁彪佳《曲品》《剧品》、高弈《新传奇品》、支丰宜《曲目新编》、姚燮《今乐考证》，今人傅惜华《明代传奇全目》等[③]，没有其沧与《三社记》的记载。认定其沧是《三社记》作者，来自洪九畴《〈三社记〉题辞》中"其沧氏乃取而为传奇。……抑余闻其沧之谱是记也，曾不月而成，成不逾年而逝"。从《题辞》中"若今时用当世手笔，谱当前情事""所

[①] 郭英德：《明清传奇综录》，河北教育出版社1997年版，第486页。
[②] 庄一拂：《古典戏曲存目汇考》，台北：台湾木铎出版社1986年版，第1129页；李修生：《古本戏曲剧目提要》，文化艺术出版社1997年版，第367页；齐森华等主编：《中国曲学大辞典》，浙江教育出版社1997年版，第412页。
[③] 王骥德：《曲律》，《中国古典戏曲论著集成》第4册；吕天成：《曲品》，《中国古典戏曲论著集成》第6册；祁彪佳：《曲品》《剧品》，《中国古典戏曲论著集成》第6册；高弈：《新传奇品》，《中国古典戏曲论著集成》第6册；支丰宜：《曲目新编》，《中国古典戏曲论著集成》第9册；姚燮：《今乐考证》，《中国古典戏曲论著集成》第10册，中国戏剧出版社1959年版；傅惜华：《明代传奇全目》，人民文学出版社1959年版。

谓以当世手笔，写当前情事，正复与其人其事，不甚相远"来看，其沧创作《三社记》，是当代人写当代事。其沧与剧中主人公孙湛，生活年代基本同时，约在明末万历年间。第二十二出《去染》小外扮孙浪，字其沧，与潘之恒一起会文娟，文娟心念孙湛，不接待他人。第二十九出《迓验》，孙浪与孙湛相遇山东道上，告知文娟守志事。作者两次出现在剧中，透露了作者姓名与主角关系。郭英德先生推测其"浙江桐庐一带人"①，无据。

从《〈三社记〉题辞》中，可知洪九畴与作者其沧熟识，知道其沧生平经历与创作过程。是歙县（今属安徽）人②。除为《三社记》题辞外，目前没有发现洪九畴有其他只言片语。《道光徽州府志》《民国歙县志》③，台湾"中央"图书馆编《明人传记资料索引》，杨廷福《明人别称字号索引》，杨廷福、杨同甫《清人别称字号索引》（增补本）等④，均没有此人的信息。

笔者发现，洪九畴《〈三社记〉题辞》首页版心下端有"程守谦刻"四字。查李国庆《明代刊工姓名索引》《明人传记资料索引》、杨廷福《明人别称字号索引》等⑤，未见此人记载。在清代，目前发现至少有两个程守谦。一是仪征人，一是婺源人。程守谦（1826？—1876）⑥，字荀叔，江苏仪征人。诸生。曾任闽浙总督卞宝第（颂臣）、提学夏子锡（路门）幕客。有《退谷文存》。传见《退谷文存》卷首黄云鹄《程荀叔传》。婺源程守谦小传在《光绪婺源县志》卷三十五《人物十·义行八》：

---

① 郭英德：《明清传奇综录》，河北教育出版社1997年版，第486页。
② 洪九畴《〈三社记〉题辞》："至宫调律音之微，则余乡王仲房山人有云：务头未暇，尚昧三声。"文中"王仲房"，即王寅（1506—1558），歙县（今属安徽）人，诸生。有《十岳山人集》。传见《十岳山人集》卷首汪道昆《王仲房传》。
③ 《道光徽州府志》，《中国地方志集成·安徽府县志辑》第48—50册，江苏古籍出版社、上海书店、巴蜀书社1991年版；《民国歙县志》，《中国地方志集成·安徽府县志辑》第51册，江苏古籍出版社、上海书店、巴蜀书社1991年版。
④ 台湾"中央"图书馆编：《明人传记资料索引》，中华书局1987年版；杨廷福：《明人别称字号索引》，上海古籍出版社2002年版；杨廷福、杨同甫：《清人别称字号索引》（增补本），上海古籍出版社2011年版。
⑤ 李国庆：《明代刊工姓名索引》，上海古籍出版社1998年版。
⑥ 程守谦《退谷文存》卷首序："今年春，复来相见，以翔云诗文集见赠。乃未几，中丞告予曰：荀叔死矣。……光绪丙子仲夏之月，定远方濬颐撰。"第2页。光绪丙子是光绪二年（1876）。《退谷文存》卷首黄云鹄《程荀叔传》："病没，年五十有奇。"奇是多或余之意，"五十有奇"当是五十出头，或五十一二，则其生年当为道光五年或六年（1825或1826）。第6页。程守谦《退谷文存》，沈云龙主编《近代中国史料丛刊》第49辑，第486—487册，台湾文海出版社1971年版。

"程守谦,字理田,在城人。廪贡生,加州判衔。性孝友,事嫡母,常得欢心。与兄弟友爱无间。父志章乐施,修城垣,造峻岭,皆捐巨资,工未就而逝。谦继志,悉成之。尤居心恺恻,尝悯族中乏祀之主,慨输市宅以作祀田。故旧某,突生事端,几至身名莫保,得谦一诺三百金,俾两造冰释。其慷慨多类此。他如恤孤穷,济寒士,煮茗建亭,特其余美。"① 李灵年、杨忠主编《清人别集总目》云仪征程守谦"家富藏书"②。没有证据证明,此二程守谦与刻《三社记》有何关联。

必自堂刊刻书籍,据笔者所见,仅此一种。堂主是谁,存在年代,也无法确定。廖华《明代坊刻戏曲考述》云必自堂是明末南京书坊③,不详何据。

《三社记》上卷、下卷下署"湖上李笠翁评定"。正是"湖上李笠翁评定"七字,可以断定,《古本戏曲丛刊》三集影印《三社记》,不是明末刻本,而是清刻本。

"湖上李笠翁"即李渔。李渔(1611—1680)是明末清初著名戏曲家,以《笠翁十种曲》、小说《十二楼》《连城璧》、杂著《闲情偶寄》等闻名于当时和后世。

《笠翁十种曲》中,《怜香伴》《风筝误》《意中缘》作于顺治八年辛卯(1651)至十年癸巳(1653)之间,《玉搔头》作于顺治十二年乙未(1655),《奈何天》作于顺治十四年丁酉(1657),《蜃中楼》作于顺治十六年己亥(1659)④,《比目鱼》卷首有"辛丑闰秋,山阴映然女子王端淑题"之叙,辛丑是顺治十八年(1661),则该剧应作于是年闰秋前。《凰求凤》,据《笠翁一家言全集》卷二《乔复生、王再来二姬合传》:"岁丙午(康熙五年,1666),予自都门入秦。……有二三知己携樽相过,命伶工奏予所撰新词,名《凰求凤》。此词脱稿未数月,不知何以浪传,遂至三千里外也。"⑤ 则该剧应作于康熙四年乙巳(1665)。《慎鸾交》,据"匡庐居士云中郭传芳拜手撰"之序:"岁丁未,予丞于咸宁,笠翁适入关。……遂出《慎鸾交》剧本,属予评。"⑥ 本剧应完成于康熙六年丁

---

① 《光绪婺源县志》,《中国方志丛书》第 680 册,台北:台湾成文出版有限公司 1985 年版,第 2702 页。
② 李灵年、杨忠主编:《清人别集总目》,安徽教育出版社 2000 年版,第 2228 页。
③ 廖华:《明代坊刻戏曲考述》,《山西师大学报》2014 年第 2 期。
④ 单锦珩:《李渔年谱》,《李渔全集》第 22 册,浙江古籍出版社 2014 年版,第 22—32 页。
⑤ 《李渔全集》第 1 册,第 78 页。
⑥ 《李渔全集》第 5 册,第 851 页。

未（1667）。《巧团圆》有"康熙戊申（七年，1668）之上巳日，樗道人书于瑁湖僧舍"之序，因此，本剧应作于康熙七年戊申（1668）上巳之前。李渔入清后，绝意仕进，把主要精力放在小说、戏曲创作和表演上。他的声名鹊起，是顺治年间的事，尤其是《风筝误》传奇完成后，"从来杂剧未有如此好看者，无怪甫经脱稿，即传遍域中"。① 李渔自云："此曲浪播人间，几二十载，其刻本无地无之。"② 崇祯七年甲戌（1634），李渔二十四岁，八年乙亥（1635），应童子试于金华，以五经见拔，十年丁丑（1637），为府学生③。此时李渔刚刚进入人生的竞技场，在文学方面毫无建树，默默无闻，崇祯七年刻成的《三社记》，主事者怎么可能用"湖上李笠翁"的名号，来招徕读者与顾客？用"湖上李笠翁"之名号，只能是李渔声名藉藉之后，亦即李渔入清后，《笠翁十种曲》中的某些作品，得到观众和读者的认可，在社会上有了广泛的知名度，才借用"湖上李笠翁"之名号，扩大自己作品的影响。

洪九畴《〈三社记〉题辞》云"今始为梓而传播之。岂特外史之外传，借其沧以传。而其沧之遗韵，还藉后死者以不亡也耶"，则"阏逢阉茂辜月"为初刻时间，由洪九畴与其沧关系，则此"阏逢阉茂辜月"，为崇祯七年十一月。而署"湖上李笠翁评定"，则是清人再刻《三社记》时所题。也有可能，洪九畴作序后，并未马上刻成，而是到清初后，刻书者不明就里，为了招徕读者，率尔加上"湖上李笠翁评定"几字，因而露出破绽。因此，《古本戏曲丛刊》影印《三社记》，是清刻本，非明末刻本。

二

关于《三社记》题材来源，郭英德根据《〈三社记〉题辞》，云："据此，则孙湛其人其事，似为万历间实人实事，待考。"④ 李修生先生主编《古本戏曲剧目提要》只介绍《三社记》情节，未考证本事来源⑤。其实，剧中主要人物和事件都有所本。《〈三社记〉题辞》云："四游外史栖心黄海，潜踪五岳，侠骨高风，诗才艺致，声名半寰宇，知交盈海内，如汤临川、屠东海诸君序其诗歌诸刻，既颇尽致矣。惟其脱周姬于垂死，而以为死不为生为心，此其深衷别韵，岂寻常泛浪牵情者同日语哉？其沧

---

① 《风筝误》第二十九出《诧美》朴斋主人眉批，《李渔全集》第4册，第167页。
② 李渔：《答陈蕊仙》，《一家言》卷三，《李渔全集》第1册，第149页。
③ 单锦珩：《李渔年谱》，《李渔全集》第22册，第5—6页。
④ 郭英德：《明清传奇综录》，第487页。
⑤ 李修生主编：《古本戏曲剧目提要》，文化艺术出版社1997年版，第367页。

氏乃取而为传奇，因实之以岳游、台社、湖咏、楼盟，骚友名姝，益以遇之幽奇，家之慈孝，而推广之。""四游外史"即剧中主要人物孙湛。孙湛（生卒年不详），字子真，号雷溪山人，休宁（今属安徽）人①。与王寅（1506—1588）、潘之恒（约 1536—1621）、祝世禄（1540—1611）、陈所闻（1553？—?）、汪廷讷（1569？—1628 后）等相善。潘之恒编《黄海·纪迹三》之二十七录其《过师子林，同黄伯传、吴云骧晚眺》《同黄伯传、吴云骧师子林蒐诸胜地，载笔题之》（四首）等诗，潘之恒《亘史钞·外纪》卷八收套曲［双调·新水令］《严陵赠周姬》、［南吕·一枝花］《载周姬还新安舟行》二套，汪廷讷《坐隐先生集》卷八收小令［北满庭芳］《观无如丈手谈》、［南黄莺儿］《高士欲谢绝一切，而笔砚更复为黑，故尔戏赠之》二首，陈所闻《北宫词纪》卷六收套曲［南吕·一枝花］《马姬席上即事》一套。《〈三社记〉题辞》说"汤临川、屠东海诸君序其诗歌诸刻"，"汤临川"是汤显祖，"屠东海"是屠隆。徐朔方先生校笺《汤显祖全集》《汤显祖集全编》②，屠隆《屠长卿集》《由拳集》《栖真馆集》《白榆集》《鸿苞》等，没有二人为孙湛集所写序文。笔者广泛搜罗屠隆集外作品，附录拙编《屠隆集》后③，也没有发现此序文。

潘之恒《亘史钞·外纪》卷八所附庄持节（元达）《周姬传》详细记载了孙湛与周文娟交往的过程。据传，周姬，行二，字文娟，本广陵荀氏女。美艳聪慧，性嗜音律，尤工琵琶，名溢江南。陪京公子买姬归家，诸姬相妒，公子嘱门客扶姬北行，承欢父母。门客阴卖至武林娼家，又被

---

① 潘之恒编《黄海》（不分卷）《纪迹三》之二十七："孙湛，字子真，休宁人。"《四库全书存目丛书·史部》第 230 册，齐鲁书社 1997 年版，第 64 页；陈所闻编：《北宫词纪》卷六孙湛套曲［南吕·一枝花］《马姬席上即事》，题下注："明孙子真，讳湛，新都人。"《续修四库全书·集部》第 1741 册，上海古籍出版社 2003 年版，第 624 页；新都，徽州的古称，明代休宁县属徽州府。潘之恒《亘史钞·外纪》卷八《周姬传》："海阳雷溪山人孙子真。"《四库全书存目丛书·子部》第 193 册，齐鲁书社 1997 年版，第 591 页。

清朝有一画家孙浪，江苏高淳人。《民国高淳县志》卷二〇《列传·艺术》："（清）孙浪，字白闲，善画，得云林大痴之神，而性疏放，不宜于俗。购其画者不轻应。或招之，置密室，具文房四宝其中。为键户，使不出。久之，兴会渐动，则泼墨挥洒，风度更为横绝。其图章则古镜钮也，较异他篆，人取为信然。浪卒，镜归一缁流，而托之者薄货之用，其钮遂以赝乱真云。"《中国地方志集成·江苏府县志辑》第 34 册，江苏古籍出版社、上海书店出版社、巴蜀书社 1991 年版，第 314 页。

② 徐朔方校笺：《汤显祖全集》，北京古籍出版社 1999 年版；《汤显祖集全编》，上海古籍出版社 2015 年版。

③ 汪超宏主编：《屠隆集》，浙江古籍出版社 2012 年版。

转卖严陵周家。当时,姬年方十九。周姬拒不接客,娼家以棍棒相加,云使家累千金,良田百亩,可听择而去。周姬屈服,深欢客心,如是者十余年。万历二十九年辛丑(1601)春,孙湛往武林,舟次严陵。友人蔡云翼请孙湛游严陵西湖,周姬为歌且鼓琵琶,孙湛赏音,有意为其赎身。是夜,宿姬家。翌日,向云翼对姬盟而去。明年春,孙湛再至严陵,与庄元达、蔡云翼、俞德章等泛舟钓台,结双台社。夜饮周姬家,姬为歌且鼓,毕竭其技。孙湛谋出姬,娼家百计沮格,孙湛不获已,集诸友饮姬家,临别,作[双调·新水令]《严陵赠周姬》。三十二年甲辰(1604)春,孙湛由金陵间道归,令姬必出。疽难于腹,不得行。金陵诸贵人又遣急骑催至金陵,孙湛舆疾往金陵。因移书严陵慰姬,姬亦往告病甚。三十五年丁未(1607)冬,孙湛归,会蔡云翼至新都,言姬病不死状。明年春,孙湛与云翼下严陵,过姬家。姬从蓐中起拜,悲喜交集。孙湛出金畀姬家,姬家以暮秋为期绐之。孙湛信以为真,流连数日别去。时江盗劫客舟,司理逐娼家。孙湛遣人四处索姬,不得。又明年,遣人至武强、兰江寻找,也无果。九月,孙湛道严陵,向庄元达、蔡云翼述寻姬不遇之苦。有人报姬家寓桐江,孙湛急往,姬卧床蓐中。两人执手蓐中,涕泪相对,各不能言。见者酸鼻。因大数周娟谲诈,孙湛更矢曰:"不信前盟,有如皎日。"至当湖,向萧令君语姬事,遣力至桐江,娼家已他去,不知所往。三十八年庚戌(1610)四月,娼家扶姬返桐江,知孙湛在武林,面请孙湛。孙湛谩语来人:"若归语姬氏,饵药自宽,吾徐徐来。"请者去,客曰:"姬急君往,君故缓之何?"孙湛笑语:"我急彼缓,娼家叵测,今佯示之缓,彼意我以姬病二心,出姬必矣。"九月,孙湛至桐江,蓐中唤姬。载道严陵,谒诸友。蔡云翼召庄元达等赋诗饯行,孙湛作套曲[南吕·一枝花]《载周姬还新安舟行》纪事。孙湛与周文娟相交九年,中间颇有阻梗,最终结合①。就连孙湛自己也觉得颇具传奇性,他在《载周姬还新安舟行》[尾声]中说,"寒盟的可羞,全盟的少有。堪做本传奇,留播世人口"②。《三社记》中,第八出《贪嗔》、第九出《目成》、第十出《情社》写二人相识,相恋,盟誓。《情社》还写到孙湛与蔡豫南、庄元达等结富春社。第十三出《讯友》,文娟向庄元达打听孙湛消息,受牵连,遭司理驱逐。第二十二出《去染》,其沧、潘景升到文娟家找乐,文娟不理。第二

---

① 庄持节:《周姬传》,潘之恒:《亘史钞·外纪》卷八,《四库全书存目丛书·子部》第193册,第590—594页。
② 孙湛:[南吕·一枝花]《载周姬还新安舟行》,潘之恒:《亘史钞·外纪》卷八,《四库全书存目丛书·子部》第193册,第594页。

十九出《逅验》，孙浪与孙湛相遇山东道上，告知文娟守志事。第三十出《心许》，孙湛赎出文娟，载之还家。所叙经过，与《周姬传》没有多少差异。

第十一出《题门》，写知县祝世禄访里中高士孙湛，以咨民情，不遇，题扁"草市高栖"而去。第二十五出《从东》、第二十七出《向中》、第二十九出《亘西》写孙湛遨游五岳，历时十年。第三十三出《史敕》，已升吏科给事中的祝世禄任钦差，赐孙湛四游外史。祝世禄与孙湛交往，是祝世禄任休宁知县时。祝世禄（1540—1611），字延之，号无功，德信（今属江西）人。万历十七年（1589）进士，历官休宁知县、南科给事、尚宝司卿等。耿定向讲学东南，从之游，与潘去华、王德孺同为耿门高第。有《祝子小言》《环碧斋诗集》《环碧斋尺牍》等。传见黄宗羲《明儒学案》卷三十五、《道光休宁县志》卷七《名宦》、《民国德兴县志》卷八《人物志·名宦》。祝世禄从万历十七年（1589）至二十三年（1595），任休宁知县①。《道光休宁县志》卷七《名宦》说他"性清廉，不受一钱，创还古书院讲学，善擘窠大字，为邑人题扁联，悉珍为拱璧"。② 据载，祝世禄曾旌表孙湛为里中高隐③。祝世禄任知县时，孙湛还没有五岳之行，大概和不少人说起过此事，祝世禄作诗，劝其不要抛家离舍，远游访仙。诗云：

> 婚嫁苦难毕，何日抽闲身。谁能拟禽向，五岳遨游夸采真。玄石朱陵锁烟露，二室三花称心目。东探日观窥扶桑，莲峰西插车箱谷。孙、吴二子亦太奇，便欲追随振高足。我闻至人长御风，往来歘忽元气中。秦皇汉武殊可笑，三山缥缈何时通。看君胸中富丘壑，泼墨吐词争岿崿。笑指齐州几点烟，那必褰裳游五岳。④

祝世禄《环碧斋诗》卷二有《题孙子上池图四首》，此"孙子"也应该是孙湛。

---

① 《道光休宁县志》卷七《职官》（知县）"祝世禄，万历十七年任，见名宦。鲁点，万历二十四年任，见名宦。"《中国地方志集成·安徽府县志辑》第 52 册，第 120 页。

② 《道光休宁县志》，《中国地方志集成·安徽府县志辑》第 52 册，第 136 页。

③ 潘之恒在《周姬传》文末评云："传称子真者，即祝给谏所表闻高隐君湛也。"潘之恒《亘史钞·外纪》卷八，《四库全书存目丛书·子部》第 193 册，第 593 页。"祝给谏"，即祝世禄，后任南科给事中。

④ 祝世禄：《吴次鲁、孙子真有五岳之期，赋者往往奢谭其事，漫作此反之》，《环碧斋诗》卷一，《四库全书存目丛书·集部》第 94 册，齐鲁书社 1997 年版，第 171—172 页。

第十二出《艺社》写孙湛与屠隆、冯梦祯、虞长孺、曹学佺、俞羡长在西泠雅集，妓薛素素骑马打弹，孙湛绘《西泠雅集图》。此事也有根据。冯梦祯《快雪堂集》卷五十九《快雪堂日记》载：

> （万历三十年壬寅八月）十五，大晴。屠长卿、曹能始作主，唱西湖大会。饭于湖舟，席设金沙滩陈氏别业。长卿苍头演《昙花记》。宿桂舟，四歌妓从。羡长、东生、允兆诸君小叙始散，而薛素君从沈景倩自檇李至。过船相见，夜月甚佳。十六日，晴，稍有云气。诸君子再举西湖之会，以答长卿、能始，作伎于舟中。席散，同景倩、素君、羡长、允兆诸君憩中桥，听曲。晤周申甫，月甚佳。①

文中"沈景倩"即沈德符（1578—1642），《万历野获编》的作者。"薛素君"即薛素素，字润卿。钱谦益《列朝诗集小传》云其"能画兰竹，作小诗，善弹走马，以女侠自命。置弹于小婢额上，弹去而婢不知。……少游燕中，与五陵年少，挟弹出郊，连骑邀游，观者如堵"②。冯梦祯《快雪堂集》卷六十四有《诸君子以中秋日举西湖社，分韵得三首》《十六日，再集西湖，共赋丹霞夹明月》，曹学佺有《石仓诗稿》三十一《复忆西湖堤上，薛润君走马放弹，意甚壮之，追咏是作》等，均是记载西泠雅集之作。此次社集，孙湛没参与。剧本所写，应是虚构。

第十四出《有意》、第十五出《侠社》，写孙湛与陈所闻、王十岳、张正蒙、殷庆、妓郝文珠于孙楚酒楼结秣陵诗社。此事也有所本。《北宫词纪》卷一陈所闻套数［北南吕·一枝花］《新都孙子真曾携王仲房过予，结社酒楼，一别十载，今再南来，同薛子融、殷子余、陈延之夜话溪上》，［一枝花］上眉批："孙楚酒楼旧在石头城外莫愁湖上，苽卿访其址而筑。后以赠子真，移家青溪之桃叶渡。"③［双调·新水令］《予卜筑莫愁湖上，即孙楚酒楼旧址，王仲房携妓见访》，《南宫词纪》卷二［黄钟·画眉序］《万历乙酉闰九月，同社集予莫愁湖阁，到今甲辰，二十年所，又逢此节，因登雨花台，追忆旧游作》，王寅《十岳山人集》卷三

---

① 冯梦祯：《快雪堂日记》，《快雪堂集》卷五十九，《四库全书存目丛书·集部》第165册，齐鲁书社1997年版，第54页。
② 钱谦益：《列朝诗集小传》，上海古籍出版社1983年版，第770页。
③ 陈所闻：［北南吕·一枝花］《新都孙子真曾携王仲房过予，结社酒楼，一别十载，今再南来，同薛子融、殷子余、陈延之夜话溪上》，《北宫词纪》卷一，《续修四库全书·集部》第1741册，第482页。

《金陵孙楚酒楼旧处,送孙子真还山》,《周姬传》:"甲辰春,……子真迫于令,舆疾往金陵。……身日鸠工作酒楼莫愁湖上。"① 潘之恒在文末评云:"在金陵,交王曼容、郝文姝,有怜才声。创孙楚酒楼,莫愁湖上复前贤遗迹。"② 上述记载,正是第十四出、第十五出的素材来源。

至于剧中写孙湛梦唐人郑虔示以书画之诀,长啸道人授以修真步罡符诀,至徐州,以仙术退白莲教主沈某与沙和尚乱兵。仙人孙登作法,遣鬼怪虎蛇,试其道心等,显系杜撰。

（原载《戏曲艺术》2018 年第 2 期）

---

① 《周姬传》,《四库全书存目丛书·子部》第 193 册,第 591—592 页。
② 《周姬传》,《四库全书存目丛书·子部》第 193 册,第 593 页。《郝文姝传》末附:"文姝甚笃交谊,有侠士风。壬寅九日,在金陵建孙楚酒楼,姝时为金夫所睚,辞而往会。张筵莫愁湖上,穷三昼夜之欢。谓所知云:'窃得附名此楼,足以不朽。碌碌风尘,非其志矣。'"潘之恒:《亘史钞·外纪》卷六,《四库全书存目丛书·子部》第 193 册,第 558 页。

研雪子《翻西厢》非沈谦《翻西厢》

汪超宏

王实甫《西厢记》问世后，产生了广泛的社会影响。它不仅是各地戏班、各曲种必演的经典剧目，也是文人翻改、续作的首选之作。明清两代，翻改、续作《西厢记》的作品不下十余种。据《重订曲海总目》《今乐考证》等曲目、现存剧本及有关序跋可知，崔时佩、李晔、陆采各有《南西厢记》，无名氏有《东厢记》（《群音类选》选《湖上相逢》《传情惹恨》《春鸿请宴》《月夜听琴》《云雨偷期》《致祭感梦》诸出，《月露音》选《偷期》出），黄粹吾有《续西厢升仙记》，卓人月有《新西厢》，查继佐有《续西厢》，周公鲁有《翻西厢》，沈谦有《美唐风》（亦名《翻西厢》），研雪子有《翻西厢》，周圣怀有《真西厢》，陈莘衡有《正西厢》，石庞有《后西厢》，周昊有《竟西厢》，杨国宾、汤世漾各有《东厢记》等。这些剧作，有的有存本传世，有的已佚。有的是同名异剧，有的是同剧异名，有的多家剧名相同。因此，要完全弄清楚这些改编、续作的内容与关系比较困难。在此，笔者拟探讨研雪子、沈谦《翻西厢》的基本情况，以确定研雪子是否是沈谦、研雪子《翻西厢》是否就是沈谦《翻西厢》。

《笠阁批评旧戏目》《曲海目》《今乐考证》均载研雪子有传奇二种：《翻西厢》《卖相思》。《卖相思》未见传本，《翻西厢》有《古本戏曲丛刊》三集影印《识闲堂第一种翻西厢》，署"古吴研雪子编""燕都傻道人评"。二卷，三十三出[①]。

沈谦亦有《翻西厢》。沈谦《东江别集》卷四有［中吕·集伯揆、商霖，是日演予新剧〈翻西厢〉］套曲，《东江集钞》卷六有《〈美唐风〉传奇自序》。序云："元稹《会真记》一书，伪托张生，自述其

---

① 《识闲堂第一种翻西厢》，《古本戏曲丛刊》三集，商务印书馆1957年影印。

丑。……后金董解元始因《会真》创弹词《西厢记》,而元人王实甫又填以北曲,明季李日华、陆天池翻为南曲,歌馆剧场,时时演作。浪儿佚妇,侈为美谈。……顷因多暇,反其事而演之。……因唐《教坊记》有曲名《美唐风》,遂以此名传奇云。"① 由此可知,沈谦改编《西厢记》之作,本名《美唐风》,别名《翻西厢》。

研雪子与沈谦有什么关系?研雪子是否是沈谦的号?研雪子的《翻西厢》是否与沈谦的《翻西厢》(即《美唐风》)是同一部作品?

最早把研雪子《翻西厢》和沈谦联系在一起的是朱希祖先生。1927年3月,他为研雪子《翻西厢》写跋语,在引述了沈谦[中吕·集伯揆、商霖,是日演予新剧〈翻西厢〉]套曲中的话后,说:"似此本《翻西厢》即为谦所撰。惟谦为仁和临平人,祖籍湖州武康,不可为古吴。岂别有一《翻西厢》耶?"② 跋语是或然之词,并不十分肯定。但后来的多数研究者却不加深究,认为两者可以画等号。如叶德均先生《戏曲小说丛考》卷上《读曲小记》六《〈翻西厢〉乃沈谦作》,云:"《翻西厢》应是沈谦所作,研雪子是他的别号。"③ 庄一拂先生《古典戏曲存目汇考》云:"《戏曲丛刊》(笔者注:即《古本戏曲丛刊》)所收《翻西厢》(笔者注:研雪子《翻西厢》),应是沈氏之作。"④ 嗣后出版的著作如李昌集先生《中国古代散曲史》、李修生先生主编《古本戏曲剧目提要》、齐森华等先生主编《中国曲学大辞典》等均以研雪子为沈谦,研雪子《翻西厢》就是沈谦《翻西厢》⑤。当然,也有持怀疑态度的。郭英德先生《明清传奇综录》云:"今存刻本署古吴研雪子,而沈谦系浙江仁和人,籍贯与之不符。"又根据研雪子《翻西厢》第一出《标概》[蝶恋花]词中的"醉墨眠书今渐老,无计消愁,独爱翻新调"三句话,云:"沈谦生于明泰昌元年(1620),至崇祯十六年方二十三岁,不应称老",推断研雪子《翻西厢》非沈谦《翻西厢》⑥。由于证据不直接,说服力不是很强⑦,没

---

① 沈谦:《美唐风传奇自序》,《东江集钞》卷六,《四库存目丛书·集部》第195册,齐鲁书社1997年版,第235页。
② 朱希祖跋语末署:"十六年三月朱希祖跋。"《识闇堂第一种翻西厢》卷末附。
③ 叶德均:《戏曲小说丛考》,中华书局1979年版,第439页。
④ 庄一拂:《古典戏曲存目汇考》,上海古籍出版社1982年版,第1211页。
⑤ 李昌集:《中国古代散曲史》,华东师范大学出版社1991年版,第714页;李修生主编:《古本戏曲剧目提要》,文化艺术出版社1997年版,第472—473页;齐森华等主编:《中国曲学大辞典》,浙江教育出版社1997年版,第145页。
⑥ 郭英德:《明清传奇综录》,河北教育出版社1997年版,第496—497页。
⑦ 朱希祖跋语、郭英德《明清传奇综录》均从沈谦籍贯浙江仁和(今杭州市)与(转下页)

有引起研究者的足够重视，认同者稀。其实，郭英德先生的怀疑是有道理的，研雪子《翻西厢》与沈谦《翻西厢》（即《美唐风》）确实不是一部作品。试作考述如下。

沈谦号东江子，研雪子不是沈谦的号。应撝谦《东江沈公传》、毛先舒《沈去矜墓志铭》、沈圣昭《先府君行状》等文中均没有提到沈谦号研雪子，沈谦《东江集钞》《东江别集》及其友人陆圻《威凤堂集》、毛先舒《毛驰黄集》《潠书》《思古堂集》《东苑文钞》《东苑诗钞》《小匡文钞》、孙治《孙宇台集》、张丹《张秦亭诗集》、柴绍炳《省轩文钞》《省轩诗钞》、丁澎《扶荔堂诗稿》《扶荔堂文选》、洪昇《啸月楼集》《稗畦集》、诸匡鼎《说诗堂集》《橘苑文钞》《橘苑诗钞》等也没有提到沈谦号研雪子。当然，上述传文、沈谦及其友人的著作没有提到沈谦号研雪子，并不能完全排除沈谦有号研雪子的可能性。而下面一则资料则可确切证明研雪子非沈谦的号、研雪子《翻西厢》非沈谦《翻西厢》。

沈谦《与李东琪书》云：

> 迩者风雅道衰，榛芜塞目。守谱者窘文，逞词者违法。文法两妙，而安顿当行者，幔亭一人而已。惜乎年耄，未见替人。足下挟怀蛟绣虎之才，降格从事，宜其建标拔帜，震耀一时，令昭之后，词林屈指，无怪仆之气索于遥闻也。……日下方撰《美唐风》一词，用反崔、张之案，以维世风。此虽小技，已不欲空作。①

李东琪是沈谦友人李式玉。李式玉（1622—1683），字东琪，号鱼川，钱塘（今浙江杭州）人。有《鱼川初集》《二集》《巴馀集》《虎林杂事》和传奇《女董永》《香雪楼》《白团扇》等。传见毛际可《安序堂文钞》卷十五《东琪李君墓志铭》、《国朝杭郡诗辑》卷六。

（接上页）"古吴"不符来怀疑沈谦是研雪子。其实，杭州也属"古吴"之内。柳永〔望海潮〕词"东南形胜，三吴都会，钱塘自古繁华"即是明证。朱希祖跋语还认为沈谦祖籍湖州武康，也不属"古吴"，亦不确。《水经注·浙江水》卷四十："永建中，阳羡周嘉上疏，以县远赴会至难，求得分置。遂以浙江西为吴，以东为会稽。汉高帝十二年，一吴也。后分为三，世号三吴。吴兴、吴郡、会稽其一焉。"（《王氏合校水经注》卷四十，《四部备要·史部》第309册，台湾中华书局1981年版，第12—13页）吴郡是今江苏苏州一带，会稽是今浙江绍兴一带，吴兴郡是今浙江湖州一带，在浙江西。因此，湖州武康也属"古吴"。

① 沈谦：《与李东琪书》，《东江集钞》卷七，《四库存目丛书·集部》第195册，第243—244页。

书中明言"日下方撰《美唐风》一词",现在的关键是,我们要弄清书中所说的"日下"的大致时间。沈谦集中,除《〈美唐风〉传奇自序》、《与李东琪书》、[中吕·集伯揆、商霖,是日演予新剧〈翻西厢〉]三文(曲)提到《翻西厢》外,其余诗文均没有涉及《翻西厢》的只言片语,沈谦友人集中也没有这方面的点滴材料。因此,要直接得知沈谦创作《翻西厢》的时间,十分困难。但如果我们弄清了《与李东琪书》的写作时间,沈谦创作《翻西厢》的时间,也就迎刃而解了。

书中又言:"文法两妙,而安顿当行者,幔亭一人而已。惜乎年耄,未见替人。""幔亭"即袁于令。袁于令,字令昭,号籜庵、幔亭,吴县(今属江苏)人。后降清,官至荆州太守。以忤监司罢官。有《金锁记》《长生乐》《瑞玉记》《西楼记》等传奇。传见《吴门袁氏家谱》卷六、《民国吴县志》卷七十九。孟森《〈西楼记〉传奇考》、李复波《袁于令的生平及其作品》对其生平与作品考证颇详①,可参阅。

沈谦与书李式玉时,袁于令已经"年耄"。《礼记》卷一《曲礼上》:"八十、九十曰耄。"②桓宽《盐铁论》卷五《孝养第二十五》:"八十曰耋,七十曰耄。"③后亦以年耄泛指年老。袁于令卒于康熙十一年壬子(1672),终年八十一岁④。其八十岁是康熙十年辛亥(1671),而康熙九年庚戌(1670)二月,沈谦已去世⑤。沈谦所云袁于令"年耄"之年,显然不是指康熙十年辛亥(1671)袁于令八十岁之年,而是指袁于令七十岁之年。按陆萼庭先生考证袁于令的卒年逆推,袁于令七十岁之年是顺治十八年辛丑(1661)。康熙刊本《南音三籁》袁于令序末署:"康熙戊申仲春,书于白门园寓,七十七龄老人籜庵袁于令识。"⑥康熙戊申是康熙七年(1668),袁于令七十七岁,逆计之,则其七十岁之年亦是顺治十八年辛丑(1661),与按陆萼庭先生考证结论逆推合。

沈谦在世时,袁于令曾两次来游西湖,与众人欢聚。一在顺治十五年

---

① 孟森:《〈西楼记〉传奇考》,《心史丛刊》二集,商务印书馆 1917 年版;李复波:《袁于令的生平及其作品》,《文史》第 27 辑。
② 《礼记》卷一,《四部备要·经部》第 7 册,台北:台湾中华书局 1981 年版,第 3 页。
③ 桓宽:《盐铁论》卷五,《四部备要·子部》第 358 册,台北:台湾中华书局 1981 年版,第 12 页。
④ 陆萼庭:《谈袁于令》,《清代戏曲家丛考》,学林出版社 1995 年版,第 2 页。
⑤ 应撝谦《东江沈公传》:"于康熙庚戌二月卒。"《东江集钞》卷末附,《四库存目丛书·集部》第 195 册,第 274 页;沈圣昭《先府君行状》:"卒于康熙庚戌岁二月十三日子时,享年仅五十有一。"《东江集钞》卷末附,《四库存目丛书·集部》第 195 册,第 278 页。
⑥ 袁于令:《〈南音三籁〉序》,《南音三籁》,台北:台湾学生书局 1987 年版,第 898 页。

戊戌（1658），一在顺治十八年辛丑（1661）。毛先舒《赠袁箨庵七十序》："吴门袁箨庵先生，今年寿齐七十。始先生戊戌来西湖，余与一再会面，即别去。末（未）由展谈宴然，先生颇亦有以赏余。今年复来，余携酒过其寓，酌先生酣。"① "戊戌"即顺治十五年（1658），"今年"即顺治十八年辛丑（1661），袁于令七十岁之年。孙治《赠袁箨庵序》亦云："先生往来吴中，常依违湖上。客有好事者，集数十宾客为好会。余适在坐，先生与余一见如旧相识，异哉。余何以得此于先生也？今年，先生来湖上，谓余曰：'老夫七十，子何以为余寿？'余曰：'余无以为先生寿，余知先生之为东方先生也。……先生神识天授，必有以知之矣，幸先生有以教我，勿复秘也。'"② 袁于令来游西湖，沈谦曾与其相会。《与袁令昭先生论曲谱书》云："湖楼主聚，得闻巨论。辟若发蒙，但恨日薄崦嵫，匆匆遽别，勿能挥戈而再中也。……呜呼，六合虽旷，知音实难。仆尝以声律至微，不遇至人，将终身不能复晓，今词坛硕果，惟先生在，敢不具陈所疑，以求剖析哉？"③《东江集钞》卷四《题袁令昭先生虹桥新曲，兼呈王阮亭使君》、卷五《赠朱素月，兼呈袁令昭先生》，《东江别集》卷三《西河·同袁令昭先生集湖上》，《东江别集》卷五北套曲《和袁令昭先生赠朱素月》等均是二人往来唱和之作。沈谦云袁于令"年耄"，应该不会有错。既然这样，沈谦作《与李东琪书》时间，当在顺治十八年辛丑（1661）或其稍后。沈谦作《与李东琪书》时，正在撰《美唐风》传奇。揣其文意与语气，作《与李东琪书》时，传奇尚未最后完成。因此，沈谦作《美唐风》（《翻西厢》）传奇的时间，也当在顺治十八年辛丑（1661）或其稍后。

《古本戏曲丛刊》三集影印《识闲堂第一种翻西厢》卷首有研雪子《翻西厢本意》，末署："癸未花朝研雪子识。"由于研究者们认为研雪子《翻西厢》与沈谦有联系，都以为癸未年是崇祯十六年（1643），剧亦作于本年。该刊本是明末刊本④。实际上，此癸未年有可能是崇祯十六年（1643），也有可能不是。如果我们排除研雪子《翻西厢》与沈谦有联系，

---

① 毛先舒：《赠袁箨庵七十序》，《潠书》卷一，《四库存目丛书·集部》第210册，齐鲁书社1997年版，第621页。
② 孙治：《赠袁箨庵序》，《孙宇台集》卷八，《四库禁毁书丛刊·集部》第148册，北京出版社1997年版，第729—730页。
③ 沈谦：《与袁令昭先生论曲谱书》，《东江集钞》卷七，《四库存目丛书·集部》第195册，第249页。
④ 李修生主编：《古本戏曲剧目提要》，第473页；叶德均：《戏曲小说丛考》，第439页；庄一拂：《古典戏曲存目汇考》，第1211页。

研雪子《翻西厢》非沈谦《翻西厢》

《识闲堂第一种翻西厢》除研雪子《〈翻西厢〉本意》末署时间标识外，从剧本本身和刊刻方面，找不到任何迹象说该刊本就是明末刊本。在三种著录研雪子《翻西厢》的曲目中，《笠阁批评旧戏目》成书最早，附刻在乾隆二十七年壬午（1762）笠阁渔翁《笺注牡丹亭》中①。黄文旸《曲海目》其次，成书于乾隆四十七年（1782）②。《今乐考证》最后，其编纂的准确起始时间不详，大约和姚燮编纂《今乐府选》相先后，亦在咸丰元年辛亥（1851）前后不久③。从乾隆二十七年壬午（1762）往前推至崇祯年间，癸未年有二：一是崇祯十六年（1643），二是康熙四十二年（1703）。而《曲海目》《重订曲海总目》均著录研雪子两种传奇为"国朝（清朝）传奇"、《今乐考证》也著录为"国朝院本"④，直接把癸未年说成是崇祯十六年（1643），《翻西厢》作于此年，《识闲堂第一种翻西厢》是明末刊本，根据不是很足，似嫌武断。由上述材料，合理的解释，研雪子应是明末清初人，《翻西厢》的完成，可能在崇祯十六年癸未（1643），也可能在康熙四十二年癸未（1703）。究竟在哪一年，依据目前的材料，实难确定。但有一点可以肯定，不管是哪一年完成，都与沈谦作《翻西厢》的时间不相吻合。因此，两者不是同一部作品。

后人把研雪子《翻西厢》与沈谦《翻西厢》混而为一，一方面是由于资料匮乏，研究者们没有注意沈谦《与李东琪书》中的有用信息，致有此误。另一方面，是由于两人均不满意王实甫《西厢记》歌颂张生、崔莺莺背离礼教、追求自由爱情的行为，有意作翻案之剧。研雪子《〈翻西厢〉本意》在考证了张珙为元稹托名、元稹作《会真记》乃"乞姻不遂，而故为此诬谤之"后，阐述其作《翻西厢》的目的："予考其迹如

---

① 《笠阁批评旧戏目提要》，《中国古典戏曲论著集成》第 7 册，中国戏剧出版社 1959 年版，第 303 页。

② 黄文旸《曲海目序》："乾隆辛丑（乾隆四十六年，1781）春，奉旨修改古今词曲，予受盐使者聘，得与改修之列，兼总校苏州织造进呈词曲，因得尽阅古今传奇。阅一年，事竣。追忆其盛，拟将古今作者，各撮其关目大概，勒成《曲海》一书。先定总目一卷，以纪其人之姓名。然寓感慨于歌场者，多自隐其名，而妄肆褒讥于声律者，又多伪托名流以欺世。且其时代先后，尤难考核。即此总目之成，亦非易事矣。"李斗《扬州画舫录》卷五，《续修四库全书·史部》第 733 册，上海古籍出版社 2002 年版，第 627 页。

③ 洪克夷：《姚燮评传》，浙江古籍出版社 1987 年版，第 101—113、179 页。

④ 《曲海目·国朝传奇》："《翻西厢》，《卖相思》二种，研雪子作。"李斗：《扬州画舫录》卷五，《续修四库全书·史部》第 733 册，第 631 页。《重订曲海总目·国朝传奇》："研雪子：《翻西厢》，《卖相思》。"《中国古典戏曲论著集成》第 7 册，中国戏剧出版社 1959 年版，第 359 页。《今乐考证》著录八《国朝院本》："研雪子二种：《翻西厢》，《卖相思》。"《中国古典戏曲论著集成》第 10 册，中国戏剧出版社 1959 年版，第 264—265 页。

此，推其理又如此，故历序当年诬谤始末，作《翻西厢》，为崔、郑洗垢，为世道持风化焉。"① 因此，该剧以郑恒为生，张生为丑。写崔相国之女莺莺许配郑恒，郑恒听说姑母崔夫人扶棺东归，知寇起山西，恐孤孀无依，便求父修书河东节度使杜确，自己携书助崔夫人归里。由于孙飞虎叛乱，被阻蒲州。张君瑞为莺莺姨兄，求婚被拒，怀恨在心。勾通孙飞虎，兵围蒲救寺，欲抢人抢物。杜确击退孙飞虎。张君瑞阴谋不成，便撰《会真记》，说自己在红娘牵线下，与莺莺在园中私会，诬崔母治家不严。并广为散发，败坏莺莺名节。郑恒父见《会真记》，信以为真，修书崔夫人退婚。杜确剿灭孙飞虎，活捉张君瑞。真相大白，莺莺与郑恒终结连理。由《〈美唐风〉传奇自序》、［中吕·集伯揆、商霖，是日演予新剧〈翻西厢〉］等，可以知道沈谦作《翻西厢》的主旨。《〈美唐风〉传奇自序》云："顷因多暇，反其事而演之。冀以移风救敝，稍存古意。然《西厢》之入人伦，浃肌髓，恐非一舌所可救，且有大笑其迂阔者。然予鉴于往事，为世教忧。以词陷之，即以词振之。果能反世于古，士廉而女贞，使蟋蟀秋杜之什交奏于耳，不亦美乎？"② ［中吕·集伯揆、商霖，是日演予新剧〈翻西厢〉］中［满庭芳］曲云："似这等愁脂怨粉，却也要存些风化，切不可玷辱家门。到这里非非是是难欺混，但平心子细评论。敲象板歌声漫紧，褪罗衣舞态偏新。吾虽钝，饱看尽人间戏文，年大来实是怕销魂。"［耍孩儿］曲云："俺将这西厢业案平反尽，费几许移花闹笋。止不过痛惜那双文，根究出微之漏网元因，则要盖世间女子防沾露，普天下男儿尽闭门，休再说闲愁闷。扫过了迎风白昼，回避了待月黄昏。"③ 简单而言，沈谦作《翻西厢》的主旨，就是"移风救敝""存些风化"，与研雪子"为世道持风化"同。沈谦《翻西厢》未存，我们无法了解其具体情节，因其为翻案之作，且透过沈谦上述两文，知其情节应与研雪子《翻西厢》大同小异。由于两剧剧名相同，从创作目的、思想内容到情节等方面，有诸多相似，人们很容易想当然地把两剧当作一剧。这一错误已经延续很长时间了。相信自此以后，研究者不会再把两者混为一谈了。

有研究者认为研雪子即秦之鉴。齐森华等先生主编《中国曲学大辞

---

① 研雪子：《〈翻西厢〉本意》，《识闲堂第一种翻西厢》卷首，《古本戏曲丛刊》三集。
② 沈谦：《〈美唐风〉传奇自序》，《东江集钞》卷六，《四库存目丛书·集部》第195册，第235页。
③ 沈谦：［中吕·集伯揆、商霖，是日演予新剧〈翻西厢〉］，《东江别集》卷四，《四库存目丛书·集部》第195册，第312—313页。

典》云："研雪子即秦之鉴"，"今存崇祯本题古吴研雪子，当为秦之鉴"。①郭英德先生《明清传奇综录》亦云："研雪子或即秦之鉴。"②综合《康熙常州府志》卷十六《选举一》、卷十七《选举二》、卷二十四《人物》，《光绪武进阳湖县志》卷十九《选举》等知③，秦之鉴，字尚明，武进（今属江苏常州）人。崇祯十五年壬午（1642）举人，十六年癸未（1643）进士，官仁和（今浙江杭州）知县，数月而归。住马迹山，隐居读书、教授生徒。有欲荐之者，佯狂乃止。后游嵩山，至仪封（今属河南）卒。或许其任官仁和时间太短，《康熙仁和县志》《民国杭州府志》未见秦之鉴的任何记载④。由于《笠阁批评旧戏目》《曲海目》《今乐考证》载研雪子有《翻西厢》《卖相思》传奇，《嘉庆丹徒县志》卷三十二亦记载秦之鉴有《翻西厢》《卖相思》二种传奇⑤，因此，研雪子是秦之鉴的可能性比较大。但是，其中也有问题，单凭"武进、丹徒两地古代均属'古吴'"⑥，还不能直接证明研雪子就是秦之鉴号或别署，也没法证明《识闲堂第一种翻西厢》就是秦之鉴的《翻西厢》。因为有关《西厢记》的续作、改作多剧同名、一剧异名的情况实在太复杂。如《传奇汇考标目》载明周公鲁（字公望）有《翻西厢》，而《曲海总目提要》卷十一载其名为《锦西厢》，并注明"此剧一名《翻西厢》"。又特别说明："清周杲撰有《竟西厢》，亦一名《锦西厢》。"⑦《古本戏曲丛刊》五集影印法国

---

① 齐森华等主编：《中国曲学大辞典》，第412、413页；《中国曲学大辞典》既云"研雪子即秦之鉴""今存崇祯本题古吴研雪子，当为秦之鉴"，又在第145页"沈谦"条下云："《翻西厢》、《卖相思》、《对玉环》、《胭脂婿》四种，仅《翻西厢》传世，有明末刊本。"同页"秦之鉴"条下亦载其有《翻西厢》、《卖相思》传奇二种，并云研雪子"或以为系沈谦之别署"。自相矛盾，莫衷一是。多人编书，所在多有。又如同书153页"周公鲁"条下载其《锦西厢》"剧佚"，又在第354页"《锦西厢》"条下云："周公鲁作。今存抄本，共二十六出，收入《古本戏曲丛刊》五集。"错误明显。此类情况较多，不一一列举。

② 郭英德：《明清传奇综录》，第496页。

③ 《康熙常州府志》卷十六《选举一》，《中国地方志集成·江苏府县志辑》第36册，江苏古籍出版社1991年版，第340页；《康熙常州府志》卷十七《选举二》，《中国地方志集成·江苏府县志辑》第36册，第363页；《康熙常州府志》卷二十四《人物》，《中国地方志集成·江苏府县志辑》第36册，第557页；《光绪武进阳湖县志》卷十九《选举》，《中国地方志集成·江苏府县志辑》第37册，江苏古籍出版社1991年版，第463、469页。

④ 《康熙仁和县志》，《中国地方志集成·浙江府县志辑》第4册，上海书店1993年版；《民国杭州府志》，《中国地方志集成·浙江府县志辑》第1—3册，上海书店1993年版。

⑤ 《嘉庆丹徒县志》卷三十二，参见赵景深、张增元编《方志著录元明清曲家传略》，中华书局1987年版，第159页。

⑥ 郭英德：《明清传奇综录》，第496页。

⑦ 《曲海总目提要》卷十一，《笔记小说大观》第25编第10册，台北：台湾新兴书局有限公司1979年版，第507页。

巴黎国家图书馆藏《环翠山房十五种曲》抄本所收《锦西厢》传奇又未署撰者，这就很难判断此《锦西厢》传奇究竟是周昪（字坦纶，号果庵）《竟西厢》，还是周公鲁《锦西厢》。同理，焉知不会存在研雪子、秦之鉴各有《翻西厢》之作的情况呢？《识闲堂第一种翻西厢》卷首研雪子《〈翻西厢〉本意》末署时间是"癸未花朝"，如果此"癸未"是崇祯十六年（1643），由《康熙常州府志》卷十六《选举一》、卷十七《选举二》，《光绪武进阳湖县志》卷十九《选举》知，秦之鉴是崇祯十五年壬午（1642）举人，十六年癸未（1643）进士。又据《题名碑录》，秦之鉴为第三甲第二百六十六名[1]。古代士子为了应乡试、会试，必须穷日累夜、抓紧时间研习括帖之文，在如此紧张准备考试阶段，秦之鉴怎么会有时间、有心绪来作传奇？如果真是那样，秦之鉴一定是奇才、高人，地方志也会记上一笔。但事实上，《康熙常州府志》《光绪武进阳湖县志》除介绍其科名和辞官外，对其才学方面没做丝毫描述。花朝是农历二月十五日。旧俗以为此日为百花生日，故有此称。吴自牧《梦粱录》卷一《二月望》："仲春十五日为花朝节。浙间风俗，以为春序正中，百花争放之时，最堪游赏。"[2] 据《明史》卷七十《选举二》，会试的三场考试分别在二月初九、十二、十五日举行[3]。会试之后还有三月十五日的殿试（亦称廷试）[4]。如果研雪子是秦之鉴，他怎么可能在会试之日写《〈翻西厢〉本意》？这些都是令人不解的地方。因此，说研雪子是秦之鉴，还缺乏充足的根据。

（原载《文学遗产》2009 年第 4 期）

---

[1] 朱保炯、谢霈霖：《明清进士题名碑录索引》，上海古籍出版社 1980 年版，第 2623 页。

[2] 吴自牧：《梦粱录》卷一，《文渊阁四库全书·史部》第 590 册，台北：台湾商务印书馆 1986 年版，第 20 页。

[3] 《明史》卷七十《选举二》："子、午、卯、酉年乡试，辰、戌、丑、未年会试。乡试以八月，会试以二月。皆以初九日为第一场，又三日为第二场，又三日为第三场。"中华书局 1974 年版，第 1693 页。

[4] 余继登：《皇明典故纪闻》卷十五："旧制：殿试在三月初一日，状元率进士上表谢恩在初六日。成化八年，以悼恭太子发引，改殿试于十五日。至今因之。"《续修四库全书·史部》第 428 册，上海古籍出版社 2002 年版，第 214 页。

浙图藏稀见清人曲作四种考略

汪超宏

一 黄图珌《栖云石》

松江华亭人黄图珌（1699—1758 年后）有《雷峰塔》《栖云石》《解金貂》《温柔乡》《梦钗缘》《梅花笺》《双痣记》等传奇（其中有的是否黄氏作，尚有疑问）。就笔者目前所接触到的文献，阅读过《栖云石》传奇的研究者大概只有周妙中先生。20 世纪 60 年代，周妙中先生南下访书，在浙江图书馆寓目过该书。后在其《江南访曲录要》一文中对其出目、第一出《提纲》［恋芳春］词有所介绍，剧作的本事来源、情节结构、人物形象等均告阙如[①]。八十年代，又在《清代戏曲史》一书中对前文的内容重加介绍，未有增加[②]。大多数研究者无缘目睹此书，在著作中提及黄图珌及其剧作时，或据周妙中先生文引录，如郭英德先生《明清传奇综录》在引录周妙中先生文的内容后，特别注明："此据周妙中《江南访曲录要》，情节梗概、本事考证，待续补。"[③]齐森华先生主编《中国曲学大辞典》中"《栖云石》"条亦据周文介绍，并云："原书未见。"[④]或干脆不介绍此剧，如李修生先生主编《古本戏曲剧目提要》，廖奔、刘彦君先生《中国戏曲发展史》，吴新雷先生主编《中国昆剧大辞典》等均未提此剧[⑤]。笔者因地利之便，得以详览浙图藏《栖云石》传奇。

[①] 周妙中：《江南访曲录要》，《文史》第 2 辑，第 223 页。
[②] 周妙中：《清代戏曲史》，中州古籍出版社 1987 年版，第 215 页。
[③] 郭英德：《明清传奇综录》，河北教育出版社 1997 年版，第 936—937 页。
[④] 齐森华主编：《中国曲学大辞典》，浙江教育出版社 1997 年版，第 521 页。
[⑤] 李修生主编：《古本戏曲剧目提要》，文化艺术出版社 1997 年版；廖奔、刘彦君：《中国戏曲发展史》，山西教育出版社 2000 年版；吴新雷主编：《中国昆剧大辞典》，南京大学出版社 2002 年版。

浙图藏《栖云石》传奇，上下二卷，三十二出。每卷首署："看山阁乐府，峰泖蕉窗居士填词。"每卷剧名下注："一名《人月圆》。"卷首有署"乾隆八年（1743）二月二日，峰泖蕉窗居士题于瓯东之春雨轩"之自序，卷末有署"癸亥（1743）中秋，同学弟张廷乐僭评"之评语、署"当湖陆汝钦题"之七绝四首。

黄图珌《看山阁集》南曲卷四［大石调·花月歌·伶人请新制《栖云石》传奇行世］谈到了《栖云石》传奇的演出与流传情况："《雷峰》一编，不无妄诞。……至若续填之《栖云石》，虽亦蹈袭陈言，附和往迹，然而字字写怨言情，笔笔描眉画颊。是月露风云之本色，非蛇神牛鬼之荒谈。未能合乎时、宜乎众。是以久贮囊中，秘而不宣者，已寒暑两易矣。今伶人欲请行世，窃恐复蹈前车，反为世所薄，余莫之许。伶遂重贿家僮，出原本与之录去。于是，酒社歌坛，莫不熟闻其声。二阅月，有客自姑苏至。顾余言及，始知家僮利财故耳。欲罚之，僮曰：'卖爷文字，是买爷清名也。何罪之有？'因发一大笑，乃免。"① 此云《栖云石》传奇"秘而不宣者，已寒暑两易"，黄图珌《栖云石》自序作于乾隆八年（1743）二月二日，则《栖云石》传奇的完成当在乾隆六年（1741）。

《栖云石》情节和主旨与《牡丹亭》相似。上卷出目：提纲、行春、迷津、贿托、心许、密约、得梦、传情、双殒、惊变、同穴、盗棺、复生、哭女、内招、倡乱。下卷出目：避兵、据吴、驿会、决疑、解围、逐婿、穷途、雪遇、图霸、闺思、惧遁、入选、说亲、再合、赠金、石圆。第一出［恋芳春］曲略述剧情："生未同衾，死先共穴，古今一段奇闻。幸得情根不减，复返双魂。驿路巧相遇合，逐佳婿，不相闻问。鹏程奋，再缔朱陈。风流事，证栖云。为情痴的女子实是情痴，善说辞的虔婆仍旧说辞。好势利的泰山无非势利，讨便宜的夫婿到底便宜。"剧叙元朝姑苏士人文世高，年方二十，父母双亡，因慕西湖佳丽，寓居钱塘门外昭庆寺。遇兵科刘老爷之女秀英，两人一见钟情。世高请施十娘作伐，约定八月中秋之夜相会。当晚，世高欲攀墙而入刘家后花园，见远处逻卒而来，因慌张而跌落栖云石上丧命。秀英亦取下腰带自尽。施十娘让侄儿李夫将二人合殓，葬天竺峰下。李夫撬开棺材，盗棺中钱物。世高苏醒，秀英亦醒。二人同回苏州。适值元末至正年间，刘福通起义，朝廷擢秀英父赴京任职。经过苏州，又遇张士诚起兵，世高携秀英逃出城中，与秀英父母相

---

① 黄图珌：《看山阁集》南曲卷四，《四库未收书辑刊》第10辑第17册，北京出版社2000年版，第641—642页。

遇。但秀英父只认女，不认婿，携妻、女同上京师。世高独自赴京，遇随女儿、女婿来京的施十娘，为其收留，发愤读书。终于高中探花，再续前缘。世高见朝政不修，盗风日炽，上表请假，与秀英回到西湖边的刘家寓所。月明之夜，夫妇俩来到栖云石边，以酒浇石，拜石酬谢。

黄图珌自序开篇虽说"情之为患最大"，但通篇是对情的礼赞。序云："吾尝谓情之为患最大。其故何也？夫宇宙间事，有始即有终，有磨即有灭；有变即有化，有真即有假。譬如风云有一时之聚散，草木有四季之盛衰。富贵繁华何能悠久，桑田沧海，亦易变迁。其非有始有终、有磨有灭、有变化、有真假而否乎？独情之所钟，始终不易磨灭、不畏变化、不穷真假。不借始不能终，磨不能灭，千变万化，似真疑假。于是，生可以死，死可以生，生死不能自主。此情之所钟，自亦不知也。所以谓情之为患最大。岂比夫风云之聚散、草木之盛衰、富贵繁华之不固、桑田沧海之无常，易始易终、易磨易灭、易变易化、易真易假者耶？其为情也，绵绵无尽，杳杳常存，虽石烂海枯、天荒地老，犹无尽而常存也。如《栖云石》传奇者，一笑定情之始也。始则易，终则难，乃有如许波澜，如许盘折，甚至岁月磨穷而情终不能灭，可死可生，且变且化，而吾情真切无所假也。嗟乎，若此始可为钟情者矣。其为连理枝、比翼鸟，亦情不能终、情不能灭、情不能化、情不能假而然也。又安若宇宙间事，方始即终、既磨且灭、悠变忽化、似真若假者邪？则知其生而死、死而生者，可生而死，而不能自主者，情也。盖情之为患大矣哉！"末出《石圆》[余韵]曲亦云："直恁得能死能生总是情。幻想奇思总为情，情之一字死还生。看来儿女情难夺，想到须眉心自倾。彩笔时闻弦管声，移商刻羽谱初成。无非旧事翻新调，画颊描眉一段情。"《栖云石》中，还通过人物之口，一再张扬生死之情的可贵。第十七出《避兵》[七犯玲珑]："天生一对儿，你情我痴、情痴你我皆似此。我和你死而复苏，生而又合。死则同穴，生则同衾。普天下做夫妻的，谁似你我两个心真意切、情深意重来？"第二十九出《说亲》刘秀英云："何况文郎曾经同棺合葬，已成生死夫妻，普天下哪里还有第二个多情义的如他、守贞抗节的似我来？"这些与汤显祖《牡丹亭》及其题词所表达的思想内容相同。黄图珌同时人已道出两者的继承与关联，陆汝钦题诗云"《栖云石》比《牡丹亭》，香艳无分尹与邢"，正是此意。

由张廷乐评语"此借旧事翻新"、陆汝钦题诗"段桥佳话昔年留"、《石圆》出[余韵]曲"无非旧事翻新调"、[大石调·花月歌·伶人请新制《栖云石》传奇行世]序"蹈袭陈言，附和往迹"等，可知《栖云石》传奇情节不是凭空结撰，而是有所本。它与清坐花散人编辑《风流悟》第八回《买媒说合盖为楼前羡慕，疑鬼惊途那知死后还魂》的情节相同。《风流悟》，共八回，抄本，今藏天津图书馆，中国戏剧出版社于2000年、中国文史出版社于2003年出版了该书的排印本。文世高、刘秀英生死相恋、死后重圆，应该实有其事。小说结尾叙二人重回断桥旧居，受用湖山佳景，逍遥快乐，有议论云："当日说他不守闺门的，今日又赞他守贞志烈，不更二夫。人人称羡，个个道奇，传满了杭州城内城外，遂做了湖上的美谈，至今脍炙人口不休云。"① 一直到作者编辑《风流悟》时，文世高、刘秀英的事还令人津津乐道，"至今脍炙人口不休"，说明此事流传久远，不是无稽之谈。坐花散人的生平和编辑《风流悟》的时间均不详。据《中国通俗小说总目提要》记载，日本天明间，秋水园主人《小说字汇》曾引此书②。天明是日本光格天皇年号（1781—1788），时当清乾隆四十六年辛丑至五十三年戊申（1781—1788）。乾隆四十六年至五十三年之间，秋水园主人《小说字汇》就引用《风流悟》，既可说明该小说的流传较为广泛，又能证明乾隆四十六年至五十三年不是小说的成书时间。其成书时间当早于此。但现在无法判断《风流悟》小说和《栖云石》传奇，谁成书在前。有可能传奇袭自小说，也有可能小说改写自传奇，还有可能两者皆出自目前尚不知晓的同一记载。究竟如何，不得其详。

浙图善本室藏姚燮《复庄今乐府选》（抄本）选录《栖云石》中《心许》《密约》《双残》《惊变》《复生》《哭女》《倡乱》《避兵》《据吴》《驿会》《逐婿》《穷途》《闺思》《说亲》《石圆》等十五出，在第一百五十九册、一百六十册。

二　夏秉衡《八宝箱》

松江华亭人夏秉衡（1726—？）有《八宝箱》《双翠圆》《诗中圣》传奇三种，合称《秋水堂传奇》。其《八宝箱》传奇，除蒋星煜先生在《夏秉衡及其〈秋水堂传奇〉》一文略有简介③、周妙中先生《清代戏曲史》稍有提及外，未见有其他研究者寓目。周妙中先生云此剧"极少见。

---

① 坐花散人：《风流悟》，中国文史出版社2003年版，第134页。
② 江苏社会科学院明清小说研究中心编：《中国通俗小说总目提要》，中国文联出版公司1990年版，第498页。
③ 蒋星煜：《夏秉衡及其〈秋水堂传奇〉》，《中国戏曲史钩沉》，中州书画社1982年版，第200—205页。

笔者仅在友人家见过一部钢笔抄本"。① 郭英德先生《明清传奇综录》云："刻本惜未获见，情节梗概暂付阙如，待补。"② 李修生先生主编《古本戏曲剧目提要》亦未收此剧。

浙图藏乾隆刻本《八宝箱》首载"乾隆庚午（十五年，1750）夏月，古檀廖景文拜书"之序、"乾隆己巳（十四年，1749）冬，谷香子夏秉衡书"之自序、嘉定赵虹饮谷七绝二首、吴县周本碧螺［沁园春］、维扬江昱松泉七律一首、云间陈钟笏庵［金菊对芙蓉］、白门秦大士剑泉七绝二首、澄江缪孟烈毅斋［满江红］、华亭朱宗载空香七绝二首等题词。上下二卷，三十出。上下卷首题"华亭谷香子夏平千填词"。据自序，剧作于乾隆十四年己巳（1749）。上卷出目：眼目、谪凡、训士、忆梦、入院、贺喜、盟心、却客、拜天、计逐、寄箱、烛誓、前借、赠银、后借。下卷出目：出院、还箱、曲宴、听箫、酒赚、夜诉、迎仙、途叹、赛秋、沉箱、接引、祭江、水判、完箱、仙圆。第一出《眼目》［中宫慢词·沁园春］总括全剧："杜美前生，天仙谪降。守志青楼，遇浙江李甲，结为夫妇。鸨儿计逐，借贷无由。闺阁留心，暗藏金宝。柳生资助得登舟。遭孙富，听箫起意，半路把妻休。　中秋十娘尽节，珠沉玉碎大江头。恨李郎薄幸，沉渊自悔。江神奉命，接引仙流。柳生吊奠，梦中获宝，贞姬重向碧霄游。花生日，玉箫再奏，清韵古今留。杜十娘干干不来的贞烈事，李干先做做不出的蒙懂人。柳遇春吐吐不尽的须眉气，八宝箱流流不干的眼泪痕。"剧叙浙江会稽人李甲（字干先），奉父李藩（官布政使）之命，进京坐监读书。教坊名妓杜媺（十娘）久有从良之志，将终身托付李甲，并将私蓄珠宝秘藏于八宝箱以为日后计。柳遇春仗义疏金，助李甲为十娘脱籍。归途中，扬州盐总孙富贪十娘美色，以三千金诱骗李甲卖十娘于己。十娘怒斥二人，沉箱投江。众仙将十娘救起，使归仙班。八宝箱则归柳遇春，以谢相救之情。最早述杜十娘之事者，为明人宋懋澄之《九籥集》文集卷五《负情侬传》，其后潘之恒《亘史钞·内纪》卷十，冯梦龙《情史》卷一四、《警世通言》卷三二《杜十娘怒沉百宝箱》均有记载。夏秉衡撰《八宝箱》，题材直接来源是冯梦龙《情史》，其在自序中说："余欲据《情史》所载，叙其始末，谱为新曲，使千古慧心淑女，一段精光，永永流传于鹅笙象板间。是则余作《八宝箱》传奇之志也。"他有意将其写成悲剧，因为"使死者复生，离者复合"，虽然能快己与天下后世

---

① 周妙中：《清代戏曲史》，第246页。
② 郭英德：《明清传奇综录》，第988页。

人之心，但"十娘以兰蕙之姿，抱冰雪之操，而遇人不淑，中道弃捐，此其可悲可悯，当十倍于明妃。……故十娘必死之志，不决于富豪诡构之时，已早决于李郎愁穷之日，而如孙富者，不过为鬼神所使出，而成就十娘之节操"。勉强写成喜剧，缺乏真实感，因此，作者没有让李甲与十娘团圆，而是以悲剧结束。由此可知，周妙中先生云《八宝箱》"演《杜十娘怒沉百宝箱》故事，并加增饰而成。最后以一双情侣成仙的大团圆结束"①、蒋星煜先生《夏秉衡及其〈秋水堂传奇〉》、齐森华先生主编《中国曲学大辞典》并云《八宝箱》据宋楙澄《负情侬传》改编②，与事实不符。

沈德潜序夏秉衡《清绮轩初集》云："年来乐部有演《八宝箱》传奇者，旗亭画壁，一时脍炙三吴人士口。"③浙图藏姚燮《复庄今乐府选》第一百五十二册选录《曲宴》《听箫》《迎仙》《途叹》《仙圆》五出。明末郭浚有《百宝箱》传奇，今存《寄箱》《沉箱》二出，收入浙图藏《精绘出像点评新镌汇选昆调歌林拾翠》卷四。清梅窗主人有《百宝箱》二卷，三十二出，国图藏嘉庆刻本。

三　王廷鉴《梅影楼》

《同治鄱阳县志》卷一二、《同治饶州府志》卷二四著录王廷鉴有《梅影楼》传奇。王廷鉴，号容芗，江西鄱阳人。道光二十三年癸卯（1843）举人，咸丰十年庚申（1860）进士，直隶即用知县。事迹见《同治饶州府志》卷一四《选举志一》、卷一五《选举志二》、卷二四《徐夔传》附、《同治鄱阳县志》卷八《选举志》。

浙图藏抄本《梅影楼》，上下二卷，二十一出。每卷首下署"秋江居士填词"。秋江居士当为王廷鉴别号。上卷前有未署作者之《无题》诗七绝三首、七律一首、署李商隐《无题》七绝一首、署"沁园石汝砺拜题"《梅影楼题词》七绝五首，下卷末有未署作者之《〈梅影楼〉后序》，末页署"光绪甲申菊秋，海阳忙乐士摹"。上卷：提唱、随幕（丙午三月），改官（丙午四月），题楼（丙午腊月），勘狱（丁未三月），图美（戊申正月），赈荒（己酉五月），路饯（庚戌九月），巷游（辛亥三月），练兵、冒寇（癸丑正月）；下卷：议幕（癸丑四月），留官（癸丑五月），

---

① 周妙中：《清代戏曲史》，第246页。
② 蒋星煜：《夏秉衡及其〈秋水堂传奇〉》，《中国戏曲史钩沉》，第200—205页；齐森华主编：《中国曲学大辞典》，第515页。
③ 转引自《中国戏曲史钩沉》，第201页。

移家（癸丑五月），别母（癸丑六月），援省（癸丑六月），夺尸、殉城（癸丑七月），投井（癸丑七月），奠鬼（癸丑九月），封神（癸十月）。首出《提唱》[汉宫春]总括全剧："钱塘名士，天然佳配。刘氏女娘，曾休作文幕友，喜伯鸾德曜相随唱，共寓鄱阳，借梅影题楼，图画吟咏好年光。难得主宾契合，羡槐卿沈尹，一代循良。想关心民瘼，息讼怜荒，忽干戈扰乱，偕李令，杀贼驱亡。夫被获，妻甘投井，梅影更流芳。尽忠心的沈槐卿死节殉城池，会伤心的徐辰伯生遭长别离。矢冰心的刘怡青甘作捐躯鬼，费苦心的梅影楼谱出断肠词。"剧本取材于道光二十六年丙午（1846）至咸丰三年癸丑（1853）之间的实事。《同治鄱阳县志》卷一二《寓贤·徐夔》、《同治饶州府志》卷二四《人物七·寓贤·徐夔》均有记载。剧叙浙江钱塘人徐夔（字辰伯），为知县沈衍庆（号槐卿）记室。沈衍庆调任鄱阳，徐夔与妻刘怡青随行。夫妻蹴居之地，梅花盛开。刘怡青为其母梦梅而生，因命此楼曰梅影楼。徐夔请饶州文士寇宗轼题匾，姬传乐绘楼，文学陶题词。太平军起，沈衍庆招募乡勇练兵迎击。咸丰三年六月，沈衍庆带乡兵援助南昌。七月，回饶州，与乐平知县李人元（字资斋）同守城。二人并殉难，徐夔为太平军所掳，刘怡青与母跳井自杀。乱平后，文学陶、卫锡书、姬传乐等为文祭奠亡灵，表彰节烈。《同治鄱阳县志》卷一二《寓贤》云："刘氏名织孙，号怡青，幼解声律，尝有'细软梅花不受春'之句，以此得名。著《梅影楼诗草》，已锓木，遭乱毁。王进士廷鉴作《梅影楼》传奇，为纪其死难大略。"[①]

四　无名氏《照胆镜》

杂剧《照胆镜》，姚燮《今乐考证》、傅惜华《清代杂剧全目》、庄一拂《古典戏曲存目汇考》未著录。浙图藏清抄本，封面题"优优藏本，民国四年秋得"。一卷，四出：阃威、筵激、殴悍、整妒。剧叙明成化年间，陈钺官大司马，为内监汪直同党，被劾罢职，归家。年五十，无子嗣。妻戴氏妒悍，姬妾无法存身，或逃或死。陈钺服侍戴氏，为其端水洗脸、倒净盆，裹脚穿鞋、擦粉穿衣。戴氏赴魏璋妻生日酒席，魏璋女珍珠十五岁，看不惯戴氏的悍泼嫉妒，自己要求嫁给陈钺为妾。父母不从，珍珠以杀死戴氏相威胁。父母只好答应。戴氏要教训珍珠，反被珍珠打得服服帖帖。戴氏向巡捕官练纲告状，练纲以四德俱无、七出咸备，剥其冠

[①] 陈志培、王廷鉴、程迓衡：《同治鄱阳县志》，《中国地方志集成·江西府县志辑》第30册，江苏古籍出版社1996年版，第276页。

岐，命陈钺放出胆量打戴氏。珍珠求情，戴氏悔心改过，陈钺夫妻、姬妾一家和好。《整妒》出［尾］云："迩来风气不和停，好把这新文劝世人。"《筵激》出戴氏问珍珠有无婆家，珍珠母答云赵太守大少爷上门求亲，"我们姑娘在帘子里观看，说他是个鸦片烟鬼，买水烟的样"。剧中宾白全用白话。剧当作于道光朝或其后。《今乐考证》《新传奇品》著录清初吴县人朱云从（字际飞、雯虬）有《照胆镜》传奇，已佚。《曲海总目提要》卷二九云"不知何人所作"①，剧叙张钦愤蔡京奸恶，录其事迹为一编，曰《照胆镜》。因招奇祸，被诬私匿宝物，逮京问罪。其子张音，觅得真照胆镜，终赎父罪。父子悉授官。故两者是同名异剧。

（原载《浙江大学学报》2011年第6期）

---

① 黄文旸、董康：《曲海总目提要》，天津古籍书店1992年版，第1277页。

史学新变和讲史的兴盛

楼含松

一

讲史，《武林旧事》和《醉翁谈录》又作"演史"，是宋代说话"四家数"之一，在当时有着重要的地位，和"小说"一家分庭抗礼，各擅胜场。孟元老《东京梦华录》卷五"京瓦伎艺"条载北宋汴京专职讲史艺人有"孙宽、孙十五、曾无党、高恕、李孝祥"，另有"霍四究，说三分，尹常卖，五代史"。《西湖老人繁胜录》记载南宋临安瓦肆："惟北瓦大，有勾栏一十三座，常是两座勾栏，专说史书，乔万卷、许贡士、张解元。"吴自牧《梦粱录》卷二〇"小说讲经史"记载的讲史艺人有戴书生、周进士、张小娘子、宋小娘子、邱机山、徐宣教和王六大夫等7人。周密《武林旧事》所载"演史"艺人则达23人，其中7人和《繁胜录》与《梦粱录》重出。有名可稽的讲史艺人除上述外还有几人。这些当然还只是当时讲史艺人中的名家，实际操此业者当远不止此数。

史事的流传，不外乎文字记载和口头传说两条途径。据《周礼·春官》，早在周代，于史官记事记言之外，另设"瞽蒙"之人，"讽诵诗，世奠系"，其职掌除了歌颂或规劝帝王，就是讲述帝王和卿大夫的世系（即家史）。后来统治者更设"稗官"，专司采集民间的街谈巷语[1]。文字记载和口头传说也不是泾渭分明、壁垒森严，而是在长期流传过程中通过不同途径互相转化，相辅相成。如《左传》就记载了大量传说和传闻，有些明显带有想象虚构的成分，以致引来正统史学家的批评。王应麟《困学纪闻》卷六引叶梦得《春秋传·自序》云："左氏传事不传义，是以详于史，而事未必实。"如著名的一例，鲁宣公二年晋灵公使鉏

---

[1] （汉）班固：《汉书·艺文志》，上海古籍出版社影印二十五史本1986年版，第167页。

麑刺赵盾：

> 晨往，寝门辟矣，盛服将朝。尚早，坐而假寐。麑退，叹而言曰："不忘恭敬，民之主也。贼民之主，不忠；弃君之命，不信。有一于此，不如死也。"触槐而死。①

林纾《左传撷华》卷上指出：

> 初未计此二语，是谁闻之。宣于假寐，必不之闻，果为舍人所闻，则麑之臂，久已反剪，何由有暇工夫说话，且从容以首触槐而死。……想来麑之来，怀中必带匕首，触槐之事，确也。因匕首而知其为刺客。因触槐而知其为不忍。故随笔妆点出数句慷慨之言，令读者不觉耳。②

林纾认为，鉏麑的独白是《左传》作者的想象虚构，话只说对了一半。这一情节在《公羊传》中所记略有不同：

> 勇士入其大门，则无人门焉者；呋其闱，则无人闱焉者；上其堂，则无人焉；俯而窥其户，方食鱼飧。勇士曰："嘻！子诚仁人也。吾入子之大门则无人焉，入子之闱则无人焉，上子之堂则无人焉，是子之易也。子为晋国重卿而食鱼飧，是子之俭也。君将使我杀子，吾不忍杀子也。虽然，吾亦不可复见吾君矣。"遂刎颈而死。③

可见这一事件在民间有着不同的传闻，传闻本身就带有虚构想象的色彩，左氏只是选择了其中一说而略作艺术加工罢了。这种情形在司马迁的《史记》中仍大量存在，自《汉书》以后，正史的材料甄别才日趋严格，较少采录言不征实的内容，但史家并不偏废传闻材料。一些专事采撰传闻逸事的书，代不乏作，被称为"野史""稗史"，以区别于正史，唐刘知几《史通·杂述》则称之为"偏记小说"，认为它们"自成一家，而能与正史参行，其所从来尚矣"。

---

① （战国）左丘明撰，（三国吴）韦昭注：《国语》，上海古籍出版社2015年版，第264页。
② 林纾：《左传撷华》，商务印书馆1921年版，第32页。
③ （战国）公羊高撰，杨龙校点：《公羊传》，中州古籍出版社2015年版，第102页。

但讲史作为一种民间伎艺和职业，当是由唐代的"说话"和寺院"俗讲"发展而来。段成式《酉阳杂俎》续集卷四《贬误》云：

> 予太和（827—835）末因弟生日观杂戏，有市人小说，呼扁鹊作褊鹊，字上声。予令任道升字正之。市人言："二十年前尝于上都斋会设此，有一秀才甚赏某呼扁与褊同声，云世人皆误。"[1]

这里提到的"市人小说"就是说话，其内容涉及扁鹊，似为历史题材，但未得其详。"变文"是唐代俗讲的产物，现存的敦煌变文中，就有一部分是讲述历史人物事迹的，如《伍子胥》《汉将王陵变》《捉季布传文》《李陵》《韩擒虎话本》等。另外，三国故事开始出现在唐代的俗讲和傀儡戏等民间演艺中。俗讲虽然以宣扬宗教为目的，但其表演形式直接影响了说话行业的发展，俗讲中的历史故事素材口耳相传，自然也为宋代讲史所吸收。不过，我们看到变文中的历史故事以一人一事为主，内容多为传说，和史实相去较远。而宋代讲史的题材则十分广泛。

《醉翁谈录·小说引子》有一篇歌云：

> 传自鸿荒判古初，羲农黄帝立规模。无为少昊更颛帝，相授高辛唐及虞。位禅夏商周列国，权归秦汉楚相诛。两京中乱生王莽，三国争雄魏蜀吴。西晋洛阳终四世，再兴建业复其都。宋齐梁魏分南北，陈灭周亡隋易孤。唐世末年称五代，宋承周禅握乾符。子孙神圣膺天命，万载升平复版图。[2]

这是说话人开讲时的歌诀，在《武王伐纣平话》的开头也有类似的诗歌："三皇五帝夏商周，秦汉三分吴魏刘。晋宋齐梁南北史，隋唐五代宋金收。"这首诗同样出现在《薛仁贵征辽事略》中。《五代史平话·梁史平话》开头从"粤自鸿荒既判，风气始开"写起，用一千六百多字的篇幅概述从远古到唐末的历史，《宣和遗事》前集也是从"且说唐尧、虞舜"历叙朝代更替，直至宣和。这些内容固然是讲史艺人作为引首的陈套，以示通今博古，但也说明讲史注重历史发展的延续性，将其内容置于历史序列之中。

---

[1] （唐）段成式：《酉阳杂俎》，湖北崇文书局1877年刻本，第79页。
[2] （宋）罗烨：《醉翁谈录》，古典文学出版社1957年版，第2页。

《醉翁谈录·小说开辟》又云："也说黄巢拨乱天下，也说赵正激恼京师；说征战有刘项争雄，论机谋有孙庞斗智；新话说张、韩、刘、岳，史书讲晋、宋、齐、梁；三国志诸葛亮雄才，收西夏说狄青大略。"以上除"赵正激恼京师"外，都是讲史内容，再参以现存宋元讲史平话，可知宋代讲史内容规模宏大，自成系统，几乎囊括历朝，远非唐代民间讲说历史故事所能比拟。

二

说话艺术在宋代得以发展和繁荣，自有其特定的历史原因。如都市的繁荣，市民阶层的兴起和壮大，坊市制的崩溃等，都是说话、演剧等伎艺繁荣的客观条件。但讲史的盛行，除了上述条件外，由于其内容的特殊性，还和传统史学在宋代的繁盛及新变有着密切的关系。

《都城纪胜》谓："讲史书，讲说前代书史文传、兴废争战之事。"《梦粱录》亦称："讲史书者，谓讲说《通鉴》、汉、唐历代书史文传，兴废争战之事。"很显然，讲史本是"讲史书"之简称，而"史书"则是特指区别于"野史""稗史"的"正史"。

从司马迁《史记》和班固《汉书》始，历代修史不断，到宋代，就形成了《史记》《汉书》《后汉书》《三国志》《晋书》《宋书》《南齐书》《梁书》《陈书》《魏书》《北齐书》《后周书》《南史》《北史》《隋书》《唐书》《五代史》这样一个"十七史"序列。这17部纪传体正史各自独立而又彼此连贯，清晰展示了宋代以前历史发展的全貌。"十七史"一名在宋代十分流行，成为熟语，南宋末年文天祥驳斥元丞相博罗时，就有"一部十七史从何处说起"之语①，可见，"十七史"在宋代的影响是很大的。

另一部产生广泛影响的史著则是司马光（1019—1086）的《资治通鉴》。《资治通鉴》记事始于周威烈王二十三年（前403），止于后周显德六年（959），凡1362年历史，分为16纪，共354卷。这是古代最大、成就最高的一部编年通史，它的出现不仅使编年体重放光彩，而且带动了宋代史学的繁荣。"从唐代以下至五代宋初，中国史学界已进入低潮时期，到了北宋中期，欧阳修、宋祁等撰《新唐书》时，始有复兴之势。自司马光作《资治通鉴》成，宋代史学又复蒸蒸日上。"② 参与《资治通鉴》编撰的刘恕（1032—1078）写成《资治通鉴外纪》10卷，起自三皇五帝，

---

① （南宋）文天祥：《文山先生集·纪年录》卷一七，四部丛刊本，第373页。
② 刘节：《中国史学史稿》，中州古籍出版社1982年版，第211页。

止于周威烈王二十二年,成为《资治通鉴》的补编,收录材料也甚宏富。南宋时仿《资治通鉴》体例的编年体史著有李焘(1115—1184)的《续资治通鉴长编》、徐梦莘(1126—1207)的《三朝北盟会编》、李心传(1166—1243)的《建炎以来系年要录》等,这三部编年史都叙宋朝历史,卷帙浩繁,以采录广博、内容丰富周详著称。由《资治通鉴》派生出来的新史体则有袁枢(1131—1205)的《通鉴纪事本末》和朱熹(1130—1200)的《资治通鉴纲目》。

此外,宋人所撰别史、野史也蔚为大观,此不一一列举。

值得注意的是宋代史学呈现出通俗化的特色。史学在传统文化结构中有着崇高的地位,几和经学相颉颃,是一种高贵的学问,治史者和习史者只在少数,历史知识传播的范围是有限的,加上史书卷帙浩繁,更非普通人所能接触和阅读。

为适应社会的需要,从唐代开始逐渐出现一些通俗的历史著作。如元和(806—820)中人高峻著《小史》,大中五年(851)太子詹事姚复康撰《统史》,这是两部采撷诸史而成的通史,虽然规模较大,但便于初学。司马光在《与刘道原书》中就说:"光少时惟得高氏《小史》读之,自宋迄隋正史,并南北史,或未尝得见,或读之不熟。"[1]另外,晚唐时胡曾、周昙等人的"咏史诗",有的被当时人逐篇加注加评,援引村书俗说,杂以俚语,以说明史事为主,作为训蒙课本之用[2],实际上也起到了普及历史知识的作用。

到了宋代,历史著作的通俗化和普及化更为史家们所注重。司马光《进资治通鉴表》称:"每患迁、固以来,文字繁多,自布衣之士读之不遍,况于人主日有万几,何暇周览?臣常不自揆,欲删削冗长,举撮机要,专取关国家盛衰,系生民休戚,善可为法,恶可为戒者,为编年一书,使先后有经,精粗不杂。"可见司马光撰写《通鉴》的目的,一方面固然是为统治者提供历史借鉴,另一方面也是要删繁就简,便利读者。差不多和司马光同时,还出现了《十七史蒙求》这样真正的通俗读物[3]。它

---

[1] (宋)司马光:《温公文集》卷六二,四部丛刊本,第467页。
[2] 胡士莹:《话本小说概论》,中华书局1980年版,第695页。
[3] 王鸣盛《十七史商榷》卷九九引朱甫田跋云:"《蒙求》非一,其便于记诵者,惟李氏瀚及王先生令。李书旧板罕存,坊刻止取其目而删去其注,惟王书仅存。"又,《书目答问》载,《李氏蒙求》,后唐李瀚撰,宋徐子光注,有《佚存丛书》及《学津讨原》本;《王氏十七史蒙求》,宋王令撰,有康熙五十二年程氏刻本。见(清)王鸣盛《十七史商榷》卷九九,商务印书馆1937年版,第1137页。

是一个"十七史"的节要本，目的是便于初学者记诵。南宋朱熹的《资治通鉴纲目》，更是力求简要醒目。全书共59卷，又凡例1卷，虽采用编年叙事，但每一事都分为纲要和细节两部分，先以大字书为概括的提纲，其下以分注的形式详叙细节，故称纲目，其形式比《资治通鉴》更显得眉目清晰。此书一出，成为后世通俗史书竞相仿效的体裁，如《纲鉴易知录》《历代通鉴辑览》。与朱熹同时的吕祖谦（1137—1181）又有《十七史详节》，此书"盖其读史删节备检之本，而建阳书坊为刻而传之者"①，现存此书宋元间刊本有十余种，可见当时流传之广。同类性质的书还有洪迈的《史记法语》、钱端礼的《诸史提要》等。袁枢的《通鉴纪事本末》将《通鉴》分年叙述之事抄在一起，列为239个专题，以事件为中心，标立题目，然后以时间顺序进行叙述，这一新史体避免了纪传内容重复、编年体叙事破碎之弊，对初读史者来说十分明晰便利。

　　历史著作的通俗化和普及化，对历史知识的传播起到了重要的作用，也有力推动了宋代讲史艺术的发展：大量的史籍是讲史艺人们取之不尽的宝库，其通俗化的表现手段也为讲史艺人们所借鉴；而史籍的普及也增进了民众对历史的兴趣，使讲史具备了广泛的群众基础。

　　还值得一提的是宋代史籍的刻印和流传。中国书籍向以写本流传，到唐代始有刻本。而史籍的刊印，最早是在宋代。高似孙《史略》卷二引《国朝会要》云："淳化五年（994）七月，诏选官分校《史记》《前后汉》，命陈充、阮思道、尹少连、赵况、赵安仁、孙何，校《前后汉》毕，遣内侍裴愈，赍本就杭州镂板。"这是刻印史书之始，此后史籍刻本渐多，以至蔚为大观。据张秀民先生《中国印刷史》和刘节先生《中国史学史稿》，宋代重要史籍刊刻情况如下。

　　正史类：史记——北宋监本（淳化五年）、南宋监本，临安陈氏万卷堂（淳化间）本，建邑王氏世翰堂本（嘉祐二年，1057），建溪云峰蔡梦弼傅卿家塾本（乾道七年，1171），建安王善夫本等。另有广德郡斋本中字本《集解索隐》（淳熙三年，1176），南宋初刻本《史记集解》，四川有大字本、小字本《史记》。

　　《汉书》——有淳化五年监本，景德二年（1005）监本，景祐二年（1035）监本，宋景文公刻本，熙宁三年（1070）陈绎重校本，宣和监本，绍兴六年（1136）刊本，二十一年重刊本，隆兴二年（1164）、乾道

---

① （清）永瑢、纪昀等编纂：《四库全书总目提要·史部·史钞类存目》卷六五，中华书局1965年影印本，第579页。

二年（1166）麻沙刘仲立本，嘉定十七年（1224）吉安鹭州书院本，钱塘王叔边本，建安蔡纯父家塾本，乾道至庆元间越本、川本。

《后汉书》——淳化五年监本。《三国志》《晋书》——咸平五年（1002）监本。《南史》《北史》《隋书》——天圣四年（1026）监本。《新唐书》——嘉祐五年（1060）监本。《宋书》《南齐书》《梁书》《陈书》《魏书》《北齐书》《后周书》——嘉祐六年（1061）监本。《新五代史》——据《郡斋读书志·五代史记》条："皇朝欧阳永叔以薛居正史繁猥失实，重加修定，藏于家。永叔没后，朝廷闻之，取以付国子监刊行。"

编年类：《资治通鉴》于元祐元年（1086）十月十四日奉旨下杭州镂板，元祐七年版成。绍兴二年（1132）两浙东路提举茶盐司公使库下绍兴府余姚县刊版，三年十二月印造进入。又有蜀广都费氏进修堂刊本，建康本，建宁府本，宋末鄂州鹄山书院本。

《资治通鉴纲目》有乾道八年（1172）刊本，嘉定间温陵刊本，嘉熙元年（1237）监本，夔本、宋末詹光祖月崖书堂本等。

另外，《国语》《战国策》《吴越春秋》《越绝书》《前汉记》《后汉记》《汲冢周书》《华阳国志》《通鉴纪事本末》《续资治通鉴长编》等俱有刻本。《十七史蒙求》有建中靖国元年（1101）王献可刊本，《王先生十七史蒙求》有乾道五年（1169）麻沙镇南斋虞千里刊本。

史籍的大量刊印，无疑扩大了历史知识的传播范围。宋代以前，因书籍难得，一般读书人只读"前四史"；到了宋代，读史就不是什么困难的事了。苏轼《李氏山房藏书记》云："予犹及见老儒先生，言其少时《史记》《汉书》皆手自书，日夜诵读，惟恐不及。近岁市人转相摹刻，诸子百家之书日传万纸，学者之于书多且易致。"

宋代刻印的史籍以监本为多。国子监是国家最高教育机关，兼事刻书。《宋史》卷一六六"职官五"载：

> 淳化五年（994）判国子监李志言："国子监旧有印书钱物所，名为近俗，乞下为国子监书库官。"始置。书库监官以京朝官充，掌印经史群书，以备朝廷宣索赐予之用，及出鬻而收其直以上于官。[1]

监本请专人校勘，名家书板，质量上乘，而且书价便宜。真宗天禧元年

---

[1] （元）脱脱等撰，刘浦江等标点：《宋史》卷一五〇——九〇，吉林人民出版社1995年版，第2452页。

(1017),"上封者言:'国子监所鬻书,其直尤轻,望念增定。'帝曰:'此固非为利,正欲文籍流布耳。'不许。"①哲宗元祐初,监本曾加价出售,陈师道上言:

> 伏见国子监所卖书,向用越纸而价少,今用裹纸而价高。书莫不迫,而价增于旧,甚非圣朝章明古训以教后学之意。臣愚欲乞计工纸之费以为之价,务广其传,不以末利,亦圣教之一助。……诸州学所卖监书系用官钱买充官物,价之高下,何所增益。而外学常苦无钱,而书价贵,以是在所不能具有国子之书,而学者闻见亦寡,今乞止计工纸,别为之价,所冀学者益广见闻,以称朝廷教养之意。②

这个意见很快被皇帝采纳。两宋监本多在杭州刻印。杭州作为当时繁华的都市,印刷业十分发达,北宋时已有书坊,南渡后私人书铺更多,纷纷设立,称为经铺、经坊或称经籍铺、经书铺、书籍铺,又叫文字铺,可考者有20家,其中有的还是从汴京迁来的③。这些书铺兼营书籍的刻印和买卖。而杭州正是宋代说话艺人云集之地,有的书铺就设在说话人献艺的瓦肆之内,他们服务的对象同样是市民阶层,这样就自然形成了相互影响的关系:说话人便于从书籍中汲取素材,书商则将话本刊印,以牟其利。如现存《大唐三藏取经诗话》即由临安"南瓦子张家"所印。南宋印书的另一重镇是福建。建阳、建安两县书坊林立,这种繁荣的局面持续到元、明而不衰,元刊《全相平话五种》和明代许多小说就是在这两地印行的,对通俗小说的发展起到了一定的作用。

三

宋代讲史正是在这样的文化背景下繁荣起来的。讲史艺人多以"解元""进士""宣教""书生""万卷"等为艺名,以标榜博学多闻,而其他说话人通常是用一些普通的绰号。《醉翁谈录·小说开辟》云:

> 夫小说者,虽为末学,尤务多闻。非庸常浅识之流,有博览该通之理。幼习《太平广记》,长攻历代史书……《夷坚志》无有不览,

---

① (清)毕沅:《续资治通鉴》卷三三,上海古籍出版社1987年影印本,第153页。
② (宋)陈师道:《后山集·论国子卖书状》卷一〇,四部备要本,第62页。
③ 张秀民:《中国印刷史》,上海人民出版社1989年版,第70页。

《琇莹集》所载皆通。①

接着又有"诗曰":"小说纷纷皆有之,须凭实学是根基。开天辟地通经史,博古明今历传奇。蕴藏满怀风与月,吐谈万卷曲和诗。"这番话和诗当然是夸张的,一般讲史艺人不可能具有识文断字的能力。但由于史籍的流布而带来历史知识的普及,加上当时书会才人中不乏一些沦落的士子,略通文墨,他们运用自己的知识为艺人们编写话本,艺人们耳濡目染,师徒相授,浸润其间,自然增广见闻。而艺人中的少数人,确实因具有较高的文化修养而名重一时。如《梦粱录》卷二〇《小说讲经史》载:

又有王六大夫,元系御前供话,为幕士请给,讲诸史俱通。于咸淳年间,敷演《复华篇》及《中兴名将传》,听者纷纷,盖讲得字真不俗,记问渊源甚广耳。②

又据明李日华《紫桃轩杂缀》卷一载:

宋王防御者,号委顺子。方万里挽之曰:"温饱逍遥八十余,稗官原是汉虞初。世间怪事皆能说,天下鸿儒有不如。耸动九重三寸舌,贯穿千古五车书。《哀江南赋》笺成后,从此韦编饱蠹鱼。"盖防御以说书而得官,兼有横赐,既老,筑委顺堂以居,士大夫乐与之往还。③

丘机(一作几)山是南宋临安著名的讲史艺人,《梦粱录》和《武林旧事》皆载其名。元陶宗仪《辍耕录》卷二八《丘机山》条云:

丘机山,松江人。宋季元初以滑稽闻于时,商谜无出其右。遨游湖海间,尝至福州,讥其秀才不识字。众怒,无以难之。一日构思一对,欲令其辞屈心服。对云:五行金木水火土。丘随口答云:四位公侯伯子男。其博学敏捷类如此。④

---

① (宋)罗烨:《醉翁谈录》,古典文学出版社1957年版,第3页。
② (宋)吴自牧:《梦粱录》,浙江人民出版社1980年版,第196页。
③ (明)李日华:《紫桃轩杂缀》,凤凰出版社2010年版,第335页。
④ (元)陶宗仪撰,李梦生校点:《南村辍耕录》,上海古籍出版社2012年版,第310页。

另据元杨维桢《送朱女士桂英演史序》记载，宋高宗传位给孝宗后，"一时御前应制多女流也"，其中"演史为张氏、宋氏、陈氏"。虽然没有具体说明和评价她们讲史的内容和成就，但既是"御前供话"，当也是王六大夫一类的人物。从以上材料可以看出，讲史艺人中的佼佼者，他们的表演不仅通俗，而且"通雅"，能赢得文人士大夫乃至皇帝的青睐。所凭借的除了高超的表演才能，就是"记问渊源甚广""博学敏捷"的知识结构。

元代的讲史比宋代有进一步的发展，其重要的标志之一就是讲史平话的大量刊印。现存平话有至治新刊《全相平话五种》等为数不多的几种，但实际刊印者当大大超过存留下来的作品，《永乐大典》目录卷四六就收有平话 26 卷，《全相平话五种》本身也明确显示它作为一个系列，其中已缺少了至少两种以上①。

从现存平话看，元代讲史的规模很大，讲史家有意营造一个历史体系的努力显而易见。讲史平话能够成为畅销书，也说明除了广大市井细民爱听讲史外，还有相当多的略识文墨的、甚至有较高文化水平的人喜好阅读这种带有插图的、文白相间的通俗读物——否则无法想象精明的书商会仅仅为讲史艺人刻印底本。从另一方面看，元代一些著名的文人也对讲史表现出浓厚的兴趣，由此也可见元代讲史的影响之大。如王沂《伊滨集》里有两首《虎牢关》诗，记述了元代说"三分"的内容；胡祗遹《紫山大全集》卷七有《木兰花慢》"赠歌妓"一首，内有"又如辩士遇秦、仪，六国等儿戏"之语，显然也是属于讲史。王恽（1227—1304），字仲谋，官至翰林学士、知制诰，《元史》卷一六七有传。所著《秋涧先生大全文集》卷七六有《鹧鸪天》词赠女艺人高秀英，她表演的正是"由汉魏，到隋唐"的讲史；另有两首《浣溪沙》似也是说讲史的。杨维桢（1296—1370），字廉夫，号铁崖，是元朝末年著名文人，他的《送朱女士桂英演史序》记载了一位讲史女艺人：

> 至正丙午（1366）春二月，于荡舟娭春，过濯渡，一姝淡装素服，貌娴雅，呼长年艤櫂，敛衽而前，称朱氏名桂英，家在钱塘，世为衣冠旧族，善记稗官小说，演史于三国五季。因延致舟中，为予说道君

---

① 郑振铎指出："当时，虞氏所刊似不仅此五种。将来或更有机会，使我们能够发现其他各种罢。至少，在《乐毅图齐七国春秋后集》之前，必定是有一个'前集'的，在《吕后斩韩信前汉书续集》之前，也必定是有一个'正集'的。"郑振铎：《论元刊全相平话五种》，《郑振铎古典文学论文集》（上），上海古籍出版社 1984 年版，第 408 页。

艮岳及秦太师事。座客倾耳耸（听），知其腹笥有文史，无烟花脂粉。①

朱桂英讲史的范围颇广，除以说《三国志》和《五代史》擅长外，还能讲宋徽宗艮岳和秦桧之事，而其内容"有文史"，以史实为依据，因此博得杨维桢的激赏，这与她"衣冠旧族"的出身很有关系。

四

以上描述了宋元讲史繁盛的概况，指出这种繁荣局面的文化背景是史学通俗化和普及化的潮流。史学的新变带动了讲史的内容和格局发生根本性的变化，使讲史摆脱了过去历史传说荒诞零散的状态，历史真实感大大增强，也为人们评价讲史提供了新的尺度。从《梦粱录》对王六大夫"字真不俗""记问渊源甚广"的评价，到杨维桢赞扬朱桂英"腹笥有文史"，其实都是以是否有根有据、忠于史实作为评定讲史成就的标准的。这表明随着历史知识的普及，人们不但增强了对历史的兴趣，也对讲史的历史真实性提出了更高的要求。讲史和传统史学的血缘关系，也使这一民间伎艺引起了一些文人的关注，而文人们对讲史的评价，基于其文化观念和学术趣味，对史实的考索尤为重视。

但需要指出的是，讲史毕竟不是史书的宣读或史实的简单复述，它是一种艺术创作活动，讲史艺人们为了重现历史图景，表达自己的情感，让过去的人和事鲜活地展现在听众的面前，需要在细节的生动性和真实感上下很大的功夫，同时还需要调动一整套听众熟悉而乐于接受的手段和技巧。尤为重要的是，如前所述，历史包括书面记载和口头传说两端，书面的载记是稳定的，它代代相传，人们可以考异、质疑，但其文本是不可更易的。而口头传说则是不稳定的，不断地演化变异，同一事件可以有不同的传说，人物的性格思想也不是一成不变的，有时会跟史书所载大相径庭。讲史作为一种民间艺术，它的内容一方面采诸史传，另一方面则以民间传说为基础，其思想意趣也和民间传说保持一致，只有这样才能被广大听众认可。这样一来，讲史中史实（主要指史传记载）和虚构（主要指民间传说）的矛盾就不可避免地产生了。在宋元时期，对讲史的评价还不多见，这一矛盾并不明显，而到明代历史演义大量流行时，史实和虚构的关系就成为评价历史演义的一个理论焦点了。

（原载《浙江大学学报》2001年第1期）

---

① 谭正璧、谭寻：《评弹艺人录》，上海古籍出版社2012年版，第185页。

论讲史平话的语言特征

楼含松

一

宋元讲史平话是文学史上前所未有的新文体,它和其他文体最显著的区别在于语言的不同。平话的语言是一种白话和文言的混合体,它既不能被以文言文为基本语言工具的传统文体接纳为新的家族成员,又不能和与其同生共长的小说话本(它的另一名称是白话短篇小说)画上等号:这正显示了讲史平话文体处于一个边缘地位。

两种语言混用最突出的例子是《宣和遗事》。这部书怪异的语言和体例使以往的目录学家感到无所适从,难以将它归类:《也是园书目》将它归入"宋人词话",《百川书志》则将其归入"史部·传记"类,这正是由于这部书两种语言并存而造成的分歧。《宣和遗事》的版本主要有《士礼居丛书》的二卷本和金陵王氏洛川校正重刊本,后者分元、亨、利、贞四集,二集相当于前者的一卷。以二卷本看,前卷和后卷的语言判然有别,前卷基本上是流畅的白话,后卷则是较为典雅的文言。与之相应的是内容上的区别:前卷的内容为(1)叙历代帝王的荒淫;(2)叙王安石变法;(3)叙蔡京当权;(4)叙梁山泊英雄聚义;(5)叙宋徽宗与李师师故事;(6)叙道士林灵素的进用;(7)叙京师的繁华。这些内容略有所本,如王安石变法一节乃节录《续宋编年资治通鉴》而成,宋江也是实有其人,见于正史的记载,但主要情节则是虚构的,尤其是梁山泊聚义故事,有《醉翁谈录》《癸辛杂识续集》转载龚开的《三十六人赞》及多种同题材的元人杂剧可以证明是宋元之际民间说话的内容。后卷主要叙徽、钦二宗被掳北行事,而其文字几乎全部从黄冀之《南烬纪闻》及托名辛弃疾的《窃愤录》《窃愤续录》中节录而来,还辑录了《续宋编年资治通鉴》《九朝编年备要》《钱塘遗事》《建炎中兴记》《皇朝大事记讲义》中的少量内容。《宣和遗事》的体例在文学史上是绝无仅有的。鲁迅指出："案年演述，体裁甚似讲史。惟节录成书，未加融会，故先后文体，致为参差，灼然可见。"① 还有学者认为它不过是说话艺人的一部资料书。

也许举《宣和遗事》来说明讲史平话的语言特色是过于极端了，这部书的命名也表明作者无意将它作为讲史平话来处理，而似乎倾向于将它作为传统的野史类文体。大部分讲史平话中文言和白话的混用没有《宣和遗事》那样对比强烈而显得泾渭分明。除了像"话说""却说""怎见得""来者是谁""不在话下""且看胜败如何"等说书人口吻和像"了""么"等语助词可以作为白话文标记之外，有时文言和白话并不容易区分，而且是以较浅显的文言为主。且看《武王伐纣平话》中的一段描写："忽闻香风飒飒，玉佩丁当，声闻于外，霞彩腾空。纣王见之，举步向前去扯玉女，忽然惊觉，却是梦中相睹。定省多时，只见泥神，不睹真形，视手中果然有绞带一条。纣王向灯烛之下看玩，思之至晚，悔恨无已。"② 再看《京本通俗小说》中的《碾玉观音》："崔待诏既不见人，且循着左手廊下入去。火光照得如同白日，去那左廊下，一个妇女摇摇摆摆从府堂里出来，自言自语，与崔宁打个胸厮撞。崔宁认得是秀秀养娘，倒退两步，低声唱个喏。"③ 两者相比，《武王伐纣平话》的这段文字就显得文雅多了。从这个例子可以看出讲史平话的语言运用和小说话本有着明显的区别。

讲史平话的这种语言现象，使我们不得不对那种把平话看作讲史话本的观点产生怀疑。对"话本"这一概念权威性的解释如下。

（1）话本是说话艺术的底本，说话本身并不就是话本，就像戏剧并不就是剧本一样。"说话"和"话本"是两个密切联系但又不同的概念。

（2）话本原来只是说话人的底本，并非供一般人阅读的，在唐宋时代，"话本"一词是伎艺方面的名词，而非文学方面的名词。

（3）因而，经过加工整理刻印出来主要供阅读的本子，不应简单称

---

① 鲁迅：《中国小说史略·宋元之拟话本》，《鲁迅全集》第八卷，人民文学出版社1957年版，第97页。
② 为方便起见，本文所引讲史平话，皆据丁锡根点校《宋元平话集》，上海古籍出版社1990年版。
③ 引自程毅中辑注《宋元小说家话本集》，齐鲁书社2000年版，第189页。按，关于现存宋元话本的时代问题，学术界尚有争议，尤其对《京本通俗小说》的时代存疑较多，在此姑从一家之说。

为话本。由话本加工而成的，可称为话本小说，模仿话本而创作的，可称为拟话本小说①。

　　以上对"话本"的界说涉及口头文学和书面文学的关系问题。毫无疑问，口头讲叙是使用白话的，作为口头讲叙的底本或记录本，理所当然地应该使用白话，即使是由话本加工而成的"话本小说"，也应该在语言上和口头讲叙保持一致，而不应该发生语言的变异，否则就丧失了作为"话本"的特色。宋元小说话本正是以其较为纯粹的白话，体现了和口头讲叙的高度统一，从而确立了鲜明的文体特征。而讲史平话文白相间的语言显然不符合话本的文体要求，这说明讲史由口叙文学向书面文学转化时发生了某些质变。

　　"从外在形式看，语言确实是一种符号或符号系统，但从本质上看，它就不仅是一套符号系统，而且也是一套价值系统和意义系统，其根据即在于语言的社会性和人文性。任何一种语言的使用者在掌握使用它的同时，也接受了它所包含的文化意义和价值意义，不由自主地受它们支配。"②从总体上看，文言和白话同是汉语，都属于中国文化的产儿，但由于历史的原因，文言和白话在中国文化结构中所处的地位是不同的，它们各自所代表的价值系统和意义系统也有区别。我们现在所说的文言，主要是指先秦两汉时已基本定型的书面语言，它是中国文化最重要的载体，是文化积累和传播的最重要的途径。中国传统道德、哲学、伦理观念在先秦两汉时期已基本形成，通过文言得以"记录"并成为影响后世的经典；中国数千年的历史进程主要通过文言赖以记载；古代的教育、科举、典章、公文无不使用文言。文言典籍数量庞大，见于《四库全书总目提要》的，有3503种，合79330卷，又存目6819种，合94034卷，合计10322种，共173364卷，而《四库提要》还有为数可观的未收之书。文言典籍的内容更是包罗万象，巨细无遗。文言对保存和传播中国文化起到了极大的作用，为我们提供了极为丰富的文化遗产，这也显示了文言在中国文化的语言结构中处于中心地位。文言一经形成，就相当稳定，千百年来没有什么变化，这和中国传统文化的超稳定结构正相适应。在五四白话文运动之前，文言所传达的内容和它的使用者都代表着主流文化；而五四新文化运动形式上反文言，实质上恰恰是反旧文化。

　　文言文是脱离口语的书面语言，白话文则是和口语基本一致的书面语

---

① 胡士莹:《话本小说概论》，中华书局1980年版，第155—156页。
② 申小龙、张汝伦:《文化的语言视界》，生活·读书·新知三联书店1991年版，第5页。

言。从语言的发展历史看，白话早于文言，在言文一致的历史阶段自然不存在文言和白话的区别。当言文分离，文言逐渐占据中心和统治地位后，白话就相应地退缩到从属的、低级的地位，甚至被文言视为异类而遭排斥。胡适《白话文学史》说："我要大家知道白话文学在中国文学史上占一个什么地位。老实说罢，我要大家都知道白话文学史就是中国文学史的中心部分。中国文学史若去掉了白话文学的进化史，就不成中国文学史了，只可叫做'古文传统史'罢了。"① 胡适以新文学创导者的身份提出这样的论点，情有可原，但无论他如何用心良苦地搜罗剔抉，也无法改变文言和白话存在等级差别的历史事实，这主要体现在使用这两种语言的人属于不同的社会阶层。张中行先生指出："与文言有牵连的人大多是上层的，与白话（现代白话例外）有牵连的人大多是下层的。原因很简单，在旧时代人的眼里，文言和白话有雅俗之分，庙堂和士林要用雅的，引车卖浆者流只能用俗的。打开文献库藏看看，这项区别表现得更加明显，文言典籍的作者十之九是这样那样的官；至于白话，以小说为例，早期的多是伎艺人所作，当然要成为无名氏，就是留名的，如罗贯中、施耐庵等等，也等于不见经传。"② 胡适十分推崇东汉的王充，说他是"一个有意主张白话的人"，但王充的著作《论衡》却是不折不扣的文言。而且王充的主张未必就是提倡白话，他在《论衡·自纪篇》中提出："夫笔著者，欲其易晓而难为，不贵难知而易造。口论务解分而可听，不务深迂而难睹。"他也说过，"文犹语也""文字与言同趋"的话，但着眼点是在内容表达的畅通无碍，而不是主张言文完全一致。正如韩愈提倡"辞必己出""文从字顺"，仍然是作为古文的原则，而不是将古文变成白话。从文献上看，文言中偶尔也有一些夹杂白话的地方，大都是作者为求行文生动、随意或取得以俗为雅的特殊效果，而从未改变过文言的基本形态和特征。真正的白话作品都是来自民间的，如乐府诗、曲子词、话本等。由于文言和白话的作者与读者属于不同的社会阶层，在作品中反映出来的价值观也就随之不同。正因为不同，彼此之间才会有排斥或吸取、对立或交融的关系。

明了文言和白话的性质和关系，对我们探讨讲史平话这一新文体的语言特征形成的原因很有帮助。题材因素是讲史平话文言与白话混用的客观原因。以《新编五代史平话》和《宣和遗事》为例，其题材来源有二：

---

① 胡适：《白话文学史》，岳麓书社 1986 年影印本，第 3 页。
② 张中行：《文言和白话》，黑龙江人民出版社 1992 年版，第 159 页。

一是民间传说，一是史籍记载，前者白话，后者文言。《宣和遗事》对二者未加融裁，因此，很容易分辨出两种不同的文本；《新编五代史平话》中文言和白话的界限不是很清晰，但基本上还是能够从内容上将二者区分开来的。那些发迹变泰的故事多用白话，一涉军政大事则往往用文言。这是因为史籍记载本身即为文言，平话节录史书时照本移置，自然而简省。较为复杂的是平话根据史书而有所发挥，或杂录史书和传说而成。如《三国志·关羽传》载："（袁）绍遣大将颜良攻东郡太守刘延于白马，曹公使张辽及羽为先锋击之。羽望见良麾盖，策马刺良于万众之中。斩其首还，绍诸将莫能当者，遂解白马围。"在《三国志平话》中则作："关公出塞，提刀上马，于高处观颜良麾盖，认的是颜良盖，见十万军围绕营寨。［关公刺颜良］云长单马持刀奔寨，见颜良军中不做疑阻，一刀砍颜良头落地，用刀尖挑颜良头复出寨，却还本营。"

《平话》在《关羽传》的基础上增加了细节描写，语言趋于通俗，半文不白，颇能表现关羽的神采，是成功的改写。也有经过改写而逊于原作的，如写关羽之傲气。《关羽传》载："羽闻马超来降，旧非故人，羽书与诸葛亮，问超人才可谁比类。亮知羽护前，乃答之曰：'孟起兼资文武，雄烈过人，一世之杰，黥、彭之徒，当与翼德并驱争先，犹未及髯之绝伦逸群也。'羽美须髯，故亮谓之髯。羽省书大悦，以示宾客。"《三国志平话》则作："……来使言马超英勇，猿臂善射，无人可当。关公曰：'自桃园结义，兄弟相逐二十余年，无人可当关张二将。'令人将书入川见军师。无半月复回书至，关公看毕笑曰：'军师言者甚当！'关公对众官说：'马超者，张飞黄忠并为，倘比吾，难！'"

《平话》将《关羽传》里诸葛亮回书中对关羽的赞美变成关羽的自我吹嘘，却未提及回书的内容，文意不连贯，且不如原文蕴藉。又如张飞长坂拒敌一节，《三国志·张飞传》的原文是这样的："先主闻曹公卒至，弃妻子走，使飞将二十骑拒后。飞据水断桥，瞋目横矛曰：'身是张益德也，可来共决死！'敌皆无敢近者，故遂得免。"《三国志平话》则作："张飞令军卒将五十面旗，北于阜高处一字摆开，二十骑马军正觑南河。曹公三十万军至。'尊重何不躲？'张飞笑曰：'吾不见众军，只见曹操。'众军马一发，连声便叫：'吾乃燕人张翼德，谁敢共吾决死！'叫声如雷贯耳，桥梁皆断。曹军倒退三十余里。"这里，"叫声如雷贯耳，桥梁皆断"的夸张描写，大约是出于对原文"据水断桥"的误解（《三国志通俗演义》改成张飞喝退曹军后拆毁长坂桥，接近原文的意思，比较合乎情理），但富有传奇色彩，是刻画张飞勇猛暴烈性格的点睛之笔。郑振铎认为,《三国志平话》的作者"实未见过陈'志'裴'注'"①,看来并不符合事实。《平话》中对曹操已没有好感,却称曹操为"曹公"。待遇和关羽相等,其实就是沿用了陈寿《三国志》的称谓。讲史平话在改写史籍时,大致是将原文改得浅近一些,让文言向白话靠拢,以求生动和通俗。

　　平话中使用大量文言的主观原因,则是平话整理写定者的"拟史"(此词套用"拟话本"而来)倾向。这在作品中表现为两个方面。一是纯属虚构的故事情节和人物语言,并非出自史书,却有意模仿史书的笔调。如《七国春秋平话后集》卷上:"却说孙子在齐,忽有燕国孙龙,使人赍书入宅。孙子接得,是父书。书曰:'燕王将太子出于外国,以位禅于子之,吾谏不听。叵耐子之将吾囚于狱,吾命在旦夕,汝可速来救我。如迟疾,则父子不能相见矣!父孙操书。'孙子看毕大恸,骂曰:'无道燕君,吾当奏帝,兴兵灭尔!'遂入朝奏帝曰:'臣启我王,今有燕国丞相子之,篡君之位为王,黜燕太子于国外,囚吾父于狱中。臣乞陛下兴师问罪。'苏秦出班奏曰:'方今六国合从(纵)敌秦,若大王伐燕,则构怨于诸侯,背洹水之盟。若秦合诸国攻齐,则吾国危矣。'王不听,遂起兵与孙子伐燕。"尽管夹杂一些白话词语,但总体还是文言。二是在叙事中穿插表、状、书、论等,这些文章大多为作者所拟,少量采用原文。穿插这些文章的目的,有时固然是为情节发展的需要,但大多是为追摹史书的派头,或营造历史真实感。"拟史"倾向反映了平话作者对主流文化的趋同心理。在一个等级森严的文化形态中,文体相应地区分为不同的等级,越是和主流文化一致的文体,其等级就越高。传统的经、史、子、集的四部分类,就含有等级排列的意味。经书的等级最高,刘勰甚至认为"五经"是众体之源,而不把经书包括在文体分类之内,给它以特殊的待遇②。史书虽居其次,但按"六经皆史"的观点,它的地位就和经书不相上下,明代王世贞《艺苑卮言》卷一就把六经看作"史之言理者"。史书作为高级的叙事文体,对其他叙事文体有着巨大的影响,最显著的就是对文言小说的影响,文言小说被视为"稗史""野史",其整个发展历程都没有从史书的庞大身影中走出来。由民间产生的白话小说,由于远离主流文化,所以受史书影响就比较少。但讲史平话题材的特殊性,使它和史书有着天

---

　　① 郑振铎:《论元刊全相平话五种》,《郑振铎古典文学论文集》,上海古籍出版社1984年版,第421页。
　　② 刘勰《文心雕龙》第三篇"宗经":"赞曰:三极彝训,道深稽古,致化惟一,分教斯五。性灵熔匠,文章奥府。渊哉铄乎,群言之祖。"(南朝梁)刘勰:《文心雕龙》,中华书局1985年版,第6页。

然的联系，这种影响就不可避免。就作者而言，向史书这样的高级文体靠拢，模拟它的语言、结构特征，无疑是为了抬高自己的身价，取得被主流文化承认的资格。这同样也表现在平话的思想内容方面：拟史倾向较强的几部作品（《新编五代史平话》《宣和遗事》《秦并六国平话》），其思想倾向都较正统；相反，拟史倾向不太明显的《武王伐纣平话》和《七国春秋平话后集》，其思想倾向就有反传统的表现。如《武王伐纣平话》中殷交这一虚构人物，助周伐商，最后亲自杀死了自己的父亲纣王。这显然是违背封建纲常的。就文化发展的历史看，在文化结构相对稳定的时期，主流文化就具有极大的凝聚力，并且排斥非主流文化，非主流文化只有自觉不自觉地向主流文化趋同，才有生存的基础，而不可能以反主流文化的姿态独立发展。罗烨《醉翁谈录》说："夫小说者，虽为末学，尤务多闻。非庸常浅识之流，有博览该通之理。幼习《太平广记》，长攻历代史书。"正透露了这一消息。讲史平话由于拟史而得以顺利发展，逐渐演变为明代的长篇历史演义；而话本小说到元代就因统治者的禁止而趋衰落，以致中断，直到传统文化发生动摇和裂变的晚明时期，才被重新发现和整理。而整个通俗小说创作的繁荣局面，也正有待于思想解放的空气出现才能到来。就是在通俗小说创作已取得很高的成就，并日益引起人们重视的明清时期，小说批评的理论焦点仍然集中在史实与虚构的关系问题上，可见，史传的影响是多么根深蒂固。

二

由于平话整理写定者的水平不高和受讲史艺术客观限制，讲史平话的文言存在幼稚和生涩的缺陷。几种平话水平不一，以《新编五代史平话》的语言成就为最高，风格最统一；而《全相平话五种》"其文字的鄙陋，不大通顺，白字破句的累牍，却是五作如一的"[1]。简约是文言的一大特征，但讲史平话有时求简约而不得要领，反而损害了叙事的生动和连贯。如《三国志平话》卷中："曹操打死吉平，深疑皇叔，自言：'我之过也，不合将刘备入朝，弟兄三人若虎狼，无计可料。'无数日，曹相请玄德延会，名曰'论英会'，唬得皇叔坠其筋骨，会散。忽一日，曹操奏帝曰：'东方贼太广。'帝曰：'如何治之？'操曰：'可使皇叔保徐州去。'帝准奏。"这里所谓的"论英会"，在《三国志·蜀书·先主传》中是这样记

---

[1] 郑振铎：《论元刊全相平话五种》，《郑振铎古典文学论文集》，上海古籍出版社1984年版，第421页。

载的:"先主未出时,献帝舅车骑将军董承辞受帝衣带中密诏,当诛曹公。先主未发。是时曹公从容谓先主曰:'今天下英雄,唯使君与操耳。本初之徒,不足数也。'先主方食,失匕箸。"

裴注引《华阳国志》云:"于时正当雷震,备因谓操曰:圣人云'迅雷风烈必变',良有以也。一震之威,乃可至于此也!"这是一个富于戏剧性的情节,刻画了刘备的急智和韬晦,在讲史中当是一个很好的节目,或许就叫"论英会",但平话只是粗陈梗概,略而不书。到《三国志通俗演义》中则参考史籍,细加描绘,成为著名的"青梅煮酒论英雄"。另外,讲史平话中史实和常识的错误也比比皆是,说明作者的文化修养并不高。

相比之下,讲史平话中的白话因为源于说唱文学,而具有生动、细腻的特点。如《汉史平话》卷上:"刘知远交领那钱后,辞了爷娘,离了家门奔前去,行到卧龙桥上,少歇片时,只听得骰盆内掷骰子响声,仔细去桥上觑时,有五个后生在桥上赌钱。刘知远心里要去厮合赌钱,未敢开口,只得挨身向前看觑。其间有一个后生,向知远道:'有钱便将来共赌,无钱时,休得来看。'知远听得此语,心下欣然,将那纳粮的三十贯钱且把来赌:'我心下指望把这钱做本,赢得三五十贯钱将来用。'才方出注,掷下便是个输采。眨眼间,三十贯钱一齐输了,无钱可以出注。知远向那五个后生道:'您每一人将一贯钱借我出注。'那人道:'有钱可将来赌,无钱便且罢休!'知远心下焦躁,向他说:'我不赌钱,且赌个厮打。打得我赢,便将钱去,若输与我,我不还钱。'道罢,与五个郎君共斗。斗经数合,只见五个郎君腾云而去。知远意下思忖:这是五通菩萨济会他,留下这三十贯钱不曾将去。担取这钱奔前去。才经半日,又撞见有六个秀才在那灌口二郎庙下赌博。刘知远又挨身去厮共博钱,不多时间,被那六个秀才一齐赢了。刘知远输了三十贯钱,身畔赤条条地,正似乌鸦中弹,游鱼失波,思量纳税无钱,归家不得,无计奈何。"这段描写把刘知远的赌徒心理和无赖品质刻画得惟妙惟肖。讲史平话运用文言显示了作者的拟史倾向,而白话的运用则保留了其民间文学的本色。

平话中还有不少韵文,有的是引用胡曾、周昙或"前贤"的诗作,或许是整理写定者增入的,而大部分诗作则属说话艺术本身所有的诗赞,从中还可看出平话受讲唱文学的影响。叶德均《宋元明讲唱文学》归纳讲唱文学中韵文和散文的关系有"复用、连用、插用"三类,其中"连用"包括用韵文代言[1]。在讲史平话中可以找到这类例证。《前汉书平话

---

[1] 叶德均:《戏曲小说丛考》,中华书局1979年版,第629页。

续集》卷上:"韩信坐家作念:高皇,尔乃徐州沛人也,亩陇生计,好酒及色;少为亭长,因解罪囚到芒砀山,得逃避罪,断其白蛇,亦何豪强。与项羽兵分两路,收秦二世江山。汉楚同议,先入关者,秋毫无犯。约法三章,再定新律五刑。还兵东有,立诸侯弘振。项羽将勇,范曾铺谋,左迁诸侯之权,自立西楚霸王。汉王南过栈道,于褒州仗着萧何三箭之功,举信一人之德。明修栈道,暗度陈仓。赫燕收赵,涉西河,虏魏豹,擒夏悦,斩章邯。赶田横于海岛,逼霸王到乌江,立帝之基。灭楚以来,四海安宁,民皆快乐,万里闻风,一鼓而收之。信望衣锦食肉,谁指望夺印怀仇,不似芒砀山下累求良士。今日成帝业后,看大臣如泥土。早知你有始无终,且不如楚项羽前提牌执戟。漫图五载,创的大功,却坐家致仕。我无由所诉,自作诗一绝,嗟叹曰:'韩信功劳十大强,悬头无语怨高皇。早知负我图劳力,悔不当初顺霸王。'"这段韩信的内心独白虽是散行,却用骈体,尤其是"自作诗一绝",代言体的痕迹很明显。诗赞在《秦并六国平话》中使用最频繁,大多是插用,即"插入进去用它来抒情、写景,借以增加听众兴趣的"[①],有时也用作评论。《秦并六国平话》中还有大量铺陈排比的赋体,有时用来渲染庄严华丽的场景,如卷上:"至十七年秋八月,始皇登殿排班,但见:一样锦铺连地角,九金龙盘绕栋梁。殿分八卦紫云遮,七宝妆成王御座。绿杨影立,回环画影尽宫妆;五凤楼前,玉女执团团凤扇。四声万岁响连天,三下静鞭人寂静;二班文武列班齐,一国世尊登宝位。文武朝见,山呼已毕。"有时用来描写人物装扮,如卷中:"虎皮磕磴,亦宜绛毛缨;虎皮袍,偏胜狮蛮带;匙头铠,腰系勒甲绦;虎皮鞭,宜跨跑山马,射虎弓,扣上虎筋弦;走兽弧中,插百只狼牙射虎箭。腕悬竹节打将鞭,腰带昆吾杀虎剑。此人如何这般冠带?名呼做杀虎壮士。"有时则用来描写战斗场面,如卷下:"二将场中宛转,杀气腾空。一来一往,似凤翻身;一上一下,如鸦点翅。刀来横枪隔过,枪至斜抹尖虚。隔过处,遇空即施;斜抹来,逢虚即下。日下昏笼尘土暗,场中踏遍马蹄痕。"

从以上所引文字中不难看出变文、俗赋等的影响。宋元小说话本中也有类似的文字,但《秦并六国平话》中赋体文字出现的频度大大超过小说话本,说明它和讲唱文学的关系更近。这些赋体文字往往重复出现,或者不同作品之间有雷同,成为一种陈套,这是民间文学程式化的特征。

---

① 叶德均:《戏曲小说丛考》,中华书局1979年版,第629页。

从总体看，讲史平话的语言成就不高，文言和白话未能达到和谐自然地并存，语言风格也不统一。作为一种新兴的文体，语言的稚拙在所难免，平话写定者既企慕史书，又无意彻底摆脱说话艺术的约束，这种两难的境地自然会表现为语言的尴尬。要较好地解决这一矛盾，只能留待后来者了。

（原载《浙江大学学报》2002年第6期）

讲史平话的体制与款式

楼含松

关于讲史平话的文体特征，笔者从语言角度做过分析，指出其文白相间的语言风格体现了创作者的"拟史"倾向，以及文体的边缘性质[①]。我们知道，从语言角度讨论"文体"，是西方文体学研究的主要路径，而在中国古代文学语境中，"文体"主要是指文章的体制和款式，有时候也指风格。笔者认为，中西文体现具有互补的理论空间：内在的语言表现与外在的体制形式相结合，才是一种文体风貌的完整呈现。有鉴于此，本文试图从内容层面的体制特点、形式层面的款式特点入手，再论讲史平话的文体特征。

我们首先面临的问题是，"平话"是一个文体概念吗？"平话"的得名，研究者以为可能是指平说的话本，也就是不加弹唱的讲演，与诗话、词话相对而言。明代以后，"平话"又写作"评话"，大概是因为说书人经常在讲说故事时加以评论[②]。究其实，"平话"或"评话"并不是讲史专有名称，而是"说话"的别称[③]；所谓"平说"或"评论"，在小说类话本中是常见的表现形式。确实，古人对通俗性作品的称谓存在一定的随意性，如"传奇""乐府"之类，并不一定是某种文体的专指。即便是"话本"一词，古人在使用时，有时候指文本，有时候则是指"说话"本身。在古代丰富的文体学著述中，小说、戏曲等文类基本上不在其研究视野之内。因此，古人的片言只语不足以成为我们考察文体的重要依据。

尽管如此，笔者认为，还是有必要将一般性的随意称呼与出版物的定

[①] 楼含松：《论讲史平话的语言特征》，《浙江大学学报》（人文社会科学版）2002年第6期。

[②] 程毅中：《宋元小说研究》，江苏古籍出版社1998年版，第258—259页。

[③] 关于这一点，萧相恺论述较详。见萧相恺《宋元小说史》，浙江古籍出版社1997年版，第45—47页。

型化名称加以区别。从现有资料看，标有"平话"字眼的文本，有以下几种：《新编五代史平话》《武王伐纣平话》《乐毅图齐七国春秋平话后集》《秦并六国平话》《续前汉书平话》《三国志平话》《吴越春秋连像平话》，此外还有《宣和遗事》吴郡修绠山房刊本卷四题《新镌平话宣和遗事》。据记载，《永乐大典》原收平话26卷，但编在卷一七六三六至卷一七六六一的"话"字部，已全佚；《四库全书总目提要》卷五四杂史类存目三《平播始末》"平话"一词后注云："按《永乐大典》有平话一门，所收至夥，皆优人以前代轶事，敷演成文而口说之。"① 四库馆臣认为"平话"在文类上属于"杂史"，其渊源则是说话中的"讲史"。从现存的文本来看这一界定，基本上是符合实际的。独独将这类文本命名为"平话"，多少反映出整理者、出版者的文体意识：它与其他话本在内容与形式上是有所不同的。那么，这种区别体现在什么地方呢？

一　开场诗和散场诗

在整部讲史平话的开端，通常有一两首七绝或七律发引，作为开场诗。开场诗有不同的形式：有的是概括全部历史，如《武王伐纣平话》《薛仁贵征辽事略》；有的专门交代该讲史平话的内容，如《七国春秋平话后集》《三国志平话》；有的以评论发端，如《宣和遗事》《秦并六国平话》《五代梁史平话》。在讲史平话的篇末，都有一首七绝或七律作为散场诗，也有不同的形式：有的是总结全文内容，如《五代唐史平话》《三国志平话》；有的用作评论，总结历史教训，如《五代晋史平话》《宣和遗事》《秦并六国平话》。现存平话中只有《前汉书平话续集》没有开场诗和散场诗，可见这个平话前后都有残缺。

开场诗和散场诗的内容前后呼应，如《七国春秋平话后集》的开场诗。诗曰："七雄战斗乱春秋，兵革相持不肯休。专务霸强为上国，从兹安肯更尊周？诗曰：战国诸侯号七雄，干戈终日互相攻。燕邦乐毅齐孙膑，谋略纵横七国中。"散场诗则作："齐国功成定太平，诸邦将士各还京；纵横斗智乐孙辈，青史昭垂万世名。"这是以事起，以事结，前后连贯。《三国志平话》与此相同。有的平话以议论起，以议论结，相互生发。如《宣和遗事》开场诗："暂时罢鼓膝间琴，闲把遗篇阅古今。常叹贤君务勤俭，深悲庸主事荒淫。致平端自亲贤哲，稔乱无非近佞臣。说破兴亡多少事，高山流水有知音。"散场诗引刘后村咏史诗一首云："炎绍

---

① 纪昀：《四库全书总目》，中华书局1983年版，第485页。

诸贤虑未精,今追遗恨尚难平。区区王谢营南渡,草草江徐议北征。往日中丞甘结好,暮年都督始知兵。可怜白发宗留守,力请銮舆幸旧京!"《秦并六国平话》与此同。

　　开场诗和散场诗是说话艺术所固有的形式。这种特点的形成,盖源自唐代俗讲中"押座文"与"解座文"[①]。押座文、解座文为押韵的诗赞体,其各篇的内容大同小异,很多语句各篇通用。罗烨《醉翁谈录·舌耕叙引》中有"小说引子",后有小字注明"演史、讲经并可通用",表明这是说话人通用的一篇开场白,其中有一篇"歌云",从"传自鸿荒判古初"写起,概叙历代兴废,直至宋朝,和讲史平话概叙内容的开场诗很相似。《武王伐纣平话》开场诗云:"三皇五帝夏商周,秦汉三分吴魏刘,晋宋齐梁南北史,隋唐五代宋金收。"此诗复见于《薛仁贵征辽事略》卷首,又见于明成化年间说唱词话《新刊全相唐薛仁贵跨海征辽故事》开篇,可见正是一首"通用"的讲史开场诗。

　　在小说话本中,也例有开场诗(词)和散场诗(词),以《京本通俗小说》为例,《错斩崔宁》的开场诗是一首七律:"聪明伶俐自天生,懵懂痴呆未必真。嫉妒每因眉睫浅,戈矛时起笑谈深。九曲黄河心较险,一重铁甲面堪憎。时因酒色忘家园,几见诗书误好人?"散场诗是一首绝句:"善恶无分总丧躯,只因戏语酿灾危。劝君出语须诚实,口舌从来是祸基。"这是以议论起,以议论结。《菩萨蛮》同此。

　　小说话本中没有概述全篇内容的开场诗和散场诗,是因为小说情节单纯,篇幅短小,能够一场讲完,没有预先提要和结束回顾的必要。这是小说和讲史的区别。《碾玉观音》《西山一窟鬼》《志诚张主管》《拗相公》《冯玉梅团圆》的开场诗和"入话"则合为一体。

二　入话与头回

　　在小说话本中,开场诗后紧接"入话"和"头回"。入话指篇首的诗词之后加以解释,然后引入"正话"这部分内容。在诗词和入话之后,有的话本还插入一段与正话相类(或相反)的故事。这段故事自身就成

[①] 黄征、张涌泉《敦煌变文校注》卷七收有押座文10篇、解座文3篇。注引向达《唐代俗讲考》云:"押座之押或与压字义同,所以镇压听众,能使静聆也……此当即后世入话、引子、楔子之类耳。"孙楷第《唐代俗讲轨范与其本之体裁》云:"押即镇压之压,座即四座之座……'押'可通作'压',有镇静镇伏意……押座之意可释为静慑座下听众,开讲之前,心宜专一,故以梵赞镇静之。"黄征、张涌泉校注:《敦煌变文校注》,中华书局1997年版,第1140页。

为一回书，具有相对的独立性，位置又在正话的前头，所以叫作"头回"，亦称"得胜头回""笑耍头回"①。区分"入话"与"头回"，主要看说话内容中是否有具体的故事情节：入话是议论、说明为主的；头回则是故事，是有意在结构上造成情节的"错位"②。讲史平话中的入话与头回，情形比较复杂。现存平话中，只有《秦并六国平话》提到"头回"一词。这部平话的开篇由"鸿蒙肇判、风气始开"写起，简叙夏、商、周三代传承，春秋五霸，战国七雄，秦始皇一统天下，秦始皇崩，赵高与李斯杀胡亥，立子婴为君，赵高弄权，子婴杀赵高。接着是："有胡曾诗为证。诗曰：'汉祖西来秉白旄，子婴宗庙起波涛。谁怜君有翻身术，解向秦宫杀赵高。'在后，天降圣人，汉高祖刘邦领兵入关，系项以组，封皇帝玺，降于枳道。这个头回且说个大略，详细根原，后回便见。"这里，头回的功能是讲解历代世系，介绍历史知识；记叙本篇情节大略，作为提要。

《宣和遗事》从"茫茫往古、继继来今"写起，简叙历代理乱得失，直到安史之乱。作者道："今日话说的，也说一个无道的君王，信用小人，荒淫无度，把那祖宗浑沌的世界坏了，父子将身投北去也，全不思量祖宗创造基业时，真不是容易也！"这段话预告了后面的内容。接着再叙宋代历朝更替，较详细地写了王安石变法，目的是为说明"宋朝失政，国丧家亡，祸根起于王安石引用婿蔡卞及姻党蔡京在朝，隐害忠良，奸佞变诈，欺君虐民，以致坏了宋家天下"，为后文作铺垫。再接下来的一段是："哲宗崩，徽宗即位。说这个官家，才俊过人，口赓诗韵，目数群羊；善写墨君竹，能挥薛稷书；通三教之书，晓九流之典。朝欢暮乐，依稀似剑阁孟蜀王；论爱色贪杯，仿佛如金陵陈后主。遇花朝月夜，宣童贯、蔡京；值好景良辰，命高俅、杨戬，向九里十三步皇城，无日不歌欢作乐……宋江三十六人，哄州劫县；方腊一十三寇，放火杀人……即位了二十六年，改了六番年号，改建中靖国，改崇宁、改大观，改政和，改重和，改宣和……"

以上是《宣和遗事》进入"正话"之前的部分，内容比《秦并六国平话》丰富，但其形式和作用是相同的，也在头回里预告了正话中宋江、方腊、金人入侵、二帝北狩等事。这两部平话的开场诗都是评论式的，而

---

① 胡士莹：《话本小说概论》，中华书局1980年版，第258—259页。
② "有意味的错位"，是杨义对小说话本中入话与头回叙事功能的新颖阐述，但他对入话与头回未加区别。参见杨义《中国古典小说史论》，中国社会科学出版社1995年版，第227—231页。

头回则介绍历史发展的大致情况,以及该集平话的大致内容,使观众有起码的历史概念,提高他们听讲的兴趣。《五代梁史平话》和《武王伐纣平话》的头回也是介绍历史发展概貌的,只是没有本集故事的提要,因为这两部平话都是作为一个系列平话的第一部,无法对整个系列的内容作扼要的介绍。

由此看来,这些讲史平话的"入话"都缺乏具体的故事情节,无法独立存在,其性质更接近于小说话本的"入话",但又和"入话"有所不同:其概述全篇的内容,是小说话本所没有的。《秦并六国》称之为"头回",大概也是一种比较随意的称谓,我们姑且沿用。从讲史平话的头回可以看出,讲史家十分注意历史发展的连续性和规律性,有意将自己讲述的内容置于历史的长河中,尽量揭示其源流、因果关系,具有一定的历史意识。另外,头回中多有描写征兆的内容,如《五代梁史平话》写到唐太宗宣袁天罡夜观星象,推测世运,得一谶语为"非青非白非红赤,川田十八无人耕",预示了黄巢起事。《宣和遗事》头回也写道:"(宋)太宗问:'朕主国以来,将来运祚如何?'陈抟奏道:'宋朝以仁得天下,以义结人心,不患不久长。但卜都之地,一汴,二杭,三闽,四广。'太宗再三诘问,抟但唯唯不言而已。在后高宗中兴,定都杭州,盖符前定之数,亦非偶然也。"这些都体现出了混合星命术数、因果报应思想的民间历史观,也是天人合一、王权神授的儒家思想的反映。在叙事功能上,这样的"头回"具有"预述"与"预示"的作用,这在小说话本中是不多见的,并影响到讲史平话总体的叙事结构。

《三国志平话》的头回是一个例外:它写了一个司马仲相断狱的故事,谓韩信、彭越、英布诉于地府,结果让他们三人分别投生为曹操、刘备、孙权,蒯通投生为诸葛亮,立三国代汉。这故事在《五代梁史平话》中也有概述,而故事中的人物与投生的结果微异①,看来,这个故事在当时的民间流传颇广,影响甚大。从内容看,这个故事首尾完整,估计原是宋代说话中的"灵怪"故事,属小说类,是独自成篇的。明冯梦龙《古今小说》卷三一《闹阴司司马貌断狱》就是由此改编而成,其内容比《三国志平话》要丰富,除韩信、彭越和英布告刘邦、吕氏外,还有丁公

---

① 《五代梁史平话》卷上:"刘季杀了项羽,立着国号曰汉。只因疑忌功臣,如韩王信、彭越、陈狶之徒,皆不免族灭诛夷。这三个功臣,抱屈衔冤,诉于天帝。天帝可怜见三功臣无辜被戮,令他们三个托生做三个豪杰出来:韩信去曹家托生,做着个曹操;彭越去孙家托生,做着个孙权;陈狶去那宗室家托生,做着个刘备。这三个分了他的天下……"佚名:《新编五代史平话》,古典文学出版社1954年版,第4页。

告刘邦，戚氏告吕后，项羽告王翳、杨喜、夏广、吕马童、吕胜、杨武，并一一都有报应，这大概是原本仲相（《古今小说》作重湘）断狱故事的完整情节，并非出于冯梦龙的增补。清代还有一种无名氏的话本小说，题为《三国因》，内容与《古今小说》中的这一篇大同小异，估计也是根据民间传说整理而成。因为这一故事在宋元时流传很广，又和三国故事有联系，所以《三国志平话》编刻者将它移来作为头回，作为对三国历史的解释。

三 插图、立目和分卷

通俗读物图文相配的形式由来已久，敦煌变文中有许多作品就是这种形式，最典型的是《降魔变文》（伯4524），一面画着劳度差斗圣的故事，一面写着与图相应的一段变文唱词①；《大目乾连冥间救母变文并图一卷并序》，从题目即可看出是有插图的；《韩禽虎话本》卷末称"画本既终，并无抄略"，说明这种附图的变文又称"画本"。现存平话中，《全相平话五种》有插图，每叶上方三分之一为插图，下方三分之二为文字，每一图两边为一行字，组成一句话，作为该图的标题，图下文字的内容和图基本相应，故称"全相"，其形式和现代的连环画相似；《五代史平话》原本未见，不知有无插图；《宣和遗事》明刊本卷首有图；《吴越春秋连像平话》原本未见，从书名看，也是有图的，"连像"就是"全相"之意；《全相平话五种》的插图比较粗劣，但也足以增加阅读的趣味，这也表明平话不再是讲史艺人的话本，而是通俗读物。正如鲁迅在《中国小说史略》中所说："观其简率之处，颇足疑说话人所用之话本，由此推演，大加波澜，即可愉悦听者。然页必有图，则仍亦供人阅读之书也。"② 1967年，在上海嘉定发现的明代成化年间刊印的说唱词话本，有的每页有图，版式与《全相平话五种》相似；有的则用插图，书名也多称"新编""新刊""全相"等③。从中国版画史、印刷史看，插图是宋元以来通俗读物尤其是小说戏曲刊本的普遍形式。虽然插图本身不属于文体要素，但这种刊本体制特点，对我们确定平话的文体归属还是有帮助的。

《七国春秋后集》和《三国志平话》在正文中有黑底阴文的小题目，大抵与图上题句相合，一个题目可能是讲史的一回，这种形式可看作后来

---

① 王重民、王庆菽、向达等：《敦煌变文集》，人民文学出版社1957年版，插页图片。
② 鲁迅：《鲁迅全集》第8卷，人民文学出版社1957年版，第102页。
③ 《明成化说唱词话丛刊》，文物出版社1979年版。

章回体小说的滥觞①。但这些小题目的位置很不固定，有时放在一回书的前面，有时则插在故事的中间，有一定的随意性。《五代史平话》和《宣和遗事》在正文中没有小标题，但卷首有目录，可能是从正文中抽出的，说明这两部平话的编印者有意改变话本形式，向传统的书籍形式靠拢。

现存讲史平话都是分卷（集）的。《新编五代史平话》的梁史、唐史、晋史、汉史和周史平话，各分为上下两卷；《全相平话五种》的每一种都分为上、中、下三卷；《宣和遗事》士礼居丛书本分为前后两集，金陵王氏洛川校正重刊本则分为元、亨、利、贞四集。平话的分卷，显然也是采用了传统书籍的形式，分卷的目的主要是为篇幅的均等，而不一定是由于内容的需要。如《七国春秋平话后集》中卷末尾，写齐将袁达跟石丙相斗："当时，二人弃马步斗，约斗八十余合。一人败走，走者是谁人？却被袁达斧迎破石丙锤，石丙败归燕阵。——乐毅图齐中卷终。"下卷开头即道："石丙回寨见乐毅，具说前事。乐毅曰：'你敢再出战么？'石丙曰：'暂气歇！'言未毕，外有袁达高叫：'离乱不睹明朝，太平只在今日。交败将石丙出战！'毅见石丙不胜袁达，使一小计……"上下紧相连接，属同一回书的内容。

《全相平话五种》的分类大致是这种情况。《五代史平话》和《宣和遗事》的分卷虽然也有篇幅上的考虑，但兼顾了内容的完整性。《五代史平话》在上卷的末尾和下卷的开头各题一诗，使各卷都以诗起，以诗结，诗的内容大都和本卷故事有关。例如《唐史平话》卷上末尾的题诗是："晋王立志本忠纯，誓死羞为失节人。不共戴天灭梁寇，深期洗日作唐臣。只缘诸将勤拳劝，翻误老奴规谏谆。大宝归来天所命，况于献玺有传真。"卷下开头诗曰："称尊享御谩君临，辜负当年告庙心。身死伶人优戏手，只缘批颊纵情淫。"两首诗分别有承上和启下的作用。《宣和遗事》士礼居丛书本前集末了曰："后来吕省元做《宣和讲篇》，说得宣和过失，最是的当，今附载于此。"吕省元即吕中，字时可，淳熙七年（1180）进士，迁国子监丞，兼崇政殿说书，进讲经史，著有《皇朝大事记》。这里说的《宣和讲篇》即《大事记》中的一篇。下集末了是一段议论："世之儒者，谓高宗失恢复中原之机会者有二焉：建炎之祸，失其机者，潜善、伯彦偷安于目前误之也；绍兴之后，失其机者，秦桧为虏用间误之也。失此二机，而中原之境土未复，君父之大仇未报，国家之大耻不能雪。此忠

---

① 参看胡士莹《话本小说概论》《乐毅图齐》卷上插图题句和文中题目的对照表，胡士莹《话本小说概论》，中华书局1980年版，第709页。

臣义士之所以扼腕，恨不食贼臣之肉寝其皮也欤！"这段话也出于吕中的《大事记》。上下集的结尾都摘取《大事记》以为总结，借以表达自己的思想感情，也使分卷的形式更显齐整。通过比较可以看出，《全相平话五种》的分卷形式比较原始，而《五代史平话》和《宣和遗事》的分卷则显得比较精致，形式感更强，这也可以看出后两种平话经写定者加工的成分更多。

综上所述，可以看出，讲史平话的体制和款式特点，正介于口头文学和书面文学之间：开场诗和散场诗、入话与头回保留了讲史固有的形式，插图、立目和分卷则体现了书面化的特征。平话的体裁特点和语言特点相辅相成。体裁和语言都有很强的规范力，采用何种体裁，就不能不受这种文体的常规语言的制约；反之，采用何种语言，就意味着必须遵循这种语言的体裁特点。白话和文言、口头文学和书面文学，讲史平话就处在这样的边缘地位，它不是一种成熟的文体，因此寿命极短，很快被后起的历史演义取代，但它所体现的写定者的文体意识和探索，无疑对后人创立历史演义有不小的启迪。

（原载《浙江大学学报》2004年第5期）

论历史演义的命名及其界定

楼含松

一 问题的由来

　　文学创作既是作家思想倾向、艺术个性的主观表现，又受到作品题材、体裁的客观制约，并不可避免地受到以往创作模式、风格流派的影响。根据不同的标准，对作品进行分门别类，可谓由来已久。在中国，从《诗经》的"风、雅、颂"即已开此先河。古代小说起步较晚，而且一直受到正统文人的歧视，有关的理论探讨和诗文相比显得十分薄弱，但对小说进行分类，则几乎是伴随着小说的产生而产生。南宋罗烨《醉翁谈录·小说开辟》列举大量小说名目，分别将它们归入"讲历代年载废兴，记岁月英雄文武，有灵怪、烟粉、传奇、公案，兼朴刀、棍棒、妖术、神仙"等门类，明确地以题材同异进行归纳。比罗烨的分类影响更大的是当时所谓的说话"四家数"。由于古人的记载语焉不详，学者们对如何区别"四家数"尚未达成共识，但可以肯定的是"四家数"的区分也主要是从题材内容出发的。明代胡应麟（1551—1602）在《少室山房笔丛·九派叙论》中，也对古小说进行了分类，分为"志怪、传奇、杂录、丛谈、辨证、箴规"六类，同时指出："丛谈、杂录二类，最易相紊，又往往兼有四家，而四家类多独行，不可搀入二类者。至于志怪、传奇，尤易出入，或一书之中，二事并载，一事之内，两端具存，姑举其重而已。"胡应麟的分类以内容为主，兼顾了形式，并坦白地承认，就内容而言各类小说相互渗透，你中有我，我中有你，难以作绝对的划分。

　　到十九世纪末，由于改良派的倡导，小说开始受到知识界的普遍重视，在创作和出版小说蔚然成风的同时，对小说的分类也渐趋细密。梁启超1898年作《译印政治小说序》、1899年作《饮冰室自由书》，开始提到政治小说、历史小说等概念。1902年《新民丛报》十四号载《中国唯一之文学报〈新小说〉》①，在介绍本报内容时，开列的小说类型有历史小说、政治小说、哲理小说、写情小说、语怪小说、札记体小说、传奇小说等。这些小说类型有的可以在古代小说中找到先例，有的则是在翻译小说影响下产生的新品种，或干脆专指外来小说（如哲理科学小说"专借小说以发明哲学及格致学，其取材皆出于译本"）。

1924年鲁迅出版《中国小说史略》，第一次系统论述古代小说发展的源流，对不同时代的小说进行了精辟的分析和归类，提出了"志怪、志人、传奇、话本、拟话本、讲史、神魔、人情（才子佳人）、讽刺、狭邪、侠义、公案、谴责"诸派。1930年郑振铎发表《中国小说的分类及其演化的趋势》②，对古代小说的分类作了新的尝试，首次运用了短篇、中篇、长篇小说的概念，后来他在《插图本中国文学史》中也大致采用了这种分法。根据篇幅长短分类的做法，对把握古代小说特性没有多大帮助，所以没有产生什么影响；但他从讲史中分出"英雄传奇"一类，则被学术界普遍接受。1933年孙楷第《中国通俗小说书目》出版，卷首"分类说明"阐述了其分类编目的大旨：

> 簿书分类，宜以性质区画，不得以形式为制，故余此书不用长篇短篇之名，略因时代先后立四部以统之：曰宋元部，以宋元讲史小说隶之。曰明清讲史部，以讲史书隶之，曰明清小说部甲，以小说短篇合于最初体制者隶之。曰明清小说部乙，因古今之宜立四目：曰烟粉、灵怪、公案、讽谕，以长篇小说之变古者隶之。其因书未见致书之性质文体不明者，另为存目一卷附于后。③

其分法承袭《中国小说史略》而稍有变异。以后的文学史和小说史论著，大抵以鲁迅的分法为准，而参以郑、孙之说，或变"神魔"为"神怪"、变"人情"为"世情"，皆无关宏旨，不会产生多大的歧义。

但就历史题材小说的类型划分和命名，却多所分歧，造成了概念上的混乱。鲁迅《中国小说史略》列"讲史"一类，除了依据正史演义者，

---

① 陈平原、夏晓虹编：《二十世纪中国小说理论资料》第一卷，北京大学出版社1989年版，第41—47页。
② 郑振铎：《中国小说的分类及其演化的趋势》，《郑振铎古典文学论文集》（上），上海古籍出版社1984年版，第330—346页。
③ 孙楷第：《中国通俗小说书目》，作家出版社1957年版，第2页。

"叙一时故事而特置重于一人或数人者……则亦当隶于讲史"①，其中包括了《水浒传》。游国恩等主编的《中国文学史》将以《三国演义》为代表的这类小说称为长篇历史小说，北京大学中文系编撰的《中国小说史稿》则将《水浒传》列为"历史小说"。辽宁教育出版社出版的"古代小说评介丛书"，在类型划分上尤为混乱。这套丛书分类编撰，其中专设"历史小说"一辑，而在"分类史话"这一辑中，又有《讲史小说史话》。在这套丛书里，《水浒传》的类型归属很不稳定，《讲史小说史话》中有讨论，而对它的专门评介，却是在"侠义公案类"一辑中。浙江古籍出版社的"中国小说史丛书"正在陆续出版，已出的《侠义公案小说史》中，论及《水浒传》，认为它"开创了侠义小说的新纪元"。从预告看，有一种《历史小说史》，尚不知作者将如何界定"历史小说"这一概念。

类型研究的前提，首先必须确立某些普遍性的分类原则。在笔者看来，小说类型的划分应该题材内容和表现形式（体裁、结构、语言等）并重而不可偏废。同时需要指出的是，每种小说类型都有一个形成、发展、演变的过程，带有一定的时代烙印。因此，就小说史研究而言，一种小说类型的命名和界定，必须体现较为明确的时代特征、题材特征和形式特征。按照这三方面的要求，对"历史小说""讲史小说""历史演义"这些概念作一番循名责实的考察，有助于我们理顺思路，作出鉴别。

二 历史小说、讲史小说、历史演义

"历史小说"（historical novel）是个外来名词。《简明不列颠百科全书》对它的解释是这样的："试图以忠于历史事实和逼真的细节等手段来传述旧时的风气、习俗以及社会概况的小说。作品可以涉及真实的历史人物，也允许以虚构人物和历史人物相混合，它还可以集中描绘一桩历史事件。"② 较常见的是，它试图对过去的社会作较为广泛的描述，以虚构人物的私生活从社会重大事件中所受的影响来反映这些重大事件。历史小说是近代西方小说的一种重要类型，主要指以司各特（1771—1832）作品为代表的一类小说，托尔斯泰的《战争与和平》也是历史小说的代表作。国人最初使用这一概念时，是有较明确的界定的："历史小说者，专以历

---

① 鲁迅：《中国小说史略》，作家书屋1943年版，第102页。
② 中国大百科全书出版社《简明不列颠百科全书》编辑部译编：《简明不列颠百科全书》第5册，中国大百科全书出版社1986年版，第243页。

史上事实为材料,而用演义体叙述之。盖读正史则易生厌,读演义则易生感。"① 其所指大抵是演义体小说。而现代人使用这一概念时,主要是着眼于小说的题材特征,而较少顾及时代和形式体裁的因素。这样一来,《三国演义》和《水浒传》有时都被称为历史小说,至于当代,《李自成》《曾国藩》《康熙大帝》等都冠以历史小说之名。众所周知,这是一些明显属于不同类型的作品。《水浒传》的一些特征倒是比较接近西方"历史小说"的概念,郑振铎将《水浒传》称为"英雄传奇",切中肯綮;而以《三国演义》为代表的一类古代小说的类型特征与"历史小说"的本来意义则有较大差别。显然,历史小说作为一般的泛称还差强人意,但把它作为古代小说的类型,则大而无当,不切实用。这也暴露了小说类型研究中题材决定论的局限。

"讲史"出自宋人。灌圃耐得翁《都城纪胜》"瓦舍众伎"条载:

说话有四家:一者小说,谓之银字儿,如烟粉、灵怪、传奇。说公案,皆是搏刀赶棒及发迹变泰之事。说铁骑儿,谓士马金鼓之事。说经,谓演说佛书。说参请,谓宾主参禅悟道之事。讲史书,讲说前代书史文传、兴废争战之事。②

吴自牧《梦粱录》"小说讲经史"承袭其说,而对"讲史"一家言之更详:

讲史书者,谓讲说《通鉴》,汉唐历代书史文传。兴废争战之事,有戴书生、周进士、张小娘子、宋小娘子、丘机山、徐宣教。又有王六大夫,元系御前俗讲,为幕士请给,讲诸史俱通。于咸淳年间,敷演《复华篇》及《中兴名将传》,听者纷纷,盖讲得字真不俗,记问渊源甚广耳。③

如前所说,由于宋代各家对"四家数"的记载文字含混,划分的标准也不统一,致使现代学者对宋代"四家数"的分法颇多分歧,迄无定论。但以"讲史"为四家之一,则概无异议。在罗烨《醉翁谈录》和周密《武林旧事》中,"讲史"又作"演史"。这一概念包含两个方面:一是

---

① 陈平原、夏晓虹编:《二十世纪中国小说理论资料》第一卷,北京大学出版社1989年版,第41—47页。
② (宋)不著撰人:《都城纪胜》(外八种),上海古籍出版社1993年版,第9页。
③ (宋)吴自牧:《梦粱录》,浙江人民出版社1980年版,第196页。

"讲（演）",指其形式,表明它是一种伎艺,属于表演艺术（说唱）范畴；二是"史",指其内容,特指"史书",即"《通鉴》、汉唐历代书史文传"中"兴废争战"这样一些政治、军事斗争内容,作为历史的延伸,其内容还可以包括当代题材,如王六大夫讲的《复华篇》和《中兴名将传》。因此,无论从语源还是从词义看,它只能是指宋元说话之一家,如果有所谓"讲史小说",充其量也只能指宋元讲史平话,如《五代史平话》《全相平话五种》等,拿它指称宋元以后涉及历史题材的小说,难免界限不清。而讲史平话并不是有一定之规的小说类型,就现存的平话作品看,在历史题材的处理方式上存在明显的差别,这种差别主要表现为对待历史真实的不同态度：有的尊重历史真实,把史籍记载作为主要的素材来源,未敢作太多的艺术虚构；有的仅仅把历史人物和事件作为创作的由头和背景,而肆意发挥想象,其内容与历史事实有较大距离；有的则努力在历史真实和艺术虚构的夹缝中求生存,追求两者的平衡和统一。这些不同的创作取向影响了明清两代的小说创作,正如孙楷第先生指出的那样：

> 通俗小说中讲史一派,流品至杂。自宋元以至于清,作者如林。以体例言之,有演一代史事而近于断代为史者；有以一人一家事为主而近于外传别传及家人传者；有以一事为主而近于纪事本末者；亦有通演古今事与通史同者。其作者有文人,有闾里塾师,瓦舍伎艺。大抵虚实各半,不以记诵见长。亦有过实而直同史抄,凭虚而全无根据者,而亦自论于讲史。如斯纷纷,欲以一定标准絜其短长,殆非易事。①

鲁迅把《水浒传》列入"讲史",可能是考虑到它的前身是讲史平话《宣和遗事》。但《宣和遗事》本身体例颇杂：其前半多来源于民间说话,语言较通俗,内容也以传说为主,于史实多有不符；其后半多取自野史笔记,内容与语言风格和前半部分判然有别。而《醉翁谈录》著录的"花和尚""青面兽",则是明确归入"小说"而非"讲史"。由此看来,把明清时期历史题材的长篇小说一律称为"讲史小说",虽然揭示了它们与宋元讲史的渊源关系,却不能体现文学发展的趋势和轨迹,也难以反映明清小说创作的丰富性和小说类型的多样性。

明代人已很少提到"讲史",代之而起的是"演义"。"演义"一词

---

① 孙楷第：《中国通俗小说书目》,作家出版社1957年版,第13页。

出自《后汉书·逸民传·周党》："党等文不能演义，武不能死君。"原意为阐发义理。唐人已将此词作为书名，苏鹗（晚唐人，光启中进士）有《演义》二卷，是考证名物之书，《四库全书》把它列入杂家，本与小说无关。明代小说以"演义"为书名者，实自《三国志通俗演义》始。今所发现最早的《三国演义》版本为弘治甲寅（1494）庸愚子蒋大器序、嘉靖壬午（1522）修髯子张尚德作引的本子。就版本时代而言，迄未发现有比嘉靖本《三国志通俗演义》更早的以"演义"命名的小说。《三国志通俗演义》在相当长的时间内以抄本形式流传，但传抄的范围毕竟有限，此本一出，其影响就扩大了，并掀起了创作历史演义的高潮。后起的小说在艺术上模仿《三国志通俗演义》，而且书名也大多用"演义"，如《东西汉通俗演义》《东西晋演义》《大宋中兴通俗演义》等。其后历史演义代有所作，直至民国初年，还有蔡东藩新编的《列朝通俗演义》问世。

通过以上的考察和比较可以看出，用外来词"历史小说"来作为古代小说的类型名称显得有些水土不服，而"讲史小说"的时代感不强，也缺乏清晰的类型特征，只有"历史演义"一名，能集中体现时代、题材和形式三方面的特征，符合明清小说创作状况，将它作为类型名称，可以对此类小说作出比较清晰的定位。

三 历史演义的总体特征

从"讲史"到"演义"，如果仅仅是名称的变更，当然不值得讨论，关键是看作品的内容到形式的发展和变化。明代的历史演义继承了平话的诸多特点，如对史书的依赖、分卷分目的体制等。历史演义强调通俗，杨尔曾《东西晋演义》序："一代肇兴，必有一代之史，而有信史，有野史，好事者聚集而演，以通俗谕人，名曰演义。"陈继儒《唐书志传》序："演义，以通俗为义者也。"袁宏道《东西汉通俗演义》序："文不能通而俗可通，则又通俗演义之所由名也。"甄伟《西汉通俗演义》序："西汉有马迁史，辞简义古，为千载良史，天下古今诵之，予又何以通俗为邪？俗不可通，则义不必演矣。义不必演，则此书亦不必作矣。"无不标榜通俗，这一点与宋元讲史的民间文学性质是一脉相承的。有一些历史演义，差不多就是平话的翻版，如《两汉开国中兴传志》之于《前汉书平话续集》，《南宋志传》之于《五代史平话》，都是大段大段直抄平话，只是作了一些文字润饰，根据正史增加了少量的内容，思想上、艺术上的提高不明显。但是，这些小说不能代表明代历史演义创作的真正成就。我们讨论一种小说类型，必须以这一类型中优秀的作品为基础，这些作品的成就和影响对类型的产生和类型特点的形成起着重大的作用。根据这一原则，拿最早产生、成就最高的历史演义代表作《三国志通俗演义》与它的"前身"《三国志平话》作比较研究，其演进的轨迹就可以看得非常清楚，如果再综合考察其他一些较为成功的历史演义，我们大致可以得出这样的结论。

在内容上，历史演义创作在保持通俗特色的同时，对历史真实性提出了更高的要求。庸愚子《三国志通俗演义》"序"说："若东原罗贯中以平阳陈寿传，考诸国史，自汉灵帝中平元年，终于晋太康元年之事，留心损益，目之曰《三国志通俗演义》。文不甚深，言不甚俗，事纪其实，亦庶几乎史。"修髯子《三国志通俗演义》"引"也称赞这部小说"是可谓羽翼信史而不违者矣！"《三国志通俗演义》对《三国志平话》中严重违背史实，过于荒诞不经的内容作了大量的删削和修改，提高了小说的历史真实感，庸愚子等的论点正是揭示了小说这一创作特色。此论附于《三国志通俗演义》而产生了广泛的影响，客观上起着理论倡导的作用。万历年间余邵鱼的《列国志传》就是在这种理论影响下产生的作品。余邵鱼在《题全像列国志传引》中说：

> 故继诸史而作《列国传》，起自武王伐纣，迄于秦并六国；编年取法《麟经》，记事一据实录。凡英君良将，七雄五霸，生平履历，莫不谨按五经并《左传》、十七史、《纲目》《通鉴》《战国策》《吴越春秋》等书，而逐类分沉。且又惧齐民不能悉达经传微辞奥旨，复又改为演义，以便人观览，庶几后生小子开卷批阅，虽千百年往事，莫不炳若丹青，善则知劝，恶则知戒，其视徒凿为空言以炫人听闻者，信天渊相隔矣。①

这可看作庸愚子等人观点的进一步发挥。而到冯梦龙的《新列国志》，这一创作思想再一次被强调。可观道人为《新列国志》所作的序言，指摘了余邵鱼《列国志传》不符史实之处和情节、文字上的疏漏粗率，并就冯梦龙的改编，提出了历史演义的创作原则：

> 本诸《左》《史》，旁及诸书，考核甚详，搜罗极富，虽敷衍不

---

① （明）余邵鱼：《题全像列国志传引》，万历三十四年：台馆刊《列国志传》，卷首页。

无增添，形容不无润色，而大要不敢尽违其实，凡国家之兴废存亡，行事之是非成毁，人品之好丑贞淫，一一胪列，如指诸掌。①

可观道人虽然允许适度的艺术加工，但要求艺术加工必须在广泛收集史料、不违史实的条件下进行。以上诸家对历史演义的真实性问题的论述，都倾向于将小说比附于史书，要求小说起传播历史知识的作用。这种创作思想的形成，客观上是由于对历史演义的文学属性认识不足，主观上则旨在提高小说的文化品位。他们不满于讲听史的粗犷朴野，如庸愚子就说："前代尝以野史作为评话，令瞽者演说，其间言辞鄙谬，又失之于野，士君子多厌之。"而史学在古代文化结构中有着崇高的地位，历史演义在内容上与历史著作存在天然的联系，为抬高小说的身价而将小说与史传进行"嫁接"，无疑是十分便捷的方法。明代许多历史演义书名前题有"按鉴"字样，尽管有的名不副实，但反映了作者（或书商）借此抬高身价，招徕读者的动机。另有一些小说用"志传""志""传"为书名，干脆掩盖其小说的真面目，而以史著自居了。在具体创作中，作者们勤于搜罗史料，间杂考据，常常以按语的方式在叙述情节的同时辨证史实，俨然史家笔墨。他们力求全景式地展示历史发展的进程，以揭示盛衰治乱的根源为旨归，而不再像平话那样用因果报应的宿命论来解释历史。

在形式上，历史演义所采用的章回体也是在平话传统和史传文学的两方面影响下逐渐形成的。讲史由于内容丰富，势必要分回讲说，并有意造成情节的悬宕以吸引听众的再次光顾。平话既然是书面形式的读物，也就按照古代图书的传统进行分卷，并配制插图以增加读者的兴趣。明代通俗演义保留了这些特点，以此作为"通俗"的特色之一。另一方面，章回体的形成也和编年体和纲目体的史著体裁有一定的关系。如《大宋中兴通俗演义》"凡例"称"大节题目俱依《通鉴纲目》"。每于卷首标明本卷起迄时间，显然也是模仿《纲目》体例。在叙事模式上，打破了平话单线发展的情节结构，而采用头绪众多的叙事方式。和平话相比，历史演义中表、章、奏、书大量增加，有的直接从史书中辑录，并引用史家和其他文人的论赞题咏，可谓"文备众体"。其叙事语言"文不甚深，言不甚俗"，是较为浅显的文言，有的直接从史书中过录。

至此，我们可以给历史演义下这样的界定：（1）以叙一朝或几代的历史为主要内容，重要事件、时代年月多以正史为依据；（2）以帝王将

---

① 朱一玄编：《明清小说资料选编》上册，朱天吉校，南开大学出版社2012年版，第8页。

相为主角；（3）以政治斗争、军事斗争为主要情节；（4）叙事和议论相结合，臧否人物，评说政事，或旁征博引，或直抒己见；（5）采用长篇的体裁、编年体和纪传体相结合的多线索、多层次的叙事结构；（6）语言文、白相间，叙述语言多用浅近的文言，人物语言偶尔用白话。

　　需要指出的是，以上对历史演义的界定，是对这一小说类型归纳、综合的结果，而不是说每一部历史演义都具有上述的特点；另外，不能把这些类型特点绝对化，把它们看作一成不变的框框。小说类型是动态的，而不是静止的；是开放的，而不是封闭的。某一类型可能被突破，不同类型之间也可能相互影响。正是通过突破—整合—突破的动态发展，小说创作才获得了无尽的艺术空间。对小说进行类型研究，其目的就是考察小说艺术发展的历史走向，通过比较分析来探寻具体作品的独创性。本文对历史演义的类型界定和特征归纳，是建立在部分作品的个案研究基础上的，目的是为同类小说的研究提供一个参照。

（发表于《浙江社会科学》2000 年第 5 期）

论《西游记》的深层结构

楼含松

一

　　一部《西游记》，实际上可分为两大部分。前一部分是孙悟空的成长史，以"大闹天宫"为主要情节，到第七回止，这是一个具有相对独立性的部分；第八回到十二回介绍了西天取经的缘起，是必要的过渡，没有独立价值；十三回以后，悟空跟随唐僧走上了取经道路，直至小说结束，以取经途中的种种曲折经历，构成了小说的第二部分。这两个部分虽然并存于一部小说中，但结构上却有不同的面貌。前一部分主要是写孙悟空的个人行动，是人物传记式的单线结构；而后一部分则是写取经队伍师徒四人的集体行动，结构形式上要复杂得多。《西游记》的思想倾向和艺术风格虽然在第一部分已略显端倪，但一直到第二部分才得到充分体现和最终完成。因此，尽管前七回是十分精彩的，也是必不可少的，但无论从篇幅看还是从艺术分量看，全书的重点都应该在第二部分，研究的重点也应该放在这一部分。这一客观存在是显而易见的。

　　《西游记》这种结构现象，使我们自然而然地联想到《水浒传》的结构。《水浒传》主要将"武十回""宋十回"这种人物小传式的片段有机地组合在一起，反映了"逼上梁山"的社会现实和武装反抗由个人到集体的发展进程，从而构成小说前七十回的内容。这种人物小传式的结构形式与《西游记》前七回对孙悟空的描写十分相似。《水浒传》七十回英雄大聚义以后，由起义的高潮走向了被招安的道路，这个起义集体南征北战，损兵折将，直至全军覆没。这一部分内容的结构形式与《西游记》中取经部分也相去不远。——有的研究者正是拿孙悟空由叛逆到皈依的前后变化来比附梁山义军由反抗而被招安的。

　　由以上的粗略比较，我们发现这样一个问题：为什么《水浒传》前七十回的人物大多个性鲜明，呼之欲出，而到了后五十回中这些人物性格却再也没有什么发展变化，而且大多数原来活脱的形象到后来也变得缺乏生气、黯然无光了呢（如林冲、武松）？但《水浒传》这一艺术上的重大瑕疵，却没有在《西游记》中重演。取经路上的孙悟空与大闹天宫的孙悟空在性格上并无二致，描写刻画的成就可相颉颃，而且吴承恩还成功地塑造了唐僧和猪八戒这两个艺术形象。类似的结构，却取得了不同的成就，原因何在？

仔细比较两部小说，可以看到：《水浒传》到七十回梁山英雄排座次时，一百单八将已汇成了一个井然有序的集体，这个集体由于目标一致、等级分明、分工明确，它的内部是相当稳定的，唯其稳定，便把原来那些生龙活虎的英雄个性都淹没磨灭了。其间虽然有李逵等人出了几个不和谐音，然而也只是作为点缀，未待深入，即告宁息。而《西游记》则不然。在取经路上，孙悟空虽然依旧处在全书举足轻重的地位，但取经队伍的全体成员——四人一马，显然是作为一个集体相依为命，缺一不可的。除了龙马仅仅作为交通工具，没有什么特殊意义外，其他四位——唐僧、孙悟空、猪八戒、沙僧，各有职能和功用。从人际关系看，唐僧是师父，其他三人则是徒众；从利害关系看，唐僧是其他三人的"救命恩人"，三人只有护送唐僧安全到达西天，才能消除"罪孽"；从目的看，四人目标一致，都是为了取得真经，修成正果。这些因素使取经队伍各员具备了同一性，不至于使他们分崩离析，因而这个集体也是相对稳定的。但上述同一性却并未消磨人物个性，恰恰相反，作者把性格迥异的几个人物放到一起，写出了人物之间异常活跃的矛盾冲突。

文学作品的结构——特别是小说——绝对不是一种随心所欲的简单组合，或者是脱离作品内容的"空中楼阁"。形式与内容一样是有意味的。作者选择、设计、采用什么样的结构形式，归根到底，离不开作品的思想内容：有时可能是作者有意识地根据作品的主题进行构思；有时则可能是无意间受到内容的制约，落其彀中。就《水浒传》而言，作者在创作中始终清醒地将农民起义军与朝廷将相置于相对立的位置上，强调梁山义军的正义性和贪官污吏的倒行逆施，突出塑造宋江的忠义形象。这种强烈的主题意识使作者对起义军内部的矛盾冲突无暇顾及或有意回避，而着力渲染梁山英雄集体那种荣辱与共、生死相依、牢不可破的整体性。同样，《西游记》的结构形式也是与作品的思想主题密切关联的。本文拟从结构入手，来认识《西游记》的思想倾向和艺术成就。这里的结构分析，主要针对小说的第二部分。

二

《西游记》首先表现出来的，是取经队伍一路上降妖伏怪，斩鬼擒魔，历经九九八十一难，到达西天，取得真经，返回东土。这是小说的情节框架，按时空顺序排列组合，呈现出一种线性发展的结构形式。这个结构，可看作小说的表层结构。这个层次中，作者主要描写了取经队伍与形形色色的妖魔鬼怪所发生的冲突和斗争。透过作品表现出来的对神、佛、道的态度以及对神魔关系的处理，可以看出作者对社会的强烈不满和辛辣讽刺，看出作者愤世嫉俗的思想面貌；作者充满浪漫色彩的奇思妙想又使小说所描写的人物、环境和情节光怪陆离、无所不奇，从而形成了小说艺术风格上的传奇性。对这一结构层次，研究者向来十分重视，并多所创见，取得了可喜成果。限于篇幅，兹不赘述。

小说的另一结构层次，由取经队伍中人物之间错综复杂的关系所构成。这是作品的深层结构。这一结构层次中，贯穿始终的是对照原则。这种对照来自人物的不同性格。阅读小说可以发现，这个取经集体内部并非相安无事，"真经"取到之前，各人肚里有本经。我们先对主要人物的性格特征略作考察。

孙悟空：取经队伍的主角，叛逆的化身，勇敢和力量的象征。在取经队伍中，他实际上扮演着保护神的角色。他有着优异的品质和超常的才能，他蔑视权力，疾恶如仇，争强好斗。前七回中，孙悟空英雄传奇式的经历吸引了读者的全部注意力。十三回以后，悟空带着"大闹天宫"的光荣历史走上了取经道路，那固有的逆叛性并未因为皈依佛门而消失，他仍对天上世界的神仙们老大不敬，能"叫天天应，叫地地灵"，以"即上灵霄殿，动起刀兵"要挟玉帝，对如来佛祖、观音菩萨和太上老君也常常出言不逊。作为叛逆性的合理发展，他始终激扬着高昂的战斗热情，在与阻碍取经事业的妖魔鬼怪作斗争中，顽强不屈，勇往直前，同时又能注意策略，随机应变。不过，这个"猴头"又十分高傲、好名、狡狯、焦躁，个人英雄主义色彩在他身上时隐时现；同时我们也不难发现，这形象一面有着人的智慧和勇敢及超人的神奇本领，另一面则是明显的物性：他的"猴"性不但在外貌上打下了难以磨灭的印记（尖嘴缩腮的头面，常常露出破绽的长尾巴和红屁股），而且还渗透到了他的性格——灵活、机诈、善谑之中。

唐僧：取经队伍的精神领袖。这个形象有历史上玄奘虔诚苦修的一面。他恪守佛规，心无旁骛，九九八十一难没有挫伤他的信念，富贵、美色也不能打动他。但另一方面，他又胆小谨慎，蒙昧愚钝，取经伊始，他就担虑"我此去真是渺渺茫茫，世事难定"。一路上则喜欢息事宁人，经常阻止悟空与妖魔斗杀，而一旦自己被擒，又只能以泪洗面，向妖怪下跪求饶。此人存心忠厚，慈悲为怀，可惜往往是非不分，人妖颠倒。

猪八戒：他的优点和缺点一样鲜明。作为取经队伍的一员，他"一路挑担有功"，包揽了取经路上的重活、脏活，不失为一个劳动能手；尽管时有牢骚不满，但毕竟能顾全大局，完成取经事业，没有半途而废；虽然经常弄点小巧，仍显得憨厚；平时贪生怕死，但一旦为妖魔所擒，往往能破口大骂，旗鼓不倒。不过，猪八戒又十分自私，计较个人利益，常常以私心度人；他十分懒惰，对取经缺乏信心，动辄打退堂鼓；他贪财好色，俗心不泯。

沙僧：这个形象的个性隐晦不明。他少言寡语，循规蹈矩，既无壮举，又无心术，显得忠厚本分。因为他的默默无闻，所以形象较为模糊，给人印象不深。

从以上分析我们可以看到，除沙僧外，其他三人的性格都具有二重性，正反两面形成对照。这种人物性格内部的鲜明对照，在明代小说——特别是《西游记》之前的小说中是不多见的。吴承恩在刻画人物形象时，并不对人物性格进行类型化、单一化的处理，而是写出了人物性格的丰富性和复杂性。《西游记》作为一部神魔小说，它的题材和人物是非现实性的，但作者赋予笔下的神话人物富有现实感的性格，使人物形象去掉了神的外衣，使人们看到这些形象和凡人一样具有七情六欲。这样，人物的神性当中就充满了人性，幻想和现实的距离就拉近了。

《西游记》不仅有着人物性格的内部对照，而且人物与人物之间又有着多重对照关系。小说鲜明生动的性格刻画，正是通过人物之间的对照冲突来进行的。作品中我们至少可以看到有这样几组对照。

孙悟空与唐僧之间：首先表现为是与非的矛盾对照。孙悟空有一双火眼金睛，能明辨人妖，区分是非。而唐僧毕竟是凡胎俗骨，非但无此本领，而且是个是非混淆、人妖颠倒的糊涂虫。孙悟空疾恶如仇，争强好斗，一旦遇到妖魔，就勇敢拼杀，不获全胜，决不罢休。而唐僧则是慈悲为怀，最忌杀生。唐僧本是一介凡夫，手无缚鸡之力，胸无过人之智，但他却有着师父的身份，且有"紧箍咒"作为法宝，使神通广大、桀骜不驯的孙悟空不得不受其管束，悟空与妖魔斗杀，他就严加斥责，悟空稍有忤逆，他便念动真经，悟空的行动常常受其掣肘。这样的处理，与读者心目中的价值判断形成了极大的反差，造成一种被压抑的苦闷。这种苦闷也正是作者的精神苦闷，反映了封建社会有识之士不能驰骋其才、施展抱负的悲愤心情。

唐僧与猪八戒之间：主要表现为宗教与世俗的对照。唐僧是虔诚的佛教徒形象，他清心寡欲，可说是"四大皆空，一心念佛"，花花绿绿的物质世界对他没有什么吸引力，托钵化斋，打坐诵经，过的是严格的僧侣生活。猪八戒虽然身入佛门，却是俗心未泯。他贪吃贪睡，私攒钱财，耽于女色，不做佛事，不戒荤腥，从思想到行为，都是地地道道的世俗色彩。这两个人物都受到了作者的揶揄和讥讽。唐僧笃诚得近于迂阔，古板得近于低能。而猪八戒则因为利欲熏心，而常常自取其辱。这两种极端的生活方式和处世之道，作者都进行了否定，我们不难从中看到作者的宗教观和人生态度。

孙悟空与猪八戒之间：这是一组具有喜剧效果的对照。猪八戒本身就是一个成功的喜剧形象，他容貌丑陋却自以为美，本性憨厚却爱耍小心眼儿，蠢笨无能却又自作聪明，语言堂皇而行为猥琐，这一切都造成一种事与愿违的喜剧效果。孙悟空性格中有着善谑的一面，无论天帝、道君，还是佛祖、菩萨，甚至对那些处于敌对位置的妖魔，他都要开开玩笑；而戏谑的主要对象就是师弟猪八戒。八戒偶尔播弄诡计，就被悟空识破，并当众出他的洋相。平时悟空更是把捉弄八戒当作家常便饭。这两个形象，一个轻灵机巧，一个木讷蠢笨，放到一起，就令人忍俊不禁。这一组对照，很大程度上构成了小说艺术风格上的喜剧性特色。《西游记》的喜剧色彩是那样浓郁，一卷在手，便笑口常开，人物性格内在的喜剧因素，外化为人物语言和行动的幽默滑稽，外化为故事情节的喜剧冲突。在作品中，喜剧性甚至压倒了情节的传奇性。小说中悬念迭起，危机四伏，取经人与妖魔们动辄剑拔弩张，兵戎相见；两军对阵，往往杀个天昏地黑。但即使如此，读者也并不感到紧张，因为小说自始至终洋溢着轻松愉快的喜剧气氛。

小说的深层结构是一种内在的结构，它暗蕴在表层结构之中。我们把人物性格和性格间的冲突抽象出来，发现具有多重矛盾对照，但这些对照在作品中并不是孤立存在的，或是凌驾于情节之上的，它们全部包蕴在小说具体的故事情节之中。然而，深层结构在某种意义上又摆脱了小说的具体内容，甚至表现出与具体内容不一致的思想和观念，具有与表层结构不同的审美价值，它往往决定了整部作品的美学基调。对比分析《西游记》的这两个结构层次，我们可以清楚地认识到以下两点。

第一，题材与内容的矛盾。从《西游记》的表层结构看，小说叙述的是"历险取经"的佛教故事。在具体描写中也渲染了佛法无边、救苦救难。但从小说的深层结构看又并非那么一回事。取经队伍中的几个人物，孙悟空惯常戏佛、侮道；把猪八戒这样一个彻头彻尾的世俗形象放到佛的队伍里，尤为不类；唯有唐僧真心向佛，但他迂庸无能，对佛教戒律身体力行，却每每乖于事实，身罹大祸。这些描写冲淡了人们对宗教的迷信和崇拜，表现出作者思想上对宗教的背弃倾向，这种思想倾向与作品的题材是相矛盾的。取经题材由来已久，在它的发展演变过程中，不断被输入新鲜的内容，但未改变宣扬佛教的主题。吴承恩则是"旧瓶装新酒"，用这一传统题材表现了崭新的思想，这正是《西游记》超越前人的地方，其思想光彩之所在。

第二，运用性格冲突来刻画人物成为吴承恩塑造人物形象的重要手段。从小说的表层结构看，取经队伍中各人由于目的和利益一致，所以在与妖魔的斗争中，立场也是一致的，他们都必须克服困难险阻，完成取经任务。这种一致性使各个人物没有多大的回旋余地，各人的个性并不引人注目。而在深层结构中，取经队伍各人之间的不同性格发生了错综复杂的对照和冲突，在这种异常活跃的对照和冲突中，人物复归到了各自的位置上，个性得以凸显。孙悟空、唐僧、猪八戒置身于这种对照和冲突之中，他们的性格都得到了淋漓尽致的刻画；沙僧因为很少介入性格冲突，通常充当旁观者，因此他的个性就较模糊。

三

对《西游记》所体现出来的取经队伍内部人物之间的复杂关系，前人已有所认识，并作了种种解释，最著名的就是"五行生克"说。因为小说中几处提到阴阳五行，并指悟空为"金公"，八戒为"木母"，因而评论者就据此将唐僧师徒来比附金木水火土五行。陈元之认为八戒为"肝气之木"，沙僧为"肾气之水"；[①] 刘一明则认为沙僧是"真土"，孙悟空是"水中金"，"《西游》三藏喻太极之体，三徒喻五行之气，三藏收三徒，太极而统五行也；三徒归三藏，五行而成太极也"。"《西游》以五行喻外五行之大药"，"《西游》以三徒喻五行之体，以三兵喻五行之用，五行攒簇，体用俱备，所以能保唐僧取真经，见真佛"。[②] 当代学者力倡

[①] （明）陈元之：《西游记序》，《古本小说集成》，世德堂本《西游记》，上海古籍出版社1994年版。

[②] （清）刘一明：《西游原旨读法》，《古本小说集成》，嘉庆二十四年重刊本，上海古籍出版社1994年版。

"五行生克"之说的也不乏其人。有学者认为"五行生克"为《西游记》的基本结构，唐僧师徒四人在五行中各有配属，并按五行相克、相生之序，来解释四人在取经队伍中的职能和作用，并认为师徒四人的性格也分别暗合五行之性。① 当然，也有学者反对此说，鲁迅、郑振铎都有过批驳。② 持五行论者，都认为作者是将人物与五行相配，然后按照五行生克的规律来处理人物关系，似乎人物只是五行的符号，人物的行动都是受到五行生克规律的支配。对这种观点笔者不敢苟同，因为这不符合作品的实际。尽管小说在回目和诗曰中出现过"金公""木母"及五行的一些话头，但具体到人物，则颇有出入。除孙悟空配"金""火"，猪八戒配"木"，沙僧配"土"（陈元之则认为他配"水"）有较明确的暗示外，唐僧则似无所归属（有人认为他配"水"），取经队伍本是五员，正合五行之数，但悟空独禀"金""火"，而龙马则被排挤在外。悟空、八戒本是猴形猪相，按理龙马也有资格承担一"行"，为何遭此冷落？从作品具体描写看，人物之间的关系也难以用"五行生克"概括得了：唐僧与八戒本是相生之序（水生木），但事实上他们之间也并不是相安无事。退一步说，作家以"五行生克"作为预备好的小说构架，横亘胸中，以此驱使人物，也有悖于创作中的形象思维规律，"性敏而多慧"如吴承恩，断不至出此下策。《西游记》杂糅了中国古代神话、传说，三教混一，为我所用，因此"释迦与老君同流，真性与元神杂出"，③ 杂以五行之说，未足为怪，不过是鲁迅所谓"老生常谈"而已，"五行生克"之说和"明心见性""谈禅""说道"的论点一样，只是一种附会罢了。但这一论点的提出也说明评论者已直觉到了小说人物之间错综复杂的关系，并把这种人物关系视为小说的结构形式，惜乎他们没有认真探讨这一结构所表现出来的美学价值。我们在前面已粗浅地分析了这一结构层次的某些特点，如果将这些特点与明代其他小说综合比较，更能看出《西游记》在中国小说艺术发展过程中的独特地位。

首先，从人物形象塑造来看，《西游记》以前的长篇小说往往有类型化和单一性的倾向。《三国演义》写曹操则突出其"奸"，写诸葛亮则突出其"智"的一面，而关羽则是"义"的化身。通过对人物某一方面性格特征进行强化，从而形成一个"类型"。类型化形象鲜明而突出地表现

---

① 张静二：《西游记人物研究》，台湾学生书局1984年版，第22—27页。
② 参见鲁迅《中国小说史略》，上海古籍出版社2019年版，第130页；郑振铎《插图本中国文学史》，人民文学出版社1957年版，第912页。
③ 鲁迅：《中国小说史略》，上海古籍出版社2019年版，第130页。

共性，性格透明，不带杂色，有着古典式的静穆单纯、和谐整齐的美感。这类形象概括性强，但和生活保持着一定的距离，他们的性格天生如此，一成不变，显然不注重其性格生成发展的过程；而对特性的过分强调甚至夸张，导致"状诸葛之智而近于妖，状刘备之长厚而近于伪"，忽视了性格的复杂性和艺术的分寸感。《水浒传》的人物塑造胜于《三国演义》，开始注意到人物性格的发展变化及其复杂性，如林冲、宋江的性格刻画就是如此。但《水浒传》人物性格的发展变化明显受到主题的支配。林冲由妥协忍让到勇敢坚定的性格发展，是严酷的现实生活导致的，服从于"逼上梁山"的主题；宋江"忠、孝、义"三位一体的矛盾性格也仍是社会性的，还没有触及人的灵魂深处。而作品中的吴用显然是诸葛亮式的"智慧型"形象，李逵也未脱张飞式"鲁莽汉"类型的模式。《西游记》的人物性格则表现出了独特性，孙悟空、猪八戒的性格在作品的思想主题中没有轨迹可寻，因为作者所强调的是他们独特的气质禀赋，而不是简单地拿他们为表现主题服务。更值得注意的是，这些形象逐渐摆脱了以往小说中那种代表某种道德规范的偶像人物模式，不再是没有烟火味的"半神"，作者写出了人物性格的二重性。作者为写出更富有现实感、更有血肉、更富人情味的艺术形象作出了可贵探索。这种艺术探索，也出现在几乎和吴承恩《西游记》同时成书的兰陵笑笑生的《金瓶梅》中；稍后出现的"拟话本"作品，艺术成就虽然未能超越《西游记》《金瓶梅》，但也为我们提供了几个姿态各异的人物形象。通过以上的纵向比较，约略可以窥见一点古典小说艺术发展的轨迹，而《西游记》处在这个发展轨迹的转折点上，无疑对后人是有启迪意义的。

其次，作者开始将注意力由故事情节移向性格冲突。古典小说由于受到说话艺术的影响，向来对情节十分重视，小说家们热衷于经营故事情节的紧张、曲折、扣人心弦，为达到传奇性和戏剧性效果，甚至胡编乱造，有悖情理。从神魔小说一类看，《封神演义》《三宝太监下西洋记》中的怪异情节较多，编造之迹甚明。特别是《封神演义》后半部，满纸斗魔斗法，神神道道，乌烟瘴气，是一失败的例子。《西游记》中怪异现象仍然很多，在情节安排上为了凑成九九八十一难这一成数，而造成不必要的重复，这是缺憾。但值得注意的是，作者在描写那些妖魔鬼怪时，有意将妖魔的物性渗透到故事情节中，使情节发展合理化；更重要的是作者突出地描写了人物之间的性格冲突，在性格冲突中挖掘出了戏剧性。这在中国小说发展史上是一个重要意义的转变。

再次，《西游记》体现了独特的风格美。明代小说中，《西游记》以它那浓郁的喜剧风格引人瞩目。《西游记》成为流传千古的不朽名著，一方面归功于其丰富隽永的思想内容，另一方面则得益于它那卓然不群的风格面貌。《西游记》艺术风格最外在的表现无疑是它的传奇性和喜剧性。传奇性多少带有浪漫主义文学所共有的特征，加之神魔题材的限制，使它与其他神魔小说、志怪小说有着某些相似之处，这是内容质的规定性；唯有喜剧性，是与作家艺术个性息息相关的，更富有个人色彩，在作品中，喜剧性也往往压倒了传奇性。我们知道吴承恩有"善谐剧"的艺术个性，这种艺术个性在作品中以两个层次呈现。一是随意点缀的游戏笔墨，虽然涉笔成趣，但与其他小说戏剧中的插科打诨、滑稽噱头没有多大区别，价值不大。但吴承恩没有停留在这一层次上，而是进一步把艺术个性熔铸到了整部小说的人物和情节之中，从而形成了整体性的风格特征。中国小说中堪称喜剧的作品不多，《西游记》的喜剧风格是怎样形成的？它与内容的关系如何？有什么美学价值？和其他喜剧作品有何联系与区别？这些问题，则需要另文讨论了。

（原载《杭州大学学报》1987年第4期）

李云翔生平事迹辑考及《封神演义》诸问题的新认识

周明初

有关《封神演义》的编著者，自20世纪二三十年代以来，即有许仲琳、陆西星二说。鲁迅的《中国小说史略》据日本《内阁文库图书第二部汉书目录》始倡许仲琳编[1]，为后来的大多数学者所信从；张政烺据《传奇汇考》"顺时条"的记载考证为陆西星，得到胡适的支持[2]，后来柳存仁加以发扬[3]。20世纪90年代以来，随着日本内阁文库所藏舒载阳刻本的影印面世，学者们认为李云翔也是《封神演义》成书的重要人物。章培恒认为《封神演义》由许仲琳、李云翔写定，而且李云翔是主要的写定者[4]；徐朔方认为许仲琳是《封神演义》的早期写定者之一，李云翔是重订者[5]；陈大康则认为李云翔是《封神演义》成书的重要人物[6]；新近出版的中国文学史著作，如章培恒、骆玉明主编的《中国文学史》和《中国文学史新著》、袁行霈主编的《中国文学史》也都认为李云翔为

---

[1] 鲁迅：《中国小说史略》，人民文学出版社2006年版，第174页。
[2] 张政烺、胡适：《封神演义的作者》，《独立评论》1936年第209期。
[3] 柳存仁：《陆西星吴承恩事迹补考》，《和风堂文集》（下册），上海古籍出版社1991年版，第1392—1415页；原载《中华文史论丛》第2辑，1981年。又《〈封神演义〉作者陆西星》，《宇宙风》乙刊1940年第24期。
[4] 章培恒：《〈封神演义〉的性质、时代和作者》，《不京不海集》，复旦大学出版社2012年版，第296、299页；原为江苏古籍出版社《封神演义》前言，1991年版；《〈封神演义〉作者补考》，《不京不海集》，复旦大学出版社2012年版，第300页，原载《复旦学报》1992年第4期。
[5] 徐朔方：《论〈封神演义〉的成书》，《小说考信编》，上海古籍出版社1997年版，第350页；原载《中华文史论丛》第53辑，1994年。
[6] 陈大康：《明代小说史》，上海文艺出版社2000年版，第425页。

《封神演义》编著者①。

可以说，李云翔作为《封神演义》成书的重要人物，现在已经得到了学界大多数人的认可。不过，有关李云翔的生平事迹，也与《封神演义》的早期写定者许仲琳一样，目前学界所知甚少。仅是据日本内阁文库所藏《封神演义》明末舒氏刻本卷首李云翔自序所署，知其字为霖，邗江（今扬州）人。其实，李云翔所编著的一些书籍，分散地保存在日本及国内的一些图书馆中。根据这些古籍中所提供的材料，大致可以考知李云翔的生平事迹。

这些现存的古籍，除原藏日本内阁文库、后影印收入《古本小说集成》的《新刻钟伯敬先生批评封神演义》（以下简称《封神演义》）外，尚有：一、《批评出像金陵百媚》（以下简称《金陵百媚》）二卷图一卷，李云翔著，明万历年间刻本，日本国立公文书馆（原内阁文库）所藏；二、《新镌六院女史清流北调词曲》四卷（以下简称《北调词曲》），李云翔著，明天启年间刻本，日本天理图书馆（天理大学附属图书馆）所藏（系同门黄仕忠教授提供复印件）；三、《新镌诸子拔萃》八卷（以下简称《诸子拔萃》），李云翔评选，天启七年刻本，国内首都图书馆、中国科学院图书馆等八家单位有藏；四、《汇辑舆图备考全书》十八卷（以下简称《舆图备考》），潘光祖汇辑、李云翔参订，崇祯六年（1633）傅昌辰版筑居刻本，南京图书馆、大连图书馆、烟台图书馆等有藏，《四库禁毁书丛刊》据北京师范大学所藏清顺治本影印。现据这些古籍所提供的材料，结合其他史料，对李云翔的生平事迹进行辑考并对涉及《封神演义》的几个问题进行新的认识。

一 李云翔生平事迹辑考

《北调词曲》目录之后有此书刊刻者、书坊主"秣陵龙光堂主人"庞应石的《附言》，叙此书刊刻缘起，于李云翔生平介绍较详。因《北调词曲》一书世人罕睹，现录全文于下：

> 为霖先生，广陵巨族也。少负奇侠，气宇丰隆。学擅百家，才堪倚马；独步艺林，为诸生冠。数奇不偶，铩羽金陵。本坊特延选订诸

---

① 章培恒、骆玉明主编：《中国文学史》（下册），复旦大学出版社1996年版，第324页；《中国文学史新著》（下卷），复旦大学出版社2007年版，第203页；袁行霈主编：《中国文学史》（第4卷），高等教育出版社1999年版，第162页。

□，为海内先资。然于四美之晨，问酒秦淮，以写无聊之意。当酒酣兴逸之时，先生未尝不鼓掌称快。予因先生曩时有《金陵百媚》，次有《名姝词曲》，皆南调也，盛行海内，无不啧啧。兹恳先生将诸妓之技艺，亦可少助赏心，谱为北调，可称双美。先生大笑曰："犹复作儿女态耶？"强之始可。于筵间凡寓目者，彻笔之。或曲或词，汇然成帙。予不敢秘，因梓之以供问花者一助云。庞应石识。

此文中称李云翔"学擅百家，才堪倚马；独步艺林，为诸生冠"，虽不免有夸大的成分，但从李云翔作有涉及诗词曲的《金陵百媚》《名姝词曲》《北调词曲》，修订、评点小说《封神演义》，编选《诸子拔萃》，参订《舆图备考》等来看，说他知识渊博，具有多方面的才能，大致也不差。不过李云翔终究是个落第的秀才，从"数奇不偶，铩羽金陵"来看，他曾多次参加在南京举行的南直隶乡试，均榜上无名。从"本坊特延选订诸□，为海内先资"来看，李云翔因为功名无望，生活无着，以替书坊主编著各种书籍作为谋生的手段。业余时间，大多是在秦淮河边寻花问柳，诗酒风流，借此打发光阴。他的《金陵百媚》《名姝词曲》《北调词曲》三书都是品评秦淮妓女的诗词曲之作，正是这种生活的产物。

李云翔的生卒年不详，据现有的资料看，他应当是生活于晚明万历至崇祯年间的人，也许还活到了清初。因为资料匮乏，他的生平经历已无法详细稽考。现只能据相关资料对李云翔在万历至崇祯年间的活动、著述和交游作一大致的勾勒。

1. 万历四十六年（1618）秋天，赴南京参加乡试，落第。在旅舍中遇冯梦龙，两人同游秦淮六院。在冯梦龙的怂恿下，写作品评六院名姬的诗词曲作品集《金陵百媚》。

《金陵百媚》卷首有李云翔作于"戊午秋日"的序言，叙自己作《金陵百媚》一书的缘起，其序云：

南畿为六朝都会，以其纷华靡丽胜也。其尤胜者，桃叶渡头秦淮旧馆是也。予兹岁铩羽金陵，旅中甚寥寂。偶吴中友人过予处，见予郁郁，呵余曰："李生何自苦乃尔，岂素谓豪侠者，一至此耶？"因偕予游诸院，遍阅丽人。其妖冶婉媚，或以情胜、以态胜、以韵胜、以度胜，甚至以清真雅洁胜、以风流偶傥胜、以浓艳嘲笑胜。虽种种不一，无非乔妆巧抹，以媚人也。总之，千万难当什百，亦何异于当今之世，尽以狐猸公行哉。予殆为之不平。友曰："子既为之不平，何不一为之平，以洗近日之陋于见闻者。"遂强予。予不觉走笔之下，随花品题，阗然成帙。然次第中微有讽评，大都取其姿态雅洁、丰艳妖媚、清芬可挹、秀色可飧者为最。舍兹而往，品斯下矣。噫嘻！花固以媚人为主，而又不尽以媚人取也。予间有录者，正为青楼之规箴、风月之藻鉴耳。虽然，岂若今之狐猬以媚人者耶？噫嘻！真可涕也。人才之难，从古皆然，何独辈中哉！予何能，谬为不情之加以眩具眼者。因叶君请梓，以公同好，故名"百媚"。其所以媚者，又非兹集所能尽也。

戊午即万历四十六年（1618），序中所称的"吴中友人"当指冯梦龙。因为《金陵百媚》一书题识为"广陵为霖子著次，吴中龙子犹批阅"，在卷首图像后还有题署为"吴中友弟龙子犹九顿"的简短跋语。可知这位"吴中友人"即"龙子犹"，而"龙子犹"正是冯梦龙常用的别号。从这篇序中，可知李云翔在该年秋天赴南京参加乡试，落第后，在旅舍中得遇冯梦龙。两人共游秦淮诸妓院，遍览丽人后，在冯梦龙的怂恿下，才作了《金陵百媚》一书。此书用诗词曲的形式品评六院名姬，冯梦龙作有眉批和评语。据此序，此书的刊刻是"因叶君请梓，以公同好"，叶君，当指作有该书凡例识语的"萃奇馆主人"叶一夔（凡例后所署"萃"字草体，近似"芉"字，然图像一卷每叶之书口俱有"萃奇馆藏版"字样）。而据此书题识"阊门钱益吾梓行"，该书应当刊刻于苏州。

2. 天启五年（1625）负笈游学至蕲州黄州一带，在麻城结识李长庚，并拜李长庚为师。

《舆图备考》卷首有署"崇祯六年岁次癸酉"的李长庚所撰序言，言及李云翔云："乙丑岁负笈蕲黄，余得识其才品。始从余游，叩之不竭，澄之不清，真渊含无际，望而知为异人。然尚伏胶庠，未遂厥志，于三吴都下，日以著述寓意，亦一段忧世热衷不能已也。"

按：李云翔《舆图备考》有序云："予尝纵游京师、海上以及吴楚间。"据李长庚此序可知李云翔游楚是在"乙丑岁"。乙丑岁即天启五年（1625），"蕲黄"是蕲州黄州的合称，正是楚地，明时属湖广布政司，今属湖北省。

李长庚，字酉卿，湖广麻城人。万历二十三年（1595）进士。《明史》卷二五六有传。据本传，李长庚于天启三年（1623）召拜为户部尚书，未任，以丁忧归。麻城在明代时属黄州府（今属黄冈市），离同属黄州府的蕲州（今黄冈市属蕲春县）也不远。李云翔在天启五年游学蕲黄时，李长庚正丁忧在家，故李云翔得于结识李长庚并拜他为师。据《明史》卷二五六本传，李长庚于崇祯六年任吏部尚书时，因奏事触怒崇祯帝，"斥为民，家居十年，国变。久之卒"①，可知他在清初是活了很长时间的。

3. 天启六年（1626）寓居南京，为书坊编著书籍，并参加南京的文人结社。初夏与友人同游秦淮河，在友人的怂恿下，复作品评六院名姬的《北调词曲》，由南京龙光堂刊刻。

《北调词曲》卷首有李云翔作于"天启丙寅岁孟冬月望后"的自序，叙自己写作此书的缘起，可以与上文所引庞应石的《附言》相对照。现也录全文于下：

> 讴歌嘲笑，是风月场中本色。独怪龌龊青楼，争蹈滥觞，恶道令人憎厌。纵秀色可餐，亦是辈中弃物。而尤怪坊间目瞀，令无知俗子目不识丁辈，易李为张、将昔易今。以予曩时所刻《金陵百媚》《十丑十俊》《名姝词曲》，改头换面，以官作商，不知成何词、成何曲，镌刻成帙，真可喷饭。虽梨木之灾，然可耻无过于此。
>
> 今初夏予寓白下，同社友程、唐诸君，偕二三丽人，泛水秦淮。见两岸玉人如砌，弦管杂奏，清讴遏云，充乎盈耳。美哉，不复作人世想。越二日，庞君邀予步月，往阅诸姬，得竟其技焉。予不觉心动。庞君因以诸妓之艺为请，曰："君昔者止言诸妓之品，未竟诸妓之艺。况今之妓如时花，然别是一番人，别是一番鲜艳。君何不以诸妓之才之色，谱为北调，并前刻，不南北两擅其美？君常怪他刻易君之词，此亦可以正其讹矣。"予有难色，而程、唐诸君强之。予笑曰："此六七年前儿女之态。今犹作此口业，为诸姬咒诅，增此俗子辈作生涯耶？"虽然，予于酒酣兴狂之时，不禁诸君之强，而技亦复痒。凡寓目者彻笔之，顷而成帙，因附之梓。谓予为冯妇亦可，谓予为见猎犹有喜心也可。故题数语于首，以识非予本意云。

与庞应石《附言》之"本坊特延选订诸□，为海内先资"相对照，知李云翔"初夏予寓白下"，实是应书坊之聘请，为书坊编著书籍。又从自序"同社友程、唐诸君，偕二三丽人，泛水秦淮"，可知李云翔参加了南京当地的文人结社活动，同社友有程、唐诸君。有关李云翔参与文人结社之

---

① 《明史》（第22册），中华书局1974年版，第6614页。

情况的考证见下文"天启七年"条。

庞应石《附言》中说"先生曩时有《金陵百媚》，次有《名姝词曲》，皆南调也"，李云翔自序中说"以予曩时所刻《金陵百媚》《十丑十俊》《名姝词曲》"，知李云翔品评秦淮六院诸姬的作品，除《金陵百媚》《名姝词曲》外，尚有《十丑十俊》。不过，《十丑十俊》《名姝词曲》两种，暂无线索可寻，不知尚存人间否。李云翔自序中所言之友人庞君，即是刊刻《北调词曲》的南京书坊主龙光堂主人庞应石。

4. 天启七年（1627）寓居南京，参加文人结社活动，所评选的《诸子拔萃》完成并出版。

《诸子拔萃》卷首有李云翔、于仕廉二序。李序不署年月，于序所署时间为"天启七年岁次丁卯孟夏朔越十三日己酉"，可推知此书完成于该年四月之前，而刊刻也当在该年。此书为朱墨套印本，为南京余大茂、张起鹏所刊刻。

于仕廉序云："余门人李生广为搜罗，严为笔削，撷精扬华，芟芜剔翳，采辑成编，名曰'拔萃'。叩余请序，余见而阅至终卷，快然有当于心也。其分门立类，真嘉惠后学，使读者一展卷而上下数千载人物、淑慝、君德、治功、兵刑、民事，无不了了胸中。真可谓经纬世务、援证道德，采其实不炫其奇，去其诞而存其正，有裨于天下国家，羽翼经传，岂浅鲜哉。此真善读子书者。"评价不免言过其实。据《四库全书总目》卷一三二该书提要："是书成于天启丁卯，取坊本《诸子汇函》，割裂其文，分为二十六类。其杜撰诸子名目，则一仍其旧。古今荒诞鄙陋之书，至《诸子汇函》而极，此书又为之重儓。天下之大，亦何事靡有也。"[①] 可知此书价值并不高。

作序者于仕廉（1560—1645），字元贞，号振方，金坛人。万历十四年（1586）进士，授户部主事，历员外郎、郎中，管通州粮储。累迁都察院右佥都御史、巡抚云南，晋南京太仆寺卿，迁南京户部右侍郎、总督粮储。天启二年，引疾归。甲申闻变，号恸失次，绝食七日，为家人所救。第二年竟以绝食卒。[②] 于仕廉为《诸子拔萃》作序时，正当引疾家居之时，所署官衔为"钦差总督粮储、南京户部右侍郎兼都察院右佥都御史"。其序中称"余门人李生"，可知于仕廉与李云翔存在着师生关系。

---

① 《四库全书总目》卷一三二，中华书局1965年影印本，第1127页。
② 《（民国）重修金坛县志》卷九之一，《中国地方志集成·江苏府县志辑》（第33册），江苏古籍出版社1991年版，第96页。

《诸子拔萃》一书价值虽不高，然可注意者，是该书每卷卷首所列的评选、参阅、较（校）梓者名单，从中可以知道李云翔寓居南京、受聘于书坊期间的活动、交游情况。

此书封面题识"秣陵余思泉、张宾宇梓行"，而从卷一、卷四所列"余大茂思泉甫较梓"及卷八"秣陵余大茂思泉甫较梓"，卷二"张起鹏宾宇甫较梓"、卷五"秣陵张起鹏宾宇甫较梓"，可知此书刊刻者余思泉实名为大茂、张宾宇实名为起鹏，他们既是书坊主，同时又参与了此书的校勘。

此书卷一为"秣陵社友唐捷元垣之甫参阅"、卷二为"秣陵社友唐光夔冠甫甫参阅"、卷六为"春谷社友盛于斯方圆甫参阅""江都社友曹大阶升之甫较梓"，可知李云翔在此期间，所参加的文人结社，其社友有南京人唐捷元、唐光夔、南陵人盛于斯、江都人曹大阶等。李云翔《北调词曲》序中所提及的"同社友程、唐诸君"，也当是这一文人结社的社友，其中的"唐"可能就是指唐捷元、唐光夔，或其中的一人。

此文人结社，当天启年间，名称已难考稽。社中之人物，也大多不可考，可考者为盛于斯。盛于斯，字此公，南陵（今属安徽）人。诸生。家多藏书，闭户读书，有声邑里。其父死后，至金陵，散金结客，欲尽交东南士，终为人所诒。工书，能以左手作书。崇祯四年（1631），结识周亮工于金陵。崇祯十三年前后去世，周亮工为作《盛此公传》。盛于斯初名镂，字铿侯，后改名于斯，字此公。① 据《诸子拔萃》卷六，可知其又字方圆。春谷，为南陵之旧名。施闰章《瑟斋诗序》："吾宁在汉为丹阳郡，而春谷县见于当时，即今南陵也。"②

5. 崇祯三年（1630）至崇祯六年（1633）寓居南京，着手《舆图备考》的参订工作，并于崇祯六年冬天完成。

《舆图备考》题识为"明关中潘光祖海虞父汇辑、邗江李云翔为霖父参订、绣谷傅昌辰少山氏较梓"，卷首有李长庚、宗敦一、李云翔三篇序，作于崇祯六年（1633）癸酉。李云翔序中交代了参订此书的缘起：

> 适盟兄傅少山以潘大参海虞先生未竟之《备考全书》示予。观其略，不止记山川名胜、资纸上卧游，实有关经济者。予不愧续貂，

---

① 周亮工：《盛此公传》，《赖古堂集》卷一八，《续修四库全书》第1400册，上海古籍出版社2003年版，第472—474页。

② 施闰章：《瑟斋诗序》，《施愚山先生学余文集》卷七，《四库提要著录丛书》集部第129册，北京出版社2010年版，第107页。

从《一统志》而损益之，详以诸记述及予之耳目所见闻者……是书越三寒暑、五脱稿，兹冬月之初始告厥成。故为之序，以述海虞先生创之始而竟于予者。

从"是书越三寒暑、五脱稿，兹冬月之初始告厥成"，及文末所署"癸酉冬之十日书于秦淮之两娱轩中"，可知《舆图备考》的参订工作完成于崇祯六年冬，而李云翔则长期寓居于南京。很可能从天启六年（1626）受聘于南京的书坊，为其编著各类书籍开始，他就一直寓居南京，并以为各书坊编著、评选各类书籍作为自己的谋生手段了。

《舆图备考》一书的汇辑者是潘光祖。潘光祖，字义绳，号海虞，狄道（今甘肃临洮）人。天启五年（1625）进士，授吏部主事，历户部郎中。崇祯五年（1632）任山西布政司参议、分守冀南。因农民军过境，光祖误信招安，致使临县县城为农民军攻破，遭受劫掠。光祖因招降之误被法司逮问，因耻对狱吏，绝食而死。光祖性清介，执法不挠。晋民悲光祖之死，立祠以祀。①

今甘肃省境，明代属陕西布政司及陕西都司，清代才与陕西分治。狄道属临洮府，明代时隶属陕西，故可称"关中"。潘光祖因为任山西布政司参议，故李云翔序中称他"潘大参"。实际上这称呼并不确切，应当称他为"潘少参"才对。明代布政使司设有职官布政使、参政、参议，以参政、参议分守各道，其中参政别称"大参"、参议别称"少参"。李云翔称潘光祖为"大参"，是将参政、参议混淆了。

从李云翔之序"越三寒暑"来看，大约崇祯三年（1630）李云翔已经从傅昌辰手中得到了潘光祖的《舆图备考》原稿。潘光祖死于崇祯五年（1632）或稍后，不知为何在他生前，他的未竟稿就流落到了南京的书坊中。现在也已经难以考证他的原稿是什么样子，李云翔在多大程度上作了修订。

以上是对李云翔生平所作的勾勒，因为资料所限，目前能够辑考的也就这些。最后，关于他的籍贯和字号，也值得在这里提出来讨论。

《四库全书总目》卷一三二"《诸子拔萃》八卷"提要云："云翔字为霖，江都人。"② 核之李云翔所编著的书籍，其字或号，或称"为霖甫"，

---

① 参《（乾隆）狄道州志》卷八，《中国方志丛书》（华北地方 324），台湾成文出版社 1985 年版，第 541 页；谈迁《国榷》（第 6 册）卷九二，中华书局 1958 年版，第 5597、5602 页等。

② 《四库全书总目》卷一三二，中华书局 1965 年影印本，第 1127 页。

或称"为霖子";其籍贯,或称"邗江",或称"广陵"。

《封神演义序》文末署名为"邗江李云翔为霖甫"。

《金陵百媚》题识为"广陵为霖子";卷首有序,文末所署则作"邗江为霖子"。

《北调词曲》卷首有序,文末所署为"邗江李云翔",后钤两印,一为"李云翔印",一为"中泠氏字为霖";每卷卷首题识作"广陵为霖子"。

《诸子拔萃》卷首有《拔萃序》,文末所署为"邗江后学李云翔";每卷卷首题识为"邗江李云翔为霖甫"。

《舆图备考全书序》所署作"邗江李云翔";每卷卷首题识则作"邗江李云翔为霖父"。

云翔为其名,这一点是明确的。那么"为霖子"或"为霖甫(父)"是其字还是号?《封神演义序》《诸子拔萃序》文末署名后所钤两印,均为"李云翔印"和"为霖父",不过字体并不全同。《北调词曲》在序末署名后钤有两印,一为"李云翔印",一为"中泠氏字为霖",由此可知"为霖"为其字,"中泠"为其号。《金陵百媚》在序末署名后所钤两印,一为"为霖氏",一为"百花主人",可见"百花主人"也是其别号。"中泠""百花主人"为李云翔别号,诸书均未载,据《北调词曲》《金陵百媚》之钤印可补阙。

李云翔的籍贯,或称"广陵"、或称"邗江"、或称"江都",三者什么关系?这正是本文所要辨析的。

"广陵"是扬州的旧称、别称,"江都"和"邗江"在很大程度上是"广陵"的别名别称,与扬州也是同一概念。春秋时吴国,在今扬州一带,开凿了沟通长江和淮河的运河,称"邗"或"邗沟",战国时楚国于这一带置广陵邑,秦朝时设为广陵县,西汉时则为广陵国,其下设江都县,至东汉设为广陵郡。其后"广陵郡"一名或存或废,至隋代开皇年间改称"扬州"。在隋代之前,"扬州"一名,本为古代九州之称,汉代则为十三刺史部之一,自汉代至隋代开皇年间前,扬州的治所并不在今扬州一带,所称"扬州"并不指现在的扬州。至隋代开始,所称"扬州"才固定指今扬州。隋代大业年间又改扬州称江都郡。唐至五代,或改称扬州,或改称广陵郡,曾多次改名。宋元时称扬州路,明清时称扬州府,名称变动较少。

西汉时所设的江都县,在此后名称较少变化;而秦时所设的广陵县,至隋代开皇年间改称邗江县,大业年间又改称江阳县,五代时又改为广陵县，北宋时合并入江都县，虽然在南宋时曾经复置，但在元代又合并入江都县了。所以在明清时期只有江都县没有邗江县。①

查《明史》卷四〇《地理志一》，在扬州府下所领为三州七县，直隶扬州府之县为江都、仪真、泰兴三县，扬州府属高邮州领宝应、兴化两县，泰州领如皋一县，通州领海门一县。而江都县为扬州府治所在地。②

李云翔是明代人，确切地说是明末清初人，他的籍贯按照明代正式的行政区划应当是"江都县"，《四库总目提要》称他为"江都人"，是非常确切的。至于他自称的"广陵""邗江"，在明代并不是正式的行政区域名称，可说是扬州或江都的别名别称。

1949 年以后，我国的行政区划变动频仍。扬州和其属下的江都县也不例外。1949 年以江都县城区（也即明清时的扬州府治所）划为扬州市，另设江都县城于仙女镇，江都县属扬州专区。1956 年析出江都县南部、西部，复置邗江县，同属扬州专区。"文革"期间，全国专区改称地区，两县同属扬州地区。1983 年全国地、市合并，江都、邗江两县同属扬州市，原扬州市区设为广陵区。2000 年邗江县改设为扬州市的一个区；江都县则在 1994 年改称江都市，2011 年撤销江都市，改设为扬州市江都区。③

现在扬州市下辖广陵、邗江和江都三个区。这三个市辖区大致相当于明代的江都县地域范围。因为资料所限，按现在的行政区域，李云翔应当属于哪一个区，已经无从考证。不过，我们对他的籍贯进行古今地名标注时，可以写成"李云翔，明代南直隶江都县（今江苏扬州市）人"。

二 李云翔与《封神演义》几个问题的新认识

《封神演义》是部世代累积型作品，在经过长期的民间流传后，由许仲琳、李云翔加以写定。这可以说是现今的大多数《封神演义》研究者的共识了。但关于《封神演义》的成书刊刻时间、李云翔是否主要写定者等问题，还存在着较大的争议。这些问题的存在，其实都与日本内阁文库所藏的舒氏刊本《封神演义》卷首李云翔序有关。李云翔的序，没有署具体的写作时间，而且涉及《封神演义》的叙述，含混不清。

---

① 参见戴均良等主编《中国古今地名大词典》，上海辞书出版社 2005 年版；薛国屏编著《中国古今地名对照表》，上海辞书出版社 2010 年版。

② 《明史》（第 4 册），中华书局 1974 年版，第 917—918 页。

③ 参见薛国屏编著《中国古今地名对照表》，并参《国务院关于同意江苏省调整扬州市部分行政区划的批复》（国函 [2011] 132 号），资料来源于行政区划网（www.xzqh.org）。

笔者认为，结合李云翔的生平著述加以考察，有助于这些问题的认识。

（一）《封神演义》的成书与刊刻时间

鲁迅据张无咎所作《新平妖传》序中已提及《封神演义》，认为此书成于明代隆庆、万历年间①；孙楷第据万历四十八年（1620）武林藏珠馆刊本《唐传演义》也为舒载阳所梓，认为《封神演义》也为万历末年或泰昌、天启年间所刊②；章培恒认为张无咎所作《新平妖传》序，原序和后来经过修改的序之间存在差异，不能作为认定《封神演义》的成书时间，结合日本内阁文库所藏舒氏刊本李云翔所作序，认为《封神演义》既然假托钟惺批评，刊刻时间一定是在钟惺死后，钟惺死于天启四年，因此此书刊刻于天启四年或五年③；李亦辉则认为在舒载阳刊本前存在一个早期刊本，其早期刊本在泰昌元年前当已经行世，在万历年间甚至更早的嘉靖、隆庆年间均有可能，而经过李云翔修订评点的舒载阳刊本则成于天启五年至崇祯三年之间④。

笔者认为《封神演义》刊刻于天启以前的可能性不大，理由有二。

第一，据章培恒发现，冯梦龙所补的《新平妖传》有张无咎序，作于泰昌元年的原序中没有提及《封神演义》，而崇祯年间苏州嘉会堂重刻时重新修订的序中则提及了《封神演义》⑤，这说明在泰昌元年张无咎作序时还未看到《封神演义》，而在崇祯年间修订序时已经看到了此书。可见此书当成于天启至崇祯年间。

第二，从日本内阁文库所藏的《封神演义》舒氏刻本的版式特征来看，此书当刊刻于天启至崇祯年间。舒氏刊本卷首李云翔《封神演义序》中，"我国家景运洪开，于斯文独盛"之"国"字，刊刻时高出了左右各栏一个字的位置，突破了原来的边栏。无独有偶，前文所提到的刊刻于崇祯六年的《舆图备考》卷首宗敦一的序中"建置沿革之机宜，皆经圣祖之擘画者"之"圣"字也是这样处理的。这样的处理法，在清刻本中很常见，在明刻本中则很少见到，也是在天启、崇祯年间的刻本中才会遇到。为什么如此？明代文禁至天启、崇祯年间始严，如避讳、如涉及本朝的一些敬词的书写格式，都是至天启、崇祯年间才严格起来的。避讳方

---

① 鲁迅：《中国小说史略》，人民文学出版社2006年版，第174页。
② 孙楷第：《日本东京所见中国小说书目》，上杂出版社1953年版，第119页。
③ 章培恒：《〈封神演义〉的性质、时代和作者》，《不京不海集》，第291—295页。
④ 李亦辉：《从词话本到刊本——论〈封神演义〉的成书、版本及编者问题》，《苏州大学学报》2012年第5期。
⑤ 章培恒：《封神演义的性质、时代和作者》，《不京不海集》，第291—292页。

面，天启、崇祯之前遇帝王名讳，二名不偏讳，只要不是两字连在一起，是不避讳的，但到了天启、崇祯年间单独一字也要避讳，如前文提到的刊刻于天启七年的《诸子拔萃》中，"校梓"写作"较梓"，便是避天启帝朱由校的名讳而改字。在涉及本朝的一些敬词方面，天启、崇祯之前或顶格刻写、或字前空一格，并不严格，但天启、崇祯年间则很严格，遇转行时须高出一字刻写。

笔者赞成章培恒认为《封神演义》假托钟惺批评，刊刻一定是在钟惺去世后的判断，但他认为钟惺逝于天启四年，此书的刊刻是在天启四年或五年，并不可靠。章先生认为钟惺逝于天启四年，这是沿袭了传统的说法，来源于谭元春为钟惺所作的《退谷先生墓志铭》"没以天启四年六月二十一日"，实际上，钟惺逝于天启五年六月二十一日，谭文中"四年"为"五年"之误记或误刻，李先耕《钟惺卒年辨正》[①]、陈广宏《钟惺年谱》[②] 均有详细的考证。钟惺既然逝于天启五年，那么此书刊刻于天启四年已无可能。刊刻于天启五年是否有可能呢？章先生认为钟惺去世当年（天启五年）书坊就假冒其名刊刻《封神演义》的依据是："由于苏州在当时是一个很繁华的地区，各地的文人来往于苏州的很多，书坊又是跟文人关系很密切的所在，一定会较快得到钟惺去世的消息。"[③] 实际情形并不如此。《钟伯敬先生遗稿》卷首有钟惺的门生、苏州人徐波所作的序，序中称"乙丑六月捐馆舍，岁暮来赴"。"赴"通"讣"，即报丧。又据《钟伯敬先生遗稿》附刻的徐波《遥祭竟陵钟伯敬先生文》可知，他是"腊月廿二日从楚僧灵文闻凶信"[④]，徐波是钟惺的门生，他在苏州得到钟惺的死讯已是天启五年的年底，苏州的书商得知钟惺去世的消息应当不会早于他的门生徐波。因此《封神演义》刊刻于天启五年的可能性很小。

李亦辉认为舒载阳刊本之前有一个早期刊本存在，而舒载阳刊本成于天启五年至崇祯三年之间，也依据不足。

先看舒载阳刊本之前是否有早期刊本存在。

日本内阁文库所藏舒氏刊本卷首李云翔序云："俗有姜子牙斩将封神之说，从未有缮本，不过传闻于说词者之口，可谓之信史哉？余友舒冲甫，自楚中重资搆有钟伯敬先生批阅《封神》一册，尚未竟其业，乃托

---

① 李先耕：《钟惺卒年辨正》，《钟惺著述考》附录一，黑龙江大学出版社 2008 年版，第 127—129 页；原载《文学遗产》1987 年第 6 期。
② 陈广宏：《钟惺年谱》，复旦大学出版社 1993 年版，第 232—245 页。
③ 章培恒：《封神演义的性质、时代和作者》，《不京不海集》，第 295 页。
④ 钟惺：《钟伯敬先生遗稿》，明崇祯刻本。

余终其事。"李云翔于《封神演义》第二十卷（也即全书的终卷）后的"又批"中说："余因伯敬先生所家藏缮本，又详为考订。"《封神演义》卷首扉页舒冲甫识语则说："此书久系传说，苦无善本。语多俚秽，事半荒唐。诬古愚今，名教之所必斥。兹集乃□先生考定、批评家藏秘册。余不惜重赀，购求锓行，以供海内奇赏。"

这三段有关《封神演义》一书由来的文字，真真假假，闪烁其事，且说法不一，使人莫衷一是。所谓钟伯敬批阅或家藏，出于伪托，舒冲甫写作识语时，还未想好究竟该伪托谁，故在"先生"之前空了一格。关于这一点，《封神演义》的研究者基本形成了共识，不必费辞。结合这三条说法，有一点应当是明确的，李云翔写定和评点《封神演义》，确实是有底本作为依据的，这就是某先生的"家藏缮本"或"家藏秘册"，不过从舒冲甫所说"余不惜重赀，购求锓行，以供海内奇赏"来看，这本子应当是个稿本（甚至可能还是未竟稿），所以才需要用重赀来加以购求。如果早已有刊本在前，应当已经有不少人阅读欣赏过了，用不着说什么"供海内奇赏"，某先生也不必当作秘册来家藏，舒冲甫也不必用重赀来购求。舒冲甫只要像当时书坊主们常做的那样，对于销路好的书籍，换个牌记翻刻一下即可上市了。而且，如果真的有《封神演义》早期刊本存在，张无咎在泰昌元年为冯梦龙所补的《平妖传》所作的序中应当已经提到了，不必要等到崇祯年间金阊嘉会堂重刻时修改前序才提到。

再看舒载阳刊本是否成于天启五年（1625）至崇祯三年（1630）之间。

前文已经说过钟惺于天启五年（1625）六月去世，该年年底他的苏州门生徐波才得到其死讯，所以在该年年底前苏州书商得到钟惺死讯并且出版假托他评点的《封神演义》的可能性不大。又据前文李云翔的生平辑考可知，天启五年（1625）李云翔负笈游学于蕲州黄州一带，天启六年（1626）初夏寓居南京，作《北调词曲》，天启七年（1627）为南京书坊编选《诸子拔萃》。可见在天启五年至七年这段时间，李云翔要么在外地游学，要么手头有别的书籍在编著或编选，也不大可能有时间从事《封神演义》的修订写定和评点工作。

那么有没有可能李云翔写定和评点《封神演义》的工作完成于天启五年游学于蕲黄之前、出版于天启五年或之后呢？这个可能性也不大。因为当时的书坊非常讲求出书效率，往往在书稿到手的一年半载中就刊刻问世了。如前文所提到的张无咎为冯梦龙所补的《新平妖传》所作的原序，据所署日期作于泰昌元年（1620）冬至前一日，而为嘉会堂重刻本所作的修改后的序中称该书"已传于泰昌改元之年"①，可见张无咎作原序之时，《新平妖传》已付刊刻，并且很快就刊刻完成投放于市场了。如果李云翔在天启五年之前就写定和评点完成了《封神演义》的话，那么在天启五年该书就刊刻问世了，由于当时还没有得到钟惺死去的消息，伪托评点的应当是另外一个人而不会是"钟伯敬"了。

如此看来，《封神演义》成书和刊刻于天启年间的可能性不大，它应当是崇祯年间成书和刊刻的。

张无咎崇祯年间为金阊嘉会堂重刻《墨憨斋手校新平妖传》所作的序中称："至于《续三国志》《封神演义》等，如病人呓语，一味胡谈。"这说明这时他已经看到过《封神演义》。序中又说："（《新平妖传》）书已传于泰昌改元之年。子犹宦游，板毁于火。余重订旧叙而刻之。"② 此序中提到了冯梦龙"宦游"，查冯梦龙于崇祯三年（1630）五十七岁时补岁贡，于崇祯四年或五年任丹徒县训导，崇祯七年（1634）升福建寿宁知县，于崇祯十一年（1638）六十五岁时卸职归里③。冯梦龙宦游当是在崇祯四或五年至崇祯十一年之间，张无咎重订此序并刊刻《新平妖传》也当在此期间或稍后，《封神演义》大约也是在崇祯十一年之前已经刊刻问世了。

据前文李云翔辑考部分可知，崇祯三年（1630）李云翔从傅昌辰手中接受潘光祖的《舆图备考》未竟稿，着手修订，至崇祯六年（1633）冬天才完成，所以这段时间里李云翔也不太可能腾出手来进行《封神演义》的修订、评点工作。因此《封神演义》的修订写定和评点工作，要么在崇祯元年至三年之间，要么在崇祯七年至十一年之间或稍后。李亦辉据李云翔序中"幸而天启文明，我国家景运宏开"，认为崇祯六年之后明朝风雨飘摇，李云翔不大可能说这样的话，因而认为李云翔在崇祯三年之前完成了《封神演义》的修订评点工作，不知他判断是崇祯六年后而不是崇祯四年、五年后或七年、八年后明朝风雨飘摇的依据是什么？而且，即使崇祯中后期明王朝处于风雨飘摇中，但包括南京、苏州在内的江南地区一直还是繁荣安定的，李云翔序中的话不过是场面性的话，就像"文

---

① 张无咎：《新平妖传叙》，《新平妖传》卷首，《古本小说集成》影印明崇祯金阊嘉会堂刊本，上海古籍出版社1995年版。
② 张无咎：《新平妖传叙》，《新平妖传》卷首，《古本小说集成》影印明崇祯金阊嘉会堂刊本，上海古籍出版社1995年版。
③ 参见陆树仑《冯梦龙研究》，复旦大学出版社1987年版，第24—25页；高洪钧《冯梦龙年谱》，《冯梦龙集笺注》附，天津古籍出版社2006年版，第393—404页。

革"期间国民经济已经到了崩溃的边缘,但人们写文章总是说"国内外形势大好""到处莺歌燕舞"一样,没法作认真考究的。

(二) 李云翔是否《封神演义》的主要写定者

李云翔是《封神演义》的修订写定者和评点者,这一点研究者们已经基本达成共识。但他是否主要写定者,则仍有争议。章培恒认为《封神演义》虽由许仲琳、李云翔两人写定,但李云翔是主要写定者①。而李亦辉则认为李云翔只是《封神演义》舒载阳刊本的修订评点者,而非该书的主要作者②。产生争议的焦点,其实出自对李云翔序中涉及《封神演义》成书的一段话的理解有歧义,李云翔序云:

> 俗有姜子牙斩将封神之说,从未有缮本,不过传闻于说词者之口,可谓之信史哉?余友舒冲甫,自楚中重资购有钟伯敬先生批阅《封神》一册,尚未竟其业,乃托余终其事。余不愧续貂,删其荒谬,去其鄙俚。而于每回之后,或正词、或反说、或以嘲谑之语,以写其忠贞侠烈之品、奸邪顽顿之态,于世道人心,不无唤醒耳。

这段文字含混不清,疑云重重:一、既然"从未有缮本,不过传闻于说词者之口",又何来"钟伯敬先生批阅《封神》一册"?二、既然"钟伯敬先生批阅《封神》一册,尚未竟其业",舒冲甫"托余终其事","余不愧续貂"云云,自然应当是指完成钟伯敬先生未竟的批阅事业,那又为何"删其荒谬,去其鄙俚"?钟伯敬即钟惺是晚明时期的大名家,他的批阅为何会"荒谬""鄙俚"?三、如果说""删其荒谬,去其鄙俚"是指对《封神演义》本身进行加工修订,不是指对钟伯敬先生的批阅进行修订,那么这两句话为什么要接在显然是指批阅修订工作的"而于每回之后,或正词,或反说……"之前?四、从现有的《封神演义》篇幅为二十卷一百回来看,此书显然不止"一册",舒冲甫既然花了重资,为何所购的只有一册,而不是全帙?五、从"于每回之后……"的语气来看,李云翔似乎又是对整部《封神演义》的批阅而言的,舒冲甫所购的不止一册。

---

① 章培恒:《〈封神演义〉的性质、时代和作者》,《不京不海集》,第296、299页;《〈封神演义〉作者补考》,《不京不海集》,第300页。
② 李亦辉:《从词话本到刊本——论〈封神演义〉的成书、版本及编者问题》,《苏州大学学报》2012年第5期。

章培恒认为：

> 序中明说"自楚中重资购有钟伯敬先生批阅《封神》一册"，而《封神演义》这样的大书，在当时绝不是"一册"的篇幅所能容纳的；这一册显非《封神演义》全书。既然不全，也就必须续写。因此，所谓"尚未竟其业，乃托余终其事"这一段文字，是说舒冲甫购来的《封神演义》并未写完，托李云翔续成，李云翔不但续了其未完成的部分，而且对那已完成的"一册"也作了修改，并于每回之后加了评语。①

李亦辉则认为：

> 李云翔序谓"余友舒冲甫自楚中重资购有钟伯敬先生批阅《封神》一册"，若按全书二十卷，每卷一册，共二十册计算，则"一册"仅为全书的二十分之一，显然无法刊行；而一个以盈利为目的的书贾竟会如封面识语所言"不惜重资购求锓行"，这显然不合情理。揆之以理，"一册"之语有两种可能性，一是"一册"乃"一部"之误，……二是李云翔故意说舒载阳所购仅为"一册"，……但无论出于哪种可能，李云翔都只能是该本的修订评点者，而非作者，更谈不上主要作者。②

笔者认为，联系目前存世的李云翔所编著或修订的几部书籍的刊刻情况，应当有助于李云翔与《封神演义》关系的认识。

1. "一册"很可能是版刻时产生的讹误。

检视目前存世的李云翔所编著或参与修订的几部书籍，卷首李云翔所作序均是据手写字版刻的，尽管这些手写体字体不一，不是同一人的手迹，只有内阁文库所藏舒载阳刻本《封神演义》卷首李云翔序，并不采用手写体版刻而是用长宋体版刻的。猜想其原因，很可能就是因为书坊要冒用钟惺批评的名义，将原来李云翔所作的序中涉及《封神演义》书稿来历的这段文字作了修改，李云翔原来的手迹自然没法照用了，只得用当

---

① 章培恒：《〈封神演义〉的性质、时代和作者》，《不京不海集》，第294页。
② 李亦辉：《从词话本到刊本——论〈封神演义〉的成书、版本及编者问题》，《苏州大学学报》2012年第5期。

时常用的版刻字体进行版刻,"一册"之"册"很可能就是版刻时误刻所致。因为无论从情理来推测,还是联系舒冲甫识语"兹集乃□先生考定、批评家藏秘册。余不惜重赀,购求锓行,以供海内奇赏"及李云翔于《封神演义》第二十卷(也即全书的终卷)后的"又批"中所说"余因伯敬先生所家藏缮本,又详为考订"的语气来考量,舒冲甫所购《封神演义》都应当是整部而非只是一册(当然这部书稿也很可能是个未竟稿)。

2. 李云翔是《封神演义》的最后写定者和评点者,但认为是主要写定者的依据不足。

除《封神演义》外,属于李云翔编选或修订的书籍,现存的还有《诸子拔萃》和《舆图备考》。《诸子拔萃》一书,尽管于仕廉所作的序中称李云翔"广为搜罗,严为笔削,撷精扬华,芟芜剔翳,采辑成编",而据《四库全书总目》的提要可知,该书不过是"取坊本《诸子汇函》,割裂其文"而成,实际所做的工作非常有限。而《舆图备考》一书,李云翔自序是"越三寒暑、五脱稿","始告厥成",实际也只是根据《明一统志》中的材料,将潘光祖的未竟稿进行加工增订而已,《舆图备考》的主体部分是潘光祖完成的,李云翔仅是个修订者。《诸子拔萃》的题识为"江上李为霖评选"、《舆图备考》的题识为"明关中潘光祖海虞父汇辑、邗江李云翔为霖父参订"。可以说,这两书相关的著作权问题是明确的。

《封神演义》与《舆图备考》一样,都是在他人所作书稿的基础上进行修订加工。比较一下这两书中李云翔之序,有些说辞也非常相似:

《封神演义》序云:

> 余友舒冲甫,自楚中重资购有钟伯敬先生批阅《封神》一册,尚未竟其业,乃托余终其事。余不愧续貂,删其荒谬,去其鄙俚。而于每回之后,或正词、或反说、或以嘲谑之语,以写其忠贞侠烈之品、奸邪顽顿之态,于世道人心,不无唤醒耳。

《舆图备考》序云:

> 适盟兄傅少山以潘大参海虞先生未竟之《备考全书》示予。观其略,不止记山川名胜、资纸上卧游,实有关经济者。予不愧续貂,从《一统志》而损益之,详以诸记述及予之耳目所见闻者。

两篇序中都说书稿是从书商那里接手过来的别人所作的"未竟"之稿,

都说自己"不愧续貂",并说了自己做了哪些具体工作。可以说据李云翔的自序,他为这两部书稿所做的具体工作是比较明确的,都是属于增补、修订之类的工作。《舆图备考》一书还能够在题识中明确"邗江李云翔为霖父参订",而舒载阳刊本《封神演义》除第二卷卷首题有"钟山逸叟许仲琳编辑、金阊载阳舒文渊梓行"外,于每卷卷首仅题"新刻钟伯敬先生批评",对于李云翔的参与修订根本没有提及。如果按照《舆图备考》的题识,《封神演义》应当题识为"钟山逸叟许仲琳编辑、邗江李云翔为霖父参订"才对。要不是舒载阳刊本上还保留着李云翔所作的序,说明了自己对《封神演义》做了哪些工作,后世的人根本不会知道李云翔是《封神演义》的修订者和评点者。

对照《封神演义》《舆图备考》的题识和李云翔的序来看,认为李云翔是《封神演义》的主要作者(写定者)的依据不足。他对于《封神演义》所做的工作,与他对于《舆图备考》所做的工作性质是类似的。他修订《舆图备考》"越三寒暑、五脱稿",最后在题识中有一个"参订"的名头,而他修订、评点《封神演义》,连个"参订"的名目也没有。很可能李云翔对《封神演义》所付出的劳动,还没有他对《舆图备考》的来得大,所以《封神演义》的刊刻者觉得即使不署上李云翔的名,连"参订"的名头也不给他,也问题不大。如果李云翔真的是《封神演义》的主要写定者,《封神演义》的刊刻者恐怕不敢将他的功劳一笔抹杀。因为当时的李云翔在书坊主眼里已经是具有一定知名度的"今日名公"了。《北调词曲》在卷首的《凡例》后有一则《征文启》,文内将李云翔(为霖)与当时的名家如张鼐(侗初)、陈仁锡(明卿)、徐奋鹏(笔洞,当作笔峒)、钟惺(伯敬)、袁中道(小修)、陈继儒(眉公)等并提,该文云:

> 夫海内文章蔚起,名公巨儒,挨藻抒奇。或选述书史,著辑坟典,托兴喻物,继往开来,厥功匪细。若今日名公,如张侗初、陈明卿、徐笔洞、钟伯敬、袁小修、陈眉公、鲍在齐、黄赞伯、陈古白、马君常、何非鸣、李为霖、李子素、周君建、周介生、支小白诸先生,删烦订讹,采择群书,以策后学。其为艺林先鞭非乎?

从这则《征文启》可知,早在天启年间,李云翔已经是书坊主眼里可以与钟惺、袁中道等并提的"今日名公"了,这应当与他所创作的品评秦淮名姬的通俗文学作品如《金陵百媚》《名姝词曲》《十五十俊》等盛行于世,为书坊一再翻刻有关。有着这样的名声,并且已经编选、修订了如

《诸子拔萃》《舆图备考》等多部书籍，崇祯年间才有书坊主请他修订、品评《封神演义》，如果他所做的实际工作足够多，在"新刻钟伯敬先生批评"之下，再打上"钟山逸叟许仲琳编辑、邗江李云翔为霖父参订"之类，岂不是更完美？

（三）陆长庚会不会是李长庚之误

张政烺在与胡适的通信《封神演义的作者》中，根据《传奇汇考》卷七"顺天时"条中"《封神传》系元时道士陆长庚所作，未知的否"，考证出陆长庚即明代嘉靖、万历年间的道士、兴化人陆西星[①]。《封神演义》的作者为陆西星说，也就成为后世较具影响的又一说。《传奇汇考》的记载其实是沿袭《乐府考略》而来的，而《乐府考略》是大约成书于清康熙末年的无名氏之作，它的记载本是条孤证，说陆长庚是元朝人，而且说"未知的否"，显然是道听途说而来，其可靠性本来就很不足。陆长庚如果真的是元朝人，那么他与明代人陆西星没有丝毫关系；如果"元朝"为"明朝"之误记，陆长庚确实是明代人的话，"长庚"也未必就是兴化人陆西星的字，为什么他就不能姓陆名长庚呢，就像前文提及的为李云翔参订的《舆图备考》写序的李长庚姓李名长庚一样？所以《封神演义》作者为陆西星说实在不足为凭，后来在此说基础上所推衍出来的种种研究其实都缺少坚实的基础，章培恒的《〈封神演义〉作者补考》驳之甚详，兹不赘述。

因为看到《舆图备考》卷首有李长庚的序，李长庚与李云翔有交往，是李云翔的老师，而李云翔则是《封神演义》的修订写定者和评点者。李长庚为李云翔参订的《舆图备考》作序是在崇祯六年，而《封神演义》成书与刊刻也是在崇祯年间。这样的关系，不免使人产生联想。按照张政烺等人的思路，如果《传奇汇考》（其实源自《乐府考略》）中所记载的"元时道士陆长庚"，"元时"可以是"明时"所误，那么"陆长庚"可否为"李长庚"之误呢，因为"陆"与"李"为同声母的字，如果口耳相传，则"李"误为"陆"、从而将姓名弄错的可能性比将"明"误为"元"、从而将朝代弄错的可能性大得多。这种可能性是否存在呢？如果存在，又是怎样将《封神演义》与李云翔的关系转变成《封神演义》与李长庚继而转变成《封神演义》与陆长庚的关系的？因为材料不足，笔者仅提出这样的猜想而不作索隐式的探究，只是提请人们注意这种可能性的存在。

---

① 张政烺：《封神演义的作者》，《独立评论》1936 年第 209 期。

三　余论

正如宋元时期的书会才人造就了宋元戏曲和说话艺术的繁荣一样，明代中后期的下层文人也造就了明代出版业和以小说为主的通俗文学创作的繁荣。在明代中后期商业经济发达的南京、苏州、杭州等江南地区以及刻书业发达的福建建阳一带，聚集着一批依托于书坊业，为书坊主编著、评选各类书籍的下层文人。他们的共同特点是：早期习儒，有志于通过科举进入仕途，因为科场失利不得不直面现实。为了维持生计，他们来到当时经济发达的城市，因为有着较高的文学修养和知识素养，受聘于书坊主，除为书坊编著各种通俗文学作品外，还评选、编辑市场销路好的包括经、史、子、集在内的各种流行性读物。可以说，书坊主要求他们编著什么，他们就能编著什么。业余时间，他们往往组织起诗文结社，与社友之间进行诗文交流，切磋技艺；也常常与三五同好，流连于秦楼楚馆，在寻花问柳、调笑风情中打发光阴。他们的知识水准和创作能力可能参差不齐，但不妨碍他们与书坊主之间的相互合作。明代中后期出版业的发达、包括小说在内的通俗文学创作的繁荣，离不开下层文人与书坊主的相互合作与相互依存。

近年来，对于明代书坊、书坊主与通俗文学尤其是小说创作的关系的研究取得了引人注目的成果，而对于依托于书坊、对明代中后期的出版业发达和小说创作繁荣作出巨大贡献的下层文人，则注意得还不够，除了对冯梦龙等个别通俗文学创作的大家有着较充分的研究，对邓志谟、吴还初等少数下层文人有一定的研究外，对于这些依托于书坊的大多数下层文人还缺少最基本的研究。而对这些下层文人缺乏研究，则会影响到对明代中后期通俗文学编创方式的认识以及对这些文学作品的性质和价值的评估，甚至影响到对明代文学史的认识。

也正如宋元时期的大多数书会才人一样，由于传世的有关他们的资料很少，即使有也显得零碎而且分散，甚至相互歧异，明代中后期的这些依托于书坊的下层文人，大多数也是生平事迹难以稽考，甚至连籍贯、字号也不容易弄清。这方面，李云翔可说是个幸运者，因为有关他的资料，分散保留在他所编著的书籍中，尽管比较零碎，但通过辑考、汇聚起来，还是能够对他的生平事迹有一个大致的了解。李云翔可说是明代中后期依托于书坊业从而得以生存的下层文人的一个典型，他的个人经历和生活状况，在当时的这类文人中具有代表性。通过他，我们可以加深对明代中后期下层文人的认识。

（原载《文学遗产》2014 年第 6 期，收入本论文集时有所修改）

《还金记》：中国戏曲史上第一部自传体戏曲及其独特价值

周明初

明代隆庆末年张瑀所创作的传奇戏曲《还金记》，写张瑀七赴乡试而不第，母子两人生活处于困顿之中，其表兄梁相主动归还张瑀父亲临终前寄存在他那里的一百两银子，使张瑀母子的生活得到了保障；梁相的善举感动了玉帝，玉帝派下石麒麟作梁相的第四个儿子，同时朝廷也对梁相进行了表彰。这部传奇是张瑀以自己的亲身经历为基础，加以一定程度的加工和虚构而创作完成的，在戏曲中包括自己在内的人物所用的姓名都是真名实姓，这在很大程度上带有自传的性质。这部传奇，在明代的戏曲史上乃至整个古代戏曲史上都具有特殊性。然而，在很长的时间内，作为仅藏于北京大学图书馆马氏不登大雅文库的清抄本明代稀见戏曲，除了傅惜华的《明代传奇全目》、郭英德的《明清传奇综录》和《明清传奇史》、齐森华等主编的《中国曲学大辞典》、李修生主编的《古本戏曲剧目提要》、邓绍基主编的《中国古代戏曲文学辞典》等少数戏曲学著作有所介绍外，很少有人提及它，更不要说对它进行具体深入的研究了。有鉴于此，本文将在对《还金记》的一些问题作出考证的基础上，对这部戏曲在中国古代戏曲史上的独特地位进行评估，以期引起人们的重视。

一 人物：以真名实姓出现的现实社会中实有之人

《还金记》是作者张瑀以自己亲身经历的真人真事为基础创作而成的，剧中的人物也是现实生活中实有的人物，包括自己在内的人物所用的都是真名实姓。在该剧中共出现了十六个人物，其中有名有姓的人物有八人，除张瑀外，还有梁相、梁梦龙、梁梦熊、梁梦弼、梁梦龄、崔桂、敖下愚等人。其中敖下愚在剧中的身份原是巡按衙门中的"省祭官"，被遣出后投奔梁家作门客，是阻止梁氏"还金"、企图将一百两银子占为己有

— 548 —

的反面人物。从名字"下愚"及人物地位、剧中作用推测，此人很可能是剧作者张瑀所虚构的一个人物。即使实有其人，作为一个普通的门客，也难以考证此人的详细情况，故可不论。其余七人都是当时的真实人物，使用的都是真名实姓。另外，该剧十三出写梁相新产下第四个儿子，剧中对这新产子没有提及姓名，但通过《梁氏续族谱》中的记载，我们知道此子是梁梦阳。现作具体考证如下。

（一）梁相。《还金记》第二出《赏春》中梁相上场时自报家门道：

> 下官姓梁名相，字公辅，别号我津，本贯真定人氏。早岁乡中选俊，首先叩廪黉宫；昔年诏下兴贤，额次题名胄监。几枚瓜种青门外，不同田父耰锄；数点雪添绿鬓中，全赖侍儿杖履。且喜百年夫妇，同健同康；更兼二子箕裘，有文有武。梦龙儿居长，由翰林历秩都台；梦弼儿行三，以武科发身挥使；若梦熊仲子，乃附凤散员。膝下诸孙，阶前并秀。朱绂紫绶，虽非王氏之三槐；白面青衿，信是谢家之玉树。老夫乃因子贵，以致身荣。职列工科，官封给谏。金章绚彩，生天边万种光辉；玉旨敷温，酬窗下十年辛苦。正是："不求金玉重重富，惟愿儿孙个个贤。"①

这段文字中梁相介绍了自己的字号、籍贯、经历及子嗣情况，对照清人梁允植等所编的《梁氏续族谱》中的相关记载，一一相符。而且，《梁氏续族谱·大传第三》中梁相的传记，只记载了梁相的名和号，"字"后面作空缺，而据梁相的这段自报家门，可知其字公辅，这正可以补族谱之缺失。据族谱中该传，可知梁相生于弘治十七年（1504）十月初五日，卒于万历十三年（1585）九月二十六日寅时，享年八十有二。族谱该传中说梁相"生而慧中，挽发以圣童称。年十二，补郡弟子员，每试，冠其曹，后先督学咸重之"，"入太学，铨选将及，以子贵，累五命封，至宫保，故称宫保公"②。这也与《还金记》梁相自报家门"早岁乡中选俊，首先叩廪黉宫；昔年诏下兴贤，额次题名胄监"相合。梁相本人的身份

---

① 张瑀：《还金记》，北京大学图书馆编《不登大雅文库珍本戏曲丛刊》第4册影印清抄本，学苑出版社2003年版，第232页。本论文中，引用出自该作品的文字较多。为避免注释繁复，以下凡引用该作品中的文字，均以加括号"第某某页"的形式随文注出，不再一一出脚注。
② 梁允植等编：《梁氏续族谱》（与梁桥所编《梁氏族谱》合刻为三册），《国家图书馆藏早期稀见家谱丛刊》影印清康熙十九年梁氏木刻活字印本，线装书局2002年版。因此书未标注统一的连续页码，以下正文中凡引此书内容，不再出注。

是国子监的生员,即监生,并没有正式出仕过。梁相自报家门中说自己"乃因子贵,以致身荣。职列工科,官封给谏",这是指长子梁梦龙任工科左给事中时,梁相得到的同一官名的敕封。而该族谱《家传第二》中说他"封光禄大夫、太子太保、吏部尚书",这是梁梦龙后来任吏部尚书时,梁相得到的诰封。说他封至"宫保"、称"宫保公",正是指他封为"太子太保"而言的。按照明代的封赠制度,七品以上的官员,其直系的尊长也可封赠得到与本人相同的官名。其中一品官封赠曾祖、祖父和父亲三代,二至三品官封赠祖父、父亲二代,四至七品官则封赠父亲一代。五品以上授诰命,六品以下授敕命。而"封"是对活人而言,"赠"则是对死去的人而言的。① 可见梁相在生前,就已经累次受封至"太子太保"即"宫保"了。因为他生前屡次受封,故在《还金记》中,又称他为"梁封君"。

梁相在自报家门中说到自己的三个儿子:"梦龙儿居长,由翰林历秩都台;梦弼儿行三,以武科发身挥使;若梦熊仲子,乃附凤散员。"据此,梁相其时已有三子:长子梦龙、仲子梦熊、三子梦弼。

(二)梁梦龙。此人在明代嘉靖后期至万历初期是个有名的人物,《明史》卷二二五有传。据《明史》本传可知:梁梦龙为嘉靖三十二年(1553)进士,选翰林院庶吉士。散馆后,授兵科给事中,历吏科都给事中等。在担任诸科给事中期间,先后弹劾过吏部尚书李默、户部尚书吴山、前延绥巡抚王轮等,并使其中的一些官员被罢免或遭处分,可说是个敢言之士。在任河南按察副使时,治理黄河决口有功。屡次升迁,先后做过都察院右佥都御史兼山东巡抚、都察院右副都御史兼河南巡抚。因为梁梦龙是个能吏,又是张居正的门生,在万历初年张居正当政时,得到重用,由户部、兵部侍郎升至都察院右都御史兼蓟辽总督。又因战功,升兵部尚书,加太子太保。万历十年,张居正在逝世后遭到清算,梁梦龙因与张居正关系密切,也遭到弹劾,在任吏部尚书一个月后,被迫致仕,家居十九年而卒。② 据《梁氏续族谱》之《家传第三》中的梁梦龙传记,可知他生于嘉靖六年丁亥(1527)十一月十一日,卒于万历三十年壬寅(1602)正月初一日,享年七十六岁,这也正与钱谦益《有学集》卷二八之《明柱国光禄大夫太子太保吏部尚书赠少保谥贞敏梁公墓志铭》中所说"林居十九年,考终正寝,万历壬寅之元日也,享年七十有六"

---

① 参《明史》卷七二《职官志一》第6册,中华书局1974年版,第1736页。
② 《明史》卷二二五《梁梦龙传》第19册,中华书局1974年版,第5914—5916页。

相合①。

  《还金记》第二出中梁相所说长子梦龙"由翰林历秩都台",这是说梁梦龙出身翰林,此时已升至"都台"。据该出中稍后梁梦龙上场时,自报家门说自己"官拜吏科都给事中,蒙擢河南巡抚。且喜便道,得省二亲"(第234页),可知其时梁梦龙已升至河南巡抚。据《明史》本传可知,梁梦龙中进士后,"改庶吉士"。"庶吉士"即翰林院庶吉士,按明代的制度,从中式进士中挑选若干年轻而富有才学之士进入翰林院深造,这些入选的进士即翰林院庶吉士。明代时凡是有翰林院经历的人均可称"翰林",梁梦龙曾入选翰林院庶吉士,故得以翰林称之。所谓"都台"是都察院都御史、副都御史及佥都御史的别称,而明代巡抚属都察院差遣官员,例带都察院副都御史或佥都御史衔,可知梁相口中的"都台",实际是指其子以都察院佥都御史或副都御史身份所任的巡抚之职。据《明实录》,可知梁梦龙在嘉靖三十六年(1557)三月由户科右给事中升工科左给事中②,三十八年(1559)二月升吏科都给事中③,隆庆四年(1570)二月由河南布政司右布政使升都察院右佥都御史、巡抚山东④,五年(1571)十一月升都察院右副都御史、巡抚河南⑤。

  (三)梁梦熊。梁相自述其仲子梦熊为"附凤散员",又在该出稍后劝慰梦熊说"你虽未曾登科及第,亦有一样乌纱"(第236页)。所谓"散员",即无固定职事的官员,又加"附凤"一词,可知梁梦熊未能科举中榜,因其兄梁梦龙之故,谋得个散员乌纱。据《梁氏续族谱·家传第二》,可知梁梦熊所任官职为"太医院吏目"。而据《明史·职官志三》可知:太医院吏目为太医院之属官,品级为从九品⑥。这是可以通过捐资谋得的官职,如顾天埈《顾太史文集》卷五《海虞顾征君墓志铭》言顾禹光"君年艾,因输税入京,以赀授太医院吏目。归即曰:'得一乌纱,可奉蒸尝耳。'"⑦ 娄坚《学古绪言》卷十一《徐君孺卿墓志铭》"伯子曰

---

① 钱谦益:《牧斋有学集》(中册),上海古籍出版社1996年版,第1050页。
② 《明世宗实录》卷四四五,上海书店影印台湾"中央研究院"历史语言研究所校印《明实录》本第47册,1982年版,第7585页。
③ 《明世宗实录》卷六九五,《明实录》本第47册,第7888—7889页。
④ 《明穆宗实录》卷四二,上海书店影印台湾"中央研究院"历史语言研究所校印《明实录》本第50册,第1071页。
⑤ 《明穆宗实录》卷六三,《明实录》本第50册,第1520页。
⑥ 《明史》卷七四,第6册,第1812页。
⑦ 顾天埈:《顾太史文集》,《四库禁毁书丛刊》集部第9册影印明崇祯刻本,北京出版社1999年版,第95—96页。

学礼，以赀为太医院吏目"①。因为是通过捐资可以获得的官职，且是个没有固定职事的闲职，仅仅表示该人具有官员身份而已，故称"散员"。

（四）梁梦弼。梁相自述其第三子梦弼"以武科发身挥使"，也就是说该子是通过武科举出身，做到指挥使一职的，据《梁氏续族谱·家传第二》可知梁梦弼任职为"真定卫指挥"。

（五）梁梦阳。梁相有四个儿子，其第四子在《还金记》第二出梁相的自述中尚未提及，而该剧十二出写梁相还金之后，玉帝派下石麒麟降生为梁相之子，第十三出《开筵》中梁相道："老夫又产一子，心中不胜欢喜。"（第306页）剧中未提及这第四子的名字，但据《梁氏续族谱·家传第二》可知此子是梁梦阳，后来任宁国府通判。又据《（顺治）真定县志》卷十一《选举志·恩荫》："梁梦阳，以兄荫，恩生，任宁国府通判。"② 可知此子是因为长兄梁梦龙的恩荫，由恩生而任通判的。所谓"恩生"，是指明代官员的子弟出于特恩而荫入国子监者。

（六）梁梦龄。《还金记》第三出《祝寿》中还出现了一位梁梦龄。该出中梁梦龙说："我昨日已令院子邀下梦熊、梦弼二弟，又约下伯弟梦龄一同庆贺。"（第240页）据《梁氏续族谱·家传第二》可知，梁梦龄是梁相之兄梁桥的独子，身份为太学生即监生。因是伯父之子，年纪比自己小，故梁梦龙称其为"伯弟"。又据《梁氏续族谱·大传第三》之梁相传可知，在兄长梁桥死后，梁相出赀将侄子梦龄送入太学。

（七）崔桂。《还金记》第六出《游船》中，其人在上场时自报家门道："下官游击将军崔桂是也。幼年与梁封君同学读书，曾八拜为交。下官自边庭归来，逐日与封君或飞鹰走犬，从猎田间；或雅歌投壶，寄情物外。"（第266页）考之史籍，这也是一位历史上实有的人物。刘效祖《四镇三关志》卷八《职官考》之"昌镇职官·武阶"下之"游兵营游击"中第二人即为崔桂，小注"神武人"。③ 书名中所谓"四镇"是指拱卫京畿的设有总兵府的蓟州、昌平、真（定）保（定）和辽东四镇，又据该条下小注，游兵营游击为嘉靖三十七年所设，每秋额派黄花路防守，可知崔桂任游兵营游击在嘉靖三十七年（1558）之后。又杨博《杨襄毅公本兵疏议》卷七有嘉靖四十年（1561）九月十六日的《覆巡视西关御

---

① 娄坚：《学古绪言》，《四库提要著录丛书》集部第128册，影印明崇祯刻清雍正陆灿重修本，北京出版社2011年版，第478页。

② 《（顺治）真定县志》，清顺治三年刻本。

③ 刘效祖：《四镇三关志》，《四库禁毁书丛刊》史部第10册，影印明万历四年刻本，第474页。

史黄纪请敕边臣并守南山疏》，中有"昌平总兵官何准屯兵居庸关，游击崔桂、柴芝屯兵黄花镇"之语①，可知此两书中的崔桂即是《还金记》中的游击将军崔桂。《还金记》所写是隆庆年间之事，可见这时崔桂已经解职归来。《四镇三关志》中称崔桂为"神武人"，这是说崔桂是隶属于神武卫籍的人。神武卫原是明初所设立的十七卫亲军指挥使司中的一卫，后来分为左、右、中、前、后五卫，改属五军都督府管辖。②其中隶属于后军都督府的神武右卫驻地在真定府。③明代的户籍分为民籍、军籍、匠籍三种，称崔桂为"神武人"，可知其户籍为军籍。因为神武右卫驻守真定，故崔桂虽是军籍，实际居住地是在真定，因此幼年时能够与梁相同学读书，告老还乡后也得以与梁相交游。

（八）张瑀。张瑀既是《还金记》的剧作者，同时又是以真名实姓出现于该剧中的一个主要人物之一。张瑀在该剧第五出《逼试》、第八出《失意》、第九出《安贫》、第十一出《告天》四出中是以主角的身份出场的，在第十出《返璧》中则与梁相同为主角。张瑀身前声名不彰，仅有传奇《还金记》存于世。这样一个人物，其生平事迹中的最基本要素，如生卒年之类也还不为学界所知。不过，通过这部带有自传性质的戏剧中的材料进行考证，我们大致可以弄清楚张瑀的生年，并且纠正古人记载的张瑀生平中的一些错讹。

梁梦龙的曾孙、清顺治年间曾任吏部左侍郎的梁清远（1606—1683）所作的《真定三子传》中关于张瑀的记载是我们现在所见的最为详细的资料，为《（乾隆）正定府志》卷三四《人物传四·文苑传》之张瑀小传及今人所编《中国曲学大辞典》等中张瑀的介绍所本，其全文如下：

> 张瑀先生者，在嘉、隆间名。能文章，多读书。六应试不第，其才情一寓之于填词。尝游狭邪，即席度曲，顷刻立就。虽极藻丽，而无斧凿痕，且合音节。每一词成，诸少年歌之未脱口，旋已传于燕、赵间，人无不歌之者。诗亦琅琅可诵，但不多见。即其词今所传者，唯吾家《还金记》。其中如"万顷春光人柳堤"，"一门红雨衬青

---

① 杨博：《杨襄毅公本兵疏议》，《续修四库全书》第447册，影印明万历十四年师贞堂刻本，上海古籍出版社2003年版，第270页。
② 参《明史》卷九〇《兵志二》，第8册，第2193—2219页。
③ 见《明一统志》卷三《真定府》："公署：真定卫（在府治东南，洪武三年建）、神武右卫（在真定府西，宣德五年建）……。"（《景印文渊阁四库全书》第472册，台湾商务印书馆1986年版，第79页）

莎"、"一声鹦鹉庭院静"、"鹤发惊秋露渐凉"及"乾坤容我闲，帘卷翠微山"诸句，即令马东篱、王实甫操管，不能过也。①

该文于张瑀的生平记载得很笼统，说他"六应试不第"其实并不准确。据《还金记》所述，张瑀已经七次应试不第，在他写作《还金记》之后，是否还应试过尚不得而知。《还金记》第五出《逼试》中张瑀之母上场时自报家门说："老身姓王，不幸夫主早丧，止遗下八岁的一个孩儿，名唤张瑀。老身抚养成人，得补府庠生员，而今年过三旬，举应六次。一则是孩儿的学浅，一则是孩儿的运迟，所以未曾登第。今岁又是大比时候，喜的孩儿取中科举。苍天，苍天，愿的孩儿此去早早成名，也不枉老身一场生受。"（第253页）这出写张母逼张瑀早早动身，赴京参加顺天府乡试。从张母说其子"今年过三旬，举应六次"中可知张瑀在此之前已经参加过六次乡试了。该剧第八出《失意》整出所写为张瑀因科场又一次失意后的凄苦感受，第九出《安贫》写张瑀失意回家后母子两人的贫苦生活，第十出《返璧》中写梁相前来还金，其中宽慰张瑀道："你虽七科不中，休要把心来灰了，还当努力前进。"（第297页）《还金记》作者张瑀自云所记"事皆实录"，从前面已经提到的几位人物在剧中的经历与现实中的经历相一致来看，张瑀在剧中写自己七次科场失利也应当是可靠的。因为，科场失利并不是什么光彩的事情，张瑀没必要为自己在剧中增加应举失利的次数，而且从剧情发展、人物形象等各要素来看，将应试失利的次数从现实中的六次改作剧情中的七次，并无实质性的意义。作为清人的梁清远与作为明人的张瑀并不生活在同一时期，从后面张瑀的生年考证可知，两者的年纪相差七十岁左右，从其所记载的张瑀的传记非常粗略非常笼统来看，他对张瑀的事迹知道得并不是很多。虽然他称张瑀的《还金记》为"吾家《还金记》"即是写他家的事，但可能对这个剧本的阅读不是很仔细，以致将七次误记成了六次。

虽然梁清远所作的张瑀传记中只是笼统地说他"在嘉隆间名"，但我们通过考查《还金记》中故事发生的时间，以及该剧中所提到的张瑀的年纪，可以考出他的生年。第五出《逼试》中张瑀之母王氏言"今岁又是大比时候""此时七月，还不见孩儿整顿行装，待老身叫出孩儿来，问他则个"（第253页），因此催促张瑀赶快动身赴京，参加八月在京城举

---

① 梁清远：《袚园集》文集卷三，《四库全书存目丛书补编》，影印康熙二十四年刻本（第1册），齐鲁书社2002年版，第352页。

行的北直隶乡试。第八出《失意》写张瑀第七次乡试失利，其自叹"薄命的张瑀，这科又中不得了"（第281页），在所唱套曲的"尾声"中道"甘心且暂栖蓬牖，培养雄材足八斗，专待着龙起雷鸣向癸酉"，下场诗中言"勉哉藏素业，以待酉之秋"（第284页）。这就明白地说这科失利了，要等着下一科癸酉科再考了。按明清时的科举制度，乡试固定在逢子、午、卯、酉之年的八月举行（清代则在正科之外，还有恩科）。张瑀说要等待着癸酉科奋起，可见他所参加的第七次乡试是癸酉科的前一科庚午科。隆庆四年（1570）为庚午年，万历元年（1573）为癸酉年，可知张瑀参加的第七次乡试的确切时间应当是隆庆四年。

自第五出《逼试》至第十四出《旌表》，围绕梁相还金的故事展开，在时间上一一衔接。第五出《逼试》所写时间为七月；第六出《游船》写八月十五中秋日梁相邀少年时的同学好友、这时已经告老回乡的游击将军崔桂出游，并告知二十多年前张瑀父亲临终前寄存一百两银子之事；第八出《失意》写张瑀第七次乡试失意，时间当在八九月间；第九出《安贫》写张瑀归家，与母亲困苦度日，内有"而今秋风渐凉，衣食俱无""金风催黄花时序，玉露瀼碧云天气，寒威透体顿觉衫儿弊"等句子（第285页），表明已是晚秋时节；第十出《返璧》写梁相约下崔桂同去张家还钱，从"而今冬初，即有此大雪，足为丰年之兆"可知已是初冬（第292页）；第十四出《旌表》写朝廷对梁相的善举进行旌表，从"残冬才过又新春，布谷催耕隔垄闻"可知已到次年新春（第312页）。也就是说，整个还金故事所写的时间跨度在隆庆四年至五年之间。

厘清了《还金记》中还金的时间，就可以推断出张瑀之生年了。剧中第六出《游船》中梁相对崔桂提及张瑀父亲寄金之事说："学生有个表弟，名唤张瑀，即今也去赴选。当时表叔张公辞世时，这个表弟方才八岁。表叔见他年幼身孤，恐族人侵夺，又虑贼盗，夜晚扶着病，将一百两银子寄在我这边。"（第266页）第十一出《告天》写梁相还金离开后，张母对其子说"孩儿，汝父遗留此物，我算起来就是二十八年了"（第301页），张瑀焚香告天，也说"只为梁封君替我子母藏金二十八年"（第302页）。二十八年前张父寄金之时张瑀年方八岁，可知梁相还金这一年即隆庆四年（1570）张瑀已经虚岁三十六岁，由此推知张瑀约生于嘉靖十四年（1535）。

二 情节：在真实事件基础上进行有意识的加工和虚构

张瑀在《还金记》的《自序》中说："记也，事皆实录，穷巷悉知。

惟石麟诞瑞,玉诏颁恩,颇涉虚伪,然非此无以劝世。"(第 225 页)这就指出了《还金记》的情节,除了第十二出《送生》写玉帝派一小神送石麒麟下界作梁相之第四子、第十四出《旌表》写皇帝颁诏旌表梁相这两个情节是出于"劝世"的目的而虚构的外,其余都是带有"实录"性质的,并为当时人们所熟知,是真实可信的。

　　上文我们已经指出,《还金记》中的人物,除了梁家门客敖下愚可能是个虚构的人物,其他有名有姓的人物均是以真名实姓写入该剧中的在现实生活中实有之人,而且作者自己也是以真名实姓作为主角之一写入该剧中的;而且通过上文中的考证,可以知道这些人物在剧中的身份、经历与现实中的身份、经历能够一一对应,这也就在很大程度上验证了张瑀自序中所说的"事皆实录"是可靠的。

　　不过,《还金记》的情节,在真实事件的基础上存在着适当的加工和虚构,这是作为文艺形式的戏剧作品所必需的。任何文艺作品,都不可能是现实生活原封不动的照搬,都会存在着加工提高的成分。《还金记》中虚构的情节,在张瑀的自序中已经自己指出来了,其实像剧中所说梁相的第四子是玉帝派下的石麒麟投胎而生这样的情节,即使剧作者张瑀自己不指出来,读者或观众也会知道这是虚构的。不过,尽管玉帝派下石麒麟作梁相的第四子出于虚构,但梁相的第四子梁梦阳为梁相晚年所生,并且很有可能是在梁相还金之前或后才出生的,这一点应当是真实可信的。《还金记》第十三出《开筵》中写梁相因为生下第四子,"眼前且喜白发翁,怀中又抱黄口童",心中欢喜,摆下筵席,与夫人一起吃喜酒,夫人说"相公深喜",梁相说"夫人同喜"(第 306—308 页),可知此子是梁相的小妾所生。而据上文中已引《(顺治)真定县志》可知,梁梦阳是凭借长兄梁梦龙的恩荫,作为恩生,得以任宁国府通判的,可见他与长兄之间的年龄相差非常大。据《明史》中梁梦龙本传,梁梦龙在万历十年代王国光任吏部尚书仅一个月,就被御史江东之等人弹劾而去职,家居十九年而卒,直到天启年间赵南星任吏部尚书时为之讼冤,朝廷"赠梦龙少保,予祭十坛",崇祯末又追谥"贞敏"。[①] 在梁梦龙被勒令致仕及昭雪之前,其子弟不可能受到父兄的恩荫。只有在平反昭雪后,朝廷恢复了名誉,其子弟才有可能得到恩荫。因此梁梦阳得到长兄的恩荫应当是在天启、崇祯年间。

　　《还金记》第二出《赏春》梁梦龙上场时说:"小生梁梦龙是也,官

---

① 《明史》卷二二五《梁梦龙传》第 19 册,第 5916 页。

拜史科都给事中，蒙擢河南巡抚。且喜便道，得省二亲。"（第234页）据《明实录》可知隆庆五年十一月梁梦龙由都察院右佥都御史兼山东巡抚升为右副都御史兼河南巡抚①，又在隆庆六年十月由河南巡抚升为户部侍郎②，可知梁梦龙任河南巡抚是在隆庆五年（1571）十一月至隆庆六年（1572）十月之间。而第二出所写为赏春，梁相在上场时说"此时乃仲春时候，遇此良辰，不可虚过"（第233页），仲春即是农历二月，结合梁梦龙的巡抚任期，可知其便道省亲的时间只可能是在隆庆六年二月。第三出《祝寿》中梁梦龙说"昨日父亲、母亲开宴赏春，教我弟兄三人陪宴。今日却是花朝令节，下官已分付院子安排筵席，备办礼物，与我父亲上寿，就请我母亲相陪"（第240页），花朝节是农历二月十二日，可知这两出所写当为隆庆六年二月间事。古代官员被任命新职至该官员正式履新上任，中间往往有几个月的时间差。明代官员利用这个时间差，在上任期间便道省亲，成为朝廷所默许的惯例。③ 梁梦龙是在隆庆五年十一月由山东巡抚升任河南巡抚的，这是朝廷发出任命的时间，待任命书到达山东需要些时日，梁梦龙办完山东巡抚的离任交割手续也还需要些时日，所以他因便道省亲在隆庆六年二月仍在老家，在时间上是合得上的。可见，《还金记》中所言梁梦龙因蒙擢河南巡抚而便道省亲，应当是真实之事。

据我们上文已作的考证，已知梁梦龙便道省亲是隆庆六年（1572）二月间之事，而张瑀参加第七次乡试失利是在隆庆四年（1570）七月，这些事并不发生在同一年。而《还金记》开头，第二出《赏春》、第三出《祝寿》两出，将原本发生在还金故事之后的梁梦龙因升任河南巡抚而便道省亲期间的事情，移至整部戏剧的开头，这是有意识地将两三年间所发生的事情串连在一年里，这样做无非是为了营造一个父严子孝、长惠幼谨的家庭氛围，说明梁相的还金有着浓厚的家庭因素。这是《还金记》为了剧情发展的需要，对真实事件进行有意识加工的一个显著例子。

《还金记》中对真实事件进行有意识加工，最突出的表现是将还金的缘由从"欠金"改为"存金"上。据《梁氏续族谱·家传第三》中梁相

---

① 《明穆宗实录》卷六三，《明实录》本第50册，第1520页。
② 《明神宗实录》卷六，《明实录》本第38册，第225页。
③ 举个例子予以说明：嘉靖十八年九月刘储秀由湖广左布政使升都察院右副都御史、巡抚辽东，在赴任前，由湖广经河南回陕西长安县省亲，到达家中已是新年，由家中出发经山西、直隶到达辽东巡抚行台驻地广宁已经是第二年的暮春了。详细考证见周明初《"司马西陂"即刘储秀考及相关问题的讨论》（《中文学术前沿》第11辑，浙江大学出版社2015年版）。又可参赵克生《明代文官的省亲与展墓》，《东北师大学报》2008年第2期。

的传记，梁相所还的金钱是父亲生前欠下的："一日，检箧笥，得先公手记，则积逋也。公愀然曰：'此故所贷于素封张氏者，今其孤即藐诸独，奈何以存亡贰，令彼有焚券名，俾先君子困于义耶？'亟具金并子钱偿之，且为文告逝者。张氏子感而作《还金传》，今尚啧啧人口焉。"而在《还金记》里，将梁相还给张家的银子改为张瑀的父亲临终前特意寄存在梁相处的：该剧第一出《开宗》中用《沁园春》词介绍剧情，上阕中说："昔日张生，暮年衰父，病染十分。将岁积月累，白金百两，趁天昏地暗，黑夜一人。不为身谋，只因子幼，托寄敕封梁使君。"（第230页）而第六出《游船》中梁相也对老友崔桂说道："当时表叔张公辞世时，这个表弟方才八岁。表叔见他年幼身孤，恐族人侵夺，又虑贼盗，夜晚扶着病，将一百两银子寄在我这边。待后日这表弟长大，教学生将此银交与。"（第266页）

在现实中，梁相的父亲生前为何欠下了张家的银子而没有归还，我们已经无从得知了。银子是父亲生前欠下的，梁相在看到父亲的手记前应当并不知情，在张氏母子同样不知情的情况下，梁相不归还本来也是没人知道的，他能够主动归还欠债，应当是件高尚的事情，就此可以看出梁相宅心仁厚。但是，在传统社会里，欠债还钱、父债子还，本是天经地义的事。因此，这样的行为虽然高尚，但还没有达到受到朝廷旌表的地步。而且，虽然梁相还金是件真实的事，但还金的具体时间以及是否确实在张瑀第七次参加乡试失利之后，也是一件很难考得清楚之事。《还金记》中为了凸显出梁相还金的高尚行为，张瑀有意将"欠金"改成了"存金"，并且将梁相还金的时间设置在自己第七次应试失利之后。但这样一来，实际上又造成了一个新的道德困境：既然这一百两银子是梁相的表叔、张瑀的父亲临终前寄存在梁相处的，为什么二十八年来，梁相迟迟没有归还存金，非要等到张瑀母子啼饥号寒、走投无路之时才归还？相信每一个读者或观众都会产生这样的疑问。张瑀在创作该剧时也许是考虑到了这一点，在第六出《游船》中为梁相设计了一套较为圆融的说法：

> 一向见这表弟颇遂温饱，又会读几句书，因思古人有言："贤而多财，则损其志；愚而多财，则益其过。"学生不欲损贤者之志，所以这二十余年只是与他藏着。近来这表弟家业不似前时，学生心下思量：若是他这科中得，他的功成名就，也不怕损其志了；若中不得，此银亦足为度日之资。这等正是交与他的时候。（第267页）

这样一来，无论张瑀这一次应试是否中式，梁相都是会很快归还"存金"的。而张瑀应试的结果仍是未中，梁相归还存金，对于困苦不堪的张瑀母子，无异于雪中送炭。而且，在《梁氏续族谱》的梁相传记中，只说是"积逋"，梁相父亲生前究竟欠了张家多少钱并没有明确，而在《还金记》中梁相所归还的是一百两银子，可能现实生活中他父亲生前所欠并没有这么多，既然在戏曲中将"欠金"改作了"存金"，那么自然也就可以把银子数量提高到一百两这样的"重金"，通过这样的对情节所进行的有意识加工，正是为了凸显出梁相的高风亮节，以此劝世，受到天庭降瑞送生、朝廷旌表在剧情的发展上也就显得合情合理了。

《还金记》中，在写梁相归还张家银子前，还有一个情节是写梁相归还了父亲生前欠下的王素家五十两银子。在第三出《祝寿》的末尾，梁相与他的儿子们商量说："我父在日，曾借王素银五十两，立券与他。他那时看着亲情，许过不受利息。我想古人有言：'负债不还作牛马。'幸得我家享着朝廷厚禄，你们孩儿都是乘牛服马的，我却自陷于牛马，岂不亏辱先人遗体？我欲将你今日奉我的寿银去还王家，家下有谷二十石，权当利息酬他的厚意，你心下何如？"（第247页）第四出《焚券》则写梁相在归还王素家的欠金后，在祠堂中摆下供品祭祀，并将收回的债券文书在父亲的灵位前焚化祭告。这个情节应当是由梁相父亲生前所欠张家银子这一事实衍化出来的，对于整个剧情的发展来说，其实是可有可无的。这样的情节改造和设计其实是很微妙的：在《还金记》中，张瑀将梁相归还张家的银子由"欠金"改成了"存金"，从而在剧作中正面歌颂梁相主动还金的高尚行为，但同时他又似乎并没有忘记梁相所还实际是梁相父亲生前欠下的，只是不便实说而已，因此将"欠金"改成是欠王家的。这样，在明里是歌颂梁相主动还金的高尚行为，显得光风霁月。但在暗里是否也包含着对梁相家所欠自己家的银子久久不还行为表示不满呢？也许只是因为自己家与梁家在地位权势上差异悬殊，自身的际遇又免不了对梁家有些依附和攀缘，最真实的心理只能通过隐晦曲折的方式表达出来而已。

三 定位：戏曲史上第一部自传体之作及其独特价值

《还金记》的故事情节，虽然在真实事件的基础上有意识地进行了加工和发展，甚至有所虚构，但它是以真人真事为基础的，基本情节是真实的，连剧中的人名也是现实中的真名实姓，作者张瑀自己更是以真名进入该剧，化作剧中主角之一，讲述、演绎还金故事，因此，这是一部带有作者自传性质的戏曲。吴书荫先生认为"张瑀将自己作为剧中主角，把亲身经历的实事编撰为传奇，这在明代戏曲中极罕见"①，郭英德先生认为"张瑀将自己作为剧中主角，写实人实事，在明代传奇中实开先声"，并说《还金记》"首开以传奇为自叙传的路数"，② 可知这是戏曲史上第一部带有自传体性质的戏曲。

那么这部自传体戏曲创作于何时呢？吴书荫先生说："嘉隆间的传奇剧本长达四五十出，多离不开生旦团圆的俗套，而此剧仅14出，未涉及才子佳人事，亦别具一格。"③ 郭英德先生也有类似的表达："全剧仅十四出，未涉及才子佳人事，在嘉靖、隆庆间亦别具一格。"④ 可知他们较为笼统地把该剧的创作时间定在嘉靖至隆庆年间。其实，从《还金记》本身寻找内证来看，应当作于隆庆末年。该剧第一出《开宗》中副末上场，所吟《西江月》开场词中说"蹬开尘虑且优游，共享太平时候"，内有问"怎见的太平时候？"副末即以《临江仙》词作答，其上阕为："圣主贤臣扶社稷，喜逢隆庆绍休。为鱼为水意相投。四时调玉烛，千载固金瓯。"内应道："果是太平时候。"末问道："借问当行作家，今日搬演哪本传奇？"内应道："扮一本《梁封君阴骘还金记》。"（第230页）从这首《临江仙》中颂圣的几句可知，所颂的"圣主"是隆庆皇帝，而搬演《还金记》的"今日"也正值隆庆年间。而前文已考：《还金记》中所写还金故事发生在隆庆四年（1570）至隆庆五年（1571）之间，剧中所提到的梁梦龙因升河南巡抚而便道省亲之事是隆庆六年（1572）二月之事，而剧中写到张瑀参加第七次乡试失利，期待着三年后的下一科癸酉科能够中举。从剧中的语气来看，张瑀写作该剧时，应当还未到癸酉年，而癸酉年即是万历元年（1573）。据《明史》，隆庆六年（1572）五月庚戌日隆庆帝驾崩、六月甲子日万历帝继位⑤。隆庆六年五月庚戌日即五月二十六日，结合起来看，张瑀写作《还金记》应当是在隆庆六年，而且很可能是在隆庆六年二月梁梦龙便道省亲之后、五月底隆庆帝驾崩之前完成的。

也许有人要问：在不到三个月的时间内，创作出一部传奇是否可能。其实在戏曲史上，在很短的时间内就创作出一部作品来的，并非孤例。像

---

① 吴书荫：《〈还金记〉提要》，李修生主编：《古本戏曲剧目提要》，文化艺术出版社1997年版，第359页。
② 郭英德：《明清传奇史》，人民文学出版社2012年版，第107页。
③ 吴书荫：《〈还金记〉提要》，《古本戏曲剧目提要》，第359—360页。
④ 《明清传奇史》，第107页。又见郭英德《明清传奇综录》，河北教育出版社1997年版，第61页。
⑤ 参《明史》卷十九《穆宗本纪》、卷二〇《神宗本纪一》第2册，第258、261页。

张凤翼的《红拂记》《祝发记》都是仅用一个月时间就完成了的。① 《红拂记》有三十四出，《祝发记》有二十八折，均能在一个月里创作完成，而《还金记》只有十四出，这在明清传奇中属于规模很小的作品，而且又是以作者自己的亲身经历为题材创作的作品，因此在不到三个月的时间内创作完成，是完全可能的。

明代嘉靖后期至万历初期，是中国古代戏曲发展史上的一个重要时期。而隆庆年间正处于这个重要时期的中段。明代的文人传奇在这个时期有了新的发展，经过改良后的昆腔开始显示出艺术上的巨大优势，而这个时期的戏曲创作，在题材上也有了新的突破和开拓。以往的戏曲，很少有直接将当下的现实社会生活作为戏曲题材的，所写的人物要么是历史上的人物，要么是虚构的人物，要么是神仙鬼怪之类，而这一时期开始出现了以当下的现实社会生活为题材的戏曲作品，作品中的人物也是现实社会中的实有人物，且以真名实姓进入戏曲之中。这样的戏曲作品有无名氏的《鸣凤记》和张瑀的《还金记》。其中大家最熟悉的是描写嘉靖年间反严嵩斗争的《鸣凤记》，这是以当代重大政治斗争为题材的戏曲作品，后人称为"时事剧"。而《还金记》则以本人的自身经历为基础创作而成，不仅基本情节具有很高的真实性，同时剧中人物均为现实中的真人，而且连作者自己也以真名进入戏曲之中充当主角。根据自己的亲身经历演绎故事，这在戏曲史上是从未有过的。

正如《鸣凤记》开了时事剧的先河一样，张瑀的《还金记》则开了自传体戏曲的先河。现在已知的带有自传体性质的戏曲，除《还金记》之外，尚有朱期的《玉丸记》、屠隆的《修文记》和袁于令的《西楼记》三种传奇。朱期的《玉丸记》的具体创作时间，郭英德在《明清传奇综录》中猜测为"或在万历十年（1582）张居正去世之前"②，今考《玉丸记》中多处提到并直斥张居正弄权：如第三十五出《中途弃职》中写朱

---

① 焦循《剧说》卷四谓："吾吴张伯起新婚，伴房一月，而成《红拂记》，风流自许。"（古典文学出版社1957年版，第99页）按此说实出尤侗《题北红拂记》，当据传闻。沈德符《万历野获编》卷二五《词曲》"张伯起传奇"条谓："伯起少年作《红拂记》，演习之者遍国中。后以丙戌上太夫人寿作《祝发记》，则母已八旬，而尊亦耳顺矣。"（中华书局1959年版，第644页）张凤翼《处实堂集续集》卷二《答劳比部惟敏书》中云："新记一册，乃季秋为老母称觞而作。"（《续修四库全书》影印明万历刻本，第1353册，第398页）据徐朔方先生《张凤翼年谱》中的考证，张凤翼所称的"新记"即是《祝发记》（徐朔方《张凤翼年谱》，《徐朔方集》第二卷《晚明曲家年谱》，浙江古籍出版社1993年版，第223页）。"丙戌"是万历十四年，"季秋"即农历九月，可见《祝发记》是张凤翼为老母作寿而在该年九月当月创作的。

② 郭英德：《明清传奇综录》，河北教育出版社1997年版，第85页。

其赴任途中,听家人来报其弟朱见任刑部副郎(即刑部员外郎),因得罪张居正,被改任鲁府长史,直斥"奸权专擅又盈朝";第三十七出《弃官归里》中"恨张相恶浮严相,专擅奸欺,不辨贤愚,阿容党辈,颠倒玉墀金陛""独恨朝中首相奸危,因此上立意思归,辞官职返乡间"。① 像这样毫无避忌地直斥张居正弄权,如果该剧作于万历十年前正当张居正任首辅之时,是不可想象的,只有在万历十年张居正去世并遭清算后,才有可能。因此《玉丸记》当作于万历十年之后。又据郭英德考证,《修文记》作于万历三十三年之前,②《西楼记》作于万历三十八年前后。③ 这三种传奇是否受了《还金记》的影响,目前还没有资料可以证明,但它们都作于《还金记》之后,这一点则是可以确定的。

作为戏曲史上的开新之作,学界对《鸣凤记》在古代戏曲史以至古代文学史上的地位和价值已经有了充分的认识和肯定,但对产生于同一时期的《还金记》则认识不足,这固然与《还金记》问世后流传未广有关,同时也与该剧主题思想平庸,写作的目的是劝世行善,不脱教化的俗套有关。不过,《还金记》作为一部戏曲史上的开新之作,也自有其独特的价值。

首先,这部以当下现实社会生活为题材的戏曲作品,写的是日常化的生活情节,体现的是日常生活中普通人的思想和情感。上文已经说过,以往的戏曲很少有直接取材于当下的现实社会生活的,而剧中人物要么是历史人物,要么是虚构人物,要么是仙佛鬼怪之类,所表现的主题往往不脱忠孝节义、神仙道化、功名豪侠、风月爱情这么几大类。虽然风月爱情之类,也是日常化的社会生活所不可缺少的,但以往戏曲中的风月爱情,不是当下现实社会生活中活生生的人的风月爱情,而是历史传说中的或者是虚构的人物的甚至是神仙鬼怪的风月爱情。与《还金记》同时期出现的《鸣凤记》,虽然取材于当下的现实社会生活,但它所描写的是朝廷中的忠奸斗争,主题是有关重大政治事件的,与日常化的普通人的生活关系不大。《还金记》所讲述的还金故事,无论是实际生活中的欠金还金还是经过加工改造后在戏曲中的寄金还金,以及在剧中展现出来的庆生祝寿、诞子开宴、赏春游春、应试失意等情节,所叙写的都是日常生活之事,而所体现出来的也是普通人的思想、情感和道德。尽管《还金记》的作者将

---

① 朱期:《奇遇玉丸记》,《古本戏曲丛刊初集》影印明刊本,商务印书馆1955年版。
② 郭英德:《明清传奇综录》,第158页。
③ 郭英德:《明清传奇综录》,第401页。

还金故事由欠金还金改造成寄金还金,并加进了有关教化劝世、因果报应的内容,但仍然没有改变这一故事所体现出的普通人的思想情感。如上文已提及的剧中第三出《祝寿》中写梁相与诸子商量偿还父亲生前欠债时说:"我父在日,曾借王素银五十两,立券与他。他那时看着亲情,许过不受利息。我想古人有言:'负债不还作牛马。'幸得我家享着朝廷厚禄,你们孩儿都是乘牛服马的,我却自陷于牛马,岂不亏辱先人遗体?我欲将你今日奉我的寿银去还王家,家下有谷二十石,权当利息酬他的厚意,你心下何如?"(第247页)因为借贷关系,立券为据,因为亲情关系,允许只还本金不还利息,这在讲究亲情的民间社会是常有的事。而父债子偿,这也是民间维持信誉关系的准则。梁相现时已经发达,偿还久欠的父债,并且偿还利息,也符合民间社会为人的原则。又如第六出《游船》中梁相向好友崔桂叙述当年张瑀父亲寄金之情状:"当时表叔张公辞世时,这个表弟方才八岁。表叔见他年幼身孤,恐族人侵夺,又虑贼盗,夜晚扶着病,将一百两银子寄在我这边。待后日这表弟长大,教学生将此银交与。"(第266页)贼人入室偷盗、孤儿寡母遭族人欺凌和抢夺财产,在古代是常有的事,因此梁父在临终前将银两寄于信得过的亲友代为保管,也是符合普通人的思维逻辑的。其他如第五出《逼试》写老母催促张瑀早早动身赴试,"愿的孩儿此去早早成名,也不枉老身一场生受"(第253页),第九出《安贫》写张瑀第七次应试失意而归,母子两人因为衣食不继而发愁,老母对自己逼迫儿子读书的行为表示后悔,说"还是老身不是,当初不该教孩儿读书,致有今日苦恼"(第287页),第十出《返璧》写梁相还金,要邀上老友崔桂作为见证人,这些都是日常生活化的写照,所体现出来的无一不是普通人的行为和心理。至于梁相还金,感动玉帝送下石麒麟作第四子,又受皇帝表彰之类,虽然出于虚构,不免虚妄,但也符合民间社会"积阴德"、好人有好报的心理。

其次,戏曲作者本人以真名实姓的形式进入戏曲充当主角演绎故事,这在戏曲史上是一大创新。在《还金记》产生之前,无论是以历史传说为题材还是以现实生活为题材,古代戏曲所演绎的故事,都是关于别人的故事,很少有关于自己的故事,即使是带有自况性质的戏曲,那也是"借他人之酒杯,浇胸中之块垒",作者也是借戏曲中的某个角色来寄寓自己的思想情感,而作者本人并不需要进入戏曲之中充当角色。而且,戏曲文学作为代言体叙事文学,通常情况下,戏曲作家并不直接叙述故事,而是通过塑造不同的人物角色,由不同的角色通过唱词、宾白、科介相结合来完成故事的叙述,而戏曲作者本人在戏曲作品里是不在场的。在

《还金记》中，作者张瑀直接进入其中，以真名实姓的形式成为戏曲中的一个主角并演绎故事，这是古代戏曲中从来没有过的。但张瑀进入《还金记》中，充当一个主角并演绎故事，却又并不主导或限制整个戏曲的叙事或剧情的发展，并不像采用内视角形式的许多现代小说那样，充当主人公或见证人，用第一人称的"我"来讲述亲历或转叙见闻，从而规定整个故事情节的发展。因此，《还金记》中的主角张瑀只是一个叫"张瑀"的角色，他与这部戏曲中的其他主角或配角一样，是在平等地演绎故事。因此，《还金记》与别的戏曲一样，采用的仍然是全知视角叙事，对于戏曲中所设定的时空内所发生的任何事，甚至是同一时间内不同场合下所发生的事情，甚至不同人物内心的所想所思，通过不同角色的表演得以充分展示。像《还金记》这样作者自己进入戏曲充当其中的一个主角，但却并不是故事的讲述者或转叙者，叙事上不采用内视角而仍然采用全知视角，这样做的好处是：既可以保证戏曲剧情不受视角限制而得以充分展开，同时又保证整个叙事的真实可信性。

从创作动机来说，张瑀写作此剧，主要是为了表彰梁相主动还金的善行，有着强烈的报恩意识和劝世意识，也许还存在着一定的依附和攀缘意识。如果包括自己在内的剧中人物不采用真名实姓而是采用化名，那么观众或读者所见到的仅仅是一个非常平淡的有关还金的故事，很可能就会像观看或阅读别的戏曲作品时的感受一样，以为仅仅是出于劝世的目的而创作的一个虚构的故事，不一定知道这是由作者自身经历的真实故事创作而成，更不可能将这个故事与梁相家族联系起来。那样的话，梁相还金的善行也就得不到很好的彰显，写作这个戏曲也就失去了报恩的功效。应当是出于这样的考虑，作者对包括自己在内的剧中人物全部采用了真名实姓。作者自己可能根本没有意识到，采用这样的写法，在戏曲写作中是一种全新的创造，因其带有自传体写作的性质而具有了进入戏曲史的意义。

再次，作为一部以自己的亲身经历为基础创作的自传体戏曲，倾注了作者的真情实感，所刻画的寒士形象真切动人，并突破了以往戏曲中寒士遭际否极泰来的模式。在《还金记》里，实际存在着一明一暗或者说一主一辅两条线索。明线或称主线以梁相为主角，所讲述的是梁相还金的故事，整个故事情节显得较为苍白，缺乏跌宕起伏的戏剧冲突；思想也较为平庸，有着浓厚的教化思想和果报观念。而暗线或称辅线则以张瑀为主角，写他的科场失意和落魄困厄。由于作者张瑀自己是还金事件的当事人，这个故事又是以自己的亲身经历之事为基础写成的，因此作为暗线或称辅线的以张瑀为主角的几出中，张瑀作为科场数度失意的寒士，其凄苦

— 564 —

窘迫的情状写得真切感人,张瑀这一人物形象也较为丰满。如第五出《逼试》,写老母王氏期盼着独子张瑀能够早日取得功名,可以改善长期以来的困苦生活状况,使自己老有所安,而张瑀顾念着老母年近七旬,且家业萧条,储无担石,不愿离家赴试,最后在老母的逼迫下,终于赴试。在这出戏中,老母期盼儿子取得功名的热切,与儿子既期盼着博取功名又顾念着母亲不忍离别的矛盾心理,都有较为充分的展现。又如第九出《安贫》写张瑀第七次应试失利归来,因"秋风渐凉,衣食全无",老母感叹"寒威透体顿觉衫儿弊,日渐西厨中尚未炊。我形容枯槁镜里添憔悴,闷倚妆台也无言怨落晖。堪悲缺食来更缺衣,堪悲忍寒时又忍饥",张瑀感叹"贪功名恨儿失计,受饥寒教娘遭累。空有文章满腹,难换薪和粒"(第285—286页),写老母缺衣少食、啼饥号寒的愁绪和张瑀愧为人子、无计可施的懊丧,跃然于纸上。而最突出的是第八出《失意》,整出戏由八支曲子组成《步步娇》北曲大套,极写张瑀第七次应试失利之后内心的迷惘失意。请看其中的前三支曲子:

　　【折桂令】钓金鳌枉自持钩,烟水茫茫、云树稠稠。只落的扑面酸风,伤心苦雨,触目闲愁。麒麟瑞番做了田间刍狗;龙蛇字变成了水底泥鳅。机会难投,志愿难酬。空怅望碧澄澄桂影婆娑,清冷冷月色滴溜。

　　【江儿水】闹穰穰心间恨,急煎煎眼底忧。两般忧恨一时凑,恨只恨兰省无名沉埋久,忧只忧萱堂有母饥寒受。这忧恨集成眉皱,忧似天高,恨比地来还厚。

　　【雁儿落带得胜令】怕遇着昏惨惨一檠灯影幽,撕朗朗几杵钟声扣;嘹呖呖排空塞雁鸣,絮叨叨绕砌寒蛩奏;隐依依短笛弄渔舟,凄凉凉画角出谯楼;乱纷纷捣月残砧续,疏刺刺随风落叶嗖。漫迢迢更筹,一点点催壶漏。泪汪汪愁眸,扑簌簌傍枕流。(第281—283页)

第一支写科场失意、壮志难酬而产生的惆怅;第二支写因兰省无名、萱堂饥寒而产生的忧恨交加;第三支用排比的手法,将数种凄惨肃杀的景象串连在一起,情随景生,极写落第举子内心的悲凉落寞。

　　更重要的是,《还金记》中的主角张瑀,七次应试而不第,母老家贫,别无长物,是个始终没有摆脱贫困命运的寒士。这与以往戏曲中所塑造的寒士的际遇大不一样,无论是《琵琶记》中的蔡伯喈,《破窑记》里的吕蒙正,《荆钗记》里的王十朋,还是《三元记》里的商辂,等等,作为寒士，往往能够通过科举考试求得出身，从而发迹变泰，苦尽甘来。可以说，《还金记》所刻画的寒士形象，彻底突破了这一模式。《还金记》中的张瑀，可以说是真正意义上的寒士。像这样的寒士，怀抱着通过读书中举取得功名，从而改变自己的命运这样的理想，在科举的道路上蹉跎了一生，最终依然一无所获，这在科举时代可以说是大多数读书人的命运。因此，张瑀的《还金记》中所刻画的寒士，虽然是他的自我写照，实际上写出了当时大多数读书人的共同遭际，《失意》中的悽惶自叹，实际上唱出了天下寒士的共同心声。从这个意义上说，《还金记》是古代戏曲史上第一部真正写寒士遭际的戏曲。

（原载《文学遗产》2016 年第 5 期，发表时题目为《〈还金记〉考论——中国戏曲史上第一部自传体戏曲及其独特价值》）

《汤显祖集全编·诗文续补遗》辨伪

周明初

2015年12月上海古籍出版社出版了《汤显祖集全编》,该书在北京古籍出版社1999年出版的徐朔方先生笺校的《汤显祖全集》的基础上,收入了由江巨荣、龚重谟、郑志良等先生新近辑得的诗文一卷,取名为《汤显祖诗文续补遗》,放在《全编》诗文集第四册的最后。该卷中,所收录的出自宗族家谱的文献共十一篇。其中除了出自临川《文昌汤氏宗谱》的《寒光堂题联》可以确定为汤显祖所作外,其余各篇均有作伪嫌疑。其中的八篇作伪的迹象非常明显,基本可以确定为伪作,另有一篇也存在着一定程度的作伪嫌疑,还有一篇其实是一副对联,即出自乐安县石陂乡咸口上村《吴氏十修族谱》的《草庐公祠联》,因为信息太少,虽然倾向于是伪作,但证据太少,只能存疑。此外,该卷所收入的两篇出土的墓志铭,也存在着较为明显的作伪嫌疑,今一并辨伪于此。

一 《以仁王先生文集序》(第2223页)[①]

此篇出自抚州市孝桥璜溪《王氏族谱》。据文中所言,王以仁是汤显祖的好友王宾持的族侄,但除此篇外,在《汤显祖集全编》里,并不见汤显祖与王以仁、王宾持叔侄之间有什么交往。

该文说:"予与王君宾持、姜君耀先、谢君九紫为性命交,并以文章名世。余与谢成进士,二君皆以明经老。"按:姜耀先名鸿绪,曾与帅机、汤显祖结社里中。谢九紫名廷谅,字友可,又称谢大。查阅《汤显祖集全编》可知,汤显祖与姜耀先的交游,有诗《送姜耀先寄怀周临海》

[①] 汤显祖:《汤显祖集全编》,徐朔方笺校,上海古籍出版社2015年版,第2223页。本论文中,提到出自此书的作品、引用出自此书的文字均很多。为避免注释繁复,以下凡提及此书中的作品、引用此书中的文字,均以括号"第某某页"的形式随文注出,不再一一出脚注。

(第589页)、《绿漪园听箫有作同耀先》（第761页）、《园居示姜绪父》（第1034页），有尺牍《柬姜耀先》（第1794页），另外在题词《紫钗记题词》（第1558页）、尺牍《寄伍念父》（第1800页）中均有提及；而汤显祖与谢九紫的交游，有诗《秋从白马归，泛月千金口问谢大》（第124页）、《送谢大东安》（第133页）、《真珠潭逢谢大》（第137页）、《谢廷谅见慰三首各用韵答》（第170页）、《晚霁，友可俱谢孝廉来……》（第268页）、《友可便欲求仙去，次韵赏之》（第269页）、《送谢廷谅往华盖寻师》（第269页）、《与谢献可……乃昆友可朝宝盖去，一宅清斋……》（第270页）、《送谢大游池阳便过金陵》（第277页）、《灵谷寺浮屠忆谢友可少小钟山之约》（第561页），又《玉合记题词》（第1550页）、《紫钗记题词》（第1558页）中均有提及。可见，汤显祖与姜耀先、谢九紫均有较多的交游，而与谢九紫的交游尤为密切。但在《汤显祖集全编》里，并不见与王宾持有任何交往的踪影。如果王宾持与姜耀先、谢九紫一样，是"并以文章名世"的汤显祖的"性命交"，为何汤显祖与另外两人有着较密切的交往而与王宾持则不见交往？特别是《紫钗记题词》中，汤显祖提及了年轻时的几位好友，除谢九紫、姜耀先外，还有帅惟审（名机）、吴拾芝（又作拾之）、曾粤祥（名如春）诸人，也不见王宾持其人：

> 往余所游谢九紫、吴拾芝、曾粤祥诸君，度新词与戏。未成，而是非蜂起，讹言四方。诸君子有危心，略取所草具词梓之，明无所与于时也。记初名《紫箫》，实未成。亦不意其行如是。帅惟审云："此案头之书，非台上之曲也。"姜耀先云："不若遂成之。"南都多暇，更为删润，讫，名《紫钗》，中有紫玉钗也。霍小玉能作有情痴，黄衣客能作无名豪，余人微各有致。第如李生者，何足道哉。曲成，恨帅郎多病，九紫、粤祥各仕去，耀先、拾芝局为诸生倅，无能歌乐之者。人生荣困生死何常，为欢苦不足，当奈何。（第1558页）

这篇题词中所提到的在年轻时所结识的五位好友，后来也一直保持着较密切的关系。除谢九紫、姜耀先外，另外三人在《汤显祖集全编》中均也屡屡出现。但这篇题词中也同样不见提及王宾持其人。如果王宾持真是汤显祖的"性命交"，当汤显祖年轻时因为写作《紫箫记》而蒙难时，不该不像其他几位朋友一样挺身而出加以维护。因此，汤显祖的朋友中有无王宾持其人，也值得怀疑。

该文又说："独怪嘉靖壬子之役，主司已拟宾持领解，榜将发而棘围火，遂不果元。"嘉靖壬子即嘉靖三十一年（1552），查《（乾隆）南昌府志》卷二八《祥异志》，可知该年"秋八月乙丑贡院火"①，又赵用贤《赠文林郎念斋陈先生墓志铭》："壬子当赴省试，先生梦占一席，已而火忽起席下。俄报棘院灾焚中式卷，而先生适在数中。"②此文中所说的"念斋陈先生"为江西高安人陈邦科之父陈汝琥。可知嘉靖三十一年江西贡院发生火灾烧毁乡试中式者试卷当为实事。该年王宾持已经参加了江西的乡试并差一点中举，按正常的年龄，其时王宾持应当已有二十多岁，而该年汤显祖只有三岁（汤显祖生于嘉靖二十九年），谢廷谅只有两岁（谢廷谅生于嘉靖三十年）③，姜耀先虽然确切的生卒年不可考，他的年龄也应当与汤显祖、谢廷谅相差不会太大。王宾持与汤显祖的年龄，起码相差二十岁，根本就不是同一辈人，又如何可能与姜耀先、谢廷谅（九紫）一起，与汤显祖是"并以文章名世"的"性命交"？

该文又说："（以仁）既而受知于邑侯蔡公、学使者唐公，辄冠一军，名籍甚，遂为石林祝公所延，讲学芝山……无何，天子将有事于纂修，祝公以宗伯召入，疏称以仁为东南实践之儒，将征公车，而以仁捐馆矣。"案：文中的"石林祝公"当指祝世禄。祝世禄字延之，号无功，又号石林，江西德兴人。万历十七年（1589）进士，授休宁知县。二十三年（1595）考选为南京吏科给事中。三十二年（1604）以九载考满，升南京尚宝司卿。三十三年（1605）乙巳京察，降谪。四十年（1612）春卒。④虽然不清楚祝世禄降谪后至去世前的情况如何，但他并未做过"宗伯"即正二品的礼部尚书，则是肯定的，因为《明史》的《七卿年表》中并无其人。他所做过的最大官职是正五品的南京尚宝司卿，因此不存在天子因为纂修之事，祝世禄以礼部尚书召入之事，也就更不存在祝世禄上疏推荐王以仁之事。

由以上三点，可知该文所述王以仁的族叔王宾持与汤显祖的关系不合

---

① 《（乾隆）南昌府志》，《中国方志丛书》华中地方第811号，台湾成文出版社1989年版，第2255页。

② 赵用贤：《松石斋集》文集卷十九，《四库禁毁书丛刊》集部第41册，北京出版社1999年版，第298页。

③ 徐朔方《汤显祖年谱》引谢廷谅所作《刻汤临川问棘堂邮草叙》中言汤显祖"长我半年耳"（《晚明曲家年谱》第3卷第253页），汤显祖生于嘉靖二十九年八月十四日，故可知谢廷谅生于嘉靖三十年二月。按谢廷谅此文，见于天一阁所藏明万历刻本汤显祖《问棘堂邮草》卷首。

④ 《（康熙）江西通志》卷三一《人物志》，康熙二十二年（1683）刻本，第65—66页。

事实，而王以仁的生平行实也存在作假的嫌疑，此文为假托汤显祖所作，当可判断。

二 《赐进士出身王公行淮二先生传》（第2244页）

此篇也出自抚州市孝桥璜溪《王氏族谱》。此文开头说："临川王公名城者，万历年间进士也。其为人也，才全德备而又博学能文者也。见其重于乡里不待言已，观其承王命而宰广昌县。"下文记王城在该县推行教化，受县民爱戴事。全文简短，只有三百来字，然开头部分即露出作伪的马脚。

（一）万历年间进士中并无王城其人。查朱保炯、谢沛霖所编《明清进士题名碑录索引》，不仅万历年间，整个明代的进士中均无王城其人，只有清乾隆四十三年（1778）戊戌科的中式进士中有一人名王城，为第二甲第三十三名，是江南通州（今江苏南通）人①，显然不是此文中所说的临川王城。那么会不会是万历年间王姓家族中确实有人中进士，而汤显祖将人名写错或者是后来在刻写传抄过程中将人名搞错呢？也没有这种可能。查《（同治）临川县志》卷三六《选举志一》"进士"条可知，整个万历年间临川有进士三十五名，②但无一人姓王。

（二）文中所说王城"宰广昌县"违背明代任官回避制度。《明史》卷七一《选举志三》："洪武间，定南北更调之制，南人官北，北人官南。其后官制渐定，自学官外，不得官本省，亦不限南北也。"③可知明代地方官员任职，执行非常严格的回避制度，本省籍的官员，除教授、教谕、训导这类学官外，不得在本省为官。明代有两个广昌县，一在山西大同府（此县在清代改属直隶保定府，即今河北涞源县），一在江西建昌府（此县南宋时由南丰县南境的三个乡分置，离抚州府临川县并不远，现在已归属抚州市）。从该文中"（王公）至解组归田，则去民远矣。远则不嫌于疏，而犹亲之若父母。一闻王公欲建大厦而艰于费，即捐资以求大木，得大木而功告成，不劳王公之经营"可知，这里所说的"宰广昌县"是指江西广昌县，不可能是指山西广昌县。因为如果是山西的广昌县，远在江

---

① 朱保炯、谢沛霖编：《明清进士题名碑录索引》，上海古籍出版社1979年版，第281页。
② 《（同治）临川县志》，《中国方志丛书》华中地方第946号，台湾成文出版社1989年版，第2050—2052页。又《（康熙）临川县志》卷十六"科甲"中所载万历年间临川进士为三十一人，对于冒籍在他省中举而为江西乡榜所不载的临川进士没有收入，而同治志则补充收录了，故这里以同治志所收为准。
③ 《明史》（第6册），中华书局1974年版，第1716页。

西的王城家中有事，县民们不可能马上知道，并进行捐助。因此，即使明代万历年间确实有临川进士王城，他也不可能"承王命而宰广昌县"即在本省的广昌县担任知县。

此篇为后世王氏族人伪造并假托汤显祖之作，殆无疑义。

三 《璜溪王氏族谱原序》（第2227—2229页）

此篇出处与前两篇同。此序先叙璜溪王氏的源流，谓临川王氏是荆公（即王安石）之族，继荆公之后，魏公（指王安石之弟安礼）之裔最盛云云，其后则说明修谱之重要性。后面又用一大段文字论述"荆公"即王安石的功业行实，结尾处几句话则为评述"魏公"即王安礼的行实。整篇文章读起来莫名其妙。这璜溪王氏究竟是"荆公"之后还是"魏公"之后，在此文中根本没有说清楚。如果是"魏公"之后，为何该序主要评述"荆公"之功业行实，而对"魏公"之功业行实只有寥寥数语？而从"继荆公之后，惟魏公之裔为盛也"这样的表述来看，此文似乎是将"魏公"当成"荆公"之后人而不是其兄弟了，所以在后面的文字中主要是谈"荆公"之功业行实而对"魏公"只是附带提及。可以说这是一篇粗通文墨、似通非通者所作的文字。

此文落款署名为"明进士汤显祖顿首撰"，编者龚重谟先生已疑其伪作，按语说："末署汤显祖为'进士'，误。暂录存疑。"今案：署汤显祖为"进士"，虽然有点怪异，但说不上失误。此文可判断为伪作的依据主要有三点：（一）文字拙劣、表述不清，为粗通文墨者所作，已如上述；（二）从文中"修谱者，系祖宗之名讳世次，岂徒慕美名、夸华胄而已哉？抑岂徒知昭穆、兴孝悌、联族属而已哉？要必知祖宗为人制行，起家垂裕，所以耿耿不朽""人物如公，有古心、古学者，尚皆欲师之，而况为其后人哉"这样的语气来看，应当是该族中之人所作而不像是外人之作；（三）更重要的一点是，出自该谱的署名汤显祖所作的另两篇文章为伪作，与之相关联的此篇不伪的可能性就很小了。

四 《水田陈氏大成宗谱序》（第2226—2227页）

据编者龚重谟先生按语，知此文为"徐宜良先生录自江西临川云山乡水田陈家村珍藏《陈氏宗谱》（后字号）"[1]。该录文中有失误之处，如"奈何寥上（寥）数百年曾未多见"，显然"寥上"原文应当是作"寥

---

[1] 《汤显祖集全编》（第4册），第2227页。

々"或"寥丶丶","々"或"丶丶"为重文符号，古人、今人都是这样用的，录文者不识，认作"上"字，而编辑者也不明就里，改作了"寥上（寥）"，其实径作"寥寥"即可。

此文文末落款所署为"时皇明万历戊子年春二月朔日，赐进士太常博士、年家世教眷弟汤显祖若士氏拜撰"。编辑者龚重谟先生已疑其伪，按语称："末署汤显祖为'赐进士'，误。暂录存疑。"①

今案：光署"赐进士"，还不能说误，甚至可以说不误，因为明人无论"赐进士及第"还是"赐进士出身"抑或"赐同进士出身"，均有简称署作"赐进士"者。此文署名之误在后两处。一、万历戊子即万历十六年（1588），该年汤显祖由正七品的南京太常寺博士改任从七品的南京詹事府主簿。据署名该文作于"春二月朔日"，可以理解为此时尚未改官，故仍署旧官职名。但署"太常博士"显然不合明朝惯例。明朝迁都北京后，在留都南京所设的中央机构任职者，官职前必加"南京"两字以区别于北京任职者，非常严格。因此按惯例，当署"南京太常博士"。二、据《汤显祖年谱》可知："若士"作为汤显祖别号，是万历二十七年（1599）才开始使用的。因为该年二月望夕汤显祖梦见达观来书，达观亲书"海若士"三字付汤显祖，此后汤显祖便用"海若士"或"若士"用作自己的别号。②故在万历十六年（1588）戊子，汤显祖不可能已署此别号。

编辑者之所以对此篇谱序"暂录存疑"，而不敢断然确认此文为伪作，从而不收入"诗文续补遗"中，笔者猜想可能是考虑到了这样两个因素：一、落款署名不能排除后人加以妄增妄改的因素；二、在文中汤显祖为陈以德作谱序的理由也很充分。该文中说"余邑陈炌先生子讳以德者，与予有世谊焉，重修谱牒，问序于予，情弗容辞"，陈炌、陈以德父子确实是临川人，而且与汤显祖家确实有世谊关系。陈炌，字文晦，嘉靖二十年（1541）进士，官至都察院左都御史。汤显祖《哀伟朋赋》序中说到久为诸生的好友周宗镐"年四十，走长安，以策干陈御史大夫炌，不受"③，说的正是陈炌任都察院左都御史时之事，其任左都御史是在万历五年（1577）至万历十一年（1583）。据《汤显祖年谱》，陈炌曾作

---

① 《汤显祖集全编》（第4册），第2227页。
② 徐朔方：《汤显祖年谱》，《晚明曲家年谱》（第3卷），浙江古籍出版社1993年版，第382—385页。
③ 《汤显祖集全编》（第3册），第1404页。

《西塘公传》，记汤显祖祖父汤懋昭生平事迹，载于《文昌汤氏宗谱》卷首①，由此可知汤家与陈家确实有世谊关系。陈以德，字维修，万历二十六年（1598）进士，官至四川按察司副使。这样的家族背景，请有世谊关系的汤显祖写作宗谱序，可以说是顺理成章之事。

  不过，尽管汤家与陈家存在着世谊关系，笔者经过考证，仍然确认这篇文章是伪作。因为这篇谱序至少在三种不同的宗谱中出现，而且三种宗谱中的作者署名各不相同。此文以"古立宗法，汉肇谱学，皆所以维持人心、匡翼世道者也"开头，下面分五点用一大半篇幅论述纂修家谱之重要性，笔者一读之下，就觉得这是一篇带有程式化的文字，无论用作哪个家族的宗谱序都是合适的，因此怀疑这是出自明清以来谱匠之手的套用文。一查之下果然如此。因为这篇文字还出现在清乾隆二十七年刻本《（遂安）慈峰李氏宗谱》卷首《新田谱序》和民国二年（1913）崇德堂木刻活字印本安徽庐江《胡氏宗谱》的旧谱序中。经过比对，三种宗谱中的这篇谱序的文字几乎完全相同，仅仅在提到为人作谱序的缘起以及文章结尾处，三种宗谱中的文字有所改动。在提到作谱序的缘起时，《水田陈氏大成宗谱序》中作"幸而余邑陈炌先生子讳以德者，与予有世谊焉，重修谱牒，问序于予，情弗容辞，乃作而言曰……"，而在《慈峰李氏宗谱》的《新田谱序》中则作"幸而新安谢氏以其妻族孚溪李氏之谱，索序于予。予惟谢氏吾旧友也，李氏唐宗室也，谱牒素所重也，情不容辞，乃作而言曰……"②，在《胡氏宗谱序》中则简作"幸而胡氏之谱索叙于予，乃作而言曰……"③。又，在结尾处，陈谱中仅以"予因是敬其事而乐之为叙"一句话作结，最为简单；李谱中作"且李氏子讳直，字从绳，滕溪斋老友也。谱之修，由其志也。讳韶，字安乐，从绳第三子也；讳大冶，字元化，从绳三从侄也，皆吴友堂门生也。谱之成，出其手也。谢氏讳玭，字公玉，朱晦庵高弟也。是四子者，皆以明经讲道为心，吾故敬其人，重其请，而乐书于谱首云"，文字稍多；胡谱中则作"且胡氏文庵、玉林诸公，皆以明经讲道为心，吾故敬其人，重其请，而乐书于谱首云"，除了人名及其关系的表述有所不同外，最后几句话也与李谱相同。

  同一篇文章出现在三种不同的宗谱中，已经比较怪异，而三种宗谱中这篇谱序的署名作者也各不相同：《水田陈氏大成宗谱序》中作者署名为

---

① 《汤显祖年谱》，《晚明曲家年谱》（第3卷），第215页。
② 《（遂安）慈峰李氏宗谱》卷首，清乾隆二十七年刻本。
③ 《（安徽庐江）胡氏宗谱》卷首，民国二年（1913）崇德堂木刻活字印本。

汤显祖，在《(遂安)慈峰李氏宗谱》中作者署名为"宋江东转运副使真德秀"，而在安徽庐江《胡氏宗谱序》中作者署名为"嘉靖二十七年戊申春正月郑藩引礼舍人暗斋程文绣题"。这样，同一篇文章，出现了三个不同的署名作者。究竟谁是这篇文章的真正作者呢？按理，真德秀是宋人，而署名程文绣所作的谱序据题署作于嘉靖二十七年（1548），均早于署名汤显祖的题署万历十六年（1588）之作，从时间上来说，前两人似乎比汤显祖更有资格充当这篇谱序的作者，但是这两人也应当不是这篇谱序的真正作者。

因为像这样套用同一篇程式文，在不同的宗谱中所署的"作者"不同，而这"作者"通常是自唐宋至明清时期的某个名人的现象，在明清以来所编修的宗谱中并不少见。叶晔曾经对一篇以"尝观朝有史以编年"开头的宗谱序作过考察，发现该谱序在《(分水)武威石氏宗谱》《萧山李氏宗谱》《镇海倪氏宗谱》《暨阳胡氏宗谱》四种不同的宗谱中均有出现，前两种谱序中署名作者为王守仁，后两种谱序中署名作者为秦鸣雷。而这四部宗谱的"原序"部分，还有相当多的重合之处，如前两种宗谱中以"今夫家之有谱犹国之有史也"开头的谱序署名作者为屠滽、以"今以修谱者众矣"开头的谱序署名作者为郭子仪、以"昔神禹封山浚川"开头的谱序署名作者为王十朋，而在后面两种宗谱中署名作者又分别变成了王宗沐、屠滽和方孝孺。[1]

又如一篇以"予尝仰观乾象"开头的宗谱序，在清乾隆四十三年刻本江西星子白鹿镇玉京村的《伍氏宗谱》、光绪十三年活字本安徽贵池《南山刘氏宗谱》、光绪二十年铅印本《起霞刘氏宗谱》、民国五年刻本福建浦城《刘氏宗谱》、民国十七年刻本浙江金华《太常周氏宗谱》、民国二十九年刻本江苏无锡《郑氏大宗统谱》等中署名作者均为宋代的大儒朱熹，而在清康熙三十三年刻本浙江淳安遂安安徽绩溪《姜氏孝子大民公派宗谱》、道光十六年铅印本江苏无锡《锡山陈氏宗谱》、光绪二十一年铅印本《续修陈氏君实公支谱》、光绪刻本江苏常州《延政王氏宗谱》等中，署名作者又成了宋代乾道年间的大学士汪彻，而光绪刻本《王氏三沙统谱》中署名作者又成了清代乾隆年间的进士宋邦绥，此外，据网上搜索可知，还有署名作者为吕蒙正、岳飞、刘珙等人的。

为什么会出现这种现象？因为自明清以来，随着各地修谱风气的兴起

---

[1] 叶晔：《从阳明伪作考源看宗谱文献中的互袭与套用现象》，《苏州大学学报》2014年第3期。

和盛行，许多连本族中读书人也找不出几个、本来没有能力进行修谱的宗族也跟风修谱，于是社会上产生了一种以专门为别人修谱为职业的谱匠。因此有许多宗谱是出自职业性的"谱匠"之手的。这些谱匠往往预制有一套不具姓氏的、可通用的宗谱作为模具，包括了名人序跋和题词、祖宗遗像及像赞等，同时还备有一些修谱所必需的工具书，如收录有各种谱序、像赞的程式文以及姓氏源流一类文字的修谱宝典之类，收录有历朝历代各姓氏名人及简要事迹的《万姓通谱》《尚友录》之类，因此不论张姓李姓，当有宗族需要修谱时将姓和名一改，将自始祖至始迁祖的世系一编造，将祖宗遗像上的姓名一填，将谱序、祖宗像赞之类的程式文稍作加工署上某位名人充当作者，加上这个家族所提供的始迁祖以来的子孙繁衍状况，一整套完整的家谱即可完成。黄永年先生也谈到过这个问题，他说："1956年我因公到北京，在干面胡同当时的中科院宿舍见到张政烺先生，闲谈时张先生讲到了旧社会编造家谱的事情。说当时有一种专以包修家谱为业的人，是多面手，还备有一副排印书的木活字，从家谱的编写到用木活字排版印刷，最后装订成书，能一手包办完成。这种人当然有技术，同时也有点文化，能用半通不通的文言文给该姓的名人和地主老财写篇家传、寿序之类。始迁祖以前的名人如有旧本可据当然很好，没有，就靠他们来编造。"谈到如何编造，黄先生说："怎么编造，张政烺先生没有说，我想无非也是用些通行的姓氏书吧。早一点有元明时编刻的《排韵增广事类氏族大全》之类可用，晚一点可用明万历时凌迪知编刻的《万姓通谱》。还有一部更易得的叫《尚友录》，是明天启时廖用贤编的，在清代直到民国时还流行，我小时候就买过这书的石印小本。《尚友》者，用今天的白话说就是向前贤学习，所以《录》上面记载的各姓列朝人物无一不是好人，包修家谱时要编造始迁祖以前的人物，拿来一翻便得。"① 这种职业性的谱匠，在最近二三十年中随着各地修谱热的复兴，在许多地方又有了复活。

不同的宗谱中出现相同的谱序，正是谱匠利用了修谱宝典之类的工具书中的程式文的缘故，而同一篇谱序的署名作者或相同或不同，可能就是谱匠所使用的工具书中原本就是这样署名的（如以"予尝仰观乾象"开头的谱序署名朱熹之类），或者是不同时期、不同地区的谱匠所使用的工具书中署名作者本来就不同（如有些宗谱中署名朱熹，有些宗谱中署名汪彻之类），或者是谱匠根据实际需要加以置换的结果（如署

---

① 黄永年：《也谈家谱》，《学苑与书林》，上海书店出版社2006年版，第169页。

名宋邦绥之类）。而《水田陈氏大成宗谱序》署名汤显祖也正是最后这种情况。

五 《严平陈氏三修族谱原序》（第2229—2230页）

此篇出自江西抚州市《严平陈氏九修族谱》。落款所署作"天启甲子清远道人汤显祖"。编者龚重谟先生按语称："天启甲子为一六二四年，然汤氏早在万历丙辰（一六一六）逝世。故此序有后起伪作之嫌。暂录存疑。"此篇所署写作时间竟然在作者死去多年之后，这样的文章不是仅仅"有后起伪作之嫌"，而是作伪的印记太过明显。像这样的明显是作伪的文章，本来就不应当编入文集中。

从内容看，此篇以"盖立爱自亲，昔人所贵"开头，一大段议论文字应当是套用了某篇程式文。"爰有陈氏，居国之南"往下数句，转入与陈氏有关的内容，似乎是截取了某种陈氏通谱上的文字，所以读起来不知所云，光这开头一句"爰有陈氏，居国之南"就已经让人摸不着头脑了，不能明白"居国之南"是何时之事、又是居于何国之南？上面两部分文字加起来，占了该文的一大半篇幅。其后转为"作者"与严平陈氏的关系，先说"作者"自己的情况，什么"予也为国难老，而未家速贫。方媾同人，爰托未契"，使人读了又是一头雾水，不能明白"为国难老"是什么意思，汤显祖在四十九岁时已经离开官场，为何又说自己"为国难老"？"未家速贫"从字面意思看是还未成家并且处于贫困状态，但显然不合汤显祖当时的状况，不懂这句话究竟想表达什么意思。后面又说到了"陈生大士"偕同几位侄子请"作者"序谱，而作者加以推辞的情况，"予既卧病辱（'辱'当为'褥'之误——引者注）间，而子且迟功岁晏，以切博赊理"，这些言辞也是前言不搭后语，不知想表达什么，汤显祖的长子士蘧在万历二十八年（1600）二十三岁时卒于南京国子监，而三子开远在万历四十三年（1615）二十七岁时即已中举，因此"子且迟功岁晏"一句无处落实，而且"予既卧病辱［褥］间，而子且迟功岁晏"与"以切博赊理"构不成逻辑关系，很难相信汤显祖会写出这样前言不搭后语的文字。后面写到作者因为"卧病辱［褥］间"而推辞写序，"或未允，生强之，曰：'惟先生强为我成之。'予不待已（得已），取其草展阅焉"，"生"即上文所说的"陈生大士"，当指陈际泰，比汤显祖年轻十七岁，待到崇祯七年（1634）六十八岁成进士时，汤显祖已经过世十八年。很难想象，像陈际泰这样的同乡后学会不近情理至此，在汤显祖卧病在床时还会强迫他为自己家族的宗谱作序。

故此，这篇文章即使落款所署没有明显的作伪证据，单就文章的内容来看，也很难相信会是汤显祖所作。

六 《周从中公像赞》（第2245页）

此篇出自《遂昌西郭周氏宗谱》。据发现者"遂文"介绍：此谱中除落款题署为"临川后学汤显祖"所作的这则像赞外，还有落款题署为"西江后学屠隆"的《周从休公像赞》。"周从中公"名周道，北宋中期人，遂昌西郭周氏三世祖，由迪功郎升司户参军；"周从休公"名周逸，是周道之兄，由教官转国子监学录。他们还有一位弟弟"从古公"周述，熙宁六年（1073）进士，第官至太常寺丞、朝散大夫。①

案：据署名陈世隆《宋诗拾遗》卷六所收周述简介，可知周述实有其人，籍贯、科第、职官也正相合。② 但周逸、周道是否实有其人，与周述是否兄弟关系，今已无从考据。汤显祖在遂昌任知县期间，已罢官多年的屠隆也确实前来，并盘桓多日。但屠隆是浙江鄞县（今宁波鄞州区）人，并非江西人，所以不可能在自己的姓名前署上作为江西别名别称的"西江"两字。可知题署为"西江后学屠隆"的《周从休公像赞》是假托屠隆之作，作伪者只知道曾任遂昌知县的汤显祖是江西临川人，但不知道屠隆籍贯何处，以为既然是汤显祖的朋友，很可能也是江西人，所以笼统地署上了"西江"两字，结果露出了破绽。题署"西江后学屠隆"的《周从休公像赞》既然是伪托，那么题署"临川后学汤显祖"的《周从中公像赞》也应当是伪托。作伪者应当是同一个修宗谱的人。

七 《姜迢公像赞》（第2245页）

此篇出自遂昌县《大桥姜氏宗谱》。据发现者胡宏介绍：姜迢公名超，字德远，任衢温二州都辖使。原居三衢西安，因唐末战乱，聆听神告，迁遂昌三都大桥之溪心，为迁遂昌的一世祖。③

案：宋代在京师设立的治安机构，称都辖房，由大理寺派出，其长官都辖使臣由武臣派出。唐代时并无此职官名，更不可能在州设置都辖使。可见《大桥姜氏宗谱》中关于姜超的职官记载是错误的，甚至有无姜超

---

① 遂文：《遂昌新发现汤显祖佚文〈周从中公像赞〉》，《戏文》2006年第1期。
② 陈世隆：《宋诗拾遗》，《续修四库全书》第1621册，上海古籍出版社2003年版，第101页。按：《续修四库全书》题陈世隆为元人，据王媛《陈世隆〈宋诗拾遗〉辨伪》（《文学遗产》2014年第2期），此书实为清人伪托之作。
③ 胡宏：《遂昌再次发现汤显祖佚文》，《戏文》2002年第2期。

此人也值得怀疑。

署名汤显祖所作的像赞全文为："闻公之器，智深勇沉。会修矛戟，干城是任。鼓衰力竭，势几遭禽。以尸自蔽，宵遁山林。鬼神来告，数老溪心。克昌厥后，百代居歆。爰来遂邑，貊其德音。积善余庆，累叶缨簪。大启尔宇，绵延到今。福方未艾，遐迩同钦。"所赞应当是姜诏公的生前事迹。问题是：汤显祖作为一个来此任地方官的外省外姓人，如何可能对姜氏始祖的事迹如此清楚，能够一一道来，连"以尸自蔽，宵遁山林"这样的细节也知道？可见此则像赞是姜氏后人假托汤显祖所作。

八 《太中大夫苍濂郑公神道碑》（第2248页）

此篇原载遂昌《郑氏族谱》。据介绍，此谱修于民国三十五年（1946）[①]，而此文又见于民国二十五年（1936）刻本《郑大夫诒行录》中，两者的文字基本相同[②]。据该文，知"苍濂郑公"为郑秉厚，遂昌人，生前仕至江西布政使司左参政。此文疑点有三。

（一）此文题名"太中大夫苍濂郑公神道碑"不合古人的文章体例。经核对，《郑氏族谱》和《郑大夫诒行录》中均是如此题名。"太中大夫"当作"大中大夫"，是从三品加授的散官名，是个虚衔，一般不独立使用，而是放在相应的实授职官名前，虚衔名加实授名，才构成完整的职官名称。古人对于墓志铭、神道碑这类文字的题名非常讲究，对于墓主生前的虚衔、实授以及死后所得的加赠、谥号都会一个不漏地列举完备，不会像这个题名那样粗率随意。这里就以《汤显祖集全编》中所收的墓志铭、墓表（即神道碑）文为例，予以说明：该书诗文卷四〇中收有墓志铭五篇，其中墓主生前有功名者三人，卷四一中收墓表两篇，其中墓主有功名者一人。卷四〇中墓主生前有功名的三篇，第一篇是《前朝列大夫饬兵、督学湖广少参兼佥宪澄源龙公墓志铭》（第1659—1668页），墓主"澄源龙公"即龙宗武，文题中"朝列大夫"是从四品初授的散官名，为虚衔，"饬兵、督学湖广少参兼佥宪"是墓主生前的实授职官名，因为龙宗武生前以湖广布政司参议（从四品）兼湖广按察司兵备、督学佥事（正五品），故有是称；第二篇是《永宁县知县静寰端公墓志铭》，墓主"静寰端公"即端鈇，南京都察院右都御史端廷赦之子，万历八年（1580）

[①] 遂文：《遂昌又发现长篇汤显祖佚文》，《戏文》2002年第4期。
[②] 罗兆荣：《汤显祖〈郑公神道碑〉浅析》，《戏文》2003年第1期。

以贡生选授江西永宁知县，第二年即弃官归。此人做知县不满三年，未能升授散阶，故"永宁县知县"前没有散官名；第三篇为《明大中大夫江西右参政完朴潘公墓志铭》，墓主"完朴潘公"即潘士达，生前仕至江西布政使司右参政，加授大中大夫，故墓志铭题名如此；卷四一中第一篇为《明故朝列大夫国子监祭酒刘公墓表》，墓主为刘士和，生前仕至从四品的国子监祭酒，初授散阶朝列大夫，故墓表题名如此。从以上所举的《汤显祖集全编》中全部墓志铭、墓表类中墓主有功名的文章题名可知，对于墓主一般均为散官名加实授职官名，如果墓主生前未升授、加授散官的，则只列实授职官名，题名中没有只列散官而不列实授职官名的状况出现。其实，不光汤显祖的文章是这样，明代别的作家所作的墓志铭、墓表（即神道碑）的状况也是这样的。因此，如果郑秉厚的神道碑真的是汤显祖所作的话，题名应当是"明故大中大夫江西（布政使司）左参政苍濂郑公神道碑"，"神道碑"或作"墓表"，如果这篇文章真是汤显祖所作，正如他为潘士达所作的墓志铭称"明大中大夫江西右参政完朴潘公墓志铭"一样，而不会不伦不类地简写作"太中大夫苍濂郑公神道碑"。又据罗兆荣先生介绍："郑秉厚终于万历十五年三月，九月与妻周氏合葬于长濂村东宝山之阳。时任遂昌知县王有功为其撰写《明故大中大夫江西布政使司左参政苍濂郑公暨配赠孺人周氏墓志铭》，郑秉厚儿子郑孔授撰写《先考沧濂大夫并先妣周氏孺人行状》。"[①] 王有功所撰写的墓志铭题名才是准确的题名格式，与此相参照，也可以知道"太中大夫苍濂郑公神道碑"是不合题名体例的。

（二）此文落款题署"赐进士第文林郎南京礼部祠祭司主事知遂昌县事晚生汤显祖顿首拜撰"也误。虽然该文没有题署具体的时间，但从文中"公去若干年，而予始来知遂昌县事""适抚浙中丞博平王公以礼来新公墓，而公之子孔授请予为铭"，大致可以推知碑文所作时间。据《汤显祖年谱》可知，汤显祖在万历二十一年（1593）量移遂昌知县，三月十八日之任。[②] 这时期的"抚浙中丞"是汤显祖的好友、山东聊城人王汝训。王汝训在万历二十一年（1593）正月庚午日，由光禄寺卿升为都察院左佥都御史[③]，同年四月丙午日，由都察院左佥都御史升为右副都御

---

① 罗兆荣：《汤显祖〈郑公神道碑〉浅析》，《戏文》2003年第1期。
② 徐朔方：《汤显祖年谱》，《晚明曲家年谱》（第3卷），浙江古籍出版社1993年版，第333页。
③ 《明神宗实录》卷二五六，上海书店影印台湾"中央研究院"历史语言研究所校印《明实录》本第57册，1982年版，第4754页。

史、巡抚浙江。① 万历二十二年（1594）五月，因浙江巡抚王汝训、浙江巡按御史彭应参抑制豪强，致使退休在老家湖州乌程的原国子监祭酒范应期自杀，范妻进京告状，同年十月浙江巡按彭应参、乌程知县张应望被逮，浙江巡抚王汝训革职。可知该文当作于万历二十一年四月以后、二十二年十月之前。而据罗兆荣先生介绍：出自《郑氏族谱》的这篇文章与收入《郑大夫诒行录》中的基本一致，后者在落款前多一行文字记录写作时间为"万历二十二年甲午三月望前二日"，② 这应当是该文确切的写作时间。

如此，无论是该文写于确切的"万历二十二年三月望前二日"，还是比较模糊的万历二十二年十月王汝训被革职前，汤显祖任遂昌知县这个正七品的官职，均不满三年（如前者为整一年，后者为一年半），因此他不可能获得作为正七品升授的散官"文林郎"。他虽然在贬官徐闻典史前担任过正七品的南京太常寺博士、后来又升正六品的南京礼部祠祭司主事，但因为后来被贬作无品级的徐闻县典史（添注），贬官前的资历不作数，正七品的资历需要从担任遂昌知县时重新算起。

"文林郎"是任现职正七品满三年，经过历考后才能得到的散官名；而"南京礼部祠祭司主事"是汤显祖在贬为徐闻县典史前，在万历十七年（1589）至十九年（1591）所担任的正六品官职，是汤显祖贬官前担任过的实职之一；"知遂昌县事"是汤显祖自万历二十一年（1593）以来所担任的现职。在"知遂昌县事"前署"文林郎"已经违背史实，而在正六品的前职前又署了"文林郎"这样的正七品升授的散官名，更加不伦不类。

（三）神道碑不可能在墓主安葬七年后才请人撰写。郑秉厚卒于万历十五年三月，该年九月已经与先期死去的夫人周氏合葬于长濂村东宝山之阳。按理，他的神道也应当在该年九月或稍晚一点已经造好，其神道碑也应当在同一时期请有声望有功名的人士撰写好并且竖立在神道之前了，不必等到七年后才由任遂昌知县的汤显祖来写。即使七年之后，确实有浙江巡抚王汝训"以礼来新公墓"之事，也没有理由随便毁弃已有的神道碑而改请汤显祖来撰写。因此，据笔者的推测，原来所竖的神道碑可能在清

---

① 《明神宗实录》卷二五九，上海书店影印台湾"中央研究院"历史语言研究所校印《明实录》本第57册，1982年版，第4812页。徐朔方先生所作《汤显祖年谱》引《明史》卷二三五《王汝训传》谓王汝训"万历二十二年改左佥都御史，旋进右副都御史巡抚浙江"（《晚明曲家年谱》第3卷第348页），并不准确。

② 罗兆荣：《汤显祖〈郑公神道碑〉浅析》，《戏文》2003年第1期。

代至民国年间已经不存在了,郑氏后人已经不知道原来的神道碑是谁所作,具体如何题名,因此假托汤显祖之名,利用已有的郑秉厚的传记资料,作了这篇神道碑文,收入《郑氏族谱》并《郑大夫诒行录》中。

九 《龙母萧氏墓志》(第2253页)

此篇也为出土墓志铭,系编辑者据陈伟铭发表在《汤显祖研究通讯》2010年第1期《对汤显祖所撰〈龙母萧氏墓志〉墓碑的研究》中的文字录入。此文也为伪作,理由如下。

(一)文末落款所署错误。此文落款为"庚午科文魁同邑若海汤显祖撰"。汤显祖曾用"海若"为别号,但并无"若海"别号。经核对陈伟铭所发文中所附墓志铭拓片,原文确实是作"若海",并非录文错误。

即使将"若海"理解为本作"海若",因刻工手误而造成志石上这种状况,也仍然与汤显祖始用"海若"作别号的时间不合。据墓志铭文"母生于嘉靖戊子年八月初八日子时,卒于万历元年四月十六日巳时。兹取□□日奉柩葬于金溪十四都高脊冈官路北","时将终,厥子叩予为志",可知此文作于万历元年(1573)龙母逝世当年。而据《汤显祖年谱》可知,汤显祖在万历五年(1577)春试下第后,"作《广意赋》以自解。后以海若为号"。[①]汤显祖在万历五年才开始用的别号,如何可能提前四年在给别人所作的墓志铭中用上?

(二)从文章内容来看,也不可能是汤显祖所作。该文说:"临川龙母萧氏,予交龙橘泉内孺也。时将终,厥子叩予为志。予哀其幼失所恃,遂许为志之。母同邑六都萧长公女,适九十三都冈上龙君豸九者。生子讳罗、派、乔。廿一豸始赘金溪十九都黄氏,母终居于此。为母生而贞静,长而慈淑。事舅姑而妇道无□,相君子而内助无亏……"首先,从"临川龙母萧氏,予交龙橘泉内孺也""母同邑六都萧长公女,适九十三都冈上龙君豸九者"来看,龙橘泉与龙豸九应当是同一人,但汤显祖所交往的朋友中并无此人。汤显祖的龙姓朋友是龙宗武(1542—1609),字君扬、一字身之,号澄源先生,江西吉安府泰和县人。在《汤显祖集全编》中,不仅诗歌、书信往来频繁,在龙宗武卒后,汤显祖还作了《前朝列大夫饬兵督学湖广少参兼金宪澄源龙公墓志铭》(第1659页)。显然,作为临川人的龙橘泉或龙豸九与泰和人龙宗武没有关系。

其次,龙母萧氏"生于嘉靖戊子年八月初八日子时",嘉靖戊子即嘉

---

① 徐朔方:《汤显祖年谱》,第249页。

靖七年（1528），那么其丈夫龙橘泉即龙豸九的年纪也应当与妻子相当甚至更大，而汤显祖生于嘉靖二十九年（1550），汤显祖与龙橘泉即龙豸九在年龄方面相差二十岁以上，他们又是如何成为朋友的？

最后，文中说"廿一豸始赘金溪十九都黄氏，母终居于此"，"廿一豸"是什么意思，如果是说"豸"这个人廿一岁时入赘于黄家的话，那么这个"豸"似乎是龙母萧氏三个儿子罗、派、乔中的一个，那么他究竟是哪一个？龙母萧氏既然有三个儿子，其中一个儿子入赘了，另外还有两个儿子在，龙母为何不与这两个儿子一起生活，而要跟着入赘于金溪黄家的这个儿子生活，并且死了也还要葬在金溪？文后又说萧氏"事舅姑而妇道无□，相君子而内助无亏"，这是在说萧氏嫁给龙豸九之后的事情呢还是在说萧氏随子入赘黄家之后的事情？如果是说前者，为何这几句文字要放在说她随入赘于黄家的儿子一起生活之后？还有，萧氏在随此子一起生活之前，是否自己的公婆、丈夫及另外两个儿子已经死了？又为何没有交代清楚？龙母萧氏的丈夫叫"豸九"，他的入赘至黄家的儿子如何又叫"豸"？总之，这一段文字混乱不堪，表达极其不清，使人读后疑窦丛生。像这样的文字能力，显然连粗通文墨也算不上，如何可能是汤显祖所作？

以上所辨，八篇出自家谱，两篇为出土墓志铭，因为作伪的证据较为明显，可以基本断定为伪作。另有一篇出自家谱的文字，也存在着作伪的嫌疑，只是证据还不够充分，这里也提出来，供大家作进一步探究。

十　《金溪允虞先生屺瞻亭赠言序》（第2222页）

此篇出自咸丰四年所修金溪《南族桂氏族谱》卷一。文题中"允虞先生"当指桂绍龙。桂绍龙，金溪人，万历三十五年（1607）丁未科进士，授行人司行人。据文末落款"明万历甲寅长至日通家友弟临川汤显祖拜书于清远楼"，则该文当作于万历四十二年（1614）冬至日。落款中称"通家友弟"，但查《汤显祖集全编》，并无发现汤显祖与桂绍龙有任何交往的痕迹，汤家与桂家也并无姻亲关系。

又此文结尾处说："字曰允虞，允虞也哉！"实际上，允虞是桂绍龙之号，并非其字。明人林尧俞《礼部志稿》卷四三："桂绍龙，骧云，江西金溪人，丁未进士。天启元年繇精膳司主事升任（主客司员外郎）。"[①]

[①] 林汝楫等：《礼部志稿》，《影印文渊阁四库全书》第597册，台湾商务印书馆1986年版，第816页。

卷四四："桂绍龙，骧云，江西金溪县人，丁未进士。繇行人司行人升任（礼部精膳司主事）"①，可知桂绍龙字骧云。但由于有关桂绍龙的资料很少，入清后人们已经不大知道此人的字了，甚至将号当作了字。《（乾隆）金溪县志》卷五《政事》中的本传："桂绍龙，号允虞，万历丁未成进士，授行人……"②，只记其号而不记其字，可知已经不清楚桂绍龙的字了。而《（道光）金溪县志》卷十一《宦业》中的本传："桂绍龙，字允虞，廷芳子，万历三十五年进士，授行人……"③，已将号错当成了字，《（光绪）抚州府志》卷五三《人物传·宦业》中本传同此。因此，出自咸丰四年修金溪《南族桂氏族谱》卷一的署名汤显祖所作的《金溪允虞先生屺瞻亭赠言序》中说桂绍龙"字曰允虞，允虞也哉"，很可能就是清道光以后人们已经错将允虞当成桂绍龙的字这一状况下的产物，此文伪托汤显祖所作可能也是在清道光以后。

此篇落款中称"通家友弟"，但正文中并无涉及署名作者汤显祖与桂氏交往的任何文字，因此能够捕捉到的可以证明此文为伪作的有效信息实在太少，因此还不足以完全判定此文为伪作，只能说此文疑似伪作。

以上所辨十篇文字中，有九篇出自宗谱文献。而《汤显祖集全编》中"诗文续补遗"卷中出自宗谱文献的共十一篇，只有一篇可以确定为汤显祖本人所作，其余各篇均存在作伪的嫌疑，其中的九篇作伪证据充分，基本可以判定为伪作，除本文所辨的九篇外，另有一篇是《明故南营聂公冯氏孺人合葬墓志铭》（第2245—2247页），笔者已经另外作文进行辨伪并已经另行发表④，不再在这里涉及。这就告诉了我们，对于出自宗谱中的署名为名家的作品的辑佚和采录，一定要采取慎之又慎的态度。以前学界的一个基本共识是，对于明清以来所编纂的宗谱中署名唐宋及更早时期的名家作品，采录时要非常谨慎，因为大家知道作伪的可能性比较大。现在看来，在宗谱中，即使是署名明清时期的名家的作品，其可靠性也是很成问题的。叶晔在考察宗谱中署名刘基之作大多为伪作后说过：

---

① 林汝楫等：《礼部志稿》，《影印文渊阁四库全书》第597册，台湾商务印书馆1986年版，第837页。
② 《（乾隆）金溪县志》，《中国方志丛书》华中地方第799号，台湾成文出版社1989年版，第682页。
③ 《（道光）金溪县志》，《中国方志丛书》华中地方第800号，台湾成文出版社1989年版，第688页。
④ 周明初：《署名汤显祖之〈明故南营聂公冯氏孺人合葬墓志铭〉辨伪及其他》，华治武主编《汤显祖—莎士比亚文化高峰论坛暨汤显祖和晚明文化学术研讨会论文集》，浙江大学出版社2012年版，第223—229页。

"通过这次对宗谱中的刘基集外诗文的搜检,同时也参照了相关宗谱中的其他名家作品,笔者的态度有了明显的转变,变得更加小心和谨慎:对元以前作家的否定态度,更加坚决;元代至明前期的作家,真正的佚作并不多,必须慎之再慎;明代中叶以后的作家,也不能轻易信赖,像王宗沐、秦鸣雷等二三流的政治家和文学家,以前认为不会有人伪托其名,但事实证明,这个判断是错误的,而像王守仁、汤显祖这样的一流作家,被伪托的概率毫不逊色于明初的刘基、宋濂等人。"[1] 出自宗谱文献中的署名汤显祖之作大多为伪作,又一次为学界敲响了警钟。

徐朔方先生笺校汤显祖的作品,对于采录汤显祖的佚作,其实是非常谨慎的。1962年中华书局上海编辑所出版的《汤显祖集》诗文集、1982年上海古籍出版社再版的《汤显祖诗文集》的第五十卷"补遗"中原来收录有诗《与汪昌期程伯书登鸠兹清风楼联句》、词《千秋岁引》、文《坐隐乩笔记》,并附收了疑似伪作的文四篇《玉茗堂批订董西厢》《艳异编序》《秋夜绳床赋》《董解元西厢记题辞》,后来经过进一步考证研究,徐先生认为这些都是伪作,故在北京古籍出版社1999年出版的《汤显祖全集》诗文集第五十一卷"补遗"中,没有再收入。不过,在1999年版的《汤显祖全集》诗文集第五十一卷"补遗"中新收入的佚作中,仍然误收了一些伪作,笔者后来对其中的几篇作了辨伪。[2]

2015年上海古籍出版社重编出版的《汤显祖集全编》中,修订者注意到了汤显祖佚作中的伪作问题,新收入的"诗文续补遗"卷前有个"编者按",最后说道:"此前徐朔方先生补遗卷出,周明初先生曾于《文献》季刊二〇〇八年第三期发表《〈汤显祖全集〉中三篇文章辨伪》一文,疑其中出自宗族家谱文献的《何母刘孺人墓志铭》《蕲州同知何平川先生墓志铭》《题叶氏重修宗谱序》三篇实为伪托。今续补遗卷所收部分篇目亦有出自宗族家谱文献者,从周明初先生论文所议,署名落款明显有误者,姑略加考订,仍录于各体之后以存疑。"(第2216页)"编者按"中"二〇〇八年第三期"实为"第一期",这里纠正一下。笔者觉得这个编者按中对于汤显祖佚作中疑似伪作的处理,是违背徐朔方先生的意愿的。

徐先生在1999年版的《汤显祖全集》卷首有《编年笺校汤显祖全集缘起》,其中说到本书的编辑工作,应作三方面的改进,第二点中说:

---

[1] 叶晔:《从刘基佚作看宗谱中名家作品的真伪问题》,《中正汉学研究》2012年第1期。
[2] 周明初:《〈汤显祖全集〉中三篇文章辨伪》,《文献》2008年第1期。

"佚诗佚文有的是伪作,如……,应予删去""对联、匾额,本书不收"(卷首第14页),在第五十一卷"补遗"前的"凡例"中再次强调"本卷不收以下佚文",其中第三条为"原文系伪作"、第四条为"真伪莫辨者"、第五条为"片言只语不成章者"(第1617—1618页),这次上海古籍出版社修订为《汤显祖集全编》,对于徐先生所作的"编集缘起""补遗凡例"仍然原封不动地照收,但却没有按照徐先生所定的原则去执行。如第五十一卷"补遗"中已为笔者所辨伪的诸篇没有删去,仍然照旧收入;在新收入的"诗文续补遗"中不仅收入了编者已经认为是疑似伪作的佚作,还收入了"对联"三副。虽然新收入的"诗文续补遗"一卷,已经开列了编辑者的姓名,其著作权不在徐朔方先生,但《汤显祖集全编》署名为"徐朔方笺校",在这么一个总的署名下,却收入了与署名者意愿相违背的内容,总觉得不是很妥当。

(原载《文献》2017年第6期,发表时有删节)

明清时期江南地区地域性文学流派综论

周明初

一

在中国古代文学史上，出现过许多文学流派，这些流派中有一类是以地域命名的。检视各种中国古代文学史资料，以地域命名的文学流派有以下四十来个名目：一、诗文方面：北宋后期有江西诗派，元至明初有睦州诗派、浙东诗派、越诗派、吴诗派、江右诗派（也称"西江派"）、闽诗派、岭南诗派，明中期有茶陵派，晚期有公安派、竟陵派、闽派，明末清初有云间诗派、虞山诗派、娄东诗派、河朔诗派，清康熙年间至近代则有秀水诗派、浙派、高密诗派、桐城派、阳湖派、湘乡派、湖湘派及"同光体"中的闽派、赣派、浙派等；二、词方面：北宋前期和宋末元初均有江西词派，明末清初有云间词派、柳洲词派、西陵词派、梅里词派、松陵词派、荆溪词派（即阳羡词派）、梁溪词派、岭南词派，清康熙以后至近代则有浙西词派、常州词派、吴中词派、临桂词派等；三、曲方面：明代中晚期有越中派、吴中派、昆山派、吴江派、临川派，明末清初有苏州派等。

这些名目，有些是古人命名的，有些则是近代以来的学者在研治文学史时新提出的。这些以地域命名的文学流派命名合理与否、实际存在与否姑且不论，考察这些文学流派，我们可以发现：文学流派以地域命名的，不一定就是地域性的文学流派，如江西诗派、茶陵派、公安派、竟陵派、桐城派、湘乡派、吴江派、临川派、临桂词派等，均是以它们的领袖或代表性人物的籍贯命名的，但这些流派的基本成员有半数以上并不是这一地域的人，因此这些流派的地域性特征并不明显。但以地域命名的大多数文学流派，不仅它们的领袖或代表人物，而且其基本成员往往是同一地域的人，这些流派的地域性特征非常明显，毫无疑问，它们是地域性文学流派。

从时间和空间两个维度上审视这些地域性文学流派,可以发现:(一)在时间上,地域性的文学流派,宋、元两朝在诗文词方面有零星的出现,这表明地域性文学流派在这一时期还处于早期的发展阶段中;经过宋、元两朝的发展,至元末、明初始盛;明代中期以后至清代遂蔚为大观,这时期不仅在诗文词领域而且在戏曲领域均出现了为数不少的地域性文学流派。(二)在空间上,地域性文学流派,基本上出现于南方地区特别是长江以南地区尤其是江、浙、赣三省。北宋至明初江西地区较盛,明清两代则江浙两省最盛。这些地域性文学流派,出现于江浙两省的有二十多个,而其多数又集中于以环太湖流域为核心的江南地区。明末清初以后,在北方地区才有零星出现。

二

元至明初出现的睦州诗派、浙东诗派、越诗派、吴诗派,都是江南地区的地域性文学流派。其中睦州诗派之名称出现于元明之际,见宋濂《故诗人徐方舟墓铭》:"先是睦多诗人,唐有皇甫湜、方干、徐凝、李频、施肩吾,宋有高师鲁、滕元秀,世号为睦州诗派。"[1] 睦州即严州的古称,唐时称睦州,北宋末年改称严州,相沿至明清时期,即今浙江杭州市西部桐庐、建德、淳安三县(市)一带。宋濂所说的睦州诗派,实际不过是自唐至宋的睦州诗人的集合体,而且这个集合体又是历时性的,自然不是严格意义上的文学流派,甚至连非自觉型的文学流派也算不上。清人顾嗣立将元代中叶至末期的马莹、徐舫、何景福等人称为睦州诗派[2]。现代学者又由此引申、归纳出浙东诗派,以陈樵、李裕、李序和项炯属之[3]。如依照通常的将流派分为自觉型与非自觉型两种的划分法,睦州诗派和浙东诗派都是非自觉型的文学流派。

越诗派、吴诗派之名称是明人胡应麟提出来的,他将明初时南方地区的诗人群体分为五派:"国初吴诗派昉高季迪、越诗派昉刘伯温、闽诗派昉林子羽、岭南诗派昉于孙蕡仲衍、江右诗派昉于刘崧子高。五家才力,

---

[1] 宋濂:《宋学士文集》卷四九,《四部丛刊初编》景明正德刊本,商务印书馆1926年版,第1页。
[2] 顾嗣立编:《元诗选》二集《沧江散人徐舫》、三集《铁牛翁何景福》,中华书局1987年版,第1034、572页。
[3] 邓绍基主编:《元代文学史》,人民文学出版社1991年版,第506页。

咸足雄据一方，先驱当代。"① 根据今人的研究，吴派是"指以苏州为中心的苏南和浙西一带的诗人。《明诗纪事》所收属于吴派的诗人共130余人，约占所收明初诗人的33%左右"，这派诗人以"吴中四杰"及"北郭十友"中的人物为主要人员，他们虽并非全部吴人，但迁居于此；越派"确切一些说应是浙东诗派"，"《明诗纪事》所收明初浙东诗人共80余人，约占其所收全部明初诗人的20%左右"②。可见越诗派、吴诗派实际大致相当于以省级为单位（又与省级稍有不同）所划分的地域性诗人群体，如果称得上是流派的话，自然也是非自觉型的。

戏曲领域中的越中派、吴中派、昆山派则是近现代研究者所命名的文学流派。越中派指的是明后期以徐渭、叶宪祖、吕天成、王骥德及明末的单本、祁彪佳、孟称舜等绍兴籍曲家；吴中派则是明中后期生活在苏州一带的祝允明、唐寅、郑若庸、张凤翼、梁辰鱼等为代表的曲家；而昆山派指的是在昆山腔经过魏良辅改革后以昆山腔作为声腔标准创作剧本的曲家，包括了梁辰鱼、郑若庸、张凤翼等吴中派为主体的曲家。可见今人所命名的这三个曲派，实际也只是三个曲家群体，也是非自觉型的地域性流派。

以上这些产生于江南地区的文学流派都出现在明末以前。由此可知，直到晚明，江南地区的地域性文学流派基本上属于非自觉型的，自觉型的文学流派还未出现。

三

以云间派的出现为标志，江南地区自觉型的地域性文学流派产生于明末清初。云间派是明末清初出现于松江（别称"云间"）的一个诗词流派。此派以"云间三子"陈子龙、李雯、宋征舆为代表，尤以陈子龙为魁杰，该派成员达数十人，有较高成就者除以上三人外，还有夏完淳、黄淳耀、宋征璧、宋存标、周茂源、周稚廉等不下十数人。该派成员大多诗词兼擅，不少人还擅长散文，因此既有"云间诗派"又有"云间词派"的名目。虽然在具体的成员构成上，诗派与词派之间互有出入，但其主体成员则是同一批人。以陈子龙为代表，该派论诗，主张模拟古人，追求形似，是明代前后七子复古派的继承和发展；在词学上，强调词的雅正，以南唐、北宋婉约词为典范。可见云间派有领袖或代表性人物，同时有相对

---

① 胡应麟：《诗薮》续编卷一，中华书局1958年版，第327页。
② 王学太：《以地域分野的明初诗歌派别论》，《文学遗产》1989年第5期。

固定的基本组成人员；有共同的创作主张或追求，同时形成相似的创作风格或特色；处于同一地域中，彼此间又相互唱和往还，关系密切。因此，这是一个非常典型的自觉型地域性文学流派。

稍后出现、差不多同时存在的虞山诗派、娄东诗派，与云间诗派一起被称为明末清初的三大诗歌流派。与云间诗派一样，这两派也出现于江南地区，是典型的自觉型地域性诗歌流派。虞山派以常熟人钱谦益为领袖，主要成员冯舒、冯班、钱陆灿、杨炤、严熊、钱曾、孙永祚等也大多是常熟人，因常熟城西有虞山，故虞山、海虞为常熟别称。以钱谦益为代表，在学诗主张上，该派推崇宋调，与云间派、娄东派宗唐的复古主张有异。在创作上能摆脱模拟古人的习气，追求神似，有独到之处。

娄东派以太仓人吴伟业为领袖，主要成员有被称为"娄东十子"的周肇、许旭、王撰等人，他们都是吴伟业的追随者。因娄江（浏河）流经太仓，故称娄东。该派论诗，与云间派的复古主张较接近，但在取法上不墨守盛唐，对中唐和北宋的诗歌也有所借鉴，故在诗歌创作上能形成清丽委婉的风格。

明末清初江南地区的词派，除云间词派外，还有柳洲词派、西陵词派、梅里词派、松陵词派、荆溪词派（阳羡词派、梁溪词派）等。

柳洲词派是出现于浙江嘉善县治魏塘一带的词派，魏塘熙宁门外有柳洲，建有环碧堂，嘉善一带文士结柳洲社于此，故称。此派开始于明万历、天启年间，延续至清康熙年间，长达百年，以钱继章、魏学渠、曹尔堪等为代表，据《柳洲词选》及其他词集所收录，词人达一百八十多家。该派词风原本宗尚"花间"，国变后转为悲凉。

西陵词派，又称"西泠词派"，是活动于杭州的词派，"西陵""西泠"为杭州的别称。该派"始于明末，绵延于顺治、康熙两世。近百年间，从先后传承的辈份来说，约可分属三代。即以徐士俊、卓人月为先驱，以'西陵十子'中的张纲孙、毛先舒、沈谦、丁澎为中坚，洪昇、沈丰垣、陆进、俞士彪、张台柱、徐逢吉等'西陵十子'的门下为后进"。[①] 以《西陵词选》所收，词人达一百七十五家。该派宗旨为兼收并蓄，不拘一格，词人创作呈现出多样化的格局。

梅里词派是活动于嘉兴梅里的词派，梅里今称王店，在嘉兴城西三十里，与今海宁市府所在地的硖石相接近。"《梅里词辑》所收，上起明清

---

① 吴熊和：《〈西陵词选〉与西陵词派——明清之际词派研究之二》，《吴熊和词学论集》，杭州大学出版社1999年版，第406—407页。

之际，下迄乾隆期间。一个半世纪里，梅里一地的词人多达九十多人。"①该派以朱彝尊为宗主，李良年、李符为羽翼，较有影响的词人尚有王翃、王庭、朱一是、周筼等。

  柳洲词派、西陵词派、梅里词派都是以郡邑词选所存而为后人所知。这些词派，有宗主或代表性人物，又有相对确定的创作人员群体，有的还有共同的创作宗旨和创作风尚。而词派中的成员，往往结成一社，彼此唱和，或先导嗣响，前后相继，具有密切的关系。因此这些词派往往也是自觉型的文学流派。与此相类似的还有松陵词派、荆溪词派、梁溪词派，这是分别活跃在吴江、宜兴、无锡三地的地域性词派，也分别以各自的郡邑词选《松陵绝妙词选》《荆溪词初集》《梁溪词选》而为后人所知。这些郡邑类词选及相关诗文选集的编选，对地域性文学流派特别是小型地域性文学流派的文学思想、创作风格的规范和文学群体的聚合，均有较大的影响。

  这里需要说明的是，荆溪词派也即通常所说的阳羡词派。宜兴古称阳羡，境内又有荆溪流经，故阳羡、荆溪皆为宜兴的别称。该派以陈维崧为主要代表，推尊词体，崇尚苏辛词风，故各家之词以豪放为基本风貌。

  明末清初江南地区的地域性文学流派以自觉型的为多，但也仍有非自觉型的文学流派存在，戏曲领域中的苏州派即是其中之一。苏州派是指李玉、朱確、朱佐朝、叶时章等明末清初活动于苏州一带的戏曲作家。他们"并无明确的结派意识，而是他们的创作成果客观上呈现出某些共同的倾向，或者他们之间存在某种自然的联系，以后的研究者在认识、研究他们时，把他们归于某一集团或流派"。②

  清康熙以后直至近代所出现的江南地区地域性文学流派，基本上属于自觉型的流派，非自觉型的流派很少。这里不再作一一辨析。

四

  综观明末清初以来江南地区属于自觉型的地域性文学流派，除具有自觉型文学流派的一般特点，如代表性人物（或领袖）与基本成员之间关系密切、有一致的创作主张、形成相似的创作风格等外，往往还具有以下特点。

---

 ① 吴熊和：《〈梅里词缉〉与浙西词派的形成过程——明清之际词派研究之三》，《吴熊和词学论集》，第425页。
 ② 李玫：《明清之际苏州作家群研究》，中国社会科学出版社2000年版，第14页。

（一）往往以诗文结社为依托，有较为频繁的社事活动。文人结社始于唐五代，自宋元以来渐盛，至明代中期以后极盛，明末清初尤盛。入清后因统治者明令禁止结社，文人结社的风气渐衰。文人的结社，由于社事活动较多，形成了相对稳定的创作群体，群体之间互相唱和，关系密切，容易产生领袖型人物和骨干成员，形成趋于一致的创作主张和创作风格，从而由诗文结社演变成自觉型的文学流派。尽管许多诗文结社最后并未发展成为文学流派，而文学流派也不一定非得先有诗文结社不可，但许多自觉型文学流派往往与诗文结社有着密切联系，其中有不少流派即是由诗文结社发展演变而来，明末清初江南地区的地域性文学流派往往如此。如云间派，它的早期结社有昙花五子社和小昙花社，至明崇祯年间夏允彝、陈子龙等结成几社，经发展壮大，成员多达百人。后来几社又分化出求社、景风社，景风社又分化出雅似堂社，求社则分化出赠言社、昭能社、野腴楼社等。虞山派的结社则有拂水社和成社。柳洲派则结有柳洲诗社，梅里派所结社现在可知的有萍社、观社等，西陵派成员参加的早期结社有登楼社、南楼社，后又有西泠十子结诗社于湖上。

晚明以来特别是明末清初，文人结社由单纯的文学创作的社事活动演变成为带有政治性的党社组织，如明末由太仓人张采、张溥创始的复社。复社原以"兴复绝学"为宗旨，是个带有复古倾向的文社，但由于它以东林党的继承者自居，与东林党相响应，积极参与明末的政治斗争，因此又是一个政治性的组织。全盛时它的成员多达三千名，涉及全国十多个省份，而江南地区是它的核心地带，成员尤多。明末清初江南地区的诗词流派，有许多与复社及东林党这些政治组织有着千丝万缕的联系：与云间派互为表里的几社，后来并入复社，成为复社最重要的力量之一；虞山派领袖钱谦益以东林党的后期党魁的身份成为复社的重要领导人之一；娄东派领袖吴伟业与复社的创始人"娄东二张"同籍，因政治上与二张同气相应，顺理成章地成为复社的领袖之一。这三派的成员中有许多是复社成员是不难理解的。柳洲、梅里、西陵三派的成员中也有不少是复社成员，如吴熊和先生曾经着重指出柳洲派"多复社成员"[①]。而"西泠十子"中至少有陆圻、柴绍炳、丁澎三人为复社成员。

（二）往往以当地望族为支撑，许多成员出身于望族。吴熊和先生在分析柳洲词派的构成与家族背景时，具体以钱氏、魏氏、曹氏、柯氏为

[①] 吴熊和：《〈柳洲词选〉与柳洲词派——明清之际词派研究之一》，《吴熊和词学论集》，第389页。

例，指出柳洲词派成员"多出于当地望族，一门数代，风雅相继"①，吴先生所指出的柳洲词派的这种现象，实际是明末清初以来江南地区地域性文学流派的普遍现象。云间派中的宋氏、董氏、徐氏、杜氏、周氏、李氏、高氏、王氏等家族是这样②，阳羡词派中的陈氏、史氏、储氏、任氏、万氏、徐氏等家族也是这样③。其实，不光是明清之际的词派如此，这时期的诗派也往往如此。如虞山诗派中的钱氏、冯氏、严氏、瞿氏等，娄东诗派中的吴氏、王氏、陆氏等，要么是书香世家，要么是簪缨世家，或者二者兼具。这里以娄东诗派为例，该派的领袖吴伟业本出自昆山望族，祖上三代仕宦，祖父辈始从昆山迁至太仓。该派的核心成员"娄东十子"（也称"太仓十子"）中，王揆、王撰、王昊、王抃、王曜升、王摅六人出自王氏。太仓王氏望族有太原王氏和琅琊王氏之分，太原王氏即王锡爵家族，琅琊王氏即王世贞家族。王揆、王撰、王抃、王摅兄弟四人出自太原王氏家族，曾祖王锡爵为嘉靖四十一年榜眼，万历年间曾任首辅；祖父王衡则为万历二十九年榜眼，授翰林院编修；父亲王时敏崇祯年间官至太常寺少卿，入清不仕。自王锡爵至王时敏，俱能诗文，并擅制曲。王时敏兼工山水画，是明末清初画坛领袖。王昊、王曜升兄弟则出自琅琊王氏，为王世贞之弟王世懋的曾孙，高祖王忬为嘉靖进士，官至蓟辽总督，后为严嵩父子所害死；曾伯祖王世贞为嘉靖年间进士，官至南京刑部尚书，是嘉靖、万历年间文坛领袖；曾祖王世懋也为嘉靖年间进士，官至南京太常寺少卿，也为嘉靖、万历年间著名诗人。太仓二王氏均是由簪缨世家演变为文化世家的。

（三）虽以诗或词名派，实际往往诸体兼擅，一专多能。明清时期江南地区的地域性文学流派，虽多以诗派、词派命名，实际上往往是诗词兼擅的流派，并不局限于诗或词一种体式。只是相比较而言，一种文体方面的成就比起另一种来，更突出些或更为后人熟知些。云间派是诗词兼擅的流派，因此同时有云间诗派和云间词派的名称行世。实际上，云间派的作家中许多还擅长散文及辞赋，如陈子龙、夏完淳等，可说是诸体兼备，一专多能。而与云间派互为表里的几社，是个文社，最初也是以探讨古文创作为目的而结社的。柳洲词派、梅里词派、西陵词派等以郡邑词选而得名

---

① 吴熊和：《〈柳洲词选〉与柳洲词派——明清之际词派研究之一》，《吴熊和词学论集》，第389—391页。

② 刘勇刚：《论云间地域与名门望族对云间派的影响》，《贵州师范大学学报》2004年第3期。

③ 严迪昌：《阳羡词派研究》，齐鲁书社1993年版，第11—20页。

的词派，同时也往往是诗派，其中的许多成员，除有词作被郡邑词选所选入、部分人有词集单独行世外，他们往往还有诗文集存世，许多人的词是附在诗文集中的。而柳洲词派的成员所结成的柳洲社实际上是个诗社，所进行的社事也是以诗文创作为主的。又如"西陵十子"，既是词人同时也是诗人、古文家，有《西泠十子诗选》行世，本来还拟编选《西泠文选》之类，因遭乱未果。他们在西湖边所结成的西泠社，也是个诗社，也是以创作诗文为主的，从现存的个人别集看，往往也是诗文之作多于词作。而西泠派的成员，除诗词文外，许多人还兼擅戏曲，正如吴熊和先生所指出的，"西陵又为戏曲渊薮，杂剧、传奇俱多作者"。[①]

虞山诗派、娄东诗派以诗派命名，与此同时，还存在着作为山水画派的虞山派、娄东派。同时存在的两个属于不同艺术门类的同名派别之间，往往也互相交往，甚至存在交错现象。因此，虞山诗派、娄东诗派的成员同时也是虞山画派、娄东画派的成员的现象也并不少见。这些人的创作往往不局限于诗词古文，而是兼擅书画，像虞山诗派中的钱谦益、钱曾、冯舒、冯班等即是如此。

明末清初文学流派的成员中这种一专多能的现象，一直持续至清代中叶及以后，如清代前中期既有作为词派的浙西词派，又有作为诗派的浙派，而这两个流派的成员很大程度上是重合的，这些成员既是诗人同时又是词家。同样地，常州词派与阳湖派，一为词派，一为文派，这两派的成员在很大程度上也是重合的，这些成员既是词人同时又是古文家。

（四）绵延的时间往往较长，其中有的文学流派在后来产生变异，成为新的流派。明末清初江南地区的地域性文学流派，往往始于明末天启、崇祯年间，绵延至清代顺治、康熙年间，长达数十年甚至近百年，而从代际传承方面来看，往往持续有三至四代，如云间派、虞山派、柳洲派、西陵派、梅里派等均是如此。明末清初以来的这些文学流派，有的在发展过程中产生变异，形成新的文学流派，并且走出了原先地域性流派的狭小天地，发展成为具有全国性影响力的主流派别。而又可以分两类情况。第一类是几种流派汇聚成一种流派，如明末清初的柳洲词派、西陵词派、梅里词派等发展至康熙中叶以后，汇入浙西词派中。又如清初的柳洲诗派、西陵诗派与后来兴起的秀水诗派等一起汇聚成浙派。而作为词派的浙西词派和作为诗派的浙派虽然其成员多为浙江人尤其多浙西人，但这些流派在

[①] 吴熊和：《〈西陵词选〉与西陵词派——明清之际词派研究之二》，《吴熊和词学论集》，第 422 页。

清中叶康熙、乾隆年间风靡一百余年，至嘉庆初年以后才渐趋消歇，属于名副其实的全国性文学流派。第二类是一种流派发展到后来产生分支，孕育出新的流派，如兴起于清嘉庆年间的常州词派即是。常州词派在兴起之初，其成员主要为常州籍词人，是个地域性很显著的词派，自周济拓宽常州词派的创作途径之后，影响渐大，近代以来遂成为具有全国影响的大流派，至清末民初，别立出临桂词派。虽然临桂词派的成员如郑文焯等并非常州词派所能笼括，但其多数成员如王鹏运、朱祖谋、况周颐等则是常州词派的后劲，因此将临桂词派视作常州词派的别支应当是可以成立的。

五

考察中国古代地域性文学流派的产生、发展，可以发现：它是中国古代经济、文化及文学重心南移的产物。众所周知，东晋以前，中国经济、文化及文学的重心在黄河流域为核心的北方地区，也即习惯上所称的中原地区。东晋南朝以来，由于北方地区长期战乱，中国经济的重心开始向南方的长江流域一带迁移；在唐代"安史之乱"之后，北方经济遭到严重破坏，至晚唐五代，南方经济开始超过北方，至两宋时这种南移基本完成。随着经济重心南移而来的是文化重心和文学重心的南移。晋室的衣冠南渡，使南方地区不仅在经济上而且在文化、文学上得到初步发展，唐五代时文化及文学的重心也开始南移。北宋以来尤其是宋室的衣冠南渡，文化及文学的重心也南移至长江流域。南宋以后，直至明清时期，以环太湖流域为核心的江南地区成为全国经济、文化、文学最为发达的地区。而宋元时期地域性文学流派在南方地区有零星出现，这正是中国古代经济、文化及文学重心完成南移之时。自那时以来，地域性文学流派大多集中于南方地区尤其是江南地区，特别是明末清初开始出现的自觉型地域性文学流派更是以环太湖流域为核心的江南地区为集中地，正是这一地区自南宋以来尤其是明清时期成为全国经济、文化及文学创作中心的结果。

这里出现了这样一个问题：五代以前，中国的经济、文化及文学重心在北方地区，北方地区为什么就没有出现地域性的文学流派呢？这是由北方地区的地理环境以及由此而形成的人文环境造成的。以黄河流域为核心的北方地区，西面主要为黄土高原，东面主要为华北平原。无论是高原还是平原，地势一般较为平缓，人们之间进行各种形式的交住均较为便利，因此无论在经济上还是在文化上比较容易形成一个整体。事实上，自夏商周三代以来，这里就在历代王朝的统治疆域之内。而秦代以来实行的"书同文，车同轨"，使得北方各地在文化上的差异也变得越来越小了。而且，在唐五代以前，全国的人口基数一直偏小，而且这一时期文化的普及率尚低，能识字断文的人还不多，文学在很大程度上还是为士族所掌握，相应地产生的文学家也较少，作家能够形成地域性群体的机会也就少，自然很难形成地域性的文学流派。

而南方地区多山区、多丘陵、多湖泊、多河流，由此分隔出相对独立的大小不等的若干个区域，各个区域之间的自然环境差异较大，文化环境也大不相同。相对于北方来说，这里开发得又比较晚，而且开发时间上又有先有后，由此造成不同区域之间在经济、文化上的差异，因此容易形成带有很强区域性特征的地域文化。而且自唐五代以来，相对于北方地区来说，这里战乱较少，社会相对安定，人口增长也较快，特别是科举导致宋以后社会各阶层之间的流动加剧，使平民仕宦的可能性大增，文化普及率大大提高，人人皆有能力创作文学，因此出产的作家数量也较多，自然出现很多以自娱为目的的带有私人化倾向的文学群体，也就容易形成带有地域性的作家群体、产生出地域性的文学流派。而当中国的经济、文化及文学重心南移之后，南方地区产生地域性文学流派也就有可能成为现实。胡应麟《诗薮》中所指出的明初南方地区五个地域性流派的出现即是如此。

环太湖流域为核心的江南地区，先秦时为越族聚居地，春秋时虽分属吴、越两国，但两国同文同种，文化上绝难分开。后来吴国为越国所灭，越国又为楚国所灭。历史上所称的"江左""江东""三吴"，主要指的就是这一地区，自古以来在经济、文化方面是联结在一起的。至唐代，这一地区同属江南东道，五代时为吴越国核心地带，宋元时为浙西地区。入明以后，由于最高统治者的权力意志，人为地将它分属于两个不同的省级行政区。尽管如此，环太湖流域为核心的江南地区在经济、文化上仍然属于一个整体。在明代，它包括了苏、松、常、杭、嘉、湖六府，至清代雍正年间，由于太仓州升为直隶州，从苏州府中分离出来，从而成为六府一州。在明清时期，这一区域内的府一级的行政区划基本稳定，但县级行政区划则变动较多，主要是新县不断从旧县中分离出来。除去常州府属的地处江北的靖江县、杭州府属的地处西部山区的富阳、新城、临安、于潜、昌化共六县，明时江南六府，计有三十三县（州），清时六府一州增至四十六县（州）。

这一地区，自唐宋以来，即为全国经济重地，唐代韩愈说："当今赋

— 595 —

出于天下，江南居十九。"① 北宋苏轼也说："两浙之富，国用所恃。"② 南宋时期，迁都于改称为临安的杭州，以太湖流域为核心的江南地区即当时的浙西地区一跃成为全国的政治、经济、文化中心。南宋灭亡后，虽然这里不再成为全国政治的中心地区，但在经济、文化及文学创作方面的优势地位并没有随之丧失，反而更加巩固了。明代丘濬说："东南，财赋之渊薮也。自唐宋以来，国计咸仰于是，其在今日尤为切要重地。韩愈谓赋出天下，而江南居十九，以今观之，浙东西又居江南十九，而苏、松、常、嘉、湖五郡，又居两浙十九也。"③ 至晚明时期，这一地区的商业经济极度繁荣，出现了许多以粮食贸易及丝绸、棉花纺织、贸易著称的工商业市镇，为史家所羡称的所谓"资本主义萌芽"即产生于这一地区。文化及文学事业方面，宋代尤其是南宋以来，这一地区是全国的刻书业中心，出产的文学家也最多，科举方面的优势也日趋显现。明清时期，这一地区是全国文化最为发达的地区，无论是出产的文学家、艺术家，还是出版家、藏书家，其数量均在全国名列前茅。同时，这里又是全国科举最发达的地区。无论是出产的进士数还是巍科人物（状元、榜眼、探花及会元、传胪）的数量均居全国首位。据统计，明清两朝全国共录取进士51681人，而江南六府一州共考取进士6770人，占全国总数的13.10%。④ 而巍科人物，明清两代全国共有1008名，江浙两省为481人，占全国总数的47.7%。⑤ 而江浙两省的这些巍科人物，大多集中于江南地区的六府一州中。

明清时期，环太湖流域为核心的江南地区在经济、文化上仍然属于一个整体，但由于这时期经济、文化的高度发达，人口的急剧膨胀，尤其是地方望族的兴起，以一府或一县为区域的郡邑文化显示出了前所未有的强大力量。隋唐以来所实行的科举取士制度，经两宋至明清日益完善，成为国家选拔人才的主要途径。明清时期，这一地区成为全国科举最发达的地

---

① 韩愈：《送陆歙州诗并序》，《韩愈全集校注》，四川大学出版社1996年版，第111页。
② 苏轼：《进单锷吴中水利书状》，《苏轼文集》卷三二，中华书局1986年版，第916—917页。
③ 丘濬：《大学衍义补》卷二四，《影印文渊阁四库全书》第712册，台湾商务印书馆1986年版，第336页。
④ 此数据参范金民《明清江南进士数量、地域分布及其特色分析》，《南京大学学报》1997年第2期。范文中江南地区包含了江宁、镇江二府，共八府一州。这里的统计数据中已剔除了江宁、镇江二府及常州府属的靖江、杭州府属的富阳、新城、临安、于潜、昌化六县的进士数。
⑤ 缪进鸿：《长江三角洲与其他地区人才的比较研究》，《教育研究》1991年第1期。

区，由此造就了无数因科举起家的世家大族。这些望族往往绵延数世甚至十数世，除了一部分望族继续在科举方面占有优势外，相当一部分望族往往由簪缨世族转化为文化世族，它们的子弟在不废弃举业的同时，往往较多地从事于比如出版、收藏等文化事业和诗文、书画创作等文学艺术活动，有的甚至放弃了举业而专力从事于这些事业。这些世家大族往往又通过婚姻等关系，联结成具有血缘关系的网络，彼此之间交往密切，在当地的社会各项文化活动中发挥着巨大的影响力。这些彼此之间有着各种关系的世家大族的子弟不仅参与当地的各项文化活动，而且往往成为这些活动的骨干。由于他们的参与，一些有着较为固定的活动场所、较为充裕的活动经费、较为固定的人员所组成的规模较大的文化群体比如诗文结社之类自然而然地形成了，带有地域性特征的文学流派（或艺术流派）也就从这些文化群体中产生了出来。

（原载《社会科学战线》2008年第11期）

晚清文学抑或近代文学

周明初

晚清七十年间文学的命名，自20世纪以来几经反复，20世纪五十年代末以前通常称之为"晚清文学"，五十年代末至八十年代称之为"近代文学"，九十年代以来或称"近代文学"或称"晚清文学"，进入21世纪以来特别是2005年以来又有以"晚清文学"代替"近代文学"的趋势。这一时段文学命名的变化，既有着复杂的时代政治因素，同时又有着文学观念发生变化的因素。

一

自1840年鸦片战争至1911年辛亥革命的晚清七十年间的文学，是"晚清文学"抑或是"近代文学"，自20世纪初以来几经反复。

在20世纪50年代后期以前，以晚清七十年间文学作为研究对象的论著，一般均以"晚清"命名。这一时期出现的研究著作，我们现在可见的有3种，即阿英的《晚清小说史》（商务印书馆1937年版）、《晚清文艺报刊述略》（古典文学出版社1958年版）和谭彼岸的《晚清的白话文运动》（湖北人民出版社1956年版）等，均以"晚清"命名，另外，这期间所出版的文学资料类书籍，也以"晚清"命名，如郑振铎编的《晚清文选》（生活书店1937年版）、阿英编的《晚清文学丛钞》（中华书局1960年版）等。

这一时期，虽然也早已有了"近代"或"近代文学"的说法，但这"近代"或"近代文学"是一个相当模糊的概念，并不是专指晚清七十年间文学而言。如1914年，江阴人吴芹编辑出版的《近代名人文选》，所谓"近代"是指清末民初；1918年沃丘仲子所撰的《近代名人小传》之"近代"指晚清光绪、宣统两朝。1917年陈独秀《文学革命论》中说"元明剧本、明清小说，乃近代文学之粲然可观者"，所说的"近代文学"

是指整个元明清文学；1932年郑振铎《插图本中国文学史》中则认为近代文学开始于明世宗嘉靖元年，而终止于五四运动之前；1929年陈子展的《中国近代文学之变迁》中的"近代"则开始于1898年的戊戌维新运动；与陈子展的著作几乎同时问世的卢冀野的《近代中国文学讲话》，在序言中称其"近代"是"从同光说起"，但具体到各种文体，却并没有做到这一点，讲戏曲更是从明末清初的李渔开始；1935年钱基博的《现代中国文学史》始于王闿运终于胡适，实际也是指清末民初的文学，但用"现代"来代替"近代"。直到20世纪50年代后期，所谓"近代文学"的概念一直是很模糊的，并不是专指自1840年鸦片战争至1919年"五四"运动这八十年间的文学。[①]

1960年中华书局出版了复旦大学中文系编的《中国近代文学史稿》，这是第一部以"近代文学"命名的文学研究著作，所研究的时段自1840年鸦片战争始至1919年"五四"运动止，比我们通常所说的晚清七十年往后延续了八九年。此后"近代文学"的研究处于长期的停顿状态，至"文革"时期更是一片空白。直至1981年开始有"近代文学"命名的著作出现，该年中国文联出版公司出版了由中国社会科学院文学所近代文学研究组所编的《中国近代文学研究集（概论卷）》。自1981年至1989年将近十年间，共有10种以"近代文学"命名的著作出版。这十年间可说是"近代文学"名称一统天下的时期。

1990年至1999年，以"近代"命名的"近代文学"的研究著作有28种，说明这时期学界还是普遍认同并接受"近代文学"这一名称的。不过这一时期，"近代文学"的名称一统天下的状况也开始被打破了，有8种著作并不以"近代"而以"晚清"命名，其中1991年就出现了3种，即方正耀的《晚清小说研究》（华东师大出版社）、连燕堂的《梁启超与晚清文学革命》（漓江出版社）、张永芳的《晚清诗界革命论》（漓江出版社），另外5种是欧阳健的《晚清小说简史》（辽宁教育出版社1993年版）、魏绍昌《晚清四大小说家》（台湾商务印书馆1993年版）、夏晓虹《晚清文人妇女观》（作家出版社1995年版）、颜廷亮《晚清小说理论》（中华书局1996年版）和欧阳健《晚清小说史》（浙江古籍出版社1997年版）等。还有2种与"近代文学"密切相关的著作，也不用"近代"

[①] 参见裴效维主编《20世纪中国文学研究·近代文学研究》第二章，北京出版社2001年版；郭延礼《20世纪中国近代文学研究学术史》上编第一、第二章，江西高校出版社2004年版。

的名称，即关爱和等的《19—20世纪中国文学思潮史》（河南大学出版社1992年版）和冯光廉主编的《中国近百年文学体式流变史》（人民文学出版社1999年版）。

2000年至2010年，所出版的以晚清七十年文学为主体的研究著作中，以"近代"或"近代文学"命名的著作有43种，以"现代转型""从古典走向现代""前现代"命名的各有1种，总计类似于"近代"命名的有46种；而以"晚清"命名的著作有21种，还有以"清末民初"命名的6种，以"晚清民初""清末民国""光宣诗坛"命名的各2种，以"清代中晚期""清代后期""晚清民国""清末至民国"以及"帝制末与世纪末"命名的各1种，总之不以"近代"命名而用"晚清"或"晚清民国"之类命名的研究著作也多达38种。这说明这十年间，学界对晚清七十年间文学的体认已经出现了较大的分歧。

如果进一步对近十年来出版的著作进行划分的话，可以发现2005年前的五年里，认同"近代文学"的仍然占多数，43种以"近代"命名的研究著作中，有28种是这五年间出现的，而以"晚清"或类似名称命名的只有10种；而2005年至2010年五年多的时间里，这一局势迅速发生了逆转，以"近代"及类似名称命名的著作只有17种，相反，以"晚清"或"晚清民国"这一类名称命名的多达28种。

二

晚清七十年间的文学是"晚清文学"抑或是"近代文学"？看起来好像不是什么大问题，怎样命名它可随个人的喜好。但是实际上，在命名发生变化的背后，有着复杂的时代因素。

20世纪50年代以前，政治对学术研究的干预较少，学者们可以根据自己的文学观念及其对文学史的认识命名自己的论著，因此这时期的"近代"或"近代文学"的时段相当模糊，有指清末民初的，有指自明代中后期至"五四"前的，也有指整个元明清时期的；而以晚清七十年间文学为研究对象的论著，一般均以"晚清"来命名，并没有因为这一时段的文学有着不同于传统文学的特异因素而将它从清代文学中独立出来。

20世纪50年代后期，将自1840年鸦片战争至1919年五四运动八十年间的文学确立为"近代文学"，是有着复杂的政治背景的，可以说是政治干预学术、统率学术的结果。

1949年以后，随着新政权的建立，针对知识分子的政治运动一个接着一个，先是所谓的知识分子思想改造运动，接着是批判胡适为代表的资产阶级唯心主义思想运动，接着是1957年的"反右"运动和1958年"大跃进"时期对高校中所谓资产阶级学术权威的批判。文学研究也与其他学术研究一样成为政治的附庸，成为图解政治、诠释领袖思想的工具。

在这样的政治背景下，1949年后的中国大陆的历史学界，以毛泽东在《中国革命与中国共产党》《新民主主义论》等著作中关于中国社会性质的论断和中国革命阶段的划分为依据，把自1840年鸦片战争至1919年"五四"运动这一时段称作"近代"。在政治统率一切的年代里，这一根据领袖的论断进行历史分期的做法自然而然地影响到了文学研究领域。五十年代后期，在文学研究中也就有了根据历史分期来划分文学时段的做法。1958年"大跃进"时期，北京大学中文系1955级学生集体编写《中国文学史》，首次将这八十年间的文学称为"近代文学"，并作为一个独立的单元编写。复旦大学中文系1956级学生在"大跃进"时期集体编写的《中国近代文学史稿》在1960年出版，这是第一部以"近代文学"命名的文学史。1964年出版的游国恩等五位教授编著的《中国文学史》是教育部组织编写的高等学校教材，为全国许多高校的中文系所采用，"近代文学"作为该书的第九编编入其中。自此，"近代文学"的概念被文学研究界所广泛接受。① 这样，晚清七十年间的文学也就作为"近代文学"的主干部分，被纳入其中，"晚清文学"的名称在六十年代起很长的一段时间里也就基本废弃了。

1958年"大跃进"时期北京大学、复旦大学中文系学生集体编写教材，正是在高校中广大教师被当作资产阶级反动学术权威遭受批判和冲击，被当作"白旗"拔掉之后，正常的教学科研秩序被打乱的情况下出现的。因此，"近代文学"的确立，是在狂热的极"左"思潮泛滥下的政治意识形态的产物。

20世纪50年代后期以后，直至70年代末"改革开放"前，极"左"思潮越来越严重，十年"文革"时期更是到了登峰造极的地步，正常的学术研究根本无法展开。所以这一时期所谓"近代文学"的研究成果很少，"文革"时期更是近乎空白。

1979年以来中国大陆实行"改革开放"的政策，政治生活中、学术研究中，极"左"思潮得到了逐步清理，学术研究逐渐回归正常。在文

---

① 参见裴效维主编《20世纪中国文学研究·近代文学研究》第二章，北京出版社2001年版；郭延礼《20世纪中国近代文学研究学术史》上编第一、第二章，江西高校出版社2004年版。

学研究领域中，文学图解政治、把文学史当成阶级斗争史的庸俗社会学的做法被抛弃了。不过，受历史惯性的作用，整个八十年代，以晚清七十年间文学为研究主体的文学研究中，"近代文学"的命名并没有受到多少质疑，因此这一时期仍是"近代文学"的名称一统天下的时期。直到九十年代，大多数学者也还是接受并使用"近代文学"的名称。考察一下这一时期"近代文学"论著的作者，可以发现他们中的大多数研究者是中年学者，是"文革"之前接受高等教育或中等教育的那一代人，传统的观念和影响根深蒂固。这一代学者中只有少数能够冲破传统观念的束缚，不用"近代文学"的名称而用"晚清文学"或类似的名称。

进入21世纪以来，学术研究界的代际结构发生了很大的变化，"文革"前接受高等教育的那一代学者由于退休或接近退休而逐渐退出了学术研究领域，而20世纪70年代末恢复研究生招生之后所培养出来的硕士、博士成了研究领域的主体，特别是九十年代以来，由于研究生队伍特别是博士生队伍的壮大，新一代的研究者成了学术研究中的主力。在"近代文学"研究领域中也是这样，21世纪以来的研究队伍中硕士尤其是博士学位取得者成为主力军，他们的观念较少受传统观念的束缚，文学观念方面比起上一代的学者来有了很大的变化，对"近代文学"性质的认识也与上一代学者大不一样。

而且在"近代文学"研究领域的学者构成中还有一个很大的变化是：20世纪90年代以前的研究者中，很大一部分学者是从"现代文学"转入"近代文学"研究领域的，以现代文学的视野和学术背景来研究晚清民初的文学，着眼于这一时段的文学中的新因素，努力寻找的是这一时段中的文学与新文学的联系，因此在他们看来，晚清民初的文学自然是"近代文学"，是古代文学向现代文学的过渡阶段。而自21世纪以来，进入晚清民初文学研究的新一代学者，大多具有古代文学的学术背景，往往是从古代文学研究领域进入晚清民初文学研究领域的，自然而然地将晚清民初的文学当成古代文学的有机组成或延伸。

由此，我们看到了21世纪以来在晚清至民初八十年间文学命名上发生的很大变化。因为21世纪以来的十年中特别是前五年中，仍有许多"近代文学"的老学者在辛勤耕耘，因此以"近代"命名的论著还是占了半壁江山；同时新一代的学者进入了这一研究领域，因此以"晚清"或类似的名称命名的论著也旗鼓相当。而在这一时期的后五年中，新一代的研究者迅速成为研究的主体，因此最近五年里以"晚清"或类似的名称命名的著作在数量上迅速超过了以"近代"命名的著作。

三

晚清七十年间文学，是"晚清文学"还是"近代文学"，对这一时段命名的不同体现出来的是对这一时段文学的认识不同，也就是说在文学观念上的不同。将这一时段称作"晚清"，则是客观上将这七十年间看作整个清代的一个组成部分，晚清文学也即清代文学的晚期，是整个清代文学的不可分割的有机组成部分，从而自然而然地将它视作古代文学的一个组成部分，纳入古代文学的研究范畴中去了；而将这一时段称作"近代"，则是相对于"古代""现代"而言，它既不属于"古代"也不属于"现代"，实际上是把晚清七十年间当作"古代"与"现代"之间的一个过渡阶段或者说是一个演变阶段，因此将晚清七十年间文学称为"近代文学"，也就将它与清代前中期文学割裂开来了，实际也就将它从"古代文学"中剥离出来了，将它看作既不属于"古代文学"也不属于"现代文学"的一个阶段，或者说是两者之间的一个过渡或演变的阶段。

近百年来，对晚清七十年间文学命名的变化，实际体现出来的正是对它的认识的变化，也即在文学观念上存在的变化。

20世纪50年代后期以前的研究论著，或将元明清当成近代，或将明代中后期至"五四"前看成近代，或将清末民初看成近代，都是就所研究的时段里存在着文学的新因素而言的。如陈独秀的《文学革命论》中所说的"元明剧本、明清小说，乃近代文学之粲然可观者"[1]，说的是元明清时期的戏曲小说，不同于以往以诗文为主体的传统文学，是这一时期文学中的新因素；郑振铎的《插图本中国文学史》，将明代嘉靖元年至"五四"时期这一时段划为"近代文学"，也是就文学中的新因素而言的，"近代文学的意义，便是指活的文学，到现在还并未死灭的文学而言。在她之后，便是紧接着五四运动以来的新文学"[2]。他们笔下的"近代文学"，实际上也就是"近世文学"，也即古代文学中离现代最近的一个时段的文学，仍然属于"古代文学"的范畴，正如郑振铎在《插图本中国文学史》中所说的"所以近代文学的终止，也便要算是几千年来的旧式的文学的闭幕、收场"[3]。

而这时期将晚清七十年间文学称为"晚清文学"，也是充分注意到了

---

[1] 陈独秀：《文学革命论》，《新青年》1917年2月第2卷第6号。
[2] 郑振铎：《插图本中国文学史》，人民文学出版社1957年版，第828页。按：《插图本中国文学史》初版本为北平朴社1932年版，后有多家出版社多次重版。
[3] 郑振铎：《插图本中国文学史》，人民文学出版社1957年版，第831页。

晚清最后二三十年间文学中的新因素，如翻译文学的兴起、报刊文学的出现、白话文学成为潮流这些新现象的，或者就是以这些新因素作为研究对象的，如阿英的《晚清文艺报刊述略》、谭彼岸的《晚清的白话文运动》，但他们的著作仍称"晚清"，说明还是将它们当作清代文学的组成部分的。

　　20世纪50年代末期，在政治干预学术的背景下确立了"近代文学"的地位。于是，按照当时盛行的"阶级斗争"观点，按照作家的政治态度、阶级立场等将作家和作品进行归类、排队，便是当时文学研究中流行的做法，八十年间的文学被简单地划分为"进步文学"与"反动文学"、"现实主义文学"与"反现实主义文学"，并且认为"近代文学"的发展贯穿着进步文学、现实主义文学与反动文学、反现实主义文学的斗争。于是，龚自珍、魏源等鸦片战争时期的作家、黄遵宪等"诗界革命"的作家、柳亚子等"南社"作家、秋瑾等辛亥革命时期的作家是进步的、现实主义的作家，而宋诗派、同光体作家、近代桐城派等坚持传统诗文理念的作家或流派以及鸳鸯蝴蝶派等作家便是反现实主义的反动作家。五十年代后期"大跃进"时期大学生集体编著的中国文学史著作，如北京大学中文系1955级学生编著的《中国文学史》的"近代文学"部分、复旦大学中文系1956级学生编著的《中国近代文学史稿》等均是如此。就是游国恩等五位先生在六十年代主编并作为高等院校中文系教材的《中国文学史》的"近代文学"部分也有着明显的这种痕迹。

　　既然将自鸦片战争至"五四"运动这样八十年间的文学确立为"近代文学"，这时期"近代文学"研究的主要任务自然是要按照革命领袖对"近代"社会性质和分期的英明论断，努力找出这八十年间文学中的"近代"因素，构建起"近代文学"的学科体系。自20世纪50年代末以来很长一段时间内，"近代文学"的研究主要是围绕这一任务展开的。

　　于是，"近代文学"也就被划分成了三个时段或四个时段，比较通行的是划分为三个时段，即"资产阶级启蒙时期""资产阶级改良时期"或"维新时期""资产阶级革命时期"。按照这样的划分，龚自珍、魏源、林则徐等鸦片战争时期的诗人便成了资产阶级启蒙时期的诗人，太平天国时期的文学也成了资产阶级启蒙时期的文学。问题是，按照马克思主义经典作家的论述，资产阶级的出现是伴随着近代工业的出现而出现的。鸦片战争至太平天国"革命"时期，中国的近代工业尚未建立，资产阶级也尚未产生，又何来"资产阶级启蒙运动"，又何来资产阶级启蒙时期的文学？况且，龚自珍在鸦片战争的第二年即1841年就去世了，如何可能是

"资产阶级"的启蒙思想者？同样地，林则徐、魏源这些人，在鸦片战争之后的十多年里相继去世了，这时期主张学习西方的生产技术来加强清王朝统治的"洋务派"尚未出现，"洋务运动"也还没有开始，近代工业和资产阶级也还没有产生，如何可能有"资产阶级"启蒙思想者？所谓的太平天国"革命"与近代工业、资产阶级也毫不搭边，它的文学成就几乎可以忽略不计，如何也成了"资产阶级"启蒙时期的文学？

直到19世纪60年代，清政府内部才产生了洋务派，出现了"同光新政"即"洋务运动"，中国的近代工业在这个时候出现了，资产阶级也开始产生了。但是这一时期的文学可不可以称为资产阶级改良时期或维新时期的文学呢？我想也是值得商榷的。因为这一时期资产阶级虽然作为一个阶级或阶层出现了，但他们的势力非常弱小，根本形成不了主导社会的力量。倡导洋务运动的清政府官员虽然比起保守的官员来具有较开放的眼光和较先进的理念，但他们仍然是传统的官员，他们本身并不是资产阶级，更不可能是资产阶级的代言人。黄遵宪等提倡"诗界革命"，康有为、梁启超等要求维新变法，但他们本人也不是实业家，家人中也没有从事实业的人，凭什么说他们代表了近代资产阶级的利益？说他们是"改良派"或"维新派"没有问题，说他们的文学是"改良派文学"或"维新派文学"也没有问题。但凭什么说他们是资产阶级改良派或维新派？凭什么说他们的文学是资产阶级改良时期或维新时期的文学？更何况这一时期诗歌创作方面还有以"同光体"著称的宋诗派，还有汉魏六朝诗派、中晚唐诗派，散文创作方面则有桐城派古文的"中兴"，词作方面后期的常州词派也正兴盛，这些诗（词）文流派及作家，坚持用传统的形式抒写传统的内容，与改良或维新的关系并不大，凭什么说他们的文学也是资产阶级改良时期或维新时期的文学？

同样地，将秋瑾、章太炎等革命者的创作及柳亚子为代表的"南社"作家的文学归为"革命文学"是可以的，但归结为"资产阶级民主革命时期"的文学就值得商榷。这些辛亥革命前后的作家，谋求推翻帝制，谋求建立民主共和国，凭什么说他们的革命是"资产阶级民主革命"呢？他们又是怎样代表了资产阶级的利益了呢？"民主"难道还分"资产阶级民主""无产阶级民主"？因为这些牵涉的东西太多太大，在目前的状况还不容详细地讨论，所以暂且按下不表。

晚清民初的文学确实存在着不同于以往时代的许多新的因素，而且越到后来，这些新的因素越多。但具体到晚清民初八十年中，从1840年直到1894年中日甲午战争前的五十多年里，文学中的新因素其实还不是很多的，并不能改变这一时期的文学仍然是中国古代文学这一特性。只是到了1894年中日战争后，由于清朝的国门被迫彻底打开了，西方先进的科学文化蜂拥而来，翻译文学、报馆文学兴盛起来，晚清文学中的新元素骤然增加，与传统的文学相比出现了很大的变异，晚清文学向现代新文学的过渡才日益明显起来。但这一时期，传统诗文如同光体、桐城派、常州词派等依然十分强劲，小说中的鸳鸯蝴蝶派在民国初年盛行一时，因此也很难说这清末民初二三十年中新文学战胜了旧文学、这时期的文学是"近代文学"阶段而不是"古代文学"时期。

可以说，20世纪50年代后期至八九十年代的"近代文学"研究，多多少少地总是存在着"选择性失明"的问题，对于自己所研究的对象，对于自己所接触到的"近代文学"的史料，按照某种既定的理论、方法，有选择性加以取舍，以此来构筑"近代文学"的体系。这样，凡是带有所谓的爱国主义、反帝反封建的文学史料，非常详尽地加以挖掘和钩沉，而对于相反的史料却往往视而不见或加以忽视。比如所谓太平天国时期的文学、所谓反映"义和团"运动的歌谣，其实这些所谓的文学史料有的并不一定十分可靠，如所谓反映义和团运动的歌谣之类，有的是经过后人篡改甚至是挖掘者自己加工改造了的，如同"大跃进"时期出现的《红旗歌谣》之类一样，真实性是很成问题的。这样经过有选择地取舍材料所构建起来的"近代文学"有多少可靠性可言呢？至多只能说是部分地反映了"近代文学"的面貌。

因此，自20世纪90年代以来，尤其是进入21世纪以来，随着对晚清民初文学研究的拓展和深入，尤其是随着对坚守传统理念的诗文作家和流派，比如宋诗派及同光体作家、汉魏六朝诗派、中晚唐诗派、桐城派及湘乡派、常州词派及临桂词派等的研究深入，以及小说、戏曲领域研究的拓展和深入，原来的"近代文学"的研究方法和体系，客观性不足的弊端日益显露出来。由此"近代文学"的概念和名称，在21世纪以来的研究者中，得不到广泛的认同，出现了以"晚清文学"或类似的名称逐渐取代"近代文学"的趋势也就在所难免了。

以小说研究为例，进入21世纪以来，以"近代"或"晚清"命名的研究著作共有22种，其中以"近代"或类似的名称命名的有12种，"晚清"或类似的名称命名的有10种。而自2005年以来，以"近代"之类命名的只有3种，以"晚清"之类命名的有8种。又如戏曲研究，21世纪以来以"近代"或"晚清"命名的研究著作有8种，其中以"近代"命名的只有3种，以"晚清"或近似的名称命名的有5种，均出现于

2005年后。

又如词学研究,在整个二十世纪,没有一部近代或晚清的词学研究著作出现,而2003年以来有10部词学方面的研究著作出现,其中以"近代"命名的有4种,以"近世"命名的有2种,以"晚清"或"晚清民初"命名的有4种。其中杨柏岭的《近代上海词学系年初编》(上海教育出版社2003年版),是"近代上海文学系年丛书"的组成部分,受丛书体例限制,不得不用"近代"的名称,而他的另一部著作《晚清民初词学思想建构》(安徽大学出版社2004年版),就没有用"近代"的名称而改用"晚清民初",说明他并不是很认同"近代"的提法。用"近世"命名的2种著作,分别是朱惠国的《中国近世词学思想研究》(上海古籍出版社2005年版)和谢永芳的《广东近世词坛研究》(上海古籍出版社2008年版),前一种著作中的"近世"所指的时段自十八世纪中叶的嘉庆、道光年间至二十世纪的三四十年代,前后将近二百年;后一种著作中的"近世"时段与前者相近,上限为嘉庆二年、下限为民国三十七年,也是近二百年时间。这说明"近代"的名称,在从事词学研究的学者中也是得不到广泛认同的。

即使是原来认同"近代文学"名称的学者,随着研究的深入和观念的变化,也有在自己的论著或所主编的著作中以"晚清文学"之类的名称取代"近代文学"的。例如原任华南师范大学校长的管林是"近代文学"研究领域的著名学者,曾经和钟贤培、陈新璋合著有《龚自珍研究》(人民文学出版社1984年版),并和钟贤培一起主编有《中国近代文学发展史》(中国文联出版公司1991年版)。而后者突破了通常的将"近代文学"划分为三个时段或四个时段、冠以"资产阶级启蒙时期的文学"之类的做法,将全书分为"综论编"和"文体编",其中"综论编"从纵向方面论述了中国近代文学的发展阶段和特点、近代文学思想的发展和流变、中外文艺思想的交会和融合等,"文体编"则分诗词、散文、小说、戏剧、民间文学等五种文体,从横向方面分别论述了它们的发展流变和主要的作家作品,这部论著因为体例独具、观点新颖,受到学界的广泛好评。虽然这部论著在很大程度上突破了原来的"近代文学"的研究观念和研究体系,但由于出版于九十年代初期,仍然使用了"近代文学"的名称。而到了21世纪,管林又主编了《岭南晚清文学研究》(广东人民出版社2003年版),书名用的是"晚清文学"而不是"近代文学"。又如左鹏军,是一位成果丰硕的晚清文学研究的中青年学者,早先师从钟贤培攻读近代文学的硕士学位,后来又师从吴国钦攻读中国古代文学戏曲史方向的博士学位,他所出版的研究著作,早期的往往以"近代"命名,如《文化转型中的中国近代戏剧》(南方出版社1999年版)、《近代传奇杂剧研究》(广东高等教育出版社2001年版)、《近代传奇杂剧史论》(台湾学生书局2001年版)等,而近期的则往往以"晚清"命名,如《晚清民国传奇杂剧考索》(人民文学出版社2005年版)、《晚清民国传奇杂剧史稿》(广东人民出版社2009年版)、《晚清小说大家——吴趼人》(广东人民出版社2009年版)等。

四

晚清七十年间,它的前中期文学中的新因素其实并不多,只是到了最后的一二十年间,由于"洋务运动"的深入展开,特别是中日甲午战争后清朝的国门被彻底打开,西方各种先进的科学文化蜂拥而入,加之黄遵宪、梁启超等人"诗界革命""文界革命""小说界革命""戏曲改良"的提倡,文学中的新因素才骤然增加。因此从清末至1919年"五四"运动前的二三十年间,文学领域才呈现出由古代文学向现代文学过渡的特征,如果说"近代文学"作为一个时段可以成立的话,那么清末民初这二三十年间才称得上"近代文学"阶段。不过,这一时段的诗文领域中,"宋诗派"和"桐城派"的力量依然十分强盛,在某种程度上可以说是占据了传统诗文的主流地位,词学界也是常州词派占据主导地位,作为常州词派后劲的晚清四大词人造就了清词的最后辉煌,这些传统的诗(词)文流派的影响一直要到20世纪三四十年代后才式微。在小说领域中鸳鸯蝴蝶派的小说在民国初年盛极一时,在戏剧领域中虽然西方的话剧传入了中国,但传统的戏曲仍然占了绝对的优势。因此清末民初的文学,一方面呈现出由古代文学向现代文学过渡的特征,另一方面,传统文学依然十分强大,甚至可以说占据了优势的地位。有关清末民初二三十年间这一"近代文学"阶段中国文学由古典转向现代的进程,自20世纪80年代中后期以来,学界已经有了非常充分的研究,但这一时段中坚守传统的作家的文学创作状况(包括古典形式的诗文词、小说、戏曲的创作),最近二三十年中虽然也有了较多的研究成果,但总的来说还远远不够,甚至连基本的"家底"也还没有完全摸清。因此这一时段的文学究竟应当如何评估,现在恐怕还不能完全说清楚。

故此,对晚清七十年间的文学,还是应当像20世纪50年代末以前学者们通常所指称的那样,以"晚清文学"来命名为宜。这样,也就不至于将整个清代文学割裂为互不搭界的两段,有了清代前中期文学,却没有相应的清代后期文学（即晚清文学），不至于在中国文学史写作的体例上总给人一种莫名的怪异感觉。

（原载《复旦学报》2011年第3期，题为《晚清文学抑或近代文学？——从晚清七十年间文学的命名说起》）

《全元文》作者地理分布的可视化呈现

徐永明

李修生先生主编的《全元文》于2004年由凤凰出版社（原江苏古籍出版社）出齐，共计60册，收入元代作者三千二百余人。随着时间的推移，人们又陆陆续续发现了《全元文》失收的佚文百余篇。我们知道，元朝是由蒙古人先后灭了金朝和南宋建立起来的政权，其疆域在中国的历史上最为广大。那么，《全元文》所收作者的地理分布如何呢？它能否反映出元朝疆域的一些特点呢？本文试图对《全元文》的地理分布作一分析，并利用QGIS地图制作软件，将分析的结果作一可视化呈现。

一 《全元文》对作者籍贯的著录

《全元文》对作者籍贯的著录有以下几种情况，一是著录籍贯，并注明现今的地名和所属省级行政区域。如姬志真，"泽州高平（今山西高平）人"。张孔孙，"隆安（今属广西）人"。二是著录籍贯，但未注明现今的地名和所属省级行政区域。如刘方，"舜泽人"。杨彝，"钱塘人"。三是著录籍贯的同时，也著录寓居地或迁徙地。如张翥，"晋宁（山西临汾地区）人，寓钱塘"。郑元祐，"处州遂昌（今浙江遂昌）人"，"从父郑希远徙居钱塘"，"父卒，偕兄介甫先生移居姑苏"。四是著录大致的区域或所隶的行政区域。如，王博文，"东鲁人"。张瑾，"河南人"。张显，"蜀人"。聂明德，"关西羽士"等。五是著录族别或国别，如蒲寿宬，"阿拉伯人，一说占城人。居福建泉州"。李瑱，"高丽（今朝鲜）人"。崔瀣，"鸡林（一曰高丽）人"。按摊不花，"蒙古人"。释印元，"日本僧人"。廉惠山海牙，"畏吾儿人"。六是籍贯和所属省份无考的，则阙如。

以上可知所属现今省级行政区域的作者，共计1794人，包括有籍贯的1766人，无籍贯的28人。无籍贯的28人分别是：王博文，"东鲁人"。张显，"蜀人"。释式咸，"庐山东林禅寺僧"。释涌海，"云南太华山佛严寺僧"。释智久，"尝任山东临清灵岩寺住持"。释妙峰，"曾为浙江丽水法海院住持"。曾立民，"中江西乡举"。张志隆，"东蜀人"。李存，"湖南人"。邓梓，"江西人"。黄如征，"江西人"。刘元佐，"江浙人"。颜之启，"鲁人"。陈俨，"鲁人"。林辕，"闽人"。卫琪，"山东人"。韩庸，"山东人"。梁子寅，"蜀人"。徐公迈，"蜀人"。董在，"蜀人"。王涓，"四川人"。杨存斋，"西蜀人"。王庭，"滇南"。鲁师道，"蜀人"。史孝祥，"蜀人"。朱天珍，"蜀人"。林防，"粤人"。申隐，"寓居闽中"。此外，有籍贯或地域著录，但今地名或所属省份待考的有8位，他们分别是：李端，"保官人"。张希良，"古桐人"。李志玄，"古燕道人"。聂明德，"关西羽士"。宣昭，"汉东人"。李撰，"潦阳人"。李同孙，"澧泉人"。刘方，"舜泽人"。

著录族别和国别的作者共计36人。他们分别人：蒲寿宬（前已录，此略）。泰不华，"父塔不台人"，"遂居于台"。李琪（前已录，此略）。李縠，"高丽人"。李叔琪，"高丽人"。李齐贤，"高丽庆州人"。金昫，"高丽义城县人"。李穑，"高丽忠清道韩州人"。麦尤丁，"回回人"。崔瀣（前已录，此略）。铁哥，"迦叶弥儿（即西域筑干国）人"。完者台，"高丽（今朝鲜半岛）人"。按摊不花（前已录，此略）。伯笃鲁丁，"蒙古（一说西域）人"。答兰铁睦尔，"蒙古人"。伯颜，"蒙古八邻部人"。月赤察儿，"蒙古许兀慎部人"。元太祖，"蒙古乞颜部人"。势都儿，"蒙古人"。也里不花，"蒙古人"。赵良弼，"女真人"。夹谷之奇，"女真人"。释印元，（前已录，此略）。保巴，"色目人"。廉惇，"畏吾儿人"。廉惠山海牙，"畏吾儿人"。鲁明善，"畏吾儿人"。贯云石，"畏吾儿族人"。廉希宪，"畏兀儿人"。寿同海牙，"畏兀人"。辛文房，"西域人"。琐非复初，"西域人"。察罕，"西域板勒纥城人"。锁咬儿哈的迷失，"西域伊吾卢人"。马祖常，"雍古部人"。李之芳，"文阳（今越南南定西北）人"。籍贯和所属省份无考阙如的作者1364人。

二 按作者所属省级行政区域分层显示

上述按族别著录的作者中，像畏吾（兀）儿人或西域人，有一部分当属于现在的新疆人，蒙古人，有个别的可能属于现在的内蒙古人，然因没有明确的籍贯著录，故不宜进行可视化呈现。像日本、高丽、越南虽然可以按现在的国别进行可视化呈现，但数量少，意义不大。有籍贯或地域著录，但今地名或所属省份待考的 8 位作者，待有结果时纳入可视化呈现的数据中。因此，这里先对 1792 位有省级行政区域的作者进行可视化呈现（表1）。

表1　　　　　　　　《全元文》作者省级行政区域分布

所属省份（含直辖市）	作者数量	所属省份（含直辖市）	作者数量
浙江	347	北京	14
江西	290	上海	12
山东	176	甘肃	10
山西	166	新疆	7
河北	140	云南	7
江苏	131	辽宁	6
河南	123	广西	4
安徽	95	内蒙古	6
福建	60	西藏	3
四川	56	吉林	2
湖南	50	海南	1
陕西	40	天津	1
湖北	28		
广东	17		

从表1中我们可以看出，《全元文》作者在全国各省的分布数量以浙江省最多，共有347名。浙江的杭州，原是南宋的都城，浙江的婺州是宋元以来的理学中心，而杭州一度是元末军事首领张士诚的势力范围，张士诚素有厚遇文人的美名，故《全元文》浙江作者的数量在全国各省中位居首位，是完全可以理解的。第二位的是江西，计290名，超过江苏一倍多，这有点出乎人的意料。明朝有所谓"翰林多吉水，朝士半江西"，从文化的传承上来说，元朝江西文人之多，对明朝不是没有影响的。紧接江西的，是北方的山东、山西和河北，加上排在第七位的河南，是元朝中央机构所在的腹里地区，直隶于中书省。"都省握天下之机，十省分天下之治"[①]，可见这几个省在全国政务管理中所处的地位。元朝的大都，河南的开封，都曾是金朝的首都，因此，《全元文》作者在北方这些地区所占比例较

---

① 许有壬：《送蔡子华序》，《至正集》卷三二，《北京图书馆古籍珍本丛刊》第95集。

大，也是很容易理解的。

三 按作者籍贯的地理分布进行可视化呈现

如果说表1的"《全元文》作者省级行政区域分布"反映了《全元文》作者在当代省级行政区域下多寡的分布情况，那么，以下表2的"《全元文》作者籍贯分布"和图1的"《全元文》作者籍贯分布"则反映了《全元文》作家籍贯的具体位置和密度。

表2　　　　　　　　《全元文》作者籍贯分布[①]

序号	籍贯	数量	所属	序号	籍贯	数量	所属
1	钱塘	29	浙江	23	诸暨	11	浙江
2	婺源	25	江西	24	吉水	10	江西
3	庐陵	24	江西	25	金华	10	浙江
4	鄱阳	21	江西	26	眉山	10	四川
5	浦江	17	浙江	27	莆田	10	福建
6	休宁	17	安徽	28	汴梁	9	河南
7	东平	14	山东	29	大名	9	河北
8	临川	14	江西	30	定襄	9	山西
9	平阳	14	浙江	31	江阴	9	江苏
10	歙县	14	安徽	32	临海	9	浙江
11	河内	13	河南	33	洛阳	9	河南
12	天台	13	浙江	34	三山	9	福建
13	鄞县	13	浙江	35	永丰	9	江西
14	永嘉	13	浙江	36	淳安	8	浙江
15	真定	13	河北	37	高平	8	山西
16	吴县	13	江苏	38	潞州	8	山西
17	奉化	12	浙江	39	南昌	8	江西
18	济南	12	山东	40	太原	8	山西
19	豫章	12	江西	41	新城	8	山东
20	黄岩	11	浙江	42	新喻	8	江西
21	嘉兴	11	浙江	43	义乌	8	浙江
22	吴兴	11	浙江	44	茶陵	7	湖南

① 同一籍贯下3位作者以下的表略去。

续表

序号	籍贯	数量	所属	序号	籍贯	数量	所属
45	长沙	7	湖南	77	稷山	5	山西
46	大都	7	北京	78	绩溪	5	安徽
47	壶关	7	山西	79	历城	5	山东
48	建安	7	辽宁	80	平江	5	湖南
49	金溪	7	江西	81	清江	5	江西
50	昆山	7	江苏	82	上党	5	山西
51	龙泉	7	浙江	83	上虞	5	浙江
52	山阴	7	浙江	84	乌程	5	浙江
53	襄陵	7	山西	85	吴江	5	江苏
54	乐平	7	山西	86	新安	5	安徽
55	宁海	7	浙江	87	余姚	5	浙江
56	安仁	6	江西	88	安阳	4	河南
57	崇仁	6	江西	89	长子	4	山西
58	慈溪	6	浙江	90	浮梁	4	江西
59	丹徒	6	江苏	91	河中	4	山西
60	东莞	6	广东	92	汲县	4	河南
61	高昌	6	新疆	93	金溪	4	江西
62	贵溪	6	江西	94	晋宁	4	山西
63	丽水	6	浙江	95	陵川	4	山西
64	曲阜	6	山东	96	南丰	4	江西
65	永新	6	江西	97	宁德	4	福建
66	安福	5	江西	98	祁门	4	安徽
67	保定	5	河北	99	庆元	4	浙江
68	长洲	5	江苏	100	衢州	4	浙江
69	常熟	5	江苏	101	汝南	4	河南
70	崇德	5	浙江	102	上饶	4	江西
71	东阳	5	浙江	103	绍兴	4	浙江
72	丰城	5	江西	104	四明	4	浙江
73	河东	5	山西	105	松江	4	上海
74	河南	5	河南	106	遂宁	4	四川
75	衡山	5	湖南	107	太和	4	安徽
76	湖州	5	浙江	108	泰和	4	江西

续表

序号	籍贯	数量	所属	序号	籍贯	数量	所属
109	桐城	4	安徽	114	宣城	4	安徽
110	望江	4	安徽	115	益都	4	山东
111	吴郡	4	江苏	116	余干	4	江西
112	咸宁	4	湖北	117	赵州	4	河北
113	邢台	4	河北	118	镇江	4	江苏

图1 《全元文》作者籍贯分布

从表2"《全元文》作者籍贯分布"来看，排名前六位的，全是南方府县。从高到低，依次为浙江的钱塘（杭州），江西的婺源、庐陵（吉安）、鄱阳（波阳），浙江的浦江和安徽的休宁。北方名次靠前的三个府县为山东的东平、河南的河内（沁阳），河北的真定（正定），分别排在表中的第七、十一和十五名。

钱塘《全元文》作者共计29人。包括钱塘的19人，钱唐3人，杭州的7人，实则都是同一地的人。他们中较有名的有白珽、仇远、叶李、张仲寿、邓文原、吾衍、杨载、李晔等。其中叶李、白珽、仇远等是宋末元初人，叶李官至平章政事。张仲寿曾官至翰林学士承旨，邓文原曾任翰林侍讲学士，吾衍是金石学家。杨载为"元诗四大家"之一。李晔有《草阁集》传世。排在第二位的是江西婺源，共计25位。婺源在元时属安徽，现属江西省，是理学家朱熹的故里，故此地多儒者。较有名的有胡次淼、汪复、江霱、胡一桂、胡炳文、程直方、汪炎昶、程文、俞师鲁等。胡次淼、汪复、江霱为宋时进士，胡一桂精《易》学，著有《周易本义附录纂疏》《十七史纂古今通要》《易学启蒙通释》等。胡炳文与程直方并号"东南大儒"，程文曾预修《经世大典》，俞师鲁以荐为史馆编修。汪炎昶和许飞各有诗文集传世。"新安士习，惟婺源为盛"①，"婺源文物，甲于皖南"②，故婺源排在第二名，也是可以理解的。排在第三位的是江西庐陵，共计24位，较有名的有刘辰翁、邓剡、赵文、刘将孙、彭士奇、张昱、王礼等。刘辰翁为宋时进士，著作有《须溪集》《须溪记钞》《须溪四景诗集》《班马异同评》等。邓剡为宋时进士，累官礼部侍郎，与文天祥唱和，著有《东海集》。赵文，曾与文天祥抗元，宋亡，居乡讲学，有《全日山集》传世。刘将孙，辰翁子，有《养吾斋集》行世。彭士奇，著有《理学意录》《闻见录》《杜注参同》等。张昱，著有《庐陵集》，《张光弼诗集》等。刘希孟，曾任翰林国史院编修官兼经筵检讨。王礼，中江西乡试第一，有《麟原集》行世。庐陵为欧阳修、文天祥、周必大等人的故里。"庐陵为名胜之区，匪第其幅员之辽阔，山川之清丽，甲于他邑，盖自唐宋以来，伟人杰士辉映后先；文章节义，彪炳史册，其人传，其地益传，其耳熟而艳指之者，殆非无故也。"③在元朝，自恢复科举考试后，江西科举之盛，以庐陵为最盛。"江南内附三十有八年而科兴，科兴又十有七年矣而江西为盛，江西莫盛庐陵，庐陵莫盛吉水。"④故庐陵屈婺源而位居第三。

东平《全元文》作者较有名的有徐琰、王构、王士熙、赵天麟、蔡文渊、王士点等。徐琰官至翰林学士承旨，著有《爱兰轩诗集》。王构官至翰林学士承旨，预修《成宗实录》。王士熙，王构长子，官至南台中丞，著有《王陌庵诗集》。赵天麟，以布衣上书言事，累数万言，著有《太平金镜策》。蔡文渊，累迁中书省参知政事。王士点，王构子，著有《禁扁》《秘书监志》。"东平古济东国，近邹鲁文教邦，为今巨府。民秀

---

① （元）郑玉：《送汪德辅赴会试序》，李修生主编：《全元文》第46册，凤凰出版社2004年版，第315页。
② （清）李鸿章：《婺源县志序》，（清）吴鹗修，汪正元纂：《（光绪）婺源县志》卷首，清光绪九年刻本。
③ （清）平观澜：《庐陵县志序》，（清）平观澜修，黄有恒、钱时雍纂：《（乾隆）庐陵县志》卷首，清乾隆四十六年刻本。
④ （元）刘岳申：《送叶审言归浙东序》，李修生主编：《全元文》第21册，凤凰出版社2004年版，第440页。

而多儒士焉而已。"① 这应是东平作为北方区域作者之冠的主要原因吧！

河内较有名的作者有许衡，元代著名的理学家，官至国子祭酒，与郭守敬等修成《授时历》，卒后，从祀孔子庙，著有《读易私言》《鲁斋遗书》等。高凝，仕至翰林侍读学士。张琬，仕至礼部郎中。许从宣，官至陕西行省左丞。

真定作者较有名的有高鸣、冯崧、白恪、王约、郭士文、李元澧、苏天爵、杨俊民等。高鸣，仕至吏部尚书，著有《河东文集》。冯崧，官至山南江北道肃政廉访副使。白恪，官至翰林待制。王约，官至枢密副使。郭士文，官至翰林应奉。李元澧，官至国子司业。苏天爵，曾预修《武宗实录》，官至江浙行省参知政事，著有《国朝名臣事略》，《滋溪文稿》，编有《国朝文类》（《元文类》）行世。杨俊民，官国子祭酒。

从所列的南北各前三位府县作者的生平行实来看，南方虽也有仕履的作者，但更多的是学者文人，生平以著述为主，而北方多官员，且职位都较高，生平以政事著称。

四 《全元文》浙江籍作者地理分布的可视化呈现

考察了《全元文》作者全国的地理分布情况后，我们再来对总数排名第一位的浙江作者作一分析。我们按今天浙江的行政区域对所隶的作家作一排名。由于现在的行政区域与元代相比，有了很大的变化，如今天的杭州，除了杭州本身外，还包括过去的余杭、萧山、建德等县，故元时的作者籍贯，即按现在的行政区域作一归纳合并，结果见表3"《全元文》浙江籍作者分布"。

表3　　　　　　　　　　《全元文》浙江籍作者分布

市县	数量	市县	数量	市县	数量
杭州市	33	丽水市	9	开化县	3
宁波市	23	义乌市	8	海宁市	3
湖州市	21	宁海县	7	长兴县	2
浦江县	17	龙泉市	7	松阳县	2
永康市	16	慈溪市	7	青田县	2
平阳县	14	衢州市	6	缙云县	2

---

① （元）潘迪：《东平路总管刘天爵善政颂碑铭有序》，李修生主编：《全元文》第51册，凤凰出版社2004年版，第22页。

续表

市县	数量	市县	数量	市县	数量
诸暨市	13	余姚市	5	海盐县	2
天台县	13	桐乡市	5	舟山市	2
台州市	13	上虞市	5	德清县	2
绍兴市	13	东阳市	5	常山县	2
永嘉县	13	桐庐县	4	新昌县	1
嘉兴市	13	象山县	3	温州市	1
金华市	12	仙居县	3	遂昌县	1
奉化市	12	嵊州市	3	临安市	1
淳安县	11	瑞安市	3	乐清市	1
临海市	9	兰溪市	3		

从表3的"《全元文》浙江籍作者分布"可以看出，从高到低，数量排在前六位的依次为杭州市、宁波市、湖州市、浦江县、永康市和平阳县，即浙西杭州和湖州两个市县，余为浙东4个市县。杭州的情况，前面已介绍，这里不再赘言。下面介绍一下宁波、湖州、浦江这三个县市《全元文》作者的情况。

现在的宁波市，即元时的鄞县，此外，标明庆元、明州、四明的，也属宁波市。较有名的有赵孟何、袁桷、程端礼、程端学、史駉孙、程徐、迺贤、叶恒等。赵孟何，宋朝进士，通《春秋》，著有《春秋法度编》。袁桷，仕至迁翰林侍讲学士，著《易说》《春秋说》《清容居士集》等，纂《延祐四明志》。程端礼，著有《读书分年日程》《畏斋集》等。程端学仕至翰林编修。史駉孙，泰定元年（1324）进士，仕至国子助教。程徐，端学之子，元时官至兵部尚书，后致仕，入明，授刑部侍郎，擢尚书。迺贤，仕至翰林编修，著有《河朔访古记》《金台集》及《海云清啸集》。叶恒，仕至翰林国史编修。湖州市，包括元时的吴兴、乌程。较有名的作者有牟巘、牟应龙、赵孟頫、管道升、宇文公谅、陈润祖、赵雍、王蒙、赵奕等。牟巘，南宋进士，第官至大理少卿、浙东提刑。入元不复仕，有《牟氏陵阳集》。牟应龙，巘子，以文章大家称于东南，著有《五经音考》。赵孟頫，宋太祖赵匡胤十一世孙，元代著名书画家，官至翰林学士承旨。管道升，赵孟頫之妻，也擅绘事。宇文公谅，曾任国史院编修官，因病告归，后召为国子监丞，除江浙儒学提举，著有《折桂集》《观光集》《越中行稿》等。陈润祖，延祐元年乡举第一，仕至昆山州同知。

有《东溪集》。赵雍，赵孟頫次子，也以书画名世，官至湖州路总管府事，有诗集《赵待制遗稿》。王蒙，赵孟頫外孙，"元画四大家"之一。赵奕，赵孟頫季子，书画诗文，皆有家法。浦江较有名的作者有方凤、吴渭、吴直方、吴莱、戴良、郑涛、张孟兼。方凤，宋遗民，与吴思齐、谢翱等创办月泉吟社，征诗天下，响应者众，与当时名士牟巘、方回、戴表元、龚开、仇远等人多有诗歌往还，著有《存雅堂遗稿》《野服考》等。吴渭，宋末为义乌令，入元不仕，隐居月泉，倡月泉诗社，编有《月泉吟社诗》一卷。吴直方，吴莱之父。泰定间，入马札儿台馆，教其子脱脱，因帮助脱脱用计逐走其兄伯颜，超迁至学士，后以集贤大学士致仕。吴莱，宋濂老师，"在元人中屹然负词宗之目"，著作有《尚书标说》《春秋事变图》《楚汉正声》《乐府正声》《吴渊颖文集》等。戴良，宋濂同门友，官至江北行省儒学提举，入明，隐居四明山，被召至京师，明太祖欲授其官，以老病为由不就，后自裁寓所，著有《九灵山房集》《春秋经传考》等。郑涛，宋濂同门友，官至太常博士，著有《经筵录》等。张孟兼，宋濂同门友，入明，官至山东按察司副使，为布政使吴印所诬陷，被弃市，著有《白石山房遗稿》。

五 结论

通过对《全元文》作者地理分布的调查，可知元代的作家主要分布在元中书省所辖的腹里地区和故宋首都临安（杭州）的周边省县，前者主要分布在山东、河南、山西这几个省份，后者主要分布在浙江、江西、安徽和江苏这几个省份，总体上，南方的作家数量超过了北方。从《全元文》浙江籍作者的地理分布来看，主要在杭州、宁波、湖州、浦江、永康、平阳等几个市县，浙东作家总量超过了浙西。《全元文》作者地理分布的可视化，需要有精确的数据支撑，因此，《全元文》作者在地图上的可视化呈现，不仅使我们直观明了地看到了《全元文》作者的地理分布，而且使我们对此的认识更加清晰和精确。

（原载《复旦学报》2017 年第 2 期）

中国古典文学研究的几种可视化途径

徐永明

历经几千年的中国古代文学，无论是原典作品还是研究成果，在"大数据"时代的数据库专家眼里，都是可以通过程序处理的大数据，这种大数据，可按照人们的需要建成大大小小的各类型数据库，并可将其中一些数据进行可视化展示。本人不是计算机专业的数据库专家，但因在西方高校访学，常见到国外的学者和研究生利用相关的软件和数据库将研究的对象进行可视化呈现，颇有直观明了，耳目一新之感。经过了解和学习后，本人觉得这些数据库和可视化呈现方式可运用到中国古典文学的研究和教学中来，不啻为一种良好的辅助手段。故不揣浅陋，以明代戏曲家汤显祖研究为例，将相关的数据库和软件及操作步骤在此作一介绍演示，希望对读者有所帮助。

一 利用 ArcGIS、QGIS、CHGIS、CartoDB、Worldmap 等地理信息系统软件和网站将作家的路经和活动地点可视化

ArcGIS 是由美国 Esri 公司开发的可广泛用于一切与地理和空间有关的功能强大的分析性制图软件，从其 20 世纪 80 年代初开发的第一代 ARC/INFO 1.0 开始，到现在最新的 ArcGIS 10.3 版本，已有三十多年的发展历史。根据功能和产品类型的不同，ArcGIS 不同款项的售价由几千美元到数万美元不等。美国哈佛大学购买了 ArcGIS 的使用权，在校师生可在自己的电脑上安装和使用该软件。但是，国内的高校和科研机构，很少有大规模集体购买供大家使用的，因此，该软件在中国的使用受到了很大的限制。

QGIS 是"Quantum GIS"的简称，是由 QGIS 发展团队（QGIS Development Team）开发的开源性地理信息系统软件，使用者可以免费到其网站（http://www.qgis.org）下载最新版本的 QGIS 软件。QGIS 项目开始

于2002年5月，发展至今，也有十三年的历史。与ArcGIS一样，也是与地理和空间有关的分析性制图软件。

CHGIS是"中国历史地理信息系统"（China Historical Geographic Information System）的简称，由哈佛大学东亚语言与文明系Peter K. Bol（包弼德）教授主持的项目，项目经理为Lex Berman（贝明远）。它是一个开源性质的中国地理信息系统网站，网址为：http：//www. fas. harvard. edu/~chgis/，该项目与复旦大学史地所合作，将中国历史地名和历史地图矢量化，并且以关系型数据库的方式记录地名的层级及沿革信息，由此凡涉及中国古代历史地名的，都可通过数字化的中国历史地理信息系统得以可视化的展示。网站提供了中国历史地名的经纬度，但可下载的矢量历史地图只有清代的，明和明以前的只能查到部分地名的经纬度，没有矢量化的行政区域图。

CartoDB是一个云上的地理空间数据库，使用者可以将已获得的经纬度数据批量导入CartoDB网站，从而可以快速创建基于地图的可视化效果，创建的地图可以在网上存储或公开发布，这也是一个开源性的网站。

Worldmap是哈佛大学地理分析中心（the center for geographic analyisis）开发的一个全球地理信息研究成果发布和共享平台。其中中国部分，包括了人口统计、宗教、交通、城市研究、少数民族和语言、能源、环境、教育、气候、公共健康、经济、历史等诸多领域的地理信息和地图。譬如，与文学有关的，有宋元明清的科举考试分布图、明清驿站路线图等。

简单介绍了上述地理信息系统和空间制图软件后，下面，笔者以汤显祖为例，利用QGIS在地图上展示汤显祖行迹和活动的地点（由于地图出版的规定，此处不配底图，只给出相对位置图）。我们先来看制作出来的效果图（图1）。

图上标的地名，就是汤显祖路经和活动的地点。那么，这张图是如何制作出来的呢？其步骤和方法如下。

1. 安装QGIS软件。

2. 查出汤显祖路经和活动的地点（根据徐朔方先生撰写的《汤显祖年谱》）。

3. 查出汤显祖路经和活动地点的经纬度。这一步要利用CHGIS，即"中国历史地理信息系统"网站（http：//www. fas. harvard. edu/~chgis/），读者可以直接到该网站上查出历史地名的经纬度；也可以利用包弼德CB-DB项目团队成员王宏甦先生开发的搜索界面网址去查找，海外的搜索界

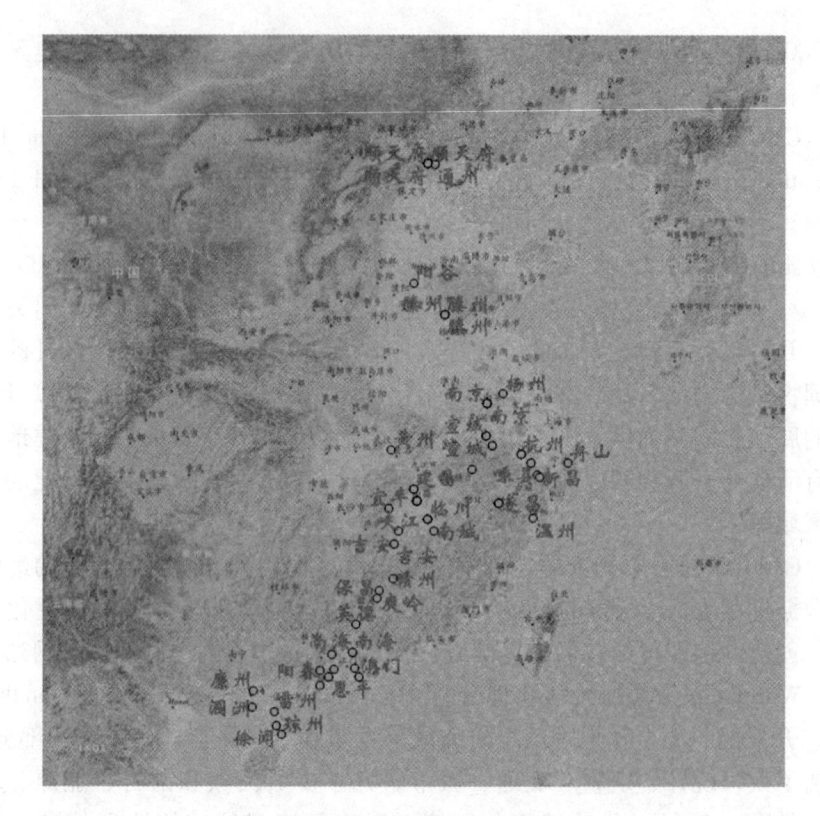

图 1　汤显祖路经和活动地图（一）

面为 http：//oopus. info/chgis/name，国内的搜索界面网址为 http：//oopus. info/chgis/cn，还可以用中国历史地理信息系统项目经理贝明远开发的搜索界面去查找，其搜索界面网址为 http：//maps. cga. harvard. edu/tgaz/。经纬度数据查出后，拷入 excel 表中。字段分别取名为：name、X、Y，这里要注意的是，由于汤显祖是明朝人，故要查的地名一定是明朝行政区域下的地名，因为有的地名，在不同的历史时期，其地理位置是有变化的。本人查得的汤显祖路经和活动地点经纬度如下（表1）。

表 1　　　　　汤显祖路经和活动地点经纬度

name	X	Y	name	X	Y
临川	116.35	27.985	南海	113.26	23.135
南昌	115.9	28.675	香山	113.37	22.526
北京	116.37	39.931	澳门	113.55	22.2
宣城	118.74	30.947	长沙	112.54	22.48

续表

name	X	Y	name	X	Y
南京	118.77	32.053	恩平	112.31	22.192
黄州	114.87	30.447	阳江	111.96	21.845
杭州	120.17	30.294	琼州	110.36	20.008
通州	120.85	32.01	徐闻	110.16	20.33
绍兴	120.58	30.005	肇庆	112.45	23.057
吉安	114.97	27.103	遂昌	119.26	28.588
赣州	114.93	25.847	藤县	117.16	35.085
保昌	114.3	25.119	丽水	119.91	28.449
梅岭	114.34	25.322	温州	120.65	28.018
广州	113.26	23.135	扬州	119.44	32.391
东莞	113.75	23.047			

4. 将 excel 表存为 CSV 格式文件，并上传到 QGIS 系统中。注意，上传的入口在打开的 QGIS 左侧一大逗号 的地方。点击确定后，在 filter 栏里输入 Xian 1980，双击下方的 Xian 1980。

5. 到 CHGIS 网站 http：//www.fas.harvard.edu/~chgis/下载 v4_citas90_cnty_pgn_utf_stats。其路径为：DATA—China Historica GIS—Version 4 Datasets (with descriptions) —CITAS—1990—Counties (polygons) —Data Archive—1990 CITAS Counties (With Stats, UTF—8) —Dataset。

6. 将下载的 v4_citas90_cnty_pgn_utf_stats 解压。然后回到 QGIS 界面，点击左侧的 图标，上传刚解压的 v4_citas90_cnty_pgn_utf_stats 文件夹中后缀为.shp 的文件。将 CSVs 叠至.SHP 文件中，且置于上方。

7. 点击 CSV 文件的属性，在 labels 状态下，在 label this layer with 打上勾后，选择下拉的 name，然后在下方设置颜色和字体大小。

8. 在 QGIS 菜单上方的地图链接里，导入 Google 或 Bing 地图。路径为：plugins—manage and install plugins-open layers—Web-openlays plugin—googlemap—googlephysics。

如果底图使用卫星地图，则其可视化呈现，将会是另一种效果（图2）。

除了 QGIS 外，制图者还可以免费利用 CartoDB 网站制作作家的路经和活动地图。其步骤和方法如下：

1. 在 https：//cartodb.com/注册。

2. 登录后，点击右侧的红灯 ，选择 your dashboard，然后选择 new

图2　汤显祖路经和活动地图（二）

map。

3. 点击 connect dataset，上传带有 name、X、Y 三个字段的 excel 数据表。

在 dataview 里，点击 the_ geom GEO，选择经纬度 X、Y 栏。然后就可以 Mapview（预览）了。右边选项框可以设置参数。

4. 制作好的地图，可以在网上保存或发布，也可以另存到本地电脑。下面是一张 CartoDB 上制作的效果图截图（图3）。

二　利用 CBDB 及上述地理信息系统软件将作家的社会关系地理分布可视化

CBDB 是"China Biographical Database Project"的简称，中文名称为"中国历代人物传记数据库"，网址为：http://isites.harvard.edu/icb/icb.do? keyword = k16229。该项目是由哈佛大学东亚语言与文明系Peter K. Bol（包弼德）教授主持的项目，合作单位有北京大学中国古代史研究

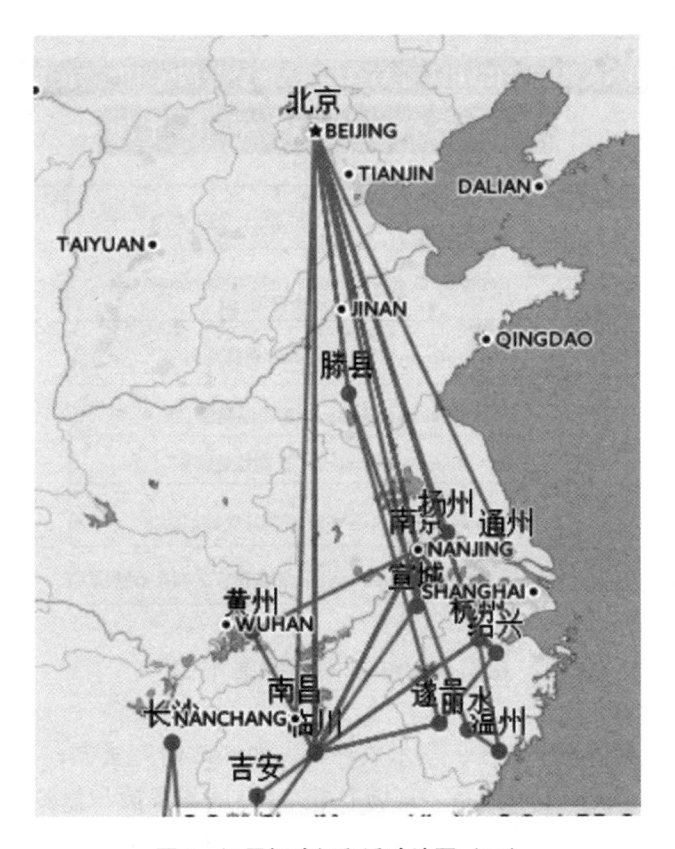

图3 汤显祖路经和活动地图（三）

中心和台湾"中央研究院"历史语言研究所。"中国历代人物传记数据库"是目前世界上最大的中国历史人物传记资料分析数据库，迄今上线的中国历代人物已有36万名，此外还有中国地方志等其他数据源近50万人的数据在不断添加中。该数据库不仅能查找一个人物的生卒年、字号别名、籍贯、科举仕进等最基本的传记资料信息，而且还可以查找一个人物的亲属关系，社会关系等。其籍贯等历史地名，均有经纬度的数据。该数据库目前也是免费开放的，使用者可以在线查询或将数据库（access）下载到本地电脑查询。

譬如，我们要了解汤显祖的亲属关系和社会关系，即可通过CBDB的亲属关系和社会关系查找功能获得相关数据。下图即为CBDB的线下查询界面（图4）。

譬如，查询一个人的社会关系网络，则包括了各种类型的社会类别，如"学术"关系，就包括了师生关系、学术交往、主题相近、学术成员、

图 4　CBDB 线下查询界面（一）

学术襄助、文学艺术交往、学术攻讦等。如"政治"类系，则包括了官场平等关系、官场下属关系、官场上司关系、官场奥援、荐举保任、政治对抗等关系。由于这些关系，是计算机按事先设定的关系关键词从海量的文本里抓取出来的，故抓取出来的数据，有可能有人的目力所不及的有价值的数据。但这种计算机抓取出来的数据，有的并不能反映一个人的实际的社会交往。譬如，A 的集子流传到 B 地，B 地的 C 某看到了 A 的集子，有可能会在文章里发表对 A 集子的阅读感受，于是 A 和 C 的关系，自然被计算机捕捉到了。当然，A 和 C 存在了一定的关系，但实际上，A 和 C 在实际生活中并没有交往。所以，CBDB 里搜索出来的社会关系，不全是实际的社会关系，这需要使用者对搜索结果进行鉴别。最好的办法，就是结合作家的年谱，筛选出较亲密和较重要且有实际交往的社会关系人员。下图是 CBDB 的社会关系网络查询界面（图 5）。

　　表 2 就是笔者结合 CBDB 查询和徐朔方先生著的《汤显祖年谱》做的汤显祖社会关系经纬度表。其中经度 X 和纬度 Y 的数据，有的是 CBDB 自动生成的，有的是笔者根据中国历史地理信息系统（CGIS）查到补入的。

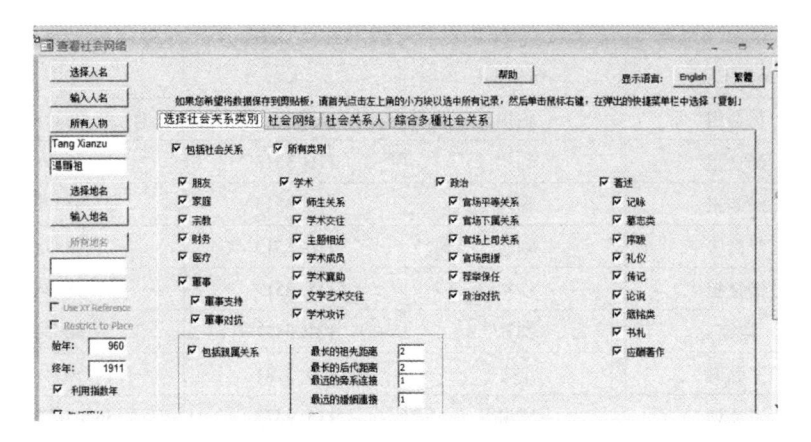

图 5　CBDB 线下查询界面（二）

表 2　　　　　　　　　　汤显祖社会关系经纬度

NameChn	AddrChn	X	Y
陈于陛	南充	106.0807	30.79899
戴洵	奉化	121.4069	29.65166
冯梦祯	秀水	120.7532	30.76747
顾宪成	无锡	120.2977	31.57461
顾允成	无锡	120.2977	31.57461
胡桂芳	金溪	116.7763	27.91008
胡应麟	兰溪	119.4789	29.20445
姜士昌	丹阳	119.5699	31.9958
李维桢	京山	113.1169	31.02482
李贽	晋江	118.5899	24.90964
刘应秋	吉水	115.1322	27.21437
龙宗武	泰和	114.8949	26.7921
罗汝芳	南城	116.6274	27.55972
梅鼎祚	宣城	118.7425	30.94694
欧大任	顺德	113.2539	22.84786
沈懋学	宣城	118.7425	30.94694
申时行	长洲	120.6186	31.31271
沈思孝	嘉兴	120.7532	30.76747
谭纶	宜黄	116.2102	27.54639
汤凤祖	临川	116.3513	27.98478

续表

NameChn	AddrChn	X	Y
汤会祖	临川	116.3513	27.98478
汤良祖	临川	116.3513	27.98478
汤儒祖	临川	116.3513	27.98478
汤尚贤	临川	116.3513	27.98478
汤显祖	临川	116.3513	27.98478
屠隆	鄞县	121.5427	29.86632
王弘海	定安	110.3181	19.70247
王汝训	聊城	115.9875	36.44672
王世懋	太仓州	121.0986	31.451
汪镗	鄞县	121.5427	29.86632
谢杰	长乐	119.5188	25.95984
虞淳熙	杭州右卫	120.1686	30.29413
余有丁	鄞县	121.5427	29.86632
袁应祺	兴化	119.8353	32.93497
张居正	荆州	112.19077	30.35044
张四维	蒲州	115.9199	38.68215
张位	新建	115.8977	28.6749
赵南星	高邑	114.6115	37.60476
赵用贤	江阴	120.2661	31.90877
朱长春	乌程	120.0993	30.86496
邹元标	吉水	115.1322	27.21437
臧懋循	长兴	119.9014	31.01389
李化龙	长垣	114.6827	35.19836
张凤翼	长州	120.6186	31.31271
张献翼	长州	120.6186	31.31271
彭兴祖	长州	120.6186	31.31271
钱希言	常熟	120.7338	31.64658
顾大章	常熟	120.7338	31.64658
钱谦益	常熟	120.7338	31.64658
刘芳誉	陈留	114.5245	34.6732
姜士昌	丹阳	119.5699	31.9958
钟宗望	东莞	113.7498	23.04662

续表

NameChn	AddrChn	X	Y
叶向高	福清	119.3814	25.72792
陈邦瞻	高安	115.3723	28.4256
刘天虞	高陵	109.0805	34.53333
袁宏道	公安	112.2265	30.05753
袁宗道	公安	112.2265	30.05753
袁中道	公安	112.2265	30.05753
马犹龙	固始	115.67110	32.18354
王一鸣	黄冈	114.8655	30.44699
石昆玉	黄梅	115.9349	30.0792
乐石帆	嘉兴	120.7532	30.76747
岳元声	嘉兴	120.7532	30.76747
何晓	江山	118.6159	28.73531
李至清	江阴	120.2661	31.90877
谢廷谅	金溪	116.7763	27.91008
高应芳	金溪	116.7763	27.91008
郭惟贤	晋江	118.5899	24.90964
张大复	昆山	120.9482	31.38611
曾如春	临川	116.3513	27.98478
周宗镐	临川	116.3513	27.98478
帅机	临川	116.3513	27.98478
徐良傅	临川	116.3513	27.98478
丘兆麟	临川	116.3513	27.98478
汤维岳	临川	116.3513	27.98478
周弘祖	麻城	115.031	31.18092
朱尔玉	南丰	116.5299	27.21431
祝世禄	鄱阳	116.6638	28.99417
袁世振	蕲州	115.3452	30.0625
黄汝亨	仁和	120.1686	30.29413
卓发之	仁和	120.1686	30.29413
王思任	山阴	120.5783	30.00452
张汝霖	山阴	120.5783	30.00452
陆梦龙	山阴	120.5783	30.00452

续表

NameChn	AddrChn	X	Y
叶干	遂昌	119.2635	28.58789
李三才	通州	120.8546	32.01047
达观禅师	吴江	120.6378	31.16707
高攀龙	无锡	120.2977	31.57461
邹迪光	无锡	120.2977	31.57461
张师绎	武进	119.9523	31.78278
汪应蛟	婺源	117.8446	29.24473
丁此吕	新建	115.8977	28.6749
汤宾尹	宣城	118.7425	30.94694
张岳	余姚	121.1528	30.04907
吕胤昌	余姚	121.1528	30.04907
孙如法	余姚	121.1528	30.04907
董裕	乐安	115.8318	27.42629

有了带经纬度的数据，就可以利用 ArcGIS、QGIS 及 CartoDB 等软件或网站制作人物社会关系的地理分布图了，其制作方法与人物的路经和活动地点图的制作类似，这里不再罗列操作步骤，直接将用 ArcGIS 制作出来的效果图示于下方（繁体字版）（图6）。

三 利用 CBDB、GEPHI 等数据库和软件，将人物的社会关系以点线的方式可视化

有了从 CBDB 获得的社会关系数据，经过编辑加工后，就可以利用 GEPHI 将人物的社会关系可视化。GEPHI 是一款网络分析软件，其主要用于各种网络和复杂系统，动态和分层图的交互可视化与探测开源工具（https：//gephi.org/）。文史工作者可以用来分析人物的社会关系，将结果以点线的方式可视化呈现。不过，该软件需要 JAVA 1.7 语言的工作环境，电脑里需安装 JAVA 控件。

用 GEPHI 来展示人物的社会关系需要两个表，一个是节点表（Nodes），一个是边表（Edges）。节点表包含 ID 和 Label（即人物姓名）两个字段，边表则包含 Source 和 Target 两个字段，主要显示人物的对应关系，是一对多的关系。在表格中，主要用 ID 来表示对应关系。以汤显祖为例，其节点表和边表分别如表3和表4所示。

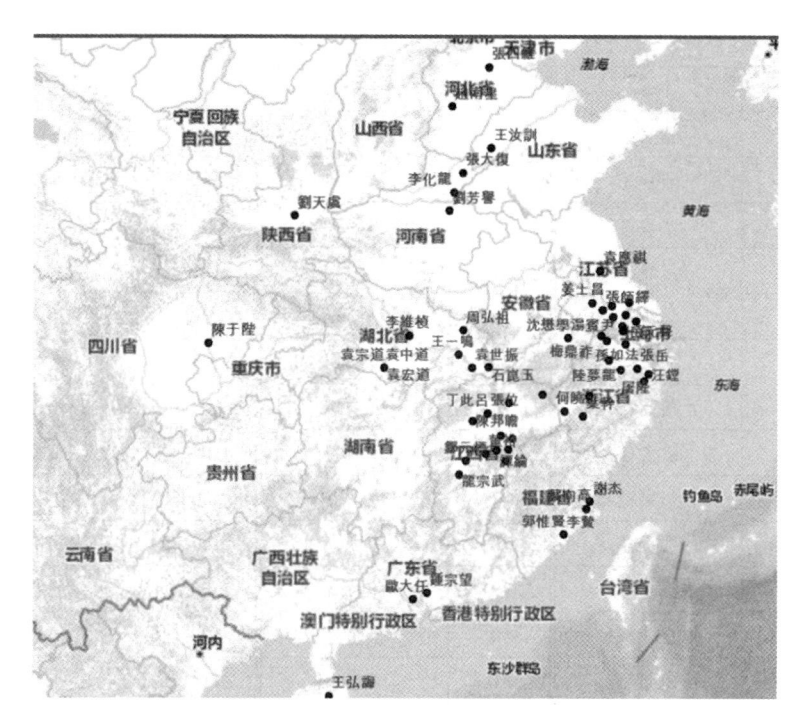

中国古典文学研究的几种可视化途径

图 6 汤显祖社会关系地理分布

表 3　　　　　　　　　　节点表（Nodes）

ID	Label	ID	Label	ID	Label
1	曹学佺	14	高攀龙	27	乐石帆
2	曾如春	15	高应芳	28	李化龙
3	陈邦瞻	16	顾大章	29	李三才
4	陈思进	17	顾宪成	30	李惟寅
5	陈文烛	18	顾允成	31	李维桢
6	陈于陛	19	郭惟贤	32	李至清
7	陈与郊	20	何晓	33	李贽
8	达观禅师	21	贺灿然	34	梁辰鱼
9	戴洢	22	胡桂芳	35	刘芳誉
10	丁此吕	23	胡应麟	36	刘天虞
11	董裕	24	黄汝亨	37	刘应箕
12	冯梦祯	25	江盈科	38	刘应秋
13	傅光宅	26	姜士昌	39	龙膺

续表

ID	Label	ID	Label	ID	Label
40	龙宗武	69	唐长孺	98	袁世振
41	陆梦龙	70	屠本畯	99	袁应祺
42	罗汝芳	71	屠隆	100	袁中道
43	吕胤昌	72	万世德	101	袁宗道
44	马犹龙	73	汪道昆	102	岳元声
45	茅维	74	汪镗	103	臧懋循
46	梅鼎祚	75	汪应蛟	104	张大复
47	欧大任	76	王百谷	105	张凤翼
48	彭兴祖	77	王衡	106	张佳胤
49	钱谦益	78	王弘海	107	张居正
50	钱希言	79	王汝训	108	张汝霖
51	丘兆麟	80	王世懋	109	张师绎
52	申时行	81	王世贞	110	张四维
53	沈懋学	82	王思任	111	张位
54	沈明臣	83	王锡爵	112	张献翼
55	沈思孝	84	王一鸣	113	张岳
56	石昆玉	85	王穉登	114	赵南星
57	帅机	86	谢杰	115	赵氏（屠隆母）
58	宋世恩	87	谢廷谅	116	赵用贤
59	孙如法	88	谢肇淛	117	钟宗望
60	谭纶	89	徐良傅	118	周弘祖
61	汤宾尹	90	徐学谟	119	周履靖
62	汤凤祖	91	许自昌	120	周宗镐
63	汤会祖	92	杨氏（屠隆妻）	121	朱尔玉
64	汤良祖	93	叶干	122	朱长春
65	汤儒祖	94	叶向高	123	祝世禄
66	汤尚贤	95	余有丁	124	卓发之
67	汤维岳	96	虞淳熙	125	邹迪光
68	汤显祖	97	袁宏道	126	邹元标

表 4　　　　　　　　　　边表（Edges）

Source	Target	Source	Target	Source	Target	Source	Target
68	6	68	111	68	57	71	26
68	9	68	114	68	89	71	46
68	12	68	116	68	51	71	115
68	17	68	122	68	67	71	92
68	18	68	126	68	118	71	54
68	22	68	103	68	121	71	37
68	23	68	28	68	123	71	105
68	26	68	105	68	98	71	85
68	31	68	112	68	24	71	70
68	33	68	48	68	124	71	30
68	38	68	50	68	82	71	13
68	40	68	16	68	108	71	34
68	42	68	49	68	41	71	5
68	46	68	35	68	93	71	23
68	47	68	117	68	29	71	4
68	53	68	94	68	8	71	68
68	52	68	3	68	14	71	39
68	55	68	36	68	125	71	58
68	60	68	97	68	109	71	69
68	62	68	101	68	75	71	96
68	63	68	100	68	10	71	125
68	64	68	44	68	61	71	72
68	65	68	84	68	113	71	77
68	66	68	56	68	43	71	25
68	71	68	27	68	59	71	10
68	78	68	102	68	11	71	119
68	79	68	20	68	99	71	126
68	80	68	32	68	107	71	53
68	74	68	87	68	110	71	7
68	86	68	15	68	2	71	76
68	96	68	19	68	120	71	91
68	95	68	104	71	83	71	12

续表

Source	Target	Source	Target	Source	Target	Source	Target
71	50	71	106	71	1	71	21
71	90	71	45	71	73	71	81
71	88						

将这两个表的数据导入 GEPHI，就会产生汤显祖以点线关联的社会关系图，其效果图如图 7 所示。

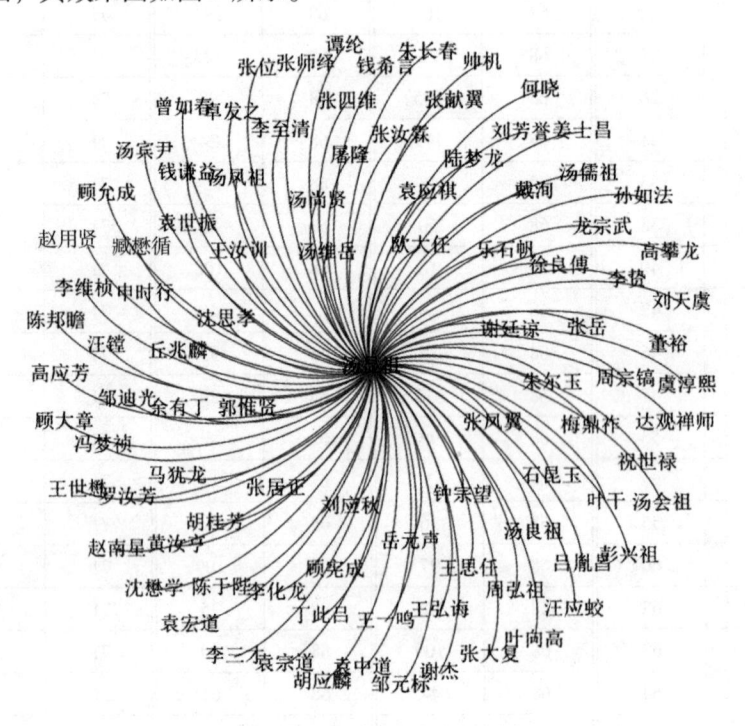

图 7　汤显祖社会关系点线表达

GEPHI 不仅能产生一个人物的点线社会关系图，而且还可以产生两个到多个人物群落的点线关系图。图 8 是汤显祖和明代另外一个戏曲家屠隆的人物群落的点线关系图。图 9 是汤显祖、屠隆和汪道昆三人的社会关系群网络。

通过点线的方式展示作家的社会关系网络，则作家自身的社会关系网，彼此间共同的相识者就一目了然了。

用点线表示数据间彼此关系的软件还有 UCINET、Nodexl、Pajek 等，因篇幅所限，这里不再介绍。

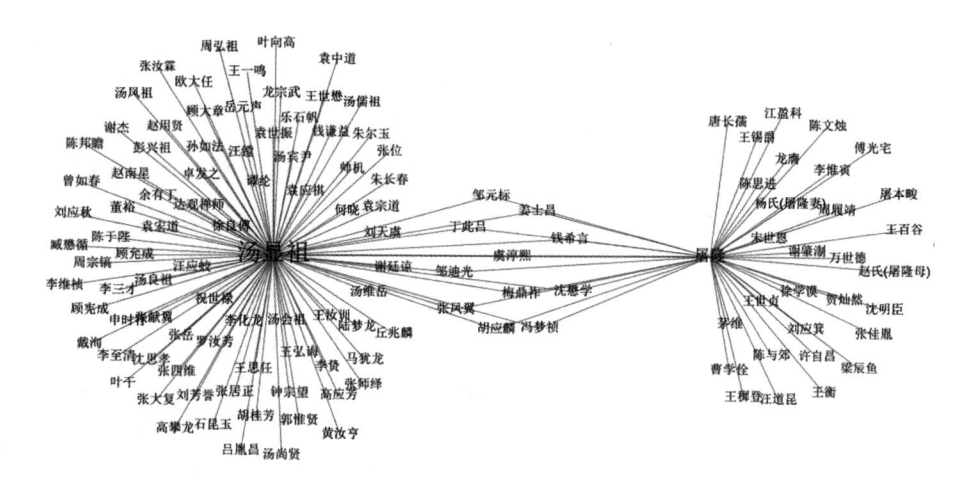

中国古典文学研究的几种可视化途径

图8 汤显祖与屠隆社会关系网络点线表达

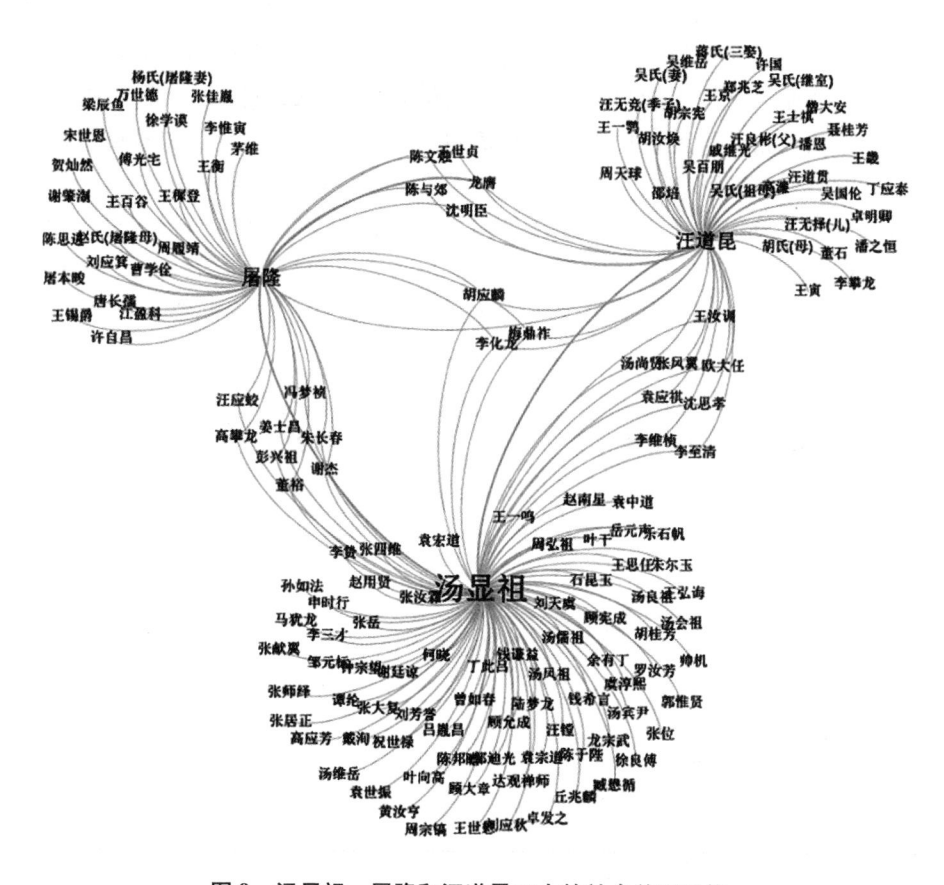

图9 汤显祖、屠隆和汪道昆三人的社会关系网络

四　结语

　　通过上面与可视化有关的数据库和软件的介绍，我们知道文学研究的可视化，一则需要数据库的支撑，二则需要较好的软件。文史数据库的建设，需要有前瞻的眼光，需要有精通计算机的专业人才以及长期不断的资金投入。哈佛大学东亚语言与文明系包弼德教授建立的"中国历史地理信息系统"和"中国历代人物传记数据库"，经过十多年的建设，现在功能越来越强大，应用前景也越来越广泛，由于是开源的数据库，我们乐见其做强做大。譬如，关于明以前的矢量化的中国历史地图，我们就希望能早日出现，这样，如果制作某一朝代的作家地图，有当朝的地图作为底图，就更显得真实可靠。另外，我们希望国内的学术界在文史数据库建设方面也要有所作为，呼吁有关部门加大中国文史数据库建设的资金投入，不要等到哪一天来开发祖宗留下的"大数据"时，发现有价值的数据库都已被打上了异邦的标签。中国古代文学作品，涉及大量的人名、地名、物品、器皿、服饰、动植物等可以可视化的对象，如何将文本阅读中所涉及的这些事物得以可视化呈现，都值得我们去研究和建设。在软件方面，上述的软件都是西方人开发的，在使用的时候，我们也会发现受到许多限制。譬如，就字体来说，上述软件可供选择的字体就非常有限。就 QGIS 链接的地图来说，可选择的当代地图，只有必应和谷歌地图，而没有百度地图。因此，我们也希望中国的软件开发商们，在这方面能够开发出适合中国人使用的可视化软件。

　　（原载《浙江大学学报》2018 年第 2 期，题为《中国古典文学研究的几种可视化途径——以明代戏曲家汤显祖研究为例》）

不同处境下宋濂的活动及创作

徐永明

宋濂是一个极有个性、思想丰富、感情细腻而又富于社会责任感和使命感的文人。元末的大动乱和忧国忧民的思想迫使他不得不放弃逍遥自在的教书生涯,投身到拯救社会苦难的潮流中去。命运让他与朱元璋结合在一起,这是一个原本一无所有的皖北农民,内心深处有着强烈的自卑,因而有着近似变态的猜忌心理。宋濂与他的友人在辅佐朱元璋夺取天下,建立大明政权的道路上付出了极大的努力。然而,当朱元璋当上皇帝后,便大搞特务活动,对文人采取了有意识的打击,宋濂的许多朋友都因此死于非命。在这种高压的生存条件下,如何保全自己,如何使天下的文人和百姓不致遭殃,如何小心翼翼地引导这位暴君,着实煞费苦心。因此,入明前的宋濂和入明后的宋濂几乎判若两人。考察宋濂在不同处境下的活动和创作,对我们了解宋濂的真实面貌及政治和文学的关系都有着重要的意义。

一 入明前宋濂的活动和创作

(一) 宋濂的家境与求学

考察宋濂的成长过程我们会发现,宋濂出生的家庭环境、婺州浓厚的儒学风气以及宋濂的求学和交友等都对他的人格和创作产生了重要的影响。宋濂虽然没有像同郡朋友王祎、苏伯衡那样有着"爵禄道德,联蝉奕叶"的荣显世系,没有像许元、吴沉那样有着直接的家学传授,但是,宋濂五世祖宋俋以上一连七世都是"巨儒"[①]的谱系,一再成为祖父和父亲勉励宋濂日后能光宗耀祖的口头教材。四世祖以下,家学有些衰微,但

---

① 欧阳玄:《石刻宋氏世系记》,罗月霞:《宋濂全集》,浙江古籍出版社1999年版(以下引用该书时,书名和版本省略),第2026页。

祖上那种宽厚好施、忠信无欺、崇儒尚德的品格依然代代相传。还在宋濂四五岁的时候,祖父宋守富就谆谆告诫宋濂要像他的祖辈们一样做一个正直善良的人。父亲宋文昭在官府里当过小吏,虽然称不上是个大学问家,但"雅志诗书",颇有"隐德"。宋濂的老师黄溍一见到宋濂父亲,就发出了"容貌辞气何其与流俗相去万万也!"① 的感叹。同郡集贤大学士吴直方也对宋濂父亲的人品给予过高度的赞扬。正是由于这样的"隐德",元朝曾赐给他一个"蓉峰处士"的名号。母亲陈贤时,勤俭持家,为了儿子能有出息,"至卖簪珥,使游学远方"②,所有这些,在宋濂幼小的心灵里都有着刻骨铭心的影响。

宋濂从小英敏强记,被称为神童。六岁入小学,启蒙老师包廷藻授以李瀚《蒙求》,宋濂一日就能成诵。自此以后,每日能记"二千余言"③。九岁时已经学会做诗,有一天,宋濂遇上一个道士,这道士命宋濂写诗为赠,宋濂操笔即成四韵,其中有"步罡随踢脚头斗,喋水能轰掌上雷"④之句,"众因目为神童"。现存一首《兰花篇》的五言诗,如果不是宋濂自己特别注明,谁也不会想到它是宋濂九岁时的作品。兰花配君子,桃杏媚纨绔,诗人通过兰花与桃杏形象和品格的对比,颂扬了兰花孤洁坚贞的品性,鞭挞了桃杏买笑逐欢的媚态。这首托物言志的诗显示了小诗人娴熟的作诗技巧和不凡的志趣追求!

宋濂十九岁那年入郡庠从闻人梦吉学习五经,卒业后,宋濂还一度到东阳南溪从许谦的弟子三衢方先生学习经学。从宋濂的自述中,我们还得知宋濂拜谒过金华的儒学大师许谦。如果说宋濂从闻人梦吉、"方先生"、许谦那儿主要是经学方面受益外,那么,他以后师事吴莱、柳贯以及黄溍则主要是文辞或经学、文辞双重受益。

宋濂还在师事闻人梦吉的时候,就曾从金华赶至浦江拜谒吴莱,请教作文之道。吴莱为了试一试宋濂的作文水平,让宋濂做了两篇命题文章:《拟秦王平夏郑颂》和《宋铙歌鼓吹曲》。宋濂很快就做好交上,吴莱看后,大加赞赏,以为宋濂只要稍稍在"简严"上下一番功夫,就可"所向无前"了。从今天尚存的一封吴莱致宋濂的信来看,他们之间对《春秋》之学有过深入的探讨。不过,吴莱对宋濂的影响不仅仅在《春秋》方面,在文辞方面,宋濂也是深得其传的。宋濂曾在一篇文章里提到吴莱

---

① 宋濂:《先府君蓉峰处士阡表》,第 2129 页。
② 宋濂:《先母夫人陈氏墓表》,第 2139 页。
③ 郑涛:《宋潜溪先生小传》,第 2323 页。
④ 郑涛:《宋潜溪先生小传》,第 2323 页。

所传授的"作文之法",颇能说明这一点。

闻人梦吉、吴莱诸师虽然博通今古,学问淹贯,但他们命乖运蹇,不能身致显位,所以,他们的名声主要还局限于婺州一郡。宋濂另外两个老师柳贯和黄溍则不同了,柳、黄固然本身很有道德学问,但更重要的是,柳贯和黄溍,后来分别官至翰林待制和侍讲学士,与虞集、揭傒斯一起被誉为元代"儒林四杰",故他们的声名在当时特别大。宋濂在二十几岁的时候就成为柳、黄二先生的弟子,由于柳贯、黄溍的年寿较长(柳贯活到七十三岁,在宋濂三十三岁那年去世,黄溍活到八十一岁,在宋濂四十八岁那年去世),故宋濂与柳、黄二先生保持了很长的师生之谊。宋濂正是通过柳、黄二师认识了朝野上下不少人物,使他的文名在很大范围内得到了传播。

(二) 从科举落第到拒绝仕元

宋濂所处的时代是一个非常的时代。蒙古族入主中原,废止了几十年的科举考试,普天下读书人向往的宋代科举盛世一去不复返。元朝中后期,虽然也实行了科举制,但名额少得可怜,一个江浙省,总共只有二十八个名额,这二十八个名额里还要分成两半,蒙古人一半,汉人一半,成千上万的汉族读书人要在这十四个名额里中选,其竞争之激烈可想而知。所以,有元一代,沉屈下僚的汉人知识分子随处可见,更何况还有不少儒家文人以为天下无道,高蹈隐逸呢!宋濂年轻时,也曾几次拼搏科场,然而,都是以失败而告终。不过,科举的失败并没有给宋濂带来太大的打击,相反,倒使宋濂对元朝的政治和社会有了更加清醒的认识。

宋濂二十六岁那年,老师吴莱辞去了浦江郑氏义门授经的职务,举荐宋濂前来接替自己的位置。郑氏是浦江一个庞大的家族,自宋代郑绮以来,已有九世同居了。在崇尚孝悌人伦的儒家文人看来,这是多么了不起的同堂!朝廷几次下诏旌表这个九世同居的义门,元朝著名文臣余阙见到这上千人同居的大家族,禁不住写下了"东浙第一家"①的匾额。宋濂来到浦江执教,一教就是十多年。四十一岁那年,宋濂索性将金华的家迁到了浦江。在朱元璋的军队至正十八年(1358)攻入婺州之前,宋濂有二十多年的时间是在浦江度过的,这是宋濂一生中最美好、最值得回忆的时光。郑氏义门淳朴敦彝的古风令他由衷钦慕,浦阳江畔的山山水水令他无限陶醉,师友们的音容笑貌令他时时回味;这里有他谆谆教诲过的学生,这里刊刻过他的第一部文集《潜溪集》,这里还诞生过他闪烁智慧光芒的

---

① 《郑濂传》,张廷玉:《明史》卷二九十六,中华书局1984年版,第7585页。

《龙门子凝道记》和《诸子辨》。"平生无别念,念念在麟溪。生则长相思,死则复来归。"① 宋濂在生离死别之际写给弟子郑柏的这首诗,是宋濂这一段美好时光最好的注脚!

宋濂对元朝的态度是充满矛盾的,一方面,由于他的老师柳贯和黄溍等都在元朝做官,他也对元朝寄予过希望,他几次参加科举考试,为的就是登上仕途,为朝廷效力。宋濂的《浦阳人物记》和《潜溪集》是元朝翰林承旨欧阳玄作的序,直到朱元璋攻入婺州的前一年,宋濂还为元朝的将领迈里古思平息外寇而写诗歌颂。但是,一次次的科举失败,使宋濂对元朝的热情也一次次减退,尤其是元朝末年,吏治腐败,社会动荡,民不聊生,使宋濂对元朝失去了信心。另一方面,老师黄溍对元朝的态度也对宋濂产生了影响。黄溍早年对政治有极高的热情,曾梦想过一种"儒服俎豆"的生活,但是,到了晚年,却对元廷失去信心,屡屡上章辞归。甚至不待批准,就启程南归,结果,元帝知道后派人将他追回。至正十年(1350),黄溍才辞官回家,黄溍回归的第二年,天下就开始大乱,爆发了大规模的红巾军起义。宋濂于至正九年(1349)被老师柳贯和黄溍的朋友危素等大臣举荐,授翰林国史院编修官,这是读书人梦寐以求的官位,而宋濂既不是进士,又没有担任过地方的行政官职,一步就登上了这一显位,真可谓绝无仅有的殊荣!然而,由于上面所述的原因,宋濂没有接受这一职位,而是以亲老坚决辞去。这在一般的人眼里,确实有些不可思议!事实证明宋濂的抉择是对的,因为没过几年,元朝的丧钟就敲响了。

(三) 宋濂在元朝的文名和创作

宋濂没有像他的同门友王祎那样北上元都干禄,在入朱元璋集团之前,宋濂的足迹还不出浙江省境,但是,由于老师的奖掖、朋友的传扬,大臣的举荐,尤其是他的《浦阳人物记》《潜溪集》等著述的刊行,使他的文名在元朝时已经赫然在外了。在宋濂的婺州长辈中,老师吴莱、柳贯和黄溍对宋濂的奖誉自不待说,而老师的朋友胡助,在看了宋濂的文章后,曾说"气焰可畏,览之羞缩,数月不敢言文"。② 胡助还用"大风扬沙,雨雹交下,欻兴忽止,变化莫测"十六字来赞扬宋濂的文风。老师的另一个朋友、有隐君子之称的陈樵,在临终时,曾致信宋濂,希望宋濂能前去承传他的学说,这也足以证明陈樵对宋濂学识文章的看重。在婺州

---

① 郑柏:《宋潜溪先生遗像记》,第 2304 页。
② 胡助:《答宋景濂书》,第 2563 页。

同辈文人中，王袆和郑涛在元朝时已为宋濂作传记，他们认为宋濂的文章"浩浩乎莫窥其际，源源乎不知其所穷，洋洋乎不见其所不足也"。邻郡刘基、章溢等与宋濂也早有诗文往来。

至正十年（1350），宋濂的《浦阳人物记》刊行，前有翰林承旨欧阳玄和宋濂同门友戴良、郑涛作的序，郑涛将是书比之欧阳修的《五代史》。至正十六年（1356）前后，宋濂的《潜溪集》和《增刻潜溪集》刊行，这又一次使宋濂赢得了广泛的声誉。为这两部书作序的都是当时文坛的大手笔，如翰林承旨欧阳玄、国子监臣陈旅以及江南名士杨维桢，他们都是老师黄溍的朋友。从他们写的序可以看出，他们对宋濂文章给予了很高的评价。如欧序云：

> 宋君虽近出，其天分至高，极天下之书，无不尽读，大江以南，最号博学者也。………予在翰林也久，海内之文无不得寓目焉，求如宋君何其鲜也！①

由于宋濂的文名如此之大，其文集传播如此之远，以至入明后，张以宁在为宋濂的一部文集所作的序中还提到，他昔日在大都时就已经读过《潜溪集》。

宋濂在元时创作的文章主要收在《潜溪前集》《潜溪后集》及《龙门子凝道记》几个集子中。据郑涣的《潜溪集题识》，宋濂还作有《萝山稿》，收其在元朝时创作的诗、赋，惜这本诗集今已不存，故我们只能就宋濂的散文作一评论。

宋濂的同门友郑涛在《宋潜溪先生小传》中说道："（景濂）且谓文为载道之具，凡区区酬应以应时用者，皆非文。于是益求古人精神心术之所寓，而大肆力于其间。"确实，由于没有在元朝做官，加之义门授经解决了宋濂的衣食之忧，使得宋濂有一个较为独立自由的心态出入于儒、释、道等百家群籍，思考宇宙天地、社会人生等哲理（道），以及从事于能寓"精神心术"之文辞创作。比如，自传性质的《白牛生传》，以一问一答的形式向人们展示了自己的性格特点和志趣追求。文章写道：

> 白牛生者，金华潜溪人。宋姓濂名，尝骑白牛往来溪上，故人以白牛生目之。生躯干短小，细目而疏髯。性多勤，他无所嗜，惟攻学

---

① 欧阳玄：《潜溪集序》，第2484页。

不急。存诸心，著诸书六经；与人言亦六经。或厌其繁，生曰：吾舍此不学也，六经其曜灵乎？一日无之则冥冥夜行矣。生学在治心，道在五伦，自以为至易至简。或笑其迂，生曰：我其迂哉？我若迂，孟子则迂之首矣。生好著文，或以文人称之，则又艴然怒曰：吾文人乎哉？天地之理欲穷之而未尽也，圣贤之道欲凝之而未成也，吾文人乎哉？……生不肯干禄，或欲挽之使出，生曰：禄可干耶？仕当为道谋，干之私也。①

在《七儒解》一文中，宋濂对儒家内部的不同支脉进行了分析，认为儒有"游侠之儒，有文史之儒，有旷达之儒，有智数之儒，有章句之儒，有事功之儒，有道德之儒"。而最为其推崇的是"道德之儒"，代表人物即孔子。司马迁、班固为"文史之儒"，认为他们"浮文胜质，纤巧斫朴，不可以入道也"，这是宋濂作为理学家的偏见。

除了展示其"精神心术"的文辞创作以外，宋濂在元时的文章还有一个很重要的特点，就是对元朝的弊政，不良的社会风气、丑恶的世态展开了批判。例如，在《秦士录》一文中，通过文武全才的秦士邓弼，最后"槁死三尺蒿下"的悲剧人生，揭露和批判了元朝任人不用贤才的黑暗现实。

如《寓言五首》中"以豕代牛耕""终日不能破一畦"，当有人批评商于子用猪代牛耕是"颠之倒之"的时候，他却趁机批评统治者任人不用贤才，是"颠之倒之"，而且指出用猪代牛耕，虽然耕不了田，但危害小；而治理国家不用贤才，则天下遭殃。《龙门子凝道记·秋风枢》中"狸狌捕鼠"的寓言，讲的是一个善于捕鼠的狸狌，因被主人每日用肉饲养，因而丧失捕鼠能力，反而被鼠攻击的故事，作者借以讽刺世享重禄的武士，可谓一针见血。《燕书》中的"斗子般"，表面上道貌岸然，俨然是个正人君子，背地里却是干着偷人之妻的龌龊小人。《燕书》中的"西王须"遇难时为森林里的猩猩所救，当要离开猩猩时，却心生歹念，欲捕杀猩猩以图利，这种忘恩负义的行为立刻遭到沉尸江底的惩罚。

由于受时代的局限，宋濂的少数寓言不免为糟粕之归，但多数寓言富有战斗性，显示了宋濂对现实强烈的批判精神和深广的忧世情怀。这些寓言形象生动，文笔泼辣，感染力强，是宋濂散文创作也是中国散文史上的一朵奇葩。

---

① 宋濂：《白牛生传》，第80页。

二　入明后宋濂的活动和创作

（一）从出仕到明朝建国

宋濂拒绝仕元，并不意味他从此就遁迹山林，"相忘江湖"了。实际上，作为一个有强烈历史使命感和社会责任感的儒家文人，宋濂的内心无时无刻不处于"仕"与"不仕"的激烈冲突中，尤其是至正十一年（1351）红巾军大起义爆发后，对"凤凰不来，生民遭屯，如水之溺，如火之焚"（第1753页）的现状更是忧心如焚。《龙门子凝道记·观渔微》中渔夫对龙门子"肥遁"的尖锐批评，可以看成宋濂内心的自我谴责。但是，在出仕的问题上，宋濂坚持一个要求，那就是：人家必须像刘备三顾茅庐请诸葛亮那样礼聘他，不然，他宁可老死山中，也不肯出仕。他曾这样说道：

> 君子未尝不欲救斯民也，又恶进不由礼也，礼丧则道丧矣。吾闻君子守道，终身弗屈者有之矣，未闻枉道以徇人者也。①

古语说得好："时来天地皆同力，运去英雄不自由。"宋濂要由礼而仕的愿望终因朱元璋的到来而得以实现。红巾军起义爆发后，各地战争连绵不断，相继出现了刘福通、张士诚、陈友谅、方国珍、朱元璋、明玉珍等军事集团和政权。除元朝政权外，各地武装势力中，以朱元璋、张士诚和陈友谅为首的三大军事集团最为强大。朱元璋在皖北起义，南下攻占南京，进而攻占浙东；张士诚主要以苏州为中心，形成了包括浙西等地的势力范围；陈友谅的势力主要在江西。在这三大军事首领中，要数朱元璋最没文化，他出身于皖北一个贫民家庭，很小就去寺庙里做了和尚，在参加起义前，恐怕连字也识不了几个。不过，朱元璋有军事才能，而且有夺取天下的野心，在成为军事将领后，朱元璋更是招贤纳士，虚心听取不同的意见。南下攻占浙东，使朱元璋获得了像宋濂、刘基等一大批浙东文人，从而为朱元璋抗衡其他军事集团，迅速夺取天下起到了极为关键的作用。

至正十八年（1358）六月，朱元璋军队攻下浦江。十月，攻下兰溪。十二月十九日，朱元璋亲自率军攻下婺州，二十二日，朱元璋在婺州置中书分省，并将婺州改名为宁越府。于是，一大批婺州文人被请到了朱元璋的幕下。据《明太祖实录》记载，当时被朱元璋招致的婺州文人有：范

---

①　宋濂：《采伏苓》，第1754页。

祖幹、叶仪、王祎、戴良、许元、胡翰、吴沉、汪仲山、李公常、金信、徐孽、童冀、吴履、张起敬、孙履等。朱元璋或者向他们咨询治国之道，或者让他们进讲经史，全然是一副虚心好学、礼贤下士的姿态。宋濂于是年十一月二十七日就接到了昔日的朋友、后为婺州知府王宗显的礼聘，要他出任婺州郡学五经师，但一招即往的做法不是宋濂的性格，故宋濂仿效嵇康的《与山巨源绝交书》作《答郡守聘五经师书》，以多病、亲老、性懒、朴憨等理由辞谢，书中有"与执事相契亦欢甚，初无不共戴天之仇，执事何为欲强之乎？"（第252页）之句。不过，由于有前面的叙述，我们知道拒绝就任五经师不是宋濂真正的本意，所以上面的俏皮话，仅仅表明自己并非自轻自贱之徒。王宗显看出宋濂并非深拒固辞，故几番礼请，终于在次年正月郡学开学的时候将宋濂请出。

至正十九年（1359）六月，朱元璋离开金华回到应天（南京）。九月，朱元璋的军队攻下衢州。十一月，攻下处州。是年底，浙东的大部已在朱元璋军队的控制之下。至正二十年（1360）三月，宋濂与处州的刘基、王琛、章溢被朱元璋礼聘到南京予以重用。从拒绝出仕元朝翰林国史院编修之职到投身于一个没有多少文化的军事首领朱元璋的幕下，这巨大的反差确实令不少人感到疑惑，故宋濂于应召之年作《诰皓华文》，向世人公开表明他出仕的理由不是为了个人的利益，而是为了拯救黎民于水深火热之中。宋濂借主"忧"之神皓华的口对那种不顾国家危难，不顾百姓死活，只想自己消忧图乐的思想给予了有力的批判。

应召的当年七月，宋濂被任命为江南等处儒学提举。十月，朱元璋又让宋濂做他儿子朱标的老师。二十二年（1362）年八月，宋濂为朱元璋进讲《春秋左传》。同月，宋濂告归省亲，朱元璋对宋濂说："卿之诚悫，朕素知。"（第2350页）二十三年（1363）五月，朱元璋建礼贤馆，宋濂为馆中的一员。二十四年（1364）十月，宋濂被任命为起居注。有趣的是，在儒臣们的熏陶和教导下，草泽英雄朱元璋学会了写诗。在至正二十三、二十四年里朱元璋写了两首诗赐给宋濂，对宋濂的人品和学问给予了高度的赞扬。其一云：

    景濂家住金华东，满腹诗书宇宙中。
    自古圣贤多礼乐，训今法度旧家风。[1]

---

[1] 朱元璋：《御制诗二章》，第2289页。

至正二十五年（1365）三月，宋濂操劳过度，生了一场大病。朱元璋见他不会很快好转，就让他回金华养病，说："父子祖孙欢然同聚，疾必易愈，愈且遂造朝。"① 为了免去宋濂长途奔走之苦，朱元璋特令下面的人造了一种"安车"给他乘坐，同时配了六个健丁，护送宋濂归养金华。对于这样的宠遇和优待，宋濂自然是感激涕零了，一到家，宋濂就上了谢表一通。六月，宋濂写了封信给太子朱标，勉以孝友、恭敬、勤敏、读书、进德、修业，朱元璋看后十分高兴，亲自给宋濂写了封回信。

至正二十七年（1367）九月，朱元璋军队攻破苏州，张士诚被俘自缢，宣告了大周政权的灭亡。十二月，方国珍降朱元璋。次年正月，朱元璋在南京登基称帝，国号大明，建元洪武，是为明太祖。八月，明兵入大都，宣告了建国未足百年的元朝政权的灭亡。

（二）开国后宋濂的活动

一个人如果没有衣食之忧，又不做官，自然可以活得很潇洒：行动可以无拘无束，思想可以天马行空，对社会和政治不满，可以发发牢骚，或开口大骂，我们说生活在元朝的宋濂就是这样一个非常潇洒的人，试看宋濂的朋友对他的描述：

> 性疏旷，不喜事检饬，宾客不至，则毕日不整冠。或携友生徜徉梅花间，轰笑竟日；或独卧长林下，看晴雪堕松顶，云出没岩扉间，悠然以自适。世俗生产作业之事，皆不暇顾。②

但是，明朝建立后，宋濂这种洒脱的日子一去不复返了。首先，建国初始，百废待兴，思想上、政治上和文化上一系列建设的重任都落在了宋濂等一大批开国文臣的肩上，作为"开国文臣之首"的宋濂，其身上的担子比一般人都重。洪武二年（1369）纂修的《元史》、洪武三年（1370）续修的《元史》、洪武六年（1373）纂修的《大明日历》、洪武七年（1374）纂修的《皇明宝训》等文化工程，宋濂都充当总裁官。这些文化工程能否修好，能否符合上意，能否传之后世，恐怕宋濂比谁都想得多，更何况朝廷对于纂修史书，又有特别的禁令，如果稍有马虎，总裁官是难辞其咎的。

其次，由于为文名所累，宋濂几乎成了一架写作机器。宋濂在元朝时

---

① 宋濂：《恭题御赐书后》，第343页。
② 王祎：《宋太史传》，王祎：《王忠公文集》卷二一，《景印文渊阁四库全书》本。

文名就很高，不过，请他写文章的主要还是家乡的人。但是，到了明朝建立以后，由于宋濂被朱元璋推为"文章之首臣"，被刘基誉为"当今文章第一"，故宋濂的文名在明初更是如日中天。文名高了也许是件荣幸的事，年少时的宋濂未曾不想有这么一天，但是一个人文名高了以后，往往就身不由己了，不得不写自己不想写的东西，朝廷的、大臣的、乡里的、方外的、国外的，认识或不认识的人都以得到宋濂的文章为荣①。

从儒家的修养来说，用"温、良、恭、俭、让"几个字评价宋濂的为人是毫不为过的。从佛家的修养来说，宋濂又有菩萨心肠。所以，对于人家要他写的文章，他总是有求必应，而不让人失望。如果一时不能满足对方要求的，宋濂也总是惦记着日后给补上。他曾在一篇文章中写道：

> 予因自念壮龄之时从黄文献公（溍）游，宾朋满座，笑谈方款洽，忽有以文辞为请者，公辄戟手大骂，视之若仇雠。或介尺牍至者，细裂之，内口中嚼至无字而后方吐。时公年逾六十矣。子颇以谓人知受公之文故求之，一操觚间固可成章，何必盛怒以至于斯？口虽不敢言，而中心未尝不疑分之隘也。以此自惩，凡遇求文，必欣然应之，不如其志不已也。②

不从老师处吸取点教训，反腹诽老师的不是，宋濂有苦头吃了：一年三百六十五天，几乎天天都在写文章，而大部分是奉命文章、请托文章。从明朝开国宋濂五十九岁到洪武十年（1377）宋濂六十八岁退休时，他的大部分时间都耗在了这些奉命酬应的文章上面。即使退休后，宋濂还是马不停蹄地写着……宋濂实在太疲惫了，实在厌倦极了，以至于不得不在文章中喊道："呜呼，予为文所累几欲燔毁笔砚！"③ 到最后，精神和体力都招架不住的宋濂也不得不硬下心来，竟让一个方外的和尚一连七次吃了闭门羹，可见这种请托文章对宋濂的"迫害"是何其酷！由于亲身体验了"名累"的痛苦，宋濂才理解了老师黄溍的做法实在是迫不得已。

再次，为臣之道，动辄得咎，宋濂在朝中的日子恐怕无日不如临深渊，无日不如履薄冰。"伴君如伴虎"，宋濂首先必须处理好与朱元璋的

---

① 详见《明史》"宋濂本传"。
② 宋濂：《赠梵颙上人序》，第1294页。
③ 宋濂：《故巾山处士林君墓碣铭》，第1315页。

关系。朱元璋虽然为一国之君，但不是儒家文人眼里的"仁厚之君"，此人猜忌心重，杀性也重，还在攻下婺州后不久，他的猜忌和刻薄就已露端倪。明朝洪武年间的金华人刘辰，在所撰的《国初事迹》里记载了这么一件事情：

> 在金华时，朱文忠用儒士屠性、孙履、许元、王天锡、王祎干预公事，闻于太祖。差人提取屠性等五人到京，纳王祎、许元、王天锡发充书写，惟屠性、孙履诛之。①

屠性、孙履、许元、王天锡、王祎等都是宋濂的乡友，朱元璋以为这些文人"干预公事"，将会谋篡政权，对自己不利，所以就让其中的两人脑袋落地，三人"发充书写"。无怪乎当时也归附朱元璋的宋濂朋友戴良不久就离开了朱元璋，走了仕元的道路。在宋濂应召去南京的时候，戴良就为宋濂的命运担心，戴良有首诗写道："烟波渺无从，云路迥难依。云路多鹰隼，烟波有虞机。"②

开国后，朱元璋更是变本加厉，密布爪牙，刺探大臣的活动，如果有敢背着他做对他或朝廷不利的事，就不会有好下场。宋濂也免不了被朱元璋派出的爪牙侦视，《明史》宋濂本传中记载道："尝与客饮，帝密使人侦视。翼日，问濂昨饮酒否坐客为谁馔何物。濂具以实对。笑曰：'诚然，不朕欺。'"这样的问答如果换了有不轨之心的人，着实要吓出一身冷汗的。除监视大臣的活动外，朱元璋还时不时发一下淫威，或羞辱、或诛杀文臣。如大臣茹太素因上书过于冗长，朱元璋就将他当众廷杖。山东监察副使张孟兼因为与一个和尚有冲突，朱元璋不分青红皂白，就将张孟兼弃市。据赵翼《廿二史札记》卷三十二《明初文字之祸》，当时死在朱元璋淫威之下的文人还有不少。

对于这样一个凌驾于法律之上的开国皇帝，宋濂的心理是充满矛盾的。当年出山跟从朱元璋，是因为朱元璋严以律己，礼贤下士，其军队纪律严明，作战勇敢，尤其令他感动的是，朱元璋攻下婺州，没有大肆杀掳，而是开仓济民，安抚百姓。避兵在山的郑氏义门，没有遭到朱元璋军队的迫害，反而被他们接回山下。这些都表明朱元璋是非凡的将领，其军队是非凡的军队。宋濂欲拯救黎民，实现仁政，当时除朱元璋可以投靠

---

① 刘辰：《国初事迹》，《丛书集成新编》第19册，台湾新文丰公司2008年版。
② 戴良：《寄宋景濂三首》，戴良：《九灵山房集》卷二〇，《丛书集成初编》本。

外，也别无选择。宋濂归附朱元璋集团后，在看到了朱元璋优点的同时，也发现了朱元璋身上的许多弱点和劣根性，在起义之初，朱元璋充其量不过是个草泽英雄。不过，已出山的宋濂不可能像戴良转而去仕元，如果这样，他也不至于要等到今天。所以，在辅佐朱元璋夺取天下以及治理国家的路上，宋濂又多了一项艰巨的任务，那就是找到一个比较好的办法来引导这个草泽英雄转变到较为理想的"仁义之君"。实际上，对于朱元璋这么个人，一个文臣所能做的，除了因势利导，和风细雨式的劝谏外也别无其他的办法，因为过激的批评或中道退隐都可能招来杀身之祸，不能解决任何问题。在宋濂看来，如果朱元璋能从他的劝谏中采纳哪怕是小小的建议，就是国家之大幸，苍生之大幸了。我们读宋濂后期歌功颂德的文章往往寓有讽谏，就可深深体会到宋濂的用心之苦！

朱元璋对于宋濂，为了能显示君臣的等级名分，再不可能像往日那样以一种敬重礼貌的态度对待宋濂了。洪武三年（1370）七月，朱元璋就以宋濂"失朝"的理由，将他由翰林学士降为翰林编修。洪武四年（1371），又借细故将宋濂由国子司业谪为安远知县。这两次降职其实都警示宋濂：我现在已是一国之君了，你宋濂虽然声名震主，但你毕竟是臣子，我要你怎样就怎样。不过，毕竟宋濂博学老成，文章为海内第一，现在刚夺取江山，朱元璋正需要这样的文臣来治理国家，黼黻皇猷，故朱元璋对宋濂又施恩加宠，以博取君臣之相得的美名。宋濂从安远回来后，其官职就一步步高升，直至退休。

除了处理好与朱元璋的君臣关系外，宋濂还要处理好与皖北武人集团成员的关系。朱元璋主要是依靠皖北农民和浙东文人取得天下的，开国后，皖北的武人或被封官或被授爵，其地位都在浙东文人之上。皖北武人对浙东文人多有排挤和打击：宋濂的同门友王祎就因为得罪胡惟庸，在《元史》刚修好，就被排挤出朝廷，前往边疆招谕吐蕃，后来抗节死于云南。宋濂的朋友刘基也因为得罪胡惟庸，后被下药毒死。对皖北成员的骄横跋扈，以及他们对浙东文人的排挤打击，宋濂不可能没有觉察。但宋濂没有与皖北成员的明显冲突，可见宋濂在处理与皖北成员的关系上，是何其的小心翼翼。

另外，作为臣子，一举一动都必须符合新制定的繁文缛礼，否则就要受到弹劾官的弹劾。《明太祖实录》曾记载了一件宋濂因走错一道宫门而遭到弹劾的事[①]。

---

① 详见《明太祖实录》"洪武九年六月壬子"条。

正是这样的小心翼翼，正是这样的唯恭唯谨，宋濂再也没有往日的自由和洒脱了。《明史》本传中写道："濂性诚谨，官内庭久，未尝讦人过。所居室，署曰温树。客问禁中语，即指示之。"非但如此，宋濂还将他的明哲保身之道传给朋友①。

然而，宋濂再怎么谨慎，再怎么保身，他万万没想到的是，一场血光之灾居然在他退休几年后还降临到他的身上：洪武十三年（1380）十一月，宋濂的孙子宋慎被查出与胡惟庸党事有连，朱元璋怒不可遏，将宋璲和宋慎一并处死。又将宋濂一家械至京师问罪。朱元璋又要杀掉宋濂以解恨，由于马皇后和太子力救，宋濂被免去一死，但全家被发配至四川茂州。洪武十四年（1381）五月，宋濂一家行至四川夔州。二十日，宋濂自裁于僧舍。

（三）入明后宋濂的创作

入明后，宋濂写了不少歌功颂德的文章，这一点颇遭今天学者的非议。不过，宋濂一些歌功颂德的文章还不至于如有的论者批评的那样那么可恶，以至于对宋濂的人格加以蔑弃。宋濂是一个有高度历史使命感和社会责任感的文人，他从拒绝仕元到元末大动乱中为拯救黎民百姓而出山，应该说是实现了"小我"到"大我"的转变，这样的转变是生生不息的民族精神之所在，我们应给予高度的肯定和赞扬。由于农民起义的局限性和历史的局限性，宋濂辅佐的朱元璋集团不可能建立像今天一样的社会主义国家，但在当时的历史背景下，朱元璋集团能在较短的时间内使元末的大动乱归于一统，使天下百姓尽早地得到休养生息，应该说，这样的历史功绩是可以大书特书的。明朝建立以后，朱元璋作为帝王虽然也有种种的不是，但在洪武初期，朱元璋励精图治，宵衣旰食，尽量按照儒臣们的仁政思想治国，这样的功绩也是值得歌颂的。所以，作为亲身经历元末大动乱和明初实施仁政的宋濂来说，他的不少文章是真心诚意颂扬朱元璋和明王朝的。如《平江汉颂》一文，对朱元璋军队在鄱阳湖之战中大败陈友谅军队的战绩给予了颂扬。《嘉瓜颂》一文，通过嘉瓜"本于回纥"的事实，对明兵征讨西域从而使西域归入版图的武功给予了颂扬。即便是有的论者批评的《天降甘露颂》一文，作者的重点并不在于颂扬"甘露"，而是在于"受命不于天，于其人；休符不于祥，于其仁"。即在"天道"与"人事"间，更看重"人事"。所以作者真正要颂扬的是朱元璋"以得仁贤为瑞，以五风十雨为祥"的人事之祥

---

① 详见《宋濂全集·吴德基传》，浙江古籍出版社1999年版，第1500页。

瑞。这样的文章也许在今天没有什么价值，但当时的宋濂却寄寓了很深的用意！

如前所述，宋濂入明后写了大量的应制酬应文章，其中不少文章由于受体裁（如塔铭、墓志铭之类）等因素的限制，很难写得生动传神而归入文学作品之列，但在后期浩繁的篇秩中，宋濂仍有不少熠熠闪光的优秀作品令我们为之注目激赏！如以自己年少时勤学苦读的经历规劝马生珍惜时机、进德修业的《送东阳马生序》，以记叙楼之非凡而深寓规讽之意的《阅江楼记》，以借狂放孤傲、怪诞不羁的王冕形象来批判元末黑暗现实的《王冕传》，以记叙"出污泥而不染"、以死来保持贞节的风尘女子李歌的事迹来寄寓褒贬之意的《记李歌》，以记叙杜环十多年照顾父亲亡友的母亲的感人事迹来歌颂人性之美德的《杜环小传》，以记叙旅店主人李疑接纳病人、产妇而不取报酬的感人事迹用以劝俗的《李疑传》等，都是脍炙人口的名篇。此外，宋濂在入明后写的几则寓言，虽然对社会的批判性没有入明前那么大胆直露，但仍不失为寓言作品中的佳作。如《人虎说》通过一对夫妻假扮老虎杀人劫货的故事，发出了"世之'人虎'，岂独民也哉！"的感叹，其笔锋所指当是混迹官场中的"人虎"！《猿说》通过描述猿母子生离死别的惨剧，发出了"嗟夫！猿且知有母，不爱其死，况人也耶？"的感叹，其笔锋所指当是《杜环小传》中常伯章之流弃母不顾的畜生。《书斗鱼》通过描写波斯鱼好斗的习性，发出了"哀哉！然予所哀者，岂独鱼也欤？"的感叹，其笔锋所指当是那些嗜好争斗的人类。

宋濂在《汪右丞诗集序》中认为汪广洋的文章经历了山林之文和台阁之文的变化，宋濂的经历与汪广洋相似，那么他自己的文章是否也经历了山林之文和台阁之文的变化呢？虽然我们不能完全按宋濂描述的山林之文和台阁之文的情形来概括他自己的文章，但对比宋濂入明前与入明后两个阶段的创作后我们可以发现，宋濂文章的内容和文风都起了较大的变化。首先，入明前，宋濂的许多文章对元末的弊政、丑恶的世态和不良的风气给予了有力的揭露和批判。入明后，这类批判现实的文章大大减少，而且批判的锋芒也大为减弱。如后期写的寓言，仅仅是在末尾发一声感叹以示批判，这与前期的大胆直露的批判迥然不同。其次，入明前，宋濂虽然也有文章对元朝表示歌颂，如《国朝名臣颂》《皇太子入学颂》《皇太子受玉册颂》等，但这样的文章毕竟很少，入明后，宋濂写了大量的歌颂朱元璋和明王朝的文章，这类文章称之为台阁之文未尝不可。再次，入明前，宋濂的文章个人主观色彩比较浓厚，为文泼辣大胆，自由奔放。入明后,宋濂的文章劝谕规谏的色彩较为浓厚,为文庄重典雅,深婉含蓄。在后阶段,宋濂处庙堂之上尚能关怀社会底层小人物的命运,为李歌、杜环、李疑等小人物作传,赞扬他们身上闪光的美德,一个封建士大夫能做到这一点,实在是不容易。

(原载《浙江大学学报》2005 年第 9 期)

女诗人孟蕴和戏曲作家孟称舜

徐永明

一

孟蕴是明代初年的女诗人,然而,关于她的生平和创作,目前出版的有影响的工具书如《中国文学家大辞典》《中国文学大辞典》《中国诗学大辞典》《中国百科全书》等均无其条目,故这里有必要先介绍一下其生平及诗歌创作的情况。

孟蕴,字子温①,浙江诸暨人。生于明太祖洪武十一年(1378),卒于明成化六年(1470),享年九十三岁。父铤,字彦益,绍兴府诸暨县学生员。远祖孟彦弼,为宋哲宗皇后孟氏兄,封咸宁郡王。彦弼子忠厚,封信安郡王,判绍兴府事。忠厚子德载,始迁诸暨夫概里。由德载至铤,已传十一世②。

洪武二十九年(1396),未婚夫蒋文旭乡贡授河南道监察御史,巡按湖、广,蒙恩归娶。适朱元璋有"易储意",上疏谏止,忤旨赐死,时孟蕴十九岁。噩耗传来,孟蕴悲痛不已,对父母说:"大人昭信蒋氏,践搴修之约,问吉以通,是为蒋氏妇矣。文旭之不幸,缊之大不幸也。使得一践蒋氏庭,奉舅姑颜色,死之日,无愧见文旭于地下。"父母没有同意她的要求。孟蕴预料蒋文旭灵柩运回时必然要经过自家门口,于是"里服粗衰,鬈髻以候,见旐哭踊,俯途褐祭"。随后扶着灵柩前往蒋家。在蒋

---

① 孟蕴《柏楼吟》作"子温",毛奇龄《西河集》卷七七《诏祠孟贞女传》作"所温",四库全书本《千顷堂书目》《浙江通志》作"生温",应以《柏楼吟》著录"子温"为是。

② 张元忭《孟贞女传》:"遐溯邹国孟子四十五代孙女,立为宋哲宗皇后。兄彦弼封咸宁郡王。彦弼子忠厚,封信安郡王,判绍兴府事。忠厚子德载,封开国男,食采于暨,始迁概里,传十一世孙名铤。"毛奇龄《西河集》卷七七《诏祠孟贞女传》:"贞女,名蕴,字所温,其先为邹县孟氏。"

家,孟蕴拜见公婆,为夫守灵,远近来吊唁的人无不感到惊异。丧葬后,公婆劝说道:"吾儿夭折,大累新人,恐难久屈也。"孟蕴泪流满面,仰天发誓说:"夫君蒙谴,薄命所致,北堂衰老,其谁奉之,冠山可移,此心难改。"公婆听了孟蕴的话,尚犹豫不决,时蒋家一童姓女子劝道:"贤娣此志可质鬼神,愿遂其志,无相违也。"于是,孟蕴得以留在蒋家侍奉公婆。

孟蕴在公婆家,"谨守妇道,严肃内外,里外无闲言"。五年后,公婆亡故,孟蕴回父母家,筑柏楼以居。平日仅以一年长女仆相随。亲戚来探望,只是在楼下隔窗拜揖而已。五十岁以后,"始接少妇室女,训解《孝经》《内则》《女诫》诸书,凡有关纲常风化者,辄反覆阐明不置"。孟蕴死时,头发乌黑如初,无丝毫白发,人称"黑发姑婆"。

宣德六年(1431),直隶监察御史蒋玉华、翰林侍读黄文莹将孟蕴的事迹及所作诗文上奏朝廷,诏敕旌表为"贞女"。万历二十六年(1598),县令等下令在孟子庙侧立贞女祠,绘上肖像,供后人祭奠。

以上孟蕴的生平行实主要根据孟蕴《柏楼吟》卷前戴殿泗的《重刻柏楼吟序》、宣德六年蒋玉华等奏章及旌表、卷末张元忭《孟贞女传》综合而成。除此之外,清毛奇龄《西河集》《浙江通志》提供了孟蕴未婚夫蒋文旭的一些信息。如毛奇龄云:

> 贞女名蕴,字所温。其先为邹县孟氏。入宋有封信安郡王者,判绍兴府事,家诸暨,为诸暨人。蕴父铤,为明初生员。尝梦女官送云冠绣裳于庭,遂生蕴。绝慧,读书过目不暂忘。会同里蒋文旭者,年十七膺洪武二十九年乡贡,授河南道监察御史。性耿介,与方孝孺游,孝孺重之。作《味菜轩记》以赠。名大起,时巡按湖广,以未娶,托媒氏聘蕴,而请归亲迎。值陈时政十二事。中有"昵戚杀平人"一条,忤旨赐死。①

《浙江通志》云:

> 蒋文旭,《诸暨县志》:字公旦,洪武初由贡入大兴,荐举拜河南道御史,与方孝孺友善。陈时政十二事,以易储忤旨,赐死于邸。文旭北面拜曰:"苟有裨于国,臣敢偷生。"上寻悟,赦至,已

---

① 毛奇龄:《诏祠孟贞女传》,毛奇龄:《西河集》卷七七,《景印文渊阁四库全书》本。

无及矣。①

以上两条材料都提到蒋文旭与方孝孺的关系。方孝孺所作《味菜轩记》有云：

> 暨阳蒋侯文旭，以博士弟子高等选为监察御史，其官贵显矣。而其志清约廉谨，以味菜名其所居。夫为显官而嗜菜，其善有三焉。不溺于口腹之欲，所以养身也；安乎己所易致，而不取众之所争，所以养德也；推菜之味以及乎人，俾富贵贫贱同享其利，而于物无所害，所以养民也。养身以养德，养德以养民，此蒋侯之所以过于人也乎。语有之曰："人莫不饮食也，鲜能知味也。"蒋侯于是乎知味矣。因菜之味而深味圣人之道，使仁义充乎中畅乎外，而发乎事业，于膏粱之味且有所不愿，而况于菜也哉。②

从上述的材料可知，蒋文旭青年才俊，不到二十岁即当上监察御史的官职，加之方孝孺的奖掖，声名可谓藉甚。对于这样一位优秀的青年，一位如意的郎君，他的突然死去，会给一位待嫁而婚的闺阁少女以怎样的打击，生活在今天的我们恐难想象。然而，本文的女主人公孟蕴却以青春和生命为代价，选择了一条常人无法理解的人生之路——为未婚夫守节。

二

孟蕴"未婚守志"的做法，在清代引发了《明史》编修官的一场讨论。毛奇龄在《严贞女状》一文中写道：

> 方予在馆时，曾修《明史》，阄题作《孟贞女》传。孟之夫蒋文旭者，以童年为明高帝朝监察御史，因言事赐死，而未婚也。孟守志不嫁，其事在洪武二十九年，而宣宗朝特旌之。时同官张烈者，儒者也。谓贞女非是，不当传。独不闻先儒之为戒者乎？有云未嫁而守志，与淫失同。夫守志，善行也。纵未嫁亦何至等之淫失，夫亦以学贵明理。当未嫁，则不成为夫，不成为夫，而为之守，与非夫等。盖

---

① 李卫等：《蒋文旭传》，《〈雍正〉浙江通志》卷一六四，《景印文渊阁四库全书》本。
② 方孝孺：《味菜轩记》，《逊志斋集》卷十六，《四部丛刊初编》本，上海书店出版社1989年版。

惟恐世之好为畸行，而故为甚词以杜其后也。予曰：否，否。夫天伦有五，而人合者三。谓君臣朋友与夫妇也，然而不成为君臣者，为君死，而世未尝以为奸，不成为朋友者，为友死而世不敢以为僻，何则贞淫不两立矣。故王蠋不仕齐而死齐，谓之忠臣；龚胜不仕汉而死汉，谓之义士；张元节与孔文举，未尝为友也，而文举藏元节而几为之死，谓之良友。若夫妇许嫁，则名定矣，定名则与臣之未仕、朋友之未交者，迥不同矣。乃以未仕之臣，尽臣道而不为奸，未交之友，尽友道而不为僻，独此明明，夫妇正名定分，既已许嫁之为妇，而反谓不成为夫，许嫁之妇既已恪守妇志，而反谓未嫁守节等之淫失，是何儒者之好诬善喜刻酷，其不乐成人之美一至于是。时同官闻者皆称快。①

孟蕴"未婚守志"的做法受到了张烈的批评，他认为孟蕴的做法跟淫泆没有两样。但毛奇龄却认为孟蕴的贞节应该予以彰扬，这是成人之美的做法。

虽然毛奇龄作《严贞女状》和《诏祠孟贞女传》对两位贞女"未婚守志"的做法作了肯定，但是，当他的学生就这一问题专门向他请教时，毛奇龄的态度却有所保留。下面是他与学生的一段对话：

（学生）②：然而古礼未之禁何与？

（毛奇龄）：古礼明有禁，而不善读礼者，不解也……若夫一死一生，则女倘先死，男子谬认以为妇而娶女，棺而葬之，谓之嫁殇。嫁殇有禁。男倘先死，女子谬认以为夫，而不他嫁而归于其家，谓之殇娶。殇娶亦有禁。旧注所云：生不相接，死而合之，为乱伦，为渎类。

（学生）：然则先生在史馆作《孟贞女传》，曾称明洪武间监察御史蒋文旭妻孟氏为贞女，而近作《严贞女状》，且未婚而为夫死矣，若此者何也？

（毛奇龄）：彼一时此一时也。向为此言者，殊志也。盖恶夫畸行异节之不传于世，而第以庸劣之迹冒中行也。以为世固有不中礼而贞志亦可取者，此类是也。而第不可以是为训也。今所言者正礼也，

---

① 毛奇龄：《严贞女状》，《西河集》卷一百十二，《景印文渊阁四库全书》本。
② 括号及括号内文字为笔者所加，下同。

吾惧夫世之不明是礼，而妄以轻生苟殉者之反以是为正经也，此则不可不辨者也。故予自二文而外，凡以是请者，俱拒之。以为男女之礼，自有正者，宁为正勿为变可也。①

"宁为正勿为变可也"，可见，毛奇龄内心是不倡导"未婚守志"的做法。毛奇龄的态度之所以会改变，是因为社会上"未婚守志"的现象愈演愈烈，最后发展到为未婚夫自杀，且屡见不鲜，这不能不使毛奇龄感到后怕，以至他在垂暮之年，还洋洋洒洒写下了三千余字的《禁室女守志殉死文》，坚决反对女子未婚而殉节自杀。他在文中回忆道：

既而诸暨孟氏以先世孟女属传，谓女名蕴，在洪武初为同邑蒋文旭所聘，……予念文旭贤，死事可感，纵傍人犹怜之。以通名之妇而与之齐一，亦复何过。又且请命归娶，事闻朝廷，告母往吊，早有吉日，因为之作传。即后入史馆，作《明史·列女传》，亦力持其说，即以此传入史传中，曰虽非礼，已有例矣。当是时，予论列侃侃，内省无愧，顾尝自忖曰：表章太过，得毋有效尤而起？竟破其例，为论列罪者。

文章最后说道："予之言此，将以扶已尰之教，植已蔑之礼，稍留此三代偶存之律例，于以救秦火未焚，私窜私改之载籍，并保全自今以后千秋万世、愚夫愚妇之生命，世有识者当共鉴之。"可见，毛奇龄已意识到倡导"未婚守节"所造成的不良社会后果，因此，他从维护社会稳定，保障女性生命的高度，痛心疾首地写下了这篇规劝之文。

三

清戴殿泗云："《柏楼吟》者，贞女五十二岁以前之诗，御史蒋玉华所采，以进乙览者也。"② 此书的最早著录，当推清黄虞稷所编《千顷堂书目》。该书卷二八云："范文旭妻孟蕴《柏楼吟》一卷。字生温，诸暨人。""范"字当为"蒋"字之误。关于孟蕴《柏楼吟》最初刊刻的情况，胡文楷的《历代妇女著作考》著录云：

---

① 毛奇龄：《经问》，《西河集》卷十六，《景印文渊阁四库全书》本。
② 戴殿泗：《重刻柏楼吟序》，孟蕴：《柏楼吟》，清嘉庆十六年刻本。

女诗人孟蕴和戏曲作家孟称舜

《柏楼吟》二卷，(明)孟蕴著　《千顷堂书目》著录（见）

蕴字子温，诸暨人，祭酒孟铤女，字河南道监察御史蒋文旭。文旭忤旨赐死，蕴归蒋氏，终身不嫁。

明山阴孟称舜刊本，与张玉娘《兰雪集》并镌。前有孟称舜序、宣德六年蒋玉华等奏章及圣旨。《然脂集》载有孟思光《读柏楼吟》三首，盖称舜镌版时，命思光校正而作。嘉庆十六年蒋氏重刻本，有浦江戴殿泗序。卷一：七古二首，五律八首，七律三首，五绝二首，六言二首，七绝三十五首，卷二：梅花百咏。末有项元汴撰《孟贞女传》①，惜已残缺不全。

孟思光女史《读柏楼吟》三章序曰：《柏楼吟》者，余贞姑守志不字所作也。贞姑坐卧楼上，垂数十年而卒。相传吟咏甚多，今所存止二十章，无一语不为想念其夫君而作。吾家君将镌而传之，命余校正，聊赋三章，以志余慕焉。诗曰：青青者柏，岁寒不改。至于今兮，柏则有改。言念其人，其人永在。巍巍者楼，百年不坏。至于今兮，楼则有坏。言念其人，其人永在。石方其坚，柏方其节。柏则有枯，石则有裂。其诗其人，至今不灭。②

可见，孟蕴的《柏楼吟》最初是由孟称舜、孟思光父女校阅刊刻的，与此书合刊的，尚有宋末松阳女诗人张玉娘的《兰雪集》。《中国丛书综录》及《中国古籍善本书目》均未著录此书，故此书的明刊本可能已亡佚。胡文楷所见嘉庆十六年刊本为残本。据笔者调查，嘉庆刊本浙江图书馆、上海图书馆均有藏，而笔者所见之浙图藏本为全本。其中孟称舜序云：

士委质而后为人臣，女结褵而后为人妻贞女。女也而以妇道自居者何？君臣夫妇虽以人合，而其义无所逃，则皆天之制也。女未字而从一以终，士未仕而矢志不二，其不因宠利而后自效者均也。殷夷、齐，汉李业、王皓、王嘉，晋王褒，唐周朴，皆不受禄于君，而以身殉焉。夫贞女之殉夫，其亦犹是乎？远不具论，当宋之末，则有张若

---

① 应为"张元忭"，笔者注。张元忭（1538—1588），明隆庆五年进士，山阴（今绍兴）人，字子荩，号阳和。官至左谕德，兼侍读学士。忭，一作"忤"。
② 胡文楷：《柏楼吟提要》，《历代妇女著作考》，上海古籍出版社1985年版，第129页。

琼氏,迨明之初,则有吾家子温氏焉。两人之贞同,其贞而文也则又同,若琼著有《兰雪集》,盖兰以比馨,雪以比洁也。子温著有《柏楼吟》,盖柏以言其霜雪零而青青者,不渝其色也。昔人言宋广平铁心石肠,而其《梅花赋》清丽艳发,绝不类其为人,吾于两大家诗亦云。且人固有以文重者,文亦有以人重者,女子有才而行或不称,说者比之蕙面棘心,文虽佳,其人不足尚也。今以两人之才合之两人之行,其人与文岂不并重也哉。若琼文不概见,而仅以诗传;子温文不概见,并其诗亦不尽传。古称才女辄推道蕴,道蕴虽有集,人不多见,只"柳絮因风起"一语便足千古,乃知语不在多,期于可传而已。两家之诗多寡不同,其为可传,一也。此吾所以举《柏楼吟》与《兰雪集》录而传之也。山阴卧云子孟称舜书。①

中华书局于 2006 年 6 月出版的朱颖辉先生辑校的《孟称舜集》不载此序,故此序当为佚文。关于孟称舜为什么要将孟蕴的《柏楼吟》和张玉娘的《兰雪集》合刻,孟称舜在序中已作了说明。为了有所比较,这里还需对张玉娘的生平有所交代。清顾嗣立所编《元诗选》三集卷十六所作小传云:

玉娘字若琼,姓张氏,松阳女子也。父懋,字可翁,号龙岩野父,仕宋为提举官。媪刘氏。玉娘生有殊色,敏惠绝伦。及笄,字沈生佺。佺为宋宣和对策第一人晦之后,与玉娘为中表。未几,张父有违言,佺与玉娘益私相结纳,不忍背负。佺尝宦游京师,时年二十有一,两感寒疾,不治,疾革。张折简于沈,以死矢之。沈视之曰:"若琼能卒我乎?"嘘唏长漕,遂瞑以死。张哀惋内重,常郁郁不乐。时值元夕,托疾隐几,忽烛影挥霍下,见沈郎属曰:"若琼宜自重,幸不寒凤盟,固所愿也。"张顾视烛影,以手拥髻,凄然泣下。曰:"所不与沈郎者,有如此烛。"语绝,觉不见,张悲绝。久乃苏曰:"郎舍我乎?"遂得阴疾以卒,时年二十有八。父媪哀其志,请于沈氏,得合窆于附郭之枫林。明邑人龙溪王诏为作传,若琼为文章酝藉,诗词尤得风人之体。时以班大家比之。尝自号"一贞居士"。侍儿紫娥、霜娥,皆有才色,善笔札,所畜鹦鹉,亦辩慧能知人意事。因号曰"闺房三清"。卒之日,侍儿皆哭之,恸逾月。霜娥以忧死,

---

① 孟称舜:《柏楼吟序》,孟蕴:《柏楼吟》,清嘉庆十六年刻本。

紫娥遂自经而殒。诘旦，鹦鹉亦悲鸣而降，家人皆从殉于墓。时或称张墓为"鹦鹉冢"。所著诗若干首。王龙溪得于道藏之末，谓古人以节而自励者，多托于幽兰白雪以见志，因名之曰《兰雪集》云。①

由此可见，孟蕴和张玉娘，两人都是望门而寡，未婚守节。所不同的是，一个是未婚夫死后忧郁而死，一个是未婚夫死后守节而终。两人正是由于类似的经历，且都有诗词传世，故孟称舜将两人的诗集合刻，也就不足为怪了。

四

孟蕴《柏楼吟》收诗一百五十二首，其中《梅花百咏》即占去一百首。余下五十二首的分体情况已如《历代妇女著作考》所述。这些诗歌真实记录了一位情感真挚，操行坚贞，心境悲凉的女主人公丰富而又孤寂的心路历程。诗的内容主要有以下几个方面。

（一）抒写未婚而夫丧的痛苦，表达守志不阿的情操。

这类诗有《悼夫二首》《灵泉悼夫》《闺词》《灯下与女伴明志》《题石二首》等。如在《悼夫二首》写出了"空诵好合句，徒聆无违笺""婚姻成画饼，琴瑟变离骚。白日昏如夜，痛心割似刀"的悲痛情怀，表达了作者"谨守不更今，惟知从一焉"的志向。又如《闺词》一诗，以反问的语句表达"终身守夫制""永作蒋家人"的志愿，期望来世完结姻缘。全诗写道：

谁谓妾无夫，未卜婚期夫已殂。谁谓妾不嫁，夫没于官妾身寡。谁谓妾身不见郎，妾睹遗容若未亡。谁谓妾不到君堂，妾扶君榇执君丧。谁谓夫无配，妾自笄年先已字。谁谓妾心二，妾誓终身守夫制。妾身永作蒋家人，夫君原是吾门婿。岂知牛女隔银河，蓦地参商无面会。今生空结断头缘，欲满姻期在来世。

（二）叙写在夫家的生活以及由此产生的情感反应。

这类诗有《简架上遗编有感二首》《题书斋二首》《与童姬夜话》《灵泉种柏二首》等。如《简架上遗编有感二首》是写在夫家见到亡夫的故物，睹物思人，唏嘘长叹，进而引发对人生的思考。全诗写道：

---

① 顾嗣立：《张玉娘传》，《元诗选》三集，中华书局1987年版，第370页。

  探郎咕哔处，经史杂前陈。
  邺架萦蛛网，韦编委蠹尘。
  丹铅存手泽，白笔吐忠纯。
  莫道诗书力，儒冠总误身。

  夙闻郎好学，闭户长莓苔。
  架上五车满，胸中万卷该。
  未酬稽古力，翻惹丧身媒。
  简帙空垂泪，为君赋哀哀。

  又如《灵泉种柏二首》叙写主人公在亡夫墓前栽种柏树。丈夫生前为监察御史，而御史台古称柏台。因此，女主人公栽种柏树，一则寄托哀思，二则也表达坚贞似柏的节操。全诗写道：

  高冢村前拥柏台，呼童携木我亲栽。
  青青愿守凌霜节，独立门庭永不摧。

  绣衣御史柏为台，乌府庭前夹道栽。
  今日霜凌无可睹，为君植此寸心摧。

（三）抒写孤苦寂寞的闺阁生活。
  如《灯下偶成》写道："床畔孤灯一盏，照来孤影成双。只信此心无二，清夜月照寒窗。"又如《题石二首》写道：

  倚楼空自泪双双，极目云山思渺茫。
  每望夫兮登此石，不知何地是夫乡。

  生前曾许结成双，回首那堪两地茫。
  自信此心坚似石，肯将魂梦绕他乡。

  《题石二首》以托物言志的手法写出了女主人公悲凉的心境和心坚如石的坚贞。又如《抚琴二首》中的一首写道：

  昨夜瑶琴今夜弹，依然别鹤与离鸾。

要知妾意无他向，只在琴声不改间。

（四）写景咏物。

这类诗在集中占的比例最大。诗的主人公长期生活在闺阁中，眼目所及无非是眼前的一些景物。而这些景物即成了诗人吟咏描摹、借景抒情、托物言志的对象。如《秋夜》一诗写道：

凉秋寂寞夜沉沉，孤雁哀鸣远有声。
几度梦回天未晓，夫颜无觅恨残更。

长夜漫漫，孤鸿哀鸣，诗的主人公梦断难眠，夫颜无觅，其孤寂凄清的情怀由此可见。以"秋"为主题的诗，除《秋夜》外，尚有《秋容》《秋叶》《秋风》《秋月》《秋江》五首，诗人借秋景的惨淡，秋月的皎洁，秋江的澄静，秋叶的飘落写出了她的苦痛，她的高洁，她的坚贞。如《秋叶》一诗写道：

露滴霜凌叶正飘，林中树树只存条。
葱茏景色归何处，惟有清贞永不凋。

除了"秋"题材，诗人写得较多的是"雪"。其"雪"的组诗即有《冬雪》《观雪》《评雪》《大雪》《久雪》《残雪》《书窗雪》《宫中雪》《江心雪》《深山雪》《竹楼雪》《梅林雪》十二首。如《残雪》一诗写道：

霁日初开雪已残，断桥景色少盘桓。
人情领识清贞味，尘俗何曾扰寸丹。

雪是洁白的，但诗人看到的更是它清贞的一面。与其是颂雪，无如是诗人心迹的表白。雪也透露寒意，对一个守寡的女人来说，雪的寒冷和她心境的悲凉叠加在一起，使她柔肠欲断，时光难挨。如《书窗雪》一诗写道：

芸窗滕六降连床，此际徘徊欲断肠。
物在人亡难自适，寒光空自映书堂。

秋景增人愁绪，雪景更添凄凉。在诗人眼目所及处，梅花是诗人最钟爱的景物，因为梅花高洁、孤傲、坚贞，更能给人以激励，更能寄寓她守志不阿的情怀。因此，诗人便有了《梅花百咏》诗。如《梅花百咏》第一百首写道：

　　人惜梅花花惜阴，花残人老月沉沉。
　　悲吟百首梅花韵，写尽坚贞一片心。

又如第五首写道：

　　梅花独占百花魁，破腊冲寒雪里开。
　　此际坚情和烈意，悠悠透入小楼来。

总之，《梅花百咏》以真情妙笔，多层次，多角度地赞扬了梅花的品格，淋漓尽致地表达了守贞尽节的志向。

孟蕴的诗格调高雅、情感真挚，语言洗练，风格上总体属于平淡率真的一类。但也有例外，如《挽夫》一诗用"金、石、丝、竹、匏、土、革、木"八音起句，音调铿锵，笔力雄健，颇有阳刚之气。全诗如下：

　　金精不畏红炉铄，石额应镌身后名。
　　丝系纲常九鼎重，竹标贞节万年荣。
　　匏歌薤露空悲挽，土瘗英魂把泪盈。
　　革裹尸兮酬夙志，木乘风起助悲声。

又如《却荔枝》一诗化用唐代诗人杜牧《过华清宫》的诗意来写诗人刻骨的悲痛和坚贞的气节，颇有一种沉郁顿挫之感。

　　金盘谁荐紫袍新，野骑无端扰汉津。
　　纵使夷齐心不易，难将青眼笑红尘。

如泣如诉的哀怨，输肝沥胆的表白，超凡脱俗的生活，当我们阅读了这些从生命中升华出来的诗，从血液里流淌出来的诗以后，再来对她的这种人生选择作一种评判的时候，似乎有一种难以下笔的感觉。

五

孟称舜作有传奇《贞文记》（全名《张玉娘闺房三清鹦鹉墓贞文记》），关于这部传奇，徐朔方师有一评价，他说：

> 望门守寡，为未婚夫殉节，这是封建制度最野蛮最无人道的罪状之一。如果说《娇红记》的金童玉女下凡说还只局限于结尾，无伤大雅，《贞文记》则以它贯穿全剧。如第二出《情降》、第十二出《签卜》、第二十三出《魂离》、第三十一出《遣迎》、第三十五出《情圆》都有这样的迷信说教。在第三十二出，作者甚至借侍女之口对司马相如卓文君的故事也横加指斥："相如薄行，浪称才子，文君淫奔，枉号佳人。"正因为如此，全剧是失败之作。
>
> 真挚爱情同封建节操不应混为一谈，正如同"性解放"不等于恋爱自由。孟称舜以前的爱情杂剧如《眼儿媚》《桃源三访》《花前一笑》都有一定的积极意义，到《娇红记》传奇而出现危机，可能那是由于传说题材的复杂性和它的歧义而使他无法驾驭，但只有到《贞文记》才迎来一个人转变，作者由反礼教的鼓吹者一变而为封建节烈观的卫士。要探索它的原因，先得从它的创作年代入手。①

《贞文记》卷首有作者的《题词》，文后署款："时癸未孟夏望日稽山孟称舜书于金陵雨花僧舍。"即此书在崇祯十六年（1643）即明亡前一年完成。然而经徐朔方师考证，该传奇作于清初顺治十三年或略后。那么，作者为什么要这么做呢？徐先生分析道：

> 《贞文记》是一本儿女婚姻的悲剧，作者却有意地同宋末元初的民族矛盾相联系。第十七出《忠愤》、第十八出《成仁》、第十九出《闺酹》，描写宋末元初的义军军官王远宜在殉国之前打了为尚书公子送聘礼的人群。作者让剧中人物张玉娘说出这样的话："丈夫则以忠勇自期，妇人则以贞节自许。我今不敢远望古人，但得效王将军足矣。"王将军也是松阳县的实有人物，但他的年代早于张玉娘。把两个不相干、不同时的历史人物硬拉在一起，又在《立祠》一出借礼

---

① 徐朔方：《孟称舜行实系年》，《徐朔方集》第3册，浙江古籍出版社1993年版，第539页。

生之口说:"陇上孤臣行役苦,肠断枝头说上皇。"这是作者民族思想的确切证明。这就是创作年代只得由顺治十三四年改成崇祯十六年的原因,这也是他的爱情剧一反故态而强调殉情殉节的深刻原因。

从上引的材料可知,徐先生是从《贞文记》中显示出来的民族思想倾向来分析这一传奇的创作动机并认定其创作年代的。然而,当我们了解了孟称舜族中先辈女诗人孟蕴的事迹和创作后,我们会觉得徐先生对《贞文记》创作动机的分析显然过于简单,而对该传奇创作年代的考证有些武断。

其一,孟称舜之所以要创作《贞文记》,主要的原因还在于族中先辈孟蕴事迹对他的触动。《贞文记》写张玉娘,一定程度上也可以说是写孟蕴。也许有人会问:既然孟蕴是孟称舜的族中先辈,那为什么孟称舜不直接以孟蕴的事迹作题材进行创作?我们知道,孟称舜生活的时代还是朱明王朝,以孟蕴事迹进行创作,不免有"暴君之过"的嫌疑,弄不好会招来杀身之祸。而张玉娘作为宋末之人,以其事迹入曲,毕竟少了许多顾忌,同时又起到了彰显孟蕴事迹的作用。这也可反过来证明作者所署的作品年款是真实的。

其二,将弱女子的守节与士大夫的气节相对照,这是古人写文章惯常的笔法。如宋濂在为妹妹宋夔作的《宋烈妇传》中云:"呜呼,自古莫不有死,当是时,执法之大吏、秉钺之将帅、守土之二千石,或有不能。而烈妇独能捐躯徇义,死固死矣,千载犹生,视彼弗死而若死者何如也?纵遭兵祸,又何伤焉?然而妇之守贞,犹人子之当孝,人臣之当忠也。"①宋濂还作过一篇《谢烈妇传》,文中同样将妇女的守节与士大夫的失节进行了对比。孟称舜所作《柏楼吟序》也运用了这一对比的手法。《贞文记》所写的张玉娘是由宋入元的人物,作品中写到民族思想是很自然的,但不能因此断定作者创作此曲即在明朝灭亡之后,从而轻易否定作者亲署的年款。

其三,《贞文记》的署款在崇祯十六年(1643),一年后明崇祯皇帝自缢,明朝宣告灭亡。此前,明军在清军和李自成军队的攻打下,节节败退,要说士大夫和前线将领的"或窜或伏"的失节现象,比比皆是,这足可以使作者产生要将弱女子守节与士大夫失节相对比的冲动,而没有必要非得等到明亡之后。

---

① 宋濂:《宋烈妇传》,罗月霞:《宋濂全集》,浙江古籍出版社 1999 年版,第 1898 页。

鉴于以上的几点理由，本人认为孟称舜创作《贞文记》的动机，主要是因为作者受到孟蕴事迹的触动，作者欲以张玉娘的事迹来彰显孟蕴的事迹。另外，作者有感于风雨飘摇的明朝江山，有意以弱女子的贞节来比照士大夫和秉钺之士的失节行为。徐先生断定《贞文记》创作于清顺治十三四年的观点不能成立，作者亲署的年款不能轻易被否定。当然，与徐先生一样，本人也认为《贞文记》不是一部成功的作品。

（原载《浙江大学学报》2007年第9期）

汤显祖戏曲在英语世界的译介、演出及其研究

徐永明

一 二十世纪前半叶汤显祖戏曲在西方的译介

最早对中国戏曲有过评价的西方人，当是出生于十六世纪的意大利传教士利玛窦（Matteo Ricci, 1552—1610）了，他在《十六世纪的中国：利玛窦纪行》中说：

> 我认为中国人对戏剧演出是太感兴趣了。至少他们在这方面是超出我们的。这里有异常众多的青年为此而献身。有的戏班子在巡回演出时到处旅行，无远弗届；有的则常住大城市，为公众或私人演出。无疑地它将为国家造成危害。很难发现还有另外的活动更容易诱人误入歧途。有时戏班子的主人收买幼儿，强迫他们从小学唱习艺参加演出。几乎他们所有的剧目都来源很早，以历史或传奇为蓝本，近来也有不少新作问世。每逢盛大的宴会都要雇佣戏班子。一般剧目他们都能演出。戏单呈送到宴会主人那里。由他挑选一个或几个剧目。客人们一面吃喝，一面高兴地看戏。宴会可以长达十小时，剧目也跟着不断轮换演出。台词一般都是唱出来的，难得采用自然声部。①

利玛窦根据他在中国的所见所闻，描绘了十六世纪中国戏曲演出的状况，最后以他所持西方戏剧的观念，指出了中国戏曲与西方戏剧存在的差异。

根据徐朔方先生考证，比利玛窦大两岁的汤显祖（1550—1616）于

---

① 转引自徐朔方《汤显祖评传》，南京大学出版社1993年版，第81页。

万历二十年（1592）春天，在广东肇庆遇见了利玛窦，为此还创作了《端州逢西域两生破佛立义，偶成二首》的七绝诗。利玛窦于万历三十八年（1610）卒于北京，此前汤显祖的"玉茗堂四梦"《紫钗记》、《牡丹亭》、《南柯记》和《邯郸记》均已问世，但利玛窦生前是否看过或听说过汤显祖的"玉茗堂四梦"就不得而知了。

利玛窦是来到中国后看到中国戏曲的，那么，中国的戏曲又是什么时候真正传入西方世界的呢？

据文献记载，最早传入西方的中国戏曲是元杂剧《赵氏孤儿》，时间是十八世纪。法国传教士马若瑟（Fr. Joseph de Prémare，1666—1736）节译的元杂剧《赵氏孤儿》被收入杜赫德（Jean Baptiste Du Halde）主编的《中华帝国全志》，于1735年在法国巴黎出版刊行，并在随后的若干年里相继被译成英文、德文及俄文等主要欧洲语种。从此，西方译介和改编中国的戏曲风生水起。《赵氏孤儿》在不长的时间里，先后出现了五个改编本，如法国伏尔泰、英国威廉·哈切特（William Hatchett）和阿瑟·谋飞（Arthur Murphy）各自的《中国孤儿》，意大利梅塔斯塔齐奥（Pietor Metastasio）的《中国英雄》。十九世纪以后，《老生儿》《汉宫秋》《合汗衫》《灰栏记》《西厢记》等一大批元杂剧又相继有了欧洲语种的译本。

与元杂剧在欧洲受到热捧形成鲜明对照的是，明传奇这一时期在西方世界的传播似乎悄无声响，无迹可寻。以明传奇中最著名的《牡丹亭》而言，它在中国本土是"家传户诵，几令《西厢》减价"，是戏曲舞台上盛演不衰的经典剧作，但从《牡丹亭》诞生到二十世纪初的三百多年时间里，西方世界没有任何片言只字的译介，这是一个非常奇怪的现象。

汤显祖的剧作直到20世纪20年代末才有西方语言的译介。1929年，徐道邻（Hsü DauLing）撰写的德文《中国的爱情故事》（Chinesische Liebe）一文中，有关于《牡丹亭》的摘译和介绍，该文载《中国学》（Sinica）第四卷上。徐道邻的译介，标志着汤显祖剧作在西方的传播真正开始。1931，德国的汉学杂志《中国学》（Sinica）第6卷刊出了 Dschang Hing 与德国汉学家洪涛生（Vincenz Hundhausen，1878—1955）选译的《牡丹亭·劝农》德译本。此后，洪涛生又陆续译出《肃苑》《惊梦》《寻梦》《写真》等出，或单独出版，或在汉学杂志上发表。1937年，洪涛生完成了《牡丹亭》全本的翻译工作，书名题《还魂记：汤显祖浪漫戏剧》（*Die Rückkehr der Seele*: *ein romantisches Drama*）分别由苏黎世与莱比锡拉施尔出版社出版。洪涛生30年代在北京大学任教期间，"还创办北平演剧剧团，经他翻译的《西厢记》《琵琶记》和《牡丹亭》在北平以德文上演，引起了很大的轰动"。①

《牡丹亭》的法文选译略迟于德文。徐仲年（Hsu S. N.）译著的《中国诗文选》有《牡丹亭》第四出《腐叹》摘译文及评价文字，1933年由巴黎德拉格拉夫书局出版。

《牡丹亭》最早的英译本是1939年哈罗德·阿克顿（H. Acton）选译的《牡丹亭·春香闹学》（Chun Hsiang Nao Hsueh），载《天下月刊》（*T'ien Hsia Monthly*）第八卷4月号②。

从上述描述的情况来看，汤显祖剧作在西方的译介和传播比元杂剧在西方的译介和传播晚了近两个世纪。当然，如果从各自的产生时间算起到传入西方，汤显祖的戏剧则又比元杂剧少用了两个世纪。

二　20世纪90年代以来汤显祖戏曲在西方的演出

汤显祖剧作在欧美的舞台演出，较之文字译介来说，又晚了半个多世纪。虽然20世纪30年代初，梅兰芳率团赴美国演出，但他出演的四个剧目《汾河湾》、《青石山》、《剑舞》（《红线盗盒》片段）、《刺虎》均为京戏，而非昆曲。

昆曲在欧美的舞台演出则始于20世纪90年代末。1998年5月，美国先锋派导演彼得·谢勒斯（Peter Sellars）和昆曲演员华文漪以及作曲家谭盾合作，在维也纳首先演出《牡丹亭》。该演出之后还在伦敦（同年9月）、罗马（10月）、巴黎（12月）及美国加州柏克莱（1999年3月）巡演。③在几乎同一时期，1998年，上海昆剧团排演的《牡丹亭》本拟出访演出，由于剧中一些道具情节的革新不被上海文化局认同，故未能成行。不过，该剧的录像于本年7月15日在纽约亚洲研究会举行的座谈会中上映④。1999年7月，由华裔导演陈士争编排的全本《牡丹亭》在美国林肯中心上演，标志着汤显祖的剧作在西方的舞台演出真正开始。陈版《牡丹亭》首次将汤显祖《牡丹亭》的55出剧情改编成昆曲演出剧本，

---

① 吴晓樵：《中德文学因缘》，上海外语教育出版社2008年版，第35页。
② 以上中国古典戏曲在西方的传播参考了王丽娜《中国古典小说戏曲在国外》（学林出版社1988年版）一书。
③ 史恺悌：《舞台上的〈牡丹亭〉：中国戏曲四百年的发展历程》，第203页。该书第六章对彼得·谢勒斯版《牡丹亭》做了详细讨论（篇名和书名的英文名称及出版项未注者，均见徐永明、陈靝沅主编，浙江古籍出版社出版的《英语世界的汤显祖研究论著选译》附录《英语世界的汤显祖论著目录》，下同）。
④ 陆大伟：《陈士争版〈牡丹亭〉的传统与革新》注释2，《英语世界的汤显祖研究论著选译》，第281页。

且将昆曲、评弹、花鼓戏、川剧丑角、秧歌统统搬上舞台,在美国引起轰动,被认为是体现"完整性"和"真实性"的昆曲创新。不过,对于陈版《牡丹亭》,国内也多有批评之词,以为是迎合"西方猎奇"的产物,其演出形式的革新,"由于没有传统的戏曲美学精神贯穿,这些戏曲形式只能成为空洞的文化符号出现,生拉硬凑在一起,勉强'讲述'完《牡丹亭》中的故事"。①

继彼得·谢勒斯版及陈士争版《牡丹亭》在欧美的上演之后,对西方观众产生震撼的当是白先勇执导、苏州昆剧院演出的青春版《牡丹亭》。2006年9月15日—10月8日,青春版《牡丹亭》在美国加州大学柏克莱、尔湾、洛杉矶、圣塔芭芭拉分校分别进行了连台演出。剧组还赴当地的学校、小区开展了10多次宣传。柏克莱大学举办了"《牡丹亭》的欢迎会"及"汤显祖与牡丹亭人文研讨会"。柏克莱大学开设了昆曲的选修课程,并记入学分。美国洛杉矶市长向剧组颁发了"特别嘉奖证书",圣塔芭芭拉市市长把10月3日—8日定为"牡丹亭"周,加州大学总校长认为这是一次成功的文化外交。"美国的主流媒体权威戏曲评论家对青春版《牡丹亭》也不吝版面和笔墨,予以热烈的报导与评论。"②

2007年起,青春版《牡丹亭》开始在欧洲各地演出。2007年4月16日至20日,苏州昆剧团赴法国巴黎参加了在联合国教科文组织总部举行的"中国非物质文化遗产艺术节"。苏昆演员们在艺术节上演出了《牡丹亭·惊梦》,受到教科文组织总部盛赞。2008年6月,青春版《牡丹亭》先后在英国伦敦、希腊雅典演出,受到当地观众的欢迎。据媒体报道,青春版《牡丹亭》连续6天在伦敦著名的萨德勒斯韦尔斯剧院上演,上座率达到90%。《泰晤士报》《卫报》《每日电讯报》《金融时报》等英国各大主流媒体均对演出给予高度评价。2009年11月17日,苏州昆剧团再次在法国巴黎联合国教科文组织总部表演了昆曲《牡丹亭》的选段《惊梦》。2012年10月,苏州昆剧团又进军美国东部地区,在密歇根大学Lydia Mendelssohn剧场、纽约大学和纽约亚太文化艺术中心Kaye剧场等也上演了《牡丹亭》中的主要折子戏,以及《小宴》《活捉》《下山》等昆剧经典折子戏。

除了彼得·谢勒斯版、陈士争版、青春版《牡丹亭》在欧美的演出

---

① 李智:《独立东风看牡丹——陈士争版〈牡丹亭〉与传统戏曲的挖掘视角》,《电影评介》2009年第20期。
② 《青春版〈牡丹亭〉访美演出》,《苏州年鉴》,古吴轩出版社2007年版,第391页。

外，尚有浙昆版、皇家粮仓厅堂版《牡丹亭》、谭盾导演实景版《牡丹亭》等在欧美的演出。2010年6月，汤显祖曾任县令的遂昌县人民政府在浙江大学人文学院的促成下，与英国斯特拉福德镇建立了文化交流合作关系，两地领导及有关学术机构开始互相走动。2011年4月29日至5月4日，遂昌县人民政府代表团与浙江省昆剧团应邀参加了莎士比亚故里斯特拉福德镇莎士比亚诞辰447周年庆典活动，浙昆在斯镇艾文学院演出了两场经典折子戏《游园》、《惊梦》和《幽媾》。2012年4月19至26日，遂昌县人民政府代表团与浙江省昆剧团应邀参加了莎士比亚故里斯特拉福德镇莎士比亚诞辰448周年庆典活动。这是在英国政府为了庆祝英国女王伊丽莎白二世登基60周年及迎接2012年伦敦奥运会召开的背景下举办的一场文化盛典，因此有着特殊的意义。浙江昆剧团在斯特拉福德镇上演了4场全本《牡丹亭》。观看了演出的斯特拉福德文学院副院长泰乐爱说，"中英两国人民很幸运能拥有汤显祖和莎士比亚这样的戏剧大师，他们留下了跨越时空的不朽名作"。

皇家粮仓厅堂版昆曲《牡丹亭》由林兆华和汪世瑜联袂指导改编，在国内也颇受观众的喜爱。2010年6月，厅堂版昆曲《牡丹亭》应意大利威尼斯、波罗尼亚、都灵三地孔子学院邀请，先后在意大利威尼斯、波罗尼亚、都灵等地进行了7场巡回演出，受到当地民众的欢迎。由美中文化协会和纽约大都会艺术博物馆共同制作的大型园林实景版昆曲《牡丹亭》于11月29日至12月2日在纽约大都会艺术博物馆中的阿斯特庭院上演。该版《牡丹亭》由中国著名作曲家谭盾改编并导演，中国知名舞蹈家黄豆豆编舞，由"昆曲王子"张军担纲主演。演出实景呈现明代原版《牡丹亭》中《惊梦》、《离魂》、《幽媾》和《回生》四折经典曲目。

汤显祖的剧作在西方的演出可谓方兴未艾，相信走出国门的汤显祖剧作会拥有越来越多的西方观众。

三 20世纪70年代以来汤显祖戏曲在西方的研究

关于汤显祖及其剧作最早的英文论文，当以著名华裔学者夏志清（C. T. Hsia）教授的论文《汤显祖笔下的时间与人生》为最早，该文收入狄百瑞（William Theodore de Bary）编的《明代思想中的自我与社会》一书中，于1970年由纽约哥伦比亚大学出版社出版。20世纪70年代，还出现了两篇研究汤显祖剧的博士论文。一篇是Lily Tang Shang的《汤显祖的四梦》（1974），另一篇是Catherine Wang Chen的《〈邯郸梦记〉的讽刺艺术》（1975）。

20世纪80年代初，白之（Cyril Birch）教授翻译的《牡丹亭》全本由印第安纳大学出版（1980），这是汤显祖剧作在英语世界传播的一个重要事件。白之教授还撰写了《〈牡丹亭〉结构》（1980）一文，在 Tamkang Review 上发表。同年的 Tamkang Review 上，还发表了胡耀恒（John Y. H. Hu）的《从冥府到人间：〈牡丹亭〉的结构性阐释》一文。八十年代中期，芮效卫（David T. Roy）教授发表了《汤显祖创作〈金瓶梅〉考》（1986），考证《金瓶梅》的作者为汤显祖，引起轰动。这一时期有两篇博士论文，即郑培凯（Pei-kai Cheng）的《现实与想象：李贽与汤显祖之求真》（1980）和 I-Chun Wang 的《十六世纪末和十七世纪初中国、英国及西班牙剧场中的戏剧和梦》（1986）。

20世纪90年代，英语世界的汤显祖研究进入了一个高峰期，研究的学者和论文大大增加。主要学者和论文有：白之的《戏剧爱情故事比较：〈冬天的故事〉和〈牡丹亭〉》（1991）、华玮（Wei Hua）的《汤显祖剧中梦》（1993）、李惠仪（Wai-yee Li）的《晚明时刻》（1993）、史恺悌（Catherine Swatek）的《梅和画像：冯梦龙的改编本〈牡丹亭〉》（1993）、蔡九迪（Judith T. Zeitlin）《异人同梦：〈吴吴山三妇合评牡丹亭〉考释》（1994）。高彦颐（Dorothy Ko）在其专著《闺塾师——明末清初江南的才女文化》（1994）的第二章《情教的阴阳面：从小青到〈牡丹亭〉》论述了《牡丹亭》一书在明清才女们中的阅读行为。这一时期还有五篇博士论文，即史恺悌的《冯梦龙的〈风流梦〉：其改编本〈牡丹亭〉的抑遏策略》（1990）、华玮的《追寻大和：汤显祖戏剧艺术研究》（1991）、容世诚（Sai-shing Yung）的《邯郸记批评研究》（1992）及 Jingmei Chen 的《害相思少女们的梦世界：1598至1795年间女性对〈牡丹亭〉之回应》（1994）、邱子修（Tzu-hsiu Beryl Chiu）的《二十世纪晚期：阅读汤显祖"玉茗堂四梦"》（1997）。

进入二十一世纪，英语世界的汤显祖研究继续呈现多产的势头。这一时期重要的成果是出现了《牡丹亭》研究的专著，史恺悌《舞台上的〈牡丹亭〉：中国戏曲四百年的发展历程》（2001）探讨了作为舞台表演艺术的《牡丹亭》的发展历程及其与中国戏曲文化的关系。其他的成果有：雷威安（André Lévy）《汤显祖和小说〈金瓶梅〉的作者身份——戏剧〈牡丹亭〉相关资料的启示》（2001）、蔡九迪《我眼中的牡丹亭》（2002）、陆大伟（David Rolston）《陈士争版〈牡丹亭〉的传统与革新》（2002）、伊维德（Wilt L. Idema）《"睡情谁见？"——汤显祖对本事材料的转化》（2003）、邱子修《汤显祖：一位尼采式的超人》（2003）、李惠仪《〈牡丹亭〉和〈红楼梦〉中爱的语言和文化的因素》(2004)、袁书菲（Sophie Volpp）《文本、塾师与父亲——汤显祖〈牡丹亭〉中的教学与迂儒》(2005)、华玮《〈牡丹〉能有多危险？——文本空间、〈才子牡丹亭〉与情色天然》(2006)、马克林（Colin Mackerras）《皇家粮仓版〈牡丹亭〉》(2010)、袁书菲《十七世纪中国曲家和文学游戏：汤显祖、梅鼎祚、吴炳、李渔、孔尚任的剧作》(2012)、Anne Burkus-Chasson《似与非似：〈牡丹亭〉中的写真》(2015，*Like Not Like: Writing Portraits in The Peony Pavilion*)、陈靝沅（Tian Yuan Tan）《〈牡丹亭〉中的春情和文学传统》(2016，*Springtime Passion and Literary Tradition in Peony Pavilion*)①。此外，吕立亭（Tina Lu）的专著《人、角色与心灵：〈牡丹亭〉与〈桃花扇〉中的身份认同》(2001)、周祖炎（Zuyan Zhou）的专著《晚明清初文学中的双性混同》(2003)、蔡九迪的专著《魂旦：十七世纪中国文学中的鬼魂与性别》(2007)、沈静（Jing Shen）的专著《十七世纪中国的剧作家和文学游戏：汤显祖、梅鼎祚、吴炳、李渔、孔尚任的戏曲》(2010)、陈靝沅和史华罗教授（Paolo Santangelo）编著的三卷本《激情、浪漫、情——〈牡丹亭〉的情感世界和心灵状态》(*Passion, Romance, and Qing: The World of Emotions and States of Mind in Peony Pavilion*，2014)，都有或多或少的章节探讨汤显祖的剧作。

关于汤显祖剧作在西方的研究，这里有必要提及两次重要的国际学术会议。第一次会议是由台湾中研院中国文哲研究所与台湾大学文学院中文系、戏剧系、台湾传统艺术中心、美国加州大学圣塔芭芭拉分校东亚系于2004年4月27至28日在台湾"国家图书馆"共同举办的"汤显祖与牡丹亭国际学术研讨会"。与会的学者共有三十多位，其中来自加拿大和美国的学者有八位。华玮主编的会议论文集《汤显祖与〈牡丹亭〉》上、下二册，后由中研院中国文哲研究所于2005年12月出版。收入论文集的西方学者论文或直接用中文写成，或由英文译成了中文，分别为哈佛大学伊维德教授的《"睡情谁见？"——汤显祖对本事材料的转化》、哈佛大学宇文所安教授的《〈牡丹亭〉在〈桃花扇〉中的回归》、哈佛大学田晓菲教授的《"田"与"园"之间的张力——关于〈牡丹亭·劝农〉》、哈佛大学王德威教授的《现代中国文学的两度"还魂"》、哥伦比亚大学商伟教授的《一阴一阳之谓道——〈才子牡丹亭〉的评注话语及其颠覆性》、芝加哥大学蔡九迪教授的《明末戏曲中的"魂旦"》、亚利桑那大学奚如谷

---

① International Communication of Chinese Culture, 2015. 11, DOI 10.1007/s40636-015-0038-6.

教授的《论〈才子牡丹亭〉之〈西厢记〉评注》、加拿大英属哥伦比亚大学史恺悌教授的《挑灯闲看冯小青——论两部冯小青戏曲对〈牡丹亭〉的"拈借"》等。

第二次重要的会议是由英国伦敦大学亚非学院、莎士比亚出生地基金会、台湾中正大学等于2014年6月5—6日在伦敦大学亚非学院联合举办的"美丽新剧场：1616年的中国戏剧与英国戏剧国际研讨会"（Brave New Theatres: 1616 in China and England）。来自英国、美国、荷兰、中国大陆、香港、中国台湾等国家和地区的30余位莎士比亚专家和中国古代戏曲研究专家参加了本次会议。会议的主题之所以定格1616年中英两国的戏剧，这是因为1616年在中英两国文学史上是不同寻常的一年。这一年的4月23日，英国伟大的剧作家莎士比亚（1564—1616）离开了人世。三个月多后，中国著名的文学家、戏曲家汤显祖（1550—1616）也飘然仙逝。而2016年，是这两位同时闪耀在东西方文学舞台上的巨星逝世400周年。为了迎接这一重要纪念日，加强不同国家、不同领域学者的相互交流和对汤公莎翁那一时代中英戏剧的理解，推动汤显祖和莎士比亚研究的不断深入，主办方精心策划和组织了本次会议。研讨会为期两天，分成十个小组（Panel）进行，每个小组分担一个话题，设中英戏剧专家两名，报告各自领域相近话题的论文，并对对方的论文展开评论和质询，最后大家一同参与讨论。十个小组的话题分别为：一、风靡一时与大众化的故事；二、制造历史；三、国家和戏剧；四、戏剧文本的流传和印刷；五、观众、批评家和接受；六、音乐和表演；七、戏剧概念和表演空间；八、戏剧的作者身份和合作；九、地方性；十、戏剧、诗歌及其他文类。

本次会议的论文，主要围绕汤显祖和莎士比亚及其他们所生活的那个时代的社会文化进行了对话式的探讨。其中研究中国古典戏曲的学者代表有伦敦大学亚非学院陈靝沅教授，美国斯坦福大学雷伊娜（Regina Llamas）教授，美国俄亥俄州立大学夏颂（Patricia Sieber）教授，亚利桑那大学奚如谷教授，亚利桑那大学凌筱峤博士，香港中文大学的华玮教授，台湾孙中山大学的王瑷玲教授，台湾"中央"大学孙玫教授，台湾中正大学的汪诗珮副教授，浙江大学人文学院徐永明教授等。会议的论文集《1616莎士比亚和汤显祖》（1616 Shakespeare and Tang Xianzu's China）已于2016年2月由英国Bloomsbury Publishing出版社结集出版。

四　英语世界关于《牡丹亭》研究的主要观点

汤显祖最负盛名、影响最大的戏曲作品莫过于《牡丹亭》，故西方学界关于汤显祖戏曲的研究,以《牡丹亭》的研究成果所占比重最大,其研究的成果主要表现在对《牡丹亭》的主题思想、人物形象、情节结构、舞台演出、后世影响等诸方面的分析和探讨上。

《牡丹亭》主要塑造了一位热爱自然,热爱自由,为爱情出生入死的青年女子杜丽娘的形象,从而批判了虚伪的封建礼教对人性的摧残。已故的著名汤学研究专家徐朔方先生指出:"她(指杜丽娘)是那么美丽动人的一个女性形象,那么不同于平庸的闺秀淑女,她富有个性,爱好自由,当她的愿望受到遏制时,她宁愿为自己理想而殉身。……在三百六十多年前她却不愧为出现于黑暗的封建王国中的一线光明。"[1] 与中国学者略有不同的是,西方学者关注更多的,是汤显祖对"情"的表达和《牡丹亭》所体现的"情"的力量,较少提及该作品对封建礼教的批判。譬如,由美国耶鲁大学孙康宜教授和哈佛大学宇文所安教授主编的《剑桥中国文学史》,就专门设置了"《牡丹亭》与情教"一节来探讨《牡丹亭》与"情"的关系。书中说道:

> 这部戏曲提出了女性在社会中所扮演的适当角色以及情感在社会中的位置的问题。甚至还可以将《牡丹亭》视为这一时期盛行"情教"的中心。对浪漫爱情的迷恋,与十六世纪末李贽、公安三袁对真情、真实的兴趣密切相关,但这种爱情迷恋处于围绕传奇而生的文化之中,尤其是《牡丹亭》,激情、爱情、真情,都是其关注的重心。[2]

对于《牡丹亭》这部作品的感人力量,《剑桥中国文学史》也给予了肯定:"我们从数百位读者的评论可知,《牡丹亭》的巨大影响,并不在于这类理论层面;这部作品的崇拜者——男性、女性、精英、非精英,全都发自内心地深受感动。众多剧作家重写它,不仅仅是为了纠正那些明显的犯律之处,而是因为他们深受原作的启发。无论男性读者还是女性读者,动手重抄作品,还在朋友之间相互传阅。……年轻书生柳梦梅与佳人杜丽娘,二人都有文学才华,且都容貌出众,他们两人的爱情故事,几乎

---

[1] 徐朔方:《汤显祖和莎士比亚》,《徐朔方集》第一卷,浙江古籍出版社1993年版,第483页。

[2] 孙康宜、宇文所安主编:《剑桥中国文学史》下卷,生活·读书·新知三联书店2013年版,第163页。

在后世戏曲小说中的每一对情侣身上都留下了自己的印记。"①

正因为《牡丹亭》在情感上的感人力量，西方学者对《牡丹亭》情感用语作了深入细致的探讨。由伦敦亚非学院陈毓沅教授和罗马智德大学史华罗教授编著的《激情、浪漫、情——〈牡丹亭〉的情感世界和心灵状态》，收录了两位编者合编的长达千余页的《牡丹亭》情感语汇表，共5451个情感词语及其注释，还有两位编者以及另外两位作者Isabella Falaschi和Rossella Ferrari（费莱丽）撰写的几篇论文，细致分析了"情"在《牡丹亭》中所展示的生命力以及相关衍生词和特定习语在情感表达和心理描写中的具体用法，从而展示了剧中情感用语的演变轨迹以及所含信息的持久性。该书认为，《牡丹亭》体现了那个时代的新潮流，即对"情"的尊崇和追求。陈毓沅教授在情感语汇著作的基础上，又撰文探讨了《牡丹亭》中"爱"这一复杂的概念，认为《牡丹亭》中的"爱情"与"春"有着密切的关系。汤显祖借春天的景物和前人关于春的诗词，来描写杜丽娘爱情的自我觉醒和情感欲求，展示其丰富的情感世界及转折，与整个中国文学传统有密不可分的关系（《〈牡丹亭〉中的春情和文学传统》）。

对于《牡丹亭》的主题，美国哥伦比亚大学的夏志清教授在《汤显祖笔下的时间与人生》②一文中，则从人与时间关系的角度进行了探讨。他说："我研究汤显祖的戏曲，系着重在其对人在时间之摧残下的情况这一主题的探讨。"作者认为《紫箫记》和《紫钗记》专注于写爱情，"在爱的狂喜中忘却时间"；《牡丹亭》则是汤显祖"向时间挑战的唯一作品"。汤显祖把"超时间、超生命和超死亡的热爱，注入杜丽娘的形体。但是爱情只有在未能获得时才像似永恒。一旦爱情正常化了，或是因有了实体的性的拥抱，而减少了相思，那份永恒的感觉便无法继续"。汤显祖利用戏中女主角的死和复活，来证明爱情打败时间，"只是她（杜丽娘）被自己的收获所诱，终究沦为时间的俘虏"。

《牡丹亭》中存在着两个"杜丽娘"，一个是大胆追求爱情，乃至不顾礼法在梦中与柳梦梅灵肉交欢的杜丽娘，一个是死而复生后，由皇帝主婚而与柳生结为合法夫妻的杜丽娘。杜丽娘自己也说："鬼可虚情，人须实礼。"对此，徐朔方先生指出："不可否认，《牡丹亭》夫荣妻贵的收场带有很大的封建性，但是有关爱情的古代小说戏曲，十之八九以男中状

---

① 《剑桥中国文学史》下卷，第163页。
② 夏志清：《汤显祖笔下的时间与人生》，《英语世界的汤显祖研究论著选译》，第1—27页。

元、女封夫人作结束，并不意味着这些作品的思想性就是千篇一律。各种不同的大团圆，理应得到相应的不同评价。"① 徐先生认为，在《牡丹亭》中状元并不是杜丽娘、柳梦梅结合的条件，在此以前他们早就有了梦中幽会，还魂以后他们就自己作主结婚了。因此，徐先生分析后认为"它总的倾向还是强烈地指出，问题在于人们是否有像杜丽娘那样视死如归的对于封建礼教的反抗性"。② 对于前后不同的杜丽娘，西方学者对此表现了较浓厚的兴趣，如《剑桥中国文学史》写道：

> 就《牡丹亭》后半部分的文本而言，它并未过分推崇"情"。对爱情忠贞专一的杜丽娘，后来变为举止合宜的儒家贤妻，否定了自己从前的孟浪行为。这对年轻的爱侣，并未以悲剧性的私奔结束自己的故事，而是由皇帝亲自赐婚而结为合法夫妻。作品的结局是保守的，因为它再次肯定了君臣、父子之间伦理规范的首要地位，特别是让这种伦理最终能够融合个人的情感。③

可见，与徐朔方先生不同的是，《剑桥中国文学史》对还生后的杜丽娘否定较多。在《剑桥中国文学史》之前，夏志清教授也论及《牡丹亭》大团圆的喜剧结尾问题：

> 假如丽娘和梦梅两人恋爱的成功后仍继续不顾世俗的成功和道德，他们是会成为悲剧性爱侣的。但是汤显祖却不会采用悲剧形式的，因为明代的传奇，着重悲欢离合的情节，到底是喜剧形式。再者，柳梦梅原是个穷秀才，他所想的一直都是仕途显扬。照杜丽娘的家庭背景和教育看来，她若一辈子与一介穷书生过活也不会高兴的。因此《牡丹亭》遂写成终于协调的喜剧：就女主角而论，爱的冲动带给她以世俗的尊荣和成功，假如她没有主动地去经历生死以求爱情，她是无法获得如此之大的成功和尊贵的。她虽然有一阵反抗时间，但很快就和时间欣然谋得妥协。时间将使她逐渐成为信守名教的母亲，关心着孩子的正当教育了。④

---

① 徐朔方：《论牡丹亭》，《徐朔方集》第一卷，浙江古籍出版社1993年版，第391页。
② 徐朔方：《论牡丹亭》，《徐朔方集》第一卷，浙江古籍出版社1993年版，第392页。
③ 《剑桥中国文学史》，第166页。
④ 夏志清：《汤显祖笔下的时间与人生》，《英语世界的汤显祖研究论著选译》，第21页。

哈佛大学的李惠仪教授在其专著《引幻与警幻：中国文学的情爱与梦幻》的第二章《晚明时刻》中，对《牡丹亭》中梦中的杜丽娘和现实中的杜丽娘进行了分析。李教授将汤显祖剧作放置在晚明文化思潮的背景中进行思考，梳理了明清文学对情这一丰富复杂议题的不同处理，并提出汤显祖剧作对后世著作如《长生殿》、《桃花扇》及《红楼梦》的影响。作者认为，《牡丹亭》中杜丽娘的梦中之情，更具绝对性和超越性，能凌驾肉体与感官世界之上，具有自怜的因素。但是，戏曲的喜剧模式与梦幻中对情的强烈程度和无限性的颂扬之间存在着矛盾。杜丽娘穿行不同存在的世界，一方面她因情之强烈而死生，另一方面，一旦实现与柳梦梅现世的结合，便接受传统道德作为婚姻幸福的必然附属。《牡丹亭》就是以喜剧的圆融来完成对杜丽娘的性格塑造。①

耶鲁大学吕立亭教授则从西方语境中的梦的主体性问题、身份识别问题、感性认识和司法裁决问题、隐私和犯罪问题等角度分析了梦中杜丽娘和现实中杜丽娘的差异。吕教授在其专著《人、角色与心灵：〈牡丹亭〉与〈桃花扇〉中的身份认同》的第二章《情人的梦》②中说："我对概括一个普遍的十六世纪的中国人主体或二十世纪的美国人主体不感兴趣；作为一个文学评论者，我更关心特质，比如是否能在笛卡尔和汤显祖之间建立对话。在研究和编写这本书时，我引用了大量西方哲学的资料。"譬如，作者谈到身份问题，就有以下的论说："杜丽娘获得缓刑在很大程度上是由于她的逾矩行为都是在梦中进行的；从这样的论辩可否推断出，至少在提供法庭证据时，梦中的杜丽娘与杜丽娘的鬼魂有着不同的身份。""梦中人犯下通奸罪，与清醒时发生非法性行为，其后果完全不同。梦不会让杜丽娘有怀孕之虞，她的名声与贞洁也毫无损伤。""我们无法确认柳梦梅的梦中的女郎与他后来遇到的午夜情人是否是同一个人。"

戏曲作品和舞台上，常有亡灵的形象出现，死后的杜丽娘即是其中之一。美国芝加哥大学教授蔡九迪《魂旦：十七世纪中国文学中的鬼魂与性别》一书对十七世纪的戏曲作品中的亡灵现象作了全面的探讨。作者称戏曲舞台上表演亡灵的演员为"魂旦"（phantom heroine）。作者认为汤显祖在《牡丹亭》中对杜丽娘的完美塑造，是建立在他所熟悉的、存在于早期戏曲文本中"魂旦"模式的基础之上；同时毫无疑问地受到与他同时期戏曲表演实践的影响。承旧纳新，他开启了一种新型的、流行的魂

---

① 李惠仪：《晚明时刻》，《英语世界的汤显祖研究论著选译》，第28—64页。
② 吕立亭：《情人的梦》，《英语世界的汤显祖研究论著选译》，第157—185页。

旦表现模式。作者认为沈璟的《坠钗记》、傅一臣的《人鬼夫妻》、吴炳的《西园记》、冯梦龙改编的《洒雪堂》、范文若的《梦花酣》在魂旦的概念和表现上，都深深受到了《牡丹亭》的影响。但不同于其他包含魂旦角色的戏曲，这些剧中的女主角不但分身成为正旦和魂旦，由同一个演员扮演，而且化身出更多的角色，以至剧中出现由另一演员扮演的第二女主角。剧情的发展以两个女主角的对抗为主线，不仅因为第一女主角的鬼魂在死后和男主角的幽会中，经常冒充第二女主角，更重要的是因为其中一位女性的生存和婚姻，必须以另一位的死亡为前提。在这类情节中，《牡丹亭》中让"死者复生"的简单解决方式，或《倩女离魂》让身体和离魂重新结合的办法，都不再能圆满解决魂旦所提出的身体和灵魂的分离问题——因为多出一个鬼魂。①

美国霍夫斯特拉大学副教授周祖炎在《晚明清初文学中的双性混同》一书中，试图用"双性混同"的概念和荣格分析心理学来解读《牡丹亭》《桃花扇》《红楼梦》等明清戏曲小说作品。作者认为，阴阳是中国文化的主题，《易经》所言的"一阴一阳之谓道"，普遍存在于天、地、人，即整个自然界和人类社会。"阴阳相争"或"阴阳相谐"，是阴阳运动中最常见的形态。就《牡丹亭》来说，周祖炎认为杜丽娘因情生梦、因梦而亡是程朱理学从生理和心理双方面压抑青年女性正常需求，打破其身体的阴阳平衡而导致早夭的极端案例。因此，杜丽娘的还魂，即丽娘为追寻爱情而出入生死的历险，也是追寻一种阴阳和谐共存的个体存在模式的精神历程。书中还探讨了《牡丹亭》里出现的"花""园"意向、花木兰、红拂女等"女中丈夫"与"双性混同"的关系②。

研究中国的文学，免不了要将中国的文学与西方的文学进行比较。哈佛大学伊维德教授的《"睡情谁见?"——汤显祖对本事材料的转化》一文，比较了杜丽娘死后所葬的墓地荒园与德国格林兄弟《儿童与家庭童话集·玫瑰公主》中那座为荆棘所包围的城堡，认为两者存在惊人的相似之处："丽娘和玫瑰公主都是父母唯一的孩子；她们都进入到一个禁止进入的区域并在那里初次体验了性的亲密；玫瑰公主进入了百年沉睡之中，丽娘不久便憔悴至死；最后二者都因一个年轻男子的爱而得到复生。"作者考察《牡丹亭》的本事主要来自话本故事《杜丽娘慕色还魂》

---

① 可参见中译本蔡九迪《明末戏曲中的"魂旦"》（李雨航译）一文，收入华玮主编的《汤显祖与〈牡丹亭〉》，台湾文哲研究所2005年版。
② 何博：《北美明清传奇研究的文化细读模式》，博士学位论文，武汉大学，2012年。

后,将其与戏曲《牡丹亭》和欧洲诸多睡美人的故事加以比较。作者认为,欧洲童话故事和中国话本故事对女主人公之死有着不同的处理方式。欧洲童话故事把女主人公因伤而死表现为命运所致:源于某个女神或神祇的无可逃脱的预言,中国话本故事则用心理写实的手法呈现出导致女主人公之死的事件发展。作者最后还探讨了《牡丹亭》中杜太守对女儿的父爱和女儿私情之间的矛盾冲突,作者以为这是《牡丹亭》一个非常重要的主题。杜太守对女儿的父爱过于自私,以至不能容忍"纯洁无邪的女儿一步一步与自己远离",最后心甘情愿地成为别人的妻子。因此,作者认为杜太守拒绝把女儿适时地嫁出去是一种弗洛伊德式的"家庭情结"在暗地作怪,而他对女儿之纯洁的坚持则是他想把女儿据为己有这一潜意识扭曲的表达[1]。

除了对杜丽娘的形象进行研究外,西方学者也注意到了汤显祖利用《牡丹亭》的创作表达了他的反复古主义倾向。加州大学伯克利分校袁书菲副教授的《文本、塾师与父亲——汤显祖〈牡丹亭〉中的教学与迂儒》即是这样一篇探讨汤显祖《牡丹亭》反复古派倾向的论文。作者认为,汤显祖对杜丽娘"真"的强调,是通过对比受到复古主义影响的社会话语之不真来实现。复古主义者的语言,较之"白话",显得滑稽可笑而不真。杜宝的引经据典、柳梦梅的卖弄才华、陈最良的迂腐与学究气、石道姑利用《千字文》的放浪道白都在戏曲中受到汤显祖戏剧化的嘲讽。即便是杜丽娘,"全身心投入的激情反衬出复古主义引经据典的戏剧性",其"自身也未能免俗地自怜自赏或进行复古主义的效仿"。作者还将《牡丹亭》中的教学与迂儒的现象置于晚明的整个时代背景中进行观照,指出"秀才荒谬的高雅化措辞,是晚明笑话的标准特色"[2]。

关于《牡丹亭》的舞台演出,当以加拿大英属哥伦比亚大学史恺悌教授的研究为最著。其专著《舞台上的〈牡丹亭〉:中国戏曲四百年的发展历程》,考察了《牡丹亭》在不同历史时期的版本演变情况,指出《牡丹亭》文本内容和形式的变化,体现了汤显祖、改订者、演员等不同的思想旨趣和曲学主张。如作者这样评价冯梦龙的改本:"冯梦龙非常注意汤显祖的文本,表面上看来他所做的好像只是修改汤显祖曲词的音律,但实际上也是在淡化语言中明显的色情或粗鄙成分。"[3] 作者十分关注《牡

---

[1] 《英语世界的汤显祖研究论著选译》,第107—127页。
[2] 《英语世界的汤显祖研究论著选译》,第128—156页。
[3] 史恺悌:《〈牡丹亭〉与昆曲戏剧文化》,《英语世界的汤显祖研究论著选译》,第287—313页。

丹亭》的表演文本和舞台演出情况，在分析了《牡丹亭》历史上的演出状况和影响后，作者说："《牡丹亭》的出版和舞台历史，也是昆曲从晚明的全盛时期走向近百年的急剧衰落的历史的缩影。"对于陈士争和彼得·谢勒斯（Peter Sellars）各自导演的《牡丹亭》在当代美国的公演，作者也给予了介绍和评价。在谈到《牡丹亭》中的"性"的问题，作者说"性"在《牡丹亭》中既有纯洁美好的情色描写，又有粗俗黄色的插科打诨，这无论在折子戏还是几出折子戏串成的"完整"演出中，都是困扰演员的难题，"为此我将多次引用汤显祖创造的一个较为吸引人的角色石道姑，以此来检验作者对俗的审美意趣。石道姑很少能以汤显祖当初所构想的那个形式在剧本改编和修订的过程中幸存，因此陈士争对她的舞台重现招致强烈的批判这一点也就不足为奇了"。对于《牡丹亭》的形式和意义、雅和俗、表演美学、角色行当等问题，作者也都有简要的分析。

关于《牡丹亭》在当代的美国演出，有陆大伟教授的《陈士争版〈牡丹亭〉的传统与革新》一文[①]。该文对陈士争1999年在美国林肯中心导演的全本五十五出《牡丹亭》的成败得失作了评价。陈士争版的《牡丹亭》被观众认为是体现"完整性"与"真实性"的典范之作，作者认为，所谓"完整性"要从两方面来理解。一方面，陈版《牡丹亭》尝试把该剧五十五出统统按顺序在一个场地里连续演出，因为从来没有关于类似演出的记录，"这当然是一种前所未有的创新"，"比之前的任何有记录的演出版本都要更加完整"。另一方面，陈版《牡丹亭》与汤显祖原作仍然存在差异，如第十七出的开场部分改动很大，删减很多；第二十三出的开场甚至被完全省略掉了，等等。所谓"真实"，在作者看来也易引起争议。不过，作者肯定了陈士争版《牡丹亭》在乐队设置、舞台布景、场务安排等方面所作的改革和创新，对某些不足之处，也给予了批评。

关于汤显祖剧的英译问题，有斯坦福大学王靖宇教授《"姹紫嫣红"——〈牡丹亭·惊梦〉三家英译评点》一文。王教授探讨了《牡丹亭》中最为经典的《惊梦》一出三个译本的英译。作者将张心沧（H. C. Chang）、白之（Cyril Birch）、宇文所安（Stephen Owen）英译的《惊梦》曲辞按曲牌先后，逐曲罗列比较，指出三家英译得失优劣。

---

① 《英语世界的汤显祖研究论著选译》，第275—286页。

五 英语世界关于《紫箫记》《紫钗记》《南柯记》《邯郸记》的研究及其他

除了对汤显祖的代表作《牡丹亭》进行研究外，英语世界的学者对汤显祖的其他戏曲作品如《紫箫记》《紫钗记》《南柯记》《邯郸记》也有所论及。之前我们已提到夏志清教授用时间和人生的关系来考察汤显祖的戏曲作品。《牡丹亭》已引之如上，对于其余几部作品，夏志清也有其独到的论述。他认为《紫箫记》和《紫钗记》专注于写爱情，"在爱的狂喜中忘却时间"；《紫箫记》、《紫钗记》和《牡丹亭》确定了情的价值，而情在时间的范畴内是至高无上的。《南柯记》和《邯郸记》，是汤显祖把情爱的价值在人生短暂的大前提下去考验它，"以梦来缩短时间，把生命之短促戏剧化"，"他们只是警觉到时间的诡诈，而采用了传统的宗教方式去逃避时间而已"。在论及《南柯记》时，夏志清还比较了卢生和歌德笔下浮士德的异同，他认为卢生和浮士德除了各自的职责和使命不同外，他们还有根本的不同：

> 卢生和浮士德还有更根本的不同。浮士德本是一位厌倦了人生的学者；一被魔鬼梅非斯特引诱，便立刻跟随他去找寻快乐。一直要到度过了心灵消沮这个阶段，梅非斯特才无法挟持他。对歌德来说，浮士德的最后人道善举，可认为是对他年轻时所追求的个人浪漫主义之答复。汤显祖笔下的主角虽被奸相恶意驱迫，做了许多好事，他都认为是应该做的，并没有被浪漫的虚无主义所苦。只有在过度获得权势时，才开始在配偶之外，找寻肉欲方面的快乐。然而他之所以荒唐，主要还是为了要藉此求得长生。再如我们所见，卢生屡次声明，他对人生感觉满足。……对浮士德来说，满足等于是生命的尽头，所以那刹那是永不能来临的，他把生命看作一项永无休止的自觉过程中的冒险。虽然在他生命将尽的最后一刻，他确曾要求在无穷尽的未来中，那假定的刹那，"稍作逗留"，但那只是表示，他对于新垦地之能成立理想小区感到极端满足而已。这种理想社区从不曾存在过，或许永不会有。……在汤显祖的戏曲里，这种至高无上的一刹，是迟早会来到的。

美国爱科德大学沈静教授《〈紫钗记〉对〈霍小玉传〉的改写》一文比较了汤显祖《紫钗记》传奇与唐代文言小说《霍小玉传》的差异，

指出《紫钗记》在故事主题、人物形象、情节结构等方面对《霍小玉传》进行了改写①。作者认为，《霍小玉传》反映的是处于不同阶层男女主人公的爱情故事，李益与霍小玉的爱情受挫，主要是由于门第观念。《紫钗记》则基本剔除了封建家长制对男女婚姻的干涉，加重政务给个人生活带来的波折，反映的是上流士绅阶层内部的联姻，"如果说唐传奇体现了唐人对浪漫主义的狂热追求，那么《紫钗记》立场鲜明地惩恶扬善，则体现了一种追求个人行为理性化的思想倾向"。谈到李益的形象，作者认为《霍小玉传》中的李益是一个负心汉形象，"为了攀附门第更显赫的甲族而出卖了人格、背弃了真情"，而《紫钗记》中的李益则是一个有情有义的正面形象。"《紫钗记》中的李益则是社会现实的牺牲品。剧本不遗余力为李益洗刷负心之名，而让卢太尉承担制造悲剧的所有罪责。"至于霍小玉，作者认为唐传奇中的霍小玉是一个娼门妓女，而《紫钗记》中霍小玉"是青楼女子与上层妇女的混合体，似可反映出妓女文化对士人阶层的理想妻子形象的影响"。至于黄衫客，作者认为在唐传奇中所显示的任侠仗义的个人英雄主义在《紫钗记》中被削弱，汤显祖"将他塑造成皇权的维护者而不是挑战者"。

容世诚教授《〈邯郸记〉的表演场合》一文为其博士论文第二部分的第一章，主要考察了《邯郸记》在明清时期不同场合的演出情况，展示了该剧在当时的演出风貌及与社会文化生活的关系②。作者根据马林诺夫斯基（Malinowski）的戏剧理论，主要从"演出的场合"、"表演的具体环境"及"参加者和他们的关系"三个方面探讨《邯郸记》在明清时期的演出状况。作者认为，《邯郸记》的演出主要有以下几种场合。（1）汤显祖时期的私人演出场合。这一场合的演出是不公开的，观众严格局限于相互熟悉的文人之间，他们都是受过良好教育的精英分子。（2）宜黄剧团的公开商业表演场合。宜黄剧团曾到江西的文人圈中进行私人室内表演，后来又在公共场合和商业场合演出，并逐步从江西省向其他省份扩展。（3）明清文人私人演出。文献显示明清文人宴集时曾有《邯郸记》的演出。（4）《邯郸记》在宗教场合的演出。"在宗教场合演出，从而进行和完成斋醮超度等祭祀礼仪。"作者认为在不同的场合下演出时，戏剧的接受阶层，观众的审美期待都会随之改变。例如，葬礼上，戏剧的功能、意义和场景的选择受观众挑选的局限，与在商业剧场演出时是不一样的。从

---

① 《英语世界的汤显祖研究论著选译》，第314—329页。
② 《英语世界的汤显祖研究论著选译》，第330—349页。

地域上看，该剧到清初时，已经传播到中国大部分地区。

　　明清时期，评点之风盛行。《牡丹亭》作为戏曲中的名作，自然受到评点家们的青睐。关于《牡丹亭》的评点，主要有清人的《才子牡丹亭》和清人《吴吴山三妇合评牡丹亭》。前者的研究论文有华玮教授《〈牡丹〉能有多危险？——文本空间、〈才子牡丹亭〉与情色天然》，后者有蔡九迪教授《异人同梦：〈吴吴山三妇合评牡丹亭〉考释》一文。华玮教授《〈牡丹〉能有多危险？——文本空间、〈才子牡丹亭〉与情色天然》一文，对清代一部罕见而特殊的戏曲评本《才子牡丹亭》作了考证和解读①。作者考证《才子牡丹亭》出自清乾隆间的吴震生和程琼夫妇。之所以称《才子牡丹亭》为"罕见而特殊的戏曲评本"，是因为这部书将《牡丹亭》解读为一部"色情书"，评点中充斥了大量的情色语汇和"性隐喻"。这些情色方面的批语，非常直露、大胆、粗鄙，不少直接指涉性行为及身体部位，譬如"'惊春谁似我'，喻男根也。'蒲桃褐，喻二根色"之类，比比皆是。作者认为，评点者之所以这样做的一个动机，是为"读者打开了未曾有的、不可想象的世界，并引导读者的想象脱离理性与道德'正轨'的束缚"，如同《金瓶梅》的作者一样，"意欲借打破情欲的禁忌以娱读者，提供抒发情感上压力的管道"。作者认为，《才子牡丹亭》情色语汇显示出的情色观，"具有惊人的现代感"。最后，作者对《才子牡丹亭》的社会意义作了评价，指出晚明思想并未在十八世纪的清朝断裂分离，清代的文化钳制既未影响知识分子的独立思考，亦无法压制反对声浪的表达与传播。

　　蔡九迪教授《异人同梦：〈吴吴山三妇合评牡丹亭〉考释》是一篇关于《吴吴山三妇合评牡丹亭还魂记》（简称《三妇合评》）的考证文章。所谓三妇，即为清人吴吴山的前后三个女子陈同、谈则和钱宜，她们各有评点《牡丹亭》的文字，汇编合刊后，受到广大读者的欢迎②。作者对《三妇合评》的成书过程、评点的内容、署名的真伪等问题都作了细致入微的考证和揭示。作者指出，《三妇合评》初创于陈同，陈为吴吴山的未婚妻，未婚而殁，留下《牡丹亭还魂记》上卷及其评语。后娶谈则，补写下卷评语，如出一辙。谈不幸早逝，继室钱宜续写评语，怂恿丈夫合而刊之。作者认为，"《三妇合评》之功，主要在于注明了《牡丹亭》中所用'集（句）唐诗中每句的作者'"。《三妇合评》受到了金圣叹批点《西

---

① 《英语世界的汤显祖研究论著选译》，第 225—246 页。
② 《英语世界的汤显祖研究论著选译》，第 186—224 页。

厢记》的影响,但"未对戏曲所涉的道德问题表现出多大兴趣"。认为《牡丹亭》实际上是以情阐理之作。"比较重视分析人物心理,以及语言艺术与各种意象在情、痴、梦等主题里的象征功能"。作者最后对钱宜和吴吴山的夫妻同梦现象作了理论的阐释。

芮效卫教授的《汤显祖创作〈金瓶梅〉考》探讨了汤显祖与小说《金瓶梅》的关系,作者罗列了《金瓶梅》与汤显祖生平、思想、作品等种种关联的例证,考证汤显祖是《金瓶梅》最有可能的作者[1]。《金瓶梅》的作者人选迄今有数十个,无一种说法能得到学界的公认。芮效卫教授的考证受到了徐朔方先生的质疑,其质疑的文章发表在《温州师范学院学报》1986年第2期。虽然《金瓶梅》作者汤显祖说不可能成为定论,但汤显祖与《金瓶梅》有关系是毫无疑问的。论文所举的例证及考证方法,依然有给人启发的地方。雷威安教授是《金瓶梅》和《牡丹亭》的法文译者,他的《汤显祖和小说〈金瓶梅〉的作者身份——戏剧〈牡丹亭〉相关资料的启示》一文,为芮效卫的《金瓶梅》作者汤显祖说提供了一些佐证材料。

六 结语

从上述汤显祖及其剧作在英语世界的译介、演出和研究来看,汤显祖的戏曲越来越受到西方观众的喜爱,越来越受到西方学者的重视。在汤显祖戏曲在英语世界的译介、演出和研究的过程中,不仅有华裔学者所作的努力,也有欧美本土学者所做的贡献;不仅有中国政府、民间艺术团体、高校所作的贡献,也有西方政府、艺术机构及高校所作的努力。从学者研究的方法来看,既有类似中国传统实证的研究方法,也有用西方的理论来研究汤显祖戏曲的方法(如吕立亭、周祖炎等)。中国的学者,也许不一定会赞同西方学者(包括华裔学者)的某些观点,但他们的研究无疑扩大了我们的视野,给我们以很好的启发。一些比较的文章,让我们看到了中西方文学既存在一些共通的现象(如伊维德的文章中关于《牡丹亭》墓地荒园与德国格林兄弟《儿童与家庭童话集·玫瑰公主》中那座为荆棘所包围的城堡的比较),也有相异之处(如夏志清关于卢生与浮士德的比较)。《牡丹亭》英文版的出版,青春版《牡丹亭》等多种昆曲版本在西方舞台的演出,遂昌政府与莎士比亚故里斯特拉夫德镇关于汤显祖和莎士比亚的文化交流合作关系的建立,2014年在伦敦亚非学院举办的1616

---

[1] 《英语世界的汤显祖研究论著选译》,第65—99页。

汤显祖和莎士比亚研究的对话会议等，都是汤显祖剧作在海外传播的重要事件，这些事件大大提高了汤显祖在国际上的知名度和地位。2016年是汤显祖和莎士比亚去世四百周年，习近平主席2015年10月访问英国时，提议2016年中英两国共同纪念这两位文学巨匠，"以此推动两国人民交流、加深相互理解"，可以相信，汤显祖戏曲在海外的传播和研究，将会兴起新的热潮，揭开新的篇章。

（原载《文学遗产》2016年第4期）

竹枝词的名、实问题与中国风土诗歌演进

叶 晔

近30年来，竹枝词作为一种风土信息的文学载体，又重新成为文学文化界的一个热点。从学术研究的角度来看，对历代竹枝词的整理，是学界现有的主要成绩，雷梦水等编《中华竹枝词》、王利器等编《历代竹枝词》、丘良任等编《中华竹枝词全编》陆续问世，相关的文献研究，在数量上呈现一片欣荣之势。而每年有关竹枝词的研究论文，虽有上百篇之多，但一半左右属于地方上的文史研究成果，单篇阐说，就事论事，在研究的视域和格局上有一定的局限；另外一半，则是社会文化史领域的研究成果，其学术水准不可谓不高，涌现了相当数量的优秀论著，但在这些学人的眼中，无论竹枝词还是风土诗，[①] 都只是他们的史料素材而已，他们感兴趣的不是风土文学本身，而是以风土文学家们独特的书写视角和敏锐度，将一些在传统的史志书写中很少被关注的信息保留了下来。故对一位历史学家来说，中国的风土文学是一个浩繁的文献宝库，它甚至在地理学、语言学、人类学等研究领域，亦有不可替代的学术价值。本来，不同学科的研究者有不同的取舍态度，无可厚非，但由此形成的重风土轻文学的思维惯性和研究走势，却让历代竹枝词的"数量"越来越多，以致各类风土诗歌之间失去了应有的边界。原本早应完成的厘清竹枝词概念及发展脉络这一基本任务，直到现在仍说不上得到了完满的解决。

---

① 案：在本篇的表述中，竹枝词是一个唯名概念，即诗题或正文中明确标示"竹枝"的诗歌作品；风土诗是一个实在概念，即以地方公共空间中的风俗、掌故、民生、士习等为吟咏对象的诗歌类型。从范畴上大致来说，竹枝词是风土诗歌的一种典型体类，风土诗歌是地方诗歌的一种重要类型。地方诗歌系统中除了风土诗外，还有另外两大诗歌类型，即景观诗和纪行诗。需要强调的是，清中叶后出现的动辄三五百首的大型竹枝组词，实则是一种体系性的地志文学书写，即用竹枝词的体类外衣，来行使整个地方诗歌系统的权力，笔者视之为"泛风土"书写，不可以纯粹的风土诗视之。

面对竹枝词及风土诗纷繁混乱、浮光掠影的局面，笔者主张应严格遵循分层与守界的考察原则。这一研究理念最近在家族文学研究中被多次强调，用以纠正相关领域中结论大而不当、千族同面的表层研究路数。"分层指符合逻辑地将研究对象不断深化和体系化，以便在多层次中立体把握对象；守界指循名责实，使各层次、各概念之间不相淆乱，并都有其边界清晰的适用范围。"① 诚然，风土文学研究与家族文学研究有很多不同之处，但笔者认为，这一套分层和守界的基本法则还是可通用的。一来风土文学内部的竹枝词、棹歌、杂咏、地名百咏等二级体类，有必要用守界的原则将它们较清晰地区分开来；二来在风土诗歌中占据核心位置的竹枝词一类，其文化内涵在不断地变化和扩张，有必要从功能类从或类分的角度切入，予以更复杂、更立体的分层考察。而且，笔者还有意在此分层与守界原则的基础上，插入第三条原则，即用知识考古的方法，将不同时代的作者和读者对竹枝词概念的不同理解作适当的区分，使我们对相关史料的阐读和运用更加细密和谨慎。

以上这些困惑，最终都或多或少地指向了竹枝词的名、实问题。在很大程度上，如果厘清了这个问题，作为文学的竹枝词研究将得到实质性的推进，中国风土诗歌的发展脉络也会由繁化简，变得更容易把握。而当前学术界对竹枝词的概念界定，可分为古代文学和古代历史社会两大研究领域。根据各自研究目的和定位的不同，他们对竹枝词的认知和理解，实在大相径庭，这在很大程度上影响了文学层面上的竹枝词研究甚至整个中国风土诗歌研究的深入拓展。而笔者撰写本文的目的，就是尝试去突破固有的概念壁垒，廓清常在的认知误区，理顺以竹枝词为代表的中国风土诗歌的发展脉络和功能层次。

一 竹枝词"实在定义"的越界与守界

现在学界对竹枝词的界定，有广义、狭义之分。狭义的竹枝词，以诗题或词牌中有"竹枝"为限，有的稍微放宽标准，小序或正文中有"竹枝"二字亦可。不管怎么说，必须表明作家对作品的竹枝属性有明确的认同态度。笔者取翁圣峰先生之说，将这一狭义界定法称为"惟名定义"。② 广义

---

① 张剑：《家族文学研究的分层与守界原则》，《华南师范大学学报》2011年第3期。
② 翁圣峰：《清代台湾竹枝词之研究》，文津出版社1996年版，第5页。其文略曰："'惟名定义'也就是只以字面上是否称'竹枝词'作为判断依据，在这定义下可能佚失那些因名异而实同的文学作品。但是吾人若未见到作者自己的声明，只以读者的反映说为依据，那可能造成因不同读者对'竹枝词'概念上的不一，对于同一组作品是否为竹枝词而意见纷歧，因而造成竹枝词作品的不易确定。"

的竹枝词，还包括棹歌、衢歌、杂咏、杂事诗等，甚至还涉及百咏、纪事诗、八景诗等，涵盖范围宽紧不一，尚没有统一、明确的界定依据。一些学者喜欢把广义的竹枝词称为"竹枝体"，① 这样既有别于狭义的竹枝词，又显示出这些相似文类被归为竹枝的合理性。本文从翁氏之说，称之为"实在定义"，即"只要是描写风俗地方者"，"都可以'竹枝体'称之"。

有关名、实问题的争论，一直是竹枝词研究的难点，这是由多方面原因造成的。一方面，名、实问题由来已久，伴随着竹枝词的发展一直存在，宋元时期就有相关论述，先有杨万里撰《圩丁词》十首，用切实的别体创作来"拟刘梦得《竹枝》《柳枝》之声"；② 后有周霆震撰《城西放歌》十五首，纪元末农民军攻安福县城事，自序中有"歌竹枝以写之"的寄叹。③ 明清两代，随着创作数量的大幅度提升，竹枝词的理论研究水平远远跟不上创作和传播的速度，作家凭着对竹枝词的个人理解和认知，进行写作上的创新和拓展，随之产生了大量有实无名的竹枝作品，形成一股巨大的创作洪流，已是一个明显的事实。另一方面，现今大多数地域竹枝词集，它们的编选目的是出于地方文史研究的需要，出版物虽然以"竹枝词"为书名，从事的却是地方风土地理的研究，不能算是文学本位的竹枝词研究成果。换句话说，编选者重视的是这些风土诗歌的史料价值，而不是它们作为文学作品的艺术审美价值。虽然名曰"竹枝词集"，实际上是"风土诗汇编"。从这个角度来说，只要编选者标榜的文学体类与其编选目的存在一定的错位，竹枝词的名、实问题就无法得到彻底解决。在本质上，因为竹枝词占了风土诗歌的大宗，便用"实在定义"偷换概念，将其他风土诗体类强行划入竹枝词的范畴，是一种似是而非的拓宽文体边界的行为，属于对竹枝词概念的过度阐释。现有的文献成果中，像《历代竹枝词》《江苏竹枝词集》这样严格界定、宁少毋滥的编选态度，显得尤为可贵。

---

① 如翁圣峰指出："只要是描写风俗地方者，虽诗作之名不称为'竹枝词'，都可以'竹枝体'称之。"（翁圣峰：《清代台湾竹枝词之研究》，第36页）；另，徐恭时在《上海洋场竹枝词序》中也提出竹枝词的"同体别称"现象，在序中多次使用"竹枝体"一词，虽未明确释义，实际上即指那些"同体格而标题别称之作"，见顾炳权编《上海洋场竹枝词》，上海书店出版社1996年版，第2页。

② 杨万里：《圩丁词十解》小序，《杨万里集笺校》卷32，中华书局2007年版，第1643页。

③ 周霆震：《城西放歌》小序，王利器、王慎之、王子今辑：《历代竹枝词》，陕西人民出版社2003年版，第54页。案：本文所引竹枝词，皆用《历代竹枝词》本，若此书失收，则用《中华竹枝词全编》本或其他佳本。

(一) 古今变化中的"竹枝体"观

有学者会质疑,"竹枝体"的概念自古有之,并非今人制造,过于执着于惟名定义,无法反映竹枝词发展的真实全貌。笔者认同这一说法有它的合理之处,以下即通过对明清竹枝词序跋的文献钩稽,来看前人对"竹枝体"是如何理解和认知的:

> 上题各截句,本辖轩采风意也。用竹枝体者,求雅俗同解也。①
>
> 竹枝之体,其源出于国风,考亭所谓里巷歌谣者是也。唐刘禹锡最工为之,自是以降,作者益众,或以言情,或以纪俗,要不失风人之旨而已。郑君栗园客漳时有竹枝百咏,其言俚而工,其意近而远,大抵取古人纪俗之意,诙谐出之,然于言情之体例,亦自不悖。②
>
> 村叟入市,一打恭作揖,皆可入诗料,此言有合竹枝之旨。故宁为鄙俚琐碎之词,不作艳冶轻儇之调……余兹所为百首,意在矫从前作者之偏,不肯堕纤佻一路。又或感怀记事,直举胸情,故往往近于绝句,非复竹枝之体。脱稿后覆视,深愧自乱其例。③

虽然各家对"竹枝体"的理解各有不同,但有一点是共通的,那就是"竹枝体"必须要有适度的"俗"。申翰周的"雅俗同解"说,自然是上乘的做法;刘开"或以言情、或以纪俗"的观念,于二者中任选其一,也是可取之说;而一旦二者只能选一,陈璨提出了自己的看法:"宁为鄙俚琐碎之词,不作艳冶轻儇之调。"过于雅致,过于重情、纪事,就变成了文人绝句,也就与"竹枝之体"背道而驰了。这虽然是陈璨对自己创作的反省之说,却从一个侧面反映了他对何为竹枝本色的个人理解。

实际上,明清人眼中的"竹枝体",和古代文学中的很多体格一样,更多的是一种语言风格的定位,而不是体式、韵律的定位。④ 既然是以风格为中心,那么,有些文献中所谓的"竹枝本色""竹枝本意""竹枝正

---

① 申翰周:《闽南竹枝词》自跋,丘良任等编:《中华竹枝词全编》第5册,北京出版社2007年版,第202页。

② 刘开:《漳州竹枝词跋》,《刘孟涂集》文集卷7,《续修四库全书》第1510册,上海古籍出版社2003年版,第381页。

③ 陈璨:《西湖竹枝词》自跋,《丛书集成续编》第224册,台北:台湾新文丰出版公司1989年版,第127页。

④ 案:文人拟作竹枝,始于唐宋,其时竹枝尚能入乐,属于声诗,故其体式、韵律为人所重,任半塘先生在《唐声诗》中有细致考辨;而"竹枝体"之称始于明清,其时竹枝已变成徒诗,故在此基础上衍生而来的"竹枝体",更重在语言风格的定位。

声"之类的概念,也能在一定程度上代表"竹枝体"的一些特征:

> 余倡竹枝,略纪天人之胜,而其他民谣土风,听诸君广陈之……词中采俗观风,如"半是良家半是娼",已几风人规讽之句;又进而曰"娼女良家两不分",又进而曰"当年悔不嫁青楼",讥刺太甚,自是竹枝本色。①

> 悉取谣俗,稍为隐括,不敢易其本色。盖宁俚而真,毋宁文而赝也。昔人作《柳枝》《竹枝》词,近日钟伯敬寓秣陵作《桃叶歌》,皆采乡语土风,发其一时情至之语。今予之作,亦犹《竹枝》《柳枝》《桃叶》之意。

> 余于丁未三冬,为《清风泾竹枝词》一百首,大半纪述旧闻,借传逸事,而于体制不能尽合。庚戌长夏,复为《续唱》二十八首,以补前诗所未及,事搜琐屑,词近巴渝,或于竹枝本意庶乎近焉。

> 竹枝之曲,陈民风者也……使采风者闻之,悠然思深,穆然神远,于以知民俗之贞淫奢俭,政治之良苦惇薄,此固竹枝之正声。②

陈祁所说的"事搜琐屑,词近巴渝"和"纪述旧闻,借传逸事"两种主题和功能上的特征,正是下文将着重提出的"采风型竹枝词"和"纪风型竹枝词"的最好注脚。我们可以看出,从卓发之到袁学澜,不同时代的作者、读者对竹枝词的观念是在变化的,总的来说,体现为一种从"原生竹枝"到"士人竹枝"的发展趋向。晚明的卓发之和王先,他们倡导并践行的是"竹枝本色",即作为田野文学作品的原始风味,即使稍稍恶俗,过于讥讽,亦无伤其先天的民间采风优势;晚清袁学澜主张的"竹枝正声",则是在儒家学说范围内的对纪风功能的一种强化和规范。而乾隆年间陈祁的竹枝组词,则典型地表现出从"原生"向"教化"演变,同时又兼具二者的创作特征。纪闻传事已是其竹枝创作的主体内容,但"竹枝本意"的观念依然牢固,他很明白自己的多数作品不合竹枝体制,却已经无力保持创作与观念的统一。这是清前中期不少竹枝词人的普遍情况,在创作中表现为一种"原生"和"诗教"、"写情"和"纪事"之间的强烈张力感,这与竹枝采风被明清文人溯源至诗经传统有很

---

① 卓发之:《五日诗序》,《漉篱集》卷11,《四库禁毁书丛刊》集部第107册,北京出版社1997年版,第475页。
② 王先:《北吴歌》自序,陈祁:《清风泾竹枝词续唱》自序,袁学澜:《续咏姑苏竹枝词》自序,王利器、王慎之、王子今辑:《历代竹枝词》,第277、1445、2300页。

大的关系。

由上可见,古人眼中的"竹枝体"与现今学界所谓的"竹枝体",存在很大的差别。故同为"实在定义",却很难把握。首先,"实"在不停变化中,不同的时代、场景、作者对竹枝内涵的理解大相径庭,很难给出一个明确的定义。如《成都竹枝词》的作者开场便说:"古之竹枝,俗中带雅,褒中寓刺,风流跌荡,诚堪传之奕祀,久而不灭也。余前后竹枝虽勉凑百首,遣词鄙俚,不堪入雅人之目……阅者慎毋以古之竹枝律我,则幸甚。"① 这固然有自谦的意思,但作者已然认识到了竹枝词的古今之别,以及读者观念中的竹枝古意可能对自己创作意图带来的影响。其次,所谓的"实"到底是什么?是风格、内容还是体式?如果风格坚持俚俗,那么竹枝词和民歌谣谚的区别在哪里,是不是所有近体民谣都可以纳入竹枝词的范畴?如果内容关涉风土,那么竹枝词和风土诗的区别在哪里,像《邗江三百吟》这样的五言律诗,是否可以视作一种变体的竹枝?如果体式必须七言四句,又如何解释《杜注扬州竹枝词六种》中有黄录奇的《望江南百调》,华鼎元在《梓里联珠集》序中自云收得津门竹枝词五种,却有樊文卿的《津门小令》(全用"望江南"词牌)被编录其中。我们只能说,每位作家对竹枝词的认知及创作,既有其必然的内在原因,也有一定的偶然性和随机性,他的观点只能代表自己,若干特例的举证不能反映竹枝词发展的整体面貌和主流趋势。即使类似的观点在创作上形成了一定的规模效应,也不能因此推广到对所有同类作品的定义中去。

(二)"竹枝体"研究中的认知误区

正因为学界在一定程度上忽视了古人对竹枝词的认知偶然性,现今的竹枝词研究才会出现一个普遍误区,即由"自我认定"引申至"先例推定"。遵循先例原则,本是一个法律词语,放在这里论说,特指研究者借用个别风土诗家的创作态度,来类推其后所有同体类的风土诗皆属竹枝的做法。如清初朱彝尊撰《鸳鸯湖棹歌》,自言"以其多言舟楫之事,聊比《竹枝》《浪淘沙》之调",② 且后世的棹歌创作风气确实深受其影响,故现今的竹枝词整理和研究,大多不问具体事况,只要是"棹歌"一类就全盘收录。虽说朱彝尊的影响确实很大,但从逻辑上来讲,因为朱彝尊的自我认定,就推断所有的棹歌作品都属于"竹枝体"的范围,是不能成

---

① 定晋岩樵叟:《再续成都竹枝词》自序,王利器、王慎之、王子今辑:《历代竹枝词》,第1893页。
② 朱彝尊:《鸳鸯湖棹歌》自序,《曝书亭集》卷9,《清代诗文集汇编》第116册,上海古籍出版社2010年版,第107页。

立的。

我们可以从朱彝尊生前、身后的两条线索来论说这一问题。一方面，从文体来源上说，棹歌有自己的体式源流。早在晋陆机就有作品存世，至隋萧岑仍用齐梁五言，直到朱熹的《武夷棹歌》方以景喻理，这一条古棹歌的发展线索，清人孙尔准、王其淦等皆有发微。故至少在朱彝尊掀起"以棹歌咏风土"的潮流之前，棹歌的演变与竹枝词没有实质性的联系。另一方面，即使朱彝尊"以棹歌咏风土"成为一时风尚，后来仍有一些作家坚持认为两种文学体类存在明显的差异：

> 客有言："棹歌实起魏明帝，盖以道扬伐吴之勋，而用为宗庙之乐。晋陆机、梁简文帝始专言舟楫之事，顾五言而非七言。竹垞所作，其音节特与竹枝为近。"余谓："不然。事有不必泥于古者，贵得其实而已。今诗因地纪事，凡故老所流传，里俗所闻见，黄郎渔婢习而易知，相与叩舷鼓枻，发唱于烟波杳霭之际，则名之以棹歌为宜。"①

"客"坚持棹歌特有的发展脉络和特征，比如"专言舟楫之事""五言而非七言"等，认为朱彝尊的作品应该算竹枝而非棹歌。孙尔准则从古今演变和适用场景的角度出发，认为只要可以付诸渔人歌唱的，无论主题内容、句法体式，皆可以"棹歌"命名。两种观点各有自己的支持者，特别是"专言舟楫之事"一条，成为清代棹歌创作的争论焦点，如无锡人秦琦云："余作《梁溪棹歌》，于河塘风景亦偶及之。而山中泉石之胜与冶游之习，概从略也。因作《惠山杂咏》，亦得百首，以其多儿女之事，故以竹枝名焉。"② 其态度非常明确，棹歌咏河塘风景，竹枝咏儿女情事，两种体类各有自己的主题范围，如果棹歌涉及胜迹、风俗等内容，便不是正宗。虽然他没有明确表达对竹枝吟咏舟楫之事的态度，但恐怕是不予认同的。

如果说用前作来推断后作，还有一定的合理性，那么用后作来推断前作，则缺乏基本的逻辑顺序。现今的竹枝词研究中，不乏这样的"单例逆推"情况。这种"以后证前"的推演思维，很容易造成某一类文体的

---

① 孙尔准：《杨方叔芙蓉湖棹歌叙》，《泰云堂集》文集卷1，《续修四库全书》第1495册，第478—479页。

② 秦琦：《惠山竹枝词》自序，丘良任等编：《中华竹枝词全编》第3册，第788页。

研究误区，即用后世的文体观念去看待前代的文体生存状态。如《中华竹枝词全编》将宋人曾极《金陵百咏》、阮阅《郴江百咏》纳入竹枝词的范畴，这是典型的用清代竹枝、百咏的合流现象来理解前代的文体发展状况。我们只要看一下同类型的宋人张尧同《嘉禾百咏》、许尚《华亭百咏》为五绝体式，就知道宋代地名百咏归入竹枝词的不合理性。又如古代的棹歌体，发展至朱彝尊《鸳鸯湖棹歌》方成气候，开始出现作家自视"竹枝"的文学观念，一些竹枝词集将宋代朱熹《武夷棹歌》及相关追和作品也纳入竹枝词的范畴，从文体发展的角度来看，也不甚妥当。以上这些情况，都必须正本清源，否则，不仅竹枝词的范围将无限扩大，其发展脉络更难以梳理清楚。

综上所述，笔者认为，竹枝词应该被如何"实在定义"，其实不是最重要的，尽管它与竹枝词的搜采和整理密切相关。与其生硬地界定竹枝词"实在定义"这个永恒变动的命题，不如厘清"竹枝体"或"风土即竹枝"的观念由古至今是如何演变的。[①] 在笔者看来，竹枝词与其他风土诗体类相互作用，融会合流，像滚雪球一样越滚越大，最后发展成为中国风土诗歌最大宗的那个过程，才是更值得我们去关注和研究的。因为它指向的不仅是竹枝词本身，更是整个中国风土诗歌的发展脉络。

二　从"采风型竹枝词"到"纪风型竹枝词"

竹枝词来源于巴渝民歌，这是学界的公论。唐代顾况、刘禹锡、白居易等人的作品，虽然是文人创作，但都是可以付诸里人歌唱的，是一种抒情代言体，与其说这些作品是在纪风土，不如说这些作品本身就是风土的一部分。从这个层面来看，黄庭坚以为"刘梦得《竹枝》九章词意高妙，元和间诚可以独步，道风俗而不俚，追古昔而不愧，比之杜子美《夔州歌》，所谓同工而异曲也"，[②] 是有失偏颇的：杜诗是较成熟的文人风土诗，地名、人物、风俗、典故皆有涉及，附带的是个人的情感；刘诗虽未云"歌"，却是典型的文人拟民歌作品，以爱情的吟咏、哀愁的抒怀为主，代劳人言，代女子言，虽略及风俗，但离真正的风土诗还差了一截。

[①] 案：在笔者看来，竹枝词是一种体类，指向形式和命名；而竹枝体是一种体格，指向精神和功能。在清代，很多"惟名定义"的竹枝词，未必具有承载竹枝体之文学精神和功能的作用，更遑谈这一精神和功能也在不断的变化之中。故本文中对其"实在定义"的探究，尝试用历时性的梳理和论述来展现。

[②] 黄庭坚：《跋刘梦得〈竹枝歌〉》，郑永晓整理：《黄庭坚全集辑校编年》第11辑，江西人民出版社2011年版，第1523页。

类似的拟民歌性质的竹枝词，在元明清三代颇有市场，一方面，一些短小的棹歌、衢歌、茶歌等，源源不断地从乡野民间冒出来，经过文人之笔，依然保留了底层歌谣的俚真特色，展现了明清诗歌生命力的一面；另一方面，随着竹枝词的创作热区从山川转移到城市，有些流于浮艳的作品，逐步演化为都市艳歌的形式，"樽俎粉黛之习，多未能洗，众音繁会，往往流为绮语纤词"。① 这些作品，虽与竹枝的俚真本色相去甚远，但就内容的抒情性和底层性而言，依然属于拟民歌的作品，只不过带上了强烈的近世社会的城市化色彩。

在此之外，占据竹枝词另外半壁江山的，就是明清两代大量的吟咏风土之作。这些作品动辄百首，多可达六七百首，记录的内容覆盖了整个地方社会，有的已不是"风土"二字所能涵盖。无论是在内容的丰富性上还是在结构的完整性上，都远远胜过前期的拟民歌作品。而且由于作者持有较明确的志书书写目的，使得相关作品带有很强的地域纪史、补史功能。由此展现出来的史家性质的全知视角，与拟民歌所体现的文学家性质的第一人称视角相比，无论在情感的流露上还是史实的记载上，都有很大的不同之处。

（一）朱彝尊的典范效应：从诗人采风到学人纪风

有鉴于此，笔者根据作家创作目的和叙说视角的不同，尝试提出"采风"和"纪风"两个概念。② 将前期以抒情代言为主的拟民歌作品，称为"采风型竹枝词"；将后期日渐成熟的纪咏地方风土的文人诗歌，称为"纪风型竹枝词"。前一种类型，属于抒情文学，它采用普通民众的第一人称视角，在文人改编、仿效的基础上，保持了"风诗"的一些原貌；后一种类型，属于纪实文学，它以一个观察者的全知视角，对地方上的风土信息进行钩沉和记录，在很大程度上属于韵诗，未必能够付诸歌唱。③ 从"采风型竹枝词"到"纪风型竹枝词"，作品的音乐性、文学性在逐步

---

① 陈璨：《西湖竹枝词》自序，《丛书集成续编》第 224 册，第 113 页。陈氏此语针对杨维桢、徐士俊一脉的《西湖竹枝词》创作传统而发，认为徐氏唱和诸作堕纤佻一路，有失竹枝古意，同时表达了自己力图重振竹枝古风的意愿。

② 案："采风"一词，在历代的竹枝词序跋中非常普遍，与周代辀轩陈诗、汉代乐府采诗的文学传统相关联；"纪风"一词，使用频率虽不及"采风"，但清代风土诗总集《纪风七绝》之名尤响。笔者重提二词，在概念上既承袭了前人说法，又有一定程度的调整。

③ 针对竹枝词后期"不尽可歌"的问题，王浚《淀湖棹歌》自序曰："吴歈越艳，自古而传，今世所尚柳枝、竹枝词近之，然皆不拘格调，亦不尽可歌。榜人所歌，大率杂以土音，叠以虚字，词关男女，意陈土风。其义至俚浅，而风前月夜，与欸乃之声相和。古赋所谓榜人歌，流声喝是也。"（丘良任等编：《中华竹枝词全编》第 2 册，第 595 页）

— 694 —

变弱,虽然清代竹枝词中也有付诸土人吟咏的说法,①但恐怕除了实用性质的路程歌外,其他多数只是文人一厢情愿的想法而已。

笔者之所以拿"采风"和"纪风"二词来旧瓶装新酒,正是看中了"采""纪"二字在字义上的细微差别。前者虽然无法摆脱作家的某些创作印迹,但于作者而言,其在位置和姿态上已尽量保持了与歌者的一致,尽可能地克制了自己的文人情绪和写作技巧,没有在文字上对歌者的情感及其观察世界的方式作太多的变动。他不仅要确保歌者感情和精神的维系,还要保证作品经语言转换成文字之后,依然能回到民间场景中去被继续歌唱。虽然"采"和"纪"都有一个类似于复制的过程,但在某种程度上,"采"只是文学文本的一次空间转移和内容变动,而"纪"则是地方性知识在文学文本上的一次投射和塑造。

据《历代竹枝词》和《中华竹枝词全编》对狭义竹枝词的采录情况来看,纪风型竹枝词的广泛出现和流布,是从清前期开始的。元代杨维桢编《西湖竹枝集》,还是绮言丽语居多;明代百首以上的竹枝组词,有易震吉、郝璧、徐之瑞三家,观其风格,仍多半可用第一人称来拟唱;同时代杨慎、徐渭、袁宏道、钟惺等名诗人的竹枝短章,亦有很浓烈的口语色彩;直到清初,王士禛的十五组竹枝词,依然秉持风情可咏的体格。真正将声情风怀之外的民间礼仪、乡党掌故全方位地植入竹枝词,起于清代朱彝尊的《鸳鸯湖棹歌》及稍后文人的群起仿效:

> 竹枝之体,出于巴渝,刘梦得依楚词以继之,具道山川风俗、鄙野勤苦及羁旅离别感叹之思。至本朝小长芦太史与小谭大夫,仿其体作《鸳湖棹歌》百首,遗闻胜说,往往附见焉。②

由上可见,朱彝尊在中国风土诗史中的地位,远非首倡"以棹歌咏风土"那么简单,他更重要的承启作用在于,不仅用遗闻胜说打破了棹歌专言舟楫的抒情传统,而且还用一句"聊比《竹枝》《浪淘沙》之调"的轻描淡写之语,将文学纪实的力量注入竹枝词的创作潮流之中。虽然也会遇到前述秦琦等人对竹枝、棹歌的分体明辨,但朱彝尊作为诗坛领袖的影响力

---

① 周斌《柳溪竹枝词》自序有"非敢比拟风骚,聊付牧童、渔子击竹时助一乌乌尔"之句(丘良任等编:《中华竹枝词全编》第4册,第582页);杨文莹《黔阳杂咏》末诗有"小诗未称陈风职,且付歌筵当竹枝"之句(丘良任等编:《中华竹枝词全编》第7册,第57页)。诸如此类,不一而足。
② 王昶:《千山竹枝词序》,《春融堂集》卷40,《续修四库全书》第1438册,第85页。

毋庸置疑，而创作棹歌的大多是地方文人，没有深厚的诗学素养，大多跟风式地承袭朱氏做法，以致整个诗坛对朱彝尊开拓棹歌境界的认同感越来越强。乾隆人乐钧评价朱氏"不专属鸳鸯湖，亦不专言舟楫，既博既丽，斯为盛矣"，① 已是一派肯定赞赏的语气；晚清人杨文斌的态度更鲜明，"棹歌之体，仿于竹枝，而实则难易相去倍蓰。盖一则采芳撷艳，言情而宛转即工；一则数典采风，征实而搜罗莫备"。② 显然，在清人眼中高下立见的，并非棹歌的体式，而是棹歌所指向的数典征实的创作路径。那么，清代竹枝词的发展顺应时代的风气、容纳实录式的写法，从诗人式的采风向学人式的纪风过渡，是理所当然的事了。

（二）地方认同和公共批评的观念兴起

如果说早期带有拟民歌性质的竹枝词是一种风情书写的话，那么，清代以后的文人竹枝词则表现出一种地方书写的自觉趋势。就像文人诗可分为诗人之诗和学人之诗，在笔者看来，纪风型竹枝词可再分为纪风土和纪掌故两大类型。纪风土的一类虽然不尽可歌，但至少仍需作者深入民间去开展田野调查；而纪掌故的一类，其写作面向则宽泛得多，能够亲自采访旧闻自然最好，但从志书中辑出一些先贤轶事作为诗歌素材，也无伤大雅。更关键的是，它们被作家赋予了不同的文化功能。纪风土重在惩劝和讽谕，故在很大程度上承接了《诗经》传统，强调诗歌的美刺正变，这就要求作者贴近民众生活，而不是从乡土文献中找几条风土材料即可了事；纪掌故重在实录和补史，并不需要承担过多的教化或劝讽的社会功能，在某种程度上，作者只要让历史文献和耆老旧闻这两条知识通道保持畅通即可。也正因此，跨越或消泯文人与平民之间的身份界线，并非纪掌故的必要条件，却是纪风土的先决要素。换句话说，纪风土的终极目的是"见民隐"，通过诗歌的声音，让统治者看到百姓的日常之隐，使得政府的抚恤和教化工作更有成效；而纪掌故的意义，则主要是地方文人对自己地缘身份的认同和呼应，③ 并用诗歌的形式去构建某一区

---

① 乐钧：《韩江棹歌》自序，《青芝山馆集》诗集卷8，《续修四库全书》第1490册，第496页。

② 杨文斌：《槎浦棹歌序》，丘良任等编：《中华竹枝词全编》第2册，第605页。

③ 案：有关竹枝词所体现的文人的地方认同感，笔者当另撰文专论。在这里需要指出的是，就本地认同而言，它首先根植于明清两代日益强化的乡土观念及相关文化传统，但另一方面，与文人之间的文学竞技行为也有密切的关系。这类竞技既有心理层面的，如不同地域竹枝词之间的暗自较量，同一地区先后撰者之间的比拼和超越；也有现实层面的，如清代各级官员在巡察府县学宫时的竹枝考课，晚清上海、广州等城市报刊对竹枝词的征集和评第等。无论何种形式，都是推动竹枝词发展的有效动力。

域范围内的文化小传统，且让这种传统拥有一个较清晰的时间源头和较稳定的空间边界。

如上所示，纪风型竹枝词之所以分为纪风土和纪掌故两大类，与清代学术中的实学风气有很大关系。而我们一旦明白了清人务实学风在中国风土诗歌中起到的特殊作用，就会发现在竹枝词发展史中还有两个次一级的变化特征，也与此密切相关。一个就是采风型竹枝词的抒情指向，从早期的宛转寓规，转向清中后期的直白讽谕，最后回到内敛式的写情。这其实是竹枝词的社会功能日益成熟后，诗人们在拟民歌的内部对原生竹枝的一种细微改良。竹枝词本是"依声制辞"的抒情民歌，它早期被文人赋予的社会责任和功能，主要是呈现式的，而不是批评式的。如刘禹锡认为竹枝词应"含思宛转，有《淇奥》之艳音"，[①]即上接《诗经》中的郑、卫之声，这固然可以理解为包含了变风的创作诉求，但同样也可以视为对民间文学本色传统的承袭与维系。至元代晚期，杨维桢《西湖竹枝集》自云"洗一时尊俎粉黛之习"，"道扬讽谕古人之教"；[②]明末动荡之时，又有徐之瑞《西湖竹枝词》自云"用抒蒿里之悲，何止黍离之痛"，[③]对明代万历、崇祯年间的巧伪趋华、机诈斁赂之风多有描绘。可以看出，以上诸家采用的都是叙而不论的呈现之法，这到底是美是刺，后世读者很难形成统一看法，以致清人陈璨批评他们"绮语纤词"，"古意浸失"；[④]袁学澜虽肯定杨维桢不失尺度，但也承认"自后作者弥众，而雅驯者盖鲜"。[⑤]故入清以后，竹枝词的讽谕形式发生了明显的转变，从靡丽寓规转向质俚直讽，最典型的即苏州、扬州二地竹枝词中的讽谕传统。先是康熙末年，章法（即瓶园子）撰《苏州竹枝词》，明言"去可恕者，留其不可恕者汇为一集"，希望借此达到一个"君子见之，谅必哑然笑，渊然思，且骇然异，勃然怒，以至奋然起"[⑥]的社会效果。其后王德森（即玉峰寒叟）、松陵岂匏子等苏州人氏，都在自己的竹枝词序中表达了对章法的仰慕和尊崇之情。后在乾隆年间，董伟业的《扬州竹枝词》横空出世，针砭时弊，谐谑自如，郑燮作序有"广陵风俗之变，愈出愈奇；而董子调侃之文，

[①] 刘禹锡：《竹枝词》并引，王利器、王慎之、王子今辑：《历代竹枝词》，第2页。
[②] 杨维桢：《西湖竹枝集》自序，《丛书集成续编》第223册，第384页。
[③] 徐之瑞：《西湖竹枝词》自序，王利器、王慎之、王子今辑：《历代竹枝词》，第323页。
[④] 陈璨：《西湖竹枝词》自序，《丛书集成续编》第224册，第113页。
[⑤] 袁学澜：《姑苏竹枝词》自序，王利器、王慎之、王子今辑：《历代竹枝词》，第2281页。
[⑥] 章法：《苏州竹枝词》自序，王利器、王慎之、王子今辑：《历代竹枝词》，第831页。

如铭如偈"① 的评价。其后林苏门、津瀛逸叟等扬州晚学，也在竹枝自序中坦言对董伟业讽谕写法的效仿。林苏门甚至还提到"里人寄我郑、厉二内翰《续竹枝词》，展卷读之，潇洒风流，足与董相匹耦，其寓惩戒处，犹董志也"，② 足见当时对董伟业的推重，不仅是将其作为扬州竹枝创作的巨贤，更是因为他的讽谕写法赢得了很多文人的认同。从章法的"去可恕者、留不可恕者"的编选态度，可见作者有意对儒家温柔敦厚的诗旨有所突破，而这种直白的表达方式，无疑使竹枝词从文人化的情景空间，走向社会批评的公共领域。③ 这其实是比传统士大夫更低一层的底层文人们表达他们现实关注的一种方式，无论在康乾盛世还是晚清民初，都有一定的受众和市场，并形成了竹枝词中非常鲜明的变风一脉。可惜近百年来，这一传统渐趋消散和冷落。

另一个次级的变化特征，则是纪风型竹枝词的时代指向，从纪今转向考古，最后又转回到纪今。这应该不难理解，早期的纪风型竹枝词，没有非常明确的地志书写目的，只是随手记载掌故见闻而已，展现的多是当下时代的一些人事风情，尚停留在一种无意识的碎片化书写阶段。直到清代中叶，百首以上的竹枝组词越来越多，而且与早期作品没有主题分类、层次结构涣散不同，这时的不少竹枝组词都有分题，甚至有些组词下先有若干类目，类目以下才是每首分题，层次感非常清晰。如许承祖的《西湖渔唱》，仿田汝成《西湖游览志》之体例；秦荣光的《上海县竹枝词》，悉本同治年间的《上海县志》。他们对方志书写体例和理念的借鉴，是显而易见的。甚至在一些尚无方志的偏远地区，竹枝组词自觉地行使了方志本应承担的文化责任，如杨甲秀撰《徙阳竹枝词》，天全知州陈松龄坦言"州向无志书，询之故老，文献均无所考……因付梨枣，以补志乘之阙，以当文献之助"，④ 在某种程度上，这就是有史以来的第一部《天全州志》。一旦竹枝词如上所示，开始步入了自觉的地志文学的发展阶段，那么，古代志书编纂观念与理论对竹枝词创作的影响，是必须直面的一个问

---

① 郑燮：《扬州竹枝词序》，王利器、王慎之、王子今辑：《历代竹枝词》，第 1034 页。
② 林苏门：《续扬州竹枝词》自序，王利器、王慎之、王子今辑：《历代竹枝词》，第 1699 页。
③ 案：也有人持不同态度，如得硕亭在《草珠一串》中说到有朋友持《京都竹枝词》见示，"大半讥剌时人时事者多，虽云讥剌，未寓箴规，匪独有伤忠厚之心，且恐蹈诽谤之罪。友人啧啧称善，余漫应之而未敢附和也"（路工编选：《清代北京竹枝词》，北京古籍出版社 1982 年版，第 49 页）。足见得硕亭并不认同这类极端批评之法，以为有违儒家忠厚本意。但友人啧啧称善的行为，亦可从一个侧面看出这样的写法在当时颇有影响力。
④ 陈松龄：《徙阳竹枝词序》，王利器、王慎之、王子今辑：《历代竹枝词》，第 2662 页。

题。特别是志书编纂的最核心理念之一，书写对象的古今之争，即"厚古薄今"与"厚今薄古"的历史观差异，对后来的竹枝词创作产生了深远的影响。

一旦竹枝词的创作主题从民间风情转向历史故实，那么，其时代指向从纪今转向考古，也是情理之中的事了。但方志有首修、续修之别，首修多"厚古薄今"，持一种百科全书式的书写意图，体现出一种对人文历史的关怀；而续修多"厚今薄古"，聚焦于新兴事物和当下世界，更多的是一种对现实社会的关怀。同理，这一差别落实到竹枝词的创作中，便是即使竹枝词的发展步入了地志文学阶段，也只是其前期作品偏重考古，后来的诸多续作又回到了纪今的热潮中去。如孟超然续写《福州竹枝词》，感慨杭世骏原作作于五十二年前，"近者生齿日盛，习俗相尚，亦有不尽如前所云者"；[①] 王德森写《吴门新竹枝词》，对比早期的章法作品，亦有"伤风败俗之事，远不如今日之甚"的哀叹。[②] 当然，这些作品中的纪今，已是较自觉的地志书写观念影响下的纪今，不再是早期略无目的的泛情式采风了。

不仅竹枝词如此，其他趋于地志书写的诗歌体类亦如此。只不过不同的演变节奏，让它们的转向出现在先后不一的时间点上。比如景观诗[③]（或称地名诗）起始于沈约《八咏诗》，唐代已有《海阳十咏》《敦煌廿咏》等组诗，至宋代最终形成百咏的规模。这一文类的发展，同样存在一条从纪今到考古、从考古回到纪今的线索。景观题咏刚出现的时候，大多只是随目所及，即景咏景。到南宋以后，随着百咏诗的体式结构日趋成熟，加上诗歌自注模式的广泛应用，"文献足征"的实录观念开始流行起来，地名百咏成为最先完成地志书写转型的一种文类。自此以后，有系统、有溯源地考古纪闻成为地名百咏的常态，而后世不断地续写、补写环节，又让这类书写行为在详古的同时不忘详今。就由今向古、由古向今的

---

① 孟超然：《福州竹枝词》自序，丘良任等编：《中华竹枝词全编》第 5 册，第 230—231 页。

② 王德森：《吴门新竹枝词》自序，王利器、王慎之、王子今辑：《历代竹枝词》，第 3865 页。

③ 案：在本篇的表述中，景观诗歌，是指以地方公共空间中实在的自然、人文景观为吟咏对象的诗歌类型。宽泛地说，任何涉及地方书写的地名诗和景物诗皆属景观诗。尽管从诗歌的内涵本质来说，有些地名诗可归为咏史诗，有些景物诗可归为咏怀诗，但景观和咏史、咏怀属于不同的类型层面，并不构成排他的关系，是可以兼容的。如南宋的诸多地名百咏，固然带有很强的咏史色彩，但我们也应留意到，这种咏史行为是有前提条件的，即存在明显的景观依赖和地域先置。

时间折点而言，地名百咏远早于竹枝词及其他相似体类，它在宋元明三代的地志文学书写实践中的筚路蓝缕之功，必须予以正视。直到清代前期，它在地志文学中的主导和先行地位才被声势浩大的竹枝词创作浪潮取代。

三 "风土即竹枝"观念的生成与泛化

无论是采风型竹枝词还是相当数量的纪风型竹枝词，作者秉持的是一种"竹枝即风土"的文学观念。这本无可厚非，因为竹枝词指涉的社会习俗，一直是地方风土的重要组成部分，而相关的乡党掌故，虽边界略宽，也与地方风土密切相关。但正是这些边界略宽的乡党掌故，时而越过竹枝词本应严守的文体功能的边界，将更多的地方性知识纳入竹枝词的书写范围，进而将与这些知识相关的其他诗歌体类也纳入了竹枝词的文体范围。这个时候，"竹枝即风土"变成了"风土即竹枝"，这是强势文体侵蚀其周边弱势文体的一种典型表现。本来与地方吟咏相关却无涉风土传统的，如地域杂诗、杂咏及地名百咏、八景诗等，都在一定程度上被牵入其中。

（一）集部、说部、史部：风土、掌故、地方

如果说之前的竹枝、棹歌之辨是对竹枝词的体式梳理，采风、纪风之辨是对竹枝词的功能探究，那么，接下来要论述的，则是纪风所指向的"风土"二字，是如何从民风习俗、乡党掌故扩展到一切地方性知识的。虽然相关论述尚未展开，但笔者有意预先指出，这其实是一个竹枝观念从集部向说部再向史部延伸的过程。当早期的竹枝观念停留在集部以内的时候，文人认为"竹枝即风土"，即竹枝词是反映民风习俗的一种文学表现形式；当竹枝观念从集部扩展到说部的时候，文人认为"风土即竹枝"，即不仅务虚的民风习俗应该用竹枝词来书写，其他趋实的风土信息如乡党掌故等也可以用竹枝词来书写。这时竹枝词的概念已有纪实化的倾向，但并不明显，因为逸事旧闻一类仍带有较强的虚构性和趣味性。最后当竹枝观念从说部扩展到史部的时候，文人依然秉持了"风土即竹枝"的观念，但这里所说的"风土"已是一个很模糊的概念，不妨称之为"泛风土"，甚至成了"地方"的代名词，可覆盖一切地方性知识。竹枝词不再是必须纪社会、纪民生、纪风俗、纪生态的务虚诗歌类型，同样也可纪历史、纪人物、纪地理、纪形迹等客观信息。这时候，它基本上丧失了与其他吟咏地方的诗歌类型的功能边界，泛化为"地方诗歌"的一种象征。这也是为什么在古籍目录的演变中，早期的竹枝词集被列在集部，而后期的竹

枝词集被列在史部的一个重要原因。①

从文体演变的角度来看，从集部到说部、史部，"风土即竹枝"观念的生成与泛化，就是竹枝词作为风土诗歌之大宗，与其他体类合流并进的一个过程。在不同的历史时期，它表现为四股大小不一的体类合流，即棹歌（包括渔唱、衢歌、樵歌等）、杂咏（包括杂诗、杂事诗等）、地名百咏、八景诗的介入，大致对应了风土、杂闻、人文景观、自然景观四类吟咏对象。

（二）地方掌故的融入：纪风竹枝的体类扩张

有关竹枝词与棹歌的合流，前面介绍《鸳鸯湖棹歌》时已有论及，这里就朱彝尊首倡"纪掌故"一事再说几句。从体类合流所促成的风土诗歌的泛类型化趋势来说，纪掌故作为纪风型竹枝词的一大衍生功能，离狭义竹枝词的边界瓦解只有一步之遥。早期的竹枝词主要记载风俗人情，有较鲜明的抒情色彩，它所拟代的平民口吻，指向农村或城市的劳作者，与文人的怀古或纪事写法有一定的距离。即使关注地方上的人事逸闻，也偏向亲历的生活琐事。但到了清代早期，一批上层文人身体力行，带动了竹枝词创作中广纪见闻、详参旧籍的风气。尤侗从未走出国门，依据历代交通史籍便写成了《外国竹枝词》，以纪风替代采风、以征引典籍替代亲历见闻的写作倾向，已经颇为明显。朱彝尊的《鸳鸯湖棹歌》，也不是写于嘉兴本地，而是岁暮羁留通州潞河时有感而作。虽然我们不怀疑朱彝尊对故乡的浓厚感情和富实记忆，但相隔千里，其书写行为无采风可言，连纪风也是回忆性质的，倒是学识博洽的学者优势在此毕现，行旅之中尚能对乡邦旧籍熟稔于心，非常人可及。由此来看朱彝尊对纪掌故的偏重，实由客观时空条件所致，有一定的偶然性。

自竹枝词纪掌故的功能被朱彝尊、尤侗等知名学者开掘出来，后来的效仿之风便呈星火燎原之势。棹歌一体被竹枝词迅速同化，自不用说；另一类强调纪闻的诗歌，即以"杂诗""杂咏""杂事诗"等冠名的风土作品，在清人眼中亦类同竹枝。如姚燮《西沪棹歌》注曰："邑贤倪韭山象占著有《象山杂咏》，钱薪溪沃臣著有《蓬岛樵歌》，皆古竹枝之亚。"② 又，黄遵宪《日本杂事诗》末首曰："纪事只闻筹海志，征文空诵送僧诗。未曾遍读吾妻镜，惭付和歌唱竹枝。"③ 当然，将杂咏、杂事诗等与

---

① 有关竹枝词集在不同的公私书目中被分置于史部、集部的现象，可见叶晔《拐点在宋：从地志的文学化到文学的地志化》，《文学遗产》2013 年第 4 期。
② 姚燮：《西沪棹歌》末首自注，丘良任等编：《中华竹枝词全编》第 4 册，第 111 页。
③ 黄遵宪：《日本杂事诗》末首，《清代诗文集汇编》第 767 册，上海古籍出版社 2010 年版，第 639 页。

竹枝词区别看待的亦有人在，秦瀛《梁溪竹枝词》曰："余既成《梁溪杂事诗》一百首，中有所触，复托诸歌欤，得三十章，以其体之殊于《杂事诗》也，名之曰《竹枝词》。"① 我们从留存下来的秦瀛诗歌可知，所谓的"其体之殊"，主要指《梁溪杂事诗》重在纪杂闻、资闲谈，而《梁溪竹枝词》偏向咏风会、诉歌唱。如果我们追根溯源，则杂诗、杂咏的创作传统要早于竹枝词，文体源流也完全不同。最早的王粲《杂诗》姑且不论，与地域相关的作品如杜甫的《秦州杂诗》二十首，结合自身的流寓经历，吸纳了不少地方风土的元素。这不仅在时间上要早于顾况的《竹枝词》，而且所采用的五律体式也不同于竹枝词的七言四句。不可否认，明清两代竹枝词的演变，与杂诗、杂咏形成了一定程度的合流，但万不可因此模糊了两种文类的发展脉络，也不可将合流后的局部现象放大为杂诗、杂咏创作中的普遍现象。

（三）文人活力的减弱：竹枝词入侵景观诗

如果说杂诗、杂咏、杂事诗中的"杂"，本就有掌故杂闻的意思，考虑到风土诗歌对民间性、趣味性元素的一贯追求，它们与竹枝、棹歌的局部合流，有一定的合理性，那么，地名百咏与竹枝词的合流，则显得较为混乱和复杂。在宋明时代已经相当成熟的地名百咏，其声势竟在清代被异军突起的竹枝词掩盖。更关键的是，其怀古、纪史的文人旨趣，竟抵挡不住各类风土旧闻的冲击，以致一部分作品偏向了杂咏一路。文人史的书写活力不如民间史，它在最直接的对话中败下阵来。

但早期的情形并非如此，宋代曾极《金陵百咏》、许尚《华亭百咏》、张尧同《嘉禾百咏》、阮阅《郴江百咏》、方信孺《南海百咏》等，时人皆未以竹枝视之；明代高启《姑苏杂咏》、张诩《南海杂咏》、夏时《湖山百咏》等，也被视作景观吟咏，而非风土诗歌。明文震亨《秣陵竹枝词》写"岁时土俗及所见所闻"，皆"取竹枝之体，以吴侬口吻佐之"，明言"山水梵刹，别有记撰"，② 对风土诗和景观诗作了明确的区分。清李于潢撰《汴宋竹枝词》，自云"但志民风，不言宫庙台寺，竹枝之体也"；③ 林昌彝撰《福州竹枝词》，亦有"专赋民风，兼咏士习，而于岁时景物之咏则阙之"④ 的自叙，也秉持了与文震亨类似的书写态度。可见竹枝词与地名百咏本来泾渭分明，它们的发展脉络之所以交错在一起，其

---

① 秦瀛：《梁溪竹枝词》自序，王利器、王慎之、王子今辑：《历代竹枝词》，第1286页。
② 文震亨：《秣陵竹枝》有引，王利器、王慎之、王子今辑：《历代竹枝词》，第302页。
③ 李于潢：《汴宋竹枝词》自序，王利器、王慎之、王子今辑：《历代竹枝词》，第2115页。
④ 林昌彝：《福州竹枝词》自序，丘良任等编：《中华竹枝词全编》第5册，第232页。

主要原因可能不在文体功能的相似性，而在书写对象的趋同性。

以上二体的书写对象，表面看去截然不同，一为亭台楼阁，一为风土杂闻。但它们的深层指涉，都指向了地方人事。乡党掌故虽然属于杂闻，但较之早期的采风型竹枝词，其内容早已从风情转到了人事。故我们不妨说，兼容了棹歌、杂咏的竹枝词，主写人事杂闻，重以诗传事；而独立发展的地名百咏，主写人事故迹，重以事为诗。一个是补史，一个是叙史，也难怪地名百咏能在崇尚理学的宋明两代站稳脚跟，而到了朴学大盛及地方史志观念越强的清代，即被更有微观史书写意识的竹枝词取而代之。但不管怎样，这种对人事而非风情的书写诉求，造成了地名百咏与竹枝词在创作主题上的局部重叠。另外，竹枝词动辄百首的创作观念，在清代组诗撰写风气的影响下日益牢固，二者在文体结构上也具备了某种相似性。这种双层的重叠，使它们在现实创作中的交叉成为可能。如嘉庆时崔旭的《念堂竹枝词》，又名《津门百咏》，前四十首咏街宅形迹，后六十首咏人情风物；光绪时华鼎元的《津门征迹诗》，全咏故迹，却自序曰"此余所汇津门竹枝五种也"；① 而署名辰桥的《申江百咏》，名曰百咏，却全篇洋场风情，无关胜迹。皆可视为交叉创作的典例。

单就书写对象中的"人事"而言，地域书写实可分为文人史、民间史两大类。而要探究竹枝词与地名百咏声势消长的原因，就必须直面文人史与民间史之书写活力的不同。诚如前所言，文人史的书写活力不如民间史，这既有自身创新力方面的原因，也因为民间史较之文人史更易于体现不同区域间的文化差异。明初高启、周南老的《姑苏杂咏》，分咏十类中有八类为人文景观，与南宋百咏无大异，另有风俗、杂赋二类，可视为地方诗歌从百咏向杂咏拓进的一次局部尝试。但这次有关风俗书写的尝试，并没有得到有效的响应，稍后张翊的《南海杂咏》，明显仿效《姑苏杂咏》之体例，却删去了风俗一类而保留其他九类。这在时人看来或是整肃体例之举，但在今人看来难免有画地为牢之嫌。纵观整个明代，地名百咏基本上延续了南宋的写法，至晚明已有陈陈相因之感。但在棹歌、杂咏尚未与竹枝词合流之前，由于缺少纪掌故一路在纪风土和纪旧迹之间的过渡作用，地名百咏与风土诗歌的合流，显得困难重重。从这个角度来看，纪掌故一路将地方诗歌书写中的"人事"观念，从文人世界拓宽至风土世界，无疑极大地激发了民间史的书写活力，并回过头来侵入了地名百咏的写作空间，加速了它与竹枝词的局部合流。

---

① 华鼎元：《津门征迹诗》自序，王利器、王慎之、王子今辑：《历代竹枝词》，第2900页。

不过，同样属于活力渐失的景观诗，地名百咏至少比八景诗较容易融入竹枝词的洪流。除了在文体结构上百咏诗更适合于地志书写外，还有更深层的原因。这就涉及文学书写中的情、景、事三者，谁更能反映"地方"？如果我们将早期拟民歌性质的竹枝词视作就景写情，那么后来竹枝词的变风讽喻一路是就事写情，不管怎样，抒情一直是竹枝词的原生传统所在。而从棹歌中衍生出来的纪掌故一路，往后发展成为强大的纪事传统，棹歌是就景写今事，杂咏是就事写事，地名百咏是就景写古事（今事、古事之别，即以诗传事、以事为诗之别），虽各有侧重，但纪事的基本旨意是不变的。而同为景观诗歌，八景诗既不写情，也不写事，而是就景写景，这是风土诗歌一直未曾涉及的一个领域。当中国风土诗歌的发展已然呈现了一个从抒情到纪事的过程，八景诗既然在风土诗歌的未成熟期没能融入其流，那么想要在纪事转型后再融入其中，从文人观念固化后的可接受程度来看，就显得困难重重了。而一旦我们认识到中国风土诗歌发展中情、景、事三者的变化，那么，朱彝尊对纪掌故一事的倡导和践行，就显得格外重要，他将纪事功能自觉地植入竹枝词书写之中，使得这一风土诗大宗拥有了强大的文学聚合力，引得其他风土诗体类百川归流，其里程碑式的转折意义自不待言。

四 从竹枝之变看中国风土诗歌的聚合式演进

从以上种种辨析可以看出，中国古代的风土诗歌，在诗题的使用上有很多固定的名目，呈现出明显的类型化趋向。已经成为创作者必须多者选一的习惯环节。只要我们读过大量的竹枝小序便可发现，多数序言所讨论的，都侧重于某个地区的风土概貌及相关文学传统，而对所选诗歌体类的性质特征及其与其他体类的不同，专门论析的文章偏少。真正明晓了竹枝词与棹歌、杂咏、百咏的区别然后进行分类创作的，只是很少的一群人。从这个角度来说，清代诗人们对风土诗歌体类的处理，大多秉持一种创作类分、观念类从的态度。即在具体写作中，需要对诗题作出一个明确的归类和选择；但在现实认知中，却未必清楚不同体类之间文化功能的差异，更别提不同体类有各自的发展脉络，以及它们之间交叉互动的复杂状态了。

如果非要对竹枝之变作一简要概述，且视为中国风土诗歌发展的一个缩影，那么，以下民国人周斌的一段话，对其中的变量要素体察得颇为到位：

> 竹枝起于巴蜀，多男女鄙俗之辞，梦得仿于前，廉夫踵其后。竹垞棹歌沿其调而变其名，尤脍炙人口。后有和者动辄百咏，考证非不详明，搜罗非不闳富，而迹近怀古，述怀风调稍逊，然借以纪风土、谈故事，亦甚得也。①

笔者略作变通，将这个过程细分为三个阶段。第一阶段述怀风调，即采风型竹枝词，可谓"竹枝即风土"；第二阶段纪风土，谈故事，即纪风型竹枝词，棹歌归流，杂咏渗入其中，转谓"风土即竹枝"；第三阶段是纪风土、谈故事的升级版，考证详明，搜罗闳富，以致动辄百咏，迹近怀古，地名百咏、地方纪事诗等亦渗入其中，变谓"泛风土皆竹枝"，今人常说的"竹枝体"至此定型。

如前所述，"风土即竹枝"观念的泛化，其最典型的表现，就是越来越多的风土诗二级体类，在创作理念上向竹枝词这一最大宗靠拢。但必须留意的是，体类合流只是风土诗发展的一个表层现象，它们背后所隐藏的地方书写中的几种类型互动，才是风土诗发展脉络中的深层纹路。再进一步讲，无论是一眼可见的体类合流还是抽丝剥茧后方可见的类型互动，它们最终指向的，都是中国近世文学发展中的地域化、庶民化本质。风土诗歌是一个非常好的观察切入点。

（一）近世地方诗歌类型的单向演进

在笔者看来，中国古代的地方书写在诗歌创作上的体现，主要有纪行诗、风土诗、景观诗三大类型。纪行诗代表的是文人对地方事物的私人性、流动性书写；而风土、景观两类则指向对地方公共空间的书写行为。不过，风土诗与景观诗之间仍有很大差异，它们最大的不同之处，在于其吟咏对象一个务虚，一个趋实。

以上三种诗歌类型的发展，本来各有各的覆盖领域，不会产生太多的交集和冲突。但宋代以后，整个中国社会包括中国文学在内，都出现了一个从中古向近世转型的趋向。其中有两条相当重要的线索，使中国地方诗歌（特指有关地方书写的诗歌）的发展线路有了明显的调整。

纪行诗作为一种记录文人游历的诗歌，它本身带有相当鲜明的随意性和私人性，个人情感元素与地方元素在诗歌中的比重旗鼓相当。从《昭明文选》单列"行旅"一类，到宋范成大的使金诗、汪元量的《湖州歌》，纪行诗的创作一直重视诗人对外在游历环境的心理变化，但随着人

---

① 周斌：《柳溪竹枝词》自序，丘良任等编：《中华竹枝词全编》第4册，第582页。

类征服自然的能力越来越强，诗人们对旅行途中的各类见闻已司空见惯，以至于要创作出一篇优秀有新意的纪行作品，不得不走上题材陌生化的道路，①以消除审美上的疲劳。这个时候，突破瓶颈的最便捷办法，既不是情感的细化、意象的创新，也不是叙事技巧的突破，而是在纪行对象即"地方"一词上作文章。自晚明以后，旅游开始成为文人的一大时尚，大量昔人罕至的奇山异水、边夷景象、异域风光，涌上了中国文学的舞台。一方面，这是明清人尝试突破自身知识边界在文学空间上的一种体现，与范成大、汪元量等人的行途黍离之悲属于完全不同的创作意图；另一方面，这种力拓新疆的文学行为大多出自地方普通文人和中下层官吏，属于深层、必然的文学扩张，不同于范成大、汪元量、杨允孚等人因政治使命而促成的偶然文学事件，其书写意义更加深远。

同样，景观诗的起源也远早于风土诗，沈约的《八咏诗》为此类诗歌之滥觞。景观诗的创作模式基本上分为两种情况，一是由历史文化层面的亭台楼阁，指向对过往人事的钩沉及咏怀；二是由自然地理层面的山水形胜，指向某些具有特殊画面或意境的风景构图。这一类型的诗歌和纪行诗有一相似之处，即很容易流于常态化和程式化的书写，随着创作经历的不断重复和阅读经验的不断层累，审美上的疲劳和乏力在所难免。如果说纪行诗因为它的空间流动性而获得了在题材上不断拓宽地理边界的可能，那么，景观诗则很难一味地在题材陌生化的道路上前进。这个时候，庶民化的书写趋向②就成为诗歌题材拓展的一个重要突破口。因为涉及怀古或写景的类型创作，很难在历史认知或意象构图的层面上被非常清晰、细致地再分开来，即使可以被一再细分，制造出审美陌生化的效果，也不是一般读者通过泛性的阅读就能领会的。相反，一旦景观书写远离怀古、写景等传统文人套路，转而与地方社会、百姓生活的具体形迹及细节联系起来，那么，这种创作焦点的转移，就像晚唐北宋年间的士大夫日常书写一般，对景观诗歌的拓展意义是革命性的。

---

① 案：就西方的文学陌生化理论而言，其核心主张是通过增强对作品的审美难度，突破读者对人生、事物及世界的陈旧的、习惯性的感受，使之面对熟视无睹的事物也能有新鲜的阅读体验。本文分两层含义来使用这一概念，一是题材的陌生化，主要指题材范围的拓展，在纪行诗中表现得尤为明显；二是审美的陌生化，即借用西方文论中的陌生化概念，在景观诗中表现得比较突出。

② 案："庶民化"一词，在本篇中与"陌生化"并举，以突出中国近世地方诗歌的内、外两条发展线索。陌生化关涉文学内部研究，包括题材、意象、修辞、语言等文本元素；庶民化关涉文学外部研究，包括社会阶层、身份、权力、空间等外在变迁。

(二) 近世地方诗歌类型的互动演进

以上两条路径,是纪行诗和景观诗发展至诗歌成熟期必须作出的一些创新和调整。虽然与它们的本来面貌相比有了不小的变化,但至少还在自己的发展道路上前进,并没有与风土诗充分交会在一起。但作为三种平行演进的诗歌类型,既然它们的主体特征随时运而变,彼此之间必然会有相互的作用力存在。风土诗的发展,也在一定程度上受到了文学陌生化和庶民化潮流的影响。

风土诗的新变,固然受到社会等级、创作技法等诸多因素的影响,但最显而易见的,还是异文化元素的撞击和比照。就像纪行诗人热衷于对奇山异水的描绘,风土诗的创新也离不开各类民族竹枝词、边疆竹枝词、海外竹枝词的加入。当一个与汉族文化截然不同的已开化或半开化的世界出现在作者面前的时候,一切事物都是新奇的,对创作灵感的触发和把握将变得异常容易。原本已新意无多、似曾相识的华夏风土,在中央集权和儒家思想的辐照下存在了上千年,在一定程度上已经失去了采风陈诗的教化意义。到了明清两代,随着改土归流、开拓新疆等国家行为,辎轩采风一事又在陌生的疆土得到了重生。无论诗人们是主张"礼失求诸野"的反躬自省还是强调"普天之下,莫非王土"的道德宣教,至少为风土诗的题材拓展打开了一条宽阔的道路。而从尤侗《外国竹枝词》的封闭式书写,到晚清海外竹枝词对欧洲各国的实地采风,也可从一个侧面看出在政治变革和西学东渐的潮流中,中国文人的文化自信是如何发生细微变化的。以上这些,表面上看是诗人们对陌生文学素材的一种追求,实则反映了文人对新奇、新兴知识的获取欲望,而更深层次的,还有国家、民族观念下对跨文化交流的各类诉求。

平心而论,风土诗中对异域新闻的书写,究竟是受到了纪行诗中旅行探险元素的直接影响,还是拓宽人类社会的空间边界本来就是文学的必然趋势,实无法作出一个很明确的判断。但纪行诗还有一大特征,它对风土诗发展的影响,相对来说是比较明了的,即纪行组诗中的流动书写。早期的风土组诗,每首之间并没有紧密的逻辑联系,后来由于受到地志文学书写的影响,组诗的体例渐趋完整和复杂,但这种联系带有鲜明的社会结构特征,本质上是一种历史的、社会的联系,而不是文学的联系。总的来说,风土组诗的内容随着作者的空间移动而变化,这样的写作方式在南宋始露头角,[1] 在元明渐成气候。它主要有两个文学源头。一是纪行诗歌中

---

[1] 参见周剑之《宋诗叙事性研究》,中国社会科学出版社2013年版,第104—105、282页。

重纪风胜过言志或写景的一路，比如较之范成大使金诗、汪元量《湖州歌》中的沿途触景生情和心路历程，元杨允孚《滦京杂咏》中有三分之一篇幅吟咏"途中之景"，他对沿途民生和掌故的书写就更接近风土诗歌的本旨。二是民间文学中的路程歌传统，明初张得中的《北京水路歌》《南京水路歌》等作品，已有明显的"即唱即用"的底层实用色彩，正是这种与路程相关的可歌属性，结合竹枝词的采风功能，出现了一些凸显空间流动性的拟民歌，如徐渭的《自燕京至马水竹枝词》《自马水还道中竹枝词》等。这一类型的最典型作品，当推晚清志锐的《张家口至乌里雅苏台竹枝词》和官文的《陆路即事竹枝词》，如果说前者尚有边疆竹枝词的某些特殊性，那么，官文的一系列行途纪风之作，已没有明确的书写区域，它的主线不在一地之社会结构，而是作者旅途的民生见闻。就作品的理性和成熟度而言，它当然不及那些动辄百首的地志文学作品，但换个角度看，这却是"风土即竹枝"观念的另一种体现，即只要有关风土便可称竹枝词，至于其中是采风还是录事，是怀古还是纪今，是静态的结构书写还是流动的空间书写，都是其次的了。

以上民族、边疆和海外竹枝词，固然是风土诗向外汲取养料的一种方式，但它需要一定的外部条件才能触发，从这个角度来说，风土诗的内部挖潜才是它突破瓶颈的正途。流动书写的引入当然是很好的方法，但更广、更深的潜力挖掘，应与整个中国文学庶民化的发展趋势结合起来。随着历史的推进，风土诗歌的书写权在不断地普泛化、底层化，这在文学题材的拓展上表现为多种形式。如清代涌现了大量事涉行业百态的风土诗歌，其中有北京杨映昶的《都门竹枝词》、李声振的《百戏竹枝词》，杭州丁立诚的《武林市肆吟》等。从有裨声教的角度来看，这种趋于碎片化的纪风方式难有立竿见影的效果，但在另一个层面上，却比较接近社会史研究中的微观书写。作者对当时底层社会的民众面貌及生活细节的白描，主要通过两个层面的书写予以落实：一是使用平易、嬉笑的语言，让风土诗歌更贴近下层读者的阅读能力及习惯；二是使用平民化、生活化的观察视角，将自己周边的平凡世界客观、翔实地记录下来。这不仅仅是一种自上而下的采风或存史，更是一种自觉的自我身份认同，对自己所在的社会阶层和共同体的一次价值诉求。从这个角度来说，只要风土诗的书写权不断分化和下移，它的题材养料就是无穷尽的，这是另一种文学的陌生化，只不过这种陌生太靠近我们的日常生活，以致微小到我们无意入诗。

综上所述，中国风土诗歌的聚合式演进，主要表现为两条线索。一条是表象层面的文体聚合，即以竹枝词为主线，先后与棹歌、杂咏、杂事诗、百咏等其他诗歌体类合流，吟咏内容也从风土拓展至掌故、故迹、风景等（但控制力渐趋弱化）。这让原先类目繁杂的风土诗歌有了一个经典的体类，"风土即竹枝"的观念得以巩固并泛化，甚至可以说，风土诗在所有地方诗歌类型的竞争中抢得先机，其日后发展存在覆盖一切地方性知识的可能性。另一条是内涵层面的功能聚合，即竹枝词的发展演变，本质上是以竹枝词为代表的风土诗与纪行诗、景观诗等其他地方诗歌类型互动影响的过程。之所以纪游诗、百咏诗、八景诗等或多或少地被竹枝词兼并，其根本原因就在于风土诗歌所蕴含的民间性特征，较之纪行诗、景观诗中的文人性特征，更贴近地方诗歌的整体发展所展现出来的近世文学趋向。

（原载《中国社会科学》2014 年第 11 期）

提学制度与明中叶复古文学的央地互动

叶 晔

文学复古运动，是明代文学研究的核心议题之一。以前、后七子为代表的复古作家群体到底是如何形成与发展的，究其根本原因，自然是文学创作与批评上的同声相求。但作为一个以士大夫官僚为主体的文学流派，制度的牵系亦不可忽视。有关复古文学的郎署背景，自廖可斌先生[①]以下，已有相当数量的研究成果，笔者在《明代中央文官制度与文学》一书中亦有专题讨论，指出明代文学之馆阁、郎署、地方的三层文学格局[②]。但当时限于"中央文官制度"的选题范围，只停留在馆阁与郎署之间的文学互动上，对郎署与地方之间的文学流动机制关注不多，故对三层文学格局的表述，多有局促和偏颇之处。有鉴于此，笔者希望通过撰写一组论文，来填补其中的某些空缺之处。如本篇着重关注的提学制度，既是连接郎署文学与地方文学的制度纽带，又是郎署得以在文学师承上与馆阁相抗衡的利器之一，在三层文学格局的两两互动上，起到相当关键的作用。下面笔者将以复古作家们的提学经历为主线，辅以复古文学发源地陕西地区的文教情况和提学官的群体面貌，考察明代弘治至嘉靖年间，复古作家们如何借助官方的提督学校制度，来实现复古文脉的代际传承，以及对地域文学中复古传统的延续塑造。

一 士大夫的人际网络及其去地方化的始端

从学理上说，帝制中国晚期的士大夫人际网络，主要由族缘、地缘、学缘、政缘四类缘际关系组成。族缘包括血缘、亲缘两种关系，前者为先天生成，后者通过婚姻关系构成；地缘虽不是先天所有，但依赖于语言、

[①] 参见廖可斌《明代文学复古运动研究》，上海古籍出版社1994年版，第205—206页。
[②] 参见叶晔《明代中央文官制度与文学》，浙江大学出版社2011年版，第9页。

风俗等诸多要素的养成,强调相似的成长环境及对区域文化的认同,基本上在弱冠之前也已定型;学缘比较复杂,注重知识谱系的继承性,以及教育经历上的实在联系,根据不同年龄段的教育层级和受业对象的不同,既与同一层级、同一科次的学生或考生,形成同学或同年的关系,又与塾师、书院师、官学师、科举座师等长辈,建立起层级分明的师生授受关系;政缘在这些基本人际关系中居最上层,只有在国家机构中任职过,方构成任官层面的同僚关系,或政治思想层面的派系关系,并作为一种政治资本可在日后使用。在每一位士大夫的人生经历中,族缘(同族、姻族)、地缘(同乡)、学缘(同学、同年、师生)、政缘(同僚、同党)四者,是以生成的先后顺序依次出现的,最终构成一个相对完整的人际网络。

之所以使用"帝制晚期"这一概念,是因为与中古文学相比,元明清文学的地域性有着明显的时代特征。这里所谓"文学的地域性",不是指文学创作者的地缘集群,或文学作品中的地域风格,而是指文学创作中的地方意识。某一时代文学的地缘集群和地域风格,从文学史的眼光来看或许很鲜明,但身处那一时代的作家们,对此未必有自觉的认知。只有自觉的地方意识,才是地域文学真正发展的关键标志。对明清文学研究来说,我们考察某一位士大夫的文学经历,难免涉及其地域属性,这是惯性的思维模式,自有其观察的合理性。但我们也要认识到,真正意义上的地方意识的形成,是通过"走出地方"来达成的。这里所说的"走出地方",包括知识和实践两个维度,但毋庸置疑,在实践层面上与地方之外世界的接触和交流,是更加重要的一环。就像我们讨论地域诗派的创作风格,固然可以围绕诗歌文本去分析,但如果这群作家从来没有走出过地方,只是市邑乡里间的诗酒酬唱,那么即使他们的诗风再怎么新奇,也只是后人在文学史视角下观察到的与众不同,未必代表他们在不同地域诗风比较的基础之上,已有自觉的文学创新行为。从这个角度来说,任何一位士大夫,他早年走出地方、接触世界的那一步,显得非常重要。

历史学视野中的"地方"概念,较早出现在南宋史研究领域,其大致的地理范围,相当于两宋的州级行政区划(即明清的府级行政区划)。而在宋人或明人的笔下,经常会用汉代的"郡",来代称当时的"州"或"府"。故接下来,笔者将使用"地方""郡外"(即"地方之外")这一组相对应的概念,来强调士大夫地方观念中的"内""外"之别。我们有必要认识到,除了一小部分望族子弟,由于随父履职、跨地区联姻等原因,在少年时期便有了与郡外接触的机会;而其他多数的文人,从小生活在方圆百里的地域空间之内，族缘、地缘关系就是他们全部的人际网络。直到登上更高的教育阶梯，才可能建立新的学缘关系，接触更外面的世界。早期的塾师、书院师，大多是本地文人；基层官学系统中的府学教谕、县学训导，也是来自府县周边、语言相通地区的文人。从这个角度来说，年轻的士子在赴省城参加乡试之前，并没有太多可以接触"地方之外"的机会，更多的来自对父兄及居乡官宦前辈之赴考、任官、交游经历的耳濡目染，而这种单薄的学缘关系实依附于族缘、地缘关系。所幸在基层教育中，有一种不算频繁、却有制度保障的非本地学缘关系，那就是省一级的按察司提学副使或佥事，例行提督各府县学政，这让府县生员们有机会近距离地接触"郡外"的文学世界。故从弱势个体的角度来看，地方提学制度是普通未第士子得以接触郡外文坛的较早途径，提学官也是他们最早建立起实质性缘际关系的非本地官员之一，这是以往学界较少留意的。这些弱势士子，大多数终身未第，其研究价值诚然寥寥；但那些业已成名的作家、学者、官员，在走向成功的开始，也都经历过这一人生阶段。而考察优秀作家早期人际网络的形成，特别是他们的非本地人际网络中的第一根线是如何搭建的，其实是一个很有意思的话题。

明代的提学制度[①]，并非始于开国之初。宣德以前，地方上推行府州县官兼理与巡按御史、按察司官监督相结合的学政制度。特别是府州县官，在生员的入学、考核、劝惩、选送等事务上，拥有很大的权力，时称"提调官"。正统元年（1436）颁布《敕谕》十五条，是提学制度创立的开始。"生员入学，初由巡按御史，布、按两司及府州县官。正统元年始特置提学官，专使提督学政。……督、抚、巡按及布、按二司，亦不许侵提学职事也。"[②] 但是，初创期的政策经常变动。直到正统九年（1444），科举生员的发解权，方从府州县官移交至提学官；正统十年（1445），诏令布政司官也要对所至儒学提督考校；正统十二年（1447），生员入学的考取权，又再次回到府州县官的手中。以上这些反复，显然不利于地方儒学的稳定发展。故至天顺六年（1462），朝廷颁布新《敕谕》十八条，进一步突出提学官"总一方之学"的权责。此后地方诸职的分工渐趋明确，在生员入学（童试）一事上，府州县官负责县试、府试，提学官负责院试；在生员的日常考核上，教谕、训导负责日课、月考，府州县

[①] 有关明代提学制度的研究，参见陈宝良《明代学官制度探析》，《社会科学辑刊》1994年第3期；郭培贵《试论明代提学制度的发展》，《文献》1997年第4期；尹选波《明代督学制度述论》，《学习与探索》1999年第5期等。

[②] 《明史》卷四五《选举一》，中华书局1974年版，第1687—1688页。

官负责季考,提学官负责岁考;而最关键的选送岁贡、乡试二事,其权力皆在提学官。简而言之,教官负责教学,提调官负责初考,提学官负责终考和定额。

对提学官来说,这或许是仕途中的普通一站;但对未第士子来说,却有着决定早期人生命运的重要意义。首先,朝廷对提学副使、佥事的任命,事关人才的基层选拔,兹事体大,明确要求"文学才行兼备"①,文采出众的官员优先。其次,提学官多从六部郎中或员外郎迁转而来。六部郎中、员外郎为正五、正六品,侍郎为正三品,而提学副使、佥事为正四、正五品,正好填补了六部官员迁转过程中的品阶空缺。故从显性身份来看,他们作为在任的省级官员,代表了"地方之外"的文风;但他们还有一层隐性身份,即作为曾经的、甚至未来的中央郎署官员,实际上还代表了"地方之上"的京城文风。另外,在明代科举制度中,并不是所有生员都可以参加乡试,只有通过三年一试的府级科考,才能取得参加乡试的资格,而这场科考的主考官及具体名额的裁决人,就是提学副使。故从实际的师生情谊来说,提学官与考生的关系体现在日常督导和科考取解两个层面,较之糊名阅卷的乡试、会试中的房师、座师,显然更亲密一些。

任何一个知识人,无论受教育等级如何,都有族缘和地缘关系。但不是每个人都有学缘和政缘关系,后两者需要后天的不懈努力。因此当我们考察一种全国性文学现象的时候,需要有内外互审的眼光。向外看,四种关系皆备的作家,对文学世界的理解更加丰富和完整;向内看,只有一两种人际关系的作家,对此种关系的体认,可能未必是清晰的。一生不出乡里的诗人,既体会不到地缘关系在郡外社交中的重要性,也无法对比得知本地文风的鲜明特征及其边界。一旦理解了这一点,我们强调学缘和政缘的重要性,就不仅是为了研究这两种人际关系本身,更是为了求证研究对象是否对其早期生成的地缘关系已有更自觉的体认。提学官和府县生员之间的关系,就发生在年轻士子从早期缘际关系走向成熟期缘际关系的节点上,发生在他们从地方走向郡外、由地方接触中央的仕途前夜。

虽然中央政府一直明白提学官员之于整个科举社会的重要性,但由于明代文官迁转体系的特殊性,翰林官员不出京城,一直在翰林院、詹事

---

① 黄佐:《南雍志》卷三《事纪三》引黄福奏疏,《原国立北平图书馆甲库善本丛书》第412册,第256页。事见《明英宗实录》卷一七"正统元年五月壬辰"条,第13册,台湾"中央研究院"历史语言研究所1962年版,第343—346页。但《明英宗实录》所载奏疏并无《南雍志》所引文字,两处文献或皆为节录。

府、国子监之间迁转，而六部、科道等其他中央机构的官员，需要间歇性地出任地方官，这为明代郎署文学的发展提供了一个意外的制度保障。职掌国家文事的馆阁文学，通过翰林院的庶吉士培养制度，可以获得源源不断的文学后备人才；而职掌吏事的郎署文学，却只能期望前来六部观政或任职者，是一些年轻好文之士，这种期望未免偶然。也就是说，在常理上，馆阁文学是通过同僚兼师生关系来传承的，而郎署文学所依赖的缘际关系只有同僚关系。一个自足的文学系统若要长久发展，稳定有序的师生传承是很有必要的，但郎署的机构职能并不能提供相关的支持。这个时候，它借助了馆阁文学所不具备的优势，即外任地方官，抓住出任提学副使、佥事的机会，抢在庶吉士培养环节之前，更早地建立起与未第士子之间的师生关系。而朝廷对提学官"文学才行兼备"的要求，又让这些有抱负的郎署作家们，在提学官的竞争和考选上占得先机。通过这一条外拓式的人才选拔途径，身居京城的郎署文学，在流派发展的持久性上，终于有了可与馆阁文学相抗衡的制度保障。而这一套师承机制，在"前七子"群体的主要聚集区陕西、河南等地，表现尤为明显。

二　杨一清提学陕西与弘治北地文风的兴起

如前所言，天顺六年颁布新《敕谕》十八条，代表着明代提学制度进入一个相对稳定的发展阶段。之后的发展态势如何，学界有一些不同的意见。郭培贵认为，提学制度自天顺六年至万历初有长足的发展，但也存在严重缺陷，直到万历三年（1575）重订《敕谕》，方进入成熟期（参见《试论明代提学制度的发展》）。而徐永文认为，正统至正德年间，提学官员比较称职，督学工作颇有成效；正德以后，开始出现轻授、渎职等不良现象，直至明末不变[①]。当然，二人的观察角度略有差别，前者关注制度本身的完善度，而后者更关注人之于制度的能动性。但不管哪一种视角，他们都承认，明成化至正德年间，是提学制度比较稳定而有效的一个时期。

一般认为，宋室南渡后，整个中国文学的重心移至南方，作为文化区域的北方文学（不包括作为政治区域的京城文学），几乎再没有统领全国文坛的机会。从这个角度来说，明代弘治、正德年间"前七子"的崛起，确是一个较特殊的个案。而提学制度之于馆阁、郎署文学场域的变化，放在北方的文学现象中，更能呈现其内在的机制。因为南方作为明代文学的

[①] 参见徐永文《明代地方儒学研究》，中国社会科学出版社2012年版，第76—78页。

核心区，多种要素叠加在一起，使得我们很难判别相关场域的变化，到底是归因于制度、地域还是其他。

复古派"前七子"中，诗推李梦阳，文推康海，两位都是陕西人。他们登第后的文坛声望，自不待言；与之相比，难得的是他们在登第前，都深得陕西提学杨一清的赏识。如果说学校教官是授业之师，科举座师是名义之师，那么提学官就是知遇之师，对未第士子之人生轨迹的改变，尤为重要。杨一清是明代政治史中的重要人物，以往学界考察其功绩，重在弘治十五年（1502）后的总制西北军务、计除刘瑾、两度入阁主政三事上。较少从学脉传承的角度去探究他入仕之初二十余年的教学识人之功。笔者目力所及，余嘉华、陈书录、师海军等先生有所论及①。关于杨一清早年的这段经历，王恕在《赠陕西提学宪副杨公升太常寺卿序》中做出概述：

> 授中书舍人，暇则授徒于京邸，从游之士得其指授，登进士为京职者甚众，由是誉望益隆。前天官卿以为公授徒既有成绩，使之提督学校，必能大成就贤才而为国家用。乃举授山西按察司佥事，提督学校。公在山西不数年，学政之修，士风日振。丁内艰，服除，余适典选，素闻公名，且知其行检，于是举授本省提学。公至，开示教条三十余款，行令郡邑及边卫学校师生遵行肄业。又刊行古丧、射、冠礼，使士习之，且禁止有丧之家作佛事。复亲临考较，视其勤惰从违而赏之。由是士皆孜孜进学厉行，而游惰苟且之徒不得杂于其间；衣冠之族咸执古礼，而闾阎之间，反道悖德者鲜。此皆公教化之所及也。去年乡试，除中式举人外，尚有可中者百余卷，非公提督造就，能如是乎？公在陕西，由佥宪升宪副，又将四年矣。始终一节，略不少渝。于西安，在城修复正学书院，武功修复横渠书院，商州秦岭改佛寺为韩文公祠。斯皆崇儒重道之盛事，亦可见公拳拳用心于斯文，以尽斯职也。②

---

① 参见余嘉华《杨一清在明代诗坛上的地位》，《云南师范大学学报》1994年第2期；陈书录《尊崇气节，致力于儒雅文学的复壮——由茶陵派向前七子过渡的杨一清》，《南京师范大学学报》1996年第4期；师海军、张坤《教育、科举的发展与关陇作家群的兴起——明代中期关陇作家群形成原因探析之一》，《西北大学学报》2011年第1期。

② 王恕：《王端毅公文集》卷二《赠陕西提学宪副杨公升太常寺卿序》，《四库全书存目丛书》集部第36册，齐鲁书社1997年版，第185页。

以上文字，不止介绍了杨一清早年授徒、提学的经历，更关键的是，王恕明言"余适典选，素闻公名，且知其行检，于是举授本省提学"。杨一清补陕西提学佥事在弘治四年（1491），而王恕任吏部尚书在成化二十三年（1487）至弘治六年（1493）间。也就是说，这一人事任命，有王恕利用职权之便的嫌疑。作为明代关学的代表人物，王恕在中央陕籍士大夫中威望极高，后来康海为救李梦阳而拜谒刘瑾，提到当今三秦豪杰有三，第一人即"王三原秉铨衡，进贤退不肖"①，那时王恕已致仕十余年，在陕西士人心中的地位和声望依然不减。也就是说，在政治生涯的巅峰期，王恕为家乡安排了一位青年老成、教学能力突出的提学官员，而杨一清也不负所望，用了七年的时间，将陕西学校的教学风气及人才质量提升了一个台阶。

先前学界探讨杨一清与陕西作家群的关系，主要是梳理诸人之间的学脉师承关系，而本篇将尝试去探究相关学脉关系的建立和运作机制。杨一清历陕西提学佥事、副使七年，教学改革可谓大刀阔斧。特别是弘治九年（1496），在提学副使任上重建正学书院，尤为时人所称道。"拔各学俊秀会业于中，亲为督教，其大规先德行而后文艺，故院中士连魁天下为状元者二人，其以学行、功业著闻者甚多。"② 这里所说的状元二人，即康海与吕柟。如果我们着眼于杨一清个人，那么正学书院不过是他学政事业的巅峰而已；但如果我们跳出个案的视域，进入制度与社会结构的视野，则此事意义重大。李东阳撰《重建正学书院记》，对书院建置介绍如下：

> 划为三区，其中为祠，左为提学分司，而书院实居其右。……书院之制，皆与司称。又左右环为肄业之室，堂之后为会馔之所。共为门三重，以通出入。墅而垣之四周，而其制始备。……杨君受命分省，任兴教作人之寄，其督学州郡有成效矣。兹又聚徒置院，为养蒙储俊之计，为之标的绳准以示之。③

由上可知，陕西提学分司的官署，与正学书院位于同一院落内。建筑形制

---

① 黄佐：《董大理怡传》，焦竑：《国朝献征录》卷六八，《续修四库全书》第528册，上海古籍出版社2003年版，第723页。

② 谢纯：《谥文襄杨公一清行状》，《国朝献征录》卷一五，《续修四库全书》第525册，第522页。

③ 李东阳：《怀麓堂文后稿》卷五《重建正学书院记》，《李东阳集》第3册，岳麓书社1984年版，第78—79页。

上的捆绑，意味着杨一清的诉求，不仅是创建书院，更希望"亲为督学"，即直接管理书院。他早年以授徒闻名京城，实际教学经验相当丰富，"初授中书舍人，职务清简，横经授徒，从者日益众，以其教魁天下、魁两京诸省、登显位者百余人"①。朝廷正是看重这一点，才任命他为山西提学佥事。但提学官不同于塾师、教官等一线教师，主要起提督学校之责，并不承担具体的教习任务。故在山西、陕西提学佥事任上，他做事虽然雷厉风行，却停留在提学官的常规职能以内，未有太多逾矩，此即李东阳所说的"督学州郡"。弘治七年（1494），杨一清由陕西提学佥事升本司副使，或许是掌握了更充分的教育主导权，也可能是其教育思想更趋成熟，他改用重建书院的方式，让提学官来集中教习优秀生员，"群陕士高等者其中，亲课之"②，此即李东阳所说的"聚徒置院"。

综上所述，我们可以将杨一清的从教经历，分为横经授徒、督学州郡、聚徒置院三个时期。第一个时期的横经授徒，是身为中书舍人的杨一清的私人行为，产生了很好的效果，也为他赢得了巨大的社会声望；第二个时期的督学州郡，是身为提学佥事的杨一清的官方行为，行事严谨果决，但至多算是职权范围内的政绩出色而已；第三个时期的聚徒置院，其实是身为提学副使的杨一清，合理利用职权边界、拓宽职能范围的一种行为。一方面，他将私学性质的书院融入提学体制之中，以此发挥他在横经授徒上的经验优势。在名义上，他并未干涉府县官学的日常教学事务，但事实上，他在更高层级介入了对生员的直接教学，这显然溢出了提学官的权责范围。另一方面，如此安排又在制度层面上，为那些有潜质的未第生员提供了一个在省城集中学习的机会，其教学质量无疑比府县官学要高出一个档次。经过数任提学官的经营，最终成就了弘治、正德年间陕西文士的"井喷"现象。在一定程度上，也变相地填补了明代学政制度的一个空缺，即省一级行政区划没有统一、稳定的官学机构。

中国古代书院发展的第一个高峰期，无疑在两宋。宋代的官学系统，尚未成熟到覆盖所有府县，官学生、私学生皆可应解试，地方书院有很大的发展空间。明代的情况则不一样，洪武年间诏令天下，所有府县必须设置官学，只有官学生员才可应科举试，这在很大程度上断绝了地方书院的发展前景。虽仍有一些乡居士大夫积极创办私学书院，但纵观整个明前

---

① 谢纯：《谥文襄杨公一清行状》，《续修四库全书》第 525 册，第 521 页。
② 邓元锡：《皇明书》卷一八《弘治谟·杨文襄公一清》，《续修四库全书》第 316 册，第 75 页。

期，书院讲习之风远未兴盛。有鉴于此，明人根据自己的经验，也在摸索一些新的发展道路。王守仁借书院来讲习心学，继续保持书院的私学色彩，即其中一途；而杨一清的官学化改革，借提督学校之名义，将私学性质的书院半官方化，同样是新法之一。此法的优势，在于它不偏离"科举必由学校"的国家政策，不会分散年轻生员的学习精力。是一种比较保守而稳妥的试验法，较适合在陕西这样教育普及程度较低的地区推行。

我们应当承认，杨一清的提学宗旨，是"先德行而后文艺"，文学不是他的教习重点，但这并不意味着我们没有必要去探究其中隐性的文学传承关系。正德年间，杨门弟子编《同门题名录》，得七十人，明言寄寓"邃翁先生复古之教"①。这里所说的"复古之教"，笔者认为，包括政教复古和文教复古两个层面。政教层面的复古是否成立且不论，至少文教层面的复古，在陕西提学任上，有很多线索可循。陕西诗人胡缵宗回忆道："（杨一清）视学关中，亦以古文辞启发诸士子，诸士子皆勃然兴起。尝语人曰：'吾于秦中得李献吉，诗不愧李、杜；得康德涵，文不愧马、班。'"②嘉靖后期，王世贞送李攀龙任陕西提学副使，亦以杨一清事迹相勉："吾闻孝庙时，北地有李献吉者，一旦为古文辞，而关中士人云合景附，驰骋张揭，盖庶几曩古焉。父老言故相杨文襄公实为之师倡之，献吉诸君子时时慕称杨公不衰也。"③万历年间，冯从吾撰《关学编》梳理陕西学统，亦云："邃庵杨公督学关中，见先生与康德涵、吕仲木，大惊曰：'康之文辞，马、吕之经学，皆天下士也。'"④以上三条材料，皆聚焦在"古文辞"的层面上，讨论杨一清之于李梦阳、康海等陕西籍作家的影响，显然不是道德规导、时文教习等常规的师授路径所能涵盖的。

弘治十一年（1498），杨一清回京任太常寺少卿。接替他工作的，是新任提学佥事王云凤。与杨一清任提学官之前只是品阶较低的中书舍人不同，王云凤在出任陕西提学之前，已经在中央郎署颇有名望：

> 弘治丙辰间，朝廷上下无事，文治蔚兴。二三名公方导率于上，于时若今大宗伯白岩乔公宇、少司徒二泉邵公宝、前少宰柴墟储公

---

① 吕柟：《泾野先生文集》卷三《读〈同门题名录〉序》，《四库全书存目丛书》集部第60册，第548页。
② 胡缵宗：《愿学编》卷下，《续修四库全书》第938册，第459页。
③ 王世贞：《弇州山人四部稿》卷五七《赠李于鳞视关中学政序》，《四库提要著录丛书》集部第118册，北京出版社2011年版，第49页。
④ 冯从吾：《关学编》卷五《溪田马先生》，《续修四库全书》第515册，第216页。

瓘、中丞虎谷王公云凤,皆翱翔郎署,为士林之领袖。砥砺乎节义,刮磨乎文章,学者师从焉。①

丙辰为弘治九年,正是李梦阳活跃于郎署文坛的开始。一位是锐意文学复古的郎署新人(时任户部主事),一位是"刮磨乎文章"的郎署领袖(时任礼部郎中)。刚在郎署年轻人中兴起的复古文风,是否对接下来历任陕西提学佥事、副使共五年的王云凤产生影响②,我们不得而知,但他在陕西提学任上,确实很好地延续了杨一清的督学方针。比如遵循先德后文的教育宗旨,"教人先德行后文艺,锄刁恶拔信善,崇正学毁淫祠。学政肃清,三秦风动,豪杰之士莫不兴起"③,"设四科以取士,曰求道,曰读书,曰学文,曰治事。……取人首名节,次文辞";又如坚持正学书院的教学活动,并"建书楼于正学书院,广收书籍藏之,以资诸生诵览"④。作为省一级的半官方书院,必须有足够的藏书,方能满足优质生员的阅读需求。杨一清督学期间努力扩大典藏,但收效甚微,"杨公为提学副使,建书院,即搜葺各学遗书,得《仪礼陈氏礼乐书》《真西山读书记》《通鉴记事本末》,以示学者。……云凤继至,益以石刻五经等书,兹八载矣,然蓄犹未广,士用固陋"⑤。故后任者王云凤专门建造了一幢藏书楼,典藏从各地征集来的图书。从他撰写的《正学书院藏书记》,可知当时已有《文苑英华》《册府元龟》等大型类书,显然不是未第士子通过私人途径可以看到的。这也为年轻人在常规的经义之学之外,开辟了文艺之学、经世之学等多种可能。

杨一清和王云凤在陕西连续十二年的提学工作,特别是对正学书院的改革,选拔了一大批青年才俊,"所识拔李梦阳以文学名天下,而状元康海、吕柟与名士马理、张璿辈,皆与焉"⑥。其中李梦阳是弘治五年

---

① 顾璘:《息园存稿文》卷一《关西纪行诗序》,《原国立北平图书馆甲库善本丛书》第733册,国家图书馆出版社2013年版,第1163—1164页。
② 尚无直接材料可证明王云凤与李梦阳之间的文字交往。但李梦阳《邃庵辞》、王云凤《邃庵诗》,皆为题咏杨一清读书室之作。
③ 吕柟:《虎谷先生王公云凤墓志铭》,《国朝献征录》卷六三,《续修四库全书》第528册,第456页。
④ 何景明:《雍大记》卷二五"王云凤"条,《四库全书存目丛书》史部第184册,第224页。
⑤ 王云凤:《博趣斋稿》卷一四《正学书院藏书记》,《续修四库全书》第1331册,第187页。
⑥ 王世贞:《嘉靖以来首辅传》卷一《杨一清传》,《景印文渊阁四库全书》第452册,台北:台湾商务印书馆1986年版,第433页。

— 719 —

(1492)陕西解元,时正学书院尚未重建,他与杨一清,应只是知遇提携的关系,未必有直接而紧密的教学关系。但比李梦阳稍后的一批士子,如康海、吕柟等人,皆受益于正学书院的新教学体制。弘治十八年(1505)状元康海,自言"予为诸生时,邃庵先生提学关内,以予就业正学书院"①;王九思之弟王九峰,颇受王云凤的赏识,王云凤"督学关中,按鄠,首问寿夫,得其文大喜。命为学官弟子,遂携入正学书院,与高陵吕仲木辈亲受其业"②。正德三年(1508)状元吕柟,"屡为督学邃庵杨公、虎谷王公所拔,入正学书院,授以所学,复友诸髦士,由是见闻益博"③。可见正学书院的功能,不止让提学官来直接教习生员,更在于为全省的优质生员提供一个共同的交流平台。天才们成群结队地涌现,并非出于某种偶然,而是他们相互勖勉,"友诸髦士,见闻益博"的结果。这一互学机制,在正学书院的后续发展中得到了很好的保留。如嘉靖四十年(1561),孙应鳌任陕西提学副使,撰《教秦绪言》一卷,就要求"各择同志为会……有师从师,无师从长,商议文字,谈说经籍,各尽所长,虚怀以解",再三强调"本道躬亲查核"④,学生之间和师生之间的双线交流机制,已经发展得相当完善了,此为后话。

三 "七子"提学经历与郎署、地方间的文学互动

平心而论,以杨一清、王云凤为代表的弘治提学官群体,虽然大多出身郎署,而且在出任提学官之前已是蜚声京城的郎署领袖,但他们的文学思想并没有明显地表现出与馆阁相悖的排他性。故他们在地方上教习和选拔年轻士子,更多的是从选拔国家后备人才的角度去考虑,并不会刻意将自己的文学思想推介给地方士人。但他们提携上来的新一代士人如李梦阳、康海等,则与前辈们不同。李梦阳等人有着更积极的文学复古诉求,试图对当时日趋僵化的馆阁文学发起挑战,当身居郎署的他们看到文章之士经庶吉士一途被翰林院纳入彀中的时候,难免想起并非翰林院出身的杨一清、王云凤等人在提学任上对自己的知遇之恩。要想为复古文学群体聚

---

① 康海:《康对山先生集》卷四一《陈公淑人曹氏合葬墓志铭》,《续修四库全书》第1335册,第450页。

② 王九思:《山西按察司副使王九峰墓志铭》,《国朝献征录》卷九七,《续修四库全书》第530册,第485页。

③ 马理:《溪田文集》卷五《泾野吕先生墓志铭》,《四库全书存目丛书》集部第69册,第500页。

④ 孙应鳌:《教秦绪言》"惇友"条,孙应鳌著,龙连荣、王雄夫点校:《孙应鳌文集》,贵州教育出版社1996年版,第334页。

拢人心，除了借郎署诗会保持内部的凝聚力和传承性外，向外的吸纳与挖掘人才也很重要。而作为郎署官员，随着品阶的上升，外任地方官是必须经历的一个阶段，而地方官中最适合作家们发挥文学才能、选拔人才的职位，就是省一级的提学官。

"前七子"中，康海、王九思是翰林官员，徐祯卿英年早逝，三人没有担任过提学官，其他四人皆有提学地方的经历。李梦阳在正德六年（1511）至九年（1514）任江西提学副使；何景明在正德十三年（1518）至十六年（1521）任陕西提学副使；边贡在正德九年至十二年（1517）任河南提学副使；王廷相在正德十二年至十六年任四川提学副使、正德十六年至嘉靖二年（1523）任山东提学副使。有意思的是，何景明、边贡、王廷相分别职掌陕西、河南、山东学政，其中陕西是李梦阳、康海、王九思的故乡，河南是何景明、王廷相的故乡，山东是边贡的故乡，这三省正是弘正文学复古运动的核心区，这应该不是巧合。其他的外围作家中，朱应登历任陕西提学副使、云南提学副使，王韦任河南提学副使，戴冠任山东提学副使，他们所辖的地区，也以北方几个核心省份为主。

与何景明、边贡等人主持北省学政不同，作为复古派领袖的李梦阳，担任的是江西提学副使。如果说北省学政只要维系当地的复古文学潮流即可，那么南省学政更需要李梦阳开辟出一块新的天地，尤其江西一直是宗尚欧阳修的馆阁作家的主要来源地。虽然有不少文献提到李梦阳在任上"振起古学，力变士习，既材高又大享时名"[1]，但这类表述带有程式书写的痕迹，尚不能证明李梦阳在江西提学任上确有选拔复古文学后进之意。以下这则故事，介绍得更具体生动一些：

> 正德间，空同李先生督学江右，尚气节，精裁鉴，诸生入品题者，才能无毫发爽失。然其最高等，类以举业擅长。先生既博学好古，时时向诸生诵说之，鲜有应者。独庐陵草冈周公，为古文诗歌，不屑举业，与先生意合。试而奇之，遇以加等。未几，举江西癸酉乡试。乡试故以举业，而公之取独以古文诗歌，于是江右莫不闻公。而先生亦以得公自庆，遇所知辄延誉之，先生所知多四海名士，于是公之名骎骎远矣。[2]

---

[1] 颜季亨：《国朝武功纪胜通考》卷六《征宁王案》，《四库禁毁书丛刊》史部第70册，北京出版社1997年版，第196页。
[2] 罗洪先：《念庵文集》卷一六《草冈周公墓志铭》，《景印文渊阁四库全书》第1275册，第356—357页。

罗洪先是江西吉水人，他的见闻比较可信。在他的叙述中，李梦阳并不满足于道德、举业上的人才选拔，而是将触手伸至文学一途。遗憾的是，或许文章学习有宗汉、宗宋之别，或许江西士人更热衷于八股学问，李梦阳的举措并没有得到太多的回应。只有周仕等少数年轻人，愿意跟随他学习古文辞。在正德八年（1513）的江西乡试上，李梦阳也利用了职权上的便利，将周仕拔置举人名单之中。与其说李梦阳很赏识周仕，不如说他想借此营造江右皆闻的舆论效果，即擅古文诗歌者也有可能甚至更有可能中举，以此来改变江西地区的科举风气。后来张岱在《石匮书》中提到汪文盛提学陕西，"与江西督学李梦阳、陕西督学何景明一时齐名"①，汪文盛的声誉或许只是张岱的夸饰之辞，但李、何二人无疑是当时提学官的杰出代表，否则这句话便失去了佐证传主督学声望的有效性。

另一位复古派领袖何景明，他的提学经历也很关键。正德十三年，他出任陕西提学副使，而陕西是复古派文学群体的大本营。巧合的是，何景明年未二十进士登第，任中书舍人满九载后外迁提学官，与杨一清的仕宦经历如出一辙。对他来说，杨一清既是榜样也是压力，如何在前贤基础之上再有质的提高，是一个必须直面的难题。所幸在他之前，另一位复古作家朱应登已经导夫先路。而任命朱应登出任陕西提学副使的，正是时任吏部尚书的杨一清。李梦阳记载道：

> 凌溪辟正学院，群秦士高等其中，置官设徒，丰饩严约，谈经讲道，至者且数千指，风教大行。文自韩、欧来，学者无所师承，迷昧显则。我明既兴，隆本虽切，然要奥未闻也。及凌溪等出，创睹骇疑，大不容于人。人各以所不胜相压，而凌溪性挺直，不解假词色于人，更哆憎口，恨不即阱之。幸例调荒裔，往御魑魅。寻升参政，卒罢去。②

朱应登的性格很像李梦阳，有率直倔强的一面。大概之前的任职皆以吏事为主，没有机会展示其学问才情，故在陕西提学副使任上，他不仅在经义上聚士授学，还在古文辞上流露出对以韩、欧为代表的唐宋文的不满。这种教学方式，与李梦阳以古文辞取士的方法相似，都是用一种比较极端的

---

① 张岱：《石匮书》卷一四四《汪文盛列传》，《续修四库全书》第319册，第424页。
② 李梦阳：《空同集》卷四五《凌溪先生墓志铭》，《原国立北平图书馆甲库善本丛书》第731册，第311—312页。

方式，毫无顾忌地输出自己的文学观。这自然也会遭到很多人的攻击，朱应登因此被调任云南提学副使。与之相比，何景明的性格更温和一些。他一上任，"作《学约》示诸生。已成材者，经、书、子、史，自宜周贯，不为程限；其未成材者，令学官量资作成以相授"①。以学宫的名义，编纂刊刻了《学约古文钞》一书。根据胡缵宗序可知，这是一部古文选集，是为了让那些"以举业为专门，以文辞为别途"的读书人迷途知返，知"古文之标的"②。嘉靖《陕西通志》说他在提学任上"庄重和粹，严毅高明。教人以德行道谊为先，以秦汉文为法，条约精密，以教化为守令首务"③。虽然同样宣导文宗秦汉的复古主张，但所谓的"条约精密"，更多是在文章技法上落实其创作思想，而在教学宗旨上，依然维系程朱理学的相关思想，不像朱应登那样，试图在更基础的知识结构上，用秦汉之文将两宋之文一概替换。这种折中式的教学方法，总的来说效果不错，乔世宁是何景明在陕西最赏识的学生之一，他回忆何景明"督教关中士，亦以经术世务，如其所自志。关中士气习文艺，盖自是一大变云。是时世宁侍先生正学书院，先生说五经义，与诸家训诂多殊，私以为诸训诂不及也"④。可见何景明基本上秉持先经义后文章的原则，但在经义教学中，并不恪守宋儒注解，而是掺杂了不少宋以前的训诂内容。正因为在经义层面上让学生们多接触宋前学说，所以这些学生的文章学习虽后于经义，在创作上仍显古风，胡直就说"关西三石乔公，自少为大复督学高第，故其文虽不颛仿子长，而实郁然有汉人气"⑤。可见提督学校一事，对新一代复古作家的选拔和养成，还是起到了一定的作用。七子中其他几位，如边贡在河南提学副使任上，"以格物先行而后文，申条教以定其趋，勤考校以程其业，复文体以示其标，严劝惩以鼓其气"⑥；王廷相在山东提学

---

① 何景明：《大复集》卷三二《学约古文序》，《原国立北平图书馆甲库善本丛书》第739册，第269页。
② 胡缵宗：《鸟鼠山人小集》卷一二《学约古文钞序》，《四库全书存目丛书》集部第62册，第323页。
③ 何景明：《何大复先生集》附录《（嘉靖）陕西通志·何景明传》，《四库提要著录丛书》，集部第274册，第316页。
④ 乔世宁：《丘隅集》卷一七《何先生传》，《原国立北平图书馆甲库善本丛书》第777册，第1557页。
⑤ 胡直：《衡庐精舍藏稿》卷八《刻乔三石先生文集序》，《景印文渊阁四库全书》第1287册，第315页。
⑥ 李廷相：《华泉边公贡神道碑》，《国朝献征录》卷三一，《续修四库全书》第526册，第562页。

副使任上，时有"海内谈诗王秉衡，春风坐遍鲁诸生"①之誉。虽没有像李梦阳、朱应登那样，较极端地推行复古文学思想，但都在积极地建立与新一代作家的缘际联系。从这个角度来说，我们讨论提学制度之于复古文学传承的重要性，并不是说郎署和地方之间必须有内在的文学共通性，而是强调郎署与地方之间文学流通与互动机制的顺畅之于明代文学发展的重要意义。

"后七子"的情况，亦有相似之处。如李攀龙任陕西提学副使，吴国伦任贵州提学佥事，宗臣任福建提学副使，周边作家如王世懋历任陕西提学副使、福建提学副使。甚至文坛领袖王世贞，也有过被推为提学副使的经历，只是为首辅严嵩所阻，"分宜遂大衔公，铨司两推公（王世贞）为督学副使，皆格之，补青州兵备使"②。

诸人经历中最重要的，属嘉靖三十五年（1556）李攀龙出任陕西提学副使。王世贞在《赠李于鳞视关中学政序》中，对好友抱以极大的期望。首先，陕西文风为提学官所引导，自杨一清以下形成了颇为鲜明的传统，王云凤、朱应登、何景明、唐龙、刘天和等皆有贡献，李攀龙正可延续这一带有复古色彩的地方学脉。其次，李攀龙之前的职务"部贵人毛，束以吏事。且于文非职，即有所著作，重自闷不出，而两河之滨跂响而思奋者比比"③，在众望所归之下出任陕西提学，对他来说是一个培植复古文学力量的绝佳机会。另有一点，王世贞没有提到，但笔者认为，是当时吏部任命李攀龙的一个重要原因，即嘉靖三十四年（1555）十二月陕西发生了大地震。这是中国历史上死亡人数最多的一次地震，奏报官吏军民死有名者八十三万有奇，韩邦奇、马理、王维桢等陕西文坛名宿同日身亡④，张治道亦在数月后去世。较之名宿离世更致命的，是陕西各府县学宫受损严重，重建工作举步维艰；地方典籍罹经动荡，毁佚不存；大量儒学教官和生员遇难，基层教育遭受沉重打击⑤。在这样的紧要关头，吏部任命复古文学领袖李攀龙任陕西提学副使，应是寄予了提振地方士气的厚

---

① 郑善夫：《郑诗》卷一三《送平厓侍御使齐鲁》其八，《原国立北平图书馆甲库善本丛书》第742册，第565页。

② 王锡爵：《王文肃公文集》卷六《凤洲王公神道碑》，《四库禁毁书丛刊》集部第7册，第160页。

③ 王世贞：《弇州山人四部稿》卷五七《赠李于鳞视关中学政序》，《四库提要著录丛书》集部第118册，第49页。

④ 参见《明世宗实录》卷四三〇"嘉靖三十四年十二月壬寅"条，第47册，台北：台湾"中央研究院"历史语言研究所1962年版，第7429—7430页。

⑤ 参见高璐《嘉靖大地震与晚明陕西文学沉寂之关系考论》，《理论导刊》2012年第9期。

望。对"后七子"来说,也是接续"前七子"陕西文脉的一次机缘。可惜李攀龙在任上与陕西巡抚殷学关系紧张,不到一年便弃职还乡,这不能不说是一个遗憾。

在这之后,嘉靖复古作家群中的吴国伦、宗臣、王世懋等人,皆有提学地方的经历,但延续复古文脉的效果,似乎再也不像之前那样立竿见影。尽管如此,在万历文人的眼中,复古文学与提督学政之间的关系依然清晰:

> 明兴以来,海内操觚之士,毋虑千百。独北地李空同先生,力追古雅,单词片语,足风来学。后数十年而又有沧溟李先生者,崛起中原,自谓主盟斯文。平居不轻许可,独推尊空同氏,而学士大夫亦并称之为二李云。往沧溟氏督学关中也,行部论秀,自先生外不多屈一指。每试辄冠,冠必击节惊赏,曰此空群骥也。先生名,盖自青衿时,已蔚然邮置四方矣。甫兹拜命之日,则江之人士争相庆曰:"何幸得孙大夫视吾学乎!"江右之士,高者尚节概,其次修词,其下亦兢兢不越尺寸。俗之弊也,文滋胜而质渐漓焉。自空同李大夫来视吾学,抑者伸之,卑者振之,靡者实之。士咸相涤濯,知所兴起。故至今语文学大夫,必称空同先生云。空同先生,故关中人也,去今且七十余载,何幸复得孙大夫继之乎!①

敖文祯是江西高安人,他在陕西人孙代出任江西提学副使之际,表达了自己对提学文风一事的看法。他对以李梦阳、李攀龙为代表的复古文学思潮颇为认同,且强调二人的提学经历与孙代的潜在关系,即李梦阳是历任江西提学中的杰出代表,而李攀龙在陕西提学任上对孙代有知遇之恩。在敖文祯看来,之所以拿二李作为典型,并不是因为他们的督学实绩,更在于他们以文坛领袖的身份出任提学官,对整个地区起到了引导文风的作用。这里的"文风",显然不能以狭隘的"时文风气"来理解。在制度职能上,它指向的确实是时文风气;但在现实教习中,诸人对古文风气多有留心,前及李梦阳、何景明等,都是这样的情况。当然,作为一种教育监察制度,提学官的职能毕竟是监督选培政治人才。以个别文学家之案例来推断提学制度的整体面貌及文学影响力,未必妥当。他们的文学行为,实立

---

① 敖文祯:《薛荔山房藏稿》卷七《贺江右督学孙肯堂公祖序》,《续修四库全书》第1359册,第219页。

足于"先德行而后文艺"的基本教学观,此不可不再三强调。

四 官刻本之职掌与复古文学地域传统的延续

作为带有浓郁北方文学色彩的复古派作家,"前七子"很希望将自己的文学思想推广至大江以南,所以才为徐祯卿、顾璘、朱应登等江南诗人的加入欢欣鼓舞。但南方的文学传统实在太强大,在某种程度上,巩固故乡的文学阵地,维持北方文学的影响力,才是根本之法。如果说老一辈的复古作家们通过在提学官任上提携后进来保持地域文学的活力,那么新一代的复古作家们就是在继承老辈做法的同时,还通过在提学官任上对前辈复古作家文集的整理和刊刻来延续地域文学的传统。

这就涉及提学官的一个非常规职责,即参与地方图书的刊刻。这本身不是提学官的职能,但刊刻已故乡贤的著述,树立文学和学术上的地域典范,也是学校建设的一部分,因此在未有明文规定的情况下,这一职责或多或少地落在了提学官的身上。特别是在文学复古最盛的陕西、河南等地区,其区域经济和文化的发展,与南方诸省相比有一定差距,故家刻本、坊刻本等类型的发展空间没有南方那么宽裕。在这种情况下,官刻本由于有政府的资助,便有了较大的发展空间。甚至可以说,提学官介入书籍刊印一事,在明中叶经济力量相对薄弱的陕西、河南等地区,确有其存在且适当发展的必要性。

在文学史的常规表述中,我们总能看到复古作家的生平、思想和作品,以及在当时文坛的巨大影响力。这种影响力的存在和持续,一是靠作家生前的舆论口碑,二是靠作家身后的文集流布。但这两种途径是如何运作起来的,我们却很少深入探究,好像理所当然一般。其实,在作家去世后,闻其名而难寻其文的情况非常普遍。如朱孟震在隆庆六年(1572)上任陕西兵备副使,感慨"康德涵先生以文章名海内,不佞自束发谈艺,心窃向往之。于今数十年,而始得从关中读其集"[①];万历八年(1580)出任陕西提学副使的王世懋,也说"余至关中,首索先生集读之"[②]。可见康海文集虽刊印过一次,但流传不出陕西,外地作家很难读到,文集的传播速度和数量,远远跟不上舆论的效应。康海尚且如此,其他作家就更不用说了。从这个角度来说,陕西的复古文学传统要想继续传承下去,点

---

① 朱孟震:《刊对山康先生全集叙》,《康对山先生集》卷首,《续修四库全书》第1335册,第66页。
② 王世懋:《对山先生集叙》,《康对山先生集》卷首,第68页。

对点的直接师承固然重要，点对面的文集刊刻、流布与接受，也是不可缺少的环节。

我们仍以陕西为例。从现存古籍来看，明代陕西作家的文集，基本上没有商业途径的坊刻本问世；由于资金问题及作家后人的能力问题，私刻的推广也有一定的难度。负责编纂刊书的家族后人或生前好友，一般很难独立完成所有的流程，或多或少会寻求巡抚、提学或府县官员的帮助。这种帮助既有资金层面的，也有人力层面的，如协助编纂、刊刻甚至受请撰序等。此话题已有相关研究成果①，但主要是选取出版史的视角，而笔者的关注点是此事之于前、后七子复古传承的文学史意义。对"后七子"群体来说，刊印陕西先贤文集，不仅在职能层面上延续了地方文学传统，而且是对前代复古文学的一种认同、继承和发扬。

如康海的《对山集》，最早由好友张治道编纂，其刊印一波三折。先"洪洋赵公尝欲板行……移文藩司，堕而弗举"，后是"中丞东厓翁公抚临关中，搜其集，付西安守六泉吴君刻之以传"②。早在嘉靖十八年（1539）至二十一年（1542）间，陕西巡抚赵廷瑞就有意刊印，还专门移文布政司，却无疾而终；至嘉靖二十三年（1544），陕西巡抚翁万达再主其事，这次他委托西安知府吴孟祺负责，最终顺利出版。从这次刊印可以看出，地方文献的官刻，并没有清晰的权责界限，完全取决于各级地方官的喜好与热情，如布政司官员显然对刊印地方文献一事兴趣不大，故《对山集》的第二次刊印，多任按察司官员起到了重要的作用，南轩评价这次全集的刊印，"衷益成集则朱秉器、李本宁、王敬美三君也"③。其中朱孟震任陕西兵备副使，李维桢和王世懋先后任陕西提学副使。李、王二人是复古派"后七子"群体中的骨干：王世懋是王世贞的弟弟，李维桢名列"末五子"，被王世贞寄予厚望。他们对复古派前辈文集的刊印，流露出极大的热忱，不只是筹备资金或受请撰序那么简单，还花费了很多时间在具体的编纂工作上。如李维桢曰："余从先生嗣子孝廉子秀访之，盖得十之四；又从其外孙张明府维训访之，得十之六，集庶几哉称全矣。"④ 王世懋曰：

---

① 参见李波《明代陕西提学对关中文人文集出版贡献探究》，《中国出版》2014年第15期。
② 张治道：《对山先生集序》，康海：《对山集》，《原国立北平图书馆甲库善本丛书》第735册，第421页。
③ 南轩：《对山先生全集序》，《康对山先生集》卷首，《续修四库全书》第1335册，第65页。
④ 朱孟震：《刊对山康先生全集叙》引李维桢语，《康对山先生集》卷首，《续修四库全书》第1335册，第66页。

"凡二集中，铺叙亡关系者必削，率直亡蕴藉风者必削，命意就时、离于大雅者必削。总之，旧集之削者十之二三，而遗集之入者十之三四，彬彬乎足成一家言矣。"① 总的来说，李维桢重搜采，王世懋重编选，康海诗文经两位复古名家之手，终在万历十年（1582）推出重编本。在普遍推重诗歌复古的隆、万年间，可算是对"前七子"中文章复古一脉的重审和发扬。

再如王维桢的《王氏存笥稿》，刊印于嘉靖三十六年（1557）。王维桢是嘉靖中期的陕西文坛领袖，身居馆阁而出入复古思想之间，可惜嘉靖三十四年死于陕西地震。陕西文士在他去世后，第一时间刊印其文集，以延续地方文脉。撰序者孙陞虽不是陕西人，其想法却多少反映了当时陕西文士的观念："余观作者之林，其长短较异，即能属书摘词，而声诗不振。抑或以近体取重，古体诎焉。尺有所短，寸有所长，非虚语也。独空同先生得其具体，王子与之后先入室，皆得擅场。即关中多材贤，此两人者岂易得哉。"② 孙陞通过强调诗歌创作的分体并重，把李梦阳和王维桢放在同一个文学统序和层级中予以高度评价。在此基调下，《王氏存笥稿》的刊印就不再是纯粹的个人文集的出版行为，更被赋予了文学传承的意义。故主事者陕西监察御史郑本立，专门邀请了当时的陕西提学副使李攀龙来承担校勘工作，"适季翁先生自数千里外以其善本至，繁袪类析，益复精粹矣。遂檄督学李子校之，西安刘守刻之"③。前后两代复古文学领袖，通过一种特殊的方式被联系在一起。对初到陕西的李攀龙来说，为一位在文学声望及观念上可与李梦阳齐名的陕籍作家文集作校，既是对自己文学思想的一次溯源，又可为陕西后学们树立良好的文学导向，自当用心为之。

又如马汝骥的《西玄集》和乔世宁的《丘隅集》，皆是在陕西提学副使孙应鳌④任上刊印的。前面已经说过，乔世宁在何景明任陕西提学副使时被拔入正学书院，无论在地域上还是师承上，其文风皆带有明显的

---

① 王世懋：《对山先生集叙》，《康对山先生集》卷首，《续修四库全书》第1335册，第69页。

② 孙陞：《王氏存笥稿序》，《王氏存笥稿》卷首，《四库全书存目丛书》集部第103册，第62页。

③ 郑本立：《刻存笥稿叙》，《王氏存笥稿》卷首，《四库全书存目丛书》集部第103册，第63页。

④ 孙应鳌在陕西提学副使任上，著有《教秦绪言》一书，为现存研究明代提学思想的重要文献，参见黄文树《明代提学官制与孙应鳌〈教秦绪言〉教育训词探析》，《汉学研究集刊》2009年总第9期。

复古色彩：

> 明兴当弘治、正德间，文治郁起。是时，北地空同李子、信阳大复何子为之宗。三石子与空同子同产于秦，相距甚迩，少即慕效焉。稍长为诸生，适大复子来秦为督学使，首目三石子，必且鸣世，必且耀后。于是立召前，立与语无常时，口授三石子意义，谈必移日。自是三石子文思益伟，拔迈流俗，遂赫然以诗文雄关中，斯师承之正辙也。

这里所谓的"师承之正辙"，即乔世宁"文不作汉以后语，诗不作唐以后语，洗剿夺繁陋之习，一裁于造化性情之真"①，其源头正是何景明的"凡著作悉不诡于法，又能本诸性情"②。孙应鳌之所以再三申说这条文脉，正因为他本人与王世贞、吴国伦等人多有联系，亦认同复古文学之思想。从《教秦绪言》及其文集被定名曰《孙山甫督学集》来看，他在陕西提学任上用心甚多，时常留意关陇地方文献的收集。嘉靖四十二年（1563），他受乔世宁、王崇古的委托，为马汝骥的《西玄集》刊印并撰序，其中提到他拜访乔世宁时的一次论诗对话：

> 问诗之世代，余曰："近体、歌行，擅美于唐。五言、古体，轶尘于汉魏。乃六朝者，则汉魏之委流，而唐之滥觞也。代既殊制，人亦异轨。但逐才之篇易求，体情之制难得。虽莫不有传，折衷无戾见亦罕矣。"三石子颔之曰："韪哉。"因与论近代诸诗、关中诸诗，而及《西玄集》，三石子曰："西玄子近体、歌行法唐，古体法汉魏，于才情无戾焉，其可传已。"余曰："韪哉。"③

从上可以看出，在诗歌学习上，孙应鳌主张近体学唐、古体学汉魏，且在常规的体式标准之上，追求一个更难达成的体情标准。这与上述的何景明、乔世宁、马汝骥的创作观念大体相仿，故孙、乔二人才会莫逆于心。

---

① 孙应鳌：《丘隅集序》，《丘隅集》，《原国立北平图书馆甲库善本丛书》第777册，第1413页。

② 孙应鳌：《孙山甫督学文集》卷一《重刻海叟集序》，《中国西南文献丛书》第2辑第18卷，兰州大学出版社2003年版，第45页。

③ 孙应鳌：《孙山甫督学文集》卷一《西玄集序》，《中国西南文献丛书》第2辑第18卷，第36—37页。

通过与乔世宁等前辈作家的近距离交流，并为乔世宁、马汝骥等人文集刊印撰序，身为提学副使的孙应鳌，在文学复古思想的传播上，为陕西后学作出了一个有效的榜样。《孙山甫督学诗集》的刊印兼作序者乔因羽，就是乔世宁的长子，也是孙应鳌在正学书院的学生。乔氏明言，之所以刊其诗，就是为了"藏之正学书院，令关中士读此集者，因以识先生之遗教"①，且将此事与当年李梦阳请黄省曾撰诗集序一事作比，以凸显孙应鳌在复古诗坛中的地位。就这样，孙应鳌为多位陕西作家刊印文集，以延续关陇的复古文脉；而陕西后学又为孙氏刊印《督学诗集》，用一种别样的方式来表彰和纪念他在陕西提学任上的贡献。这些图书在关中广泛流布，且被典藏于正学书院，在年轻读者的心中，建立起了提学名宦与地方文脉之间的亲密联系。这种观念上的洗礼，或许比具体某一对师承关系，更有学术层面上的意义。

综上所述，明代的复古作家们，通过提督地方学政一途，采用督导教习、书院亲授、刊印图书等多种方式，建立起复古文学思想在中央和地方之间的流动通道。依赖于这一制度，他们将复古文学思潮从京城带至地方，扩大其流布的范围，也在一定程度上改变了地方上的文学风气；与此同时，还在地方上培养了一批年轻作家，将他们提前带入复古文学的阵营，借此与馆阁文学的庶吉士培养模式相抗衡，保持阁、部文学在发展规模上的相对均势状态。我们习以为常的一些文学复古现象，比如"前七子"群体的形成与发展，前、后七子之间的承接关系，陕西文风的兴起与衰落等，若放在提学制度的视角下予以重新审视，将可得到更加全面、到位的解释，也有待引起学界的进一步重视。

（原载《文学遗产》2017 年第 5 期）

---

① 乔因羽：《督学诗集序》，《孙山甫督学诗集》，《原国立北平图书馆甲库善本丛书》第795 册，第 2 页。

论官僚体制下生碑记的书写转变

叶 晔

所谓的生碑记，指颂扬见任官或去任官政绩、反映地方民意、以碑刻形式存世的文章，包括德政碑、遗爱碑、去思碑、生祠碑、功德碑、权政碑、政绩碑、颂德碑、善政碑等记文[1]。其中较常见的有德政、遗爱、生祠、去思四种类型。从称谓的多样性和复杂性来说，我们用文类而非文体的眼光，去观察这一文学现象，更有学术之意义。在本篇中，考虑到文学与史学之研究视角的区别，笔者将用"生碑"来指称这一文类所依附的物质形态，用"生碑记"来指称书写于碑石之上的具体文字内容。

现今有关生碑的研究，已有不少成果问世。主要从纪念碑性、地方官考课、央地关系、士大夫社会网络等角度予以考察[2]，基本上属于历史学的研究方法，很少考虑到作为文类的生碑记，其文学属性对于更强势的政治世界及更稳定的典章制度的反作用。换句话说，史学家关注立碑一事，文学家更关注撰碑一事，我们只有将撰碑视为一种文学创作行为，并予以着重考察，作家在生碑现象中的意义才会凸显出来，不同文类之间的功能差别才会被逐渐认识。以生碑的名义进行总括性的历史研究，固然有其价值所在，但对生碑记文类的细分考察，也将给相关研究带来与史学有别的

---

[1] 笔者未将纪功碑纳入本篇的考察范围，有关纪功碑和德政碑的区别，叶昌炽《语石》等已有论述。另，有关生碑文学的早期演变史，参见程章灿《从碑石、碑颂、碑传到碑文——论汉唐之间碑文体演变之大趋势》，《唐研究》第13卷，北京大学出版社2007年版，第419—436页。

[2] 较有代表性的论文，如刘馨珺《从唐代"生祠立碑"论地方信息法制化》，《法制史研究》2009年第15期；仇鹿鸣《权力与观众——德政碑所见唐代的中央与地方》，《唐研究》第19卷，北京大学出版社2013年版，第79—111页；陈雯怡《从朝廷到地方——元代去思碑的大盛与应用场域的转移》，《台大历史学报》2014年第54期；陈雯怡《从去思碑到言行录——元代士人的政绩颂扬、交游文化与身分形塑》，《"中央研究院"历史语言研究所集刊》第86本第1分，2015年版，第1—52页。

文学思路。本篇的目的，就是用文类的眼光去梳理古代生碑记的发展历程，进而探讨这一存在于公共空间中的文学类型，其文本结构和书写权力，是如何被国家制度约制的，又是如何通过撰碑者的创作能动性，在体类选择和文本书写上，对既有体制进行规避、逾越和批评的。

一　类分与类从：古代生碑记的叙述立场与体类选择

立生碑的现象，据顾炎武的考证，起源于晋代①。广平太守丁邵、右将军唐彬二事，是正史所载"居官而生立碑"的最早事迹。但如果放宽标准，不局限在德政文字，同样关注于纪功文字，那么，生碑的起源，可以上溯至汉代。不管怎样，后代生碑的两个基本功能，一为自上而下的表彰，一为自下而上的感恩，在早期事例中皆有体现，尤以前者为突出。

自晋以来，生碑记在文类演变中滋生出不少别类，如德政碑、遗爱碑、去思碑、生祠碑等十数种。我们当然可以对每一种文类作精细的考源，但应留意，有些作者在选用德政碑或去思碑的时候，未必明晓它们存在功能指向上的细微差别。反之，如果作家意识到不同的名称指向不同的政治立场，那么，创作上的体类选择，便是他政治思想的某种潜在反映。这是历史学者在德政碑、去思碑研究中较少考虑的，他们更倾向于实在内容的类从，较少关注具体名称的类分之于生碑研究的意义。在他们眼中，重要的是生碑作为一种行为，而非生碑记作为一种文类。文学学者的关注点，有必要放在生碑记的文类属性上，否则便与历史学者无异了。

首先，我们来看生碑记在书写体制上的特性变化。虽然从颂政的角度来说，德政碑、去思碑、生祠记等并无明显的差别，但从文字所依赖的物质形态的角度来说，德政碑和生祠记有着明显的不同，即仇鹿鸣指出的"纪念碑性"②。尽管元明清时代的生碑，已经不像唐代的德政碑那样有巨碑的视觉效果，但无论是巨碑还是普通碑，它们的物质载体，都是作为独立纪念物的石碑（属于路碑的一种），而生祠记虽然也经常被勒石成碑，但这块石碑不是独立的纪念物（属于庙堂碑的一种），只是附属于生祠的一种文字存录方式而已（也可以是卷轴或绘像等形式）。简单地说，德政

---

① 黄汝成：《日知录集释》卷二二"生碑"条，上海古籍出版社2006年版，第1269—1270页。

② 仇鹿鸣：《权力与观众——德政碑所见唐代的中央与地方》，《唐研究》第19卷，第80页。此概念借鉴自巫鸿的美术史研究，强调公共纪念碑的政治景观效应，及其背后所隐藏的权力关系，见《中国古代艺术与建筑中的"纪念碑性"》，上海人民出版社2009年版。

碑记、去思碑记是一种生碑纪念，而生祠碑记是一种生祠纪念①，虽然它们都有物质遗存（碑与祠），但这两种物质遗存的形态及其与文字的关系是不一样的。德政碑是物质遗存和文字遗存的高度重叠（纪念碑性与书写权力），而生祠碑虽然也有物质遗存，但这种物质和文字的遗存并不具有充分的对等性。至于其他类型的记文、赠序以及由此汇集而成的言行录等，只是士人性质的文字纪念，不依赖于公共空间中的物质遗存，脱离了公众场域的民意，从文类的角度来说，有别于本篇考察的生碑一类。

由上可知，公域和私域的不同，既可以用来区别传记类碑刻中的生碑记与墓志文，更是区分社交网络中生碑记与其他文类（如赠序、题跋等）的重要标志。既然生碑记是公共场域中的一种文类，那么，我们必须考虑到公共场域中立场各异的多方利益群体，在生碑书写中的不同作用，以及由此所致的对这一文类的规制和逾制。这些利益群体，包括代表国家意志的朝廷，代表儒家士大夫意志的亲民官，以及代表百姓利益的地方耆老。

据上而论，生碑行为的参与者，据立场和诉求的不同，可分为朝廷、官员、民众三极，由此构成中央与地方、政府与百姓两种关系形态。而亲民官兼具地方、政府双重属性，是一个协调中央与百姓关系的中间姿态。从生碑记的不同名称，可看出一些端倪，德政、遗爱，本是表彰官员政绩之意；生祠、去思，则有反映基层民情之意②。但这样的三极视角，带有明显的史学思维倾向，若我们改用文学视角来观察此事，则三极可分裂为四极，根据碑记文生成的先后顺序，分为民众（申请者）、官员（被纪念者）、朝廷（审核者）以及作家（撰碑者）。这最后一极，相对于前三极来说，没有较明确的政治立场和诉求，不在法令处罚的范围之内，较少受到政治制度与环境的约制。

唐代的生碑书写，以德政碑为主，据刘馨珺的统计，现存20篇德政碑记、6篇遗爱碑记、2篇生祠碑记③。已有的研究成果，无论是强调对于社会政治秩序的维稳作用，还是探究对于地方信息法制化的意义，其最后指向的，都是中央对地方、上级对下级的控驭。我们可以说，唐代的生

---

① 顾炎武就将生祠、生碑分为两个条目论述，见黄汝成《日知录集释》卷二二"生祠""生碑"条，第1268—1271页。

② 叶奕苞《金石录补》续跋卷七"唐澄城令郑君德政碑"条："碑云百姓孙士良等，报德诚明，请命朝省，斯颂作焉。殆奉诏立碑，曾下考功，而非后世士民擅立去思也。"《续修四库全书》，第901册，第318页。可见在清人的体类观念中，德政碑指向"奉诏下考功"，去思碑指向"士民擅立"，二者的立碑立场明显不同。

③ 刘馨珺：《从唐代"生祠立碑"论地方信息法制化》，《法制史研究》2009年第15期。

碑记书写，基本上维持朝廷的立场。唐律中有立生碑必须申请的规定，及对相关违禁行为的处罚措施，这让尚书省的礼部考功司拥有了过滤地方民意的实在权力。这个时候，立碑行为所反映的，不再是纯粹的地方意愿，而是经过中央筛选后的地方意愿。另外，唐代的德政碑记多由朝廷授权中央词臣（著作郎、翰林学士等）撰写，而非地方文士撰写，其文字所反映，也是朝廷的统治理念和策略，而非地方民意的真实表达。仇鹿鸣甚至指出德政碑在晚唐政治中被用于稳定地方藩镇的情绪，其政绩表彰的初衷，已经在很大程度上被政治安抚的目的所替代[1]。至于其他相似文类，如生祠、去思诸碑，或许较之德政碑更能反映地方的真实舆情，但就现存史料来看，其立碑同样需要经过朝廷审核，即无论哪一类生碑，其立碑权皆被中央掌控。在这种情形下，生碑记的书写，实受限于两层政治权力，一是作为书写前置条件的立碑权，二是书写权自身被控制在中央词臣手中。从叙述立场的角度来说，唐代通过政策制定和文柄授予，将生碑记的书写，约束在一个较狭隘的、以中央利益为重的政治空间中。

宋代的情况，有较明显的变化。现存宋代文献中，基本上没有德政碑记，但有相当数量的生祠记存世。虽然我们不敢确言，所有的生祠记都是以碑石的形态保留下来（有学者认为是以绘像的形态），但至少有材料可以证明，相当多的生祠记与碑石有着直接的联系。如真德秀为南剑州知州兼福建招捕使陈铖撰生祠，就明言"叙其大略，使著于石章"[2]；刘克庄撰写生祠记时，亦有"将有升堂而起敬、读碑而堕泪者，至此而后，可以观人心焉"[3]之语。从"升堂读碑"可知，宋代生祠记是以庙堂碑的形式存在的，不像唐代巨碑那样，立在城门外、大道旁，制造出一种文字之外的视觉震撼力。很显然，宋代地方文人已经意识到朝廷的立碑禁令，约束的是作为纪念物的碑（面向民众），而不是作为纪念文的碑（面向文人）。故他们选择性地规避了立生碑的禁令，借用民间信仰中的生祠之法，让碑记附属在建筑物内，以达到传世文字的效果。总的来说，宋代生碑记的书写，借助文类的转移（从德政碑到生祠记），突破了唐代政治立场的局限。一来通过"私刻于石"的行为，绕过中央的立碑权，造

---

[1] 仇鹿鸣：《权力与观众——德政碑所见唐代的中央与地方》，《唐研究》第 19 卷，第 99 页。

[2] 真德秀：《西山先生真文忠公文集》卷二五《福建招捕使陈公生祠记》，《宋集珍本丛刊》第 76 册，线装书局 2004 年版，第 188 页。

[3] 刘克庄：《后村先生大全集》卷八八《陈曾二使君生祠》，《宋集珍本丛刊》第 81 册，第 716 页。

成书写权前置条件的消失；二来由此降低书写权的门槛，不再掌控在中央词臣手中，地方文人亦可以民意代表的身份，介入甚至主导生碑记的撰写。

元代生碑记的体类选择，又是另一番面貌。杨维桢在一篇遗爱碑记中，明确有"立石刻颂，在法无禁"①的说法，可见元后期的文人，已经对立碑禁令不甚知晓。元代短短百年间，涌现了大量生碑记（多于现存的唐宋总量②），其中以去思碑记的数量最多，而这与金元不禁去思碑的举措密切相关③。唐宋的立碑禁令，虽然在字面上只针对见任官，但实际上去任官的立碑，也需要经过中央审核。法令上明文允许"去思而建"，对去任官纪念全面放开，自金代始，而元代沿袭其制。也就是说，从金元开始，所有生碑类型中，纪念去任官的生碑，率先拥有了没有任何前置条件的合法身份。这一法令许可，使去思碑与德政、生祠诸碑区分开来，借"去思"之名获得了更大的发展空间。故元明两代的去思碑数量，明显多于其他生碑类型，沈德符曰"今世立碑之滥极矣，而去思尤甚"④，可见直到晚明，仍是如此。如果说宋代生碑记的逾制，是从立碑到立祠的选择性规避，那么元代生碑记的逾制，则是从见任官到去任官的选择性规避。而且，历代文人在表述德政、去思等概念的时候，主要考虑的是见任官和去任官之别⑤，并没有过多留意不同生碑记在叙述立场上的先天差异，因此，当金元法令允立去思碑的时候，也在无意识中将生碑记的书写姿态从中央转换至地方士民。

综上可知，唐代风行德政碑记，宋代风行生祠碑记，元代风行去思碑记，真可谓一代有一代之生碑类型。我们当然可以说，这些都是同一文类的不同变体而已，过度地细分容易遮蔽宏观层面的某些意义。但从文类学

---

① 杨维桢：《都水庸田使左侯遗爱碑》，《全元文》第42册，凤凰出版社2004年版，第277页。

② 陈雯怡在《从朝廷到地方》一文中提到，"目前可见的去思碑，唐代约有30篇，宋代约10篇，而元代却有超过300篇之多"（她所谓的去思碑，为广义的生碑），认为"唐宋碑文少于元不能以文献保存的差别来解释"，第49页。另，明代生碑记的数量尚难精确统计，光笔者掌握的生碑记就在千篇以上。

③ 宇文懋昭撰，崔文印校证《大金国志校证》卷三五"职官立碑建祠仪"："职官在任，虽有政绩，百姓不得立碑建祠。若去思而建者，听。"中华书局1986年版，第503页。

④ 沈德符：《万历野获编》卷二二"立碑"条，中华书局1959年版，第579页。

⑤ 储大文《存砚楼二集》卷一四《分巡宁夏按察司副使陈公德政去思碑》曰："公以二月八日来，寻以十月十有二日去。俾吾侪小人，不及碑德政，而遽碑去思。"《四库未收书辑刊》第9辑第19册，北京出版社2000年版，第618页。可见至少在清人的体类观念中，德政碑之于见任，去思碑之于去任，有较明确的对应关系。

的角度来说，不同亚文类的此消彼长，实有文学发展的必然性在其中起作用，而这种必然性，实与政治体制密切相关。

从文体类分的角度来看，元代生碑记的发展，最终呈现为两个维度。一个是立碑行为的局部合法化，让纪念去任官的去思碑记渐次兴起；另一个是对违禁行为的宽贷，"已立而犯赃污者，毁之；无治状以虚誉立碑者，毁之"。[1] 只有毁碑措施而没有人事处罚，让德政、遗爱、生祠等碑记，也有了较宽松的生存空间。一旦失去了中央的严格管控，撰碑者的独立意识开始凸显，这些碑记的叙述立场，在很大程度上转移至士大夫一方。这个时候，原先被朝廷意志压抑在士大夫身上的两种身份（被纪念者和撰碑者）逐渐分离。与唐代由中央词臣来执笔撰文不同，元代以后普通文士的参与度越来越高，他们不仅用文字来表达士意、民意，还将之视为建立士大夫社交网络、抢夺公共话语权的一种工具，生碑记的顶层政治色彩日渐淡化。

明清两代的士人，也认识到了以上诸弊端，可惜书写权力一旦下落，要想借助威权的力量收回至中央，并不是一件容易的事。以亲民官和作家两种身份活跃其中的士大夫，通过文学逾制的方法，规避相关法令，持续掌控已经下落的权力。这里所说的文学逾制，既包括生碑记的类分与类从，也包括文本内容上的迂回式书写；而所说的权力，则通过碑记的书写权以及书写中的批评权来实现，以下详论之。

二 从廷意到民意：生碑记书写的制度化与去制度化

作为一种存在于官僚体制内的非公文文体，生碑的书写，难免与狭义的制度建立一定的联系，主要体现在两个方面。一是朝廷对立生碑的律法管控，须经国家机构的审核后方可立碑，对违禁的官员和吏民，有一系列处罚措施，此为制度影响文学之方式。二是生碑记在官员考课中的辅助作用，它作为公众舆论的一种文字形式，是上级人事考核的参考材料之一。这个时候，它不再是一篇只代表任官声誉的舆情文字，还变成一份可证明其执政绩效、影响其职官迁转的补充材料，此为文学影响制度之方式。另外，生碑记的书写，还可以另辟新的空间，让本为约束此类文学而存在的制度渐趋失效，这涉及书写的合法性问题，又有违制、逾制之别。

在唐代以前，生碑现象已有一定的发展。虽然《晋书》中有多个"居

---

[1] 《元史》卷一〇五《刑法四·禁令》，中华书局1976年版，第2682页。

官而生立碑"的案例，但据仇鹿鸣的考证，将立碑的批准权收归中央，其制度渊源或来自南朝，北朝则较为罕见①。也就是说，自南朝始，立生碑的行为逐渐受到国家法律的约制。从现有的法律文献来看，唐宋两代对立生碑的管控相当严格。在申请环节，"所在长吏请立德政碑，并须去任后申请，仍须有灼然事迹，乃许奏成。若无故在任申请者，刺史、县令委本道观察使勘问"②。去任、申请、政绩三者是不可缺一的必要条件。但勘问"无故在任申请者"一条，埋下了一个伏笔，即"有故者"（有灼然事迹者）可在任申请，而有无实在的政绩，本是一个很模糊的标准，以致最后剩下"申请"一项才是硬性要求。而在审核环节，吏民须"诣县请以金石刻，县令以状申府，府以状考于明法吏……具所纪之文上尚书考功，有司考其词宜有纪者，乃奏"③。也就是说，尚书省的礼部考功司拥有最后的审核权，这在很大程度上赋予了中央实在的权力，以致碑记不同体类所能反映的观念差异，在一定程度上被国家权威掩盖，让地方官员和吏民处于一个相对被动的位置。唐代德政碑风气远胜生祠、去思诸碑，有其必然的一面，即中央权力的强势介入。

入宋以后，宋太祖专门诏令"诸道长贰有异政，众举留请立碑者，委参军验实以闻"④。宋嘉祐五年（1060），泉州知州蔡襄回京任翰林学士，"闽人相率诣州，请为公立德政碑。吏以法不许谢，即退而以公善政私刻于石"⑤。可见州一级的官吏，其验实工作相当严密。宋《刑统》有"若官人不遣立碑，百姓自立及妄申请者，从不应为重，科杖八十，其碑除毁"⑥一条，可知当时"百姓自立"是要受罚的。故笔者认为，上述的"私刻于石"，指生祠碑记（泉州现仍有始建于宋的蔡忠惠公祠）。这属于建生祠的范畴，故立碑禁令对此无效。作为弱势一方的亲民官和地方百姓，多不会刻意违反制度，但会有意识地规避制度。他们通过碑记体类的选择，规避于己不利的律法条款（禁立生碑），寻求另一种表达地方舆情的方法（建生祠，刻石以纪），这是宋代生祠记远较前代为多的原因之一。

---

① 仇鹿鸣：《权力与观众——德政碑所见唐代的中央与地方》，《唐研究》第19卷，第94页。
② 《唐会要》卷六九，中华书局1955年版，第1214页。
③ 刘禹锡：《刘禹锡集》卷二《高陵令刘君遗爱碑》，中华书局1990年版，第26页。
④ 《宋史》卷一《太祖本纪》，中华书局1977年版，第7页。
⑤ 欧阳修：《欧阳修全集》卷三五《端明殿学士蔡公墓志铭》，中华书局2001年版，第521页。
⑥ 《宋刑统》卷一一"长吏立碑"条，法律出版社1999年版，第186页。

另外，宋代生祠记的兴起，与官员考课制度的变化也有一定的关系。在一定程度上，唐宋考课法执行方式的变化，造成了生碑记不同类型的此消彼长。唐代的德政碑审批与官员考绩二事，皆由礼部考功司职掌，生碑记正可作为地方举留或官员迁转的补充证明。而宋代由多层监司单位负责州县官员的考课，对地方上的举留行为，多以干扰政务处置，故民众转以更简单的生祠纪文的形式替官员祷祝。

入元以后，禁令日趋松弛。前文已提到，见任官无论是自立碑还是遣吏民立碑，其违法成本比唐宋小很多。唐宋为徒、杖并罚①，明清以杖刑为主，元代只是仆碑而已，不涉及人事考核、职官迁转等切身利益。更关键的是，元袭金制，去任官的立碑不再申请，这使得去思碑记被完全放开，成为元代生碑记创作的最大宗。而唐宋以来被严管的德政碑记，也因为形同虚设的违制成本，有了相当程度的发展。前述"立石刻颂，在法无禁"的说法，应从对去任官立碑的制度允可、对见任官立碑的制度松弛两个方面来综合理解。

明清两代的禁令，基本上沿袭唐宋律。士人虽有"在官毋树德政之碑，已著在禁令"②的观念警醒，但在事实上，未必有严格的执行。顾炎武有"今世立碑不必请旨，而华衮之权，操之自下"③之说，可见因无须奉旨立碑，相关权力已下移至各级地方官吏手中。自上而下的制度禁令逐渐松弛，自下而上的利益驱使便浮现出来。立碑者对撰碑者身份的选择，也渐趋多元化，呈现出从中央到地方的转移，即从代表着国家意志的中央词臣，转向代表基层民意的地方精英。从这个角度来说，现存宋代生碑记的缺少，可能不是风气减弱的缘故。更合理的解释是，唐代生碑以德政碑为主，多由中央官员来撰写，较容易被集部文献保存下来，而宋代生碑以生祠碑为主，多由地方文人来撰写，他们未必都有文集存世，即使有文集也未必能很好地保存下来。另外，放在祠堂内的生祠碑的体积，也不能与竖立在城门外、大道旁的德政巨碑相比。以上这些，都是宋代生祠碑记的保存情况不甚乐观的原因。

从以上生碑记的发展可以看出，作为一种政治书写与公共书写相结合

---

① 《唐律疏议》卷一一"长吏辄立碑"条："诸在官长吏，实无政迹辄立碑者，徒一年。若遣人妄称己善、申请于上者，杖一百；有赃重者，坐赃论。受遣者，各减一等。虽有政迹而自遣者，亦同。"中华书局1983年版，第217页。

② 刘三吾：《坦斋刘先生文集》卷下《知徽州休宁县周德成墓志铭》，《四库全书存目丛书》集部第25册，齐鲁书社1997年版，第141页。

③ 顾炎武撰，黄汝成集释：《日知录集释》卷二二"生碑"条，第1270页。

的文体，受到政治制度的诸多制约，在所难免。从六朝到北宋，当立碑占据事件的主导位置时，生碑记的书写大致呈现为制度化的发展趋势，通过朝廷法令将立碑权收归中央，完成了立碑与撰碑的高度集权。从南宋至清代，当撰碑占据事件的主导位置时，生碑记的书写开始进入去制度化的发展阶段。特别是金元以后将去思碑的立碑权彻底放开，意味着唐宋高度集权的生碑体系已经瓦解。不仅立碑权下移至地方官民，撰碑权也下移至士人阶层，这种二权分立的情况，让地方官民与士人逐步掌握了实在的权力，并形成了相对均衡的权力关系。也就是说，自元代以后，作为文学行为的撰碑，逐渐独立于作为政治行为的立碑。无论我们将此解释为从中央到地方还是从政治到文学，"撰碑"的社会影响力较之前代有了进一步的提高，已是明显的事实。

当然，一味地将南宋以后的生碑现象视为世风日下的一种反映，未免简单，我们更应关注的，是作为独立阶层的士大夫在撰碑一事上的积极作用。陈雯怡研究元代的去思碑文化，提出"社会网络"的说法，认为元代去思碑以文本的形式流传于士人间，与其他颂扬政绩的赠序、诗卷、记文等一起，作为个人声誉的文字表现，完成了对士人身份意象的形塑。并指出去思碑在脱离碑石这一物质形态后，尚能以卷轴为物质形态开启"题跋模式"，进一步渗入士人的社交活动与社会网络之中[1]。虽说此"题跋模式"的概念，更适用于社交空间而非公众空间，却点出了生碑记发展至元代的一个新兴特征，即士大夫作为撰碑者强势介入，并上升为整个生碑行为中的核心力量。这一趋势，明清两代基本未变。

元代以后，随着士大夫身份及话语的凸显，生碑记的书写逐渐分化为廷意书写、民意书写、士意书写三种类型。无论是唐代德政碑对循吏的表彰、对地方的控制，还是元代去思碑之于士大夫社会网络的作用，都是对上层利益（国家权威、官员声誉等）的一种巩固和追求，而不是对上层意志的一种约制和抗衡。也就是说，文学处于一种顺从于体制的姿态，而不是力求改变体制的姿态。在这种格局下，渐次兴起的民意书写和士意书写，显得尤为重要。唐代的德政碑，由于立碑权和撰碑权掌握在朝廷手中，不可避免地落入廷意书写的窠臼之中。只有立碑权基本放开，真正的民意才能有所反映；只有撰碑权逐渐下移，真正的士意才能有所表达。元代以后生碑记中的民意和士意，并不只是简单的、利益诱导下的程式化产

---

[1] 陈雯怡：《从去思碑到言行录——元代士人的政绩颂扬、交游文化与身分形塑》，《"中央研究院"历史语言研究所集刊》第86本第1分，2015年版，第2—9页。

物，也涌现出很多具有真正批评精神的现实文章。

三 逾制与曲笔：生碑记书写的体制内规避与批评

文学影响制度的最常见方式，是利用诗文创作来进行政治批评，即中国文学自《诗经》而下的刺时传统。唐代以来，利用诗歌来讽谕生碑现象，在文人创作中并不少见。较早如白居易的《立碑》和《青石》诗，感慨路旁的德政碑"但欲愚者悦，不思贤者嗤。岂独贤者嗤，仍传后代疑"，"不愿作官家道傍德政碑，不镌实录镌虚辞"①；至明清两代，批判生碑的讽谕诗越来越多，如清李调元的《石匠行》中有"字刻青天过手多，至今名姓半遗忘。朝来新令初升堂，便有循声千口飏"②诸句，批评朝立夕忘的生碑风气。张应昌编《诗铎》，专设"谄媚谀颂"一类，收录沈钦圻《生祠》、朱樟《路旁德政碑》等诗，颇能体现普通文人的心声。如"好官无生祠，墨吏有生祠。好官与墨吏，行人知不知""长留片石在人间，口碑传真石传伪"③等句，虽言辞浅显，却道理明白，对生碑、生祠一类现象进行了非常直接的批评。

但以上所述，主要是纯文学对硬制度的影响，用相对自由、代表个体精神的文学，去冲击相对稳定、代表权威意志的制度。这是一种体制外批评，言辞较为直白激烈，并非所有的体制内文人都能虚心接受。这个时候，文体形式和法度对于政治体制的影响，是学界更应关注的一个面向。毕竟中国古典文学一向秉持"体用"的观念，不同文体的形式属性与文学的外在功能有较密切的对应关系，文体与政体之间相互影响，存在一定的可能性。

从文类的基本特性来看，生碑记的叙述立场，呈现出国家、士大夫、地方精英、平民等多种身份的交叉，情况颇为复杂。总的来说，它是一种存在于公共空间、带有政治文化色彩的文体，撰者的发言姿态和内容，流露出公共知识分子的某些元素。如果说表笺等是建构"政治文学传统"的一种叙写方法，赠序等是建构"社交文学传统"的一种叙写方法，那么，生碑记是更特殊的一种类型，它以士大夫为媒介，体现出发表公共舆论的某种趋向，在中央与地方、朝廷与民众、政治空间与士人社交空间之

---

① 白居易：《白居易集》卷二《秦中吟·立碑》、卷四《新乐府·青石》，中华书局1979年版，第33、74页。
② 李调元：《童山诗集》卷九《石匠行》，《续修四库全书》第1456册，第215页。
③ 张应昌：《国朝诗铎》卷一九沈钦圻《生祠》、朱樟《路旁德政碑》，《续修四库全书》第1628册，第75页。

间，架起了一座立交式的桥梁。

任何一种"文学传统"的叙写方法，皆有其基本的程式可循①。这种程式作为一种文本体制，通过历代作家的创作实践，在不断地完善与变化。以生碑记为例，作为一种政治文化下的文体，在尊体和变体之间，更偏向尊体一路。如果是德政碑等强调中央表彰的类型，开篇多介绍德政治国的哲学基础，以及当下朝廷的德政理念；如果是去思碑等强调地方民意的类型，开篇介绍所在行政区划的地理环境及治理难度。然后，介绍受表彰、被纪念官员的履职经历，以及在任上的德政事迹；最后，介绍耆老吏民的举留行为，中央的审核过程，以及自己受请撰写这篇文章的缘由，有的还会附及生碑记的文体传统和发展状况。三个主要段落的顺序未必全然不变，如有时会将写作缘由放在开篇来叙述。但总的来说，形成一个相对稳定的文体程式。

作为一种政治性的文体，生碑记既然有它明确的功能指向，其内部程式自然与相关的政治体制相对应。当唐代由朝廷来掌握生碑记的书写权时，其文体程式比较稳定；一旦中央放开立碑权以及相关书写权的任命，作为亲民官和作家的士大夫群体接过生碑记的主导权，叙述立场和姿态随之发生转变，原有的文体程式就变得不再那么稳定。这种不稳定性，不是指文本结构上的重大调整，毕竟任何生碑记，无论其叙述立场怎么变化，皆包含地方性知识、官员治政考绩、民意舆情等几个基本要素，但在具体的表述方式和技巧上，可以有很大的差别。它并不打破固有的文体程式，而是在保留基本样貌的前提下，对政治体制进行规避和批评，以表达新的意见，即所谓的体制内批评。

元明以后，越来越多的士大夫认识到生碑记的诸多弊端，及其对社会风气的负面影响。但作为士大夫的他们，既然承担起了地方精英的身份和责任，就很难摆脱生碑作为一种地方官纪念方式的惯性规则。在这种两难处境下，很多作家在撰写去思碑之前，会作适度的解释和反思②。如明黄云《分宜县吴侯遗爱碑颂》，开篇就说"皇明定律令，禁见任官立碑。盖官见任则以势位临民，为之书德政、颂遗爱者，不免曲笔谀辞"，显然对当时社会的真实现状有清醒的认识。但他又说"君子以仁

---

① 有关"文学传统"的叙写方法，参见徐雁平《"地域文学传统的建构"成为一种文学叙写方法》，《中山大学学报》（社会科学版）2013年第1期。

② 按：此现象肇始于元代，陈雯怡《从朝廷到地方——元代去思碑的大盛与应用场域的转移》中有举例介绍，第87页。笔者着重于文学书写之视角，另举明清数例，以示此现象之时代延续性。

厚望人，固不可皆谓之溢美爽实"①，认为德政在儒家学说及实践中有合理存在的一面，将禁令的目的解释为对宋元弊习的纠正，尝试在本源的合法性上，为生碑记的书写提供理论支持。又如俞樾《龙游县知县高君实政记》，明知"士民为见任官长刊立去思碑、德政碑，律有明禁"②，却巧妙地利用生碑记在体类功能上的指向性差异，将"德政记"改为"实政记"，指出前者是利己的表彰文字，后者是利他的模范文字。纪实迹，示来人，让继任官有则改之，无则加勉，这样的从政态度，是法令所不能禁也不应禁的。从书写技巧的角度来说，这是典型的体制内规避，以"实政碑"取代"德政碑"，对禁立德政碑的法令予以回避。这与宋人以生祠记代替德政碑的做法，并无太大差别。他们的不同在于，明人会先阐明法律禁令，再有所解释，从而为行走于法律边缘的立碑行为，提供了学理上的支持，而在宋人的生碑记中，很少采用这么迂回的叙述方式。

元明人的迂回式书写，让生碑记在写作的合理性上有了较大的空间。他们并没有对社会现实视而不见，而是将生碑风气的负面景象真实地展现给读者，并摆出一定的批评姿态。这个时候，撰碑在一定程度上与立碑切割开来，它既是立碑行为在文字上的延续，更是文学体制下的一种政治批评，撰碑者借此拥有了相对于立碑者的独立话语权力。他们将批评社会风尚和挖掘政治善绩二者结合在一起，在公共书写领域，进一步承担起士大夫的道德责任。从这个角度来说，生碑记的意义已经超越了生碑本身的意义。这也是作为作者和批评者的士大夫，较之作为官员和受益者的士大夫的另一面。明人王演畴曰：

> 余纵观宇内，郡邑长吏为生祠、去思碑，故所在不乏。就中诚伪之品，亦至不齐。最上为崇德报功，所过则化，所去则思，明圣而兼为明神，此礼之常，分数居多。亦有其政平平，而习时吏之套本，以猎要津，地方炙手乞灵，而藉此贡谀，遂为去思之滥觞。甚至有舞智御人，深文黩货，地方且近之则厌，而翼若垂天之云，巧持于末，宦达更为名高，阴图所以祠之纪之，以掩其从前之秽。此以力假人，未

---

① 《(正德)袁州府志》卷十四黄云撰《分宜县吴侯遗爱碑颂》，《天一阁藏明代方志选刊》第37册。
② 俞樾：《春在堂杂文》四编卷一《龙游县知县高君实政记》，《续修四库全书》第1550册，第363页。

有能服人者也。①

他在这篇生祠碑记中，自觉地将生碑行为分为三个层次，以对应三类文本：上为对善政的表彰书写，中为对平政的谀颂书写，下为对秽政的掩饰书写。它们的文辞套路未必有太大的区别，故我们只有探究其书写动机的不同，方能了解文字背后的真实意图。从立碑的角度来说，只有善政才有勒石纪念的必要，其他几种情况，皆有不道德的利益动机；但从撰碑的角度来说，我们既可认同政治上的原善并予以表彰，也可以在熟烂的程式书写中寄予对政治的隐性批评。故从阐说善政的角度来看，撰碑比立碑有更大的作为空间，士大夫在生碑事件中的身份重心已在发生转移。

如果说迂回式书写，巩固了立碑的法理基础，是碑记对立碑权的一种文字支持，那么，批评式书写，则在凸显撰碑者的思想精神，是对碑记之书写范围的一种扩大。

惯常而论，生碑记的主体内容，是对官员任期内政绩的叙写。除了常规的正面表述外，用前后任官治绩的对比，来凸显官员之德政，也很有效。如明《高安卢侯去思碑》曰："先是，当事者刻期相责，一切苟且以应，而豪民猾胥乘而窃伏于其间。欺公巧法，上下骚扰，故民昔病在赋，而今又病蠹也。令惮于催科，而又惮于弗均矣。"② 用前任高安知县的苟且治政态度，来反衬继任者卢奇大刀阔斧的改革行径。又，明《余杭县知县蔡侯去思碑》曰："故为邑长于斯者，往往以坐法去；即不坐法去，亦必抵狱乃论出之，鲜有妥然满秩者。"③ 用前任官面对地方豪民的弱势姿态甚至受害经历，来反衬继任者蔡润宗对豪民哗讼之风的有力整顿。其本意只是借以前的非德政事实，映衬后任官员的循良政绩，但在事实上，也是对前一任官员无作为的一种含蓄批评。这个时候，生碑记有了比立碑本身更宽广的意图范围，撰碑者也有了比立碑者更复杂的话语权力。虽然生碑记中"当事者""故邑长"等不具名称谓，很难让普通读者对号入座，但对地方社会及其精英士人而言，他们用一种婉转的事后叙述方式，来表达百姓及代百姓言的撰碑者的真实态度。这是一种体制内批评，在遵

---

① 王演畴：《古学斋文集》卷二《冰壶旷先生生祠碑记》，《四库未收书辑刊》第5辑第17册，第683页。
② 敖文祯：《薛荔山房藏稿》卷六《高安卢侯去思碑》，《续修四库全书》第1359册，第205页。
③ 田汝成：《田叔禾小集》卷三《余杭县知县蔡侯去思碑》，《四库全书存目丛书》集部第88册，第449页。

从文本体制的前提下，注入积极的批评元素，来揭露甚至冲击政治体制中的某些弊病。

不可否认，元明以后，立生碑的主导权从中央下移至地方，由于没有严格的法令约制，为一部分官员及相当数量的豪民胥吏所利用，造成了较恶劣的社会影响。但撰写碑记的主导权，尽管也从朝廷转移至广义的士大夫阶层，却没有下落至豪民胥吏阶层。元代以后对立生碑现象的批评文字虽多，但主要针对胥吏奸民，即使间涉士大夫，也主要批评作为受益者的官员，而不是作为撰碑者的作家。精英士大夫们已有所察觉，在世风日下的时代，守住撰碑者的身份，比守住亲民官的身份更关键。毕竟在一定程度上，书写者比从政者更能体现儒家士人的道义精髓。万历二十五年（1597），平湖乡绅欲为知县黄焰立碑，请赋闲在家的前翰林官员沈懋孝撰文，沈氏请辞并解释说："仆以文字为职业，自来邑中例有之事，如入觐、奏绩、升转之属，皆勉强承命，质有其文。唯是德政一编，乃今世相沿俗套，传姗天下，未开览而秽欲吐矣。"① 在他眼中，入觐、奏绩、升转等赠序文，与生碑记有着本质的差别。前者只是士意的体现，是士大夫社交空间中的一种文字，而后者是民意的体现，已经进入到完全开放的公共空间之中。文人交往和社会舆情孰轻孰重，谨守儒学道义的士人们不难作出判断。当然，像沈懋孝这样决然不撰生碑记的人毕竟少数，更多的文人对撰碑持谨慎的态度，并不作率然的全盘否定。《云间志略》中记载了明人蔡汝贤的一则逸事，颇能体现士大夫对撰碑一事的操守：

> 公病时，诸生有以一郡侯去思碑请之陆官保者，官保佯应曰："吾郡何得去思，彼去后思吾郡耳。"请者大惭而退。遂不敢署官保名衔，而阴以公名衔刻之石。公闻之而恚甚，谓："诸生不能得之官保，而乃得之我。是以我之品，远谢官保也。"②

蔡汝贤之所以流露出惭愧之意，是因为他发现在地方文人的心目中，他不如陆树声那么珍惜撰碑权所附带的公众声誉，所以当诸生们没能在陆树声处求得文章时，便未经他的同意直接在颂扬文字上冠以蔡汝贤的名衔。在这件事中，最让蔡汝贤痛心的，其实不是署名没有经得他的同意，而是他

---

① 沈懋孝：《长水先生文钞·贲园草》之《辞免邑中诸友请黄令侯德政文》，《四库禁毁书丛刊》集部第 160 册，北京出版社 1997 年版，第 115 页。
② 何三畏：《云间志略》卷十八《蔡司马龙阳公传》，《四库禁毁书丛刊》史部第 8 册，第 527 页。

没想到在乡民观念中，两位贤大夫对书写名誉的珍惜程度，竟有如此大的差别。由此可见蔡汝贤对自己的文章羽毛，亦颇为珍重。而现存《陆文定公集》中，亦有《重修督抚曹公生祠记》一文，可知另一乡贤陆树声亦非不撰生碑之人，只是在创作上谨守原则而已。只要政治上的原善依然被士人们认可，生碑记便有它继续存在的价值。

综上所述，古代生碑记的发展，是一个政治与文学相互博弈的复杂过程。看似一篇简单的生碑记，却是一个政治与文学犬牙交错的双重世界。首先，儒家的德政思想，建构了生碑记文本的整体结构和程式，虽然不同时代的书写有骈、散之别，有廷意、民意之别，但这套基本的叙述模式，至晚在唐代已经成型。在文本体制建构完成之后，由于生碑记是一种在公共空间中评价政治现象的文体，势必为统治者所利用，故随着唐宋一系列朝廷法令的制定和推行，立生碑的行为在很大程度上被国家意志控制，也顺带着约制了作为文学文本之生碑记的发展。这种约制，既是一种艺术和思想的束缚，也是一种权力的规范。但文学（包括广义的文章之学）的发展，无论是基于艺术形式本身还是基于创作者，皆有很大的能动性。宋元以来的士人们，通过对生碑记中诸多亚文类的选择性使用，如用生祠记、去思碑来代替德政碑，规避相关法令并使之失效，最终造成了立碑审核制度的渐趋架空。一旦立碑权被放开，书写权也随之下移，作为作家的士大夫，便开始有机会在相对稳定的文本结构内，对立碑现象进行体制内的批评。本篇的目的，就是为了呈现体制内的文学创作反作用于政治制度的那些细微活动，强调在显而易见的诗歌批评之外，还有一个内在而隐性的文学批评传统。虽然其中的文学运作方式及机制，因与政治思想及行为杂糅在一起，较之狭义的文学创作和批评，更难以把握，但却是还原古代士大夫文学生态和现场的重要一环。在笔者看来，不了解政治约制下的文学，以及文学在体制内的批评方式，士大夫文学研究很难进入更深层次的领域。

（原载《北京大学学报》2017 年第 4 期）

游与居:地理观看与山岳赋书写体制的近世转变

叶 晔

　　作为类型的山水文学,一直是中国古典文学研究的热点所在。山水赋作为其中最主要的几种文体之一,相关研究成果虽不及山水诗、山水游记之研究,但绝对数量亦不算少。有关山水赋的生成学研究,已有孙旭辉《山水赋生成史研究》一书问世①;对其类型学层面的考察,王德华《唐前辞赋类型化特征与辞赋分体研究》一书亦有涉及②;至于《游天台山赋》《山居赋》《华山赋》等早期经典作品,更有龚克昌、康达维、郑毓瑜、许东海等撰文讨论③,无论是文本结构分析、作者意图探究还是文化内涵考察,皆有相当的研究深度。但总的来说,现今学界对山水赋的研究,仍大致停留于中古文学的讨论范围内,缺少中古文学与近世文学之比较、贯通研究。这当然与宋以后的山水赋缺少经典文本有关,但相关文献整理的滞后,也造成了文学史的局部失明。本篇的目的,就是希望借近世文学之地方化、日常化视角,反观中古文学中山岳赋的形成和定类,论述它与其他辞赋类型的互动关系,及与其他山水文体的竞争关系,是如何推动自身的发展、演变与转型的。并将山岳赋置于中国文学的地方书写传统

---

　　① 孙旭辉:《山水赋生成史研究》,中国社会科学出版社2013年版。
　　② 王德华:《唐前辞赋类型化特征与辞赋分体研究》,浙江大学出版社2011年版。
　　③ 龚克昌:《熔山水仙佛于一炉——孙绰〈游天台山赋〉解读》,《中古辞赋研究》,山东大学出版社2003年版;康达维:《中国中古文人的山岳游观——以谢灵运〈山居赋〉为主的讨论》,刘苑如编:《游观:作为身体技艺的中古文学与宗教》,"中央研究院"中国文哲研究所2010年版;郑毓瑜:《身体行动与地理种类——谢灵运〈山居赋〉与晋宋时期的"山川""山水"论述》,《淡江中文学报》2008年第18期;许东海:《山岳·文体·隐逸——〈游天台山赋〉与〈北山移文〉山岳书写及其文化意蕴之对读》,《励耘学刊》第12辑,学苑出版社2011年版,第48—71页;许东海:《山岳·经典·世变——〈唐华山赋〉之山岳书写变创及其帝国文化观照》,《汉学研究》2010年第28卷第2期。

之中，从更宽阔的视域，理解山岳赋与都邑赋的异与同，殊源与合流，以及它们在中国近世文化转型中的复杂意义。

一 《游天台山赋》与《山居赋》的文本视镜之别

何谓山水赋？我们可以有两种界定标准：以唯名来定义，只要是以描写山水为主体的辞赋，皆可谓山水赋；以实在内涵来定义，则以描写山水、从而体验山水的自然美为主体的辞赋，方能称为山水赋[①]。本篇要讨论的山岳赋，在主题范围上较山水赋略小，但在概念界定上，基本上遵从学界的已有定义，将"山水"替换为"山岳"即可。若我们依前一种标准，现存最早的山岳赋，是东汉杜笃《首阳山赋》和班固《终南山赋》，当然，其主旨重在问道求仙，与对山水自然美之体验关系不大；若依后一种标准，则山岳赋不仅是一种类型文学，更是一种文学史现象，它始于东晋时期，最具代表性的作品，为孙绰《游天台山赋》。考虑到在孙赋之前的有关山岳的辞赋，如杜笃《首阳山赋》、班固《终南山赋》、刘桢《黎阳山赋》、潘岳《登虎牢山赋》、张协《登北芒赋》、郭璞《巫咸山赋》等，现存篇章都录自《艺文类聚》《初学记》等唐人类书，而《游天台山赋》全文见载于《文选》，我们可以说，无论取哪一种概念界定，《游天台山赋》都是中国文学史上第一篇完整的山岳赋作品。当然，如果我们更重视山岳赋作为一种类型文学，而非文学史现象，那么，更早的片段式节录文字，亦有重要的研究价值，因为我们可以借此考察山岳赋成型之前的早期形态及特征，进而探究这一类型文学之基本文学要素的来源。

既然我们接下来要讨论辞赋的文本形态，就不能不强调作品的完整度。因为如果我们看到的只是某篇辞赋的一两段落，则相关分析容易步入以偏概全的误区，我们无法保证现存片段之句式结构，一定与这篇作品的其他段落相同。以现存文献而论，先唐山岳赋中可称全篇的作品，仅孙绰《游天台山赋》、谢灵运《山居赋》、姜质《亭山赋》三篇，分别见载于《文选》《宋书》《洛阳伽蓝记》三书，其可信度和完整度，显然要高于那些只有部分段落被唐宋类书节录的作品。虽然学界普遍认为山水赋形成于东晋以后，但从类型文学的角度来说，直至齐梁时期，至少山岳赋仍未成为一个完全独立的辞赋类型，因为在当时文人约定俗成的辞赋分类体系

[①] 有关"山水赋"概念界定之变化，可参见孙旭辉《山水赋生成史研究》中"山水赋义界之厘定及其审美质素之说明"一节。笔者遵循务简原则，从程章灿《魏晋南北朝赋史》（江苏古籍出版社1992年版，第137页）中的说法。

— 747 —

中，它处于缺席状态（《文选》的辞赋分类，有"江海"类而无"山岳"类）。我们现在视为山岳赋经典的《游天台山赋》，见于《文选》的"游览"类，另两篇为王粲《登楼赋》、鲍照《芜城赋》，与山岳主题相距甚远，可见南朝文人的定类标准，在作者游览之主观情感，而非书写之客观对象。另一篇经典《山居赋》，甚至未被收入《文选》中。萧统肯定熟知《山居赋》，因为他的老师沈约正是《宋书》的主纂者，较合理的解释是，在以《文选》为代表的齐梁文人的辞赋分类法中，《山居赋》的内容属性难以被归入当时常见的几个辞赋大类中①。在当时，无论孙赋还是谢赋，都属于在常见创作类型之边缘的一种新尝试，在规范化的辞赋观念体系中，处于一个比较尴尬的位置。

一旦我们认识到作为类型文学的早期经典，《游天台山赋》和《山居赋》的文学史位置并非在一开始就已固定，那么，我们就需要从向前、向后两个角度来看问题。一方面，从后来者的接受视角来看，这两部作品共同担负起了山岳赋这一辞赋类型的典范意义，并对唐以后的山岳赋创作产生了很大的影响，这是一个不争的事实；另一方面，从书写内容的承袭关系来看，虽然《游天台山赋》与《山居赋》都以自然山水为题材，但前者之辞赋传统可追溯至屈原的《远游》，并与六朝的游仙风气相呼应；而后者之辞赋传统，继承了张衡《归田赋》、潘岳《闲居赋》一脉的述志赋传统，甚至有人将之追溯至屈原的《卜居》。置于当时的文学现场之中，二者实貌合神离，其背后的作者意图指向颇为不同。笔者认为，对这两篇作品，时人虽未必有自觉的定类意识，但分类意识还是较明确的。

程章灿概括先唐辞赋有两种不同的叙述结构：一为"京都宫殿大赋以横向的、空间的顺序展开，在场景变换中寓有时世的推移"（以空间带动时间）；一为"纪行赋则以纵向的、时间的顺序展开，在旅程的行进中推出不同的场景描写"（以时间带动空间）②。用来观照《游天台山赋》和《山居赋》的文本结构，颇有异曲同工之处。诚然，从文类的角度来看，京都赋、纪行赋与本篇讨论的山岳赋，是截然不同的三种类型。京都赋是对已知空间的呈现，纪行赋是对未知空间的探索，从京都到纪行，体现的是人类行迹活动由内向外的一种发展趋势。但程章灿提炼出的这两种叙述结构，实超越于两种狭义的辞赋类型之上，有其更广泛的文体典范意

---

① 胡大雷指出，沈约《郊居赋》若入《文选》，应归入"志"类，与张衡《归田赋》、潘岳《闲居赋》一脉相通（胡大雷：《〈文选〉不录齐梁赋辨》，载《广西师范大学学报》2010年第5期），从这个角度来说，《山居赋》的类型定位，亦有可商之处。

② 程章灿：《魏晋南北朝赋史》，第180页。

义。若落实在以强调自然美为核心的山水题材内部，则表现为一种从未知到已知的反映人类文明拓展历程的书写变化。即从早期的视山水为人类世界之外，如城市之间的郊野游历（纪行文学、游览文学），或对非人类世界的幻想（游仙文学），转变为视山水为人类世界之内，如对士族私人庄园的开发和体验（闲居文学）①，或将山水纳入人类的常规知识体系之中（地志文学）。所有这些，体现出一种从"游"到"居"②的书写心理及姿态的转变，这从《游天台山赋》《山居赋》的命名上，亦可见一斑。

孙绰的《游天台山赋》③，大致可分三个段落。开篇的总论性文字（至"瀑布飞流以界道"），描写的是东晋文人知识系统中的天台山，与五岳、星宿、宇宙诸观念相应，基本上属于总括性的抽象认识，并没有介绍具体的风物信息；篇末游仙式的求玄言论（自"于是游览既周"至篇终），多使用玄理性典故，属形而上的心智抒写，亦与山川知识无关。唯独中间游山的描写最写实（自"睹灵验而遂徂"至"忽出有而入无"），虽是他在永嘉太守任上的神游之笔，却基于他早年任章安县令时的经历见闻，在句式布局上，有典型的移步换景之特征。他凸显自己游山者的身份，只呈现游客眼中的那部分山景，未到或不能到的地方，就不予呈现。

这段文字主要有四种句式。最常见的一种，是"动词+名词/形容词+之+名词/形容词"的结构，如"披荒榛之蒙茏，陟峭崿之峥嵘""跨穹隆之悬磴，临万丈之绝冥"，起到视角推进、移步换景的作用；第二种相对少见，为"动词+名词+而+动词"的结构，如"睹灵验而遂徂""济楢溪而直进，落五界而迅征"，在一句中使用两个动词，起到场景过渡或行旅大幅度跃进的作用。就结构功能而言，后一种更重要，因为它确保了差异性较大的场景对象之间的无缝衔接。以上两种句式有一个共同特征，即都采用了省略主语之法，使用了第一人称的视角，借作家之视镜来推进游山之过程。与之相比，另两种句式较为静态，即明确主语，以"名词+动词/形容词+以/而+动词"或"名词+动词/形容词+于+名词"的形式出现。而作为主语的名词，大多是山林间的动植物或地理景

---

① 如斋藤希史指出，谢灵运《山居赋》之"居"，是指与"国家秩序"相对的"私的秩序"，参见郑毓瑜《身体行动与地理种类——谢灵运〈山居赋〉与晋宋时期的"山川""山水"论述》，《淡江中文学报》2008年第18期。

② 按：谢灵运之"居"，是对私人空间的书写，而在类型层面的山岳游览赋或形胜赋，都是对公共空间的书写。笔者所论之"居"，其义有所变化，主要关注他们在对空间的全知观看和知识呈现上的共通之处。

③ 孙绰：《游天台山赋》，《文选》卷一一，上海古籍出版社1986年版，第493页。按：同一篇作品，被多次征引，不再一一标注文献出处。下同。

观,在很大程度上,它们是不可移动的(即使是动物,较之人类的移动亦有限)。如"八桂森挺以凌霜,五芝含秀而晨敷""惠风伫芳于阳林,醴泉涌溜于阴渠"。因此,对它们主要是静态描写,它们之间的现实关联,需要作者借助于辞赋的文本结构予以落实。在一定程度上,它们在辞赋中的位置,是作者精心选择并重组起来的。但这种作者的能动性,也意味着书写对象的不稳定性,故在意象的衔接上,会留下很多空白之处。

而第一视角的观览镜头,其文本关联建立在作者的游历(即使神游,亦基于真实的早年经历及书本知道)之上,多数读者会默认其中的时间逻辑及真实性。故即使作者在文字组织上有一定的能动性,考虑到他对未知之域的游历不是绝对自由,这种能动性也只能局限于几条不同的游览路线而已。简而言之,这是限知视角下的线性选择之不同,而非全知视角下的结构选择之不同。体现在具体某一句上,读者的观感或不明显,但一旦以整体辞赋的面貌呈现出来,所营造的山水自然之效果,则有很大的不同。我们反观《游天台山赋》中的登山一段落,前两种句式主要出现在登山、游山阶段("睹灵验而遂阻,忽乎吾之将行"至"必契诚于幽昧,履重险而逾平"),作者顺着山路,观赏沿途景观,其视角是受限的;而后两种句式主要出现在登顶观山、接近游仙的阶段("既克跻于九折,路威夷而修通"至"驰神辔之挥霍,忽出有而入无")。在后一个阶段,作者经历了险途,"履重险而逾平""路威夷而修通",在新的自然环境中站定位置,实现了身体和心灵的超越,"任缓步之从容""疏烦想于心胸",用一种开阔的、透视的眼光来观看整个山岳。而这种观看,带有一定的非写实成分,以与后面的游仙主旨相衔接。总的来说,先知识性总述,再体验性写实,是早期山岳赋的基本程式;而先移动再静观,在写实基础上写虚,又是早期山岳赋在与游仙主题相结合后,难以避免的一种结构模式。

在前半段的移动书写中,句式中隐藏的主语,是作为移动者的作家。这种书写方式,沿袭刘歆《遂初赋》、班彪《北征赋》等的纪行传统而来,强调个人的游历体验。只不过孙绰将旅途中对社会面相的描写,转移至对山水景观的观看。我们需要确认的是,与刘歆等人的纪行相比,兼有游山、游仙双重行为的孙绰,是否依然实写景观。我们可以做一个较便捷的论证,因为谢灵运《山居赋》中有关"远东"一段,就是对天台山的描述,其中有"凌石桥之莓苔,越楢溪之纤鲦"一句,其自注曰:"往来要径石桥,过楢溪,人迹之艰,不复过此也。"[①] 这一句,正与《游天台

[①] 谢灵运:《山居赋》,《宋书》卷六七《谢灵运列传》,中华书局1974年版,第1758页。

山赋》中"济楢溪而直进,落五界而迅征。跨穹隆之悬磴,临万丈之绝冥"一句相应。在谢灵运笔下,先石桥而后楢溪;而在孙绰笔下,先楢溪而后悬磴。考虑到谢灵运从始宁墅向南眺望,而孙绰从始丰县出发向北游山,则两段文字细微处的不同,恰好证明了无论孙绰还是谢灵运,在山岳赋的书写中,都秉持一种写实的态度。

但我们需要留意,在《山居赋》中,像"凌石桥之莓苔,越楢溪之纤萦"这样的表述,以游历者或书写者为隐藏之主语的情况,只存在于"远东""远南""远北"诸段落中。在"近东""近南""近西""近北"等更靠近谢灵运山居环境的段落中,其描写山水的文字就不同。如近东"决飞泉于百仞,森高薄于千簏,写长源于远江,派深慹于近渎",近南"崿崩飞于东峭,盘傍薄于西阡。拂青林而激波,挥白沙而生涯",近西"竹缘浦以被绿,石照涧而映红。月隐山而成阴,木鸣柯以起风",近北"引修堤之逶迤,吐泉流之浩溔。山矶下而回泽,濑石上而开道"。以上句式,皆以山岳整体或具体的动植物及地理景观为主语,带有知识化书写的倾向,与两汉的畋猎赋颇有相似之处。

也就是说,对于主张写实的谢灵运来说,始宁墅周边的自然环境,在他的熟知范围内,他可以地产拥有者的身份,用全知视角予以知识性的呈现[1],并用接近于京都赋的书写方式自注,凸显作者在知识上的优越感;但对离始宁墅较远的自然环境,他只能以一个探索者的身份,用限知视角予以纪行式的模糊呈现。山居虽小,实可以小见大,成为文人对于未知、已知世界的不同观看姿态的一个缩影。

对比《游天台山赋》和《山居赋》的句式,可以发现,在具体写实的段落中,前一篇移动书写在前,静态书写在后;后一篇静态书写在前,移动书写在后。这在很大程度上,代表着孙绰和谢灵运两人对于自然世界的不同姿态。孙绰是以陌生人的身份进入山岳的,他只能以自己的行为视角,对天台山作线性的描写;而谢灵运本人就是山林的主人,他以一个熟知者的身份来介绍山岳,可以像所有者介绍自己物品那样,将始宁墅周边山林予以知识性的系统呈现。谢灵运从静态书写转至移动书写,是因为远处的山林已非自家地产,不在自己熟知的地理知识体系之内,故只能从全知视角转为行旅视角,描写自己的所见所闻,此书写之常态;但孙绰从移动书写转至静态书写,绝非他经过一路攀登,进入了一个熟知的地理世

---

[1] 已有学者从文学现地研究的角度,对《山居赋》所叙及的地理位置进行考证,见金午江、金向银《谢灵运山居赋诗文考释》,中国文史出版社2009年版。

界，而是因为他从未知而真实的人境，进入了脱胎于自然的仙境①。这个时候，虽然都是用全知视角对动植物和地理景观进行静态书写，但谢灵运笔下是实景之自然，而孙绰笔下是感性的自然融合想象的客观。

所谓"实景之自然"，来自日本学者小尾郊一的说法。他认为晋代游览赋、行旅赋中"不加雕饰的按照所见原样的对于自然的描写"，已有南朝山水诗文之初貌；而谢灵运的《山居赋》"去饰取素"，所写为实景之自然，非江海赋那样的想象之自然，夸张之自然，在赋史上更有划时代的意义②。

这里的实景一词，一方面与感性、想象、夸张等词对立；另一方面，它作为一种经验知识，与书籍知识（"名物之自然"）一起，构成了山岳书写中的"客观之自然"。"实景之自然"，显然不是通过获取书籍知识就可以学习和模拟的；但对"名物的自然"的描述，亦非靠亲身游历就能完全覆盖，而需要创作者拥有更丰富的文学知识和理论涵养方能支撑。这两种创作方式各有其优势，一种长于作者移步换景而带给读者的真实体验，一种长于地方性知识的整体呈现。《游天台山赋》偏向前者，而《山居赋》更偏向后者。③虽然谢灵运有知识化书写的自觉意识，其素材却来源于实践而非书本，故在一定程度上，他以山林主人的身份较好地融合了以上两种优势。而所谓的山林主人，在宋以后基本上不复存在，但转化为另一种情况，即知识人和本地人两种身份的重叠，继续在山岳赋的创作中发挥着至关重要的作用。

二 类与体的互动：山岳赋的定类及其赋体局限

前面提到，在六朝时期，虽然都描写自然山水，但《游天台山赋》和《山居赋》属于两种不同的辞赋类型，它们在类型学上的源头和发展脉络，有较大的差异。孙赋的源头是屈原的《远游》，带有一定的游仙色彩，在辞赋类型上，与游览赋和纪行赋有较密切的关联；谢赋的直接源头

---

① 许东海指出，《游天台山赋》体现了六朝"山水以形媚道"的游玄观照，展开了山岳赋仙境与玄学二者合流的经典范式；《山居赋》则是从游仙、游玄回归山岳自然本体，淡化仙境玄思之六朝山岳赋的代表，二赋是六朝山水文学从"庄老告退"至"山水方滋"之嬗变关键。见《山岳·经典·世变——唐华山赋之山岳书写变创及其帝国文化观照》，《汉学研究》2010 年第 28 卷第 2 期。

② 小尾郊一撰，邵毅平译：《中国文学中所表现的自然与自然观》，上海古籍出版社 2014 年版，第 117—120、261—264 页。

③ 在这一点上，小尾先生认为《游天台山赋》重在叙述对仙境的游览，而非作为游览背景的风景；而《山居赋》则直接描写亲眼见到的自然（《中国文学中所表现的自然与自然观》，第 120、261 页）。笔者侧重之角度有所不同，故结论稍有异。

是潘岳的《闲居赋》，带有借居抒志的色彩，在辞赋类型上，与述志赋和畋猎赋有一定的关联。

我们回溯《游天台山赋》《山居赋》之前的那些山岳赋（取唯名定义），仅有的几篇有独立段落保存下来的作品，如杜笃《首阳山赋》、班固《终南山赋》、刘桢《黎阳山赋》、潘岳《登虎牢山赋》、张协《登北芒赋》、郭璞《巫咸山赋》等。尽管他们对山水的描写，没有孙、谢二人那么自觉和独立，有时山水之题只是一个引子，其本旨在阐发隐逸、游仙等思想，但这些作品的句式，仍可大致分为两类。一类如《终南山赋》"流泽遂而成水，停积结而为山"①、《首阳山赋》"面河源而抗岩，陇追隈而相属"②，虽以动词起句，但主语为整体之山岳，而非作者或山岳中的具体景观，这是山岳赋中典型的总论之语调，在孙赋中亦有使用，如"或倒景于重溟，或匿峰于千岭"等。另如《首阳山赋》"高岫带乎岩侧，洞房隐于云中"、《巫咸山赋》"禽鸟挮阳以晨鸣，熊虎窟阴而夕嚘"③，则是典型的以具体的地理景观或动植物为主语的起句。不管哪一种情况，作者都在用全知视角观看山岳，其镜头可近可远、可高可低，不需要太多说明，读者自会跟随主语之属性，来调整自己的观看视角。恰巧的是，以上诸赋，皆与仙家之地有关，班固明言终南山为"仙灵所集之处"，郭璞笔下的巫咸山亦是医神巫咸之居所；首阳山之伯夷、叔齐，虽非仙灵，亦超脱于人间世物之外。虽然现存作品并非全本，但考虑到多篇作品之节录片段在整体特征上的一致性，笔者认为，两汉至西晋时期，山岳赋的主题尚与仙灵相关，具体如何游历、攀登，及用第一视角来对自然山水之美进行私人性的体验和感悟，总的来说，不在作家们的书写范围之内（例外如刘桢《黎阳山赋》，有关国家祭祀，已有第一视角的局部书写）。即使像郭璞这样的游仙诗名家，在山岳赋的书写中，亦未有太多个人化的"游"之属性。孙绰的《游天台山赋》，在对作为仙境的山岳的描写上，其实很好地承袭了自《终南山赋》一贯而下的静态书写传统；而辞赋中涉及游山的动态书写段落，则很好地反映了主流文学家群体进入东晋以后，对南方自然山水及未开发地区的关注及热衷。这个时候，辞赋中的游仙主题，不再是一个架空于现实之上的对虚拟世界的想象式描绘，而形成了一个可以经游山而渐至游仙的可实现过程，这对六朝文人来说，是很有

---

① 班固：《终南山赋》，《文选》卷六《魏都赋》李善注，第262页。《初学记》卷五节录段落中无此句。
② 杜笃：《首阳山赋》，《艺文类聚》卷七，上海古籍出版社1982年版，第138页。
③ 郭璞：《巫咸山赋》，《艺文类聚》卷七，第126页。

吸引力的。

　　另一类的句式，则带有明显的行旅色彩。如写过《西征赋》的潘岳，亦有《登虎牢山赋》的片段存世，其文曰："步玉趾以升降，凌汜水而登虎牢。览河洛之二川，眺成平之双皋。崇岭巍以崔崒，幽谷豁以窅寥。路委迤以迫隘，林廓落以萧条。尔乃仰荫嘉木，俯藉芳卉。青烟郁其相望，栋宇懔以鳞萃。"[1] 这一句式结构的组合和连贯，已与《游天台山赋》非常相似，前数句的主语为作者本人，而后数句的主语多为山岳中的景观，即先第一视角的游山，再全知视角的观山，只不过虎牢山不像天台山那样，具备进一步游仙的文化条件而已。又如张协的《登北芒赋》，其文曰："于是徘徊绝岭，踟蹰步趾。前瞻狼山，却窥大坯。东眺虎牢，西睨熊耳。邪亘天际，旁极万里。莽眩眼以芒眛，谅群形之难纪。临千仞而俯看，似游身于云霓。抚长风以延伫，想凌天而举翮。瞻冠盖之悠悠，睹商旅之接枙。尔乃地势窊隆，丘墟陂阤。坟陇嵔迭，棋布星罗。松林掺映以攒列，玄木搜寥而振柯。"[2] 这里的文本衔接更为明显，"于是"一段，皆作者之视角，作移动之书写；"尔乃"一段，皆全知之视角，作静态之书写。从《登虎牢山赋》《登北芒赋》的篇名中皆有一"登"字，亦可看出端倪。如果放在两晋文人的辞赋体系中，这属于典型的游览赋，可与《游天台山赋》并观。因为同样有"登"字的《登楼赋》，就被《文选》列入游览赋中，可见在六朝文人眼中，登山与登楼的差别，没有后人想象得那么大。

　　由此后人并论而观的山岳赋，实可分为山岳游览赋、山岳形胜赋两种子类型，无论是辞赋篇名中的"登""游"等字眼还是辞赋文本中的视角和主语属性，皆有较明显的区别。这种亚文类之间的频繁互动，用后知的眼光来看，固然是山岳赋内部游览、形胜之不同门类的互动；但若用当时的眼光来看，视为六朝辞赋中的主流类型如游览赋、述志赋等与当时的新兴类型山水赋之间的互动，或许更接近原貌。

　　笔者认为，山岳赋在晋宋之际基本定类，至唐前期完全成型。谢灵运的《山居赋》，已经在很大程度上显露出知识化书写的倾向，其大量自注显然是希望读者对自己所居之山林有更精细的认识，而不是为了更好地表现自己对自然山水的审美体验。但《山居赋》的"居"字，很容易让我们将之与《闲居赋》等述志赋作品相联系，更何况谢灵运没有明言"山

---

[1] 潘岳：《登虎牢山赋》，《艺文类聚》卷七，第126页。
[2] 张协：《登北芒赋》，《艺文类聚》卷七，第137页。

居"之山到底为何山,他主要在书写自家庄园,在山岳书写的自觉性上有所不足。而入唐以后,无论是山岳游览赋还是山岳形胜赋,都显露出对山岳自身书写的侧重。原为文本躯壳的山岳之主题得以凸显,而原为文本内核的行旅、游仙等主题,逐渐淡出读者的视野中心。

唐初王绩的《游北山赋》,我们尚可视为对《山居赋》的又一次书写;另一篇王勃的《游庙山赋》,则在一定程度上,呈现出反类型赋的一些特征。此赋在《全蜀艺文志》《历代赋汇》中,被改名为《玄武山赋》,有违王勃初衷。虽然赋中确有"玄武山西有庙山"①一句,但篇名的改动,在读者的第一认知中,意味着游览赋与形胜赋的不同,从一个侧面,亦可见明以后文人之地理赋观念的强化。我们观其正文:"陟彼山阿,积石峩峩。亭皋千里,伤如之何。启松崖之密荫,攀桂岊之崇柯。""俯泉石之清泠,临风飙之瑟飔。仰绀台而携手,望玄都而容膝。"皆为游览之句式,而非静态景观之句式,显然《游庙山赋》的篇名,更接近王勃本意。此赋开篇云玄武山为"幽人之别府",自曰"王子御风而游,泠然而喜,益怀霄汉之举,而忘城阙之恋",似乎早早地模拟起了庄子的身份,确立了慕道游仙的基调。但随之话锋一转,感叹"仙师不在,壮志徒尔","泉石移景,秋阴方积,松柏群吟,悲声四起",从仙境之景观,转为自然之景观,从超现实的壮志,转为现实的悲声。这无疑是一种典型的反游仙书写,是对六朝以来系游仙于山岳书写之法的一种消解。其最后的转向,是借景抒情,将山岳书写与述志传统结合起来,只不过谢灵运、王绩是居山而述志,王勃是游山而述志,但他在赋末云"他乡山水,祇令人悲",依然流露从游山向居山的心态转变。

尽管王绩、王勃的名篇,名为"游"而志在"居",但它们与早期山岳赋之风格,仍多相似之处。在笔者看来,最早一篇与游览、游仙、述志皆无关的山岳赋,是东晋支昙谛的《庐山赋》。当然,这个观点略显武断,因为现存《庐山赋》段落见于《艺文类聚》,我们无从知晓其全貌为何。但至少在这段节录的文字中,既没有任何作者视角的移步换景,也没有求仙问道或反诸内心的情感意图,全文都是对山岳自然景色的描绘。其中"昔哉壮丽,峻极氤氲",叙古今之异;"若其南面巍崛,北背迢蒂",作方位之别;"嗟四物之萧森,爽独秀于玄冬",显季节之分;"香炉吐云

---

① 王勃撰,蒋清翊注:《王子安集注》卷一《游庙山赋》,上海古籍出版社1995年版,第29页。

以像烟，甘泉涌溜而先润"①，有具体景观的定位。以上文字，有系统性知识呈现的效果，足见作者对文本结构的设置已有较好的立体感，显露出地志书写的某些特征。这一形胜赋类型，在唐人达奚珣的《华山赋》中已经基本稳定。《华山赋》的崛起，可理解为名山与名都的合流效应。② 就像汉晋京都赋之创作，既需要对书写对象有充分的认识，又借助长安、洛阳等的名都效应，方能成为被广泛传颂的经典；山岳赋的发展亦同此理，必须依靠文人已经熟知的中土名山，方能在经典化道路上事半功倍。六朝时期的庐山，地近重镇江州，为著名的文人隐逸地，是一个很好的对象；而唐代的《华山赋》书写，不仅拥有五岳的声望优势，还拥有地近首都的地理优势，倚赖政治之持续外力，完成了山岳形胜赋的定类。虽然这种外力，容易让人对此定类的自觉性有所怀疑，但从另一个角度来说，正好可以让创作者更自觉地将京都赋的文本结构法则，落实到山岳形胜赋的书写之中。此中效果，恐怕是之前虽使用了类似京都赋、畋猎赋的方位、名物之结构法则，但所述对象远离政治中心的《山居赋》所未曾想到的。

学界现在的普遍看法，认为山水赋的发展，在一定程度上促发了山水诗的繁荣。③ 这一观点，指出了另一个重要的事实，即类型文学的强化，会促使相关的文类观念入侵其他文体。从这个角度来说，山水诗的繁荣，山水游记的兴起，皆与山水赋在辞赋世界中的定类有很大的关系。即辞赋内部的文类互动制造出新的文类，而这一新文类的发展，又推动了其他文体中相关文类的产生。从这个角度来说，不仅文体之间、文类之间存在互动，在文体和文类之间，也存在一个相互促进和竞争的关系。

纯粹就对自然山水的审美体验而言，山水赋的成就，远不如后来居上的山水诗和山水游记。笔者认为，这与辞赋的文体局限有很大的关系。如在意象的组合和制造上，辞赋的句式和骈俪结构，在一定程度上限制了意象的跳跃性和开放性，而诗歌在意境上的留白功能，可以更好地制造出山水的自然美感；又如文学中的时间元素，一直没有在山岳赋中占据显著的位置，赋家很少用明确的字词，来表达朝夕的转换或时间的流逝，而这些在诗歌及游记中，是很容易解决的，作者可以直接使用时间用词，甚至用

---

① 支昙谛：《庐山赋》，《艺文类聚》卷七，第134页。
② 参见许东海《山岳·经典·世变——唐华山赋之山岳书写变创及其帝国文化观照》，《汉学研究》2010年第28卷第2期。
③ 参见王国璎《中国山水诗研究》，中华书局2007年版；程苏东《再论晋宋山水诗的形成——以汉魏山水赋为背景》，《南京师范大学文学院学报》2014年第3期。

光线的变化表现出来。同为辞赋一体,在唐宋古文运动影响下的宋代文赋,就可以凭借句式结构的差异,很好地将时间变化呈现出来。[①] 以上这些,都是以骚体赋或骈体赋为结构范本的山岳赋在文体上的局限。我们当然可以说,借助文字的雕琢、技巧的使用,这些先天不足之处,可以得到一定程度的完善,但在文学类型的主旨及审美风格已基本定型的情况下,选择另一种文体(如游记)进行突围,无疑更有立竿见影的效果。古文运动领袖柳宗元的《永州八记》等山水游记,放在这一视角下予以考察,或许会有新的收获。

综上所述,在山岳赋的定类过程中,孙、谢之前,主要偏重文体内部的文类互动,如京都赋、纪行赋、游览赋、述志赋等类型之间的互动和竞争;孙、谢之后,山岳赋的类型特征基本齐备,辞赋也成为山水文学中最早发展起来的一种文体。这个时候,文类内部的文体互动开始涌动,最典型的就是山水诗借鉴山水赋而兴起,并在很大程度上取代山水赋,成为文人书写山水的首选文体。孙、谢二赋的定类意义,在这个过程中尤为关键,即通过同一文体内的文类互动,配合时代思想之需求,制造出新的文类,继而转向同一文类内的文体互动,发展出最适合这一文类的文体形式。

由此,笔者认为,山岳赋的发展,大致可分为三个阶段。第一个阶段,在西晋以前,是为唯名期。汉魏时期那些以山岳命名的赋,皆可视为早期的山岳赋,它们多以全知视角书写山岳,但只是一种总括式的模糊呈现,缺乏更精细的地方性知识来充实文本。第二个阶段,在东晋以后直至唐代,是为定类期。文人们的文学活动空间由北转南,自觉的自然审美观逐渐形成,率先实践于当时文坛最成熟的辞赋一体上。对未知世界的开拓,使这一新兴辞赋类型的句式结构,借鉴汉魏纪行赋、登临赋,及两晋游仙思想及书写方法,转向第一视角的使用。同时,较纯粹的山岳形胜赋如《庐山赋》《华山赋》等,亦借鉴京都赋的文本结构而兴起。第三个阶段,在两宋时期及以后,是为转型期。中唐古文运动的兴起,对山岳赋来说是一个很大的冲击,不仅山水诗继续借唐诗之胜有进一步的发展,山水游记亦借柳宗元等人的实践而异军突起。山岳赋虽然在文类的互动中站定了位置,却在文体的竞争中败下阵来。这个时候,两宋文人地方意识的自觉,成为山岳赋重新发展的一个契机。随着南方地区的进一步开发,很多

---

① 参见周裕锴、王朋《时间与流水:宋代文赋书写方式及其审美观念》,《复旦学报》(社会科学版)2016年第4期。

名山开始处在汉民族的日常活动区域之内。山岳赋的创作，也在一定程度上，舍弃了自然审美的创作方向，而选择了类似都邑赋的结构性、知识化书写。但它又不需要像京都赋那样，承担太多的政治功能，毕竟大多数山岳都远离政治中心。与此同时，第一视角的山岳游览赋，仍有一定的发展空间，主要集中在两种情况：一是作为知识人的四边书写，国家常规地区已可通过书籍阅读来了解，唯周边未开发地区的情况尚不明朗；二是作为个体文人的游历体验，作者不追求知识性的整体呈现，只想文学式地表达自己的私人情感。在很大程度上，这两种情况与宋以后声势浩大的山岳形胜赋，形成了互补的关系，得以并行发展。

三 从未知到熟知：地理观看的内转与山岳的地志化书写

我们熟知的名山，除了天台山、华山等前文已述及外，其他山岳赋的现存最早作品，分别为北宋李鹰《武当山赋》、李南仲《罗浮山赋》，南宋李纲《武夷山赋》、薛季宣《雁荡山赋》，元代郝经《泰山赋》、朱思本《衡岳赋》、杨维桢《会稽山赋》、赵纯翁《黄山赋》，明代刘咸《嵩山赋》、王守仁《九华山赋》、王昺《恒山赋》、卢柟《天目山赋》等。也就是说，大多数名山之赋，皆出现在南宋以后。这些作品，若用先前的类型来定义的话，皆属于山岳形胜赋，而非山岳游览赋，即属于知识性的整体呈现，而非移动视角的观览呈现。

现存最早的名山游记，多数早于同题的山岳赋。如宋初《太平寰宇记》引佚名《武当山记》、北宋刘斧《游武夷山记》、南宋吴龙翰《游黄山记》、明正统年间伍余福《游天目山记》等。这在一定程度上说明，自宋以后山岳文学的主流文体，已转移至山水诗和山水游记。究其原因，一方面，诗缘情而赋体物，在挖掘作者对自然山水的体验及相关情感上，诗歌有着先天的文体优势；另一方面，在山水游览的时间书写上，游记又较辞赋有更充裕的线性空间，不需要顾及大赋文本结构的局限。虽然前面提到，宋代文赋中已显露出时间书写的趋势，但亦可视为辞赋文章化的一种表现，既然有更正宗、直接的游记文体可以选择，又何必非得固守辞赋一体，在其内部作散文化的变体尝试呢？从这个角度来说，只要山水文学的作者还想寄寓情感，保证对游览经历的书写符合时间逻辑，辞赋就绝不是最好的选择。那么，在山水文学类型的发展已经总体偏向山水诗和山水游记的时候，山水赋又如何在类型文学的运作机制内部，完成自我救赎和突围，是一个很有意思的话题。

我们可以从四个不同的维度来讨论这一话题。首先，从社会整体观念的角度来说，人们对山岳的认知，有一个从化外至化内、从四方至地方的内转过程，其对应的正是人类不断拓展本民族文明之边界的过程。在六朝开发南方的时代，南方山岳地区是人迹罕至的地方，属于汉族统治尚未覆盖之区，士族精英们对南方地理的深入了解，只停留于各级行政区治所所在地的城市情况。至于城市与城市之间的空白地带，若是平原农耕地区，了解尚多；若是山岳地区，则知之甚少。故孙绰撰《游天台山赋》，大有披荆斩棘、深入无人区的感觉；谢灵运撰《山居赋》，则一心想通过地理知识的详细呈现，宣告谢氏宗族对这一片庄园及周边山林的所有权。经过几百年的开发经营，伴随着地方观念的兴起，至两宋时期，文人们对汉文化区内诸山岳的认知和理解，已不再是六朝人眼中的荒蛮之境，而是地方社会中不可分割的一部分，是一个根植于地方的自然景观甚至文化景观。简而言之，根据人类开发程度的不同，文人眼中的山岳有人境、荒境、仙境之别，当早期人类活动尚未全面深入山岳的时候，人类社会与自然界存在一定的距离感，这种距离感造成了山岳赋书写中的限知视角，距离越远，这种限知感越强，甚至尝试从游山活动中获取游仙之体验；而当有朝一日山岳融入人类社会的时候，以往的仙境、荒境便成了人境，随着地方性知识的系统化，在文本层面，限知视角完全可以被全知视角替代。

以元人朱思本的《武当山赋》和《衡岳赋》为例。《武当山赋》为延祐四年（1317）所作，《衡岳赋》为泰定四年（1327）所作，朱思本在创作时，已不是第一次游历这两座名山，但他说《武当山赋》基于"周览旧游"，《衡岳赋》基于"追忆旧游"，这其中实有重复体验和回忆体验之差别。落实在句式结构上，《武当山赋》虽为形胜赋，但其中不乏"乃经北麓，陟卷阿。振衣兮先登，乘风兮浩歌。俯梅溪之清驶，瞻五龙之嵯峨"[1]之类的移动书写；而《衡岳赋》则以"昔在帝姚，允协重华。秩四岳以作镇，视群望而有加。惟祝融之奥区，距中州而孔遐"[2]庄重开篇，以严谨的结构书写一贯到底，缺少移动书写的段落。更关键的是，衡山作为国家祭祀之地，历年皆有朝廷官员代帝王祭，其化内之地的身份很明朗，朱氏亦自言曰："国之明禋，神之灵贶，其可无述？"而武当山作为道教名山，与政治的距离相对较远，反带有较浓郁的游仙色彩，表现出

---

[1] 朱思本：《贞一斋诗文稿》卷一《武当山赋》，《续修四库全书》第1323册，上海古籍出版社2003年版，第592页。

[2] 朱思本：《贞一斋诗文稿》卷一《衡岳赋》，第608页。

与道家思想相应的化外之义。以上这些，都是朱思本在两篇辞赋书写中侧重不同的原因。

其次，从个人经历的角度来说，任何人面对山岳，都有一个从局部认知到系统认知的过程。对知识人来说，求知活动的深化，带来的不仅是思维的快感，同样还有对知识人之更高素养的一种追求。这可以通过反复游历达成，也可以通过饱览典籍达成。如清人张惠言，他在第一次游历黄山后，创作了《游黄山赋》。这是一篇典型的山岳游览赋，他自述"粗览诞略，未遂冥寻""其所未睹，盖阙如也"[1]，坦言自己行途和视角的局限。故引左思"登高能赋者，颂其所见也"之句，遥接王粲《登楼赋》之传统，明确作品的游览赋属性。但对这样的创作局面，他是不满意的，故又创作了一篇《黄山赋》，自云"余既作《游黄山赋》，或恨其阙略，非昔者居方物、别图经、沐浴崇陴、群类庶聚之意也。乃复捃采梗概，为之赋云"[2]。他征引了大量书籍，希望笔下的《黄山赋》能制造出"居方物、别图经"的地志书写效果来。从这两篇作品的前后关系，我们可知，张惠言对山岳游览赋和山岳形胜赋的类型差别，有着很明确的认知。他的行为无疑只代表他个人，因为在他之前，已经有相当多的书写黄山之作，现存最早的《黄山赋》为元人赵纯翁所作，更遑谈数量众多的诗歌、游记作品。张惠言的表现，其实就是作为知识人的一种自我认同和提高。对这类人而言，游览书写与结构书写，不仅代表着书写视角的不同，同样代表着作者知识结构和认知层级的不同。只有饱读诗书之人，才能创作出百科全书式的山岳赋；也只有这样的书写方式，才能体现作者作为一个知识人的格局和视野，与普通人眼中的自然山水区分开来，视之为文化人早已熟知的人类世界的一部分，并用文学之才艺和知识之积累的方法予以呈现和证明。

再次，从文体选择的角度来说，诗歌、游记、辞赋自有功能上的实在区别。文体的自身特征，也促使宋以后文人的山岳书写，在一定程度上回归辞赋一路。仍以元人朱思本为例。他在延祐四年（1317）游历武当山，"由梅溪趋五龙，过南岩，登大顶，下元圣宫，经福地桥，出九度涧，宿留久之"。同时创作了《武当山赋》《登武当大顶记》两篇作品，二文构成明确的互文性关系。从中我们可以看出，朱思本对山岳书写之文体选择，有着一分为二的态度。他用游记文体来移步换景，用时间串联空间，

---

[1] 张惠言：《茗柯文编》初编《游黄山赋》，《续修四库全书》第 1488 册，第 496 页。
[2] 张惠言：《茗柯文编》初编《黄山赋》，第 498 页。

并表现私人之情感；而用辞赋文体来对武当山进行知识性的系统呈现，表现自己"周览旧游"的经历和作为一个知识人的责任。这两种身份并不矛盾，但需要通过不同的文体创作来区别呈现。当文人们对山岳的认知，突破感性的自然审美，进入理性思考和建构的层面时，无论山水游记还是山岳游览赋，都无法满足其建构立体知识谱系的需求。这个时候，借助都邑赋的外壳来描写山岳，本质上是借描写人类文明核心区的工具来描写非核心区。当然，我们亦可理解为：随着对自然界的开发，一部分山岳逐渐成为人类文明核心区的一部分。

最后，从地方文士的角度来说，两宋以后，地域文化记忆及认同感的强化，使得在山岳赋的创作中，外地人多选择游记和游览赋，而本地人多选择形胜赋。如现存最早的《罗浮山赋》为谢灵运之作，其序曰："客夜梦见延陵茅山，在京之东南。明旦得洞经，所载罗浮山事云。茅山是洞庭口，南通罗浮，正与梦中意相会，遂感而作。"可知此为梦游之赋，故文中多"发潜梦于永夜，若溯波而乘桴。越扶屿之缅涨，上增龙之合流。鼓兰枻以水宿，杖桂策以山游"[①] 之类的移动书写之句，体现出神游、仙游与山水游之间的一种重叠。至北宋潮州人李南仲的《罗浮赋》，类似的移动书写，已完全被结构书写替代，其开篇云：

> 罗浮二山，东西相联。通句曲之洞，号朱明之天。连延大江之外，崛起沧溟之壖。乃百粤群山之祖，与南岳而齐肩。铁桥锁乎绝顶，石楼峙乎半岭。登览遐极，眇睇芊绵。尔其周回五百七十二里，森列四百三十三峰。回溪峻谷，嵽嵲嵺岘。藻石璀璨，瀑水玲珑。[②]

作为粤人，李南仲对罗浮山之地理位置、历史沿革、占地面积及群山数量的介绍，虽受制于骈俪之句式，仍力求精确到位。知识化书写的倾向，在很大程度上替代了文学性书写。这种写实，显然不是观看者对自然的直接描绘，而是知识人对书本知识的重新组合。如"铁桥锁乎绝顶，石楼峙乎半岭"，若是登山者之移动视角，万不会置于辞赋之开篇；但若是精英文士对地方性知识的呈现，则开篇全景式的描写，并在视野的最高处对核心景观（铁桥、石楼等）进行聚焦，就像现在的风景纪录片那样，一开

---

① 谢灵运：《罗浮山赋》，《艺文类聚》卷七，第139—140页。
② 李南仲：《罗浮赋》，《历代赋汇》卷二〇，《景印文渊阁四库全书》第1419册，商务印书馆1986年版，第460—461页。

始就对罗浮山景来一个俯瞰式的广角镜头,并无不妥。

  我们再以另一宋人李纲的《武夷山赋》为例。李纲是福建邵武人,武夷山对他来说,只是未游之地,而非化外之区,他自己也说,"武夷山水之胜,为七闽最,图志载之详矣"。[①] 当时武夷山声名已盛,已非前人眼中的人迹罕至之地,知识人即使未到其地,也可借助图志,对武夷山有一个较系统的认识。在游历武夷山时,李纲"赋诗几五十篇,又广其意,而为之赋",这两组文本的关系,可视为现场创作和事后再阐释的关系。由此,我们细观《武夷山赋》的正文。首先,它是一篇骈俪的地方志,在地方性知识的介绍上,颇为全面和系统,各知识版块的结构关系,呈现出明显的地志特征。其次,这种对地方性知识的介绍,正与他吟咏武夷山的五十首诗歌相对应,用事后借鉴图志的全知视角,来弥补第一时间之行者视角在描摹山岳景观时的某些缺陷,比如更偏重对自然美的感性抒写,及创作现场所暴露出的作者知识储备之不足等。

  地志与山岳赋的关系,在宋代以后渐趋紧密。如果说作为政治家的李纲,心系家国,乡曲之念只是偶尔发之,那么,永嘉人薛季宣的《雁荡山赋》,则体现出地方文人在地方文献收集和创作上的充分自觉性。他的这篇作品,在很大程度上,是在辞赋与图志的相互补缺中完成的:"得建炎间郡丞谢君升俊《山图》石本,字多漫灭。已而得乐清洪丞藏所镂新图并赋。岁正月望,始得皇祐校书郎章君望之《山记》,又假旧图于叶氏,以补图缺。"[②] 作为当地文士,薛季宣先后收集到谢氏《雁荡山图》、洪氏雁荡山新图及赋、章氏《雁荡山记》三种,做到了图经、辞赋、游记三类文本的齐备。但他嫌《雁荡山图》《雁荡山记》"叙次疏阔",洪氏《雁荡山赋》"工而未尽",新撰《雁荡山赋》一篇。虽然我们已难看到洪氏《雁荡山赋》的原貌,但显然,南宋人对一篇优秀山岳赋的要求,须避免"叙次疏阔"。"赋工"固然重要,但"工而未尽"却是山岳赋的致命缺点。在薛季宣的认知中,辞赋应避免诗歌那样"工而未尽"或游记那样"叙次疏阔"的留白。与之对应的是,知识的密度成为赋家努力追求的一个目标。

  拥有系统性、结构性类目的地方志编纂行为,兴起于两宋。宋元时期山岳形胜赋的自觉创作,实可视为在地志书写已普遍出现在郡县但尚未覆

  [①] 李纲:《梁溪先生文集》卷一《武夷山赋》,《宋集珍本丛刊》第36册,线装书局2004年版,第249页。

  [②] 薛季宣:《艮斋先生薛常州浪语集》卷三《雁荡山赋》,《宋集珍本丛刊》第61册,第169页。

盖山岳地区之时，文人们所撰写的一部特殊的名山志。相关的文化记忆与知识积累，为后世山岳专志的出现，提供了良好的文献条件。我们应承认，山岳赋对地方性知识的系统整理和建构，不是山水诗、山水游记所能替代的。反过来，山岳图志又可以为新的山岳赋书写，提供更为系统的知识结构和谱系。在一定程度上，有关山岳的文学书写和志书编纂，正是在这种不同著述形式的互动中，同生共长，不断发展，其声势至明清两代而蔚然壮观。

有趣的是，以知识化书写而论，所有辞赋类型中最典型的，并不是山岳赋，而是都邑赋。同样在入宋以后，都邑赋的书写对象，有一个从京城向地方城市转移的趋势。这固然有唐宋转型带来的去政治化的某些痕迹，但地方城市的不断发展和繁荣，及地域文化记忆的层累，是更重要的一个原因。诚然，都邑赋和山岳赋属于不同的辞赋类型，但从京都赋到普通都邑赋的重心移动，与从山岳游览赋到山岳形胜赋的重心移动，却有着近乎相同的发展指向，即人类日常活动的区域范围在不断扩张，通过系统的知识建构，努力将陌生世界改造成熟悉的世界。只不过前者通过政治话语的下移来实现，后者通过地理观看姿态的上调来实现。这种转变的结果，便是到了明清时期，都邑赋和山岳形胜赋的书写体制已没有太大的区别。从两汉京都赋和游览赋的截然不同，经过一千多年的发展演变，最后合流成为同一种书写范式，这也是"近世文学"最有魅力的地方之一。

此外，现今学界普遍认为，入宋以后，辞赋有一个从骈赋、律赋变为文赋的总体发展趋势。按照周裕锴的说法，宋代文赋体现出颇为自觉的按时间顺序来书写的特征，且贯穿全篇，相关作品更注重与时间流动相对应的文脉和意脉，追求叙事、抒情、说理的畅达通透[1]。这种新的创作特点，在山水诗、山水游记中较容易落实，故在前代已较成熟；但随着文赋这一新体式的兴起，在山水赋一类中，也出现了如《赤壁赋》《后赤壁赋》等足称经典的作品，这本身是一个很好的创作势头，显示出山岳赋或开创出一个新局面之可能性。但事实是，由宋至清数代，这一类作品并没有在山岳赋中占据主流位置，我们固然可以归因于作家们有山水游记等更好的文体选择，但也不能忽视多数赋家同时拥有审美人和知识人两种身份。北宋古文复兴以后，"行文"的审美观念渗入赋体是一个必然的结

---

[1] 周裕锴、王朋：《时间与流水：宋代文赋书写方式及其审美观念》，《复旦学报》（社会科学版）2016年第4期。

果，但作为知识人和地方人的作家，"摘文"的理念同样有坚固的创作市场。这时的"摘文"，或已不是一种审美观念，而是一种文化责任。如何理解宋以后山岳赋在散文化与知识化之张力下的发展及前景，是另一个可资探究的延续性话题。

(原载《复旦学报》2018年第2期)

陈德武《白雪遗音》创作时代考论

叶 晔

唐圭璋先生编《全宋词》，从《唐宋名贤百家词》中辑录署名陈德武的《白雪遗音》一卷，共得词 64 首。从词文献的角度来说《白雪遗音》是宋末元初存世不多的词籍之一，词作数量亦颇为可观。但陈德武的生平事迹很难考证，《全宋词》小传仅有"三山人，有《白雪遗音》"[1]寥寥数语，至今没有任何关于此人生平考辨的研究成果。其词作的文学研究，也因为没有太多历史事实可以参照，处于相对停滞的状态。本文的目的，在于廓清陈德武的生活时代及其生平事迹，在此基础上，重新认识陈德武《白雪遗音》的词史意义。

一 陈德武的生活时代为元末明初

有关陈德武的原始资料很少，学界之所以判定他是宋末人，最重要的依据是明前期吴讷编的《唐宋名贤百家词》中，陈德武的《白雪词》已赫然在列。其他的辅助证据，如朱彝尊《词综》、王奕清《历代诗余》等词总集，都将陈德武归为宋人；清福建词人谢章铤，在论述闽中词学传统时，亦视陈德武为先驱之一，其《赌棋山庄词话》曰："闽中宋元词学最盛，近日殆欲绝响。而议者辄曰：闽人蛮音鴃舌，不能协律吕。试问晓风残月，何以有井水处皆擅名乎。而张元幹、赵以夫、陈德武、葛长庚诸家，皆府治以内之人，其词莫不价重鸡林。"[2] 然以上种种，看似铁证如山，其实只有一条证据，即历代学人对《唐宋名贤百家词》的充分信任。

现存《唐宋名贤百家词》中，没有任何标示陈德武为宋人的信息，

---

[1] 唐圭璋编：《全宋词》，中华书局 1965 年版，第 3451 页。
[2] 谢章铤：《赌棋山庄词话》卷五"炯甫为予序词话后"条，《词话丛编》，中华书局 1986 年版，第 3387 页。

只不过书名中的"唐宋名贤"字样,加上陈德武排在蒋捷之后,让我们理所当然地认为他是宋末人。但事实上,《唐宋名贤百家词》中有不少元词别集,甚至还有明初词人王达的《耐轩词》;而且全书排序多有混乱之处,如北宋杜安世的《杜寿域词》,就被排在《白雪词》之后,无理可循。虽然明人吴讷编订了这套书,但在南宋陈振孙的《直斋书录解题》中,已有"自《南唐二主词》而下,皆长沙书坊所刻,号《百家词》"①之记载,一般认为这是同名异书②,但吴讷是否对宋刻《百家词》有过借鉴甚至增补删定,实难考知。一旦明白了这一点,则将陈德武视为宋人的唯一证据也就很成问题了。朱彝尊、王奕清、谢章铤等人的史料来源为何,是否依据《唐宋名贤百家词》,我们无法考知,但笔者发现,成书于明嘉靖十九年(1540)的《百川书志》中,有"《白雪遗音》一卷,皇明三山陈德武著,六十七首"③的记载,置于《皇明御制乐府》之后、刘基《写情集》之前,可见高儒视陈德武为明初人。清初万斯同《明史·艺文志》亦录有"陈德武《白雪遗音》一卷",自曰"不知何人",置于马洪《花影集》之后、郭珍《宾竹诗余》之前④,虽对其生活年代的判定略有偏差,但至少也认为这是一位明人。在《唐宋名贤百家词》的词人时代存在争议、又没有其他早期文献可佐证的情况下,明中叶高儒的可信度,无疑要比朱彝尊等清人高出一截。

以上只是目录学层面的梳理,并不能作为证明陈德武为明人的直接史料。笔者近年来一直关注明词辑佚的研究成果,先后读到白述礼《大明庆靖王朱㮵》、汪超《〈全明词〉辑补62首》⑤,他们都对《(正统)宁夏志》⑥中的朱㮵、朱秩炅词有所关注。在翻检原典后,笔者发现书中还有一位名叫陈德武的词人,未署朝代,与明初朱㮵、陈宗大等人多有交往。正统志不仅选录了他的两首词,还收录了他的《宁夏十景》诗并序,在

---

① 陈振孙:《直斋书录解题》卷二一"歌词类"《笑笑词集》解题,上海古籍出版社1987年版,第629页。
② 王兆鹏:《词学史料学》,中华书局2004年版,第106页。
③ 高儒:《百川书志》卷一八,上海古籍出版社2005年版,第270页。
④ 万斯同:《明史》卷一三七《艺文志·词曲类》,《续修四库全书》第326册,上海古籍出版社2003年版,第571页。
⑤ 白述礼《大明庆靖王朱㮵》是最早提到庆藩词的研究论著,宁夏人民出版社2008年版;汪超《〈全明词〉辑补62首》则在词文献层面予以辑录,《钦州学院学报》2011年第2期。
⑥ 有关此志的定名,吴忠礼定名为《宣德宁夏志》,胡玉冰定名为《正统宁夏志》,本篇从后说。详见胡玉冰、孙瑜校注《正统宁夏志·前言》,中国社会科学出版社2015年版,第4页。

"艺文志"中算是出现频率颇高的一位文人。

随着《(正统)宁夏志》进入词学研究的视野,陈德武的身份变得混乱起来。二人都有填词的经历,一是宋末元初人,一是元末明初人,并不存在时间上的交集,按理来说只是同名同姓而已。但《宁夏志》称之为"三山陈德武",而《唐宋名贤百家词》中的《白雪词》,亦署名"三山陈德武";《宁夏志》中的陈德武,是一位流寓宁夏的南方文人,而《白雪词》中恰有《醉春风·三月二十七日出禁谪宁夏安置》一首,可证此作者亦有贬谪宁夏的经历。这两个陈德武,同是福州人,同流寓宁夏,未免巧合。我们与其固执地认为宋末、明初有两个陈德武,不若反思一下《唐宋名贤百家词》《(正统)宁夏志》这两种材料的可信度。

其实,只要我们够细心,是可以在《白雪遗音》的词文本中发现一些时代线索的。集中有《木兰花慢·寄桂林通判叶夷仲》三首,此"叶夷仲"在明初别集中经常出现,即天台人叶见泰,《两浙名贤录》《列朝诗集小传》《静志居诗话》等皆有小传。洪武九年(1376),宋濂受叶见泰之弟叶见恭(字惠仲)的委请,撰写了《叶夷仲文集序》①,序中提到叶见泰时任睢宁知县。而《白雪遗音》中有《望海潮·和韵寄别叶睢宁》一首,此"叶睢宁"是叶见泰的可能性极大。因为在《木兰花慢·寄桂林通判叶夷仲》中,有"自淮阳别后,一回首、又穷年"② 一句(明睢宁县属淮安府),已暗示睢宁知县(正七品)是叶见泰任桂林府通判(正六品)的前一任官职。集中还有《水龙吟·次韵寄别叶尹》一首,亦赠寄叶见泰之作,词中"圮桥风月,睢陵桃李,几回良遇"③ 一句,正是对他们睢宁交往经历的回顾。以上种种,皆表明陈德武的生活时代为元末明初。

另外,有关陈德武的籍贯问题,《白雪遗音》《宁夏志》皆题署"三山陈德武",但"三山"是福州的别称,我们无法借此考证其籍贯是福州府的哪个县。所幸《白雪遗音》一卷被著录在《(民国)闽侯县志》的闽县艺文志中④,如果我们相信这条五百多年后的孤证史料的真实性,则陈德武为福州府闽县人。

---

① 宋濂:《翰苑别集》卷四《叶夷仲文集序》,《宋濂全集》,浙江古籍出版社1999年版,第1028—1029页。
② 陈德武:《木兰花慢·寄桂林通判叶夷仲》,《全宋词》,第3452页。
③ 陈德武:《水龙吟·次韵寄别叶尹》,《全宋词》,第3456页。
④ 《(民国)闽侯县志》卷四七《艺文上·闽县》,《中国方志丛书·华南地方》第13册,(台湾)成文出版社1966年版,第143页。

综上所述，根据《（正统）宁夏志》、高儒《百川书志》等书的著录，以及对《白雪遗音》中"叶夷仲"其人的时代考定，笔者认为，《白雪遗音》的作者陈德武，并非宋末元初人，而是元末明初人，其籍贯为福州府闽县。至于他的详细生平事迹，则需要进一步的考察。

二 陈德武生平事迹考索

虽然落实了陈德武的生活时代，纠正了以往学界将之视为宋人的研究误区，但我们对他的生平事迹一无所知，对其词作的理解，也没有因为其朝代归属的变化而有所改观。笔者能力有限，没能在其他历史典籍中找到有关陈德武的任何材料，因此只能以《白雪遗音》的词文本为研究对象，尝试勾勒其生平事迹。考虑到前辈学者从没有在《白雪遗音》中找到过有用的线索，笔者接下来的推究，似乎存在某些风险。

前面说过，整部《白雪遗音》中最明显的历史信息，就是叶见泰。通过考察陈德武寄赠叶见泰的五首词，可知他们的文字交往，主要在叶氏任睢宁知县、桂林府通判期间。而叶见泰的生平经历，《两浙名贤录》述之甚明：

> 叶见泰，字夷仲，临海人。王师取台州，见泰衣褐造军门，谒其帅。帅趣见，语三日夜不休，署部从事。遂下永嘉，取福建，收两广，皆与有力焉。未几，使安南，卒能谕其君长来贡。以功授高唐州判官，迁睢宁令，终刑部主事。①

与叶见泰的任官经历作一对应，可推知《望海潮·和韵寄别叶睢宁》《水龙吟·次韵寄别叶尹》二首，作于叶氏任睢宁知县期间；《木兰花慢·寄桂林通判叶夷仲》三首，则作于叶氏任桂林府通判的后期，因词中有"南来忽闻归兴，岂苍天、故意要储贤"一句，应指陈德武听闻好友即将升刑部主事、从地方返京的消息，流露出英雄用武的喜悦。但根据这五首词，我们只能考订陈德武的人际关系，无法探究他的活动区域。

总的来说，《白雪遗音》中的作品侧重文学意象的描绘以及个人情感的抒发，而缺少时间、地点、人物等外在要素的点染，有时甚至感觉在刻意回避这些要素，这给考证工作带来了很大的麻烦，也是学界一直未能了

---

① 徐象梅：《两浙名贤录》卷三九"刑部主事叶夷仲见泰"条，《续修四库全书》第543册，第385页。

解陈德武其人的主要原因之一。通过对词文本的细读，我们可以了解陈德武的活动区域，大致在南京、杭州、睢宁、宁夏等地，多在故乡福州以北。有几首涉及福州以南地名的作品，显得格外显眼。第一是《水龙吟》，其小序曰："十月二十三日阻雨，住长乐兴宁驿馆舍，寂甚。偶见窗外桃花数朵，遂成此调以寓意焉。"① 这是所有地点可考的词中，距离他家乡最近的，长乐县在福州府南部，与府城隔闽江相望。第二首是《西江月·漳州丹霞驿》，创作于福建漳州府城南，已在闽南地区。第三首是《望海潮·拱日亭》，此亭即番禺浴日亭，"前瞰大海，茫然无际，鸡鸣见日，若凌倒景。明洪武二年平章廖永忠易名'拱日'，今仍名'浴日'"② 。第四首是《西江月·冬至》，词中的"石湾江"，位于廉州府合浦县（今属广西北海市）。《读史方舆纪要》曰："（廉州）府北二十里有石湾江，府北十里有猛水江，皆廉江分流也。"③ 《肇域志》曰："（合浦）入海之水，其最著者曰南流江；循油滩而下至石康，曰宴江；西南流至石湾渡，曰石湾江。"④ 这四首词，分别指向福州、漳州、广州、廉州四个地点，基本上是一条陈德武从家乡一路南下的路线。

我们或能隐约察觉到，这条陈德武走过的路线，正是他的好友叶见泰在出任高唐州判官之前，辅佐明军统帅南下征抚福建、两广的那条路线，即《两浙名贤录》所说的"下永嘉，取福建，收两广，皆与有力焉"。虽然徐象梅只提到"见泰衣褐造军门，谒其帅"，并没有明说这位统帅是谁，但熟悉《明史》的读者不难知晓，这里指的是开国大将廖永忠。巧合的是，《白雪遗音》中提到的"拱日亭"，原名叫"浴日亭"，而将"浴日"易名为"拱日"的，正是这位廖永忠将军，后又复名"浴日"。故笔者认为，陈德武和叶见泰，并不是在睢宁才认识的，早在廖永忠南征途中，从浙江、福建等地陆续征招了一批幕府文士，陈、叶二人都是他的幕客。一旦理解了这一点，就能更好地阐读先前提到的《水龙吟》《西江月》等作品。《水龙吟》作于长乐兴宁驿，离陈德武的家乡咫尺之遥，词中有"今日玉骢来到""早趁东风，移根换叶，脱身池沼"诸句，正是他刚应召入幕、打算大展宏图的心理表现，时在洪武元年（1368）。《西江

---

① 陈德武：《水龙吟》，《全宋词》，第3451页。
② 《（同治）番禺县志》卷二三"浴日亭"条，《中国方志丛书·华南地方》第48册，（台湾）成文出版社1967年版，第285页。
③ 顾祖禹：《读史方舆纪要》卷一〇四"合浦县·廉江"条，中华书局2005年版，第4756页。
④ 顾炎武：《肇域志》"廉州府·合浦"条，上海古籍出版社2004年版，第2295页。

月》作于漳州丹霞驿，史载廖永忠平定福建后，经海道取广东，词中"山拱罗城四面，柳营横接江东"一句，正是当时明军在漳州府整装待发、从镇海卫扬帆出海的场景。罗城一般指城市的外郭防御体系，柳营则用西汉周亚夫治军的典故，此篇的创作背景肯定与军事活动有关。《望海潮》作于珠江口浴日亭（今属广州市黄埔区），时在洪武二年（1369）。此时元左丞何真已迎降，海寇邵宗愚被斩杀，广民欣悦，南方的九真、日南、朱厓、儋耳三十余城，皆纳印请吏[1]。南征大局已定，作为定国开疆事业的亲历者，陈德武的"万水朝宗，众星环极，平生此志无忘"一句，既是对廖永忠易亭名曰"拱日"的呼应，也流露出自己踌躇满志的人生抱负。

平定两广之后，叶见泰奉使安南，以功授高唐州判官，离开了廖永忠幕府。陈德武是否继续留在其帐下，据现有史料，很难确考。在《白雪遗音》中，除了前面提到的作于闽、广地区的词外，其他地点可考的作品，涉及南京、睢宁、宁夏、杭州、武昌等地。南京是明王朝的首都，杭州在南征返京途中；睢宁是叶见泰的任职地，有多首作品可证陈德武与之有交往；宁夏是陈德武的贬谪地，有《宁夏志》中的史料可予佐证。他在这些地区留下作品，在情理之中。唯《西江月·题洞箫亭》一首，有明确的景观指向，又有"凤舞汉阳月丽，龙吟汉水波飞"[2]一句，当指武昌无疑。可惜笔者未能在古籍文献中找到"洞箫亭"的相关线索，不敢妄言。但我们考察廖永忠的军事经历，可知他在平定两广后，被授命平蜀事宜，而平蜀的关键之战，是廖永忠经夔州大溪口攻占重庆一役，可知当时廖永忠部是从湖广进入四川的。如此，陈德武的这首《西江月》，很可能创作于明军在武昌府休整军备之时，说明至晚在洪武四年（1371），他仍在廖永忠幕下任职。

从《白雪遗音》的内容来看，陈德武在苏北地区生活过一段时间，当无疑问。但他是什么时候、什么原因来到此地的，已不可考。其友叶见泰在睢宁知县的任职时间，史料亦有分歧。《（康熙）睢宁县志》记叶见泰"洪武九年任"[3]，但同书记睢宁县学宫，却有"洪武六年，知县叶见泰复建"[4]的记载。既然同一种地方文献的记载有出入，我们不妨从其后

---

[1]《明史》卷一二九《廖永忠列传》，中华书局1974年版，第3805页。
[2] 陈德武：《西江月·题洞箫亭》，《全宋词》，第3454页。
[3]《（康熙）睢宁县旧志》卷三《官师》，《中国方志丛书·华中地方》第131册，（台湾）成文出版社1974年版，第143页。
[4]《（康熙）睢宁县旧志》卷二《建置·学宫》，第113页。

辈方孝孺的文字中另窥端倪：

> 某童时，侍先人左右，闻先生、长者论议，辄闻执事名。年十二三，执事自安南还，枉传至歌诗，耳闻之愈熟。后四年，先人守鲁，执事手笔至，复获观之。后又见他文十余篇，先人教曰：吾郡之士未有过者也，某已私识之。又四年，来金华，执事自睢宁回，始获拜于翰林太史公馆下。①

方孝孺生于元至正十七年（1357），叶见泰奉使安南还朝并赴任高唐州判官，在洪武二年（1369）②，正合文中"年十二三"之数。后四年则洪武六年（1373），方孝孺的父亲方克勤时任山东济宁知州，观其语气，叶见泰仍在高唐州判官任上，两地都在山东西部，相去不远，往来方便。又四年则洪武十年（1377），叶见泰有过返乡，时在睢宁知县任上。如此，叶见泰的睢宁知县任期，从洪武六年（1373）始，至洪武十三年（1380）终③。《睢宁县志》记他洪武九年（1376）任，或由于资料久远缺失之故，编者未知前一任的情况（明代知县三年一考任），误以为叶见泰的任期是从洪武九年开始的（洪武九年时，陈德武已谪宁夏，见后文考证）。

陈德武当时的情况，有可能在苏北地区临近睢宁的另一个县任职。因为《白雪遗音》中《一剪梅·九日》一首，有"身在河南。心在江南。渊明何日解征骖"④ 一句，可知他在苏北地区生活的原因，与陶渊明辛劳奔波相仿，担任下层地方官员的可能性较大。明代黄河夺淮入海，睢宁县在黄河南岸不远。可惜笔者没能在此地区的其他方志中找到更多线索。在这几年中，陈德武流露出明显的思乡之情，其《满江红》（记得年时）一首，有"江南烟雨，淮阳风雪""千里梦，三更月""羞见慈乌啼反哺，厌闻乳燕调新舌。睹禽物、愈觉倍伤情，归心切"⑤ 诸句，怀念故乡尊亲的情绪甚浓。年岁日长又久居下僚的他，早已没有了南征西讨时期的壮志

---

① 方孝孺：《逊志斋集》卷九《与叶夷仲先生》，《四部丛刊初编》第253册，上海书店出版社1989年版。
② 宋禧《送天台叶夷仲之官高唐》有"黄河北渡之官去，白象南来奉使还"一句，安南国朝贡白象在洪武二年（1369）六月，曾棨《白象赋》小序可证。
③ 《（康熙）睢宁县旧志》卷三《官师》，记叶见泰的后一任知县毛本静，洪武十三年任，第143页。
④ 陈德武：《一剪梅·九日》，《全宋词》，第3462页。
⑤ 陈德武：《满江红》，《全宋词》，第3461页。

雄心，长年离别家乡的苦楚日涌心头。其《望远行》中有"最是家山千里，远劳归梦""怅望江南，天际白云飞处，念我高堂人老"① 诸句，应该也是作于这一时期。笔者发现，陈德武在贬谪宁夏后，多改用"万里"一词，以表思乡之情，如《西江月·咏云》曰"法受三千谪路，翻成万里思亲"②；送两位好友远任浔州，亦有"南冠一载，西流万里"③ 之语。在他的笔下，"万里"有流边之意，"千里"则是正常的宦居而已。故《庆春宫·立春》中有"三年客里情怀。千里亲闱，一寸灵台"④ 一句，作于苏北地区的可能性较大。这里所说的"三年客里"，或许可为我们寻找陈德武的生平线索指示一个方向。

将《白雪遗音》《（正统）宁夏志》这两部毫无关系的古籍牵系在一起的直接线索，就是《醉春风·三月二十七日出禁谪宁夏安置》一词。"安置"本是宋代黜降制度中的用语，指对获罪官员进行地区羁管，这里概指贬谪之事；而这里的"出禁"，恐非泛指，当指洪武初年的亲军都尉府，即锦衣卫的前身。廖永忠最为人熟知的，一是他在平南、平蜀中展现出的军事才能，二是他成为第一位被朱元璋赐死的开国勋臣，于洪武八年（1375）三月"坐僭用龙凤诸不法事，赐死"⑤。陈德武被逮入禁卫，并最终被谪边安置，当与此事有关。因为宁夏卫是在稍后的洪武九年（1376）设置的。"国朝初，立宁夏府。洪武五年，诏弃其地，徙其民于陕西。至洪武九年，复命长兴侯耿炳文、弟耿忠为宁夏卫指挥，率谪戍之人及延安、庆阳骑士立宁夏卫，缮城郭以守之。"⑥《白雪遗音》中有《望海潮·寄别浔郡鲁教谕子振、李训导宗深》二首，中有"南冠一载，西流万里""长安古道长亭。叹马蹄不驻，车辙难停"⑦ 诸句，这里的鲁子振、李宗深二人，笔者未能在《浔州府志》及所辖各县县志中找到线索，很可能是与陈德武有相同经历的廖永忠幕下文士。他们在洪武八年（1375）受廖永忠案牵连下狱，经过一年的羁押审讯，至洪武九年（1376），被万里流边。鲁、李二人被外放到广西浔州府任府、县学宫教职；而陈德武的

---

① 陈德武：《望远行》，《全宋词》，第 3461 页。
② 陈德武：《西江月·咏云》，《全宋词》，第 3455 页。
③ 陈德武：《望海潮·寄别浔郡鲁教谕子振、李训导宗深》其一，《全宋词》，第 3454 页。
④ 陈德武：《庆春宫·立春》，《全宋词》，第 3455—3456 页。
⑤ 《明史》卷一二九《廖永忠列传》，第 3806 页。
⑥ 吴忠礼：《宁夏志笺证》（卷上），宁夏人民出版社 1996 年版，第 2 页。有关宁夏的置卫时间，《明史·地理志》所载有异："宁夏卫，洪武三年为府，五年府废，二十六年七月置卫。"吴忠礼对此已作考证，当以"洪武九年"说为是，第 13 页。
⑦ 陈德武：《望海潮·寄别浔郡鲁教谕子振、李训导宗深》其一，《全宋词》，第 3454 页。

去处，正碰上那一年太祖设置宁夏卫，需要大量谪戍之人修缮城郭，故谪宁夏安置。此词创作于诸人在南京离别之际。另《（嘉靖）宁夏新志》中有陈德武《西夏城》七绝一首，中有"新卫开西夏"① 一句，亦可证明他见证了宁夏卫的初置。

陈德武流贬宁夏后的事迹，就只能通过《宁夏志》来梳理了②。有学者推测陈德武时任庆王府长史③，但并没有直接史料的支持，也不符合官员流贬宁夏的常规待遇。他与朱㮵的相交，在理论上，至早可在洪武二十四年（1391）朱㮵初封庆王、封地韦州之时，不过那时朱㮵只有十四岁，二人有交集的可能性很小。至洪武三十一年（1398），庆王府从韦州徙至宁夏，朱㮵"因古有八景咏题，又重而删修之"④。《（正统）宁夏志》所收的陈德武十景诗，用的正是朱㮵修改后的新题，可知此时二人已有交往，这也是有关他生平的最晚信息。其卒年不可考，客死他乡还是晚归故里，亦不可考。

三 重新认识《白雪遗音》的词史意义

以往学界讨论《白雪遗音》的文学价值，大多挖掘其中的辛派词风，或咏物词的创作，但由于未能建立起陈德武与周边词人的词缘关系，难免落入一种孤立的观察视角。随着以上对陈德武生活时代及生平事迹的廓清和考证，其词缘关系在一定程度上得以接续。在此基础上，我们重新考察《白雪遗音》的词史意义，会有与之前不同的新认识。

先前学界对陈德武的定位，一般认为属宋遗民词人兼辛派后期词人⑤。现在既然已经证实为元末明初人，再说他是辛派词人，恐怕不妥，但其词中有明显的豪迈之气，却是不争的事实。他的代表作《水龙吟·西湖怀古》中，既有"可惜天旋时异，藉何人、雪当年耻"的呐喊，又有"借钱塘潮汐，为君洗尽，岳将军泪"⑥ 的悲愤；另一篇《望海潮·钱塘怀古》，感慨"乐极西湖，愁多南渡，他都是梦魂空"，留下了"感古

---

① 陈德武：《西夏城》，《（嘉靖）宁夏新志》卷七《文苑志》，中国社会科学出版社2015年版，第277页。
② 《（嘉靖）宁夏新志》卷七录陈德武《黑水故城》诗，有"见《流寓》"小注，但本志卷二《人物·流寓》中未见此人。嘉靖志中"流寓"的内容，系承袭弘治志而来，《（弘治）宁夏新志》中亦未有陈德武的相关线索。
③ 吴忠礼：《宁夏志笺证》卷下，第360页。
④ 凝真：《西夏八景图诗序》，《宁夏志笺证》卷下，第378—381页。
⑤ 单芳：《南宋辛派词人研究》，巴蜀书社2009年版，第55页。
⑥ 陈德武：《水龙吟·西湖怀古》，《全宋词》，第3451页。

恨无穷,叹表忠无观,古墓谁封"① 的遗憾。这与元末明初风靡江南的清丽词风,多少有些格格不入,倒确实有些晚宋辛派词风的影子。一旦我们将陈德武定位在元末明初,那么,其词史意义将不再是一位普通的辛派词人,而是一位将南方的填词风气带入宁夏地区,并首开明代边塞词创作先河的关键人物。64 首词的创作量,在明初词人中颇为可观,虽没有什么名气,至少掌握了娴熟的填词技法。对毫无词学根基的宁夏地区来说,陈德武及其豪迈词风的到来,与明初宁夏拓边御敌的大环境相得益彰,让宁夏词坛从一开始就走上了一条正确、成熟、符合地情的发展之路。

宁夏地区迎来了这样一位流寓词人,若只是孤立的个体,即便有筚路蓝缕之功,其意义也是有限的。但这位陈德武与庆靖王朱㭎等人交游甚密,我们不得不考虑他对庆藩词学传统的影响。明代的宗室文学一向繁荣,宁夏庆藩一支陆续涌现出朱㭎、朱秩炅、朱台瀚等多位词人。特别是庆靖王朱㭎,在封藩以前一直生活在南京,对南方风物有很浓厚的感情,晚年填词时经常流露出对江南的思念,这些与陈德武的人生经历有相似之处:

菩萨蛮·归思　陈德武

凉风淅淅凉云湿,羁怀何事归思急。秋气入单衣,偏增久客悲。贺兰三百里,只隔黄河水。何日是归程,中秋正月明。②

浪淘沙·秋　朱㭎

塞下景荒凉,淡薄秋光,金风淅淅透衣裳。读罢安仁秋兴赋,慄栗悲伤。　廿载住边疆,两鬓成霜。天边鸿雁又南翔。借问夏城屯戍客,是否思乡。③

从这两首词不难看出,陈、朱二人的作品,都是在浓郁的秋意中,表达了暮年词人对南方故土的怀念。陈德武的"凉风淅淅凉云湿""秋气入单衣",正对应朱㭎的"金风淅淅透衣裳",皆有萧条冷落之感;陈的"偏增久客悲",与朱的"廿载住边疆,两鬓成霜",亦有异曲同工之妙;陈的"羁怀何事归思急",与朱的"借问夏城屯戍客,是否思乡",所发出的更是同一个疑问。朱㭎词是否也作于中秋之夜,我们不得而知,但既

---

① 陈德武:《望海潮·钱塘怀古》,《全宋词》,第 3451 页。
② 陈德武:《菩萨蛮·归思》,《宁夏志笺证》卷下,第 422 页。
③ 凝真:《浪淘沙·秋》,《宁夏志笺证》卷下,第 417—418 页。

然他在编纂《宁夏志》时将陈德武的这首词收录其中，自有他颇为欣赏的一面。而他的这首《浪淘沙·秋》，亦可视作朱栴晚年对这位前辈词人的一次追忆和致敬。

从生活时代来看，陈德武与朱栴之间，至少有四十年的年龄差距，二人可谓忘年文友，朱栴理应从陈德武身上学到了不少文学经验。这种经验的习得，可从两个层面予以考察。一种是狭义的诗词创作能力的传授，以上对陈、朱二人边塞词中南归情结的比较，可窥一斑；另一种则是文学精神的整体传承，我们可从《宁夏八景》诗的创作中看出一些端倪来。在陈德武的《宁夏八景诗序》中，提到一位戍边武人陈宗大，装潢了一册宁夏八景诗卷，请他作序①。至洪武三十一年（1398），庆王府从韦州徙至宁夏，朱栴"因古有八景咏题，又重而删修之"②，从此"宁夏八景"有新、旧之别。《（正统）宁夏志》所收的陈德武八首诗，用的是朱栴修改后的新题，倒是庆王府纪善王逊的八首诗，仍用原来旧题。考虑到王逊在永乐二年（1404）撰有《宁夏莎罗模龙王碑记》一文，那他并非没有重题八景的机会，只是对文学之事没有陈、朱二人那么热衷罢了。据现有线索来看，朱栴对"宁夏八景"的兴趣，或受陈德武以前的旧八景创作实践的感染；而面对朱栴的新八景，陈德武也在第一时间作了创作上的回应。这种文学精神与热情的延续，对整个宁夏文坛来说，或许比具体某一种文体的传授与代兴更重要。

其实，不仅陈德武的晚年经历在元明词史中有一定的独特性，他被贬谪之前的词作，同样有别于同时代其他词人。一般提到明初词，我们首先想到的是刘基、高启、杨基等人。这些作家的朝代归属虽为明，大多数作品却系年于元末，故以文本属性来界说，他们的作品更多呈现的是元末面貌，而非明初面貌。而且刘基、高启等人，属于词坛上的旗帜性人物，他们的作品所反映出来的，是一个精英文学的世界，与下层文人生活关系不大。其次想到的，是张肯、贝琼、瞿佑等人。这些人在世时，词坛地位相对不高，对下层文人生活有一定的感受，但其词风又多偏于清绝或艳丽，较少高亢悲凉之气。从这个角度来说，陈德武早期游幕从戎、中期久居下僚、晚年流寓宁夏的人生经历，在明初词中，算是非常特别的一种词人类型，可视为明初下层官僚之文学世界的一个缩影。其实，余意在《明代词史》中已经关注到了这一话题，他在讨论元明之际词坛时，专设"承

---

① 陈德武：《宁夏旧八景诗序》，《宁夏志笺证》卷下，第357—359页。
② 凝真：《西夏八景图诗序》，《宁夏志笺证》卷下，第378—381页。

平时的羁旅与词"一节①。但他所举的邵亨贞、高启、杨基、瞿佑诸人作品，本质上是地方精英晚年流寓境遇的写照，而不是下层官僚之日常生活和情感的呈现。也就意味着这些羁旅作品，只是词人们整体创作面貌之外的一个特例。在这方面，陈德武的词创作无疑更具典型性，他自始至终一直处在官僚体制的底层，得以更全面地展现明初下层官僚词人的创作思想和情感历程，进一步丰富了明初词的多维内涵。

总的来说，陈德武的词作，至少有三个层面的词史意义。首先，他与朱栴是宁夏词坛的首开风气之人。他们在中国边塞词史中的意义，应作进一步的考察。更因为他的存在，宁夏词坛得以与宋元南方词坛发生实在的联系，不再是一个孤立、自闭的文学成长环境。其次，明代有相当数量的宗室词人，宁夏庆藩的朱栴、朱秩炅、朱台瀚等，只占词坛一隅而已。另如周王朱有燉、兴王朱祐杬、赵王朱厚煜、蜀王朱让栩、辽王朱宪㸅等，都有不少词作存世，他们作为一种特殊的词人类型，自有其意义所在。这些宗室词人的出现绝非偶然，学界一般认为是宗藩制度对王权的限制所致，使得藩王们将兴趣转移至文学、音乐等领域。但闭塞的环境不可能促成艺术的真正繁荣，各类流寓文人、地方士人、王府官员与宗室文人的互动，同样是很重要的一面。陈德武对庆靖王朱栴的影响，无疑是较早的一个案例，让我们得以从另一个维度去理解明代宗室词人的创作生态。最后，现存的明初词中，涉及王朝开边拓土和政治迫害等主题的作品较少，《白雪遗音》中的一系列词作，在一定程度上呈现了明初下层官吏幕僚的生活面貌和精神状态以及在明初政治斗争中的微妙处境。这是以前的明初词研究较少关注的一个领域，将有助于充实和提高这一时段作品的内涵丰富度。

（原载《江海学刊》2018 年第 1 期）

---

① 余意：《明代词史》，中华书局 2015 年版，第 40—45 页。

文学的自觉与人的自觉

孙敏强

鲁迅先生在题为《魏晋风度及文章与药及酒之关系》的演讲中提出了有关文学自觉的重要命题,学界在较长时期内曾将注意焦点放在了文学自觉的时段而非内涵上,这是值得探讨和深思的问题。从孔子论诗、庄子言意之辨,一直到鲁迅谈文学的自觉,乃至我们后人对鲁迅先生论断的理解,这本身就体现了文学自觉的漫长过程。文学自觉,是一个正在进行中的过程,一个沉重的话题。

一

鲁迅是在这样的语境中提及文学自觉的:曹丕"也是喜欢文章的。其弟曹植,还有明帝曹叡,都是喜欢文章的。不过到那个时候,于通脱之外,更加上华丽","他说诗赋不必寓教训,反对当时那些寓训勉于诗赋的见解,用近代的文学眼光看来,曹丕的一个时代可说是'文学的自觉时代',或如近代所说是为艺术而艺术(Art for Art's Sake)的一派。所以曹丕著的诗赋很好,更因他以'气'为主,故于华丽以外,加上壮大"[1]。这显然专指曹丕时代"为艺术而艺术"的文学观念而言,它体现为"喜欢文章",崇尚"华丽",反对"寓训勉于诗赋"。

应该指出:当以往学人引用鲁迅"曹丕的时代是文学的自觉时代"这句话时,其实已抽掉了原文的具体语境、内涵和特定指向,而加进了自己的理解,把对特定历史阶段的文学现象、文学精神的阐述,当成对整个大文学史做出的一个权威性结论;将有具体内涵的"文学的自觉时代",视为整部文学史宏观意义上的、全方位的、一过性和不可逆的自觉。事实

---

[1] 鲁迅:《而已集·魏晋风度及文章与药及酒之关系》,《鲁迅全集》(第三卷),人民文学出版社1981年版,第504页。

上，鲁迅先生的演讲娓娓道来，极为平易，并没有将曹丕的时代从整个中国古代文学史中超拔、特列出来，作为唯一的"文学的自觉时代"来看待的意思，其语气也不像是在对整个中国古代文学史下一断语和结论。演讲中提到："汉末魏初这个时代是很重要的时代，在文学方面起一个重大的变化。"① 这是专指文学上的变化，而并非将当时特定意义的文学自觉当作整个中国文学的自觉。这由下文相同语气、句式的话，"这样下去一直到明帝的时候，文章上起了个重大的变化，因为出了一个何晏"②，也可以得到充分的证明。

当然，我们并不否认汉末魏晋文学的历史地位和划时代意义。先秦两汉，如《诗经》、汉乐府、《古诗十九首》中绝大多数篇什都人世难详。建安以后，作品署名现象越来越普遍，无名氏之作则越来越少，因为着意为诗，以求留名的多了，而社会对文学的普遍重视，也使其诗其名较易得到流传，文集的编纂越来越得到重视，作家作品数量几乎代逾一代。与此同时，文论也产生了长足的发展，文学批评成为时人书信往来讨论的重要内容，开始出现文论专篇乃至专著。文人意识和文士气开始凸显。从曹操一辈尚用求实、质直冷峻的文学取向，到曹丕《典论·论文》"诗赋欲丽"、气分清浊的文论观念，和陆机《文赋》提出的"诗缘情而绮靡"之说，从"文笔"之分的重"笔"轻"文"到重"文"轻"笔"，这一切迹象都表明，汉末魏晋文学的确正在发生着重大的变化，中国文学的自觉已经发展到了新的阶段。但我们认为，鲁迅对汉末魏初文学时代的变化及其重要性的强调，并不等于说：曹丕以前就没有过文学的自觉；曹丕以后，文学就一直是自觉的；曹丕等文学家自觉了，那么所有的文学家就都自觉了；诗赋方面自觉了，其他所有的文学种类就都自觉了。在《中国小说的历史的变迁》中，鲁迅先生指出：

> 唐人小说少教训；而宋则多教训……宋时理学极盛一时，因之把小说也多理学化了，以为小说非含有教训，便不足道。但文艺之所以为文艺，并不贵在教训，若把小说变成修身教科书，还说什么

---

① 鲁迅：《而已集·魏晋风度及文章与药及酒之关系》，《鲁迅全集》（第三卷），人民文学出版社1981年版，第501页。

② 鲁迅：《而已集·魏晋风度及文章与药及酒之关系》，《鲁迅全集》（第三卷），人民文学出版社1981年版，第506页。

文艺。①

显然，在鲁迅看来，宋代有些小说家文学自觉的程度还远不如唐人，修身教科书式的教训小说，恐怕不能算作"自觉"的文学。

我们认为：文学的自觉绝不意味着整个文学领域瞬间的彻悟和自觉，而是表现为一种时隐时现、时起时伏的文学思潮，呈现为一个充满曲折和反复的、有阶段性、有侧重点和有规律性的漫长过程，其实质便是对文学本质和审美特性的自觉追求与把握。文学的自觉没有截然可分的时代界限，也不是可以由某个事件、某项指标来标示来判断的命题，就像文学与非文学较难找到单纯划一的文体标准一样。文学的自觉不仅和文学家"人的自觉"，文学观念的进化，对文学的重视，对文学风格和创作个性的认识、肯定和尊重，对文学的语言、具体文体的特性和特定创作规范的认识等方面有关，而且还与文学家对文学的内部与外部各方面的关系与规律、文学创作与鉴赏的审美活动的特殊性、文学内容与形式诸要素的区分与相互关系认识的深化等联系在一起；文学的自觉也不是一个静止的、单向的、一过性和不可逆的过程，而是一个在多层次、多侧面上不断递延、渐进，并且时有曲折和反复的漫长的动态过程。严格地说，就是时至今日，我们恐怕仍然不能断定，所有的作家作品都已经实现了真正的文学自觉。例如，今人的文学观念也许比庄子进步，但在创作实践上，文学自觉的程度不一定都超过了庄子。我们也许可以说，文学的自觉现在尚在继续。

二

从宏观角度来看，文学诞生之日，便是其开始走向自觉之时。总的来说，中国古代文学的自觉明显经历了三个阶段：一是先秦以庄、屈创制为标志的发轫阶段，二是魏晋以后以文论上的突破为内涵的深化阶段，三是明清以小说戏曲及相关理论试图从经史的深厚影响中挣脱出来，实现独立和复归的意向为代表的趋向全面完成的阶段。

清章学诚在其《文史通义》中开宗明义第一篇就指出："《六经》皆史也。""《六经》皆先王之政典也。"② 这实际上代表了从先秦以迄清代

---

① 鲁迅：《中国小说的历史的变迁》，《鲁迅全集》（第九卷），人民文学出版社1981年版，第319页。

② 章学诚：《文史通义》，中华书局1985年版，第1页。

的儒生、史官和学者贯穿始终、根深蒂固的文史观。由"《六经》皆史"之说,我们可以得到这样的启示:史官文化(换言之,就是一直主导着中国古代文化传统的经史文化,儒学文化,官方文化)对中国古代文艺,史学观念对中国古代文艺观念的影响至深至巨。在中国古代目录学经、史、子、集四部分类中,由周朝(乃或周朝以前流传下来的部分)古典诗歌编成的诗集被列为六经之一,子、集中还有许多经、史的内容,可以说,经与史一起,笼罩着子、集,笼罩着中国古代包括诗歌在内的大部分著述,笼罩着中国古代的学说思想。纵观中国古代文学史和文学思想史,我们可以发现一个独特而令人深思的现象:文学本身的客观规律,人们生命中对生活、对自然、对艺术之美的热爱和对情感抒发的强烈要求,使我国古代文学自然而然地生长、发展和繁荣着,而文论却在一开始就从属于经、史之学。例如,早期的诗学与《诗三百》一样,本身就是经学的一部分。孔子论诗,有"可以兴,可以观,可以群,可以怨。迩之事父,远之事君。多识于草木鸟兽之名"之说①,要求诗歌履行政治教化和伦理实践的功能,汉儒解说诗歌,所用的完全是经学的思维模式和解释方式,并时或与作品的实际内涵严重脱节。中国古代的小说、戏曲观也明显受到史学观念的深刻影响。从这个角度,我们也许可以这样认为:中国古代诗学发展的历程,就是其从经史之学向诗学本身复归的过程;中国古代小说、戏曲理论发展的历程,也就是小说、戏曲观从历史向小说、戏曲复归的过程。

就是在这样的背景下,战国后期《庄子》与屈原辞赋等文学作品,已然呈现出非常鲜明的文学自觉意识。一方面,屈原追求完美的社会理想与人生境界的人格精神,与庄子对独立人格和自由精神的弘扬虽有鲜明的差异,但屈原作品中反复出现的"我",和《庄子》齐万物、等生死的逍遥游境界,都展现着诗人强烈的自我意识、生命意志和生命情感,文学家人的自觉正是文学自觉的基础和前提,也是文学自觉不可或缺的重要元素和精神因子。另一方面,屈原辞赋芬芳高洁、华美感人的文学境界与篇章词句,和《庄子》洋溢着诗人激情与审美精神的寓言,已充分体现了高度自觉的审美意识和文学追求;《庄子》超功利的文艺观、对言意关系的深刻论述,其寓言创作所达到的艺术境界及其审美愉悦,和屈原《九章·惜诵》"惜诵以致愍兮,发愤以抒情"说②,都足以说明以庄屈为代

---

① 杨伯峻:《论语译注》,中华书局 1980 年版,第 185 页。
② 屈原:《九章·惜诵》,洪兴祖:《楚辞补注》,中华书局 1983 年版,第 121 页。

表的先秦诗人对文学艺术特性和审美效应已有相当深刻的体认,产生了相当自觉的文学意识。这是中国文学自觉的很高的起点,值得大书特书。

尤其值得注意的,是老、庄对圣人经典的批判和对语言的认识。实际上,对语言的深刻认识是文学自觉的一个关键性问题。文学是语言的艺术,文学的自觉意识与对语言的认识是密切相关的。从这个角度而言,文学的真正自觉有赖于对语言的深刻认识。

表面上看,儒家对语言、对文学的重视程度在先秦诸子中是首屈一指的,而老、庄则对圣人经典连同诗乐和语言一起加以彻底的否定,实际上,当儒家通过类似仓颉作书、孔子身世、庖牺氏作八卦、文王演《周易》、河图洛书等神话故事,将八卦符号、语言文字、诗歌音乐神秘化、神圣化,从而赋予语言诗乐、圣人经典以不可思议的神秘魔力和社会重任时,他们已经给文学和诗人们披上了一袭不堪重负的黑袍。而老、庄却正是通过对语言、诗乐和经典的似乎不无偏激的否定,消解了儒家施于诗乐的魔咒,轻轻地为文学艺术揭去了这一领沉重的黑袍。

正如海德格尔在《诗·语言·思》中所说:"人是能言说的生命存在。"[①] 语言的发明和运用是人区别于动物的根本标志之一。正是借助语言,人类从远古的荒原走向辉煌的未来,正是以语言为工具,人类构建了自己理性的大厦和灿烂的文明。因此对语言的地位功能似乎怎样重视都不会过分。但当儒家通过包括引导和灌输对语言的迷信和崇拜在内的手段,确立了圣人经典的独尊地位和话语霸权时,当儒家诗学不适当地夸大诗对现实政治的作用,将扭转乾坤的重任强行赋予诗和诗人,并以此来解析诗作时,他们就已把作为人类工具之一的语言,作为人类思想工具的语言,变成了奴役人和人的思想的沉重的大山,将人的工具、人的思想的工具化是为了把人工具化、把人的思想凝固化的可怕实体。可以说,是儒家经学给诗乐、语言和人们本该自由的思想笼罩上了一袭厚重的黑袍,将诗乐、语言由生命和思想存在的家园,变成了存在的牢笼。

正是鉴于这样的背景,我们说,文学自觉的过程从根本性质上讲,就是文学和文学观从作为史官文化代表的儒家经学的束缚中解脱出来的过程,是诗由史复归于诗的过程,也是语言复归于人和人的思想之工具的过程。文学的自觉常常是与对儒家经典和诗学的怀疑和反思联系在一起的。在中国古代思想史上,以老、庄为代表的道家学派对儒家经学的文化主流地位发起了有力的挑战和第一道冲击波,也为文学的自觉和繁荣

---

① 海德格尔:《诗·语言·思》,彭富春译,文化艺术出版社1991年版,第165页。

拉开了帷幕。

《庄子》一书，尽管对儒家诗乐论进行了根本的否定，并提出"擢乱六律，铄绝竽瑟，塞师旷之耳""灭文章，散五采"的极端主张①，但正是他诗化的哲学以其艺术的气质、审美的态度、自由的精神和独特的思维方式，特别契合文学艺术，从而予后代文艺美学以深刻的影响。《庄子·天下》中的下述自白可以说是文学自觉的宣言：

> 古之道术有在于是者，庄周闻其风而悦之，以谬悠之说，荒唐之言，无端崖之辞，时恣纵而不傥，不以觭见之也。以天下为沈浊，不可与庄语，以卮言为曼衍，以重言为真，以寓言为广，独与天地精神往来，而不敖倪于万物，不谴是非以与世俗处。其书虽瑰玮，而连犿无伤也。其辞虽参差，而諔诡可观。彼其充实，不可以已。②

当庄子承老子之说，提出"知者不言，言者不知"③的命题时，他并不是在否定一切的言语，而是用他的"谬悠""荒唐""无端崖""恣纵而不傥"的"卮言""重言""寓言"来消解对人及人的思想和语言的束缚，来"得意"并抵达"独与天地精神往来"的境界。《庄子·山木》有云："物物而不物于物。"④ 由庄子之论来看，语言也是一种物，是人和人思想的工具。作为使用语言工具来表达自己思想的主体，人，不能死于章句之下，死于人所创造的语言和由语言所表达的思想。所以《庄子·外物》说："筌者，所以在鱼，得鱼而忘筌；蹄者，所以在兔，得兔而忘蹄；言者，所以在意，得意而忘言。"⑤

强调语言的意义和作用本身并没有什么错，问题在于，语言与人，语言与思想的关系，是工具与主体、手段与目的的关系，决不能本末倒置。然而，当儒家将用语言制造的经典推上神坛的时候，人和人的思想顿时黯然失色。正是针对这样的现实背景，这样或者潜在或者已经显露的危险，老庄断然对经典进行了激烈的彻底的否定。《庄子·天道》云：

> 桓公读书于堂上，轮扁斫轮于堂下，释椎凿而上，问桓公曰：

---

① 陈鼓应注译：《庄子今注今译》，中华书局1988年版，第259页。
② 陈鼓应注译：《庄子今注今译》，中华书局1988年版，第884页。
③ 陈鼓应注译：《庄子今注今译》，中华书局1988年版，第558页。
④ 陈鼓应注译：《庄子今注今译》，中华书局1988年版，第498页。
⑤ 陈鼓应注译：《庄子今注今译》，中华书局1988年版，第725页。

"敢问，公之所读者何言邪？"公曰："圣人之言也。"曰："圣人在乎？"公曰："已死矣。"曰："然则公之所读者，古人之糟粕已夫。"桓公曰："寡人读书，轮人安得议乎！有说则可，无说则死。"轮扁曰："臣也以臣之事观之。斲轮，徐则甘而不固，疾则苦而不入。不徐不疾，得之于手而应于心，口不能言，有数存焉于其间。臣不能以喻臣之子，臣之子亦不能受之于臣。是以行年七十而老斲轮。古之人与其不可传也死矣。然而君之所读者，古人之糟粕已夫！"①

庄子就这样以他无所窒碍的思想和汪洋恣肆的文风，轻轻消解了儒家经典与诗学对语言与诗的威压和重负，他以其"解衣槃礴"的自由精神，轻轻脱去儒家给诗披上的厚重黑袍。正因为如此，我们才更深切地理解，自言"吾文如万斛泉源，不择地而出，在平地滔滔汩汩，虽一日千里无难"②的苏东坡，会由衷地感叹："吾昔有见于中，口不能言，今见《庄子》，得吾心矣。"③正是庄子，解除了笼罩于语言和诗的禁忌、威压和重负，使苏东坡找到了自己的言说方式，我们相信，在这刹那间，对苏东坡而言便是文学的自觉。

三

到了魏晋时代，杰出的青年思想家王弼继承并进一步发展了"得意忘言"之说，他在《周易略例·明象》中指出：

> 言者所以明象，得象而忘言；象者所以存意，得意而忘象。犹蹄者所以在兔，得兔而忘蹄；筌得所以在鱼，得鱼而忘筌也。然则，言者，象之蹄也；象者，意之筌也。是故，存言者，非得象者也；存象者，非得意者也。象生于意而存象焉，则所存者乃非其象也；言生于象而存言焉，则所存者乃非其言也。然则，忘象者，乃得意者也；忘言者，乃得象者也。得意在忘象，得象在忘言。④

在这里，王弼不仅和庄子一样强调了人与语言、思想与语言之间主体与工具、目的与手段的关系，而且还更进一层，不无极端地认为，只有忘

---

① 陈鼓应注译：《庄子今注今译》，中华书局1988年版，第357—358页。
② 苏轼：《自评文》，《苏轼文集》（第五册），中华书局1986年版，第2069页。
③ 苏辙：《东坡先生墓志铭》，《苏轼诗集》（第八册），中华书局1982年版，第2813页。
④ 王弼：《周易略例·明象》，《王弼集校释》（下册），中华书局1980年版，第609页。

言才能得象，唯有忘象才能得意。只有忘言忘象，人才能自由地思想和书写。忘言、忘象，这实际上至少在理论层面为文艺以及文艺美学解除了束缚，我国古代文论的大发展，正在这个时期徐徐拉开了帷幕，这绝不是偶然的。

语言的神性和光辉是源于人和人性的，而不是相反。因此，我们有理由追问：如果没有立言者和接受者的思想的光辉，如果没有人的情感、智慧和人性的光辉，语言果真有如此巨大而神奇的魔力吗？换言之，作为语言艺术的文学，果真有如同儒家诗学所渲染的那种全方位的社会作用和神奇的政治功能？

我们的回答是否定的。即如鲁迅先生，深恶痛绝于当时中国看客太多、侠客太少的现实，多次以他犀利无比的文笔刻画国人麻木围观的场面，无情地讽刺和解剖看客心理。这位文学巨匠辞世已六十多年，令人遗憾的是，那种冷漠旁观和"鉴赏"不幸的现象还远未绝迹，那种围观热闹的嗜好依然不减当年。尤其令人感慨的是，鲁迅先生自己还被扭曲、被利用，被现代造神运动推上了神坛，像一颗孤星寂寞地闪耀在没有星光的天空，而他的作品、他的言论和他的思想却改变不了这样的历史命运。由此可见，文学对于社会政治的作用力显然是被儒家诗学过分夸大了，而历朝历代愈演愈烈的使诗人"避席畏闻"的"文字狱"的制造者们更是显得那样地神经过敏和心虚胆怯。清龚自珍《咏史》有"避席畏闻文字狱，著书都为稻粱谋"之句[①]，表现了对经过无数次骇人听闻的文字大案后万马齐喑的文化现状的强烈不满和对统治者的愤怒抗议。实际上，让语言复归于语言的家园，让诗复归于诗的土地，让思想复归于自由的空间，语言和思想才有鲜活的生命和灵魂，诗才能真正地自觉，人也才是真正自觉的人。

民族语言中蕴含着深厚丰富的现实感与历史文化心理积淀，因此，它是厚实、凝重的，但它同时也应该是鲜活的、飞动的。作为语言的艺术，诗的灵魂应当寄寓于现实的土地，但是同时，诗也应当展开她自由、轻盈的翅膀，高高地飞翔到天上。因此，我们能够更深地理解，为什么曾经将文学当作匕首和投枪，一生都在战斗的鲁迅，却要从文学家的立场和角度出发，赞许曹丕"诗赋不必寓教训"的文学观，欣赏"为艺术而艺术"的文学。鲁迅当然不认为存在纯粹的为艺术的艺术，他指出："那诗文完全超于政治的所谓'田园诗人'，'山林诗人'，是没有的。完全超出于人

[①] 龚自珍：《咏史》，《龚自珍全集》（第九辑），上海人民出版社1975年版，第471页。

间世的，也是没有的。既然是超出于世，则当然连诗文也没有。诗文也是人事，既有诗，就可以知道于世事未能忘情。"① 他显然认为，文学应该是为人生的文学，却决不应该是修身教科书。

值得注意的是，鲁迅先生称之为"文学的自觉时代"的建安时期，正是儒家经学随着汉家皇权的崩溃而衰弱，其在学术文化中的主流地位受到挑战和冲击的时期。尽管这种挑战和冲击比起庄子来显得温和得多，也不足以从根本上撼动儒家的地位和根基，但是当时酝酿和兴起的魏晋玄学，继承了老庄学说之余绪，其有关"言""意"关系的论辩和讨论，直接启发和影响了陆机、刘勰、钟嵘等文论家关于"物""文"关系和"言有尽而意无穷"的命题的思考，启发和影响了南朝文士对文学创作规律和言语形式的研究和探讨，为迎接盛唐诗歌繁荣时代的到来做好了充分的准备，这是一个文学自觉的时代。

在中国古代文学史上，有文学自觉的时代，也或有不那么自觉的时代；同一时代中，有自觉的诗人，也或有不那么自觉的诗人；同一位诗人，有文学自觉的时候，也有不那么自觉的时候。当宋代科学家、文学家沈括于《江州揽秀亭记》中写下"南山千丈瀑布，西江万顷明月"的时候，他是位自觉的诗人，而当他在《梦溪笔谈》中一时手痒，对杜甫《古柏行》中"霜皮溜雨四十围，黛色参天二千尺"一联加以计算，认为其比例严重失调，而有"无乃太细长乎"之讥的那一刻，他恐怕就不能说是自觉的诗人。诗（文学）与政治、哲学、道德、宗教乃至科学自有其或疏或密的关系，但诗有诗的特性和原则，当人们以政治或是其他的原理或原则强加于诗，或取代诗的原则时，诗便不成其为诗，也谈不上文学的自觉了。

如果说，儒家诗学赋予古代诗人以对现实人生深沉的关怀意识，那么，庄子那自由的想象、鲜活的思想和以审美的态度观照一切的精神，则常常给予诗人以精神的滋养，启迪他们去发现和感悟宇宙自然、现实人生中的美。如果说，儒家诗学将诗和语言视为具有神秘魔力和强大社会功能的工具实体，那么，庄子语言论则试图解脱其束缚，使之恢复本来的面目。如果说，中国古代文艺思想史是一曲雄浑、悠长的乐章，那么，老庄哲学便像那一再复现的空灵、自由、飞动的乐思，伴随着儒家学说那厚实、凝重、庄严的主旋律。要是没有后者，这一乐章也许会失去其浑厚；而要是没有前者，这一乐章便会失去其悠扬。在中国古代诗学史上，是儒

---

① 鲁迅：《而已集·魏晋风度及文章与药及酒之关系》，《鲁迅全集》（第三卷），人民文学出版社1981年版，第516页。

家学说确立了诗学体系的基础和框架,而道家学说则赋予诗学以灵性,促进了语言和文学的自觉,直至西学与新知的输入所引发的诗学重新整合和大裂变时代的到来。

（原载《中国人民大学学报》2003年第5期,题为《文学的自觉与人的自觉——兼谈庄子语言观的思想意义》）

试论南北融合背景下魏晋南朝
文学的发展趋向

孙敏强

魏晋南北朝是古代文学发展史上一个重要的转折时期。中国文学在文风与文体、文学内容与创制结构上的发展和演变，是以文学观念的进化，南北文学的差异与融合为大背景的。

一　南北融合与文学观念的进化

魏晋之际，文学与文学的观念正在发生着巨大而深刻的变化。随着汉王朝皇权的削弱和经学相对的衰微，文学由依附于经史而逐渐趋向相对独立。文学家的审美意识也更为自觉，对自我情感和自然之美更为注重，把文学作为个人的事业来看待，自觉地体认和追求文学的美的风格境界和文采形式。以下三个方面，正体现了当时文学所发生的重要变化。

首先，曹丕在他的《典论·论文》中首次提出："文以气为主，气之清浊有体，不可力强而致。"他还提出了"诗赋欲丽"的主张[1]，这在我国文论史上是十分重要的转折点。此前，司马迁在《史记·太史公自序》中写道："屈原放逐，著《离骚》。""《诗》三百篇，大抵贤圣发愤之所为作也。此人皆意有所郁结，不得通其道也。"[2] 这是当时对文学最为深刻的认识，也是对这一时代文学创作特点的反映。从《诗经》到建安文学，大多是发愤而作，不平而鸣的文学，而且，除楚文学中一些篇章外，这个时代文学的典范之作也大多是浑莽一气，熔清浊刚柔于一炉的，雄深雅健的太史公文就是这一时代文学的杰出代表。而到了曹丕的时代，文学

---

[1] 曹丕：《典论·论文》，郭绍虞编：《中国历代文论选》第一册，上海古籍出版社1979年版，第158页。
[2] 司马迁：《史记·太史公自序》，《史记》第十册卷一三〇，中华书局1959年版，第3301页。

已经不是贤圣发愤而作的副产品，而是文士自觉追求的"经国之大业，不朽之盛事"了。鲁迅先生说：曹操专权，尚刑名，"影响到文章方面，成了清峻的风格。——就是文章要简约严明的意思"。① 刘勰《文心雕龙·章表》篇说："曹公称为表不必三让，又勿得浮华。所以魏初表章，指事造实，求其靡丽，则未足美矣。"② 可见曹操一辈人是主张文章清峻质朴，尚用求实的。而到了曹丕一辈人，就更为有意识地追求华丽清美的文学境界与风格。曹植的文论主张就体现了这样的文学意向，其《前录序》谓："故君子之作也，俨乎若高山，勃乎若浮云，质素也如秋蓬，摛藻也如春葩，泛泛洋洋，光乎曷曷。"③ 他在《王仲宣诔》中称赏其"文若春华，思若涌泉"④。《与吴季重书》也说："得所来讯，文采委曲，晔若春荣，浏若清风。"⑤ 其时卞兰在《赞述太子赋序》中亦有"沉思泉涌，发藻云浮"之语。可见，曹丕提出"诗赋欲丽"，代表了当时许多文士的新的文学观念。

曹丕以"气"论文并气分清浊和他"诗赋欲丽"的文学主张，是我国文学在建安时代由"大抵贤圣发愤之所为作"的浑莽一气的文学，变而为在创作中自觉地体现文士自己的个性风格、自觉地追求某种审美境界的刚柔相判、清浊分流的文学倾向的必然反映。这是值得我们注意的文风递变的第一个重要迹象。

其次，《晋书·陆机传》载："（陆机）至太康末，与弟云俱入洛，造太常张华。华素重其名，如旧相识，曰：'伐吴之役，利获二俊。'"⑥ 陆机、陆云初到洛阳，有不少饶有意味的事情，《世说新语·简傲》说：

> 陆士衡初入洛，咨张公所宜诣，刘道真是其一。陆既往，刘尚在哀制中。性嗜酒，礼毕，初无他言，唯问："东吴有长柄壶卢，卿得

---

① 鲁迅：《而已集·魏晋风度及文章与药及酒之关系》，《鲁迅全集》第3卷，人民文学出版社1981年版，第502页。

② 刘勰：《文心雕龙·章表》，范文澜注《文心雕龙注》下册，人民文学出版社1958年版，第407页。

③ 曹植：《前录序》，严可均辑《全上古三代秦汉三国六朝文》第二册《全三国文》卷十六，中华书局1958年版，第1143页。

④ 曹植：《王仲宣诔》，萧统编，李善注《文选》下册卷十六，中华书局1977年版，第779页。

⑤ 曹植：《与吴季重书》，萧统编，李善注《文选》中册卷四二，中华书局1977年版，第595页。

⑥ 《晋书》卷五四《陆机传》，《二十五史》第二册，上海古籍出版社、上海书店出版社1986年版，第1415页。

种来不？"陆兄弟殊失望，乃悔往。①

张华、刘宝对陆氏兄弟的赏誉和傲慢的不同态度，也许并不仅仅意味着北方中原士族对南方士族的不同态度，也意味着对南方风物文华的推崇和轻视。《晋书·张华传》谓，"初，陆机兄弟志气高爽，自以吴之名家，初入洛，不推中国人士"，唯"见华一面如旧，钦华德范，如师资之礼焉"②。《世说新语·赏誉》："张华见褚陶，语陆平原曰：'君兄弟龙跃云津，顾彦先凤鸣朝阳，谓东南之宝已尽，不意复见褚生。'陆曰：'公未睹不鸣不跃者耳！'"③ 陆氏兄弟的不推"中国人士"和刘宝的傲慢态度多少透露给我们这样一个微妙的消息：经过动乱分裂的时代，南北士族间存在着一定的隔阂，而与此相联系的，不会没有文化文学上的差异和距离。在上述言行中，陆机的自豪感是溢于言表的，这固然是陆机作为南方士族的骄傲，也未始不是陆机作为南方文士为南方文化、南方文学而感到由衷的自豪，而张华与陆机兄弟的相赏得也不只是因为各自的声名德范、风度志趣——张华作为当时主持文坛的领袖，高情赏会，自然显示出兼容并蓄的气度风范，更重要的，也许是张华对陆机兄弟所代表的南方文化、南方文学怀有浓厚的兴趣，而且张华与陆机两兄弟在文学创作上有相近的趋尚。刘勰《文心雕龙·明诗》篇中说："晋世群才，稍入轻绮，张潘左陆，比肩诗衢，采缛于正始，力柔于建安；或析文以为妙，或流靡以自妍。"④《文心雕龙·时序》篇也谓当时文士："并结藻清英，流韵绮靡。"⑤ 这标志着建安以来文学的演变进入了一个新的阶段。而在文学演变这一阶段中，张华导前，陆机继后，起着特殊的作用。钟嵘《诗品》评张华："其体华艳，兴托不奇。巧用文字，务为妍冶。……疏高之士，犹恨其儿女情多，风云气少。"⑥《诗品·上品》也说陆机："才高词赡，

---

① 刘义庆：《世说新语·简傲》，徐震堮校笺《世说新语校笺》下册，中华书局1984年版，第413页。
② 《晋书》卷三七《张华传》，《二十五史》第二册，上海古籍出版社、上海书店出版社1986年版，第1369页。
③ 刘义庆：《世说新语·赏誉》，徐震堮校笺《世说新语校笺》上册，中华书局1984年版，第235页。
④ 刘勰：《文心雕龙·明诗》，周振甫注释《文心雕龙注释》，人民文学出版社1981年版，第49页。
⑤ 刘勰：《文心雕龙·时序》，周振甫注释《文心雕龙注释》，人民文学出版社1981年版，第478页。
⑥ 陈延杰：《诗品注》，人民文学出版社1961年版，第33页。

举体华美。气少于公干，文劣于仲宣。……然其咀嚼英华，厌饫膏泽，文章之渊泉也。"① 张华、陆机的相赏得正是以他们文学风格的相近为重要因缘并与这一文学演变背景相联系的。如果说，张华以他辞采华艳而体格柔弱的诗风影响了当时的文坛，那么，陆机更是踵其事而增其华，推进了文风的演变。

  陆机兄弟、顾荣、褚陶等人入洛阳，这一南人北来的事件，实际上意味着随着西晋的统一而来的南北文化的交融，在文学上，则预示着晋代以后在张华影响下的文风演变由于南方文学因子的加入而更加趋向南方化了。所以，由陆机提出"诗缘情而绮靡，赋体物而浏亮"②，这绝不是偶然的。唐李延寿《北史·文苑传》谓："江左宫商发越，贵于清绮，河朔词义贞刚，重乎气质。"③ "初唐四杰"之一的卢照邻《南阳公集序》也说："北方重浊，独卢黄门往往高飞；南国轻清，惟庾中丞时时不坠。"④南北文学之异同，前人论之已详。由此观之，陆机"诗缘情而绮靡"之说，在内容上强调情感的重要，在风格词采上偏爱柔美华丽的南方文学风貌，陆机《文赋》符合并较深远地影响了晋代与南朝的文学发展趋向。明代谢榛《四溟诗话》谓："'绮靡'重六朝之蔽，'浏亮'非两汉之体。"⑤ 从某种意义上来说，他不为无见，看到了陆机的文学观对南朝文学的影响。西晋在政治上虽是大一统的，但在文学风气上，却已趋向偏安江左的南朝文学了。到了南朝，正像萧涤非先生在《汉魏六朝乐府文学史》中所说：

> 迨晋室东渡，……风土民情，既大异于汉，加以当时佛教思想之流行，儒家礼教之崩溃，政治之黑暗，生活之奢靡，于是吴楚新声，乃大放厥彩。其体制则率多短章，其风格则儇佻而绮丽，其歌咏之对象，则不外男女相思。⑥

南朝文人文学的风气也是如此，由刚健质朴的文学逐渐变为儇佻绮丽的文

---

  ① 陈延杰：《诗品注》，人民文学出版社1961年版，第24页。
  ② 陆机：《文赋》，萧统编，李善注《文选》上册卷十七，中华书局1977年版，第241页。
  ③ 《北史·文苑传》，《二十五史》第四册，上海古籍出版社、上海书店出版社1986年版，第3187页。
  ④ 卢照邻：《南阳公集序》，郭绍虞编《中国历代文论选》第二册，上海古籍出版社1979年版，第14页。
  ⑤ 谢榛：《四溟诗话》卷一，人民文学出版社1961年版，第18页。
  ⑥ 萧涤非：《汉魏六朝乐府文学史》，人民文学出版社1984年版，第25页。

学，由发愤而作的实感的文学渐渐演变为吟咏风谣的寄托的文学，由重乎气质的北方中原之音到吴楚新声、大放厥彩，此文学风气所关，我们不能不加意于此。

再次，是自晋代以后开始盛行的"文笔"之分，《晋书·蔡谟传》："文笔论议，有集行于世。"①《晋书·成公绥传》："所著诗赋杂笔十余卷行于世。"②《晋书·张翰传》谓："其文笔数十篇行于世。"③《南史·颜延之传》载："帝尝问以诸子才能，延之曰：'竣得臣笔，测得臣文。'"④"文笔"之分，不是偶然的文章体裁上的大致归类，更重要的是，它标志着当时人文学概念的净化和文学观念的进步。正如罗根泽先生《中国文学批评史》所说："因为文学观念的渐趋于狭义的文学，由是不能列于狭义文学的作品，别名为'笔'，而有'文''笔'之分。"⑤南朝宋文帝立四学，"文学"与"儒学""玄学""史学"分列，这也是文学概念净化的明证。既有"文笔"之分，当时文士对"文""笔"自然不会不有所轩轾。所以，"以文才见知，时人云任笔沈诗，昉闻，甚以为病"。⑥《南史·沈庆之传》：庆之谓颜竣："君但当知笔札之事。"⑦ 范晔谓："手笔差易，文不拘韵故也。"⑧萧绎《金镂子·立言》云："笔退则非谓成篇，进则不云取义，神其巧惠，笔端而已。""至如不便为诗如阎纂，善为章奏如柏松，若此之流，泛谓之笔。"对"笔"流露出轻视的态度。而对"文"，他是非常热情地阐述其性质的："吟咏风谣，流连哀思者，谓之文。""至如文者，惟须绮縠纷披，宫徵靡曼，唇吻遒会，情灵摇荡。"⑨

---

① 《晋书·蔡谟传》，《二十五史》第二册，上海古籍出版社、上海书店出版社1986年版，第1482页。

② 《晋书·成公绥传》，《二十五史》第二册，上海古籍出版社、上海书店出版社1986年版，第1522页。

③ 《晋书·张翰传》，《二十五史》第二册，上海古籍出版社、上海书店出版社1986年版，第1523页。

④ 《南史·颜延之传》，《二十五史》第四册，上海古籍出版社、上海书店出版社1986年版，第2766页。

⑤ 罗根泽：《中国文学批评史》第一册，上海古籍出版社1984年版，第140页。

⑥ 《南史·任昉传》，《二十五史》第四册，上海古籍出版社、上海书店出版社1986年版，第2828页。

⑦ 《南史·沈庆之传》，《二十五史》第四册，上海古籍出版社、上海书店出版社1986年版，第2774页。

⑧ 范晔：《狱中与诸甥侄书》，郭绍虞编：《中国历代文论选》第一册，上海古籍出版社1979年版，第222页。

⑨ 萧绎：《金楼子·立言》，郭绍虞编：《中国历代文论选》第一册，上海古籍出版社1979年版，第340页。

那么"文""笔"的轩轾究竟意味着什么呢？罗根泽先生在《中国文学批评史》中说："今考六朝人当时言语所谓'笔'者，如《晋书·王珣传》（珣梦人以大笔如椽与之，既觉语人曰：'此当有大手笔事。'俄而帝崩，哀册谥议，皆珣所草。）……诸'笔'字皆指公家之文。"① 清代梁光钊著《文笔考》谓："沈思翰藻之谓文，纪事直达之谓笔。"② 可见"笔"大多是指与国家政治有关的史官纪事、行政应用之公文，而"文"则是指更多地包含着个人情感的纯文学。根据前人对"笔"的阐述而推演，我们不妨称"笔"为史官的文章，以示其与文士纯文学作品的"文"之区别。我国魏、晋以前不太分"文""笔"，即使六朝以后，"文"的概念也还是较为宽泛的，这与我国古代文化、文学的传统特性有关，正如范文澜先生在《中国通史简编》中所说的那样：

  汉族传统的文化是史官文化。史官文化的特性，一般地说，就是幻想性少，写实性多；浮华性少，朴厚性多；纤巧性少，闳伟性多；静止性少，飞动性多。这种文化特性东汉以前和以后，本质上无大变化。但东汉末年，经汉灵帝的提倡，文学和艺术在形式上开始发生了变革。这就是原来寓巧于拙，寓美于朴的作风，现在开始变为拙朴渐消，巧美渐增的作风。建安三国正是这个变革的成功时期。③

而"文""笔"之分正是这一变革趋势的体现。"文""笔"之分与当时一些文士对"文""笔"的轩轾，意味着史官文章（或称"史官文学"）在文学殿堂里的正统地位受到了严重的挑战，"史官文学"将逐渐被纯文学代替，这也标志着我国文学由写实更多地加上幻想，由朴厚变为华美、由闳伟而向纤巧，由史转向诗的发展演变趋势。可以说，"文""笔"之分实在是文风递变的重要标志之一。

从曹丕"诗赋欲丽"、气分清浊的文论观念，到陆机入洛，提出"诗缘情而绮靡"之说，再到"文笔"之分与重"文"轻"笔"，这一切迹象都显示着魏晋南朝文学处于一个正在发生重大演变的时期。综观魏晋南朝文学的发展，我们不难看出：当时文学正从发愤而作、浑莽一气的文学趋向刚柔相判、清浊分流的文学；正从北方型的刚健质朴的"力"的文

---

  ① 罗根泽：《中国文学批评史》第一册，上海古籍出版社1984年版，第142—143页。
  ② 梁光钊：《文笔考》，郭绍虞编：《中国历代文论选》第一册，上海古籍出版社1979年版，第349页。
  ③ 范文澜：《中国通史简编》（修订本第二编），人民出版社1949年版，第255页。

学趋向南方型的吟咏风谣的清美的文学；正从写实的、朴厚的、闳伟的"史官文学"趋向幻想的、华美的、纤巧的文人文学。总之一句话，当时的文学正逐渐从以北方气质为体的文学趋向清柔艳丽的南方型文学。文学的趋向南方化，正是魏晋南朝文学发展的大趋势。

二 复古与新变

文学发展的南北融合与南方化趋向，深远地影响着当时的文论。面对这样的文学新变情势，晋代南朝的文学、文论家或反对这一文学的新变；或积极参与文学新变运动；或既参与和肯定文学的变革，又清醒地看到这场文学新变运动势必存在着的不足，试图指导和影响文学的新变，弥补、充实其不足，纠正其偏向。由此形成了晋代南朝文坛"复古""新变""通变"三派不同的观点。

"复古"派其来已久，东汉扬雄、班固就有此论。扬雄少而好赋，后又自谓童子雕虫篆刻、壮夫不为。作《太玄经》，仿《易经》，其论学则谓："好书而不要诸仲尼，书肆也。""委大圣而好乎诸子者，恶其识道也？"其论文则谓，"景差、唐勒、宋玉、枚乘之赋"，"必也淫"，"诗人之赋丽以则，辞人之赋丽以淫"[①]。可见，他是以复古宗经的思想来论文的。班固也有相近的思想。梁代裴子野作《雕虫论》，篇名取自扬雄，立意非常明显。对《诗经》以后的作者，他是一概抹倒的："后之作者，思存枝叶，繁华蕴藻，用以自通。若悱恻芳芬，楚《骚》为之祖，靡漫容与，相如扣其音。由是随声逐影之徒，弃指归而无执。""爰及江左，称彼颜、谢，箴绣鞶帨，无取庙堂。"（引者按：扬雄《法言·寡见》："今之学也，非独为之华藻也，又从而绣其鞶帨。"裴氏此语，似出扬雄，与《雕虫论》篇名所自合观，颇可见裴氏此论之渊源。）"自是闾阎年少，贵游总角，罔不摈落六义，吟咏情性。学者以博依为急务，谓章句为专鲁。淫文破典，斐而为功，无被于管弦，非止乎礼义。"[②] 从以上所引的论述可见，以裴子野为代表的"复古"派观点，与扬、班之论一脉相承，而且裴氏对文学南方化趋向的态度也显而易见，他以复古、宗经思想论文，反对吟咏个人的情性，主张只抒发符合儒家礼义规范的情感，盲目摈斥绮艳清丽的文学，一味强调文学的朴质。他推崇的是有助于人伦教化的经典

[①] 扬雄：《法言·吾子》，郭绍虞编：《中国历代文论选》第一册，上海古籍出版社1979年版，第91—92页。

[②] 裴子野：《雕虫论》，郭绍虞编：《中国历代文论选》第一册，上海古籍出版社1979年版，第324页。

文学，符合统治者意志的庙堂文学，切合政治实用的"史官文学"。他就是要以经典的文学、庙堂的文学、史官的文学来替代正趋向南方化的纯文学。

"复古"派的观点当然也有其合理的因素，他们看到了文学新变中出现的一些弊端，尤其是一味繁华蕴藻而造成的绮靡无力的文风，针对一些不良的创作倾向，他们推崇尚用求实的质朴的北方型文学，主张继承《诗经》的文学传统，以北方的气质来解救在他们看来非此已无药可救应该全盘否定的南方化文学，观点虽较偏颇，但也还是有一定针砭意义的。但他们不明文学发展大势，过于拘执，全盘否定文学的新变，观点是较为落后的。所以萧纲就针锋相对地指出："裴氏乃是良史之才，了无篇什之美。"显然认为裴氏的文章仅仅是史官的文章，谈不上有纯文学的篇什之美，所以他认为"裴亦质不宜慕"。对于复古主义的主张及其文学实践，萧纲也是一笔抹倒的，他说："比见京师文体，懦钝殊常。""若夫六典三礼，所施则有地；吉凶嘉宾，用之则有所。未闻吟咏情性，反拟《内则》之篇，操笔写志，更摹《酒诰》之作，迟迟春日，翻学《归藏》，湛湛江水，遂同《大传》。"① 在他的观念中，裴子野等人所推崇的经典的、庙堂的、史官的文学是应该摈除于纯文学之外的。他主张新变，谓古今作家，"观其遣辞用心，了不相似。若以今文为是，则古文为非；若昔贤可称，则今体宜弃，俱为盍各，则未之敢许"。② 萧纲在文学实践上，鼓励和提携宫体诗的创作，自己也写了一些宫体诗，他的论文篇什中，不无正确的主张。

而在萧纲以前，萧子显在《南齐书·文学传论》中已理直气壮地提出了新变主张："习玩为理，事久则渎，在乎文章，弥患凡旧，若无新变，不能代雄。"③ "新变"派对于"复古"派来说是占压倒优势的，他们的文学实践也比其理论声势规模大得多，从他们的文论主张和文学实践看，如果说，以裴子野为代表的"复古"派是崇尚经典的、庙堂的、史官的文学的一派，是主张文学北方化的一派，那么，以萧氏们为代表的"新变"派可以说是倾向于纯文学的一派，是主张文学南方化的一派。萧

---

① 萧纲：《与湘东王书》，郭绍虞编：《中国历代文论选》第一册，上海古籍出版社1979年版，第327—328页。

② 萧纲：《与湘东王书》，郭绍虞编：《中国历代文论选》第一册，上海古籍出版社1979年版，第327页。

③ 《南齐书·文学传论》，《南齐书》卷五二，《二十五史》第三册，上海古籍出版社、上海书店出版社1986年版，第2005页。

统《文选序》谈到《文选》对古今文士之所作"略其芜秽，集其清英"，其选录标准是："赞论之综辑辞采，序述之错比文华，事出于沉思，义归乎翰藻。"① 沈约在《宋书·谢灵运传论》中亦谓："屈平、宋玉导清源于前，贾谊、相如振芳尘于后，英辞润金石，高义薄云天"，并推崇和赞赏"清辞丽曲"②，这和萧子显《南齐书·文学传论》所标的"平子之华篇"，"魏文之丽篆"，"卿、云巨丽，升堂冠冕"，"郭璞举其灵变"，"谢混情新"，颜、谢"擅奇"云云，以及他批评"典正可采，酷不入情"与"唯睹事例，顿失精采"③ 的创作倾向是相近的，都体现了"新变"派较推崇抒发个人情感的文学，尤其是流连哀思，柔情绝艳之文，他们更倾心于"清绮"的南方化文学，特别注重文学的形式辞采，其文学观念更具有纯文学的色彩。他们是文学南方化的积极倡导和推进者，是倾向于"为艺术而艺术"的一派。

"复古""新变"两派的文论主张各有其合理因素和局限之处，"复古"派之长短已如前述，而"新变"论者对推进文学的发展是有功的，但他们在理论上较为忽视对前人创作经验的继承借鉴，尤其是在文学实践中较为片面地强调形式技巧、追求华丽辞藻，不注意以刚健的气质充实自己的作品，因而绮靡无力的文风也较为严重。在这样的情势下，吸取了两派文论中合理因素，而又扬弃其局限之处的"通变"论应运而生了。"通变"论者对"复古"派一概抹杀文学的新变，反对文学的南方化持保留态度，同时，他们也反对"新变"派一味追求形式辞采和当时出现的情感纤弱、绮靡无力的文风。而且，由于"新变"派的影响远较"复古"派为大，所以"通变"论者更多的是针对"新变"派而发的。他们吸取了"复古"论者合理的因素来指导文学新变。对两家合理因素的吸取和对其局限之处的扬弃，使"通变"观成为当时最为全面中肯的文学观。

如前所述，魏晋南朝文学的发展趋向是：从浑莽一气莫辨清浊刚柔的文学，变为刚柔相判清浊分流而偏于清柔的文学；从以气质为体的南北交融而偏于北方化的文学，变为所尚不同而以清绮为主偏于南方化的文学；从"文""笔"兼容，即"史官文学"与纯文学兼容的文学，变为"文"

---

① 萧统：《文选序》，《文选》上册，中华书局1977年版。
② 《宋书·谢灵运传论》，郭绍虞编：《中国历代文论选》第一册，上海古籍出版社1979年版，第215页。
③ 《南齐书·文学传论》，《南齐书》卷五二，《二十五史》第三册，上海古籍出版社、上海书店出版社1986年版，第2005页。

"笔"相判,即"史官文学"与纯文学分途的文学。"新变"派的文学主张与文学这样的演变趋势是同一指向的,"复古"派则主张以经典的、庙堂的、史官的文学来代替南方化的纯文学,而"通变"派则以历史的眼光来看待文学的现实,既肯定文学的演变,又看到其不足。他们更倾向于文学的历史的复归,即从刚柔相判、清浊分流的文学,复归于浑莽一气莫辨清浊刚柔的文学;从偏于南方化的文学,复归于南北交融以气质为体的文学;从"史官文学"与纯文学分途的文学,复归于"文""笔"兼容的文学。这样的复归不是历史简单的重复,而是否定之否定呈螺旋式的向上发展,是文学趋向更高境界的"复归",与"复古"有着本质的区别。从古代文学尤其是先秦到隋唐文学的宏观发展来看,"通变"派的主张符合中古文学发展的现实和规律,一定程度上超越了当时的文学时代。

最集中和典型地体现"通变"文学观的当然是刘勰的"通变"之论,对刘勰此论,我们已经看到许多论述。我们赞同"通变"观是关于文学继承与革新辩证关系的观点之说,并且认为"通变"之论决不仅限于此。我们尤其赞同把"通变"观作为刘勰《文心雕龙》最基本的指导思想的观点,并且认为"通变"思想不是刘勰一人的发明,而是"通变"一派的文学观,其有一个发展的过程。所以,谈"通变",不仅不能只限于《通变》一篇,而且只就《文心雕龙》文论体系本身来论,似乎也是不够的,如果联系当时文学文论的发展大势,就不难看出,"通变"观是"通变"派关于文学发展方向的重要思想,它有一个演进的过程,"通变"论实际上蕴含着一个重要思想,即主张以北方型的、古代的、经典的、质朴刚健的文学来充实、弥补当时南方化的清绮柔美而较缺乏力度的文学。也就是说,"通变"观实际包含了南北交融这一重要的文学思想。我们认为,刘勰等人的"通变"思想中最为重要的,实质性的内涵也许就在于此,其理论价值与文学实践上的价值也在于此。"通变"思想与当时文学发展大势是密切相关的。

陆机作《文赋》,主"缘情绮靡"之说。其论文强调:"其为物也多姿,其为体也屡迁。其会意也尚巧,其遣言也贵妍。""藻思绮合,清丽千眠,炳若缛绣,凄若繁弦。"[①] 显然推崇清美妍丽的南方化的文学。但他同时也反对"或寄辞于瘁音,言徒靡而弗华","或遗理以存异,徒寻虚以逐微,言寡情而鲜爱,辞浮漂而不归","或奔放以谐合,务嘈囋而

---

① 陆机:《文赋》,《文选》上册卷十七,中华书局1977年版,第241页。

妖冶。徒悦目而偶俗，故高声而曲下"① 的创作倾向。可见他还注意到为文的典雅与情感的深沉，并不一味追求绮靡艳丽之文。他列论十种文体，有"文"有"笔"，没有把经典的、庙堂的、史官的文章排斥在外，表现出一种通达兼容的态度。而他论列的次序是诗、赋、碑、诔、铭、箴、颂、论、奏、说，正好把曹丕《典论·论文》中所说"奏议宜雅，书论宜理，铭诔尚实，诗赋欲丽"② 的次序倒了过来。从次序的变化上我们可以看出文学观念的进化和陆机对曹丕文体论的发展。以今天较为纯粹的文学概念来看，我们当然更为欣赏"新变"论者把经典的、庙堂的、史官的文学摈斥于文学殿堂之外的主张。但考虑到范文澜先生所说的汉族传统的文化是史官文化的事实，考虑到我国文学发展中儒家经典的正统主导的地位，和我国古代文士编纂文集的体例和习惯，我们认为陆机文体之论对各类文体兼收并蓄的持论态度，次序的排列和具体论述是比较容易为当时文人所接受的，是较为实际的通达的论文态度。这种持论态度正反映了"通变"论者的主张，那就是提倡融合"文""笔"之所长。更重要的是："文""笔"兼容体现了以"史官文学"的特性来充实纯文学，即以写实的、朴厚的、宏伟的文学，来充实幻想的、华美的、纤巧的文学的思想，如果说在陆机《文赋》中这种意向还不太明晰的话，那么刘勰的"论文叙笔"就更为自觉和鲜明地体现了这样的思想。刘勰发展了陆机的文体之论，"论文叙笔"也比陆机更为细致深入，但基本的排列次序和思路是一致的。而这正是和南北交融的文学观密切联系着的。

值得注意的是，陆机还指出："若夫丰约之裁，俯仰之形，因宜适变，曲有微情。""或袭故而弥新，或沿浊而更清。"这也是他"通变"观的体现。他说过："虽杼轴于予怀，怵他人之我先，苟伤廉而愆义，亦虽爱而必捐。"③ 可见，他说的"袭故"，不是简单地抄袭、因袭，而是借鉴古人创作经验，以创造新的文学的意思。这里他强调的是故与新，即古与今的相契合，这是对崇古的"复古"派与崇今的"新变"派观点的折中。至少在理论上，陆机对古与今、继承和革新关系的认识是正确的。"或沿浊而更清"一句更有其深意，可视为清浊通流，刚柔相济、南北交融的文学思想的具体体现。陆机，无论是在理论主张还是文学实践上，都是倾

---

① 陆机：《文赋》，《文选》上册卷十七，中华书局1977年版，第242页。
② 曹丕：《典论·论文》，郭绍虞编：《中国历代文论选》第一册，上海古籍出版社1979年版，第158页。
③ 陆机：《文赋》，萧统编，李善注《文选》上册卷十七，中华书局1977年版，第242页。

向于文学南方化的。他是文学趋向南方化的倡导者和积极的实践家,但与此同时,他还是注意到各种类型的文学及其风格、境界的相互融合和补充的。他强调文与质的兼济,古与今的契合,并已有南北交融、清浊通流、刚柔相济的文学意向。他列论"文""笔",并精当地指出其各自特性,表现了兼容并蓄的持论态度,不失大家风范。因此,我们不妨说陆机是一个倾向文学南方化的"通变"论者。

三 通变思想与南北融合

刘勰"通变"论是对陆机等人"通变"观的进一步发展和集大成。我们也和许多学者一样,认为刘勰的"通变"论,一方面主张"望今制奇",要求革新,对一味复古因袭、不思变革的"复古"论者的主张持保留态度;另一方面,又强调"参古定法",主张在"通"的基础上变,更多地反对"新变"论者忽视继承前人创作经验和原则的倾向。我们还认为,"通变"观绝不仅仅是关于文学的继承与革新的观点,而是刘勰写作《文心雕龙》,建构其理论体系的最根本的指导思想之一。刘勰的"通变"观与我们如上所述的文学发展趋势是密切相关的。刘勰所要解决的也正是关于文学发展方向的重大问题。"通变"论的基本思想,实际上是主张以北方型的、古代的、经典的、质朴的、刚健的文学,来充实和弥补当时南方化了的清绮柔美但缺乏力度的文学,南北融合,是刘勰等人"通变"观所实际蕴含着的重要文学思想。

刘勰在《通变》篇中指出:"名理有常,体必资于故实;通变无方,数必酌于新声。"在"赞"中又说:"望今制奇,参古定法。"资故实,是参古定法;酌新声,是为了望今制奇。所以他强调:"故练青濯绛,必归蓝蒨,矫讹翻浅,还宗经诰;斯斟酌乎质文之间,而隐括乎雅俗之际,可与言通变矣。"可见,还宗经诰着眼的是当下的创作怎样在质文、雅俗之间斟酌会通,其立足点仍在于今。因此他强调作家要"凭情以会通,负气以适变"[①]。还宗经诰,参古定法也是以"凭情""负气"为基础的。以上所引,可说是刘勰《通变》篇最重要的议论。如果就事论事地看,这里所论只是一般的文学继承与革新的辩证关系的问题,但如果我们探究一下,看刘勰对他所要尊崇的"经"的特点是怎样认识的,看他于资故实中所要学习借鉴的是什么,再联系当时文学的发展,尤其是刘勰所认为

---

① 刘勰:《文心雕龙·通变》,周振甫注释《文心雕龙注释》,人民文学出版社1981年版,第330—331页。本文以下引用同书时,于文中随注页码。

的当时文学的弊端所在，那就大有深趣了。

刘勰《宗经》篇说："文能宗经，体有六义：一则情深而不诡，二则风清而不杂，三则事信而不诞，四则义直而不回，五则体约而不芜，六则文丽而不淫。"（19页）这里一、三、四则是关于思想情感内容的，二、五、六项则是有关形式辞采风格的，这"六义"归纳起来，可以说也就是指"经"的以气质为体、精约质朴的特点。他在《原道》篇中赞颂文王繇辞的"精义坚深"，在《征圣》篇中强调："志足而言文，情信而辞巧，乃含章之玉牒，秉文之金科矣。"并数有"体要"之说："《易》称'辨物正言，断辞则备'；《书》云'辞尚体要，弗惟好异'。故知正言所以立辨，体要所以成辞；……虽精义曲隐，无伤其正言。微辞婉晦，不害其体要。体要与微辞谐通，正言共精义并用。圣人之文章，亦可见也。"（11—12页）可见他非常推崇"经"的质直精约。而他认为后代和当时文士创作中的弊端恰恰在于"逐奇而失正"，"为文而造情"，"淫丽而烦滥"，"采滥忽真，远弃风雅，近师辞赋；故体情之制日疏，逐文之篇愈盛"（347页），所以"楚艳汉侈，流弊不还"（19页）。因此他要以精约坚深、质直朴实来针砭为文造情、淫丽烦滥的文弊。这正是刘勰为文用心之所在。值得注意的是，他既在《宗经》篇中说："楚艳汉侈，流弊不还"，并且要"正末归本"，但在同列于"文之枢纽"的《辨骚》篇中却又对《楚辞》大加赞赏："《骚经》《九章》，朗丽以哀志；《九歌》《九辩》，绮靡以伤情；《远游》《天问》，瑰诡而慧巧；《招魂》《大招》，耀艳而深华；……气往烁古，辞来切今。惊采绝艳，难与并能矣。"并略论楚文学的特色谓："故其叙情怨，则郁伊而易感；述离居，则怆怏而难怀；论山水，则循声而得貌；言节候，则披文而见时。"（36—37页）这似乎有点矛盾。但实际上，这也是刘勰《通变》篇所说"资故实"的重要内容。如果说《宗经》篇所说的"六义"和《原道》《征圣》等篇所论的是史官的、经典的也是北方型文学的特点，那么，《辨骚》篇所论的则是南方楚文学的特点，这些都是他所要资的"故实"。因为《楚辞》"衣被词人，非一代也"（36—37页），后世文学受楚文学影响很大，尤其是南朝文学，受楚文学的影响更为明显，而且在文学趋向南方化的过程中出现了前述弊端。所以刘勰在《通变》篇中更侧重于"还宗经诰"，倾向于以北方型文学的刚劲气质来运柔美清绮的文辞。《通变》篇还说："是以规略文统，宜宏大体。先博览以精阅，总纲纪而摄契；然后拓衢路，置关键，长辔远驭，从容按节……"（331页）这里所说颇可与《辨骚》篇"若能凭轼以倚雅颂，悬辔以驭楚篇"（36页）相参看，而《通变》篇所说："斟酌乎质文之间，而隐括乎雅俗之际，可与言通变矣"（331页），也就是《辨骚》篇所述："酌奇而不失其贞，玩华而不坠其实；则顾盼可以驱辞力，咳唾可以穷文致"（36—37页）。《辨骚》篇详论楚文学的特色，而最终归之以"凭轼以倚雅颂，悬辔以驭楚篇"，这与《通变》篇所论何其相似，也是与其"宗经"思想相一致的。可见，刘勰的"宗经""辨骚"与他的"通变"观是密切关联着的。以北方的、经典之文的气质来充实"骚"体的文学，这可说是刘勰"通变"论最基本的观点。

所以，刘勰在"文之枢纽"中阐论"原道""征圣""宗经"三位一体的思想，同时，又特列《正纬》《辨骚》两篇。刘勰不将此篇与《明诗》《诠赋》诸篇同列，自有他的道理。《原道》等三篇，归根到底，是论如何宗尚经典，而《正纬》《辨骚》两篇，则是论述如何看待和酌取后经典。前者所论比重比后者要大。《辨骚》列入"文之枢纽"，"宗经""辨骚"并提，却自以"宗经"为主。这正是刘勰《风》《骚》两挟而以"经"驭"骚"的"通变"思想的具体体现。这里既有传统经学的影响，却又有新意。他在《比兴》篇中就称屈原"依《诗》制《骚》，风兼比兴"（394页）。《夸饰》篇谓："若能酌《诗》《书》之旷旨，剪扬、马之甚泰。使夸而有节，饰而不诬，亦可谓之懿也。"（405页）他在《文心雕龙》一书中数处将《诗》《骚》并列，如："《诗》《骚》所标，并据要害。"（494页）"模经为式者，自入典雅之懿；效《骚》命篇者，必归艳逸之华。"（339页）《体性篇》"数穷八体"，前四体是典雅、远奥、精约、显附，可说属于经典的、史官的、北方气质的文学，而后四体的繁缛、壮丽、新奇、轻靡明显地带着南方化文学的特色。在刘勰看来："八体虽殊，会通合数，得其环中，则辐辏相成。"（309页）"渊乎文者，并总群势，奇正虽反，必兼解以俱通；刚柔虽殊，必随时而适用。若爱典而恶华，则兼通之理偏。"而问题在于："旧练之才，则执正以驭奇；新学之锐，则逐奇而失正。"所以，"势流不反，则文体遂弊"（339—340页）。因此他要"长辔远驭，从容按节"（331页），"凭轼以倚雅颂，悬辔以驭楚篇"。这些都是刘勰南北交融、以北方型文学之气质运南方型华美文辞的文学观念的体现。前面已经提到，楚文学与南朝文学有某些相近之处。从某种意义上说，刘勰《诗》《骚》并提，除了"资故实"外，本身也就有"酌新声"的意味。值得一提的是，《诗》《骚》并提，在当时文论界不乏其人，这正是南北交融的"通变"文学观的反映。钟嵘《诗品》第甲乙、溯师承，《国风》《小雅》两系也就是《诗经》

一系，还有就是《楚辞》一系了。在《诗品》中，两系几乎是势均力敌，不相上下。而且在具体论述中，钟嵘还注意到两系诗人之间的相互影响。显然他是非常赞赏这种相互影响的。他论陶渊明，谓出于应璩（应璩属《楚辞》—李陵—曹丕一脉），又挟左思风力（左思属《国风》—《古诗》—刘桢一脉）。而陶渊明既有清新平淡之辞，又有金刚怒目式的诗，确有南北交融的意味。又评谢灵运出曹植，为《国风》一脉，而杂景阳之体。张协是《楚辞》—李陵—王粲一脉的。钟氏所评，当否暂可不论。但从这样的论述中，钟嵘《风》《骚》两挟、南北交融的"通变"思想是显而易见的。这是当时文论中值得注意的重要思想。

正是基于这样的文学思想，刘勰既提出"风骨"之论，推崇北方型的气质刚健的"力"的文学，又重视南方化的清柔隐秀之文。他针对当时绮靡无力的文风，特撰《风骨》篇，提出了"风骨"之论，一开头就说：

《诗》总六义，风冠其首。斯乃化感之本源，志气之符契也。是以怊怅述情，必始乎风，沉吟铺辞，莫先于骨。（320页）

论"风骨"而先说《诗》之"六义"，可见"风骨"与经典的、北方的文学气质有联系。他认为《诗》是有"风骨"的。他还说："练于骨者，析辞必精；深乎风者，述情必显。"析辞精而述情显，这正是前述《原道》《征圣》《宗经》诸篇所论的《诗经》等经典文学的特点，也是以气质为体的北方型文学的显著特点。笔者认为：刘勰"风骨"论是提倡"力"的文学的理论。"风骨"是一个整体概念，必欲分而论之，则"骨"似乎有一种内附的静力；而"风"则表现为外发的活力，"风骨"就是指文学作品中强烈深沉的思想情感，与简洁质朴的语言风格相结合所产生的，对读者强烈的感染力、感发力，和对作品本身文辞形式强劲的聚合力、统摄力。"风骨"论是对"力"之美的文学的提倡。而这正是北方型的、经典的、史官的文学较显著的特点。所以，我们可以这样认为：刘勰"风骨"论是为针砭当时绮靡无力的文风而提出来的，"风骨"论与刘勰"宗经"思想是相联系的，实际上是主张以经典的、北方型的、以气质为体的"力"的文学来充实当时南方化了的以情思婉约、辞采清绮为特点的"新变"文学。所以他在《风骨》篇中于主张"镕铸经典之范"的同时，认为还要"翔集子史之术"。他要求作者："洞晓情变，曲昭文体，然后能孚甲新意，雕画奇辞。昭体故意新而不乱，晓变故辞奇而不黩。"在提倡北方型的"风清骨峻"的同时，还要求呈现南方型的"篇体光华"（321页）。在提倡有"风骨"之"力"的阳刚之美的同时，于《定势》篇中他又说："文之任势，势有刚柔，不必壮言慷慨，乃称势也。""刚柔虽殊，必随时而适用。"（339—340页）并且特意写了《隐秀》一篇，推崇蕴藉秀美之文。从篇中"秘响旁通"，"伏采潜发"，"自然会妙，譬卉木之耀英华；润色取美，譬缯帛之染朱绿"（431—432页）等语看，"隐秀"一格与"风骨"的阳刚之美显然是不同的。他也注意和欣赏清美之文，并常常以清丽之词品文论人。

可见，他既推崇北方型文学的质朴典雅，又推崇南方化文学的靡丽华美；既提倡北方型文学的厚重刚健，又看重南方化文学的轻清委婉。对于前述文学的发展趋向，他是有充分认识的，他并且主张以北方型文学的气质运南方化文学的秀辞，无独有偶，钟嵘作《诗品》，虽然只论诗歌，其诗论具体内容也与刘勰各有不同，但在基本精神和指导思想上却是一致的。他一方面感叹当时文学"建安风力尽矣"，提倡"力"的文学，但另一方面，又提出"滋味"说。他说："五言居文词之要，是众作之有滋味者也。"同时，既要求"干之以风力"，又要求"润之以丹采"，"使味之者无极，闻之者动心，是诗之至也"[1]。"干之以风力，润之以丹采"，就是主张以刚健的气质运绮丽的文辞，他非常欣赏清美的文学境界，批评谢灵运诗的境界："譬犹青松之拔灌木，白玉之映尘沙，未足贬其高洁也。"[2] 品范云、丘迟诗："范诗清便宛转，如流风回雪。丘诗点缀映媚，似落花依草。"[3] 这些也可谓钟嵘"通变"文学观的具体体现。

颜之推与陆机一样，也是由南入北，而且持着相近的南北融合的"通变"文学观，只是陆较倾向于文学的南方化，颜较倾心于北方文学的刚健气质。他在《颜氏家训·文章篇》中引了一段掌故，颇有意味，可作为陆机、刘勰等人上述文学思想的形象表达：

> 齐世有辛毗者，清干之士，官至行台尚书。嗤彼文学，嘲刘逖云：君辈辞藻，譬若荣华，须臾之玩，非宏才也；岂比吾徒十丈松树，常有风霜，不可凋悴矣。刘应之曰：既有寒木，又发春华，何如

---

[1] 陈延杰：《诗品注》，人民文学出版社1961年版，第2页。
[2] 陈延杰：《诗品注》，人民文学出版社1961年版，第29页。
[3] 陈延杰：《诗品注》，人民文学出版社1961年版，第51页。

也。辛笑曰：可矣。①

十丈松树，常有风霜。犹刘勰所谓："鹰隼乏采，而翰飞戾天。"正是北方气骨型文学刚健气质风格的形象比喻，而既有寒木，又发春华，正是刘勰所谓："唯藻耀而高翔，固文笔之鸣凤也。"钟嵘所谓："干之以风力，润之以丹采。"归根到底也就是主张以北方型文学的气质运华美绮丽的文辞。颜氏又谓："文章当以理致为心胸，气调为筋骨，事义为皮肤，华丽为冠冕。"也是上述思想较为系统的阐述。他希望更多地出现文学改革者："必有盛才重誉、改革体裁者，实吾所希。"他认为："古人之文，宏材逸气。体度风格，去今实远，但缉缀疏朴，未为密致耳。今世音律谐靡，章句偶对，讳避精详，贤于往昔多矣，宜以古之制裁为本，今之辞调为末，并须两存，不可偏弃也。"② 这也正是刘勰"正本归末"之意。总而言之，从以上所述可见，魏晋南北朝文论中的文学"通变"观是在文学分化发展的趋势下主张南北交融的文学观念。"通变"论者强调南与北的融合，古体与新声的结合，主张"风骨"与辞采、质朴与华美、清越与凝重的结合，尤其主张以北方化的强劲的气质，来充实当时日渐南方化的文学。可以说，"通变"观是魏晋南北朝文论最为重要的文学观念。

初唐史家曾经在总结以往文学发展轨迹的基础上，满怀激情、无限憧憬地这样展望未来文学发展的大趋势：

> 江左宫商发越，贵于清绮；河朔词义贞刚，重乎气质。气质，则理胜其词；清绮，则文过其意。理深者，便于时用；文华者，宜于咏歌。此其南北词人得失之大较也。若能掇彼清音，简兹累句，各去所短，合其两长，则文质彬彬，尽美尽善矣。③

虽然在南朝时代，"通变"论者的主张并未立即得到普遍的实践，但是，文学在发展，随着隋唐的大一统，盛唐文学果然如南朝"通变"论者所

---

① 颜之推：《颜氏家训·文章篇》，郭绍虞编：《中国历代文论选》第一册，上海古籍出版社1979年版，第352页。
② 颜之推：《颜氏家训·文章篇》，郭绍虞编：《中国历代文论选》第一册，上海古籍出版社1979年版，第352页。
③ 《北史·文苑传》，《二十五史》第四册，上海古籍出版社、上海书店出版社1986年版，第3187页。

提倡，如初唐史家所展望的那样，以其兼容一切的气象，裹挟一切的气势出现在我国文学史上，盛唐之音那雄浑的交响，正标志着我国文学由分化发展又复归到了更高层次的大融合。从陆机所论，到刘勰等人的"通变"论，再到初唐史家的评述与预言，以及殷璠对盛唐诗歌特点的总结，我们看到了南北融合文学思想发展的历史轨迹，也看到了"通变"论的历史价值。

（原载《杭州大学学报》1986年第4期，题为《试述"通变"观的历史发展——兼论刘勰"通变"观》，收录时有较大幅度修订）

泣血的杜鹃:作为中国诗人心灵史象征的黛玉形象

孙敏强

虚实相生,抒情写意,是中国古典美学的基本理念,也是中国古典艺术所呈现的一个显著特征。这也正是《红楼梦》不同于《人间喜剧》,黛玉形象不同于欧美现实主义作家笔下的典型形象的差异之所在。黛玉形象,这位由深受中国传统诗学濡染的作者精心创造的具有标示性意义的人物,是中国古典诗史上的最后一位伊人。漫长的古典美学时代化育和酝酿了她,几千年的审美积淀成就了她,使她成为叙事艺术中特殊的意象意境和美学符号般的存在。她从深邃的历史中走来,又作为中国古典诗学和叙事艺术的标志性符号而成为历史。

如果说,泣血的杜鹃是中国古代诗人的一个象征,那么,黛玉形象正是这样的象征。黛玉形象既是写实的,又是写意的;既丰富而充实,又虚幻而空灵。一方面,作者将黛玉形象置于错综复杂的现实关系之中,在贾府这样一个作为中国封建社会缩影的典型环境中,刻画了一位真实可信的贵族少女形象。另一方面,黛玉形象又是"灵想之所独辟,总非人间所有"[1]的。作为读者,我们通过想象,似乎真能在资本原始积累时期法国巴黎或外省的某条街巷某座宅子里找到巴尔扎克的《人间喜剧》中的某个人物,而由绛珠仙草转世为人报恩还泪的林黛玉,却如"空中之音,相中之色,水中之月,镜中之象"[2],使我们只能"可望而不可置于眉睫之前"。[3]

在中国古典小说的艺术群像之中,林黛玉可以说是写实性与写意性完

---

[1] 恽南田:《题洁庵图》,引自宗白华《美学散步》,上海人民出版社1981年版,第58页。
[2] 严羽撰,郭绍虞校释:《沧浪诗话校释·诗辨》,人民文学出版社1983年版,第26页。
[3] 司空图:《与极浦书》,引自郭绍虞《中国历代文论选》第二册,上海古籍出版社1979年版,第201页。

美结合的特殊范例，是中国古代普遍的审美原则在现实主义小说创作中的又一次成功实践。如果说，西方现实主义经典作家强调模仿和再现，主张按照社会生活发展的客观逻辑和人物形象性格成长的必然逻辑来塑造典型环境中的典型人物，那么，中国古代以曹雪芹为代表的小说家们，首先便是诗人，他们虽然也遵循现实主义和典型创造的一般原则，按照生活与性格发展的必然逻辑来写人叙事，但同时，他们又以诗的原则和创造意境的方法，遵循情感的逻辑、想象的逻辑，来塑造意境化的典型形象，其创作目的不仅是真实地摹仿和再现生活，而且更是真诚地抒发和表现作者对社会人生诗意的感受、审美体验和独特而强烈的生命情感。

读《红楼梦》，就像是在读一首长诗，这里不仅有诗的意境，还可以看到诗人的匠意深心和独特的艺术手法。正像李太白咏贵妃而及于名花，苏东坡咏西湖而及于西子一样，《红楼梦》中写贾府，便有甄府；有贾宝玉，便有甄宝玉；李纨、妙玉的今天是宝钗、惜春的明天，而宝钗、惜春的今天便是李纨、妙玉的昨天；于晴雯可以看到黛玉的影子，由袭人亦可见宝钗的影子；宝钗与黛玉恰成对照，晴雯与袭人亦相对成趣。真可谓左右映带，如灯取影，莹彻玲珑，妙合无垠。

观黛玉形象，如赏凌波仙子，风中摇曳的花与水中荡漾的影共同构成美好的整体形象。其花容月貌、其一颦一笑，跃然如在纸上，而其神、其魂、其韵，却只能得之于言语之表，得之于感悟与想象。

一 黛玉形象的写实性

读《红楼梦》至第三回《林黛玉抛父进京都》，写黛玉到贾府依傍外祖母生活，其最初反应是："步步留心，时时在意，不肯轻易多说一句话，多行一步路。"[①] 很容易给人一种其自我防卫心理过甚的印象。读第二十七回《埋香冢飞燕泣残红》中黛玉《葬花词》"一年三百六十日，风刀霜剑严相逼"等句，其多愁善感，自伤自怜，也使人大有"想眼中能有多少泪珠儿，怎经得秋流到冬尽，春流到夏"之叹，觉其种种心理与行事，似非人间世上所有。然掩卷而思，又觉贾府中大观园潇湘馆内好似真有黛玉其人，其音容其呜咽，与潇潇竹声、雨打芭蕉之景，宛若即在耳目之前。总之，黛玉形象，既是典型，又不同于一般的典型。我们惊异于在作者的笔下，历史与现实，生活与艺术，严酷的人生与诗情画意、艺术情感和审美理想竟然会如此和谐地统一在一起。

---

① 本文以下所引《红楼梦》文字，均见人民文学出版社 1982 年版。

《红楼梦》第一回谈到以往才子佳人等书,千部一套,大不近情理,"竟不如我半世亲睹亲闻的这几个女子,虽不敢说强似前代书中所有之人,但事迹原委,亦可以消愁破闷;也有几首歪诗熟话,可以喷饭供酒。至若离合悲欢,兴衰际遇,则又追踪蹑迹,不敢稍加穿凿,徒为供人之目而反失其真传者"。表明作者正是遵循现实主义原则创制这部传世巨著的。

在黛玉形象的塑造中,作者不仅为她精心安排了富于浪漫主义神话色彩的背景与前身,叙写她为双亲爱如珍宝,却先后丧母失父,沦为孤女,寄人篱下的不幸命运,而且还细腻深入地描绘了她的内心世界和一波三折的爱情,更重要的是,作者成功地将这一切置于贾府特定的环境氛围之中,深刻、含蓄而全方位地描绘了黛玉所处的错综复杂的人际关系和贾府中的世态炎凉。尽管,作者似乎没有一个字正面揭示黛玉寄人篱下的悲凉处境,没有一句话直接明写黛玉所感受到的冷漠,但实际上却入木三分地揭示了贾府中人在礼数上错不了的表象后面人情的凉薄,写出了贾府中母子、父子、兄弟、夫妇、妯娌、婆媳等关系中亲情之寡淡冷漠与矛盾之错综复杂,使黛玉上述防卫心理与独特的心理、行事显得十分自然、必要和真实可信。

关于黛玉的特殊处境,有两件事给我们留下了极其深刻的印象。一是黛玉刚进贾府,王夫人、凤姐等一干人围着黛玉,嘘寒问暖,随贾母而笑而泣,而悲而喜,其词意殷殷,让人几乎为浓浓的亲情所感动了。然而,紧接着作者写贾母命两个老嬷嬷带了黛玉去见两个母舅,两个亲舅舅都没有见痛失慈母、穷鸟入怀般的小外甥女。贾赦打发人来回话说:"老爷说了:'连日身上不好,见了姑娘彼此倒伤心,暂且不忍相见。'"还嘱咐黛玉倘有委屈之处"只管说得,不要外道才是"。有意思的是,通观全书,好色而霸道,无耻亦无情的贾赦哪里是个有亲情会伤感的人?黛玉来到她二舅贾政处,老祖宗不在当场,王夫人自然已不必惺惺作态,只淡淡地说:"你舅舅今日斋戒去了,再见罢。"如果我们把第三回所叙与第四回薛家进贾府作一比较,对比就更加鲜明了:"过了几日,忽家人传报:'姨太太带了哥儿姐儿,合家进京,正在门外下车。'喜得王夫人忙带了女媳人等,接出大厅……忙又引了拜见贾母……忙又治席接风。""薛蟠已拜见过贾政,贾琏又引着拜见了贾赦、贾珍等。贾政便使人上来对王夫人说:'姨太太已有了春秋,外甥年轻不知世路,在外住着恐有人生事。咱们东北角上梨香院一所十来间房,白空闲着,打扫了,请姨太太和姐儿哥儿住了甚好。'"在王夫人,其亲疏厚薄,自然而然,而贾府中人于人情凉薄之中更显得势利，亦自不待言。

第二件事，是第七十四回《惑奸谗抄检大观园》，这是《红楼梦》一精彩大关目，这里写凤姐一干人：

> 一径出来，因向王善保家的道："我有一句话，不知是不是。要抄检只抄检咱们家的人，薛大姑娘屋里，断乎检抄不得的。"王善保家的笑道："这个自然。岂有抄起亲戚家来。"凤姐点头道："我也这样说呢。"一头说，一头到了潇湘馆内。黛玉已睡了，忽报这些人来，也不知为甚事。才要起来，只见凤姐已走进来，忙按住他不许起来，只说："睡罢，我们就走。"这边且说些闲话。那个王善保家的带了众人到丫鬟房中，也一一开箱倒笼抄检了一番。因从紫鹃房中抄出两副宝玉常换下来的寄名符儿，一副束带上的披带，两个荷包并扇套，套内有扇子。打开看时皆是宝玉往年往日手内曾拿过的。王善保家的自为得了意，遂忙请凤姐过来验视。……

自然，薛大姑娘是贾府的亲戚，但失去双亲、并无母兄可以依靠的林姑娘难道不是贾府的外亲？对于抄检大观园，作为管家婆的凤姐虽不以为然，但没有表示异议（邢王两夫人斗法，她是王家人，与邢又是名义上的媳妇，自然不容置喙）。在此事件中，她自我定位极其精准，她是一个跟随者、见证人、监管者和保护人。她保护她所保护的（如王家人薛大姑娘。又，抄出宝玉的东西时，她出来一句话就化释了事），她不保护她认为无须保护的。一句"这边且说些闲话"，就告诉我们，凤姐除了例行性嘘寒问暖之外，无一句涉及她知道黛玉此刻最想知道，却又无从出口的问题："你们翻箱倒柜，这是要干什么？"凤姐的潜台词是：我无可奉告，此事非我所为，与我无关，你不要怪到我身上。虽理势所然，但其对黛玉在表面热情背后的凉薄冷漠，也是显而易见的。也许，贵族之家大抵如此吧。当然，必要时，她会有杀伐决断。隐忍不发之后，一旦见机而作，便是雷霆手段。邢夫人身边的大红人王善保家的就吃了大亏，其外孙女司棋，便成了牺牲品。大观园众芳凋落，由此拉开序幕。素称大方温和的宝钗不动声色地作出了相应的反应——以照顾母亲为由搬出了大观园。当向李纨辞行时，李纨笑道："好妹妹，你去只管去，我自打发人去到你那里去看屋子。你好歹住一两天还进来，别叫我落不是。"宝钗笑道："落什么不是呢，这也是通共常情，你又不曾卖放了贼。"弦外有音地表露了自己的不快。泼辣精明、有气性的探春更是声色俱厉地作出了特别激烈的反应：先是率众丫鬟开门秉烛而待；继而只让搜检自己的箱笼，不准动丫鬟们的东西，置对方于非常尴尬的境地；末了还打了王善保家的一个耳光。连丫鬟晴雯都无言地表示了抗议："到了晴雯的箱子，（王善保家的）因问：'是谁的，怎不开了让搜？'袭人等方欲代晴雯开时，只见晴雯挽着头发闯进来，豁一声将箱子掀开，两手捉着底子，朝天往地下尽情一倒，将所有之物尽都倒出。王善保家的也觉没趣。"却唯有素来被认为小性儿、行动爱恼的心高气傲、尖刻敏感的林黛玉，在仗势欺人的王善保家的一干人将宝玉旧物乱翻乱抄时，只能忍气吞声，逆来顺受，没有也不能作出任何反应。黛玉寄人篱下的处境便不问可知了。全书类似这样对黛玉的命运与处境不写之写的例子不胜枚举。

综观全书，我们看不到两个舅舅对孤苦病弱的亲外甥女有过什么亲切关怀的表示。两个舅母，吝啬冷漠的邢夫人自不必说，至于成日念佛的王夫人，第七十四回当王善保家的进谗言诽毁晴雯时，王夫人问凤姐道："上次我们跟了老太太进园逛去，有一个水蛇腰、削肩膀、眉眼又有些象你林妹妹的，正在那里骂小丫头。我的心里很看不上那狂样子……"嫌恶之意溢于言表，黛玉在其心目中的地位、印象也可想而知。让人不得不怀疑黛玉母亲贾敏（她的小姑）是否得罪过她。在贾府这个大家族里，人际关系异常紧张和复杂，正如第七十五回《开夜宴异兆发悲音》中探春所说："咱们倒是一家子亲骨肉呢，一个个不象乌眼鸡，恨不得你吃了我，我吃了你！"而黛玉又是多病善感的人，第八十三回中王大夫向紫鹃道："这病时常应得头晕，减饮食，多梦，每到五更，必醒个几次。即日间听见不干自己的事，必要动气，且多疑多惧。不知者疑为性情乖诞，其实因肝阴亏损，心气衰耗，都是这个病在那里作怪。"

这样的环境氛围，这样的主客观因素，使我们能够理解和接受黛玉形象富于个性特征的行为举止和甚至看似过激的反应。当看到第七十六回写中秋佳节贾府合家团圆观月赏桂，而黛玉与湘云、妙玉三位孤女在"凹晶馆联诗悲寂寥"时，当看到第六十七回《见土仪颦卿思故里》时，当看到第五十七回《慈姨妈爱语慰痴颦》中黛玉要认舅家的亲戚薛姨妈做娘，极其难得地伏在慈祥的薛姨妈身上撒了一次娇时，真令人为之鼻酸。从第四十五回《金兰契互剖金兰语》写宝钗一番关心关切的话，便令黛玉大为感激，说了许多推心置腹的话语，从黛玉与宝玉心心相印的一片痴情，从黛玉与丫鬟紫鹃痛痒相关、亲如姐妹的情谊，我们完全有理由说，看似口尖量小的黛玉，其实不仅美丽多情，而且心地善良，是个真诚厚道的人。

总之，作者运用现实主义的创作手法，成功地塑造了生活于贾府这个典型环境中真实可信的永恒的黛玉形象。

二 黛玉形象的写意性

如果说，作者对现实主义典型化创作原则的成功运用使黛玉形象具有了永恒的认识价值，那么，作者对诗的原则和意境化手法的遵循和运用使黛玉形象具有了不可言说的美，无尽的审美韵致和光彩照人的艺术魅力。

黛玉形象自然是曹雪芹取材于现实人生的天才创造，但这一形象的审美特质和构成要素却并非全然出于作者的亲身经历。正像杜甫《绝句》让读者由窗外积雪而"思接千载"，由门前泊船而"视通万里"，黛玉形象也让我们联想到往古的诗人作者和历史、传说以及文艺作品中的人物。诗人之哀乐，过于常人。《红楼梦》中人物，宝玉得其乐，而黛玉则得其哀，观其一觞一咏，大有李贺、李商隐之遗韵和李清照、朱淑真之遗风；其一颦一蹙，则颇似西子"病心而矉"之态。想象其形象神貌，仿佛既有赵飞燕的轻盈袅娜（第二十七回《滴翠亭杨妃戏彩蝶　埋香冢飞燕泣残红》即以杨贵妃比宝钗，以赵飞燕比黛玉），又有王昭君之美丽凄怨（第六十三回《寿怡红群芳开夜宴》写黛玉抽得芙蓉花签，上题着"风露清愁"四字，那面一句旧诗："莫怨东风当自嗟。"而此句引自宋欧阳修《和王介甫明妃曲》二首之二，上句为"红颜胜人多薄命"。显然是以红颜薄命而幽怨的昭君暗比黛玉）；既有苏蕙的兰心蕙性，又有谢道韫的锦心绣口；既有崔莺莺的多情，又有杜丽娘的善感。概而言之，黛玉形象兼有多层象征意蕴。

首先，上文所述"风露清愁"四字，道出了黛玉形象特有的美。作为花季少女的黛玉形象，在作者笔下与读者心目中却并非未涉世事、天真烂漫的少女，而是似乎天生就熟谙人生，彻悟世事，早慧而忧郁的女性形象。对这一形象，我们和贾宝玉一样有"曾见过"的感觉，或者"虽然未曾见过他，然我看着面善，心里就算是旧相识，今日只作远别重逢，亦未为不可"。因为，作者是以千百年来形成的审美理念来塑造这一形象的。

我们中华民族是早慧的民族，早在先秦时代诗人们的吟咏唱叹中，就已体现出令后人惊异的成熟的审美观。《诗经》中写四季，有"春日迟迟"[1]"灼灼其华"[2]的美，也有"杨柳依依""雨雪霏霏"[3]的美，而写

---

[1]《诗经·豳风·七月》，朱熹《诗集传》卷八，上海古籍出版社1980年版，第91页。
[2]《诗经·周南·桃夭》，朱熹《诗集传》卷一，第5页
[3]《诗经·小雅·采薇》，朱熹《诗集传》卷九，第106页。

泣血的杜鹃:作为中国诗人心灵史象征的黛玉形象

得最好的恐怕是:"蒹葭苍苍,白露为霜。所谓伊人,在水一方……"①
这位以秋水长天、苍茫的蒹葭、清寒的霜露为氛围、为背景的伊人形象,
虽通篇不言其美,却有着异乎寻常的艺术魅力,其神秘的美超越了深邃的
历史在读者心中获得了永恒的生命。在我们的想象中,伊人形象有几分落
寞,有几分清寒,在清秋薄暮中伫立,曾经沧海却依然是那样天然本色,
含蕴着超逸绝尘的美。无独有偶,《楚辞·九歌·湘夫人》中也仿佛有此
境界:"帝子降兮北渚,目眇眇兮愁予。嫋嫋兮秋风,洞庭波兮木叶
下。"② 这里的帝子形象一如伊人形象,那种不可言说而臻于极致的美,
那种"清水出芙蓉,天然去雕饰"③ 的寂寞与静穆的美,标志着先秦的诗
人们已炉火纯青地把握了美的极致,而伊人、帝子形象从此便作为最美最
动人的神秘形象,在诗人们的笔下不断重现。"翩若惊鸿,婉若游龙,荣
曜秋菊,华茂春松","仿佛兮若轻云之蔽月,飘飖兮若流风之回雪"④;
"绝代有佳人,幽居在空谷……天寒翠袖薄,日暮倚修竹"⑤;"曲终人不
见,江上数峰青"⑥;"淮南皓月冷千山,冥冥归去无人管"⑦,我们从这些
意境和形象上常常依稀可以看到伊人、帝子的影子,而曹雪芹又为伊人、
帝子形象系列增添了一个新形象。

黛玉形象的韵致,是"清凉素秋节"⑧ 的韵致。黛玉形象的秋心既是
与其性格命运、特定环境相联系的有现实具体内涵的忧愁,又是中国古代
诗人对宇宙自然、现实人生诗意的感受和审美体验的显现,是中国古代诗
史上悲秋咏秋主题旋律的又一次呈示与回响。总之,黛玉形象的忧愁幽思
是以中国古代诗人特有的生命情感、强烈的审美意兴和深邃的宇宙意识为
背景、为内涵的。黛玉形象是中国古典艺术秋之韵的又一个诗意的象征。

其次,远古的江南,大小部落遍布于淮泗沅湘之间,在楚国筚路蓝缕
以启山林,兼并"蛮""苗"诸部落的漫长过程中,楚地的风土人情、民

---

① 《诗经·秦风·蒹葭》,朱熹《诗集传》卷六,第76页。
② 《楚辞·九歌·湘夫人》,洪兴祖:《楚辞补注》,中华书局1983年版,第64—65页。
③ 李白:《经乱离后天恩流夜郎忆旧游书怀赠江夏韦太守良宰》,瞿蜕园:《李白集校注》
卷十一,上海古籍出版社1980年版,第732页。
④ 曹植:《洛神赋》,萧统编,李勇注《文选》上册卷十九,中华书局1977年版,第270页。
⑤ 杜甫:《佳人》,钱谦益:《钱注杜诗》卷三,上海古籍出版社1979年版,第85页。
⑥ 钱起:《省试湘灵鼓瑟》,沈德潜:《唐诗别裁集》卷十八,中华书局1975年版,第239页。
⑦ 姜夔:《踏莎行·燕燕轻盈》,夏承焘:《姜白石词校注》,广东人民出版社1983年版,第33页。
⑧ 陶渊明:《和郭主簿》其二,中国文学史,龚斌笺注:《陶渊明集笺注》,上海古籍出版社2011年版,第137页。

俗习惯和山清水秀的神秘山川，以及原始宗教（巫术）等赋予楚文化以有别于北方中原史官文化的鲜明特征，作为楚文化的杰出代表，《楚辞》以其丰富奇特的想象、瑰丽多姿的辞采和美丽神秘的神话境界，与作为现实主义丰碑的《诗经》交相辉映，并深远地影响了后世文学。

黛玉原籍苏州，曹雪芹是将她作为一位南国佳人来塑造的。作者倾注了心血与才情赋予这一形象以浓郁的南方楚文化色彩。第一回开头就向读者叙述了一个"千古未闻"的神话故事："西方灵河岸上三生石畔，有绛珠草一株，时有赤瑕宫神瑛侍者，日以甘露灌溉，这绛珠草始得久延岁月。后来既受天地精华，复得雨露滋养，遂得脱却草胎木质，得换人形，仅修成个女体，终日游于离恨天外，饥则食蜜青果为膳，渴则饮灌愁海水为汤。只因尚未酬报灌溉之德，故其五内便郁结着一段缠绵不尽之意。"恰逢神瑛侍者凡心偶炽，欲下凡造历幻缘，那绛珠仙子道："他是甘露之惠，我并无此水可还。他既下世为人，我也去下世为人，但把我一生的眼泪还他，也偿还得过他了。"这一故事显然受娥皇、女英的神话传说的启发，富于楚文化色彩，从一开始便为黛玉形象定下了情韵与格调。第三十七回《秋爽斋偶结海棠社》中，发起成立诗社的探春为黛玉起雅号说："当日娥皇女英洒泪在竹上成斑，故今斑竹又名湘妃竹。如今他住的是潇湘馆，他又爱哭，将来他想林姐夫，那些竹子也是要变成斑竹的。以后叫他作'潇湘妃子'就完了。"相传唐尧将二女嫁给虞舜，大舜南巡，崩于苍梧，娥皇、女英二妃追之不及，泪洒湘竹，而成斑竹，又称潇湘竹。这一神话传说源于楚地潇湘，典型地体现着楚文化的色彩和韵味。《红楼梦》便承继和传写了这样的情韵。第二十六回写黛玉所居："苍苔露冷，花径风寒""凤尾森森，龙吟细细"，室内"湘帘垂地，悄无人声"，辞采情调，也大有李贺《昌谷北园新笋》（四首其二）中所云"斫取青光写楚辞"①的风味。潇湘馆环境氛围的渲染对于黛玉形象的成功塑造具有特殊意义。

黛玉的前身是绛珠仙子，而她亲如姐妹的知心丫鬟又叫紫鹃，这里暗含着一个蜀地凄怨而美丽的神话传说。传说古代蜀国国王杜宇，于周末自号望帝。死后其魂魄化为杜鹃鸟，日日夜夜声声悲啼，泪尽而继之以血。从情韵和格调来看，这一神话故事更多地与楚神话相通，与娥皇、女英的神话传说恰成姊妹篇，同为古代诗人的灵感之源。唐宋诗词中如"望帝

---

① 李贺：《昌谷北园新笋》四首其二，王琦等：《李贺诗歌集注》，上海古籍出版社1978年版，第140页。

春心托杜鹃"①,"啼鸟还知如许恨,料不啼清泪长啼血"② 等皆出于此。由此来看,紫鹃是啼血的杜鹃,而绛珠则正是血之泪。

屈原"忧愁幽思而作《离骚》"③,"故骚经九章,朗丽以哀志;九歌九辩,绮靡以伤情"④,观屈原辞赋,往往在一唱三叹之中,凝结着人生的大忧患,其伤感凄艳的情韵格调,奠定了《楚辞》和楚文学鲜明的风格基调。如《九章·抽思》:"心郁郁之忧思兮,独永叹乎增伤。思蹇产之不释兮,曼遭夜之方长。悲秋风之动容兮……伤余心之忧忧。""愿承闲而自察兮,心震悼而不敢;悲夷犹而冀进兮,心怛伤之憺憺。""望北山而流涕兮,临流水而太息。""烦冤瞀容,实沛徂兮。愁叹苦神,灵遥思兮。""忧心不遂,斯言谁告兮!"⑤ 忧思如雪花一样弥漫全篇。值得注意的是,曹雪芹在塑造黛玉形象时,用了许多具有浓郁楚文化色彩的神话典故,可谓独具匠心,曲折三致意焉。而其曲意与深心,和黛玉的凄怨与忧思,正与《楚辞》作者们的情思相通。

再次,在第七十六回《凹晶馆联诗悲寂寞》中,黛玉以"冷月葬花魂"对湘云的"寒塘渡鹤影",此句甲辰本作"冷月葬诗魂"。花魂也好,诗魂也罢,《红楼梦》诸多人物之中,当然非黛玉莫属。黛玉形象,可谓中国古典小说中最富于诗意的形象,她是美的象征,诗的化身。

中国古代小说、戏曲与诗和史有着深刻的不解之缘,历史赋予古代小说、戏曲以丰富的题材、主题和深邃的历史观、人生观,根深蒂固的文史不分家的观念,对中国古典小说、戏曲发展的影响和限制是不可低估的;而诗则赋予古代小说、戏曲以体制、格局、情调和灵魂。中国古典戏曲、小说的诗化特征是值得我们探讨的重要现象。就小说而论,便从最初的引诗(或以诗)为证,对人物或情节加以评述,和以诗穿插点缀于小说情节演进之中,发展到清代以《聊斋志异》《红楼梦》等为代表的结构、体制和形象、境界的诗化。如《浮生六记》《聊斋》等作品中许多部分,本身便是绝妙的诗。而黛玉形象就是最成功的诗化形象。黛玉形象仿佛就是为诗而塑造出来的,或者可以说,作者几乎是将黛玉作为女诗人来塑造来描绘的。说黛玉形象是诗的象征,首先因为黛玉是大观园中最有灵气和才

---

① 李商隐:《锦瑟》,《全唐诗》下册,上海古籍出版社1986年版,第1360页。
② 辛弃疾:《贺新郎·绿树听鹈鴂》,邓广铭:《稼轩词编年笺注》,上海古籍出版社2018年版,第774页。
③ 司马迁:《史记·屈原贾生列传》第八册卷八四,中华书局1982年版,第2482页。
④ 刘勰撰,周振甫注释:《文心雕龙注释·辨骚》,人民文学出版社1981年版,第36页。
⑤ 屈原:《九章·抽思》,洪兴祖:《楚辞补注》,中华书局1983年版,第137—141页。

情的诗人。自先秦"诗骚"时代就已形成，并在汉魏南朝诗歌理论与创作实践中得到确认的春恨秋悲的主题旋律，也回响和弥漫于《红楼梦》中，而在所有伤春悲秋的诗作中，黛玉的诗是最好的。第三十七回《秋爽斋偶结海棠社　蘅芜苑夜拟菊花题》，第三十八回便是《林潇湘魁夺菊花诗》，被宝玉称为"虽不善作却善看，又最公道"的李纨评菊花诸诗说："各有各人的警句。今日公评：《咏菊》第一，《问菊》第二，《菊梦》第三，题目新，诗也新，立意更新，恼不得要推潇湘妃子为魁了。"而第七十回《林黛玉重建桃花社》中，黛玉一首《桃花行》令众人叹服，因改"海棠社"为"桃花社"，并推黛玉为社主。此外，黛玉的《葬花词》《秋窗风雨夕》《唐多令》等诗词篇什在大观园诸人创制中也属上乘之作。这些诗作都寄寓着春恨秋悲的深切情感，可以视为黛玉形象塑造中画龙点睛之笔。第十七至十八回《大观园试才题对额　荣国府归省庆元宵》写元妃命宝玉题咏"潇湘馆"等四处，黛玉为宝玉代作《杏帘在望》一首，不仅宝玉自觉"此首比自己所作的三首高过十倍"，而且元妃也"指'杏帘'一首为前三首之冠"。这是化用李清照、赵明诚故事，以李清照比黛玉的。第四十八回《慕雅女雅集苦吟诗》写香菱潜心学诗，而黛玉则循循善诱，仿佛一对诗痴、诗魔。

　　总而言之，黛玉形象不仅具有写实性，更有写意性。她仿佛就是为诗而存在的。作者不仅将渗透自己强烈生命情感的动人诗篇归于黛玉名下，而且以诗一般的语言和匠心，按照诗的原则来塑造黛玉形象，从而完美地创造了"这一个"含蕴着秋之韵、楚之风、诗之魂的特殊典型。可以说，黛玉形象是诗、诗意和诗人的一个象征。

三　泣血的杜鹃

　　《红楼梦》是一首诗，一首酝酿、积累了数千年，而由一位集大成的文学大师最终写就的瑰丽而凄怨的诗篇。随着诗篇末尾宿命般的残缺与悲剧的落幕，天地似为之易色，草木亦为之同悲，一个经历了繁华与苦难、坎坷与艰辛的伟大心灵发出了余韵悠悠的沉重叹息。在《红楼梦》中，作者倾注了他全部的心血、才华与诗情画意，以杜宇啼血般的笔调和珠圆玉润的辞句，精心结撰了一个艺术世界，在这里，积淀着中国传统文化与艺术的生命信息和遗传基因，流动着中国古代诗歌的节奏旋律和精神气韵。

　　当我们以这样的眼光再一次感受和审视黛玉形象时，黛玉已然不单纯是一位美丽多情、敏感善良、富于诗人气质与才情的少女形象，也不仅仅是揭示了一定历史时期社会生活某种本质与规律的典型,而是承载了几千年中华文化厚重负荷的一个永恒的诗性象征,一种富于典型意义的审美境界,从这一形象中,我们仿佛可以看到中国古代许多文士淡淡的背影。

作为中国古代文化精神传统的传承者与批判者,我们是以特殊的心境来感受和面对黛玉形象,感受她和她的创造者所感受到的一切的。实际上,当我们面对和审视这一形象时,我们也是在面对和审视我们自己的心性,面对和审视从古到今的中国诗人那心灵跋涉的漫漫长路及审美精神、审美实践的悠悠旅程。

清刘熙载在《艺概·诗概》中说:"诗人之忧过人也","诗人之乐过人也。忧世乐天,固当如是"①。《红楼梦》中,神瑛侍者凡心偶炽,意欲下凡造历幻缘,则宝玉的精神中似有乐天之意;而绛珠仙子则欲随神瑛侍者下世为人,以一生所有的眼泪还报其甘露灌溉之惠,则黛玉的精神中似更多忧世之心;宝玉喜聚,而黛玉则在聚时即以平静的心态准备迎接散的结局。这里似乎正包含着一个相反相成的人生命题,而从"好一似食尽鸟投林,落了片白茫茫大地真干净"的结局来看,全篇笼罩在对人生宿命般的悲剧性感受和大忧患中。鲁迅先生在《中国小说史略》中谈到《红楼梦》时说:"悲凉之雾,遍被华林,然呼吸而领会之者,独宝玉而已。"② 诚然如此,不过,那应该是指"苦绛珠魂归离恨天"以后,因为比起林黛玉来,宝玉也许应该算是后知后觉者。

的确,《红楼梦》是一部痛史,一曲悲歌,从第五回离恨天、灌愁海,放春山遣香洞太虚幻境和痴情、结怨、朝啼、夜怨、春感、秋悲诸名目,从《红楼梦引子》曲文"趁着这奈何天,伤怀日,寂寥时,试遣愚衷。因此上,演出这怀金悼玉的《红楼梦》",从四春之元、迎、探、惜及"千红一窟""万艳同杯"的谐音中,我们听到的是啼血的杜宇那声声的悲鸣。而那杜宇便是曹雪芹,也便是林黛玉。黛玉前身是绛珠仙子,她亲如姐妹的知心丫环叫紫鹃。传说周末蜀主杜宇,自号望帝,死后魂化杜鹃,日夜悲啼,泪尽而继之以血。那么,紫鹃的寓意就是啼血的杜鹃,绛珠也就是红色的血泪。可见,黛玉正是泣血的杜鹃,而曹雪芹也是泣血的杜鹃。他寄哭泣于黛玉形象,寄哭泣于《红楼梦》。

黛玉善泣,第五回《枉凝眉》曲有"想眼中能有多少泪珠儿,怎经得秋流到冬尽,春流到夏"之句,第二十八回宝玉唱道:"滴不尽相思血

---

① 刘熙载:《艺概·诗概》,上海古籍出版社1978年版,第50页。
② 鲁迅:《中国小说史略》,《鲁迅全集》第9卷,人民文学出版社1981年版,第231页。

泪抛红豆，开不完春柳春花满画楼，睡不稳纱窗风雨黄昏后，忘不了新愁与旧愁，咽不下玉粒金莼噎满喉，照不见菱花镜里形容瘦。展不开的眉头，捱不明的更漏。呀，恰便似遮不住的青山隐隐，流不断的绿水悠悠。"这些都是黛玉之悲泣的写照。

　　黛玉善泣，而黛玉的悲泣非同凡响，至能感应花鸟，通于自然。第二十六回以诗一般美丽的笔调写黛玉："左思右想……越想越伤感起来，也不顾苍苔露冷，花径风寒，独立墙角边花阴之下，悲悲戚戚呜咽起来。原来这林黛玉秉绝代姿容，具稀世俊美，不期这一哭，那附近柳枝花朵上的宿鸟栖鸦一闻此声，俱忒楞楞飞起远避，不忍再听。真是：花魂默默无情绪，鸟梦痴痴何处惊。因有一首诗道：'颦儿才貌世应希，独抱幽芳出绣闺，呜咽一声犹未了，落花满地鸟惊飞。'"这大约是中国古典小说中写哭写得最美、最富有诗意的一段文字，与《聊斋志异·婴宁》写笑恰成对照。

　　黛玉的悲歌与哭泣就是曹雪芹的歌哭，《红楼梦》是作者的一部伤心史。金陵十二钗，那是作者半生碌碌中感念与怀想的闺阁女子的化身，当心中与笔下美丽的生命之花一一凋谢之时，怎不令作者悲慨万端，长歌当哭！读第一回中自序性的文字："当此""愧则有余，悔又无益之大无可如何之日也！""则自欲将以往所赖天恩祖德，锦衣纨绔之时，饫甘餍肥之日，背父兄教育之恩，负师友规谈之德，以至今日一技无成、半生潦倒之罪，编述一集，以告天下人。"将其与经历了国破家亡惨痛变故的张岱所撰《陶庵梦忆·自序》和《自为墓志铭》比读，觉二者心绪苍凉，语语沉痛，何其相似乃尔。这里有几分忏悔，有几分反语，有几分不平，有几分无奈，有几分自嘲，亦有几分自傲！"满纸荒唐言，一把辛酸泪！都云作者痴，谁解其中味？""无材可去补苍天，枉入红尘若许年……"这是作者的愤世之语，牢骚之语，是欲有所为而不能为、不可为的伤心之语，是冷眼观世，白眼看人的狂傲之语，是洞察古今、彻悟人生的佛道之语，总之，《红楼梦》是作者所写的沉痛而绝望的一曲悲歌。

四　黛玉歌哭的象征意蕴

　　晚清作家刘鹗在《老残游记·自叙》中说：

　　　　《离骚》为屈大夫之哭泣，《庄子》为蒙叟之哭泣，《史记》为太史公之哭泣，《草堂诗集》为杜工部之哭泣，李后主以词哭，八大山人以画哭，王实甫寄哭泣于《西厢》，曹雪芹寄哭泣于《红楼梦》……名其茶曰"千芳一窟",名其酒曰"万艳同杯"者,千芳一哭,万艳同悲也。

黛玉之歌哭是曹雪芹之歌哭,又非曹雪芹一人之歌哭。千古文人善哭,其歌也无端,其哭也有怀:"有身世之感情,有家国之感情,有社会之感情,有种教之感情。其感情愈深者,其哭泣愈痛。"[1] 黛玉的悲哭是黛玉的也是曹雪芹的,更是凝聚着千古文人生命意兴和审美情感的千芳一哭、万艳同悲。在《红楼梦》中,在黛玉形象上,我们仿佛可以看到千古文士孤鸿般缥缈的身影,听到他们探索、徘徊的足音和隐约、悠长的喟叹。

透过历史的风烟,我们看到:鲁哀公十四年西狩获麟,孔子悲叹"吾道穷矣"而老泪纵横[2];屈原彷徨山野,沉吟泽畔,"长叹息以掩涕兮,哀民生之多艰"[3];"杨子哭歧道,墨子哭练丝"[4];贾谊凭吊屈原,泪洒于湘水;阮籍行不由径路,恸哭于穷途[5];陈子昂登古幽州台,于时空浩渺中涌上心头弥漫天地的忧思,化为震颤古今的悲歌:"前不见古人,后不见来者,念天地之悠悠,独怆然而涕下。""作《易》者其有忧患乎?删《书》者其有栖遑乎!《国语》之作,非瞽叟之事乎!《骚》文之兴,非怀沙之痛乎!吾非斯人之徒欤,安可默而无述?""初唐四杰"之一的卢照邻在其《释疾文序》中所说的这段沉痛的话,道出了古今志士仁人共通的大忧患。

这种先天下之忧而忧的忧患与幽思,并非源于对自我生命损失的具体感受,而是面对宇宙绵邈、大地苍茫时,来自生命最深处的使命感和寂寞心,是源于人性中的高贵、伟岸和光华,是基于一种宇宙观、人生观,基于对历史与人生的哲学态度、艺术精神和审美体验。"无材可去补苍天,枉入红尘若许年。"曹雪芹的忧思、他的"辛酸泪",与志士仁人是相通的,在写到转世还泪的林黛玉那声声悲泣时,我们相信,他有着相似的情感体验和审美视野。这是黛玉的、也是曹雪芹的哭泣所具意蕴的重要方面。

---

[1] 刘鹗:《老残游记·自叙》,刘鹗:《老残游记》,浙江文艺出版社2017年版,第1页。
[2] 何休、徐彦:《春秋公羊传注疏》下册卷二八,中华书局聚珍仿宋版,第853页。
[3] 屈原:《离骚》,引自姜亮夫《屈原赋校注》卷一,人民文学出版社1957年版,第33页。
[4] 王充:《论衡·率性》,引自刘盼遂《论衡集解》卷二,(北京)古籍出版社1957年版,第34页。
[5] 陈寿:《三国志·魏志·王粲传》注引《魏氏春秋》,影印本《二十五史》第二册,上海古籍出版社1986年版,第1139页。

古典文学的旧学与新知

  当李唐宗室、郁郁早亡的诗坛奇才李贺,于夕阳西下秋风瑟瑟"芙蓉泣露"的时节徘徊于荒郊野外,在他心中和天地之间搜寻呕心沥血、神思妙想的动人诗句的时候;当李商隐在黄昏时分无限惆怅地回首凝望那美丽的夕阳,当他面对如泪的湘波或异乡的秋色,不胜凄凉地吟哦出"楚天长短黄昏雨,宋玉无愁亦自愁"①、"阶下青苔与红树,雨中寥落月中愁"的诗句②,当他伫立曲江池畔,在一派萧瑟中遥想此地盛唐时的繁华,极其伤感地写下"死忆华亭闻唳鹤,老忧王室泣铜驼。天荒地变心虽折,若比伤春意未多"之句的时候③,他们的伤春和悲秋绝不仅仅是因为"我当二十不得意,一生衰谢如枯兰"的失意和坎坷④,不仅仅是因为对流逝中的自我生命与青春的留恋和叹惋,这分明是诗人为一个伟大而强盛的辉煌帝国如夕阳般坠落所发出的沉痛的叹息。文人那"惜春长怕花开早"的敏感⑤,"不啼清泪长啼血""啼到春归无寻处"的哀歌⑥,常常蓄积着几多"兴亡满目"的英雄泪⑦。而我们在黛玉的《桃花行》和《秋窗风雨夕》的春恨与秋悲中,似乎就感受和谛听到了李贺《将进酒》中"桃花乱落如红雨"的意境,李商隐《宿骆氏亭寄怀崔雍崔衮》诗那"留得枯荷听雨声"的余响。第七十回《林黛玉重建桃花社》中,黛玉的《唐多令》词有"嫁与东风春不管,凭尔去,忍淹留"之句,即本于李贺《南园》诗句:"可怜日暮嫣香落,嫁与春风不用媒。"黛玉诗词之作的意境、情致和韵味,得之于晚唐诗人为多。

  在乾隆帝志得意满地自诩为"十全老人"的时候,大清王朝连同整个中国封建社会实际上已处在崩溃、覆亡前的回光返照时期,曹雪芹以诗人的敏感,通过贾府的兴衰预言了这一必然的命运。通过黛玉的声声悲泣,曹雪芹从心底里早早地为他曾经所属的贵族、为一个王朝、为中国的

---

① 李商隐:《楚吟》,引自彭定求、沈三曾、杨中讷等编《全唐诗》下第八函第九册,中华书局 1960 年版,第 1368 页。
② 李商隐:《端居》,引自彭定求、沈三曾、杨中讷等编《全唐诗》下第八函第九册,中华书局 1960 年版,第 1365 页。
③ 李商隐:《曲江》,引自彭定求、沈三曾、杨中讷等编《全唐诗》下第八函第九册,中华书局 1960 年版,第 1377 页。
④ 李贺:《开愁歌》,高文:《全唐诗简编》上册,上海古籍出版社 1993 年版,第 1043 页。
⑤ 辛弃疾:《摸鱼儿·更能消几番风雨》,邓广铭:《稼轩词编年笺注》,上海古籍出版社 2018 年版,第 96 页。
⑥ 辛弃疾:《贺新郎·绿树听鹈鴂》,邓广铭:《稼轩词编年笺注》,上海古籍出版社 2018 年版,第 774、773 页。
⑦ 辛弃疾:《念奴娇·我来吊古》,辛弃疾:《稼轩长短句》卷二,上海人民出版社 1975 年版,第 10 页。

封建制度送行。《红楼梦》是一部兴亡史，是一曲挽歌。这是黛玉的，也是曹雪芹的哭泣所包含的又一层意蕴。

唐、宋以后，随着中国封建社会步入漫漫下坡路，政治上越黑暗、越单调、越沉闷，文士们春恨秋悲的主题旋律就显得愈沉痛、愈激越，并发而为悲凉、为狂傲。如《六如居士外集》卷二载：唐寅尝居桃花庵，因自号桃花庵主，"轩前庭半亩，多种牡丹花，开时邀文徵仲、祝枝山，赋诗浮白其下，弥朝浃夕，有时大叫痛哭。至花落，遣小伻一一细拾，盛以锦囊，葬于药栏东畔，作落花诗送之"。明季多狂生，如前之唐伯虎、文徵明、祝允明，后之徐渭、李贽。李贽在《焚书》卷三《杂说》中有一段极为沉痛的话，可以视为一代狂生的自我写照：

> 其胸中有如许无状可怪之事，其喉间有如许欲吐而不敢吐之物，其口头又时时有许多欲语而莫可所以告语之处，蓄极积久，势不能遏。一旦见景生情，触目兴叹；夺他人之酒杯，浇自己之垒块；诉心中之不平，感数奇于千载。既已喷玉唾珠，昭回云汉，为章于天矣，遂亦自负，发狂大叫，流涕恸哭，不能自止。

虽然我们从黛玉葬花之举及其葬花诗中看到了唐代诸才子的影子和与他们相通的悲凉、沉痛和孤傲，却似乎并没有从中强烈地感受到狂放的成分，但是，我们从曹雪芹的好友敦敏为他写的《题芹圃画石》"傲骨如君世已奇，嶙峋更见此支离。醉余奋扫如椽笔，写出胸中块垒时"可见，曹雪芹的"块垒"也即李贽的"垒块"，曹雪芹的孤傲与狂放也一如明代诸贤，这是黛玉的，更是曹雪芹的哭泣所包含的又一层意蕴。

黛玉是大观园中最有才情的诗人，《红楼梦》中所有伤春悲秋的诗里，黛玉的诗是最好的，第三十八回《林潇湘魁夺菊花诗》及被李纨公评为诸诗之冠的前三首诗，都是黛玉所作。在第七十回《林黛玉重建桃花社》中，黛玉的一首《桃花行》又令众人兴起，改"海棠社"为"桃花社"，并推黛玉为社主。黛玉诗词中的春恨秋悲，是曹雪芹对传统诗歌主题的延续和总结。黛玉的悲哭是凝聚了千百年仁人志士骚人墨客辛酸之泪的千古一哭。

从庄子的"荒唐之言"到曹雪芹的荒唐言①，是一段完整的历史，是一首长诗，一曲悲歌，一如从屈原的自沉到王国维的自沉之为一段完整的

---

① 《庄子·天下》，陈鼓应注译：《庄子今注今译》，中华书局1983年版，第884页。

交织着辉煌与苦难、梦想与幻灭、欢笑与哀痛的历史,而其前后不绝如缕贯注始终的是一种血脉精神与生命气韵。然而,历史不会简单地循环和重复,曹氏的荒唐言不同于庄子的荒唐之言,一如王氏的自沉不同于屈子的自沉,因为中间发生了太多的变故,因为他们分别经历了古老中国的日出与日落。在《庄子》的荒唐之言中,有"神秘的怅惘,圣睿的憧憬,无边际的企慕,无涯岸的艳羡"①,而在曹雪芹的荒唐言中,是一片"白茫茫大地真干净",是"悲凉之雾,遍布华林"。

五 黛玉歌哭的时代特征

黛玉形象的美,是一种令人炫目、不可仰视的美,是一种诗意的美,同时,也是一种凄艳的美,一种脆弱的美,一种绝望的美,一种最后的美。黛玉形象和她的创造者曹雪芹都非常典型地体现着中国古典审美理念的继承者和终结者的浓厚意味,体现着历史的局限性。

《红楼梦》第六十五回写小厮兴儿对尤二姐说起林黛玉和薛宝钗:"一肚子文章,只是一身多病,这样的天,还穿夹的,出来风儿一吹就倒了。我们这起没王法的嘴都悄悄地叫他'多病西施'。还有一位姨太太的女儿……竟是雪堆出来的。……我们鬼使神差,见了他两个,不敢出气儿。""生怕这气大了,吹倒了姓林的;气暖了,吹化了姓薛的。"尽管以此来把握和概括整个时代的精神特征与风貌是片面的和不恰当的,但是,将黛玉等形象与清代尤其是清中叶及以后的艺术创造联系起来,我们不能不强烈地感到,作为集大成的时代,清代士人为中国古代文化艺术画上了一个较为圆满的句号,但虎虎有生气的时代既然早已成为过去,那么,精神风貌不复再有汉唐时的强健,也便是自然而然的事了。此气运所关,且冰冻三尺,非一日之寒。

观纳兰性德《饮水词》与沈复的《浮生六记》等清人之作,其心性中似别具一种对美的悟性与天分,"笔墨间缠绵哀感,一往情深"②,凄婉处令人不忍卒读;读李渔《闲情偶寄》与袁枚诗文,也觉其对艺术有极高的鉴赏力,世事洞明,很会生活;游苏州园林,叹赏其构思之巧妙,布局之精致,纳须弥于芥子之中,几夺造化之功。然而,如果觉得中间还似乎缺点什么的话,那么,这正是先秦儒家知其不可而为之的人生精神,庄子笔下横绝宇宙的鲲鹏形象与齐万物、等生死的逍遥游的境界,和古

---

① 闻一多:《闻一多全集》第 9 册,湖北人民出版社 1993 年版,第 8 页。
② 王韬:《浮生六记跋》,沈复:《浮生六记》,江西人民出版社 1980 年版,第 6 页。

长城那蜿蜒曲折奔腾万里之势,这一切不知从何时开始消歇于春雨和秋风之中。

"十笏茅斋,一方天井,修竹数竿,石笋数尺,其地无多,其费亦无多也。而风中雨中有声,日中月中有影,诗中酒中有情,闲中闷中有伴……"① 修身养性,已臻于极高的境界,然而,芥子园式的局促封闭的空间,是否正象征着文士的心性人格和审美视野,已从汉赋式的"席卷天下、包举宇内、囊括四海之意,并吞八荒之心"②,越来越趋向内化、趋向内省和退缩?类似冯小青这样自恋自怜、多愁善感、弱不禁风的人物形象的频繁出现及其在文人圈中被欣赏把玩、津津乐道、普遍受欢迎的程度,是否正意味着文士心性人格和审美情趣已从生机勃勃、精力弥满而越来越趋向纤柔和软弱化?我们在黛玉形象上或多或少、隐隐约约可以感受到这种内化与弱化的双重倾向。这种趋向的产生和形成是千百年封建专制统治的必然结果。

面对明清时代一些艺术作品炉火纯青却时而显露出精致、纤柔、小巧、局促、凄艳而绝望的美,我们常常要痛苦地发问:先秦诸子那种敢为天下先、敢树一家言的气魄哪里去了?那种吞吐一切、包容一切的气度哪里去了?先秦两汉那种苍茫雄浑、厚重朴茂的气韵哪里去了?盛唐那种刚健硬朗、华美壮大的气象哪里去了?民间创制那种天真烂漫、生动活泼的充满泥土味的清新气息哪里去了?

《红楼梦》中的林黛玉在贾府覆亡之前似乎就已预感到它的未来命运,而身处清王朝盛世酣梦中的曹雪芹则以《红楼梦》预言了封建皇朝末世的到来。在他以后,常州词派诸贤,如张惠言,更真切地感受到厝火积薪风雨飘摇的危急局势,然而他们料想不到的是,作为中国封建社会的最后一个王朝,大清帝国面对的是社会经济制度先进、工业革命以后拥有巨大生产力、以坚船利炮武装起来的欧洲列强。面对亘古未有的大危机、大变局,张氏们为之准备的却仍然只有经学与诗词,阮元《茗柯文编序》说:张氏主张词要有比兴、有寄托,"以经术为古文","求天地消息于《易》虞氏,求古圣王礼乐制度于《礼》郑氏"。而这样的药方显然是无助于解救危局的。我们深深理解明清时代志士狂生那深广的忧愤、郁闷和痛苦,正像陈寅恪先生在《王观堂先生挽词并序》中所说:"凡一种文化值衰落之时,为此文化所化之人,必感苦痛,其表现此文化之程量愈宏,

---

① 郑燮:《郑板桥集》,上海古籍出版社1979年版,第168—169页。
② 贾谊:《过秦论》,引自萧统《文选》卷五一,中华书局1977年版,第707页。

则其所受之苦痛亦愈甚。"甚至"迨既达极深之度，殆非出于自杀无以求一己之心安而义尽也"。我们也深深地理解如冯小青这样的形象所包含的对封建礼法和专制制度摧残人性与人格的血泪控诉。从艺术的、审美的角度我们非常地欣赏和喜爱黛玉形象和明清时人的许多美的创造，但从现实的角度，我们不能不觉得，类似冯小青这样的形象、境界和心性人格，似乎太精致、太局促、太柔弱了，无以面对现实，也不能拥有未来。更不必论如鲁迅先生所讥讽并厌恶的"秋天薄暮，吐半口血，两个侍儿扶着恹恹的到阶前看秋海棠"①之类的无聊、做作的雅，以及有缺陷的病态的心性人格。

　　近代以迄清末，在饱经内忧外患的文士中，以龚自珍等为代表的一批文学家、思想家们，一方面延续和继承了前人的忧愤和春恨秋悲的主题，另一方面又仿佛预见和呼唤着未来，在他们的笔下，出现了值得注意的精神因子。身当"左无才相，右无才史，阃无才将，庠序无才士，陇无才民，廛无才工，衢无才商，抑巷无才偷，市无才驵，薮泽无才盗，则非但鲜君子也，抑小人甚鲜"的万马齐喑的时代，面对"才士与才民出，则百不才督之缚之，以至于戮之。戮之非刀、非锯、非水火；文亦戮之，名亦戮之，声音笑貌亦戮之……戮其能忧心、能愤心、能思虑心、能作为心、能有廉耻心、能无渣滓心"的无边无际的黑暗，"才者自度将见戮，则蚤夜号以求治，求治而不得，悖悍者则蚤夜号以求乱"②，求治不得而咒其速朽，这是多么了不起的觉醒与彻悟呵！他的《己亥杂诗》有"落红不是无情物，化作春泥更护花"之句，依然是春恨的主题，却于"桃花乱落如红雨"之中寄望于未开的花朵，这是前人的春恨之作中所罕见的。这使我们联想到伟大的革命先行者孙中山先生，他在最黑暗的时刻奔走呼号，为推翻封建制度而呕心沥血、出生入死，他在"天下为公"③的古老口号中注入民主、共和的新精神；在革命远未成功之时，就已走遍大江南北，以科学的态度实地考察，求教专家，写出《建国方略》这样以科学的客观规律建设新中国的伟大设想和宏伟蓝图。他高扬民主与科学的两大旗帜，领导志士仁人和全国民众，百折不挠，苦苦奋战，终于推翻了清朝帝制和封建专制统治。我们也联想到曾经有一位诗人以他青春的热情

---

① 鲁迅：《且介亭杂文·病后杂谈》，《鲁迅全集》第6册，人民文学出版社1981年版，第162页。

② 龚自珍：《乙丙之际箸议》第9册，引自《龚自珍全集》第1辑，上海人民出版社1975年版，第6页。

③ 孔颖达：《礼记正义·礼运》，中华书局聚珍仿宋版，第985页。

和理想，讴歌与欢唱那在烈火中涅槃并获得永生的凤凰，这代表了那一代中国知识分子开始了新的心路历程……尽管是那样反复和曲折，但是那漫长的期待一直在延续着。我们的眼前和心中，依然有那泣血的杜鹃，和炼狱中永生、烈火中涅槃的凤凰形象。

以落红而护花，在黑暗中摸索光明，在破坏中着眼于建设，唯有那些先行者和以他们为代表的仁人志士才能预见到明天，才属于和拥有未来。然而，希望从绝望中孕育，黎明在黑暗中诞生。以热血、生命和大智慧，在奋斗和搏杀中呼唤与迎接未来的第一代人当然应该得到我们的敬仰和怀念，而在痛苦和绝望中、在徘徊与彷徨中总结和终结过去的最后一代人也理应得到我们后人的礼敬和纪念。因此，黛玉形象及其创造者是不朽的。

（本文后三节以《作为中国古代文士心灵史象征的黛玉形象》为题，原载《浙江大学学报》2001年第4期）

"蒙清尘"与"罗袜生尘"试析

孙敏强

在中国古代作品中,"尘"是经常出现的意象和词语。通常在形而下的一般意义上,作为尘土、灰尘来使用。如《左传·成公十六年》:"甚嚣,且尘上矣。"[1] 李白《古风》其二十四:"大车扬飞尘,亭午暗阡陌。"[2] 但在古代哲学思想与审美理念的辉映下,"尘"又有其特殊意蕴,焕发着诗性、灵气与光辉,我们在此特别提出来加以讨论。

在庄子哲学及其对宇宙自然的审美把握中,"尘"在灰土、尘埃之义外,还有自然元气的意味。《庄子·逍遥游》云:"野马也,尘埃也,生物之以息相吹也。"[3] 野马,也就是指尘埃,为空中之游气飞尘。如王夫之即解为:"野马,天地间气也。尘埃,气翁郁似尘埃扬也。"[4] 葛洪《抱朴子·畅玄》有云:"吟啸苍崖之间,而万物为尘氛。"[5] 显然都是将尘与气(氛即气)联系在一起的。《知北游》有云:"通天下一气耳。"[6] 尘,本来就是气的体现和组成部分,所谓"大者含元气,细者入无间"[7],细者就是游气飞尘。在古代哲人看来,宏大磅礴如日月天体的运行,乃至轻柔缥缈如纤尘游氛的流动,无不与宇宙本体生命息息相通。而愈轻柔愈细

---

[1] 《左传·成公十六年》,杜预注,孔颖达等正义:《春秋左传正义》卷二八,《十三经注疏》下册,上海古籍出版社1997年版,第1918页。

[2] 李白:《古风》其二十四,王琦:《李太白全集》上册卷二,中华书局1977年版,第120页。

[3] 《庄子·逍遥游》,陈鼓应注译:《庄子今注今译》,中华书局1983年版,第3页。

[4] 王夫之:《庄子解》卷一,中华书局1964年版,第2页。

[5] 葛洪:《抱朴子·畅玄》内篇卷一,《百子全书》第八册,浙江人民出版社1984年版,据扫叶山房石印本影印。

[6] 《庄子·知北游》,陈鼓应注译:《庄子今注今译》,中华书局1983年版,第559页。

[7] 扬雄:《解嘲》,北京大学中国文学史教研室选注:《两汉文学史参考资料》,中华书局1962年版,第66页。

微的事物及其运动，愈能显现宇宙自然生命的微妙律动。因此，宇宙空明之中肉眼所能看到的最小单位，那至轻柔至细微的纤尘游氛，便被视为"道""气"的体现与化身。尘，即气也。司空图在《诗品·含蓄》一品中有"悠悠空尘，忽忽海沤"，"是有真宰，与之沉浮"①之语。尘是泥土，凝结为大地，化育出生命和万事万物，在无限与永恒的宇宙中，我们每一个人，乃至我们的星球，难道不可以说都是尘埃而已吗？正是本着这样的哲学思想，古代哲人将形而下的尘埃灰土，视为与形而上的气、道、"真宰"息息相通之物。因此，司空图所说的"尘"，实际上与气是同一的，是指代一切的"一"，是与真宰同沉浮的"尘"。这是值得我们注意的古代哲学和美学著述中对"尘"的特殊用法。这种用法与其用形而下的道（人每天所走的路）来喻指形而上的"道"，用味（人每天饮食的味道）来喻指妙不可言的艺术美感是相通相似的，体现了中国古代哲学和美学的思致和特点。

在文学作品中，"尘"同样有特殊的用法。较早的著名例子是枚乘的《七发》："使先施、征舒、阳文、段干、吴娃、闾娵、傅予之徒，杂裾垂髾，目窕心与，揄流波，杂杜若，蒙清尘，被兰泽，嬿服而御。"②受此影响，曹植《洛神赋》描绘洛神，也有"体迅飞凫，飘忽若神，凌波微步，罗袜生尘"③之语。

关于两篇名作对"尘"字的用法和意涵，前人一直有困惑或误解，似乎没有解释清楚过。如李善《文选》注解释为："陵波而袜生尘，言神人异也。洛灵即神，而言'若'者，夫神万灵之总称，言'若'所以类彼，非谓此为非神也。《淮南子》曰：'圣足行于水，无迹也；众生行于霜，有迹也。'"④六臣《文选注》吕向则云："步于水波之上，如尘生也。"⑤无论是李善还是六臣，似乎都对"罗袜生尘"一语不无疑问：既为洛水之神，且又"凌波微步"，则何以生尘，更于何处生尘？故李善注勉强以"神人异也"释之，六臣注则更明确地解为"如尘生也"，但二者依然无法解决"无迹"与有尘的矛盾。这样的注解思路和疑惑也为后人

---

① 司空图：《二十四诗品·含蓄》，郭绍虞：《诗品集解 续诗品注》，人民文学出版社1963年版，第21页。
② 枚乘：《七发》，北京大学中国文学史教研室选注：《两汉文学史参考资料》，中华书局1962年版，第16页。
③ 曹植：《洛神赋》，萧统编，李善注：《文选》上册卷十九，中华书局1977年版，第271页。
④ 曹植：《洛神赋》，萧统编，李善注：《文选》上册卷十九，中华书局1977年版，第271页。
⑤ 萧统编，六臣注：《文选》第十册卷十九，《四部丛刊初编》本。

所沿用。如赵幼文《曹植集校注》在引用了李善的上述注解后说："陵波犹言踏波。神行无迹而人行则有迹，窃疑子建盖以洛神拟人，故其思想、感情、行为一如人也，因曰若神、生尘以喻之。"① 其他多种选注本于"罗袜生尘"之"尘"或有意无意地忽略不注，或将此句注为："溅起的水沫如扬起微尘。"②"脚下溅起水雾有如扬起尘埃。"③《两汉文学史参考资料》在解释"蒙清尘"一语时也说："(《文选》五臣注）张铣说：'望其气如蒙覆清尘。'按，'蒙'，犹言'承'；'清尘'，指足下之尘，引申为敬人之辞。'蒙清尘'意谓居人之下风，听人吟咐而为人服役。疑张说非是。"④

　　以上注解有共同的思维误区，那就是将枚乘、曹植所说的"尘"理解为灰土尘埃，又意识到"飘忽若神，凌波微步"的洛神应该不会"生尘"，用蒙覆尘土来状写佳人也是不可思议的事情。因而只好曲为之解，或用"如"字来加以弥缝。但这样的理解和注释显然与作品的意境不相吻合。

　　《七发》中此语是描绘美女举止动态、形貌神情的，显然无涉于居人下风、听人吩咐而为之服役；且既曰"蒙"，曰"承"，则定非足下之尘，而为发际头顶之物。因此，张铣"望其气如蒙覆清尘"一语所训较为接近原意，给我们提供了一个正确理解枚乘、曹植之语的思路。无论是曹植所云足下罗袜所生之尘还是枚乘所云头顶所蒙之尘，都不可解为飞尘土灰。二作所用的"尘"应该就是指"气"，且是有别于浊尘的"清气"，"清尘"犹言清气。

　　商务印书馆1979年版《辞源》第一册在将"尘"解释为"飞散的灰土"的同时，又指出："踪迹。流风余韵，都称尘。《文选》晋左太冲（思）《魏都赋》：'且魏地者，毕昴之所应，虞夏之余人，先王之桑梓，列圣之遗尘。'"上海辞书出版社1977年版《辞海》下册也如此解释："尘土；灰尘。""踪迹。如：步后尘。《宋史·南唐李氏世家》：'思追巢许之余尘。'"以洛神出尘之姿而"凌波微步"，其罗袜所生之"尘"决非飞扬的尘土，而以"流风遗韵"较为近是。但洛神当下即刻宛然如在凌波微步而生之尘，与西施吴娃等所蒙覆之尘，还是不同于"列圣之遗

---

① 赵幼文：《曹植集校注》卷二，人民文学出版社1984年版，第271页。
② 尹赛夫：《中国历代赋选》，山西教育出版社1989年版，第198页。
③ 杨仲义：《中华名赋集成》，中国工人出版社1999年版，第357页。
④ 枚乘：《七发》，北京大学中国文学史教研室选注：《两汉文学史参考资料》，中华书局1962年版，第16页。

尘""巢许之余尘",因为后者是前尘往事的遗韵遗迹,而且是形而上的泛指,而前者是此在的、具象的。因此,如果以遗韵、踪迹来解释"罗袜生尘"之尘,显然还不是十分妥帖。

我们认为:枚乘、曹植所说的"尘",既不是尘土飞埃,也不是神女们"溅起的水沫"、"脚下溅起水雾"和踪迹、流风余韵,而是指与神女、美人的神韵有着特定联系的柔曼缥缈的轻烟薄雾,是由其形象本身所禀赋和焕发出来的清辉和光华。

"尘"既可训为"气",那么也可训为雾、露,这无须繁加引述,便可得到证明。如汉王逸《九思·怨上》中有"时昢昢兮旦旦,尘莫莫兮未晞"之句,宋洪兴祖《楚辞补注》注曰:"莫莫,合也。晞,消也。朝阳未开,雾气尚盛。"① 显而易见,王逸之解"尘"未晞,是将"尘"当作雾、露的同义词来用的,而洪兴祖也是将"尘"当作雾气来看待的。又,唐玄宗李隆基《过老子庙》一诗中云:"草合人踪断,尘浓鸟迹深。"② 试想,芳草遍合,人迹罕至;绿荫之中,只闻鸟音,不见鸟迹,何处生尘,又何来"尘浓"?这里的"尘"也定非尘埃土灰,只有解释为烟霭、为云雾,才能与这位"其犹龙乎"的道家师祖,被大唐皇室尊为祖宗的老子的身份相称。同样,枚乘、曹植所说"蒙清尘""罗袜生尘"之"尘",也只有解释为轻烟、薄雾,才能与西施、吴娃等美女形象绝世之姿容、和洛灵出尘之韵致相吻合。

枚乘、曹植赋中相关的描写明显脱胎于屈宋辞赋,尤其是宋玉《神女赋》,如曹植赋中"翩若惊鸿"一语便出于此赋。更重要的是,《洛神赋》继承的是以描绘美人香草来抒写和象征完美的人格、高洁的情志和美好的理想追求的艺术手法和精神传统,曹植在芬芳美丽、逸乎尘表的洛神形象中寄寓着自己永恒的思慕与怅惘、无尽的寂寞和伤感。"其形也,翩若惊鸿,婉若游龙,荣曜秋菊,华茂春松。仿佛兮若轻云之蔽月,飘飖兮若流风之回雪;远而望之,皎若太阳升朝霞;迫而察之,灼若芙蕖出绿波……"③ 诗人以一往情深的天才辞笔,向我们描绘了难以言说而臻于绝致的美。面对如此美丽而具潇洒出尘之姿的神女形象,将其"罗袜生尘"之"尘"释为飞土尘埃,显然不合于作者想象与情感的审美逻辑。"践远

---

① 洪兴祖:《楚辞补注》,中华书局1983年版,第319页。
② 李隆基:《过老子庙》,《全唐诗》上册,上海古籍出版社1986年版,第27页。
③ 曹植:《洛神赋》,萧统编,李善注:《文选》上册卷十九,中华书局1977年版,第270页。

游之文履,曳雾绡之轻裾。微幽兰之芳蔼兮,步踟蹰于山隅。"① "于是洛灵感焉,徙倚傍徨。神光离合,乍阴乍阳。竦轻躯以鹤立,若将飞而未翔。践椒涂之郁烈,步蘅薄而流芳……"② 既然曹植笔下的是"含辞未吐,气若幽兰""华容婀娜"③ 的美丽女神,那么,其所践、所曳、所步、所随,其罗袜所生之"尘",定是那环绕和辉映着凌波仙子的轻盈地流动、柔曼地荡漾着的雾霭、清辉、倩影和灵光,而且焕发着兰若特有的清幽与芬芳。同样,枚乘《七发》中说的也是:"杂杜若,蒙清尘,被兰泽。"那沐浴兰泽,洋溢着杜若的芬芳的"清尘",自然也是神光辉映、郁烈流芳的。

由屈原《离骚》的"芳与泽其杂糅兮,唯昭质其犹未亏","佩缤纷其繁饰兮,芳菲菲其弥章"④,和宋玉《神女赋》"沐兰泽,含若芳"⑤ 的形象意境,到曹植赋中超逸清幽、雅洁芬芳的洛神形象,体现的是同样的人格精神与理想。唐代诗人李白《感兴》组诗六首其二咏洛神,即本曹植《洛神赋》之意境,对"凌波微步,罗袜生尘"别有会心,其诗有云:

    洛浦有宓妃,飘飖雪争飞。
    轻云拂素月,了可见清辉。
    解佩欲西去,含情讵相违?
    香尘动罗袜,绿水不沾衣。⑥

杜甫《月夜》诗有"香雾云鬟湿,清辉玉臂寒"⑦ 之句,以"香雾""清辉"为枚乘《七发》之"蒙清尘"作解是颇为贴切的,而以李白此诗意境形象为曹植赋传神写照也是再合适不过了。宋代词人赵闻礼《水龙吟·水仙》一词,化用曹植赋意境,也有助于我们正确理解"罗袜生尘"之义,兹录于后:

    几年埋玉兰田,绿云翠水烘春暖。衣熏麝馥,袜罗尘沁,凌波步

---

① 曹植:《洛神赋》,萧统编,李善注:《文选》上册卷十九,中华书局1977年版,第270页。
② 曹植:《洛神赋》,萧统编,李善注:《文选》上册卷十九,中华书局1977年版,第271页。
③ 曹植:《洛神赋》,萧统编,李善注:《文选》上册卷十九,中华书局1977年版,第270页。
④ 屈原:《离骚》,萧统编,李善注:《文选》中册卷三二,中华书局1977年版,第458页。
⑤ 宋玉:《神女赋》,萧统编,李善注:《文选》上册卷十九,中华书局1977年版,第267页。
⑥ 李白:《感兴》组诗六首其二,《全唐诗》上册,上海古籍出版社1986年版,第426页。
⑦ 杜甫:《月夜》,《全唐诗》上册,上海古籍出版社1986年版,第545页。

浅。细碧搔头，腻黄冰脑，参差难剪。乍声沉素瑟，天风珮冷，翩跹舞霓裳遍。

湘波盈盈月满，抱相思、夜寒肠断。含香有恨，招魂无路。瑶琴写怨，幽韵凄凉。暮江空渺，数峰清远。粲迎风笑，持花酹酒，结南枝畔。①

这里所写的水仙，正是伊人形象的又一个化身；其凌波步浅时所沁之尘，也是与埋玉兰田、绿云翠水春暖、衣熏麝馥和湘波月满同调，是幽韵含香的。

要而言之，以至微至细至平常至普通之物，比喻和象征至大至广至圣洁至美丽的事物形象，以形而下的"道"和"味"等词语来喻指至高无上的形而上的"道"和审美特性，这一切充分体现了中国古代独特的宇宙观、哲学观和审美观，很值得我们加以重视。洛神、西施等首蒙足履、如影随身的"尘"，绝不是尘埃灰土，而是清幽芬芳的轻云、薄雾、烟霭、素辉和光华。这是中国古代文学中伊人系列形象的审美特征和诗人们的审美理想所决定的。

（原载《浙江社会科学》2002年第2期，题为《"蒙清尘"与"罗袜生尘"试析——"尘"之特殊用法举隅》）

---

① 赵闻礼：《水龙吟·水仙》，朱彝尊：《词综》卷二三，中华书局1975年版，第221页。

《桃花扇》和《红楼梦》的中心意象结构法

孙敏强

作为两位文学大师天才创制的呈现,《红楼梦》与《桃花扇》在艺术构思和结构方法上有一个共同的特点,那就是通过设置中心意象来结构全体,贯穿全剧。

"立象以尽意"是圣人立言的基本方法,也是儒家经学阐释学普遍遵循的方法。《礼》中的礼仪规范、过程环节和特殊细节,《书》与《春秋》中圣人君王的言行事迹等,都被视为事象,和《诗》中的意象,《易》中的卦象一样,被认为是关乎天地人伦,可以由此举一反三、见微知著和鉴古知今的象征性和标示性的符号标志,也就是象。更有意思的是,象不仅是儒家构建经学大厦的重要基石和基本元素,而且也成为老庄消解经学的重要武器和基本手段。《庄子》一书,寓言十九,而庄子寓言中的鲲鹏、蝴蝶、象罔、玄珠等,都是很典型的意象,是庄子用来阐述大道、消解儒家经学的手段和符号。由此可见,以(立)象尽意,是先秦经学与诸子著书立说的基本手段,它成为笼罩中国古代学术与艺术、经学与非经学、文学与非文学的抒情、叙事和论说的传统手段。这种传统深远地影响了中国古代骚人墨客,甚至影响到民间大众的艺术创作和生活习俗(例如,我国民间传统婚礼风俗中,亲友准备红枣、花生、桂圆、莲子等物,以寄寓早生贵子等祝福之意)。不必说楚汉辞赋、唐诗宋词中的美人香草等琳琅满目的意象世界,也不必说古代画家笔下的山水亭台,兰梅竹菊,乃至传统戏曲艺术中的各式脸谱,生旦净末丑,即如在叙事艺术中,《西游记》里有猴猪龙牛,狼虫虎豹,《红楼梦》有僧道甄贾,花花草草,《水浒传》中一百零八将,作者也以形形色色的绰号诨名,对其进行类意象化的标目,梨园戏坛对于刘、关、张、曹、诸葛等人物红黑白脸谱和色彩的意象化处理,与《三国演义》作者的艺术构思和创作原则也是完全相吻合的。这一切都有着深刻的文化和艺术渊源。这,也同样是《红楼梦》与《桃花扇》作者天才构想的渊源和背景。

　　孔尚任在《桃花扇传奇凡例》第一条中提出"曲珠"之说："剧名《桃花扇》，则桃花扇譬则珠也，作《桃花扇》之笔譬则龙也。穿云入雾，或正或侧，而龙睛龙爪，总不离乎珠，观者当用巨眼。"① 我们认为，《红楼梦》与《桃花扇》作者的创作实践，以及孔尚任的"曲珠"之说，是在叙事艺术中承继并发展了中国古代文艺抒情写意的审美传统、古代诗歌辞赋意象意境创作的艺术手法和古代文论中"诗眼""词眼""文眼"之说的结果。孔尚任所谓的"珠"，相当于前人所说"诗眼""词眼""文眼"的"眼"，是指作品意境或形象体系的关键性部位和中心意象。而他这部传奇中的"珠"就是桃花扇。作者设置桃花扇这一中心意象，将其作为贯穿侯李悲欢离合和照映南明存亡兴衰的"珠"和"眼"，使描绘全剧人物与剧情的如龙之笔得以有了神魂与焦点，不管怎样夭矫盘旋，宛转腾挪，其神情气象，却"总不离乎珠"。"曲珠"说，是作者创作心得的夫子自道，这段话揭示了《桃花扇》命意与结构艺术的一个重要手法和特征，我们称之为中心意象结构法。作者告诫我们："观者当用巨眼。"是为了突出作为该剧创作重要特色和宝贵经验的中心意象结构法，强调其对于该剧审美创造与接受的重要意义。作为古代最完美的剧作之一，《桃花扇》本身就是"曲珠"说最好的典范。同样，《红楼梦》也以其别具匠心的命意和卓绝的结构艺术，成为与此相呼应的又一个成功范例。他们的艺术创制，也典型地体现了中国古代叙事文学的诗性特征与诗化倾向。

　　所谓中心意象结构法，是指古代一些戏曲小说家采用的特殊叙事手段和结构方法，即，通过设置关系全局、贯穿全书的，具有丰富历史积淀与审美意蕴的中心或焦点性意象，对作品主题命意、情节冲突乃至整体结构起到贯通会神、画龙点睛、衬托映照等艺术效应，从而辉映和拓展作品的境界与层面，聚合和统摄作品的结构体系，使之成为完美的艺术整体。

　　作为这一方法的成功实践，《桃花扇》与《红楼梦》中的中心意象桃花扇和石头，所包含的审美意蕴，以及其所特有的艺术效应与结构功能，使整个作品的艺术结构和形象体系别具特色，所体现的艺术效应与结构功能具有特别的意义，在世界文学史上也是罕见的成功范例，很值得我们加以探讨和总结。

---

① 孔尚任：《桃花扇传奇凡例》，蔡毅：《中国古典戏曲序跋汇编》第三册，齐鲁书社1989年版，第1605页。

一　《桃花扇》的中心意象结构法

在江南风雨飘摇、雌了男儿的时与地，一把作为定情礼物相赠的诗扇，溅洒上一个奇女子搏命抗争的鲜血，血痕被点画成了朵朵桃花，这是桃花扇的传奇。而此血此花，此情此志，对比和映衬着昏君的娱乐偷安，奸臣的蝇营狗苟，文士的孱弱凄惶，武将的进退失据；血色的桃花，竟然映照和收摄着一个朝代覆亡的历史与一个民族辛酸的痛史。这真是一个伟大的灵感！虽则历史上有事实生成如此如此，却唯有既禀赋至性挚情与深沉的历史感，又具有卓绝的艺术感觉和结构能力的剧作家，才能天才地熔铸和构想出这样的戏剧画面和艺术结构。

这或许是作者最为得意的艺术创造，所以他还一再地申说："传奇者，传其事之奇焉者也，事不奇则不传。桃花扇何奇乎？妓女之扇也，荡子之题也，游客之画也，皆事之鄙焉者也；为悦己容，甘矐面以誓志，亦事之细焉者也；宜其相谴，借血点而染花，亦事之轻焉者也；私物表情，密痕寄信，又事之猥亵而不足道者也。桃花扇何奇乎？其不奇而奇者，扇面之桃花也；桃花者，美人之血痕也；血痕者，守贞待字，碎首淋漓不肯辱于权奸者也；权奸者，魏阉之余孽也；余孽者，进声色，罗货利，结党复仇，隳三百年之帝基者也。帝基不存，权奸安在？惟美人之血痕，扇面之桃花，啧啧在口，历历在目，此则事之不奇而奇，不必传而可传者也。人面耶？桃花耶？虽历千百春，艳红相映，问种桃之道士，且不知归何处矣。"①

桃花扇中心意象的设置对于剧作审美意蕴的表现和艺术结构的完成有着至关重要的意义和作用。首先，桃花（扇）是中国古代诗史上有着特殊审美内蕴和色彩的意象。从"人面耶？桃花耶？""问种桃之道士"诸语可知，当作者将桃花扇作为剧作中心意象时，很自然会想起玄都观观桃花和再游玄都观的刘禹锡，想起"去年今日此门中，人面桃花相映红。人面不知何处去，桃花依旧笑春风。"②和"况是青春日将暮，桃花乱落如红雨"③的诗句，以及晏几道《鹧鸪天》"彩袖殷勤捧玉钟，当年拼却

---

① 孔尚任：《桃花扇传奇小识》，蔡毅：《中国古典戏曲序跋汇编》第三册，齐鲁书社1989年版，第1602页。

② 崔护：《题都城南庄》，富寿荪：《千首唐人绝句》下册，上海古籍出版社1985年版，第555页。

③ 李贺：《将进酒》，王琦等注：《李贺诗歌集注》卷四，上海古籍出版社1978年版，第313页。

醉颜红。舞低杨柳楼心月，歌尽桃花扇底风"①的词句，前者倔强乐观地面对世事变幻，洋溢着一种风骨精神；后一类诗句则有着共同的色泽基调，那就是"疏疏密密，浓浓淡淡"的桃花，及其所表征的美好景象与时刻的消逝，此中弥漫着由时空转换，世事变幻所带来的忧伤和沧桑感。这两个层面的意蕴通过桃花扇这一中心意象的设置积淀到了剧作中。一方面，《桃花扇》中香君的倔强也许有着刘宾客的影子，而另一方面，桃花是春天最美艳而易凋的花，古代诗人往往将其对春天、生命和世事的伤感与喟叹赋予桃花。伤春伤别，红颜凋谢，世事无常等等，成为桃花诗历久弥新的主题。当作者以桃花扇为中心意象和剧名时，正是以古代诗人有关桃花（扇）的绝作及其所寄寓的对世事人生的深沉感喟为底色和背景，来抒写他对兴亡盛衰的无限感慨和民族情感。他以巧妙而特殊的方式将有关桃花（扇）的历史积淀和主题旋律自然地"嫁接"到了剧作中，使之别具意味和韵致，成为全剧最出彩，最具有戏剧性的部分，而剧作的主题命意，韵致精神也赖以得到收摄与凸显。

作者强调说："朝政得失，文人聚散，皆确考时地，全无假借。至于儿女钟情，宾客解嘲，虽稍有点染，亦非乌有子虚之比。"② 为此，原书还专列《考据》一篇，一一枚举剧中重要史实事件之所本。孔氏特别指出，剧中展现弘光遗事的几乎所有情节都为实录，"独香姬面血溅扇，杨龙友以画笔点染之，此则龙友小史言于方训公（孔氏族兄）者。虽不见诸别籍，其事则新奇可传。《桃花扇》一剧感此而作也。南朝兴亡，遂系之桃花扇底"③。可见，此则逸事勾起了作者的故国之思、创作灵感和激情；而作者之所以对此尤为敏感，将其点化和升华为关键性情节与中心意象，并用为剧名，也是基于他对桃花（扇）在古代诗史上形成的特殊审美积淀的深刻理解。剧中写道："你看疏疏密密，浓浓淡淡，鲜血乱蘸。不是杜鹃抛；是脸上桃花做红雨儿飞落，一点点溅上冰绡。"④ 作者寄寓了"桃花薄命，扇底飘零"的深沉感喟。

从艺术结构上看，作者以桃花扇为剧名和中心意象，对其进行精心的

---

① 晏几道：《鹧鸪天》，俞平伯：《唐宋词选释》中卷，人民文学出版社1979年版，第88、89页。

② 孔尚任：《桃花扇传奇凡例》，蔡毅：《中国古典戏曲序跋汇编》第三册，齐鲁书社1989年版，第1605页。

③ 孔尚任：《〈桃花扇〉传奇本末》，蔡毅：《中国古典戏曲序跋汇编》第三册，齐鲁书社1989年版，第1602页。

④ 孔尚任：《桃花扇》第二十三出《寄扇》，人民文学出版社1959年版，第148页。

结撰与浓墨重彩的书写,全剧因此便确立了一条情节主线,通过赠扇定情、血溅扇面、点染画扇、寄扇代书、撕扇出家等情节,作者写出了侯李悲欢离合的完整过程,并且以此为主线,将他们与众多人物及其矛盾冲突,乃至国家覆亡的背景联系在一起。于是,有关桃花扇、主人翁及家国命运的所有重要场景与情节,被作者有序地组合为构成前后强烈对比与反差的时空序列,和平时期的情缘与战乱中的乖离,个人命运与国家民族的兴衰存亡,善与恶的矛盾冲突,主人公间性格的差异等,被有机地纳入这个时空序列中,历史的变幻感和沧桑感就这样被完美地凝固在了以桃花扇为焦点,以历史时空为纵横主轴建构起来的艺术结构和框架之中。"南朝兴亡,遂系之桃花扇底。"这体现了作者匠心独运的创意和把握艺术结构的高超能力。

桃花既与香君及其人生遭际有着天然的审美关联,又对应着南明王朝及其历史命运。以有着特殊来历的桃花扇作为中心意象,那具有特定历史积淀与审美意蕴的桃花(扇)便给全剧定下了基调和底色。人物的悲欢离合、家国的沦落衰亡,都被这浅淡深红所映照。香君的挚爱深情、果决坚贞,使昏君的宝座,奸臣的得计黯然失色,也更加彰显了文士武将的孱弱愚蠢;这点点血色桃花的凄美与悲壮,给覆亡的故国、破碎的山河笼罩了更深沉更痛切的悲剧感。叫作者和观者双眼迷离、痛彻心扉的,正是这血色的桃花,及其所蕴含的审美情感,以及由此映照和观照中的个人生涯与家国历史的沧桑。

二 《红楼梦》的中心意象结构法

无独有偶,《红楼梦》中让我们感受那彻骨悲凉的,同样并不仅仅是作品中兴衰际遇、离合悲欢的具体情节,而也是缘于作品的中心意象,那块冰冷的石头,及其所表征的作者热肠冷眼的感悟与观照世事的审美态度。孔尚任的《桃花扇》,以血色的桃花,对应个人与家国哀痛的历史,而曹雪芹则以清冷的石头,对应那繁华热闹的红楼一梦。这就像是中国陶瓷传统工艺中的上釉,完美的质地和画面,因为有了这一层釉彩而精彩百倍,光芒四射,成为美轮美奂的艺术品。从作品艺术结构的角度上说,《桃花扇》和《红楼梦》中心意象的成功设置,也好比给作品全景上了一层釉,使得整个作品的艺术结构和时空境界别开生面,更加具有纵深感和立体感了,正可谓异曲同工。因此,《红楼梦》的中心意象结构法同样值得我们加以重视和探讨。

《红楼梦》又名《石头记》,这一书名就已经明白地告诉我们,"石头"是《红楼梦》的中心意象。与桃花扇相似，作为全书一个特殊的叙事焦点和视角，这块通灵石的色彩与光芒映照和辐射着作品整个的艺术体系，它是《红楼梦》叙事图式和艺术建构中神光聚注的一个焦点，对于全书的审美意蕴和艺术结构起着至关重要的作用。

石头也是中国古代诗史上有着特殊历史积淀和审美内蕴的意象。首先，在文化指涉上，石头与玉不同。《红楼梦》开篇便交代这块石头是女娲炼石补天弃置不用的顽石。在古代，石头往往表征一种民间的、审美的、艺术的价值存在。《说文》云："玉，石之美有五德者。"[1] 从归属上说，玉，就是石。在中国古代玉石文化中，石与玉本来就连类并称，因此顽石与宝玉便有了不解之缘。但是，玉与石实际上还是有着不同的意味和指向。《诗经·卫风·淇奥》云："有匪君子，如切如磋，如琢如磨。"[2]是以玉工雕琢美玉比喻君子的修德养性。玉是美石，是经过切磋琢磨的石头。如此说来，石头是天然的，未经雕琢的，宝玉则是经过加工的，这大概就是玉和石最初和最基本的差异，也是"真"顽石与"假"宝玉的由来。

关于玉，先秦就已有"比德"之说。《荀子·法行篇》载孔子云："夫玉者，君子比德焉。温润而泽，仁也；栗而理，知也；坚刚而不屈，义也；廉而不刿，行也；折而不挠，勇也；瑕适并见，情也；扣之其声清扬而远闻，其止辍然，辞也。故虽有珉之雕雕，不若玉之章章。诗曰：'言念君子，温其如玉。'此之谓也。"[3] 儒学文化赋予玉以道德人格属性，使其成为高尚的道德品质的象征。玉同时也是身份地位的象征，国家与宗族的许多政治伦理实践活动都离不开玉。在朝野原始宗教活动和宗庙贵族祭祀大典仪式中，玉作为礼器更担当着感通天地人神的重要角色（这也许是通灵宝玉名号之所由来）。古有"六瑞""六器"之说[4]，足证玉被作为感通人与天地神灵的媒介。另外，在经济活动中，玉又和金帛一起成为财富的象征，担当流通货币的某些功能，所以《管子·地数篇》云："珠玉为上币，黄金为中币，刀布为下币。"[5] 可见，玉更多地具有政治、经济、道德、宗教等社会属性与功能。

石很少有玉的上述社会价值与功能，而更具有审美的属性和意味。与

---

[1] 段玉裁：《说文解字注》卷一，上海古籍出版社1981年版，第10页。
[2] 孔颖达：《毛诗正义》，《十三经注疏》本，上海古籍出版社1997年版，第321页。
[3] 王先谦：《荀子集解》，《诸子集成》本，上海书店出版社1986年版，第351—352页。
[4] 陈戍国点校：《周礼》，岳麓书社1989年版，第54页。
[5] 戴望：《管子校正》，《诸子集成》本，上海书店出版社1986年版，第383页。

对玉的爱重和珍视相比，国人对石的欣赏和关注要晚一些。最先发现和赋予石头以审美意义和艺术价值的是文士。需要特别提到的是宋代诗人米芾，他与石头的缘分，和有关石头的逸事，对于石文化的精神和审美取向尤其具有重要意义。《红楼梦》中"石兄"之称及对话，即本于米元章逸事。《宋史·米芾传》载："无为州治有巨石，状奇丑，芾见大喜曰：'此足以当吾拜！'具衣冠拜之，呼之为兄。"① 米芾因此被称为"米癫"。"石兄"，后人又称为"石丈人"。颇有意味的是，此传作者之所以记录米芾逸事，实为证明世人和自己对米氏癫狂痴迷的特异性格的判断与结论。此传评米芾云："所为谲异，时有可传笑者。""芾为文奇险，不蹈袭前人轨辙。""不能与世俯仰，故从仕数困。"（《宋史·米芾传》）《老子》第三十九章有云："不欲琭琭如玉，珞珞如石。"顽石的粗糙、磊落、奇崛、坚硬，使其自然不同于经过精雕细琢的玉的华美、高贵、光滑、温润，注定不能成为廊庙之器。石虽然与玉并称，却体现着与玉迥然不同的文化精神和审美取向。

要而言之，玉石文化实际上可以再细分为玉文化和石文化。玉在社会政治、经济等活动中占有中心和主流的地位，而石则似乎处于边缘，更多地偏于艺术的、审美的领域；石头为文人雅士所欣赏，宝玉则为贵族、大臣、商贾、仕女所注目；文士欣赏石头的，是其自然而然的怪异、奇崛、丑陋与古意，贵族、商贾着眼于宝玉的，是其作为富贵和地位的象征属性；石头所包含的是审美意义和艺术价值，而宝玉所凸显的是其社会政治、经济价值与财富象征等意义与功能。石头是在野的，宝玉是庙堂的。

作为没落贵族的浪子，和具有诗人气质的小说家，曹雪芹在玉与石二者之间的情感和审美取向是显而易见的。《红楼梦》贾府人物玉字辈中，如贾珠早亡，珍、琏、瑞等皆为皮肤滥淫之物，环、琮、璜等也大多不堪，似乎是说，玉是越来越不行了。表而出之者唯有宝玉，曹雪芹却从一开始就明明白白地告诉读者，他是被弃的顽石，是"假"宝玉。在第一回中，他突出强调的是顽石的无用和被弃。在开篇以后，作者先自叙述石头"自恨粗蠢，不得已，便口吐人言"，继而写其自述"弟子蠢物，不能见礼"，"弟子质虽粗蠢，性却稍通"，再则述那僧之语："若说你性灵，却又如此质蠢，并更无奇贵之处，如此也只好踮脚而已。"后文更是一口一个"蠢物"，第一回中类似"蠢物""粗蠢""质蠢"的称呼凡九出。

---

① 脱脱：《宋史·米芾传》，《二十五史》第八册，上海古籍出版社、上海书店出版社1986年版，第1488页。

则石兄小传几乎又可以称之为"蠢物传"了。特别需要指出的是，作者不仅为石头作传，而且还为顽石作画。其友人敦敏高度评价其顽石画云：

> 傲骨如君世已奇，嶙峋更见此支离。
> 醉余奋扫如椽笔，写出胸中块垒时。
> ——《题芹圃画石》①

此诗所传写和《红楼梦》中所展现的，实际上是与以米芾为代表的狂狷者一脉相通的人格精神。作者告诉我们，这块弃石，终究没有被俗世同化，社会的"如切如磋，如琢如磨"并不能磨掉它的光泽、棱角和本来面目，即使被视为废物，目为癫狂，石头还是石头。因此，曹雪芹笔下的宝玉必定是贾（假）宝玉。作者以擅画顽石著称，石头是宝玉的本相，也是作者的自期。直到篇终，贾（假）宝玉还是没有变成甄（真）宝玉，他终究还是贾（假）宝玉，真石头。

石头这一中心意象的设置，使石头（宝玉）一身而两任，这使作品的形象体系和意蕴层面包孕了巨大的反差。《红楼梦》不同的书名便昭示了这样的反差，如宝玉是"红楼梦"的主角，红楼一梦，颇有繁华酣梦正在进行中的意味；而"石头记"则富于酣梦幻灭以后寂冷的感觉。这样的反差产生了特殊的艺术效果。

"红楼梦"是一曲繁华、喧嚣而短暂的幻梦，而其中心意象却是朴质、静穆和久远的石头②。在我们看来，它是亿万年前天地开辟、天崩地裂的产物，是炽热的岩浆喷发后凝固的结晶。这是一个强烈的反差：石头的久远与永恒，使贾府的繁华与贾府中人物的兴衰际遇，离合悲欢显得如此无常和短暂；石头意象本身所具有的静穆、冷峻和似乎无情与石头在尘世的携带者，多情公子宝玉之间也构成了对应、反差和相反相成的审美关系。如果说，"红楼梦"这个书名，与作者历尽梦幻与沧桑以后回忆前尘往事时油然而生的叹息、感伤与幻灭感，与作者心性中深情入世的一面联系在一起；那么，"石头记"则与作者寂然回首、旁观世事时的无言和冷峻联系在一起。宝玉与石头之间，红楼梦酣时的热望与深情和梦醒幻灭以后旁观世事的默然与冷峻之间，朴质与繁华、静穆与喧嚣、久远与短暂之

---

① 敦敏：《题芹圃画石》，见一粟编《红楼梦资料汇编》（上），中华书局1964年版，第6页。
② 《论语·雍也》："知者乐水，仁者乐山。知者动，仁者静。知者乐，仁者寿。"明文震亨《长物志》："石令人古，水令人远。"可证石头被视为静穆与久远的象征。

间，形成了如此鲜明和强烈的巨大反差与对比！而这一切，也因为"石头"这个中心意象的设置而呈现和凸显。

对"石头"作为中心意象之于"红楼梦"的审美意义和结构作用，我们不妨以李贺诗作为参照："茂陵刘郎秋风客，夜闻马嘶晓无迹。画栏桂树悬秋香，三十六宫土花碧。魏官牵车指千里，东关酸风射眸子。空将汉月出宫门，忆君清泪如铅水。衰兰送客咸阳道，天若有情天亦老！携盘独出月荒凉，渭城已远波声小。"① 诗人们就这样将炽热到极点的情感寄寓于似乎冰冷无情的铜人与石头，将挚情的抒发转换为冷峻的书写，使我们产生"无以冰炭置我肠"②的强烈感受。也许，读懂了这首诗，读懂了"忆君清泪如铅水""天若有情天亦老"等诗句，也就读懂了《红楼梦》，读懂了"石头"，及其作为中心意象的审美意义和作用。曹雪芹将"石头"作为《红楼梦》的中心意象，其人生况味与感喟，其创作动机、审美心理，和所产生的艺术效果，与李贺将金铜仙人作为抒情主角是相似的。冰与炭的完美组合产生了特殊的艺术张力和审美效果，也使《红楼梦》在艺术结构上独树一帜。

除了前文所揭示的，宝玉作为贾（假）宝玉、真顽石的双重身份，体现着深情入世与冷眼向俗的矛盾心态与悖论而外，这块非同寻常的石头还连缀扭结着多重复杂的艺术层面和审美关系。在我们看来，至少有两个层面值得注意。一是这块在大荒山无稽崖补天未用的"零一块"，入世间则为"天下无能第一，古今不肖无双"的贾宝玉所衔之石，其连缀着天上人间。《红楼梦》进入叙事后的开首第一大段，写一僧一道将携石头入世，而第二大段就已是不知过了几世几劫，石头入世回归大荒山无稽崖青埂峰以后了。文势笔调是如此开合纵横，收放自如。而那一僧一道的出场尤其值得注意，他们在首回中就已经出现了五次，每次都不一样，第一次是石头被弃不得补天之后和历世之前，交代石头来历和入世缘由，第二次是它历世回归之后，揭出《石头记》之创作主旨。如果说前两次是在天上，位于灵之境界；第三至五次则在人间，置身于俗世情境。第三次出现在甄士隐梦中，为一僧一道携蠢石入世途中，兼叙绛珠仙草与神瑛侍者故事和太虚之幻境。紧接着，士隐梦醒，即见一僧一道前来，那僧要士隐把英莲舍给他，然后僧道分手，相约三劫后会于北邙山，一起去太虚幻境销

---

① 李贺：《金铜仙人辞汉歌》，王琦等注：《李贺诗歌集注》卷二，上海古籍出版社 1978 年版，第 94 页。

② 韩愈：《听颖师弹琴》，《全唐诗》上册，上海古籍出版社 1986 年版，第 842 页。

号。第五次是在甄士隐痛失爱女与家产，寄投岳丈家，贫病交加，渐露下世光景之时，道人吟一曲《好了歌》，前来接引士隐出家。一僧一道，如云中神龙，偶露一鳞半爪，突兀而来，倏忽而去，天上人间，几世几劫。面对基于深邃的宇宙时空观和哲学观的宏大而特殊的叙事场面，面对时间和空间上的变幻莫测和巨大跨度，让人顿然而生如李贺诗句所抒"黄尘清水三山下，更变千年如走马"①的沧桑感。而对于此回主人公甄士隐而言，于作者数行文字之间、读者瞬间阅读之时，即已然经历了人生痛彻心扉的重大变故，失去了生命中挚爱而难舍的一切，亦叫人油然而生世事渺渺的梦幻感和悲悯心。一僧一道，是《石头记》中重要的艺术符号，单就第一回而言，这五次出现，通过一组组起着叠加与对比等艺术作用的意象和镜头，展现了一个空灵变幻、蕴含无限、意味深长的审美境界。而石头在此中正起着连缀和贯穿作用。在这样的艺术结构与境界之上的，是诗人观照历史与人生的慧眼、灵光和悲悯之心。而此灵光、慧眼和悲悯之心也恰恰收摄聚焦于这块通灵石之中。

还有一个不可忽视的重要层面是，作为兼具玉、石两种身份的石头，自然连接着木石前盟和金玉良缘这两条爱情与婚姻的主线。作为真石头，木石宝黛之间，是一份贯通天上人间的真挚深情、曲折浪漫的情缘；而作为贾（假）宝玉，宝玉和宝钗只能演绎理性而无奈、现实而悲剧的婚姻故事，宝玉终究还是不能给予宝钗可靠和合乎期待的一切。木石前盟伤感的爱情旋律，与金玉良缘悲凉的婚姻结局之间，构成了巨大的艺术空间和张力，而两者又殊途同归地彰显着悲剧性的大结局和红楼梦醒的幻灭感。这一切，都是以玉石为焦点和中心的。这一层面和上述天上人间的层面，完全是不同维度，不同方向的，两者相辅相成地构建起立体交叉，极具纵深感和开放性的艺术结构，而将其有机紧密地融为一体的，便是这一块顽石。这真是一个天才的构想。

石头作为中心意象，与宝玉是一而二、二而一的结合体，担当着故事参与者和叙事者的双重功能，在全书整体结构的构建中起着关键性的作用。作者将石头具化为"假"宝玉，并赋予其在贾府、大观园及其人物特定矛盾关系焦点的地位。石头始终是在场的参与者和叙事者，即使在失却宝玉（石头）的回目中，它作为叙事角色亦因贾宝玉的在场而存在。如此，石头就成为通灵而无时无处不在的叙事主角，全书所要描绘的一切

---

① 李贺：《梦天》，王琦等注：《李贺诗歌集注》卷一，上海古籍出版社1978年版，第57页。

都是在石头的视野中发生的,因此,石头所记便具有亲历亲为的现场感,给人一种真实的印象。同时,石头又始终是旁观者,作者赋予其通灵之玉的属性,颇具有形而上的冷眼阅世,白眼观人的况味和意蕴。

从作为叙事者的角度而言,石头与作者是浑然一体的,《红楼梦》是作者的精神自叙,作者—宝玉—石头构成一个基本的自叙层面。石头的神光所聚,又是曹雪芹的一双慧眼和一颗悲悯之心的化身,它以其冷峻的目光剖析着世间的人情百态,瞩目于纯情儿女的悲欢离合,洞察着人生的空虚幻灭,在这出人生的悲剧舞台上,作者既入乎其中,一往情深、积极有为地参与和面对世事;又出乎其外,超然物外地审视和观照着俗世的历史与人生。把石头(中心意象)既作为参与者又作为旁观、叙述者的叙事方式,在以往的小说中是不多见的,是作者曹雪芹对传统叙事方式的大胆突破与创造性发展。

再就《红楼梦》全书的艺术结构而言,作者幻设了一块"石头"作为中心意象,并且以此联系和贯通两个方外人(即一僧一道)和府(贾府)、园(大观园)、境(太虚幻境)三界,多角度多层面地构建了全书的整体结构。作者以"石头"为中心意象,使全书的叙事结构始终有一个神光所聚的焦点和无所不在的对应与参照系;一"僧"一"道"神龙见首不见尾,偶露一鳞半爪,如草蛇灰线,对全书结构起着埋伏、照应的纵向和线性的连缀作用;贾府、大观园、太虚幻境三界,你中有我,我中有你,虚实相生,如影随形,巧妙地构建了全书境界层深的立体结构。宝玉与石头一体而二名,连类而并称,和一僧一道出入三界,穿插点缀其间,弥缝全篇,更使《红楼梦》成为一座莹彻玲珑,浑然无迹的"七宝楼台"。

以"石头"为中心意象,作者、叙事者、石头、宝玉浑融一体,使《红楼梦》在艺术结构上呈现出鲜明的独创性。而石头与红楼之梦的反差与对比,就不仅仅是点与点、点与面的关系,亦不是局部与局部、局部与整体的关系,而是构成作品全局和艺术整体意义上的反差与对比。由中心意象以及其与故事情节之间的强烈反差,构成整个艺术作品的审美意境和张力,这在世界文学史上也许可以说是绝无仅有的,也是结构美学值得探讨研究的特殊现象。

三 中心意象结构法溯源

如前所述,《红楼梦》与《桃花扇》的中心意象结构法和孔氏"曲珠"之说,显然有着以往文学创作和理论上的传统渊源和基础,是历代诗人通过意象和意象组合创造意境来抒情达意的艺术手法在叙事文学中的运用,其创作理念和成功实践本于中国古代的抒情和叙事传统,是中国古代叙事文学诗性特征与诗化倾向的典型体现。

《红楼梦》和《桃花扇》的中心意象结构法是作者在叙事创作中运用古代诗人意象意境的创造方法的结果,是抒情写意的诗歌传统和审美原则影响于叙事文学的伟大成果。

通过精心选择的意象与意象的完美组合构成审美意境以抒情写意,这是古代诗人的创作传统,小说戏曲家也往往不改诗人本色,自然而然地运用抒情诗的创作方法来进行叙事创作。对于建构意境的基本单位意象,我们可有多种分类方法,像事典类意象、景物类意象,单意性意象、多意性意象,即时即物类意象、意义积淀类意象等。张若虚《春江花月夜》有"碣石潇湘无限路"之句,碣石与潇湘是相对照的意象,前者与秦皇汉武和铁血枭雄的诗人曹操联系在一起,是北国的、事功的、入声的、刚健冷峻的;后者与浪漫忧伤的诗人屈宋联系在一起,是江南的、唯美的、平声的、缠绵清柔的。通过这样的事典和意义积淀类意象,诗人仅以寥寥七字,就概写了千古江畔代代南来北往行路客事功与艺术无限的人生之路。像这些多义性、事典类和意义积淀类的意象,也常为后代小说戏曲家所沿用。如汤显祖《牡丹亭》有"遍青山啼红了杜鹃"之句,望帝杜宇的传说赋予杜鹃意象以多义性,后人用以抒写对故国与往日时光的眷恋、对青春与生命的叹惋、思乡的情结、春天的心情等多重意蕴。作为意象本体,杜鹃还语含双关,是将鸟与花的意象熔铸到了一起。那是古人充满诗意的想象,仿佛那漫山遍野的红杜鹃就是蜀国望帝魂化杜鹃鸟啼血而成。诗人就这样把关于生命、离别、故国、故乡的最忧伤的思想借助这声声啼鸣与殷红的山花完美地抒发出来,给这部洋溢着浪漫激情的诗剧增色不少。石头与桃花(扇)正属于这类多义性、事典类和意义积淀类的意象。

实际上,前人诗作中已不乏中心意象结构法的雏形和成功的例证。如《题都城南庄》用桃花作为中心意象,以收"人面桃花相映红"的映照之功,和"人面不知何处去,桃花依旧笑春风"的对比之效,也许就启迪了孔氏将桃花(扇)作为剧作中心意象的艺术构思。又如,王维常化用佛家禅宗飞鸟的典故,以飞鸟意象作为全诗整体结构的焦点和构成意境的中心要素。飞鸟,是积淀了佛理诗思的意味无穷的意象。佛经里常常出现飞鸟形象[1],在佛家看来:鸟飞空中,无有挂碍,如空中影,如水中沤,

---

[1] 如僧祐《出三藏记集》卷四著录《飞鸟喻经》一卷,《涅槃经》有"如鸟飞空,迹不可寻"之语,《华严经》也有"了知诸法性寂灭,如鸟飞空无有迹"之句。

后影显，则前影灭，转瞬间便无有踪影。飞鸟之喻，传示了佛家禅宗对世界万象的把握和理解，故为王维所化用。王维用飞鸟意象，或为写实，更是写意，是借此传写他通于禅家的对世相特有的理解，如《木兰柴》："秋山敛余照，飞鸟逐前侣。彩翠时分明，夕岚无处所。"[①] 暮秋时节，落日最后的余晖，透过深林，化作一缕缕光柱，犹如舞台上的束束追光，那五彩斑斓的小鸟就在这一个个光环中飞渡，呈现出一连串刹那的鲜艳和美丽，最后，这时间意味上瞬间的鲜艳和空间意味上点点的美丽，融入和消失于色调无限丰富的晚霞与雾霭之中，而这一切又将为夜幕那潆漫无边的幽暗所笼罩。飞鸟消失在夕岚里，夕岚消失在夜幕里，夜幕消失在诗人的眼中和心里……这正是佛家禅宗思想最完美、最诗意的体现。看来诗人对这样的意象意境是颇为自得的，因此翩翩飞鸟的意象在诗人笔下一再出现。如《崔濮阳兄季重前山兴》："残雨斜日照，夕岚飞鸟还。"《送方尊师归嵩山》有"夕阳彩翠忽成岚"之句，又，《华子冈》写道："飞鸟去不穷，连山复秋色。上下华子冈，惆怅情何极。"诗性禅趣，意味无穷。在此类诗作中，飞鸟成为全诗意境和整体结构的中心要素和焦点意象，其在点化画意禅趣和构建艺术结构上起着类似于前述石头和桃花（扇）的作用，而李贺笔下的金铜仙人与曹雪芹的石头意象，更可谓有异曲同工之妙。

即使从散文和叙事体的角度来看，中心意象结构法也是古已有之的。《庄子·天地》有寓言说："黄帝游乎赤水之北，登乎昆仑之丘，而南望还归，遗其玄珠。使知索之而不得，使离朱索之而不得，使喫诟索之而不得也。乃使象罔，象罔得之。"[②] 在这里，"知""离朱""喫诟"等分别象征着"心知"、"聪明"和"文言"，它们都强索"玄珠"（即"道"）而不得，唯有与道同调的"象罔"方才得之。而"象罔"之为意象，正是唯恍唯忽，似有若无，不将不迎，无意于求，无心而遇，无所谓得，也无所谓不得的。在我们看来，《庄子》的这则寓言，也许正可以视为对其文本的绝妙概述。这里的"知""离朱""喫诟""象罔"等，都可以说是种种意象，而"玄珠"则是中心意象，那种种意象，都指向和围绕着"玄珠"这个中心意象。《庄子》自述其为文有云："寓言十九，重言十七，卮言日出，和以天倪。"[③] "以谬悠之说，荒唐之言，无端崖之辞，时恣纵而不傥。"[④]《庄子》之为文，诗思汪洋恣肆，寓言层出不穷，其寓言

[①] 赵殿成笺注：《王右丞集笺注》卷十三，上海古籍出版社1978年版，第244页。
[②] 《庄子·天地》，陈鼓应注译：《庄子今注今译》，中华书局1983年版，第302页。
[③] 《庄子·寓言》，陈鼓应注译：《庄子今注今译》，中华书局1983年版，第727页。
[④] 《庄子·天下》，陈鼓应注译：《庄子今注今译》，中华书局1983年版，第884页。

意象如鲲鹏之怒而飞,如蝴蝶栩栩然之翔舞,前后左右,分合正反,匪夷所思,变幻莫测,而其旨归则全在于言道。"玄珠"(即"道"),成为《庄子》全书的中心意象。就像《老子》所谓:"三十辐,共一毂。"① 庄子正是以此"玄珠"为核心、焦点和灵魂,建构起了一个完美的艺术整体。由此观之,此则寓言,乃至《庄子》一书,可以说是中心意象结构法最早的成功尝试。有意思的是,孔尚任所云:"桃花扇譬则珠也,作《桃花扇》之笔譬则龙也。穿云入雾,或正或侧,而龙睛龙爪,总不离乎珠,观者当用巨眼。"② 这既是对其《桃花扇》中心意象结构法的夫子自道,我们将其用以评述《庄子》之文也正恰到好处。

孔氏"曲珠"说及其中心意象结构法,实际上渊源于"诗眼""词眼""文眼"之说。关于"诗眼"说,前人曾局限于从炼字炼句的角度论之,其实未必能抓住根本③。"诗眼"应该是关乎作品全局的神光所聚之处,它固然有待于锤炼字句的精警,但其出神入化,全在精神气韵,而这才是"诗眼"说精髓之所在,也是中国古代一以贯之的艺术传统。顾恺之画人,或数年不点目睛,谓:"四体妍蚩,本无关于妙处,传神写照,正在阿堵中。"④ 陆机《文赋》对"石韫玉而山辉,水怀珠而川媚"的美颇有会心⑤。刘勰《文心雕龙》也列专篇标举"川渎之韫珠玉"的"隐秀"之美⑥,其具体指涉虽或有异同,但反映了作者和论者都极其重视对整个作品意境或形象体系的关键性部位和中心意象的设置与刻画,以传写审美对象的精神与气韵。徐文长有云:"何谓眼?如人身然,百体相率似肤毛臣妾辈相似也,至眸子则豁然朗而异突以警,故作者之精而旨者,眦是也,文贵眼此也。故诗有诗眼,而禅句中有禅眼。"⑦ 刘熙载也指出:"诗眼,有全集之眼,有一篇之眼,有数句之眼,有一句之眼;有以数句

---

① 王弼注:《老子道德经》上第十一章,《百子全书》第八册,浙江人民出版社1984年版。
② 孔尚任:《桃花扇传奇凡例》,蔡毅:《中国古典戏曲序跋汇编》第三册,齐鲁书社1989年版,第1605页。
③ 刘熙载《艺概·词曲概》说得好:"'词眼'二字,见陆辅之《词旨》。其实辅之所谓眼者,仍不过某字工,某句警耳。余谓眼乃神光所聚,故有通体之眼,有数句之眼,前前后后无不待眼光照映。若舍章法而专求字句,纵争奇竞巧,岂能开阖变化,一动万随耶?"
④ 刘义庆撰,徐震堮校笺:《世说新语校笺》下册,《巧艺》,中华书局1984年版,第388页。
⑤ 陆机:《文赋》,金涛声点校:《陆机集》卷一,中华书局1982年版,第3页。
⑥ 刘勰:《文心雕龙·隐秀》,范文澜注:《文心雕龙注》下册,人民文学出版社1958年版,第632页。
⑦ 《徐渭集》第二册卷十七,《论中》之五,中华书局1983年版,第492页。

为眼者，有以一句为眼者，有以一二字为眼者。"① 他认为，诗有眼，文也有眼："揭全文之指，或在篇首，或在篇中，或在篇末。在篇首则后必顾之，在篇末则前必注之，在篇中则前注之，后顾之。顾注，抑所谓文眼者也。"② 他不仅把"诗眼"由字句拓展到全篇全集，提到关乎作品全局的高度，还将其推广到别的文学种类。他所说的"眼"，是"前前后后无不待眼光照映"，"开阖变化，一动万随"的神光所聚之处③，是传写作品形象意境的精神气韵和整体和谐之美的关键性部位、字句、情景和中心意象。其精辟论述是对前人"诗眼""词眼""文眼"说较为系统的理论总结。

从顾恺之、陆机、刘勰到徐渭、刘熙载所论，都揭示了中国古典美学对关乎整个作品形象意境传神写照和结构体系的建构的关键性部位和中心意象的重视。"诗眼"诸说注重神光所聚之所的基本精神，其影响由绘画到抒情性的诗文，而及于叙事性的小说、戏曲，这是《红楼梦》《桃花扇》中心意象结构法之所由产生的背景。而孔氏"曲珠"说对其中心意象结构法的阐述也与上述诸家的论述相通。"眼"之于诗、文，"珠"之于曲，中心意象之于小说、戏曲作品的艺术境界和整体结构，类似于花之于春，日之于光，天上月华之于千江月影。春光烂漫，而其精神，则在于花；天地光明，有赖于太阳的烛照；千江月影，也有待于天上月华的辉映。

四　中心意象结构法叙事方式与功能的特殊性

当然，孔尚任、曹雪芹作为戏曲小说家在其创作中必然要完成由诗人到作家、由抒情向叙事的角色与职能转换，同样，戏曲小说中的中心意象结构法自然也不同于诗歌通过意象组合而成的意境来抒情写意的手法，从抒情意象到叙事意象之间，意象的性质功能实际上也发生了微妙的变化。

诗人在创作中对意象意境的营构大致有两种情况：一是通过有着平行、交叉审美关系的同（异）质意象的同构来创造意境；二是围绕焦点性（主题）意象反复咏叹和多方描绘，形成如同音乐般的主题旋律，在一唱三叹之中完成诗歌意境的创造。如马致远《秋思》等属于前者；王维写飞鸟意象的小绝，以及一些咏物诗则属于后者，而李贺的《金铜仙

---

① 刘熙载：《艺概》卷二《诗概》，上海古籍出版社1978年版，第78页。
② 刘熙载：《艺概》卷一《文概》，上海古籍出版社1978年版，第40页。
③ 刘熙载：《艺概》卷四《词曲概》，上海古籍出版社1978年版，第116页。

人辞汉歌》尤其具有代表性。

《红楼梦》大观园中代表女儿们的花花草草，和《西游记》中的狼虫虎豹，以及《三国演义》中的红黑白脸，都是类似于有着平行并列或交叉对举审美关系的同质或异质的意象同构，产生了相互对比或映照的审美功能与效果，与上述前一类意象具有一定的可比性；而石头和桃花（扇）则在作品形象体系中起焦点与核心的作用，颇类似于后一类意象，很值得我们进行探讨和比照。

叙事艺术形象体系中的中心意象所起的作用，表面上看起来似乎与诗歌中的焦点性意象相像，其实则不然。诗人创作以抒情写意，创造意境为根本目的，作为意境的基本单位和主要元素，意象尤其是焦点性意象也成为构成作品艺术体系的基本单元；而戏曲小说等叙事艺术展示的是人物在特定时空背景中的思想和行动，人物与人物在具体的社会关系和环境背景中的矛盾冲突，因而小说戏曲的叙事体系是由人物、环境和情节复合而成的，这三要素就成了叙事艺术体系的基本单元。《桃花扇》和《红楼梦》中的中心意象，可以成为人物主角的一个化身、人物环境中的一个焦点，或者情节进展中的一条线索，但其本身却不能像诗歌中的焦点性意象那样单独成为艺术体系的基本单元。这是叙事性意象相对抒情性意象的一个最显著的差异。

中心意象结构法的特色与效应也正是由此而产生的。既然，在叙事艺术形象体系中起焦点与核心作用的中心意象，其本身不能单独成为艺术体系的基本和独立的单元，也就是说，抒情诗中的焦点（主题）性意象自然能够成为作品意境中的主角，而小说戏曲中的中心意象虽然可以成为作品主角的化身，人物环境的焦点，或情节进展中的线索，但它却既不是人物本身，也并非整个环境，那么，在中心意象与主角，中心意象与人物的活动及其所处环境之间，必然产生特定的审美间距，这样的审美距离大大拓展了作品形象体系的纵深感和立体感，同时，中心意象本身所积淀与含有的情调、意蕴和色泽，也丰富了作品形象画面的色彩和意义，从而生发出微妙而特殊的审美效应和艺术张力。这正是叙事作品中的中心意象结构法的特殊魅力和美学意义之所在。

《桃花扇》和《红楼梦》的成功范例表明：在小说戏曲中设置中心意象，有多方面的结构作用与功能。一是桃花（扇）和石头作为主角的化身，或环境的焦点、情节的线索，在作品形象体系中起着连接人物关系，促进情节发展或烘托氛围环境的重要作用。二是以意象特有的生命情味、冷暖色调和历史积淀而成的审美意蕴，由内向外辐射、映照和点染作品的形象画面，给整个形象体系和艺术空间确定了基调，犹如着上了一层底色或釉彩。三是，在中心意象与作品的形象画面和体系之间，产生特定的审美间距，大大拓展了作品形象体系和艺术结构的纵深感和立体感。由此自然引申出第四点，中心意象既在作品人物、环境和情节构成的形象体系之中，起到了上述第一方面的叙事作用，又在形象体系之外，起到上述第二方面的抒情写意作用，这样的双重特性与功能，使得作者可以在写实与写意之间自如转换，有伸展腾挪的更大的叙事空间。这里前三点上文都已经有所论及，此不赘述，这里试就第四点略作探讨。

任何叙事作品实际上都是作者的自叙，而其叙事上的特殊性不仅取决于作者人生经历的独特性，也取决于叙述方式的独特性。如曹雪芹让石头与其携带者宝玉有一体而两名，连类而并称的审美关系，宝玉在贾府、大观园和人物关系、矛盾冲突中处于圆心和焦点的地位，而无所不在的通灵石，也成为全书的中心意象；宝玉是红楼梦中人，石头则同时担当着冷峻的观照者和叙事者的双重功能，成为作者的慧眼与悲悯之心的化身。这样的巧妙构思和安排，使作者丰富复杂的人生经历、艺术情感与审美体验有了一个全方位、多功能的传导载体和充分的叙事空间。

石头和桃花（扇）意象如上所述的双重特性与功能，中心意象结构法所凸显的特殊叙事方式，与作者对于家国兴亡历史的观照态度密切相关，体现着深厚的历史叙事传统。中国古代诗人往往深怀历史意识，而史家也常常深具诗人气质，他们总是试图在诗与史之间寻找一个契合点。司马迁著《史记》，在纪传正文冷静客观地叙录和还原历史的同时，又以"太史公曰"的形式，以特定的时空间隔、审美距离和历史情感出乎其外地去观照、概述和评论历史人物与事件。这使得《史记》所书写的历史画面既有现场感，又有纵深感，呈现出作者观照历史的多维角度和充满诗性的主体色彩。这种对历史特定的观照态度和叙述方法，非常具有代表性，并且深远地影响了后人的历史叙事。中心意象上述双重特性与功能，恰恰与历史叙事双重层面和多维角度的传统相吻合。中国古代叙事文学是在深厚的诗学、史学传统与背景中发展起来的，其叙事原则和艺术方法也深受前人观照历史的特有方式和诗学原则的双重影响。《红楼梦》和《桃花扇》的中心意象结构法，正是诗歌抒情传统与历史叙事传统共同影响的结果。

曹雪芹以石头为中心意象，以石头那冷峻的眼光、独有的角度和审美距离观照和叙写了曾经亲历的红楼一梦；以桃花（扇）为中心意象，则血色桃花，便成为孔尚任叙写和映照南明覆亡历史和昏君奸臣、文士武将乃至草野人士的基调和底色。作者既对家国兴衰存亡的历史进行零距离的写实性描绘，又通过中心意象的设置，将镜头推移转换，对其进行大写意和全景式的鸟瞰、扫描和着色。石头和桃花（扇），仿佛是一个聚光点或一层过滤色，给作品画面染上了特定的光芒与色彩，产生特殊的审美效果。作者一方面入乎其内，如身临其境般痛切地叙写所经历的人生巨大反差和家国兴衰的历史，另一方面又出乎其外，以局外旁观者的身份，以一定的审美间距和冷峻的笔调来观照一切和点染历史，含蓄深沉地表述对历史人生的审美体验和哲学思考。于是沉重的历史被轻盈地化为了一曲樵歌渔唱。实际上，这正是古代诗人文士观照和叙写历史的一贯态度和方式。我们在苏轼赤壁词、赋和中晚唐以迄明清诗人的许多作品中都能感受到这种笔调。"多少六朝兴废事，尽入渔樵闲话。"① "二十余年如一梦，此身虽在堪惊。闲登小阁看新晴，古今多少事，渔唱起三更。"② 靖康之变之后的南宋诗人们，在"却道天凉好个秋"③ 的含蓄与平淡中，抒发着别样的家国与身世之感。

石头既在局内，亦在局外。"一局输赢料不真，香消茶尽尚逡巡。欲知目下兴衰兆，须问旁观冷眼人。"《红楼梦》第二回的卷首诗，与冷子兴演说贾府世系时的评点议论一样，都有一种"说着别人家的闲话，正好下酒"的心态，让人有凉到心底寒冷彻骨的痛切感受。体现了诗人痴心热肠之外冷眼旁观的另一面，这与兼具局内局外双重身份的这块通灵之石的质性是相通的。

孔尚任在《〈桃花扇〉小引》中沉痛地说："场上歌舞，局外指点，知三百年之基业，隳于何人，败于何事，消于何年，歇于何地。不独令观者感慨涕零，亦可惩创人心，为末世之一救矣。"④ 在《桃花扇》结尾续四十出中，作者叙写已为樵夫渔父的苏昆生和柳敬亭，以其一副热肠一双冷眼，将历史的沧桑兴衰赋之于数曲《余韵》，归结了作者对于古今兴亡，尤其是大明王朝覆灭的无尽感慨："俺曾见金陵玉殿莺啼晓，秦淮水榭花开早，谁知道容易冰消。眼看他起朱楼，眼看他宴宾客，眼看他楼塌

---

① 张昇：《离亭燕》，唐圭璋：《全宋词》第一册，中华书局1965年版，第111页。
② 陈与义：《临江仙》，《唐宋词选释》下卷，俞平伯注释，人民文学出版社1979年版，第170页。
③ 辛弃疾：《采桑子》，《唐宋词选释》下卷，俞平伯注释，人民文学出版社1979年版，第196页。
④ 孔尚任：《桃花扇传奇小识》，蔡毅：《中国古典戏曲序跋汇编》第三册，齐鲁书社1989年版，第1601页。

了。这青苔碧瓦堆，俺曾睡风流觉，将五十年兴亡看饱。那乌衣巷不姓王，莫愁湖鬼夜哭，凤凰台栖枭鸟。残山梦最真，旧境丢难掉，不信这舆图换稿。诌一套哀江南，放悲声唱到老。"① 真是"渔樵同话旧繁华"②。他们和已为道姑的香君都经历过如桃花般的瞬间繁华，而今跳出世外，回望世事，油然而生历史与人生的沧桑感："白骨青灰长艾萧，桃花扇底送南朝；不因重做兴亡梦，儿女浓情何处消。"③ 这体现了作者对历史特定的观照角度和方式。《桃花扇》以桃花（扇）为中心意象和《红楼梦》以石头为中心意象一样，是由中国古代诗人文士对历史人生的审美态度、观照角度和叙事方式所决定的。

总而言之，孔尚任和曹雪芹的中心意象结构法，以及孔氏的"曲珠"说，是其继承中国文艺抒情写意的审美传统和理论，并将其创造性地运用于戏曲小说创作实践的结果。《桃花扇》和《红楼梦》的上述特色和艺术成就，是对世界文学文论的创造性贡献，有着特殊的美学意义和价值。

（本文关于孔尚任《桃花扇》部分，以《试论孔尚任"曲珠"说与〈桃花扇〉之中心意象结构法》为题，原载《文学遗产》2006年第5期）

---

① 孔尚任：《桃花扇》续四十出《余韵》，王季思主编：《中国十大古典悲剧集》下册，齐鲁书社1991年版，第1152—1153页。

② 孔尚任：《桃花扇》续四十出《余韵》，王季思主编：《中国十大古典悲剧集》下册，齐鲁书社1991年版，第1154页。

③ 孔尚任：《桃花扇第四十出·入道》，王季思主编：《中国十大古典悲剧集》下册，齐鲁书社1991年版，第1146页。